KB174353

루이자 메이 올컷(1832~1888) 조지 힐리

루이자 올컷

S. M. Alcott.

▶콩코드강에 있는 노스브리지
예전의 다리에 비해 더 크고 튼튼하다.

▼1860년대 남북전쟁 전 콩코드는 활기가
넘쳤다. 주민 대부분이 노예제 폐지운동과
북군을 열렬히 지원했기 때문에 루이자도
북군 간호사로 일했다. 전쟁 2년 뒤 콩코
드 중앙광장에 죽은 병사를 기리는 기념탑
이 세워졌다.

▲클리브덴 맨션
펜실베이니아주 필라델피아에 있는 저먼타운의 많은 유서 깊은 주택 중의 하나이다.

루이자 올컷은 1832년 펜실베이니아주 저먼타운에서 브론슨의 둘째딸로 태어났다. 아버지가 1834년 보스턴에서 템플스쿨을 열면서 보스턴으로 이사했다.

◀템플스쿨 실내

▶콩코드 '비둘기집'
1840년 봄 올컷 가족
은 콩코드로 이사왔
다. 사우스브리지 근
처의 이 집은 뒷날 '비
둘기집'으로 알려진다.
루이자가 작품에서 이
집을 메그의 신혼집으
로 묘사했기 때문이
다. 그해 7월 이 집에
서 넷째 메이가 태어
났다.

▼소로스쿨(콩코드 아
카데미)
루이자는 '가장 기억
에 남는 수업은 콩코
드의 자연탐방이었다.
여기서 어떤 책도 가
르쳐주지 않은 자연을
배울 수 있었다'고 회
상했다.

▲프루트랜드 하우스

1842년 영국 개혁론자 그룹의 초청으로 영국을 다녀온 브론슨은 1843년 뉴에덴을 꿈꾸며 초절주의에 따른 실험적 공동체 생활을 이곳 프루트랜드에서 시작했다.

◀프루트랜드에는 브론슨이 좋아했던 사과나무가 많이 심어져 있다. 오늘날 프루트랜드는 미국 사상과 문화에 큰 영향을 끼친 초절주의를 기념하기 위한 박물관으로, 많은 탐방객들이 찾아온다.

▲아버지 브론슨, 어머니 아비가일의 침실
많은 식구들이 북적이며 사는 '가족공동체'지만 이곳
만큼은 조용한 안식처였다.

▶벽난로 난로가 있었지만 방안은 언제나 웃풍이 있
어 추웠다.

▼서재 겸 거실 이곳에서 올컷 가족과 동료들이 철
학적 토론을 나누었다.

▲스틸 리버 전경　루이자는 매사추세츠의 넓은 초원을 뛰어다니기를 좋아했다. "나는 늘 이렇게 생각하곤 했다. '틀림없이 나는 전생에 사슴이나 말이었을 것'이라고. 뛰어다니는 것이 너무나 즐거웠기 때문이다."

다음쪽 아래
수확한 야채

◀스틸 리버의 브릭엔즈(벽돌집)
이 집은 두 벽이 벽돌로 지어진 목조주택이었다. 1844년 4월 프루트랜드 생활을 접고 스틸 리버에 정착하게 되자, 브론슨은 1에이커(약 1,047㎡)의 텃밭을 만들었다. 텃밭에서는 여름내 먹을 만큼의 야채를 거둘 수 있었다.

보스턴 1848년, 올컷 가족은 생계를 위해 콩코드를 떠나 보스턴으로 갔다.

▲보스턴의 활기찬 밀덤 거리
보스턴은 미국의 지적 문화나 출판계의 중심지였지만, 그 무렵 이곳은 인구가 많아 사회문제가 끊이지 않았다.

▶핀크니 길 20번지
1852년 올컷 가족이 살던 집. 루이자가 쓴 글이 처음으로 인쇄되어 5달러를 벌게 된다.

▼집 입구의 명판

▲오처드 하우스
1857년, 올컷 가족은 보스턴을 떠나 다시 콩코드로 돌아와 '오처드 하우스'를 구입한다.
'새 집을 구경하러 많은 이들이 찾아왔다. 만일 할 수만 있다면 앞으로 20년은 이 집에서 줄곧 살고 싶다─루이자의 일기

◀1869년대 오처드 하우스 앞에서 찍은 사진   가족들의 모습이 보인다. 오처드 하우스에는 사과나무가 많았다. 루이자는 이 오래되고 특이한 집을 사과과자에 비유해 '애플슬럼프'라고 불렀다.

▲오처드 하우스의 거실

가족의 초상화와 메이의 그림이 걸려 있다. 피아노는 할아버지인 메이 대령이 사랑하는 손녀들에게 선물한 것이라 전해진다. 소파의 쿠션은 루이자의 '기분쿠션'이라 불린다. 세워져 있으면 기분이 좋다는 표시이다.

메이의 멜로디언은 지금도 계단 아래 놓여 있다.

▶식당

여기서 올컷 자매들이 연극을 상연했다.

▲창틀 사이의 반달형 탁자 루이자는 이 탁자에서 시와 단편, 편지나 일기를 쓰곤 했다.

◀2층 침실에서 글을 쓰는 루이자 여기서 《작은 아씨들》을 집필했다.

▼루이자의 침실(오처드 하우스)

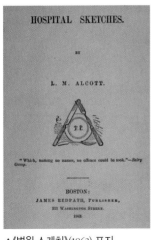

▲《병원 스케치》(1863) 표지

▶조지타운 육군병원 간호사로 근무
하던 시절의 루이자
미국은 노예제도를 둘러싼 갈등으
로 남북전쟁(1861~65)이 벌어졌다.
간호사로 지원한 루이자는 열악한
병원 근무로 인해 장티푸스로 쓰러
져 콩코드로 돌아왔다.

▼1861년 유니언호텔 병원 그림
프랭크 레슬리

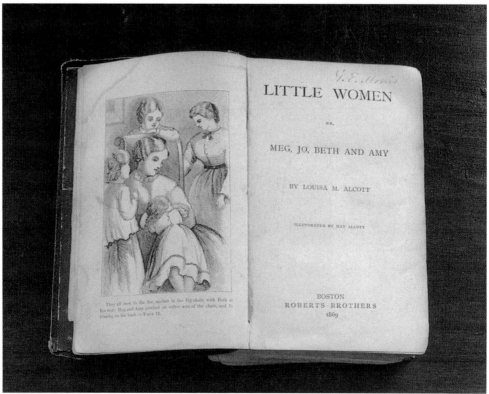

▲《작은 아씨들》(1868) 권두화와 속표지   메이의 그림

◀오처드 하우스의 메이 방에는 자매들이 사용했던 연극 의상 등이 남아 있다.

▼넷째 메이 초상

▲'소로 올컷의 집' 1877년 소로의 집을 루이자와 언니 안나가 자금을 모아 샀다.

▶파리 살롱 우수작으로 뽑힌 메이의 〈올빼미〉
1878년 메이는 어머니의 죽음으로 슬퍼하는 자신을 위로해준 사업가이자 음악가인 어네스트 니에커와 영국에서 결혼하고 파리에 정착했다. 이듬해 메이는 첫딸 루루를 낳고 그 후유증으로 죽었다. 루이자는 루루를 친자식처럼 데려다 키운다. 루루는 루이자가 모든 책임을 지는 보물이었다.

▼메이의 딸 루루

녹음에 둘러싸인 철학학교 나무에 둘러싸인, 한가롭고 평화로운 터에 자리잡은 이 학교는 초절주의 사상의 훌륭함을 오롯이 전하고자 하는 분위기였다. 건물 위로 솟은 삼각지붕은 높은 곳을 꿈꾸는 인간 혼의 상징이었다.

▲보스턴 루이스버거 스퀘어 10번지 '타운하우스'
1885년 아버지 브론슨이 쓰러지자 간호를 위해 루이자와 안나 가족이 보스턴 타운하우스를 빌려 이사했다. 1887년 건강 상태가 좋지 않았던 루이자는 안나의 둘째아들 존 플라트를 양자로 들였다. 따라서 그는 루이자의 저작권 계승자가 되었다.

▶안나의 둘째아들 존 플라트

▼루이자의 언니 안나

루이자 메이 올컷 초상(1885)

루이자 메이 올컷 무덤 매사추세츠주 콩코드 슬리피 할로우 묘지. 1888년 3월 4일 아버지 브론슨이 세상을 떠나고 그 이틀 뒤 3월 6일 루이자가 죽자 합동장례식을 치렀다. 이 묘지에는 올컷·에머슨·호손·소로 가족 무덤이 함께 있다.

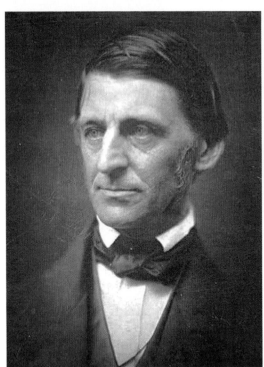

▲에머슨의 집 서재
에머슨의 서재는 브론슨과 루이자에게 둘도 없는 안식처였다.

◀랩프 윌도 에머슨(1803~1882)

▼에머슨의 집(오늘날 박물관)

▲호손의 집 서재
루이자는 호손이 지붕 위에 탑을 세워 그곳을 서재로
사용하는 것을 보고 부러워했다.

▶너대니얼 호손(1804~1864)

▼1852년 호손은 올컷 가족이 살았던 '힐사이드'를
사서 '웨이사이드'라 이름을 바꾸고 이 집을 개조해
넓게 만들었다.

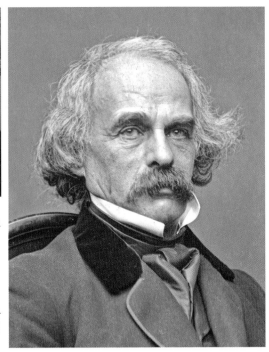

▲월든 호수 근처에 세운 소로의 오두막을 복원한 모습 소로회관 뒤뜰에 있다.

◀헨리 소로(1817~1862)

▼월든 호수 콩코드

《작은 아씨들》(초판 1868) 표지

아버지의 편지를 읽는 가족들

유럽에 머무를 때 에이미에게 구혼하는 로리

죽음을 앞둔 베스에게 다정하게 다가서는 조

몸이 아픈 베스를 걱정하는 조를 달래는 로리

노먼 록웰이 그린 《작은 아씨들》의 삽화 '나는 지붕 아래 다락에서 원고와 사과더미에 둘러싸여 있다. 사과를 베어 먹고, 일기를 쓰고, 이야기를 떠올리며, 지붕을 때리는 빗소리를 듣는다. 조용하고 평화로운 시간.'—올컷의 일기에서

어린이들의 친구 '루이자 올컷' 《작은 아씨들》 출판은 루이자 올컷을 유명하게 만들었지만 동시에 '아동문학 작가'라는 호칭이 붙기도 했다.

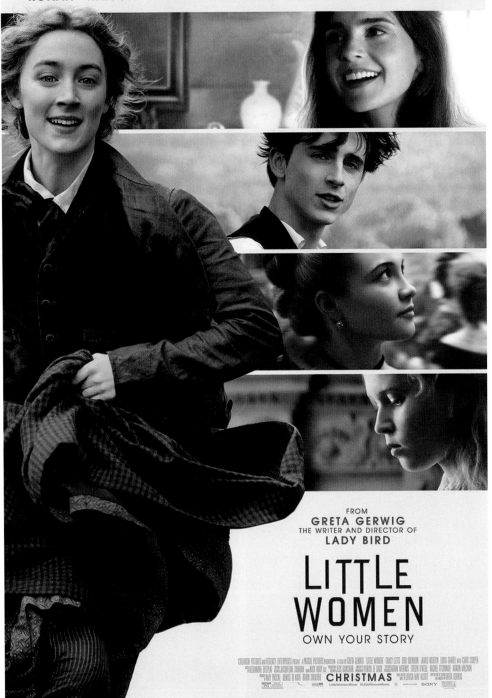

영화 〈작은 아씨들〉(2019) 포스터   감독 그레타 거윅. 엠마 왓슨(메그)·시얼샤 로넌(조)·일라이자 스캔런(베스)·플로렌스 퓨(에이미)·티모시 샬라메(로리) 출연.

Louisa May Alcott
LITTLE WOMEN
작은 아씨들
루이자 메이 올컷/우진주 옮김

동서문화사

디자인 : 동서랑 미술팀

작은 아씨들
차례

제2부

제1부

제1장 순례자놀이

"선물 없는 크리스마스는 정말 크리스마스 같지도 않을 거야." 양탄자 위에 누워서 조는 불만스럽게 중얼거렸다.

"가난하다는 건 끔찍한 일이야!" 메그도 한숨을 쉬며 자기의 낡은 드레스를 내려다보았다.

"어떤 여자애들은 좋은 걸 많이 갖고 있는데 아무것도 못 가진 여자애들이 있다니 정말 불공평해." 어린 에이미까지 속상하다는 듯 맞장구쳤다.

"하지만 우린 아빠와 엄마, 그리고 우리 자매들이 있잖아." 베스가 한쪽 구석에서 만족한 듯이 말했다.

이 유쾌한 말에 난로 불빛을 받은 네 사람의 얼굴은 밝아졌다. 그러나 다음 순간 서글퍼하는 조의 말에 분위기는 다시금 어두워졌다. "지금은 아빠가 안 계시잖아. 아직 아빠를 얼마나 더 오래 기다려야 할지 몰라."

조가 '아마도 아빠를 이젠'이라는 말을 하지는 않았지만 모두들 멀리 전쟁터에 가 계시는 아빠를 생각하며 조용히 그 말을 곱씹고 있었다.

잠깐 모두들 말이 없었다. 얼마 뒤 메그가 목소리를 가다듬고 이야기를 이어갔다. "엄마가 이번 크리스마스엔 선물을 하지 말자고 하신 것은 이번 겨울에는 누구나 생활이 어려울 것이기 때문이라는 걸 알잖아. 게다가 엄마는 남자들이 군대에서 고생하고 있는데 우리만 즐기기 위해 돈을 써버리면 안 된다고 생각하시는 거야. 우린 큰일을 할 수는 없지만 작은 희생은 할 수 있으니까, 그 작은 희생을 감수해야 한다는 거지. 그렇지만 나는 그럴 수 없을 것 같아." 메그는 그녀가 원했던 예쁜 선물들을 포기해야 하는 것을 원망스러워 하며 고개를 저었다.

"내 생각에 우리들이 내는 작은 성금은 별 소용이 없을 것 같아. 우리는 모두 1달러씩밖에 없는데, 우리가 돈을 보낸다고 해서 군대에 큰 도움이 되지는 못할 거야. 엄마나 너희에게 선물은 바라지도 않지만 난 《운디네와 신 트란》(독일작가
후계의 작품)만은 내 돈으로 꼭 사고 싶어. 난 너무나도 오랫동안 그걸 갖고 싶었단 말이야." 책벌레인 조가 말했다.

"난 내 돈으로 새 악보를 사고 싶었어." 베스는 가냘프게 한숨을 쉬면서, 난로 부지깽이와 쇠주전자를 쥐는 행주에게만 들릴 만큼 아주 작은 목소리로 말했다.

"난 파버표 색연필 한 상자를 살 테야. 난 그게 꼭 필요해." 결심한 듯이 에이미가 말했다.

"엄마는 우리에게 돈에 대해서 아무 말씀도 하지 않았고, 또 우리가 모든 걸 포기하기를 바라시는 것도 아닐거야. 그러니까 저마다 원하는 것을 조금씩 사자고. 난 우리가 그 물건들을 가질 만큼은 열심히 일한다고 생각해." 사내처럼 신발 뒷굽을 살펴보면서 조가 소리쳤다.

"하루 종일 그 꾸러기 아이들을 가르치다 보면 얼마나 집에서 쉬고 싶은지……." 메그는 다시 불만스럽게 말했다.

"언니는 내가 겪는 어려움에 반도 못 따라올 거야." 조가 말했다. "그 늙은 할머니가 얼마나 안달복달하면서 신경질적으로 볶아대는지, 언니라면 군소리 없이 꾹 참으며 몇 시간씩 견딜 수 있겠어? 그리고 절대 만족하는 일이 없고 걱정거리는 또 왜 그리 많은지 정말 견딜 수 없어. 창 밖으로 도망쳐나와 울고 싶을 지경이야."

"화내지 마. 그런데 난 설거지하고 청소하는 게 이 세상에서 가장 끔찍한 일인 것 같아. 그런 일을 하면 기분이 몹시 우울해지는걸. 게다가 내 손은 완전히 굳어 버려 연습도 제대로 할 수 없게 된단 말이야." 베스는 자신의 거친 손을 내려다보며 조그맣게 한숨을 쉬었다. 이번에는 모두 그 한숨 소리를 들을 수 있었다.

"언니들은 아무리 그래도 나만큼 괴롭지는 않을 거야." 에이미가 울상을 지으며 말했다. "왜냐하면 언니들은 건방진 여자애들과 같이 학교에 다니지 않아도 되니까 말이야. 애들은 내가 수업시간에 뭘 조금만 틀려도 놀리고, 내 드레스 가지고도 놀리고, 부자가 아니라고 우리 아빠에게 '상표 딱지(label)'를 붙이고, 내 코가 예쁘지 않다고 놀려 댄단 말이야."

"'상표 딱지(label)'를 붙이는 게 아니라 '명예훼손(libel)을 했다'고 그러는 거야. 상표 딱지는 오이 피클 병에나 붙이는 거지." 조가 웃으면서 끼어들었다.

"나도 다 알고 말한 거야. 그렇게까지 비꼴 필요는 없잖아! 언니야말로 예의 바른 단어를 사용하고 어휘 공부도 하셔야겠어!" 에이미가 점잖게 대꾸했다.

"얘들아! 서로 그렇게 못살게 굴지 마. 조, 우리가 어렸을 때 아빠가 잃어버린 돈이 지금 있다면 얼마나 좋을까? 안 그래? 아무런 근심이 없다면 얼마나 행복할까?" 부족함이 없던 시절을 겪어 본 메그가 말했다.

"언니는 지난번에 우리가 킹 씨 댁의 아이들보다 훨씬 행복한 것 같다고 했었잖아. 그 애들은 돈이 그렇게 많아도 하루 종일 싸우고 안달복달만 친다고……."

"응, 베스. 그랬지. 그리고 지금도 그렇게 생각해. 왜냐하면 우리는 일을 해야 하지만 우리끼리는 즐겁게 지내잖아? 조의 말대로 언제나 즐거운 패거리가 우리이니까!"

"조 언니는 언제나 그런 상스러운 속어만 써!" 에이미는 양탄자 위에 두 다리 쭉 뻗고 길게 누워 있는 조를 못마땅하다는 눈길로 바라보았다. 조는 벌떡 일어나 두 주머니에 손을 찌르고 휘파람을 불기 시작했다.

"그만둬, 조! 너무 남자애 같단 말이야!"

"그래서 그러는 건데, 뭐."

"숙녀답지 않게 건방진 여자애는 딱 질색이야, 난!"

"얌전떨면서 건방진 계집애들은 어떻고!"

"조그만 둥지 속의 참새들은 사이좋게……." 늘 중재를 하는 베스가 익살스러운 얼굴로 노래를 부르자, 말다툼하던 두 사람은 그만 웃고 말았다. 그것으로 가벼운 '말다툼'은 끝나 버렸다.

"너희들은 둘 다 야단 좀 맞아야 돼!"

메그는 언니답게 훈계조로 말했다.

"조세핀, 이제는 너도 컸으니까 남자 같은 짓은 그만두고 좀 더 숙녀답게 행동해야 해. 네가 어린애였을 때는 그렇게 큰 문제는 아니었지만, 조, 이제 넌 키도 크고 머리도 올렸잖아. 지금은 네가 아가씨라는 걸 기억해."

"난 아냐! 만일 머리를 올려서 내가 아가씨 일당에 합세하는 거라면 난

스무 살이 될 때까지 두 갈래로 땋고 다니고 말겠어." 조는 머리에 썼던 망사를 벗으면서 숱 많은 밤색 갈깃머리를 흔들어 내렸다. "내가 다 자라서, 미스 마치(Ms. March)가 되어 긴 가운을 입고, 과꽃처럼 얌전하게 보여야 한다는 것은 생각하고 싶지도 않아. 어쨌든 난 남자애들이 하는 운동경기, 일, 행동거지가 좋은데, 아가씨가 되는 건 정말 끔찍한 일이야. 아, 내가 남자애가 아니라니! 지금까지 겪은 일 중에 최악이야! 난 정말 아빠와 함께 전장에 나가서 싸우고 싶어 못 견딜 지경인데, 내가 할 수 있는 일이라고는 오직 집에 남아서 느려터진 할망구처럼 뜨개질하는 일밖엔 없으니!"

조는 푸른색 군대 양말을 흔들어댔다. 그러자 바늘은 캐스터네츠처럼 제각기 흩어지고 실뭉치는 튀어서 방 저쪽 구석으로 굴러가 버렸다.

"가엾은 조 언니! 정말 안됐어. 하지만 어쩔 수 없잖아. 그러니까 남자 같은 언니 이름하고, 우리 여자 자매들의 오빠 노릇으로 만족하도록 해봐요." 베스는 무릎 위의 덥수룩한 머리를 쓰다듬으며 이야기했다. 설거지와 세상의 온갖 먼지도 베스의 손에서 그 부드러움을 앗아가지는 못한 듯했다.

"그리고 너, 에이미." 메그가 계속 말했다. "넌 너무 별나고 고지식한 척해. 지금은 우스갯소리로 봐주지만, 주의하지 않는다면 넌 커서 거들먹거리는 작은 거위처럼 되고 말 거야. 나는 네가 억지로 우아한 척하지 않을 때의 상냥한 태도와 세련된 말씨가 좋아. 하지만 너의 우스꽝스러운 말들은 조의 천한 속어만큼이나 좋지 않아."

"만일 조 언니가 남자애고 에이미가 거위라면 난 뭐야, 언니?" 훈계에 가담하려고 베스가 물었다.

"넌 사랑스러운 아이야, 그뿐이야." 메그는 부드럽게 대답했다. 이 말에는 아무도 이의가 없었다. 왜냐하면 '생쥐'라는 별명을 가진 베스는 온 집안의 귀염둥이니까.

젊은 독자들은 '사람들이 외견상 어떻게 보이는지' 궁금해하기 때문에, 우리는 이 기회에 네 명의 숙녀가 어떻게 보이는지 보여 주기 위해 그녀들을 작은 스케치에 담는다. 밖에는 12월의 눈이 소리 없이 내리고, 안에는 난롯불이 즐거운 듯 바삭거리며 타고 있는 곳에서, 네 소녀는 황혼의 희미한 빛을 받으며 뜨개질을 하고 있다. 비록 양탄자는 낡고 가구는 검소했지만, 벽에는 한두 개의 액자가 걸려 있고, 방 안 구석은 책들로 가득 차 있으며, 창가에는 국화와 크리스마스 장미가 피어 있어서 방 안의 풍경은 무척이나 편안하다.

네 자매 중 장녀인 마거릿은 16살이다. 희고 포동포동한 살결에 커다란 눈과 부드럽고 숱이 많은 갈색 머리, 사랑스러운 입술, 하얀 손을 은근히 자랑스럽게 생각한다.

15세의 조는 매우 키가 크고 깡마른 갈색 망아지 같은 소녀이다. 조는 언제나 방해가 되는 듯한 그 긴 팔다리를 어찌해야 할지 모르는 것 같다. 꽉 다문 입술, 조금 우습게 생긴 코, 그리고 날카로운 잿빛 눈동자는 사소한 것도 놓치지 않으려는 듯 날카로웠다가, 익살스러웠다가, 생각에 잠겼다가 했다. 조의 길고 숱 많은 머리카락은 그녀의 유일한 아름다움인데도, 그녀는 거추장스럽다고 망사로 틀어 올리고 있다. 조는 어깨가 둥글고 손과 발이 크며, 옷에 대해 변덕스러웠고, 언제라도 곧 소녀에서 여성으로 다시 태어날 듯한 불안정한 모습을 하고 있었는데, 그녀 자신은 그것을 아주 싫어했다.

엘리자베스, 모두들 그녀를 베스라고 부른다. 장밋빛 살결에 부드러운 머리, 그리고 밝게 빛나는 눈을 가진 13세 소녀이다. 베스는 수줍음을 타며 여린 목소리를 가지고 있고, 여간해서는 동요하지 않는 평화로운 표정을 하고 있다. 아버지는 베스를 '작은 평화 아가씨'라고 부르곤 했는데, 그 이름은 그녀에게 꼭 맞는 것 같다. 베스는 그녀만의 행복한 세계에 살면서, 자신이 신뢰하고 사랑하는 극소수의 사람들만 만나기 위해 살짝 나타나는 소녀이다.

가장 어리지만 에이미는—적어도 그 자신의 생각에 따르면—가장 중요한 인물이다. 전형적인 백설공주형으로 푸른 눈에, 어깨 위에 굽실굽실 늘어뜨린 노란 머리카락, 창백한 얼굴에 호리호리한 몸매, 언제나 겸손한 태도로 예의범절에 신경쓰면서 행동한다. 이 네 소녀들의 성격이 어떤지는 나중에 알아보기로 하자.

시계가 6시를 알리자, 베스는 난로를 청소하면서 실내화 한 켤레를 따뜻하게 덥혔다. 그 낡은 실내화를 보고서 모두들 기분이 좋아졌다. 왜냐하면 엄마가 오실 때가 되어서 모두들 어머니를 맞을 생각으로 들떴기 때문이다. 메그는 설교를 그치고 등불에 불을 켰고, 에이미는 아무도 시키지 않는데도 안락의자에서 일어났으며, 조는 실내화를 좀 더 불 가까이에 놓기 위해 일어나면서 자신이 얼마나 피곤한지조차 잊어 버렸다.

"이것들은 너무 낡았어. 엄마는 새 실내화가 필요해."

"나는 내 돈으로 엄마 실내화를 사드리려고 했어." 베스가 말했다.

"아니야, 내가 살 거야!" 에이미가 소리쳤다.

"내가 가장 위니까……." 메그가 말을 시작하자마자 조가 말을 자르듯이 단호하게 막는다. "아빠는 멀리 가시고 이제 이 집에서는 내가 남자야. 그러니까 내가 그 슬리퍼를 사드려야 해. 아빠도 나에게 자기가 없는 동안 엄마를 특별히 잘 부탁한다고 하셨단 말이야."

"우리가 어떻게 해야 할지 내가 말할게." 베스가 말했다. "엄마에게 크리스마스 선물을 각자 해드리도록 하자, 그리고 우리들을 위한 선물은 포기해."

"너답다, 귀여운 동생! 우리 뭘 사드릴까?" 조가 소리쳤다.

네 사람은 아주 진지하게 무엇을 사드릴까 생각했다. 그때 메그가 자신의 예쁜 손을 보는 순간 무언가 생각난 듯이 선언했다.

"난 멋진 장갑을 사드릴 테야."

"최고품 군대용 실내화, 바로 이거야." 조가 외쳤다.

"손수건으로 해야지, 예쁘게 가장자리를 감친……." 베스가 말했다.

"난 작은 향수 한 병을 살 테야. 엄마는 그걸 좋아하시거든. 게다가 별로 비싸지 않으니까 남은 돈으로 내 연필도 살 수 있을 거야." 에이미가 거들었다.

"그런데 그걸 어떻게 전해 드릴까?" 메그가 물었다.

"우선 그것들을 테이블 위에 놓는 거야. 그리고 나서 엄마를 모셔와서 꾸러미들을 풀어보시게 하자. 우리들 생일 때 하던 거 생각 안 나?" 조가 대답했다.

"내 생일날 내가 왕관을 쓰고 큰 의자에 앉아서 엄마랑 언니, 에이미 모두가 나에게 선물을 주고 키스를 한 다음 내 주위에 둘러서 있는데, 그게 너무 무서웠어. 선물과 키스는 좋았지만 모두들 앉아서 내가 선물상자 푸는 것을 바라보는 게 두려웠거든." 베스는 이 말을 하며 얼굴을 붉혔다. 그는 차를 마실 때 먹을 토스트를 준비하고 있었다.

"엄마에게는 우리 것을 사는 것처럼 해두자. 그리고 깜짝 놀라게 해 드리는 거야. 메그, 내일 오후에는 물건을 사러 가야 해. 크리스마스 날 밤에는 연극 준비 때문에 할 일이 너무 많거든." 조는 뒷짐을 지고 거드름을 피우며 방 안을 오락가락했다.

"그 연극도 이번이 마지막이야. 그럴 나이는 이제 지났어." 메그가 말했다. 그도 옷을 꾸며 입는 놀이에는 마치 어린애처럼 열심이었다.

"언니는 그만두지 못할걸? 머리를 내려뜨리고 흰 가운을 끌며 금박지 장식을 달 수 있는 한 말이야. 언니는 우리들 중 가장 훌륭한 여배우야. 언니가 나오지 않으면 모든 게 끝이야." 조가 말했다. "오늘밤 우리는 총연습을 해야 해. 자, 에이미, 그 기절하는 장면을 해보자. 그 장면에서 넌 너무 뻣뻣해서 꼭 부지깽이 같단 말이야."

"나도 어쩔 수 없어. 난 사람이 기절하는 걸 한 번도 본 적이 없거든. 게다가 언니처럼 쾅당 넘어져서 온통 멍투성이가 되고 싶지는 않아. 빠질 수 있다면 난 빠질 테야. 아니면 난 의자 위로 쓰러지겠어. 우아하게 말이야. 휴고가 권총을 가지고 내게 와도 상관 없어." 에이미가 반박했다. 그녀는 연기력이 전혀 없었다. 단지 극 중에서 악한 때문에 비명을 지르기에 알맞은 작은 체구이기 때문에 선택되었을 뿐이다.

"이렇게 해 봐. 손을 이렇게 마주잡고 방 안을 가로질러 비틀비틀 걸으며 미친 듯이 소리치는 거야. '로드리고, 살려줘요, 살려줘!'" 조는 과장된 비명을 지르며 연기를 해 보였는데, 아주 실감나는 연기였다.

에이미는 그걸 따라 해 보려고 했지만, 두 손을 앞으로 뻣뻣하게 쑥 내미는 것이 꼭 기계로 움직이는 것 같았다. 그리고 에이미가 '아악!' 내는 괴성은 두려움과 분노가 아니라 바늘에 찔렸을 때를 떠올리게 하는 소리였다. 조는 절망스러운 신음소리를 냈고, 메그는 보란 듯이 폭소를 터뜨렸다. 베스는 이 재미있는 장난을 구경하다가 그만 빵을 태우고 말았다. "소용없어! 때가 되면 최선을 다해야 해. 관객이 웃어도 날 원망하지 마. 자, 메그 언니 차례야."

그러고 나서는 일이 순조롭게 진행되었다. 돈 페드로가 세상을 비웃는 대사 두 페이지를 단 한 번의 실수도 없이 줄줄 외우고, 마녀 하갈은 두꺼비가 부글부글 끓는 냄비에 대고 섬뜩한 주문을 외웠다. 로드리고는 묶였던 쇠사슬을 대담하게 끊고, 휴고는 회한과 독을 품은 고통 속에서 거칠게 '하하하!' 웃으며 죽었다.

"지금까지 했던 것보다 더 잘했어." 죽었던 악한이 일어나 팔꿈치를 문지르고 있을 때 메그가 말했다.

"언니는 어쩜 그렇게 글을 잘 쓰고 또 연기도 그렇게 훌륭하게 할까. 조 언니, 언니는 셰익스피어가 환생한 것 같아." 베스가 감탄했다. 베스는 자기 자매들이 모든 일에 놀라운 재능을 가지고 있다고 굳게 믿고 있었다.

"별로 그렇지도 못해." 조가 겸손하게 대답했다. "내 생각에는 말이야, 비극 오페라 '마녀의 저주'도 훌륭한 작품이지만, 우리가 뱅쿠오(Banquo : ^{맥베스의}^{등장인물})를 위한 작은 들창만 있다면 맥베스를 한번 해 봤으면 좋겠어. 난 언제나 그 살인 장면을 해보고 싶었거든. '지금 내 눈 앞에 보이는 것이 단도인가요?'" 조는 자신이 본 유명한 비극배우처럼 눈을 굴리고 허공을 움켜잡으면서 중얼거렸다.

"저런! 베스, 너 빵 대신 엄마 실내화를 굽고 있는 거 아니니? 베스가 연극에 충격을 받았다!" 메그가 소리치자 모두들 폭소를 터뜨렸고 그런 와중에 연극 연습은 끝이 났다.

"모두들 즐거운 것을 보니 기쁘구나, 애들아." 문가에서 쾌활한 목소리가 들렸다. 배우와 관객들이 돌아다보니 키가 훤칠하고 자애로운 숙녀의 모습으로 엄마가 서 있었다. 엄마는 '너희들 뭐라도 도와줄까' 말하려는 듯 너무나도 즐거운 표정이었다. 엄마는 우아한 드레스를 입고 있지는 않았지만, 고상한 분위기를 가진 여인이었다. 그런데 딸들은 회색 망토와 멋없는 모자가 이 세상에서 가장 멋진 엄마를 가려 버린다고 생각했다.

"자, 사랑스런 딸들아. 오늘 어떻게 지냈니? 내일 보낼 포장 상자들을 준비하느라 너무 바빠서 저녁 식사 시간에 못 맞췄단다. 아무도 안 왔었니, 베스? 메그, 감기는 좀 어떠니? 조, 많이 피곤해 보이는구나. 아가, 엄마에게 키스해주렴."

마치 부인은 딸들에게 자상하게 물어보면서 젖은 옷을 벗고 따스한 실내화를 신었다. 그리고 안락의자에 앉아 에이미를 무릎 위에 끌어 앉히고는, 엄마의 바쁜 하루 중 가장 행복한 시간을 즐길 준비를 했다. 소녀들은 각자 흩어져서 자기가 맡은 일을 좀더 능숙하게 하려고 애썼다. 메그는 테이블을 정리하고, 조는 땔감을 가져오고 의자를 가지런히 했는데, 그녀의 손에 닿는 물건들은 모두 떨어지거나 뒤집히거나 덜그럭거렸다. 베스는 조용히 그러나 바삐 거실과 부엌 사이를 왔다 갔다 했으며, 에이미는 팔짱을 끼고 앉아서 모든 것을 지시하고 있었다.

모두 테이블 주위로 모였을 때, 마치 부인은 유난히 행복한 표정으로 말했다. "저녁 식사가 끝나면 특별한 선물이 있단다."

한 줄기의 기다란 햇살 같은 밝은 미소가 퍼졌다. 베스는 비스킷을 손에 들고 있던 것도 잊고 손뼉을 쳤고, 조는 냅킨을 던지며 소리쳤다. "편지다, 편지! 아빠를 위해 만세 삼창!"

"그래, 멋지고도 긴 편지란다. 아빠는 안녕하시다는구나. 그리고 우리가 걱정한 것보다는 겨울을 잘 지내실 수 있을 것 같다고 하셨어. 크리스마스를 축하한다는 말씀과 함께, 너희들 딸들에게 보내는 글도 있단다."

부인은 보물이라도 들어 있다는 듯이 주머니를 툭툭 쳐 보였다.

"빨리빨리 끝내자고. 그렇게 손가락 장난치면서 접시에 대고 히죽히죽거리지 말란 말이야, 에이미." 조가 소리쳤다. 너무나 서두른 나머지 조는 차를 마시다가 목이 막히고 버터가 발라진 빵을 양탄자에 떨어뜨리고 말았다.

베스는 더 이상 먹지 않고 살금살금 걸어가 엄마의 그늘진 구석 자리에 앉아, 다른 자매들이 식사를 끝내기를 기다리며 이제 곧 맞게 될 기쁨에 대해 생각했다.

"아빠는 징집되기에는 연세가 많으시고, 군인이 될 만큼 건강하지 않은데도 불구하고 군복으로 가셨으니 훌륭하다고 생각해요." 메그가 부드럽게 말했다.

"북치는 사람으로 가는 것도 좋아. 북치는 사람을 뭐라고 하더라? 아니면 간호사로라도 가서 아빠 곁에서 아빠를 도와드릴 수만 있다면." 조가 신음하면서 소리쳤다.

"천막에서 자고 맛없는 음식들을 먹으며 양철컵으로 우유를 마시면 정말 기분 안 날 거야." 에이미가 한숨을 쉬며 말했다.

"아빠는 언제쯤 오시게 되나요, 엄마?" 이렇게 묻는 베스의 목소리는 약간 떨렸다.

"아빠가 아프시지 않는 한 당분간은 오시지 못할 거야, 베스. 아빠는 최선을 다해 일하고 계시단다. 그러니 우린 너무 무리해서 아빠가 일찍 돌아오시기를 바라서는 안 돼. 자, 이제 편지를 읽자꾸나. 이리로 오렴."

모두들 난로 앞으로 모였다. 엄마가 큰 의자에 앉고 베스는 엄마의 발치에, 메그와 에이미는 좌우 팔걸이에, 조는 의자 뒷면에 기대어 섰다. 그곳은 조가 편지 내용 때문에 울먹이더라도 아무도 볼 수 없는 곳이었다. 감동할 것도 없는데다 매우 어려운 시기였기 때문에 편지 쓰는 일이 매우 드물었다. 특히 아빠께서 집으로 보내시는 편지는 더욱 그랬다. 이번 편지에는 참아내야 할 고통과 위험, 그리고 이겨내야만 하는 향수병에 대한 이야기는 거의 없었다. 아주 밝고 희망에 넘치는 편지로서, 군대 내의 야영 생활과 행진에 대한 생생한 묘사와 여러 소식으로 가득 차 있었다. 그리고 끝 부분에 가서야 고향의 어린 딸들에 대한 아버지의 사랑과 그리움이 넘쳐 흘렀다.

"아이들에게 나의 사랑과 키스를 전해 주구려. 내가 매일 우리 애들을 생각하며 밤마다 애들을 위해 기도하고, 그러면 항상 우리 아이들의 애정이 나를 더없이 안락하게 해준다고 말해 주오. 우리가 모두 만나려면 아직 1년을 기다려야 하고 그 1년이 너무도 길게 느껴지지만, 우리가 기다리는 동안 모두 열심히 일하면 이러한 나날들이 절대로 지루하지 않다고 아이들에게 상기시켜 주시오.

난 우리 아이들이 내가 해 준 이야기를 기억하고, 당신에게는 사랑스러운 아이들이 될 것임을 알고 있소. 그리고 우리 아이들이 성실하게 자기 본분을 다 하고, 마음속의 악마와 싸워서 이김으로써 자기 자신을 아름답게 가꾸리라 믿소. 내가 집에 돌아가게 되면 예전 그 어느 때의 작은 아가씨들보다도 훨씬 더 자랑스럽게 여길 수 있으리라 생각한다오."

그 부분까지 읽었을 때 모두들 훌쩍이기 시작했다. 조는 그 커다란 눈에서 눈물이 코를 타고 흘러내렸고, 에이미는 그녀의 곱슬머리가 헝클어지는 것도 잊은 채 엄마의 어깨에 얼굴을 숨기고 흐느끼며 말했다. "난 정말 이기적인 애야! 하지만 아빠가 실망하시지 않도록 좋은 아이가 되기 위해 노력할 거야."

"우린 모두 그럴 거야." 메그가 말했다. "난 너무 용모에만 신경 쓰고 일하기 싫어했어. 그렇지만 이젠 그러지 않을 거야."

"난 아빠가 즐겨 부르시는 대로 '작은 아가씨'가 되도록 노력할 테야. 그리고 거친 행동은 삼가겠어. 어떤 다른 사람이 되려 하기보다는 지금 있는 곳에서 내 의무를 다할 테야." 조가 말했다. 그녀에게는 집에서 자신의 성질을 누그러뜨리는 일이 남부의 반란을 진압하는 일보다 더 어렵다고 생각되었다.

베스는 아무 말도 하지 않았다. 푸른색 군대 양말로 눈물을 훔치고는 아무 일도 없다는 듯이 다시 뜨개질에 전념했다. 가장 가까이 있는 의무를 다하기 위해, 다른 데에는 시간을 낭비하지 않으려는 듯이. 그리고 1년 뒤 아빠가 집으로 돌아오시는 행복한 때에는 아빠가 바라시는대로 아주 훌륭한 딸이 되어 있어야겠다고 그 고요하고 조그만 가슴에 굳게 결심하는 것이었다.

마치 부인은 조의 말에 뒤이어 침묵을 깨고 상쾌한 목소리로 말했다.

"너희들이 어렸을 때 했던 연극 '천로역정'(^{존 버니언의 작품} ^{이름에서 땀})을 기억하니? 너희들은 등에 내 작은 자루 가방을 메고 내 모자를 쓰고 내 지팡이를 짚고 종이 뭉치를 들고 '파멸의 도시'인 지하실에서 차츰 올라와 집 안을 여행하면서 '옥상으로 올라가, 올라가' 하며 내가 시키는 극만 좋아했었지. 그곳에서 너희들은 그동안 모아 두었던 온갖 사랑스러운 물건들을 가지고 '천국'을 꾸몄었잖니."

"얼마나 재미있었는지 몰라요. 특히 사자 곁을 지나거나, 마왕과 싸우거나, 도깨비가 있는 골짜기를 지날 때는요." 조가 말했다.

"난 꾸러미들이 계단 아래로 굴러 떨어지는 게 참 재미있었어." 메그가 말했다.

"난 지하실과 그 어두운 입구가 무서웠던 것, 우리가 꼭대기에서 먹었던 과자와 우유가 항상 좋았던 것 말고는 기억이 잘 나지 않아. 지금 내가 그 놀이를 하기에 너무 나이가 든 게 아니라면 다시 한 번 그 놀이를 해봤으면 좋겠어." 12살이지만 어린애같이 말하는 에이미가 말했다.

"우리는 언제까지나 이 놀이를 할 수 있단다, 애야. 왜냐하면 우리는 항상 이런 식 저런 식으로 그와 같은 연극을 하고 있으니까. 지금 우리는 등에 짐을 지고 우리 앞에 놓여 있는 길을 가고 있는 거란다. 그리고 선함과 행복에 대한 바람은, 우리가 수없이 고난에 처하고 실수를 하더라도 진정한 천국인 평화에 도달할 수 있도록 해주는 안내자인 셈이지. 자, 나의 작은 순례자들아. 이번에는 놀이가 아니라 진지하게 다시 순례 여행을 시작한다고 생각해

보자꾸나. 그리고 아빠가 집에 돌아오시기 전에 얼마나 멀리까지 가 볼 수 있는지 우리가 해 보는 거야."

"정말 엄마? 그럼 우리의 짐은 어디에 있어요?" 아직 천진난만한 어린 숙녀 에이미가 물었다.

"베스 말고는 모두 지금 가지고 있는 짐에 대해 말했잖니, 하긴 베스는 아무 짐도 가지지 않았다고 생각하겠지만." 엄마가 말했다.

"아니에요, 나 가지고 있어요. 닦아야 할 접시들과 먼지떨이 그리고 훌륭한 피아노를 가지고 있는 사람들을 부러워하고, 사람들을 두려워하는 게 제 짐이에요."

베스의 무거운 짐이란 너무도 우스운 것들이라 모두들 웃음을 터뜨릴 뻔했다. 그러나 아무도 웃지 않았다. 왜냐하면 그게 베스의 마음을 몹시 상하게 할지도 모르니까.

"자, 한번 해보자." 메그가 진지하게 말했다. "'짐'이라는 것은 선한 사람이 되려고 노력하기 위한 이름일 뿐이야. 그리고 그 이야기는 우리를 도와줄 거야. 우리가 선해지고 싶어도 모든 일은 힘들어서 때로는 잊히고 흐지부지 되니까."

"오늘밤 우리는 '절망의 구렁텅이'에 있었던 거야. 그런데 엄마가 오셔서 책 속의 구원자처럼 우리를 끌어내어 주신 거야. 우리들은 크리스천_(버니언의 천로 역정의 주인공)이 가졌던 것 같은 방향 지도가 있어야 할 텐데, 지도 문제는 어떻게 하지?" 그녀의 지루한 일과에 약간의 낭만을 부여한다는 생각에 신이 난 조가 물었다.

"크리스마스 날 아침 모두들 베개 밑을 보렴, 각자의 안내서를 발견하게 될 거야." 마치 부인이 대답했다.

그들은 하녀 한나가 테이블을 치우는 동안 새로운 계획에 대해 이야기를 나누었다. 이야기가 끝나자 네 개의 작은 반짇고리를 내어놓고 마치 부인의 홑이불을 부지런히 꿰매기 시작했다. 그것은 재미없는 바느질이었지만 오늘밤은 아무도 불평을 하지 않았다. 그들은 조의 제안에 따라 긴 솔기를 네 부분으로 나누어 각 부분을 유럽, 아시아, 아프리카, 그리고 아메리카라고 불렀다. 특히 그들은 바느질하는 부분에 해당되는 여러 나라들에 대해 이야기를 나누면서 바느질을 했다.

9시가 되자 언제나처럼 일을 멈추었고, 잠자리에 들기 전에 노래를 불렀다. 베스 말고는 그 어느 누구도 낡은 피아노로 그렇게 좋은 음악을 들려주지 못하리라. 베스는 노랗게 변해버린 건반을 부드럽게 두드려, 그들이 부르는 단조로운 노래를 즐겁게 반주해 주었다. 메그는 플루트와 같은 목소리를 지니고 있었다. 메그와 엄마가 이 작은 합창단을 이끌어 갔다.

에이미는 작은 귀뚜라미처럼 불렀고, 조는 마음대로 음을 올렸다 내렸다 하면서 항상 틀린 음정으로 구슬픈 노랫가락을 더욱 망쳐놓곤 했다. 그들은 혀가 돌아가지 않을 무렵부터 이 합창을 해왔다. 이제 노래 부르는 일은 가족이 꼭 해야 하는 일이 되었다. 그것은 엄마가 노래를 아주 잘한 덕분이었으리라. 이 가정의 아침은 종달새처럼 노래하는 엄마의 목소리로 시작되어 밤에도 역시 그 부드러운 목소리로 막을 내렸다. 딸들은 아무리 나이가 들어도 어렸을 때 익히 들었던 엄마의 자장가를 듣고 싶어 했다.

제2장 메리 크리스마스

크리스마스 날 회청빛 새벽에 가장 먼저 잠을 깬 사람은 조였다. 벽난로에는 양말이 하나도 걸려 있지 않았다. 잠시 동안 조는 오래전에 그녀의 작은 양말이 맛있는 것들로 꽉 채워진 채 떨어져 버렸던 때 느꼈던 그런 실망감에 빠졌다. 그러나 조는 엄마의 약속을 기억해 내고, 베개 밑으로 손을 넣어 붉은 색으로 포장된 작은 책을 꺼냈다. 조는 그 책을 잘 알고 있었다. 왜냐하면 그것은 이 세상에서 가장 훌륭한 삶에 관한 아름다운 옛날 이야기였으니까.

조는 그 이야기가 오랜 여행길을 가는 어떤 순례자에게도 진정한 안내서가 될 것이라고 생각했다. 조는 메그를 깨워 '메리 크리스마스' 인사한 뒤에, 메그로 하여금 베개 밑에 무엇이 있는지 보도록 했다. 내용은 같지만 초록색으로 포장된 책이 나왔다. 그 책에는 엄마가 쓴 짤막한 글이 있었다. 그 글이 책 선물을 매우 값지게 느껴지도록 했다.

베스와 에이미도 곧 깨어나 그녀들의 작은 책들을 찾아냈다. 하나는 비둘기색이고, 또 하나는 푸른색이었다. 모두 앉아서 그 책들을 들여다보며 책에 대해서 서로 이야기를 나누는 동안, 동쪽 하늘에서 태양이 떠오르고 있었다.

약간 허영심이 있었지만 마거릿(메그)은 매우 온화하고 신앙심이 깊은 성격이었다. 이는 은연중에 그녀의 동생들에게도 영향을 주었다. 특히 조는 메그 언니를 매우 사랑했으며, 언니의 충고는 아주 부드러웠기 때문에 늘 그녀에게 순종했다.

"얘들아." 메그는 자기 옆의 더벅머리 너머 방 저쪽의 동생들을 바라보며 진지한 목소리로 말했다. "엄마는 우리들이 이 책을 읽고 아껴서 항상 마음에 새겨두기를 바라시니까, 우리는 당장 시작해야겠어. 우린 매우 성실했었지. 하지만 아빠는 멀리 가 계시고 전쟁은 우리를 불안하게 하고 있잖아. 그래서 우리는 많은 것들을 소홀히 했던 거야. 너희들은 각자 알아서 해. 난 내 책을 여기 테이블 위에 놓고 매일 아침 일어나자마자 조금씩 읽도록 하겠어. 그렇게 해야 이 책이 내가 하루를 잘 보낼 수 있게 도와줄 테니까 말야."

그리고 나서 메그는 자신의 책을 펴고 읽기 시작했다. 조도 메그를 얼싸안은 채 얼굴을 맞대고는 같이 책을 읽었다. 항상 들떠 있는 얼굴에 보기 드문 조용한 표정을 띠고서.

"메그 언니, 참 훌륭해. 에이미, 이리 오렴. 우리도 읽자꾸나. 어려운 단어는 가르쳐 줄게. 우리가 이해하지 못하는 것은 언니들이 설명해 줄 거야." 예쁜 책들과 언니들의 행동에 깊이 감동한 베스가 속삭였다.

"내 책은 푸른색이어서 참 기뻐." 에이미는 말했다. 방은 곧 매우 조용해졌고, 책장 넘기는 소리만이 들렸다. 겨울 햇빛이 스며들어, 그녀들의 반짝이는 이마와 진지한 얼굴에 크리스마스 인사를 하듯 비추었다.

30분 뒤 조와 함께 선물에 대한 감사 인사를 하기 위해 뛰어내려간 메그가 물었다. "엄마는 어디 계세요?"

"잘은 모르겠는데 어떤 가난한 사람이 도와달라고 왔었어. 엄마는 무엇이 필요한지 보고 오겠다고 하시면서 곧장 같이 나가셨어." 한나가 대답했다. 한나는 메그가 태어날 때부터 그들과 함께 살았기 때문에, 하녀라기보다는 오히려 모두들 친구처럼 생각했다.

"엄마는 곧 돌아오실 거야. 자, 빵을 굽고 모든 것을 준비해 놓자꾸나." 메그는 소파 아래 놓여 있는 엄마에게 드릴, 바구니에 담겨 있는 선물을 내려다보면서 말했다. "어머나, 에이미의 향수병이 어디 갔지?" 메그가 놀라면서 물었다. 그 작은 향수병이 보이질 않았던 것이다.

"조금 전에 에이미가 꺼내 갔어. 아마 리본을 매려고 하나 봐." 조가 새로 산 군용 실내화의 빳빳한 풀기를 없애려고 그것을 신고는 온 방 안을 춤추듯 뛰어다니며 대답했다.

"내 손수건들 근사하지, 그렇지 언니? 한나가 나를 위해 빨아서 다림질해주었어. 그리고 수는 모두 내가 놓은 거야." 베스는 애써서 새긴, 조금은 삐뚤삐뚤한 글자들을 자랑스럽게 바라보며 말했다.

"맙소사, 베스는 'M. March'라고 새기지 않고 'Mother'라고 새겼네. 정말 재미있다!" 조가 그중 한 장을 집어 들고는 소리쳤다.

"그렇게 하면 안 되는 거야? 나는 그렇게 하는 것이 더 좋을 거라고 생각했지. 왜냐하면 메그 언니의 머리글자도 'MM'인데다가, 난 엄마 이외의 다른 사람이 이것을 사용하는 걸 원치 않아." 베스는 난처한 표정을 지으면서 말했다.

"괜찮아, 베스. 기발하고 아주 센스 있어. 이젠 아무도 실수하지 않을 테니까. 틀림없이 엄마는 기뻐하실 거야." 메그는 조에게 살짝 눈을 흘기고 베스에게는 상냥하게 웃으면서 말했다.

"엄마다! 바구니를 숨겨, 빨리!" 조가 소리쳤다. 문 닫히는 소리가 들리고 복도에서 발소리가 났다.

그런데 에이미가 급하게 들어왔고, 언니들이 모두 자기를 기다리고 있다는 걸 보자 몹시 부끄러워하는 듯했다.

"어디 갔었니? 뒤에 감춘 게 뭐야?" 메그는 게으름뱅이 에이미가 모자와 외투까지 걸치고 그렇게 일찍 외출한 데에 몹시 놀라서 물었다.

"비웃으면 안 돼, 조 언니. 공개할 때까지 아무도 알지 못하게 하려고 했는데. 난 그냥 향수를 좀 더 큰 것으로 바꾸느라 내가 가진 돈을 모두 그 향수 사는 데 썼을 뿐이야. 그리고 앞으로는 이기심을 버리기 위해 진심으로 노력할 거야."

그렇게 말하면서 에이미는 싸구려 향수병과 바꾸어 온 근사한 향수병을 들어 보였다. 에이미는 자기 자신을 내세우지 않으려고 애를 썼는데 그 모습이 너무 정직하고 겸손해 보였다. 그래서 메그는 그 자리에서 에이미를 꼭 껴안아 주고, 조는 '네가 최고야'라고 말해 주었다. 베스는 창가로 가서 가장 예쁜 장미를 가져와 그 멋진 향수병을 장식했다.

"언니, 난 오늘 아침에 선해지는 것에 대해 읽고 이야기한 뒤에 내 선물이 부끄럽게 느껴졌어. 그래서 일어나자마자 그걸 바꾸러 갔던 거야. 그러고 나니까 이제 내 선물이 제일 멋지게 보여서 그렇게 좋을 수가 없어."

현관문이 닫히는 소리가 들리자 바구니는 다시 소파 밑으로 들어가 버리고 네 자매는 아침 식사를 기다리며 식탁으로 다가갔다.

"메리 크리스마스, 엄마! 책 정말 고맙습니다. 우린 조금 읽어 보았어요. 그리고 매일 조금씩 읽으려고 해요."

네 자매는 소리 맞추어 일제히 말했다.

"메리 크리스마스, 사랑하는 딸들아! 바로 읽기 시작했다니 정말 기쁘구나. 너희들이 계속 읽기를 엄마도 바란단다. 그런데 얘들아, 앉기 전에 할 얘기가 한 가지 있다. 여기서 그리 멀지 않은 곳에 금방 아기를 낳은 가난한 엄마가 살고 있는데, 불을 피울 형편이 못 되어 여섯 명의 아이들이 한 침대에 엉켜서 추위를 잊으려고 애쓰고 있더구나. 그곳에는 먹을 것이 하나도 없어. 그들 가운데 가장 큰 아이가 내게 다가오더니 모두 추위와 배고픔 때문에 못 견디겠다고 도움을 청하는 거야. 그러니 우리 예쁜 아가씨들, 너희들이 먹을 오늘 아침 한 끼를 크리스마스 선물로 그들에게 주지 않으런?"

거의 한 시간을 기다린 네 자매는 유난히 배가 고팠던 터라 아무도 선뜻 대답하지 못했다. 그러나 조금 지나자 조가 갑자기 소리쳤다. "우리가 식사를 시작하기 전에 엄마가 오셔서 다행이에요."

"저, 그 불쌍한 어린 아이들에게 먹을 것을 가지고 돌봐 주러 가도 될까요?" 베스도 간절한 어조로 말했다.

"난 머핀 빵과 크림을 가지고 갈래." 에이미는 기특하게도 그녀가 가장 좋아하는 것을 포기하겠다고 말했다.

메그는 벌써 메밀가루를 깔고 빵을 큰 접시에 담고 있었다.

"너희들이 그렇게 해 줄 거라고 생각했단다, 엄마는!" 마치 부인은 만족한 듯이 미소를 지으며 말했다. "모두들 가서 나를 도와주려무나. 그리고 집에 돌아올 때 아침으로 먹을 빵과 우유를 사오자꾸나. 저녁에는 요리를 해서 먹자."

그들은 모두 금방 준비가 되었고 곧 출발했다. 다행스럽게도 이른 아침이라 그들은 뒷길로 갈 수 있었고, 그들을 본 사람이 거의 없었기 때문에 아무도 그들의 조금 묘한 모습을 우습게보지 않았다.

정말로 그곳은 가난하고 헐벗은 가엾기 짝이 없는 방이었다. 창문은 부서지고 불기도 없는데다 침대보는 너덜너덜하고 병든 엄마, 울부짖는 아기, 굶주려 창백한 아이들이 낡은 누비이불 속에서 체온을 유지하려고 꼭 껴안은 채 안간힘을 쓰고 있었다.

자매들이 그 방에 들어갔을 때 아이들의 그 큰 눈들이 얼마나 커졌는지, 그리고 그 파르스름한 입술에 얼마나 큰 미소가 번졌는지.

"오, 하느님! 착하신 천사들이 우리에게 오신 거야!" 불쌍한 여인은 기쁨에 눈물을 흘리며 말했다.

"두건을 두르고 벙어리장갑을 낀 우스꽝스러운 천사들이죠." 조가 이렇게 말해서 모두들 웃음보를 터뜨렸다.

몇 분이 지나자 정말로 그곳은 친절한 요정들이 마술을 부리는 듯했다. 나무를 가져온 한나는 불을 피우고, 깨진 창유리를 낡은 모자와 그녀의 외투로 틀어막았다. 마치 부인은 여인에게 차와 죽을 떠먹여주고, 갓난아기에게는 자기 아기에게 하듯 정성스럽게 옷을 입혀 주었다. 그러면서 아기 엄마에게 도와줄 것을 약속하여 마음을 편안하게 해주었다.

자매들은 그동안에 식사를 준비하고 어린아이들을 불가에 앉힌 다음 굶주린 새들에게 모이를 주듯 아이들에게 음식을 먹였다. 함께 웃으며 이야기를 나누고 아이들이 떠드는 우스운 엉터리 영어를 이해하려고 애썼다.

"다스 이스트 굿(정말 좋아요)!"

"디 엥글 킨더(어린 천사)!"

불쌍한 아이들은 먹으면서, 또 추워서 새파랗게 되어 버린 손을 따뜻한 불에 녹이면서 독일어로 소리쳤다.

소녀들은 이전에 한 번도 어린 천사라고 불려 본 적이 없었다. 그래서 그렇게 불리는 것이 매우 기분 좋았다. 그 중에서도 조는 특히 더했는데, 그녀는 태어나서부터 줄곧 '산초(Sancho)' 같은 아이로 생각되어 왔기 때문이다. 비록 그녀들은 음식을 하나도 먹지 않았지만 나름대로 매우 행복한 아침 식사였다. 그리고 그들이 위로의 말을 남기고 떠나올 때에는, 적어도 자기들의 아침 식사를 다 주어 버리고 크리스마스 날 아침을 빵과 우유만으로 만족해야 하는 이 작은 소녀들보다 더 즐거운 사람은 이 도시 전체를 통틀어도 없을 것이었다.

"이게 바로 이웃을 우리 자신만큼 사랑하는 일이야. 난 정말 기분이 좋아." 어머니가 이층에 올라가 그 가여운 아이들에게 줄 옷들을 찾는 동안 선물을 꺼내 놓으면서 메그가 말했다.

비록 굉장하거나 화려하지는 않았지만 그 작은 선물들에는 사랑과 애정이 듬뿍 들어 있었다. 그리고 테이블 가운데 놓인 붉은 장미와 국화가 꽂힌 길쭉한 꽃병은 매우 우아한 분위기를 자아냈다.

"엄마가 오신다! 베스, 피아노를 시작해. 에이미, 문을 열어! 엄마를 위해 소리쳐!" 메그가 다가가 엄마를 주인공 자리로 모셔오는 동안 조는 껑충껑충 뛰어다니며 소리쳤다.

베스는 가장 경쾌한 행진곡을 연주하고, 에이미는 달려가 문을 열고, 메그는 아주 위엄 있게 엄마를 모셔 왔다. 마치 부인은 한편으로는 놀라고 한편으로는 감동했다. 그리고 나서 선물을 풀어 보고 동봉된 작은 카드들을 읽으면서 눈 가득히 미소를 띠었다. 마치 부인은 실내화를 즉시 신어보고 새 손수건에 에이미의 향수를 뿌려서 주머니 속에 넣었다. 그리고 장미는 가슴에 달았으며 멋진 장갑은 꼭 맞는다고 말했다.

그 다음에는 모두가 신나게 웃으면서 키스하고 이런저런 설명을 했다. 그 담백하고도 정다운 행동은 이런 가정적인 행사를 한층 더 즐겁게 만들었으며, 나중에 이 일을 떠올릴 때에는 한없는 그리움을 불러일으키기도 했다. 그러고 나서 모두들 일을 하기 시작했다.

아침에 자선 행사와 선물 증정식으로 너무 많은 시간을 썼기 때문에, 그날의 나머지 시간은 온통 저녁 축제 준비에만 매달려야 했다. 극장에 가기에는 너무 어리고, 연극 공연을 위한 커다란 무대장치들을 살 만한 충분한 여유도 없었으므로 소녀들은 재치 있게 필요한 물건들을 무엇이든 만들었다. 필요는 발명의 어머니이다. 그들이 만든 것들 가운데 몇 개는 매우 훌륭했다. 두꺼운 종이로 만든 기타, 유행이 지난 배 모양의 버터 그릇에 은박지를 붙여 만든 옛날식 등잔, 피클 공장에서 버려진 양철 조각들로 번쩍번쩍 장식한 호화로운 구식 면직 의상, 그리고 역시 주전자 용기 가장자리를 다듬은 다이아몬드 모양의 양철 조각을 단 멋진 갑옷 등등. 가구들은 거꾸로 세워지기도 하는 등 뒤죽박죽이었지만 큰 방은 천진한 발명품들로 가득 찼다.

남성은 입장 금지였다. 그래서 조는 마음껏 남자 역할을 해낼 수가 있었다. 배우 한 사람을 알고 있는 숙녀 친구에게서 빌려온 황갈색 가죽 장화를 신고는 굉장히 만족해했다. 이 장화와 오래된 펜싱용 검, 어떤 미술가가 작품을 위해 썼던 찢어진 남성용 상의가 조의 가장 소중한 보물들이었다. 이것들을 모든 장면에서 볼 수 있었다.

인원이 적었기 때문에 두 명의 주요 배우가 각각 여러 가지 역할을 해내야 했다. 그들은 저마다 서너 가지의 역할을 연습하려고 여러 벌의 의상을 입었다 벗었다 했고, 그밖에도 무대 감독을 하는 등 매우 힘든 일을 해내야 했다. 그것은 고도의 암기 연습인 동시에 유익한 오락이었다. 아무 것도 하지 않고 빈둥거리거나 외로워하거나 집안에 도움이 안 되는 일에 써버릴 시간들을 이 일에 할애했다.

드디어 크리스마스 날 밤, 열두어 명의 소녀들이 침대를 가득 채웠다. 그곳이 특등석이었다. 푸른색과 노란색의 무명 커튼 앞에 앉아서 소녀들은 기대에 들떠 있었다. 커튼 뒤에서는 귓속말과 버석거리는 소리가 자주 들렸고 램프의 그을음이 일렁거리기도 했다. 흥분하면 곧잘 호들갑스러워지는 에이미의 킥킥대는 소리도 들려 왔다. 드디어 종이 울리고 막이 올랐다. 오페라 형식의 비극이 시작되었다.

연극 광고지에는 '음산한 숲'이 화분에 심어진 두세 그루의 나무와 바닥에 깔린 녹색의 나사 천, 저 멀리 보이는 동굴로 꾸며졌다. 이 동굴은 빨래걸이를 지붕으로 하고 옷장을 벽으로 해서 만들어진 것이었다. 동굴 속에는 한참 타고 있는 화로가 있었으며 검은 냄비가 그 위에 올려져 있었다. 늙은 마녀가 허리를 굽히고 이것을 내려다보고 있었다.

무대는 매우 어두웠기 때문에 화로의 불빛은 효과가 아주 좋았다. 특히 마녀가 냄비 뚜껑을 열었을 때 냄비에서 피어오르는 진짜 수증기는 아주 실감났다.

첫 장면에서 풍기는 공포의 전율이 가라앉기를 기다리다가 잠시 뒤 악한 휴고가 철컥거리는 칼을 차고, 축 늘어진 모자를 쓰고, 검은 수염을 달고, 아주 묘하게 생긴 외투와 장화를 신고 성큼성큼 걸어 나왔다. 몹시 흥분해서 앞뒤로 왔다 갔다 하던 그는 자신의 이마를 탁 치더니, 아주 난폭한 어투로 갑자기 로드리고에 대한 자신의 증오와 자라(Zara)에 대한 사랑, 로드리고를 죽이고 자라를 얻어야겠다는 자신의 결심을 노래하기 시작했다.

감정이 그를 제압할 때 터지는 고함소리와 함께, 휴고의 굵고 탁한 목소리는 매우 인상적이어서 관중들은 그가 숨을 들이쉬기 위해 멈출 때마다 박수갈채를 보냈다. 대중의 갈채에 아주 익숙한 듯한 태도로 절을 한 뒤에, 휴고는 동굴 안으로 몰래 들어갔다. 그러고는 위엄 있게 읊으라고 마녀 하갈(Hagar)에게 명했다.

"오, 나의 사랑! 나는 그대가 필요하다!"

메그는 회색 말총머리를 얼굴 위로 흘러내리게 하고, 검붉은 옷을 걸치고, 지팡이를 짚고, 망토에는 신비한 표지를 달고 밖으로 나왔다. 휴고는 자라가 자기를 사랑하게 만드는 약과 로드리고를 죽일 약을 만들어 달라고 요구했다. 그러자 하갈은 아주 아름답고 극적인 멜로디로 두 개를 다 만들어 주겠다고 약속하고 사랑의 묘약을 가져다 줄 요정을 불러냈다.

여기 나의 집으로 오라. 공기보다도 가벼운 작은 요정이여, 이리로 오라!
장미에서 태어나 이슬을 먹고 자라도다. 마약을 만들어 주련?
내게 가져다 다오, 꼬마 요정처럼 재빠르게
내가 필요로 하는 향기로운 마약을 달콤하게, 그리고 약효는 강력하고 신속하게 만들려무나.
요정이여! 나의 노래에 응답하라!

아주 부드러운 후렴이 들려온 뒤 동굴의 뒤쪽에서 구름처럼 흰 작은 형체가 나타났다. 반짝이는 날개를 달고 금발 머리에는 장미 화환을 쓰고 있었다. 사랑의 요정은 요술 지팡이를 흔들면서 노래했다.

여기 내가 오도다.
저 멀리 은빛 달 속
나의 공기 집으로부터
마법의 주문을 가져가서
잘 사용하라.
그렇지 않으면 그 힘은 곧 사라지리니!

그러고 나서 요정은 작은 금빛 병을 마녀의 발밑에 떨어뜨리고 사라졌다. 하갈이 또 하나 노래를 부르자 다른 유령이 나타났는데, 이번에는 전혀 사랑스럽지 않은 모습이었다. '뻥!' 하는 소리와 함께 흉측하기 짝이 없는 검은 꼬마 도깨비가 나타나서 소름끼치는 소리로 대답한 뒤, 새까만 작은 병 한 개를 휴고에게 던져주고는 조롱하는 듯한 웃음소리를 남기고 사라졌다. 휴고는 떨리는 목소리로 감사를 표하고서 묘약들을 자기의 부츠에 집어넣더니 떠나고, 하갈은 청중들에게 이야기한다.

휴고는 과거에도 그녀의 친구 몇 명을 죽였기 때문에 그녀는 자기를 저주했다고 말했다. 그래서 그의 계획을 방해하고 그에게 복수를 하려고 한다는 것이었다. 그러고 나서 막이 내려졌고 관객들은 휴식을 취하고 사탕을 먹으면서 연극에 관해서 이야기했다.

망치 소리가 한참 들리고 나서야 막은 다시 올랐다. 무대 위에서 그새 무슨 장치가 준비되었는지를 알고 난 다음에는 아무도 막이 늦게 올라간 데 대해 불평을 하지 않았다. 그것은 정말 최고였다! 탑이 천장 끝까지 높게 세워져 있었고 그 중간쯤에 램프가 눈부시게 빛을 내는 창이 하나 있었다. 그리고 흰 커튼 뒤에서 자라가 아름다운 푸른색과 은색 드레스를 입고 로드리고를 기다리고 있었다.

로드리고는 훌륭한 의상을 걸치고 멋진 모자에 붉은 외투, 밤색 가발에 기타를 메고, 이번에도 역시 그 장화를 신고 등장했다. 그는 탑 아래에서 무릎을 꿇고 달콤한 음성으로 세레나데를 불렀다.

자라가 화답하고 음악으로 나누던 대화가 끝나자 만족해서 날아간다. 그러고 나서 연극의 가장 중요한 장면이 나왔다. 로드리고는 다섯 계단으로 된 줄사다리를 만들어 한쪽을 던져 올려 자라에게 그것을 타고 내려오도록 한다. 때마침 자라가 조심스럽게 창문에서 기어 나와 손을 로드리고의 어깨 위에 올리고 우아하게 뛰어내리려 하는 순간이었다.

"아, 슬프도다, 자라여!"

그 순간 자라는 그녀의 옷자락을 잊고 있었다. 옷자락이 창문에 걸리는 바람에 그만 탑이 기우뚱 앞으로 넘어지면서 요란한 소리를 냈다. 이어서 그 불행한 연인은 그만 폐허 속에 파묻히고 말았다.

관객들은 일제히 비명을 질렀고 난파된 잔해 사이로 장화가 나와 버둥거렸다. "거봐, 내가 뭐랬어, 그럴 거라고 했지!" 소리를 지르며 금발 머리가 부스스 솟아올랐다. 그러나 잔인한 아버지 돈 페르도는 상당히 침착한 사람인 듯 당황하지 않고 재빨리 뛰어나와 자기 딸을 급히 옆쪽으로 끌고 갔다.

"웃지 마! 그리고 아무 일도 없었던 것처럼 연기해!" 로드리고에게 '일어서'라고 명령하고 분노와 조소의 말을 던진 다음 자기 영지에서 추방하노라고 선언했다. 비록 탑이 머리 위로 무너져 버린 일로 매우 당황했지만, 로드리고는 늙은 영주에게 거역하며 움직이지 않겠다고 선언한다. 이러한 로드리고의 용감한 행동에 힘을 얻어 자라도 그녀의 아버지에게 반항한다. 그러자 늙은 영주는 두 사람을 성의 가장 깊은 감옥에 가두도록 명령한다. 어느 작달막하고 다부진 체격의 간수가 쇠사슬을 가지고 와서 두 사람을 데리고 나갔는데, 이 간수는 너무나 당황해서 대사를 잊어버린 듯 보였다.

3막은 성 안의 홀이었다. 여기에 마녀 하갈이 등장하여 연인을 구해주고 휴고를 죽이게 된다. 하갈은 휴고가 오는 소리를 듣자 재빨리 숨는다. 휴고는 마약을 두 잔의 포도주에 타서 겁쟁이 땅딸보 하인에게 명령한다.

"이것을 지하실의 죄인들에게 가져다주어라. 그리고 내가 곧 간다고 하여라."

하인이 휴고에게 무엇인가 이야기하려고 옆으로 끌고 간 사이에 하갈은 두 잔의 포도주를 아무것도 타지 않은 잔으로 바꾸어 놓는다. 하인 페르디난도가 그것을 가져가 버리자 하갈은 로드리고에게 먹이려 했던 독약이 든 잔을 제자리에 가져다 두었다. 오랫동안 지껄여서 목이 말라진 휴고는 그 잔을 쭉 들이켰다. 그리고 곧 그는 어쩔 줄 모르더니 한참 동안 목을 움켜쥐고 발을 동동 굴렀다. 이윽고 그는 쭉 뻗어 죽어 버렸다. 그러는 동안 하갈은 격렬한 멜로디의 노래를 그녀가 했던 대로 휴고에게 들려주었다.

길고 검은 머리채가 한꺼번에 갑자기 흘러내려 악한의 죽음이 효과적으로 표현되지 못했다고 생각하는 사람이 있을지 모르나, 이 장면은 정말 굉장했다. 휴고는 막 앞으로 다시 불려 나갔다. 그녀는 하갈을 이끌고 멋진 동작을 취했다. 하갈의 노래는 연극의 남은 부분 전체보다도 더욱 훌륭한 것이었다.

4막의 시작은, 자라가 그를 배반했다는 이야기를 들은 로드리고가 절망한 나머지 막 자결하려는 순간이었다. 단도가 막 그의 심장에 박히려는 순간, 창문 아래서 아름다운 노래가 들려왔다. 그 노래는 자라가 진실한데도 위험에 빠져 있기 때문에, 지금 그가 가려고만 한다면 그녀를 구할 수 있다는 내용이었다. 열쇠 하나가 안으로 던져지자 로드리고는 그 열쇠로 문을 열었다. 복받치는 기쁨에 로드리고는 그의 사슬을 끊고 사랑하는 자라를 찾아 구하려고 달려 나갔다.

5막은 자라와 돈 페드로가 벌이는 격렬한 장면으로 시작되었다. 그는 자라에게 수녀가 되라고 하였지만 그녀는 그 말을 들으려고 하지 않았다. 아주 감동적인 호소를 한 뒤에 거의 기절할 지경에 이르렀을 때, 로드리고가 달려 나와 그녀에게 구혼한다. 돈 페드로는 그가 부자가 아니라는 이유로 청혼을 거절했다. 그들은 서로 소리를 지르고 격렬한 몸짓을 했지만 의견의 일치를 보지 못했기 때문에 로드리고는 탈진한 자라를 데리고 달아나려 했다.

그때 겁쟁이 하인이 미궁 속으로 사라진 하갈로부터 온 편지와 가방을 가져왔다. 하갈은 그녀가 젊은 연인들에게 말로 다할 수 없을 만큼의 재물을 남겨 주리라, 또한 돈 페드로가 그들을 행복하게 해주지 않는다면 무서운 불행을 가져다주리라고 말한다.

가방을 열자 굉장히 많은 양철 동전들이 소나기처럼 무대 위로 쏟아졌다. 무대는 반짝거렸고 주위가 온통 환해졌다. 이를 본 아버지는 어쩔 수 없이 두 사람의 결혼을 허락해 주었다. 모두 함께 즐거운 합창을 부르며, 연인이 무릎을 꿇고 아주 우아하게 돈 페드로의 축복을 받는 장면을 끝으로 막이 내렸다.

우레와 같은 박수소리가 터져 나왔다. 그러나 그때 뜻밖의 사태가 벌어져 박수가 뚝 그쳤다. '관람석'으로 쓰이던 접이침대가 이유도 없이 확 접히는 바람에 열광하던 관중이 그 안에 삼켜져 버린 것이다. 로드리고와 돈 페드로가 급히 도망쳐 나오고 모두들 다치지 않고 빠져나왔지만 웃느라고 말도 할 수 없었다. 이 소동은 좀처럼 가라앉지 않았다. 그때 한나가 올라와서 말했다. "마치 부인께서 축하의 말씀을 하신답니다. 그리고 아가씨들께서는 저녁 식사를 하러 내려오시랍니다."

이것은 배우들에게조차도 뜻밖의 일이었다. 그리고 식탁을 보았을 때 그들은 기쁨과 놀라움으로 서로 얼굴을 마주 보았다. 엄마가 그들을 위해 약간의 음식을 준비하는 일은 종종 있었지만, 오늘처럼 이렇게 직접 성대한 파티를 열어주신 일은 풍족하던 그 옛날 이후 처음이었다. 아이스크림은 정확히 분홍색과 흰색 두 접시였다. 케이크, 과일, 살살 녹는 프랑스 봉봉, 게다가 식탁 가운데는 온실에서 재배한 꽃다발 네 개가 놓여 있지 아니한가.

그들은 숨이 막힐 듯이 놀랐다. 먼저 그들은 식탁을 바라보았고 고개를 돌려 엄마를 쳐다보았다. 엄마도 그 광경을 매우 즐기고 있는 표정이었다.

"천사가 다녀갔나?" 에이미가 물었다.

"산타클로스야." 베스가 말했다.

"엄마가 하신 거야." 메그는 회색 구레나룻과 흰 눈썹을 달고서도 아주 부드럽게 웃어 보였다.

"마치 아주머니가 기분이 좋으셨던 모양이야. 그래서 저녁을 보내셨나봐." 조가 갑자기 생각이 난 듯 소리쳤다.

"모두 틀렸어. 로렌스 할아버지께서 보내셨단다." 마치 부인이 대답했다.

"로렌스 할아버지! 도대체 어떻게 이런 생각을 하셨을까? 우리는 그분을 모르잖아!" 메그가 소리쳤다.

"한나가 그 집 하인 한 사람에게 오늘 너희들의 아침 파티 이야기를 했다는구나. 그는 괴팍스럽고 늙은 신사지만 그 말이 그 노인을 기쁘게 했던 거야. 그분은 몇 년 전에 너희들 외할아버지와 알고 지내셨단다. 그런데 그분께서 오늘 오후 아주 정중한 글을 보내주셨더구나. 오늘을 기념하는 뜻으로 우리 아이들에게 대단치 않은 것들을 조금 보내서 그분의 마음을 표시하니 허락해 주었으면 좋겠다고 말이야. 엄마는 거절할 수 없었단다. 그래서 오늘 밤 너희들은 빵과 우유만 먹은 오늘 아침에 대한 보상으로 작은 축하 잔치를 받게 된 거야."

"그 아이가 할아버지께 부탁했을 거야, 틀림없어! 그 애는 꽤 중요한 사람이거든. 난 그 아이와 우리들이 서로 알고 지냈으면 좋겠어. 그 애는 우리를 알고 싶어 하는 것 같았어. 하지만 그 애는 너무 부끄러움을 많이 타는 거야. 메그는 너무 정숙한 나머지 우리가 지나칠 때 내가 그 아이한테 말을 걸지 못하도록 했거든." 조가 말했다. 접시가 돌려지고 여기저기에서 만족스런 감탄사가 터져 나오는 가운데 아이스크림이 입 속에서 살살 녹았다.

"저기 있는 저 큰 집 사람들 얘기죠, 그렇죠?" 한 소녀가 물었다. "우리 엄마는 로렌스 씨를 알고 계세요. 그런데 로렌스 씨는 매우 거만하고 이웃 사람들과 사귀기를 좋아하지 않는다고 하셨어요. 그분은 말을 타거나 그의 선생님과 산책할 때 외에는 손자를 밖에 나가지도 못하게 하고 공부를 아주 열심히 하도록 시킨대요. 우리는 그를 파티에 초대했지만 그분은 오지 않았어요. 엄마는 그가 비록 우리들에게 말을 걸지는 않지만 아주 좋은 사람이라고도 하셨어요."

"한 번은 우리 고양이가 달아났었는데 그분이 고양이를 데리고 왔어. 우리는 담 너머로 서로 이야기를 나누었지. 크리켓이나 뭐 그런 것들에 대해서. 그런데 그의 손자는 메그가 오는 것을 보자 저쪽으로 가 버렸어."

"언젠가는 그를 사귈 테야. 왜냐하면 그도 재미있는 경험이 필요할 테니까. 틀림없이 난 그렇게 하고 말 거야." 조가 단호하게 말했다.

"난 그의 예의바른 태도가 참 마음에 들더구나. 그는 마치 꼬마 신사 같아. 그러니까 난 네가 적당한 기회에 그와 사귀면 반대하지 않을 거야. 그가 꽃을 직접 가져왔더구나. 이층에서 무슨 일을 하고 있는지 알았다면 들어오라고 했을 거야. 그 애가 돌아갈 때 떠들썩한 소리를 듣고는 아주 부끄러워하는 것 같았어. 틀림없이 그렇게 지내본 적이 없었던 것 같던데."

"그러지 않길 잘했어요, 엄마." 조가 자기의 장화를 내려다보며 웃었다. "그렇지만 언젠가 우린 또 다른 연극을 할 거니까 그 아이도 볼 수 있을 거야. 어쩌면 함께 연기를 할지도 모르고. 재미있겠지?"

"이렇게 아름답고 멋진 꽃다발은 처음이야! 너무너무 예뻐!" 메그는 매우 기뻐하며 꽃들을 살펴보았다.

"그것들도 아름답지만 내게는 베스의 장미가 더 향기롭구나!" 마치 부인은 그녀의 옷 위에서 반쯤 시들어 버린 꽃의 향기를 맡으며 말했다.

베스는 엄마에게 가까이 다가서서 부드럽게 속삭였다. "아빠께 나의 꽃다발을 보내 드릴 수 있었으면 좋겠어요. 아빠가 우리처럼 즐거운 크리스마스를 보내시지 못해서 정말 안됐어요."

제3장 로렌스 소년

"조! 조! 어디 있니?" 다락방 계단 밑에서 메그가 소리쳤다.

"여기!" 위에서 쉰 듯한 목소리가 대답했다. 메그는 뛰어 올라갔다. 조는 사과를 먹으면서 《레드클리프의 상속인》 이야기에 그만 울고 있었다. 그녀는 햇빛이 들어오는 창가에 놓여 있는, 다리가 셋 달린 낡은 소파에 목도리를 두른 채 푹 파묻혀 있었다. 그곳은 조가 가장 좋아하는 피난처였다.

그녀는 이곳에서 대여섯 개의 사과와 마음에 드는 책을 즐겼고, 평온함 속에서, 그녀를 무서워하지 않는 생쥐들과 놀았다. 메그가 나타나자 사각사각 씨는 재빨리 구멍 속으로 사라졌다. 조는 뺨에 흘러내린 눈물을 닦아내고 뉴스를 기다렸다.

"멋진 일이야! 이것 봐! 가드너 부인한테서 내일 밤 파티 정식 초대장이 왔어!" 메그는 그 귀중한 종이를 흔들며 소리쳤다. 그러고는 숙녀답게 기쁨에 넘쳐 초대장을 읽어 내려갔다.

"가드너 부인께서는 조촐한 송년 파티에서 마거릿 양과 조세핀 양을 만날 수 있다면 기쁘시겠답니다! 엄마는 우리가 가도 좋다고 하셨어. 와, 그럼, 이제 우리 뭘 입지?"

"그걸 물어 보면 뭐해! 언니도 알다시피 우린 포플린 옷을 입을 텐데. 다른 옷이 뭐가 있어?" 조가 입 안 가득히 사과를 물고 대답했다.

"실크옷 한 벌만 있었으면!" 메그는 한숨을 쉬었다. "엄마가 그러시는데 내가 열여덟 살이 되면 그걸 가질 수 있을 거라고 하셨어. 그런데 2년씩이나 기다리기는 너무 길어."

"내 생각에 우리 포플린 옷은 실크처럼 보여. 게다가 우리에게 잘 어울리거든. 언니 것은 아주 새 옷처럼 좋지만, 아이고! 내 정신 좀 봐. 깜빡 잊었네. 내 옷은 탄 자국과 해진 데가 있는데 어쩌지? 탄 부분은 정말 보기가 흉해. 그걸 입고 어딜 나간단 말야."

"가능하면 앉아만 있고 등을 보여서는 안 돼. 앞부분은 괜찮으니까. 난 머리 리본을 새것으로 만들어야겠어. 엄마가 작은 진주 핀을 빌려 주실 거야. 그리고 내 새 슬리퍼는 예뻐. 그리고 내 장갑도 내가 바라는 만큼은 아니지만 그래도 그만하면 괜찮아."

"내 옷은 레모네이드로 망쳐 버렸어. 하지만 난 새것을 장만할 수 없으니까 그냥 입고 가야겠네." 조가 말했다. 조는 결코 옷 때문에 걱정한 일이 없었다.

"넌 장갑을 껴야만 해. 그렇지 않으면 난 안 갈 테야." 메그가 단호하게 소리쳤다. "장갑은 가장 중요하단 말야. 장갑을 안 끼고는 춤을 못 춰. 네가 장갑을 끼지 않고 가면 난 너무 창피할 거야."

"그럼 난 이곳에서 꼼짝도 하지 않겠어. 짝지어 춤추는 것엔 흥미 없어. 빙글빙글 돌면서 걷는 게 뭐가 재미있다고 그래? 그보다는 날고뛰고 하는 게 훨씬 더 내 취향에 맞는단 말이야."

"넌 엄마한테 새로 장갑을 사달라고 할 수도 없지. 그것은 너무 비싸고, 또 넌 너무 조심성이 없어. 한 번만 더 못쓰게 만들면 그때는 이번 겨울 동안 다시는 장갑을 사 주시지 않겠다고 하셨잖아. 어떻게 해야 할까?" 메그가 걱정되는 듯이 물었다.

"내가 장갑을 손에 들고 있으면 아무도 그것이 얼룩진 걸 모를 거야. 그 방법밖에는 없어. 아니야, 방법이 있다. 각자 좋은 장갑을 한 짝씩 끼고 다른 짝은 들고 가는 거야. 어때?"

"네 손은 내 손보다 커. 그러니 넌 내 장갑을 엄청나게 늘려 놓고 말 거야." 메그가 말했다. 메그의 장갑은 그녀에게 있어서 자랑거리였다.

"그러면 난 장갑 없이 가겠어. 난 사람들이 뭐라든지 상관 안 해!" 조가 책을 집어 들면서 소리쳤다.

"좋아, 빌려줄게! 하지만 제발 더럽히면 안 돼. 그리고 얌전히 좀 행동해줘. 뒷짐을 진다거나 빤히 쳐다본다거나 '크리스토퍼 콜럼버스!' 하고 말하거나 하면 안 돼. 알았지?"

"내 걱정은 하지 마. 아주 정숙하게 행동할 거니까. 그리고 가능하면 어떤 논쟁에도 끼어들지 않겠어. 이제 가서 답장을 해, 언니. 난 이 훌륭한 이야기를 다 읽어야겠어."

그리하여 메그는 내려가서 승낙하는 답장을 쓰고, 드레스를 살펴보고, 즐겁게 노래 부르며 진짜 레이스로 장식하는 동안, 조는 이야기책과 네 개의 사과를 모두 해치우고 사각사각 씨와 떠들며 뛰어놀았다.

송년회 날 거실은 황량했다. 두 동생들은 화장을 거드는 시녀 노릇을 하고, 두 언니는 '파티 준비'라는 너무도 중요한 일에 열중하고 있었기 때문이다. 사실 화장은 간단한 일이었지만, 모두들 분주한 듯이 뛰어다니며 웃고 떠들어댔다. 또 이따금 머리 타는 냄새가 방 안 가득히 스며들었다. 메그가 앞머리를 약간 곱슬거리게 만들고 싶어 했기 때문에 조는 그 일을 해 주겠다면서 종이로 돌돌 만 머리를 두 개의 달궈진 부젓가락에 끼워 넣었다.

"원래 이런 냄새가 나는 거야?" 베스가 침대 위에 쪼그리고 앉아 물었다.

"지금 물기를 말리는 중이라고." 조가 대답했다.

"이게 무슨 이상한 냄새야! 털이 타는 거 같아." 에이미가 자기만의 아름다운 곱슬머리를 자랑스레 매만지며 말했다.

"자, 이제 종이를 떼어내면 여러분은 귀여운 물결무늬를 보시게 됩니다." 부젓가락을 내려놓으며 조가 말했다.

조는 종이를 떼어냈다. 그런데 이게 무슨 날벼락이란 말인가. 머리칼이 종이에 붙어 버렸다. 깜짝 놀란 미용사는 타서 오그라든 머릿다발을 피해자가 된 언니 앞 책상 위에 내려놓았다.

"아니, 아니, 아니, 세상에! 너 도대체 무슨 짓을 한 거니? 아, 난 망했어! 난 이제 못 가! 내 머리, 내 머리!" 메그는 오글오글 타다 남은 이마의 머리칼을 절망적으로 바라보며 울부짖었다.

"아휴 또 실패야! 그러게 나한테 부탁한 게 잘못이지. 난 항상 일을 엉망으로 만들기만 해. 정말 미안해, 언니. 부젓가락이 너무 뜨거워서 그랬어."

가엾은 조는 신음하듯 중얼거렸다. 그리고 안타까워서 눈물이 그렁그렁한 눈으로 다 타 버린 팬케이크 같은 앞머리를 올려다보았다.

"아예 망쳐 버린 건 아냐. 곱슬곱슬하게 해서 리본으로 묶고 머리끝이 이마로 약간 흘러내리게 해봐, 언니. 그러면 최신 유행하는 머리 같을 거야. 그렇게 하고 다니는 걸 많이 봤어." 위로하려는 듯이 에이미가 말했다.

"어떻게 좀 해 봐. 난 머리에 장식 같은 걸 하고 싶지 않단 말이야." 메그가 화가 나서 소리쳤다.

"나도 그러길 바라, 언니. 언니 머리는 정말 부드럽고 아름다웠어. 이제 곧 자랄 거야." 베스가 다가가서 키스를 하며 털이 깎인 아기 양을 위로했다.

사소한 난관들을 거쳐 메그는 무사히 준비를 마쳤다. 그리고 모두 힘을 모아 조의 머리를 올리고 옷을 입혔다. 간소한 옷차림이었지만, 두 사람은 매우 훌륭해 보였다. 메그는 은빛 광택이 나는 다갈색 옷에 푸르스름한 은빛 광이 나는 벨벳 리본을 매고, 깃에는 레이스 프릴과 진주 핀을 달았다. 조는 밤색 옷에 남자용처럼 빳빳한 리넨 옷깃을 달고 액세서리로 흰 국화를 한두 송이 달았다. 두 사람은 각각 한 짝씩 고급스런 얇은 장갑을 끼고 얼룩진 한쪽 장갑은 다른 쪽에 들었다. 모두들 그들이 '편안하고 세련된' 느낌을 준다고 말했다. 메그의 굽 높은 슬리퍼는 아주 꽉 끼어서 발이 몹시 아팠지만,

그녀는 꾹 참고 있었다. 조는 머리에 꽂힌 19개의 핀이 머리를 찌르는 것 같아 그다지 기분이 좋진 않았다. 그렇지만 어쩌나! 우리에게 우아함을, 아니면 죽음을 달라!

"즐겁게 지내렴, 애들아!" 두 자매가 우아한 걸음걸이로 길을 나서자, 마치 부인이 말했다. "저녁 너무 많이 먹지 마라. 엄마가 하나를 보낼 테니 열한 시에는 나와야 해." 그들 뒤에서 문이 닫히는 소리에 이어 창문에서 누군가가 크게 소리쳤다.

"아가씨들! 손수건은 둘 다 깨끗한 걸로 가졌겠지?"

"그럼요, 엄마. 굉장히 멋져요, 메그 언니는 향수까지 뿌렸어요." 걸어가면서 조가 웃으며 소리쳤다. "엄마는 우리가 지진으로 쫓길 때도 틀림없이 저럴 거야."

"그건 엄마의 귀족적 취향 중의 하나야. 그리고 그건 틀리지 않아. 왜냐하면 산뜻한 구두와 장갑, 손수건은 진짜 숙녀의 조건이니까." 역시 나름대로의 '귀족적 취미'를 꽤 많이 지니고 있는 메그가 대답했다.

"자, 태운 자국이 있는 쪽을 보이면 안 돼, 조, 알겠지? 내 허리띠 괜찮아? 그리고 내 머리 이상하지 않지?" 메그가 말했다. 메그는 가드너 부인 댁의 화장실 거울 앞에서 이리저리 돌아보며 한참 동안 맵시를 내고 있었다.

"난 틀림없이 잊어버릴 거야. 언니, 내가 뭔가 잘못하면 눈을 찡긋해서 좀 알려줘, 응?" 조가 말했다. 조는 옷깃을 잡아당기고 머리를 서둘러 빗질했다.

"아냐, 윙크하는 짓은 숙녀답지 못해. 잘못된 게 있을 때는 눈썹을 약간 올리고, 잘했을 때에는 고개를 끄덕일게. 자! 어깨를 펴고 잠깐 걸어봐. 소개를 받아도 악수는 하지 마. 예의에 어긋나."

"어떻게 그렇게 많은 예절을 익혔어? 어휴, 난 못해. 그런데 언니, 저 음악 신나지 않아?"

그들은 파티에 가는 일이 드물었기 때문에 다소 두근거리는 마음으로 내려갔다. 이 작은 모임은 극히 약식 모임이었지만 그들로서는 대단한 것이었다.

품위 있는 노부인인 가드너 부인은 그들을 친절히 맞이한 뒤에 그들을 그녀의 여섯 딸 가운데 가장 큰딸에게 맡겼다. 메그는 샐리를 알고 있었기 때문에 곧 익숙해졌지만, 계집아이들의 수다를 싫어하는 조는 등을 조심스레 벽에 대고 마치 꽃밭에 들어선 망아지마냥 어색하게 서 있었다. 대여섯 명의 유쾌한 사내아이들이 방 저쪽에서 스케이트에 대해 이야기를 나누고 있었다. 조는 그리로 가서 그들과 어울리고 싶었다. 왜냐하면 스케이팅은 그녀가 즐기는 것 중 하나였으니까.

조는 메그에게 그리로 가고 싶다는 표시를 언뜻 했지만, 메그의 눈썹이 엄청나게 높이 치켜지는 바람에 조는 움직일 엄두조차 내지 못했다. 아무도 조에게 말을 걸지 않았고 그녀 가까이에 있는 사람들이 점점 줄더니 마침내는 그녀 혼자만 남고 말았다. 그녀는 타서 구멍 난 옷이 보일까 봐 이리저리 마음 놓고 다닐 수가 없었기 때문에, 춤이 시작될 때까지 쓸쓸하게 사람들만 쳐다보고 있었다.

메그는 바로 춤 요청을 받았다. 메그는 꽉 끼는 구두를 신고도 너무도 가볍고 활기차게 춤을 추었다. 그러니 어느 누구도 미소를 지으며 참아내야만 하는 그녀의 진짜 고통을 상상할 수 없었으리라. 조는 키 크고 붉은 머리의 한 청년이 그녀가 있는 구석 쪽으로 다가오는 모습을 보고는, 그가 그녀에게 춤 신청을 할까봐 서둘러 커튼이 쳐진 구석으로 슬쩍 미끄러져 들어갔다. 그곳에서 내다보며 평화롭게 즐기려고 했던 것이다.

그런데 불행하게도 또 다른 수줍음 타는 사람이 같은 은신처를 먼저 잡아 놓고 있었다. 조가 커튼 뒤로 들어서자마자 그녀는 그곳에서 '로렌스 소년' 과 마주보게 되고 말았다.

"어머나, 여기 누가 있는 줄은 몰랐어요!" 조가 들어올 때처럼 재빠르게 나가려고 하면서 더듬거리며 말했다.

그 소년 또한 조금 놀란 것 같았지만 곧 웃으며 상냥하게 말했다. "제게 신경 쓰지 마십시오. 좋으시다면 여기 계세요."

"방해되지 않겠어요?"

"전혀요. 전 아는 이들도 별로 없고 해서 여기 와 있었던 겁니다. 그리고 아시겠지만 처음에는 좀 이상했어요."

"저도 그래요, 가고 싶지 않으면 나가지 마세요."

그 소년은 다시 앉았다. 소년은 조가 정중하고 자연스럽게 이야기를 꺼낼 때까지 자기 신발을 내려다보고 있었다. "제 생각에는 전에 뵌 적이 있는 것 같아요. 혹시 우리 집 가까이에서 산 적이 있지 않은가요?"

"이웃집이었죠." 소년은 조를 올려다보고는 그만 웃음을 터트렸다. 소년이 그의 집에 온 고양이를 돌려줬을 때 그들이 크리켓에 대해 얼마나 재미있게 떠들어댔는지 환히 기억하고 있기 때문이었다. 그런 그에게 지금 조의 단정한 태도는 오히려 우습게 보였던 것이다.

그 웃음은 조를 편안하게 해주었고, 조 특유의 쾌활한 어투는 소년을 웃게 했다. "당신이 보내주신 훌륭한 크리스마스 선물로 아주 즐거운 시간을 가졌어요."

"할아버지가 보내주신 거랍니다."

"그건 당신이 할아버지께 귀띔했던 거겠죠, 그렇죠?"

"고양이는 잘 지냅니까, 마치 양?" 소년은 검은 눈에 장난기를 가득 담고서 진지해 보이려고 애쓰면서 물었다.

"잘 지내고 있어요. 고마워요, 로렌스 씨. 그런데 난 마치 양이 아니에요. 그냥 조예요." 어린 숙녀가 대꾸했다.

"나도 로렌스 씨가 아니라, 그냥 로리입니다."

"로리 로렌스, 좀 괴상한 이름이네?"

"원래 이름이 테오도르지만 친구들이 나를 도라라고 부르기 때문에, 난 그 이름이 싫어졌어요. 그래서 그 친구들 보고 그 대신 로리라고 부르도록 했어요."

"나도 내 이름을 싫어해요. 너무 감상적이거든요! 난 모든 사람이 조세핀 대신에 그냥 조라고 불러줬으면 해요. 그런데 어떻게 친구들이 도라라고 부르지 못하게 했어요?"

"두들겨 패줬어요!"

"난 마치 고모를 두들겨 팰 수는 없으니까 참을 수밖에 없었어요." 조는 한숨을 쉬며 단념한 듯 말했다.

"춤추는 거 좋아하지 않아요, 조 양?" 로리가 물었다. 그 이름이 조에게 어울린다는 듯한 표정이었다.

"장소가 넓고 사람들이 모두 활기찬 곳에서는 좋아하지만 이런 곳에서는 남의 발을 밟기 쉬워 저는 메그나 즐기라고 하고 그냥 있어요. 춤 안 춰요?"

"가끔은 추지요. 아시다시피 난 오랫동안 외국에 나가 있었기 때문에 아직까지 이곳 사람들의 습관에 익숙하지 못해요."

"외국!" 조가 외쳤다. "어머나, 그 얘기 좀 해줘요! 난 사람들에게서 여행 이야기 듣는 것을 굉장히 좋아해요."

로리는 어디서부터 이야기를 시작해야 할지 모르는 것 같았다. 그러나 조가 간절하게 질문을 해댔기 때문에 그는 이야기를 시작할 수밖에 없었다. 그는 조에게 베베(Vevay-Montreux : 스위스의 도시)에서 겪은 학교생활에 대해 이야기해 주었다. 그곳에서는 소년들이 좀처럼 모자를 쓰지 않으며, 호수에는 많은 보트들이 쏜살같이 지나다니고, 휴일에는 선생님들과 함께 스위스 여러 곳을 도보 여행한다고 했다.

"저도 꼭 한 번 가보고 싶군요." 조가 감탄했다. 그리고 계속 질문했다. "파리에도 갔었어요?"

"작년 겨울을 그곳에서 보냈죠."

"프랑스어를 할 줄 알아요?"

"네, 베베에서는 프랑스어밖에 못하게 했어요."

"그럼 좀 해봐요! 난 프랑스어를 읽을 수는 있지만 말은 할 줄 몰라요."

"Quel nom à cette jeune demoiselle en les pantoufles jolis ? (켈 놈 아 세트 쥬느 데모와젤 안 레 판토플 졸리?)"

"정말 잘하는군요! '음, 예쁜 실내화를 신은 저 아가씨 이름이 뭐죠?'라고 했죠?"

"Oui, mademoiselle(위 마드모아젤[네, 아가씨])."

"저 여자요? 우리 언니 마거릿이에요. 당신도 알잖아요? 예쁘다고 생각하세요?"

"네, 마치 독일 소녀 같습니다. 그녀는 아주 산뜻하고 조용하네요. 춤도 품위 있게 추고요."

조는 자기 언니에 대한 이 소년다운 찬사가 너무 기뻐서 메그에게 들려주려고 그 말을 가슴에 담아 두었다. 두 사람은 사람들을 훔쳐보면서 흥도 보고 수다도 떨면서 오랫동안 알고 지낸 것처럼 느껴질 때까지 이야기를 나누었다.

조의 남자 같은 행동이 그를 즐겁게 해주고 또 편안하게 해주었기 때문에, 로리의 수줍음은 곧 사라졌다. 그리고 조는 다시 즐거워졌다. 왜냐하면 그녀는 자신의 옷차림을 잊고 있었고, 아무도 그녀에게 눈썹을 치켜 올리지 않았기 때문이다. 조는 '로렌스 소년'이 점점 더 좋아졌고 그의 좋은 점들을 발견했으며 다른 자매들에게 그에 대해 이야기해주고 싶었다. 그녀들은 남자 형제는 물론 남자 사촌형제도 거의 없어서, 남자라는 동물에 대해서는 거의 몰랐기 때문이다.

'곱실거리는 검은 머리, 갈색 피부, 크고 검은 눈, 잘 생긴 코, 고른 치열, 작은 손발, 키는 나보다 좀 크고, 남자 아이치고는 매우 정중하며 무척 재미있는 사람이다. 궁금하다, 몇 살일까?'

질문들이 혀끝에서 뱅뱅 돌았지만 그녀는 잠시 진정한 뒤 기발한 재치로 완곡하게 물어보기로 했다.

"곧 대학에 갈 거죠? 난 당신이 책에 고개를 틀어박고 있는 걸 봤어요. 아뇨, 내 말은 공부를 열심히 한다는 말이에요." 조는 '틀어박고'라고 내뱉은 말에 얼굴을 붉혔다.

로리는 웃었지만 충격을 받은 것 같지는 않았다. 그는 어깨를 으쓱하며 대답했다. "한두 해 동안은 가지 않을 거예요. 어쨌든 난 열일곱 살이 될 때까지는 가고 싶지 않아요."

"열다섯밖에 안 됐어요?" 조는 자기 생각에 적어도 열일곱은 되었으리라 생각했던 키 큰 소년을 쳐다보며 물었다.

"다음 달이면 열여섯이죠."

"대학에 정말 가고 싶은데! 당신은 좋아했을 것 같지 않군요."

"네, 싫어요! 따분하지 않으면 그저 법석대는 일 말고는 아무것도 아니죠. 또 난 이 나라 사람들이 하는 방식도 맘에 안 들어요."

"그럼 뭘 좋아하나요?"

"이탈리아에 살면서 내 방식대로 즐기고 싶어요."

조는 그 나름대로의 방식이 어떤지 매우 물어보고 싶었지만 그가 검은 눈썹을 찡그린 모습이 좀 험악해 보였기 때문에 발로 장단을 맞추면서 화제를 바꾸었다. "폴카가 멋진데요. 가서 한번 해보지 않을래요?"

"만약 당신도 함께 간다면요." 그는 정중하게 고개를 숙이면서 대답했다.

"난 안 돼요. 메그에게 안 간다고 했어요. 왜냐하면……." 거기서 조는 말을 끊었다. 그러고는 말을 더 해야 할지 웃어야 할지 정하지 못한 표정이었다.

"왜냐하면? 뭐예요?"

"다른 사람에게 말하지 않을 거죠?"

"절대 안 해요!"

"그럼 얘기하죠. 나는 불 앞에 서 있는 나쁜 버릇이 있어서 이 옷이 그만 조금 타고 말았어요. 잘 수선을 했는데도 그래도 표가 나요. 그래서 메그가 말해줬어요. 아무데도 가지 말고 가만히 여기 서서 아무도 불에 거슬린 옷을 보지 못하게 가리고 있으라고. 우스우면 웃어도 좋아요. 내가 생각해도 우스운걸요."

그렇지만 로리는 웃지 않았다. 단지 그는 잠시 동안 아래를 내려다보았을 뿐이다. 로리가 아주 부드럽게 말했을 때 그 표정이 조를 당황하게 했다. "신경 쓸 거 없어요. 우리가 뭘 할 수 있는지 말할게요. 저 밖에 긴 복도가 있으니 거기서 춤춰요. 아무도 우릴 못 볼 거예요. 자, 갑시다."

조는 로리에게 고맙다고 말하고 기꺼이 그를 따라갔다. 그리고 그녀의 파트너가 낀 진줏빛 장갑을 보고는 그녀도 말쑥한 장갑이 한 켤레 있었으면 좋겠다고 생각했다.

홀은 텅 비어 있었다. 그들은 경쾌한 폴카를 추었다. 로리는 춤을 잘 추어서, 조에게 독일식 스텝을 가르쳐 주자 조는 즐거워했다. 로리의 스텝은 휙휙 흔들며 도약하는 동작의 연속이었다. 음악이 끝나자 두 사람은 숨을 고르려고 계단에 앉았다. 로리가 하이델베르크의 학생축제 이야기를 한창 하는 중에 메그가 갑자기 손짓을 해서 조는 마지못해 옆방으로 언니를 따라갔다. 메그는 소파에 기댄 채 발을 잡고는 파랗게 질려 있었다.

"발목을 삐었어. 저 바보 같은 하이힐 때문이야. 너무 아파서 서 있을 수도 없어. 집에 어떻게 갈지 모르겠다!" 메그는 고통스러워 발을 앞뒤로 흔들면서 말했다.

"그런 신을 신고 왔으니, 그렇게 발을 다칠 줄 알았어. 어쩌면 좋지! 마차를 불러야 할지 이 집에서 밤을 지새워야 할지, 나도 잘 모르겠는걸."

조가 대답하면서 언니의 아픈 발목을 주물러 주었다.

"마차는 너무 비싸서 부를 수도 없어. 게다가 대부분 사람들은 자기 마차를 가지고 와서 어디다 부탁할 수도 없단 말야. 또 마구간까지는 너무 멀고 보낼 사람도 없잖아."

"내가 갈게."

"무슨 소리야, 안 돼! 지금 아홉 시가 넘었어. 밖은 이집트처럼 어두워. 이 집에는 사람이 가득 차 있어서 여기 머물 수도 없어. 그런데 샐리의 여자 친구 몇 명이 여기 있으니까, 한나가 올 때까지 쉬고 있다가 어떻게든 해 봐야겠어."

"로리에게 부탁해 볼래. 로리는 도와줄 거야." 조는 이 생각이 떠오르자 안심이 된다는 듯 말했다.

"안 돼! 아무에게도 부탁하거나 이야기하지 마. 내 고무 실내화 좀 가져다주고, 이 슬리퍼는 우리 짐들하고 같이 놓아둬. 난 더 이상 춤은 못 추겠어. 저녁 식사가 끝나면 바로 한나를 찾아보고 한나가 오면 빨리 나에게 알려줘."

"그들은 지금 저녁 먹으러 가고 있어. 난 언니랑 여기 있을래."

"아니야, 조. 나가 봐. 그리고 내게 커피 좀 가져다줄래? 난 너무 피곤해서 꼼짝도 못하겠어."

그리하여 메그는 실내화를 신은 발을 잘 감추고서 기대어 앉았고, 조는 어색하게 걸어서 식당으로 향했다. 그녀는 도자기가 있는 작은 방에 들어갔다가, 가드너 씨가 잠시 홀로 휴식을 취하고 있는 방의 방문을 열었다가, 한참 뒤에야 식당을 찾아냈다. 그리고 식탁으로 급히 다가가 커피를 손에 넣었다. 그러나 그녀는 곧 그것을 엎질러서 드레스 앞쪽을 뒤쪽처럼 망쳐놓고 말았다.

"오, 맙소사! 난 어쩜 이렇게 덜렁거릴까."

메그의 장갑으로 문질러서 그 장갑 역시 버려 놓고는 소리쳤다.

"무슨 일인가요?" 친절한 목소리가 들려왔다. 그곳에는 한 손에 커피가 가득한 잔을 들고, 다른 손에 아이스크림이 담긴 접시를 들고 있는 로리가 있었다.

"메그 언니가 매우 피곤해해서 뭘 좀 가져다주려고 했는데, 누군가가 날 밀었어요. 그래서 이런 멋진 꼴이 돼 버렸어요!" 조는 침울하게 얼룩진 치마와 커피로 물든 장갑을 흘끗 보았다.

"저런 안됐군요. 지금 나는 이걸 줄 사람을 찾고 있었어요. 이 접시를 언니에게 가져다줄까요?"

"어머 고마워요! 내가 안내할게요. 내가 가져가면 좋겠지만 또 실수할 것 같아요."

조가 앞장서서 안내를 했다. 그러자 로리는 마치 귀부인들을 기다리는 데 능숙한 듯 작은 탁자를 잡아당겨 메그에게 줄 커피와 아이스크림을 놓고 조에게도 똑같은 것을 가져다주었다. 또 로리가 얼마나 정중했던지 매우 까다로운 메그조차도 그를 '괜찮은 아이'라고 말할 정도였다. 그들은 봉봉과자를 먹으며 즐거운 시간을 보냈으며, 한나가 왔을 때에는 지나가다가 들른 두세 사람과 한참 '버즈' 게임 중이었다. 메그는 발이 아픈 것도 잊고 급하게 일어나다가 고통스럽게 비명을 지르며 조를 붙잡지 않을 수 없었다.

"쉿, 아무 소리 마!" 메그는 그렇게 속삭이고는 큰 소리로 덧붙였다. "아무것도 아니에요. 조금 삐끗했을 뿐이에요. 그뿐이에요." 그러곤 자기 물건을 챙기러 절뚝거리며 2층으로 올라갔다.

한나는 메그가 다리를 다친 것을 알고는 꾸짖었고, 메그는 울어버렸으며, 조는 어찌할 바를 모르다가 아무래도 자기가 처리해야겠다고 결정했다. 그녀는 살짝 방을 빠져나와 아래층으로 뛰어내려가 하인에게 마차를 부를 수 있는지 물었다. 그러나 그는 임시로 고용된 하인이었기 때문에 그 근방에 대해서 아는 바가 없었다. 그래서 조는 도움을 청하기 위해 두리번거리고 있는데 그때 그녀의 얘기를 들은 로리가 다가와서, 자기 할아버지를 태우려고 막 도착한 마차를 빌려주겠다고 했다.

"너무 이르잖아요! 당신도 벌써 간단 말예요?" 조는 그 제안을 받아들이지 못하고 머뭇거리며 말했다.

"난 항상 일찍 돌아갑니다. 정말이에요! 댁까지 바래다 드리겠어요. 아시다시피 내가 가는 길이잖아요. 게다가 밖에는 비가 내리고 있대요."

이것으로 모든 게 해결되었다. 조는 그에게 메그의 사고 이야기를 하고 나서 기꺼이 제안을 받아들였고, 파티에 남은 사람들을 데리고 내려오기 위해 뛰어 올라왔다. 한나는 고양이만큼이나 비를 싫어했기 때문에 아무런 이의를 제기하지 않았고, 그들은 호화로운 덮개 마차에 흔들리며 축제 분위기를 느끼며 우아한 기분으로 집을 향해 떠났다. 로리는 마부석에 탔기 때문에 메그는 아픈 발을 높게 들고 앉아 있을 수 있었고, 소녀들은 자유롭게 그날의 파티에 대해 이야기를 나눌 수 있었다.

"난 최고 멋진 날이었어. 언니는?" 조는 머리를 풀고 편안한 자세를 취하며 물었다.

"응, 나도 발목을 삐기 전까지는 그랬어. 샐리 친구인 안나 모펏이 내게 매우 호감을 가졌어. 샐리와 함께 자기 집에 와서 한 주일 머물다 가랬어. 샐리는 오페라가 상연될 때쯤, 그러니까 봄에 갈 거래. 엄마만 허락해 주신다면 아주 멋질 거야." 메그가 몹시 즐거워하며 대답했다.

"언니, 빨간 머리 남자와 춤추었지? 난 그 사람을 보고서 달아났었는데, 그 남자 좋았어?"

"응, 물론이야! 빨간 머리가 아니야. 다갈색이야. 그는 매우 예의바른 사람이었어. 난 그분과 보헤미아의 민속춤인 레도바를 추었지."

"그 사람 춤추는 걸 보니까 발작 일으킨 메뚜기 같더라. 그래서 로리하고 한참 웃었어. 웃음 소리 못 들었어?"

"아니, 하지만 그건 실례야. 그런데 너희들은 거기 숨어서 내내 뭘 했니?"

조는 자기의 모험담을 털어놓기 시작했는데 그들이 집에 다다랐을 때쯤 끝이 났다. 로리에게 몇 번이고 고맙다는 작별인사를 하고, 아무도 깨우지 않으려고 살며시 들어갔다. 그러나 방문이 삐걱 하는 소리를 내는 순간, 조 그만 나이트 캡 모자 두 개가 불쑥 나타나더니, 반쯤은 졸린 듯한 두 사람의 목소리가 간절하게 애원하다시피 졸랐다.

"파티 얘기 해줘! 파티 얘기 해줘!"

메그 말대로 '예의에 어긋나는 일'이었지만, 조는 동생들을 위해 봉봉과자를 좀 가져왔다. 두 동생들은 그날 밤의 가장 재미있었던 이야기를 듣고 곧 차분하게 마음을 가라앉혔다.

"파티에서 마차를 타고 돌아오고, 이렇게 가운을 걸치고 시중들어 주는 하녀가 있으니 귀부인이 된 느낌이야." 조가 메그의 발에 외용진통제를 붙여주고 머리를 빗겨줄 때 메그가 말했다.

"하지만 진짜 귀부인도 우리만큼 즐겁지는 않을걸. 머리는 타고 옷은 낡았고, 장갑은 한 짝씩, 자칫하면 발목을 삐는 작은 신발, 우리는 이런 악조건인데도 말이야."

메그 또한 조의 말이 맞다고 생각했다.

제4장 무거운 짐

파티 다음날 아침에 메그가 한숨을 쉬며 말했다. "아아, 무거운 짐을 지고, 먼 길을 터벅터벅 걸어가기는 정말 힘든 일 같아." 실제로 이제는 휴가도 끝나 버렸고, 한 주일 동안 떠들썩하게 놀며 보내서, 원래부터 싫어했던 일을 하기가 쉽지 않았다.

"일 년 열두 달이 항상 크리스마스나 새해 전날이었으면 좋겠다. 안 그래?" 조가 우울하게 하품을 하며 대답했다.

"우린 지금 이 순간마저도 즐기며 살아야 해. 하지만 꽃으로 장식된 식탁에서 가벼운 저녁 식사를 한다거나, 파티에 갔다가 마차를 타고서 집에 돌아오며 일은 할 필요 없이 독서를 하거나, 휴식을 취하는 일은 아주 근사해 보여. 다른 사람들도 그래. 너도 알다시피 난 언제나 그렇게 지내는 여자애들이 부러워. 화려한 생활은 정말 좋은 거야." 메그는 낡은 두 개의 가운 중에서 좀 덜 낡은 것을 고르면서 말했다.

"그래, 하지만 우린 그렇지가 못해. 그러니까 불평하지 말고 엄마처럼 각자 자기가 맡은 일을 꾸준히 해야 해. 내가 볼 때 마치 고모는 '바다의 노인'(아라비안나이트 《신드바드》의 등장인물. 한 번 업히면 절대로 내리지 않는다는 늙은이) 같아. 그렇지만 내가 불평하지 않고 계속 업고 다니다 보면 언젠가는 아주 노쇠해지고, 가벼워져서 업고 있어도 괜찮게 될 거야."

이러한 생각은 조의 상상력을 자극해서 조는 곧 기분이 좋아졌으나 메그의 표정은 밝아지지 않았다. 왜냐하면 말썽꾸러기 아이들 네 명을 돌보는 일이 그 어느 때보다도 힘들게 느껴졌기 때문이다. 푸른색 리본 타이를 매고, 머리를 아주 잘 어울리게 손질해서 언제나처럼 몸치장을 할 마음조차 없었다.

"아름답게 보이는 게 무슨 소용이 있겠어. 저 십자가용 난쟁이들밖에 봐줄 사람이 없는걸. 내가 예쁘건 예쁘지 않건 누가 신경이나 쓰겠어?"

메그는 서랍을 홱 닫으며 중얼거렸다.

"난 가난하니까 매일같이 하루 종일 죽도록 일을 해야 하겠지. 가난해서 다른 여자애들처럼 인생을 즐길 수가 없으니까 늙고 못생기고 심술궂게 변할 거야. 이건 정말 수치야!"

그러고 나서 메그는 기분 상한 표정으로 아래층으로 내려갔는데, 아침 식탁에서도 나아지지 않았다. 메그뿐만 아니라 모두들 다소 기분이 언짢아 있었으며 조그만 꼬투리라도 있으면 불평을 늘어놓으려 했다.

베스는 머리가 아파서 긴 의자에 누워 고양이들을 쓰다듬으며 스스로를 달래고 있었다. 에이미는 숙제도 다 끝내지 못한데다가 실내화가 보이지 않아 안달하고 있었다. 조는 나갈 준비를 하느라 휘파람을 불며 법석을 떨었고, 마치 부인은 편지를 즉시 부쳐야 해서 마무리하느라 바빴고, 한나 역시 저기압이었다. 아마도 수면 부족 때문이리라.

"도대체 이렇게 짜증나게 꽉 막힌 가족들이 어디 있어?"

잉크병을 엎지르고 구두끈을 양쪽 다 끊어먹은 뒤, 메그는 모자 위에 주저앉은 채 마침내 신경질을 부렸다.

"우리 가운데서 언니가 제일 꽉 막히고 짜증스러워."

에이미가 눈물을 뚝뚝 떨구며 모두 틀려 버린 계산 문제를 지워버리면서 대꾸했다.

"베스, 너 이 지긋지긋한 고양이들 지하실에 가둬두지 않으면 모두 익사시켜 버린다."

등으로 기어 올라가 밤송이처럼 꼼짝도 않는 고양이를 떼어내려 애쓰면서 메그가 화가 나서 소리를 질렀다.

조는 웃고, 메그는 야단치고, 베스는 애원하고, 에이미는 12곱하기 9가 얼마인지 잊어버리고 엉엉 울었다.

"애들아, 1초라도 좀 조용히 할 수 없니! 엄마는 이 편지를 빨리 부쳐야 하는데 너희들이 떠들어 정신이 없구나."

세 번째 틀려 버린 문장에 줄을 그어 북북 지우면서 마치 부인이 소리쳤다.

순간 조용해졌다가 한나가 성큼성큼 걸어 들어와 침묵을 깨고 탁자 위에 따끈한 파이 두 개를 올려놓고 쿵쾅쿵쾅 걸어 나가 버렸다. 이 요리는 이 집의 명물이었는데, 딸들은 그것을 '머프'라고 불렀다. 다른 요리가 없는 자매들에게는 뜨거운 파이가 추운 아침에 그들의 손을 따뜻하게 해주는 것이었다.

한나는 으스스한 길을 멀리까지 걸어가야 하고, 달리 점심도 먹지 못한 채 두 시나 돼야 돌아오지만, 특별한 점심도 없는 아가씨들을 위해, 아무리 바빠도 또 아무리 기분이 좋지 않아도 잊지 않고 파이를 만들어 두었다.

"고양이들을 안고 있으면 머리 아픈 게 나아질 거야, 베스."

"다녀오겠습니다. 엄마, 오늘 아침에는 모두 나쁜 녀석들이었지만 저녁에 돌아올 때는 언제나처럼 천사들이 되어 있을 거예요. 어서 가, 메그 언니!"

조는 순례자들이 제 시간에 출발하지 못했다고 느끼며 부랑자 같은 발소리를 내고 나갔다.

언제나 엄마가 창가에 서서 미소 지으며 고개를 끄덕여 주시기 때문에, 그들은 골목을 돌아서기 전에 뒤를 돌아보곤 했다. 아마도 이 인사를 받지 않고는 하루를 잘 지내지 못할 것 같았다. 그들의 기분과 관계없이 엄마의 자애로운 얼굴을 얼핏 보는 것은 햇살처럼 좋은 느낌이었다.

"엄마가 저렇게 키스 대신 주먹을 휘두르셔도 우린 할 말 없어. 우리처럼 감사할 줄 모르는 불평덩어리 계집애들이 또 어디 있겠어."

눈 쌓인 길 위에서 매서운 바람 속을 걸으며, 후회하는 듯하면서도 만족해서 조가 소리쳤다.

"그렇게 끔찍한 표현은 하지 마."

세상일에 구역질 내는 수녀처럼 숄을 뒤집어쓰고 가면서 메그가 톡 쏘았다.

"난 뭔가 의미 있는 강렬한 말이 좋아."

모자를 잡고 마치 머리가 같이 날아갈 듯이 홱 젖히며 조가 대꾸했다.

"너 자신이야 어떻게 불리든 상관없지만, 난 나쁜 녀석도 가엾은 계집애도 아니야. 그리고 그렇게 불리고 싶지도 않아."

"언니는 오늘 아침 실의에 차 있었고 아주 침울했었어. 그 이유가 바로 항상 사치스런 생활을 할 수 없기 때문이었지. 가엾은 언니, 내가 돈을 많이 벌 때까지만 기다려요. 그러면 언니는 마차, 아이스크림, 굽 높은 구두, 작은 꽃다발, 춤추러 갈 붉은 머리 소년들로 흥청거릴 수 있게 될 거야."

"조, 엉뚱하기는!"

조의 터무니없는 소리에 메그도 그만 웃어 버렸고 기분이 좀 나아졌다.

"언니는 나 같은 동생을 두어서 아주 행운이야. 나까지 언니처럼 징징 짜고 우울한 사람이라면 좋은 말을 쓰겠지. 다행스럽게도 난 언제나 뭔가 재미있는 생각을 해서 기분이 나빠지지 않게 할 수 있단 말이야. 집에 올 때는 툴툴대지 말고 명랑하게 돌아와야 해. 착한 언니니까, 응?"

갈림길에서 헤어질 때 조는 힘을 내라면서 메그의 어깨를 툭툭 쳤다. 혹독한 겨울 날씨에도 불구하고 각자 따뜻한 파이를 꼭 껴안고, 원하는 일은 아닐지라도 열심히 하려고 노력하며 자기 갈 길을 갔다.

아버지 마치 씨가 불운한 친구를 돕다가 재산을 잃어 버렸을 때, 위로 두 딸은 자기들의 생활비만이라도 스스로 벌도록 허락해달라고 간청했었다. 생활력, 근면함, 그리고 독립심은 일찍부터 길러 주어야 한다고 믿고 있는 부모는 그들의 의견에 동의했고, 두 아이들은 어떠한 일이 있어도 굴하지 않고 마침내 해내겠다는 굳건한 결심으로 일을 시작했다.

마거릿은 보모 겸 가정교사 자리를 얻었으며, 작은 보수로도 아주 부자가 된 기분이었다. 스스로도 자신은 '사치를 좋아한다'고 말했기 때문에 메그에게 있어서 가장 큰 문제는 가난이었다. 그녀는 집안 사정이 좋아 아름답고, 안락하고 쾌적하며, 흔히 부족함이 없었던 때를 기억하고 있었기 때문에 다른 형제들보다 더 가난을 견뎌내기가 어려웠다.

메그는 부러워하거나 불만스러워하지 않으려고 노력했지만, 아직 어린 숙녀로서 예쁜 물건들과 쾌활한 친구들, 교양과 행복한 생활을 갈망하는 것은 극히 자연스러운 일이었다. 킹 씨 댁에서 메그는 매일같이 그녀가 원하는 것들을 보았다. 어린아이들의 누나들이 나올 때면, 메그는 우아한 파티드레스와 꽃다발을 보았고 연극, 음악회, 썰매타기, 그리고 파티 등 여러 가지 떠들썩하게 즐거운 일들에 관한 생생한 수다들을 들었으며, 자신에게는 그렇게도 소중한 많은 돈이 하찮은 일에 쓰이는 것을 보았다.

가난한 메그는 좀처럼 불평하지 않았지만 불공평하다는 생각 때문에 때로는 모든 이들에게 적개심을 품곤 했다. 그녀는 아직 자신이 얼마나 풍요한 신의 축복을 받고 있는지 몰랐고, 신의 축복이 행복한 인생을 약속한다는 사실을 깨닫지 못했기 때문이다.

조는 전부터 마치 고모의 마음에 드는 아이였다. 고모는 다리가 불편하셨으므로 시중을 들어줄 활달한 사람을 필요로 했다. 아이가 없는 노부인은 집안에 어려움이 닥쳤을 때, 딸을 하나 양녀로 보내 달라고 했으나 마치 부부가 거절하자 몹시 기분이 상했었다. 친구들은 마치 부부에게, 돈 많은 노부인의 유산을 받을 수 있는 기회를 잃어버렸다고 말했다. 그러나 욕심 없는 마치 부부는 다만 이렇게 대답할 뿐이었다.

"아무리 많은 돈을 준다고 해도 우리 아이들과 바꿀 수는 없어요. 부유하든 가난하든 우린 함께 살고 함께 행복할 겁니다."

노부인은 당분간 마치 댁과 교류를 끊으려 했다. 그런데 어느 날 우연히 친구 집에서 조를 만났을 때, 조의 장난스런 표정과 사내아이 같은 행동거지에 마음이 끌려 친구로 지내도록 보내달라고 부탁해왔다. 이 제안은 전혀 조의 마음에 들지 않았지만 좀 더 나은 자리가 나타나지 않았으므로 그 일을 하기로 했다. 그런데 조는 모두들 놀랄 정도로 화를 잘 내는 그 노인과 잘 지냈다.

때로는 큰 소동이 일어나곤 했는데, 한번은 조가 더 이상 참을 수 없다고 선언하고 집으로 돌아와 버렸다. 그러나 마치 고모는 금세 기분이 풀어져서 급하게 조를 부르곤 했는데, 내심 그 화 잘 내는 노부인을 좋아하고 있던 조는 거절을 할 수 없었다.

사실상 조에게 가장 흥미로운 것은 마치 고모부가 돌아가신 뒤 먼지와 거미줄로 뒤덮여 버린 책들이 꽉 들어찬 서재였다. 조는 그 친절한 노신사를 기억하고 있었다. 그는 큰 사전들로 기찻길과 다리를 지어 주었으며, 라틴어로 된 책들 속에 있는 기기묘묘한 사진들에 관한 이야기를 해 주었고, 길에서 만날 때마다 조에게 생강빵을 사주곤 했었다.

어둑어둑하고 더러운 그 방은 높은 책장 위에 놓여 있는 흉상들, 아늑한 안락의자들, 지구본 그리고 무엇보다도 황량하게 버려진 책들로 채워져 있었는데, 그곳에서 조는 이리저리 돌아다니며 그녀만의 천국에 있는 기분이었다.

마치 고모가 낮잠을 주무시거나, 손님이 찾아와서 바쁘거나 하면, 조는 재빨리 이 조용한 방을 찾아와 안락의자에 웅크리고 앉아서 시, 소설, 역사, 여행기, 화집 등을 책벌레처럼 닥치는대로 읽어댔다. 정말 책벌레 같았다. 그러나 다른 모든 행복한 순간들이 그렇듯이 이런 행복 또한 오래 지속되지는 않았다.

왜냐하면 조가 막 이야기의 절정에 이르렀을 때, 또는 너무도 달콤한 시 구절이나 가장 긴장감 넘치는 탐험 이야기를 읽으려 할 때면 '조세핀! 조세핀!' 하고 쇳소리 같은 높은 목소리가 들려와서, 조는 그녀의 천국을 떠나 털실을 감거나 강아지를 씻기거나 몇 시간이고 벨샴의 수상집을 함께 읽어야 했다.

조의 희망은 뭔가 멋진 일을 하는 것이었다. 아직 확실한 생각은 떠오르지 않았지만, 시간이 흐르면 알 수 있으리라 생각하고 있었다. 그리고 지금은 마음껏 읽고 뛰고 달릴 수 없다는 사실이 가장 큰 고통이었다.

조는 성미가 급하고 말이 직선적이고도 날카로우며 덜렁대는 기질이 있어서 언제나 사건을 저지르곤 했다. 그래서 조의 생활은 웃기기도 하고 애처롭기도 한 면이 있어 매우 그 기복이 심했다.

어쨌든 마치 고모 댁에서 조가 받았던 수입은 그녀에게 꼭 필요한 만큼이었다. 자기 생활비를 다소나마 자력으로 해결한다는 생각은 끊임없이 불러내는 '조─세핀!' 소리에도 불구하고 그녀를 행복하게 해주었다.

베스는 너무도 수줍음을 타서 학교에도 갈 수가 없었다. 학교에 보내려고 해보았지만 그녀가 너무 고통스러워했기 때문에 포기하고 대신 집에서 아빠에게 배웠다. 아빠는 멀리 가 있고 엄마도 장병원호협회에서 힘들게 일해야만 했으므로, 베스는 혼자서 성실하게 계속 공부를 해나갔으며 최선을 다했다. 그녀는 현모양처 같은 귀여운 소녀로서, 한나를 도와 집안을 정리하고 일하다 돌아오는 가족들을 위해 포근한 휴식처를 마련했다.

그 대가로 보수보다는 사랑받기를 원했다. 온종일 조용히 보내면서도 쓸쓸해하지 않았고, 멍하니 시간을 보내는 일도 없었다. 왜냐하면 그녀의 작은 세계는 공상의 친구들로 가득 차 있었고 그녀는 천성적으로 일벌처럼 부지런했기 때문이다.

매일 아침 깨워서 옷을 입혀 주어야 하는 인형이 여섯이나 될 정도로, 베스는 아직 어린아이였고 그 누구보다도 자신의 인형들을 사랑했다. 그러나 어느 하나도 온전하거나 멋진 인형은 없었고, 모두 베스가 거두기 전에는 내팽개쳐져 있었던 인형이다. 에이미는 낡거나 보기 흉한 것들은 가지려고 하지 않았고 언니들은 자라서 더 이상 인형놀이를 하지 않게 되자 헌 인형들을 모두 베스에게 물려주었다.

베스는 낡고 더럽기 때문에 더욱더 그 인형들을 사랑했고, 병약한 인형들을 위해 병원을 만들기도 했다. 면 헝겊으로 된 급소에 핀을 꽂지도 않았으며 큰 소리를 치거나 때리지도 않았고 보기에 비참할 정도로 낡은 인형도 결코 무시하지 않았다. 하나도 빠짐없이 부족함 없는 사랑으로 먹이고 입히고 간호해주고 쓰다듬어 주었다.

아주 보잘것없는 조각 인형 하나는 원래 조의 것이었다. 격렬한 인생을 겪다가 그만 사고의 잔해가 되어 넝마 주머니 속으로 버려졌었는데, 베스가 구해 내어 그녀의 피난처로 데려갔다. 인형 머리의 표면이 벗겨져 있었기 때문에 베스는 작고 예쁜 모자를 만들어 씌우고, 팔 다리가 모두 떨어져나가 버린 것은 담요로 감싸서 감추어 준 뒤, 이 만성 환자에게 가장 좋은 침대를 마련해 주었다.

누구든지 그 인형에게 쏟아진 정성을 보았다면, 비록 웃음을 터뜨릴지라도 아주 감동을 받았으리라. 베스는 그 인형에게 몇 송이의 꽃을 가져다주고, 책을 읽어 주고, 외투 밑에 숨겨서 바람을 쐬러 데려 나가기도 하며 자장가를 불러주고, 자러 갈 때면 언제나 지저분한 얼굴에 키스를 하고는 부드럽게 속삭였다.

"좋은 꿈 꾸렴, 가엾은 내 아기야."

베스 또한 다른 자매들처럼 그녀 나름대로의 고민이 있었다. 베스는 천사가 아니라 보통의 여자아이였으므로, 피아노 교습을 받지 못하고 좋은 피아노가 없다는 것 때문에, 조의 말에 따르면, 가끔 '어린 아이의 눈물'을 흘렸다.

그렇지만 베스는 음악을 아주 좋아했기 때문에 딩동거리는 낡은 피아노로 열심히 외운 곡을 끈기 있게 연습했다. 그러한 광경은—굳이 마치 고모가 적임자라고 지적하지 않더라도—누군가가 도와주어야만 할 것 같아 보였다.

그러나 아무도 나타나지 않았고, 그녀가 혼자 있을 때면 제대로 소리 나지 않는 누렇게 퇴색한 건반 위에 떨군 눈물을 닦아내는 모습도 아무도 보지 못했다. 일을 할 때면 언제나 베스는 종달새처럼 노래했으며 피곤한 줄도 모르고 엄마와 형제들을 위해서 피아노를 쳤다. 그리고 날마다 희망을 잃지 않고 스스로에게 속삭이곤 했다.

"내가 착하게 지내면, 언젠가는 나의 음악을 할 수 있을 거야."

세상에는 베스와 같은 아이들이 많이 있다. 수줍어하고, 조용하며, 할 일이 없을 때에는 한쪽에 조용히 앉아 있으면서 남을 위해 항상 즐겁게 살아가는 아이들. 그러나 난롯가의 귀뚜라미 소리가 뚝 그치고, 햇살처럼 따사롭던 그들의 존재가 조용히 그림자만 남기고 떠날 때까지 아무도 그들의 희생을 깨닫지 못한다.

만약 누군가가 에이미에게 가장 큰 고민이 뭐냐고 묻는다면 그녀는 바로 '제 코에요' 대답할 것이다. 에이미가 아기였을 때 조가 잘못하여 그녀를 석탄함지 속에 떨어뜨린 적이 있었는데, 에이미는 그 때문에 자기 코가 그처럼 못생겨졌다고 우기고 있었다.

그렇다고 저 가엾은 '페트리아'의 코처럼 너무 크거나 발갛지도 않았다. 다만 약간 납작해서, 아무리 빨래집게로 집어 놓아도 귀족적인 우아한 코가 되지는 않았다. 에이미 말고는 아무도 이상하게 생각하는 사람이 없었으나, 에이미는 그리스 형의 코가 아니라며 아주 안타까워했고 종이 가득 멋진 코들을 그려 보면서 스스로를 달래곤 했다.

언니들이 에이미를 '작은 라파엘'이라고 부를 만큼 그녀는 그림에 뛰어난 재능이 있었다. 에이미는 꽃을 그대로 그리거나, 요정을 상상해서 그리거나, 또는 예술적으로 특이한 견본 그림을 넣어 이야기 그림을 그리거나 할 때가 가장 행복한 순간이었다.

에이미는 산수 문제를 푸는 대신 석판 가득히 동물을 그려 넣었으며, 지도책의 뒷장은 우스꽝스런 묘사로 채워졌고, 선생님이나 친구들을 우스꽝스럽게 그린 만화가 책갈피마다 끼워져 있었는데, 이런 그림들은 꼭 부적절한 순간에 팔랑팔랑 떨어져서 그녀를 곤란하게 했다. 그러나 그녀는 열심히 공부했고 예의가 발라서 꾸중은 그리 듣지 않았다.

에이미는 성격이 좋고 쉽게 사람들을 기쁘게 해주었기 때문에 반 친구들 가운데서도 가장 인기가 좋았다. 그녀의 약간 도도하고 고상한 점을 모두들 부러워했다. 또 에이미는 그림 말고도 피아노곡을 열두 개나 칠 줄 알았고, 뜨개질도 잘했으며, 프랑스어도 모든 단어들의 3분의 1은 정확히 발음했다.

가끔 슬픈 어조로 '아빠가 옛날에 부자였을 때는 우리 집에선 이렇게 했다'고 이야기하면 모두들 감동하였고, 길게 늘어놓는 말도 '굉장히 품위 있게' 들리곤 했다.

가족 모두가 에이미를 귀여워했기 때문에 이 소녀의 바른 행실도 조금은 제멋대로가 되어서 조금은 자만하거나 이기적인 면도 있었다. 하지만 단 한 가지, 사촌 언니 플로렌스의 옷을 물려 입어야 한다는 사실이 그 자만심을 다소 손상시켰다. 게다가 플로렌스의 엄마는 세련된 감각을 지니지 못했기 때문에 에이미는 고통스럽게도 푸른색 보닛 대신 붉은 보닛을 입어야 했고, 어울리지 않는 덧옷과 잘 맞지도 않는 성가신 앞치마를 입어야만 했다.

옷들은 모두 고급품이었고 거의 새것이나 다름없었지만, 에이미의 예술적 안목에는 맞지 않았다. 특히 이번 겨울에 입었던, 아무 장식도 없이 노란 점들이 막힌 어두침침한 자줏빛 등교복은 더욱 맞지 않았다.

"그래도 언니……."

에이미는 눈물을 글썽이며 메그에게 말했다.

"우리 엄마는 마리아 파크스의 엄마처럼 내가 버릇없이 굴 때마다 내 치맛단을 올려 버리지 않아서 다행이야. 너무 끔찍한 일이지. 어떤 때는 그 아이의 원피스가 무릎 위까지 껑충 올라가 학교에도 올 수 없을 정도야. 이렇게 끔찍한 일을 생각해 보면, 내 납작한 코와 노란색 로켓 무늬의 자줏빛 덧옷 같은 것은 충분히 참아낼 수 있어."

메그는 에이미가 가장 신뢰하는 상담역이었다. 그리고 정반대되는 성격이 묘하게 이끌리는지, 조는 부드러운 베스의 단짝이었다. 조에게만은 이 수줍음 타는 소녀도 자기의 생각을 털어놓았고, 베스는 덩치 크고 덜렁대는 언니에게 은연중에 가족 누구보다도 큰 영향을 미치고 있었다. 위의 두 언니는 서로에게 많은 영향을 주고 있었지만 저마다 동생을 한 사람씩 자기 품안에 두고 저마다의 방식대로 보살펴 주고 있었다. 그들은 그것을 '엄마놀이'라고 불렀으며, 두 동생을 이젠 가지고 놀지 않는 인형 자리에 두고 모성애적 본능으로 보살펴 주었다.

"누구 얘기할 것 없니? 오늘은 하루 종일 우울한 날이었어. 좀 재미있는 얘기라도 듣고 싶어."

저녁 시간에 모두들 모여 앉아 바느질을 하는 중에 메그가 말했다.

"오늘은 고모와 이상한 일이 있었는데 한번 들어봐."

이야기하기를 꽤나 좋아하는 조가 말을 시작했다.

"오늘도 그 지루한 벨샴 수상록을 읽고 있었어. 그래서 언제나 그랬듯이 천천히 읽어 나갔지. 그렇게 하면 할머니는 곧장 꾸벅꾸벅 조시거든. 그러면 난 재미있는 책을 꺼내서 할머니가 깨시기 전에 후딱 읽을 수 있게 된단 말이야. 그런데 오늘은 내가 먼저 졸음이 와서 할머니께서 잠들기 전에 그만 하품을 크게 했더니, 할머니는 입을 그렇게 크게 벌려서 책이라도 삼킬 작정이냐고 하시잖아. 난 짓궂지 않게 조심해서 대답했지. '그렇게라도 해서 끝내 버렸으면 좋겠어요'라고. 그러자 할머니께서는 내 잘못에 대해 긴 설교를 하시고는, 잠깐 눈을 붙일 동안 앉아서 반성을 하라는 거야.

할머니는 쉽게 깨어나시지 않기 때문에, 할머니 모자가 윗동이 큰 달리아 꽃처럼 갸우뚱거리기 시작했을 때 난 호주머니에서 《웨이크필드의 목사》를 얼른 꺼내 한쪽 눈은 할머니한테 고정한 채로 한 눈으로 읽어 내려갔지. 그런데 내가 깜빡 잊고서 크게 웃었을 때 등장인물들이 전부 개울로 굴러 떨어진 장면이 나왔던 거야. 할머니께서 잠에서 깨어나셨지만 한숨 주무신 뒤에는 언제나 기분이 좋아지시니까, 그 교훈적인 벨샴 수상록보다 재미있는 책이란 얼마나 하찮은 책인지 보자며 좀 읽어 보라는 거야. 난 매우 열심히 읽었어. 그랬더니 할머니께서는 마음에 든다고 하셨어.

비록 말로는, '도대체 무슨 말인지 모르겠구나. 처음부터 다시 읽어봐' 하셨지만. 그래서 처음부터 프리므로오즈 일가를 아주 재미있게 읽어 드렸지. 한 번은 일부러 재미있는 대목에서 뚝 끊고, 조심스럽게 '피곤하실 텐데 그만 그칠까요?' 물었더니, 할머니께서는 무릎에 떨어뜨렸던 뜨개질감을 얼른 주워들고 안경 너머로 나를 노려보며 무뚝뚝하게 '그 장은 다 끝내라. 버릇없이 굴지 말고, 아가씨' 하시는 거야."

"그래서 할머니께서는 그 책이 재미있는 걸 인정하셨어?" 메그가 물었다.

"그럴 리가 있겠어, 아니야! 하지만 아무튼 그 지겨운 벨샴 수상록은 잠시 밀어놓게 됐지. 내가 돌아오다가 장갑을 잊었기에 다시 돌아갔더니 할머니께서는 거기 그대로 계셨어. 얼마나 비카를 열중해서 읽으시는지, 앞으로는 내가 즐겁게 지낼 수 있으리라는 생각에 홀에서 빠른 지그 춤을 추며 웃었는데 그 소리도 못 들으시는 거야. 할머니는 선택만 하면 즐거운 인생이 될 텐데! 할머니가 부자이긴 하지만 난 부럽지 않아. 결국 부자들도 가난한 사람들만큼이나 많은 근심거리들을 갖고 있는 것 같아."

조가 덧붙었다.

"그 말을 들으니 생각나는 게 있어." 메그가 말했다. "조 이야기처럼 재미있는 것은 아니야. 하지만 집에 돌아오면서 많이 생각해봤어. 오늘은 이상하게도 킹 씨 댁의 모든 사람들이 어쩔 줄 모르는 것 같았는데, 한 아이 말에 따르면 가장 큰 아들이 뭔가 끔찍한 일을 저질러서 아빠가 그를 쫓아내셨다는 거야. 난 킹 부인이 울고 킹 씨가 크게 소리치는 것을 들었고, 그레이스와 엘렌은 내 앞을 지나갈 때 얼굴을 돌려 버렸기 때문에 난 그 애들 눈이 얼마나 빨갛게 부어올랐는지는 볼 수 없었어.

물론 나는 아무것도 물어보지 않았어. 그런데 그 아이들이 너무 불쌍해 보였지. 나쁜 짓을 해서 가족에게 망신을 주는 형제가 없는 게 얼마나 다행인지 몰라."

"내 생각에는 학교에서 당하는 망신이 나쁜 남자 아이가 할 수 있는 어떤 나쁜 짓보다도 더 견디기 어려운 것 같아."

에이미는 심오한 인생을 살아온 것처럼, 고개를 가로저으며 말했다.

"오늘 수지 퍼킨스가 굉장히 예쁜 붉은 옥반지를 끼고 왔어. 난 그 반지가 너무나 갖고 싶어서, 있는 힘을 다해 내가 수지였으면 좋겠다고 생각할 정도였어. 그런데 수지는 데이비스 선생님의 코를 굉장히 크게, 등은 꼽추로 그리고 입 속에서 나오는 커다란 풍선을 그린 다음에 그 위에다가 '아가씨들! 내 눈은 언제나 여러분을 보고 있습니다!'라고 썼어.

우린 모두 그 그림을 보고 웃음을 터뜨렸는데 그때 진짜로 데이비스 선생님이 우리를 보고 있잖아. 선생님은 수지에게 석판을 가져오라고 하더라. 수지는 겁이 나서 몸이 빳빳해졌지만 나가기는 했어. 그런데 맙소사 선생님이 어떻게 했는지 알아? 그는 귀를 잡아당겼어. 귀를 말이야! 얼마나 끔찍한 일인지 상상을 해봐! 그리고는 모두가 볼 수 있게 그림 석판을 들고 교단 위에서 30분 동안이나 서 있게 했어."

"모두 그 그림 보고 웃지 않던?"

그 곤경을 오히려 즐기고 있던 조가 물었다.

"웃는다고? 한 사람도 없었어! 모두 쥐처럼 조용히 앉아 있었고 수지가 15분 동안이나 우는 걸 봤어. 그때부터 난 그 애를 부러워하지 않았어. 왜냐하면 그런 일이 있고 난 뒤라면 예쁜 반지를 수백만 개 받더라도 행복하지 못할 기분일 테니까 말이야. 난 결코 그렇게 고통스러운 모욕은 참아낼 수가 없었을 거야."

에이미는 두 개의 긴 단어를 단숨에 구사한 것을 자랑스럽게 생각하며 하던 일을 계속했다.

"난 오늘 아침에 아주 멋진 광경을 봤어. 저녁 식사 때에 이야기하려고 했었는데 잊어버리고 있었어."

베스는 뒤죽박죽 어질러진 조의 바구니를 그녀가 시키는 대로 정리하면서 말했다.

"한나의 부탁으로 굴을 사려고 갔었는데 로렌스 씨가 생선가게에 계시더라. 하지만 나를 보지는 못하셨어. 난 줄곧 생선통 뒤에 숨어 있었고 그분은 생선가게 아저씨 커터 씨와 바쁘셨거든.

그때 어느 가난한 아주머니가 양동이와 걸레를 들고 들어와서, 커터 씨에게 생선을 문질러 씻는 일을 시켜줄 수 있느냐고 물었어. 아이들에게 줄 저녁거리를 조금도 마련하지 못했고 오늘 하기로 되어 있었던 일도 약속이 틀어져 버려서 실망하고 있었대. 커터 씨는 바빴기 때문에 '안 돼요' 하고 다소 험상궂게 말했어. 그래서 그 아주머니는 슬프고 허기진 모습으로 돌아가려고 했어.

그때 로렌스 씨가 가지고 있던 지팡이의 구부러진 끝으로 큰 생선을 걸어 올리더니 그 아주머니에게 내미는 것이었어. 그 아주머니는 너무도 기쁘고 놀라서 생선을 팔 안에 꼭 껴안고 몇 번이나 고맙다는 인사를 했어. 로렌스 씨가 '어서 가서 요리하세요' 말하자, 그녀는 아주 행복해하면서 서둘러 갔어. 그런 일을 하시다니 로렌스 씨는 참 좋은 분이지? 아! 크고 미끌미끌한 생선을 꼭 안고서 로렌스 씨에게 하늘에서의 침대 일이 '쉽게' 잘 되기를 기도한다고 말하는데 꽤 우스워 보였어."

베스의 이야기를 듣고 나서, 이번에는 어머니에게도 이야기를 하나 해달라고 졸랐다. 어머니는 일 분쯤 생각하더니 진지하게 말했다.

"오늘 작업장에서 군복 상의를 재단하고 있을 때 갑자기 아빠가 몹시 걱정되었단다. 만약 아빠에게 무슨 일이라도 일어난다면 우리들은 얼마나 외롭고 가여운 존재가 되어 버릴까 하고 말이야. 그런 걱정은 별로 현명하지는 못하지만 한 노인이 옷 몇 벌의 주문서를 들고 들어올 때까지 줄곧 걱정을 하고 있었단다. 그는 내 곁에 와서 앉았지. 나는 그가 가난하고 지치고 불안해 보였기 때문에 말을 걸기 시작했어.

'아드님들이 군대에 갔어요?' 그가 가져온 쪽지가 내 일감이 아니었기 때문에 물었지.

'네, 부인. 넷이나 군대에 갔는데 둘은 죽고 하나는 포로가 되었지요. 전 지금 워싱턴 병원에 있는 아들이 위독하다고 해서 가는 중이랍니다.'

그가 조용하게 대답했어.

'나라를 위해 정말 많은 일을 하셨군요.'

나는 연민 대신 존경심을 느끼며 말했단다.

'당연히 해야 할 일이지요, 부인. 내가 조금이라도 쓸모가 있었더라면 직접 나갔을 텐데. 그렇지 못했기 때문에 내 자식들을 보낸 것이지요. 그 애들은 모두 지원병이었죠.'

그가 너무도 당연하게 이야기했고 진지해 보여서 나는 내 자신이 부끄러워졌단다.

나는 한 사람을 보내고서도 여러 가지로 생각이 많은데 그는 아낌없이 네 사람씩이나 보냈으니까 말이야. 더구나 나는 집안에 나를 편안하게 해줄 딸들을 넷이나 데리고 있지만, 그는 하나 남은 아들마저 결국 그에게 마지막 인사를 하기 위해 기다리고 있는 형편이니까!

나에게 주어진 은총을 생각하며 내가 무척 부유하고 행복하게 느껴져서, 그에게 꽤 큰 보따리를 꾸려 주고 약간의 돈을 주었단다. 그가 나에게 가르쳐 준 교훈을 마음속 깊이 감사하면서."

"이야기 하나 더 해줘요, 엄마. 이번처럼 교훈적인 것으로요. 실제로 있었던 이야기로 너무 설교적이지만 않다면, 전 나중에 그 이야기에 대해 생각하는 게 좋거든요."

잠시 침묵이 흐른 뒤, 조가 말했다.

마치 부인은 미소 지으며 곧 다시 이야기를 시작했다. 그녀는 몇 년 동안 이 귀여운 청중들에게 이야기를 해왔고, 그들을 기쁘게 해 주는 방법을 잘 알고 있었다.

"옛날, 어느 곳에 네 명의 자녀가 살고 있었어. 먹고 마시고 입을 것이 충분했고, 안락하고 즐거운 일도 많았고, 진심으로 사랑해주는 친절한 친구들과 부모도 있었지. 그런데도 그들은 만족해하지 않는 거야."

여기까지 듣고 있던 딸들은 흘끔흘끔 서로를 훔쳐보며 부지런히 바늘 쥔 손을 움직였다.

"이 소녀들은 착해지기를 갈망하고서 아주 좋은 결심을 여러 번 했었단다. 그런데 그 결심들을 계속 잘 유지해 나가지는 못했어. 툭하면 '이것만 있었으면' 혹은 '우리가 저걸 할 수만 있다면' 말하곤 했지. 그들이 이미 얼마나 많이 가지고 있고 실제로 얼마나 많은 즐거운 일들을 할 수 있는지를 까맣게 잊고 말이야.

그래서 그들은 어느 할머니에게, 자신들이 행복해지기 위해 사용할 수 있는 주문이 뭐냐고 물어 보았어. 그러자 할머니는 '뭔가 불만이 생길 때는 자기가 받은 신의 은총에 대하여 거듭 생각하고 감사하는 마음을 갖는 거야'라고 말했어."

여기에서 조는 무슨 말을 할 것처럼 고개를 반짝 들었으나, 아직 이야기가 다 끝나지 않았음을 알고 마음을 바꾸었다.

"네 자매는 영리했기 때문에, 할머니의 말에 따르기로 결심했어. 그러고는 곧 자신들이 얼마나 풍족한지를 깨닫고 깜짝 놀랐지. 첫째 딸은 돈이 외로움과 슬픔에서 사람을 구제할 수 없다는 사실을 알게 된 거야.

둘째 딸은 자기는 가난하지만 젊음과 건강과 착한 마음을 가지고 있기 때문에, 편안한 생활을 즐기지 못하는 성급하고 몸이 약한 노인보다 훨씬 행복하다는 사실을 깨달았지.

셋째 딸은 저녁 식사 준비를 돕는 일은 귀찮지만, 저녁거리를 구걸하러 돌아다니는 것보다는 훨씬 덜 괴로운 일이라는 걸 깨달았어.

넷째 딸은 아무리 좋은 반지라고 할지라도 착한 행동보다 못하다는 사실을 깨달았고.

그래서 그들은 불평을 멈추고 이미 받은 은총(축복)을 즐기기로 했어. 그리고 그 은총이 불어나기를 바라기보다는, 완전히 사라지지 않도록 그것을 받기에 충분한 사람이 되자고 의견의 일치를 보았지. 나는 그들이 할머니의 충고를 받아들인 것을 결코 실망하거나 후회하지 않았을 거라고 믿는다."

"어머, 엄마. 우리들에 대한 이야기를 돌려서 얘기하다니 너무 하셨어요! 연애 이야기 대신에 설교를 하시다니요!" 메그가 외쳤다.

"나는 그런 종류의 설교가 좋아. 아빠가 우리에게 들려주시곤 하던 그런 이야기잖아."

베스가 조의 바늘꽂이 쿠션에 바늘을 곧게 꽂으면서 사려 깊게 말했다.

"나는 남들만큼 불평하지는 않아. 나는 지금까지보다 좀 더 신중해질 거예요. 수지의 실수가 좋은 경고였으니까."

에이미가 옳은 말을 했다.

"우리는 그런 교훈이 필요해. 그리고 그걸 잊지 않을 거야. 만약 잊는다면 엄마가 그 교훈을 말해 주시기만 하면 돼요. 《톰 아저씨》에서 늙은 클로오가 그랬듯이 '너희들에게 베풀어진 자비를 생각해봐, 애들아! 너희들에게 베풀어진 자비를!' 하고 말이에요."

조가 덧붙였다. 그녀는 다른 자매들만큼이나 그 작은 설교를 마음속 깊이 새기고 받아들였지만, 아무도 거기서 재미를 느낄 수는 없었다.

제5장 친구가 되다

어느 눈 오는 날 오후, 메그는 동생이 고무장화와 헌 외투, 그리고 모자를 쓰고 한 손에는 삽을 들고, 또 한 손에는 빗자루를 들고 현관을 뚜벅뚜벅 걸어가는 것을 보고 물었다.

"도대체 너 지금 뭘 하려고 그러니, 조?"

"운동하러 나가는 거야."

눈을 장난스럽게 반짝거리며 조가 대답했다.

"오늘 아침에 두 번이나 멀리 산책을 하고 왔으면 충분해! 오늘 날씨는 춥고 우울해. 나처럼 난로 곁에서 따뜻하게 몸이나 녹이는 게 나을 거야."

메그가 몸을 으스스 떨면서 말했다.

"그런 충고라면 사양할게! 하루 종일 조용히 있을 수 없어. 고양이도 아닌데 불 옆에서 졸고 있긴 싫어. 나는 모험을 좋아해. 자, 모험을 하러 가야겠어."

메그는 돌아가 발을 꼬고 앉아서 《아이반호(Ivanhoe)》를 읽고, 조는 활기차게 눈을 치우기 시작했다. 눈이 조금 왔으므로 그녀는 곧 빗자루로 정원의 길들을 모두 말끔히 쓸어 내었다. 해가 나면 베스가 뜰을 산책할 수 있도록 하기 위해서였다. 병든 인형들에게는 신선한 공기가 필요하니까.

정원은 로렌스 집안과 마치 집안을 분리시켜 놓고 있었다. 두 집은 작은 숲과 잔디밭, 커다란 정원, 조용한 거리가 있어서 아직도 시골 같은 도시의 교외에 있었다. 낮은 산울타리가 두 집을 갈라놓았다. 그 한쪽에는 오래된 갈색 집이 있었다. 여름 내내 벽을 뒤덮었던 담쟁이덩굴 주변에 흐드러지게 피어 있던 꽃들이 이제는 다 시들어 버려서 왠지 살풍경하고 초라해 보일 정도였다.

다른 한쪽에는 안락함과 호사로움을 그대로 드러내고 있는 위풍당당한 석조 건물이 서 있었다. 커다란 마차 차고와 잘 손질된 정원에서부터 온실에

이르기까지, 그리고 커튼 사이로 언뜻언뜻 집 안에 있는 아름다운 물건들이 내비쳤다. 그러나 그 집은 쓸쓸하고 활기라고는 없어 보였다.

그건 아마도 잔디밭 위에서 까불며 뛰어다니는 아이들도 없고, 창가로 미소지으며 내미는 얼굴도 없어서 그런 것 같았다. 그곳은 늘 노신사와 그의 손자 말고는 거의 아무도 드나들지 않았다.

조의 생생한 상상력으로는 이 아름다운 집은 아무도 즐기지 않는 호화로움과 풍요로움으로 가득 차 있는, 마술에 걸린 궁전 같아 보였다. 그녀는 오래 전부터 이 감춰진 찬란한 아름다움을 보고 싶었고, 동시에 '로렌스 소년'과도 사귀고 싶었다. 그도 어떻게 시작하는지를 알기만 한다면 서로 알고 지내고 싶어할 것 같았다.

그 파티가 끝난 뒤로 조는 어느 때보다도 열심히 그와 친구가 되려고 여러 가지 계획을 세워왔었다. 그런데 최근에 와서 그가 전혀 보이지 않자, 조는 그가 멀리 가버렸다고 생각하게 되었다. 그러던 어느 날 이층 창문에서 베스와 에이미가 눈싸움을 하고 있는 정원을 탐내듯 내려다보고 있는 갈색 얼굴을 탐지해냈다.

"저 애는 친구도 없고 즐거운 일이 없어서 괴로운 거야." 그녀는 자신에게 말했다.

"그의 할아버지는 무엇이 저 아이에게 유익한지를 모르셔. 저렇게 혼자 가두어 놓다니. 그에게는 같이 놀 만한 쾌활한 소년들이나 젊고 활기 있는 누군가가 필요해. 나는 저 집에 건너가서 노신사께 그렇게 말씀드릴 용기가 있다고!"

이 생각은 대담한 행동을 하기 좋아하고 항상 엉뚱한 짓을 해서 메그를 화나게 하고 조를 즐겁게 하였다. 그 집으로 건너가려는 계획은 좀처럼 머릿속에서 떠나지 않았다. 눈 오는 날 오후가 되자 조는 어떤 일이 벌어질지 실험해 보기로 결심했다.

로렌스 씨가 차를 타고 외출하는 것을 보고 조는 산울타리 아래까지 눈을 치우러 기운차게 내려갔다. 그리고 거기에 멈춰 서서 살펴보기 시작했다. 모든 것이 조용했다. 아래층에는 커튼들이 내려져 있고 하인들도 보이지 않았다. 이층 창문에서 가느다란 손에 기대고 있는 검은 곱슬머리 말고는 아무도 보이질 않았다.

'저기 있군.'

조가 생각했다.

"불쌍해라! 이렇게 우울한 날씨에 혼자서 아프다니. 딱한 일이야! 눈덩이를 던져 밖을 보게 해서 친절한 말을 해주어야겠어."

한 움큼의 부드러운 눈이 창가로 날아가자 검은 머리는 즉시 돌아보았다. 순간 그의 힘 없는 표정은 사라지고 큰 눈이 빛나면서 입가에 미소가 떠오르기 시작했다. 조는 고개를 끄덕이며 웃어보였다.

"안녕? 어디 아프니?" 빗자루를 흔들며 조가 외쳤다.

로리는 창문을 열고서 갈까마귀만큼이나 쉰 목소리로 꺽꺽거리며 말했다.

"좀 나아졌어. 고마워. 감기가 심하게 걸려서 1주일이나 갇혀 있는 중이야."

"안됐구나. 그럼 혼자서 뭘 하고 지내니?"

"아무것도. 여기는 무덤 속만큼이나 따분해."

"책은 안 읽니?"

"많이 읽지는 않아. 몸에 해롭다고 읽지 못하게 해."

"읽어줄 사람도 없니?"

"할아버지가 가끔 읽어 주시는데 그분은 내 책이 별로 재미없다고 하셔. 항상 브루크에게 읽어 달라고 말하기도 싫고 말이야."

"그럼 누구더러 널 보러 오라고 해?"

"내가 보고 싶은 사람은 아무도 없어. 남자아이들은 너무 소란을 피워대서 내가 머리가 아파지거든."

"책을 읽어 주거나, 즐겁게 해줄 친절한 여자 친구는 없니? 여자아이들은 조용하고 간호하기를 좋아한단다."

"아는 여자 애는 아무도 없어."

"우리를 알잖아?" 조는 말하고 나서 웃더니 곧 입을 다물었다.

"아! 그렇구나. 그럼 네가 와 주겠니?" 로리가 외쳤다.

"난 조용하거나 친절하진 못하지만 그래도 갈게. 엄마가 가라고 하시면 말이야. 엄마에게 허락을 받으러 가야겠어. 창문을 닫고 내가 갈 때까지 착한 소년처럼 기다리고 있어."

그렇게 말하고 조는 빗자루를 어깨에 둘러메고 집으로 갔다. 식구들이 그녀에게 뭐라고 할까 궁금해하면서.

로리는 손님을 맞는다는 생각에 흥분해서 가슴이 두근거렸다. 곧 준비를 하려고 달려갔다—마치 부인이 말한 대로 그는 '작은 신사'였기 때문에 오는 손님에게 예의를 차리려고 곱슬머리에 빗질도 하고 옷깃을 새것으로 갈아 끼우기도 했다. 여섯 명씩이나 하인이 있어 그저 단정할 뿐인 방을 또 스스로 손질하려고 애썼다.

곧 초인종 소리가 크게 울리고 '로리 씨'를 찾는 씩씩한 음성이 들리더니 놀란 표정의 하인이 젊은 아가씨가 왔음을 알리러 뛰어올라왔다.

"그래요. 안내해요. 그녀는 조 양이야."

로리는 조를 맞기 위해 자기가 사용하는 작은 객실로 갔다. 조는 발그레한 뺨에 편안한 모습으로 나타났다. 한 손에는 보자기를 덮은 접시를 들고, 다른 한 팔로는 베스의 고양이 세 마리를 안고 있었다.

"자, 한 짐 챙겨왔어." 그녀가 발랄하게 말했다. "엄마가 안부를 전하시며 내가 네게 뭔가 도움이 될 수 있다면 기쁘겠다고 하셨어. 메그는 블라망즈 (blancmange : 우유를 갈분과 우무로 굳힌 과자) 과자를 직접 만들어서 가져가라고 했는데, 참 잘 만들었어. 그리고 베스는 자기의 새끼 고양이들이 너를 편하게 해줄 거라고 했어. 난 네가 고양이를 보면 비웃을 걸 알았지만, 베스가 너무나도 뭔가 해주고 싶어해서 거절할 수가 없었지."

그러나 베스의 우스운 대여품은 로리에게 안성맞춤이었다. 세 마리의 고양이 때문에 로리는 자기도 모르게 웃음을 터뜨리게 되고 숫기 없는 부끄러움도 잊은 채 곧 사교적이 되었다.

"너무 예뻐서 먹을 수가 없겠어."

조가 접시의 보자기를 벗기고서 푸른 잎사귀로 만든 화환과 에이미가 아끼는 주홍빛 제라늄 꽃들로 둘러싸인 블라망즈 과자를 보여주자 로리는 기뻐서 어쩔 줄 몰라하며 말했다.

"그리 대단한 것도 아냐. 단지 모두들 친절한 마음을 가지고 있어서 그걸 보여 주고 싶었을 뿐이야. 하녀에게 네가 차 마실 때 같이 먹을 수 있도록 치워 두라고 해. 간단해서 먹을 수 있어. 부드러우니까 너의 아픈 목이 아프지 않게 잘 넘어갈 거야. 이 방, 참 좋구나!"

"잘 정돈만 한다면 좋은 방이 되겠지. 그런데 하녀들이 게을러. 또 내가 그녀들을 언짢게 할지도 모르고. 방이 걱정은 되어도 말야."

"난 2분이면 말끔히 정리할 수 있어. 네 방은 벽난로 바닥만 빗자루로 쓸면 되거든. 그러니까 이 물건들은 벽난로 선반에 똑바로 올려놓고, 음, 그리고 이 책들은 여기 놓고, 병들은 저기에, 의자는 빛을 등으로 받도록 돌리고, 베개는 좀 더 부풀게 해 놓자. 자, 이제 맘에 들지?"

과연 조의 말대로였다. 웃고 얘기하면서 조는 날쌔게 물건들을 이리저리 휘젓더니 단숨에 다른 분위기의 방으로 만들었다. 로리는 존경스러운 표정으로 말없이 조를 바라보고만 있었다. 조가 그의 의자로 오라고 손짓을 하자 로리는 만족스럽게 한숨을 쉬며 감사하는 마음으로 말했다.

"넌 정말 친절하구나! 그래, 이것이 내가 원하던 모습이야. 자, 큰 의자에 앉아. 그리고 이번에는 손님이 즐길 수 있게 내가 뭔가를 해줄게."

"아니야, 내가 널 즐겁게 해주려고 온 걸. 책을 큰 소리로 읽어 줄까?"

조는 가까이 있는 책 중에 눈에 끌리는 몇 권을 다정스럽게 쳐다보았다.

"고마워! 하지만 이미 다 읽었는걸. 괜찮다면 난 너와 이야기를 하고 싶단 말이야." 로리가 대답했다.

"괜찮고말고, 네가 가만히 내버려두면 하루 종일 떠들고 있을 거야. 베스는 나더러 언제 말을 멈추어야 할지 전혀 모르는 사람이라고 했어."

"베스라니? 장밋빛 뺨을 한 소녀? 늘 집에 있고 가끔 작은 바구니를 들고 외출하는?" 로리가 흥미를 가지고 물어 왔다.

"응, 그 애가 베스야. 내가 좋아하는. 그 애 역시 전형적인 착한 아이지."

"예쁘게 생긴 아이가 메그, 곱슬머리를 한 아이가 에이미지, 아마?"

"그걸 어떻게 알았니?"

로리는 얼굴을 붉혔지만 솔직하게 대답했다. "저, 그건, 너희들이 서로 부르는 소리를 가끔 듣거든. 나 혼자서 이층 내 방에 있을 때는, 너희 집을 건너다보지 않고서는 견딜 수가 없어. 너희는 항상 즐겁게 생활하는 것처럼 보이거든. 무례한 내 행동을 용서해주기 바라. 그런데 너희는 때때로 꽃이 피어 있는 쪽의 창문을 잊고 닫지 않는단 말이야. 등잔에 불이 켜지면 마치 불이 켜진 한 폭의 그림을 보는 것 같아. 너희는 어머니와 함께 탁자에 빙 둘러앉아 있고, 어머니는 나와 정면으로 마주보고 계시기 때문에 꽃 뒤로 그 상냥한 모습이 보이거든. 그래서 난 보지 않을 수가 없어. 너도 알다시피 난 어머니가 안 계시잖아."

로리는 입술이 일그러지는 모습을 감추기 위해 난롯불을 쑤셔댔다.

외롭고 사랑에 굶주린 그의 눈빛은 조의 따뜻한 마음에 바로 와 닿았다. 조는 소박한 가르침을 받고 자랐기 때문에 그녀의 머리에 불합리한 일은 없었다. 열다섯 살이기는 해도 조는 아이들처럼 순진하고 솔직했다. 조는 병들고 외로운 로리에 비하면 행복한 집에서 사는 자신이 얼마나 부자인가를 생각하면서 그 행복을 그와 기꺼이 나누어 보려고 했다.

"우린 다시는 커튼을 내리지 않겠어. 네가 보고 싶은 만큼 봐도 좋아. 하지만 멀리서 보는 대신 직접 우리를 방문할 수 있다면 좋을 텐데. 우리 엄마는 정말 훌륭한 분이야. 너에게 좋은 일을 많이 해주실 거야. 베스는 내가 청한다면 너를 위해 노래를 들려줄 거고, 에이미는 춤을 출 거야. 메그와 내가 우리의 우스꽝스러운 연극 소품들을 가지고 널 즐겁게 해주면서 유쾌한 시간을 보낼 수 있을 텐데. 할아버지가 널 못 가게 하실까?"

조는 친절하고 부드럽게 말했다.

"허락하실 거야. 네 어머니가 할아버지께 부탁하신다면. 할아버지는 그렇게 안 보이지만 아주 친절한 분이셔. 내가 하고 싶은 만큼 그대로 두셔. 단지 내가 모르는 사람들에게 폐를 끼치지나 않을까 걱정하시는 것뿐이야." 로리는 점점 더 밝아졌다.

"우리는 모르는 사이가 아니야. 이웃이라고. 그러니까 폐를 끼친다는 생각일랑 할 필요도 없어. 우리는 너와 알고 지내고 싶어. 나는 그걸 계속해서 원해왔어. 너도 알다시피 우리가 여기 온 지는 얼마 안 됐지만 너의 집만 빼고는 우린 모두와 친하게 지내고 있어."

"할아버지는 책에 묻혀 사시느라 외부에서 일어나는 일에는 관심이 없으셔. 부르크 씨는 내 가정교사인데, 여기에서 살지 않기 때문에 같이 다닐 사람이 없어. 그래서 난 날마다 집에 틀어박혀서 지내고 있는 거야."

"그건 좋지 않아. 자꾸 노력을 해야지. 초대를 받으면 어디든 가려고 해봐. 그러면 친구도 많이 생기고 가볼 만한 장소도 발견하게 될 거야. 수줍음 따위에는 신경 쓰지 마. 네가 계속 노력해 나간다면 곧 없어질 테니까."

로리는 다시 얼굴이 붉어졌지만, 수줍어한다는 말에도 마음이 상하지 않았다. 조의 마음은 선의로 넘치고 있었으므로, 그녀의 노골적이고 직선적인 말에도 불구하고 그녀의 친절을 받아들이지 않을 수 없었다.

"학교를 좋아하니?"

로리가 잠깐 멈추었다가 주제를 바꾸어 물어 왔다. 그동안 그는 난로를 응시하고 있었고 조는 만족한 듯이 주변을 살펴보고 있었다.

"학교에 안 다녀. 나는 직업 여성, 아니 직업 소녀야. 고모 시중을 들어드리러 다니고 있어. 고리타분하고 짜증나지만 그분도 좋은 분이야."

조가 대답했다.

로리는 또 다른 질문을 하려고 입을 열다가 남의 일에 대해 너무 많은 질문을 하는 것은 예의가 아니라는 것을 곧 깨닫고는 다시 입을 다물었다. 그는 좀 불편해 보였다. 조는 그의 예의바른 태도가 좋았고 마치 고모를 소재로 한바탕 웃는 것도 괜찮다 싶어 성질 급한 노부인과 그녀의 살찐 푸들, 에스파냐어를 하는 앵무새, 그리고 조가 최고로 여기는 도서관에 대해 마치 눈앞에 보고 있는 듯 생생하게 이야기해 주었다.

로리는 아주 흥겹게 이야기를 들었다. 위엄을 잔뜩 부린 노신사가 마치 고모에게 구혼하러 와서 멋진 말들을 늘어놓고 있는데, 푸들 폴이 그 신사의 가발을 '홱' 채어갔다는 얘기를 했을 때 로리는 뒤로 뒹굴며 눈물이 나오도록 웃었다. 도대체 무슨 일이 일어났나 보려고 가정부가 고개를 쑥 내밀 정도였다.

"오! 너무 재미있어. 이보다 더 좋을 순 없겠는데. 계속해 봐."

즐거움으로 얼굴을 밝게 빛내면서 의자 등받이에서 몸을 떼며 로리가 말했다.

조는 우쭐해져서 그들 자매의 연극이며 계획들, 아버지에 대한 희망과 두려움, 그리고 자매들이 살아온 작은 세계에서 있었던 재미있는 사건들에 대해서 계속 이야기해 나갔다.

그리고 나서 책에 관한 이야기로 옮겨갔는데, 다행히도 로리는 그녀만큼이나 책을 좋아하고 오히려 자기보다 더 많은 독서를 했음을 알게 되었다.

"조, 책을 그렇게 좋아한다면 내려가서 우리 집 책들을 보지 않겠니? 할아버지는 나가셨으니까 두려워할 필요는 없어." 로리가 일어서면서 말했다.

"난 아무것도 두렵지 않아." 머리를 쳐들고 조가 응수했다.

"그렇게 보여." 아주 감탄해서 소년은 조를 바라보며 소리쳤다. 하지만 속으로는 할아버지의 기분이 별로 좋지 않을 때 만난다면 조도 조금은 무서워할 거라고 생각했다.

집 안 전체의 공기가 여름같이 훈훈했다. 로리는 조가 좋아하는 것을 발견할 때마다 멈춰 서서 살펴볼 기회를 주며 이 방 저 방으로 안내했다. 마침내 도서관에 이르자, 아주 기쁜 일이 있을 때 그러듯 조는 손뼉을 치며 펄쩍 뛰었다.

벽에는 책이 즐비하고 그림과 동상들이 있고, 동전과 희귀한 물건들로 가득 차 있다. 어지럽게 놓여 있는 작은 캐비닛들, 슬리피 할로우 안락의자, 괴상한 탁자들, 청동상들, 그리고 무엇보다도 둘레가 매력적인 타일로 이루어진 거대한 벽난로가 조의 시선을 사로잡았다.

"어쩌면 이렇게 풍족하니?" 조는 편안한 의자에 파묻히듯 깊숙이 앉은 채 대단히 만족스러운 기분으로 주위를 물끄러미 바라보았다.

"데오도르 로렌스, 너는 세상에서 가장 행복한 소년일 거야." 조는 감격하여 덧붙였다.

"사람은 책만으로는 살 수 없어." 맞은편 탁자 위에 걸터앉으며 로리가 대답했다.

그가 말을 계속하려 할 때 벨이 울렸다. 조는 놀라서 소리를 지르며 벌떡 일어났다. "어떻게 하지, 너희 할아버지야?"

"할아버지면 어때? 넌 아무것도 두려워하지 않잖아." 로리는 장난스런 표정으로 말했다.

"조금은 무서워. 그런데 왜 두려워해야 하는지 나도 잘 모르겠어. 엄마가 여기에 와도 좋다고 허락을 하셨고 너도 나 때문에 더 나빠진 것 같지는 않은데 말이야." 조가 침착하려고 애쓰며, 문에서 눈을 떼지 않은 채 말했다.

"난 훨씬 더 좋아졌어. 너무 고마워. 나는 네가 나에게 이야기하느라 너무 피곤하지 않을까 걱정이야. 네 이야기가 너무 재미있어서 멈추게 할 수 없었거든." 로리가 고마워하며 말했다.

"의사 선생님이 오셨어요, 도련님." 하녀가 그를 부르러 왔다.

"나 잠깐 나갔다 와도 괜찮겠니? 의사 선생님을 만나기로 돼 있거든." 로리가 말했다.

"걱정 마. 난 여기서 귀뚜라미처럼 행복하니까." 조가 대답했다.

로리가 자리를 뜨고 나서 이 여자 손님은 자기 방식대로 즐기기 시작했다. 문이 다시 열렸을 때, 그녀는 노신사의 멋진 초상화 앞에 서 있었다. 고개를 돌리지 않고 결심한 듯 단호하게 그녀가 말했다.

"난 이제 그가 조금도 무섭지 않아. 비록 입술이 엄숙해 보이고 대단한 독설가처럼 보이지만 그의 눈은 상냥해. 우리 할아버지만큼은 잘생기지 않았지만 난 그가 좋아."

"고맙소, 아가씨." 그녀의 뒤에서 거칠고 무뚝뚝한 음성이 말했다. 그리고 거기에는 당황스럽게도 로렌스 씨가 서 있었다.

당황한 조는 얼굴이 새빨개졌다. 그녀가 방금 한 말을 생각해 보고, 그녀의 심장은 쿵쿵 불안스럽게 뛰기 시작했다. 잠시 동안이라도 좋으니 도망치고 싶다는 생각이 그녀를 사로잡았다. 그러나 그건 비겁한 일이었고 그것은 자매들의 웃음을 살 게 뻔했다. 그래서 그녀는 될 수 있는 대로 차분히 이 곤경에서 빠져나가기로 결심했다.

다시 한 번 쳐다보았을 때, 덥수룩한 눈썹 아래로 보이는 실제의 눈이 그림 속의 눈보다 훨씬 더 상냥하다는 것을 발견했다. 더구나 그 눈이 익살맞게 번쩍거려서 그녀의 두려움을 많이 덜어 주었다. 끔찍한 침묵 뒤에 노신사의 무뚝뚝한 목소리는 한층 더 퉁명스러워져 있었다. "그래서, 넌 내가 무섭지 않단 말이지?"

"그렇게 많이 무섭지는 않아요……."

"그리고, 내가 네 할아버지만큼 잘생기지 못했다고 생각한단 말이지?"

"네. 좀 그렇습니다."

"그리고, 내가 독단적이라고?"

"저는 단지 제 생각을 말씀드렸을 뿐입니다."

"그럼에도 불구하고 넌 나를 좋아한단 말이지?"

"네, 그렇습니다."

그 대답에 노신사는 즐거워졌다. 노신사는 한바탕 짧게 웃더니 조와 악수를 하고 손가락으로 그녀의 턱을 받쳐 든 채 진지한 표정으로 들여다보다가 놓았다. 그러고는 고개를 끄덕이며 말했다.

"너는 네 할아버지와 용모는 닮지 않았어도 그 정신은 그대로 이어받았구나. 할아버지는 성격도 훌륭했지만, 용감하고 정직한 분이었단다. 그분과 친구였던 것이 나에게는 자랑이었지."

"고맙습니다."

그 말이 고스란히 조의 마음에 꼭 들었기 때문에 이제 그녀의 마음은 훨씬 편안해졌다.

"그런데 너, 내 손주 녀석에게 무슨 일을 하고 있었던 거지?" 두 번째 질문이 날카롭게 떨어졌다.

"그저 좀 더 이웃으로 친해지려고 했을 뿐이에요."

그리고 조는 이 방문이 어떻게 이루어졌는지를 말했다.

"너는 우리 로리에게 활기가 좀 필요하다고 생각한단 말이지?"

"네, 그는 조금 외로워 보여요. 그에겐 아마도 젊은 사람들이 필요할 거예요. 저희는 단지 여자들뿐이지만 저희가 할 수 있다면 기꺼이 돕겠어요. 저희는 할아버지가 보내주신 그 굉장한 크리스마스 선물을 잊을 수 없거든요."

조가 진지하게 말했다.

"쯧, 쯧, 쯧! 그건 저 애가 한 일이란다. 그 가난한 여자는 어떻게 됐지?"

"잘해 나가고 있습니다."

그리고 조는 어머니가 유복한 친구들을 설득해서 허멜 가족을 돕게 한 사실을 대단히 빠른 속도로 말하기 시작했다.

"어머니도 자신의 아버지와 똑같은 선행을 베풀고 있구먼. 언제 날이 풀리면 가서 네 어머니를 만나야겠다. 어머니에게 그렇게 말씀드려다오. 차가 준비됐다는 벨이야. 우리는 손주 녀석 때문에 일찍 먹고 있지. 자, 내려가서 이웃 간의 교제를 계속하자꾸나."

"네. 제가 가도 된다면요."

"싫었으면 청하지 않았지."

그리고서 로렌스 씨는 구식의 예법대로 조에게 팔짱을 끼어 보였다.

'메그가 이걸 보면 뭐라고 할까?'

로렌스 씨의 팔짱을 끼고 걸어 나가면서 조는 생각했다. 집에 가서 이 이야기를 하고 있는 자기의 모습을 상상하는 그녀의 눈은 즐거워서 어쩔 줄을 모르는 것처럼 보였다.

"애야! 어떤 악마가 저 애한테 들어간 거지?" 노신사는, 로리가 아래층으로 뛰어내려오다가 조가 할아버지와 팔짱을 끼고 있는 모습을 보고 깜짝 놀라서 그 자리에 멈추어 서자 이렇게 말했다.

"오신 줄 몰랐어요, 할아버지." 조가 어리광스럽게 승리의 눈짓을 해 보이자 로리가 말했다.

"그럴 줄 알았다, 네가 아래층까지 소란스럽게 내려오는 걸 보니. 차 마시러 가지요, 도련님. 그런데 좀 신사답게 행동해야겠다."

로렌스 씨는 소년의 머리를 쓰다듬듯 잡아당기고 나서 앞서서 걸었다. 로리는 그들 뒤에서 희극적인 일련의 동작을 취했고, 그 때문에 조는 폭소를 터뜨릴 뻔했다. 노신사는 네 컵의 차를 마시는 동안 많은 말은 하지 않았지만, 금세 오래된 친구처럼 이야기를 주고받는 두 젊은이들을 바라보고 있었다. 손자에게 일어난 변화를 그는 놓치지 않았다. 소년의 얼굴에는 활기찬 빛과 생명력이 넘쳐흘렀고, 그의 태도는 쾌활했으며, 웃음 속에는 진정한 기쁨이 있었다.

'그 애 말이 맞았어. 저 아이는 외로운 거야. 이 나이 어린 소녀들이 저 아이에게 무슨 일을 해 줄 수 있는지 두고 봐야겠군.'

로렌스 씨는 그들이 말하는 것을 듣고 바라보며 생각했다. 노신사는 조의 꾸밈없고 거침없는 태도가 마음에 들었다. 더구나 그녀 자신이 로리이기라도 한 듯 로리를 잘 이해하는 것 같았다.

만약 로렌스 할아버지와 조가 말한 대로 '고지식하고 답답한' 사람이었더라면, 조가 결코 이렇게 잘 어울리지 못했을 것이다. 그런 부류의 사람들은 그녀를 수줍고 당황하게 만들기 때문이다. 그러나 그들이 자유로운 성격에 까다롭지 않은 사람들이라는 것을 알았기 때문에 조 역시 잘 어울릴 수 있었고, 그것이 좋은 인상을 남겼다.

차 시간이 끝나고 조가 돌아가겠다고 하자, 로리는 보여 줄 것이 좀 더 있다면서 그녀를 온실로 안내했다. 온실에는 그녀를 위해 환하게 불이 켜져 있었다. 그곳은 조에게는 마치 동화 속의 세계 같았다.

그녀는 샛길을 오르내리며 양쪽 벽에 만발한 꽃과 부드러운 광선, 촉촉하게 젖은 달콤한 공기, 주렁주렁 달려 있는 아름다운 덩굴과 나무들을 감상했다. 그사이 그녀의 새 친구는 가장 예쁜 꽃들을 한 움큼 꺾었다. 로리는 그걸 한데 묶어 조가 보고 싶어 했던 행복한 미소를 지으며 말했다.

"이걸 네 어머니께 갖다 드려. 그리고 보내주신 약이 정말 마음에 들었다고 말씀드려 줘."

그리고 돌아와 보니 로렌스 씨가 넓은 응접실 난로 앞에 서 있었다. 그러나 조는 뚜껑이 열린 그랜드 피아노에 완전히 마음을 빼앗겼다.

"피아노를 연주하니?" 존경스런 시선으로 로리를 바라보며 그녀가 물었다.

"가끔." 그가 겸손하게 대답했다.

"지금 한번 연주해 봐. 듣고 가서 베스에게 말해줄 테야."

"네가 먼저 치지 않을래?"

"피아노 칠 줄 몰라. 둔해서 배우질 못했어. 하지만 음악은 정말 좋아해."

로리가 피아노를 연주하자, 조는 헬리오트로프와 월계화 향에 파묻혀 음악을 감상했다. 그는 대단히 잘 쳤을 뿐 아니라 조금도 뽐내지 않았으므로 '로렌스 소년'에 대한 조의 존경심과 관심은 더욱 높아졌다. 조는 '베스가 들었으면 좋을걸' 생각했지만, 그런 말은 내비치지 않았고 로리가 수줍어 쩔쩔 매다가 할아버지가 오셔서 구해줄 때까지 칭찬만 했다.

"그만하면 됐어. 아가씨, 그만하면 됐어. 너무 많은 봉봉 사탕은 그에게 좋지 않아. 그의 음악은 별로 나쁘지 않지만 난 그가 음악보다 더 중요한 일을 했으면 한단다. 가려고? 아, 여러 가지로 고마웠다. 또 놀러 오고, 어머니께 안부 전해다오. 그럼 잘 가라, 닥터 조."

로렌스 씨는 다정하게 악수했지만 뭔가 마음에 들지 않는 일이 있는 것 같아 보였다. 그들이 현관까지 왔을 때, 조는 자기가 뭔가 잘못한 일이라도 있느냐고 로리에게 물었다.

"아니, 그건 나 때문이야. 할아버지는 내 피아노 연주를 듣기 싫어하시거든."

"아니, 왜?"

"다음에 언젠가 말해 줄게. 내가 나갈 수 없으니까, 나 대신 존이 집까지 바래다줄 거야."

"그럴 필요 없어. 난 어린아이가 아니야. 그리고 바로 코앞인걸. 몸조심해. 알았지?"

"그래, 또 와줄 거지?"

"네가 몸이 다 나은 뒤에 우릴 방문하겠다고 약속한다면."

"그럴게."

"잘 있어, 로리!"

"잘 가, 조!"

가족들은 그날 오후의 모험에 대해서 이야기를 모두 들은 뒤, 한결같이 로렌스 댁을 가보고 싶어 했다. 모두가 울타리 너머에 있는 저택에 대해 매력을 느꼈기 때문이다. 마치 부인은 그녀의 아버지를 잊지 않고 있는 노인과 아버지에 대한 추억을 나누고 싶었다. 메그는 온실을 거닐어 보고 싶었고, 베스는 그랜드 피아노 때문에 한숨을 쉬었으며, 에이미는 아름다운 그림들과 조각상들을 보고 싶어 했다.

"엄마, 왜 로렌스 씨는 로리가 피아노 치는 것을 좋아하지 않아요?"

질문하기를 좋아하는 조가 물었다.

"나도 확실히는 모르겠다만 아마도 그의 아들 때문인 것 같구나. 로리의 아버지는 음악가인 이탈리아 여자와 결혼했는데 그 일로 자존심이 매우 강한 로렌스 씨는 불쾌해했어. 그 여자는 착하고 사랑스럽고 매우 교양이 있는 사람이었는데도 할아버지는 그녀를 싫어했지. 그래서 그의 아들이 결혼한 뒤부터 다시는 그를 보지 않았단다.

로리가 아주 어렸을 때 두 분이 다 돌아가셔서 그의 할아버지가 집에 데리고 온 거지. 내 생각에 이탈리아에서 태어난 그 소년은 몸이 약해서, 노인은 그를 잃을까 두려워 그렇게 조심을 하시는 것 같아. 할아버지는 로리가 음악가가 되고 싶어 할까 봐 염려하고 계셔. 로리는 엄마를 닮아서 음악을 좋아하고 할아버지는 로리가 음악가가 되는 걸 두려워해. 어쨌든 그의 피아노 솜씨가 자기가 싫어했던 로리의 어머니를 상기시켰고, 그래서 조, 네 말대로 '노려보는 표정'을 지으셨을 거야."

"어머, 낭만적이야." 메그가 탄성을 올렸다.

"어이없는 일이야." 조가 말했다. "그가 원한다면 음악가가 되도록 놔두는 거야. 그가 대학에 가기 싫어한다면 일부러 보내서 괴롭힐 필요는 없잖아."

"그래서 그가 그처럼 멋진 검은 눈매와 아름다운 태도를 지니고 있는 거구나. 이탈리아 인들은 항상 멋있는 것 같아." 조금은 감상적인 메그가 말했다.

"그의 눈과 태도에 대해서 어떻게 알지? 그와 얘기해 본 적도 없는데." 덤덤한 조가 외쳤다.

"나는 그를 파티에서 봤어. 네가 말하는 걸로 보아 그는 어떻게 행동해야 할지를 알고 있어. 엄마가 그에게 약을 보내주셨다는 얘기는 정말 훌륭해."

"블랑망즈를 두고 하는 소리겠지."

"이 바보 좀 봐. 어린아이 같으니라고! 그 약은 바로 너야."

"정말?" 조는 마치 그런 일은 처음이라는 것처럼 눈을 동그랗게 떴다.

"너 같은 애는 처음 봐! 넌 찬사를 받고서도 받은 줄 모르는구나." 메그는 모든 것을 다 아는 젊은 숙녀마냥 티를 내며 말했다.

"그건 말도 안 되는 소리야. 그렇게 어리석게 나의 즐거움을 망가뜨리지 말아 주면 고맙겠어. 로리는 착한 소년이고 나는 그를 좋아해. 칭찬이라든가 하는 그따위 감상적인 시시한 소리는 듣지 않겠어. 우리는 그에게 엄마가 없으니까 그를 잘 돌봐주는 거야. 그가 우리를 보러 올지도 몰라. 그래도 돼요, 엄마?"

"그럼, 조. 너의 작은 친구는 대환영이야. 어린이는 될 수 있는 한 오래도록 어린이여야 한다는 것을 메그가 기억했으면 좋겠구나."

"나는 아직 10대가 되지는 않았지만 내가 어린아이라고 생각하진 않아." 에이미가 논평을 했다. "베스, 너는 어떻게 생각해?"

"나는 우리들의 '천로역정'에 대해 생각하고 있었어." 한 마디도 듣고 있지 않던 베스가 대답했다. "착해지려고 결심하고서 어떻게든 진창에서 벗어나 고난의 문을 통과해야만 해. 애를 써서 가파른 비탈길을 올라가야 해. 그러면 저쪽에 온갖 근사한 물건들로 가득 찬 저택이 보일지도 몰라. 그게 우리의 '미의 궁전'이 될 거야."

"그러려면 먼저 사자들 곁을 지나가야지." 베스의 생각이 마음에 든 듯 조가 말했다.

제6장 베스, 미의 궁전을 발견하다

그 저택은 그야말로 '미의 궁전'이었다. 비록 가족 모두가 거기에 도달하기까지는 시간이 필요했지만, 특히 베스는 사자들 곁을 지나치기가 여간 어렵지 않았다.

로렌스 노인이야말로 가장 무서운 사자였다. 그러나 그가 마치 댁을 방문해서 재미있는 얘기를 들려주고 자매들에게 상냥하게 대한 뒤부터는, 그리고 그들의 어머니와 지나간 얘기를 나눈 뒤부터는, 겁 많은 베스 말고는 아무도 그를 두려워하지 않게 되었다.

또 한 마리의 사자는, 그들은 가난한데 로리는 부자라는 사실이었다. 이 때문에 보답할 수 없는 큰 호의를 받아들이는 것을 수줍어했다.

그러나 얼마 뒤, 그들은 로리야말로 마치 부인의 어머니같은 환대와 명랑한 자매들과의 교제, 그리고 그들의 소박한 가정에서 느끼는 편안함에 대해 뭐라고 감사해야 좋을지 몰라 하고 있음을 알게 되었다. 그래서 그들은 곧 누가 더 부자인지 생각하지 않았고, 자존심과 어느 쪽이 베푼 친절이 더 큰 지에 대한 생각을 잊게 되었다.

그 무렵 즐거운 일들이 많이 일어났다. 새로운 우정은 봄풀처럼 쑥쑥 자라났다. 모두가 로리를 좋아했고, 로리 또한 자기의 가정교사에게 '마치 댁의 소녀들은 모범적이고 훌륭하다' 말하곤 했다.

젊음 특유의 유쾌한 열의로 그들은 외로운 소년을 그들의 중심에 놓고 소중히 대해 주었다. 로리 또한 이 순박한 마음을 가진 소녀들과의 순수한 교제에서 대단한 매력을 발견했다.

어머니나 여자 형제에 대해 아직 자세한 것은 아무것도 몰랐지만, 그들이 로리에게 준 영향은 금세 느껴졌다. 그들의 분주하고 활기찬 생활은 그때까지 로리의 무기력한 생활을 부끄럽게 만들었다.

이제 공부보다는 사람들과의 교제에 더 몰두하는 로리에게 브루크 선생은 매우 불만스러운 성적표를 줄 수밖에 없었다. 로리는 툭하면 구실을 만들어 수업을 빠지고 마치 댁으로 달아나 버렸기 때문이다.

"신경 쓰지 말아요. 당분간 휴가를 주고 다음에 보충하도록 하지."

노인은 말했다.

"이웃집 부인의 의견으로는 그가 너무 공부만 해서 또래 친구들과의 오락과 운동이 절실하다는 거야. 그 부인의 말이 맞는 것 같아. 난 내가 그 애의 할머니인 것처럼 그 애를 애지중지했어. 그 애가 행복해하면 하고 싶은 대로 하도록 내버려둬요. 그는 저쪽의 작은 수녀들의 전당에서는 결코 나빠질 수가 없어. 마치 부인이 우리보다도 훨씬 잘해줄 테니까."

참으로 즐거운 나날이었다. 연극, 썰매타기, 신나는 스케이트 타기, 낡은 객실에서의 유쾌한 저녁, 그리고 때때로 열리는 대저택에서의 즐거운 파티.

그리고 메그는 그녀가 원할 때는 언제든지 온실을 거닐며 꽃다발을 만들 수 있었다.

조는 끊임없이 이 새로운 도서관을 방문해 자기가 읽은 책에 대한 비평을 하여 노신사를 정신없이 웃겼다.

에이미는 그림들을 베끼면서 만족할 때까지 아름다움을 만끽하였다. 그리고 로리는 가장 만족스럽게 '저택의 영주'라는 역할을 해냈다.

그런데 베스는 그랜드 피아노를 갈망하고 있었음에도 불구하고, 메그가 이름 붙인 이 '축복의 저택'에 들어갈 용기를 낼 수 없었다.

한 번은 조에게 끌려서 간 적이 있었지만, 베스의 내성적인 성격을 모르는 노신사가 그의 두터운 눈썹 아래로 어찌나 딱딱하게 바라보며 '여어!' 하고 큰 소리로 맞이했던지, 그녀가 나중에 어머니에게 말한 대로 '마룻바닥에서 발이 딱딱 소리를 낼 만큼' 겁을 집어먹고 말았다. 그녀는 도망쳤고, 꿈에 그리던 피아노가 있다고 해도 다시는 그 집에 가지 않겠노라 선언하였다. 그 어떤 설득이나 유혹도 그녀의 두려움을 없애주지 못했다. 이 사실이 신기하게도 로렌스 씨의 귀에 들어가서 그가 문제를 해결하기 위해 나설 때까지는 말이다.

로렌스 씨가 마치 댁에 잠시 들른 어느 날, 그는 교묘하게 대화를 음악 쪽으로 끌어가서 그가 만난 명가수들이며, 그가 들어 본 훌륭한 오르간 연주에 대해 이야기했다. 그가 매력적인 일화들을 들려주자 베스가 멀리 구석에 있다가 도저히 못 참고서 매혹된 듯 점점 가까이 다가왔다. 베스는 의자 뒤에 움직이지 않고 서서 커다란 눈을 더욱 크게 뜨고 이 흔치 않은 광경에 흥분해 얼굴이 빨갛게 상기된 채 듣고 있었다. 로렌스 씨는 그녀를 신경쓰지 않는다는 듯이 로리의 교습과 선생님들에 관해 얘기를 꺼냈다. 그리고 베스 생각이 방금 떠오르기라도 한 것처럼 마치 부인에게 말했다.

"우리 애는 이제 피아노에 관심이 없어요. 나는 오히려 다행으로 생각해요. 점점 정도를 벗어나고 있었거든요. 그런데 피아노란 쓰지 않으면 망가지고 말아요. 혹시 댁의 따님 중에 누가 와서 가끔 조율만 하는 정도로 칠 사람이 없을까요, 부인?"

베스는 한 걸음 앞으로 나서며 손뼉을 치려다 멈추고 두 손을 마주 대고 꾹 눌렀다. 이것은 뿌리칠 수 없는 유혹이었고 그 훌륭한 악기를 연주해 볼 수 있다는 생각은 그야말로 그녀를 숨막히게 했다. 마치 부인이 미처 대답하기도 전에 로렌스 씨는 고개를 조금 끄덕이며 미소를 띠고 말을 이었다.

"굳이 허락을 받지 않아도 돼요. 언제든지 마음 내킬 때 오면 되니까요. 나는 항상 집의 다른 쪽 끝에 있는 서재에서 문을 닫고 있고, 로리는 대개 외출해 있고, 하인들은 아홉 시 이후에는 절대 응접실 가까이 가지 않으니까요."

여기까지 말하고 그는 돌아갈 것처럼 일어났다. 베스는 마지막 제의가 더 이상 바랄 나위 없이 마음에 들었기에 말씀드리기로 마음먹었다. 그런데 로렌스 씨가 계속 말했다.

"아가씨들에게 이 말을 전해주시오. 오고 싶은 사람이 없다고 해도 뭐, 마음 쓰지는 않는다고요."

여기까지 말했을 때 조그만 손이 노신사의 손 안으로 미끄러져 들어왔고, 베스는 감사에 넘치는 표정으로 그를 올려다보았다. 베스는 진심으로, 그러나 겁먹은 태도로 말했다. "저, 가고 싶어 하는 사람이 있어요."

"네가 음악 하는 소녀냐?" '여어!' 같은 놀랄 만한 소리 대신 아주 상냥한 얼굴로 그녀를 내려다보며 그가 물었다.

"전 베스예요. 저는 정말 음악을 좋아해요. 제가 가겠어요. 아무도 듣지 않고 아무도 방해받지 않는다면요." 베스는 너무 무례한 말은 아닐까 겁을 내면서, 또 말하는 자기 자신의 대담함에 놀라면서 덧붙였다.

"아무도 듣거나 방해받지 않아, 아가씨! 집은 반나절은 비어 있으니까. 그러니 와서 네가 하고 싶은 대로 두드려라. 그럼 오히려 내가 고마울 거야."

"정말 친절하시네요."

베스는 노신사의 친절한 눈을 바라보며 장미처럼 볼을 붉혔다. 그러나 이제는 겁을 내지 않고, 노신사가 그녀에게 준 귀중한 선물에 대한 감사의 말을 찾지 못한 채, 대신 조용히 그 큰 손을 꼭 쥐었다. 노신사는 부드럽게 그녀 이마의 머리카락을 쓸어 올려주고 몸을 굽혀 이마에 키스하며 아무도 들을 수 없을 정도의 작은 소리로 말했다.

"나도 한때 너와 같은 눈매를 한 어린 여자아이가 있었단다. 신의 축복이 있기를, 아가씨. 그럼 안녕히 주무십시오, 부인."

노인은 성급히 나갔다.

베스는 어머니와 이 기쁨을 함께 하였다. 그러고는 다른 소녀들이 집에 없었으므로 그녀의 인형들에게 이 기쁜 뉴스를 알리기 위해 부리나케 계단을 달려 올라갔다. 그날 저녁 베스가 얼마나 쾌활하게 노래를 불렀는지, 잠결에 에이미의 잠든 얼굴을 건반을 두드리듯 눌러서 에이미가 깬 걸 보고 자매들이 얼마나 웃었는지 모른다.

다음날, 노신사와 젊은 신사가 모두 외출하는 것을 보자, 베스는 두세 번 망설인 끝에 옆문으로 살짝 빠져나가 우상이 서 있는 객실로 생쥐처럼 소리없이 들어갔다. 물론 아주 우연이었겠지만, 몇 권의 아름답고 쉬운 곡들이 수록된 악보가 피아노 위에 놓여 있었다.

떨리는 손가락으로, 누가 오지나 않나 귀를 기울이면서 마침내 베스는 그 커다란 악기에 손을 대었다. 그러다 곧 음악이 그녀에게 가져다주는 말할 수 없는 즐거움 말고는 두려움도, 그녀 자신도, 그리고 다른 모든 것도 다 잊어버리고 말았다. 그 음악 소리는 마치 사랑하는 친구의 목소리와도 같았기 때문이다.

한나가 저녁 식사를 위해 데리러 올 때까지, 그녀는 피아노 앞에 머물렀다. 그녀는 전혀 식욕을 느끼지 못했다. 그저 가만히 앉아서 더할 나위 없이 행복한 상태로 모두에게 미소를 지을 뿐이었다.

그날부터, 조그만 갈색 두건 소녀는 거의 매일같이 산울타리를 빠져나갔다. 넓은 객실에는 눈에 보이지 않게 음악의 요정이 나타나 오고가는 것 같았다.

로렌스 씨가 좋아하는 고풍스런 곡을 듣기 위해 가끔 서재의 문을 열어 놓고 있는 것을 베스는 전혀 알지 못했다.

그리고 로리가 하인들이 응접실에 접근하지 못하도록 경고하기 위해 복도에서 보초를 서고 있다는 것도 전혀 몰랐다. 악보대 위에 그녀를 위해 특별히 연습용 책이나 새로운 노래책들이 놓여 있었다는 사실도 전혀 눈치채지 못했다. 로리가 마치 씨네 집으로 놀러와서 음악에 대한 이야기를 들려주었을 때, 베스는 그저 그가 친절해서 그녀에게 도움되는 이야기를 해 주는 것이라고 생각했다.

그리하여 베스는 진정으로 행복한 나날을 보냈다. 항상 그렇지는 못했지만 그녀에게 베풀어진 호의가 그녀가 희망해 왔던 그대로라고 생각했다. 이런 큰 축복이 베스에게 내려진 건 아마 평소에 베스가 조그만 일에 감사했었기 때문일 것이다. 어쨌든 그녀는 이 모든 축복을 받을 자격이 있었다.

"엄마, 로렌스 씨에게 덧신을 만들어 드리고 싶어요. 그분이 저에게 너무 친절하게 대해 주셔서 보답을 해야만 하겠는데 다른 방법을 모르겠어요. 그래도 될까요?" 노신사의 중대한 방문이 있었던 날로부터 몇 주일 뒤에 베스가 물었다.

"그럼, 로렌스 씨가 아주 기뻐할 거야. 그에게 감사의 마음을 전하는 멋진 방법이구나. 언니들도 도와줄 테고 재료는 내가 사주마."

베스는 자신을 위해서는 거의 아무것도 요구하는 일이 없었으므로 그녀의 요청을 들어주는 데 특히 즐거움을 느끼며 마치 부인이 대답했다.

메그와 조와 함께 여러 번의 진지한 토론을 한 결과, 모양이 정해지고 마침내 재료를 구입하여 덧신 만들기가 시작되었다. 짙은 보라색 바탕에 점잖으면서도 생동감 있는 몇 송이의 팬지꽃을 수놓으면 잘 어울리고 예쁘리라고 뜻을 모았다.

베스는 가끔 어려운 부분에서는 좀 쉬었지만, 아침 일찍부터 밤늦게까지 쉴 줄 모르고 바느질을 했다. 그녀는 재봉사처럼 민첩하고 부지런했기 때문에 얼마 되지 않아 모든 일은 끝났다. 그러고서 그녀는 아주 짤막하고 간단한 편지와 함께, 로리의 도움을 받아 어느 날 아침 노신사가 일어나기 전에 서재의 책상 위에 예쁜 덧신을 살포시 얹어 놓았다.

흥분이 가라앉고 무슨 일이 일어날까를 기다렸지만, 베스는 어떠한 답장도 받지 못한 채 그날 하루와 그 다음날도 반이나 보내고 말았다. 그녀는 괴팍한 늙은 친구의 기분을 상하게 하지나 않았을까 겁이 나기 시작했다.

두 번째 날 오후, 베스는 심부름도 하고 불쌍한 병든 인형 조안나에게 체조도 시킬 겸 밖으로 나갔다. 돌아오는 길에 집 앞 가까이에서, 응접실 창으로 머리 서넛이 들락날락하는 것이 보였다. 그리고 그녀를 본 순간 모두들 일제히 손을 흔들며 기쁨의 함성을 올렸다.

"로렌스 씨가 편지를 보내셨어. 빨리 와서 읽어 봐. 어서!"

"오! 베스, 그가 너에게……." 에이미가 호들갑스럽게 뭔가 말하려 했으나 조가 창문을 탁 닫아 분위기를 깨는 바람에 계속하지 못했다.

베스는 가슴을 두근거리며 서둘러 갔다. 현관에서 자매들은 베스를 잡아 끌고 개선 행렬처럼 응접실로 들어갔다. 그리고 일제히 손짓을 하며 동시에 외쳤다.

"저것 좀 봐, 저것 좀 보라고!"

베스는 그것을 보더니 기쁨과 놀라움에 얼굴이 창백해졌다. 소형 피아노가 거기에 있었다. 그리고 윤이 나는 피아노 뚜껑 위에 '엘리자베스 마치 양에게'라는 편지가 간판처럼 놓여 있었다.

"나에게?"

베스는 숨을 몰아쉬며 조의 팔에 기대었다. 쓰러질 것 같았다. 이건 너무도 가슴 벅찬 일이었다.

"그럼, 우리 집 귀한 딸, 너한테 온 거야. 그분 굉장하시지 않니? 세상에 그처럼 좋은 분은 없을 거야. 여기 편지의 열쇠가 있어. 아직 열어 보지는 않았지만 우리는 그가 뭐라고 쓰셨는지 알고 싶어 못견딜 지경이야."

동생을 끌어안고 편지를 건네주며 조가 외쳤다.

"언니가 읽어 봐! 난 못하겠어. 기분이 이상해! 아, 이건 너무 굉장한 일이야!" 베스는 선물에 정신이 아득해져서 조의 앞치마에 얼굴을 묻었다.

조는 편지를 뜯더니 갑자기 웃기 시작했다. 그녀가 읽은 첫 구절에 이렇게 씌어 있었기 때문이다.

마치 양에게
친애하는 아가씨

"아이 멋져! 누가 나에게도 이렇게 편지 해줬으면!"

예스러운 형식의 편지를 대단히 우아하게 생각하는 에이미가 말했다.

나는 여러 해 동안 많은 덧신을 신어 왔습니다만 아가씨가 보내 주신 것만큼 나에게 꼭 들어맞는 것은 이제껏 가져 보지 못했습니다. 팬지는 내가 가장 좋아하는 꽃이기에, 이 고마운 선물을 보내 주신 자상한 사람을 항상 기억하게 해줄 것입니다. 이에 대한 보답으로, 죽은 손녀딸아이가 쓰던 피아노를 이 '노신사'가 보내드리도록 허락해 주시기 바랍니다. 진심으로 감사를 드리며 신의 은총이 가득하시길.

항상 당신에게
감사하는 친구이자
시생(侍生)
제임스 로렌스

"어때, 베스? 이건 자랑할 만큼 영광스러운 일이 틀림없어! 로리가 그러는데 로렌스 씨는 죽은 그 아이를 끔찍이 사랑하셨대. 그래서 지금도 그녀가 쓰던 물건들을 전부 소중히 간직하고 계시대. 그런데 생각해 봐. 너에게 그녀의 피아노를 주셨단 말이야. 네가 크고 푸른 눈동자와 음악을 사랑하는 마음을 지니고 있기 때문일 거야." 조는 어느 때보다도 흥분에 가득 차서 떨고 있는 베스를 진정시키기 위해 이렇게 말했다.

"저 귀여운 촛대 좀 봐. 그리고 한가운데 황금빛 장미가 수놓아져 잔주름이 잡힌 아름다운 녹색 비단이며, 예쁜 악보, 의자…… 모든 것이 완벽해." 메그가 말하며 악기의 뚜껑을 열고 그 아름다움을 공개해 보였다.

"'당신의 겸손한 하인, 제임스 로렌스' 그가 언니에게 쓴 걸 생각해 봐. 애들한테 얘기해야지. 정말 근사하다고 생각할 거야." 편지에 깊은 인상을 받은 에이미가 말했다.

"한 번 쳐 보라고요, 아가씨. 그 귀여운 아기 피아노 소리가 어떤지 들어 보자고요." 항상 가족과 기쁨과 슬픔을 함께 하는 한나가 말했다.

그러자 베스가 피아노를 쳐 보았다. 모두가 이제까지 들어본 것 중에서 가장 훌륭한 피아노 소리라고 평가했다. 새로 조율을 해서 자로 잰 듯 반듯하게 배열시켰음이 명백하였다. 그러나 그것이 아무리 완전무결했다고 하더라도 정작 진정한 매력은, 베스가 희고 검은 선반 위에 부드럽게 손을 얹고 반짝거리는 페달을 밟았을 때 몸을 숙여 이 장면을 바라보는 가족들의 행복한 얼굴에 있었다.

"가서 인사를 드려야지, 베스."

조는 동생이 정말 가리라는 생각은 전혀 하지 못하고 농담으로 말했다.

"응, 그러려고 해. 지금 가는 것이 좋아. 그렇지 않으면 생각만 하다가 겁이 나서 못 갈지 몰라."

베스는 가족들의 놀란 시선을 받으며 정원으로 걸어 내려가서 산울타리를 통해 로렌스 댁의 문으로 들어갔다.

"야아, 만약 이 일이 내가 본 일 중에서 가장 신기하지 않다면 죽어도 좋겠네. 피아노가 아가씨의 혼을 빼놓았군. 맨정신으로는 절대로 갈 리가 없는데 말이야."

베스가 가는 쪽을 바라보며 한나가 소리쳤다. 자매들은 이 기적과 같은 일에 어안이 벙벙할 뿐이었다.

그러나 그 뒤의 베스의 행동을 봤더라면 그들은 훨씬 더 놀랐을 것이다. 도저히 믿기지 않는 일이지만, 베스는 자신에게 생각할 틈을 주지 않고 곧장 서재로 가서 문을 두드렸다. '들어와요' 하는 무뚝뚝한 소리가 들렸고, 베스는 깜짝 놀라 바라보는 로렌스 씨에게로 똑바로 걸어가서는 아주 조그맣게 떨리는 목소리로 '인사드리러 왔어요, 저……' 하며 손을 내밀었다.

그러나 로렌스 씨가 너무도 상냥하게 바라보았으므로 말을 끝맺지 못하고 뒷말을 잊어버리고 말았다. 단지 그가 사랑하는 어린 소녀를 잃었다는 기억만이 남아서 그녀는 두 팔을 그의 목에 두르고 그에게 키스를 했다.

만약 집의 지붕이 날아갔다 해도 노신사는 그처럼 놀라지는 않았을 것이다. 그러나 그는 이 작은 사건이 마음에 들었다. 실은 놀라우리만치 좋았다. 신뢰에 찬 작은 입맞춤에 그는 얼마나 감동하고 기뻤던지 무뚝뚝함도 벗어던졌다.

로렌스 씨는 베스를 무릎에 앉히고 자신의 주름투성이 뺨을 그녀의 장밋빛 뺨에 대었다. 그의 어린 손녀를 다시 찾은 듯이 느껴졌다. 베스는 그 순간부터 그를 두려워하지 않게 되었고, 마치 오래 전부터 그와 아는 사이였던 것처럼 편안하게 얘기를 나누었다. 사랑은 두려움을 떨쳐버리게 하고, 감사하는 마음은 자존심을 떨쳐버리게 했기 때문이다.

베스가 집에 돌아갈 때 노인은 그녀의 집 문 앞까지 같이 걸어와서는 다정하게 악수를 하고, 모자에 손을 대고 인사를 한 뒤 성큼성큼 걸어 돌아갔다. 그가 원래 그렇기도 하지만, 위풍당당하고 꼿꼿하고 잘생긴 군인다운 노신사의 모습이었다.

자매들이 이 극적인 광경을 보았을 때, 조는 만족스러워 지그 춤을 추었고 에이미는 너무 놀라 창문 밖으로 떨어질 뻔했다. 메그는 두 손을 높이 쳐들고 소리쳤다.

"세상의 종말이 오고 있는 게 틀림없어!"

제7장 에이미, 굴욕의 골짜기에 가다

어느 날, 로리가 말을 타고 말발굽 소리와 함께 집 앞을 지나가며 채찍을
흔들어 보이자 에이미가 말했다.

"로리는 완벽한 사이클롭스(그리스 신화에 나오는 / 외눈박이 거인) 그대로야, 그렇지?"

"너, 어떻게 그런 소릴 할 수 있니? 로리는 제대로 된 눈이 둘 다 있는
데. 그것도 아주 잘생긴 눈으로 말이야." 조가 자기 친구에 대한 어떤 험담
도 참지 못하고 골을 내며 외쳤다.

"난 그의 눈에 대해서 아무 말도 하지 않았어. 다만, 로리의 말 타는 솜씨
를 칭찬한 것인데 왜 그렇게 화를 내."

"원 세상에! 이 바보가 센토(Centaurus : 그리스 신화에 나오는 반은 / 사람이고 반은 말인 괴물)를 사이클롭스라고
불렀잖아." 조가 웃음을 터뜨리며 외쳤다.

"그렇게 무례하게 굴 필요는 없잖아. 그건 단지 데이비스 선생님이 말씀
하신 대로 '랩스 오브 링기(황야의 히스에 대한 기억)'일 뿐이니까." 엉터리
라틴어 솜씨로 조의 입을 막기 위해 에이미가 반박하고 나섰다. "로리가 승
마에 쓰는 돈의 일부만이라도 가졌으면 얼마나 좋을까." 혼잣말처럼, 그러나
언니들이 듣기를 바라며 에이미는 말을 덧붙였다.

"아니, 왜 웃어?" 메그가 상냥하게 물었다. 조는 또 한 번의 에이미의 실
책에 허리를 잡고 웃고 있었기 때문이다.

"정말 절실하게 필요해. 엄청난 빚을 지고 있는걸. 그런데도 넝마장수한
테서 돈을 받으려면 한 달을 기다려야 해."

"빚을 지고 있다고, 에이미? 도대체 무슨 소리니?" 메그가 정색을 했다.

"글쎄, 적어도 절인 라임(레몬보다 작고 동그란 / 모양의 신맛 나는 과자)을 한 다스 가량은 빌려 먹었는걸.
돈이 생길 때까지는 갚아줄 수가 없단 말이야. 엄마는 가게에서 아무것도 외
상을 해서는 안 된다고 하시고……."

"자세히 얘기해 봐. 이제는 라임이 유행이니? 전에는 고무를 쿡쿡 찔러서
공을 만드는 게 유행이더니만." 메그는 태연한 표정을 지으려고 애를 썼다.
에이미가 너무나 진지하고 신중해 보였기 때문이다.

"사실은 저, 여자애들은 항상 라임을 산단 말이야. 인색하다고 평가받고 싶지 않으면 그걸 누구나 사야만 한다고. 요즘은 라임이 없으면 행세를 못 해. 누구나 책상에 앉아 수업 시간 중에 빨아먹고 연필이랑, 유리구슬 반지랑, 종이 인형이랑, 그밖에 다른 것들하고 바꾸곤 하거든.

맘에 드는 친구가 있으면 그 애에게 라임을 주지만, 마음에 맞지 않는 애 앞에서 이것 보라고 과시하면서 단 한 입도 주지 않고 먹는 거야. 번갈아가며 내기로 되어 있는데 나는 여러 번 얻어먹기만 하고 갚지는 못했어. 그건 명예를 빚지는 거니까 반드시 답례를 해야만 해."

"빚을 갚고 신용을 회복하는 데 얼마나 있으면 되지?" 메그가 지갑을 꺼내며 물었다.

"25센트면 충분해. 몇 센트는 남을 테니까 언니에게도 대접할 수 있을 거야. 라임 좋아하지 않아?"

"별로. 내 몫까지 가져도 좋아. 여기 돈 있어. 되도록 오래 쓰도록 해. 그다지 많은 돈은 아니니까."

"아이, 고마워라. 용돈을 가지고 있으면 정말 좋을 거야. 이 돈으로 대향연을 벌일 거야. 이번 주에는 라임을 한 개도 먹지 못했거든. 내가 보답을 전혀 못했기 때문에 받을 때 마음이 약해지는 기분이 들었어. 그리고 한 개라도 먹고 싶어서 정말 못 견딜 지경이었다고."

이튿날, 에이미는 조금 늦게 학교에 갔다. 축축하게 젖어 있는 종이봉지를 책상 맨 안쪽에 넣어두기 전에 자랑스레 보여 주고 싶은 충동을 참기가 어려웠다. 다음 몇 분 동안에, 에이미 마치가 그 맛있는 라임을 스물네 개나 가지고 있고—오다가 하나는 먹어 버렸다—이걸로 한턱을 낼 것이라는 소문이 친한 친구들을 통해 쫙 퍼졌다. 친구들의 호응은 과연 대단했다. 케이티 브라운은 당장 그 자리에서, 다음 파티에 에이미를 초대하겠다고 약속했다. 메리 킹슬리는 그녀에게 쉬는 시간까지 시계를 빌려주겠다고 고집했다.

또한 에이미가 라임이 없다고 야비한 말로 비꼬던 심술쟁이 제니 스노마저 즉시 빈정거리기를 멈추고 에이미가 질색하는 산수 문제를 풀어주겠다고 제의해 왔다. 그러나 스노가 '어떤 애들은 납작코가 아니기 때문에 남의 라임 냄새는 잘 맡아서 자존심도 없이 남에게 달라고만 하는 거만한 애들'이라고 일축했을 때, 에이미는 그 즉시 스노의 기대를 꺾은 기억이 났다. 그때 에이미는 그녀에게 '너 갑자기 그렇게 예의를 차릴 필요 없어. 넌 단 한 개도 못 받을 거야'라고 말했다.

그날 아침, 어느 유명 인사가 학교를 방문했다. 그리고 아름답게 잘 그린 에이미의 지도를 칭찬했다. 그녀의 적에게 주어진 이 명예는 스노의 마음에 사무치게 되었고, 반면 마치는 이로 인해 학업에 열중하는 공작새가 되었다.

그러나 슬픈 일이다! 교만 끝에는 멸망이 오는 법. 복수의 불을 당긴 스노는 처참한 성공을 거둠으로써 형세를 역전시키고야 말았다. 참관인이 흔해빠진 진부한 인사말을 하고 교실을 나가자, 제니는 무언가 중요한 질문이라도 하는 척하고, 데이비스 선생님에게 에이미 마치가 책상 속에 절인 피클 라임을 넣어두고 있다고 일러바쳤다.

그런데 데이비스 씨는 라임을 학교에 가지고 오는 것을 금지한다고 전부터 선언해 온 터였다. 또한 맨 처음에 이 규칙을 깨는 사람은 공개적으로 벌을 주겠다고 엄숙하게 서약했었다. 이 대단한 참을성을 가진 선생님은 장기적으로 격렬한 전쟁을 치른 끝에 껌을 근절시키는 데 성공을 거두기도 했었다.

압수한 소설책이나 신문을 소각하고, 학생들 간의 사설 우체국을 폐지시켰으며, 얼굴을 찡그리는 것, 별명을 부르거나 만화를 그리는 일 등을 금지하였다. 선생님은 다루기 힘든 여학생 50여 명의 질서를 유지하기 위해서 할 수 있는 모든 일을 해왔다. 남자애들을 다루는 것도 웬만한 참을성을 가지고는 어려운 일이다. 그런데 여자애들을 다루기는 훨씬 더, 그야말로 끝없이 어려운 작업이었다. 특히 폭군 같은 기질과, 블림버 박사 같은 교육적인 재능을 가지지 못한 신경질적인 남성에게는.

데이비스 선생님은 그리스어, 라틴어, 산술, 그리고 학문(學問)이라 이름 붙인 모든 분야를 다 알고 있었으므로 훌륭한 선생님이라 불리었다. 그러나 이 선생님은 예절, 도덕, 정서, 모범 교육 같은 것은 별로 대수롭지 않게 여겼다. 이번에 적발된 에이미에게는 가장 불행한 순간이었고 제니는 그것을 잘 알고 있었다.

데이비스 선생님은 그날 아침 너무 진한 커피를 마셨음이 명백했다. 더구나 그날은 항상 선생님의 신경통을 자극하는 동풍마저 불었다. 학생들은 흔히 선생님께 보여야 할 존경과 신뢰를 전혀 보내지 않았다. 그리하여 우아하지는 않지만 표현력이 풍부한 어느 여학생의 말을 빌리자면, 선생님은 마녀처럼 신경질적이고 곰처럼 짜증스러워했다.

‘라임’이라는 단어는 화약에 붙인 불과 다름없었다. 선생님은 노란 얼굴을 단번에 붉히면서 제니가 여느 때와는 달리 재빨리 제자리로 돌아갈 정도로 힘껏 교탁을 내리쳤다.

“여러분, 주목하세요!”

엄중한 명령에 의해 소란은 뚝 멈추고 50쌍의 푸른, 검은, 회색빛, 갈색 눈동자들이 두말없이 선생님의 무서운 얼굴에 고정되었다.

“마치 양, 교단으로 나와!”

에이미는 겉으로는 태연하게 일어섰다. 그러나 라임이 그녀의 양심을 억누르고 있었기 때문에 내심으로는 두려움에 떨었다.

“책상 속에 있는 라임도 함께 가지고 나와!”

뜻밖의 명령에 에이미는 자리에서 나오기도 전에 그 자리에 멈추어 서고 말았다.

“전부 다 갖고 가지 마.” 침착한 옆자리의 소녀가 속삭였다.

에이미는 조급히 반 다스를 떨어뜨려 놓고 그 나머지를 데이비스 선생님 앞에 내놓았다. 인간의 마음을 가진 사람은 누구라도 이처럼 맛있는 냄새가 코에 닿으면 마음이 누그러질 거라고 여기면서. 그러나 불행하게도 데이비스 선생님은 한창 유행인 이 절임 과자 냄새를 특히 싫어해 그 냄새는 더욱 그의 화를 돋우었다.

“이게 전부인가?”

“전부는 아니에요.” 에이미가 더듬거리며 입 속으로 웅얼거렸다.

“즉시 나머지도 가져오도록 해.”

절망적인 시선으로 친구들을 돌아보며 그녀는 명령에 복종하였다.

“확실히 더 이상 없지?”

“저는 절대로 거짓말은 하지 않습니다, 선생님.”

“좋아. 그럼, 이 혐오스러운 물건을 두 개씩 들고 가서 창밖에 버리도록 해.”

한숨이 한꺼번에 터져 나오더니 작은 웅성거림이 일기 시작했다. 마지막 희망이 날아가 버리고 그들이 고대하던 라임이 입술로 오지도 못한 채 성찬을 빼앗기고 말았다. 부끄러움과 분노로 얼굴이 새빨개져서 에이미는 끔찍하게도 여섯 번씩이나 창문께로 왔다 갔다 했다.

그럴 때마다 매번 불운한 한 쌍의 라임—오, 정말이지 말랑말랑하고 촉촉하게 맛있어 보이는 라임—이 마지못해 하는 그녀의 손으로부터 떨어져 나갔다. 창문 밖으로부터 들려오는 환성 소리가 소녀들의 고통을 가중시켰다. 그 소리는 소녀들의 오랜 적인 아일랜드 꼬마들이 그 향연을 만끽한다고 말했기 때문이다. 이건 너무 가혹한 일이었다. 모두가 분노의, 혹은 호소하는 눈빛을 무정한 데이비스 선생님에게 던졌고, 한 열성적인 라임 팬은 울음을 터뜨리고 말았다.

에이미가 그녀의 마지막 여행에서 돌아오자, 데이비스 선생님은 만족한 듯 '에헴' 헛기침을 한 뒤, 특히 인상적인 태도로 말했다.

"꼬마 숙녀들, 모두들 내가 지난주에 한 말을 기억하고 있겠지? 그럼에도 불구하고 이런 일이 일어나서 유감이다. 나는 내 규칙이 지켜지지 않는다는 것을 절대 허락할 수 없다. 난 내 약속을 결코 어기지 않는다. 마치 양, 손을 내봐."

에이미는 놀라서 두 손을 뒤로 감추었다. 그녀는 입으로는 한 마디도 할 수 없었으므로 말보다 그녀를 더 잘 변호해줄 수 있는 애원하는 눈빛으로 그를 간절하게 쳐다보았다. '노년의 데이비스'는 그녀를 다소 귀여워하는 편이었기 때문에 어쩌면 그의 약속을 어기고 그녀를 용서했을 것이다. 에이미가 억제하지 못하고 '노년의 데이비스'란 말을 내뱉지 않았더라면. 그 소리는 아주 약했음에도 불구하고 성질이 불같은 선생님의 화를 부채질하여 에이미의 운명을 결정해 버렸다.

"내봐, 손. 마치 양!"

이것이 그녀의 무언의 호소가 받은 유일한 대답이었다. 울거나 애원하기에는 너무나 자존심이 센 에이미는 이를 악물고, 머리를 뻣뻣이 치켜든 채 그녀의 작은 손 위에 떨어지는 따끔한 매를 조금도 움찔하지 않고 대여섯 번이나 맞았다. 체벌은 무겁지 않았으며 에이미에게 아무런 효과도 주지 못했다. 그녀는 평생 처음으로 매를 맞았다. 그녀에게 이런 치욕은 선생님이 그녀를 때려눕힌 것만큼이나 깊었다.

"자, 이제, 휴식 시간까지 교단 위에 서 있어."

시작을 했으니 끝장을 보려고 마음먹은 데이비스 선생님이 말했다.

그것은 끔찍했다. 그녀의 자리로 바로 돌아가서 친구들의 동정 어린 시선이나 몇 안 되는 적들의 만족스런 얼굴을 보는 것만으로 충분했을 것이다. 그런데 또다시 새로운 수치로 전체 학생들을 마주보아야 한다는 것은 견딜 수 없는 일이었다. 순간적으로 그녀는 서 있는 곳에서 쓰러져 버리기를 바랐다. 가슴이 터지도록 울고 싶었다.

부당하다는 분함과 제니 스노에 대한 미움이 그녀가 굴욕을 견딜 수 있도록 도와주었다. 그 수치스러운 자리에 서서 난로 굴뚝에 눈을 고정시키고 있는 에이미의 눈에 수많은 얼굴들이 들어왔다. 하얗게 질려서 미동도 없이 서 있는 에이미의 애처로운 모습 때문에 반 친구들은 공부를 할 수 없었다.

다음 15분 동안, 자존심이 강하고 민감한 어린 소녀는 결코 잊지 못할 수치와 고통을 뼈저리게 느꼈다. 남들에게는 이 같은 일이 터무니없거나 사소한 사건에 불과했을지 모르지만 에이미에게는 괴로운 경험이었다. 12년 동안 오직 사랑으로만 길들여져 왔을 뿐 매는 맞아 본 적도 없었다.

'나는 집에 가서 오늘 일을 이야기하게 될 테고 그러면 모두들 나에게 몹시 실망하겠지.'

가슴에 난 상처 때문에 손의 얼얼함도 마음의 쓰라림도 잊었다.

15분이 마치 1시간처럼 여겨졌다. 마침내 '휴식'이라는 말이 들렸을 때 그 말은 어느 때보다도 반갑게 들렸다.

"이제 가도 좋아, 마치 양."

뭔가 불안한 듯 데이비스 선생님이 말했다. 그 누구에게도 말을 하지 않은 채 에이미는 똑바로 곁방(대기실)으로 가서 자기 물건들을 낚아채듯 들고 스스로 결연히 선언한 대로 '영원히' 그곳을 떠났다. 그때 그녀가 던진 비난하는 듯한 눈빛을 데이비스 선생님은 쉽게 잊을 수 없었다.

집에 도착했을 때 에이미는 매우 슬픈 심정이었다. 조금 뒤 언니들이 도착하자 즉시 분개 대회가 열렸다. 마치 부인은 많은 말은 하지 않았지만 마음이 상한 것 같았다. 어머니는 괴로워하는 어린 딸을 더할 수 없이 부드럽게 위로하였다.

메그는 모욕을 당한 조그만 손을 글리세린과 눈물로 닦아 주었다. 베스는 그녀의 사랑하는 새끼고양이들도 이 같은 슬픔은 치료할 수 없다고 느꼈다. 조는 지체 없이 데이비스 선생님을 체포해야 한다고 세차게 소리쳤다. 한나는 그 '악당'에게 주먹을 흔들며 마치 데이비스 선생님이 절구통 밑에 있기라도 한 것처럼 저녁 식사에 쓸 감자를 쿵쿵 짓이겨댔다.

에이미가 훌쩍 가버린 사실은 반 친구들 말고는 아무도 모르고 있었다. 그러나 눈치 빠른 소녀들은 그날 오후 데이비스 선생님이 아주 유순해졌고 또한 보기 드물게 긴장되어 있음을 발견하였다.

학교가 끝나기 바로 직전에, 조가 나타나 험악한 표정으로 교탁까지 성큼성큼 다가가 어머니의 편지를 내밀었다. 그러고는 에이미의 물건들을 모아들고 떠났다. 그 학교의 먼지를 발에서 모두 털어 버리려는 듯 현관 발닦이 위에 자신의 구두에 묻은 진흙을 조심스레 쓱쓱 문질러댄 뒤에.

"그래. 학교를 잠시 쉬어도 좋아. 그러나 베스와 함께 매일 조금씩 공부는 해야 한다." 마치 부인이 그날 저녁에 말했다. "나는 체벌(體罰)에는 찬성할 수 없다. 특히 여자 아이한테는 말이다. 데이비스 선생님의 교육 방법도 좋지는 않다만, 네가 사귀고 있는 아이들도 너에게는 아무런 도움이 되지 못하는 것 같구나. 너를 전학시키기 전에 네 아버지와 상의해야겠다."

"아이 좋아라! 모든 애들이 다 학교를 떠나서 그 낡은 학교를 망쳐 놓으면 좋겠다. 그 먹음직스런 라임을 생각하면 화가 나서 완전히 미칠 것 같아." 아직 화가 풀리지 않은 에이미는 마치 순교자라도 된 양 의기양양하게 말했다.

"엄마는 네가 라임을 잃어버린 데는 별로 유감이 없다. 너는 규칙을 어겼으니까. 규칙을 위반했을 때 벌을 좀 받는 것은 당연한 일이지."

이 잔혹한 답변은 오직 동정만을 바라던 어린 소녀를 얼마간 낙담시켰다.

"엄마는 전교생 앞에서 제가 모욕을 당한 것이 기쁘단 말씀이세요?" 에이미가 소리쳤다.

"나라면 잘못을 고쳐주기 위해 그런 방법을 택하지는 않았을 거야." 어머니가 대답했다. "하지만 내 방법이 선생님의 방법보다 낫다고도 확신할 수는 없지. 너는 차츰 자만심이 강해져 가고 있는데, 애야. 지금이 그것을 고칠 적절한 시기인 것 같다. 너는 좋은 점을 많이 갖추고 있지만 그것을 내세울 필요는 없단다. 자만은 아무리 훌륭한 천재성도 망쳐 버리고 말기 때문이야. 진정한 재능이나 미덕은 언젠가는 드러나는 법이야. 설령 오랫동안 눈에 띄지 않는다 하더라도, 그것들을 지니고 잘 사용하기 위해 노력한다면 누구나 인정하게 될 거야. 그리고 무엇보다도 진정한 매력은 겸손함이란다."

"정말 그렇습니다!" 한쪽 구석에서 조와 체스를 두고 있던 로리가 외쳤다. "이전에 저는 매우 훌륭한 음악적 재능을 가진 한 소녀를 알고 있었습니다. 그런데 그 애가 자기의 그런 점을 모르고 있었고, 자기가 혼자 있을 때 작곡한 소품들이 얼마나 사랑스러운지 짐작도 못했습니다. 누군가가 그렇다고 말해 줘도 믿으려고 하지도 않았습니다."

"그렇게 훌륭한 소녀와 알고 지낸다면 좋았을 텐데. 그랬더라면 나에게 많은 도움을 주었을 거야. 난 너무 바보 같아." 그의 곁에서 열심히 듣고 있던 베스가 말했다.

"베스, 네가 잘 알고 있는 사람이야. 그리고 그 누구보다도 너를 잘 도와주고 있지." 로리가 쾌활한 검은 눈동자에 장난기를 담고 그녀를 쳐다보았다. 베스는 생각지도 못한 사실을 발견하고는 완전히 당황해서 갑자기 얼굴이 붉어지더니, 소파 위 방석에 얼굴을 묻었다. 조는 베스를 칭찬해 준 대가로 로리가 게임을 이기도록 해주었다. 칭찬을 받은 뒤에 베스는 아무리 설득을 해도 피아노를 치려고 하지 않았다.

그래서 로리는 최선을 다해서 대신 피아노 연주를 했다. 로리는 마치 가족들에게 변화가 심한 자신의 성격을 좀처럼 보이는 일이 없었다. 그가 돌아가자 저녁 내내 생각에 잠겨 있던 에이미가 무언가 새로운 생각이 떠오른 것처럼 별안간 이렇게 물었다.

"로리는 교양 있는 사람이에요?"

"그럼, 훌륭한 교육을 받은 데다 타고난 재능도 많지. 너무 응석받이로 키워서 버릇없는 아이가 되어 버리지만 않으면 훌륭한 사람이 될 거야."

어머니가 대답했다.

"로리는 거만하지 않아요?" 에이미가 또다시 물었다.

"전혀 그렇지 않아. 그러니까 그가 그토록 상냥하고 우리 모두가 좋아하는 것 아니겠니?"

"알았어요. 학식이 깊고 교양이 있으면서도 자랑하거나 잘난 척하지 않는 것이 좋다는 거지요." 에이미가 사려 깊게 말했다.

"겸손하기만 하다면, 그런 면은 그 사람의 태도나 대화에서 누구든지 보고 느낄 수 있어. 하지만 굳이 내세울 필요는 없지." 마치 부인이 말했다.

"네가 가지고 있는 것을 보여 주기 위해 모든 옷과 모자와 리본을 전부 착용한다면 어떻겠니?" 조가 덧붙이자 훈계는 웃음으로 끝났다.

제8장 조, 악마를 만나다

토요일 오후, 에이미는 외출 준비를 하고 있는 언니들을 보고 물었다. 비밀스러운 분위기에 에이미의 호기심이 발동되었다.

"언니들, 어디 가는 거야?"

"신경 쓸 것 없어. 어린애들은 질문을 하는 게 아니야."

조가 잘라 대답했다.

어릴 때 우리의 감정을 엉망으로 흔들어 놓는 일이 있다면, '저리 가 있어라. 애야'라는 말을 듣는 것이다. 그런데 그것은 우리를 더욱 자극시키는 법이다. 에이미는 조의 말에 발끈해서, 비록 한 시간이 걸리더라도 이 비밀을 캐내고 말겠다고 결심했다. 그래서 오래 조르기만 하면 거절하지 못하는 메그에게 응석을 부리듯 말하기 시작했다.

"제발 가르쳐 줘! 나는 언니가 나도 데려가 줄 것으로 믿어. 베스 언니는 피아노에 정신이 없고 나는 할 일이 없어서 외로워."

"나는 그렇게 못해. 넌 초대받지 않았어."

메그가 말하자 조가 급하게 말을 잘랐다.

"메그, 말하지 마. 그렇지 않으면 모든 일이 망쳐진다고. 에이미, 넌 갈수 없어. 넌 못 가. 어린애처럼 칭얼거리지 마."

"어딘지는 모르지만 로리와 가는 거지? 다 알아. 어젯밤 소파에서 로리랑 속닥거리고 웃다가 내가 들어가니까 딱 그쳤어. 그와 함께 가는 거지?"

"그래 맞아. 입 다물고 이제 그만 졸라."

에이미는 입을 다물었다. 그러나 눈을 바쁘게 움직여, 마침내 메그가 그녀의 주머니에 부채를 넣는 것을 보고 말았다.

"알았다! 알았어! 극장에 '일곱 개의 성(城)'을 보러 가는 거지." 에이미는 알았다는 듯 소리쳤다. "나도 갈 거야. 왜냐하면 엄마가 나도 봐도 된다고 하셨거든. 게다가 나도 모아 놓은 돈이 있어. 가기 전에 얘기도 해주지 않다니 못됐어."

"잠깐 내 말 좀 들어봐. 착하지?" 메그가 부드럽게 타일렀다. "엄마는 네가 이번 주에 보러 가기를 원하지는 않으셔. 네 눈은 요정극의 조명을 견뎌 낼 만큼 충분히 좋지 않거든. 베스, 다음 주에 한나와 함께 가서 즐겁게 구경해."

"나는 언니와 로리와 함께 가고 싶어. 제발 데려가 줘. 감기로 너무 오래 갇혀 지냈지만 이제 다 나았어. 놀고 싶어 못견디겠어. 데려가 줘. 메그 언니, 착하게 굴게." 에이미는 할 수 있는 한 가장 불쌍한 표정을 지어 보이며 메그에게 사정했다.

"데려갈까? 옷을 따뜻하게 입혀 데리고 가면 엄마가 걱정하시지 않을 것 같아." 메그가 말했다.

"에이미가 간다면 나는 안 가. 내가 안 가면 로리도 좋아하지 않을걸. 게다가 우리만 초대했는데 에이미를 데려가는 것은 예의에 벗어나는 짓이야. 에이미는 초대받지 않았는데 가려 하다니, 참으로 염치없는 짓이야."

조는 그녀가 즐겨야 할 시간에 이 산만한 꼬마를 돌보는 것이 싫었기 때문에 펄펄 뛰며 말했다.

조의 목소리와 태도가 에이미를 화나게 했다. 부츠를 신기 시작하며 에이미는 극도로 화가 나서 매우 격양된 어조로 말했다.

"갈 거야. 메그 언니가 그래도 된다고 했어. 게다가 내 돈은 내가 낼 테니 로리는 이 일과 상관 없어."

"우리 자리는 예약되어 있으니까, 넌 우리와 함께 앉을 수 없어. 너는 혼자 앉아야 돼. 그러면 로리가 너에게 자리를 양보해 주겠지. 아니면 로리가 너를 위해 다른 자리를 잡겠지. 우린 그거 싫어. 초대되지도 않았는데 그러는 것은 잘못이야. 한 발자국도 움직이지 마. 여기 그대로 있어."

서두르다가 손을 바늘에 찔린 조는 더욱 화를 내며 에이미를 꾸짖었다.

한쪽 부츠만 신은 채 바닥에 앉아 에이미가 울기 시작했다. 메그가 그녀를 달래려 했으나 아래에서 로리가 부르는 소리가 들리자 둘은 울고 있는 동생을 놓아둔 채 아래층으로 급히 내려갔다. 에이미는 때때로 자신이 다 컸다는 것을 잊어버리고 말썽꾸러기 어린 아이처럼 행동할 때가 있었다. 메그와 조가 막 나가려 할 때에 에이미가 이층 난간으로 몸을 내밀며 협박조로 말했다.

"이 일로 후회하게 될 거야, 조 마치. 어디 한 번 두고 봐."

"말도 안 돼!" 조도 마주 외치더니 현관문을 쾅 닫고 가버렸다.

세 사람은 무척 즐거운 시간을 보냈다. '다이아몬드 호수의 일곱 개의 성'
이 흡족할 만큼 뛰어나고 훌륭한 작품이었기 때문이다. 그러나 빨간 꼬마 도
깨비, 반짝이는 요정, 황홀한 왕자와 공주를 보고 있으면서도, 조의 즐거움
에는 한 조각 씁쓸함이 묻어 있었다. 이 동화 속 여왕의 노란 머리가 에이미
를 생각나게 했기 때문이다.

막간의 휴식 시간에 조는 에이미가 어떻게 그녀를 후회하게 만들지를 생
각해 보기도 했다. 그녀와 에이미는 둘 다 성질이 급하고 어지간히 얼굴을
붉힐 때면 격렬하게 싸우는 경향이 있었기 때문에 평소 토닥거리기를 잘 하
였다. 에이미는 조를 놀리고 조는 에이미를 짜증나게 했다. 폭발한 뒤에는
둘 다 몹시 후회하곤 했지만.

나이가 더 많음에도 불구하고 조는 자제력이 약해서, 화가 났을 때 불같은
성질을 가라앉히지 못해 늘 어려움을 겪었다. 그녀의 화는 오래가지 않았고,
그녀의 잘못을 겸손하게 사과하게 마련이었으며, 앞으로는 더 좋아지기 위
해 노력했다. 그래서 자매들은 차라리 조가 화내는 것이 낫다고 곧잘 말하곤
했다. 왜냐하면 화낸 뒤에 조는 천사처럼 되기 때문이다. 가여운 조는 성격
을 고치려고 필사적으로 노력했다. 그러나 그녀의 마음속은 항상 폭발할 태
세를 갖추고 있어서 그 노력은 곧잘 허사가 되어 버렸다. 조는 그것을 이겨
내는 인내를 갖는 데 몇 년이나 걸렸다.

메그와 조가 집에 도착했을 때, 에이미는 거실에서 책을 읽고 있었다. 그
들이 들어갔을 때, 에이미는 짐짓 화가 난 표정을 하고 있었다. 책에서 눈을
떼지도 않았고, 한 마디 질문도 하지 않았다. 만약 베스가 연극에 대해 묻지
않아서 연극에 대한 생생한 묘사를 듣지 못했다면, 에이미는 호기심 때문에
분노를 잊어 버렸을지도 모른다.

조가 그녀의 가장 좋은 모자를 제자리에 놓으려 위층으로 올라갔다. 그러
고는 맨 처음 책상을 바라보았다. 왜냐하면 지난번 싸움 때 에이미가 윗 서
랍을 뒤집어엎어 울분을 풀었기 때문이다. 모든 것이 제자리에 있었다. 조는
갖가지 옷장, 가방들, 상자 속 등을 급히 살핀 뒤에 에이미가 그녀의 잘못을
용서했다고 생각했다.

하지만 그것은 조의 착각이었다. 다음날에야 비로소 폭풍이 몰아 닥쳤다.
오후 늦게 메그와 베스, 에이미가 함께 앉아 있을 때 조는 숨도 쉴 수 없을

만큼 흥분하여 방으로 뛰어들어왔다.

"누가 내 책 치웠어?"

메그와 베스는 즉시 '아니'라고 말하며 놀라서 조를 쳐다보았다. 에이미는 장작만 휘저을 뿐 아무 대답이 없었다. 조는 에이미의 변하는 안색을 보고 즉시 에이미에게 화살을 돌렸다.

"에이미, 네가 치웠지?"

"아냐."

"그럼 어디 있는지는 알지?"

"몰라."

"거짓말!"

조는 부르짖으며 동생의 어깨를 움켜잡고 에이미보다 훨씬 더 용감한 아이라도 기겁할 만큼 사나운 표정으로 그녀를 노려보았다.

"아냐, 나는 치우지 않았어. 어디 있는지도 몰라. 그리고 관심도 없어."

"너는 알고 있어. 지금 당장 말하는 게 좋을 거야. 그렇지 않으면 내가 말하도록 해주겠어." 조는 그녀를 살짝 흔들었다.

"얼마든지 잔소리해봐. 어차피 그 따위 형편없는 구닥다리 책은 다시는 못 볼 테니까." 이번에는 에이미가 흥분하여 소리쳤다.

"어째서?"

"내가 다 태워 버렸으니까."

"뭐! 내 소중한 원고를? 아빠가 돌아오시기 전에 끝내려고 그렇게 열심히 쓴 원고를! 정말로 태워 버렸니?" 조는 얼굴이 창백해지고 눈은 분노로 이글거렸으며 에이미를 쥔 손은 부들부들 떨렸다.

"그래, 태워 버렸어. 어제 그렇게 짜증낼 때 내가 복수한다고 했잖아. 그래서 내가⋯⋯."

에이미는 더 이상 말을 할 수 없었다. 타오르는 분노가 조를 사로잡았고 조는 에이미의 이가 딱딱 소리를 낼 만큼 흔들면서 슬픔과 분노의 불길에 싸여 소리쳤다.

"나빠, 요사스러운 계집애! 나는 결코 그걸 다시 쓸 수 없단 말야. 내가 살아 있는 동안 너를 용서하지 않을 거야."

메그는 에이미를 구하러 달려갔고, 베스는 조를 달래려 했으나, 조는 완전히 제정신이 아니었다. 조는 에이미의 뺨을 후려치고 급히 방을 나와 다락방의 낡은 소파에 앉음으로써 자신과의 싸움을 끝냈다.

폭풍은 가라앉았다. 마치 부인이 집에 돌아와 싸움의 전말을 듣고, 에이미에게 그녀가 언니에게 한 일이 나빴다고 타이르며 잘못을 깨닫게 했다. 조의 원고는 그녀 자신의 자랑이었고 가족들도 그것을 장래가 촉망되는 문학적 새싹으로 여기고 있었다. 그것은 단지 5, 6편의 작은 동화였지만, 조는 그것들을 끈질기게 손질하고 그녀의 모든 정열을 쏟아 출판하려고 노력했다. 조는 세심하게 그 글들을 베낀 다음 오래된 사본을 모두 버렸다.

그러므로 에이미의 방화사건은 몇 년 간의 소중한 작업을 수포로 돌아가게 한 것이었다. 그것은 다른 이에게는 사소한 일로 보일 수 있으나, 조에게는 큰 재난이었다. 조는 다시는 그 동화를 쓸 수 없으리라 생각했다.

베스는 고양이가 죽었을 때처럼 마음 아파했고, 메그도 에이미를 변호해주지 않았으며, 마치 부인 또한 침통한 표정을 짓고 있었다. 에이미는 자신의 행동에 대해 사과하지 않는 한 아무도 그녀를 사랑해주지 않을 거라고 느꼈다. 에이미는 어느 누구보다 자신의 잘못을 잘 알고 있었다.

차 마시는 시간을 알리는 종이 울리자 조가 우울하고 차가운 표정으로 나타났다. 그때 에이미는 마침내 용기를 내어 순한 목소리로 말했다.

"제발 용서해줘, 조 언니. 정말, 정말 잘못했어."

"나는 절대로 용서 못 해."

조는 완강한 태도로 대답한 뒤, 에이미의 존재를 완전히 무시하기 시작했다.

아무도 이 심각한 사태에 대해 말하지 않았다. 마치 부인조차도 입을 다물고 있었다. 가족들은 경험상 조가 이런 저조한 기분일 때 조에게 말을 거는 것은 쓸데없는 짓이라는 것을 알고 있었기 때문이다. 가장 현명한 방법은 어떤 작은 계기가 마련되기를 기다리거나, 조의 너그러운 성격이 자신의 분노를 누그러뜨려 상처가 스스로 치유되기를 기다리는 것이었다.

그날 저녁 자매들은 언제나처럼 바느질을 하고, 어머니는 브레머(Bremer), 스콧(Scott), 에지워스(Edgeworth)의 소설을 큰 소리로 읽어 주었지만 가정의 평화는 좀처럼 회복되지 않았다. 그들은 이런 기분을 노래 시간이 되었을 때 가장 많이 느꼈다. 베스는 혼자서 피아노를 치고, 조는 망주석처럼 서 있기만 했고 에이미는 풀이 죽어 있어서 메그와 어머니만 노래를 했다. 종달새처럼 즐겁게 노래하려는 노력에도 불구하고 좋은 목소리들은 여느 때처럼 나와 주질 않았고 모두들 화음이 맞지 않는다고 느꼈다.

조가 저녁 인사를 하자, 마치 부인은 그에게 다가가 부드럽게 속삭였다.

"조, 해가 질 때까지 그날의 노여움을 갖고 있지 말라는 말이 있지. 서로 용서해라. 서로 돕고 그리고 내일 다시 출발하자꾸나."

조는 어머니의 가슴에 얼굴을 파묻고 그녀의 슬픔과 노여움이 씻길 때까지 실컷 울고 싶었으나, 눈물 흘리는 일은 계집아이같이 유약한 짓이라 생각했고, 또 무엇보다 그녀가 받은 상처가 너무나 커서 아직은 완전히 용서할 수가 없었다. 조는 눈을 껌뻑거려 눈물을 거두고 나서 머리를 저으며 에이미가 들으란 듯이 거칠게 말했다.

"그건 너무 혐오스러운 일이에요. 에이미는 용서받을 가치가 없다고요!"

이렇게 말하고 조는 자기 방으로 가버렸다. 나머지 식구들은 모두 시무룩하게 앉아 있었다.

에이미는 자신의 평화 제안이 거부당한 데 대해 기분이 몹시 상했다. 그녀는 더 이상 겸손하게 굴지 않겠다고 생각했다. 더욱 좀스러워져서는 극히 신경에 거슬리는 방법으로 도도하게 굴기 시작했다. 한편 조는 여전히 태풍이 몰아치는 표정을 하고 있었고 온종일 아무 일도 손에 잡히지 않았다.

아침에는 지독하게 추웠다. 조는 그녀의 소중한 파이를 도랑에 빠뜨려 버렸고, 마치 고모는 신경질을 부렸다. 조가 집에 돌아왔을 때 메그는 시름에 잠겨 있었고, 베스는 슬픈 표정으로 뭔가를 생각하고 있었으며 에이미는 항상 '훌륭한 사람이 되겠다고 말하면서 좋은 본보기가 있어도 흉내조차 내지 않는 사람이 있다'는 식으로 말했다.

"모두 다 맘에 안 들어. 로리에게 스케이트나 타러 가자고 해야겠어. 로리는 항상 친절하고 명랑하니까 내 기분도 말끔히 씻겨질 거야." 조가 혼잣말을 하며 나갔다.

에이미는 스케이트 부딪는 쇳소리를 듣고 급히 외치면서 바라보았다. "저 봐! 다음번에 나를 데리고 간다고 약속해 놓고서는. 다음번이 우리가 스케이트를 탈 수 있는 마지막 기회라면서 말이야. 하긴 저렇게 잘 토라지는 여자아이에게 나를 데려가 달라고 말하는 것은 소용없는 일이지."

"그렇게 말하는 게 아냐. 넌 정말로 잘못했어. 조의 소중한 원고를 없애

버렸으니 용서받기는 힘들 거야. 그러나 내 생각에 조가 지금은 용서할 것 같다. 그래, 네가 적당한 시기에 다시 시도해 보면 그렇게 될 거야." 메그가 말했다.

"그들을 따라 가. 그리고 조가 로리와 함께 기분이 좋아질 때까지 아무 말 하지 않는 거야. 그러고 나서 조금 뒤에 조에게 키스를 하거나, 아니면 무슨 친절한 일을 해봐. 틀림없이 조도 다시 진정으로 너를 좋아하게 될 거야."

"노력해 볼게." 에이미는 이 조언이 마음에 들어서 대답했다. 에이미는 한 바탕 소동을 부리며 서둘러 준비하고, 이미 언덕 너머로 사라져 가고 있는 두 사람을 뒤쫓아 갔다

강까지는 먼 거리가 아니어서 두 사람은 에이미가 오기 전에 이미 스케이트를 탈 준비를 하고 있었는데, 조는 에이미가 오는 것을 보자 휭하니 돌아서 버렸다. 로리는 에이미를 보지 못한 채 조심스럽게 강기슭을 따라 스케이트를 타고 있었는데, 추워지기 전에 며칠간 계속된 따뜻한 날씨 때문에 얼음이 차갑게 깨지는 소리가 나기도 했다.

"내가 첫 번째 굽이를 돌고 올게. 우리가 경주하기 전에 얼음이 괜찮은지 봐야겠어." 에이미는, 털로 장식된 코트와 모자를 쓴 러시아 청년같이 보이는 로리가 외치는 소리를 들었다.

조는 에이미가 숨을 헐떡거리고 시린 손을 호오호오 불면서 스케이트 신발을 신는 소리를 들었지만 결코 뒤를 돌아보지 않고, 동생이 쩔쩔매는 데 대해 왠지 씁쓸하고 불안한 만족감을 가지면서 천천히 얼음을 지그재그로 미끄러져 나아갔다. 그녀는 곧장 던져 버리지 않으면 점점 강해져서 자신을 장악하고야 마는 분노를 소중히 간직하고 있었다. 로리가 첫 번째 굽이에서 돌아보며 소리쳤다.

"기슭 가까이에만 계속 있어. 가운데는 위험하니까." 조는 이 말을 들었으나 에이미는 일어서느라고 기를 쓰는 중이었기 때문에 듣지 못했다. 조는 어깨 너머로 슬쩍 동생을 봤으나 그녀에게 숨어 있던 작은 악마가 조에게 이렇게 속삭였다.

'그 애가 들었건 안 들었건 상관 없어. 자기 일은 자기가 알아서 하라지 뭐.'

로리는 저쪽으로 사라져 버리고 조가 방향을 바꾸려 할 때, 저 뒤에서 에이

미가 강 중간 얇은 얼음 위로 스케이트를 타고 나오는 것이 보였다. 순간 조는 마음에 이상한 느낌이 들어서 멈칫했으나 돌아보지 않으리라 결심했다.

그러나 조는 무언가 불안하여 뒤를 돌아보았다. 그 순간 쩡하는 소리와 함께 갈라진 얼음 사이로 물이 튀어 오르고 에이미가 공중에 손을 휘저으며 물속으로 빠져들고 있지 않은가. 비명 소리가 조를 공포에 질리게 했다.

로리를 부르려 해도 목소리가 나오질 않았다. 앞으로 달려가려 해도 발이 떨어지질 않았다. 잠깐 동안 조는 공포에 질린 얼굴로 검은 물 위에 떠 있는 작은 파란 모자를 보면서 꼼짝도 못하고 서 있었다. 무언가가 쏜살같이 조의 옆을 지나갔고 로리가 외치는 소리가 들렸다.

"장대를 가져와, 빨리! 빨리!"

어떻게 움직였는지 조는 알 수 없었다. 다만 그로부터 몇 분 동안 로리가 시키는 대로 홀린 듯이 움직였을 뿐이다. 로리는 매우 침착했다. 그는 납작 엎드려서, 조가 울타리에서 장대를 질질 끌고 올 때까지, 팔과 하키스틱으로 에이미를 붙잡고 있었다. 둘은 함께 새파랗게 겁에 질려 있는 어린아이를 끌어냈다.

"자, 이제 될 수 있는 한 빨리 에이미를 집으로 데려가야 해. 내가 스케이트 신발을 벗길 동안 에이미를 이것으로 싸도록 해." 로리는 그의 코트를 벗어 에이미를 감싸고, 지금까지 본 적이 없을 만큼 엉켜버린 가죽 끈을 잡아당기면서 외쳤다. 물을 뚝뚝 흘리고 덜덜 떨며 우는 에이미를 그들은 집으로 데리고 갔다. 한바탕 소동 끝에 에이미는 담요에 싸인 채로 난로 앞에서 잠이 들었다. 그동안 조는 창백한 얼굴과 헝클어진 옷차림으로 거의 말없이 주위를 왔다 갔다 했다. 옷은 찢어지고 두 손은 얼음과 장대와 다루기 힘든 버클에 긁혀 상처투성이였다. 에이미가 편안하게 잠들자 집 안은 조용해졌다. 마치 부인은 침대 옆에서 조를 불러 그녀의 상처 난 손을 붕대로 감아 주었다.

"에이미는 괜찮을까요?"

조가 몹시 낙담한 듯 속삭였다. 저 위험한 얼음 아래로 영원히 사라져 버릴 뻔했던 금발 머리를 바라보면서.

"괜찮을 거다. 에이미는 다치지도 않았고, 감기도 걸리지 않은 것 같아. 옷으로 따뜻하게 감싸고 재빨리 집으로 데려온 것은 잘한 일이야."

어머니가 상냥하게 대답해 주었다.

"로리가 다 했어요. 난 단지 에이미를 빠뜨리기만 한 걸요. 엄마, 만약 에이미가 죽는다면 그건 다 내 잘못이에요."

조는 침대 옆에 엎드려 참회의 눈물을 흘리면서 사건 전모를 고백했다. 그녀는 자신의 매정함에 대해 무거운 벌을 받을지도 모른다고 생각했었다. 그런데 오히려 따뜻하게 용서받은 데 대해 고마워하며 흐느꼈다.

"나의 무서운 성질 때문이야! 나도 고치려고 노력해요. 그런데도 안 돼요. 게다가 전보다 더 나쁘게 폭발해 버리곤 한단 말이에요. 아, 엄마, 어떡하면 좋아요? 네?" 가엾은 조는 절망적으로 울었다.

"조심하고 기도하면 되는 거야. 노력을 게을리 하지 마라. 그리고 네 결점을 극복하는 일이 불가능하다고 생각하지 마라."

마치 부인이 조의 헝클어진 머리를 가슴에 끌어안고 젖은 뺨에 부드럽게 키스를 해 주자 조는 더욱 서럽게 울기 시작했다.

"엄마는 몰라요. 엄마는 내가 얼마나 나쁜지 상상도 못하실 거예요. 발끈하면 무슨 일이라도 저지르고 말 것 같아요. 나는 화가 날 때면 너무나 사나워져서 누구든지 해치고 말 것 같아요. 그리고 그것을 즐거워할 것 같아요. 내가 어느 날 끔찍한 일을 저질러 내 평생을 망치고 모든 사람이 날 미워하게 될까 봐 두려워요. 아! 엄마 나를 좀 도와줘요. 제발 도와줘요!"

"그럼, 도와주고말고. 조, 그렇게 서럽게 울지 마라. 그렇지만 오늘을 잊지 말고 그런 일이 다시는 없도록 조심해, 조. 애야, 우리 모두는 유혹을 받고 있어. 그중 어떤 유혹은 네 것보다도 훨씬 크단다. 우린 그 유혹들을 극복하느라 우리 인생 전체를 빼앗기기도 한단다. 네 생각에는 네 성격이 세상에서 가장 나쁜 것 같지? 그러나 어릴 때 엄마 역시 그렇게 생각했었어."

"엄마가? 엄마는 한 번도 화를 내 본 적이 없잖아요!"

놀라움에 조는 잠깐 동안 후회하는 감정조차 잊어버렸다.

"나는 내 성격을 고치기 위해 40년이나 노력해 왔단다. 이제 겨우 자제할 수 있을 정도로 나아졌을 뿐이야. 매일 나는 툭하면 화가 났지. 그런데 나는 그것을 겉으로 나타내지 않을 수 있도록 겨우 훈련이 되었단다. 그래도 나는 아예 화를 느끼지 않게 되기를 바라는 거야. 앞으로 40년이 더 걸리더라도 말이다."

조에게는 그가 너무도 사랑하는 어머니의 얼굴에 나타난 인내와 겸손이 어떤 훌륭한 강의보다도, 어떤 신랄한 꾸지람보다도 더 좋은 교훈이 되었다. 조는 어머니의 연민과 신뢰를 받고 곧 편안함을 느꼈다. 어머니가 자기와 비슷한 결점을 가지고 있었고 그것을 고치기 위해 노력하였다는 점이 조로 하여금 자신의 결점을 받아들이게 해 주었고 그것을 고치려는 결심에 큰 힘이 되었다. 열다섯 살 소녀에게 행동을 삼가면서 기도하는 데 40년은 너무 긴 세월로 여겨지긴 했지만.

"엄마, 고모가 꾸짖으실 때나 사람들이 걱정할 때 엄마는 입술을 꾹 다물고 밖으로 나가시잖아요. 그때 엄마는 화가 나신 건가요?"

조는 이전보다 엄마를 더 가깝고 소중하게 느끼면서 물었다.

"그래, 나는 내 입에서 성급히 나오려고 하는 말들을 막으려 노력한다. 그래서 나는 내 감정이 내 뜻과 반대로 행동할 때는 잠시 밖으로 나가서, 약해지고 사악해지려는 나를 떨쳐버리려 노력하지."

마치 부인은 조의 헝클어진 머리를 정돈해서 묶어주며 미소로 대답했다.

"입을 다무는 법을 어떻게 배우셨어요? 그것이 내게는 문제예요. 내가 알아차리기도 전에 지독한 말부터 퍼부어 버리거든요. 말을 하면 할수록 더 나빠져요. 저는 다른 사람의 감정을 상하게 해서 제 기분이 좋아질 때까지 막 퍼부어대요. 엄마는 어떻게 하시는지 말씀해 주세요. 네? 엄마."

"나의 훌륭한 어머님이 늘 도와주지……."

"엄마가 우리에게 하시는 것처럼……."

조는 감사의 키스로 엄마의 말을 막았다

"나는 너보다 조금 컸을 때 엄마를 잃었다. 몇 년 동안 혼자서 분투해야 했지. 남 앞에서 내 약점을 고백하기에는 자존심이 너무 강해서 몹시 힘이 들었어. 조, 실패할 때마다 많은 눈물을 흘렸단다. 노력에도 불구하고 성공할 것 같지 않았으니까. 그런데 네 아버지를 만나고부터 나는 너무나 행복해서 성격이 좋아지기가 얼마나 쉬운 것인지를 알게 되었지. 얼마 안 가서 내게 네 명의 어린 딸들이 생겼고, 우리는 가난했기 때문에 옛날의 어려움이 다시 시작되었어. 나는 본래 인내심이 부족했지. 내 딸들이 무언가 원하는 것을 본다는 것은 내게 더욱더 큰 시련이었단다."

"가엾은 엄마! 그때는 뭘 의지하셨어요?"

"너의 아버지란다, 조. 아버지는 인내를 잊어버리지 않으셨지. 절대로 의심하거나 불평하시는 일이 없으셨어. 항상 즐겁게 일하고 기다리고 희망에 차 있었기 때문에 그 앞에서 나는 그렇지 않다는 것이 부끄러웠단다. 너의 아버지는 나를 도와주고 위로해 주고, 그리고 내게 가르쳐 주었지. 내 딸들이 가져주기 바라는 모든 미덕을 내가 실행하도록 노력해야 한다고. 난 내 딸들의 표본이니까. 내 자신을 위해서 노력하는 것보다 너희들을 위해 노력하는 것이 훨씬 쉬웠단다. 내가 화가 나서 말했을 때 너희들 중 하나가 놀라서 바라보는 표정은 어떤 말보다도 강하게 나를 일깨워 주었단다. 내 아이들로부터 받는 사랑, 존경, 신뢰는 아이들에게 모범이 되기 위해 노력한 대가로 받을 수 있는 가장 값진 보상이었어."

"아! 엄마, 만약 제가 엄마의 반만큼만이라도 할 수 있다면 나는 만족할 거예요." 감동해서 조가 외쳤다.

"엄마는 네가 훨씬 더 좋아지기를 바란다. 그러나 아버지 말씀대로 '마음속의 적'을 관찰하고 있어야 해. 그렇지 않으면 그것이 네 인생을 망치지는 않을지라도 슬프게 하고 말 테니까. 너는 경고를 받았잖니. 기억해 두어라. 그리고 오늘 네가 겪은 슬픔과 후회보다 더 큰 곤란을 겪기 전에 너의 성급한 성격을 고치도록 노력해라."

"노력할게요. 엄마, 정말로 노력할게요. 엄마가 도와주셔야 해요. 항상 일깨워 주세요. 갑자기 소리치지 않게 막아 주세요. 아빠가 가끔 손가락을 입술에 대시고 매우 친절하면서도 무거운 표정으로 엄마를 쳐다보면 엄마는 입술을 꼭 다물고 밖으로 나가시곤 했지요? 그때 아빠가 주의를 주신 거예요?"

조는 부드럽게 물었다.

"그래, 나는 아버지에게 나를 그렇게 도와달라고 했지. 아버지는 결코 잊지 않으시고 그 작은 몸짓과 친절한 표정으로 나에게서 나오는 날카로운 말들을 막아 주셨단다."

조는 어머니의 떨리는 입술과 눈에 고인 눈물을 보고 자신이 너무 말을 많이 하지 않았나 생각하며 걱정스럽게 속삭였다.

"엄마를 관찰했었다면 잘못일까요? 그리고 그것에 대해 얘기하는 것도? 무례하게 굴려는 생각은 아니었어요. 그렇지만 내가 생각했던 것을 엄마에게 모두 털어 놓으니 정말 편안하고 행복해요."

"조, 엄마한테는 어떤 얘기를 해도 좋아. 엄마는, 내 딸들이 나를 믿고, 또 내가 얼마나 너희를 사랑하고 있는지를 알고 있는 것이 가장 큰 행복이고 자랑이란다."

"저는 제가 엄마를 슬프게 만들었다고 생각했어요."

"아니다, 애야. 아버지 얘기를 하다 보니 내가 얼마나 그를 그리워하고 있는지, 그가 얼마나 내게 힘이 되고 있는지를 생각하게 된 거야. 아빠의 소중한 딸들이 아무 탈 없이 안전하고 훌륭하게 자라도록 늘 마음을 쓰고 노력하지 않으면 안 되겠다고 생각했을 뿐이란다."

"그런데 엄마는 아빠한테 가라고 하셨잖아요. 아빠가 떠나실 때 울지도 않으셨고 지금껏 불평도 안 하시고……. 가지 말라고 하셨거나 우셨더라면 엄마가 도움이 필요한 것으로 보였을 텐데." 의아해하며 조가 말했다.

"나는 내가 사랑하는 조국에 최선을 다해야 한다는 생각이었지. 그래서 아버지가 떠나신 뒤에 울었어. 우리가 우리의 의무를 이행했고, 마침내는 그것 때문에 우리가 더 행복해질 텐데 왜 불평을 하겠니? 내가 도움이 필요하지 않은 것처럼 보였다면 그것은 내게 나를 위로해주고 지탱해주는 아버지보다 더 좋은 친구가 있었기 때문이란다.

조야, 네 인생에도 많은 어려움과 시련이 시작되고 있지. 그리고 앞으로는 더욱 많아질 거야. 그러나 네가 아버지에게서 용기와 다정함을 얻는 것처럼, 네가 하느님에게서 강인함과 부드러움을 느낄 수 있다면 너는 어려움을 모두 극복할 수 있단다. 네가 하느님을 사랑하고 믿을수록 너는 하느님을 가까이 느끼게 되고, 인간의 힘과 지혜에 점점 덜 의존하게 될 거야. 하느님의 사랑과 관심은 절대로 싫증나거나 변하지 않기 때문에 네게서 사라져 버릴 수도 없단다. 단지 일생 동안의 평화와 행복과 힘의 근원이 되어 줄 뿐이지. 마음 깊이 믿어라. 그러면 엄마에게 오는 것처럼 자유롭고 솔직하게 너의 작은 관심과 희망, 잘못과 슬픔을 가지고 하느님께로 갈 수 있단다."

조는 대답 대신 어머니를 꼭 껴안았다. 침묵 속에서 조는 하느님께 지금까지 했던 어떤 기도보다도 더 진심어린 기도를 드렸다. 이 슬프고도 행복한 시간에, 조는 후회와 비참함뿐 아니라 자제와 극기의 달콤함을 깨달았다. 어머니의 손에 이끌려 조는 어느 아버지보다 강하고, 어느 어머니보다도 부드러운, 언제나 사랑으로 아이들을 환영하는 '친구'에게로 점점 가까이 다가가고 있었다.

에이미가 잠든 채 몸을 뒤틀며 크게 숨을 쉬었다. 당장이라도 그녀의 잘못을 고치기 시작할 것처럼 조는 전에 없던 표정을 지으며 에이미의 얼굴을 바라보았다.

"해가 질 때까지 나는 화를 풀지 않았어. 나는 에이미를 용서하지 않으려 했어. 오늘 만약 로리가 없었더라면 모든 것이 늦어져 버렸을지도 몰라. 나는 왜 이렇게 못 됐을까?"

동생에게로 몸을 굽히고 베개에 흩어져 있는 젖은 머리카락을 부드럽게 쓸어 올리며 조가 중얼거렸다. 그 말을 듣기나 한 듯 에이미는 눈을 뜨고 조의 마음에 와 닿는 미소를 지으며 팔을 내밀었다. 두 사람 다 아무 말도 하지 않았다. 둘 사이에 담요가 있었지만 둘은 꼭 껴안고 진심 어린 입맞춤으로 모든 것을 용서하고 잊어버렸다.

제9장 메그, 축제의 도시에 가다

"때마침 아이들이 홍역을 앓다니 우린 정말 운이 좋은 거야."

4월 어느 날 자기 방에서 동생들에게 둘러싸여 '장거리 여행' 가방에 짐을 챙기면서 메그가 말했다.

"애니 모펏이 약속을 잊지 않다니, 너무 멋있어. 2주일 내내 휴가라니 정말 좋겠다." 조는 긴 팔로 치마를 돌돌 말았는데 그 모습이 꼭 풍차 같았다.

"날씨가 좋아서 정말 다행이야." 베스가 메그 언니에게 빌려줄 목칼라 리본과 헤어 리본들을 사물함 안에 단정하게 정리하면서 말했다.

"나도 기회가 생겨서 이 모든 멋진 것들을 달아봤으면 좋겠어." 에이미는 입 가득 핀을 물고 언니의 바늘꽂이에 예술적으로 핀을 꽂으면서 얘기했다.

"아! 너희들도 모두 다 같이 갔으면 좋겠어. 하지만 너희는 그럴 수 없으니 돌아와서 모두 얘기해 줄게. 너희들이 나에게 많은 것을 빌려주고 내 여행 준비를 도와준 친절에 대한 최소한의 보답으로 그래야 하지 않겠니." 메그는 소박한 옷차림으로 방 안을 둘러보았고 그녀의 간소한 옷차림은 동생들의 눈에 완벽해 보였다.

"보물 상자에서 엄마가 무엇을 주셨어?" 에이미가 물었다. 에이미는 마치 부인이 때가 되면 딸들에게 주기 위해 가지고 있던 옛날의 유품들이 들어 있는 삼나무 상자를 열 때가 되어서야 나타났다.

"실크 양말 한 켤레, 아름다운 조각이 새겨진 부채, 그리고 아주 예쁜 푸른색 장식띠야. 보라색 실크가 맘에 들었지만 그걸로 옷을 만들 시간이 없었잖아. 낡은 모슬린 블라우스로 만족하는 수밖에."

"내 새 모슬린 치마 위에 입으면 잘 어울리겠다. 그리고 푸른 띠도 잘 어울릴 것 같아. 산호 팔찌를 망가뜨리지 않으면 언니에게 빌려 주었을 텐데." 조가 말했다. 조는 물건을 빌려주거나 주기를 좋아했지만 대개 그녀의 물건들은 오래 사용하기에는 너무 망가진 것들이었다.

"보물 상자에 아름다운 구식 진주 세트가 들어 있어. 그런데 엄마는, 젊은 처녀에게는 생화 장식이 가장 아름답다고 말씀하셨어. 게다가 로리도 내게 필요하면 다 보내 주겠다고 약속했고."

메그가 대답했다.

"자, 봐줘. 내 새 회색빛 야회복이야. 모자 위에 있는 깃털을 매만져 줘. 베스, 일요일 작은 파티에 입고 갈 포플린 옷을 좀 줘, 봄에 입기에는 너무 무거워 보이지 않니? 보라색 블라우스는 정말 멋있을 텐데. 오, 이것 참!"

"신경 쓰지 마. 언니는 큰 파티에 모슬린 옷을 입고 갔잖아. 언니는 흰 옷을 입으면 항상 천사처럼 보이더라."

에이미는 화려한 옷과 장신구들이 가득한 작은 상점에 대해 끊임없이 생각하면서 말했다. 그것들을 생각하니 에이미의 마음이 즐거워졌다.

"목이 파이지도 않았고 옷자락이 끌리지도 않아. 그래도 이것으로 만족해야 해. 내 파란 실내복은 잘 맞고 말쑥하게 장식되어 좋아 보여. 그래서 난 늘 새 옷을 입은 느낌이야. 그런데 내 실크 통치마는 유행에 뒤떨어지고 내 모자는 샐리 것보다 못해. 아무 말도 하고 싶지는 않지만, 나는 정말 우산 때문에 속이 상했었어. 엄마한테 흰 손잡이가 달린 검은 우산을 사달라고 부탁드렸는데 엄마가 깜박 잊으시고는 노랑 손잡이에 초록 색깔의 우산을 사오셨어. 그것도 튼튼하고 산뜻하니 불평할 수는 없지만, 애니가 가진 황금으로 된 손잡이의 실크 우산 옆에서는 창피할 것 같아." 마음에 들지 않는 꼭지가 있는 우산을 살펴보면서 메그가 한숨을 지었다.

"바꿔 버려." 조가 말했다.

"안 돼. 엄마의 마음을 상하게 하고 싶지 않아. 엄마가 얼마나 어렵게 내 물건들을 구해 주셨는데 그걸 가지고 불평을 하다니 말도 안 돼. 기죽지 말아야지. 실크 스타킹과 새 장갑은 마음에 들어, 조. 이렇게 빌려주다니, 넌 참 착한 애야. 굉장히 고급스럽고 우아한 느낌이 들어. 낡은 것은 빨아서 일상용으로 만들어야겠어." 그러면서 메그는 그녀의 장갑 상자를 다시 들여다보았다.

"애니 모펏은 그녀의 수면 모자에 푸른색이나 분홍색의 나비 매듭을 달더라. 내 것에도 달아주지 않겠니?" 베스가 한나로부터 세탁해서 눈처럼 하얀 모슬린 옷가지들을 가지고 왔을 때 메그가 물었다.

"아니, 나 같으면 안 하겠어. 맵시 있는 모자에는 장식 없는 평범한 겉옷이 어울리지 않아. 가난한 사람들은 갖춰 입는 몸치레를 하지 말아야 해." 조가 단호하게 말했다.

"난 궁금해. 내가 정말 진짜 레이스를 옷에 달거나 수면 모자에 나비 매듭을 달 정도로 행복할 수 있을까?" 메그가 조바심하며 말했다.

"언니는 전에 애니 모펏에게 가기만 해도 행복할 거라고 했잖아." 베스가 여느 때처럼 조용한 어조로 말했다.

"그래, 그랬어! 나는 행복해. 그만 안달복달해야지. 사람은 가지면 가질수록 더 원하게 되는 것 같아. 그렇지 않니? 엄마에게 파티 드레스를 넣어 달라고 부탁한 일만 남았어." 메그는 그녀의 반쯤 채워진 가방에서 그녀가 소중하게 '파티 드레스'라고 부르는, 몇 번이나 다려지고 수선된 엷은 모슬린 옷을 보면서 즐겁게 얘기했다.

다음 날은 날씨도 좋았다. 메그는 2주일 동안의 즐거운 휴가를 위해 멋을 잔뜩 부리고 출발했다. 마치 부인은 메그가 떠날 때보다 더 불만에 차 돌아오지는 않을까 두려워하며 마지못해 이 방문을 동의했다. 메그가 졸라댔고 샐리 역시 메그를 돌봐 주겠다고 약속했으며, 겨울날의 지루함 뒤에 즐기는 작은 즐거움도 좋을 것 같아 어머니는 양보했다. 게다가 그것은 그녀의 딸이 사교계에 첫 번째 발을 들여놓는 것이었다.

모펏 가족은 매우 세련됐고 집은 호화로웠다. 집주인의 우아함에 메그는 처음에 기가 죽었다. 그러나 호화로운 생활에도 불구하고 모펏 가족은 매우 친절해 곧 손님을 편안하게 만들어 주었다.

메그는 왠지 모르지만 그들이 특별히 교양이 있거나 지적인 사람들이 아니며, 또 그들이 가진 최고급의 그 본모습을 완전히 감출 수는 없을 것이라는 생각이 들었다.

더 화려하게 사는 것, 매일 기름진 음식을 먹고, 훌륭한 마차로 드라이브하고, 최고급 옷을 입고, 즐기기만 할 뿐 아무 일도 하지 않는 것, 틀림없이 이것은 유쾌한 일이다.

이런 생활은 메그 마음에도 꼭 들었다. 그녀는 곧 주변 사람들의 말씨와 태도를 흉내내게 되었고, 조금은 거만한 듯한 태도와 우아한 몸가짐도 가지게 되었다. 간혹 프랑스 말을 사용했으며, 머리를 말아 올렸고, 드레스 자락을 끌어 잡아당기고, 대화 또한 가능하면 패션에 대한 이야기만 했다.

애니 모펏의 아름다운 물건들을 보면 볼수록 애니를 부러워하게 되고 부자가 되고 싶은 생각에 한숨이 나왔다. 문득 집을 생각해 보면, 텅 비고 비참한 모습만 나타났다. 전보다 더 일하기가 싫어졌다. 메그는 새 장갑과 실크 스타킹에도 불구하고 스스로를 가난하고 상심한 처녀라고 생각하게 되었다.

그러나 메그는 오래 슬퍼할 틈이 없었다. 왜냐하면 세 처녀는 '즐겁게 지내기'에 여념이 없었기 때문이다. 그들은 물건을 사고, 산책을 하고, 승마를 하고, 파티에 나가면서 매일매일을 지냈다. 극장과 오페라 공연에 가거나 집에서 흥겹게 떠들며 지냈다. 애니는 친구가 많았고 또 어떻게 사람들을 즐겁게 하는지에 대해서도 잘 알고 있었다.

애니의 언니들은 매우 멋진 숙녀들이었다. 그중 한 명은 약혼을 했는데, 메그의 생각에는 그것이 매우 재미있고 로맨틱하게 여겨졌다. 모펏 씨는 뚱뚱하고 유쾌한 노신사로, 그는 메그의 아버지와 잘 아는 사이였다. 모펏 부인 또한 뚱뚱한 귀부인으로 메그를 딸처럼 마음에 들어했다. 모든 사람들이 메그를 귀여워했으며 그들은 메그를 '데이지'라고 불렀다.

저녁이 되어 작은 파티가 열리자 메그는 도무지 그녀의 포플린 옷이 어울리지 않는다는 것을 깨달았다. 다른 처녀들은 모두 그녀들을 근사하게 꾸며주는 얄팍한 드레스를 입고 있었기 때문이다. 샐리의 말끔한 새 드레스 옆에서 메그의 모슬린 드레스는 낡고 후줄근하고 꾀죄죄하게 보였다. 메그는 모두가 자신의 옷을 힐끔힐끔 쳐다본 뒤 서로의 눈을 마주보는 모습을 보고 볼이 붉어졌다.

메그는 마음이 따뜻했지만 자존심이 매우 강했다. 아무도 옷에 대해 이야기하지 않았다. 샐리는 메그의 머리를 장식해주겠다고 하였고, 애니는 허리띠를 묶어 주었으며, 약혼한 그녀의 언니 벨은 메그의 흰 팔을 칭찬했다. 이런 친절에도 메그는 자신의 가난 때문에 스스로를 불쌍하다고 생각했으며, 다른 이들이 웃고 떠들고 가벼운 나비처럼 돌아다닐 때도 혼자 떨어져 무거운 마음으로 서 있었다.

하녀가 꽃 상자를 가지고 들어왔을 때 메그의 무겁고 쓰린 마음은 점점 더 심해져 갔다. 하녀가 말을 하기도 전에 애니가 상자를 풀었고, 모두들 사랑스러운 장미와 히스 꽃에 탄성을 질렀다.

"틀림없이 벨에게 온 걸 거야. 조지는 항상 벨에게 꽃을 보내지만 이건 정말 기가 막히게 아름답다!" 애니는 향기를 맡으며 외쳤다.

"미스 마치에게 전해 달라고 합니다. 여기 편지도 있어요." 하녀는 메그에게 그것을 건넸다.

"와, 신기해! 누가 보낸 거야? 애인이 있는 줄 몰랐는데."

호기심과 놀라움에 메그를 놀리면서 사람들이 물었다.

"편지는 어머니께서 보냈고 꽃은 로리가 보냈어."

간단히 대답했지만 메그는 로리가 그녀를 잊지 않은 데 대해 매우 고마웠다.

"아, 정말!" 애니가 모호한 표정으로 말했다. 메그가 부러움과 허영과 헛된 자존심에 대항하기 위한 일종의 부적처럼 어머니의 편지를 그녀의 주머니에 넣고 있을 때였다. 사랑에 가득 찬 몇 줄의 말이 메그를 편하게 만들어 주었고 아름다운 꽃이 메그를 더욱 즐겁게 해 주었다.

다시 명랑해진 메그는 장미 몇 송이를 자신을 위해 남겨두고 나머지 꽃들로 조그만 부케를 만들어 친구들의 머리에, 가슴에, 스커트에 달아주었다. 그러자 클라라는 '메그가 지금까지 자기가 보아온 여자애들 중에서 가장 친절한 아이'라고 말했고 메그 덕에 친구들은 더 매력적으로 보였다.

어쨌든 이 친절한 행위가 메그의 의기소침한 기분을 물리쳐 주었고, 모두가 모펏 부인에게 자신들의 모습을 보여 주러 갔을 때, 메그는 곱실거리며 물결치는 머리를 장미로 장식했고 거울 속에서 이제는 그다지 후줄근해 보이지 않는 그녀의 드레스를 발견했다. 메그의 얼굴은 반짝이는 눈빛으로 다시 밝아졌다.

메그는 그날 밤 매우 즐거운 시간을 보내면서 만족할 때까지 춤을 추었다. 모든 이가 친절했고 메그는 세 번이나 칭찬을 받았다. 애니가 메그에게 노래를 시켰는데 누군가가 메그는 정말 좋은 목소리를 가졌다고 칭찬했고 링컨 소령은 '아름다운 눈을 가진 맑고 작은 저 아가씨'가 누구냐고 물었다. 게다가 모펏 씨가 저녁 내내 그녀와 춤을 출 것을 고집했다. 그에 의하면 메그는 춤을 출 때 머뭇거리지 않으며 언제나 생기가 있다고 했다.

그런데 한창 즐거운 시간을 보내고 있던 메그는 얼핏 어떤 사람들의 대화를 듣고는 극도로 기분이 나빠졌다. 메그는 온실에 앉아 짝이 그녀에게 아이스크림을 가져오기를 기다리고 있었다. 그때 꽃 기둥 저쪽에서 어떤 목소리가 물었다.

"그가 몇 살이지?"

"열여섯이나 열일곱쯤 될 거야." 다른 목소리가 대답했다.

"그 딸들 중 한 사람에게는 매우 좋겠는데, 안 그래? 샐리가 그러는데, 그들은 지금 매우 가깝게 지낸다더군. 게다가 그 노인이 그 딸들을 애지중지한대요."

"마치 부인이 속셈이 있었겠지. 아직 이르기는 해도 꼭 성사시키고 말 거라고요. 저 애는 아직 그런 생각은 못하는 것 같던데." 모펏 부인이 말했다.

"편지는 엄마에게서 왔다고 속이고 꽃이 왔을 때는 얼굴을 붉혔잖아요. 뭔가 알고 있는 것처럼. 가엾어! 옷만 유행대로 입으면 훌륭할 텐데. 목요일 날 그 애에게 드레스를 빌려준다고 하면 기분 나빠할까요?" 다른 목소리가 물었다.

"자존심이 세요. 그러나 그 낡은 모슬린 옷 한 벌밖에 없기 때문에 신경 쓸 것 같지 않아요. 오늘 밤 그 옷이 찢어질 수도 있는 거고 그렇게 되면 새 옷을 주는데 좋은 구실도 될 거예요."

그때 메그의 짝이 나타나서 메그의 붉어지고 불안해하는 표정을 보았다. 메그는 자존심이 강했고 그녀의 자존심은 바로 그때 매우 유용했다. 그것이 그녀가 방금 들은 굴욕과 분노와 혐오를 덮도록 도와주었기 때문이다. 순진하고 의심이 없는 메그는 그들의 소문을 이해할 수밖에 없었다. 메그는 잊어버리려 노력했으나 잊히지 않고 도리어 '마치 부인이 속셈이 있다', '그녀의 어머니에게서 왔다고 속였다', '초라한 모슬린'이라는 말들이 주위에서 빙

빙 돌아 메그는 눈물이 나올 것만 같았다.

메그는 집에 빨리 돌아가 그녀의 문제를 말하고 조언을 듣고 싶었다. 그러나 그럴 수 없었기 때문에 그녀는 최선을 다해 즐겁게 보이려 했고, 오히려 들떠서 아주 즐거워 보였기 때문에 그녀가 어떤 노력을 기울이고 있는지 아무도 상상하지 못했다. 파티가 끝났을 때 메그는 매우 기뻤다. 그녀는 침대로 가, 머리가 아플 때까지 조용히 생각하고 궁금해하고 분노했다. 서글픈 눈물이 뜨거운 그녀의 몸을 타고 흘러내렸다.

실없는 선의의 말들은 메그에게 새로운 세계를 열어 주어서, 메그가 순진한 어린아이처럼 행복하게 살아왔던 옛날 세계의 평화를 뒤흔들어 놓았다. 로리와의 순수한 우정도 그녀가 얼핏 들었던 어리석은 얘기들 때문에 깨져 버렸다. 어머니에 대한 그녀의 믿음도 자기 기준에 따라 타인을 판단하는 모펏 부인이 그녀에게 갖다 붙인 '세상의 계획'에 의해 흔들리고 있었다. 가난한 사람의 딸에게 알맞은 단순한 옷에 만족하려는 분별 있는 결심이, 낡은 드레스 한 벌이 엄청난 재앙이라도 된 듯 생각하는 소녀들의 불필요한 동정심 때문에 흔들렸던 것이다.

가엾은 메그는 괴로운 밤을 지내고 언짢은 기분이 되어 무거운 눈으로 일어났다. 친구들이 원망스럽기도 하고, 한편으로는 솔직하게 말하고 모든 것을 바로잡아 놓지 못한 자신이 부끄럽기도 했다. 아침 내내 빈둥거리던 소녀들은 그들의 나쁜 계획을 실행하기 위해 필요한 에너지를 정오가 되어서야 되찾았다. 메그는 친구들이 자기를 대하는 태도가 뭔가 달라져 있어서 충격을 받았다.

그들은 메그를 더욱 정중히 대해 주었고 메그가 하는 말에 관심을 보였으며 진정한 호기심을 가지고 대해 주었다. 이 모든 것이 그녀를 놀라게도 하고 기분 좋게도 했으나, 메그는 여전히 그 까닭을 이해할 수 없었다. 그때 미스 벨이 무엇을 쓰고 있다가 얼굴을 들고 감상적인 어조로 말했다.

"데이지, 네 친구 로렌스 씨에게 초대장을 보냈어, 목요일 파티에. 우리도 로렌스 씨를 만나고 싶고, 너를 보아서도 그렇게 해야 한다고 생각해."

메그는 얼굴을 붉히며 모두를 놀려주려는 장난기를 발동시켜 겸손한 어조로 대답했다.

"정말 친절하시군요. 그런데 오지 않을까 봐 걱정이에요."

"왜 안 오시지?" 미스 벨이 물었다.

"그분은 연세가 있으시니까요."

"꼬마야, 무슨 소리를 하고 있어? 그분이 몇 살인데 그래?" 미스 클라라가 외쳤다.

"아마 일흔이 되셨을 거예요." 메그는 그녀의 눈에 있는 장난기를 숨기기 위해 바늘땀을 세면서 대답했다.

"이 엉큼한 장난꾸러기! 우린 젊은 남자를 말하고 있어." 미스 벨이 웃으며 말했다.

"젊은 남자는 없어요. 로리는 어린애일 뿐이에요."

메그가 그녀의 가상 애인에 대해 이렇게 얘기했을 때 자매들이 서로 교환하는 얼굴 표정이 기묘해서 그녀는 웃었다.

"네 나이 또래라고?" 난이 말했다.

"내 동생 조 또래예요. 나는 팔월이 되면 열일곱이 되는 걸요."

메그는 머리를 들면서 돌아보았다.

"그가 네게 꽃을 보내다니 정말 멋지지?" 애니가 모든 것을 다 알고 있다는 듯이 말했다.

"그래. 그분은 종종 우리에게 꽃을 보내요. 그의 집에는 꽃이 많거든요. 우리 가족은 꽃을 좋아하고 아시다시피 엄마와 로렌스 씨가 친구이니까 우리들이 함께 어울리는 것은 자연스러운 일이에요."

메그는 그들이 더 이상 아무 말 않기를 바랐다.

"데이지가 아직 모르는 게 틀림없어." 미스 클라라가 벨에게 끄덕이며 말했다.

"아직은 순수한 친교일 뿐이라는 거네." 미스 벨은 어깨를 으쓱하며 둘러보았다.

"딸아이들 물건을 사러 지금 나가려고 하는데. 아가씨들, 뭐 사다 줄 것 없나요?" 실크와 레이스로 치장한 모펏 부인이 코끼리처럼 쿵쿵 걸어오며 물었다.

"네, 없어요. 목요일 날 입을 새 분홍색 실크 옷이 있으니 다른 것은 필요가 없네요."

"나도……." 메그는 말을 하려다 멈췄다. 사고 싶은 것이 많지만 가질 수 없다는 생각이 들었기 때문이다.

"무엇을 입을 거니?" 샐리가 물었다.

"내 오래된 흰 옷을 다시 입을 거야. 내가 그 옷을 보기 좋게 수선할 수 있다면 말이야. 어젯밤에 그 옷이 찢어졌거든." 메그는 아무렇지 않은 듯 말하려 했으나 사실은 매우 불편하게 느껴졌다.

"집으로 다른 것을 가지러 보내지 그러니?" 눈치 없는 샐리가 말했다.

"난 다른 옷이 없어." 메그는 이 말을 하는 데 큰 노력이 필요했지만 샐리는 그 점을 모르고 상냥한 낯으로 놀라면서 소리쳤다. "그것밖에 없다고? 우스운데……."

샐리는 말을 끝내지 못했다. 미스 벨리가 그녀를 향해 머리를 흔들며 말을 막았기 때문이다.

"전혀 우습지 않아. 외출하지 않는데 많은 옷을 어디에 쓰겠니? 데이지, 집에 옷이 많아도 사람을 보낼 필요는 없어. 내게 작아져서 그냥 놔둔 푸른색 실크 옷이 있는데 네가 입으면 정말 예쁘겠다. 입어 볼래?"

"친절하시군요. 그러나 그렇게 신경 써 주지 않아도 나는 아무렇지 않아요. 나 같은 어린애에게는 그 옷도 괜찮아요."

"그럼, 너의 몸치장을 내가 하도록 해 줘. 나는 그런 일을 즐기거든. 그리고 너는 군데군데 조금씩만 손보면 '작은 미인'이 될 거야. 네가 치장을 끝낼 때까지 아무도 너를 보지 못하게 할게. 그래서 신데렐라와 무도회에 가는 그녀의 대모처럼 갑자기 나타나는 거야." 벨은 그녀 특유의 설득하는 어투로 말했다.

메그는 그 친절한 제안을 거절할 수 없었다. 게다가 그녀가 정말 조금만 치장하면 '작은 미인'이 될 수 있는지 알고 싶은 마음이 벨의 제의를 받아들이게 했다. 좀 전까지 모펫 집안에서 느꼈던 불편한 감정은 사라져 버렸다.

목요일 저녁에 미스 벨은 그녀의 하녀와 함께 방에 틀어박혀 메그를 귀여운 아가씨로 만들었다. 그들은 머리를 지지기도 하고 목덜미와 팔에 향내 나는 파우더를 두들기기도 하고 입술은 산호 크림으로 문질러 더 붉게 했다. 홀텐스가 '아주 살짝 루즈를' 바르려는 것을 메그는 간신히 거절했다.

두 사람은 코르셋을 꽉 죄며 메그에게 하늘색 드레스를 입혔기 때문에 메그는 숨도 못 쉴 정도였다. 게다가 거울에 비친 목이 깊게 팬 드레스는 메그가 얼굴을 붉히게 했다. 은으로 된 액세서리, 팔찌, 목걸이, 브로치, 귀걸이까지—이 귀걸이들은 홀텐스가 보이지 않는 핑크 실로 묶어 주었다. 가슴에는 연노랑색 장미 다발도 달았다. 끝으로 드레스와 같은 실크로 만든 굽 높은 하이힐을 신었을 때, 메그는 더 바랄 나위가 없었다.

레이스 손수건, 깃털 부채, 줄기에 은종이를 감은 꽃다발로 준비는 완전히 끝났고, 미스 벨은 인형에게 옷을 갈아입힌 여자 아이처럼 만족스러운 마음으로 메그를 훑어보았다.

"아가씨, 예뻐요. 정말 예뻐요. 그렇죠?" 홀텐스가 흥분된 상태에서 손뼉을 치며 외쳤다. "자, 모두에게 보여주러 가자." 사람들이 모여 기다리는 방으로 가면서 미스 벨이 말했다.

메그가 미스 벨의 뒤를 따라 바스락 소리를 내면서 갈 때, 메그의 긴 치마 뒷자락은 바닥에 끌렸고 그녀의 귀걸이는 달랑거렸으며 머리는 물결쳤고, 심장은 두근거렸다. 메그는 자신이 즐거워지기 시작한 기분이었다. 왜냐하면 거울이 메그가 진짜 '작은 미녀'라고 솔직하게 말해 주었기 때문이다. 메그의 친구들이 계속해서 열렬한 찬사를 보내고 까치들처럼 떠드는 동안 우화에 나오는 남의 흉내를 내는 갈까마귀처럼 몇 분 동안 메그는 그렇게 서 있었다.

"내가 옷을 갈아입을 동안 이 아가씨에게 치마와 프랑스식 구두를 어떻게 해야 하는지 가르쳐줘요. 그러지 않으면 잘못해서 넘어질 수도 있어. 클라라, 네 은제 나비 핀을 가져와서 머리 왼쪽 부분의 긴 곱슬머리를 올려 주고. 그리고 너희 모두 내가 손수 만든 매력적인 작품을 소중히 다루도록 해."

벨은 서둘러 가면서도 그녀의 성공에 기쁨을 느끼는 것 같았다.

"전혀 딴 사람 같지만, 넌 정말 멋져. 나는 네 근처도 못 가겠어. 미스 벨 솜씨 덕에 너는 프랑스 사람처럼 보여. 정말이야. 꽃에 너무 신경 쓰지 말고. 괜히 헛딛지 않도록 해."

자신보다 메그가 더 예쁘다는 사실에 신경 쓰지 않으려고 노력하면서 샐리가 돌아다보았다.

샐리의 주의를 마음에 새기면서 마거릿은 조심스럽게 아래층으로 내려가 모펏 부부와 먼저 온 손님들이 모여 있는 거실로 들어갔다. 메그는 곧 세련된 옷이 어떤 계층 사람들에게 매혹적으로 보이고 존경도 받게 해 준다는 사실을 깨달았다.

이전에 메그를 돌아보지도 않던 몇 명의 젊은 숙녀들은 갑자기 메그에게 친절히 대했고, 다른 파티에서 힐긋 쳐다보기만 하던 젊은 남자들도 쳐다보는 것은 물론 소개를 받고 싶어서 조금 바보스러운 태도로 그녀를 대했다. 소파에 앉아 파티에 나온 사람들을 논평하고 있던 노부인들도 호기심이 생겨 그녀가 누구냐고 물었다. 메그는 모펏 부인이 노부인들 중 한 명에게 이렇게 답하는 말을 듣게 되었다.

"데이지 마치라고 아버지는 육군 대령이시고 우리와 마찬가지로 명문 집안이지요. 재산은 없지만, 로렌스 집안과도 가까운 친구지요. 참 상냥한 아가씨지요? 우리 네드는 벌써 그 애에게 열을 올리고 있고요."

"어머, 그래요?"

노부인은 모펏 부인의 거짓말에 짐짓 놀라면서도 대수롭지 않은 척 돋보기를 들어서 다시 한 번 메그를 관찰했다.

서먹서먹한 기분은 영 가시지를 않았지만 메그는 자신이 훌륭한 숙녀로서 새로운 역할을 하는 상상을 하면서 꽤나 잘 행동했다. 드레스가 너무 꼭 끼어서 옆구리가 아프고 옷자락이 발 아래로 계속 끌리고 또 귀걸이가 떨어지거나 깨지지 않을까 걱정이 되긴 했지만 말이다.

자신의 추종자들과 시시덕거리며 위트 있어 보이려고 노력하는 젊은 남자들의 시시한 농담에 웃고 있던 메그는 맞은편의 로리를 보자 당황하여 갑자기 웃음을 멈추었다.

로리는 놀라움과 비난의 눈초리로 그녀를 바라보았다. 비록 인사를 하며 미소를 지었지만, 그의 진지한 눈빛은 그녀를 부끄럽게 만들었다. 순간 그녀는 낡은 드레스를 입고 있지 않은 것을 후회했다. 그녀가 평정을 찾기 위해 벨을 보자, 벨이 애니를 쿡쿡 찌르며 평소답지 않게 소년같이 수줍어하는 로리와 메그를 번갈아 가며 힐끗힐끗 보았다.

'이런 생각이나 하다니 어리석다. 신경 쓰지 않을 테야. 아니면 내가 좀 변하면 돼.'

이렇게 생각하며, 메그는 친구와 악수를 하려고 바스락거리며 방을 가로질러 갔다.

"와 주어서 기뻐. 난 오지 않을까 봐 걱정했는데." 메그는 짐짓 어른 같은 태도로 말했다.

"조가, 다녀와서 자기 언니가 어떻게 보이나 얘기해 달랬어. 그래서 왔어."

로리는 메그의 어머니 같은 말투에 미소를 지으면서도 그녀에게서 눈을 떼지 않고 대답했다.

"뭐라고 얘기할 건데?" 메그는 비로소 처음으로 로리가 자신을 어떻게 보았는지에 대해 호기심을 느끼며 물었다.

"못 알아봤다고 말해야겠어. 너무 어른스러워 보이고 평소같지 않아서 난 좀 겁이 나." 그는 장갑 단추를 만지작거리며 말했다.

"너 이상해! 여자애들이 나를 재미로 꾸며놓은 거고, 난 오히려 마음에 드는데. 조가 봤더라면 빤히 쳐다보지 않았겠어?"

메그는 로리가 그녀가 더 좋아 보인다고 생각하는지 아닌지를 말하게 하려고 열중했다.

"내 생각도 그래." 로리가 의미심장하게 대답했다.

"내가 좋아 보이지 않아?"

"좋아 보이지 않아." 퉁명스러운 대답이었다.

"왜?" 걱정스러운 말투로 메그가 물었다.

로리는 평소에 그가 지녔던 공손함이라고는 털끝만큼도 없는 태도로 메그의 곱슬곱슬한 머리와, 드러난 어깨와, 환상적으로 장식된 드레스를 보았고, 그의 이런 표정은 그의 대답보다도 더 메그를 당황하게 했다.

"나는 요란하게 깃털 달고 그러는 것을 싫어하거든."

자기보다 어린 소년에게서 그런 말을 듣자 메그는 화가 나서 짜증스럽게 말을 하면서 걸어가 버렸다.

"당신은 내가 본 사람 중 가장 버릇없는 소년이군요."

화가 많이 난 메그는 얼굴을 식히려고 조용한 창가 쪽으로 가서 서 있었다. 꼭 끼는 드레스가 불편해 그녀는 얼굴을 붉혔다. 그때 링컨 소령이 지나갔고, 잠시 후 그녀는 링컨 소령이 그의 어머니에게 하는 이야기를 들었다.

"사람들이 저 어린 소녀를 바보로 만들었어요. 어머께 그녀를 소개해 드리려고 했는데 그들이 그녀를 완전히 망쳐 버린 거예요. 오늘 밤 그녀는 인형일 뿐이군요."

"맙소사." 메그는 한숨이 나왔다. "나는 좀 더 현명하게 처신했어야 했어. 그냥 내 옷을 입는 건데. 그랬다면 다른 사람에게 혐오감을 주지도 않고, 불편하지도 않고 부끄럽지도 않았을 텐데."

메그는 머리를 차가운 창틀에 기대고 커튼으로 몸을 반쯤 가렸다. 좋아하는 왈츠가 시작되어도 무감각했다. 누군가가 자신을 건드릴 때까지. 돌아보니 로리가 잘못을 뉘우치는 표정으로 서서 공손히 인사하며 손을 내밀었다.

"제 무례를 용서해 주세요. 그리고 같이 가서 춤 춰."

"나는 로리, 네가 맘에 들어하지 않을까 봐 걱정했는데." 메그는 화난 표정을 지으려 했으나 잘 안 되었다.

"전혀 그렇지 않아요. 봐요, 춤추고 싶어 죽을 지경이에요. 잘할게요. 난 그 옷을 싫어할 뿐, 당신은 정말 눈부신데요." 로리는 그의 손을 흔들어댔다. 칭찬을 말로 표현하기 어렵다는 듯이.

차례를 기다리면서, 메그는 로리에게 미소 띤 얼굴로 상냥하게 속삭였다. "내 치마를 밟지 않도록 조심해요. 이건 내 인생의 재앙이야. 이 옷을 입으니 꼭 거위 같아."

"목 주위를 핀으로 고정시키면 괜찮을 거예요." 로리는 자기 맘에 드는 메그의 조그만 파랑색 구두를 보며 말했다.

그들은 집에서 연습을 했기 때문에 날 듯이 우아하게 걸어가서 훌륭하게 조화를 이루었다. 이 쾌활한 젊은 커플을 보는 것은 즐거웠다. 흥겹게 빙글빙글 돌다보니 말다툼을 하고 났던 때보다 더 친근한 사이가 된 것 같은 기분이 들었다.

"로리, 나 부탁이 하나 있는데 들어줄래요?"

숨이 턱까지 찬 메그를 선풍기 팬처럼 돌리고 있던 그에게 메그가 말했다. 왠지 모르게 금세 숨이 찼다.

"싫어요." 로리가 쾌활하게 말했다.

"집에 가서 오늘 밤 내 의상에 대해 말하지 말아요. 그들은 이런 농담을 이해하지 못할 거야. 게다가 엄마는 걱정하실 거예요."

"그럼 왜 그렇게 했지요?" 로리의 눈이 너무도 분명하게 말하는 것 같아서 메그는 성급히 덧붙였다.

"이 모든 일에 대해 나 스스로 말할 거야. 얼마나 바보 같았는지 엄마에게 '고백' 해야지. 내가 하는 것이 낫겠어. 그러니까 말하지 말아줘. 알았지?"

"약속할게요. 그런데 물어보면 뭐라고 대답하지요?"

"그냥, 상당히 좋아 보였고 즐거워하더라고 해."

"앞의 말은 기꺼이 하겠는데, 즐거웠다는 말은 어떡해요? 재미있게 보내는 것 같지는 않은데, 안 그래요?"

로리는 귓속말로 대답하라는 듯 그녀를 쳐다보았다.

"아니, 지금은 아니야, 내가 불쾌해한다고 생각하지 말아요. 나는 약간의 즐거움을 바랐을 뿐이야. 그런데 이런 파티는 아니야. 점점 싫증이 나."

"네드 모팻이 오는데요. 그는 뭘 원하지요?"

로리는 네드가 흥겨운 파티에 끼는 것이 마음에 들지 않는 것처럼 눈살을 찌푸렸다.

"춤을 청하기 위해 이름을 세 번이나 적고, 그것 때문에 오는 모양이에요. 정말 지루해!"

힘없이 내뱉은 메그의 말에 로리는 아주 즐거워졌다. 로리는 '한 쌍의 바보'처럼 행동하는 네드와 그의 친구 피셔가 함께 샴페인을 마시며 저녁 식사를 할 때까지 그녀와 다시 얘기하지 않았다. 로리는 자신이 마치 집안의 자매들을 보살필 권리를 가진 남동생처럼 느꼈고, 보호가 필요하다면 언제든지 싸울 각오가 되어 있었다.

"내일은 아마 머리가 깨질 듯 아플 거예요, 메그. 이렇게 계속 마시면 말이에요. 메그, 그만요. 나 같으면 그만 마시겠어요. 당신 엄마도 좋아하시지 않을 거야." 로리는, 네드가 그녀의 잔을 채우고 피셔가 그녀의 부채를 집으려고 허리를 굽혔을 때 메그의 의자에 기대며 속삭였다.

"나는 오늘 밤 메그가 아니야. 온갖 미친 짓을 하고 있는 '인형'이야. 내일 나는 이 '요란스러운 깃털들'을 벗어 버릴 거야. 그리고 다시 착해지기 위해 필사적으로 노력할 거야." 그녀는 애교스럽게 웃으며 대답했다.

"지금이 내일이었으면 좋겠네요." 로리는 중얼거리면서 그녀의 돌변한 태도에 기분이 나빠져서 걸어 나갔다.

메그는 춤을 추었고 시시덕거렸으며 다른 소녀들처럼 잡담을 나누면서 낄낄거렸다. 저녁 식사 후에 메그는 독일인과 파트너가 되었는데 계속 실수를 해서 하마터면 그녀의 긴 치마로 그를 넘어뜨릴 뻔하기도 했고, 로리가 화를 낼 정도로 떠들면서 뛰어다녔다. 메그를 보고 있던 로리는 메그에게 충고를 하려고 했으나 저녁 인사를 할 때까지 메그가 로리를 피했기 때문에, 그럴 기회가 없었다.

"기억해!" 메그는 웃으려고 노력하면서 말했다. 벌써 심한 두통이 시작되었기 때문이다.

"침묵은 죽을 때까지." 로리는 과장된 동작을 해 보이고 나가며 대답했다.

이런 막간극이 애니의 호기심을 자극시켰다. 메그는 잡담에 싫증이 나서 기대에 미치지 못하는 가면무도회에 다녀온 것으로 생각하기로 하고 자러 갔다. 다음 날 메그는 하루 종일 앓아누웠다. 그리고 토요일, 메그는 2주일의 휴가를 완전히 끝내고 '사치스러운 긴 여행'은 이만하면 충분하다는 느낌으로 집에 돌아왔다.

"조용히 집에 머문다는 것은 즐거운 일이야. 비록 화려하지는 않아도 집이란 정말 황홀한 곳이야." 일요일 저녁, 메그가 어머니, 조와 함께 앉아 편안한 얼굴을 하고 말했다.

"그렇게 말하니 기쁘다. 나는 네가 세련된 곳을 보고 온 뒤 집이 초라하고 가난하게 보일까 봐 걱정했단다." 어머니는 걱정스러운 얼굴로 메그를 보며 대답했다. 어머니의 눈에는 자식의 감정 변화가 금세 드러나는 법이다.

메그는 그녀의 경험들을 쾌활하게 얘기했다. 얼마나 재미있는 나날을 보냈는지 이야기해 주었다. 그러나 무언가가 여전히 그녀의 가슴을 짓누르고 있었다. 베스와 에이미가 자러 가자 그녀는 생각에 잠긴 채 난로를 바라보며 걱정스러운 표정으로 말없이 앉아 있었다. 시계가 9시를 알리고 조가 자러 가자고 말했을 때, 메그는 갑자기 베스 의자로 옮겨 앉더니 어머니의 무릎에 그녀의 팔꿈치를 기대고 용기 내어 말했다.

"엄마, 나 '고백'할 게 있어요."

"그런 것 같았다. 뭐지, 메그?"

"나는 빠질까?" 조가 조심스럽게 물었다.

"아니야. 내가 언제 네게 안 하는 말이 있었어? 동생들 앞에서는 말하기가 좀 부끄럽지만, 모팻 씨 집에서 겪었던 끔찍한 일들을 네가 다 알았으면 좋겠어."

"자, 어서 얘기해 보렴." 마치 부인이 미소를 지으며 약간 걱정스러운 표정으로 말했다.

"그들이 나에게 옷을 입혀 주었다고 얘기했었지요. 그런데 말하지 않은 것이 있어요. 그 사람들이 내게 화장을 시키고, 머리를 꼬불꼬불하게 하고, 나를 최신 유행하는 스타일로 만들어 주었어요. 로리는 보기 안 좋다고 생각했겠지만 그렇게 말하진 않았어요. 그렇지만 나는 알 수 있었어요. 어떤 남자는 나를 '인형'이라고 불렀어요. 사람들은 나를 기분 좋게 해주고 예쁘다고 하고, 말도 되지 않는 소리를 많이 했어요. 나는 어리석은 일인 줄 알면서도 그들이 나를 바보로 만들도록 가만히 있었어요."

"그게 다야?"

조가 물었을 때 마치 부인은 그녀의 아름다운 딸이 고개를 숙이고 있는 모습을 조용히 보면서 딸을 나무라야 할 필요가 없다는 것을 알게 되었다.

"아니. 나는 샴페인을 마시고, 뛰어다니고 추파를 던지고 정말 볼썽사나운 행동들을 하면서 지냈어." 메그는 자기 자신을 꾸짖듯이 말했다.

"무슨 일이 더 있었나 보구나." 마치 부인은 딸의 뺨을 쓰다듬었다. 메그의 뺨이 갑자기 붉어지더니 말문이 열렸다.

"네, 정말 바보 같은 짓이에요. 사람들이 로리와 나에 대해 그렇게 이야기하는 것도 싫고 생각하는 것도 싫어요."

그러고 나서 그녀가 모펏 댁에서 들었던 여러 가지 구설수를 얘기했더니, 어머니는 입술을 꼭 다물고만 있었다. 마치 부인은 그런 이야기가 메그의 순수한 마음에 새겨져야 한다는 사실이 언짢은 듯했다.

"뭐, 내가 지금까지 들어본 이야기 가운데 가장 쓰레기 같은 얘기까진 아닌데," 조는 분개했다. "그때 그 자리에서 바로 얘기하지 그랬어?"

"그럴 수 없었어. 너무나 당황했거든. 처음에는 듣고 있을 수밖에 없었는데 다음 순간에는 너무 화가 나고 부끄러워서 그 자리를 떠나야 한다는 것도 잊어버렸어."

"내가 애니 모펏을 만날 때까지 기다려. 그러면 그런 속물들을 어떻게 다루어야 하는지 보여줄게. 로리가 부자인 데다가 머지않아 우리와 결혼할지도 모르기 때문에 그에게 '계획'적인 생각을 하고 친절하게 굴고 있다는 얘기로군! 우리처럼 가난한 아이들에게 그 바보 같은 사람들이 뭐라고 했는지 얘기해 주면 로리가 뭐라고 할까?" 조는 이 사건으로 좋은 농담을 생각해 낸 것처럼 웃어 댔다.

"만약 네가 로리에게 말한다면 나는 절대로 용서 못해. 조는 말하면 안 되지요, 그렇지요, 엄마?" 메그가 상심한 얼굴로 말했다.

"절대로 안 된다. 그런 바보스러운 구설수는 반복하지 마라. 그리고 되도록 빨리 잊어버려." 마치 부인은 어두운 얼굴이 되었다. "내가 잘 알지 못하는 사람들 틈에 너를 보낸 일이 현명하지 못했구나. 말해서 뭐하겠냐마는 그들은 친절하기는 해도 세속적이고, 교양 없이 자랐고, 젊은 사람에 대한 저속한 생각으로 가득 차 있는 것 같구나. 이런 방문을 하게 하다니 내 실수야. 정말 미안하다, 메그."

"아니에요, 엄마. 그렇지 않아요. 나쁜 일은 다 잊어버리고 좋은 일만 기억할게요. 왜냐하면 난 정말 재미있게 놀았거든요. 보내 주셔서 정말 감사해요. 감상에 빠져 있거나 불만족스러워 하고 있지 않아요. 엄마, 나는 바보 같은 어린애예요. 내가 내 자신을 잘 돌볼 수 있을 때까지 엄마 곁에 있을래요. 그래도 칭찬받는 일은 정말 기분이 좋던데요. 나는 그걸 좋아했다고밖에 말할 수가 없어요." 메그는 꽤 부끄러워하면서 고백했다.

"그것은 지극히 자연스럽고 해롭지도 않단다. 좋아하는 게 도에 지나쳐서 정열적으로 된다거나 바보같이 행동하거나 처녀답지 않은 일을 하지 않는다면 말이다. 받을 만한 가치가 있는 칭찬이 무엇인지 알고 가려내는 법을 배워야 해. 예쁜 모습은 물론이고 겸손한 태도로 훌륭한 사람들의 찬사를 불러낼 줄 알아야 한단다."

마거릿은 잠시 생각에 잠겨 앉아 있었고, 조는 뒷짐을 지고 서서 흥미를 보이면서도 약간 당황스러워하고 있었다. 왜냐하면 조는 메그가 감탄이라든지 애인이라든지 하는 그런 새로운 사건에 대해 얘기하면서 얼굴을 붉히는 것을 보았기 때문이다. 조는 문제의 2주일 동안 그녀의 언니가 놀랍게 성장해 버려서 그녀는 따라갈 수 없는 세계를 향해 떠나 버린 기분이었다.

"엄마, 모펏 부인 말대로 '계획'이라는 것을 가지고 계세요?" 메그가 수줍어하며 물었다.

"그럼, 모든 어머니들이 그렇듯 나 역시 많은 계획들을 가지고 있지. 그러나 내 계획은 모펏 부인과는 조금 다른 것 같구나. 낭만적이기 만한 너희들의 생각과 마음을 심각한 주제로 돌려놓을 때가 온 것 같으니 그 얘기를 해야겠구나. 너희들은 어리다. 메그, 그러나 내 말을 이해하지 못할 정도로 어리지는 않지. 엄마도 나의 소녀들에게 그런 얘기를 해줄 때가 되었구나. 조, 네 차례도 곧 올 테니까 내 '속셈'을 잘 듣고 있다가 좋으면 실행하는 데 도와주렴."

조는 중요한 모임에 끼어든 기분으로 의자의 팔걸이에 앉았다.

마치 부인은 딸들의 손을 잡고 앳된 두 얼굴을 그윽하게 바라보면서 심각하지만 밝은 어조로 얘기했다.

"나는 내 딸들이 아름답고 재주가 많고 선량해지기를 바란단다. 존경받고 사랑받으며 칭송 속에 행복한 젊은 날을 보내다가 적절한 시기에 현명하게 결혼해서 즐겁고 유익한 삶을 살기를 바라지. 하느님이 보시기에 알맞다고 생각하는 만큼의 걱정과 슬픔을 가지고 말이다. 훌륭한 남자에게 사랑받고 선택받는다는 것은 여자에게 일어날 수 있는 최고의 기쁜 일이지. 나는 내 딸들이 이런 아름다운 추억을 가졌으면 좋겠다. 메그, 희망을 가지고 기다리며 준비한다는 것은 현명하고 자연스러운 일이란다. 그래야만 행복한 때가 오면 의무를 다하고 가치 있는 즐거움을 누릴 수 있는 거야.

사랑하는 딸들아! 나는 너희들에게 꿈을 가지고 있어. 그렇지만 세상에 빨리 나가게 하고 싶지는 않아. 단지 부자라는 이유만으로 결혼을 하고 호화로운 집에 산다고 해서 그대로 그곳을 가정이라고 할 수는 없단다. 사랑이 부족하기 때문이지. 돈은 필요하고 소중해. 그리고 잘 사용한다면 고귀한 것일 수도 있지. 하지만 나는 너희들이 살아가는 유일한 목표가 돈이 아니기를 바란다. 엄마는 너희들이 사랑받으며 행복한 삶에 만족한다면, 자존심과 평화가 없는 왕좌에 앉아 있는 여왕보다는 가난한 남자의 부인이 되어 있는 너희들 모습을 더 보고 싶단다."

"가난한 처녀들은 찾아다니지 않으면 기회가 오지 않는다고 벨이 말하던데요." 메그가 한숨지으며 말했다.

"그럼 노처녀로 살지 뭐." 조가 씩씩하게 말했다.

"맞아, 조. 불행한 결혼을 하거나 남편을 구하러 쫓아다니는 여자답지 못한 처녀가 되느니보다 행복한 노처녀가 더 나을 수도 있어." 마치 부인이 결연하게 말했다. "메그, 상심하지 마라. 가난이 진지한 사랑의 기세를 꺾을 수 없는 거야. 내가 알고 있는 몇 명의 존경받는 여자들은 가난한 소녀들이었지만, 너무나 사랑스럽고 훌륭해서 남자들이 그들을 노처녀로 두지 않았단다. 시간을 갖자꾸나. 이 집을 행복하게 만들어 봐! 그러면 너희가 결혼했을 때 너희들의 가정을 행복하게 만들 수 있고 결혼하지 않았다면 여기서 그냥 만족하면 되는 거란다. 애들아, 한 가지 기억해 둬. 엄마는 언제나 너희들의 버팀목이 될 준비가 되어 있고 아빠는 언제나 친구이셔. 그리고 우리 둘은 너희들이 결혼을 하든 안 하든 상관없이 너희들을 믿는다. 너희는 우리 삶의 자랑이자 위안이란다."

"기억할게요, 엄마."

어머니가 '잘 자' 말했을 때 그들은 마음을 다해 외쳤다.

제10장 P.C. 그리고 P.O.

봄이 오자 새로운 놀이가 한창 유행했다. 게다가 낮이 길어져서 일을 하거나 놀기에 충분한 오후 시간이 생겼다. 정원을 가꾸어야 하는 네 명의 자매들은 각각 자신들이 좋아하는 스타일로 자기 구역을 가꾸었다. 한나는 이렇게 말하곤 했다.

"나는 어디가 누구의 구역인지를 알지."

그도 그럴 법한 것이 이 소녀들의 취향은 그들의 성격만큼이나 달랐다. 메그는 장미와 헬리오트롭(하루종일 해의 방향을 따라 피는 꽃 이름은 그리스어로 태양이라는 뜻의 'Helios'와 고개를 돌린다는 뜻의 'Tropein'이 합쳐져 만들어짐), 도금양(잎은 반짝거리고 분홍색이나 흰색의 꽃이 피며 암청색의 열매가 달림) 작은 오렌지 나무를 심었다. 조의 모판은 두 계절을 가지 못했다. 왜냐하면 그녀는 항상 실험을 했기 때문이다.

올해는 해바라기를 심으려고 했는데 기쁜 마음으로 고대하던 해바라기는 그만 씨를 '코클탑 아주머니'와 그녀의 병아리 가족이 먹어 버렸다. 베스는 그녀의 정원에 유행은 지났지만 향기를 내뿜는 꽃들을 심었다. 완두콩꽃과 미뇨네트(목서초), 미나리아재비, 패랭이꽃, 개사철쑥, 그리고 새들을 위한 별꽃과 고양이를 위한 가짜 마리화나를 심었다.

에이미는 그녀의 뜰에 휴식공간을 마련했다. 작고 앙증맞은 보기 좋은 꽃들과 색색의 나팔과 방울이 달린 허니서클과 모닝글로리를 심어 전체를 우아한 화관처럼 만들었다. 키가 큰 백합, 우아한 관상용 고사리 등. 이 꽃들은 에이미의 화원에 피기를 동의한 듯 빛내며 그림같이 피어 있었다.

정원을 가꾸면서, 날씨가 좋은 날이면 강 아래쪽으로 내려가 꽃 사냥을 즐겼고 비가 오는 날이면 오래되거나 새로운, 그리고 원래의 것에서 변형시킨 놀이를 즐겼다. 이들 중 하나가 'P.C'라는 것이다. 당시는 비밀 모임이 유행이었기 때문에 그들도 비밀 모임을 하나 갖고 있는 것이 좋다고 생각되어 '피크위크 클럽(Pickwick Club : 찰스 디킨스의
소설에 나오는 명칭)'을 만든 것이다. 그들 모두가 디킨스를 숭배하였기 때문에 모임을 피크위크 모임이라 정하였다.

몇 번의 어려움이 있었지만 그들은 'P.C'를 잘 유지시켜 매주 토요일 저녁 널찍한 다락방에 모여 다음과 같은 의식을 행하였다.

모임이 있는 날은 램프를 밝혀 놓은 탁자 앞에 세 개의 의자를 놓았다. 탁자에는 모두 'P.C'라고 쓰인 네 개의 휘장이 있었는데 이 'P.C'라는 글씨들은 모두 다른 색으로 되어 있었다. 그날은 또 〈피크위크 포트폴리오〉(The Pickwick portfolio)라 불리는 주간 신문도 놓여 있었다. 이 신문에는 모두가 무언가를 기고했는데, 글 쓰는 것을 좋아하는 조는 그 신문의 편집자였다.

7시가 되면 네 명의 회원이 클럽 룸에 올라가 그들 머리에 휘장을 두르고 진중한 자세로 자기 자리에 앉았다. 가장 맏이인 메그는 사뮤엘 피크위크가 되었고, 작가적 성향이 있는 조는 어거스트 스노드그라스가, 얼굴이 둥글고 장밋빛 뺨이 통통한 베스는 트레이시 터프만이, 그리고 항상 할 수 없는 일을 하려고 노력하는 에이미는 나다니엘 윈클이 되었다.

피크위크는 의장으로서 신문을 읽었다. 가정 내의 잡다한 이야기들과 시, 지방 뉴스, 재미있는 선전, 그들의 실수나 결점을 서로에게 은근히 상기시켜 주는 암시들이 가득 차 있었다. 한 번은 피크위크 씨가 알이 없는 안경을 끼고 탁자를 두드리며, 의자에 반듯이 앉기 위해 의자를 젖히고 있는 스노드그라스 씨를 노려본 다음 읽기 시작했다.

피크위크 포트폴리오
5월 20일

기념일 송시

오늘 밤 피크위크 홀에

우리의 52번째 기념식을 축하하기 위해
다시 휘장을 달고
근엄한 자세로 모였도다.

우리 모두 건강하며
우리의 작은 모임에서 어떤 이도 떠나지 않았으니,
우리 다시 친숙한 얼굴들을 마주보며
반갑게 서로의 손을 잡는다.

우리 피크위크는
항상 서로가 맡은 위치에서 서로를 존경으로 대하며
코에 안경을 걸고
알찬 우리의 주간신문을 읽노라.

비록 재채기 때문에 곤란할지라도
우리는 그의 말을 즐겨 듣는다.
목쉰 소리와 꽥꽥거리는 소리라 해도
그에게서 나오는 말은 모두 지혜롭다.

지혜로운 6피트의 스노드그라스가
코끼리 같은 우아함으로
저 높은 곳에서 어렴풋이 나타나도다.
그는 건강하고 유쾌한 표정으로
모든 동료들을 향해 웃는구나.

그의 눈은 시적 영감으로 빛나고
그는 운명에 대항하여 꿈틀거린다.
보라!
그의 이마에 새겨진 야망과 그 코 위의 잉크 자국을.

저기 침착한 터프만이 오고 있다.
아, 장밋빛의 포동포동하고 귀여운 그가.
익살에 웃음을 참지 못하고
그의 의자에서 떨어져 버리는구나.

고지식한 윈클도 여기 있노라.
머리카락 한 올 한 올을 단정히 빗고,
그는 예의의 표본이니라.
비록 그가 세수하기를 싫어할지라도.

세월은 가도 우리는 여전히 여기 모여
함께 농담하고 웃고 읽으며
문학의 오솔길을 밟는구나.
문학은 영광으로 우리를 인도하나니.

우리의 신문이 오랫동안 번창하기를,
우리의 모임이 깨어지지 않기를,
오는 해의 축복이 넘쳐
유익하고 즐거운 'P.C'가 되기를!

A. 스노드그라스

＊＊＊

가면 결혼식(베니스 이야기)

여러 개의 곤돌라가 대리석 계단에 떠밀려 와
아델론 백작의 웅장한 거실에 가득 차 있는
화려한 군중들의 마음을 부풀게 하는
아름다운 짐들을 내려놓았다.
기사들과 숙녀들, 꼬마 요정들과 시동들,

승려와 꽃을 든 소녀들이 모두 뒤엉켜 춤추고 있었다.
달콤한 목소리와 부드러운 멜로디가 분위기를 꽉 메웠을 때
웃음소리와 음악과 함께 가장행렬이 지나갔다.
"폐하, 오늘 밤 바이올라 아가씨를 보셨나요?"
멋지게 차려 입은 음유시인은
자기 팔에 날아와 안긴 요정의 여왕에게 물었다.

"보았지요. 슬프지만 사랑스럽지요!
그녀의 드레스는 특별히 주문된 거예요.
일주일 후에 그녀가 그토록 미워하는
안토니오 백작과 결혼하거든요."

"맹세코, 그것 참 질투 나는데. 저기 그가 오는군.
검은 가면만 빼면 꼭 신랑처럼 꾸미고선.
가면을 벗으면 우리는 아름다운 아가씨의 마음을 살 수 없었던
그가 어떻게 그녀를 대하는지 알 수 있을 거야.
비록 완고한 그녀의 아버지가
그녀의 손을 내주겠지만 말이야." 음유시인이 답했다.

"그녀가, 그녀 뒤를 따라다니던
영국인 화가를 사랑한다는 소문이 있었어요.
그는 늙은 백작에게 퇴짜를 맞았지만 말이에요."
그들이 춤을 즐기고 있을 때 아가씨가 말했다.
축하연은 신부가 나타나자 절정에 달했다.
신부는 젊은 한 쌍을 주황빛 벨벳이 드리워진 벽면으로 밀면서
그들에게 무릎을 꿇으라고 손짓했다. 흥에 겨웠던 사람들에게는
한꺼번에 조용히 흘러가는 샘물이나 연못의 물 흐르는 소리와
달빛 속에서 자고 있던 오렌지 숲의 바스락거리는 소리 말고는
어떤 소리도 들리지 않았다.
이때 아델론 백작이 침묵을 깼다.

"친애하는 신사 숙녀들이여!
그대들을 불러 내 딸의 결혼식 증인이 되게 한 계략을 용서해 주시오.
신부님, 시작해 주십시오."
모두 혼례식을 보고 있었고
재미있는 듯 웅성거리는 소리가 사람들 틈에서 일어났다.
신부와 신랑이 가면을 벗지 않았기 때문이다.
호기심과 의혹이 모든 이의 마음을 사로잡았으나,
이 경건한 의식이 끝날 때까지 그들은 말을 삼갔다.
그러자 열성적인 구경꾼들이 백작 주위로 모여들어
가면을 쓴 까닭을 알고 싶어 했다.

"그 까닭을 안다면 나도 좋겠소.
다 내 수줍은 바이올라의 변덕 때문이오.
양보할 수밖에 없었지요.
자, 애들아, 게임을 끝내고 가면을 벗어,
나의 축복을 받아라."
그러나 그들은 무릎을 굽히지 않았다.
신랑이 가면을 벗고 고상한 페르디난도 디브로
즉 화가 애인의 얼굴을 드러내면서
모든 청중이 깜짝 놀랄 정도의 목소리로 대답했다.
게다가 이 영국 백작의 별이 반짝거리는 가슴에는
기쁨과 아름다움에 빛나는 사랑스러운 바이올라가 기대어 있었다.

"주인이시여, 내가 당신께
안토니오 백작 가문의 막대한 재산만큼이나 높은
명성을 뽐냈을 때, 당신은 당신 딸에게 청혼해 달라고
경멸하듯 명령하셨습니다.
나는 그 이상의 것을 하겠습니다.
당신의 아름다운 딸, 지금은 나의 아내인
이 여인의 사랑스러운 손을 잡기 위해

디브로 백작이 그 고대의 끝없는 명성과 부를 드린다면
당신의 야심찬 영혼도 거절하지는 못하겠지요."

백작은 돌로 변한 사람처럼 서 있었다.
페르디난도는 당황한 사람들을 돌아보고
승리에 찬 미소를 지으며 덧붙였다.
"여러분, 나의 멋진 친구들이여!
나는 여러분의 구애가 나의 것처럼 열매 맺기를 바랄 뿐입니다.
그리고 이 가면 결혼식에서 내가 얻은
아름다운 신부만큼이나 아름다운 여인을 차지하기 바랍니다."

S. 피크윅

＊＊＊

왜 'P.C'는 바벨탑 같을까요?
그것은 제멋대로 구는 회원들이 가득 차 있기 때문입니다.

＊＊＊

호박의 일생

옛날옛날 한 농부가 그의 정원에 작은 씨를 심었더랍니다.
얼마 후 그것은 싹이 트고 덩굴이 뻗어
많은 호박들이 주렁주렁 달렸겠지요.
시월 어느 날 호박이 익었을 때
농부는 한 개를 따서 시장에 내갔답니다.
한 식료품 상인이 그것을 사서 상점에 놔두었어요.
그 날 아침 갈색 모자를 쓰고, 파란 옷을 입은
둥근 얼굴에 약간 들창코인 소녀가 와서
그녀 어머니를 위해 그 호박을 샀더래요.

그녀는 호박을 집에 가지고 가서
잘라 큰 냄비에 넣고 끓여 약간 짓이겼어요.
소금과 버터를 넣고 저녁 식사를 준비하기 위해서지요.
나머지에 그녀는 일 파인트^(액량의 단위)의 우유,
달걀 두 개, 네 스푼의 설탕, 너트메그^(약용, 향료로 쓰는 육두구),
약간의 쿠키를 더 넣어, 깊은 그릇에 넣고
갈색으로 멋있게 보일 때까지 구웠답니다.
다음 날 마치 가족은 이 호박을 맛있게 먹었겠지요.

T. 터프만

* * *

피크위크 씨에게

나는 죄라는 주제에 대해 당신께 글을 쓰려 합니다.
제가 말하는 죄인은 그의 모임에서 마구 웃거나,
때때로 이 좋은 신문에 글을 기고하지 않아
어려움을 주고 있는 윈클이라 불리는 사람입니다.
당신이 그의 잘못을 용서해주고,
그에게 프랑스 우화를 기고해도 된다고 해 주십시오.
왜냐하면 그가 할 일은 너무 많고
머리는 나빠서 스스로 생각해 내어 글을 쓸 수 없기 때문입니다.
곧 나는 말굽 옆에서 시간을 보내며
좋은 작품을 써내려고 노력하겠습니다.
나는 지금 학교에 갈 시간이 되어서 바빠요.

당신을 존경하는 N. 윈클

나의 젊은 동료가 마침표를 공부하면 좋겠습니다.

***

슬픈 사건

지난주 금요일 우리는 지하실로부터
신음소리와 함께 격렬한 충격이 가해지는
소리가 들려와서 깜짝 놀랐다. 급히 지하실로 내려가 보니
우리의 사랑하는 피크위크가 바닥에 넘어져 있었다.
집에서 사용하는 목재를 가져오다
발을 헛디뎌 넘어진 것이다. 이 비참한 광경을
우리 눈으로 똑바로 목격했으니, 피크위크 씨는
머리와 어깨가 물통 속으로 거꾸로 박혀 버렸고,
작은 비누통이 그의 남자다운 몸 위로 뒤집어졌고
옷은 심하게 찢어졌다. 이 위험한 상황에서
그를 건져내어 보니 몇 군데의 타박상을 제외하고는
크게 다친 곳이 없었다.
지금은 좋아졌다고 덧붙이게 되어 기쁘다.

편집자

***

공적인 사별(死別)

우리의 소중한 친구인 스노볼 팻 포우 부인이
갑자기 묘하게 없어져 버린 일을 기록하는 것은
우리의 곤혹스러운 의무이다.
그녀는 사랑스러워서 예쁨 받는 고양이로,
따뜻하고 존경할 만한 친구들로 이루어진 큰 모임의 귀염둥이였다.
그녀의 아름다움은 모든 이의 눈을 매혹시켰고,
그녀의 우아함과 미덕은

모든 이의 마음에 사랑을 느끼게 했다. 따라서
그녀를 잃었다는 깊은 슬픔이 우리에게서 떠나질 않는다.

마지막으로 보았을 때, 그녀는 문에 앉아
푸줏간 마차를 바라보고 있었다.
어떤 악당이 그녀의 매력에 반하여
비열하게도 그녀를 훔쳐가 버렸다는 사실은
끔찍한 일이 아닐 수 없다. 몇 주일이 지나도
그녀의 모습은 나타나질 않았다.
우리는 드디어 모든 희망을 포기하고
그녀의 바구니에 검은 리본을 묶고 그녀의 식기를 치워두었으며,
그녀가 우리에게서 영원히 사라졌다는 사실 때문에
그녀를 위해 함께 울었다.

연민에 찬 한 친구가 다음과 같은 시를 보내왔다.

S.B. 팻 포우를 위한 비가(悲歌)

"우리 모두 우리의 작은 귀염둥이가 없어져 버림에 비탄하노라.
그리고 그 불운한 운명에 한숨짓노라.
그녀는 이제 더 이상 난로 옆에 앉아 있지 않을 테고
낡은 녹색 현관에서 놀고 있지도 않으리니.

그녀의 어린 새끼가 잠든 작은 무덤은
밤나무 아래 아직 있건만,
그녀의 무덤은 어디 있느냐.
어찌 우리가 그녀의 무덤에서 울 수 있으리.

그녀의 빈 침대도 그녀가 한가로이 즐기던 공도
이제 더 이상 그녀를 볼 수 없게 되었으니,

거실 문에서 울려오는, 부드럽게 톡톡거리는 소리도
다정하게 가르랑거리는 소리도 이젠 들을 수 없도다.

더러운 얼굴의 고양이가 쥐들을 뒤쫓아 왔지만,
그 고양이는 우리의 사랑스러웠던 고양이처럼
사냥을 하지도, 쿠션처럼 부드럽고 우아한 모습으로
놀지도 않는구나.

그녀는 '스노볼 놀이'를 하던
그 거실을 살금살금 기어 다녔고,
그렇게 부지런히 뒤쫓아 다니던
강아지에게만 침을 뱉을 뿐이었지.

그녀는 아주 유능하고 온화하며 항상 최선을 다했지만
이제는 볼 수 없네.
우리는 그녀의 자리를 마련해 줄 수도 없고, 참배하고 싶어도 그럴 수가
없구나.

A.S.

＊＊＊

광고

재주 있고 심지가 굳은 강연자 오렌터 블러게이지 양이
다음 주 토요일 저녁 피크윅 홀에서, 정기강연 후
'여성과 여성의 지위'라는 제목으로
유명한 강의를 하게 된다.

주간 모임이 '부엌 공간(장소 이름)'에서 개최될 예정이다.
젊은 여성들에게 요리하는 방법을 가르치게 되는데,

한나 브라운이 관장하게 된다.
누구든 참석 가능함.

'더스트판 협회가 다음 주 수요일
클럽하우스 위층에서 모임을 갖는다.
모든 회원은 유니폼을 입고 어깨에 빗자루를 메고
9시 정각에 나타날 것.

베스 바운서 부인의 새로 단장한 인형 모자 판매소가
다음 주에 개장한다.
최신 파리 유행이 도착했으며
정중히 주문을 받고 있다고 전해짐.

새로운 공연이 몇 주일 동안
반빌 극장에서 열릴 예정이다. 이 연극은
미국에서 지금까지 보아온 모든 연극을 능가할 것이라고 한다.
이 흥미진진한 연극의 제목은 '그리스 노예, 콘스탄틴의 복수.'

　　힌트

만약 S.P가 손에 그렇게 많은 양의 비누를 이용하지 않는다면
아침 식사에 늦는 일은 없을 것이다.
A.S는 거리에서 휘파람을 불지 않도록 요청됨.
T.T는 에이미의 냅킨을 잃어버리지 않기를 바람.
N.W는 드레스에 9개의 주름이 잡히지 않았으니 안달하지 않기 바람.

주간 보고

메그 : 좋음
조 : 나쁨

베스 : 매우 좋음

에이미 : 그저 그러함.

의장이 신문 읽기를 마쳤을 때(내가 실례를 무릅쓰고 독자들에게 확신시키는 바는, 여기 실린 이 신문이 오래 전 진실된 소녀들에 의해 쓰인 진짜 신문의 사본이라는 것이다) 박수가 뒤따랐고 스노드그라스 씨가 어떤 제안을 하기 위해 일어났다.

"의장님! 그리고 여러분!"

그는 국회의원과 같은 정중한 태도와 목소리로 시작했다.

"새 회원의 입회를 제안하는 바입니다. 입회할 만하고 입회를 깊이 고마워하고, 모임 정신에 무한히 기여하면서, 신문의 문학적 가치를 높여주고 항상 끝없이 유쾌하고 멋있는 사람, 나는 테오도르 로렌스 씨를 'P.C'의 명예 회원으로 입회시킬 것을 제안합니다. 자, 그렇게 하게 하자."

조의 말투가 갑작스럽게 변하는 바람에 모두들 웃어 버렸다. 그러나 스노드그라스가 자리에 앉자 모두들 걱정스런 표정으로 아무도 입을 열지 않았다.

"투표에 부치도록 하지요." 의장이 말했다. "이 제안에 동의하는 사람은 '찬성' 하고 말하며 명확히 의사를 밝히십시오."

스노드그라스는 큰 소리로 대답했고, 뒤이어 수줍은 베스가 찬성해 모두를 놀라게 했다.

"반대는 '아니오'라고 말하시오."

메그와 에이미가 반대했다. 윙클 씨는 아주 점잖게 일어서서 얘기했다. "우리는 어떤 남자도 원하지 않습니다. 그들은 단지 농담이나 하고 말이나 되받으니까요. 여기는 숙녀의 모임이며 우리는 이 모임이 사적이고 제대로 유지되기를 원합니다."

"나는 그가 우리의 신문을 비웃지 않을까 두려워요. 그리고 후에 우리를 놀리지 않을까요?" 피크위크가 의심스러울 때면 그러듯이 앞머리를 잡아당기며 말했다.

스노드그라스가 벌떡 일어나 신중하게 말했다.

"의장님, 나는 신사로서 당신께 맹세합니다. 로리는 그런 종류의 행동을 절대로 하지 않을 겁니다. 그는 글쓰기를 좋아하며 우리의 기고에 새로운 분위기를 불러올 것입니다. 그가 우리의 글이 감상적으로 흐르지 못하게 막아 줄 거라고 생각하지 않으세요? 우리는 그에게 아무것도 해줄 수가 없어요. 그런데 그는 우리에게 너무 많은 것을 해줄 수 있습니다. 우리가 해야 할 일은 그가 이 장소에 오도록 제의하고, 그가 오겠다면 환영해 주는 것입니다."

이 가상의 유용성들은 터프만이 자리에서 일어서게 했다. 터프만은 마음을 완전히 굳힌 듯한 표정으로 말했다.

"그래요. 두렵기는 하지만 그렇게 해야 한다고 생각합니다. 나는 그가 입회했으면 해요. 그리고 가능하면 그의 할아버지도 입회시켰으면 해요."

베스의 이 열렬한 발언은 모임을 깜짝 놀라게 했다. 조는 만족스럽게 손을 흔들면서 자리에서 떠났다.

"자, 그럼 다시 투표해 보자. 모두들 그가 우리가 아는 로리라는 걸 기억하겠지. 그러면 '찬성'하고 말해." 스노드그라스는 흥분해서 외쳤다.

"찬성! 찬성! 찬성!" 세 사람이 동시에 대답했다.

"좋아! 신의 가호가 있기를! 윙클이 잘 말했듯 '말굽 옆에서 쉬는 일' 같은 것은 없을 거야. 내가 새로운 회원을 출석시키도록 허락해 줘."

그러고는 조는 사람들 앞에서 옷장문을 열어젖혔고, 거기 헌 가방 위에 앉아 있는 로리를 보여 주었다. 그는 붉어진 얼굴로 겨우 웃음을 참으면서 앉아 있었다.

"이 악한! 이 배반자! 조, 어떻게 그럴 수 있어?" 세 소녀들은 소리쳤다. 스노드그라스가 그의 친구를 승리에 찬 얼굴로 앞으로 밀면서 의자와 배지를 내주고 즉각적으로 그를 취임시켰다.

"너희 두 악당의 침착성이 놀랍구나." 피크위크 씨는 위엄 있게 눈살을 찌푸려 보이려 했으나 다정한 미소를 짓고 말았다. 그런데 새로운 회원 역시 마찬가지였다.

그는 일어나서 의장에게 감사하다는 인사를 하고 가장 매력적인 말투로 말했다. "의장님, 그리고 숙녀분들(아! 실례했습니다. 신사분들), 제 소개를 하도록 허락해 주십시오. 저는 샘 월러이며 이 모임의 겸손한 하인입니다."

"좋아! 좋았어!" 조는 기대고 있던 낡은 침대용 가열 팬 손잡이를 내려치면서 외쳤다.

"나의 믿음직한 친구이며 존엄한 후원자는," 로리가 손을 흔들며 말했다. "나를 매우 긍정적으로 말해 준 사람으로, 오늘 밤의 깜찍한 작전 때문에 야단맞는 일은 없어야 합니다. 이 일은 내가 계획했고 그녀는 단지 동의했을 뿐이지요."

"이봐. 혼자서 모든 걸 책임지려 하지 마. 로리, 너도 내가 벽장을 제안한 거 알잖아." 스노드그라스가 농담을 즐기며 끼어들었다.

"그녀의 말에 신경 쓰지 마십시오. 내가 이 일을 한 가엾은 사람입니다." 새로운 회원은 윌러답게 고갯짓을 하며 피크위크에게 말했다. "그러나 나는 내 명예를 걸고 이런 짓을 두 번 다시 하지 않을 것이며 앞으로는 이 불멸의 모임의 이익을 위해 나 자신을 헌신할 것을 맹세합니다."

"들어봐! 들어 보라고!" 조는 가열 팬의 뚜껑을 심벌즈(타악기)처럼 부딪치며 소리쳤다.

"계속해 봐요!" 윈클과 터프만도 덧붙였고, 의장 역시 고개를 끄덕였다.

"나는 내게 주신 명예에 대한 미약한 감사의 표시로, 그리고 근접한 두 국가의 우호를 증진시키는 수단으로, 정원의 아랫부분 울타리에 우편함을 설치했다는 말씀을 드리고 싶습니다. 자물쇠가 달린 이 멋지고 넓은 우편함은 원고와 편지들과 여성들을 위해 모든 편의를 담당할 것입니다. 이렇게 표현해도 될지 모르겠습니다만.

그것은 오래된 집이었는데 문을 잠그고 지붕을 열어서 많은 물건들을 넣을 수 있게 되었습니다. 우리의 귀중한 시간을 절약하게 됐지요. 편지들, 원고들, 책, 소포 꾸러미들이 이곳을 지나갈 것입니다. 양 국가가 열쇠를 가지고 있으니 이건 정말 멋진 일이 아니겠습니까? 내게 이 모임에 열쇠를 선물하도록 허락해 주십시오. 내게 자리를 내어주신 당신들의 호의에 크나큰 감사의 표시로 말입니다."

윌러 씨가 탁자 위에 열쇠를 놓고 물러나자 우레와 같은 박수가 터져 나왔다. 침대용 가열 팬 뚜껑이 쩽 소리를 내며 격렬하게 흔들렸고 다시 조용해질 때까지는 꽤 시간이 걸렸다.

뒤이어 긴 회의가 진행되었는데 모두가 최선을 다해 자신들도 놀랄 정도였다. 이번 회의는 여느 때보다도 더 진지해 늦게까지 휴회하지도 않고, 끝날 때는 새 회원에게 세 번의 요란한 환영인사까지 덧붙였다.

아무도 샘 월러의 입회를 반대하지 않았다. 어느 모임에도 그보다 더 헌신적이고 적극적이며 유쾌한 회원은 없었기 때문이다. 그는 확실히 이 모임에 '활기를 불어넣어 주었고, 신문에도 새로운 분위기를 불어넣어 주었다. 그의 계획들은 청중을 감동시켰다. 그의 자질과 기부는 뛰어나고 애국적이었으며, 고전적이자 희극적이고, 극적이면서도 결코 감상적이지 않았다.

조는 그를 베이컨이나 밀턴이나 셰익스피어에 견주었으며, 노력을 가장 많이 쏟아부은 자신의 작품을 개작하리라 마음먹었다.

'P.O.(우체국)'는 작은 주요 기관으로 훌륭하게 번영해 나갔다. 진짜 우체국만큼이나 많은 양의 묘한 물건들이 이 'P.O'를 통해서 오고 갔다. 비극적 소설, 남자용 목도리, 시와 피클, 정원에 심을 씨, 긴 편지, 악보와 생강빵, 실내화, 초대장, 비난하는 내용의 편지, 강아지들이 오고 갔다.

장난을 좋아하는 노신사도 묘한 소포와 비밀스러운 편지, 재미있는 전보를 보냈다. 한나의 매력에 매혹된 그의 정원사는 그녀에게 연애편지를 부쳤다. 조를 통해서 말이다.

이 작은 우편함이 그렇게 많은 연애편지를 접수하리라고는 꿈도 꾸지 못했던 사람들은, 갖가지 사연들이 이 우체통을 통해 밝혀지자 얼마나 웃었는지 모른다. 이 우체통은 앞으로도 계속해서 수많은 사연들을 실어나를 것이다.

제11장 실험

어느 더운 날, 조는 피로에 지쳐 소파에 누워 있고 베스는 먼지투성이의 구두를 막 벗고 있었으며, 에이미는 식구들을 위한 레모네이드(칵테일의 한 종류)를 만들고 있었다. 이때 집으로 돌아온 메그가 즐겁게 말했다.

"6월 1일! 킹 씨 댁은 내일 바닷가로 놀러 가고 나는 쉬기로 했어. 석 달 동안의 휴가를 어떻게 보내지!"

"마치 고모도 가셨어. 아, 정말 홀가분해!" 조가 말했다. "같이 가자고 하면 갈 수밖에 없었지. 그런데 플럼필드는 교회 묘지처럼 음산한 곳이라서 될 수 있으면 가고 싶지 않아. 고모를 떠나게 한 작은 소동이 한 차례 있었다고. 나는 고모가 말씀하실 때마다 가슴이 철렁했어. 왜냐하면 일을 빨리 끝마치려고 유난스럽게 친절하게 도와드리고 달콤하게 군 것이 혹시라도 고모가 더 오래 지체할 빌미가 될까 봐였지. 고모가 마차에 오르실 때는 몸이 떨릴 정도였다고. 마지막에 가슴이 철렁 내려앉을 일이 벌어졌어. 고모가 막 떠나는 마차에서 얼굴을 내밀고 '조세핀, 너 혹시 좀……' 말씀하시는 거야. 나는 그 다음 말을 듣지 않으려고 홱 돌아서 도망쳤지. 열심히 달려서 모퉁이를 돌고 나서야 겨우 마음을 놓을 수 있었다고."

"오! 가엾은 조 언니. 언니는 마치 곰에게 쫓기는 사람처럼 집으로 뛰어들어왔어." 베스가 어머니처럼 다정한 투로 조의 발을 껴안으며 말했어.

"고모는 바위에 붙어사는 샘파이어(해초) 같지 않아?" 에이미가 레모네이드를 약이라도 마시는 듯 천천히 마시며 말했다.

"샘파이어가 아니라 뱀파이어(흡혈귀) 쪽이겠지. 그렇지만 상관없어. 너무 더워서 남의 말 따위에 신경 쓰고 싶지 않아."

조가 중얼거렸다.

"휴가 동안 뭘 할 작정이지?" 에이미가 재치 있게 화제를 바꿨다.

"늦게까지 누워 자고 아무것도 안 하며 지낼 거야." 메그가 흔들의자에 몸을 깊숙이 묻으면서 대답했다. "겨우내 아침 일찍 일어나서, 할 수 없이 남을 위해 일만 하고 보냈으니 마음껏 쉬면서 내 맘대로 지내고 싶어."

"난 싫어! 그렇게 졸며 지내는 건 내게 맞지 않아. 책이 한 보따리 있으니까 그 속에 묻혀서, 저 오래된 사과나무 가지에 앉아 책을 읽으며 멋진 시간을 보낼 거야. 즐거운 일이 없을 땐……."

"그만 말해, 종달새!"

에이미는 아까 메그가 '샘파이어'를 고쳐서 모욕을 준 데 대한 화풀이를 했다.

"그렇다면 로리와 함께 노래라도 부르며 법석댈까? 로리는 노래를 썩 잘하니까 그 편이 적당하고 어울리겠다."

"공부는 당분간 하지 말자. 베스, 모두가 원하는 대로 마음껏 놀고 한가롭게 지내기로 해. 여자애들이 보통 그럴 작정으로 놀잖니."

에이미가 제안했다.

"글쎄, 어머니가 허락만 하신다면 그럴 수 있어. 난 새로운 노래를 몇 개 배우고 내 인형을 위한 여름 준비를 해줄 거야. 인형들이 아주 더러워진데다 옷마저 못쓰게 됐거든."

"엄마, 괜찮겠죠?" 마치 부인을 돌아보며 메그가 물었다. 마치 부인은 '엄마의 구석 자리'라 불리는 곳에서 바느질을 하고 있었다.

"그럼, 일주일 동안만 시험 삼아 마음대로 해 보렴. 그게 좋은지 어떤지 두고 보자꾸나. 토요일 저녁쯤이면, 너희들은 놀기만 하고 일하지 않는 것과, 일만 하고 전혀 놀지 못하는 것이 똑같이 괴롭다는 것을 알게 될 거다."

"아니에요, 엄마. 절대로 그렇지 않아요! 틀림없이 굉장히 기분 좋을 거예요." 메그가 매우 흥분하여 말했다.

"이제 내 '친구와 단짝 새리캠프 (디킨스의 소설《마틴 처즐위트》)처럼 건배해야지. '즐거움은 영원히, 일은 사라져라!'"

레모네이드가 모두에게 따라졌고 조가 컵을 높이 들고 일어서서 외쳤다. 모두들 레모네이드를 기분 좋게 마시고 나자 그때부터 빈둥거림이 시작되었다.

다음 날 아침, 메그는 10시까지 일어나지 않았다. 혼자 먹는 아침은 맛이 없었다. 방은 스산하고 어수선해 보였다. 조는 늘 하던 꽃병에 꽃을 꽂지 않았으며, 베스는 청소를 하지 않았고, 에이미의 책은 여기저기 흩어져 있었다.

'엄마의 자리'만 평상시와 다름없이 깨끗하게 정돈되어 있었다. 메그는 '휴식과 독서'를 위해 그 자리에 앉았지만 결국 하품만 계속 하면서 월급으로 어떤 여름옷을 살지 공상만 할 뿐이었다. 조는 오전은 로리와 함께 강에서 보내고 오후는 사과나무에 앉아 '넓고 넓은 세계'를 읽으며 울기도 했다. 베스는 벽장에 넣어 두었던 인형 가족을 모두 꺼내어 뒤죽박죽으로 흩트려 놓고 절반도 정리하기 전에 싫증을 내고 말았다. 그러고는 엉망인 채로 놓아두고 피아노를 두들기기 시작했다.

오늘은 접시를 씻지 않아도 된다는 생각에 신이 났다. 에이미는 자기 뜰의 정자를 말끔히 치우고, 그녀의 옷 중에서 가장 좋은 하얀 옷을 입었다. 그리고 머리도 곱게 빗고서 인동덩굴 아래 앉아 그림을 그리기 시작했다. 누군가 자기를 보고 '저 어린 화가가 누구냐'고 물어 봐 주길 원했지만 아무도 나타나지 않았다. 호기심 많은 모기만이 에이미의 그림을 구경하고 있었다. 그러다가 산책을 나갔는데 그만 소나기를 만나 비에 흠뻑 젖은 채 집에 돌아와야 했다.

티타임에 모두들 감상을 털어놓았다. 모두 여느 때보다 길게 느껴진 하루였지만 즐거웠었다는 데 의견이 일치했다. 메그는 오후에 쇼핑을 나가더니 예쁜 푸른색 모슬린을 사왔다. 그런데 몇 폭으로 자른 다음에야 비로소 세탁을 할 수 없는 것임을 알았다. 이 낭패감으로 그녀는 기분이 언짢았다.

조는 배를 타다 콧등을 태워 피부가 벗겨지고 책을 너무 오래 읽어 머리가 욱신거렸다. 베스는 벽장을 들쑤셔 놓은 데다 한꺼번에 서너 개의 노래를 배우기가 힘들어 걱정이었다. 에이미는 그녀의 옷을 망쳐 버린 것을 뼈저리게 후회했다. 그녀는 플로라 맥크플림지 (작자의 시에 나오는 이야기 주인공으로/자기 맘에 든 옷이 없어 파티에 갈 수 없었다) 처럼 내일 있는 케이티 브라운의 파티에 입고 갈 옷이 없었다.

그러나 네 자매는 이런 일들은 사소한 사건이라고 엄마를 위로하며, 이 시도는 성공한다고 자신 있게 말했다. 마치 부인은 미소를 띤 채 아무 말 없이 한나의 도움을 받으며 딸들이 내버려둔 일들을 떠맡아 집안을 쾌적하게 해서 가정이 원활히 돌아가도록 애썼다.

그런데 마음껏 쉬고 즐기는 과정에 차츰 이상하고 불편한 일들이 생기기 시작했다. 놀라운 일이었다. 갈수록 하루하루가 길어져 갔다. 날씨는 평상시보다 더 좋지 않은데다 기온도 자주 변해 소녀들의 기분도 덩달아 변덕을 부렸다. 악마는 게으른 자에게 여러 가지 장난을 치는 법이다.

모두 들뜬 기분에 사로잡혀 있을 때쯤 메그는 바느질감을 조금 만지작거리다가 그래도 시간이 남아 그녀의 옷 하나를 모펏 식으로 새롭게 고쳐 보려고 싹둑 잘랐는데 결국 못쓰게 만들어 버리고 말았다.

조는 눈이 아플 때까지 책 읽는 데 열중하더니 나중엔 안절부절못하다 결국 심성 좋은 로리와 말다툼을 하고는 기가 푹 죽었다. 차라리 마치 고모를 따라가는 게 나았을 거라고 생각할 정도였다.

그래도 베스는 꽤 잘해 나가고 있는 편이었다. 베스는 놀기만 하고 전혀 일하지 않는다는 사실을 잊은 채 때때로 평상시의 태도로 돌아갔다. 그러나 그녀도 뒤숭숭한 집안 분위기에 영향을 받아 가끔 침착한 태도를 잃고 당황해했다. 한 번은 그녀의 불구 인형인 조안나를 마구 흔들면서 '괴물'이라고 소리치기도 했다.

참을성이 부족한 에이미는 자매들 중 최악이었다. 한가한 시간을 어떻게 보내야 할지를 모르는 에이미는 언니들의 관심을 끌지 못하자 자기가 재주 많고 소중한 자기 자신을 주체할 수 없었다. 에이미는 동화나 인형놀이를 좋아하지 않았다. 온종일 그림만 그릴 수도 없는 일이었다. 차 마시는 시간도 흥겹지 못했다. 피크닉도 아주 유쾌하게 즐긴 몇 번 외에는 거의 재미가 없었다.

"만약 아름다운 소녀들이 가득 모여 있는 멋있는 집에 살면서 여행을 다닐 수 있다면 이 여름이 행복할 텐데. 그러나 제멋대로인 세 언니와 남자애와 함께 지내다니 '보아즈'(성경에 나오는 참을성 있는 사람의 본보기로 욥(Zaob)을 뒤바꾼 것)만큼이나 참을성 있군."

꼬마 숙녀 멜러프럽(영국의 극작가 셰리든(1751~1816)의 희극에 나오는 노부인으로 완고하고 점잖빼며 말을 잘 틀리게 한다)은 이렇게 불평해 가며 때로는 유쾌하게 때로는 안달하며 지루한 며칠을 보냈다.

어느 누구도 이 시도에 지쳐가고 있다는 사실에 대해 말하려 들지 않았다. 그런데 금요일 밤이 되자 저마다 일주일이 끝나가고 있음을 속으로 기뻐하고 있었다.

유머가 풍부한 마치 부인은 딸들이 이 교훈을 깊이 깨닫도록 이번 일을 적절한 방법으로 끝맺으리라 마음먹었다. 그래서 한나에게 하루 휴가를 주고 딸들에게 놀이 위주의 생활을 맘껏 누리도록 해주었다.

토요일 아침, 소녀들이 일어나 보니 부엌에는 불이 꺼져 있었고, 식당에는 아침 식사도 차려져 있지 않았으며, 어머니는 어디에도 보이지 않았다.

"어머! 대체 어떻게 된 일이지?"

주위를 둘러보며 조가 당황하여 말했다.

메그는 이층으로 뛰어올라갔다가 곧 내려왔는데, 안심했다는 듯이, 그러나 다소 당황하고 조금은 부끄러운 표정을 짓고 있었다.

"어머니는 아프시진 않아. 단지 무척 피곤하신가 봐. 오늘은 종일 방에서 조용히 계시고 싶으니까 우리 모두 마음대로 하라고 말씀하셨어. 어머니가 꼼짝 않고 계시다니 참 이상한 일이야. 어머니는 그러신 적이 전혀 없었는데. 지난 일주일이 힘드셨대. 그러니까 모두 불평하지 말고 스스로 알아서 해야 돼."

"그건 문제없어. 좋은 생각이야. 난 어떤 일이든지 하고 싶어 못 견디겠어. 알다시피 그것은 새로운 즐거움이라고." 조가 재빨리 덧붙였다.

사실 뭔가 조금이라도 할 일이 있다는 것은 모두에게 대단한 구원이었다. 모두 열심히 거들기 시작했는데 역시 한나의 말처럼 '가정 일이라는 것이 쉬운 일이 아니다'라는 사실을 곧 깨닫게 되었다. 식료품 저장고에는 식료품이 많이 있었다. 베스와 에이미는 식탁을 정리하고 메그와 조는 아침 식사를 준비했다. 둘은 식사 준비를 하며 왜 하녀들이 이런 일을 힘들어하는지 궁금했다.

"어머니에게 음식을 갖다 드려야겠어. 알아서 할 테니 마음 쓰지 말라고 말씀하셨지만……." 메그가 차 주전자 뒤에서 주부 행세를 하며 말했다.

그래서 식사를 하기 전에 어머니에게 먼저 음식을 차려드렸는데, 그 요리는 완전히 걸작이었다. 준비한 차는 쓰고, 오믈렛은 까맣게 탔으며, 비스킷은 소다로 얼룩졌다. 그러나 마치 부인은 고마운 마음으로 식사를 받고는 조가 나가자 마음껏 웃었다.

"딱한 내 딸들, 모두 난처해 할 테지. 걱정은 되지만 그래도 애들이 많이 힘들지는 않겠지. 해롭지는 않을 거야. 모두에게 유익한 경험이 될 테니까."

그렇게 말하면서 자신이 만들어 둔 맛있는 고기를 꺼내 먹고, 딸들의 기분이 다치지 않게 하기 위해서 조가 가지고 온 음식들을 모두 치워 버렸다. 어머니답게 딸들에게 약간의 속임수를 쓰면서.

아래층에서 갖가지 불평이 쏟아져 나와 요리 책임자인 메그는 그녀의 실패를 매우 분해했다.

"상심하지 마. 내가 저녁 식사 요리를 하고 시중들겠어. 언니는 집안의 여주인이니까 손을 깨끗이 하고 손님이나 돌보면서 지시만 해." 요리에 대해 메그보다 더 모르는 조가 자신 있게 말했다.

이 친절한 제의는 기꺼이 받아들여졌다. 메그는 응접실로 가서 흩어져 있는 휴지들을 소파 밑으로 쑤셔 넣고, 청소하는 수고를 덜기 위해 창의 덧문을 닫아 먼지가 보이지 않도록 했다. 자기 솜씨를 완전히 믿는 조는 화해를 위해 로리를 오찬에 초대한다는 편지를 보냈다.

"손님을 초대하기 전에 네가 어떤 음식을 만들 수 있는지 먼저 생각해 봤어야 하는 건데." 호의적이기는 하나 경솔한 초대 소식을 들은 메그가 말했다.

"그래도 콘비프(소금에 절인 소고기) 와 감자가 많이 있어. 한나의 말대로 '맛있는 음식을 위한' 아스파라거스(죽순처럼 생긴 채소) 와 가재를 조금 사겠어. 양상추가 있으니까 샐러드도 만들고, 요리법은 모르지만 요리책을 보면 돼. 디저트는 블랑망즈(크림이나 우유에 젤라틴으로 굳힌 설탕을 섞어 만든 케이크) 와 딸기로 준비하고, 품위 있게 하려면 커피를 내면 돼."

"너무 많이 준비할 생각은 하지 않는 게 좋아. 네가 만들 수 있는 것은 생강 넣은 빵과 당밀로 만든 캔디뿐이야. 난 오찬 파티 준비에는 일체 상관 않겠어. 네 마음대로 로리를 초대했으니 로리 접대도 네가 하려무나."

"언니는 그를 정중히 대해주고 푸딩이나 권하면 돼. 다른 건 바라지 않아. 그러나 내가 뒤죽박죽 갈피를 못 잡으면 도와주겠지?" 조는 다소 마음이 상한 듯했다.

"좋아, 하지만 난 빵 만드는 것과 하찮은 요리 몇 가지밖에는 할 줄 아는 게 없어. 그러니까 뭐든 주문하기 전에 어머니의 허락을 구하는 것이 좋겠지." 메그가 신중하게 말했다.

"물론 그렇게 할 거야. 난 바보가 아니야." 조는 자기 솜씨를 의심받자 발끈해서 나가 버렸다.

"묻지 말고 네 맘대로 사와. 난 저녁 식사에 초대받아 외출해야 하니까 집안일에 참견할 수 없겠구나." 어머니는 조가 어머니와 상의하러 갔을 때 이렇게 대답했다. "나는 집안일은 별로구나. 오늘은 쉬면서 책도 읽고, 편지도 쓰고, 사람들도 방문하면서 한가하게 지내려고 한다."

언제나 바쁘던 어머니가 아침 일찍부터 흔들의자에 편히 앉아 책을 읽으시는 모습은 조에게는 마치 어떤 천지의 변화처럼 보였다. 월식, 지진, 화산 폭발도 이처럼 이상스럽게 여겨지지는 않을 것 같았다.

"아무래도 모든 것이 이상해." 조가 중얼거리며 아래층으로 내려왔다. "어! 베스가 울고 있잖아. 이건 집안일이 뭔가 잘못되어 있다는 확실한 증거야. 만약 에이미 때문이라면 혼내줘야겠어."

조 자신도 갈피를 못 잡고 서둘러 응접실로 들어가 보니 베스가 카나리아 새 피프를 앞에 놓고 훌쩍거리며 울고 있었다. 피프는 마치 먹이를 달라고 애원하듯 작은 다리를 쭉 뻗은 채 죽어 있었다.

"모두 내 잘못이야. 나는 피프를 잊고 있었어. 먹이도 물도 다 떨어져 있었어. 오! 피프, 피프, 내가 이렇게 가혹한 짓을 하다니!" 베스는 그 가엾은 새를 살려 보려고 애를 쓰면서 슬피 울었다.

조는 반쯤 뜬 피프의 눈을 들여다보기도 하고 작은 가슴을 만져보기도 했지만, 이미 차게 식어 굳어 버렸음을 알고는 머리를 흔들며 자기의 도미노(놀이기구) 상자를 관으로 사용하라고 주었다.

"피프를 오븐에 올려놓으면 따뜻해져서 다시 살아날지도 모르잖아." 에이미가 희망적으로 말했다.

"피프는 굶어 죽은 거야. 따뜻하게 해도 소용없어. 그는 이제 죽어 버렸어. 난 피프에게 수의를 만들어 입혀서 정원에 묻어주겠어. 난 다시는 새를 기르지 않을 거야. 오 피프! 나같이 나쁜 애는 새를 기를 자격이 없어." 베스는 바닥에 앉아 새를 두 손으로 감싼 채 탄식했다.

"장례식은 오늘 오후에 하고, 우리 모두 참석하는 거야. 자, 베스 울지 마. 안됐지만…… 이번 주는 잘 되는 일이 하나도 없어. 피프는 우리 실험에서 운이 가장 나빴어. 수의를 만들고 피프를 내 상자 안에 넣도록 해. 저녁 식사 후에 간단한 장례식을 치르도록 하자." 조는 마치 장례식은 자기 담당이라는 듯 말했다.

조는 베스를 위로하는 일은 다른 사람에게 맡기고 부엌으로 갔다. 부엌에서는 당혹스럽고 맥 빠지는 상황이 기다리고 있었다. 큰 앞치마를 두르고 접시를 씻으려던 조는 불이 꺼져 있는 것을 발견했다.

"아니, 이게 무슨 일이지!"

조는 중얼거리며 풍로의 문을 활짝 열어젖히고 숯 가운데를 꾹꾹 쑤셔댔다.

불을 다시 피워 물을 끓이는 동안 조는 장을 보기 위해 밖으로 나왔다. 산책을 하니 다시 기운이 났다. 조는 자기가 제법 식재료를 잘 샀다고 생각하며 자기 딴에 우쭐해져서 집으로 돌아왔다. 그런데 산 것이라곤 아직 어린 바닷가재, 오래되어 시들어버린 아스파라거스, 딸기 두 상자뿐이었다. 부엌을 깨끗이 치우고 나니 저녁 식사 재료가 도착했고, 난로도 빨갛게 달아 있었다.

한나는 메그가 아침 일찍 준비해 놓은 빵을 부풀게 하려고 화덕에 올려놓았는데 까맣게 잊고 있었다.

메그는 응접실에서 샐리 가드너를 접대하고 있었다. 그때 객실 문이 열리면서 가루투성이에다 검댕으로 더러워진 채 몹시 흥분해 헝클어진 모습이 나타나더니 비꼬는 듯 물었다.

"언니, 빵이 냄비 밖으로 넘쳐 나오면 충분히 부푼 것 아니야?"

샐리는 웃기 시작했으나, 메그는 알았다는 듯 고개를 끄덕거리고 눈을 치켜떴다. 그러자 그 괴물은 부엌으로 사라진 뒤 타서 얼룩진 빵을 서둘러 오븐 속에 집어넣었다. 마치 부인은 집안이 어떻게 되어 가는지 궁금해 이것저것 살펴보다가, 새의 시체가 들어 있는 도미노 상자 옆에서 수의를 만들고 있는 베스를 발견했다. 어머니는 딸에게 위로의 말을 하고 외출해 버렸다.

어머니의 회색빛 모자가 모퉁이를 돌아 사라지자 소녀들에겐 이상하게 무기력함이 느껴졌다. 몇 분 뒤에 미스 크로커가 찾아와서 식사에 초대해 달라는 부탁을 했을 때는 낭패감마저 들었다. 깡마른 체구의 독신녀로 뾰족한 코와 호기심 가득 찬 눈을 가진 그녀는, 본 것은 무엇이든 소문을 내고 돌아다녔다.

자매들은 미스 크로커를 싫어했지만, 어머니는 그녀가 늙고 가난한데다 친구도 별로 없는 사람이니 친절히 대하라고 가르쳤다. 이에 메그는 미스 크로커에게 안락의자를 권하고 즐겁게 대접해 주었다. 미스 크로커는 여전히 이것저것 묻고는 비평까지 해가며 그녀의 주위 사람들에 관한 이야기를 늘어놓았다.

조가 아침에 겪은 온갖 역경과 경험과 노력은 말로는 설명할 수 없는 것이었다. 조가 준비한 식사는 언제나 웃음거리가 되었다. 더 이상 언니에게 물을 기분이 나지 않자, 혼자 전력을 쏟았지만, 요리는 정성과 끈기만으로는 안 된다는 것을 깨달았을 뿐이다. 아스파라거스는 1시간 동안이나 데치는 바람에 머리는 다 떨어져 나가고 줄기는 더욱 단단해졌다.

빵은 새까맣게 타버리고 샐러드 소스는 제대로 되지 않아 결국 포기하고 말았다. 바닷가재는 조에게 처치 곤란한 식재료였다. 두드리고 찔러 기어코 껍질을 벗겨낸 바닷가재는 양상추 잎에 가려져 보이지 않았다.

아스파라거스를 오래 둘 수 없어 감자를 서둘러 꺼내보니 감자는 설익었고, 블랑망즈는 표면이 우둘투둘한데다, 겉보기엔 그럴듯한 딸기는 보기와는 다르게 익지도 않았다.

"뭐, 배가 고프면 고기와 버터를 바른 빵만 내놓아도 맛있게 먹을 거야. 그렇지만 오전 내내 애쓰고 아무 성과도 없다니 정말 진절머리가 난다."

조는 평소보다 30분이나 늦게 식사 벨을 누르면서 생각했다. 흥분하고 지쳐 맥이 풀린 조는 로리 앞에 놓여 있는 음식을 바라보았다. 로리는 잘 조리된 음식에 익숙해져 있었다. 미스 크로커는 수다 떨기 좋아하는 그 혀로 여기저기 돌아다니며 소문을 낼 것이 뻔했다.

음식을 차례대로 맛보더니 그대로 남기는 것을 보고 조는 식탁 밑으로 숨어 버리고 싶었다. 에이미는 킥킥대며 웃고, 메그는 언짢은 표정이고, 미스 크로커는 입술을 오므리고 있었다. 로리는 만찬 자리에 명랑한 분위기를 만들기 위한 듯 얘기도 하고 웃기도 하면서 애썼다.

단 하나 제대로 된 것은 과일이다. 조는 과일에 설탕을 충분히 넣었고 과일에 끼얹을 크림도 내놓았다. 드디어 조의 볼에서 홍조가 가시더니 조가 크게 한숨을 내쉬었다. 예쁜 유리접시에 딸기를 담아 돌리고 나자, 크림 바다에 뜬 조그만 장미의 섬 같은 딸기를 모두들 우아한 표정으로 보았다.

그런데 미스 크로커가 그것을 맛본 순간 갑자기 얼굴을 찡그리더니 급히 물을 들이켰다. 좋은 딸기만 골라서 내놓다 보니 양이 너무 적었기 때문에 조는 먹지 않고 있었다. 로리 쪽을 힐끔 바라보니 그는 입술을 약간 찡그리면서도 접시에 눈을 고정하고 자기 몫을 용감하게 먹어치웠다. 맛있는 것이라면 무엇이든 먹어대는 에이미는, 한 숟가락 가득히 떠서 입에 넣자마자 숨이 막힌 듯 얼굴을 냅킨에 묻은 채 허둥지둥 식탁을 떠났다.

"어머! 왜 그러지?" 조가 떨리는 목소리로 물었다.

"설탕 대신 소금이 들어갔고 크림은 상했어." 메그가 비극적인 몸짓으로 응답했다.

조는 신음소리를 내며 의자에 쓰러졌다. 그리고 보니 마지막에 허둥거리면서 식탁 위에 있는 두 통 중 하나에서 흰 가루를 무조건 부었었다. 우유는 깜빡 잊고 냉장고에 넣어두지 않았다. 조가 얼굴이 붉어져 막 울음을 터뜨리려는 순간 로리와 눈이 마주쳤다. 그 눈은 대단한 노력에도 불구하고 웃음을 감추지 못했다.

조는 별안간 이 분위기가 우스워져 웃음이 눈물로 변할 때까지 웃고 또 웃었다. 그러자 다른 사람들도 모두 웃기 시작했다. 노처녀 크로커마저 웃어댔다. 이 실패투성이의 식사 초대는 버터와 올리브유를 바른 빵과 유쾌한 웃음으로 끝났다.

"난 지금 식탁을 치울 기력이 없어. 피프의 장례식을 치르며 마음을 좀 가라앉혀야겠어."

손님들이 식탁에서 일어서자 조가 말했다. 미스 크로커는 이 새로운 이야깃거리를 다른 집 만찬에서 이야기하고 싶은지 먼저 갈 채비를 했다.

베스를 위해 모두 진지하게 행동했다. 로리는 정원의 관상용 고사리 밑에 묘를 팠고 피프는 마음씨 착한 여주인 덕택에 눈물과 함께 묻혔다. 이끼로 덮인 피프의 묘비에는 제비꽃과 별꽃 화환이 걸렸다. 묘비에는 조가 식사 준비로 씨름하는 동안 지은 비문(碑文)이 쓰여 있었다.

피프 마치, 여기 잠들다.
6월 7일 죽음.
사랑스럽고 가엾은 상처여,
오래 오래 기억될지어다.

장례식이 끝나고, 베스는 슬픔과 아까 먹은 바닷가재 때문에 가슴이 답답해져서 자기 방에 틀어박혔다. 그러나 그곳도 휴식처는 아니었다. 침대 정돈이 안 되어 있었다. 그래서 베스는 이불과 베개를 반듯이 놓고 방 안을 치웠고 그러다 보니 마음이 진정되었다.

파티 뒷정리를 하느라 오후의 반을 보낸 메그와 조는 지쳐서 저녁 식사는 차와 토스트로 간단히 때우자는 데 동의했다.

로리는 에이미를 마차에 태워 데리고 나갔다. 상한 크림 때문에 기분을 망친 에이미에게는 고마운 일이었다. 마치 부인이 집으로 돌아와 보니 세 딸이 한창 더운 오후인데도 열심히 일하고 있었다. 벽장을 들여다본 부인은 이번에 실험적으로 벌인 일의 일부가 성공했다는 생각이 들었다.

소녀 주부들이 쉴 틈도 없이 일을 계속하는 동안에도, 몇 명의 손님들이 그들을 보려고 앞다투어 왔다. 그러면 소녀들은 차를 끓이고 심부름을 해야 했다. 해야 할 바느질감이 한두 가지 있었으나 늦게까지 손댈 수 없었다.

촉촉이 이슬을 머금은 황혼이 조용히 내려앉을 무렵, 소녀들은 6월의 장미가 아름답게 피어 있는 현관으로 하나둘 모여들었다. 모두 지치고 걱정스러운 듯 신음소리를 내고 한숨을 쉬었다.

"오늘은 정말 힘든 날이었어." 언제나 먼저 말문을 여는 조가 말했다.

"여느 때보다 하루가 짧게 느껴졌는데 사실은 몹시 불편한 날이었어." 메그의 말이었다.

"전혀 집 같지 않았어." 에이미가 덧붙였다.

"어머니와 피프가 없었으니 당연한 일이야." 베스는 눈을 크게 뜨고 머리 위의 텅 빈 새장을 뚫어져라 바라보면서 한숨 섞인 말을 했다.

"베스, 엄마 여기 있다. 원한다면 내일부터 다른 카나리아를 기르면 돼."

마치 부인이 이렇게 말하면서 다가와 그들 사이에 앉았다. 엄마의 휴일 역시 딸들의 하루보다 그리 즐거워 보이지는 않았다.

"얘들아, 너희들은 이번 실험이 즐거웠니? 다음 주도 그렇게 할까?"

부인이 묻자 베스는 어머니에게 가 안기고 다른 세 자매도 꽃이 해를 향하듯 밝은 미소를 띤 채 얼굴을 어머니에게로 향했다.

"난 싫어요!" 조가 단호하게 말했다.

"나도 싫어요." 다른 자매들도 이구동성으로 일제히 대답했다.

"그럼, 너희들은 너희 스스로도 할 일이 있고 다른 사람들도 해야 할 일이 있는 게 좋다고 생각하는 거지? 아니면 해야 할 일이 아무것도 없는 게 좋아?"

"이제 놀고먹는 데는 지쳤어요." 조가 머리를 흔들며 말했다. "지금 당장이라도 뭔가 일을 하고 싶어요."

"그렇다면 간단한 요리라도 배우는 게 어떻겠니? 요리는 여자라면 누구나 알아 두어야 할 일이니까." 부인은 조가 만든 파티 음식을 생각하고는 소리 없이 픽 웃으며 말했다. 부인은 오다가 미스 크로커를 만나서 오늘 이야기를 전부 들었던 것이다.

"엄마, 오늘 모든 것을 맡기고 외출하신 것은 우리들이 집안일을 어떻게 하는지 보기 위해서였나요?" 메그가 큰 소리로 물었다. 메그는 하루 종일 어쩐지 이상하다고 생각했다.

"그래, 모든 것이 원활히 되기 위해서는 각자 맡은 일을 충실히 해야 한다는 것을 너희들이 깨닫기 바랐다. 한나와 엄마가 그동안 너희들이 할 일들을 해 주었을 때는 너희들도 모든 게 잘되어 갔지. 그런데도 너희들은 행복해하거나 만족해하지 않는 것 같았어. 그래서 자신의 일만 생각하면 어떻게 되는지를 깨닫도록 교훈을 주려 했단다. 서로 도우며 자기가 맡은 의무를 다하면 여가를 훨씬 더 즐겁게 보낼 수 있지. 그럴 때 우리 가정은 우리 모두에게 편안하고 즐거운 곳이 될 수 있는 거야. 그렇게 생각하지 않니?"

"우리도 그렇게 생각해요, 엄마!" 소녀들이 크게 외쳤다.

"그렇다면, 너희들에게 다시 작은 일들을 맡으라고 권하고 싶다. 때로는 무겁게 느껴지기도 하겠지만 우리에겐 유익한 일이란다. 일은 하다보면 점차 가벼워진단다. 모든 사람은 다 할 일이 있는 거야. 일을 하게 되면 따분함과 쓸데없는 행동들을 피할 수 있고 건강과 기력을 튼튼히 할 수 있지. 돈이나 유행 따위보다 나은, 건전한 활동이며 건강한 정신과 자립심을 가질 수 있단다."

"우리도 벌처럼 일하겠어요. 그리고 일하는 것을 좋아하겠어요. 앞으로 두고 보세요." 조가 말하고는 이렇게 덧붙였다. "제 휴가 중 과제로 요리를 배우겠어요. 다음 파티는 성공할 거예요."

"저는 어머니 대신 아버지 셔츠를 한 벌 만들어 드리겠어요. 바느질을 좋아하지는 않지만 할 수 있어요. 내 옷들을 가지고 시간을 보내는 것보다는 그 편이 좋겠어요. 내 옷들은 그런대로 충분하고 쓸 만하니까요." 메그가 말했다.

"나도 매일 열심히 공부하고, 음악이나 인형에 너무 많은 시간을 쏟지 않겠어요. 난 머리가 별로 좋지 못하니까 노는 데보다는 공부하는 데 더 마음을 써야 해요." 베스도 자기 결심을 말했다.

에이미도 언니들의 본을 따서 씩씩하게 말했다. "난 단춧구멍 만드는 것을 배우고 내 말에도 주의를 기울이겠어요."

"아주 좋다! 그럼 엄마도 이번 실험에 만족한다. 다시 같은 실수를 되풀이해서는 안 되겠지. 다만 극단적으로 노예처럼 일만 해서도 안 되는 거야. 일과 여가를 규칙적으로 보내면 하루하루를 유익하고 즐겁게 보낼 수 있단다. 그리고 그것을 잘 활용하면 시간의 소중함을 깨닫게 되지. 그렇게 되면 젊음을 유쾌하게 보낼 수 있고 늙어서 후회할 일이 별로 없어. 그러면 비록 가난하다 해도 인생이 아름다워지고 성공하게 되는 거야."

"엄마! 꼭 명심할게요."

그들은 모두 어머니 말씀을 가슴에 간직했다.

제12장 로렌스 캠프

베스는 마치 댁의 우체국장이었다. 집에 있는 때가 많아 그 일을 규칙적으로 할 수 있었고, 게다가 매일 작은 문을 열고 우편물을 배달하는 일은 대단히 즐거운 일이었다. 7월 어느 날 베스는 두 손 가득히 우편물을 들고 와 옛날의 우편물 집배원처럼 집 안 여기저기를 돌아다니며 편지와 소포 꾸러미를 나눠 주었다.

"엄마 꽃다발이에요! 로리는 결코 잊지 않는군요."

말하면서 베스는 '엄마의 구석 자리'에 있는 꽃병에 로리가 보낸 꽃다발을 꽂았다. 이 화병은 언제나 그 다정한 소년이 보내는 꽃으로 채워져 있었다.

"미스 메그 마치, 편지 한 통과 장갑 한 짝." 베스는 어머니 옆에서 셔츠 소매를 꿰매고 있는 언니에게 그것들을 건네주며 말했다.

"어머, 난 두 짝을 저기 놓고 왔는데 한 짝밖에 오지 않았어." 메그는 회색 면장갑을 보고 말했다.

"다른 한 짝은 마당에 떨어뜨리고 온 것 아니니?"

"아니, 그렇지 않아. 분명히 우편함에는 한 짝만 들어 있었어."

"한 짝뿐인 장갑은 난 싫어! 그런데 걱정하지 마라. 한 짝을 찾을 수 있을 테니까. 내게 온 편지는 내가 원했던 독일 노래의 번역이야. 로리의 글씨가 아닌 걸로 봐서 이건 브루크 씨가 보낸 것 같네."

마치 부인은 메그를 힐끗 바라보았다. 체크무늬 면직의 모닝 가운을 입고 곱슬머리카락을 이마에 흩날리고 있는 그녀의 모습이 매우 예쁘고 여자다웠다. 깨끗한 흰 천으로 덮인 작은 탁자에서 바느질을 하며 앉아 있는 모습을 어머니가 바라보고 있는 것도 눈치채지 못한 채 그녀는 노래를 흥얼거렸다. 그러면서 손가락을 나는 듯이 움직여 바느질을 하는 메그는 그녀의 허리띠에 새겨진 팬지꽃만큼이나 순수하고 해맑았다. 그녀는 소녀다운 공상에 잠겨 분주했다. 메그의 모습은 마치 부인을 흡족히 미소짓게 했다.

"조 박사에게는 편지 두 통과 책 한 권, 웃기게 생긴 낡은 모자. 이 모자는 너무 커서 우편함을 온통 차지하고도 밖으로 삐져나와 있었어." 베스는 조가 글을 쓰고 있는 서재에 들어가 소리 내 웃으면서 말했다.

"로리는 짓궂어! 내가 날씨가 뜨거워서 얼굴이 타니까 테가 좀 더 넓은 모자가 유행했으면 좋겠다고 말했어. 그랬더니 로리는 '유행은 상관 없잖아. 그냥 큰 모자를 쓰고 편하면 되지'라고 말하기에 나도 있으면 쓰겠다고 했지. 로리는 날 시험해 보려고 이 모자를 보낸 거야. 좋아, 이 모자는 재미로 써보겠어. 유행 같은 건 조금도 개의치 않는다는 걸 보여줄 테야." 조는 그렇게 말하며 테가 넓은 그 낡은 구식 모자를 플라톤의 흉상에 씌우고는 두 통의 편지를 읽었다.

하나는 어머니에게서 온 편지인데 그것을 읽어 가던 조의 볼이 빨갛게 상기되고 눈은 기쁨으로 가득 찼다. 편지에는 이렇게 씌어 있었다.

　　나의 사랑하는 조!
　　너의 성미를 자제하려고 노력하는 모습이 얼마나 대견한지 알리고 싶어 몇 자 적어본다.
　　너는 괴로움이나 실패, 성공에 대해서 일체 말하지 않더구나. 네 성경의 표지가 닳아 있는 것으로 미루어 보아 네가 매일 도움을 청하는 '친구'만이 그것들을 알고 있는 것 같구나. 엄마도 전부 보고 있었어. 점차 좋은 결과가 나타나는 것을 보고 네 성실한 마음가짐에 깊이 감탄하고 있다. 사랑스런 조, 계속해 보렴. 참을성 있게 용기를 내서. 이 엄마는 언제나 누구보다도 너를 가장 사랑하며 잘 이해하고 있다는 것을 잊지 마라.

　　　　　　　　　　　　　　　　　　　　　　　　　　엄마로부터

　　"이것이야말로 내겐 가장 좋은 선물이야. 이런 격려의 편지는 수백만 원의 돈이나 찬사 이상으로 가치 있는 기쁜 일이야. 엄마, 난 해내겠어요. 엄마가 옆에서 도와주시니까 포기하지 않고 계속해 나가겠어요."
　　조는 두 팔에 얼굴을 묻고 몇 방울의 행복한 눈물로 그녀의 작은 사랑의 편지를 적셨다. 조는 지금껏 착해지려고 애쓰는 자신을 어느 누구도 알아주거나 인정해 주지 않는다고 생각했었다. 그런데 어머니는 알고 계셨다. 조는 어머니의 이러한 격려가 너무도 고마웠고 이는 조에게 대단한 용기를 안겨 주었다. 어머니의 칭찬은 가장 값진 것이었다. 조는 마음속에 있는 악마를 만나 물리칠 수 있는 힘이 어느 때보다도 더 강해진 것 같았다. 그래서 흐뭇해하며 어머니의 글을 방패와 훈계로 삼고 잃어버리지 않으려고 옷 안쪽에 핀으로 달아 두었다. 그리고 좋은 소식이든 나쁜 소식이든 동요하지 않을 각오로 또 한 통의 편지 겉봉을 뜯었다. 편지는 크고 힘 있는 손으로 로리가 써 보낸 것이었다.

　　조에게
　　뭐라고 쓰지!
　　내일 우리 집에 영국 소년소녀가 놀러와서 즐거운 시간을 보내려고 합니다. 만약 날씨가 좋다면 다 같이 롱메도우로 보트를 저어 가서 그곳에 천막을 치고 점심을 먹은 뒤 크로케(^{잔디 위에서 하는}_{구기의 일종})를 하고 집시처럼 불을 피우고 여러 가지 놀이를 하면서 엉망진창으로 놀고 싶습니다. 그들은 좋은 친구들이며 그런 놀이들을 좋아합니다. 브루크 선생님이 같이 가서 남자애들을 감독하고 케이트 본 양이 여자아이들을 위해 예의범절을 보일 것입니다. 저는 자매 여러분 모두가 와 주시길 바랍니다. 무슨 일이 있어도 베스도 꼭 왔으면 합니다. 아무도 그녀를 난처하게 하지 않을 겁니다. 그리고 음식에 대해서도 걱정하지 마십시오. 내가 다 준비해 놓을 테니까요. 다른 것도 모두……. 그저 와 주시기만 하면 됩니다. 믿을 만한 친구가 있습니다!

바빠서 울 지경인
당신의 벗 로리

"멋진데!" 조는 이렇게 외치면서 이 소식을 메그에게 알리려고 뛰어갔다.

"엄마, 우리 모두 가도 괜찮겠죠? 로리에게 도움도 될 거예요. 나는 노를 저을 수 있고, 메그 언니는 점심준비를 거들 수 있고, 베스나 에이미도 무엇이든 도울 수 있으니까요."

"나는 본 형제들이 훌륭하게 성장한 사람들이 아니길 바라는데, 조, 너 그들에 대해 알고 있는 게 있니?" 메그가 물었다.

"네 명인데, 케이트는 언니보다 나이가 많을 거야. 프레드와 프랭크는 쌍둥이인데 내 또래 정도 되는 것 같고, 그레이스라는 작은 여자애는 아홉 살인가 열 살쯤 돼. 로리는 그 애들을 외국에서 알고서 남자애들과는 친하게 지냈나 봐. 케이트에 대해 말할 때는 입을 오므리는 것으로 봐서 로리는 케이트를 별로 좋아하지는 않는 것 같아."

"내 프랑스제 나염 무늬 옷이 깨끗해서 다행이야. 지금 한창 유행하고 있는데 점점 더 유행할 거야!" 메그는 흐뭇한 표정으로 말했다. "조, 입고 갈 만한 옷 있니?"

"주홍색과 회색이 섞인, 노 젓기 편한 옷이 있어. 난 그것으로 충분해. 나는 노를 젓거나 돌아다닐 테니까 풀 먹인 옷은 필요 없어. 베스, 너도 갈 거지?"

"언니가 낯선 사내아이들이 아무도 내게 말을 건네지 못하게 해준다면……."

"걱정 말아. 아무도 못하게 할 거야."

"나는 로리를 기쁘게 하고 싶어. 브루크 씨도 친절하니까 무섭지 않고. 그렇지만 같이 놀거나 노래를 부르거나 얘기를 하기는 싫어. 열심히 일만 하고 누구에게도 신경 쓰지 않겠어. 조 언니가 나를 돌봐 줄 테니 갈래."

"베스, 잘 생각했어. 너, 수줍음을 이겨내 보려는 거지. 그 점이 마음에 들어. 나도 알지만 나쁜 점을 고친다는 것은 쉬운 일이 아니야. 한 마디의 긍정적인 말이 용기를 줘. 엄마, 감사합니다."

조는 엄마의 야윈 뺨에 감사의 키스를 했다. 그것은 마치 부인에게 젊은 날의 포동포동한 장밋빛 뺨으로 되돌아가는 것보다도 훨씬 기쁜 일이었다.

"나는 초콜릿 쿠키 한 상자와 그리고 싶었던 그림을 받았어." 에이미는 그녀의 소포물을 꺼내 보였다.

"나는 로렌스 할아버지로부터 쪽지를 받았어. 오늘 저녁 등불을 밝히기 전에 와서 피아노를 쳐 달라고 하셨어. 그래서 갈 거야." 로렌스 할아버지와 우정을 쌓고 있는 베스가 말했다.

"자, 모두 분발해서 움직이는 거야. 내일 마음껏 놀 수 있도록 오늘은 이틀치 일을 해놓도록 하자." 조는 펜을 놓고 빗자루를 잡으며 일어섰다.

다음 날 새벽, 해가 쾌청한 날씨를 약속하는 듯 소녀들의 방을 비추었다. 방의 풍경들은 정말 재미있었다. 모두 제각기 오늘의 즐거운 야유회를 위해서 준비를 갖추고 있었다. 메그는 앞머리를 한 줄 더 감아 올려 이마에 늘어뜨렸고, 조는 햇볕에 타서 따가운 얼굴에 콜드크림을 듬뿍 발랐다. 베스는 소풍 때문에 혼자 있게 될 인형 조안나에게 속죄하기 위해 인형을 침대에 눕혀두었다. 에이미는 못마땅한 자신의 코를 높이겠다고 코끝을 빨래집게로 집고 있었다. 그 집게는 화가가 화판에 종이를 고정시킬 때 사용하는 것이었다. 이럴 때 쓰기에 적절해 보였고 충분히 효과를 낼 수 있을 것 같았다. 태양도 이 우스꽝스러운 광경이 재미있었던지 방 안으로 밝은 빛을 내뿜었다. 그 바람에 조가 깨어나 에이미 코의 액세서리를 보고 웃어대 다른 자매들도 모두 일어나고 말았다.

태양 빛과 웃음소리는 즐거운 야유회를 위한 좋은 징조였다. 곧이어 양쪽 집안이 법석대기 시작했다. 가장 먼저 준비를 끝낸 베스가 창문에 앉아 옆집 상황을 지켜보며 계속 보고했다. 통신원 베스 덕에 몸단장을 하고 있던 자매들은 더욱 활기를 띠게 되었다.

"어머, 텐트를 가지고 가네! 바커 아주머니가 소풍 바구니와 큰 광주리에 점심을 넣고 계셔. 로렌스 할아버지가 하늘과 풍향계를 번갈아 보고 계셔. 할아버지도 같이 가셨으면 좋겠는데. 어, 로리 좀 봐. 마치 해군 같은 모습이야. 멋있는데! 오, 저런! 마차가 사람을 가득 싣고 왔네. 키가 큰 여자애와 작은 여자애, 그리고 무섭게 보이는 사내애 둘, 하나는 다리를 절어, 가엾게도 목발을 짚고 있어. 로리가 그 말은 안 했는데…… 언니들 빨리 해! 그러다 늦겠어. 저기 네드 모펏이 있어. 정말이야, 메그 언니, 봐. 언젠가 우리 쇼핑 나갔을 때 저 사람이 언니에게 인사했잖아."

"맞아! 그 사람이 오다니 이상한데. 산에 가 있을 거라고 생각했는데. 샐리도 있네. 제때 돌아와서 다행이야. 조, 나 괜찮니?" 메그는 좋은 대답을 기대하듯 말했다.

"아주 멋있어, 나무랄 데 없어. 드레스를 조금 들고 모자는 똑바로 써. 그렇게 기울여 쓰면 감상적으로 보이고 바람이 한 번만 불면 금방 날아가 버릴 거야. 자, 이제 빨리 와."

"어머, 조. 너 그 괴상한 모자를 쓰고 갈 참이야? 너무 우습다! 괴상한 모습으로 보이는 건 좋지 않아." 로리가 장난으로 보내온 테가 넓은 구식 모자에 빨간 리본을 맨 조를 보고 메그는 불만을 토로했다.

"난 괜찮아. 쓰고 갈래. 아주 좋은걸. 햇볕도 가려 주고 가볍고 커. 게다가 재미있잖아. 나는 나만 좋으면 남의 시선은 개의치 않아." 조가 앞장을 섰고 다른 소녀들도 곧 뒤따라갔다. 네 자매의 행복한 얼굴이 제각각인 모자 챙과 시원한 여름옷과 함께 밝게 빛났다.

로리가 뛰어나와 정중한 태도로 친구들에게 네 자매를 소개했다. 앞마당이 응접실로 바뀌어 잠시 동안 떠들썩했다. 메그는 케이트 양이 스무 살이나 되었는데도 매우 간소한 복장을 하고 있는 데에 호감이 갔다. 미국 소녀들이 본받았으면 좋겠다는 생각이 들 정도였다. 네드 모펏이 메그를 만나고 싶어 특별히 왔다는 생각이 메그를 기쁘게 했다.

조는 로리가 케이트에 대해 말할 때 왜 입을 오므리는지 그 이유를 알 수 있었다. 그 젊은 숙녀는 마치 '곁에 오는 건 싫어. 건드리지 말아 줘' 하는 듯한 분위기로, 다른 꾸밈 없는 소녀들과는 정반대의 모습을 하고 있었기 때문이다.

베스는 처음 보는 남자애들을 바라보았다. 절름발이 애는 무서워 보이기는커녕 점잖고 빈약해 보여 그 애에게 상냥하게 대해 주어야겠다고 생각했다. 에이미는 그레이스가 예절바르고 명랑한 아이 같았다. 두 사람은 서로 말 없이 마주보다 금세 친해졌다.

천막과 점심, 그리고 크로케 도구는 이미 보냈기 때문에 일행은 두 보트에 나눠 타고 노를 저어 나갔다. 로렌스 노인은 기슭에서 모자를 흔들며 배웅했다.

로리와 조가 함께 한 척의 보트를 젓고, 다른 한 척은 브루크 씨와 네드가 저었다. 쌍둥이 중 까부는 쪽인 프레드 본은 마치 쩔쩔매는 소금장수 물벌레처럼 보트를 빙빙 돌리며 뒤집어엎으려고 한창 기세를 올리고 있었다. 조의 우스꽝스런 모자는 확실히 모두의 찬사를 받기에 충분했다. 조의 모자는 누구에게나 인정받았다. 무엇보다도 먼저 모두를 크게 웃기는 바람에 딱딱하고 어색한 분위기를 단번에 바꾸어 놓았다. 거기다가 조가 노를 저을 때마다 챙 넓은 그 독특한 모자가 펄렁펄렁 흔들려, 시원한 바람을 보내 주었다. 만약 소나기라도 온다면 우산 대용으로도 충분할 거라고 한 조의 말은 모두를 웃겼다.

케이트가 이상하면서도 영리하다고 생각하고 멀리서 미소를 지었다.

다른 보트에 탄 메그는 매우 유쾌한 기분으로 노젓는 사람들과 얼굴을 서로 마주보았다. 두 뱃사공은 경치를 보고 찬사를 거듭하면서 기막힌 '기술과 재주'로 노를 날갯짓하듯 저었다. 브루크 씨는 멋진 다갈색 눈과 유쾌한 목소리에 의젓하고 말수가 적은 젊은이였다. 메그는 브루크 씨의 조용한 태도가 좋았고 유용한 것을 많이 알고 있는 걸어다니는 백과사전이라고 생각했다. 브루크 씨는 메그에게 별로 말을 걸지는 않았지만 자주 그녀를 바라보았다. 메그는 브루크 씨가 자기를 싫어하지 않는다는 것을 알고 있었다.

네드는 대학에 막 들어간 탓인지 대학 신입생이 흔히 그러듯 무언가 점잔빼는 태도를 학생의 본분으로 여겼다. 네드는 별로 영리하지는 않았지만 마음씨가 착했기 때문에 야유회 모임에는 매우 적합한 청년이었다. 샐리 가드

너는 새하얀 피케(^{골무명}_{의무명}) 드레스를 더럽히지 않으려고 온통 신경을 쓰면서 평범한 프레드와 잡담을 하고 있었다. 프레드의 장난으로 베스에게 끊임없이 자근거렸다.

롱메도우까지는 그리 멀지 않았다. 그곳에 도착했을 때에는 벌써 천막이 쳐져 있고 크로케 게임 준비가 다 되어 있었다. 푸른 들에는 가지가 크게 뻗은 떡갈나무 세 그루가 한가운데 서 있고 크로케를 하기에 적당한 매끈한 잔디가 깔려 있어 더할 나위 없이 좋은 곳이었다.

"로렌스 캠프에 오신 것을 환영합니다!" 모두가 환성을 지르며 기슭에 오르자 젊은 주인인 로리가 유쾌하게 외쳤다.

"브루크 씨는 사령관, 저는 보급대장, 나머지 남자들은 참모로서, 숙녀 여러분을 손님으로 모시겠으며 천막은 여러분을 위해 특별히 쳐 놓았습니다. 저쪽 떡갈나무 있는 곳은 응접실, 이쪽은 식당, 또 하나는 취사장입니다. 자, 더워지기 전에 한 게임하고 점심을 먹도록 합시다."

프랭크, 베스, 에이미, 그레이스 넷은 나머지 여덟 명이 하는 게임을 구경하며 앉아 있었다. 브루크는 메그와 케이트와 프레드를 자기편으로 하고 로리는 샐리와 조, 네드와 같은 편이 되었다. 영국 아이들도 제법 잘했지만 미국 아이들 쪽이 훨씬 우세해, 마치 1776년 독립전쟁 당시의 기개가 되살아난 듯, 한 치도 양보하지 않고 경쟁했다. 조와 프레드는 몇 번이나 사소한 충돌을 거듭했고 하마터면 심한 언쟁을 벌일 뻔하기도 했다. 조는 3개의 기둥 문에서 마지막 문까지 통과하고도 타격을 놓쳐 몹시 속상해했다. 조의 바로 뒤에 있던 프레드는 조보다 먼저 공을 쳤다. 공이 기둥 문에 맞고 1인치 정도 비껴 멎었다. 공을 보려고 달려간 프레드는 주위에 아무도 없자 발끝으로 공을 살그머니 밀어 공이 약간 오른쪽에 놓이게 했다.

"난 통과했어! 이제 난 조를 젖히고 일등이 되는 거야." 프레드는 이렇게 외치면서 다시 한 번 공을 치려고 타구 봉을 쳐들었다.

"넌 그걸 밀었어. 난 보고 있었어. 이번에 내 차례야." 조가 격한 어조로 말했다.

"그런 일 없어. 난 그걸 움직이지 않았다고. 아마 공이 혼자 굴렀는지 모르지만 그건 괜찮아. 비켜 주시지. 저 말뚝에 맞힐 테니까."

"미국에서는 속임수를 안 써요. 그렇지만 그쪽에서 하고 싶으면 마음대로

해요!" 조는 화가 난 어조로 말했다.

"가장 교활한 건 양키야. 그건 모두가 알고 있는 사실이야. 자, 알아들었어?" 프레드는 크로케 공을 힘껏 치고서 돌아섰다.

조는 무언가 거친 말을 해주려고 입을 열었지만 얼굴이 빨개진 채 가까스로 자신의 분노를 억제했다. 그러고는 크로케 기둥 문을 힘껏 치고 잠시 서 있었다. 한편 프레드는 말뚝을 맞히고는 의기양양해서 자신의 승리를 선언했다. 조는 날아간 공을 한참 만에 풀밭 속에서 겨우 찾아냈다. 조는 공을 찾아 되돌아왔을 때쯤에는 다시 침착해져서 조용히 자기 차례를 기다렸다. 조가 점수를 얻으려면 몇 번을 더 쳐야만 했고 잃은 점수를 다시 땄을 땐 이미 상대편이 이기고 있었다. 케이트의 공이 마지막에서 두 번째 순서로 말뚝 옆에 있었다.

"조지 때문에 모두 분발했어요! 케이트 누나, 단념해요. 조는 내게 한 번 당했으니까, 누나도 당할 거예요." 흥분한 프레드가 큰 소리로 외치자 게임의 끝을 보려고 모두 가까이 모여들었다.

"양키는 적에게는 관대하게 행동하는 교묘한 버릇이 있어요." 조의 말에 소년의 얼굴이 붉어지는 듯했다. 그리고 나서 조는, "특히 상대방을 쓰러뜨릴 땐 말이지." 한 마디 더 덧붙이더니 케이트의 공은 건드리지도 않고 재치 있게 게임을 승리로 이끌었다.

로리는 기쁨에 겨워 모자를 하늘 높이 던지고 만세를 부르려다 그만두었다. 손님이 진 것을 기뻐해서는 안 된다고 생각했기 때문이다. 그러나 조에게 살짝 속삭였다.

"훌륭했어, 조. 프레드의 속임수는 나도 봤어. 그렇지만 그랬다고 말할 수는 없어. 프레드도 다시는 속임수를 쓰지 않을 거야. 내 말을 믿어."

메그는 조를 가까이 불러서 흐트러진 그녀의 머리를 매만져 주는 척하면서 칭찬해 주었다. "아까의 일은 정말 화를 돋웠지? 그런데도 넌 잘 참아냈어. 정말 기쁘다, 조."

"칭찬하지 마. 지금이라도 저 애의 귀싸대기를 한 대 때려주고 싶으니까. 아까 풀밭에서 공을 찾으면서 속이 부글부글 끓는 것을 겨우 참고 아무 말 않기로 했어! 그렇게 안했다면 난 폭발해 버렸을지도 몰라. 지금도 분이 풀리지 않았단 말이야. 저 애는 되도록 내 곁에 오지 않는 게 좋을 거야."

조는 큰 모자 챙 아래서 프레드를 노려보며 말했다. 조는 입술을 꼭 깨물고 있었다.

"점심시간입니다." 브루크 씨가 시계를 들여다보고 말했다. "보급대장, 자네는 불을 피우고 물을 길어 오도록 해. 그동안 마치 양과 샐리 양, 그리고 나와 셋은 식탁을 준비할 테니 누구 커피 잘 끓이는 사람 없나요?"

"조가 잘해요."

메그는 동생을 추천하게 되어 기뻤다. 조는 때마침 익히고 있는 요리 솜씨를 보일 좋은 기회라고 생각하고 커피 끓일 준비를 시작했다. 그러는 동안 작은 애들은 마른 나뭇가지들을 모아 오고, 큰 남자애들은 불을 피우고 가까운 우물에서 물을 길어 왔다. 케이트 양은 스케치를 하고 있었고 프랭크는 베스에게 말을 걸고 있었다. 베스는 그때 접시 대신 쓰려고 골풀을 엮어서 작은 받침대를 만들고 있었다.

사령관과 참모들은 금세 탁자보를 깔고 그 위에 음식들을 먹음직스럽게 차린 다음 푸른 잎으로 예쁘게 장식까지 했다. 커피가 다 준비되었다고 조가 알리자 모두 모여 앉아 마음껏 먹기 시작했다. 젊은이들의 왕성한 식욕도 식욕이었지만 운동을 한 뒤라 모두들 허겁지겁 먹어댔다. 참으로 즐거운 식사였다. 모든 것이 신기하고 재미있어서 몇 번이나 '와아' 크게 웃어대는 통에, 근처에서 풀을 뜯고 있던 말이 깜짝 놀라곤 했다. 탁자가 울퉁불퉁하여 접시가 자꾸 기울어졌는데 그것 또한 또 다른 즐거움이었다. 도토리가 우유 컵으로 떨어지고, 작고 까만 개미가 초대받지도 않았는데 같이 식사를 하고, 털이 보송보송 돋아난 애벌레 송충이는 도대체 무슨 일이 벌어지고 있나 궁금해서인지 나무에서 떨어졌다. 머리가 하얀 세 아이가 울타리 저쪽에서 이쪽을 엿보고 있었으며, 볼썽사나운 개가 강 저쪽에서 기를 쓰고 짖어대고 있었다.

"여기 소금도 있어." 로리는 딸기 접시를 조에게 건네면서 말했다.

"고맙지만 나 거미 쪽이 좋아." 조는 크림 속에 빠져 죽은 두 마리의 멍청한 거미를 집어 올렸다. "이렇게 모두 즐겁게 식사를 하고 있는데 어째서 그 끔찍한 '저녁 식사'를 상기시키는 거지?" 조의 재기발랄함에 로리는 웃음을 터뜨렸다. 둘은 접시가 모자라는 탓에 같은 접시에 담긴 딸기를 사이좋게 나눠 먹었다.

"그날은 유별나게 재미있어서 아직도 기억이 지워지질 않아. 오늘 식사는 내 공로가 아냐. 난 아무것도 안 했으니까. 너와 메그, 그리고 브루크 씨가 해낸 거야. 나만 네게 감사하는 게 아니지. 식사 후에는 무엇을 하며 놀아야 하지?" 점심 식사 이후에는 준비한 계획이 없는 로리가 물었다.

"서늘해질 때까지 경기를 해. 난 작가(作家) 카드게임(한 장의 카드가 한 작가의 한 권 책을 나타내는 72매로 된 트럼프 카드의 일종)을 가지고 왔어. 케이트라면 무언가 신기하고 재미있는 놀이를 알고 있을 거야. 가서 물어 봐. 케이트는 손님이니까 좀 더 신경을 써야지."

"넌 손님이 아니니? 케이트는 브루크 선생님에게 좋은 말상대가 되리라 생각했어. 그런데 브루크 씨는 메그하고만 얘기하고 있으니 케이트가 그 기묘한 안경 너머로 빤히 쳐다보고 있는 거야. 그럼 난 가 보겠어. 그리고 예의범절에 관한 설교 따위는 네게 어울리지 않아. 너도 못하잖아. 그런 건 그만둬, 조."

케이트 양은 역시 새로운 놀이들을 알고 있었다. 여자애들은 더 이상 먹지 않았고 남자들은 더 먹으려고 했어도 먹을 수 없었기 때문에 모두 떡갈나무 '응접실'에 모여 '아무 얘기나 뜻 없이 마구 하는 놀이'를 시작했다.

"먼저 한 사람이 얘기를 시작해요. 무엇이든 멋대로 이야기를 만들어도 괜찮아요. 길이도 상관없어요. 그러다가 어딘가 재미있는 듯한 대목에서 말을 끊어요. 그러면 다음 사람이 계속해서 솜씨 있게 이야기를 꾸며 가다가 또 끊고, 이런 식으로 계속 얘기를 이어가면 아주 재미있을 거예요. 희비극이 뒤죽박죽 뒤섞인 이야기를 생각해내서 웃는 거죠. 자, 그럼 브루크 씨가 먼저 시작해 주세요."

케이트가 명령하는 투로 말했기 때문에, 이 가정교사를 훌륭한 신사로서 존경하고 있던 메그는 그만 놀라고 말았다.

두 아가씨의 발치 언저리 잔디에 누워 있던 브루크 씨는 멋진 다갈색 눈을 햇빛 찬란한 강 위에 고정시킨 채, 시키는 대로 이야기를 시작했다.

"옛날 옛날에 어느 한 기사가 행운을 찾으러 세상 밖으로 나가게 되었습니다. 이 기사는 칼과 방패 외에는 가진 것이 없었는데 28년간이나 떠돌이 생활로 이곳저곳을 여행하면서 몹시 어려운 일을 당하기도 했습니다. 그때 마침 어떤 늙은 왕이 몹시 사랑하는 훌륭한 말을 가지고 있었습니다. 그런데 그 말은 잘 길들여지지 않았습니다. 그래서 말을 잘 길들이는 사람에게 상을 주겠노라고 약속을 했습니다. 그러자 기사는 자기가 한번 시도해 보리라 생각하고 느긋하게 차근차근 말을 길들이기 시작했습니다.

그 말은 변덕쟁인데다 성미가 거칠었습니다. 오래지 않아 말은 새 주인을 따르게 되었습니다. 왕의 애마를 훈련시키기 위해 기사는 매일 그 말을 타고 거리를 지나다녔습니다. 그럴 때마다 기사는 꿈속에서는 수없이 보아 왔으나 아직 직접 본 적이 없는 어떤 아름다운 얼굴을 찾느라 여기저기 두리번거렸습니다. 그러던 어느 날 조용한 거리를 의기양양하게 지나가는데, 어느 허물어져 가는 성에서 마침 사랑스런 얼굴 하나가 창밖을 내다보고 있었습니다. 기사는 몹시 기뻐하면서 이 낡은 성에 살고 있는 사람이 누구인지를 물어 봤습니다. 알고 보니 마법에 걸린 여러 명의 공주들이 갇힌 신세가 되어 자유의 몸이 되기 위해 돈을 마련하느라 하루 종일 실을 잣고 있다는 것이었습니다. 기사는 공주님을 자유로운 몸이 되게 해주고 싶었습니다. 그러나 그는 가난했기 때문에 도울 방법이 없었습니다. 그저 매일같이 그곳을 지나다니면서 '저 여인의 얼굴을 태양 아래서 자유롭게 보고 싶다'고 바랄 뿐이었습니다. 마침내 기사는 성으로 들어가 도대체 어떻게 하면 공주들을 구할 수 있을지 물어보기로 결심했습니다. 기사는 그곳으로 가서 성문을 노크했습니다. 큰 문이 쓱 열리더니 기사 앞에 나타난 사람은 보기 드물게 매혹적이고 아름다운 아가씨였습니다. 그녀는 미칠 듯이 기뻐하며 '아! 마침내, 마침내 왔군요' 하고 외쳤습니다."

평소 프랑스 소설을 많이 읽어 그런 이야기를 좋아하던 케이트가 뒤이어 말했다.

"'오, 틀림없이 그 여인이구나!' 쿠스타프 백작은 기쁨의 절정에서 자기도 모르게 그녀의 발 아래 무릎을 꿇었습니다. '어서 일어나세요!' 공주가 말하며 대리석같이 하얀 손을 내밀었습니다. 어떻게 '도울 수 있는지 내게 알려주십시오' 기사는 무릎을 꿇은 채 일어나지 않았습니다. '아, 슬프게도 나는 무정한 운명 때문에 이 성채의 폭군이 망할 때까지 여기 이렇게 있어야 한답니다.' '그 악마는 어디 있습니까?' '저 안의 연보랏빛 방에 있습니다. 용감한 분이시여! 가서 나를 이 지옥에서 구해주세요.' '분부대로 하겠습니다. 이겨서 돌아오든가 목숨을 잃든가!' 이런 비장한 말을 남기고 기사는 연보랏빛 방으로 향했습니다. 방문을 확 열고 들어서려는 찰나…… 기사에게 큰 그리스어 사전이 휙 날아들었습니다. 까만 가운을 입은 노인이 기사의 목숨을 노리고 던진 것이었습니다."

이번에는 네드가 이야기를 이었다.

"그러나 아무개 기사는 곧 정신을 차리고 폭군을 창밖으로 집어던지고는 의기양양하게, 그러나 이마에 혹이 생긴 채로 뒤돌아보았습니다. 그런데 문이 잠겨 있었기 때문에, 커튼을 찢어 밧줄을 만들어 늘어뜨리고 중간까지 내려왔습니다. 그런데 별안간 그만 그 줄이 뚝 끊어져 20m 아래에 있는 도랑 속으로 거꾸로 떨어져 처박혔습니다. 기사는 오리처럼 헤엄을 잘 쳤으므로, 성 주위를 돌아 힘센 두 사내가 지키고 있는 작은 문까지 왔습니다. 두 사내의 머리를 막대기로 마구 내려치니 두 개의 호두처럼 깨져 버렸습니다. 그런 다음 굉장한 힘을 내어 문을 부숴 버리고 들어가 돌계단으로 올라갔습니다. 그곳은 먼지가 30cm나 쌓여 있고 주먹만 한 두꺼비가 있는가 하면, 미스 마치가 깜짝 놀라 비명을 지를 만큼 커다란 거미도 있었습니다. 그 계단 꼭대기에 다다랐을 때 기사는 숨이 멎고 피가 얼어버릴 것 같은 무서운 광경에 부딪쳤습니다."

"흰 옷을 입고 얼굴에는 베일을 쓰고 야윈 손에는 등잔을 든 키 큰 사람이 서 있었습니다."

베스가 말을 이었다.

"그 사람은 기사를 손짓해서 오라고 하더니 묘지처럼 어둡고 음침한 복도를 앞장서서 소리 없이 나아갔습니다. 양쪽에는 갑옷과 투구로 무장한 괴물들이 그림자처럼 늘어서 있었으며, 주위는 죽음 같은 고요가 깃들었고, 등불은 시퍼렇게 타고 있었습니다. 그 유령과도 같은 모습은 가끔 뒤를 돌아다보고는 그 흰 베일 밑에서 무서운 두 눈을 번쩍번쩍 빛내고 있었지요. 두 사람은 커튼이 쳐진 입구까지 왔습니다. 그때 커튼 뒤에서는 아름다운 음악이 들려왔습니다. 기사가 그곳으로 뛰어들어가려는 순간 유령이 기사를 탁 잡아 끌어당기며 벼락같이 그 앞에서 내저은 것은……."

"코담뱃갑."

조가 몹시 격식을 차린 어조로 말을 이었기 때문에 모두 와 하고 웃음을 터뜨렸다.

"'이거 참, 고맙습니다!' 기사는 공손하게 말하고 손가락에 파우더를 조금

문혀 코에 대더니 맹렬하게 재채기를 일곱 번이나 계속 했습니다. 그 바람에 결국 기사의 목이 뎅강 떨어졌습니다. 유령은 '하하하' 웃더니 열쇠 구멍을 통해 공주들이 열심히 실을 잣고 있는 것을 보고 나서, 이 못된 괴물은 목이 떨어져 나간 기사의 시체를 큰 양철 상자에 넣었습니다. 그 상자 속에는 목이 없는 기사 11명의 시체가 정어리처럼 가득 채워져 있었습니다. 그런데 이 시체들이 갑자기 모두 일어나서……."

"껑충껑충 혼파이프 춤^(선원들이 흔히 추는 힘찬 춤)을 추기 시작했습니다."

조가 잠시 숨을 돌리는 틈에 프레드가 말을 가로챘다.

"모두들 춤을 추고 있는 동안, 이 허물어져 가는 성은 돛을 가득 단 군함으로 변했습니다. '삼각돛을 올려. 위쪽 돛은 줄을 쥐어. 아래쪽도 힘껏. 대포 제자리에!' 함장이 소리쳤습니다. 왜냐하면 포르투갈의 해적선이 앞 돛대에 잉크처럼 까만 깃발을 나부끼며 나타났기 때문입니다. '자, 전진! 쳐부숴라!' 함장이 명령하자 치열한 싸움이 벌어졌습니다. 물론 영국군이 이겼습니다. 영국군은 항상 승리합니다."

"거짓말, 그래서는 안 되는 거야."

조는 옆을 보며 큰 소리로 말했다.

"해적 두목을 붙잡고 물결에 넘실거리는 해적의 스쿠너 선^(船 : 네 개의 돛을 가진 서양 돛 배)을 가까이 보니 갑판은 시체의 산더미였고 갑판 배수구에서는 피가 강처럼 흐르고 있었지요. '단검을 빼들고 끝까지 싸워라!'라는 명령이 내려졌습니다. '갑판장, 이놈이 순히히 자백하지 않으면 뱃머리 삼각돛의 밧줄로 이놈을 좀 놀래 줘라.' 영국 함장이 지시했습니다. 그 포르투갈 해적은 입에 벽돌이라도 물은 양 아무 말 없이, 즐겁게 떠들어대는 선원들 속에서 갑판 위를 걷고 있었습니다. 그런데 이 교활한 개는 물속으로 빠졌나 했더니 이윽고 잠수함 밑으로 올라와서 배를 침몰시켰습니다. 배는 돛을 올린 채 바닷속으로 가라앉기 시작했습니다. 바다, 바다, 바다 밑바닥으로. 그곳에는……."

"어머, 세상에! 어떻게 이어야 할지 모르겠어!"

프레드가, 읽은 책에서 빌려온 해상 용어와 이야기를 마구 뒤섞는 바람에 이야기가 중도에서 끊어지면서 샐리는 난처해졌다.

"음, 배는 바다 밑으로 가라앉았고, 그때 아름다운 인어가 나와 모두를 맞았습니다. 인어는 목이 없는 기사들이 누워 있는 상자를 보고는 매우 슬퍼하며 그것들을 소금에 절여 비밀을 캐내려고 했습니다. 인어는 여자이기 때문에 호기심이 강했습니다. 그 사이 한 잠수부가 내려왔는데, 인어는 '가지고 싶다면 진주가 들어 있는 이 상자를 드리겠어요' 말했습니다. 인어는 이 불쌍한 사람들을 되살리고 싶었지만 너무 무거워서 혼자서는 들어올릴 수 없었습니다. 잠수부가 그것을 끌어올려 열어보니 진주가 아닌 터무니없는 것이 들어 있었습니다. 그는 몹시 실망해서 넓고 조용한 들판에 그것을 버렸습니다. 그것을 발견한 사람은……."

"작은 거위지기 소녀였어요. 그 소녀는 들판에서 살찐 거위를 백 마리나 기르고 있었지요."

샐리의 이야기가 끊어지자 에이미가 말을 잇기 시작했다.

"그 소녀는 기사들을 가엾게 여기고 어떻게 하면 모두를 살려낼 수 있을지 한 노파에게 물어 보았어요. 그랬더니 '너의 거위들에게 물어보렴. 그들은 무엇이든 알고 있으니까' 할머니가 말했어요. 그래서 소녀는 거위들에게 물었어요. 머리가 없는 기사들에게 새 머리로 무엇을 붙이면 좋겠냐고요. 그때 백 마리의 거위가 일제히 '꺼억꺼억' 하면서 말하기를……."

"양배추가 좋아."

로리가 재빨리 뒤를 이었다.

"'소녀는 바로 그거다' 말하고 밭으로 달려가서 열두 개의 양배추를 안고 왔습니다. 그것을 가져와 붙이니 기사들이 금방 되살아나서 소녀에게 매우 고맙다고 인사하고는 걸어가 버렸습니다. 모두들 자기들의 머리가 전과 다르다는 것은 전혀 눈치채지 못했습니다. 세상에는 비슷한 얼굴을 가진 인간이 아주 많이 있기 때문입니다. 문제의 그 기사도 성으로 돌아가 그 아름다운 얼굴을 찾았습니다. 공주들은 실을 자아 모두 자유의 몸이 되어 한 사람만 빼고는 모두 결혼해 버린 뒤였습니다.

기사는 그 소식을 듣고 별안간 가슴이 마구 울렁거리기 시작했습니다. 그래서 눈이 오나 비가 오나 한 번도 자기 곁을 떠나지 않았던 그 말을 타고, 남은 공주가 누군지 궁금해 서둘러 성으로 달려갔습니다. 성 울타리 너머로 들여다보니 꿈에도 잊을 수 없는 아름다운 여인이 정원에 나와 꽃을 따고 있는 것이 아니겠습니까? '장미 한 송이를 제게 주시지 않겠습니까?' 기사가 말했더니 '들어오셔서 직접 따세요. 내가 당신 있는 곳으로 갈 수는 없답니다. 그건 옳지 않으니까요!' 꿀처럼 달콤한 목소리로 공주가 대답했습니다. 그래서 기사는 성 울타리를 기어오르려고 했지만 울타리가 점점 높아지는 것처럼 보였습니다. 그래서 이번에는 그것을 헤치고 들어가려 하자 울타리가 점점 두꺼워져서 기사는 그만 실망을 하고 말았습니다. 그래도 끈기 있게 나뭇가지를 한 가지 한 가지 꺾어서 마침내 작은 구멍을 만들었습니다. 그 구멍으로 안을 들여다보며 '저를 들어가게 해 주세요. 저를 들어가게 해 주십시오' 애원했습니다. 그러나 어여쁜 공주는 이해하지 못하는 것 같았습니다. 그저 조용히 장미꽃을 따고 있을 뿐, 기사가 안으로 들어가려고 갖은 애를 써도 그대로 내버려두는 것이었습니다. 기사가 안으로 들어갔는지 못 들어갔는지는 프랭크가 말해주지."

프랭크는 곤경을 겪고 있는 이 우스꽝스러운 한 쌍을 구해낼 방법이 무엇인지 몰라 거절을 했다.

"싫어. 난 장난은 싫거든, 안 하겠어."

그때 베스는 조 뒤에 숨어 있었고, 그레이스는 잠들어 있었다.

"그럼 가엾은 기사는 그대로 울타리에 매달린 채로 둘까?"

브루크 씨가 여전히 강을 응시한 채, 양복 단춧구멍에 꽂은 들장미를 만지작거리며 말했다.

"내 짐작에는 오래지 않아 공주님이 기사에게 문을 열어 주고 꽃다발을 줄 것 같네." 이렇게 말하며 로리는 도토리를 브루크 선생을 향해 던지고 웃었다.

"참, 엉터리 이야기가 되어 버렸군요! 여러 번 연습해 봤다면 아주 현명한 이야기가 될 수도 있었을 텐데. 진실게임 알아요?"

"네, 진실이 무엇인지 알 것 같아요." 메그가 진지하게 대답했다.

"내 말은 게임 말이야."

"어떤 게임이죠?" 프레드가 물었다.

"음, 이제부터 여러분들 모두 손을 겹쳐 놓고 각기 어떤 수를 정해요. 그리고 차례대로 손을 빼는데, 어떤 수에 해당되어서 손을 빼는 사람은 다른 사람들이 물어 보는 질문에 정직하게 대답해야만 해요. 아주 재미있어요."

"우리 해 봐요." 새로운 것은 무엇이든 해 보고 싶어하는 조가 말했다.

케이트 양, 브루크 씨, 메그, 네드는 하기 싫다고 했고, 프레드와 샐리,

조, 로리는 손을 겹쳐놓고 해 보았다. 로리가 질문에 대답해야 할 처지가 되었다.

"좋아하는 위인은?" 조가 물었다.

"할아버지와 나폴레옹."

"여기 있는 숙녀들 중 누가 가장 예쁘다고 생각하지요?" 샐리가 물었다.

"메그."

"누구를 좋아하지요?" 프레드의 질문이었다.

"물론, 조."

당연하다는 듯한 로리의 어조에 모두들 '와아' 하고 웃었다. 조는 비웃듯 어깨를 으쓱하며 말했다.

"그렇게 바보 같은 질문을 하다니!"

"다시 한 번 해 보는 게 어때. 이 게임 나쁘지 않은데." 프레드가 말했다.

"프레드에게는 재미있는 게임일 거예요." 조가 낮은 목소리로 쏘아붙였다. 조의 차례가 되었다.

"당신의 가장 큰 결점이 뭐죠?" 프레드가 물었다. 프레드는 자기와 같은 결점이 조에게도 있는지 알고 싶었기 때문에 물은 것이었다.

"성미가 급한 것."

"가장 가지고 싶은 것이 있다면?" 로리가 물었다.

"부츠 끈." 가지고 싶어하는 물건을 로리가 선물하려 한다는 의중을 알아차리고 조가 대답했다.

"그건 진짜 대답이 아니군요. 정말 가지고 싶은 물건을 말해야 하는데."

"재능! 로리, 재능을 내게 주지 않겠어요?"

로리의 어처구니없어하는 얼굴을 보면서 조는 씩 웃었다.

"남자의 미덕으로 무엇을 가장 존경합니까?" 샐리가 물었다.

"용기와 정직."

"이번엔 내 차례입니다." 마침내 자기 차례가 되자 프레드가 말했다.

"그걸 물어 볼까?" 로리가 조에게 살짝 속삭이고 조가 머리를 끄덕이자 곧 이렇게 물었다.

"아까 크로케 할 때 속였지?"

"저어, 응, 조금 속였어."

"좋아! 아까 네가 한 얘기, 《바다의 사자》라는 책에서 따온 거지?"

"응…… 조금 속였어."

"영국인은 모든 점에서 완벽하다고 생각하나요?" 샐리가 물었다.

"그렇게 생각하지 않는다면 부끄러운 일이죠."

"프레드는 진정한 존 불(영국인을 말하는데, 특히 전형적인 영국인이라는 뜻으로 사용된다)인데. 이번에는 샐리 양, 손 빼기를 기다릴 필요 없이 당신 차례입니다. 처음으로 감정이 상할지도 몰라요. 하지만 샐리 양 자신은 좀 추파를 던지는 사람이라고 생각하지 않나요?" 로리가 말했다. 그리고 조는 프레드에게 화해의 표시로 고개를 끄덕거렸다.

"무례한 사람이군요. 물론 그렇지 않아요." 샐리는 아니라는 태도로 말했다.

"가장 싫어하는 것은?" 프레드가 물었다.

"거미와 쌀로 만든 푸딩."

"가장 좋아하는 것은?" 조가 물었다.

"댄스와 프랑스제 장갑."

"'진실'이란 게임 참 시시한데요. 기분 전환으로 좀 더 재미있는 '작가 트럼프' 게임을 해요." 조가 제의했다.

네드와 프랭크, 어린 여자애들이 게임에 참가했다. 한편, 좀 나이든 세 사람은 그동안 옆에 떨어져 서로 이야기를 나누고 있었다. 케이트가 스케치북을 다시 꺼내자 메그는 그걸 찬찬히 들여다보았다. 브루크 씨는 잔디 위에서 뒹굴며 책을 옆에 놓아두고도 읽지 않았다.

"당신이 그림 그리는 모습이 정말 아름다워요! 나도 그림을 그릴 수 있으면 좋겠어요." 메그는 감탄과 부러움이 섞인 어조로 말했다.

"당신도 배우지 그래요? 재능도 있고 취미도 갖고 있다고 생각하는데." 케이트가 다정하게 말했다.

"시간이 없어요."

"어머니가 다른 방면을 원하시나 보죠? 우리 어머니도 그랬어요. 그러나 혼자서 몰래 배우고 나서 어머니에게 재능이 있다고 보여 드렸어요. 결국 그림 공부를 계속할 수 있도록 허락을 받았지요. 가정교사한테 배울 수도 있잖아요?"

"가정교사가 없어요."

"잊고 있었군요. 미국의 아가씨들은 우리들과는 달리 학교에 많이 다니더군요. 그리고 학교가 매우 훌륭하다고 아버지가 말씀하셨어요. 메그, 사립학교에 다니시죠?"

"학교에 전혀 가지 않아요. 나 자신이 가정교사예요."

"오, 설마!" 케이트 양이 말했다. 그러나 그 말은 '오, 이런, 끔찍해' 하는 것 같았고 말투에 그런 뜻이 잘 나타나 있었다. 케이트의 기색은 메그의 얼굴이 붉어지게 했다. 케이트 양은 정직하게 말하지 않은 걸 후회까지 하게 되었다.

브루크 씨가 고개를 들어 빠른 말투로 말했다. "미국의 아가씨들은 선조들과 마찬가지로 독립을 사랑하고 있습니다. 그리고 스스로 하는 일을 높이 평가하고 존경하기도 하지요."

"네, 그건 그래요. 물론 그렇게 해야 하고 그건 당연한 거예요. 영국에서도 훌륭한 가문의 아가씨들 중에 그런 사람이 많이 있어요. 좋은 집안에서 태어난 아가씨들이라 품위도 있고 예절도 바르기 때문에 귀족계급에 고용되어서 일하기도 해요." 케이트 양은 자기가 마치 그 계급에 속해 있는 듯 말했기 때문에, 메그는 자존심이 상해서 자기가 하고 있는 일이 짜증스러웠고 심지어 부끄럽게까지 느껴졌다.

"그 독일 노래는 마음에 들었습니까, 마치 양?" 브루크 씨가 어색한 침묵을 깨고 말했다.

"매우 좋더군요. 저를 위해 일부러 번역해 주신 분에게 대단히 감사하고 있어요." 그렇게 말하는 동안 숙이고 있던 메그의 얼굴이 밝게 빛나고 있었다.

"메그, 독일어를 모르세요?" 케이트는 아주 의외라는 표정으로 말했다.

"잘 몰라요. 아버지가 가르쳐 주셨는데 요즘 집에 안 계셔서 혼자 해 보지만 어렵더군요. 발음을 고쳐 주는 사람이 없으니까."

"지금 여기서 조금만 해보세요. 이 책은 실러의 《메리 스튜어트》인데요. 기꺼이 가르쳐 주고 싶어하는 선생도 여기에 있습니다." 그렇게 말하고 나서 브루크 씨가 자기 책을 메그의 무릎에 올려놓으며 매력적으로 미소지었다.

"어려운 것 같아서 읽어 보기가 두려워요." 메그는 고맙게 생각하면서도 옆에 있는 교양 있는 젊은 숙녀 앞에서 부끄러워 그렇게 말했다.

"격려하는 뜻에서 좀 읽어 드리겠어요." 케이트 양이 가장 아름다운 1절을 읽었다. 그것은 완전했으나 무미건조하고 단조로운 낭독이었다.

브루크 씨는 아무런 말도 하지 않았다. 케이트에게서 책을 받더니 메그는 아주 순진하게 말했다.

"시(詩)인 줄 알았는데요."

"시도 조금은 있습니다. 이 구절을 읽어 보세요."

비극의 주인공 메리 스튜어트가 탄식하는 장면을 펴더니 브루크 씨의 입가에 이상한 웃음이 번져 갔다.

메그는 새 선생이 긴 풀잎으로 가리키는 대로 천천히 더듬거리며 읽어 내려가기 시작했다. 그 음악적인 목소리의 부드러운 억양은 딱딱한 독일어를 무의식중에 시처럼 만들어 갔다. 파란 풀잎이 점점 내려감에 따라 메그는 듣는 사람이 있다는 사실도 잊은 채 불행한 여왕의 이야기에 빠져들었다. 만약 그녀가 그 다갈색 눈을 보았더라면, 읽기를 바로 그만두었겠지만 그녀는 얼굴을 드는 일이 없었다. 그래서 공부도 중도에서 끝나는 일 없이 계속됐다.

"아주 좋았어요!"

브루크 선생은 메그가 읽기를 끝내자 메그의 실수들에 대해서는 언급하지 않고 '가르치는 기쁨'을 느꼈다는 듯한 태도로 말했다.

케이트는 안경을 쓰고, 자기 앞에 놓인 캔버스를 찬찬히 바라보고는 스케치북을 덮고 거만한 태도로 말했다.

"악센트는 좋았어요. 이제 곧 능숙해질 것 같아요. 공부를 하는 게 좋을 거예요. 독일어는 가정교사의 가치를 높여주니까요. 난 그레이스를 보러 가야겠어요. 너무 뛰어 놀며 까부니까요."

그러더니 케이트는 그곳을 떠나 혼자 걸으며 어깨를 으쓱하고 중얼거렸다.

"난 가정교사 역할을 하러 온 것은 아니야. 젊고 예쁘기는 하지만 여기 양키는 정말 이상한 사람들뿐이야. 이런 사람들 속에 있다가 로리마저 나쁘게 물들지나 않을까 걱정이군."

"영국인들은 여자 가정교사를 경멸하고 있군요. 우리들 생각과 다르다는 것을 몰랐어요." 메그는 케이트가 멀어져 가자 짜증스런 표정으로 말했다.

"남자 가정교사들도 몹시 힘들게 지냅니다. 나도 경험이 있으니까요. 우리들처럼 일하는 사람들에게는 미국만큼 좋은 곳은 없습니다, 마거릿 양."

브루크 씨가 매우 기뻐하고 만족해하는 모습이어서, 메그는 자기 불운을 한탄한 것이 부끄러워졌다.

"나도 미국에서 사는 것이 기뻐요. 난 내 일을 좋아하지는 않지만, 결국 일에서 아주 큰 만족을 얻으니까 불평은 않겠어요. 그저 브루크 씨처럼 나도 가르치는 일이 좋아졌으면 해요."

"로리 같은 학생이라면 당신도 가르치는 것을 좋아할 겁니다. 내년엔 그를 가르칠 수 없을 것 같아 유감입니다." 브루크 씨는 자꾸 잔디에 구멍을 내면서 말했다.

"로리가 대학에 들어가는 거죠?"

입은 그렇게 말하고 있었지만 메그의 눈은 '그럼 당신은 어떻게 되는 거예요' 묻고 있었다.

"네, 로리는 이제 대학에 들어가도 될 때입니다, 준비는 되어 있으니까. 로리가 대학에 들어가면 난 곧 군인이 돼요. 그것이 나의 의무이니까요."

"참 기뻐요!" 메그가 큰 소리로 말하고 슬픈 어조로 덧붙였다. "젊은 남자 분은 모두들 군대에 가고 싶겠죠? 집에 계신 어머니나 여자 형제에게는 아주 괴로운 일이겠지만."

"내게는 어머니도, 여동생도 누나도 없습니다. 내가 살든 죽든 관심을 갖는 친구도 없죠." 브루크 씨가 조금 비통한 표정으로 가슴의 시든 장미를 아까 파 놓은 구멍에 넣고 마치 묘처럼 그 위에 흙을 덮었다.

"로리와 할아버지가 틀림없이 걱정하실 거예요. 게다가 우리도 브루크 씨에게 만약 나쁜 일이 생긴다면 참으로 슬퍼할 거고요." 메그는 진심으로 말했다.

"고맙습니다. 그 말을 들으니 기쁩니다." 브루크 씨는 다시 원래의 밝은 얼굴이 되어 무언가 말하려 했다. 그러나 말을 탄 네드가 말 타는 솜씨를 숙녀들에게 보이려고 말발굽 소리를 요란하게 내며 달려왔기 때문에 그날은 더 이상 조용히 이야기할 기회가 없었다.

"말 타기를 좋아해요?" 그레이스가 에이미에게 물었다. 네드를 선두로 해서 모두들 들판을 달리고 난 후, 둘이서 쉬고 있을 때였다.

"아주 좋아해요. 아빠가 부자였을 때 메그 언니는 말만 탔어요. 그렇지만 지금은 말이 없어요. 엘렌 트리만 있어요." 에이미가 웃으며 덧붙였다.

"엘렌 트리가 뭐예요? 당나귀?" 그레이스가 궁금해하며 물었다.

"그건 말이에요…… 음, 조 언니도 나도 말을 아주 좋아하지만 말이 없어서 낡은 부인용 안장이 하나 있기에 그것을 마당 사과나무 밑가지에 얹어 놨어요. 그 가지는 알맞게 낮아서 안장을 얹을 수 있고 가지가 위쪽으로 구부러진 곳에는 조가 고삐를 달았어요. 그래서 우리들은 말을 타고 싶으면 언제든 그 엘렌 트리를 타고 달리는 거예요."

"정말 우스워요." 그레이스가 웃었다. "우리 집엔 작은 말이 있어요. 프레드나 케이트와 같이 공원으로 가서 타곤 해요. 친구들도 같이 가기 때문에 아주 즐거워요. 로(Row : 런던의 하이드 파크 공원의 가로수길)는 숙녀들과 남자들로 가득해요."

"참 멋있겠다! 나도 언젠가는 외국에 가 보고 싶어요. 그러나 런던보다는 로마에 가보고 싶어요."

로가 어딘지 짐작도 못했지만 에이미는 결코 물어보기 싫었다. 프랭크는 이 소녀들의 애기를 듣고 있었는데, 원기 왕성한 소년들이 여러 가지 신나는 운동을 하는 것을 보더니 참을 수 없다는 듯 목발을 집어던져 버렸다. 흐트러진 '작가트럼프'를 주워 모으고 있던 베스는 망설이고 있는 그에게 상냥하게 말을 걸었다. "싫증이 났나 봐요. 내가 뭐 해줄 일이 없을까요?"

"내게 애기를 해 줘요. 혼자 꼼짝 않고 앉아 있으니까 싫증이 나는군요." 프랭크가 말했다. 이 소년은 거의 외출도 없이 집에서 응석받이로 자란 것 같았다.

만일 내성적인 베스에게 라틴어로 연설을 해달라고 부탁했다면, 그 일이 가능했을지도 모른다. 그렇지만 도망갈 곳도 없고, 살짝 뒤로 숨겨주는 조 언니도 그곳에는 없었다. 그런데 이 가엾은 소년은 아주 절실한 표정으로 베스를 보고 있었기 때문에 베스도 용기를 내어 해 보기로 했다.

"무엇에 대해 애기했으면 좋겠어요?" 베스는 트럼프를 모으다 반쯤 떨어뜨리며 말했다.

"응, 크로케나 보트 타기, 사냥 애기를 좋아해요." 자기 체력에 맞는 놀이를 아직 모르는 프랭크는 이렇게 말했다.

'저런 어떡하면 좋아? 난 그런 건 하나도 모르는데.' 속으로 그렇게 생각한 베스는 가슴이 두근거렸다. 당황한 베스는 소년의 불행도 잊어버리고 상대방이 말을 하게 할 작정으로 말했다. "사냥 같은 건 본 적이 없어요. 프랭크가 잘 알 것 같은데."

"한 번 간 적이 있어요. 그러나 두 번 다시 갈 수 없게 됐어요. 가로대가

5단이나 되는 문을 뛰어넘다가 걸려서 다쳐 버렸으니까. 이제는 말도 사냥개도 내게는 소용이 없어졌어요." 그렇게 말하고 프랭크는 한숨을 쉬었다. 베스는 이야기를 어처구니없는 데로 몰고 간 자신의 부주의함에 화가 났다.

"영국의 사슴은 미국의 못생긴 들소보다 훨씬 아름다워요." 베스는 들소가 뛰노는 미국의 대평원 쪽으로 이야기를 끌었다. 그러면서 조가 재미있게 읽던 소년들을 위한 책을 한 권 읽은 것이 다행이라고 생각했다.

들소 이야기는 프랭크에게 위로와 만족을 주었다. 상대방을 어떻게든 즐겁게 해주고 싶은 베스는 거기에만 열중하느라 다른 일은 마음에도 없었다. 소년들이 자기에게 접근해 오지 않기만을 바라던 베스가 그 중 한 아이와 무언가 이야기하고 있는 진지한 풍경을 보고 언니들은 놀라면서 한편으로는 기뻤다.

"착한 베스! 베스는 그 애를 가엾게 여겨 친절하게 대해 주는 거야." 조는 크로케 경기장에서 동생을 보면서 말했다.

"베스는 작은 성인이야. 내가 말했잖아." 메그도 자기도 같은 생각이라고 말하는 것이었다.

"프랭크가 저렇게 웃다니 드문 일이에요." 그레이스가 에이미에게 말했다. 두 소녀는 인형에 관한 얘기를 하면서 도토리 껍질로 찻잔을 만들고 있었다.

"베스 언니는 맘만 먹으면 매우 세심한걸요." 에이미는 베스가 잘해 나가고 있는 것이 기뻐서 말했다. 에이미는 사실 '매력적'이라고 말하려던 참이었는데 그레이스는 그 어느 쪽 뜻도 확실히 몰랐다. 그러나 '세심한'이라는 말은 듣기에도 좋았고 느낌도 좋았다.

즉석 서커스나 '여우와 거위' 놀이, 그리고 다시 사이좋게 진행된 크로케 게임으로 하루가 저물고 있었다. 해가 질 무렵, 천막을 걷고 흩어져 있던 물건들을 챙겨 모두들 보트에 탔다. 일행은 목청껏 노래 부르며 강을 미끄러져 갔다. 네드는 감상에 젖어 우울한 후렴을 가진 세레나데를 불렀다.

홀로, 홀로 아! 홀로, 슬프도다.
우리는 각자 젊고,
각자 뜨거운 심장을 가졌는데,
아, 어째서

이렇게 쓸쓸하게 헤어져야 하는가?

네드는 노래를 부르면서 몹시 깊은 생각에 잠긴 듯한 표정으로 메그를 바라보았다. 그때 메그가 별안간 웃음을 터뜨리는 바람에 노래를 망쳐 버렸다.

"메그, 어째서 내게 그렇게 냉정한 거죠?" 네드는 떠들썩한 합창 속에서 살짝 속삭였다. "하루 종일 새침데기 영국 여자와 붙어 있더니 이제는 나를 무시하는군요."

"그럴 생각은 없었어요. 아주 뜻밖의 모습을 하니까 웃을 수밖에 없었어요." 메그는 네드가 비난하는 첫 마디를 모르는 척 대답했다. 메그는 사실 네드를 피하고 있었다. 언젠가 모펏 댁에서의 파티와 그 후에 한 말을 기억하고 있었기 때문이다.

네드는 화를 내고는 위로하는 투로 샐리에게 짐짓 말을 걸었다. "저 여자애는 재미있는 데라고는 조금도 없어. 그렇지?"

"사실 그래. 그러나 귀여워." 샐리는 메그의 결점을 지적하는 동안에도 그녀를 옹호했다.

"어쨌든 반할 정도는 아니야." 네드는 젊은 남자들이 대체로 그렇듯 재치 있게 말하려고 노력했다.

일행은 아침에 모였던 잔디밭에서 각기 밤인사로 '안녕', '잘 가요' 등의 정중한 인사를 나눴다. 캐나다로 떠나는 본 형제와는 작별인사를 해야 했다. 케이트는 네 자매가 마당을 지나 집으로 돌아가는 것을 바라보면서, "미국 아가씨들은 시위하는 듯한 태도를 가지고 있지만 사귀어 보면 모두 좋은 사람들이에요" 하고 비꼬는 것이 아닌 진심어린 어투로 말했다.

"나도 그렇게 생각합니다." 브루크 선생이 동감의 뜻을 밝혔다.

제13장 환상의 성

어느 따뜻한 9월 오후, 로리는 해먹 (기둥 사이나 나무그늘 아래에 달아 매는 침상용의 그물)에 누워서 흔들거리고 있다가, 문득 옆집 사람들이 무엇을 하고 있는지 궁금했다. 그렇지만 너무 게을러서 가보지는 않았다. 로리는 울적했다. 하루 내내 무슨 일을 해도 얻는 게 없고 불만족스러울 뿐이었다. 할 수 있다면 처음부터 다시 시작하고 싶을 정도였다. 더위 때문에 아무것도 하지 않고 공부조차 게을리 하다가 부르크 선생마저 머리끝까지 화나게 만들었다. 오후에는 내내 피아노만 쳐서 할아버지의 기분을 상하게 했으며, 집에서 기르는 개들 중 한 마리가 날뛰고 있다고 장난삼아 이야기했다가 하녀들을 깜짝 놀라게 했다. 그리고 자기 말을 보살피는 것을 게을리 했다고 마부를 꾸짖은 다음, 세상이 왜 이렇게 재미없을까 하고 화를 내려고 해먹으로 뛰어들었던 것이다.

그러나 사랑스럽고 화창한 날의 적막이 로리의 마음을 가라앉혀 주었다. 머리 위에 푸르게 우거진 침엽수를 바라보면서 꿈을 좇아, 세계 일주의 항해를 떠나 출렁이는 파도 위에 몸을 실은 기분이었다. 그때 왁자지껄한 소리가 로리를 다시 현실로 돌아오게 했다. 해먹의 그물 사이로 슬쩍 보니 마치 무슨 탐험에라도 나선 것 같은 모습으로 마치 집안의 네 숙녀가 오고 있었다.

"저 아가씨들이 도대체 지금 무엇을 하려는 거지?"

로리는 자세히 보려고 졸린 눈을 떴다. 아가씨들의 차림새에는 좀 색다른 데가 있었다. 모두 테가 펄렁펄렁한 큰 모자를 쓰고, 한쪽 어깨에 갈색 린넨 자루를 메고, 긴 지팡이를 들고 있었다. 메그는 쿠션, 조는 책, 베스는 바구니, 에이미는 손가방을 휴대하고 있었다. 모두 마당을 빠져나가 작은 뒷문을 지나서 로렌스 씨 댁과 강 사이에 있는 언덕으로 올라갔다.

"대단한데! 소풍을 가면서도 나를 부르지 않다니! 보트는 열쇠가 없어 못 탈 텐데. 잊어버렸겠지. 가져다 줘야겠다. 무슨 일인지도 좀 알아보고."

로리가 혼잣말을 했다.

모자가 대여섯 개나 있었는데도 하나도 찾을 수가 없었다. 열쇠도 여기저기 찾아 돌아다녔으나 그것은 제 주머니 속에 들어 있었다. 울타리를 뛰어넘어 뒤쫓아 갔을 때는 벌써 소녀들의 모습은 보이지 않았다. 지름길로 해서 보트 창고에 가서 기다려 보았지만 아무도 오지 않았다. 살펴보려고 언덕 위로 올라가니 소나무 숲이 경치의 일부를 가리고 있었고, 그 초록색 숲 속에서는 소나무 숲의 한숨 섞인 바람소리, 졸린 귀뚜라미 울음소리보다 더 맑은 소리가 들려왔다.

'여기 풍경이 아주 좋은데!'

로리는 덤불 사이를 들여다보고는, 잠이 완전히 깨었고 마음이 온화해졌다.

그것은 아주 그림 같은 작은 풍경이었다. 자매들은 그늘진 장소에 사이좋게 앉아 있었고 햇빛과 그림자는 살짝살짝 그녀들 위에서 흔들리고, 향기로운 바람이 머리칼을 스치며 달아오른 뺨을 식혀 주고 있었다. 숲의 작은 식구들은 숲의 정경을 전혀 낯설어하지 않고 열심히 자기네 일을 하고 있었다. 메그는 쿠션에 앉아서 흰 손을 앙증맞게 움직이면서 바느질을 했다. 핑크빛 옷을 입고 푸른 숲 속에 둘러싸여 있는 모습은 장미꽃처럼 싱싱하고 사랑스럽게 보였다. 베스는 소나무 밑에 가득 떨어져 있는 솔방울을 주워 여러 가지 귀여운 것들을 만들었다. 에이미는 덤불을 스케치하고 있었고 조는 큰 소리로 책을 읽으면서 뜨개질을 했다.

로리는 그 광경을 바라보다가 자기는 초대받지 않았으니 그냥 가야겠다고 생각했다. 그러면서도 섭섭한 생각이 들어 꾸물거리며 가지 않고 있었다. 집에 돌아가 봤자 혼자인데다, 이 숲의 조용한 모임에 매혹되어 돌아가고 싶지 않았던 것이다. 꼼짝 않고 서 있었기 때문에, 열심히 먹을 것을 주우러 다니던 다람쥐가 소나무를 내려오다 옆에 있는 로리의 모습을 보고 다급한 소리를 내며 되돌아갔다. 그 소리에 고개를 든 베스는 자작나무 뒤에서 울상을 짓고 있는 로리를 발견했다. 베스는 곧 '괜찮아요' 하는 듯이 싱긋 웃으며 손짓했다.

"있어도 좋아요? 아니면 방해가 되나요?" 로리는 슬슬 다가가면서 물었다.

메그가 눈을 치뜨려는 것을 조가 말리는 듯 쏘아보며 말했다. "물론 좋아. 같이 오자고 할까 하다가 여자애들이 하는 이런 게임을 싫어할지도 모른다고 생각해서……."

"난 언제나 당신들이 하는 게임들을 좋아해요. 하지만 메그가 탐탁지 않다고 하면 가겠어요."

"여기서 뭐든 한다면 반대하지 않아요. 여기서 아무것도 안 하고 빈둥빈둥 놀면 규칙 위반이에요." 메그는 정색하면서도 공손하게 말했다.

"대단히 고마워요. 잠시라도 있게 해준다면 무엇이든 하겠습니다. 집은 사하라 사막처럼 적막하거든요. 뜨개질, 독서, 도토리 알 모으기, 스케치, 한꺼번에 할까요? 귀찮은 것은 뭐든지 가져오세요. 떠맡을 테니까."

로리는 시종 같은 얼굴 표정을 짓고 즐거워하면서 함께 앉았다.

"이 구두 뒤축을 만들 때까지 이야기를 읽어 줘." 조가 책을 로리에게 건네주면서 말했다.

"네, 부인." 얌전히 대답하고 로리는 읽기 시작했다. 로리는 자매들이 '바쁜 꿀벌 모임'에 흔쾌히 가입시켜 준 것이 고마워 감사의 마음을 나타내려고 몹시 애썼다.

이야기는 길지 않았다. 다 읽고 나서 로리는 노력의 보상으로써 몇 가지 질문을 하고자 마음먹었다.

"저, 숙녀분, 잠깐 묻고 싶은데……. 이 매우 유익하고 유쾌한 모임은 새로 시작한 겁니까?"

"너희들이 말하렴." 메그가 동생들에게 말했다.

"웃으실 거예요." 에이미가 가로막듯이 말했다.

"상관없잖아?" 조가 말했다.

"로리 마음에 들 거라고 생각해요." 이번엔 베스가 말했다.

"물론 그럴 겁니다. 웃지 않는다고 약속해. 말해 봐, 조. 걱정 말고."

"너를 염려해! 저기, 우리들이 '천로역정' 놀이를 계속 해온 사실을 알고 있잖니. 지난겨울부터 올해 여름까지 쭉 진지하게 해오고 있어."

"아, 알고 있어."

로리가 알겠다는 듯 고개를 끄덕였다.

"어머, 누가 얘기했지?" 조가 다그쳐 물었다.

"요정이!"

"아니, 나야. 어느 날 밤 언니들은 없고 로리가 왠지 울적한 것 같아 즐겁게 해주려고 내가 말했어. 로리가 재미있다고 했어. 날 나무라지 마, 조 언니." 베스는 유순하게 말했다.

"넌 비밀을 지킬 수 없는 애야. 좋아. 수고할 필요가 없어진 셈이니까."

"자, 그 다음을 말해 줘." 기분이 좀 나빠진 조가 자기 일에 열중하고 있자 로리가 말했다.

"어머, 베스는 우리들의 새로운 계획에 대해서는 얘기하지 않았군. 휴가를 헛되이 보내지 않으려고 각자 자기 일을 열심히 해왔어. 이제 여름휴가도 끝나가고 있어. 도요새처럼 지저귀는 일도 모두 끝냈지. 빈둥빈둥 지내지 않아서 모두 다행이라고 기뻐하고 있다고."

"과연 그렇겠군." 그렇게 말하는 로리는 태만하게 보낸 나날을 후회하고 있었다.

"어머니는 될 수 있는 대로 밖에 나갔다 오라고 하셨어. 그래서 각자 자기 일을 가지고 이곳으로 와서 의미 있게 시간을 보내는 거야. 재미도 있으니까. 갖가지 것들을 자루에 넣고, 낡은 모자와 지팡이를 가지고 산에 올라 옛날에 하던 '천로역정' 순례놀이를 하는 거지. 우리들은 이 언덕을 천상의 산이라고 불러. 여기서는 아주 멀리까지 바라볼 수 있고 언젠가 살고 싶은 고장도 보이니까."

로리는 조가 가리키는 쪽을 보려고 했다. 숲 사이로 저 멀리 넓고 푸른 강과 그 강 뒤에 있는 목장도 보였다. 그곳은 아주 큰 도시의 교외까지 이어져 있었고, 끝에는 푸른 산들이 하늘에 닿아 있었다. 태양이 점점 기울고 가을의 저녁 노을이 창공을 아름답게 물들이며 빛나고 있었다. 언덕 꼭대기에는 금빛과 보랏빛의 구름들이 떠돌고, 은빛의 새하얀 봉우리가 '천국의 도시' 나선탑처럼 붉은 빛줄기 속까지 높이 솟아 빛나고 있었다.

"야! 아름답다!" 로리는 조용히 말했다. 무엇이든 아름다운 것이라면 보자마자 반응하는 것이 로리의 천성이었다.

"거의 항상 아름다워요. 여기서 바라보노라면 너무나 즐거워요. 볼 때마다 풍경이 달라지지만 언제나 근사해요." 에이미는 그림으로 그리면 얼마나 좋을까 생각하면서 말했다.

"조 언니는 언젠가는 시골에서 살고 싶어해요. 언니가 말하는 건 진짜 시골인데, 돼지나 닭이 있고 건초를 만드는 곳이에요. 그런 곳도 좋지만 저기에 아름다운 나라가 진짜 있어서 언젠가 그 곳에 갈 수 있다면 좋겠어요." 베스가 생각에 잠긴 듯 말했다.

"그런 곳보다 더 아름다운 나라가 있어. 우리들이 여유롭게 되면 언젠가는 그곳에 갈 수 있겠지." 메그는 꿈결 같은 목소리로 말했다.

"그렇지만 기다리려면 그때까지는 상당히 오래 걸리고, 아주 어려울지도 몰라. 난 제비처럼 날아가서 그 놀라운 문으로 들어가고 싶어."

"언젠가 갈 수 있어. 걱정 말아." 조가 말하곤 이렇게 덧붙였다. "나 같은 사람은 열심히 싸우고 일하고 기어오르고 기다리고도 결국 들어가지 못할지도 몰라."

"댁들에게 만일 나 같은 사람이 무슨 위안이라도 된다면 나를 일행에 넣어 주십시오. 그러나 그대들이 말하는 '천국의 도시'에 갈 때까지는 나는 아주 오랜 여행을 해야 할 겁니다. 내가 늦게 도착해도 상냥하게 말을 걸어 주겠지, 베스?"

소년의 얼굴에 드리운 어떤 그림자가 이 작은 숙녀를 당황하게 했다. 그러나 베스는 로리의 근심어린 표정에 조용하게 눈길을 주며 밝게 말했다.

"누구나 가기를 원한다면, 그래서 일생을 진지하게 노력하며 산다면 틀림없이 갈 수 있다고 생각해요. 그 문은 자물쇠로 잠겨 있지도 않고 수위도 서 있지 않을 거예요. 난 항상 그림 그대로일 거라고 생각하고 있어요. 천사들이 고뇌의 강에서 올라오는 가엾은 크리스천에게 두 손을 내밀어 기꺼이 맞아주는 그림 말예요."

"우리들이 상상하고 있는 환상의 성들 모두가 실현되어 그곳에 살 수 있게 된다면 재미있지 않을까?" 이야기가 잠시 끊겼을 때 조가 말했다.

"나는 환상의 성을 많이 가지고 있기 때문에 어디서 살아야 좋을지 정하기가 어려워." 로리는 엎드려서 아까 자기를 보고 달아난 다람쥐에게 솔방울을 던지면서 말했다.

"가장 좋아하는 성을 선택하면 돼요. 어떤 성이에요?" 메그가 물었다.

"내가 말하면 너도 말할래?"

"그럴게요. 동생들도 말한다면."

"우리도 말할게요. 로리부터."

"나는 마음껏 세상 구경을 하고 독일에 정착해서 살고 싶습니다. 음악을 열심히 공부해서 유명한 음악가가 되어 세상 사람들이 내 연주를 듣기 위해 모여들게 될 거예요. 돈이나 귀찮은 사업에 머리를 썩이지 않고 내가 좋아하는 것 즐거운 것만을 하며 살겠습니다. 그것이 내가 가장 좋아하는 성입니다. 메그의 성은 뭐죠?"

마거릿은 자기가 그리고 있는 공상을 말하기를 꺼렸다. 메그는 있지도 않은 모기 떼를 쫓아버리듯이 나뭇가지를 얼굴 앞에서 흔들면서 천천히 입을 열었다.

"나는 고급스러운 아름다운 집에서 맛있는 음식, 아름다운 옷, 멋있는 가구, 유쾌한 사람들, 충분한 돈, 이 모든 것과 함께 부유하게 살고 싶어요. 안주인이 되어 내가 시키는 대로 하는 하인들이 있으니까 일할 필요도 없고 정말 즐겁겠지요. 그렇다고 아무것도 안 하는 건 아니에요. 모두에게 친절하게 대해주고 모두가 날 사랑하도록 하는 거예요."

"그 환상의 성에는 주인이 없는 겁니까?" 로리가 수줍게 물었다.

"난 틀림없이 '유쾌한 사람들'을 말했을 텐데요." 그렇게 말하면서 메그는 자기 구두끈을 조심스럽게 매고 있었다. 아무도 메그의 안색을 보지 못했다.

"언니는 왜 멋있고 이해심 많은 좋은 남편과 천사 같이 귀여운 애들을 가지고 싶다고 말하지 않아? 그들이 없으면 언니의 성도 소용없잖아?"

조가 무뚝뚝하게 말했다. 조에게는 아직 그런 처녀다운 공상도 없었고, 책에서 읽은 것이 아니면 로맨스를 경멸하고 있었다.

"네 성에는 말과 잉크병과 소설책만 있으면 될 거야." 메그가 투덜대며 말했다.

"그것 좋지. 아라비아 말들이 가득 있는 마구간과 책이 산더미처럼 쌓여 있는 방을 갖고 싶어. 그곳에서 마법의 잉크로 로리의 음악만큼 유명해질 글을 쓰겠어. 그 공상의 성 안에 들어가기 전에 뭔가 영웅적인 것, 세상을 깜짝 놀라게 할 만한 것, 내가 죽은 뒤에도 남을 만한 것, 글쎄 어떤 건지는 나도 잘 모르겠지만, 너희 모두를 깜짝 놀라게 할 만한 일을 하고 싶어. 책을 써서 부자가 되고 유명해지고 싶기도 하고. 그게 내게 맞는 최상의 꿈이야."

"난 아버지 어머니와 함께 집에서 안전하게 살면서 가족을 도울 수만 있다면 좋겠어요." 만족스러운 듯 베스가 말했다.

"그 밖에 원하는 게 또 없나요?" 로리가 물었다.

"작은 피아노가 있으니까 이제 가지고 싶은 것은 없어요. 모두 건강해서 같이 살 수 있다면 그것으로 족해요."

"난 원하는 게 많아요. 첫째 소망은 화가가 되어 로마로 가서 훌륭한 그림을 그리고 세계 제일의 화가가 되는 거예요." 이것이 에이미의 겸손한 꿈이었다.

"우리들 모두 야망을 가진 사람들이군요, 그렇죠? 베스 외에는 모두 부자가 되고 유명해지고 모든 면에서 호화롭게 살고 싶다고 소망했습니다. 그런데 우리 중에서 누가 소망을 이룰 수 있을는지는 모르죠." 로리는 생각에 잠겨 송아지처럼 풀을 씹으며 말했다.

"나는 내 공상의 성에 들어가는 열쇠를 가지고 있어. 그렇지만 그것으로 성문을 열 수 있을지 없을지는 모르겠어." 조는 수수께끼 같은 말을 했다.

"나도 열쇠는 가지고 있지만 사용할 수 없어요. 대학은 정말 싫어!" 로리는 가슴이 답답한 듯 한숨을 쉬며 중얼거렸다.

"이것이 내 열쇠예요." 에이미는 자기의 연필을 흔들었다.

"난 하나도 없어." 메그는 아주 쓸쓸한 듯 말했다.

"가지고 있으면서." 로리가 말을 받았다.

"어디에?"

"네 얼굴에."

"엉터리, 그런 말은 소용없어요."

"글쎄, 기다려 보세요. 그 얼굴이 뭔가 쓸 만한 것을 가져다줄지 그렇지 않을지." 로리는 자기만이 알고 있는 작은 비밀에 대해 생각하며 놀렸다.

메그는 나뭇가지 뒤에서 얼굴을 붉혔지만 더 이상 묻지 않고 눈길을 강 건너로 보냈다. 그 무엇인가를 기대하는 표정은 언젠가 브루크 씨가 성 안에 갇힌 공주를 구하려는 기사 이야기를 하며 지었던 표정과 같았다.

"우리들이 살아 있다면 앞으로 10년 뒤에 꼭 다시 만나도록 해. 그리고 누가 소망을 이루었는지, 지금보다 얼마나 가까이 소망에 다가갔는지 서로 이야기하는 거야." 언제나 계획을 세울 준비가 되어 있는 조가 말했다.

"저런, 내가 스물일곱이면 얼마나 늙어 있을지 몰라!" 이제 막 열일곱 살이 된 메그는 이미 성장한 것처럼 느껴졌다.

"테디, 너하고 나는 스물여섯이 되고, 베스는 스물넷, 에이미는 스물둘이 될 거야. 정말 존경심이 우러나는 파티가 될 거다!" 조가 말했다.

"나는 그때쯤이면 뭔가 자랑할 만한 일을 이루었으면 하는데 워낙 게으름뱅이니까 아무것도 안 하고 빈둥빈둥 놀고 있을지도 몰라, 조."

"로리, 너에게는 뭔가 동기가 필요해요. 엄마가 말씀하셨어. 동기만 주어지면 분명히 굉장한 일을 할 거라고 말씀하셨거든."

"그렇게 말씀하셨다고? 좋아, 기회만 잡으면 틀림없이 그럴 테야!" 로리는 그렇게 크게 외치고는 갑자기 힘이 난 듯 벌떡 일어났다. "난 할아버지를 만족시키지 않으면 안 돼. 그래서 노력하고 있지만 아무래도 내 성미에 맞지 않아. 다 알다시피 몹시 괴로워. 할아버지는 내가 당신처럼 인도의 무역상이 되길 원하고 계시고, 난 그 일을 하느니 차라리 총에 맞아 죽는 편이 낫다고 생각하고 있어. 차라든가 비단, 향료같이 할아버지의 낡은 배가 운반해 오는 시시한 물건들은 딱 질색이야. 내가 그런 배의 선주가 된다면 배가 곧 가라앉아도 상관 안 할 거야. 대학에 가서 할아버지의 마음을 편히 해 드려야겠지. 앞으로 4년간은 공부를 해야 하므로 장사를 시킬 수도 없을 테니까. 그렇지만 할아버지는 이미 모든 것을 결정하셨기 때문에 결국 그대로 해야만 할 거야. 아버지처럼 집을 뛰쳐나가 자기가 원하는 대로 한다면 별문제지만. 누가 할아버지와 같이만 있어 준다면 난 내일이라도 뛰쳐나갈 거야."

로리는 몹시 흥분해 있어서 조그만 자극이라도 생긴다면 지금 말한 터무니없는 맹세를 정말 실행할 것 같아 보였다. 로리는 빠르게 어른이 되어 가고 있었으며, 게으른 버릇은 있었지만 복종하기를 싫어하고, 세상을 자기 힘으로 헤쳐 나가고 싶은 청년다운 포부가 가득 차 있기 때문이었다.

"그럼 집에 있는 배를 타고 멀리 가서 하고 싶은 일을 다 할 때까지 돌아오지 않으면 되잖아." 조가 말했다. 조는 그의 도전적인 탐험에 대한 생각 때문에 점점 상상력이 자극되었고, '그것을 부당한 처사'라고 생각하고 있었기에 더욱 동정심이 발동했다.

"그건 안 돼, 조. 그런 말 하면 못써. 로리도 좋지 않은 충고를 받아들이면 안돼요. 역시 할아버지가 바라시는대로 따라야 해요." 메그는 어머니 같이 말했다. "대학에서 열심히 공부하는 거예요. 할아버지도 로리가 할아버지를 기쁘게 해 드리기 위해 애쓰는 것을 알게 되면 지나치게 엄하게 하시거나 심하게 대하지는 않으실 거예요. 할아버지와 함께 지내고 할아버지를 보살필 사람은 로리밖에 없어요. 그런데 할아버지의 허락도 없이 집을 나간다면 스스로 절대 용서하지 못할 거예요. 우울해하거나 초조해하지 말고 자신의 임무를 다하는 것이 중요해요. 그렇게 되면 남에게 존경받고 사랑받으며 좋은 대가를 받을 수 있으리라 생각해요. 브루크 씨처럼 말이에요."

"그분에 대해 뭔가 알고 있나요?" 메그의 말에 로리가 물었다.

로리는 충고가 고맙긴 했으나 설교는 질색이라 화제가 딴 사람으로 옮겨가는 게 마음에 들었다. 특히 평상시와 달리 침착성을 잃은 후에는.

"로리, 너희 할아버지가 말씀해 주셔서 알고 있을 뿐이지만, 브루크 선생님은 어머니가 돌아가시기 전까지 정성을 다해 돌봐드렸대. 좋은 가정교사 자리가 생겼을 때도 어머니를 두고 갈 수 없어 기회를 버리셨고. 어머니를 간호해 드렸던 할머니에게 지금도 생활비를 보내면서도 아무에게도 말하지 않고 될 수 있는 한 베풀고 참을성을 가지고 바르게 지낸다는 이야기도 들었어."

"정말 그래요, 브루크 선생님은." 이야기를 하면서 얼굴이 발그스름해지고 진지해진 메그가 잠시 말을 끊었을 때 로리는 진심으로 말했다. "원래 그렇게 사랑스러운 할아버지죠! 할아버지답게 선생님이 모르는 사이에 죄다 알아내어 선생님이 누구에게나 호감을 사도록 남에게 말해둬요. 브루크 씨는 당신들 어머니께서 자기를 나와 함께 초대해서 환대해 주신 이유를 모르고 있었어요. 그래서 선생님은 어머니를 대단히 훌륭하시다고 생각하고 존경하고 있으며, 열정적인 네 아가씨 모두를 매우 칭찬한답니다. 만약 내가 소망을 이룬다면 브루크 씨를 위해 어떤 일을 해 드릴지 두고 보세요."

"지금부터라도 뭔가 해드릴 수 있어요. 브루크 씨를 성가시게 하지 말아요." 메그는 엄한 어조로 말했다.

"내가 성가시게 하는지 어떻게 알지요?"

"브루크 씨가 나올 때 표정만 봐도 알 수 있어요. 로리가 잘했을 때는 기뻐하며 힘차게 걸어 나오고, 그렇지 않은 때는 심각한 표정으로 천천히 걸어가요. 마치 다시 돌아가서 한 번 더 가르칠까, 생각하는 것처럼 말이에요."

"그거 재미있는데요. 그렇다면 메그 양은 브루크 선생님의 표정으로 나의 성격을 보고 있는 셈이군요. 브루크 선생님이 그쪽 창 밑을 지날 때 미소로 인사하는 줄은 알고 있었지만 그런 전보를 받고 있는 줄은 미처 몰랐네요."

"그렇지 않아요. 화내지 말아요. 그리고 브루크 씨에게 내가 한 말은 하지 말아 줘요. 로리의 공부를 걱정해서 말했던 거니까 여기서의 얘기들은 비밀로 해요, 알았죠?" 메그는 자신이 별 생각 없이 한 말들이 문제를 일으키지나 않을까 해서 자신도 모르게 걱정스러운 듯 큰 소리로 말했다.

"나는 함부로 지껄이지 않습니다." 로리는 조가 말하는 로리가 가끔 짓는 그 특이한 '오만한 태도'로 말했다. 그러고는 덧붙였다. "브루크 선생님이 기압계라면 나도 되도록 그가 화창한 날씨를 알리도록 신경을 써야겠군요."

"그렇게 불쾌해하지 말아요. 설교하거나 시시한 얘기를 할 생각은 없었어요. 조가 충고한 것은 나중에 틀림없이 후회하게 될 거라는 생각에서 한 말이에요. 로리는 우리를 다정히 대하고 우리도 로리를 친형제처럼 생각하고 있어요. 그러다 보니 생각을 그대로 말해 버렸어요. 용서해요. 악의가 있었던 건 아니니까요." 그렇게 말하고 메그는 다정하게 그러나 약간 머뭇머뭇하면서 손을 내밀었다.

로리는 설사 잠시라고 해도 화낸 일을 부끄럽게 생각하고 그 사랑스런 작은 손을 꼭 잡고 정직하게 말했다. "나야말로 용서를 빌어야겠어요. 난 화가 난 데다 오늘 하루 종일 기분이 나빴어요. 나쁜 점을 누나처럼 말해 주고 충고해 주니 정말 기쁩니다. 가끔 무뚝뚝하더라도 신경 쓰지 마세요. 언제나 감사하고 있으니까요."

로리는 화내고 있지 않음을 보여 주고 싶은 마음에 될수록 모두에게 친절히 대하려고 애썼다. 메그에게는 무명실을 감아 주고, 조를 기쁘게 해 주려고 시를 암송하고, 베스에게는 솔방울을 떨어뜨려 주고, 에이미에게는 양치나무 스케치를 도와주기도 하며 자기가 '바쁜 꿀벌 모임'에 어울리는 사람임을 보여 주었다. 강에서 올라와 기어다니는 바다거북이 한 마리가 사람을 가리지 않는다는 실감나는 얘기를 하고 있는데, 멀리서 희미하게 초인종 소리가 들려왔다. 이것은 한나가 차를 준비했다는 것을 알리는 저녁 식사 시작종이었다.

"같이 가도 됩니까?" 로리가 물었다.

"그럼요. 얌전하게 책만 읽는다면 와도 좋아요. 교과서에 나오는 학생처럼요." 메그는 웃으면서 말했다.

"그렇게 하죠."

"그럼 와도 좋아요. 내가 스코틀랜드 사람처럼 양말 뜨는 법을 가르쳐 주겠어. 지금 당장 양말이 필요해." 문에서 헤어지면서 조가 뜨고 있던 푸른색 털실 양말을 마치 큰 휘장처럼 흔들며 말했다.

그날 밤, 황혼녘에 베스는 로렌스 노인을 위해 피아노를 쳤다. 로리는 그때 어두운 커튼 뒤에서 이 작은 아가씨가 연주하는 음악에 귀를 기울였다. 그 천진난만한 연주는 언제나 로리의 울적한 마음을 가라앉혀 주었다. 할아버지는 하얀 머리를 손으로 받치고 몹시 사랑했던 손녀의 추억에 잠겼다.

로리는 그날 오후에 산에서 주고받은 말들을 이것저것 떠올리면서, 기꺼이 희생하리라 결심하고 혼자 중얼거렸다. 난 내 성채를 포기하겠어. 사랑하는 할아버지가 원하시는 한 여기 머무를 테야. 나는 그의 전부니까.

제14장 비밀

조는 다락에서 매우 바쁜 나날을 보내고 있었다. 벌써 10월에 접어들고 있어 날씨도 점점 싸늘해지고 낮 시간도 짧아졌다. 햇빛도 두세 시간 정도만 높은 창을 비추었다. 조는 낡은 소파에 앉아 앞에 놓인 트렁크 위에 종이들을 펼쳐놓고 무언가 분주히 쓰고 있었다. 머리 위 대들보에서는 조가 좋아하는 '갉아먹기 대장 쥐'가 빳빳하고 멋있는 수염을 뽐내는 것처럼 보이는 장남 쥐를 데리고 살금살금 기어 다녔다. 조는 매우 열중해서 마지막 페이지까지 다 쓰고 나더니 멋지게 서명까지 해 넣었다. 그러고 나서 펜을 집어던지며 외쳤다.

"이것으로 난 최선을 다했어. 만약 이것도 적절치 않다면 더 잘 쓸 수 있을 때까지 참고 기다리는 수밖에."

소파에 기대 앉아 조는 조심스럽게 원고를 훑어보았다. 군데군데 줄을 치거나 작은 풍선 같은 감탄 부호를 적어 넣기도 했다. 그런 다음 원고를 멋진 빨간 리본으로 묶고 잠시 생각에 잠긴 듯한 진지한 표정으로 원고를 바라보았다. 그 모습은 그녀가 얼마나 전심전력을 다해 일했는지를 뚜렷이 보여 주었다. 다락방에 있는 조의 책상은 벽에 부착되어 있는 낡은 양철상자였는데, 그녀는 그 안에 종이와 두세 권의 책을 넣어두고서, '갉아먹기 대장' 쥐로부터의 습격을 방어하고 있었다. 이 쥐도 문학에 취미가 있는지 책을 내놓기만 하면 아주 좋아하며 책장을 갉아먹어 못쓰게 만드는 것이었다. 이 양철상자에서 다른 원고를 하나 또 꺼냈다. 그리고 두 뭉치를 호주머니에 넣고 살그머니 계단을 내려왔다. 그녀의 친구인 쥐들이 펜을 갉아먹든 잉크를 맛보든 내버려두고서.

조는 되도록 소리가 나지 않게 모자를 쓰고 겉옷을 입었다. 뒤쪽에 있는 출입구로 올라가 나지막한 현관 지붕 위로 빠져나와서, 풀이 무성한 담으로 뛰어내려 큰 길로 가는 통로에 들어섰다. 큰길까지 오자 조는 마음을 가다듬고 시내 방향으로 가는 합승마차에 올라탔다. 거리로 들어서고 있는 조의 얼굴은 몹시 즐거워 보였으나 그러면서도 이해하기 어려운 표정이었다.

만일 누군가 그때 조를 찬찬히 바라보았더라면 그녀의 동작이 틀림없이 이상하다고 생각했을 것이다. 왜냐하면 조는 마차에서 내리더니 굉장히 큰 보폭으로 몇 발자국 성큼성큼 걸어서 어느 붐비는 거리로 갔기 때문이다. 여기저기 두리번거리다 힘들게 목표 지점을 찾아 문 안으로 들어섰다. 들어서다 말고 더러운 계단을 올려다보더니 잠시 그대로 서 있다가 갑자기 길로 뛰어나와 버렸다. 그러고는 아까처럼 빠른 걸음으로 그곳을 떠났다.

이런 이상한 행동을 여러 번 반복하고 있는 조를 한 검은 눈동자의 젊은 신사가 재미있다는 듯이 바라보고 있었다. 그 신사는 바로 맞은편 건물의 창 안에 느긋하게 서 있다가 우연히 그 광경을 재미있게 보았다. 세 번째로 다시 돌아온 조는 옷을 한 번 털고 모자를 눈 위로 푹 내려쓰더니 계단으로 올라섰다. 그것은 마치 이빨을 몽땅 뽑으러 가는 사람의 모습 같았다. 사실, 입구에 여러 간판이 걸려 있었는데 그 중에는 치과의원도 있었다. 크게 만들어 놓은 턱이 아래위로 천천히 열렸다 닫혔다 하며 고르고 예쁜 이로 사람들의 주의를 끄는 한 쌍의 인공 턱을 잠시 바라보던 젊은 신사는 코트를 걸치고 모자를 들고 내려가 맞은편 입구에 서 있었다.

그는 미소지으며 혼자 중얼거렸다. 쌀쌀한 날씨 탓인지 그의 어깨가 움츠러들었다. "혼자 오다니 조답군. 그렇지만 힘들면 집까지 데려다 줄 사람이 필요하겠지."

10분쯤 지난 뒤 얼굴이 새빨개진 조가 계단을 내려왔다. 무언가 몹시 괴로운 일을 당한 모습이었다. 조는 젊은 신사를 보고도 반가워하지 않고 고개만 조금 끄덕이더니 그냥 지나쳤다. 그 젊은 신사는 뒤따라가 동정이 섞인 어조로 물었다. "힘들었어?"

"아니, 별로."

"빨리 끝났군."

"참 고맙게도 그랬어."

"어째서 혼자 갔지?"

"아무에게도 알리고 싶지 않아서."

"조, 내가 본 사람 중에 네가 가장 이상한 사람이야. 몇 개 뽑았어?"

조는 이 사람이 도대체 무슨 말을 하는 것인지 의아해하며 로리를 빤히 바라보다가, 뭔가 굉장히 재미있는 일을 생각해냈는지 참을 수 없다는 듯 큰 소리로 웃기 시작했다.

"뺄 것이 두 개 있는데 일주일을 기다려 봐야 해요."

"왜 웃지? 조, 무슨 장난을 하고 있어?" 로리는 어리둥절한 얼굴을 하고 말했다.

"너도 그래. 로리, 저 당구장에서 무엇을 하고 있었지?"

"다시 말씀드리지만 아가씨, 저것은 당구장이 아니라 체육관입니다. 그리고 소인은 펜싱 연습을 하고 있었습니다."

"그것 참 기쁜 일인데."

"왜?"

"나한테 펜싱을 가르쳐 줄 수 있어서지. 그럼 이번 햄릿 연극에서 로리는 레어티즈가 될 수 있어. 그 펜싱 장면은 아주 멋질 거야."

로리가 걷잡을 수 없이 웃어대자 지나가던 사람들이 모두 자신도 모르게 미소지었다.

"햄릿 연극을 하든 안 하든 펜싱을 가르쳐 주겠어. 매우 유쾌한 일이기도 하고 조, 너의 자세도 훌륭하게 곧아질 테니까. 그런데 지금 네가 기쁘다고 분명하게 한 말은 펜싱 때문만은 아닌 것 같다. 어때 그렇지?"

"그래, 내가 기쁘다고 한 이유는 로리, 네가 당구장에 있지 않아서야. 네가 그런 곳에 드나들기를 원치 않아서……. 그곳에 드나들곤 해?"

"자주는 아니지만."

"다니지 말았으면 좋겠어."

"해롭지 않아, 조. 당구대는 집에도 있지만 상대가 없으면 전혀 재미가 없거든. 당구를 좋아해서 가끔 여기서 네드 모펏이나 다른 애들과 게임을 해."

"유감스럽군. 점점 깊이 빠져들어 시간과 돈을 낭비하고 그 시시한 패들과 한 무리가 되겠군. 나는, 로리, 네가 친구들이 존경할 만하고 자랑할 만한 사람이기를 바라고 있었어." 조는 고개를 저으며 말했다.

"품위만 떨어뜨리지 않는다면 가끔은 기분 전환을 해도 좋지 않을까?" 로리가 마음이 상한 듯한 표정으로 물었다.

"그건 방법과 장소에 따라 달라. 난 네드나 그의 친구 일당들이 싫어. 네가 그런 사람들과 어울리지 말아야 한다고 생각해. 어머니는 네드가 집에도 못 오게 하셨어. 본인은 오고 싶어 하지만. 로리, 너도 그 사람처럼 되어 간다면 엄마는 우리가 지금처럼 사이좋게 어울리지 못하게 하실 거야."

"그러실까?" 로리는 염려되는 듯 물었다.

"절대로 허락 안 하셔. 어머니는 유행을 쫓는 젊은이들은 아주 싫어하셔.

그런 사람과 사귄다면 차라리 우리들을 큰 종이상자에 처박아 두실 거야."

"너희 어머니는 그 종이상자를 아직 내놓지 않아도 되실 거야. 난 들떠서 놀기 좋아하는 사람도 아니고, 그런 사람이 될 생각도 없으니까. 그러나 나도 때로는 해롭지 않은 놀이들을 해 보고 싶다고. 조, 너도 그렇지 않아?"

"그건 그래. 그런 걸 상관하는 사람은 없으니 마음껏 들켜도 좋아. 하지만 도를 넘지 말라는 거야. 그러면 우리들의 즐거운 교제는 끝장나고 말 거야."

"나는 성인군자가 되겠어."

"성인군자 같은 건 딱 질색이야. 솔직하고 품위 있는 청년이 되어 주길 바라는 거야. 그러면 언제까지나 사귈 수 있어. 만일 로리가 킹 씨 댁 도련님 같은 짓을 한다면 난 어떻게 해야 할지 모를 거야. 그 사람들은 돈은 많지만 올바로 쓸 줄 몰라서 술이나 마시고, 취하고, 도박을 하고, 집을 뛰쳐나가거나 아버지의 서명을 위조한다면서? 어쨌든 아주 불량해."

"나도 같은 짓을 할 거라고 생각하나 보지? 고맙군."

"그렇게 생각하지는 않아. 그러나 돈은 그런 유혹의 근원이 될 수 있다는 것을 사람들에게 들었어. 때때로 차라리 네가 가난했더라면 좋았을 걸 하고 생각해. 그렇다면 걱정하지 않아도 되니까."

"조, 넌 나를 걱정하고 있니?"

"그래, 로리. 네가 가끔 울적해하거나 불만스런 얼굴을 할 때면 좀 걱정이 돼. 네 성질이 지나쳐서 한 번 나쁜 방향으로 나가면 말리기 힘들 것 같아."

로리는 말없이 몇 분 동안을 걸었다. 조는 그 모습을 뚫어지게 바라보며 자신의 지나친 말을 후회했다. 로리가 입가에 웃음을 띠고 조의 충고를 받아들이고 있는 것 같지만 눈에는 화가 난 기색이 역력했기 때문이다.

"집에 돌아갈 때까지 계속 내게 설교를 할 작정이야?" 드디어 로리가 말했다.

"물론 아니지, 왜?"

"만약 그럴 작정이라면 난 버스를 타겠어. 아니라면 조, 너와 같이 걸어갈 거고. 재미있는 얘기가 있다."

"이제 설교는 끝났어. 이제 그 재미있는 소식을 전해 주렴."

"좋아, 비밀 얘기가 있는데, 내가 얘기해 주면 네 비밀도 말해 줘야 해."

"난 비밀 같은 건 없어." 조는 말하다 말고 자기에게도 비밀이 있다는 생각이 들어 입을 다물었다.

"조, 난 네가 비밀을 갖고 있다는 걸 알고 있어. 전부 말하지 않으면 비밀을 안 가르쳐 줄 거야." 로리가 큰 소리로 말했다. 그러자 조가 되물었다.

"그 비밀이 그렇게 대단한 거야?"

"그렇고말고! 조, 네가 잘 아는 사람들 얘기인데 아주 재미있어. 꼭 들어둘 필요가 있다고. 전부터 얘기하고 싶었는데, 너부터 말해 봐."

"그럼 로리, 집에 가서 아무에게도 얘기하면 안 돼. 알았지?"

"집에서는 절대로 얘기하지 않겠어."

"우리 둘만 있을 때라도 놀리거나 하지 않겠지?"

"놀리는 짓 따위는 안 해."

"아니야, 놀릴 거야. 로리, 너는 네가 듣고 싶어하는 것은 모두 털어놓게 만들거든. 어떻게 하는지는 모르겠지만 하여간 남을 구슬리는 데는 천재야."

"감사합니다. 자 이제 얘기해 주실까요."

"지금 신문사 사람에게 단편소설 두 편을 맡기고 왔어. 다음 주에 결과를 알려주겠대." 조는 막역한 친구의 귀에 대고 속삭였다.

"와아 만세! 그 이름도 유명한 미국의 여류작가 마치 양이라니!" 로리가 외치더니 모자를 높이 던졌다. 그러자 집오리 두 마리, 고양이 네 마리 그리고 다섯 마리의 수탉과 여섯 명의 아일랜드 아이들이 몹시 좋아했다. 두 사람은 벌써 교외로 들어섰던 것이다.

"쉿! 당선되기는 힘들 거야. 원고를 가져가기까지 결정하기가 어려웠어. 아무에게도 말하지 마. 이건 비밀이야. 다른 사람들이 실망할까 봐 그래."

"낙방하지 않을 거야. 왜냐하면 매일 나오는 창작품 중의 반은 시시한 것뿐이니까. 그에 비하면 네 소설은 셰익스피어 같은 대문호의 작품과 같거든. 신문에 나면 멋있겠는데. 그러면 우리들의 여류 작가를 자랑할 수 있게 되는 거지?"

조의 눈이 빛났다. 신뢰를 받는 것은 늘 즐거운 일이며, 많은 신문에 커다랗게 선전되기보다는 한 사람의 친구에게 칭찬받는 편이 훨씬 기뻤다.

"테디, 네 비밀이란 뭐지? 이번엔 네 차례야. 말하지 않는다면 두 번 다시 믿지 않겠어." 조는 격려 한 마디로 확 타오른 희망을 꺼버리려고 얼른 말을 돌렸다.

"내 얘기가 이상할지 모르지만 말하지 않겠다고 약속한 건 아니니까 말해 버리겠어. 어쩐지 재미있는 뉴스가 들어오면 모두 다 너에게 말을 해야 시원하거든. 난 메그의 한쪽 장갑이 어디에 있는지 알고 있어."

"그것뿐인가?" 조는 알 수 없는 확신으로 가득 차 빛나는 얼굴로 고개를 끄덕이는 로리의 모습을 보고 약간 실망한 눈치였다.

"지금은 그것만으로도 족해. 있는 장소를 말한다면 너도 의아해할 거야."

"그럼 말해 봐."

로리는 허리를 굽히더니 조의 귀에 세 마디의 말을 속삭였다. 그러자 이상한 일이 벌어졌다. 조는 걸음을 멈추고 잠시 로리를 뚫어지게 바라보았다. 놀랍기도 했지만 불쾌한 표정이었다. 다시 걸으면서 날카롭게 물었다.

"로리, 어떻게 알았지?"

"봤어."

"어디서?"

"주머니에서."

"지금도 가지고 있어?"

"그래, 낭만적이지 않아?"

"아니, 그렇지 않아, 끔찍해."

"그런 건 싫어하나?"

"물론 싫지. 어리석은 짓이야. 어이없어! 메그가 뭐라고 할까?"

"누구에게도 말하면 안돼. 명심해."

"그런 약속은 안 했는데."

"조, 믿고 얘기했다는 걸 알고 있잖아."

"좋아, 지금은 아무에게도 얘기 않겠어. 그렇지만 난 몹시 기분이 나빠. 그런 건 듣지 않는 것보다 못해."

"조, 네가 기뻐하리라 생각했는데."

"누군가 메그 언니를 데려간다는 생각 때문이야? 그런 얘긴 필요 없어."

"조, 너도 누군가 데리러 오면 기분 나쁘진 않을 텐데."

"누가 그러는지 보고 싶군." 조가 격렬한 어조로 말했다.

"내가 그런다면?" 로리는 그 생각에 킥킥 웃었다.

"내게 비밀 같은 건 성미에 맞지 않아. 로리, 네가 비밀을 말한 다음부터 나는 마음이 뒤숭숭해졌어." 조가 조금도 고맙지 않다는 듯 말했다.

"이 언덕을 달려 내려가기로 해. 마음이 개운해질 테니까." 로리가 제안했다.

주위에는 아무도 없었고 조를 유혹하듯 평평한 내리막길이 앞으로 쭉 뻗어 있었다. 그 유혹에 견딜 수 없는 듯, 조는 정신없이 달려갔다. 모자가 날아가고 빗이 빠지고 머리핀이 땅으로 흩어졌다. 로리는 먼저 목표점에 도착했다. 로리는 자기가 제안한 기분 전환 방법이 효과적이어서 기뻐했다. 머리카락을 나부끼며 빛나는 눈으로 볼이 붉어진 채 헐떡이며 쫓아오는 아틀란타 (그리스 신화에 나오는 아름다운 여인. 달리기를 잘해 자기와 겨루어 이긴 남자를 남편으로 삼았다고 함) 공주의 얼굴에 어두운 그늘은 없었다.

"내가 말이라면 좋겠어. 그러면 이렇게 황홀한 공기를 마시며 몇 킬로미터라도 달릴 수 있을 거야. 그래도 숨이 차지 않을 테니까. 아, 기분 좋았어. 그런데 내 모습이 엉망이지? 가서 내 물건들을 주워다 줘, 천사처럼." 조는 그렇게 말하고 둑을 진홍빛 잎사귀들로 빨갛게 뒤덮고 있는 단풍나무 밑에 털썩 주저앉았다.

로리는 조가 떨어뜨린 물건들을 주우러 갔다. 그동안 조는 흐트러진 옷차림을 매만질 때까지 아무도 지나가지 않기를 바라면서 머리를 묶고 있었다. 그런데 그때 누군가가 다가왔다. 메그였다. 그녀는 야회복 차림에 한결 숙녀다운 모습으로 여기저기를 방문하고 돌아오는 것이었다.

"어머, 이런 곳에서 뭘 하고 있지?" 메그는 머리를 풀어 헤친 동생을 보면서 품위 있게 그러나 놀란 표정을 하고 물었다.

"단풍잎을 줍고 있어." 조는 지금 막 긁어모은 한 줌의 붉은 잎들을 고르면서 힘없이 말했다.

"그리고 머리핀들도." 로리가 조의 무릎에 대여섯 개의 핀들을 던지면서 말했다. "그것들은 이 길에 자라고 있어요, 메그. 빗과 밀짚모자도 그렇고요."

"너 뛰어다녔구나? 조, 참 한심하다. 그 왈가닥 짓을 언제쯤 그만 두겠어?" 메그는 잔소리를 하면서 조의 소매 단을 올려주고, 바람에 한껏 휘날리는 머리를 매만져 주었다.

"늙어서 몸이 마음대로 되지 않고 지팡이에 의지할 때까지 결단코 그만두지 않을 거야. 난 아직 그런 나이가 아닌데 다 큰 어른처럼 대접받는 건 싫어, 메그. 언니가 갑자기 변한 것도 괴로우니까 나만은 될수록 아이로 있게 내버려 둬."

그렇게 말하면서 조는 머리를 단풍잎들 위로 숙여 입술이 떨리고 있는 것을 숨겼다. 조는 언니가 요즘 들어 부쩍 어른이 되어간다고 느끼던 참에, 아까 로리에게 들은 비밀 얘기 때문에 언젠가 있을 언니와의 이별이 이제 아주 가까워진 것 같아 두려웠다. 로리는 조의 일그러진 표정을 보고, 메그의 관심을 다른 데로 돌리려고 재빨리 물었다.

"그렇게 잘 차려입고 어딜 다녀오는 거죠?"

"가드너 씨 댁에요. 샐리가 벨 모펏의 결혼식에 대해 얘기해 줬어요. 굉장했대요. 두 사람은 파리에서 겨울을 지내려고 떠났고요. 얼마나 즐거울까 생각해보세요!"

"메그, 부러운가요?" 로리가 물었다.

"그럼 부럽죠."

"잘 됐네." 조는 모자끈을 낚아채듯 묶으면서 중얼거렸다.

"아니 왜?" 메그는 놀란 표정으로 반문했다.

"언니가 사치스런 생활을 좋아한다면 가난한 사람에게는 절대로 시집가지 않을 테니까." 조가 말했다. 조는 말하면 안 된다고 묵시적인 눈짓을 보내는 로리를 찡그린 표정으로 바라보았다.

"난 누구에게도 '시집갈' 생각 따윈 없어." 메그는 그렇게 말하고 새침하게 걷기 시작했다. 둘은 그 뒤를 따라 걸으면서 웃기도 하고, 속삭이기도 하고 돌멩이를 걷어차기도 했다. 그런 두 사람을 메그는 '어린애같이 행동한다'고 생각했지만 메그도 나들이옷만 입지 않았더라면 역시 두 사람과 함께 어울렸을지도 몰랐다.

몇 주 동안 조의 행동은 아주 달랐다. 자매들은 조의 변화에 어찌할 바를 몰랐다. 집배원이 초인종을 울리면 조는 현관으로 달려갔고 브루크 선생을 만나면 퉁명스러웠다. 몹시 슬픈 얼굴로 메그를 뚫어지게 바라보는가 하면, 갑자기 벌떡 일어나 메그에게 키스를 하는 등 참으로 이상한 행동을 했다. 로리와는 언제나 서로 신호를 보내며 '독수리 날개'에 대해 이야기를 나누었다. 다른 자매들은 두 사람 다 정신이 이상해졌다고 생각했다. 조가 창문으로 빠져나간 지 2주일째 되는 토요일, 창가에서 바느질을 하고 있던 메그는,

로리가 마당에서 조를 쫓아다니다가 에이미의 나무 그늘에서 조를 붙잡는 모습을 보며 화가 나 있었다. 거기서 무엇을 하고 있는지는 보이지 않고, 웃음소리만 들려왔다. 그러더니 소곤소곤 이야기하는 소리와 함께 황급히 신문을 뒤적거리는 소리가 들려왔다.

"저 애를 어떡하지? 조금도 숙녀답게 행동하지 않으니." 메그는 두 사람의 행동을 못마땅한 얼굴로 보고 있다가 한숨을 쉬었다.

"조 언니는 숙녀가 되지 않는 편이 좋아. 지금 그대로가 재미있고 사랑스럽기도 하니까." 베스가 말했다. 베스는 조가 자기가 아닌 딴 사람과 비밀을 갖고 있는 것 같아 조금 기분이 상했지만 내색하지는 않았다.

"정말 큰일 났어. 그러나 조 언니를 '단정한 처녀(코미 라 포)'로 만들 수는 없어." 에이미가 말했다. 에이미는 곱슬머리를 예쁘게 땋고, 자기 옷에 새 주름 장식을 만드는 참이었다. 에이미는 두 가지가 다 잘되자 이젠 품위 있는 숙녀가 되었다고 혼자 생각하고 있었다.

2~3분쯤 지나자 조가 소파로 껑충 튀어오르며 눕더니 신문을 읽는 척했다.

"뭐 읽을 만한 거라도 있니?" 메그가 상냥하게 물었다.

"소설이 하나 있는데 그렇게 대단해 보이지는 않아." 그러고는 조는 신문의 이름이 보이지 않도록 조심스럽게 가렸다.

"그럼 소리 내어 읽어 줘. 우리들도 재미있을 테고 언니도 장난하지 못하고 얌전히 있게 될 테니까." 에이미는 제법 어른스러운 말투로 말했다.

"제목이 뭐야?" 베스는 조가 왜 신문으로 얼굴을 가리는지 의아해하면서 물었다.

"경쟁하는 두 화가."

"재미있을 것 같은데, 읽어 줘." 메그가 말했다.

"에헴!" 조는 헛기침을 하고 숨을 들이쉰 다음 아주 빨리 읽기 시작했다. 자매들은 흥미롭게 들었다. 그 이야기는 매우 낭만적이었고, 작품 속의 인물들이 최후에 대부분 죽는 비극적인 이야기였다.

"난 그 멋진 장면이 좋아." 조가 잠깐 멈추었을 때 에이미가 감탄을 표했다.

"서로 사랑하는 그 부분이 더 좋았어. 비올라와 안젤로는 우리들이 가장 좋아하는 이름인데. 이상하지 않아?"

메그는 '사랑하는 장면'이 비극적이었기 때문에 눈물을 닦으면서 말했다.

"작가가 누구지?" 조의 얼굴을 힐끗 보고 베스가 물었다.

그러자 그것을 읽고 있던 조는 신문을 치우고 벌떡 일어나 빨갛게 상기된 얼굴에다 진지함과 흥분이 뒤섞인 묘한 태도로 "너의 언니" 하고 큰 소리로 말했다.

"네가?" 메그는 바느질감을 떨어뜨렸다.

"매우 좋은 작품이야." 에이미는 비평가처럼 말했다.

"난 알고 있었어. 알고 있었다고! 조 언니, 정말 너무 자랑스럽다."

베스는 달려와서 언니를 꼭 껴안으며 이 꿈같은 성공을 기뻐했다.

세상에, 정말이지 모두들 얼마나 기뻐했는지! 메그는 '미스 조세핀 마치'라는 이름을 신문에서 분명히 확인할 때까지 믿으려 하지 않았다. 에이미는 친절하게도 소설 속에서 예술적으로 훌륭했던 대목을 비평하면서, 속편에 대해 계속 귀띔을 하였지만 주인공 남녀가 모두 죽었기 때문에 안타깝게도 속편은 더 나올 수가 없었다. 베스는 너무 기쁘고 흥분한 나머지 펄쩍펄쩍 뛰며 노래까지 불러댔다. 한나도 '조가 한 일'이라는 말에 몹시 놀라 '그럴 리가, 정말 놀랐는걸' 하고 소리쳤다.

마치 부인은 그 소식을 듣자 대단히 자랑스럽게 여기며 기뻐했다. 조는 눈물을 글썽이고 웃으면서, 공작새가 되어 뽐낼 때가 되었다고 선언했다. '독수리의 날개'가 '마치 집안'을 어떻게 의기양양하게 날개 치며 돌아다닐지도 말할 수 있다고 하면서 말이다. 신문지가 가족들의 손에서 손으로 건네졌다.

"그 일에 대해 전부 얘기해 줘."

"신문이 언제 왔어?"

"돈은 얼마나 받았어?"

"아버지가 아시면 뭐라고 말씀하실까?"

"로리가 웃지나 않을까?"

집안 식구들이 모두 조의 주위에 모여 한꺼번에 외쳐댔다.

이 사심 없고 다정한 사람들은 아무리 작은 일이라도 집에 기쁜 일이 생기면 마음껏 축하하고 함께 기뻐했다.

"자, 아가씨들, 모두 떠드는 걸 그만두고 내가 사정을 모두 다 말할 테니 들어 봐요."

조가 말했다. 조는 바니 양이 《에벨리나》를 썼을 때에 자기가 《경쟁하는 화가》를 쓰고 났을 때보다 기뻤을까 궁금했다.

조는 자기 작품을 신문사에 가지고 간 경위에 대해 모두에게 얘기해주고 나서 이렇게 말했다.

"내가 대답을 들으러 갔는데 기자가 두 편 다 좋다고 했어. 그러나 책을 처음 발표하는 사람에게는 원고료를 지불하지 않는대. 그저 신문에 실어서 그 작품을 알려주는 것뿐이래. 그 사람이 그건 좋은 공부가 된다고 말했어. 글이 좋아지면 누구든지 사러 올 수 있대. 그 사람에게 두 편 다 맡겼어. 그리고 오늘 이것이 온 거야. 로리는 내가 신문을 보고 있으니까 좀 보여 달라고 졸랐어. 그래서 보여주었지. 작품이 좋다고 했어. 난 앞으로 더 쓰겠어. 다음부터는 원고료를 지불해 주겠다고 했어. 이제 내 생활비도 벌 수 있고 언니와 너희들을 도울 수 있을지도 몰라. 난 정말 기뻐."

조는 여기까지 말하고는 잠시 그대로 있었다. 그리고 신문에 얼굴을 묻었다. 자신도 모르게 눈물이 흘러 넘쳐 그녀의 소중한 이야기를 적시고 있었다. 자립하게 되는 것과 사랑하는 사람들로부터 칭찬받는 것은 조가 진심으로 소중히 여기는 것들이었다. 오늘의 일은 그 행복한 결말로 다가가는 첫걸음처럼 느껴졌다.

제15장 전보

"11월은 1년 중 가장 싫어."

잔뜩 흐린 어느 날 오후 메그는 창가에 서서 서리가 내린 정원을 바라보면서 말했다.

"그래서 난 11월에 태어났나 봐." 조가 자기 코끝에 잉크가 묻은 줄도 모르고 깊은 생각에 잠겨 있다가 말했다.

"지금 뭔가 매우 놀라운 일이 일어난다면 11월도 유쾌한 달이라고 생각할 거야." 11월이라도 무엇이든 밝게 생각하는 베스가 말했다.

"그럴지도 몰라. 하지만 이 집에서 좋은 일이 생기는 일은 없어." 메그는 별로 기분이 좋지 않았던지 그렇게 말하고 덧붙였다. "매일같이 열심히 일했는데도 아무런 변화도 없고, 재미있는 일도 없고, 이건 다람쥐 쳇바퀴 같은 생활이야."

"이런, 모두 우울해 있군요! 다른 소녀들은 멋진 시간을 보내는데 언니는 항상 생활에 허덕여야 하니까 우울한 거야. 내가 소설의 여주인공에게 해줄 수 있는 것처럼 언니에게도 잘 해줄 수 있다면 좋겠어. 언니는 이미 충분히 아름답고 훌륭해. 언니는 많은 재산의 상속인이 되어 언니를 괄시하던 세상 사람들에게 보란 듯이 외국 여행을 하고, 불꽃같이 화려하고 우아한 귀부인 모습으로 돌아올 거라는 이야기야."

"요즘에는 그런 식으로 재산을 얻는 사람은 없어. 남자는 일해야 하고 여자는 부자가 되기 위해 결혼하게 돼. 세상은 몹시 불공평해." 메그는 화가 난 듯 말했다.

"조 언니와 내가 언니들을 위해 돈을 많이 벌어줄게. 10년만 기다려 줘. 두고 봐, 꼭 그럴 테니까." 에이미가 구석에서 진흙으로 새, 과일, 사람 얼굴들을 만들며 말했다. 한나는 그것들을 '진흙파이'라고 불렀다.

"난 기다릴 수 없어. 너희들의 호의는 고맙지만 잉크나 진흙 같은 건 별로 신용할 수 없어."

메그는 한숨을 쉬며 서리 내린 정원으로 다시 눈길을 돌렸다. 조는 으흠! 기침을 하며 맥빠진 모습으로 탁자 위에 양 팔꿈치를 기대고 있었다. 에이미만이 신이 나서 찰흙을 두드려댔다. 그때 창가에 서 있던 베스가 웃으면서 말했다.

"이제 두 가지 유쾌한 일이 일어날 거예요. 엄마가 저 길 아래에서 올라오시고, 로리가 뭔가 좋은 소식이 있는 듯 정원을 쿵쿵거리며 가로질러 오고 있어요."

마침내 두 사람이 다 집에 도착했다. 마치 부인은 언제나처럼 물었다.

"아버지에게서 소식 있었니, 아가씨들?"

로리는 설득하듯이 물었다. "누구 마차 타고 나갈 사람 없어요? 난 쭉 수학 공부를 하느라 머리가 멍해졌어요. 기분 좋게 한 번 돌고 올까 하는데요. 날씨는 우중충하지만 공기는 나쁘지 않아요. 브루크 씨를 마중 나가니까 마차 밖으로 나가지만 않는다면 즐거울 거예요. 조, 메그, 베스, 같이 가지 않겠어요?"

"물론 가지요."

"고마워요 하지만 난 바빠서." 메그는 그렇게 말하고는 불쑥 일감 바구니를 꺼냈다. 메그는 어머니가 말씀하신 대로, 젊은 남자와 너무 자주 마차를 타서는 안 된다고 생각했다.

"우리 셋은 곧 준비하겠어요." 에이미는 손을 씻으러 달려가며 소리쳤다.

"제가 뭐 해 드릴 일은 없습니까, 어머님?" 로리는 언제나처럼 마치 부인의 의자에 기대어 다정한 얼굴로 물었다.

"다른 일은 없으나 괜찮다면 우체국에 들러 주었으면 좋겠구나. 편지 올 때가 되었는데 아직 집배원이 오지도 않고 말이다. 아이들 아버지는 틀림없이 규칙적으로 편지를 보내시지만 도중에서 늦어지고 있는 것 같아."

그때 초인종이 날카롭게 울려 부인의 이야기를 중단시켰다. 곧이어 한나가 우편물을 들고 들어왔다.

"마님, 끔찍한 전보가 한 장 왔는데요."

한나는 마치 그것이 폭발해서 주위를 부숴 버리기라도 할까 봐 두려운 듯 조심조심 부인에게 건네주었다.

'전보'라는 말에 부인은 그것을 낚아챘다. 그리고 두 줄을 읽었다. 그러더니 갑자기 새파랗게 질려 의자에 그대로 쓰러져 버렸다. 그 작은 종이에서 총알이라도 튀어나와 부인의 가슴을 꿰뚫었단 말인가. 로리는 물을 가지러 아래층으로 서둘러 내려가고, 메그와 한나는 부인을 일으켜 앉혔다. 전보를 낭독하는 조의 목소리는 떨렸다.

마치 부인에게

당신의 남편이 위중함. 곧 오기 바람.

S. 해일

워싱턴 블랭크 병원

모두 숨을 죽였다. 방 안은 적막했고 밖은 어두워지고 있었다. 세상이 갑자기 변한 것 같았다. 자신들의 생활과 행복이 뿌리째 뽑히는 것 같았다. 모두 두려움에 싸여 어머니 주위로 모여들었다. 마치 부인은 바로 정신을 차리고, 다시 한 번 전보를 읽은 다음 딸들에게 팔을 뻗치며 결코 잊을 수 없는 어조로 말했다.

"엄마는 곧 떠나야겠다. 너무 늦었을지도 모르겠다. 애들아, 엄마가 이 일을 견딜 수 있도록 도와주렴."

얼마 동안 방 안에는 흐느껴 우는 소리와 띄엄띄엄 들리는 위로의 말뿐이었다. 서로 돕자는 얘기와 용기를 북돋우는 말들이 뒤섞였다. 이 모든 소리는 결국 눈물에 묻혀 버렸다. 가장 먼저 침착을 되찾은 가엾은 한나는 다시 일을 하기 시작했다. 일만이 고통을 잊을 수 있는 만병통치약으로 생각되었다. 한나의 몸에 밴 현명함은 모두에게 좋은 본보기가 되었다.

"하느님, 부디 주인어른을 지켜 주세요! 울고 있을 시간이 없어요. 부인께서 당장 떠나시도록 준비를 해드려야 하니까요."

한나는 마음에서 우러나는 말을 하고 앞치마로 눈물을 닦더니 그녀의 거친 손으로 부인의 손을 꼭 쥐었다. 그리고 혼자 세 사람 몫을 할 듯한 힘찬 자세로 일을 하러 나갔다.

"한나가 옳아, 울고 있을 시간이 없어. 모두 침착하자. 나도 생각을 좀 해야겠구나."

부인은 창백한 얼굴이었지만 매우 침착하게 대책을 세우려고 생각을 가다듬었다. 자매들도 침착하려고 애를 썼다.

"로리는 어디 있지?"

부인은 먼저 해야 할 일을 결정하고 로리를 찾았다.

"저 여기 있습니다. 제게 무슨 일이든 시켜 주세요."

로리는 외치면서 황급히 옆방에서 나왔다. 로리는 이 집안사람들이 슬픔에 잠겨 있는 모습을 처음으로 보았다. 그 모습이 너무 숙연해 보였기 때문에 아무리 친하다 해도 함부로 보고 있어서는 안 될 것 같아 다른 방으로 가 있었던 것이다.

"내가 즉시 간다는 전보를 쳐 주렴. 다음 기차가 아침 일찍 있으니까 그 기차를 타야겠다."

"그 밖에 다른 일은요? 말이 준비되어 있으니 어디든 갈 수 있습니다. 뭐든지 해 드리겠습니다." 로리는 무슨 일이든 하겠다는 표정으로 말했다.

"마치 고모에게 편지를 전해야겠다. 조, 펜과 종이를 갖고 오너라."

조는 새로 묶은 노트에서 종이 한 장을 찢어 들고 탁자를 엄마 앞으로 갖다 놓았다. 조는 이 길고 슬픈 여행을 위해 돈을 빌려야만 한다는 것을 잘 알고 있었다. 조는 아버지를 위해 작은 일이라도 뭐든지 보탬이 되고 싶었다.

"자, 갔다 오겠니? 그러나 너무 서둘러 달리다가 사고를 당하면 안돼. 절대 그래서는 안돼."

마치 부인의 주의는 소용없었다. 로리는 5분 후에 벌써 자기 준마를 타고 창가를 맹렬한 속도로 지나갔다.

"조는 킹 씨 부인에게 가서 엄마가 갈 수 없다고 전하고, 돌아오는 길에 이 물건들을 사 오도록 해라. 내가 적어줄 물건들은 모두 필요한 거다. 간호에 필요한 물건들을 가져가야 해. 병원의 물건들이 반드시 좋다고는 할 수 없으니까. 베스는 로렌스 씨에게 가서 오래된 포도주 두 병만 달라고 요청하렴. 아버지를 위해서라면 남에게 부탁하는 것도 부끄럽지 않다. 무엇이든 가장 좋은 것을 드려야 할 텐데. 에이미는 한나에게 가서 까만 트렁크를 내려달라고 해라. 메그는 엄마와 함께 물건 찾는 걸 도와주렴. 난 정신이 반은 나간 듯하구나."

한꺼번에 쓰고, 생각하고, 지시하느라 가엾은 마치 부인은 머릿속이 혼란스러웠다. 메그는 어머니에게 잠시 방에 가 조용히 앉아 있으면 자기들이 다 알아서 하겠다고 말했다.

모두 바람에 흩어지는 나뭇잎처럼 제각기 사방으로 흩어졌다. 조용하고 행복했던 이 가정은 전보 한 장으로 악마의 저주라도 받은 듯 아수라장이 되어 버렸다.

로렌스 할아버지가 베스와 함께 허둥대며 달려왔다. 친절한 로렌스 씨는 환자에게 위안이 될 만한 물건들을 되는 대로 챙겨 왔으며 마치 부인이 집을 비우는 동안 따님들을 잘 돌봐 주겠다는 진심어린 약속으로 부인을 안심시켰다. 노인은 자신의 실내복 준비에서부터 손수 호위하겠다는 제안까지 하고 나섰다. 그러나 부인과 함께 간다는 것은 안 될 말이었다. 부인은 노인에게 긴 여행을 시킬 수는 없다고 생각했다. 그래도 노인이 그렇게 말했을 때는 얼마간 편안함을 느꼈다. 여행에서 근심은 악재이기 때문이다. 노인은 마치 부인의 표정을 보고 마음이 놓이지 않아 두 손을 비비다가 곧 돌아오겠다고 하면서 불현듯 방을 나갔다. 모두 바빠서 로렌스 할아버지를 잊고 있었다. 메그는 한 손에 실내화, 한 손에 차를 들고 현관을 지나가다 브루크 씨와 마주쳤다.

"정말 안됐습니다. 마치 양!"

브루크 씨의 친절하고 조용한 어조는 메그의 불안한 마음에 위안을 주었다.

"어머니의 에스코트로 저를 데려가 주셨으면 하고 왔습니다. 로렌스 씨께 부탁받은 용무가 있어서 워싱턴까지 가게 되었습니다. 도중에 뭐라도 당신 어머니께 도움이 돼 드리고 싶습니다."

메그는 얼떨결에 실내화를 떨어뜨리고 하마터면 찻잔까지 떨어뜨릴 뻔했다. 너무 기쁜 나머지 감사의 빛이 메그의 얼굴에 가득했다. 브루크 씨는 자신이 행하려 한 하찮은 희생에 비해 과분한 보답을 받은 기분이었을 것이다.

"모두 그렇게 친절하게 대해 주시다니 감사합니다! 어머니도 틀림없이 받아들일 거예요. 저희들도 누가 어머니를 옆에서 돌봐준다고 생각하면 마음이 편안해질 거예요. 정말 고맙습니다."

메그는 공손하게 말했다. 메그는 정신이 없어 자기가 찻잔을 들고 있다는 사실을 잠시 잊고 있었지만 그래도 브루크 씨의 갈색 눈이 계속해서 그녀의 손을 보고 있음을 깨닫고 차 생각이 나서 어머니를 나오시도록 하겠다고 말하며 응접실로 안내했다.

로리가 마치 고모에게서 편지를 받아 가지고 왔을 때는 이미 모든 준비가 끝나 있었다. 마치 고모의 편지에는 필요한 돈이 들어 있었고 전부터 가끔 하시던 당부의 말씀이 몇 줄 씌어 있었다.

마치가 군대에 간 것은 어리석은 일이었으며, 만일 그렇게 되면 언젠가 분명히 좋지 않은 일이 생길지도 모른다고 항상 말해 왔는데 정말 자기 말대로 되었기 때문에 앞으로는 더욱 자기 말을 잘 들어 주길 바란다는 내용이었다. 마치 부인은 편지를 불 속에 넣어 버리고 돈은 지갑에 챙겨 넣은 다음 여행 준비를 계속했다. 그때 조가 어머니를 보았다면 어머니를 이해할 수 있었을 것이다. 부인은 입술을 꼭 다물고 뭔가 참는 표정이었다.

가을 해는 벌써 저물고 있었다. 자질구레한 일들이 모두 끝나자 부인과 메그는 마쳐야 할 바느질을 하느라 바빴다. 베스와 에이미는 차를 끓이고, 한나는 서둘러 다림질을 끝마쳤다. 그런데도 조는 아직 집에 돌아오지 않았다. 모두들 걱정을 해서 로리가 찾으러 나섰다. 조는 갑작스런 충동으로 무슨 일을 할지 모르는 아가씨였다. 그러나 로리는 조를 만나지 못했다.

그런데 그 사이 야릇한 표정으로 조가 돌아왔다. 장난기와 두려움, 만족과 후회가 뒤섞인 얼굴이었다. 가족들은 어리둥절할 뿐이었다. 그러나 조가 목이 멘 소리로 '이건 아버지를 편안하게 해 드리고 집으로 오시도록 하려는 작은 정성'이라고 말하고 둥글게 감은 뭉치를 어머니 앞에 내놓았을 때는 더욱 어리둥절해졌다.

"너 이 돈 어디서 났어? 25달러나! 조, 설마 엉뚱한 짓을 한 건 아니겠지?"

"아니에요, 제 돈이에요. 구걸도 하지 않았고 빌려온 것도 아니에요. 제가 번 돈이에요. 괜찮죠? 내 물건을 팔았으니까요."

그리고 조는 모자를 벗었다. 순간 모두 깜짝 놀라고 말았다. 그 길던 머리가 온통 짧게 잘려 있지 않은가?

"어머, 그 머리를! 아름다운 그 머리를!"

"어머, 조 언니! 어떻게 그럴 수 있어? 얼마나 아름다운 머리였는데!"

"조, 사랑스러운 것! 그럴 필요까지는 없었는데!"

"더 이상 내 딸 같지가 않구나! 그렇지만 더욱 사랑스럽구나."

저마다 감탄과 안타까움에 한 마디씩 했다. 조는 베스가 짤막하게 자른 자신의 머리를 품에 안아도 애써 아무렇지 않은 척했다. 그러나 모두 조의 마음을 알고 있었다. 조는 짧은 갈색 머리를 쓸어올리고 아무렇지 않다는 듯 말했다.

"나라의 운명이 어떻게 되는 건 아니니까 울지 않아도 돼, 베스. 난 허영심을 버리게 돼서 아주 좋아. 나는 지금까지 이 머리를 지나치게 자랑스러워했어. 쓸데없는 머리카락을 없애버리면 머리가 좋아지는 데 도움이 되겠지. 가볍고 시원해서 기분이 좋아. 이발사가 곧 끝이 꼬불거리는 머리로 할 수 있대. 그러면 사내아이 같은 나에게 잘 어울릴 테고 다듬기도 쉬울 거래. 난 이것으로 만족해. 이 돈을 받아주세요. 그리고 저녁 식사를 해요."

"조, 내게 자세히 말해 주겠니? 엄마 생각엔 결코 좋은 일이 아니야. 그렇다고 널 꾸짖을 수는 없구나. 네가 자진해서 너의 자랑거리를 사랑을 위해 희생시킨 그 마음을 잘 알고 있으니까. 조, 그렇게까지 안 해도 좋았는데 말이다. 엄마는 네가 언젠가 너의 행동을 후회하지 않을까 그게 걱정이야."

마치 부인이 말했다.

"아뇨. 후회 같은 건 안 해요!"

조는 단호하게 말했다. 조는 자기의 즉흥적인 행동에 대해 심하게 책망받지 않아 마음이 놓였다.

"어떻게 그런 생각을 했어?"

아름다운 머리를 자르느니 차라리 목이 잘리는 편이 낫다고 생각하는 에이미가 물었다.

"난 아버지를 위해 뭔가 해 드리고 싶은 생각에 정신이 없었어."

모두 식탁에 모여 식사를 하고 있을 때 조가 말했다. 건강한 젊은 사람들은 걱정거리가 있어도 먹는 일은 잊지 않는 모양이다.

"엄마처럼 돈을 빌리는 것은 싫어요. 마치 고모는 투덜거리실 게 뻔하잖아요. 언제나 그러셨으니까요. 설사 9펜스를 빌려도 말이에요. 메그 언니는 3개월 간의 급료를 모두 집세로 냈고, 나는 내 돈으로 모두 옷을 사서 면목이 없었어요. 그래서 어떻게 하면 돈을 마련할 수 있을까 궁리했어요. 코를 잘라 팔아도 상관없다고 생각할 정도였어요."

"그렇게 생각할 필요는 없었다. 넌 겨울옷이 없으니까 네가 열심히 일해서 번 돈으로 검소한 옷을 샀을 뿐이야." 마치 부인은 조의 마음을 달래듯 다정하게 말했다.

"저도 처음에는 머리카락을 팔 생각은 없었어요. 그냥 길을 걸으면서 어떻게 할까 생각했어요. 어느 큰 상점에 들어가 닥치는대로 물건을 갖고 나올까 하는 생각도 했고요. 그러다가 한 이발관 창에서 몇 개의 머리묶음을 보았어요. 각기 가격이 붙어 있었는데 내 머리보다 숱이 많지 않은 까만 머리가 40달러였어요. 순간 나는 돈으로 바꿀 만한 것을 갖고 있다는 생각이 번쩍 들어 곧장 가게로 들어가 내 머리카락을 사 줄지 또 내 머리카락이 얼마나 받을 수 있는지 물어 봤어요."

"어떻게 그런 결단을 내릴 수 있었지?" 베스는 놀란 목소리로 말했다.

"이발소 주인은 머리에 기름이나 바르며 사는 보잘 것 없는 평범한 사람이었어요. 처음에는 노려보며 젊은 여자애가 머리카락을 사 달라고 부탁하는 것은 처음이라는 듯한 얼굴이었어요. 이발소 주인은 내 머리는 요즘 유행하는 빛깔이 아니기 때문에 사고 싶지 않다고 했어요. 처음에는 아주 싸게 사려 하면서 팔려면 손질을 많이 해야 한다고 그러는 거예요.

그 사이 시간이 자꾸 흘러 곧 결정을 하지 않으면 안 될 것 같았어요. 모두 알다시피 나는 일단 마음먹은 일은 중도에 그만두는 일이 없잖아요. 제발 내 머리를 사 달라고 조르기 시작했어요. 그리고 내가 서두르는 이유를 말했어요. 어리석은 짓이었는지 모르지만 그렇게 해서 이발사의 생각이 바뀌었어요. 전 꽤 흥분해서 집안 일을 전부 털어놓고 말았어요. 그런데 그 말을 들은 주인아줌마가 아주 친절하게 이런 말을 했어요. '여보, 토마스, 사 주세요. 그래서 이 아가씨의 마음을 편하게 해 줘요. 나도 우리 지미를 위해 필요하다면 그렇게 하고 싶어요'라고."

"지미가 누구야?"

말하는 도중에라도 일일이 설명을 들어야 직성이 풀리는 에이미가 물었다.

"아들이래. 군대에 가 있어. 이런 일로 처음 보는 사이인데도 사람들 사이를 아주 친밀하게 해주더군요. 주인이 내 머리를 자르는 동안 그 아주머니는 옆에서 많은 얘기를 해주며 내 시름을 잊게 해주었어요."

"처음 싹둑 잘랐을 때 두렵지 않았어?" 메그가 물었다. 그녀의 어깨가 흔들렸다.

"나는 이발사가 이발 도구를 늘어놓는 동안 내 머리를 마지막으로 보았어. 그게 끝이야. 난 그런 시시한 일에 속상해하지는 않아. 그러나 솔직히 말해 잘린 머리카락이 탁자 위에 놓인 것을 보고 몽땅하게 짧아진 머리를 만졌을 때 아주 이상한 기분이 들었어. 마치 팔이나 다리가 잘려 나간 것 같았지. 잘린 머리카락을 바라보고 있으니 그 아줌마가 기념으로 간직해 두라며 긴 머리카락을 조금 주었어. 그걸 어머니께 드리겠어요. 내가 멋있는 머리카락을 갖고 있었다는 기념으로 간직해 주세요. 지금은 단발이 아주 편해요. 앞으로는 머리를 길게 기르지 않을 테니까요."

마치 부인은 곱실거리는 그 밤색 머리카락을 짧은 회색 머리카락과 함께 당신의 서랍 안에 보관했다. 부인은 그저 '고맙다'고만 말했다. 자매들은 마치 부인의 얼굴 표정을 보고 화제를 딴 데로 돌렸다. 그들은 브루크 씨의 친절함, 내일 날씨가 좋을 것 같다는 예견, 아버지가 돌아오셔서 집에서 요양하시게 되면 갖게 될 행복한 시간에 대해 즐겁게 이야기했다.

누구도 일찍 자려고 하지 않았다. 10시가 되자 마치 부인은 마지막 일을 끝내고 '자, 아가씨들' 하고 말했다. 베스는 피아노로 가서 아버지가 좋아하시는 찬송가를 쳤다. 처음에는 모두 큰 소리로 불렀는데 점점 한 사람씩 노래를 멈추었고 마지막에는 베스 혼자만 열심히 불렀다. 음악은 베스에게 언제나 다정한 위로가 되었다.

"모두 가서 자거라. 언제까지 얘기만 하고 있을 수는 없어. 모두 일찍 일어나야 하니까 푹 자도록 해."

찬송가가 끝나자 마치 부인이 그렇게 말했고 아무도 더 이상 노래를 부르려 하지 않았다.

모두 어머니에게 얌전히 키스를 하고 옆방에 부상당한 아버지가 와 계신 것처럼 소리를 죽이며 잠자리에 들었다. 베스와 에이미는 큰 걱정이 있을 때라도 곧 잠들었지만, 메그는 좀처럼 잠을 이룰 수가 없었다. 그녀는 자신의 짧은 생애를 통해 처음으로 겪는 가장 중대한 사건에 대해 생각하고 있었다. 조도 꼼짝 않고 있었기 때문에 메그는 조가 잠든 줄 알았다. 그런데 잠시 뒤 흐느껴 우는 소리가 났다. 메그가 조의 빰을 만져 보니 젖어 있었다.

"조, 왜 그래? 아버지 때문에 그래?"

메그가 큰 소리로 물었다.

"아니야, 지금은 아냐."

"그럼 뭣 때문에?"

"내…… 머리 때문에!"

조는 가엾게도 와아 하고 울음을 터뜨려 버렸다. 베개로 감추려 했지만 감추어지지 않았다.

메그는 갑작스레 울음을 터뜨린 조를 보고 마음이 저려왔다. 메그는 울고 있는 동생에게 다가가 키스를 하고 다독거려 주었다.

"슬퍼서 그런 게 아니야." 조는 목 멘 소리로 자기 행동을 부정했다. "만약 다시 한다 해도 똑같이 행동할 거야. 이런 일로 우는 건 바보 같은 짓이야. 내가 울었다고 아무에게도 말하지 말아줘. 이제 모두 끝난 일이니까. 언니가 잠든 줄 알았는데…… 나의 유일한 아름다움이었던 머리를 생각하고 나도 모르게 울고 말았어. 언니는 왜 자지 않고 있어?"

"잠이 안 와. 너무 걱정이 돼." 메그가 말했다.

"뭔가 좋은 일을 생각해 봐. 그럼 곧 잠이 올 거야."

"그렇게 해 봤는데도 점점 더 신경이 예민해질 뿐이야."

"무슨 생각을 했어?"

"잘생긴 얼굴, 특히 눈." 메그는 혼자 미소를 지었다.

"무슨 색깔의 눈이 좋아?"

"다갈색, 가끔은 파란 눈도 좋아."

조는 큰 소리로 웃어댔다. 그러자 메그는 그녀에게 조용히 하라고 주의를 시키고 조의 머리를 말아 주겠다고 약속했다. 메그는 환상의 성에 사는 꿈을 꾸려고 잠을 청했다.

시계가 자정을 알리고 모두가 고요함에 빠져 있을 때 그림자 하나가 이 침대 저 침대로 돌아다니며 이불을 덮어 주고, 베개를 다시 베어 주고, 깊이 잠들어 있는 자매들 하나하나의 얼굴에 무언의 축복이 담긴 키스를 해 주었다. 그리고 어머니만이 할 수 있는 간절한 기도를 하였다. 마치 부인은 커튼을 올리고 적막이 깃든 밤 경치를 내다보았다. 달빛이 구름 속에서 나와 밝고 인자한 얼굴처럼 부인을 비췄다. 그 밝은 얼굴은 고요 속에서 마치 이렇게 속삭이는 것 같았다

"사랑스러운 영혼이여, 걱정하지 마세요! 구름 뒤에는 반드시 빛이 있는 법이니까."

제16장 편지

추운 잿빛 새벽이었다. 자매들은 저마다 램프를 켜고 예전에는 느껴본 적이 없었던 열기로 열심히 성경을 읽고 있었다. 지금처럼 불행의 그림자가 드리웠을 때, 이 작은 책은 진정으로 힘을 주고 위안을 주었다. 자매들은 일찍 일어나 힘든 여행을 하실 어머니에게 눈물을 보이거나 투덜거려 걱정을 끼치지 않도록 모두 힘차고 명랑하게 인사를 하자고 입을 모았다. 아래층은 매우 다른 모습이었다.

밖은 아직 어둡고 고요했지만 집 안은 밝고 부산스러웠다. 이렇게 이른 아침에 식사를 하는 것이 어색했다. 수면모자를 쓴 채 바쁘게 부엌일을 하는 한나도 어딘지 다른 표정이었다. 큰 트렁크가 현관에 놓여 있었고 소파 위에는 어머니의 모자와 외투가 놓여 있었다. 부인은 어떻게든 식사를 하려고 했다. 지난 밤 걱정 때문에 잠을 못 자서 창백한 얼굴이었다. 딸들은 그 모습을 보자 아까의 약속을 지킬 수 없을 것 같았다. 메그는 나오는 눈물을 어쩔 수 없었고, 조는 몇 번이고 키친타월에 얼굴을 숨겼으며, 베스와 에이미는 마치 지금 처음 슬픔을 맛보는 듯한 침울하고 걱정스런 얼굴을 하고 있었다.

모두들 별말이 없었다. 어머니가 마차를 기다릴 동안 자매들은 어머니 곁

으로 가서 숄을 개거나 방한용 덧신을 신겨 드리거나 모자 끈을 반듯이 펴거나 여행 가방을 잠그며 저마다 바쁘게 움직였다. 잠시 뒤 마치 부인은 모두에게 말했다.

"애들아, 한나와 로렌스 할아버지가 너희들을 잘 돌봐 주실 거다. 한나는 믿을 만하고 로렌스 씨는 너희들을 자기 자식들처럼 지켜주실 거야. 한 가지 걱정은 너희들이 이 불행을 씩씩하게 극복할 수 있을까 하는 것이다. 엄마가 떠난 뒤에 슬퍼하거나 끙끙 앓지는 않겠지? 게을러지거나 잊어버리려고 애쓰느라 나태해져서도 안 돼. 언제나처럼 일하렴. 일은 참으로 고마운 위안이 되니까. 희망을 갖고 끊임없이 바쁘게 사는 거야. 그리고 어떤 일이 있어도 아버지께서 함께 계신다는 사실을 잊지 마라."

"알았어요, 어머니."

"메그는 동생들을 잘 돌보고 한나와 모든 일을 상의해라. 어려운 일이 있을 때는 로렌스 씨에게 가서 여쭈어 보고. 조, 실의에 빠지거나 무모한 짓을 하지 말고 내게 편지를 자주 하렴. 모두들 서로 돕고 용기를 잃지 않는 현명한 딸들이 되어 주겠지? 베스는 피아노를 치거나 노래를 부르며 용기를 얻고, 자질구레한 집안일도 잘 거들어 주겠지? 그리고 에이미는 언니들 말 잘 듣고 착하고 얌전히 있도록 해라."

"네, 엄마 꼭 그렇게 할게요!"

이때 덜거덕덜거덕 마차 소리가 들려왔다. 모두 그 소리에 귀를 기울였다. 견디기 힘든 순간이었으나 네 아가씨는 이를 악물고 참아냈다. 울거나 뛰쳐나가 엄마를 안타깝게 하는 일은 없었다. 아버지에게 사랑한다는 말을 전해 달라고 한 순간 엄마가 이미 늦었을지도 모른다고 말씀하신 기억이 나서, 마음이 무거웠다. 자매들은 모두 어머니에게 키스를 했고 어머니 옆에 매달려 있다가 마차가 떠나자 모두 손을 흔들며 애써 명랑한 태도를 보이려고 노력했다. 로리와 로렌스 할아버지가 배웅하러 와 주었다. 브루크 씨는 매우 믿음직스러운데다 현명하고 친절했기 때문에 아가씨들은 즉석에서 '미스터 그레이트하트'(《천로역정》 제2부 (존 버넌(John Buyan) 1684 발표) 남편의 뒤를 따라 아이들과 이웃들과 함께 천국의 도시를 향해 떠난 기독교인 아내를 따라간 인물)라는 이름을 붙여주었다.

"잘들 있거라, 애들아! 하느님, 우리를 보살펴 주세요!"

마치 부인은 사랑스러운 딸들의 뺨에 하나하나 키스를 하며 속삭였다. 이윽고 그녀는 서둘러 마차에 올랐다.

마차가 움직일 때 해가 떠오르기 시작했고 부인이 뒤를 돌아다보았을 때는 문에서 배웅하고 있는 모두에게 아침 햇살이 비치고 있었다. 부인은 좋은 징조라 여기고 기분이 좋아졌다. 보내는 사람들도 모두 웃으며 밝은 기분으로 마치 부인을 배웅했다. 마차가 모퉁이를 돌 때 마지막으로 한 번 더 돌아보니 밝은 얼굴을 한 네 아이들과 그 뒤에 호위병 같은 로렌스 씨, 충실한 한나, 그리고 헌신적인 로리가 그대로 서 있었다.

"모두 이렇게 친절히 대해 주다니!"

부인이 고개를 돌리자 존경과 안타까움으로 가득한 브루크 씨의 얼굴이 거기 있었다. 마치 그녀의 말을 증명이라도 하는 것처럼.

"모두들 그렇게 하지 않고는 배길 수 없었을 겁니다."

브루크 씨는 대답을 하면서 옆사람도 웃게 만드는 웃음을 터트렸고 그 웃음에 이끌려 부인도 살짝 미소를 지었다. 그렇게 해서 밝은 햇빛과 미소와 기분 좋은 담소로 조짐이 좋은 여행이 시작되었다.

"마치 지진이라도 일어났던 것 같아."

조가 쓸쓸히 말했다. 이웃 사람들은 돌아가고 자매들만이 남아서 잠깐 쉬던 참이었다.

"집안 절반은 빈 것 같아!"

이번에는 메그가 쓸쓸히 말했다.

베스도 무슨 말인가를 하려다가, 어머니의 책상 위에 쌓여 있는 깔끔하게 기워놓은 양말들을 가리켰다. 급히 출발하면서도 마지막까지 딸들을 위해 일을 해 놓고 가신 것을 알게 된 것이다. 그것은 작은 일이었지만 모두의 가슴을 뭉클하게 했다.

담담하자고 마음먹은 일도 잊은 채 네 자매는 그 자리에서 그만 참았던 울음을 터뜨렸다.

한나는 그냥 모두 우는 대로 내버려두었다. 그리고 잠시 뒤 울음이 그치기를 기다리며 한나는 자매들의 기운을 북돋아 줄 양으로 커피를 준비했다.

"자, 아가씨들. 어머니가 하신 말씀을 기억하고 있죠? 너무 걱정하지 말고 모두 이리 와서 커피를 들어요. 그리고 열심히 일을 해서 과연 마치 댁의 아이들답다는 말을 듣도록 해요."

커피는 특별한 대접이었다. 그날 아침에는 한나가 보통 때보다 훨씬 솜씨를 내어 커피를 끓였다.

"자, 들어요."

커피 주전자에서 풍겨나오는 향긋한 냄새가 모두를 식당으로 끌어들였다. 식탁에 모여 커피를 마시고 나니 한결 기운이 났다. 10분 뒤에는 다시 일상생활이 시작되었다.

"'희망을 갖고 바쁘게 일하기'가 우리들의 생활관이지. 그것을 누가 가장 깊이 새기고 생활하는지 지켜보자. 난 언제나처럼 마치 고모에게 가겠어. 아, 또 설교를 듣게 되지는 않겠지!" 조는 커피를 마시고 나서 어느 정도 원기를 회복하여 말했다.

"나도 킹 씨 댁으로 가겠어. 가능하면 집에서 다른 일들을 하고 싶은데." 메그는 말하면서 눈이 충혈되도록 운 것을 후회했다.

"걱정 마. 집안일은 베스 언니와 내가 다 할 수 있어." 에이미가 진지하게 얘기하면서 끼어들었다.

"한나가 우리의 할 일을 알려 줄 거야. 언니가 돌아올 때까지 모든 일을 멋지게 끝내 놓겠어." 베스가 즉시 걸레와 설거지통을 꺼내면서 말했다.

"근심이란 매우 재미있는 일이라는 생각이 들어." 에이미가 생각에 잠긴 듯한 모습으로 설탕을 입 안에서 녹이며 말했다.

이 말에 모두 자신도 모르게 웃음을 터뜨렸다. 한바탕 웃고 나니 모두 기분이 조금 나아졌다. 메그는 설탕 먹는 것으로 위안을 찾으려는 어린 동생에게 그건 안 된다는 듯이 고개를 저었다.

분위기가 바뀌자 조는 다시 진지해졌다. 메그와 조는 밖으로 나와 일터로 향하다가 문득 슬픈 표정으로 창문 쪽을 바라보았다. 그 창 안으로 늘 어머니가 계셨는데…… 이제 옛 일이 되었다. 베스는 가정의 축제일을 떠올렸다. 그곳에는 딸들을 향해 따뜻하고 기품있는 얼굴로 고개를 끄덕이시는 어머니가 계셨다.

"정말 내 동생 베스답다!" 조가 고맙다는 표정으로 자기의 모자를 흔들어 보였다. "잘 가, 언니, 오늘은 킹 씨 가족이 까다롭게 굴지 않기를 바랄게. 아버지 때문에 조바심 내지 마." 조는 헤어지면서 메그에게 덧붙였다.

"나는 마치 고모가 청개구리처럼 개굴거리지 않았으면 좋겠어. 네 머리가 점점 남자애 머리처럼 멋져 보이는구나." 메그는 조의 곱실거리는 머리를 보면서 웃음을 참으려고 애썼다. 곱슬머리가 키 큰 동생의 어깨에 비해 우스꽝스럽게 작아 보였다.

"그 점이 유일한 위안이야." 조는 로리처럼 모자를 살짝 건드리며 자리를 떴다. 조는 겨울날에 털이 깎인 양이 된 기분이었다.

아버지로부터 온 소식에 소녀들은 마음이 편안해졌다. 비록 위험한 상태지만 최고로 친절한 엄마의 간호 덕택에 벌써 많이 쾌차했다고 전해 왔기 때문이다. 부르크 씨는 하루도 빠지지 않고 소식을 보내 주었고, 메그는 가장으로서 긴급 속보를 자기가 읽겠다고 고집을 부렸다. 이런 일은 갈수록 즐거움이 되었다. 처음에는 모두들 열심히 편지를 썼다. 봉투의 두께도 상당했다. 자매들은 봉투 더미들을 조심스럽게 우편함에 찔러넣으며 자신들이 워싱턴과 교신하는 데 다소 의미심장한 기분을 느꼈다. 이 꾸러미들 중에 각별한 글이 있었다. 우리는 여기서 가상의 우편물 하나를 훔쳐내 읽어보아야겠다.

사랑하는 어머니에게

어머니의 최근 편지를 받고 우리가 얼마나 행복했는지 이루 말할 수 없어요. 너무도 반가운 소식에 웃고 울고 하지 않을 수가 없었어요. 부르크 씨가 얼마나 친절한지, 그리고 로렌스 씨가 사업 일로 부르크 씨를 부모님 곁에 머물러 있게 해주셔서 얼마나 다행인지 모릅니다. 어머니와 아버지께 큰 도움이 되는 분이기에 그렇지요. 딸들은 훌륭하게 지내고 있답니다. 조는 저의 바느질을 돕기도 하고, 모든 힘든 일들을 자기가 하겠다고 고집을 부려요. 조의 '도덕적 발작' 증세가 오래가지 않는다는 것을 제가 알기 때문에 걱정은 안해요. 베스는 자기 일을 시계처럼 규칙적으로 잘하고, 어머니가 자기에게 했던 말도 절대 잊지 않고 있어요. 베스는 아버지 일을 슬퍼하고 있고, 피아노 앞에 앉아 있을 때를 빼고는 우울해 보여요. 에이미는 저를 조심스럽게 대하고, 저도 항상 주의해서 돌보고 있어요. 에이미는 이제 머리도 스스로 빗고 있지요. 제가 에이미에게 단추 구멍 만드는 법과 양말 깁는 법도 가르쳐 주었어요. 에이미는 무척 노력하고 있어요. 저는 어머니가 집에 오시면 차분해진 그 애를 보고 기뻐하실 줄 믿고 있어요. 로렌스 씨는 조의 말처럼 엄마닭같이 우리를 지켜보고 계세요. 로리는 정말 친절한 이웃이에요. 어머니가 너무 멀리 계셔서 가끔 우울하고 고아 같은 기분이 들지만 로리와 조 덕분에 우리는 즐거워요. 한나는 완벽한 성자입니다. 나무라는 말도 전혀 하지 않고, 항상 저를 마거릿 양이라고 부르지요. 얼마나 멋진 일이에요. 그녀는 나를 존경을 담아 대해요. 우리들은 모두 건강하고 바쁘게 지내고 있어요. 그렇지만 우리들은 밤낮으로 어머니가 집으로 돌아올 날을 간절히 기다리고 있습니다. 아버지께 저의 소중한 사랑을 전해 주시고, 저를 믿으세요. 당신의 영원한 딸로부터……

메그 올림

향기 나는 종이에 예쁜 글씨로 적은 이 편지는 다음 편지와는 매우 달랐다. 다음 편지는 수입된 얇고 큰 종이였는데, 은은한 색들과 갖가지 장식 줄이 그어져 있고 글꼬리를 멋지게 올려 쓴 글자들로 꾸며져 있었다.

나의 소중한 엄마에게

사랑하는 아버지에게 갈채를! 아버지가 낫는 즉시 전보를 쳐 주시다니, 브루크 씨는 최고예요. 편지를 받자마자 곧장 다락방으로 뛰어올라가 하느님께 아빠가 낫게 해 주셨음을 감사드리려고 했지만 그저 눈물만 자꾸 나와서 '기뻐요! 기뻐요!' 외치기만 했답니다. 그렇게 말한 것만으로도 정식 기도와 마찬가지이겠죠. 가슴이 너무 벅찼으니까요. 저희들은 매우 유쾌하게 생활하고 있어요. 모두 얌전해서 마치 오순도순 화목하게 사는 산비둘기 집 같아요. 식탁 상석에 앉은 메그 언니의 엄마 같은 태도는 걸작이어서 어머니에게 보여 드리고 싶을 정도랍니다. 언니는 나날이 아름다워지고 있어 저도 언니한테 빠져들 때가 있어요. 동생들은 천사 같고 저는 그냥 엄마가 아시는 '조'의 모습 그대로예요. 로리와는 하마터면 싸울 뻔했어요. 시시한 일이었는데, 제가 말을 가리지 않고 해버려서 로리가 화를 내고 말았어요. 제 생각은 옳았지만, 말하는 방법이 틀렸던 거예요. 로리는 제가 먼저 사과하지 않으면 다시 안 오겠다고 하고 그냥 가 버렸지요. 저도 사과할 게 없다고 발끈 화를 냈어요. 하루가 그대로 지나가자 제가 나빴다는 생각이 들었어요. 어머니가 계셨다면 좋겠다고 바랐어요. 로리나 저나 둘 다 자존심이 강하기 때문에 먼저 사과하지는 않을 거예요. 그래도 제가 옳았으니까 로리가 먼저 사과하러 오리라 생각했는데 결국 늦게까지 오지 않았어요. 밤이 되자 저는 전에 에이미가 강에 빠졌을 때 어머니께서 하신 말씀을 되새기고 성경을 읽으면서 마음을 가라앉혔어요. 그렇지만 화가 난 채 하루를 보내서는 안 되겠다는 생각이 들어 로리에게 사과하러 뛰어갔지요. 그랬더니 로리도 문에서 나오고 있는 거예요. 그도 마찬가지로 사과하러 오는 길이었어요. 우리 둘은 웃으면서 서로 사과하고 전처럼 친한 사이가 되었답니다.

어제는 한나의 세탁 일을 도우면서 '시'를 써 보았어요. 아버지는 하찮은 작품이라도 읽어 주시겠지요. 위로가 될까해서 동봉했습니다. 엄마, 저 대신 아버지를 꼭 껴안아 주세요. 엄마에게도 키스를……

엄마의 엉뚱한 조로부터

＊＊＊

비누거품 노래

하얀 거품이 높이 일 때
대야의 여왕은 노래 부른다.
싹싹 비벼 빨고 헹구고 짜서
말리려 빨랫줄에 매달아 말린다네.
태양이 빛나는 하늘 아래
여유롭고 상큼한 바람에 흔들리누나.

한 주일 동안의 오염을
영혼과 마음에서 씻어낼 수 있다면
물과 공기가 마술처럼
우리를 순수하게 해준다네.
아, 세상에서 가장 빛나는 것은 세탁하는 날일지니!

헛되지 않은 인생길에
언제나 피어 있는 평안의 꽃.

부지런한 마음에는
슬픔도 근심도 우울함도 없어.
우리의 늠름한 빗자루 질에
근심들은 쓸려나가지.

내게 할 일이 있어 기쁘고
날마다 일할 수 있으니
건강과 신념과 희망을 배우며
나는 즐거워 속삭인다.
'머리여, 생각해도 좋다. 마음아, 느껴도 좋다.
그러나 손, 너는 항상 일해야 되리!'

＊＊＊

어머니께

  제 머릿속에는 어머니께 제 사랑을 전할 생각밖에 없어요. 아버지에게
보여 드리려고 집에서 소중히 가꾼 제비꽃 몇 송이를 뿌리부터 책갈피에
끼워 말려서 보냅니다. 매일 아침 성경을 읽고 하루를 착하게 보내려 노력
하고 있습니다. 밤에는 아버지가 좋아하시는 노래를 들으며 잠들려고 혼
자 그 노래를 흥얼거리지요. '천국의 노래'를 이제는 부를 수가 없어요.
그 노래를 부르다 보면 울음이 나오거든요. 모두들 친절하게 대해 주서서
어머니가 안 계셔도 즐겁게 생활하고 있어요. 다음 글은 에이미가 쓰고 싶
다고 하니 저는 이만 줄이겠습니다. 장독 덮는 일, 시계태엽 감는 일, 빵
통풍 시키는 일은 잊지 않고 하고 있어요.
  저 대신 아버지의 볼에 키스해 주세요. 곧 돌아오세요. 당신의 사랑하는
딸……

꼬마 베스

＊＊＊

나의 소중한 엄마께

우리들은 모두 잘 있어요. 저는 공부도 항상 열심히 하고 언니들과 말다툼도 하지 않아요. 메그 언니는 상냥하고 매일 저녁 차 마시는 시간에 젤리를 줘요. 제가 젤리를 먹으면 얌전해지니까, 조 언니는 젤리가 제게는 아주 효과적이라고 합니다. 로리는 제 나이가 열세 살이 되어 가는데도 나이에 맞는 대우를 해주지 않아요. 병아리라고 놀리거나 제가 해티왕처럼 '메르시'(감사합니다) 하거나, '봉주르'(낮 인사, 안녕하세요) 하고 프랑스어로 인사하면 똑같이 프랑스어로 빠르게 얘기해서 저를 곯려 준답니다. 푸른 옷의 소매가 닳아서 메그 언니가 새것으로 바꿔 주었어요. 그런데 옷이 바랬기 때문에 소매 부분이 눈에 띄지만 불평하지는 않아요. 괴로워도 참습니다. 그렇지만 한나가 제 앞치마에 풀을 더 먹여서 빳빳이 해주고 날마다 과자를 만들어 주었으면 좋겠어요. 안될까요? 이 의문부호는 멋있죠? 메그 언니는 제가 쓴 쉼표와 철자가 틀려 보기 싫다고 했어요. 저는 화는 나지만 할 일이 많아 참기로 했어요. '아듀'(안녕 영원히), 아빠에게 사랑을 한 보따리 보냅니다.

아버지의 다정한 딸
에이미 커티스 마치

＊＊＊

마치 부인께

저도 한 줄 써 봅니다. 모든 일이 잘 되어 갑니다. 영리한 아가씨들은 척척 잘 해내고 있습니다. 메그 양은 훌륭한 주부가 되어가고 있습니다. 원래 집안일 하기를 좋아하는 데다, 무엇이든 재빨리 해치웁니다. 조 양은 앞장서는 데는 누구에게도 지지 않아요. 그런데 먼저 멈추고서 생각할 줄을 몰라요. 어디서 사고를 칠지 알 수가 없어요. 지난 월요일에 한 통 가득 빨래를 해치우기는 했지만, 짜기 전에 풀을 먹이고 분홍 옥양목 옷을 퍼렇게 물들이는 바람에 한참을 웃어야 했습니다. 베스 양은 언제나 얌전하고 일도 재치 있게 잘하고 믿음직하기 때문에 흠 잡을 데가 없습니다. 그녀는 무엇이든 배우려고 해서 어린데도 시장에 다녀와 주기도 하고, 장부 기재도 조금 가르쳤더니 상당히 잘하고 있습니다. 모두 절약을 제일로 삼고, 커피는 말씀하신 대로 일주일에 한 번, 음식도 싸고 몸에 좋은 것들만 드리고 있습니다. 에이미 양은 떼를 쓰지도 않고 나들이옷을 입어보기도 하고 단 것을 먹기도 하면서 잘 지냅니다. 로리 군은 여전히 장난치는 것을 좋아해 가끔은 온 집안을 떠들썩하게 만들기도 합니다. 덕택에 꼬마 아가씨들 기분이 좋아지기 때문에 저는 입을 다물고 있습니다. 옆집 주인 어른께서 많은 물건들을 보내 오셔서 난처할 정도입니다. 그 깊은 친절에 뭐라 드릴 말씀이 없습니다. 빵이 익은 것 같아 오늘은 이만 줄여야겠습니다. 주인아저씨께 제 정성을 보내고 싶습니다. 빨리 나으시길 바랍니다.

부인을 존경하는
한나 뮬레트

＊＊＊

제2병동 소간호사께

라퍼하노크 전원 조용함. 전군(全軍) 건재, 병참부 관리 양호, 테디 대령 이하 국내 경비대 임무 항시 수행, 사령관 로렌스 장군은 군대를 날마다 열병, 병사장 뮬레트 병사(兵舍) 질서 유지 양호. 라이온 소령 야간 보초 임무 수행. 워싱턴으로부터 길보(吉報) 하달(下達), 예포 24발, 본영(本營)에서 정장(正裝) 착용 퍼레이드를 함. 사령관님께 충심의 기도를 담아.

테디 대령

＊＊＊

친애하는 마치 부인께

따님들은 모두 건강하며 매일 베스 양과 내 손자로부터 소식을 듣고 있습니다. 한나는 모범이 될 만한 하인으로, 아름다운 메그를 용처럼 잘 보호해주고 있습니다. 맑은 날씨가 계속 되어 매우 기쁩니다. 브루크에게는 무슨 일이든 시켜 주시고 경비가 부족하거든 제게 꼭 알려 주십시오. 마치 씨께 부족함 없이 해드리길 바랍니다. 병세가 좋아졌다니 정말 다행입니다.

당신의 다정한 벗

제임스 로렌스

제17장 작은 정성

처음 일주일 동안 마치 댁에는 이웃에 나눠 주어도 좋을 만큼 인정이 넘쳐 흐르고 있었다. 놀랍게도 모두가 삼가는 마음으로 자신들을 억제하는 것이었다. 가장 걱정스러웠던 아버지의 병세가 호전돼 간다는 소식을 듣고부터, 자매들은 차츰 갸륵한 노력이나 행동들이 풀어지면서 예전 생활로 되돌아가기 시작했다. 생활 신조를 잊은 건 아니었지만, 열심히 바쁘게 살아가려고 무척이나 노력하며 나날을 보내고 있었기 때문에 '노력하는 자'들은 하루쯤 쉬어도 좋다고 생각했다. 그런데 그것이 거의 계속해서 쉬는 결과가 되어 버렸다.

조는 짧아진 머리로 인해 목덜미가 휑해져 지독한 감기에 걸렸다. 마치 고모는 코감기에 걸려 책 읽는 소리가 듣기 싫으니 다 나을 때까지 오지 않아도 좋다고 했다. 조는 오히려 잘됐다고 기뻐하며, 다락방에서 지하실까지 한바탕 뒤진 다음, 낡은 소파에 주저앉아 약과 책으로 감기를 치료하고 있었다. 에이미는 예술 활동과 가사 노동은 양립할 수 없다고 생각했는지 다시 소꿉놀이를 하기 시작했다. 메그는 매일 킹 씨 댁 아이들을 가르치고, 집에서는 바느질도 했지만, 대부분은 어머니에게 긴 편지를 쓰거나 워싱턴에서 온 편지를 되풀이해서 읽으며 시간을 보냈다.

베스는 가끔 나태해지고 슬퍼졌지만 큰 변화는 없었다. 매일같이 자질구레한 일들을 해내는 베스는 자매들의 몫까지도 열심히 해치웠다. 다른 자매들은 집안일들을 잘 잊어버렸다. 집안은 추가 없는 시계 같았다. 베스는 어머니가 그리워지거나 아버지가 걱정되어 울적해지면, 옷장에 걸린 어머니 옷에 얼굴을 묻고 울다가 혼자 조용히 기도를 드리곤 했다. 울적해 있던 베스가 금세 기운을 되찾고 명랑해지는 것은 모두에게 의아한 일이었다. 어찌 됐건 마음씨 곱고 누구에게나 도움이 되는 베스였기에 누구든 어려울 때 그녀에게 상의를 하거나 위로를 받는 것은 당연한 일처럼 느껴졌다.

이처럼 자신들도 모르게 무심코 한 행동들은 자매들의 성격을 시험할 수 있는 기회가 되었다. 처음의 흥분이 사라지자 자매들은 자신들이 잘해 왔으니 칭찬받을 만하다고 생각하게 되었다. 그러자 점차 아가씨들은 규칙적이고 성실한 생활태도를 잃기 시작했다. 그들이 이런 변화를 깨달았을 때는 이미 걱정과 후회만이 남아 있었다.

"메그 언니, 후멜 씨 댁에 가서 형편을 살피고 오지 않을래? 엄마가 그 사람들을 잊지 말라고 말씀하셨잖아."

베스가 이 말을 한 것은 부인이 출발한 지 열흘쯤 지난 뒤의 일이었다.

"오늘은 너무 피곤해서 갈 수 없어." 메그는 그렇게 대답하고 흔들의자에 앉아 바느질을 하였다.

"조 언니는 갈 수 있지?" 베스가 물었다.

"감기에 걸려서, 이런 날씨에 어떻게……."

"어머, 거의 다 나은 줄 알았는데."

"로리와 같이 간다면 갈 수 있겠지만, 난 후멜 씨 댁에 다녀올 만큼 상태가 좋지는 않아." 조는 웃으면서 말했지만 아무래도 말의 앞뒤가 맞지 않아 좀 멋쩍었다.

"네가 갔다 오면 되잖아?" 메그가 말했다.

"난 매일 갔었어. 그런데 아기가 아파서 난 어떻게 해야 할지 모르겠어. 후멜 아주머니는 일하러 나가고, 로첸이 애를 보는데 아무래도 병세가 더 나빠지는 것 같아. 아무래도 메그 언니나 한나가 가서 보고 왔으면 좋겠어."

베스가 진지하게 말하자 메그가 내일 가겠다고 말했다.

"한나에게 간단하게 맛있는 음식을 만들어 달래서 그걸 갖고 가. 베스는 밖에 나가 신선한 공기를 좀 마시는 편이 몸에 좋을 거야." 조는 사과하듯 말했다. "그러고 싶지만 이 글을 마저 쓰고 싶어."

"난 머리가 아프고 몸이 나른해. 식구들 중 누가 대신 가 주었으면 했는데." 베스가 말했다.

"이제 곧 에이미가 돌아올 테니까 그 애더러 갔다 오라고 하면 어때?" 메그가 제안했다.

베스는 소파에 누워 버리고, 조와 메그는 계속 자기 일을 하느라 후멜 씨 댁 일은 잊고 있었다. 한 시간이 지나도 에이미는 돌아오지 않았다. 메그는 새로 만든 옷을 입어 보겠다고 방으로 들어가 버리고, 조는 소설 쓰기에 정신이 없었다. 한나는 난로 앞에서 잠들었으며, 오로지 베스만이 모자를 쓰고 불쌍한 아이들을 위해 바구니에 온갖 잡동사니를 넣고서 살을 에는 추위 속을 걸어 나갔다. 그녀는 머리가 무거웠고 참을성 있는 눈에는 고뇌의 빛이 서렸다.

늦게 돌아온 베스가 2층에 있는 엄마 방으로 올라간 것을 본 사람은 아무도 없었다. 30분이 지나 조가 '어머니 옷장'에 뭔가 찾으러 갔다가 울어서 눈은 빨개지고 손에는 장뇌 약병을 들고 심상치 않은 모습으로 약상자에 걸터앉아 있는 베스를 발견했다.

"어머, 놀랐잖아! 무슨 일이니?"

조가 다가가자 베스는 다가와서는 안 된다고 손을 내저으며 빠른 말투로 물었다.

"언니, 성홍열 앓은 적 있지?"

"그래, 오래 전에 메그 언니와 같이. 왜?"

"그럼 말할게. 조 언니, 그 애기가 죽었어."

"어떤 애기?"

"후멜 아주머니 댁의 아기, 아주머니가 돌아오시기도 전에 내 무릎에서 죽었어!" 베스가 흐느끼며 대답했다.

"가엾게도 베스, 얼마나 무서웠니! 내가 갔어야 했는데." 조는 후회하는 낯으로 엄마의 의자에 앉으면서 동생을 안았다.

"무섭지는 않았어! 슬플 뿐이야. 보는 순간 상태가 안 좋다는 걸 알았는데, 로첸이 엄마가 의사를 부르러 갔다기에 그런 줄 알고 내가 아기를 안고 로첸을 쉬게 했어. 애기는 잠든 것 같더니 별안간 울음소리를 내고는 몸을 떨었어. 그러고 나서 조금도 움직이지 않는 거야. 난 발을 따뜻이 해주고 로첸이 우유를 먹이려 했는데 전혀 움직이질 않잖아. 아기는 죽어있었던 거야."

"베스 울지 마! 그래서 어떻게 됐어?"

"아주머니가 의사를 데리고 올 때까지 그냥 가만히 안고 있었어. 의사 선생님이 보시고는 벌써 죽었다고 하시는 거야. 그리고 하인리히와 미나가 목이 아프다고 했는데 의사 선생님이 보시더니 그 애들도 성홍열이라며 왜 좀 더 빨리 부르지 않았느냐고 화를 내셨어. 후멜 아주머니가 형편이 곤란해서 집에서 치료해 보려고 했다가 늦었다고, 어떻게든 두 아이만은 살려 달라고 애원하셨어. 돈은 드릴 수 없으니 자비를 베풀어 달라고 부탁하시면서. 그러자 의사 선생님은 웃음을 띠고 상냥하게 대해 주셨어. 우리는 모두 같이 울어버렸어. 그런데 의사 선생님이 갑자기 날 보고 빨리 집에 가서 벨라도나(약초이름)를 먹으라고 그러시는 거야. 그렇지 않으면 나도 성홍열에 걸린다고 말씀하시면서."

"아냐, 넌 걸리지 않아!" 조는 두려운 표정으로 동생을 꼭 껴안으며 소리쳤다. "베스, 네가 아프면 난 내 자신을 절대로 용서할 수 없을 거야. 어쩌면 좋지?"

"그렇게 놀라지 마. 심하지는 않을 거야. 엄마의 의학백과를 읽어 봤는데, 처음에는 머리가 아프고 목이 따끔거리다가 지금 나처럼 기분이 이상해진대. 벨라도나를 먹었더니 기분이 좀 나아졌어." 베스는 자기의 차가운 손을 뜨거운 이마에 대고 괜찮은 것처럼 보이려고 했다.

"어머니만 계시다면!" 조는 책을 움켜쥐고 안타까워하며 말했다. 워싱턴이 수천 킬로미터나 떨어져 있는 것처럼 느껴졌다. 조는 책을 뒤적거리다 베스의 얼굴을 들여다보고, 이마에 손을 얹어 보고 목 안을 들여다보더니 심각한 어조로 말했다.

"넌 매일 그 아기를 보러 다녔어. 일주일이 넘었어. 다른 애들이 걸렸다면 너도 전염됐을지 몰라. 한나를 불러 와야겠어. 한나는 병이라면 무엇이든 알고 있으니까."

"에이미를 오지 못하게 해. 전염되면 큰일이야. 언니나 메그 언니에게 전염되지는 않을까?" 베스는 걱정스럽게 물었다.

"걱정 마. 난 전염돼도 싸. 이기적인 돼지 같으니, 별 것도 아닌 이야기나 쓰겠다고 앉아서 너만 고생시켰으니 당연해." 조는 그렇게 중얼거리며 한나를 부르러 갔다.

천성이 착한 한나는 눈 깜빡할 사이에 졸음을 깨고 이것저것 지시하기 시작했다. 그녀는 성홍열은 누구나 앓는데 치료만 잘하면 아무도 죽지 않는다며 조를 안심시켰다. 조도 그럴 거라는 생각이 들어서 조금은 마음을 놓고 메그를 부르러 한나와 함께 이층으로 올라갔다.

"이제부터 우리가 할 일을 일러 주겠어요." 한나는 베스의 병세를 살피고 여러 가지를 묻고 나서 이렇게 말했다. "먼저 뱅즈 선생을 불러 진찰을 하고 우리가 제대로 하는지 봐달라고 해야겠어요. 에이미 양은 전염되지 않도록 마치 고모 댁에 잠시 보내도록 하세요. 두 사람 중 한 명은 당분간 베스 양을 보살펴 주세요."

"내가 있을게. 내가 가장 맏이니까." 양심의 가책을 느낀 듯 메그가 걱정스런 얼굴로 말했다.

"아냐, 내가 하겠어. 베스가 앓게 된 것은 내 탓이야. 엄마한테 심부름을 잘하겠다고 약속해 놓고 하지 않았으니까." 조가 잘라 말했다.

"한 사람으로 족해요. 베스 양, 누가 좋을까요?" 한나가 베스에게 물었다.

"조 언니." 베스는 만족스러운 듯 조에게 머리를 기댔고 이 문제는 완전히 해결되었다.

"나는 에이미에게 가서 전해 줄게." 메그가 말했다. 거절을 당해서 기분은 좀 나빴지만, 오히려 안심이 되었다. 조와는 달리 메그는 병간호하는 일을 좋아하지 않았다.

에이미는 마치 고모 댁에 가느니 차라리 성홍열에 걸리는 쪽이 낫다며 완강히 거절했다. 메그가 타이르고 달래고 열심히 설명해도 막무가내였다. 아무리 말을 해도 가지 않겠다고 하자 메그는 어떻게 해야 할지 몰라 한나에게로 갔다.

메그가 나가고 로리가 응접실로 들어왔다. 쿠션에 얼굴을 묻고 흐느껴 울고 있던 에이미는 로리에게 위로를 받을 생각으로 이야기를 전부 털어놓았다. 로리는 주머니에 손을 찌른 채 나지막이 휘파람만 불며 방안을 왔다 갔다 하면서 생각에 잠긴 채 미간을 찌푸리고 무언가를 골똘히 생각했다. 이윽고 로리가 에이미 곁에 앉더니 로리 특유의 달래는 부드러운 어조로 설득하기 시작했다.

"지각 있는 꼬마숙녀가 되어야 해요. 언니들 말대로 해요. 울면 못 써. 내 계획을 들어봐. 에이미는 마치 고모 댁으로 가는 거야. 그러면 내가 매일 가서 마차를 태워 주고, 같이 산책도 하고 즐거운 시간을 보내는 거지. 여기서 우울하게 지내는 것보다 훨씬 낫지 않겠어?"

"그렇지만 나를 방해물이라고 생각해서 그리로 보내버리는 게 싫어요." 에이미는 다시 화난 목소리로 말했다.

"저런, 꼬마 아가씨, 너에게 전염되지 말라고 그러는 거야. 아프고 싶지는 않잖아, 안 그래?"

"그건 싫어요. 그렇지만 요즘 베스 언니와 쭉 같이 있었기 때문에 벌써 옮았을 거예요."

"그러니까 즉시 가야 해. 주변 환경을 바꾸고 조심하면 곧 괜찮을 거야. 만약 옮았다 해도 훨씬 가볍게 앓을 거야. 될 수 있으면 빨리 가는 게 좋아. 성홍열은 가벼운 병이 아니니까."

"그래도 고모 댁은 지루해요. 게다가 고모는 까다롭단 말이에요."

에이미는 겁이 난 듯 말했다.

"그래도 내가 매일 들러서 베스가 어떤지도 알려 주고, 너를 데리고 신나게 놀러 다닐 거야. 고모는 날 좋아하고 나도 되도록 고모에게 잘할 거니까 우리가 무엇을 하든 꾸지람을 듣지는 않을 거야."

"나를 그 퍽(말 이름)이 끄는 마차로 데려다 주겠어요?"

"음, 신사의 명예를 걸고 약속하지."

"매일 와 주겠어요?"

"그럼, 물론."

"베스 언니가 나으면 즉시 데리러 올 거죠?"

"즉시 데리러 갈 거야."

"연극에도 데려가 줄래요?"

"연극이 있으면 몇 번이고."

"좋아요, 그럼 가겠어요." 에이미는 천천히 대답했다.

"에이미, 착하기도 하지! 메그에게 가겠다고 말해." 로리는 칭찬의 표시로 에이미의 등을 가볍게 두드리며 말했다. 그런데 에이미는 로리에게 설득되어 고모댁에 가는 것보다 이렇게 어린애 취급당하는 것이 더 싫었다.

에이미가 고모댁에 가기로 했다는 얘기를 듣고 메그와 조가 이층에서 내려왔다.

에이미는 거만하게 자기가 무슨 희생이라도 베푸는 듯이, 의사가 베스가 감염되었다고 하면 가겠다고 약속했다.

"베스는 어때요?" 로리가 물었다. 베스를 특별히 좋아하는 로리는 겉으로 나타내지는 않았지만 마음속으로는 걱정을 많이 하고 있었다.

"어머니 침대에 누워 있어요. 좀 나아진 모양인데 그 아기가 죽은 것 때문에 괴로워하고 있어요. 나는 그냥 감기라고 생각해요. 한나도 같은 생각이고요. 그러나 한나가 걱정을 하고 있으니 나도 걱정이 돼요." 메그가 대답했다.

"세상이란 참 괴롭군요." 조가 초조한 듯 머리를 쓸어 올리며 말했다. "어려움이 지나가면 또 다른 어려움이 닥쳐오고. 어머니가 안 계시니까 의지할 곳이 없어. 정말 어찌할 바를 모르겠어요."

"그렇다고 머리를 고슴도치 같이 할 필요는 없잖아? 그 머리는 어울리지 않아. 가발 좀 잘 고쳐 써, 조. 어머니에게 전보를 쳐야 하면 얘기해 줘. 아니면 다른 도와줄 일 없을까?" 로리는 조가 아름다운 머리를 잘라버린 일을 아직도 아쉬워하고 있었다.

"그 때문에 고민하고 있어요." 메그가 말했다. "베스가 정말 아프다면 어머니께 알려야겠죠. 한나는 알려서는 안 된다고 했어요. 어머니는 아버지 곁을 떠날 수 없으니까, 아시게 되면 걱정만 끼치게 된다고요. 베스도 곧 나을 것 같고, 한나는 무엇을 해야 할지 잘 알고 있는 데다 어머니는 한나와 상의하라고 하셨으니까 알리지 않을 작정이에요. 그런데 어쩐지 잘하는 일 같지는 않아요."

"글쎄, 난 잘 모르겠어요. 의사가 다녀간 다음 우리 할아버지께 의견을 여쭤보면 어때요?"

"그렇게 하는 게 좋겠어요. 조, 빨리 뱅즈 선생님을 모셔와." 메그가 말했다. "의사 선생님이 오시기 전에는 아무것도 결정할 수 없군요."

"조, 너는 집에 있어도 돼. 이제부터 내가 심부름꾼이 될 테니까." 로리는 벌써 모자를 집어 들고 있었다.

"로리, 바쁘지 않나요?" 메그가 물었다.

"아뇨, 오늘 공부는 벌써 끝났어요."

"휴가 중에도 공부하나요?" 조가 물었다.

"난 이웃을 본보기 삼아 따르고 있으니까." 로리는 방을 홱 빠져나가며 대답했다.

"로리는 믿음직스러워." 조는 만족스러운 듯 미소를 지으며 울타리를 넘어가고 있는 로리의 뒷모습을 바라보았다.

"남자애치고는 괜찮지." 메그의 대답은 어쩐지 불성실했다. 그녀는 그 화제에 관심이 없었다.

뱅즈 선생님의 진찰 결과 베스는 역시 성홍열 증세가 있었다. 후멜 일가의 얘기를 듣고 곤란해하며, 증세가 가벼울 것이라고 했다. 에이미를 즉시 보내도록 지시하고 예방약을 주었다. 에이미는 조와 로리의 에스코트를 받으며 요란하게 떠났다.

고모는 여느 때와 같은 태도로 그들을 반겨주었다.

"오늘은 무슨 일로 왔지?"

고모가 안경 너머로 눈을 번뜩거리며 문자 의자 뒤에 앉아 있던 앵무새가 이렇게 울부짖었다.

"나가. 사내애가 올 곳이 아니야."

로리는 창가로 물러나고 조가 이유를 설명했다.

"역시 생각했던 대로군. 가난한 사람들에게 쓸데없는 참견을 하니까 이렇게 되는 거야. 에이미는 여기서 묵어도 괜찮지만, 아프지는 않으니까 묵으면서 잔일을 돕도록 해. 그런데 저런, 울지 마라, 애야. 훌쩍거리는 건 질색이니까."

에이미는 당장이라도 울음을 터뜨릴 것만 같았다. 그러나 이것을 눈치챈 로리가 살그머니 앵무새의 꼬리를 잡아당겼다. 이 때문에 앵무새 폴리가 깜짝 놀라 '내 부츠에 신의 가호가 있기를!' 하고 우스꽝스럽게 외쳐대는 바람에 에이미는 그만 웃음을 터뜨려 버렸다.

"어머니에게서 무슨 소식이 왔니?" 노부인은 무뚝뚝하게 물었다.

"아버지가 많이 좋아지셨대요." 조는 진지해지려고 애쓰며 말했다.

"오, 그래? 오래 끌지 않았으면 좋겠구나. 마치는 몸이 건강한 편이 아니란다." 할머니는 쾌활하게 말했다.

"하하! 죽다니 어림도 없어. 코담배라도 어때, 안녕, 안녕!" 폴리는 나뭇가지에 앉아 펄쩍펄쩍 뛰고 있었다. 할머니의 앵무새는 로리가 등을 잡아당기자 고모의 모자를 긁어대며 꽥꽥 울부짖었다.

"닥쳐, 이 늙어빠진 주책없는 새야! 조, 넌 어서 돌아가는 게 좋겠어. 그리고 말 많고 머리가 텅 빈 남자애와 늦게까지 다니는 건 좋지 않아."

"닥쳐, 이 늙어빠진 주책없는 새야!" 폴리는 이렇게 외치고는 단번에 의자에서 내려와 배를 움켜잡고 웃고 있는 '말 많고 머리가 텅 빈 사내애'를 쫓아 날아갔다.

'힘들겠지만 한번 해 보겠어.' 고모와 함께 남은 에이미는 이렇게 마음먹었다.

"나가, 괴물아!" 폴리가 소리를 지르자, 그 무례한 말을 들은 에이미는 더 이상 참지 못하고 흐느껴 울기 시작했다.

제18장 어두운 시절

베스는 성홍열에 걸리고 말았다. 누구보다도 상태가 나빴지만 한나와 의사는 심각하게 생각하지 않았다. 자매들은 병에 대해서 아는 것이 없었고, 로렌스 씨는 베스를 만나는 것이 금지되어 있었기 때문에 모든 일은 한나의 뜻대로 진행되었다. 뱅즈 선생님이 애를 써주셨지만 워낙 바쁘신 터라 대부분의 일은 우수한 간호사인 한나의 손에 맡겨졌다.

메그는 아이들에게 전염시킬까 봐 킹 씨 댁에 가지 않았고 가사에 전념했다. 어머니에게 편지를 쓸 때 베스의 병에 대해 얘기를 하지 않아 걱정이 많이 되었고 죄스러웠다. 어머니에게 거짓말을 하는 것이 아무래도 마음에 걸렸지만, 모든 일을 한나에게 의논하도록 지시받았기에 그렇게 했다. 한나는 '마치 부인에게 알리기'를 싫어했다.

베스는 정말 잘 견뎠다. 참을 수 있는 한 견뎌냈지만 얼마 지나면서는 고열에 시달리며 띄엄띄엄 쉰 목소리로 말하기도 하고, 이불 위에서 피아노를 치듯 손가락을 움직이기도 했다. 그런가 하면 부어서 완전히 목이 잠겼는데도 노래를 부르려고 애쓰기도 했다. 뿐만 아니라 가까이 있는 사람을 알아보지 못하고, 이름을 틀리게 부르거나 울고 매달리며 어머니를 찾았다.

이럴 때면 조는 잔뜩 겁을 냈고 메그는 어머니에게 사실을 알려야 한다고 말했다. 한나도 이제는 '엄마에게 알리는 것을 생각해 볼게요. 그러나 아직 그렇게 위험하지는 않아요'라고 말했다. 때맞춰 워싱턴에서 온 편지는 모두에게 걱정을 더해 줬다. 아버지의 병세가 다시 악화되어 한동안은 집에 돌아올 수 없을 것 같다는 사연이었다.

집안 분위기가 나날이 어두워져 갔다. 지금껏 행복했던 집안에 죽음의 그
림자가 감돌기 시작하자 자매들은 슬픔과 쓸쓸함에 잠겼고, 열심히 일하며
희망에 차 살아가던 자매들은 점차 기운을 잃어갔다. 마거릿(메그)은 일하
다 말고 자주 혼자 눈물을 흘렸다. 그리고 지금까지 돈으로 살 수 없는 그
어떤 것보다도 값지고 소중한 애정, 보살핌, 평화, 건강, 인생의 참된 축복
이 자기에게 주어져 있었음을 절실히 느꼈다.

조는 어두컴컴한 방에서 베스와 함께 지내며 어린 동생이 병에 시달리는
모습을 안타깝게 지켜보았다. 가엾은 신음소리에 괴로워하며 베스의 아름답
고 상냥한 마음씨를 새삼 깨닫고 있었다.

베스는 모두에게 깊이 사랑받고 있었다. 그녀는 그 작은 정성으로 가족들
을 화목하게 하고 남을 위해 희생하는 참으로 아름다운 성품을 지녔음을 조
는 잘 알고 있었다. 또한 이런 단순한 미덕은 누구라도 노력만 한다면 지닐
수 있으며, 재능이나 부(富), 아름다운 용모보다도 더욱 가치 있고 존경스
러운 일이라고 생각했다. 베스는 단순한 미덕으로 가족을 행복하게 해주었
던 것이다.

한편 혼자 떨어져 있는 에이미는 빨리 집으로 돌아가 베스 언니를 위해 뭔
가 하고 싶었다. 지금이라면 어떤 일도 힘들거나 귀찮지 않을 것 같았다. 에
이미는 자신이 게을리 했던 일들을 여태껏 베스 언니가 해 주었다는 것을 생
각하고 반성하는 심정이었다.

로리는 유령처럼 나타났다 사라지곤 했다. 로렌스 노인은 황혼녘의 한때
를 즐겁게 해주었던 베스가 자꾸 생각나 피아노를 잠가 버렸다. 모두들 베스
의 얼굴을 볼 수 없어 허전해했다. 우유 배달부도, 빵집 아저씨도, 식품점
주인과 푸줏간 아저씨도, 베스의 병세에 대해 물어 보았다. 가엾은 후멜 부
인은 자기의 부주의였다고 사과하러 왔으며, 미나의 수의를 얻어 갔다. 주변
사람들과 베스를 잘 알고 있던 이웃사람들도, 그토록 내성적인 꼬마 베스에
게 이렇게 많은 친구가 있는 줄을 미처 몰랐다.

베스는 인형 조안나와 나란히 누워 있었다. 고열로 의식이 희미해졌을 때
조차도 베스는 의지할 데 없는 인형을 잊지 않았다. 고양이들도 데리고 있고
싶었지만 병이 옮을까 봐 그만두었다. 조용할 때는 조 언니에게 전염되지 않

을까 걱정을 했고, 에이미에게 그리움을 전하는 편지를 보내기도 했다.

어머니에게는 자기가 곧 편지를 드리겠다고 전해 달라 했고, 아버지를 소홀히 한다고 생각할까 두려워하여 가끔 편지를 쓰겠다며 연필과 종이를 달라고 하기도 했다. 그런데 이렇게 의식이 있는 상태도 점점 줄어갔다. 침대에서 몇 시간씩 계속 이리저리 뒤척이며 앞뒤가 안 맞는 말을 하다가 깊은 잠에 빠지곤 했다. 그러다가 깨어나도 별로 좋아지는 것 같지가 않았다. 뱅즈 의사 선생님은 하루에 두 번씩 왕진을 다녀갔다.

한나는 밤새도록 간병을 하고, 메그는 급할 때 언제든 보낼 수 있도록 전보용지를 책상 위에 준비해 두었다. 조는 베스 곁을 한시도 떠나지 않았다.

12월 1일인데도 그들에게는 정말 완전한 겨울날이었다. 찬바람이 불고 눈이 내리며 한 해도 서서히 저물어 가고 있었다. 아침 왕진을 온 뱅즈 선생님은 한참 동안 베스를 지켜보다가 잠깐 동안 그녀의 뜨거운 손을 잡았다 가만히 놓으며 한나에게 작은 소리로 이렇게 말하는 것이었다.

"마치 부인께서 바깥어른의 곁을 떠날 수 있다면 부인을 돌아오시도록 해야겠습니다."

한나는 말없이 고개를 끄덕거렸다. 입술에는 경련이 일고 있었다. 이 말을 들은 메그는 순간 갑자기 온몸에서 힘이 빠져버린 듯 의자에 주저앉고 말았다. 조는 한순간에 얼굴이 창백해지더니 전보용지를 움켜쥐고 외투를 걸치는 둥 마는 둥 폭풍 속으로 급히 달려 나갔다. 곧 돌아온 조가 허둥지둥 외투를 벗고 있을 때 로리가 들어와 아버지가 다시 좋아졌다는 소식을 전해 주었다. 조는 감사한 마음으로 읽기는 했지만 가슴을 짓누르는 무거운 마음은 어쩔 수 없었다. 조의 침통한 얼굴을 보고 로리는 재빨리 물었다. "왜 그래? 베스가 많이 아파?"

"어머니에게 전보를 쳤어." 조는 신을 벗으려다 말고 슬픈 표정으로 말했다.

"잘했어, 조. 그런데 그건 네 생각이었니?" 로리는 조를 현관 의자에 앉히고 뻑뻑한 부츠를 벗겨 주며 말했다. 조의 손이 부들부들 떨리고 있었다.

"아니, 의사 선생님께서 그렇게 하라고 하셨어."

"조, 설마 그렇게까지 중태는 아니겠지?"

"중태야. 이제는 우리들도 알아보지 못해. 전에는 벽지의 포도잎 모양을 보고 초록 비둘기 떼니 뭐니 했는데 지금은 그것조차도 말하지 못해. 베스

같지 않아. 이렇게 어려울 때 도와주는 사람이 아무도 없어. 어머니도 아버지도 안 계시고 하느님도 아주 멀리 계시는지 찾을 수가 없어."

조는 눈물을 줄줄 흘리며 어둠 속을 더듬는 듯 손을 허공으로 뻗쳤다. 로리는 조의 손을 잡고 목 멘 소리로 겨우 말했다.

"내가 있잖아, 조. 나를 붙잡아!"

조는 아무 말도 없이 로리의 손을 잡았다. 우정 어린 따뜻한 손이 아픈 마음을 달래 주고 그녀의 고통을 치유해줄 하느님의 품으로 이끌어 주는 것만 같았다. 로리는 뭔가 부드러운 말로 조를 안정시키고 싶었지만 적절한 말이 떠오르지 않았다.

로리는 말없이 선 채 수그린 조의 머리를 마치 부인이 하듯 가만히 쓰다듬었다. 이것이 로리가 할 수 있는 최고의 위로였다. 그것은 어떤 위로의 말보다도 조의 마음을 달래 주었다. 조는 말없는 동정과 자기의 슬픔을 공감해 주는 우정으로부터 따뜻한 위로를 받았다. 눈물을 그친 조는 로리의 얼굴을 올려다보았다. 조의 얼굴에는 감사의 빛이 넘쳐흐르고 있었다.

"테디, 고마워. 이제 괜찮아. 마음이 한결 나아졌어. 이제 난 외롭지 않아. 괴로운 일이 생긴다 해도 참을 수 있을 것 같아."

"그래, 최선을 다하면 기운이 날 거야. 어머니도 곧 돌아오실 테고 그러면 모든 일이 제자리를 찾을 거야."

"아버지가 좋아지셨다니 기뻐. 어머니도 아버지 곁을 떠나오는 게 크게 걱정되진 않으실 거야. 온갖 재난이 한꺼번에 닥쳐오고, 내가 어깨에 그것들을 모두 짊어진 느낌이야." 조가 한숨을 쉬며 젖은 손수건을 말리려고 무릎 위에 펼쳤다.

"메그는 집안일을 잘 보살피지 않는 거야?" 로리가 화가 난 듯 말했다.

"물론 메그도 열심히 해. 그러나 언니는 나만큼 베스를 사랑하지 않아. 메그 언니는 베스가 없다고 해도 나처럼 허전해할 것 같지는 않아. 베스는 바로 나의 양심이야. 베스를 절대로 포기할 수 없어. 절대로 안 돼, 절대로."

조는 젖은 손수건에 얼굴을 묻고 절망적으로 울어 버렸다. 그녀는 지금까지 눈물을 보이지 않고 꿋꿋하게 버텨왔다. 로리도 눈물을 닦으며 울음을 참으려고 입술을 꼭 다물고 있었지만 말을 할 수 없었다. 그의 마음은 연민과 우정으로 가득 차 더욱 슬펐다. 조가 조용해지자 로리가 밝은 목소리로 말했다.

"베스는 죽지 않아. 우리 모두가 그토록 사랑하는 아이인데 하느님이 그렇게 쉽게 그녀를 불러 가지 않을 거야."

"훌륭하고 착한 사람도 죽어." 조는 신음하듯 말했다. 그러나 자신의 회의와 두려움에도 불구하고 친구의 말에 기분이 좋아진 조는 울음을 그쳤다.

"너무 지쳐 있군. 쓸쓸해 보이다니. 조답지 않아. 잠깐 긴장을 풀어. 내가 당장 기운 나게 해 줄 테니까."

로리는 한 번에 두 계단씩 계단을 뛰어올라갔다. 조는 베스의 갈색 모자를 머리에 썼다. 그 모자는 베스가 탁자 위에 놓아두었던 것인데 지금껏 아무도 치우지 않았던 것이다. 모자를 쓰자 상냥하고 순진한 베스의 마음씨가 조에게로 스며드는 것 같았다. 로리가 포도주 한 잔을 가지고 달려 내려왔을 때, 조는 미소를 지으며 잔을 받아들고 명랑하게 말했다.

"건배, 베스의 건강을 빌며. 테디, 너는 훌륭한 의사이자 부담 없는 친구야. 어떻게 보답해야 하지?"

감사의 표시를 하고 나니 무겁던 마음이 다소 가라앉았다. 포도주가 그녀의 마음을 편안하게 해준 것도 같았다.

"이제 내 계획을 밝히겠어. 오늘 밤 포도주보다 더 네 마음의 근심을 녹여 줄 일이 있어." 조를 보며 웃는 로리의 얼굴에는 무언가 감춰진 만족감이 퍼졌다.

"뭔데?" 궁금해진 조는 그 순간 슬픔도 잊고 물었다.

"사실은 어제 네 어머니께 전보를 쳤는데, 브루크 선생님에게서 마치 부인이 곧 온다는 답장이 왔어. 오늘 밤 도착하실 거야. 기쁘지?"

로리는 재빠르게 말하고 약간 동요되는 듯하더니 얼굴을 붉혔다. 로리는 자매들과 병석에 누워 있는 베스에게 지금까지 이 일을 비밀로 하고 있었다.

조는 안색이 변해 의자에서 벌떡 일어나더니 갑자기 로리의 목에 두 팔을 감았다. 로리는 너무 갑작스런 일이라 말문이 막히고 말았다. 조는 너무도 기쁜 나머지 외쳤다.

"오, 로리, 오, 엄마! 정말 기뻐!"

조는 기쁨을 주체할 수 없는 듯 웃음을 멈추지 못하고 몸을 떨며 로리에게 매달렸다. 갑작스런 소식에 마음이 들뜬 것 같았다.

로리는 몹시 놀랐지만 침착하게 행동했다. 달래듯 조의 등을 두드려 주고 조의 흥분이 가라앉자 조에게 한두 번 수줍은 키스를 했다. 그러자 조는 정신이 번쩍 들었다. 조는 난간에 기대어, 그를 살짝 밀면서 숨죽여 말했다.

"안 돼! 그럴 생각은 없었어. 내가 나빴어. 한나가 반대했는데도 로리, 네가 전보를 쳐 주었다니 너무 기뻐서 그만 네게 갑자기 매달리고 말았어. 모든 것을 말해 줘. 그리고 포도주는 다시 먹이지 마. 내 행동은 포도주 탓이었으니까."

"난 괜찮아." 로리는 비뚤어진 넥타이를 바로잡으며 웃었다. "그래, 넌 내가 가만히 있지 못하는 성격인 걸 잘 알잖아. 할아버지도 그러셨어. 할아버지와 나는 한나가 너무 독단적이어서 우리가 어머니에게 알려야 한다고 생각한 거야. 만약 베스가…… 아니, 만약 베스에게 무슨 일이 생긴다면 마치 부인이 우리들을 책망하실 거라며 지금이 연락해야 할 때라고 할아버지가 말씀하셨어. 그래서 어제 우체국에 달려갔었지. 지난번에 의사가 고개를 갸우뚱했을 때, 내가 전보를 치자고 했더니 한나가 무섭게 책망했어. 이유 없이 명령하는 건 결코 참을 수 없었지. 그래서 나 스스로 결정을 내렸고 나는 달려갔던 거야. 어머니는 돌아오실 거야. 마지막 열차가 새벽 2시에 도착하니까 마중 나갈 생각이야. 너는 고마운 어머니가 오실 때까지 모른 척하고 베스에게도 비밀로 해둬."

"로리, 넌 천사야. 어떻게 감사해야 할지!"

"내게 다시 한 번 매달려. 기분 좋던데." 로리는 그렇게 말하고 장난스러운 표정을 지었다. 두 주일 동안 로리의 그런 얼굴은 처음이었다.

"싫어. 할아버지가 오시면 할아버지에게 대신 매달릴 거야. 놀리지 말고 그만 집에 가 쉬어. 밤중에 일어나야 하잖아. 몸 조심해, 테디. 정말 고마워."

조는 말을 마치자 방 구석으로 뒷걸음질 쳐 나온 뒤 부엌으로 뛰어들어가 조리대 위에 걸터앉아서 웅크리고 있는 고양이에게 '아, 이렇게 행복할 수가! 너무 기뻐!'라고 몇 번을 되뇌었다. 로리는 자신이 한 일에 스스로 대견해하며 돌아갔다.

조는 이 반가운 소식을 한나에게 들려주었다. 그녀는 마음을 놓는 듯하면서도 이렇게 말했다.

"그렇게 참견하는 사람은 처음 봤어요. 그러나 이렇게 된 바에는 그를 용서해주고 마치 부인이 빨리 돌아오시길 기다려야죠."

메그는 기뻤지만 그 편지를 읽고 깊은 생각에 잠겼다. 그동안 조는 베스의 방을 정돈하고 한나는 뜻밖의 손님에 대비해 서둘러 파이를 만들었다.

상쾌한 바람이 스쳐 지나간 듯 그 소식은 집안을 햇빛보다도 더 밝게 했다. 모든 것에서 희망에 찬 변화가 느껴지는 것 같았다. 베스의 새도 다시 지저귀기 시작했고 창가에 있는 에이미의 장미꽃도 꽃을 피우려 한다. 벽난로도 전에 없이 활활 타오르는 듯했다. 소녀들은 얼굴이 마주칠 때마다 창백한 얼굴에 미소를 머금으며 서로 꼭 껴안고 '어머니가 돌아오셔, 돌아오신단 말야' 속삭이며 서로를 격려했다.

이렇게 모두가 기뻐하고 있는데도 베스만은 심한 혼수상태에서 희망도, 기쁨도, 불안도, 위험도 모르는 채 누워 있었다. 참으로 가슴 아픈 일이었다. 장밋빛 얼굴은 완전히 멍했고, 그 부지런하던 손은 야위어 힘이 없어 보였다. 미소를 띠던 입도 굳게 닫히고 말끔하게 빗겨져 예쁘던 머리칼도 베개 위에 아무렇게나 흩어져 있었다. 그렇게 온종일 누워 있다가 가끔 눈을 뜨긴 했지만 그것도 물을 찾는 것이 고작이었다. 그 말도 입술이 바짝 말라 있었기 때문에 거의 알아들을 수가 없었다.

하루 종일 조와 메그는 베스 옆에서 앉았다 일어났다 하며, 얼굴을 들여다보고 조마조마한 가슴으로 기대와 희망을 가지고 마음속으로 하느님과 어머니에게 도움을 청했다.

눈은 종일 내렸다. 심한 바람이 불고 시간은 안타깝도록 더디게 갔다. 드디어 밤이 되었다. 시계가 종을 칠 때마다 베스 옆에 앉아 있는 자매들은 눈빛을 반짝거리며 서로의 얼굴을 바라보았다. 시간이 간다는 것은 도움이 가까이 다가오고 있다는 것을 의미했다. 의사는 좋아지든 나빠지든 자정쯤에는 병세가 바뀔 거라며 그때 다시 오겠다는 말을 남기고 가버렸다.

한나는 지쳐 침대 끝에 놓은 소파에서 잠이 들었다. 로렌스 씨도 와 있었는데, 마치 부인의 얼굴을 보느니 반란군을 만나는 편이 나을 거라고 생각하면서 응접실을 바라보며 생각에 잠겨 있었다. 로리는 쉬는 척 난로 앞의 담요에 누워 있었지만 사실은 난롯불만 들여다보고 있었다. 불빛에 비친 로리의 검은 눈이 매우 아름답고 맑고 부드럽게 빛났다.

자매들에게 그날 밤은 평생 잊을 수 없는 날이었다. 자매들은 끊임없이 시계를 들여다봤다. 졸리지도 않았다. 어쩔 수 없는 무력감이 그들을 덮쳐왔다.

"신이 베스를 구해 주신다면 나는 두 번 다시 불평 같은 건 하지 않겠어." 메그는 진지하게 말했다.

"신이 베스를 구해 주신다면 난 일생 동안 신을 사랑하고 섬기겠어." 조도 메그처럼 심각하게 말했다.

"마음이란 것이 없다면, 그러면 이렇게 아프진 않을 텐데." 메그가 잠시 뒤 말했다.

"인생이 이렇게 고단한 것이라면 어떻게 살아낼 수 있을지." 메그가 한숨을 쉬며 말을 이었다.

이때 시계가 12시를 알렸다. 두 사람은 자신들도 모르게 베스를 들여다보았다. 그녀의 얼굴은 여전히 창백했다. 집안은 죽음처럼 고요하고 깊은 정적을 깨는 바람소리가 가끔씩 들려올 뿐이었다. 한나는 자고 있었다. 베스의 침대에 드리워진 창백한 그림자를 본 사람은 자매들뿐이었다. 한 시간이 지났다. 로리가 기차역으로 출발한 것 말고는 아무 일도 일어나지 않았다.

또 한 시간이 지났지만 아무도 오지 않았다.

'눈보라 때문에 늦는 걸까? 도중에 사고라도 난 건 아닐까? 워싱턴에서 안 좋은 일이라도 일어난 것은 아닐까.'

두 자매는 알지 못할 걱정에 휩싸여 있었다.

새벽 두 시가 지났다. 조는 창가에서 '눈으로 덮인 이 세계는 참으로 적막하구나' 생각하며 밖을 내다보았다. 그때 베스의 침대 쪽에서 무슨 소리가 났다. 재빨리 뒤돌아보니, 메그가 엄마의 큰 안락의자 앞에 꿇어앉아 얼굴을 손으로 감싸고 있는 것이었다.

'베스가 죽은 거야. 메그는 차마 내게 말하기가 두려운 거야.'

조는 그런 생각이 들자 두려움으로 온몸에 냉수를 끼얹은 듯 소름이 끼쳐왔다.

조는 즉시 자기 의자로 갔다. 그녀의 흥분한 눈으로 보기에도 큰 변화가 일어난 것 같았다. 열로 붉게 상기되어 신음하던 고통의 기미는 사라지고 베스의 사랑스러운 얼굴은 창백하면서도 평화로운 모습으로 완전한 휴식 속에 있는 것처럼 보였다. 조는 울거나 비통해할 생각조차 들지 않았다. 조는 몸을 굽혀 사랑하는 베스의 축축한 이마에 사랑을 담아 키스를 하고 조용히 중얼거렸다.

"안녕, 내 사랑 베스. 잘 가거라!"

이 기척에 잠이 깬 듯 한나가 벌떡 일어났다. 한나는 베스에게 다가가 손목을 쥐어 보고 입술에 귀를 갖다 댔다. 그리고 앞치마를 벗어 머리 뒤로 던지고 의자에 앉아 앞뒤로 흔들거리며 숨을 죽이고 말했다.

"열이 내렸어요. 이제 제대로 자고 있어요. 땀도 흘리고 호흡도 편해졌어요. 하느님의 은총이에요! 이제 됐어요!"

너무 기뻐 자매들은 믿기지가 않았다. 그때 의사가 와서 동생이 나아지고 있음을 확인해 주었다. 평소 잘 웃지 않던 의사도 이때만은 미소를 지으며 얼굴에 밝은 빛을 띠었다. 의사는 자매들에게 아버지와 같은 다정한 미소를 보내며 말했다.

"이제 괜찮아요. 베스는 위험한 고비를 잘 넘길 거니까. 집안을 조용히 하고 푹 자도록 해 줘요. 그리고 눈을 뜨면 먼저 먹일 것은……."

무엇을 먹이라고 하는 말을 채 듣기도 전에 두 자매는 어두운 거실을 살살 걸어나가 계단에 앉아 서로를 꼭 껴안았다. 너무 기뻐 가슴이 벅찬 나머지 아무 말도 할 수 없었다. 방으로 돌아오니 충직한 한나가 키스와 포옹을 했다. 베스를 보니 언제나처럼 한 손을 뺨 밑에 대고 잠들어 있었다. 아까의 창백함도 가셨고 호흡도 조용해져 비로소 푹 자는 것 같아 보였다.

"이제 어머니만 돌아오시면!"

겨울밤은 조금씩 밝아지고 있었다. 조는 다소 마음이 가라앉아 이렇게 말했다.

"이것 봐." 메그는 조금씩 피기 시작한 흰 장미를 손에 들고 다가왔다. "만일 베스가 먼 곳으로 가버렸다면 이 장미를 손에 쥐어줄 수 없었겠지? 밤새 조금씩 피어났어. 이제 내 꽃병에 꽂아 여기에 두겠어. 베스가 눈을 뜨면 맨 먼저 이 귀여운 장미와 엄마의 얼굴을 볼 수 있도록 말이야."

메그와 조는 길고 슬펐던 간호를 끝내고 밝아오는 아침 하늘을 바라보았다. 그녀들의 무거운 눈에는 떠오르는 태양이 그 어느 때보다도 아름다웠으며 세상은 말할 수 없이 사랑스러웠다.

"마치 동화 속 나라 같아." 메그는 커튼 뒤에 서서 미소를 지으며 눈부신 광경을 바라보았다.

"들린다!" 조가 벌떡 일어서며 외쳤다.

조가 맞았다. 아래층 출입구의 초인종이 울렸다. 한나의 큰 목소리가 들리고 로리가 기쁨에 넘쳐 속삭이는 소리가 들렸다. "아가씨들, 어머니가 오세요! 어머니가 오세요!"

제19장 에이미의 유언장

집에서 이렇게 여러 가지 일들이 일어나고 있는 동안, 에이미는 자기가 마치 고모 댁으로 추방당했다는 생각에 심각하게 괴로워하며 지내는 중이었다. 그리고 에이미는 자신이 그동안 얼마나 많은 사랑을 받았고 또 얼마나 응석받이였는지도 깨달았다. 고모는 누구도 귀여워해 주지 않았으며 응석부리는 것을 받아주지 않았다.

그러나 에이미는 예절바른 아이였기 때문에 고모의 마음에 들었다. 그러나 조카의 아이들에게 상냥한 태도를 보이면 안 된다고 생각하는 고모도 마음 한 구석에는 따뜻한 마음이 있었다. 사실 에이미를 즐겁게 해 줄 마음은 있었으나 방법을 잘 몰랐다. 주름투성이 얼굴에 백발노인이라 할지라도 아이들의 자질구레한 근심이나 기쁨을 나누면서 아이들의 마음을 편하게 해주고 유쾌한 놀이를 함께 한다든가, 자연스럽게 값진 교훈을 전하며 친밀한 우정을 주고받는 노인들도 많다.

그러나 고모는 원래 그런 성격을 갖고 있지 않아서인지 규칙이나 명령, 격식, 싫증나는 긴 이야기로 에이미를 대했다. 에이미가 조보다 순수하고 마음씨가 착하다고 생각한 고모는 에이미가 응석받이로 자라 나빠진 점들을 될 수 있는 한 고쳐 주려 했다. 그래서 자신이 60년 전에 배운 대로 에이미를 가르치기에 열중했다. 그러나 에이미의 영혼은 바로 그 때문에 실망에 빠져 버렸다. 에이미는 조금의 빈틈도 없는 거미줄에 걸린 파리 같이 손발을 움직일 수 없는 가엾은 처지가 되었다.

에이미는 매일 아침 찻잔 세트를 씻어야 했다. 골동품 같은 숟가락, 땅딸막한 은제 차병, 유리컵 등도 반들반들하게 닦아야 했다. 다음에는 방을 청소해야 하는데 그 일 또한 아주 힘들었다. 마치 고모는 먼지 하나도 놓치지 않았다. 가구들은 파서 새긴 장식들이 많은데다가 다리가 모두 오이처럼 휘어져 있어서 생각만큼 깨끗하게 되지 않았다.

앵무새 폴리에게는 먹이를 주고 털을 씻어주어야 했으며, 할머니의 무릎에 앉은 개는 머리를 빗겨주어야 했다. 뿐만 아니라 물건을 사오거나 하인에게 용건을 전하러 가거나 하는 등 하루에도 수십 번씩 계단을 오르락내리락해야 했다. 고모는 다리가 불편했기 때문에 의자에서 일어나는 일이 거의 없었다. 이런 귀찮은 일을 끝내면 이번에는 자기 공부를 해야 하는데, 이것 또한 옛 미덕의 한 가지를 시험해 보는 듯했다. 그러고 난 뒤 겨우 한 시간 정도의 운동이나 산책을 할 수 있었다. 그것만은 매우 기쁜 일이었다.

로리는 매일 찾아와 고모의 허락을 받고 에이미와 함께 산책을 하거나 마차를 타며 즐거운 시간을 가졌다. 점심을 먹고 나서는 에이미가 큰 소리로 책을 읽어 드렸는데, 고모는 채 한 페이지도 읽기 전에 잠이 들어 1시간쯤 낮잠을 주무셨다. 그러면 에이미는 고모 옆에 꼼짝 않고 있어야 했다. 천 조각을 집거나 타월 가장자리를 다듬을 때면 에이미의 겉모습은 얌전하게 바느질을 하고 있는 것처럼 보이지만, 사실 마음속은 불만으로 끓고 있었다. 어두워지는 무렵부터 저녁 식사 전까지는 자유로운 시간이 주어졌다. 가장 힘든 시간은 저녁 식사 후였다. 고모가 젊었던 시절의 추억담을 이야기하기 시작하는데 그것은 말할 수 없이 지루해 잠자리로 빨리 도망치고 싶을 뿐이었다. 그럴 때면 에이미는 자신의 괴로운 운명을 한탄하며 울려 했지만 눈물이 한두 방울 떨어지기도 전에 잠들어 버리는 것이었다.

에이미는 만약 로리나 나이 든 하녀 에스더가 없었더라면 이 힘든 나날을 헤쳐 나갈 수 없었을 거라고 생각했다. 앵무새마저 에이미를 괴롭혔다. 앵무새 폴리는 에이미가 자기를 칭찬하지 않는 것에 대한 앙갚음으로 심하게 장난을 치며 괴롭혔다. 그녀가 다가가면 머리카락을 잡아당기고, 새집을 청소해 놓으면 금세 빵과 우유를 뒤엎어 지저분하게 하거나 할머니가 졸기 시작하면 개를 건드려 짖게 했다.

게다가 손님 앞에서 에이미의 이름을 부르며 기회가 있을 때마다 심한 장난으로 골탕을 먹었다. 개도 에이미에게는 견디기 힘든 상대였다. 뚱뚱하고 매너 없는 개는 씻어 주려고 하면 으르렁거리거나 짖어댔다. 뭐가 먹고 싶을 때는 벌렁 드러누워 네 다리를 쳐들고 괴상한 짓을 하는데, 이런 짓은 하루에도 10번 이상 되풀이되었다. 요리사는 신경질적이었고 늙은 마부는 귀머

거리였다. 이 작은 아가씨를 염려해 주는 사람은 오직 에스더뿐이었다.

에스더는 프랑스 여자로, 마치 고모는 '마담'이라고 불렀다. 둘은 오랫동안 같이 살아왔기 때문에 고모는 에스더가 없으면 혼자서는 꼼짝도 할 수 없었다. 에스더는 오히려 주인을 지배할 정도였다. 진짜 이름은 에스텔인데, 고모가 에스더로 바꾸라고 해서 종교만은 간섭하지 않는다는 조건 하에 바꾸었다.

에스더는 '아가씨'가 마음에 들어 마담의 레이스를 다릴 때면 에이미에게 프랑스에서 있었던 신기한 이야기들을 들려주어 에이미를 즐겁게 했다. 또 넓은 집안을 마음대로 돌아다니게 하고, 큰 벽장이나, 고풍스런 상자에 들어 있는 신기하고 아름다운 물건들을 보여 주었다. 마치 고모는 까치처럼 무엇이든 잘 간수해 두었다.

에이미가 가장 신기하게 여겼던 것은 인도산 장롱이다. 이 정교한 장롱에는 비둘기집 구멍 같은 공간과 비밀 칸들이 많았고, 거기에는 온갖 종류의 장신구들이 가득 들어 있었다. 비싼 것도 있었고, 어떤 것은 단순히 신기하기만 했다. 모두 고풍스러웠다. 이 물건들을 만져보고, 살펴보고, 깔끔히 정리하는 것이 에이미에게는 큰 즐거움이었다.

에이미는 특히 보석 상자를 좋아했다. 상자 안의 비로드 쿠션 위에는 30년 전 아름다운 여인의 몸을 장식했던 물건들이 가지런히 놓여 있었다. 사교계에 처음 나갔을 때 붙인 한 벌의 석류석, 결혼식 때 아버지가 주신 진주, 애인이 보내온 다이아몬드, 죽은 사람을 추모하기 위해 끼는 검은 구슬 기념 반지, 죽은 친구들의 초상화와 머리카락으로 늘어진 수양버들을 만든 기묘한 펜던트 등이 있었다. 또한 고모의 유일한 딸이 끼었던 어린이 팔찌, 아이들이 가지고 놀았던 빨간 도장이 찍혀 있는 고모부의 회중시계도 있었다. 그리고 어떤 상자에는 결혼반지가 보관되어 있는데, 그 반지는 굵어진 고모의 손가락에 맞지 않아 상자에 소중하게 넣어 둔 것이다.

"만약 아가씨에게 고르라고 하면 어떤 것을 갖고 싶어요?"

에스더가 물었다. 에스더는 언제나 에이미의 옆에 있다가 귀중품 상자에 자물쇠를 채우는 일을 했다.

"난 다이아몬드가 제일 좋아요. 그런데 다이아몬드 목걸이는 없네요. 목걸이가 갖고 싶어요. 아주 잘 어울릴 거예요. 가져도 좋다면 이걸 고르겠어요.”

“나도 그것을 갖고 싶어요. 그러나 목걸이는 아니에요. 충직한 가톨릭 신자에게 어울리는 이 묵주를 갖고 싶어요.” 에스더는 아름다운 그 묵주를 감상적인 눈으로 바라보았다.

“아줌마 거울에 걸려 있는 냄새 좋은 나무 묵주처럼요?” 에이미가 물었다.

“그래요. 그것으로 기도를 하려고요. 보석을 다는 것보다 이런 훌륭한 묵주를 갖고 있는 것을 성모님은 더 좋아하실 거예요.”

“에스더 아줌마는 기도드리는 일이 낙인가 봐요. 언제나 기도를 드리고 나올 때면 차분히 안정되어 있는 것 같아요. 나도 그렇게 되었으면 좋겠어요.”

“아가씨가 가톨릭 신자라면 마음의 위로를 받을 수 있을 텐데. 신자가 아니더라도 매일 혼자서 묵상하고 기도드려 봐요. 이 집으로 오기 전에 내가 모시던 부인이 그랬었지요. 그분은 작은 예배실을 갖고 있었는데 거기에서 골칫거리들에 대한 위안을 찾곤 했어요.”

“나도 할 수 있을까요?” 에이미가 물었다. 에이미는 외로울 때 도움을 얻을 수 있는 무언가가 필요했다. 게다가 베스가 옆에서 상기시켜 주지 않으니 성경 읽는 일을 자꾸 잊어 버렸다.

“아주 멋진 생각이에요. 원한다면 작은 방을 마련해주겠어요. 할머니에게는 아무 말도 하지 말아 주세요. 마님이 낮잠을 주무실 때 거기에서 좋은 일을 생각해 보기도 하고, 또 하느님께 언니를 지켜달라고 기도도 드려요.”

에스더는 신앙심이 깊었다. 에스더는 깊은 애정으로 불행을 겪고 있는 에이미와 자매들을 진심으로 마음 아파했다. 에이미는 이 생각에 마음이 끌려 자신을 위해서도 좋을 거라고 생각하고 에스더에게 그녀의 옆방을 고쳐 달라고 부탁했다.

“마치 고모가 돌아가시면 이 많은 멋진 물건들은 다 어디로 갈까요?” 에이미는 반짝거리며 빛나는 묵주를 제자리에 놓고 나머지 보석 상자들을 닫으며 말했다.

“아가씨와 언니들에게 물려줄 거예요. 마님의 유언장에 내가 입회했으니까 틀림없이 그럴 거예요.” 에스더는 작은 소리로 말하고 싱긋 웃었다.

“아, 멋있어! 당장 주시면 좋을 텐데. 꾸물거리면 싫어요.” 에이미는 마지막으로 다이아몬드를 한 번 더 바라보고는 말했다.

"아가씨는 이런 보석들을 걸치기엔 아직 어려요. 제일 먼저 결혼하는 아가씨가 이 진주를 갖게 될 거라고 마님이 말씀하셨어요. 아가씨가 집으로 돌아갈 때는 이 작은 터키 구슬 반지를 주실 것 같아요. 할머님은 아가씨가 예절바르고 귀엽다고 생각하고 계셔요."

"그렇게 생각하세요? 이런 예쁜 반지를 가질 수 있다니 좀 더 착한 아이가 되어야겠어요. 이건 키티 브라이언트의 것보다 훨씬 더 예뻐요. 나는 역시 고모가 좋아요."

에이미는 이렇게 말하고 기쁜 표정으로 푸른 구슬 반지를 껴보며 어떻게든 이것을 가져야겠다고 마음먹었다.

그날부터 에이미는 아주 얌전해졌다. 노부인은 자신의 교육이 효과를 나타내고 있다는 생각에 아주 만족해했다. 에스더는 그 기도의 방에 작은 탁자를 갖다 놓고, 그 앞에 작은 의자를 놓은 다음 탁자 위쪽에는 잠긴 방들 중 하나에서 가져온 액자를 걸었다. 액자가 그다지 멋있는 것은 아니었지만 그런대로 어울렸다. 노부인은 모르고 있었지만 알게 되어도 별 일은 없을 듯하여 잠시 걸어 놓았다.

그것은 세계적인 명화 중 하나로 값비싼 복제품이었다. 아름다움을 사랑하는 에이미의 눈은 성모 마리아의 상냥한 얼굴을 쳐다보는 것이 일상이 되었고 한 번도 싫증난 적이 없었다. 그 그림을 보면 어머니가 생각났고 그러면 에이미는 어머니에 대한 그리움으로 가슴이 차올랐다. 탁자 위에는 성경과 찬송가 책을 놓았고 화병에는 로리가 가져다주는 활짝 핀 꽃들이 가득 꽂혀 있었다.

에이미는 매일 이곳에서 혼자 조용히 생각도 하고, 언니를 지켜달라고 기도도 드렸다. 에스더가 까만 구슬에 은십자가가 달린 묵주를 주었지만 걸어둔 채 사용하지 않았다. 신교도(新敎徒)가 기도를 드릴 때 이런 것을 사용해도 좋은지 어떤지를 잘 몰랐기 때문이다.

이 귀여운 소녀는 진심으로 기도하고 있었다. 안전한 가정에서 살다 홀로 밖으로 나와 보니 비로소 자기가 의지할 수 있는 따뜻한 손길이 절실해져 자신의 어린 양들을 사랑으로 감싸 주는 다정한 친구인 하느님에게 본능적으로 다가갔던 것이다. 에이미는 자신을 알고 다스리기 위해 어머니를 그리워했었지만, 이제는 어디로 향해야 할지를 알았기 때문에 그 길을 찾아서 믿고 그 길을 따르기 위해 크게 노력했다.

그러나 에이미는 어린 순례자였으므로 자신이 짊어지고 있는 짐이 너무 무겁게 느껴져 견딜 수 없었다. 에이미는 먼저 그녀 자신에 대한 생각을 접어두고 밝은 마음을 가지려고 애썼다. 그리고 누가 자기를 지켜보거나 칭찬해 주지 않아도, 올바른 행동으로 자신이 만족하며 생활하려고 애썼다.

그래서 에이미는 결함 없는 훌륭한 인간이 되리라 마음먹고 그 의지를 굳히기 위해 고모처럼 유언장을 만들기로 했다. 만약 자기가 죽을 경우, 자기의 물건들이 공평하게 분배되기를 원했다. 고모의 보석과 마찬가지인 자신의 작은 보물들을 아무에게나 주어 버리는 것은 생각만 해도 가슴 아픈 일이었다.

에이미는 휴식 시간을 이용해 이 중요한 서류를 그럴 듯하게 썼다. 에스더에게 법률 용어를 배워 유언장을 작성했다. 마음 좋은 에스더가 유언장에 서명을 해 주자 그녀는 흡족해하며 그것을 로리에게 보여주었다. 또 한 사람의 증인으로는 로리를 채택할 작정이었다.

그날은 비가 와서 에이미는 3층 넓은 방에 앵무새 폴리를 데리고 올라가 놀기로 작정했다. 그 방에는 유행에 뒤진 옷들이 가득 들어 있는 옷장과 벽장이 있었다. 에이미는 색이 바랜 금빛 능라 옷을 걸치고 큰 거울 앞에서 요란하게 인사도 해 보고 치맛자락을 끌며 걸어 비단 스치는 소리를 즐겁게 듣기도 했다. 에이미는 이날 놀이에 열중해 로리의 초인종 소리도 듣지 못했고 올라와서 살그머니 엿보고 있는 누군가의 얼굴도 보지 못했다.

에이미는 부채를 펄럭이며 큰 핑크빛 터번을 감은 머리를 뒤로 젖히고 정색을 한 채 앞뒤로 왔다 갔다 하고 있었다. 파란 비단 상의에 노란 누비 페티코트와 핑크 터번은 참으로 기묘한 배합이었다. 게다가 구두 굽이 높아 조심조심 걷고 있었는데, 나중에 로리가 조에게 말한 대로 그것은 우스꽝스러운 광경이었다.

에이미가 화려한 옷차림에 점잔을 빼고 짧은 걸음으로 걷고 있는 뒤에서 폴리가 비스듬히 고개를 치켜들고 열심히 에이미의 흉내를 냈다. 폴리는 멈추어 서서 웃거나 소리를 질렀다.

"어때, 훌륭하지! 괴물! 닥쳐! 키스해 줘, 내 사랑, 하하!"

위풍당당한 기분을 상하게 하지 않으려고 로리가 웃음을 겨우 참고 가볍게 노크하자 에이미는 그를 정중히 맞아 주었다.

"앉아서 잠깐 기다려 주세요. 이걸 치워야겠어요. 아주 중요한 일로 상의할 게 있어요." 에이미는 그 거창한 옷차림으로 폴리를 구석으로 쫓으며 말했다.

"저 새는 내 인생의 시련이에요." 집채만 한 핑크빛 터번을 벗으며 에이미가 말했다. 로리는 의자 위에 말 타는 자세로 앉아 있었다.

"어제 고모가 낮잠을 주무실 때 난 조용히 있으려고 했는데 폴리가 새장속에서 울고불고 소란을 피우기에 내놓으려 하다 보니 새장 속에 큰 거미가 있었어요. 쫓아냈더니 거미가 책장 밑으로 들어가 버렸는데 폴리가 쫓아가서 눈을 부릅뜨고 책장 밑을 들여다보며 그 우스꽝스런 말투로 '나와서 산책해, 내 사랑' 하는 게 아니겠어요? 난 그만 웃음을 터뜨리고 말았고 폴리가 욕지거리를 하는 바람에 고모가 잠을 깨셨어요. 그래서 우리는 둘 다 꾸지람을 들었어요."

"그래서 거미가 그 능청스러운 폴리의 초대를 받아들였나?" 로리는 하품을 하면서 물었다.

"기어 나왔는데 폴리가 놀라서 고모 의자로 올라가 '저 여자를 잡아라, 저 여자를 잡아라! 저 여자를 붙잡아라!' 외쳐대는 거예요."

"거짓말 마! 오, 하느님!" 앵무새는 아우성치며 로리의 발가락을 쪼아댔다.

"네가 내 새라면 목을 비틀어 버렸을 거야. 이 몹쓸 새야." 로리가 주먹을 휘둘러 보이며 외쳤다. 폴리는 머리를 한쪽으로 돌리고 꽥꽥거렸다. "할렐루야, 단추들을 조심해!"

"준비 다 됐어요." 에이미는 옷장 문을 닫고 주머니에서 종이 한 장을 꺼냈다. "이걸 읽어 보고 법적으로 맞는지, 틀린 곳이 있는지 알려 줘요. 이것을 만들어 두어야겠다고 생각했어요. 사람의 목숨이란 언제 어떻게 될지 모르잖아요? 그리고 사람들이 내 무덤에 대고 원망하는 건 싫으니까."

로리는 입술을 꼭 깨물어 웃음을 참으면서 생각에 잠긴 듯한 에이미로부터 고개를 돌린 채 에이미의 유언장을 읽어 내려갔다. 철자는 다소 틀렸지만 상을 받을 만큼 잘 쓴 에이미의 유언장에는 이렇게 쓰여 있었다.

나의 마지막 유언장과 증인

나, 에이미 커티스 마치는 온전한 정신으로 자기 소유 재산 모두를 물려줍니다. 아버지에게는 내가 그린 가장 좋은 그림, 스케치화, 지도, 액자를 포함한 그림을 전부 드리고, 쓰고 싶은 데 쓰시도록 100달러의 돈도 드립니다.

어머니에게는 나의 의복 전부. 단, 호주머니 달린 파란 앞치마는 제외. 또 내 초상화와 메달을 애정과 함께 드립니다.

다정한 마거릿 언니에게는 터키 구슬 반지(만약 내가 갖게 된다면), 비둘기 그림이 그려져 있는 녹색 상자, 목 장식용 진품 레이스, 그리고 '어린 동생'이 기념물로 그린 언니의 스케치.

조 언니에게는 수선한 브로치, 청동 잉크병(뚜껑은 조 언니가 잃어버렸음). 나의 가장 소중한 석고로 만든 토끼(이것은 내가 조 언니의 작품을 불태워버린 사과의 뜻입니다).

베스 언니에게는—만약 나보다 오래 산다면—내 인형들과 작은 화장장롱, 부채, 린넨 칼라, 병이 나아서 살이 빠지면 신을 수 있는 내 슬리퍼를 드려요. 그리고 헌 인형 조안나를 조롱한 일을 진심으로 사과드립니다.

친구이며 이웃인 테오도르 로렌스에게는 칠기로 된 종이끼우개와, 목이 전혀 없다고 말씀하신 찰흙으로 빚은 말, 또 어려웠을 때 친절하게 대해준 데 대한 감사로 내 그림 중에서 가장 마음에 드는 것을 가지세요. 노트르담이 가장 잘 그린 그림입니다.

존경하는 후원자 로렌스 씨에게는 뚜껑에 거울이 부착된, 펜을 넣어 두기에 알맞은 보랏빛 상자를 드립니다.

이 상자는 죽은 소녀를 회상하는 기념물이 될 것입니다. 가족 일동, 특히 베스의 친절에 대해 깊이 감사드립니다.

친한 친구 키티 브라이언트에게는 푸른 비단 앞치마와 금 구슬 반지를 키스와 함께 남깁니다.

한나에게는 갖고 싶어 하던 종이 상자와 조각 헝겊 전부를 드립니다. 그것을 보면서 저를 회상해 주세요.

나의 값나가는 소유물을 전부 처분했으니 모두들 만족하시고, 바라옵건대 죽은 자를 책망하지 말아 주십시오—모든 사람을 용서하고, 트럼펫이 울릴 때 우리 모두가 만날 수 있으리라고 믿고 있습니다. 아멘.
1861년 11월 20일 이 유언장에 서명하고 봉인합니다.

에이미 커티스

입회인 에스텔 발노르

테어도르 로렌스

로리의 이름은 연필로 썼기 때문에 에이미는 그에게 이름을 잉크로 다시 써서 유언장을 잘 봉인해 달라고 부탁했다.

"어쩌서 이런 생각이 들었지? 베스가 자기 물건을 나눠 줬다고 누가 말했어?" 로리가 정색을 하며 물었다. 에이미는 빨간 끈, 봉랍, 잉크병과 함께 로리 앞에 늘어놓았다.

에이미는 이유를 설명하고 나서 걱정스럽게 물었다. "베스 언니는 어때요?"

"베스를 언급해서 미안해. 그러나 입 밖에 낸 이상 말할게. 하루는 몹시 중태였어. 그때 베스가 조에게 말했대. 피아노는 메그에게, 고양이는 네게, 조안나는 자기 대신 귀여워해 줄 조에게 준다며 줄 것이 그뿐이라고 슬퍼했대. 나머지 사람들에게는 머리카락을, 우리 할아버지에게는 특별한 애정을 드린다고 말했대. 베스는 유언장은 생각도 안 했어."

로리가 이렇게 말하고 에이미의 유언장에 서명을 한 뒤 봉하려다 큰 눈물 방울을 종이 위에 뚝뚝 떨어트렸다. 로리는 그때까지 고개를 들지 않았다. 에이미는 몹시 걱정스런 표정으로 이렇게 말할 뿐이었다. "유언장에 추신을 붙여도 되나요?"

"물론 있지. 보통 '추가 유언서'라고 해."

"그럼 내 것에도 추가시켜 주세요. 내 곱슬머리를 전부 잘라 친구들에게 나누어 주라고 적어 주세요. 그만 깜빡 잊었어요. 머리를 다 자르면 보기 싫겠지만 그래도 그렇게 하고 싶어요."

로리는 에이미의 최후의 그리고 최대의 희생에 대해 미소를 지으며 에이미의 말을 추가로 써 넣었다. 그리고 한 시간 동안 에이미의 놀이 상대가 되어 주었는데, 로리는 에이미가 겪고 있는 여러 가지 시련에 큰 관심을 보였다. 로리가 돌아가려 하자 에이미는 로리를 붙잡고 입술을 떨며 속삭였다.

"베스는 정말 위험한가요?"

"아무래도 그런 것 같아. 그러나 우리들은 희망을 가져야 해. 울어서는 안 돼, 에이미."

로리는 오빠와 같은 편안한 태도로 에이미의 어깨에 손을 얹으며 말했다. 그것은 에이미에게는 커다란 위안이었다.

로리가 돌아간 뒤 에이미는 자기의 작은 성지에 들어가 황혼의 희미한 빛 속에 앉아 하염없이 눈물을 흘리며 베스를 위해 기도드렸다. 에이미는 그처럼 다정한 언니가 죽는다면 터키 구슬 반지가 백만 개가 있어도 아무런 위안이 되지 않을 거라고 생각했다.

제20장 고백

어머니와 딸들의 만남을 말로 표현하는 것은 어려운 일이다. 그런 시간들은 삶을 아름답게 해 주지만 그것을 글로 나타내는 것은 아주 어려운 일이다. 그래서 여기서는 마치 집안에 진정한 행복이 넘쳐흘렀고 메그의 애정 어린 소망이 이루어졌다는 것 외의 것은 독자 여러분의 상상에 맡기려고 한다.

베스가 회복으로 향하는 긴 잠에서 깨어났을 때 가장 먼저 본 것은 메그가 바라던 대로 예쁜 장미꽃과 어머니의 얼굴이었다. 몸이 무척 쇠약해져 어떻게 된 것일까 하는 등의 생각 같은 건 아예 할 수 없는 베스는 그저 미소를 지으며 어머니의 팔에 안겨 마침내 소망이 이루어졌음을 느꼈다. 베스는 또 잠들었다. 그녀는 자면서도 어머니의 여원 손을 놓지 않았다. 자매들은 어머니 옆에서 베스가 깨어나기를 기다렸다.

한나는 돌아온 여행자를 위해 깜짝 놀랄 만한 아침 식사를 준비했다.

그녀의 반가움을 표현할 만한 다른 방도가 없었기 때문이다. 메그와 조는 의무를 다하는 어린 황새처럼 어머니의 식사 시중을 들면서, 아버지가 하신 약속과, 브루크 씨가 친절하게도 뒤에 남아 간병을 해 주겠다고 한 것에 대한 얘기를 들었다. 집에 돌아오는 길에 눈보라를 만나 지연되었고, 피로와 추위와 걱정으로 몹시 지쳐 도착했을 때 로리의 밝은 얼굴을 보고 안심했다는 사실 등, 어머니가 작은 목소리로 하는 이야기에 귀를 기울였다.

그날은 이상하고도 즐거운 날이었다. 세상 사람들은 모두 밖으로 나가 첫 눈을 기뻐하며 즐거운 듯이 뛰어다녔다. 밖은 밝고 시끌벅적했다. 그러나 집안은 고요했다. 병간호로 지쳐 모두 잠들었고 마치 안식일 같은 고요가 집안에 꽉 차 있었다. 한나는 출구에 앉아 끄덕끄덕 졸며 보초병 역할을 했다. 무거운 짐을 벗어 던진 메그와 조는 피로한 눈을 감고 폭풍에 시달리던 배가 조용한 항구에 안전하게 정박한 것처럼 편안히 휴식을 취했다.

마치 부인은 베스 옆에 앉아 그 자리를 떠나지 않았다. 부인은 큰 의자에 앉아 쉬며 때로 일어나서, 구두쇠가 잃어버렸던 보물을 다시 찾은 것처럼 귀여운 베스를 자주 들여다보며 만져 보기도 하고 가만히 안아 보기도 했다.

그동안 로리는 에이미를 위로하려고 서둘러 마치 고모 댁으로 가서 이야기를 전했다. 마치 고모는 '그러니까 내가 뭐랬어' 따위의 말은 하지 않고 코를 훌쩍거렸다. 에이미는 매우 의젓한 모습을 보였다. 에이미는 이것이 예배실에서 가졌던 좋은 생각들이 결실을 맺었기 때문이라고 생각했다.

에이미는 곧 눈물을 거두고 어머니를 빨리 보고 싶은 초조한 마음을 꾹 참았다. 로리가 '으뜸가는 작은 숙녀'라고 에이미를 칭찬하자 마치 고모도 동의했다. 그때 에이미는 터키 구슬 반지 같은 것은 생각도 하지 않았다. 앵무새 폴리까지 감동했는지 '착한 소녀야' 부르며 '저런, 단추 조심하세요, 같이 산책할까요?'라고 아주 상냥한 말을 건넸다. 에이미는 밖으로 나가 눈 내리는 겨울 날씨를 즐기고 싶었지만 로리가 몹시 졸린 것 같아 소파에서 쉬게 하고 자신은 그 사이에 어머니에게 편지를 썼다.

한참 편지를 쓰고 돌아와 보니 로리는 두 팔로 머리를 받치고 다리를 쭉 뻗은 채 정신없이 잠들어 있었다. 고모는 커튼을 내리고 여느 때와는 달리 악의 없는 태도로 아무것도 하지 않고 앉아 있었다.

한참이 지나도 로리가 일어나지 않자 두 사람은 그가 밤까지 깨어나지 않을 것 같다고 생각했다. 사실 마치 부인이 그곳에 나타나지 않았다면 로리는 밤까지 자고 있었을 것이다.

로리는 에이미가 어머니를 보고 비명을 지르는 바람에 잠을 깼다. 그날 시내 안팎은 행복한 소녀들로 붐비고 있었겠지만, 어머니의 무릎에 앉아 여러 가지 힘들었던 일, 괴로웠던 일을 말하면서 상냥한 미소와 다정한 손길로 위로를 받고 있는 에이미만큼 행복한 소녀는 없었을 것이다. 에이미는 이 예배실이 어떻게 만들어졌는지를 어머니에게 설명했다. 어머니는 예배실에 대해 반대하지 않으셨다.

"에이미, 엄마는 그게 참 좋은 일이라고 생각해."

부인은 이렇게 말하고 나서 먼지투성이의 묵주와 낡아빠진 성경, 그리고 상록수로 테두리를 장식한 아름다운 그림을 보며 말했다.

"화나거나 슬퍼지거나 할 때 마음을 가라앉힐 수 있는 장소를 갖고 있는 것은 매우 좋은 일이야. 우리 인생에는 참으로 어려움이 많단다. 그래도 올바르게 도움을 청하면 언제나 이겨낼 수 있지. 너도 이제 그걸 배우고 있는가 보구나."

"네, 어머니, 집으로 돌아가면 큰 벽장 구석에 저 책과 그림을 놓아둘 장소를 마련할 생각이에요. 그래서 지금 저 그림을 보고 그대로 그리고 있어요. 그런데 여인의 얼굴이 잘 그려지지 않아요. 너무 아름답기 때문이에요. 그렇지만 어린 아기는 쉬워요. 아주 예쁘죠? 예수님도 어린 아이였을 때가 있었다고 생각하니 나와 다르지 않은 사람으로 생각되고 마음이 편해져요."

어머니의 무릎 위에서 미소짓고 있는 어린 그리스도를 가리키는 에이미의 손에서 무언가를 본 부인은 싱긋 웃었다. 부인은 아무 말도 하지 않았다. 그러나 엄마의 얼굴을 본 에이미는 얼른 눈치를 채고 입을 열었다.

"말씀드리려고 했는데 잊어버렸어요. 할머니가 오늘 이 반지를 주셨어요. 저를 부르시더니 키스를 하시고 이 반지를 끼워 주시며 제가 고모의 자랑이니 언제나 곁에 두고 싶다고 하셨어요. 이 터키석 반지는 제게 너무 커서 빠지지 말라고 이 이상한 반지 보호 끼우개도 주셨어요. 끼고 싶은데 괜찮을까요, 엄마?"

"아주 예쁘지만 에이미, 그런 장식물을 끼기엔 아직 이르지 않을까?"

이렇게 말하고 마치 부인은 에이미의 집게손가락에 끼워진, 둘레에 하늘색 보석을 박은 반지와, 두 개의 작은 금붙이가 꼭 맞물려 기묘하게 보이는 반지 보호 끼우개를 낀 에이미의 통통하고 귀여운 손을 바라보았다.

"저는 허영을 부리지 않겠어요." 에이미가 말했다. "저는 반지가 예뻐서라기보다는 이야기 속의 팔찌를 낀 여자애처럼 무언가를 기억하기 위해 끼고 싶어요."

"마치 고모 말이니?" 부인이 웃으며 물었다.

"아니에요, 이기주의자가 되지 않겠다는 걸 상기시켜주기 위한 거예요." 에이미가 아주 진지하고 심각한 표정을 지었기 때문에 어머니는 웃음을 그치고 이 귀여운 아가씨의 생각에 귀를 기울였다.

"전 요즘 제가 저지르는 많은 무례함들에 대해 생각하고 있었어요. 그 중에서 가장 큰 잘못은 이기주의였어요. 그래서 열심히 고쳐보려고 해요. 베스는 이기주의자가 아니에요. 그래서 모두 베스 언니를 사랑하고 있어요. 베스가 죽으면 절대 안 된다고 모두 걱정하고 있어요. 만약 내가 아프다면 모두들 그렇게까지는 걱정하지 않을 거예요. 게다가 저는 착하지도 못해요. 그렇지만 저도 많은 친구들에게 사랑받고 싶고, 없을 때면 보고 싶어지는 아이가 되고 싶어요. 열심히 애써서 베스 언니처럼 될 거예요. 저는 결심을 잘 잊어먹어서, 언제나 상기시켜 주는 뭔가를 지니고 있다면 더욱 잘할 수 있을 거라고 생각해요. 그렇게 해도 될까요?"

"물론이지. 그러나 엄마는 반지보다 벽장 구석이 더 좋을 것 같구나. 반지를 끼어라, 에이미. 그리고 최선을 다해. 엄마는 네가 틀림없이 잘해내리라고 생각해. 좋은 일을 하고 싶다고 마음먹었다는 건 벌써 반은 이룬 거나 마찬가지란다. 자, 엄마는 베스에게 돌아가야겠구나. 기운을 내, 곧 너를 집에 데려올 수 있을 테니까."

그날 밤 메그는 어머니가 무사히 도착하신 사실을 아버지에게 알려 드리기 위해 편지를 쓰고 있었다. 이때 조는 살그머니 베스의 방으로 들어가 언제나 같은 자리에 계시는 어머니를 보고 어색한 표정으로 손가락을 머리카락 속에 꼬며 무슨 말을 할 듯 말 듯 했다.

"왜 그러지?" 마치 부인은 할 얘기가 있으면 마음 놓고 털어놓으라는 듯 손을 내밀며 물었다.

"어머니한테 드릴 얘기가 있어요."

"메그에 대해서?"

"엄마도 벌써 짐작하고 계셨군요! 네, 메그 언니에 관한 일이에요. 사소한 일이지만 저를 안절부절못하게 해요."

"베스가 자고 있으니까 작은 소리로 말해. 엄마에게 다 말하렴. 모펫이 왔다 간 건 아니겠지?" 마치 부인은 날카롭게 질문했다.

"천만에요. 그 사람이 왔다면 대놓고 문을 닫아 버렸을 거예요." 조는 어머니 발치에 앉았다.

"지난여름, 메그 언니는 로렌스 씨 댁에서 장갑을 떨어뜨리고 그냥 왔어요. 그런데 한 짝밖에 돌아오지 않았어요. 그 뒤 저희들은 잊고 있었는데, 브루크 씨가 나머지 한 짝을 조끼 주머니에 넣고 다니다 떨어뜨린 것을 로리가 보고 놀렸대요. 그러자 브루크 씨는 메그를 좋아하지만 아직 어리고 자기는 가난하니까 아무래도 좋아한다고 말할 수가 없다며 로리에게 고백했대요. 로리가 제게 말해 줬어요. 큰일 났죠?"

"조, 넌 메그가 브루크 씨를 좋아한다고 생각하니?" 마치 부인은 걱정스러운 듯 물었다.

"어머! 저는 사랑이라든가 그런 말도 안 되는 일은 몰라요." 조는 흥분과 경멸이 섞인 이상한 표정을 지으며 소리쳤다. "그럴 때 소설에서는 여자애들이 깜짝 놀라거나 얼굴이 빨개지거나 멍청해지거나 야위거나 바보 같아지죠? 언니는 그런 일은 전혀 없고 그저 정상적인 사람처럼 꼬박꼬박 밥 먹고, 마실 것 다 마시고, 잠도 잘 자고 있어요. 제가 그 사람 얘기를 해도 제 얼굴을 똑바로 쳐다봐요. 하기는 로리가 애인 어쩌고 하면 얼굴을 붉히긴 해요. 로리에게 그런 소리를 하지 말라고 했지만 내 말은 신경도 안 써요."

"그럼 너는 메그가 존에 대해 별 관심이 없다고 생각하니?"

"존이 누구예요?" 조는 눈을 크게 뜨고 말했다.

"브루크 씨 말이야. 엄마는 이제 '존'이라고 부르고 있어. 병원에서 그렇게 부르다 보니 버릇이 됐고 그 사람도 그 편이 좋다고 하더구나."

"어머, 엄마는 벌써 그 사람 편이군요. 아버지를 위해 열심히 애썼을 테니까. 엄마는 만약 메그 언니가 마음에 든다고 하면 결혼시킬 생각이시죠? 비겁해요. 그 사람! 아버지에게 아첨하고 엄마를 구슬려 자기를 좋아하게 하기 위해 따라갔을 거예요."

조는 몹시 성이 나서 자기 머리카락을 잡아당겼다.

"조, 그렇게 화내지 마라. 왜 그렇게 되었는지 말해 줄게. 존은 로렌스 씨의 부탁을 받고 엄마와 같이 갔던 거야. 존은 아픈 아버지에게 헌신적이었다. 우리는 존을 싫어할 수가 없었다. 메그에 대해서는 참으로 솔직하고 훌륭하게 얘기했다. 그는 메그를 사랑하고 있다고 고백했지만 우리에게 청혼하기 전에 살 만한 집을 갖고 싶다더구나. 그리고 자기가 메그를 사랑하고 그 애를 위해 일할 수 있도록 허락해 달라고 했어. 그리고 또 될 수 있으면 메그가 자기를 사랑하는 것도 허락해 달라고 했어. 참 훌륭한 청년이더구나.

우리는 그 사람 말에 귀를 기울이지 않을 수 없었다. 그렇지만 메그는 아직 어리니까 약혼은 허락하지 않을 생각이다."

"물론 안 돼요. 그건 어리석은 일이라고 생각해요! 못된 장난 같아요. 듣고 보니 생각한 것보다 훨씬 나쁘군요. 제가 언니와 결혼해서 가족을 지킬 수 있다면 좋을 텐데."

조의 엉뚱한 생각에 마치 부인은 자기도 모르게 웃어 버렸다. 부인은 다시 진지한 얼굴로 말했다.

"조, 엄마는 널 믿고 털어놨는데 메그에게 함부로 말하지 않겠지? 존이 돌아와 두 사람이 함께 있는 것을 보면 존에 대한 메그의 마음이 어떤지 판단할 수 있겠지."

"틀림없이 언니는 그 사람의 잘생긴 눈을 볼 거예요. 그렇게 되면 언니는 어쩔 수 없을 거라고요. 언니는 원래 다정한 사람이나 언니를 정다운 눈길로 대하는 사람에게는 햇빛 아래 버터처럼 금세 녹아 버릴 거예요. 언니는 그 사람이 보내온 짧은 메모도 어머니가 보낸 편지보다 몇 번이나 더 되풀이해서 읽는걸요. 제가 그런 언니 행동에 대해 말하면 언니는 나를 꼬집어요. 게다가 언니는 다갈색 눈을 좋아하고 존이란 이름을 나쁜 이름이 아니라고 생각하니까 틀림없이 그 사람을 사랑하게 될 거예요. 그렇게 되면 우리가 함께 나누는 재미도 화목함도 모두 끝장이에요. 같이 있는 아늑한 시간도요. 나는 잘 알고 있어요! 두 사람이 사이좋게 집 안을 돌아다닐 거고 우리는 방해하면 안 되니까 자리를 피해줘야 하겠지요. 그러면 언니는 열중하게 될 테고 이제 언니는 저에게 신경써주지 않을 거예요. 브루크 씨는 어떻게든 돈을 모아서 언니를 데려가려 할 테고, 결국 우리에게는 빈자리가 생길 거예요. 나는 실망해서 모두를 지독히 싫어할 테고요. 오, 세상에! 우리는 왜 남자로 태어나지 못했을까요. 남자였다면 그런 귀찮은 일은 없을 텐데."

조는 침울한 표정으로 턱을 무릎 위에 괴고 브루크 씨가 괘씸하다는 듯 주먹을 휘둘렀다. 마치 부인은 한숨을 쉬었고, 이윽고 조는 안심했다는 듯 엄마를 올려다보며 말했다.

"엄마도 싫으신 거죠? 그 사람 쫓아 버려요. 메그 언니에게는 모른 척하고 있으면 지금처럼 모두 행복하게 함께 살 수 있잖아요?"

"한숨 쉬어서 미안하구나, 조. 너희들이 저마다 자기 가정으로 가는 것은 당연하고 옳은 일이야. 그러나 엄마는 가능한 한 오랫동안 너희들을 옆에 두고 싶단다. 이렇게 빨리 그런 일이 온다는 건 슬픈 일이야. 메그는 이제 열일곱인데 존이 그 애를 위해 집을 마련하는 데는 앞으로 몇 년 걸릴 거야. 아버지나 엄마는 메그가 스무 살이 되기 전에는 어떻게 해서라도 약혼도 결혼도 시키지 않기로 했어. 만약에 둘이 서로 좋아한다고 해도 기다릴 수 있을 거고, 기다리다 보면 그것이 진정한 애정인지 어떤지를 알게 될 거야. 메그는 양심이 바르니까 존에게 불친절하게 대하지는 않겠지. 내 예쁜 딸, 다정하고 마음씨 고운 메그! 엄마는 메그의 장래가 행복하길 바라."

"엄마, 언니를 돈 많은 사람과 결혼시키려고 하지 않으셨어요?" 조는 어머니가 말끝을 흐렸기 때문에 이렇게 물었다.

"돈은 좋은 것이고 유용해, 조. 그러나 엄마는 너희들이 돈에 너무 얽매이거나, 또 돈에 너무 찌든 건 원치 않는다. 존이 좋은 직업을 가져서 빚지지 않고 메그를 행복하게 할 만큼의 수입만 있으면 돼. 엄마는 내 딸들이 굉장한 재산이나 상류층의 지위나 명성을 얻는 것은 바라지 않는다. 하기는 지위와 돈에 사랑과 미덕이 함께 한다면 그것을 받아들이고 너희들의 행운을 기뻐할 거야. 그러나 매일 빵을 얻기 위해 하는 일이 평범한 가정에 얼마나 많은 진정한 행복을 줄 수 있는지를 엄마의 경험으로 알고 있단다. 또 어떤 가난은 기쁨이 없는 집에 달콤함을 안겨주기도 하지. 나는 메그가 검소하게 시작하는 점에 대해 만족한단다. 내 생각대로라면 그 애는 틀림없이 좋은 사람의 마음을 얻게 될 것이라고 믿어. 그것이 재산보다 훨씬 좋은 거란다."

"엄마, 잘 알았어요. 저도 정말 그렇다고 생각해요. 그러나 실망했어요. 저는 언니가 테디와 결혼해서 일생을 호화롭게 살기를 바라고 있었어요. 그게 좋지 않을까요?" 조는 더욱 밝은 얼굴로 어머니를 바라보았다.

"테디는 메그보다 나이가 어리잖아." 마치 부인이 말하자 조가 끼어들었다.

"아주 조금요. 그러나 로리는 나이보다 어른스럽고 키도 커요. 게다가 생각만 있다면 더 어른스러워질 거예요. 또 부자인데다 관대하고 착해서 우리 모두를 사랑해 줄 거예요. 내 계획이 깨져서 속상해요."

"로리는 아직 어린애인데다 매일 빈둥거리기만 하고 있으니 그 애를 믿을 수는 없다. 계획 같은 거 세우지 말고 그저 시간과 본인들의 마음에 맡겨 두면 되는 거야. 그런 일에 나서는 건 좋지 않아. 네가 자주 말하는 '쓸모없는 로맨스' 따위는 생각하지 않는 게 우정을 지키는 방법이야."

"네, 그렇게 하겠어요. 그러나 조금만 신경을 쓰면 제대로 될 일을 그냥 보고 있다가 엇갈리게 놔두기는 싫어요. 머리에 다리미라도 얹어 놓고 모두 성장하는 것을 막을 수 있다면 좋겠어요. 그러나 꽃봉오리들이 장미가 되고, 새끼 고양이들이 어미 고양이가 되어 버리니 참으로 유감이에요!"

"다리미와 고양이가 어떻게 됐다고?"

메그는 다 쓴 편지를 손에 들고 살그머니 방 안으로 들어서며 말했다.

"시시한 얘기를 했을 뿐이야. 나 이젠 자야겠어. 언니 나중에 봐요."

조는 살아나는 인형처럼 몸을 일으켜 세웠다.

"아주 잘했어. 깨끗이 잘 썼구나. 존에게 엄마가 안부 전한다고 말해 주렴." 마치 부인은 편지를 훑어보고 메그에게 되돌려주며 말했다.

"엄마는 그 사람을 존이라고 부르세요?" 메그는 그 순진한 눈으로 엄마의 눈을 바라보며 물었다.

"그래, 우리에게 아들처럼 여겨지는데다가, 또 우리가 그 사람을 좋아해서." 마치 부인은 딸의 태도를 살폈다.

"기뻐요, 그분은 외로워 보여요. 안녕히 주무세요, 엄마. 엄마가 계시니 마음이 이렇게 편안할 수가 없어요." 메그가 대답했다. 부인은 딸에게 다정한 키스를 했다. 메그가 나가자 마치 부인은 만족하면서도 무언가 아쉬운 듯 혼자 중얼거렸다.

"메그는 아직 존을 사랑하지 않아. 그러나 곧 사랑을 알게 될 거야."

제21장 로리의 장난과 조의 화해

다음 날 조의 얼굴은 연구대상이었다. 그녀는 자기가 알고 있는 것을 남들에게 들키지 않으려고 노력했으나 가슴이 답답했다. 아무 일 없는 척 위장하려 했으나 그럴 수가 없었다. 메그는 뭔가 이상하다는 것을 눈치채고 있었지만 일부러 물어 보려고 하지는 않았다. 왜냐하면 이런 경우 조를 다루는 가장 좋은 방법은 반대로 행동하는 것이라는 점을 알고 있었기 때문이다.

메그는 자기가 묻지 않으면 분명히 조 편에서 전부 이야기하리라는 것을 알고 있었다. 그런데 조는 계속 입을 다물고 있는데다가 뭔가 생색을 내는 듯한 태도마저 보였기 때문에 메그는 조금 놀랐다. 메그는 끝내 화가 났고,

결국 그럼 맘대로 하라는 식의 거만한 태도로 어머니만 돕고 있었다.

이렇게 되자 조는 아무도 상대해 주지 않는 외톨이가 되어 버렸다. 마치 부인도 간병을 떠맡고 난 뒤로는 그동안의 노고를 생각해 조를 쉬게 했다. 에이미도 없어 그저 로리만이 상대가 되어 주었다. 로리와 함께 있는 것은 재미있었지만 요즘은 왜 그런지 로리가 두려웠다. 로리가 어떻게든 자기를 꾀어서 결국 비밀을 알아낼지도 모르기 때문이었다.

조가 두려워하던 대로 일은 벌어지고 있었다. 장난을 좋아하는 이 소년은 조가 비밀을 가지고 있다는 걸 알아차리고는 그것을 알아내려고 자꾸 조를 귀찮게 했다. 말을 걸어오고 선물을 보내고 놀리고 핀잔도 주고 위협도 했다. 그러고는 무관심한 태도를 보여 모르는 사이에 이야기해 버리도록 유도하거나 또는 다 알고 있어 별로 알고 싶지도 않다는 식으로 행동하기도 했다.

그리고 끝내는 그 비밀이 메그와 브루크 씨에 관한 일이라는 것을 알아내고는 만족해했다. 그러나 자기 선생인 브루크 씨가 자기를 믿고 비밀을 털어놓지 않은 데 화가 났고, 자기가 무시를 당한 이상 그에 상응하는 복수를 하리라고 생각하고 일을 꾸몄다.

한편 메그는 조의 일을 잊고 아버지를 환영할 준비에 열중했다. 그런데 갑자기 그녀의 태도가 딴 사람 같이 변한 것 같았다. 그녀는 며칠 동안 평소의 메그 같지가 않았다. 누가 말을 걸면 깜짝 놀라고 바라보면 얼굴을 붉히거나 말없이 가만히 앉아 바느질을 하는 것이었다. 그럴 때마다 메그는 말이 없었고 걱정스러워 보였다. 어머니가 물어도 아무 일 없다고 대답할 뿐이고, 조가 물으면 내버려두라고 말하며 그 이상은 아무 말도 하지 않았다.

"아무래도 언니가 사랑을 느끼고 있는 것 같아요. 언니는 하루가 다르게 변해가고 있어요. 분명히 그 징조가 나타나고 있어요. 안절부절못하고, 화내고, 밥도 안 먹고, 잠도 못 자고, 구석에 앉아 맥이 빠진 채 있거든요. 언니가 그 사람에게서 배운 노래를 부르는 걸 봤어요. 노래를 부른 후에는 엄마처럼 '존'이라고 부르고는 얼굴이 양귀비꽃처럼 빨개지는 거예요. 우리 어떡하면 좋죠?" 조는 아무리 힘들어도 무엇이든 할 듯한 표정을 지으며 말했다.

"기다려 보는 수밖에 없어. 가만히 혼자 내버려두는 거야. 상냥하고 참을성 있게 대해 주어야 해. 아버지가 집에 돌아오시면 모든 일이 해결될 거야." 마치 부인이 대답했다.

"메그 언니, 쪽지야. 완전히 봉해져 있어. 테디는 내게 쪽지를 보낼 때 이렇게 봉한 적이 없었는데." 조는 우편물을 나눠주며 말했다.

메그가 소리를 지르는 바람에 각자 자기 일에 열중하고 있던 마치 부인과 조가 돌아보니 메그는 겁먹은 얼굴로 쪽지를 뚫어지게 보고 있었다.

"왜 그래, 메그?" 마치 부인이 메그 쪽으로 뛰어가며 묻고 조는 언니를 혼란시킨 그 쪽지를 보려고 했다.

"어머, 실수예요. 그 사람이 보낸 게 아니에요. 조, 너는 왜 이런 짓을 하니?" 메그는 가슴이 무너지기라도 한 듯 양 손으로 얼굴을 감싸고 울음을 터뜨렸다.

"내가? 나는 아무 짓도 안 했어! 언니, 무슨 소릴 하는 거야?"

조는 어리둥절해서 되물었다. 메그의 부드럽던 눈은 너무 화가 나서인지 매섭게 번쩍거리고 있었다. 메그는 꼬깃꼬깃해진 편지를 주머니에서 꺼내 조에게 홱 던지며 힐책하듯 말했다.

"이 편지는 네가 썼지? 그리고 그 못된 남자애가 도와준 거야. 너희들은 어떻게 우리 두 사람에게 이렇게 무례하고 못된 짓을 할 수 있지?"

조는 언니의 말을 듣고 있지 않았다. 그녀는 엄마와 함께 언니에게 온 이상한 글씨체로 쓰인 편지를 읽고 있었다. 편지의 사연은 이러했다.

나의 사랑하는 마거릿 양!

저는 더 이상 마음을 억누를 수 없습니다. 그곳으로 돌아가기 전에 나의 운명을 알아야겠습니다. 아직 마치 부부에게 말하지는 않았지만 우리들이 서로 얼마나 사랑하고 있는지를 아신다면 틀림없이 허락해 주시리라 생각합니다. 로렌스 씨는 제가 좋은 일자리를 얻는 데 힘이 되어 주실 것입니다. 그렇게 되면 당신은 나를 행복하게 해주시겠죠? 다른 가족들에게는 아직 아무 말도 하지 말아 주시고 로리를 통해 한 마디 희망의 말씀을 전해 주시기 바랍니다.

당신의 헌신적인 존으로부터

"나쁜 녀석 같으니라고! 내가 엄마와의 약속을 지키고 자기한테 얘기해 주지 않았다고 이렇게 복수를 한 거예요. 아주 혼내 줘야겠어. 당장 이곳으로 끌고 와서 사과를 받아야겠어요."

조는 큰 소리로 외쳤다. 마치 당장에 혼내줄 것 같은 태세였다. 그러자 마치 부인이 조를 말리며 좀처럼 나타내지 않는 엄한 얼굴로 이렇게 말했다.

"그만둬라. 조, 먼저 네 입장부터 밝혀야겠구나. 넌 장난을 자주 해왔으니까 이번에도 도와주었지?"

"너무해요! 엄마, 난 안 그랬어요! 이런 편지는 본 적도 없어요. 맹세코 몰라요." 조가 진지한 어조로 말하자 두 사람은 조를 믿었다.

"만약 내가 거들었다면 더 그럴 듯하게 했을 거예요. 더 영리하게 썼을 거예요. 브루크 씨는 이런 편지를 쓸 사람이 아니라는 걸 아시잖아요." 조는 경멸하는 태도로 그 편지를 집어던지며 말했다.

"글씨체는 비슷한데." 메그는 손에 든 다른 쪽지를 편지와 비교하며 머뭇거렸다.

"메그, 답장을 보낸 건 아니겠지?" 마치 부인이 다급하게 물었다.

"보냈어요." 메그는 부끄러움을 감추려고 다시 얼굴을 가렸다.

"일이 곤란해졌네. 그 삐뚤어진 녀석을 끌어다 자백을 받고 혼을 내줘야겠어. 화가 나서 가만히 있을 수가 없어. 그 녀석을 잡아와야겠어." 조는 다시 문 쪽으로 가려고 했다.

"가만! 이 일은 엄마한테 맡겨라. 생각보다 좋지 않은데. 메그, 자초지종을 말해봐." 마치 부인은 조가 나가지 못하도록 붙잡아두고 메그 옆에 앉아 말했다.

"그 사람의 편지를 로리를 통해서 처음 받았어요. 로리는 아무것도 모르는 것 같았어요." 메그는 고개를 숙인 채 이야기를 꺼냈다.

"처음에는 아주 난처했어요. 그래서 엄마에게 말하려 했지만 엄마가 브루크 씨를 워낙 좋아하시니 2~3일간 비밀로 해두어도 괜찮을 거라 생각했어요. 아무도 모른다고 생각한 제가 어리석었어요. 도대체 그분에게 어떻게 제 마음을 전해야 좋을지 망설였어요. 저는 책에 나오는 연애에 빠진 여자애들과 같은 기분이었어요. 엄마, 용서해 주세요. 어리석은 짓을 해서 벌을 받은 거예요. 저는 두 번 다시 그분을 볼 수 없어요."

"그분에게 뭐라고 말했지?" 마치 부인이 물었다.

"저는 제가 아직 어리고 어머니 모르게 비밀을 갖고 싶지 않으니 아버지께 말씀드리라고 했어요. 그리고 친절에 깊이 감사드리며 당분간은 친구 사이일 뿐 그 이상의 관계는 안 된다고 했어요."

메그의 말을 듣고 마치 부인은 마음이 흡족한 듯 싱긋 웃었다. 조는 손뼉을 치며 소리내 웃고 말했다. "언니는 신중함의 대명사인 캐럴라인 퍼시에 견줄 만해. 그 다음은 어떻게 됐어? 그 사람이 뭐라고 했어?"

"그분이 전혀 다른 스타일의 편지를 보내왔는데 그런 연애편지는 결코 쓴 적이 없다면서, 틀림없이 장난꾸러기 조가 우리 이름을 빌려 써서 유감이라고 했어. 그는 친절하고 정중했어. 나는 얼마나 부끄러웠는지 몰라!"

메그는 절망하며 어머니에게 기댔다. 조는 로리의 이름을 되뇌며 방 안을 빙빙 돌다가 갑자기 걸음을 멈추고 두 통의 편지를 찬찬히 비교하더니 단호하게 말했다.

"브루크 씨는 두 통 중 그 어느 것도 읽지 않았어. 둘 다 테디가 쓴 거야. 내가 비밀을 밝히지 않으니까 내게 큰 소리를 치려고 언니에게 편지를 쓰게 해서 그것을 자기가 가지고 있는 거야."

"조, 이제 비밀로 해두지 않아도 돼. 어머니께 말씀드리고 누명도 벗어. 나라면 그렇게 하겠어." 메그가 경고하듯 말했다.

"순진하긴! 어머니께서 다 얘기해 주셨어."

"이제 됐다, 괜찮다 조. 가서 로리를 데려와라. 내가 메그를 진정시킬 테니. 자초지종을 들어보고 다시는 장난치지 못하게."

부인은 조가 나간 다음, 메그에게 브루크의 진심을 알려주었다. "메그 네 생각은 어떠니? 존이 집을 마련할 때까지 기다리겠니? 아니면 아무 약속도 하지 않고 그냥 지내겠니?"

"그동안 겁도 났고 걱정도 했어요. 앞으로 당분간은 애인이라는 것 따위에 구애받고 싶지 않아요." 메그는 짜증스럽게 대답했다. "만약 존이 이런 우스꽝스러운 일에 대해 모르고 있다면 그분께 얘기하지 마세요. 그리고 조나 로리의 입도 단속해 주세요. 저는 이제 속거나 괴롭힘을 당하거나 바보 취급 받고 싶지 않아요. 정말 창피해요."

평소에 온순하던 메그가 이렇게 자존심이 상하고 화가 난 것을 본 마치 부인은 이 일을 누구에게도 말하지 않을 것이며 앞으로 입 밖에 내지 않도록 주의하겠다고 약속하며 위로했다.

로리의 발소리가 현관에서 들려오자 메그는 곧 서재로 가버리고 마치 부인 혼자 범인을 맞았다. 조는 로리를 데려올 때 이유를 말하지 않았다. 이유를 말하면 로리가 오지 않을지도 모를 일이었다. 그런데 로리는 마치 부인의 얼굴을 보는 순간 모든 것을 알아차리고선 무슨 죄라도 진 양 손에 든 모자를 빙글빙글 돌리며 서 있었다. 그 모습만 보아도 그가 범인임을 알 수 있었다.

어머니께서 방에서 나가 있으라고 했지만 조는 범인이 도망칠지도 모른다는 생각에 감시병처럼 복도를 지키고 서 있었다.

거실에서의 면담은 30분이나 계속되었는데, 자매들은 목소리가 커졌다 작아졌다 한 것 말고는 어떤 일이 일어나는지는 알 수 없었다.

잠시 뒤 부인이 딸들을 불러 들어가 보니, 로리가 잘못을 진심으로 후회하고 있는 얼굴로 어머니 옆에 서 있었다. 조는 로리의 그런 모습을 보자 그 자리에서 용서해주고 싶은 마음이 들었지만, 그것을 드러내는 것은 현명치 못하다고 생각했다. 메그는 로리의 진심어린 사과를 받아들였고 브루크 씨는 이 일에 대해 전혀 모르고 있다는 것을 알게 되자 적이 안심이 되었다.

"저는 죽는 날까지도 이 일을 브루크 선생님에게 말하지 않겠습니다. 무슨 일이 있어도 입 밖에 내지 않을 테니 제발 용서해 주세요, 메그. 진심으로 미안한 마음입니다. 그 표시로 무슨 일이든 하겠습니다."

로리는 진심으로 스스로가 부끄러운 것 같았다.

"용서해 주겠어요. 그러나 정말 신사답지 못한 행동이었어요. 로리, 나는 당신이 이렇게 유치하고 온당치 못한 일을 하리라고는 생각하지 않았어요." 메그는 엄하게 비난하는 태도로 자신의 혼란을 숨기려 하고 있었다.

"정말 끔찍한 행동이었습니다. 한 달쯤 상대해 주지 않아도 괜찮습니다. 그렇지만 절 용서해 주시는 거죠?" 로리는 듣는 사람을 감동시킬 듯한 어조로 두 손을 모으고 간청했다. 그래서 괘씸한 장난을 치긴 했어도 찡그린 얼굴로 대할 수가 없었다.

메그는 로리를 용서해주었다. 마치 부인은 여전히 엄한 얼굴로 로리를 대하려 했지만 로리가 상처받은 메그 앞에서 어떤 희생을 치르더라도 몸을 낮추어 죗값을 치르겠다고 말하자 화가 누그러졌다. 한편 조는 절대 용서 같은 건 해줄 수 없다며 새침한 얼굴로 앉아 있었다.

로리는 한두 번 조를 바라보았지만 용서해 줄 기색이 보이지 않자, 마음이

상해 마치 부인과 메그와의 이야기가 끝날 때까지 등을 돌린 채 신경도 쓰지 않았다. 나갈 때는 고개만 조금 끄덕여 보일 뿐 아무 말도 하지 않고 그냥 나가 버렸다. 로리가 나가고 나자 조는 좀 더 용서하는 모습을 보였더라면 좋았을 걸 후회했다.

메그와 엄마가 이층으로 올라가자 조는 쓸쓸한 마음이 들어 테디를 만나고 싶어졌다.

잠시 뒤 참을 수 없었던 조는 돌려줄 책을 끼고 로리네 집으로 향했다.

"로렌스 씨 계세요?"

조의 목소리를 듣고 2층에서 하녀 한 명이 내려왔다.

"네, 계십니다만 아무도 만나지 않을 것 같습니다."

"왜요? 몸이 편찮은가요?"

"아뇨, 아가씨. 할아버님은 로리 도련님과 말다툼을 하셨어요. 무엇 때문인지 도련님이 짜증을 내서 할아버지가 언짢아하세요. 그래서 가까이 다가갈 수 없을 정도예요."

"로리는 어디에 있나요?"

"방에 틀어박혀 노크를 해도 대답을 안 해요. 식사 준비가 다 되었지만 아무것도 먹을 것 같지 않아요."

"내가 가서 무슨 일인지 보겠어요. 난 두 사람 다 무섭지 않으니까요."

조는 이층으로 올라가 로리의 작은 서재의 문을 두드렸다.

"그만둬, 그만두지 않으면 문을 열고 못하게 할 테야!"

로리는 위협하는 목소리로 외쳤다. 조가 다시 두드려 대자 문이 활짝 열렸다. 로리가 조를 보고 놀란 마음을 진정시킬 겨를도 없이 조는 방 안으로 들어갔다. 로리를 다루는 방법을 잘 알고 있는 조는 로리가 화가 나 있는 것을 알아채고는 바닥에 꿇어앉으며 미안한 표정을 지었다.

"아까는 화내서 미안해. 화해하러 왔어. 화해할 때까지 돌아가지 않겠어."

"괜찮아. 어서 일어서. 조, 그런 바보 같은 짓은 집어치워."

로리는 그녀의 청원에 무뚝뚝하게 대답했다.

"고마워. 그럼 일어서겠어. 그런데 도대체 왜 그래? 마음이 편치 않아 보이네."

"날 잡고 흔들었어. 참을 수 없어!" 로리는 분함을 참을 수 없다는 듯이 소리쳤다.

"누가 그런 짓을 했어?" 조가 물었다.

"할아버지야, 만약 다른 사람이었다면…… 난……." 로리는 몹시 화를 내며 오른팔에 힘을 주는 시늉을 했다.

"별일 아니잖아. 나도 늘 너를 못살게 구는데 그때는 아무렇지도 않았잖아?" 조가 달래듯 말했다.

"무슨 소리야! 조, 너는 여자잖아. 게다가 넌 장난으로 그랬지만 남자가 그러는 건 참을 수 없어."

"로리, 네가 지금처럼 금방이라도 천둥이 치는 것 같은 얼굴을 하고 있으면 아무도 너한테 그러지 못할 거야. 근데 왜 그렇게 당했어?"

"너희 어머니에게 불려간 이유를 말씀드리지 않아서. ……난 말하지 않겠다고 약속했거든. 난 그 약속을 깰 수는 없어."

"다른 얘기로 둘러대도 되잖아?"

"다른 방법은 안 돼. 할아버지는 진짜 이유를 알고 싶어 하셨어. 속임수는 안 통해. 메그와 관련된 것만 아니면 무슨 일인지 말씀드리겠는데, 그 말을 할 수가 없어서 할아버지가 멱살을 잡을 때까지 그냥 있을 수밖에 없었어. 나는 화가 나서 방을 뛰쳐나와 버렸지."

"유감스러운 일이야. 그러나 할아버지도 틀림없이 후회하고 계실 거야. 자, 아래층으로 내려가서 화해해. 나도 도울게."

"차라리 지옥에 가지! 장난 좀 했다고 설교를 듣고 아무에게나 멱살을 잡히고 싶지는 않아. 메그에게 잘못한 것은 후회하고 있어. 그래서 사나이답게 사과했잖아. 그런데 잘못이 없는데도 사과하는 건 싫어."

"할아버지는 모르셨잖아."

"날 믿어 주면 되는 거야. 날 어린애 취급하지 말고. 소용없어, 조. 할아버지는 내 일은 내가 해결할 수 있다는 걸 아셔야 돼. 언제까지나 할아버지 보호를 받으며 살 수는 없는 일이야. 혼자 잘해 나갈 수 있다는 걸 할아버지에게 보여 줘야 해."

"넌 참 공격적인 사람이다." 조는 한숨을 쉬고 말했다.

"그럼 어떻게 할 생각이야?"

"사과는 할아버지가 하셔야 하고, 앞으로는 내가 말할 수 없다고 하면 내 말을 믿어 주셔야 해."

"천만에. 할아버지는 사과하시지 않을 거야."

"할아버지가 사과하지 않으면 아래층으로 내려가지 않을 테야."

"잠깐만, 테디. 잘 생각해. 그냥 말씀드리자. 내가 설명해 드릴게. 로리, 언제까지 이 상태로 있을 수는 없어. 극단적으로 생각할 필요 없잖아?"

"어차피 나는 여기 오래 있지 않을 거야. 어디론가 여행이라도 가 버릴래. 내가 보고 싶어지면 날 찾아오실 거야."

"그건 그렇지만, 집을 나가 할아버지를 걱정시키면 안 돼."

"제발 설교 하지 마. 난 워싱턴에 가서 브루크 씨를 만날래. 그곳은 즐거운 곳일 거야. 거기서 울적한 마음을 달래볼 거야."

"멋있겠다! 나도 도망갈 수 있었으면 좋겠네."

조는 테디를 설득시켜야 한다는 걸 완전히 잊고 수도(首都)에서의 활기찬 군대 생활을 머릿속에 그려 보았다.

"그래, 좋아! 조도 가서 아버지를 깜짝 놀라게 해드려. 난 브루크 씨를 놀라게 할 테니까. 그거 꽤 재미있겠다. 그렇게 하자, 조. 한번 해보는 거야. 우리 괜찮다는 편지를 남겨 놓고 즉시 떠나자. 돈이라면 충분해. 아버지한테 가면 너도 좋을 테고, 별로 해가 되는 일도 아니잖아."

잠시 동안 조는 찬성할 듯한 기색이었다. 좀 철부지 같은 생각이기는 하지만 조의 형편에 딱 맞았다. 그녀도 이제 걱정이나 하며 집에 틀어박혀 있는데 싫증이 났고, 뭔가 변화가 있으면 하던 참이었다. 아버지를 만난다고 생각하니까 야영 진지와 병원, 자유, 즐거움 등의 새로운 매력들이 조의 마음을 유혹했다. 이런 생각에 잠긴 채 창 쪽을 바라보는 조의 눈은 동경으로 빛났다. 그러나 그 눈길이 맞은편의 낡은 집에 멎자 조는 이윽고 서글픈 결정을 내리고 고개를 흔들었다.

"만약 내가 남자애라면 너와 함께 도망쳐 굉장한 시간을 보낼 수도 있지. 그렇지만 딱하게도 난 여자야. 정숙하게 집에 있어야 해. 테디, 날 유혹하지 마, 그건 정말 어처구니없는 계획이다!"

"그러니까 더 재미있지." 로리가 말했다. 로리는 끝까지 고집을 피우며 어떻게든 자기를 얽매고 있는 속박에서 벗어나려 했다.

"이제 그만!" 조는 귀를 막으며 소리쳤다. "어차피 '얌전하고 품위 있게'

지내야 하는 게 내 운명이야. 그렇게 하기로 마음먹는 게 나에게도 좋을 거야. 나는 너를 교화하려고 여기 온 거지 그런 말을 들으러 온 게 아냐."

"메그라면 이런 제안에 찬물을 끼얹겠지. 하지만 조, 너는 좀 더 용기가 있다고 생각했는데." 로리는 부추기는 듯이 말했다.

"나쁜 친구 같으니, 조용히 해! 앉아서 자신의 죄를 반성해 봐. 나한테 더 많은 죄를 짓게 하지 마. 만약에 내가 할아버지가 멱살을 잡고 흔든 일을 사과하시도록 해 주면, 가출하지 않을 거야?" 조가 진지하게 물었다.

"응, 하지만 그럴 필요 없어." 로리는 화해를 하고는 싶었지만 그러려면 먼저 모욕당한 자기 체면을 다시 세워야 되겠다는 생각이 들었다.

"아이를 잘 다루면 노인도 잘 다룰 수 있을 거야." 조는 중얼거리며 방을 나왔다. 로리는 고개를 숙이고 두 손에 들린 기차 노선표를 들여다보고 있었다.

"들어와요." 로렌스 씨의 굵직한 목소리가 오늘따라 더 묵직하게 들렸다.

"저예요, 책을 돌려드리러 왔어요." 조는 방으로 들어가며 부드럽게 말했다.

"무슨 읽고 싶은 책이라도 있니?" 노신사는 울적하고 불편한 기색을 숨기려는 듯 물었다.

"네, 샘 할아버지 ^{(영국 작가, 셰익스피어 전집과 《영국}_{시인전》을 편찬한 사무엘 존슨을 말함)}가 재미있어서 2권을 읽고 싶어요."

조는 언젠가 로렌스 씨가 재미있다고 권한 보스웰의 《존슨전》 2권을 빌림으로써 이 노신사의 마음을 달래려 했다.

로렌스 씨는 책이 있는 서가로 사다리를 굴리고 갔다. 인상 썼던 얼굴이 조금 펴지는 것 같았다. 조는 사다리의 꼭대기 계단에 뛰어올라 앉아 책을 찾는 척하며 어떻게 이 방문의 목적을 달성할 것인가를 궁리했다.

로렌스 씨는 조가 무슨 용무가 있어 왔다는 것을 알아차렸다. 로렌스 씨는 방 안을 대여섯 차례 터벅터벅 왔다 갔다 하더니 느닷없이 말을 꺼냈다. 조는 놀라서, 들고 있던 《라세라스》^{(존슨의 저서, 허영을}_{훈계한 풍자소설)}를 바닥에 떨어뜨리고 말았다.

"그 애가 도대체 무슨 짓을 했지? 감싸주지 말고 사실대로 말해라. 그 애가 돌아올 때 한 행동으로 보아 뭔가 나쁜 일을 저지른 게 틀림없어. 그 애는 한 마디도 하지 않아. 내가 사실대로 말하라고 으름장을 놓았더니 이층으로 도망가서 문을 걸어 잠그고 틀어박혀 버렸어."

"로리가 나쁜 짓을 한 건 맞지만 우리는 용서해 주었어요. 그리고 그 일을 아무한테도 말하지 않기로 약속했어요." 조는 할 수 없이 입을 열었다.

"그건 안 돼. 너희들같이 마음씨 착한 아가씨들의 약속 뒤에 숨는 건 절대 안 돼. 잘못을 했으면 고백하고 용서를 빌고 벌을 받는 게 당연하지. 자, 말해 봐, 조. 이런 일을 덮어두고 나가게 내버려 둘 수는 없어."

로렌스 씨의 표정이 심상치 않았고 목소리도 날카로웠기 때문에 조는 도망치고 싶었다. 그러나 조는 사다리에 걸터앉아 있었고 로렌스 씨가 사자같이 아래에서 지키고 서 있었으므로 조는 용기를 내어 버틸 수밖에 없었다.

"전 절대 얘기할 수 없어요. 어머니께서 말해서는 안 된다고 하셨어요. 로리는 용서를 빌었고 이미 벌도 충분히 받았어요. 우리는 로리가 아니라 다른 사람을 감싸 주려고 하는 거예요. 할아버지가 이 일에 관련되면 안 돼요. 그러니까 제발 그냥 내버려둬 주세요. 한편으로 저의 잘못도 있었으니까요. 그렇지만 이제 다 괜찮아졌어요. 그러니 그 일은 잊으시고 〈램블러〉^(1750~52년 사이에 발행되었던
잡지, 존슨이 평론을 실었음)에 대해서든 뭐든 재미있는 얘기라도 해 주세요."

"〈램블러〉 같은 건 아무래도 상관없어! 자, 이리 내려와서 내 천방지축인 손자가 무슨 배은망덕한 무례한 행동을 했는지 모두 털어놔라. 너희들이 그렇게 친절히 대해 주는데 나쁜 짓을 했다면 내가 매질을 해 줘야겠다."

이 말은 꽤나 무섭게 들렸지만, 조는 그다지 놀라지 않았다. 조는 이 성급한 노신사가 입으로는 손자를 나무라지만 속으로는 손자를 무척 아끼기 때문에 손가락 하나도 다치게 하지 못할 것이라는 걸 잘 알고 있었다. 조는 얌전히 사다리에서 내려와 메그와 관련시키지 않고 되도록 가볍게, 그러나 사실대로 그 사건에 대해 얘기했다.

"흠, 그럼 그 애가 입을 열지 않는 까닭이 약속 때문이지 결코 고집을 부려서 그런 게 아니란 말이지? 그렇다면 용서해 주지. 그 애는 고집이 세서 다루기가 영 힘들단 말이야!"

로렌스 씨의 머리카락은 마치 폭풍에 날린 듯 헝클어져 있었다. 그러나 조의 말에 안심이 되었는지 찡그렸던 이마를 폈다.

"저도 고집불통이에요. 그러나 한 마디의 다정한 말에는 굽히고 말죠."

조는 곤경에서 헤어나려다가 다른 곤경에 빠져버린 로리를 위해 얘기를 계속했다.

"넌 내가 그 애를 상냥하게 대하지 않는다고 생각하니?" 노인은 날카롭게 물었다.

"아니, 그런 게 아니에요. 할아버지는 때로 너무 상냥하세요. 하지만 서두르지 않고 로리를 기다려줘야 하는 때도 가끔은 있는 것 같아요. 그런 것 같지 않으세요?"

조는 이제 모든 것을 거리낌 없이 말해 버리려고 결심한 터라, 이렇게 말하고서 조금 떨렸지만 태연한 척하고 있었다. 그때 로렌스 씨는 안경을 탁자 위에 내던지며 노골적으로 소리쳤다.

"네 말대로다! 난 그 애를 사랑하고 있어. 하지만 그 애는 끝도 없이 내 인내심을 시험하고 있단 말이다. 이대로 가다가는 어떻게 될지 뻔해."

"로리는 가출할 거예요."

이 말을 한 순간 조는 그 말을 한 것을 후회했다. 조는 그저 로리가 더 이상 구속받는 것을 견딜 수 없을지도 모른다는 뜻이었고 그렇게 해서 할아버지의 주의를 환기시키고 싶었다.

로렌스 노인의 불그레한 얼굴이 별안간 창백해지더니, 탁자 위에 놓인 잘생긴 남자의 사진을 걱정스러운 듯이 들여다보면서 의자에 털썩 앉아 버렸다. 그 사진의 주인공은 젊은 시절 가출해 완고한 아버지의 반대를 무릅쓰고 결혼해 버린 로리의 아버지였다. 조는 할아버지가 옛날 일이 떠올라 슬퍼하고 있는 것 같아 자기가 한 말이 후회되었다.

"그렇지만 로리는 아주 곤란한 때가 아니면 가출 같은 건 하지 않을 거예요. 그저 공부하기가 싫어지면 하는 소리죠. 저도 그럴 때가 있어요. 특히 머리를 자르고 나서부터는 더해요. 그러니까 만약 우리 둘이 없어지면, 두 소년을 찾는 광고를 내고 인도행 기선을 찾아보는 게 좋을 거예요."

조가 이렇게 말하며 웃었기 때문에, 로렌스 씨는 이 모든 게 농담이라 생각하고 마음을 놓는 것 같았다.

"이 말괄량이 아가씨, 감히 그런 말을 하다니. 나에 대한 너희들의 존경심이며 훌륭한 가정교육은 다 어디로 갔지? 정말 아이들이란 할 수 없군! 언제나 말썽이야. 그렇다고 아이들이 없어도 곤란하고 말이야."

로렌스 씨는 기분이 좋아져 조의 뺨을 꼬집으며 말했다.

"자, 이제 가서 그 애를 데리고 와 저녁 식사를 하자꾸나. 이젠 괜찮다고 하고 말이야. 하지만 할아버지 앞에서 비관적인 태도를 보이지 않도록 잘 조언해 줘, 난 그런 건 참을 수 없다."

"로리는 듣지 않을 거예요. 말할 수 없다고 말씀드렸을 때 자기를 믿어 주시지 않았다고 화가 났어요. 할아버지가 붙잡고 흔드신 것 때문에 마음에 상처를 받은 것 같아요."

조는 애처로운 모습을 해 보이려 했지만 잘 되지 않았고 로렌스 노인은 웃어 버렸다. 조는 이것으로 이 싸움에서 이겼다고 생각했다.

"그건 나도 후회하고 있단다. 그 애가 나를 잡아 흔들지 않은 것이 오히려 고마울 정도이지. 그 애는 도대체 나더러 어떻게 하라는 건지." 노인은 자신의 성급한 성격을 부끄러워하는 것 같았다.

"제가 할아버지라면 사과 편지를 쓰겠어요. 로리는 사과를 받기 전에는 내려오지 않겠다고 하면서 워싱턴에 간다는 둥 터무니없는 소리를 하고 있어요. 아주 공식적인 사과를 하면 자신이 얼마나 어리석었는지를 깨닫고 공손하게 내려올 거예요. 한번 해보세요. 로리는 장난을 좋아하니까 말보다는 이 방법이 나을 거예요. 제가 편지를 전해주고 앞으로 어떻게 해야 하는지 가르칠게요."

로렌스 씨는 조를 날카롭게 쏘아보고는 안경을 쓰며 천천히 말했다.

"넌 아주 영리한 애로구나. 나는 너나 베스 뜻이라면 기꺼이 따르지. 종이를 좀 갖다주련? 이런 우스꽝스런 일은 빨리 끝내는 게 좋다."

그래서 짧은 편지는 모욕을 끼친 데 대해 사과하는 듯한 문구로 씌었다. 조는 로렌스 씨의 대머리에 재빨리 키스를 하고는 계단을 뛰어올라가 사과장을 문 밑으로 밀어 넣었다. 그러고는 열쇠 구멍을 통해 얌전하게 굴고 예절바르게 행동하라는 등 도저히 불가능할 것 같은 몇 가지 충고를 했다. 그런 다음에는 편지가 효과가 있기를 바라고 조용히 그 자리를 떠나려고 했다. 그때 로리는 재빨리 계단 난간을 타고 미끄러져 내려와 더할 나위 없는 진지한 표정으로 계단 옆에서 조를 기다렸다.

"조, 너는 정말 착한 녀석이야! 할아버지가 화내셨지?" 로리가 웃으며 물었다.

"아냐, 할아버지는 전체적으로 꽤 부드러웠어."

"나는 이곳저곳에서 망신을 당한데다가, 조, 너마저도 날 무시하는 것 같아서 이제 난 망했다고 생각했어." 로리는 변명하듯이 말을 이었다.

"그런 식으로 말하지 마, 테디. 자, 다시 시작하는 거야, 테디, 내 아들."

"난 항상 새로 시작하고 망쳐 버리거든. 마치 연습 공책들을 더럽히듯이 말이야. 그걸 너무 여러 번 되풀이하니까 끝이 없어." 로리는 슬픈 어조로 말했다.

"자, 식사하러 가자. 그러고 나면 기분이 좋아질 거야. 남자들은 배가 고프면 불평이 많아져." 조는 그렇게 말하고 현관을 나왔다.

"사람들은 나 같은 '부류'에게 그런 '상표 딱지'를 붙인다니까." 로리는 에이미의 말투를 흉내내고는 꾸지람을 듣기 위해 할아버지한테로 갔다. 노인은 그날 내내 기분이 좋아서 난처할 정도로 친절하게 대해 주셨다.

사건은 이렇게 마무리되었다. 모두들 구름이 개었다고 생각했다. 그런데 장난의 여파가 아직 남아 있었다. 다른 사람들은 그 사건을 잊어 버렸어도 메그만은 그 일을 잊을 수 없었다. 메그는 그 사람에 대해 다시는 입을 열지 않았지만, 항상 그 사람을 생각하게 되었고 꿈에서까지 보게 되었다.

한번은 조가 우표를 찾기 위해 언니 책상을 뒤졌는데 '존 브루크 부인'이라고 쓴 종이쪽지가 나왔다. 그것을 본 조는 자기도 모르게 신음소리를 내며 그것을 불 속에 던져 버렸다. 조는 로리의 장난이 자신의 불행을 앞당겼다는 느낌을 지울 수 없었다.

제22장 즐거운 초원

폭풍이 지나간 뒤, 햇살 같은 평화로운 몇 주가 이어졌다. 베스는 빠르게 회복되었고 마치 씨도 내년 초에는 돌아올 수 있을 거라는 소식이 전해 왔다. 서재 소파 위에 누워 있을 정도로 건강해진 베스는 차츰 좋아하는 고양이와 놀기도 하고, 유행에 뒤진 인형의 옷을 새로 만들기도 하며 혼자서 놀수 있게 되었다.

그러나 베스는 전에는 활기찼던 팔다리가 굳어졌고 기운도 없었기 때문에 조는 베스가 집안을 산책하는 것을 매일 도와주어야 했다. 메그는 사랑하는 동생을 위해 그녀의 흰 손을 검게 그을리고 불에 데면서까지도 요리를 만들었고, 에이미는 반지의 맹세에 충실히 따라 자기의 보물을 될 수 있는 한 많이 언니들에게 나누어주며 자신의 귀환을 자축했다.

크리스마스가 다가오자 모두들 갖가지 기발한 생각들을 해냈다. 특히 조는 금년 크리스마스는 특별히 기쁜 날이니 축하도 색다르게 해야 한다면서 터무니없는 축제를 제안해서 가족들의 폭소를 자아냈다. 로리도 엉뚱하기는 마찬가지여서 할 수만 있다면 화롯불을 피우고 불꽃 위에 개선문을 만들자고 했다.

아무도 두 사람의 황당무계한 생각을 거들떠보지 않자 조와 로리는 풀이 죽었지만, 그래도 두 사람이 같이 있을 때는 큰 소리로 떠들썩하게 웃기도 해서 아직은 무슨 일이 벌어질지 확실히 알 수 없었다.

유난히 온화한 날씨가 며칠간 계속되어 화창한 크리스마스를 기대하게 되었다. 한나는 금년 크리스마스는 날씨가 매우 좋을 것이라고 예견했는데 역시 그랬다. 모든 것이 대성공이 될 것 같았다. 우선 아버지에게서 곧 돌아올 수 있을 것이라는 편지가 왔다. 베스도 그날 아침에는 전에 없이 좋아져 어머니가 선물한 옅은 진홍색 메리노 모직 실내복을 입고 조와 로리가 마련한 선물을 보려고 기쁨에 들떠 창가로 몰려갔다.

이 못말리는 두 사람은 밤을 새워 작업을 하더니 역시 그들답게 모두 깜짝 놀랄 만한 재미있는 작품들을 선보였다. 정원에 왕관을 쓴 우아한 눈 아가씨가 서 있었다. 그 눈사람은 한 손에는 과일과 꽃이 담긴 바구니를 들고 다른 손에는 커다란 악보를 말아 들었다. 무지개 같은 담요를 차가운 어깨에 둘렀으며, 종이테이프로 만든 분홍색 입술에서는 크리스마스 캐럴이 흘러 나왔다.

융프라우 소녀 _(스위스 남부에 위치한 알프스 산맥 중의 하나의 이름)가 베스에게 드림

여왕 베스에게 은총을!
그대를 괴롭히는 자 없고
건강과 평화, 행복뿐이어라.
이 크리스마스가 그대의 것이기를
우리의 부지런한 꿀벌, 그대여, 받으시오.
맛있는 과일, 여기 있으니
꽃향기는 그대의 코를 위해
노래 가락은 그대의 피아노를 위해

그대의 발에는 모포를
그대여 보아라, 조안나의 초상화를,
제2의 라파엘이 화필을 들고
공들여 그려낸
감쪽같은 아름다움을.

야옹이 부인의 꼬리를 장식하는
빨간 리본을 받아요.
사랑스런 메그가
만든 아이스크림도
그 모양은 흡사
양동이 속의 몽블랑 산

눈으로 만든 가슴에는
눈 아가씨를 만든 사람들의
사랑이 간직되어 있네
받아주오.

로리와 조, 그리고 알프스의 아가씨로부터

눈사람을 본 베스가 얼마나 웃었는지. 로리는 선물들을 운반하느라 몇 번을 오르내리며 뛰어다녔고, 조는 그 선물들을 건네주며 일장연설을 늘어놓았다.

"난 이제 행복해서 가슴이 벅차. 이제 아버지만 계시면 더 이상 한 방울의 행복도 필요 없어." 베스는 흥분이 가라앉자 휴식을 취하기 위해 조와 함께 서재로 가 '융프라우에서 온' 맛있는 포도를 먹으며 만족한 듯이 말했다.

"나도 그래." 조는 오랫동안 갖고 싶어 했던《운디네와 신트램》이라는 책을 넣은 주머니를 두드리며 말했다.

"나도 그래." 에이미가 따라 말하며 어머니께서 주신 예쁜 액자의 성모 마리아와 어린 그리스도 판화를 찬찬히 바라보았다.

"당연히 나도 그래!" 이번에는 메그가 소리치면서 로렌스 씨가 꼭 받아 달라고 한, 생전 처음 입는 은빛 비단옷의 주름을 쓰다듬었다.

"어떻게 안 그럴 수 있겠니?" 마치 부인도 남편에게서 온 편지와 베스의 웃는 모습을 번갈아 보며, 딸들이 방금 가슴에 달아 준 회색과 금빛, 밤색과 적갈색의 끈장식 브로치를 쓰다듬으며 고마운 마음으로 말했다.

때로는, 쉼 없이 일해야 하는 이 평범한 세상에서도 소설 같은 즐거운 일이 일어나 우리에게 위안을 준다. 이제는 한 방울의 행복밖에 들어갈 틈이 없다고 모두 함께 이야기한 지 30분이 지났을 때, 그 한 방울의 행복이 찾아왔다. 로리가 응접실 문을 열고 조용히 머리를 들이밀었다.

여느 때라면 로리는 재주를 넘든가 인디언처럼 고함을 질렀을 것이다. 그러나 흥분을 억눌렀지만 감출 수 없는 기쁨 때문에 목소리까지 변한 로리는 숨이 찬 목소리로 말했다.

"마치 댁에 또 하나의 크리스마스 선물이 왔습니다."

로리의 말에 모두가 벌떡 일어나 뛰어나왔다.

말을 마치자마자 로리는 밖으로 달려 나갔고, 목도리를 눈언저리까지 감은 키가 큰 한 남자가 또 다른 키 큰 남자의 팔에 기대어 나타났다. 그 사람은 무슨 말인가 하려고 했지만 말이 나오지 않았다. 모두들 황급히 달려 나갔다. 잠깐 동안 모두가 제정신이 아니었다. 상상할 수 없던 일이 일어났고 모두 할 말을 잊었다.

마치 씨는 네 딸의 팔에 파묻혀 보이지 않았다. 조는 거의 정신을 잃어 찬장 앞에서 로리의 간호를 받아야 했다. 브루크 씨는 실수로 그만 메그에게 키스를 해버렸고 횡설수설하며 변명을 늘어놓았다. 새침데기 에이미는 의자에 걸려 넘어졌는데 일어나려고 허우적거리면서도 아버지의 장화를 끌어안고 누구보다도 감격에 겨운 울음을 터뜨렸다. 마치 부인이 가장 먼저 이성을 되찾아 한쪽 손을 들고 말했다.

"잠깐! 베스를 잊고 있었네."

그러나 너무 늦었다. 서재의 문이 열리면서 귀엽고 빨간 실내복을 입은 베스가 입구에 나타났다. 기쁨은 베스의 팔다리에 기운을 불어넣었다. 베스는 아버지 품 안으로 곧바로 달려갔다. 나중에야 어떻게 되든 그런 것은 아무래도 좋았다. 모두의 마음은 기쁨에 넘쳐 지난날의 괴로움을 모두 잊어버리고 달콤함 속에 흠뻑 취해 있었다.

그러나 모든 것이 다 꿈처럼 황홀하지만은 않았다. 한나가 부엌에서 나올 때 칠면조를 불에서 내려놓는 것을 잊어버려 문 뒤에서 훌쩍훌쩍 울고 있었다. 이것을 보고 모두 한바탕 웃었다. 웃음소리가 사그라지자 마치 부인은 브루크 씨에게 남편을 성심껏 돌봐 준 데 대해 인사말을 했다. 그러자 브루크 씨는 마치 씨를 쉬게 해야 한다는 생각이 들어, 로리를 데리고 집으로 서둘러 돌아갔다. 가족들은 병약한 두 사람에게 휴식을 취하도록 하고 모두 안락의자에 앉아 그간 하지 못했던 여러 가지 이야기를 끝없이 나누었다.

마치 씨는 갑자기 돌아와 모두를 깜짝 놀라게 하고 싶었다는 이야기며, 날씨가 좋아져 의사가 결단을 내려 귀가를 허락해 준 이야기, 브루크 씨가 진심으로 친절하게 대해 주었고 그는 여러모로 참으로 훌륭하고 존경받을 만한 청년이라는 것 등을 이야기했다.

마치 씨가 왜 이 대목에서 잠시 이야기를 멈추고서 난롯불을 거칠게 휘젓고 있는 메그 쪽을 보며 아내에게 어떻게 된 일이냐고 묻는 듯한 눈짓을 했는지는 독자들의 상상에 맡기겠다. 마치 부인이 가만히 고개를 끄덕이고 갑자기 이런 말을 한 이유 또한 독자들의 상상에 맡기겠다.

"뭐 좀 드시지 않겠어요?"

조는 이런 두 사람의 모습을 보더니 그 이유를 눈치채고는 화난 얼굴로 성큼성큼 걸어가 문을 '쾅' 닫고 중얼거렸다.

"난 갈색 눈의 존경할 만한 청년 같은 건 싫어!"

그날의 굉장한 크리스마스 식사는 지금까지 경험해 보지 못한 것이었다. 한나가 정성껏 양념을 다져 넣고 누르스름하게 잘 구워서 멋진 장식을 더한 칠면조는 아주 먹음직스러웠으며, 건포도 푸딩은 입 안에서 사르르 녹았다. 젤리도 아주 맛있어서 에이미는 꿀단지에 들어간 벌처럼 정신없이 먹어댔다. 한나는 모든 일이 잘 된 것은 그저 하느님 덕택이라고 말했다.

"마님, 저는 정말 정신이 하나도 없었어요. 칠면조와 푸딩을 같이 굽거나, 칠면조 배 속에 건포도를 넣지 않은 게 다행이었어요. 칠면조를 옷자루에 넣어 익히지 않은 게 이상할 정도라니까요."

로렌스 씨와 손자도 만찬에 초대되었다. 브루크 씨도 초대되었는데 조가 무서운 얼굴을 하고 노려보는 것을 보고 로리가 매우 재미있어했다.

아버지와 베스는 식탁 머리에 놓인 안락의자에 나란히 앉아 식사를 했다. 베스와 아버지는 닭고기와 과일들을 맘껏 즐겼다. 모두가 건강을 위해 축배를 들었고 이야기꽃을 피우며 노래도 하고, '추억담'을 나누며 한껏 즐거운 시간을 보냈다. 썰매를 타자는 이야기도 나왔지만, 딸들이 아버지의 곁을 떠나려 하지 않았기 때문에 손님들은 일찍 돌아갔다. 날이 어두워져 갈 즈음, 이 행복한 가족은 난롯가에 모여 앉아 이야기꽃을 피웠다.

"바로 일 년 전에 우리들은 초라한 크리스마스 때문에 불평을 했었지. 생각나니?" 조가 말했다. 이어서 많은 이야기가 오고갔다.

"돌아보면 즐거운 한 해였어." 난로를 바라보며 미소를 짓는 메그는 마음속으로는 브루크 씨를 공손하게 대한 것을 스스로 뿌듯해하고 있었다.

"나한테는 아주 괴로웠어." 에이미가 생각이 많은 듯 반짝거리는 반지를 응시하며 말했다.

"괴로웠던 해가 다 지나가서 기뻐요. 아버지도 돌아오셨고요." 아버지의 무릎에 앉아 있던 베스도 속삭이듯 말했다.

"너희들, 어린 순례자들에게는 힘든 여정이었겠지. 특히 가을부터는 더 힘들었을 거야. 그래도 너희들은 씩씩하게 지내왔다. 아버지는 이제 무거운 짐은 곧 사라질 거라고 생각해."

마치 씨는 아버지만의 보람을 느끼며 자기 주위에 둘러앉아 있는 네 딸의 얼굴을 바라보았다.

"아버지, 어떻게 그걸 알고 계세요? 어머니가 말씀하셨어요?" 조가 물었다.

"많이 듣지는 못했지만, 흔들리는 풀잎만 보아도 바람의 방향을 알 수 있단다. 그리고 오늘 몇 가지 새로운 점을 발견했지."

"어떤 건지 말해 줘요, 아빠." 아버지 옆에 앉은 메그가 말했다.

"한 가지는." 아버지는 옆 의자 팔걸이에 손을 올려놓은 메그의 손을 잡고 거칠어진 집게손가락과 화상을 입은 손등, 그리고 손바닥에 박인 못자국을 보여 주며 말했다. "아버지는 이 손이 하얗고 깨끗했던 때를 기억하고 있단다. 너는 이 손을 아름답게 하는 데에 온 신경을 다 썼었지. 그 무렵의 손은 아주 예뻤어. 그렇지만 아버지에게는 이 손이 훨씬 더 아름답다. 이 상처들 속에 역사가 간직되어 있기 때문이지. 남에게 잘 보이려는 허영심도 어느새

다 사라져 버렸다. 이 굳어진 손바닥은 물집만 만든 게 아니야. 손가락을 바늘에 찔리면서 만든 아름다운 마음씨는 틀림없이 오래 갈 거야. 바늘 한 땀 한 땀에 고운 마음씨가 담겨 있기 때문이지. 사랑스러운 메그, 아버지는 하얀 손이나 사치스러운 옷차림보다는 가정을 행복하게 만드는 여성만의 재능을 훨씬 더 좋아한단다. 아버지는 이 예쁘고 부지런하고 귀여운 손과 악수하게 되어 정말 자랑스럽다. 그리고 이 손을 놓아야 하는 날이 너무 빨리 오지 않기를 바라지."

만약 메그가 그동안의 참고 견딘 노고에 대한 보답을 바랐었다면, 아버지의 힘껏 잡은 손과 칭찬의 미소는 그 보답을 해주기에 충분했을 것이다.

"조는 어때요? 아빠, 멋진 말을 해 주세요. 언니는 참 열심히 했고 내게도 아주 잘해 주었어요."

베스가 아버지의 귓가에 속삭였다. 아버지는 싱긋 웃고는 볕에 그을린 얼굴에 뜻한 표정을 짓고 맞은편에 앉아 있는 키 큰 딸을 찬찬히 바라보았다.

"아직 머리는 짧지만 1년 전에 두고 간 '아들 조'는 아주 변해 버렸어. 옷깃에 핀을 단정히 꽂고, 구두끈을 단정히 매고, 휘파람도 불지 않고 이상한 말투도 없어지고, 전처럼 소파에 눕지도 않는구나. 얼굴이 좀 창백한데, 밤잠도 못 자고 간병하며 걱정했기 때문이겠지. 그렇지만 아버지는 그런 모습을 보는 게 기쁘다. 훨씬 예의도 발라졌고 목소리도 차분해졌고 뛰어다니지도 않네. 행동도 조용해졌어. 어린 동생을 돌보는 어머니 같은 분위기는 나를 기쁘게 하는구나. 장난꾸러기 딸이 없어져 쓸쓸하기는 하지만, 그 대신 착실하고 믿음직하며 마음씨 고운 숙녀가 되었으니 아버지는 대만족이야. 머리를 짧게 잘라서 우리 말썽쟁이가 정신을 차린 건지도 모르겠구나. 그런데 워싱턴을 전부 뒤져도 내 착한 딸이 보내준 25달러를 쓸 만큼 아름다운 물건이 없었다."

그 정도 칭찬은 받을 만하다고 생각하면서도, 조는 아버지의 칭찬에 얼굴은 장밋빛으로 물들고 두 눈에는 눈물이 고여 촉촉해졌다.

"자, 이제는 베스 차례야." 에이미는 자기 차례가 기다려졌지만 얌전히 기다리고 있다가 말했다.

"베스는 너무 많이 야위어서 말을 많이 하면 사라져버릴 것 같아서 얘기를 많이 할 수는 없지만, 전보다 수줍음을 덜 타는 것 같구나." 아버지는 쾌활하게 말하다가, 하마터면 이 아이를 잃을 뻔했다는 생각에 베스를 껴안고 뺨을 비비면서 말했다.

"베스, 아버지는 널 무사히 되찾았어. 이젠 어떤 일이 있어도 다시는 그런 일이 일어나지 않도록 할 거야. 하느님, 부탁드립니다."

잠시 침묵이 흘렀다. 이제 아버지는 발 언저리의 낮은 의자에 앉아 있는 에이미의 윤기 있는 머리를 다정하게 쓰다듬으며 말했다.

"에이미는 저녁 식사 때 칠면조 다리를 먹었고, 오후에는 쭉 어머니의 심 부름을 했고, 오늘 밤 메그에게 자리도 양보해주고, 누구에게나 차분하고 유 쾌하게 시중을 들어 주더구나. 떼를 쓰거나 거울만 들여다보는 버릇도 없어 졌어. 그리고 손가락에 끼고 있는 예쁜 반지에 대해서도 한 마디도 하지 않 는구나. 이런 모습들을 보니 에이미가 자신보다는 남을 더 생각하게 되었고, 찰흙 인형을 만들 듯이 조심스럽게 자기의 품성을 만들어가고 있다는 걸 알 게 되었어. 아버지는 정말 자랑스럽구나. 에이미의 품위 있는 모습도 매우 자랑스럽다. 자기뿐 아니라 남을 위해서 인생을 아름답게 만들어 갈 재능을 가진 딸을 더 자랑스러워해야 할 것 같구나."

에이미가 칭찬을 듣고 아버지께 감사하다는 인사를 하며 반지에 대해서 말씀드렸을 때 조가 물었다.

"베스, 넌 무얼 생각하고 있니?"

"나, 오늘《천로역정》을 읽었어. 어떻게 크리스천과 호프풀이 수많은 곤란 을 극복하고 1년 내내 백합이 피어 있는 푸른 초원에 이르렀는지, 최종 목적 지에서 취하는 휴식이 어땠는지 하는 대목 말이야. 그 대목은 마치 지금 우 리들의 처지와 같았어."

베스는 이렇게 대답하고 아버지 팔에서 빠져나와 피아노 쪽으로 갔다.

"이제 노래 부를 시간이에요. 난 내 자리에 앉아서 순례자들이 들었던 양 치기 소년의 노래를 부르겠어요. 아버지가 이 시를 좋아하셔서 제가 아버지 를 위해 작곡했어요."

베스는 피아노 앞에 앉아 조용히 건반을 두드리며 가족들이 다시는 못 듣 게 될까 봐 걱정했던 그녀의 아름다운 목소리로 노래를 부르기 시작했다. 베 스에게 이상하리만큼 잘 어울리는 노래였다.

낮은 곳에 있는 자는
떨어질 염려가 없고
자신을 낮추는 사람은
하느님이 그를 안내하네
마음이 겸손한 자는 항상
신을 길잡이로 받드네

적든 많든
나는 주어진 것에 만족하겠네
하느님! 나 여전히 마음의 평온을 청합니다
주는 그런 자를 구원하므로

순례자에게
많음은 짐이 되네
지금 가진 것이 적음은
자손만대 최고의 축복이리니!

제23장 마치 고모님, 문제를 해결하다

어머니와 딸들은 여왕벌 주위에 모이는 꿀벌처럼, 다음 날도 아버지 곁을 떠나지 않았다. 모두들 하던 일을 내동댕이치고 아버지에게 달라붙어 눈도 떼지 않고 귀를 기울였다. 아버지는 가족들의 친절 때문에 죽을 수도 있을 것 같았다. 아버지는 베스의 소파 옆에 있는 큰 의자에 기대어 앉았고, 다른 세 아가씨는 그 옆을 둘러싸고 있었다. 한나는 가끔씩 '소중한 분을 엿보러' 불쑥 얼굴을 내밀었다. 이제 모두는 행복에 충만해 있었다.

그런데 무언가 아쉬웠다. 하지만 아무도 그것을 입 밖에 내지는 않았다. 언니들은 그것을 느끼고 있었다. 마치 부부는 메그를 바라볼 때면 걱정스러운 듯이 서로 얼굴을 마주 보았다. 조는 브루크 씨가 잊고 돌아간 현관에 놓여 있는 우산에 대고 별안간 발작적으로 주먹을 휘두르기도 했다.

메그는 왜 그런지 멍해져서 부끄러운 듯 가만히 있다가, 초인종이 울리면 깜짝 놀라기도 하고, 존이라는 이름이 누군가의 입에 오르면 얼굴을 붉히기도 했다. 에이미마저도 "이상해, 모두들 무엇을 기다리고 있는 것처럼 침착하지 못해. 아버지도 돌아와 계신데 말이야" 말했으며, 베스는 순진하게도 이웃 사람들이 평소처럼 놀러 오지 않는 것이 이상하다고 생각하고 있었다.

로리가 오후에 찾아왔다. 그는 창가에 있는 메그를 보자 연극에 나오는 사람처럼 발작적으로 눈 속에서 한쪽 무릎을 꿇고, 가슴을 두드리기도 하고, 머리를 쥐어뜯기도 하다가, 무슨 관대함을 바라는 듯 두 손을 맞잡고 간청하기도 했다. 메그가 이상한 짓 하지 말고 저리 가라고 하니까, 로리는 손수건을 꺼내 눈물을 닦는 흉내를 내며 희망을 잃은 듯 비실비실 모퉁이를 돌아갔다.

"왜 저런 이상한 짓을 하지?" 메그는 모르는 척 웃으면서 말했다.

"로리는 언니의 존이 앞으로 어떻게 될지를 보여 준 거야. 정말 가련해 보이지?" 조가 비꼬듯 말했다.

"나의 존 어쩌고 하지 마. 그런 말은 적절하지도 않고 사실도 아니니까." 그러나 메그는 '나의 존' 하고 말할 때 그렇게 부르는 것이 즐거운 듯이 천천히 말했다. "조, 나를 난처하게 만들지 마. 나는 그 사람을 그리 좋아하지 않아. 아무런 할 얘깃거리도 없어. 우리는 그저 친구일 뿐이고 앞으로도 그럴 거야."

"우리들 입장은 안 그래. 이미 그런 얘기가 나왔었으니까. 나뿐만 아니라 어머니도 그렇게 생각하고 계셔. 언니는 전과 아주 달라졌어. 내게서 떨어져 어디로 가버린 것 같아. 난 언니를 못살게 굴 생각은 조금도 없어. 나는 사내처럼 견뎌낼 거야. 그저 뭐든지 분명히 했으면 해. 우물쭈물 기다리고만 있기는 싫어. 그러니까 만약 결혼할 작정이라면 빨리빨리 결정해 버려." 조가 토라져서 말했다.

"그렇지만 그쪽에서 아무 말도 없는데 내 쪽에서 어쩔 수는 없잖아. 그 사람은 아마 말하지 않을 거야. 내가 너무 어리다고 아버지가 말씀하셨으니까." 메그는 묘한 미소를 띠며 허리를 구부리고 하던 일을 계속 했다. 너무 어리다는 아버지의 의견에 찬성할 수 없다는 듯.

"만약 그 사람이 말을 끄집어내면 딱 잘라서 싫다고 말하지 못하고, 어떻게 할지 몰라서 울어 버리거나 얼굴이 빨개져서, 그 사람이 하자는 대로 할 게 뻔해."

"난 네 생각처럼 바보도 아니고 겁쟁이도 아니야. 나도 해야 할 말쯤은 알고 있어. 뜻밖에 일을 당해도 당황하지 않도록 계획이 다 세워져 있어. 언제 무슨 일이 일어날지 모르니까 빈틈없이 준비해 두는 거야."

조는 메그의 점잔빼는 모습을 보자 웃음이 절로 나왔다. 그 모습은 메그의 뺨에 띤 홍조처럼 메그에게 잘 어울렸다.

"뭐라고 말할 건지 나한테 얘기해 주면 안 돼?" 조가 좀 더 존경을 담아서 말했다.

"말해 줄게. 너도 이제 열여섯 살이니, 내 속사정을 말해도 좋을 때가 되었어. 내 경험이 언젠가 네게 도움이 될 거야."

"그런 일은 없을 거야. 남들의 연애 문제는 재미있지만, 난 바보가 된 기분이 들어서 그런 건 못 해." 조는 생각만 해도 어처구니없다는 듯이 말했다.

"난 그렇다고 생각 안 해. 네가 누군가를 좋아하고 그 사람이 너를 좋아한다면 말이야." 메그는 마치 자신에게 말하는 듯이 말하고 나서, 여름이면 저녁 황혼 무렵 연인들이 산책하곤 하는 오솔길로 눈길을 돌렸다.

"나는 언니가 그 사람에게 하려는 말을 듣고 싶은데." 조는 금세 언니의 공상을 깨뜨렸다.

"응, 나는 침착하게 딱 잘라 말할 거야. '감사합니다. 브루크 선생님. 정말 친절하시군요. 하지만 그런 약속을 하기에는 제가 아직 너무 어리다고 생각해요. 아버지도 그렇게 말씀하시고요. 그러니까 이제 아무 말씀 마시고 전처럼 친구로 지내요' 하고 말이야."

"흠, 그거 너무 꼿꼿하고 냉정한데. 언니는 그렇게 말할 수 없을걸. 게다가 그 정도의 말로는 그 사람이 만족하지 않을 거야. 만약 그 사람이 소설 속의 실연당한 사람처럼 행동하면, 언니는 그 사람이 마음에 상처를 받을까 봐 항복하게 될 거야."

"아냐, 그렇지 않아. 난 이미 마음을 정했다고 얘기하고 당당히 방을 나갈 거야." 메그가 그렇게 말하고 도도하게 방을 나가는 것을 연습하려고 하자 바로 그때 현관에서 발소리가 들려왔다. 메그는 허둥지둥 제자리로 돌아가 정해진 시간까지 바느질을 끝마치지 않으면 목숨이라도 빼앗길 것처럼 서둘러 바느질을 시작했다. 조는 갑자기 돌변한 언니의 모습에 웃음을 참고 있었다. 그때 누가 문을 두드렸다. 메그가 도무지 사람을 맞는 태도가 아닌 무서운 얼굴을 하고 문을 열었다.

"안녕하세요. 저, 우산을 가지러 왔습니다. 그리고 오늘 아버지의 병세는 어떠신지?" 브루크 씨는 상기된 듯한 두 사람의 얼굴을 보고 당황해서 물었다.

"우산은 건강하십니다. 아버지는 우산꽂이에 있습니다. 곧 가지고 오죠. 그리고 우산께 당신이 오셨다는 걸 알리겠습니다."

조는 그만 우산과 아버지를 혼동해서 대답해 버렸다. 그러고는 메그에게 품위 있게 말할 기회를 주기 위해 재빨리 방을 빠져나왔다. 그런데 조가 나가 버리자 메그는 문 쪽으로 옆걸음질치면서 작은 목소리로 말했다.

"어머니가 만나고 싶어 하실 거예요. 어서 앉으세요. 제가 모시고 오겠어요."

"가지 말아요, 마거릿. 제가 두렵습니까?" 브루크 씨가 감정이 상한 듯이 말했기 때문에 메그는 자기가 무언가 실례되는 행동을 한 것 같아 얼굴이 온통 빨개졌다. 지금까지 브루크 씨에게는 마거릿이라고 불린 적이 없었는데 막상 그렇게 불리고 보니, 참으로 자연스럽고 정답게 들려서 내심 놀랐다. 그래서 친근하고 격의 없는 태도로 손을 내밀며 감사한 마음으로 말했다.

"아버님께 그렇게 친절히 해 주셨는데 왜 당신을 두려워하겠어요? 저는 어떻게 감사를 드려야 할지 모르겠어요."

"그럼 제가 어떻게 하면 되는지 알려 드릴까요?" 브루크 씨가 말했다. 그는 메그의 작은 손을 자기의 두 손 안에 꼭 잡고, 다갈색 눈에 넘치는 애정을 담아 메그를 내려다보았다. 메그는 가슴이 두근거렸다. 당장 도망치고 싶으면서도 한편으로는 꼼짝하지 않고 브루크 씨의 이야기 듣기를 간절히 바랐다.

"아니, 제발 얘기하지 마세요. 제가 듣지 않는 편이……." 메그는 거절하면서 겁먹은 듯한 얼굴로 손을 빼며 말했다

"저는 당신을 난처하게 하려는 것이 아닙니다. 그저 당신이 조금이라도 제게 호의를 갖고 있는지 알고 싶을 뿐입니다. 저는 당신을 정말 사랑하고 있습니다." 브루크 씨는 상냥하게 말했다.

지금이야말로 침착하고 적절하게 말해야 할 순간인데도 메그는 그렇게 할 수가 없었다. 불시에라도 대답할 수 있도록 전부터 생각해 둔 말들은 모두 잊어버리고 그저 머리를 숙여 대답했다.

"저는 모르겠어요."

메그가 아주 가냘픈 목소리로 대답했기 때문에 존은 이 어정쩡한 대답을 듣기 위해 몸을 구부려야만 했다.

존은 이 대답에도 만족한 듯 웃고는 그 통통한 손을 감싸듯이 꼭 잡고 설득하는 어조로 말했다.

"그럼 어디 한 번 생각해 보지 않겠습니까? 나는 그걸 꼭 알고 싶습니다. 내 사랑이 성취될지 어떨지 알 때까지 일하러 갈 기분이 도무지 날 것 같지 않습니다."

"아직 저는 너무 어린데요."

메그는 머뭇머뭇 대답하면서, 왜 이렇게 가슴이 두근거리는지 의아했지만 한편으로는 그것을 즐겼다.

"기다리겠습니다. 그러다 보면 당신도 나를 좋아하게 되겠지요. 그게 그렇게 어려운 일일까요?"

"배우려고만 한다면 그리 어렵지 않겠지요. 그러나……."

"아무쪼록 배우려고 노력해 주세요. 메그, 제가 기꺼이 가르쳐 드리겠습니다. 그건 독일어보다도 쉽습니다."

존이 그녀의 말을 가로막듯 하고는 다른 한 손도 잡아 버렸기 때문에, 메그는 이제 존의 얼굴을 피할 수도 없게 되었다.

브루크 씨의 목소리는 예절 바르게 간청하는 듯 들리기도 했는데, 메그가 존을 힐끗 보니 그의 눈은 정답고 즐거운 듯했다. 성공을 의심치 않는 듯 자신만만한 미소를 띠고 있었다. 그 미소가 그만 메그를 화나게 했다. 애니 모펏의 바보 같은 여인의 교태와 그 사랑에 대한 강의가 생각나자 메그는 그만 가슴속에 잠자고 있던 사랑의 힘에 사로잡히고 말았다. 흥분한 메그는 이상한 기분에 어찌할 줄 몰라 충동적으로 두 손을 빼고는 화난 듯이 말했다.

"난 그런 거 배우고 싶지 않아요. 제발 저쪽으로 가서 날 좀 혼자 있게 해 주세요."

가엾게도 브루크 씨는 이제까지 이렇게 언짢아하는 메그를 본 적이 없었다. 아까까지도 꿈꾸고 있던 아름다운 성이 무너지는 것 같은 기분이 들어 몹시 당황해했다.

"진심으로 하는 말입니까?"

브루크 씨가 매몰차게 나가는 메그를 뒤쫓아 가며 물었다.

"그래요, 진심이에요. 난 이런 일로 마음 쓰고 싶지 않아요. 아버지도 그럴 필요 없다고 말씀하셨고, 어쨌든 아직은 너무 이르고 나도 싫어요."

"언젠가 마음이 달라질 거라고 생각하면 안 되겠습니까? 저는 기다리겠습니다. 그리고 한동안 아무 말도 하지 않겠습니다. 메그, 나를 놀리지 말아요. 당신은 그런 사람이 아니라고 생각했었는데……."

"제발 이제 제 생각은 말아 주세요. 그러는 편이 저도 편해요."

메그는 연인의 인내심과 자신이 갖게 된 힘을 시험하면서 만족감을 느끼고 있었다.

존의 얼굴이 침울하고 창백해지자, 메그가 동경하는 소설의 주인공 남자처럼 보였다. 그러나 존은 소설 속의 인물과 같이 이마를 치거나 발을 쿵쿵 구르며 방 안을 빙빙 돌지는 않았다. 그저 고민하는 듯 애처롭게 메그를 바라보고 서 있었다. 메그는 이러면 안 된다고 생각하면서도 그가 가엾게 느껴졌다. 만약 이 흥미진진한 상황에 마치 고모가 절름거리며 들어오지 않았다면, 두 사람 사이에 어떤 일이 일어났을지 모를 일이었다.

노부인은 바람을 쐬러 나갔다가, 로리를 만나 마치 씨가 돌아왔다는 말을 전해 듣고는 조카를 만나고 싶어서 서둘러 달려온 참이었다. 고모는 가족들이 모두 집 뒤란에서 일하는 것을 언뜻 보고는 그들을 놀래 주고 싶었다. 그래서 살그머니 집 안으로 들어왔다. 두 사람은 고모를 보고 매우 놀랐다. 메그는 마치 유령이라도 본 것처럼 펄쩍 뛰고 브루크 씨는 그만 허둥지둥 서재로 달아나 버렸다.

"아니, 이게 도대체 어떻게 된 거야!"

노부인은 새파랗게 질려 도망가는 젊은이와 얼굴이 새빨개진 메그를 번갈아 보면서 지팡이를 탕탕 두드리며 큰 소리로 말했다.

"저분은 아버지 친구예요. 참 고모도! 별안간 들어오셔서 저도 정말 깜짝 놀랐어요." 메그는 장황한 설교를 들으리라 예상하고 우물거렸다.

"그래, 그건 그렇다 치고……" 고모는 말하면서 의자에 앉았다. "그런데 그 아버지 친구가 도대체 무슨 말을 했기에 네가 모란꽃처럼 빨개진 거지? 무언가 좋지 않은 일이 있었군. 자, 무슨 일인지 내게 몽땅 얘기해 보렴!" 노인은 또 마루를 지팡이로 탕탕 쳤다.

"저어, 저희는 그저 이야기를 나누고 있었어요. 브루크 씨는 우산을 가지러 왔던 것이고요." 메그는 속으로 지금 브루크 씨가 우산을 가지고 집을 빠져나갔기를 바랐다.

"브루크라고? 그 애의 가정교사 말이지? 오, 알겠다. 모두 알고 있어. 조가 너희 아버지의 편지를 읽어 줄 때, 실수로 다른 편지를 읽은 적이 있지. 조가 얘기해서 다 알게 됐다. 설마 너 벌써 승낙한 건 아니겠지?"

마치 고모는 어처구니없다는 듯이 큰 소리로 말했다.

"쉿! 그분이 들어요. 엄마를 불러 올까요?"

메그는 난처한 듯이 말했다.

"아니, 아직. 네게 할 말이 있어. 할 말은 다 해야겠다. 너 그 쿠크인가 하는 남자와 결혼할 작정이냐? 만약 그럴 생각이라면 난 네게 한 푼도 줄 수 없다, 알겠냐? 잊지 않도록 해. 잘 생각해야 할 거야, 아가씨."

노부인은 강압적인 말을 쏟아냈다.

마치 고모는 아무리 순한 사람도 반발심을 일으키게 하는 이상한 성향이 있었고 또 그것을 즐기고 있었다. 사랑에 빠진 젊은이는 종종 고집스러워지곤 한다. 만약 마치 고모가 메그에게 존 브루크의 청혼을 받아들이라고 했다면 메그는 틀림없이 그럴 생각이 없다고 말했을 것이다. 그런데 덮어놓고 그를 좋아하지 말라고 하자 메그는 곧바로 그를 좋아할 결심을 해 버렸다. 애정과 반항이 엉켜서 그만 결심이 서 버린 것이다. 이미 아까부터 흥분하고 있던 메그는 보통 때는 볼 수 없던 기세로 대담하게 노부인에게 반항했다.

"고모, 저는 제가 좋아하는 사람과 결혼하겠어요. 돈 같은 건 고모가 좋아하는 사람에게 주세요." 메그는 굳은 결심으로 머리를 끄덕이면서 말했다.

"함부로 말하는구나! 내가 모처럼 충고를 해 주는데, 그렇게 말하면 안 되잖니, 아가씨? 이제 곧 후회하게 될 거야, 가난하게 오두막에서 애정만으로는 살 수가 없는 거야."

"호화롭게 생활해도 애정이 없다면 불행할 거예요." 메그는 반박했다. 마치 고모는 메그의 이런 태도가 처음이었기 때문에, 안경을 쓰고 메그를 뚫어져라 바라보았다.

메그도 자신을 알 수 없었다. 용기가 생긴 것 같았고 내 의지대로 살아가고 싶었으며 기꺼이 존의 편을 들고 그를 사랑할 권리를 분명히 주장하고 싶었다.

마치 고모는 이야기의 시작이 잘못되었다는 것을 깨닫고 잠시 말없이 있다가 되도록 부드럽게 말하기 시작했다.

"애, 메그. 마음을 진정하고 내 말을 잘 들어 보렴. 나는 너를 위해서 말하는 거야. 출발을 잘못해서 일생을 엉망으로 만들지 않길 바라는 거란다. 넌 좋은 곳에 시집가서 가족들을 도와야 해. 부자에게 시집가는 일이 네 의무란다. 명심해라."

"아버지도 어머니도 그렇게 생각지 않아요. 존은 가난하지만, 두 분 다 그 사람을 좋아하고 있어요."

"너의 부모는 애들보다 더 세상 물정을 몰라."

"저는 그게 좋아요." 메그는 잘라 말했다.

고모는 못 들은 척하고 설교를 계속했다. "그 루크인가 하는 가난한 사내는 부자 친척이 하나도 없지?"

"네, 없어요. 그렇지만 진실한 친구들은 많아요."

"친구들을 믿고 살아갈 수는 없어. 믿어 보라지. 친구들은 금방 냉담해진다는 걸 알게 될 테니까. 그 남자, 직업은 있겠지?"

"아직은 없어요. 그러나 로렌스 씨가 도와줄 거예요."

"그런 건 오래 가지 못해. 제임스 로렌스라니, 그런 변덕쟁이 영감을 어떻게 믿나. 내가 하는 말을 잘 듣고 그대로만 하면 일생을 편히 지낼 수 있는데 왜 그런 가난하고 지위도 직업도 없는 남자와 결혼해서 고생을 하려는 거지? 난 네가 좀 더 분별력이 있다고 생각했는데."

"일생의 반을 더 기다린다고 해도 이보다 더 좋은 결혼은 없을 거예요! 존은 좋은 사람이고 현명하고, 재능이 많고, 일하겠다는 열의도 있어요. 틀림없이 잘해 나갈 거예요. 게다가 그분은 활기차고 용감해요. 모두들 그분을 좋아하고 존경하고요. 저는 제가 가난하고 나이도 어린데다가 고모 말씀대로 어리석기까지 한데도 그분의 관심을 받는 게 자랑스러워요."

열을 올리며 말하는 메그의 모습은 더욱 아름다웠다.

"그 남자는 네게 돈 많은 친척이 있다는 걸 알고 있는 거야. 그래서 너를 좋아하는 거야."

"고모, 어떻게 그런 말씀을 다 하세요? 존은 그렇게 비열한 사람이 아니에요. 그런 식으로 말씀하시면 저는 더 이상 고모 말씀을 듣지 않겠어요."
메그는 그만 노부인의 억측에 발끈해 격한 어조로 말했다. "나의 존은 돈 때문에 결혼하는 그런 사람이 아니에요. 나도 그래요. 우리는 일할 거예요. 그러면서 때를 기다리겠어요. 난 가난 같은 건 두렵지 않아요. 저는 지금까지 행복했기 때문이에요. 그 사람과 함께라면 앞으로도 틀림없이 행복할 거예요. 그분은 절 사랑해 주시니까요, 그리고 저도……."

메그는 여기까지 말하다가 입을 다물었다. 별안간 아직 자기 마음을 정하지 않았다는 사실을 떠올렸다. 게다가 아까는 '나의 존'을 보고 돌아가 달라고 말했었고, 어쩌면 브루크 씨가 이 모순투성이 말을 듣고 있을지도 모른다는 생각이 들었다.

마치 고모는 격분했다. 이 아름다운 아가씨에게 굉장한 결혼을 시키려던 계획은 이제 빗나가 버렸다. 메그의 젊고 행복한 얼굴은 이 외톨이 노부인을 더욱더 외롭게 만들었던 것이다.

"그래, 그렇다면 나는 이 일에서 아주 손을 떼지. 넌 버릇없고 고집불통이야. 너는 잘 모르겠지만 이런 어리석은 짓으로 큰 손해를 보고 말거야. 네게 실망했다. 난 그냥 돌아갈 테다. 네 아버지를 만나고 싶지도 않다. 네 결혼에는 아무것도 줄 수 없으니 그렇게 알아라. 너의 브루크 씨의 친구들이 잘 돌봐 주겠지. 앞으로 나를 다시 볼 일은 없을 줄 알아라."

고모는 잔뜩 화가 나서 문을 쾅 닫고는 마차로 돌아갔다. 이 노부인은 메그의 용기마저 모두 앗아가 버렸다. 홀로 남게 된 메그는 웃어야 할지 울어야 할지 몰라 잠시 동안 멍하니 서 있었다. 어떻게 해야 좋을지 마음을 정하기도 전에 어느새 메그는 브루크 씨 품에 안겨 있었다. 브루크 씨는 단숨에 말했다.

"어쩌다보니 듣게 되었습니다. 메그, 날 감싸주어 정말 고마워요. 마치 고모님 덕분에 당신이 조금이나마 나를 좋아하고 있다는 것을 알게 되었습니다."

"고모가 당신을 헐뜯기 전까지는 내가 당신을 얼마만큼 좋아하는지 몰랐어요."

메그는 자기 마음을 솔직히 털어놓았다.

"전 이제 돌아가지 않아도 되겠지요? 여기 머물러도 되겠습니까?"

메그는 이제야말로 분위기를 깨는 말을 톡 쏘고 오만하게 방을 나갈 절호의 기회가 왔는데도 그런 생각은 하지 않았다.

"네, 존. 좋아요." 상냥하게 말하고는 브루크 씨의 조끼에 얼굴을 묻었다. 이렇게 해서 메그는 조의 놀림감 신세를 영원히 면치 못하게 되었다.

고모가 돌아간 지 15분쯤 뒤 조는 살그머니 아래로 내려가 잠시 응접실 문 앞에서 발을 멈추고 귀를 기울였다. 안에서 아무 소리도 나지 않자 조는 머리를 끄덕이고 생긋 웃으며 혼자 중얼거렸다.

"계획대로 쫓아 버린 거야. 이제 일은 다 끝났어. 가서 이 재미있는 이야기를 듣고 웃어야지."

그런데 가엾게도 조는 웃기는커녕, 그곳 광경을 보고는 놀라서 입을 눈처럼 크게 벌린 채 문 앞에 못박힌 듯 멈춰 버렸다.

적을 패퇴시킨 것을 축하하고, 그 불쾌한 연인을 추방한 강심장 언니를 칭찬할 작정으로 왔는데, 이게 웬일인가! 그 적은 차분하게 소파에 앉아 있었고, 마음 굳센 언니가 그의 무릎 위 왕좌에 올라앉아 있지 않은가! 그것도 비굴하게 굴복한 표정을 하고서. 조는 실로 뒤통수를 한 대 얻어맞은 기분이었다. 머리에 냉수를 끼얹은 것 같았다. 이 뜻밖의 역전은 조의 숨통을 막아 버리는 것만 같았다. 이상한 소리에 뒤를 돌아본 두 연인은 조를 발견했다.

메그는 벌떡 일어나 부끄러우면서도 자랑스러운 듯한 표정을 지었다. 그런데 조가 말하는 '그 남자'는 미소를 짓더니 깜짝 놀란 이 방문객에게 키스를 하고 침착하게 말했다.

"조. 우리들을 축복해 줘요!"

정말 부상을 당하고 모욕까지 겹친 격이었다. 정말 해도 너무했다. 조는 거칠게 손을 내젓고는 한 마디 말도 없이 사라졌다. 단숨에 계단을 뛰어올라가 방으로 들어간 조는 비극적으로 소리쳐 병자들을 놀라게 했다.

"아래층으로 빨리 가 보세요! 존 브루크 씨가 이상한 행동을 하고 언니는 그걸 즐기고 있어요!"

마치 부부는 급히 방에서 나갔다. 조는 침대에 몸을 내던지고 엉엉 울면서, 베스와 에이미에게 그 엄청난 소식을 전하며 떠들썩하게 비난했다. 그러나 동생들이 유쾌하고 재미있게 듣는 바람에 조는 조금도 위로받지 못했다. 이제 지붕 밑 다락방에 틀어박혀 쥐들에게 하소연하는 수밖에 없었다.

그날 오후 응접실에서 어떤 일이 있었는지는 아무도 몰랐다. 그러나 그곳에서는 많은 이야기가 오고 갔다. 평소 말이 없던 브루크 씨는 청혼을 했고 미래의 계획을 이야기하며 그가 원했던 방향으로 마치 부부를 설득해 나갔다. 그 말솜씨와 열의는 주위 사람들의 눈에 참으로 놀라운 것이었다.

존이 메그를 위한 낙원에 대해 설명을 채 끝내기도 전에 차 시간을 알리는 벨이 울렸다. 존은 아주 자랑스러운 듯이 메그를 식탁으로 데리고 갔는데 두 사람이 너무 행복해 보여서 조도 이제는 질투가 나거나 우울한 기분이 들지 않았다. 에이미는 존의 헌신과 메그의 품위 있는 모습에 깊은 인상을 받았으며, 베스는 멀리서 두 사람에게 미소를 지어 보였다.

마치 부부도 만족한 듯이 두 사람을 찬찬히 바라보았다. 그 눈길이 너무도 다정하고 만족스러워 고모가 이 부부를 세상 물정 모르는 어린아이 같은 사람들이라고 할 만도 했다. 아무도 배불리 먹지 않았지만 모두가 아주 행복해 보였다. 마치 집안의 최초 로맨스가 시작된 탓인지 낡은 방이 놀라우리만치 밝게 빛나 보였다.

"메그 언니, 이젠 즐거운 일 같은 건 일어나지 않으리라고는 말할 수 없게 됐지?" 에이미는 앞으로 자기가 계획 중인 스케치에 이 연인을 어떻게 그려 넣을지 상상하면서 말했다.

"그래, 이제 그런 말은 하지 않을게. 그 말을 하고 나서 얼마나 많은 일들이 일어났는지! 1년은 지난 것 같은 느낌이야." 메그는 일하고 돈 버는 것 같은 일상에서 벗어나 지극히 행복한 꿈에 잠겨 말했다.

"슬픔 끝에 기쁨이 오는군. 이제 그 전환이 시작되었다는 생각이 든다." 마치 부인은 미소를 지었다. "어느 집이건 여러 가지 사건들이 많은 해가 가끔 있는 법인데, 우리에게는 지난 1년이 그랬던 것 같다. 그렇지만 결국은 순조롭게 잘 마무리되었어."

"내년은 더욱 좋게 끝났으면 좋겠는데."

조가 중얼거렸다. 조는 자기 눈앞에서 메그가 남에게 열중해 있는 모습을 보기가 참으로 괴로웠다. 조는 제 맘에 드는 사람만을 좋아하는 성격이어서, 그 애정을 잃어버리거나 사이가 나빠지는 것을 두려워했다.

"내후년은 더욱 좋은 해가 될 거예요. 그때까지 제 계획을 실현하기 위해 생활하며 더 멋진 해를 보내겠어요." 브루크 씨는 이제 무슨 일이든 할 수 있다는 듯이 메그에게 미소를 지었다.

"그건 너무 오래 기다려야 되는 거 아니에요?" 결혼식을 고대하고 있는 에이미가 말했다.

"그 준비가 끝날 때까지 배워 두어야 할 일들이 많아. 그러니까 내게는 오히려 짧은 기간이야." 메그는 전에 없이 상냥하고 침착한 태도로 말했다.

"당신은 그저 기다리고 있기만 하면 돼요. 모든 일은 내가 도맡아 할 테니까요." 이렇게 말하며 존이 메그가 떨어뜨린 냅킨을 주웠지만 조는 또 이 모습이 못마땅해서 고개를 저었다. 그때 마침 현관 쪽에서 문 닫히는 소리가 나자 안심한 듯이 혼자 중얼거렸다. "오, 로리가 왔어. 이제 좀 말이 통하겠군."

그러나 그것은 조의 잘못된 생각이었다. 로리는 활기차고 들뜬 걸음으로 존 브루크 부인을 위한 큰 혼례용 꽃다발을 들고 들어왔다. 그는 아마도 자기의 멋진 솜씨 덕에 이 일이 잘된 것이라고 생각하는 것 같았다.

"나는 브루크 선생님 생각대로 되리라고 믿고 있었어요. 브루크 씨는 언제나 그래왔으니까요. 한번 하려고 마음먹으면 하늘이 무너져도 해내고야 만다니까요." 로리는 꽃다발을 선물하며 축하했다.

"메그 양에게 보내 준 추천장 정말 고맙다. 앞날을 위한 좋은 징조로 받아들일게. 결혼식 날에 꼭 참석해 줘." 브루크 씨는 기분이 좋아져서 이제는 어떤 사람에게도, 심지어는 장난꾸러기 로리에게도 온화한 마음으로 대했다.

"결혼식 날 조가 짓게 될 얼굴 표정을 볼 수 있다면 지구 끝까지 쫓아갈 거야. 그럴 만한 가치가 있거든. 부인, 기분이 좋아 보이지 않으시네요? 무슨 일 있으세요?" 로리가 조를 뒤쫓아 가며 물었다. 모두들 로렌스 노인을 맞으러 응접실로 나갔다.

"나는 그 결혼을 인정하고 싶지 않아. 하지만 참기로 했어. 불평은 한 마디도 하지 않을 거야." 조는 얼굴을 찡그리고 말했는데, 그 목소리가 조금씩 떨리고 있었다. "로리, 너는 메그를 포기하는 게 나에게 얼마나 고통스러운 일인지 잘 모를 거야."

"몽땅 포기하는 게 아냐, 반 정도라고 할 수 있지." 로리는 위로하듯이 말했다.

"이젠 다시는 예전 같지 않을 거야. 나는 그만 단짝을 잃어버렸어." 조는 한숨을 내쉬었다.

"그렇지만 내가 있잖아. 별로 도움이 안 될지도 모르지만 말이야. 이봐, 조, 난 맹세코 평생 조의 편이 되어 줄 거야." 로리가 진심을 담아서 말했다.

"잘 알고 있어. 정말 고마워, 테디. 넌 언제나 나에게 큰 위안이 돼." 조는 감사한 마음에 로리의 손을 잡았다.

"자, 이제 울적한 생각은 버려. 모두 잘 해나가고 있잖아. 메그는 행복하고, 브루크 선생님은 이제 곧 돌아와서 살림을 차릴 테고, 할아버지도 잘 돌봐주실 거야. 메그가 시집을 가도 우리는 즐겁게 지낼 수 있어. 내가 곧 대학에 가니까 그때 외국에도 함께 가고. 그렇게 재미있는 여행을 하는 거지. 조, 그래도 위안이 안 돼?"

"위안은 되지만, 그 3년이 지나는 동안 어떤 일이 일어날지 모르잖아."

조는 생각에 잠겼다.

"그건 그래. 하지만 조, 앞으로 우리가 어떻게 살아갈지 지켜보는 것도 좋을 것 같지 않아? 난 기대가 되는데." 로리가 말했다.

"난 그러고 싶지 않아. 뭔가 슬픈 일이 있을지도 모르고. 지금은 모두 행복해. 이 이상 더 행복해질 수는 없을 것만 같아." 조는 새삼스러운 듯이 방안을 천천히 둘러보았다. 조의 눈이 내일의 행복을 보는 듯 빛났다.

아버지와 어머니는 함께 앉아서 20년 전 자신들 로맨스의 첫 장을 조용히 마음에 되새기고 있었다. 에이미는 둘만의 아름다운 세계에 동떨어져 있는 이 연인을 그리려 했지만 두 사람의 얼굴에 떠오른 그 아름다운 빛은 이 어린 화가로서는 도저히 표현할 수 없을 만큼 찬란했다.

베스는 소파에 누운 채로 오랜 친구 로렌스 씨와 즐겁게 이야기를 나누었다. 로렌스 노인은 베스의 귀여운 손 안에 자신을 평화의 길로 인도해 주는 힘이 깃들어 있기나 한 것처럼 그 손을 꼭 잡고 있었다. 조는 좋아하는 낮은 의자에 앉아, 그녀에게 잘 어울리는 조용하고 엄숙한 표정을 짓고 있었으며, 로리는 그 의자 등받이에 기대어 조의 물결치는 듯한 머리 위에 턱을 괴고는 정겨운 미소로 거울 속의 조에게 끄덕였다.

이렇게 해서 메그, 조, 베스, 에이미의 장면으로 1막은 막을 내린다. 이 소설의 막이 다시 오를지는 제1막을 축하하는 연회에서 결정될 것이다.

제2부

제1장 소문

메그의 결혼을 새롭게 다시 이야기하기 위해 마치 집안에 대해 떠도는 소문을 조금 소개하는 게 좋을 것 같다.

나이가 지긋한 분들 중에는 이 이야기에 '사랑이야기'가 너무 많다고 생각하는 분이 있을지 모르겠다(젊은 사람들 중에 그런 불평을 하는 이는 없을 것이다). 그러나 마치 부인의 입장에서 본다면, 집안에 다 큰 딸이 넷이나 있고 바로 길 건너에 한창 혈기 왕성한 젊은이가 살고 있는데 사랑 이야기 말고 다른 무슨 이야기를 할 수 있으랴.

3년의 세월이 흐르는 동안 이 평온한 가정에 변화라곤 거의 없었다. 전쟁이 끝난 뒤 마치 씨는 무사히 집에 돌아와 독서와 자신이 교구장으로 있는 소교구 일에 여념이 없었다. 그는 천성적으로 온유하고 신중한 성격이었다. 게다가 다방면에 박식했고 무척이나 지혜로웠으며, 이웃들을 친형제처럼 사랑하는 따뜻한 마음과 인자함에서 위엄과 자애로움이 넘쳐흘렀다.

이런 성품 탓에 많은 추종자들을 갖게 된 그는 비록 가난하고, 세속적인 성공과도 거리가 멀었지만 언제나 성실한 자세를 잃지 않았다. 달콤한 꽃이 꿀벌을 끌어들이듯, 온갖 풍파를 헤치며 50여 년을 살아오며 스스로 터득한 인생 경험은 많은 사람들로 하여금 그를 따르고 존경하게 했다. 성실한 젊은 이들은 희끗희끗한 머리의 이 노신사가 자신들만큼이나 젊은 마음을 지니고 있음을 알았고, 고민이 많거나 곤경에 처한 젊은 여인들은 자신의 고민거리나 슬픔을 그에게 털어놓으며 온화한 지지와 현명한 충고를 구했다. 진실된 이 신사에게 죄를 지은 사람들은 자신의 죄를 고백하고 훈계와 구원을 얻었다. 그는 재능 있는 사람들에게는 좋은 말동무가 되어주었고 야심만만한 사람들에겐 그 야심이 더욱 고귀한 것이 되도록 도와주었다. 세속적인 사람들조차 그의 아름답고 진실된 마음을 인정하지 않을 수 없었다.

모르는 사람들에게는 다섯 명의 활달한 여자들이 집안을 다스리는 것처럼 보였고, 또 실제로 그랬지만 이 조용한 노신사는 책 속에 파묻혀 지내면서도 집안의 가장 역할을 훌륭히 해냈다. 그는 가족의 양심이요, 돛이요, 위로자였다. 늘 근심거리로 골머리를 썩이는 집안 여자들이 곤경에 빠질 때면 그는 언제나 진솔한 언어로 남편과 아버지가 되어 주었다.

네 자매는 어머니에게서는 따스한 감성을, 아버지에게서는 고귀한 영혼을 배웠다. 자매들은 자신들을 위해 그토록 성실히 살아온 부모님을 무척이나 사랑했다. 네 자매는 자신들의 성장과 함께 자란 사랑을 엄마에게 주었고, 그들은 죽음보다 더 질긴 사랑의 끈으로 서로 묶여 있었다.

마치 부인은 우리가 그녀를 마지막으로 보았을 때보다 더 지긋해졌으나 여전히 활기차고 명랑했다. 부인은 요즈음 메그의 결혼 준비로 너무 바빴고 부상당한 어린 아이들과 미망인들로 가득 찬 병원과 요양원에서는 마치 부인의 방문을 그리워할 수밖에 없었다.

존 브루크는 1년 동안 씩씩한 군인으로 성실히 군 생활을 했지만, 부상을 당해 할 수 없이 집으로 돌아왔다. 비록 장교나 하사관이 되지는 못했으나 그의 모든 것을 바쳐 군 복무에 충실했다. 부상당하지만 않았다면 충분히 장교나 하사관이 되었을 것이다.

그는 군대에서 제대한 뒤, 몸을 추스르고 사업 준비도 하면서 메그를 위해 집을 장만하는 데 몰두했다. 사려 깊고 독립심이 강한 그는 로렌스 씨의 호의적인 제안을 사양하고 회계원이 되었다. 그는 빌린 돈으로 모험을 하느니 정직하게 번 돈으로 사업을 시작하는 게 더 바람직하다고 생각했다.

결혼 날짜를 기다리며 메그는 한층 더 성숙한 여성이 되었다. 메그는 주부로서 해야 할 일들을 열심히 익혀나갔으며 전보다 더 예뻐졌다. 사랑에 빠진 여성은 더욱 아름다워지는 법이다. 그러나 아직도 소녀처럼 꿈과 희망을 품고 있었던 메그는 단출하게 신혼살림을 시작하는 것이 좀 실망스럽기도 했다. 얼마 전에 네드 모펏과 결혼한 샐리 가드너는 좋은 집에서 살았으며 마차도 가지고 있었다. 샐리는 비싼 선물들을 많이 받아 집을 예쁘게 꾸며놓았을 뿐 아니라 화려한 의상도 수십 벌이나 되었다. 메그는 샐리가 소유한 그 모든 것들과 초라하기만 한 자신의 가재도구들을 자꾸 비교하게 되는 것은 어쩔 수 없었다. 샐리가 가진 것과 똑같은 것들을 갖고 싶은 은밀한 소망도 있었다. 그러나 존의 끈기 있는 사랑과 그가 그녀를 맞이할 작은 집을 위해 쏟아 붓는 수고를 생각할 때면, 부러움과 불만은 어느새 사라졌다. 두 사람은 함께 앉아 노을이 지는 것을 바라보았다. 그들의 작은 계획을 속삭일 때면 앞으로 다가올 날들은 항상 눈부시게 아름다웠다. 메그는 샐리의 화려함을 잊고 자신이 크리스헨덤에서 가장 부유하고 행복한 여자라고 느꼈다.

조는 다시 마치 고모에게 돌아가지 않았다. 마치 고모가 막내 동생 에이미를 더 좋아하게 되었기 때문이다.

에이미는 최고의 교사에게 그림공부를 배우라는 마치 고모의 제안에 홀딱 빠졌다. 에이미는 그림을 위해서라면 훨씬 더 까다로운 여교사 밑에서라도 듣기 싫은 잔소리를 들어가며 일하기를 서슴지 않았을 것이다. 그래서 에이미는 오전에는 일을 하고 오후에는 그림을 배우면서 훌륭한 숙녀로 성장해 나갔다.

조는 열병을 앓고 나서 여전히 몸이 약한 셋째 베스를 돌보는 일과 문학에 전념했다. 베스는 이제 환자는 아니었지만 발그레한 뺨을 가진 건강한 소녀도 아니었다. 그러나 언제나 희망에 가득 차 있었고 침착했으며 자신이 사랑하는 일에 혼자 조용히 몰두하는 것을 좋아했다. 베스는 모든 사람들의 친구였으며, 그녀를 가장 사랑하는 이들이 미처 깨닫기 오래전부터 집안의 천사였다.

조는 《날개를 활짝 편 독수리》가 자신의 말처럼 시시한 작품이라고 해도 출판사가 칼럼 한 편에 1달러씩 돈을 지불해 주었기 때문에 돈을 버는 셈치고 부지런히 작은 사랑 이야기를 엮어나갔다. 그러나 조의 영민한 머리와 야심에 찬 마음속에는 더 큰 계획들이 싹트고 있었다. 다락방에 있는 낡은 책상 위에는 언젠가는 마치 집안에 명성을 안겨줄 원고가 차츰차츰 쌓여나갔다.

할아버지를 즐겁게 해드리기 위해 마지못해 대학에 갔던 로리는 가능한 한 쉽게쉽게 대학과정을 마치려 했다. 재능과 재력이 있고 예의 바르며, 어려움에 처한 사람들을 돕기 위해 스스로 곤경을 감수하는 친절한 마음씨 때문에 모든 사람들이 로리를 좋아했다. 그의 주변 곳곳에는 당장이라도 타락의 길로 빨려 들어갈 수 있는 위험이 도사리고 있었지만 그의 성공을 열렬히 바라는 자상한 할아버지, 그를 친자식처럼 돌봐주는 마치 부부, 그리고 4명의 천진난만한 자매들이 따뜻한 마음씨로 그를 사랑하고 신뢰하여 악을 막

아주는 부적 같은 역할을 해 주었기 때문에 다른 젊은이들처럼 타락의 길로 빠지지는 않았다.

　매력적인 소년 로리는 감성이 풍부한 멋쟁이로 성장했다. 물론 그는 놀기를 좋아했고 수영을 즐겼으며, 보통 대학생들처럼 운동도 잘하는 청년이었다. 로리는 친구들과 어울려 다니며 장난을 치기도 하고 상스러운 말을 쓰기도 했으며, 그맘때의 젊은이들이 대개 그러하듯 여러 번 심각한 회의와 실의에 빠지기도 했다. 그러나 그의 못된 장난들은 말 그대로 젊은이다운 객기에서 비롯된 장난에 불과했다. 그는 늘 솔직하게 자신의 잘못을 시인하는 편이었지만 타고난 설득력을 발휘해 웬만해서는 자신의 주장을 꺾지 않았다. 사실, 그는 이런 식으로 곤경에서 벗어나는 것에 자부심을 느꼈다. 그리고 화가 난 교사와 엄격한 교수, 그리고 꽁무니를 뺀 친구들에게 자신이 어떻게 승리했는가를 네 자매에게 자랑삼아 떠벌리기를 좋아했다. 자기 또래의 영웅담에 싫증을 느끼지 않는 소녀들의 눈에는 이런 남자들이 '영웅'으로 비칠 것이다. 로리는 영웅담을 들려줄 때마다 예쁜 소녀들의 찬사를 한몸에 받곤 했다.

　에이미는 일찍부터 숙녀 티가 났고 아주 애교스러워 네 자매 가운데 가장 아름다운 숙녀로 성장했다. 메그는 존과의 사랑에 빠져 다른 남자들에게는 전혀 관심이 없었고, 베스는 너무나 수줍음을 타서 그들을 훔쳐보기만 할 뿐 에이미와 같은 대담한 행동은 감히 생각조차 할 수 없었다. 조는 여전히 자기 멋대로 행동하고 싶어 했으며, 젊은 숙녀에게 필요한 예의보다는 그녀에게 더 자연스럽게 보이는 선머슴 같은 태도와 말투, 묘기를 흉내내고 싶어 했다. 남자들은 그런 조를 매우 좋아했으나, 에이미에게 갖는 감정과는 대조적으로 그녀에게 이성을 향한 사랑의 감정을 품는 일은 거의 없었다.

　감정에 대해 말하자니 자연히 '비둘기집'으로 초점이 맞춰지게 된다.

　브루크 씨가 메그와 살 신혼집으로 장만한 작은 갈색 집을 그들은 '비둘기집'이라고 불렀다. 로리가 '서로 애무하며 사랑을 속삭이는 한 쌍의 비둘기처럼 사는' 연인들에게 적격이라며 그런 이름을 붙여주었다. 뒤쪽에 조그마한 정원이 있고, 앞에는 손바닥만 한 잔디밭이 깔려 있는 아주 작은 집이었다. 메그는 집 뒤의 정원을 분수와 관목과 여러 가지 예쁜 꽃들로 꾸미려는 계획을 세웠다. 지금은 비록 닳아빠진 그릇처럼 낡은 빛바랜 단지만이 놓여 있고, 살아 있는지조차 분간할 수 없는 몇 그루의 어린 낙엽송만이 애처롭고 초라하게 서 있지만 이곳은 곧 아름다운 정원이 될 것이다. 그러나 집 안은 아주 아담하게 단장되어 있어서 행복한 신부에게는 다락방에서 지하실까지 흠잡을 곳이 없었다. 다만 현관에 딸린 방은 너무 좁아서 만약 그 방에 피아노라도 놓는다면 한 사람도 비집고 들어갈 틈이 없을 지경이었다. 오히려 피아노가 없는 게 다행이었다. 식당도 너무 작아서 여섯 사람이 들어가면 꽉 찼고, 부엌의 계단은 자칫하면 석탄 창고로 굴러 떨어질 만큼 삐걱거렸다.

그러나 먼저 이러한 몇 가지 불편함에 익숙해지기만 하면 가구를 배치하는 요령도 생겨날 것이므로 그럭저럭 생활할 만했다. 작은 응접실에는 대리석이 깔린 탁자도, 큰 거울, 레이스 달린 커튼도 없었으나 깨끗해 보이는 가구와 많은 책들이 있었고 한두 개 근사한 그림도 걸려 있었다. 창가에는 화분대가 놓여 있었는데 주위의 친한 사람들에게서 받은 예쁜 선물과 카드로 앙증맞게 장식되어 있었다. 이 화분대는 존이 손수 만든 것이다.

솜씨 좋은 일류 실내장식가보다도 더 예술 감각이 뛰어난 에이미가 무늬가 없어 오히려 더욱 우아해 보이는 모슬린 커튼으로 아늑한 실내 분위기를 자아냈다. 마치 부인과 조가 메그의 살림살이를 장만하면서 얼마나 즐겁고 행복해했으며 가슴 가득 소망에 부풀었는지 이들을 잘 모르는 사람들은 짐작도 하지 못할 것이다. 한나 아주머니는 단지와 접시들을 열두 번도 더 정리했고, 브루크 부인이 집에 도착하자마자 바로 붙일 수 있도록 불을 준비해 두었다. 한나 아주머니의 수고가 없었더라면 신혼 부엌이 그토록 단정하고 깨끗하지는 않았을 것이다. 또한 메그처럼 그렇게 많은 먼지떨이, 받침대, 접시 씌우개를 가지고 시집을 간 신부도 없으리라. 베스가 메그의 결혼식이 다가올 때까지 세 종류나 되는 접시 씌우개를 만들었던 것이다.

그저 무엇이든 돈을 주고 남에게 시켜서 장만하는 사람들은 자신들이 무엇을 잃어버리고 살아가는지 모른다. 그러나 가정에서 쓰이는 일상 용품들은 사랑스런 손길로 매만져질 때 비로소 아름다운 빛을 발한다. 바퀴 달린 부엌용 탁자에서 응접실 탁자 위의 은빛 화분에 이르기까지 이 작은 보금자리에서 그녀의 손길을 거친 모든 것들이 가족의 사랑과 그녀의 자상함을 말해 주는 듯했다.

메그와 브루크는 함께 미래를 설계하며 얼마나 즐거운 시간을 보냈는지 모른다. 시장을 보러 다니면서 어처구니없는 실수도 하고, 로리의 말도 안되는 흥정에 떠들썩하게 웃기도 했다. 농담을 좋아하는 이 젊은 신사는 대학 졸업반임에도 불구하고 만년 소년처럼 보였다.

로리는 주말마다 젊은 주부를 위해 살림살이를 사오곤 했다. 그것들은 새롭고 실용적이면서도 기발했다. 가방에 가득 찬 예쁜 옷핀, 한 번만 갈아도 뭐든 가루가 되는 성능 좋은 강판, 오히려 칼날을 못 쓰게 만드는 칼갈이, 양탄자에서 보푸라기는 깨끗이 제거하고 먼지는 그대로 남겨놓는 청소기, 살갗이 벗겨질 정도로 독성이 강한 비누, 아무것도 접착하지 못하고 손가락에나 들러붙는 시멘트, 동전을 넣는 장난감 저금통, 금방이라도 폭발할 것 같은 보일러 등등.

메그가 아무리 말려도 허사였다. 친구들이 집에 살림을 채워넣는 것을 보고 배운 로리는 열광적으로 '미국식 집단장'을 후원했다. 그래서 매주 새롭고 엉뚱한 일이 벌어지고는 했다.

마침내 에이미는 방마다 벽지에 맞는 색색의 비누를 준비하고, 베스는 새 집의 첫 번째 식사를 위해 식탁 준비를 하는 것으로 새집 단장이 마무리되었다.

"이만하면 만족하지? 이제 제법 집같아 보이는데? 여기서 행복할 것 같니?" 마치 부인이 메그의 팔짱을 끼고 새 궁전으로 걸어 들어가며 물었다. 그 순간 그들은 어느 때보다도 다정한 엄마와 딸이 되었다.

"그럼요. 엄마, 아주 만족해요. 여러분 모두에게 감사드려요. 너무 행복해서 말로 다할 수 없어요." 메그는 기쁨에 벅찬 표정으로 말했다.

"언니에게 하인이 한둘 딸려 있다면 좋을 텐데." 에이미가 응접실에서 나오며 소리쳤다.

그때 에이미는 응접실에서 머큐리 동상을 장식장에 놓아야 할지 벽난로 선반에 놓아야 할지 망설이는 중이었다.

"엄마와 나도 그 점에 대해 이야기를 나눴는데, 우선 엄마의 방식을 따르기로 결정했어. 브루크가 잔심부름만 해준다면 할 일도 거의 없어. 나도 게으름을 피우거나 집을 그리워하지 않을 만큼은 일을 해야지." 메그가 조용히 말했다.

"샐리 모펏은 하인이 넷이나 딸려 있단 말이야." 에이미가 불만스럽게 말했다.

"메그 언니가 하인을 넷씩이나 거느리게 되면 주인 부부는 집에 들어가지도 못하고 정원에서 자야 한다고." 커다란 파란색 앞치마를 두르고 문고리에 마지막 손질을 하고 있던 조가 끼어들었다.

"샐리는 부잣집에 시집갔으니 많은 하녀를 거느리고 사는 것이 자기 분수에 맞는 일이지만 메그와 브루크는 가난하게 시작하잖아. 그리고 집이 크다고 행복한 건 아니야. 작은 집에서도 얼마든지 행복하게 살 수 있어. 메그와 같은 젊은 처녀가 옷치장만 하고 가만히 앉아서 명령이나 내리고 수다 떠는 일밖에 할 일이 없다면 그것은 잘못된 일이야. 내가 처음 결혼했을 때는 손수건이나 만지작거리는 것이 지겨워 새 옷이 어서 닳거나 찢어져 수선하는 기쁨을 가질 수 있었으면 하고 바랐단다." 마치 부인이 타이르듯이 조용히 말했다.

"한나 아주머니가 웃거나 말거나 엄마도 샐리처럼 부엌을 엉망으로 만들어놓지 그러셨어요?" 메그가 말했다.

"얼마 뒤엔 정말로 그랬지. 하지만 일을 망치기 위해서가 아니라 한나 아주머니한테 일을 배우기 위해 그랬단다. 하인들이 나를 비웃지 못하도록 하고 싶었어. 재미삼아 한 일이었지만, 나중에는 나의 귀여운 딸들에게 손수 맛있는 음식을 만들어줄 수 있게 되었고, 일손을 구할 형편이 못 되었을 땐 큰 도움이 되었단다. 그래서 나는 진정으로 감사하게 되었지. 메그, 넌 거꾸로 시작하는 셈이지만 네가 지금 배우는 것은 앞으로 점점 쓸모 있게 될 거야. 존이 부자가 되었을 때, 아무리 풍족한 안주인이 되더라도 제대로 된 대접을 받으려면 안주인으로서 일 시키는 법을 배워둬야 한단다."

"네, 엄마, 저도 잘 알아요."

훌륭한 안주인이 되려면 집안일에 대해 속속들이 알아야 하기 때문에 메그는 어머니의 충고에 귀 기울였다.

"이 조그만 집에서 내가 이 방을 가장 좋아한다는 것을 알고 있니?"

잠시 뒤 이층으로 올라가 잘 정돈된 린넨 벽장을 바라보며 메그가 말했다. 베스는 그곳에서 선반 위에 부드러운 솜 같은 것을 쌓아놓고는 멋지다며 즐거워하고 있었다. 메그의 말에 세 사람 모두 흐뭇하게 웃었다.

메그가 '그 브루크 녀석'과 결혼하면 한 푼도 주지 않겠다던 마치 고모는 시간이 지나자 마음이 누그러져 자신이 한 말을 후회했다. 그러나 고모는 자신이 한 번 한 말은 어기는 법이 없었다. 어떻게 하면 이 곤경에서 벗어날 수 있을까 곰곰이 생각하다가 고모는 마침내 만족할 만한 계획을 생각해 냈다. 고모는 캐롤 숙모에게 집안의 자질구레한 살림살이와 식탁보를 만들어서 그녀에게 선물로 보내달라고 부탁했다. 모든 일이 빈틈없이 진행되었음에도 비밀은 새어나갔고, 이 사실을 알게 된 온 가족은 매우 흐뭇해했다. 고모는 끝까지 겉으로는 전혀 관심없는 척 보이려 애쓰면서 오래전부터 마치 집안의 첫 번째 신부에게 주기로 약속했던 구식 진주 말고는 아무것도 줄 수 없다고 말씀하셨다.

"주부다운 안목이 엿보이는 솜씨구나. 참 좋은데? 내 친구 중에는 상보 여섯 장으로 살림을 시작해서 나중에는 핑거볼(finger bowl : 손님을 위한 손 씻는 그릇)까지 갖게 된 친구가 있단다." 마치 부인은 다마스커스 천으로 된 정교한 식탁보를 매만지며 말했다.

"저는 핑거볼은 하나도 없지만 새살림을 시작하는 데는 이것으로 충분하다고 한나 아주머니가 말씀하셨어요." 메그는 만족해하는 눈빛이었다.

"로리가 오고 있어요." 아래층에서 조가 소리쳤다. 모두들 로리를 만나기 위해 아래층으로 내려갔다. 그들의 조용한 삶에서 그의 주말 방문은 중요한 사건이었다. 키가 크고 어깨가 떡 벌어진 젊은이가 짧은 머리에 오목한 펠트 모자를 쓰고 코트를 펄럭이면서 성큼성큼 걸어와 문 앞에는 서지도 않고 낮은 담을 훌쩍 뛰어넘더니 두 팔을 벌리고 소리치며 마치 부인에게 곧장 다가왔다.

"저 왔어요, 어머니! 전 그동안 잘 지냈어요."

그의 잘생긴 눈이 자애롭게 안부를 물어보는 마치 부인의 따뜻한 눈길을 정확하게 알아보고는 큰 소리로 외쳤다. 마치 부인은 여느 때와 다름없이 어머니 같은 입맞춤을 해 주었다.

"이 물건들로 부르크 부인에게 축하를! 잘 있었니? 베스? 정말 많이 좋아졌구나! 조! 에이미! 멋지게 자랐는데!"

로리는 메그에게 갈색 꾸러미를 건네주며, 베스의 머리 리본을 잡아당기고, 조의 큰 앞치마를 쳐다보다가, 에이미를 보며 과장되게 기뻐한 뒤 모두와 악수를 나누었다. 그러자 모두들 다시 이야기를 시작했다.

"존 브루크는 어디 있어?" 메그가 걱정스럽게 물었다.

"결혼 신고 절차를 알아보려고 잠시 나갔습니다, 부인."

"지난번 시합은 어느 편이 이겼어, 테디?" 열아홉 살 숙녀지만 남자들의 운동경기에 관심이 많은 조가 물었다.

"물론 우리 편이지. 너도 시합을 봤다면 좋았을걸."

"그 사랑스러운 랜들 아가씨는 어떻게 지내?" 에이미가 의미심장하게 미소를 지으며 물었다.

"전보다 더 사나워졌지. 내가 이렇게 비쩍 마른 것을 보면 모르겠니?"

로리는 그의 넓은 가슴을 탁 치며 짐짓 고민스런 표정으로 한숨을 내쉬었다.

"그런데, 로리가 사온 이 마지막 선물은 뭘까? 어서 꾸러미를 끌러 봐, 메그 언니!" 베스가 호기심어린 표정으로 꾸러미를 보며 말했다.

"화재나 도난에 대비해 집에 꼭 가지고 있어야 할 유용한 물건이야."

그러면서 그가 경비원이 쓰는 딸랑이를 꺼내자 네 자매는 배꼽을 잡고 웃어댔다.

"존이 집에 없을 때 위험한 일이 생기면 메그 부인, 창문 앞에서 이것만 흔들어주세요. 그러면 당장에 이웃을 깨울 수 있을 겁니다. 멋지지 않아요?"

로리가 그 위력을 보여주기 위해 딸랑이를 몇 번 세게 흔들어대자 모두들 귀를 틀어막았다.

"메그 누나에게 감사해! 또 감사해야 할 게 하나 있군 그래. 내가 누나의 결혼식 케이크를 망칠 뻔한 것을 한나 아주머니가 막아주셨으니 아줌마에게도 감사해야 할 거야. 아까 집에 들렀을 때 아줌마가 케이크를 집으로 가져가는 것을 보았어. 케이크가 너무 먹음직스러워서 한나 아주머니가 제때 막지 않았더라면 손가락으로 찔러볼 뻔했어. 맛을 보려고 말이야."

"로리, 너 정말 언제 커서 철들래?" 메그가 엄마처럼 말했다.

"부인, 저도 최선을 다하고 있지만 불행히도 이 타락한 시대의 남성들은 아무리 자란다 해도 6피트를 넘길 수는 없을 것 같습니다." 머리가 천장에 매달린 샹들리에에까지 닿을 만큼 키가 큰 로리가 대꾸한 뒤 말을 이었다.

"새로 단장한 이 말쑥한 집에서 무얼 먹는다면 불경스런 짓이겠죠? 근데 제가 지금 몹시 배가 고프니, 잠시 여기서 쉬었다 가는 게 어떨까요?"

"미안해. 로리, 어머니와 난 존 브루크를 기다려야 해. 처리해야 할 문제가 몇 가지 남아 있거든." 메그가 분주히 돌아다니며 말했다.

"베스와 나는 내일 식장을 장식할 꽃을 더 사기 위해 키티 브라이언트의 집으로 가야 하고." 에이미가 그림같이 멋지게 곱슬거리는 머리에 근사한 모자를 쓰면서 말했다.

"조, 너만은 제발 친구를 버리지 말아줘. 나는 너무 지쳐서 누가 부축해 주지 않으면 한 걸음도 더 걸을 수가 없어. 무엇을 하든 상관하지 않겠지만 앞치마는 벗지 마. 그대로 잘 어울려."

조는 입가에 미소를 띤 채 그를 흘깃 쏘아보더니, 로리의 불안정한 걸음걸이를 부축하려고 팔을 내밀었다.

"로리, 이제부터 하는 말 잘 들어. 진지하게 내일에 대해 말하는 거니까." 함께 걸어가면서 조가 말을 꺼냈다. "어른스럽게 행동하고, 장난치거나 우리의 계획을 망치는 일은 삼가겠다고 약속해 줘."

"장난 안 해."

"그리고 우리가 진지해야 할 때는 우스꽝스러운 말은 하지 말고."

"내가 언제 그랬어? 네가 그랬지."

"그리고 제발 결혼식에서는 나를 바라보지 마. 네가 그러면 난 웃어 버리고 말 거야."

"너는 내가 널 바라보는 것도 모를 걸. 눈물이 앞을 가려서 말이야."

"나는 감당하기 힘든 고통이 아닌 한 결코 울지 않을 거야."

"대학에 다니는 아이들같이 말이야?" 로리는 여전히 장난을 쳤다.

"잘난 체하지 마. 나는 오로지 여자애들과 무리지어 다니는 따위의 시시한 일을 하기 싫어했을 뿐이야."

"물론이지. 조, 할아버지는 요즘 어떠셔? 기분이 좋으시니?"

"그럼, 아주 좋으시지. 왜? 너 무슨 잘못을 저질렀지? 그래서 할아버지의 기분을 미리 살피려고 그러는 거지?" 조가 날카롭게 물었다.

"조, 무슨 말을 그렇게 해? 내가 무슨 잘못을 저질러 곤경에 빠졌다면 너의 어머니의 얼굴을 정면으로 바라보면서 '전 잘 지냈어요' 그렇게 말했겠니?" 로리는 조금 불쾌한 듯 멈추어 섰다.

"아니. 그렇게 생각하진 않아."

"그럼 의심하지 마. 난 그저 돈이 조금 필요할 뿐이니까." 로리는 그녀의 따스한 말에 마음이 누그러져 다시 발걸음을 옮기면서 말했다.

"테디, 너는 돈을 너무 헤프게 써."

"맙소사, 내가 쓰는 게 아냐. 어찌된 일인지 돈이 돈을 쓰는 거야. 그래서 나도 모르게 순식간에 돈이 사라져버리는 거야."

"넌 너무 인심이 좋고 너그러워서 거절도 못하고 아무한테나 돈을 빌려줘. 네가 헨 쇼에게 해준 일에 대한 얘기는 들었어. 늘 그런 식으로 돈을 쓴다면야 아무도 너를 탓하지 않겠지만." 조가 상냥하게 말했다.

"하찮은 일인데 그 애가 너무 과장해서 떠들어댄 거야. 우리같이 게으른 사람 열둘이 할 일을 혼자 해내는 그에게 자그마한 도움이 필요한데, 그 좋은 친구가 죽도록 일하게 내버려두라고 하진 않겠지?"

"물론 아냐. 그렇지만 난 네가 조끼 17벌과 수많은 넥타이를 사들이고, 집에 올 때마다 꼭 새로운 모자를 써야 할 필요가 뭐가 있나 싶어. 난 네가 멋 부릴 나이는 지났다고 생각했는데 가끔씩 그런 모습으로 불쑥 나타난단 말이야. 모두 유행 탓이야. 그놈의 쓸데없는 유행이란 것이 네 머리를 수세미같이 만들어놓고, 꼭 끼는 재킷에 오렌지색 장갑을 끼고, 둔탁한 발소리를 내는 뭉툭한 부츠를 신게 한 거야. 값이나 싸고 보기라도 좋으면 말을 안 하겠어. 그렇다고 싼 것도 아니고. 난 그런 걸 왜 좋아하는지 모르겠더라."

조가 숨도 쉬지 않고 마구 쏘아대자 로리는 머리를 뒤로 젖히고 호탕하게 웃어댔다. 그러자 그의 오목한 펠트 모자가 바닥에 떨어져 나뒹굴었다. 그때 마침 조가 발걸음을 옮기다가 모자를 밟고 말았다. 로리는 화도 내지 않고 구겨진 모자를 접어 주머니에 쑤셔 넣고는 기다렸다는 듯 기성복의 장점에 대해 장황한 설명을 늘어놓았다.

"더 이상 설교하지 마. 1주일 내내 귀가 따갑도록 들었어. 집에 와서는 좀 홀가분해지고 싶어. 돈이나 앞으로의 일을 걱정하지 않고, 누구의 간섭도 받지 않고, 내 스스로 알아서 행동하고 말이야."

"그냥 머리만 기른대도 아무 말 않겠어. 나는 귀족 취향 따위와는 거리가 멀지만 권투 선수처럼 보이는 사람과 다니고 싶지는 않아." 조가 딱 부러지게 말했다.

"머리 스타일이 이렇게 얌전해야 공부가 잘돼. 그래서 우리가 이 머리를 하는 거야." 허영심에 들떠 단정한 곱슬머리를 싹둑 잘라버린 데 대해 로리는 구차한 변명을 늘어놓았다.

"아무튼 조, 그 키 작은 파커가 에이미에게 정말 열을 올리고 있는 것 같아. 끊임없이 에이미 얘기를 하고, 시를 쓰는가 하면, 괜스레 멍하니 시간을 보내는 일이 많거든. 정열이 싹트기 전에 미리 막아야 하는데, 안 그래?" 로리가 잠시 아무 말도 없더니 화제를 돌려 오빠 같은 말투로 말했다.

"미리 막아야 하고말고. 앞으로 몇 년 동안은 더 이상 우리 집에서 결혼식은 치르지 않았으면 좋겠어. 아니, 어린애들이 대체 무슨 생각이람?"

조는 에이미와 파커를 아직 사춘기에도 접어들지 않은 아이 취급하며 어이없어했다.

"세월은 빠른 거야. 난 우리가 앞으로 어떻게 될지 모르겠어. 지금은 오로지 어린 아이일 뿐이지만 다음 차례는 너야, 조. 우리는 슬퍼하며 남아 있을 거고." 로리가 세월의 덧없음에 고개를 절레절레 흔들며 말했다.

"걱정 마. 난 그렇게 여자답지 못하거든. 아무도 나를 데려가려 하지 않을 거야. 집에 노처녀 하나쯤은 있어도 괜찮잖아."

"네가 아무에게도 기회를 주지 않는 거야." 로리가 조를 곁눈으로 흘끔 보며 햇볕에 그을린 얼굴을 붉혔다.

"너는 너의 여성스러운 면을 자꾸 감추려고 해. 그러다가 어떤 사람에게 우연히 그 부드러운 면을 들킬 때도 종종 있지. 그래서 그가 너의 여성적인 면을 좋아한다는 것을 조금이라도 표시하면, 거지지 부인이 자기 애인에게 그랬던 것처럼 그에게 찬물을 끼얹고 날카롭게 신경질을 부려 감히 너를 만지거나 쳐다보지도 못하게 한단 말이야."

"난 그런 일을 좋아하지 않아. 너무 바빠서 쓸데없는 일에 신경 쓸 겨를도 없고. 그리고 그렇게 가족이 뿔뿔이 흩어지는 건 싫어. 이제 더 이상 그런 얘기는 하지 말자. 메그 언니의 결혼식으로 우리 머리가 이상해져서 연인들끼리나 하는 쓸데없는 얘기를 지껄이고 있나 봐. 시무룩해지고 싶지 않으니까, 우리 이제 다른 얘기나 하자."

조는 조금만 더 건드리면 찬물이 한가득 담긴 양동이를 집어던질 것만 같아 보였다. 기분이 바뀌었는지 로리는 낮은 소리로 휘파람을 길게 내불었다. 문 앞에서 헤어질 때 로리는 석연찮은 감정을 털어 버리려는 듯 나지막하게 말했다.

"내 말 명심해, 조. 다음은 네 차례야!"

제2장 마치 가의 첫 결혼식

구름 한 점 없는 맑은 날씨였다.

문 앞에 6월의 장미는 상쾌한 햇살을 받으며 활짝 피어 있었다. 바람에 흔들리는 붉은 장미들은 흥분에 들떠 서로 속삭이면서 더욱 붉어지는 것 같았다. 식당 창문 쪽에 피어 있는 장미들은 화려한 성찬이 마련된 식탁을 바라보고 있었고, 이층까지 줄을 타고 올라간 넝쿨장미들은 세 자매가 신부의 옷을 입혀주는 모습을 까딱까딱 미소지으며 바라보는 듯했다. 정원의 다른 장미꽃들은 방문객들과 여기저기 심부름하며 돌아다니는 사람들에게 환영의 손짓을 하고 있었다. 활짝 핀 붉은 장미는 물론 연분홍빛을 머금은 꽃봉오리까지 오랫동안 그들을 사랑해 주고 돌보아준 자상한 주인 아가씨를 축하하기 위해 그윽한 향기를 내뿜었다.

메그는 장미꽃처럼 아름다웠다. 메그의 얼굴에는 그녀의 마음과 영혼에 감추어져 있던 달콤한 설렘이 활짝 피어올라 있었다. 그날 메그는 그 어느 때보다도 아름다운 매력을 풍겼다. 정말 사랑스러웠다. 메그는 비단이나 레이스, 오렌지빛 꽃 같은 것은 필요치 않았다.

"저는 오늘 어색하게 보이고 싶지 않아요. 저는 화려하고 멋진 결혼식을 꿈꾸는 게 아니에요. 저의 결혼을 축하해 주려고 온 사랑하는 모든 이들에게 평소 그대로의 제 모습을 보여주고 싶어요."

메그는 손수 예복을 만들었다. 바느질 한 땀 한 땀에 소녀의 가슴속에 있는 미래에 대한 희망과 순결한 사랑을 담았다. 동생들이 언니의 머리를 예쁘게 땋아 올렸다. 메그가 달고 있는 장식은 그녀의 피앙세가 선물한, 그녀가 가장 좋아하는, 계곡에서 자라는 꽃들 중 최고인 백합뿐이었다.

"언니, 정말 평소의 다정한 언니 모습 그대로야. 너무 귀엽고 사랑스러워. 드레스만 구겨지지 않는다면 꼭 껴안아주고 싶어." 메그의 몸단장이 끝났을 때 에이미가 기뻐서 외쳤다.

"고마워, 에이미! 내 드레스 걱정 말고 나를 꼭 껴안고 키스해 줘. 드레스가 좀 구겨지면 어때? 드레스쯤은 오늘 얼마든지 구겨져도 좋아!" 메그가 동생들에게 두 팔을 벌리자 그들은 행복한 얼굴로 그녀에게 안겼다. 그들은 언니가 새로운 사랑을 찾아 떠나가지만 동생들을 향한 사랑은 그대로라는 것을 새삼 깨달았다.

"이제 존 브루크의 넥타이를 매어 주고 나서 서재에서 잠시 아버지 곁에 조용히 앉아 있고 싶어." 메그는 아래층으로 달려 내려갔다. 어머니의 얼굴에는 미소가 떠올라 있었다. 그러나 맏딸이 둥지에서 떠나는 슬픔을 남모르게 삭이고 있지는 않을까 하여 메그는 어머니 곁을 떠나지 않았다.

성숙한 숙녀가 된 메그는 드디어 결혼을 눈앞에 두고 있다. 3년이란 세월 동안 조와 베스, 그리고 에이미도 놀랄 만큼 성숙해 있었다.

조의 눈빛은 훨씬 부드러워졌다. 그녀의 몸가짐은 우아하지는 않았지만 여성스러웠다. 곱실거리던 단발머리는 풍성하게 말아 올릴 만큼 자랐는데 그렇게 단정하게 말아 올리니 큰 키와는 대조적으로 머리가 아주 작아 보였다. 갈색 뺨에는 생기가 넘쳐흐르고, 그윽한 눈망울은 초롱초롱 빛났다. 날카로운 말들만 쏟아내던 그녀의 입술에서는 이제 부드러운 말들만 쏟아져 나왔다.

베스는 더 날씬해졌다. 창백한 낯빛이었지만 전보다 더 조용해 보였다. 크고 아름다운 두 눈은 더 커졌고, 슬프진 않았으나 연민을 자아내는 표정이 어려 있었다. 아직은 앳되고 어린 처녀의 얼굴이었지만 측은한 인내의 고통이 느껴지는 그런 연민이었다. 그러나 베스는 불평하는 일 없이 늘 자신은 곧 나을 거라고 희망적으로 말하곤 했다.

가장 어여쁜 에이미는 '집안의 꽃'이었다. 에이미는 성숙한 여성의 아름다움은 풍기지 않았으나 열여섯 살 소녀답지 않게 형언할 수 없는 우아한 매력이 넘쳐흘러 꽤 성숙한 인상을 풍겼다. 에이미는 몸매와 손놀림, 드레스의 흐름, 늘어뜨린 머리가 잘 조화를 이루어 매력적으로 보였다. 그러나 에이미에겐 그리스 인처럼 코가 높지 않다는 것이 고민이었다. 입이 좀 큰 편이고 턱의 윤곽도 고집 있게 보여 도전적인 인상을 풍겼지만, 전체적으로 잘 어울리고 개성이 강해 보였다. 그러나 에이미 자신은 결코 그것은 알아차리지 못한 채 흰 피부, 영민한 푸른 눈, 풍성하게 곱슬거리는 금발머리로 위안을 삼았다.

세 자매는 (그들의 여름옷들 중 가장 좋은 옷인) 얇은 은빛 정장을 입고 머리와 가슴에 장미꽃을 달았다. 그녀들은 평소보다 더욱 생기발랄한 얼굴과 행복한 모습으로, 언니의 인생에서 가장 달콤한 시간을 탐색하는 듯한 시선으로 잠깐 메그를 바라보았다.

일부러 꾸민 모습은 그 어디에서도 찾아볼 수 없었고 모든 것이 있는 그대로, 가정적인 분위기에서 이루어졌다. 마치 고모가 도착하자 신부가 달려 나와 환영하며 안으로 이끌고 들어갔고, 신랑은 방금 넘어진 화환을 바로잡았으며, 신부 아버지는 엄숙한 얼굴로 두 팔에 포도주 병을 끼고 2층으로 올라가는 등 모두 평소 그대로였다.

"내 말을 명심해라." 늙은 고모는 그를 위해 마련된 자리에 앉아 라벤더 무늬의 옷 주름을 바로잡느라 바스락거리며 말했다. "신부란 마지막 순간까지 모습을 보이지 않는 법이란다, 애야."

"고모님, 저는 쇼를 하는 게 아니에요. 그저 나를 쳐다보러 오거나, 옷에 대해 트집을 잡으려 하거나, 만찬 비용을 계산하러 여기 오는 사람은 아무도 없어요. 저는 지금 아주 행복해요. 남들이 뭐라고 말하든 어떻게 생각하든 저는 상관하지 않아요. 저는 제가 원하는 대로 조촐하게 제 결혼식을 치를 생각이에요……. 존, 망치 여기 있어요!"

메그는 자기주장을 또박또박 말하고는 존의 일을 도우러 갔다. 그는 아주 어색한 몸짓으로 뭔가를 하고 있었다.

브루크는 고맙다는 말 대신 망치를 집으려고 몸을 굽히며 문 뒤에서 작은 신부에게 입을 맞췄다. 그 모습을 본 고모는 갑자기 눈물이 핑 돌아 손수건을 빼들었다.

갑자기 로리의 요란스런 외침과 웃음소리가 들렸다. "신이시여! 조가 또 케이크를 엎었어!" 로리의 말끝에 와자지껄 떠드는 소리가 이어지더니 갑자기 주위가 부산해지면서 사촌들이 도착했다. 그들은 베스가 어릴 때 하던 것처럼 '파티가 도착했어' 그렇게 말했다.

"저 젊은 거인이 내 곁에 오지 못하게 해라. 나는 저 애가 모기보다도 더 골치 아파." 늙은 부인이 로리를 가리키며 에이미에게 말했다. 응접실이 꽉 차자 사람들의 머리 위에서 두리번거리는 로리의 검은 머리만 눈에 띄었다.

"오늘만큼은 얌전해지기로 약속했어요. 로리도 때로는 아주 점잖게 행동할 수 있는 걸요." 에이미가 고모께 응답했다.

신부의 행진 같은 것은 없었다. 그러나 마치 씨와 젊은 한 쌍이 초록빛 아치 아래에 자리를 잡자, 실내는 잠잠해졌다. 어머니와 세 자매는 메그를 놓치기 싫은 듯 그녀 가까이에 둘러앉았다. 아버지는 말이 잘 나오지 않는지 틈틈이 몇 번 말을 멈추었다. 그로 인해 결혼식은 더욱 엄숙하게 느껴졌다. 신랑의 손이 눈에 띌 정도로 떨렸다. 성혼선언을 위해 마치 씨가 신랑에게 물었을 때 아무도 그의 대답을 들을 수 없었다. 그러나 메그는 신랑의 눈을 똑바로 들여다보며 신뢰에 가득 찬 목소리로 크게 대답했다. 어머니의 가슴은 기쁨으로 떨렸다. 마치 고모는 코를 훌쩍였다. 조는 거의 울음을 터뜨릴 뻔했으나, 로리의 장난기 어린 눈이 즐거움과 기대로 가득 차서는 우스꽝스럽게 쳐다보고 있는 것을 의식하여 간신히 울음을 참아 냈다. 베스는 어머니의 어깨에 얼굴을 묻었다. 하얀 이마와 머리에 달린 꽃에 햇빛을 듬뿍 받으며 에이미는 동상처럼 우아하게 서 있었다.

결혼식이 끝나자 메그는 몸을 돌려 어머니의 입술에 다정하게 키스를 했다. 그때 메그는 어느 때보다도 장미꽃같이 아름다웠다. 메그는 로렌스 씨부터 한나 아주머니까지 모든 사람들에게 가볍게 입맞춤을 했다. 단정하게 머리를 틀어 올린 한나 아주머니는 홀에서 그녀를 마주하고 흐느끼듯 울다가 미소를 지었다.

"케이크는 무사해. 모두 그대로야."

방 안은 잠시 잠잠해졌다. 그러다가 모두들 기쁜 마음에 서로 웃으며 담소를 나누었다. 선물은 없었다. 그러나 잘 차려진 아침상 대신에 꽃으로 장식된 케이크와 과일이 점심으로 준비되었다. 로렌스 씨와 마치 고모는 세 자매가 나르는 음료에 물과 레몬 주스, 커피밖에 없는 것을 보고는 어깨를 으쓱하며 서로 미소를 지었다. 그때 로리가 신부에게 먹을 것을 갖다 주어야 한다면서 음식이 가득 든 쟁반을 손에 받쳐 들고 곤혹스런 표정을 지으며 메그 앞으로 다가갔다.

"조가 실수해서 술병을 모두 깨뜨린 건가?" 로리가 소곤거렸다. "아니면 누군가가 내가 오늘 아침 술을 많이 마셔서 더 이상 마실 수 없을 거라고 근거 없는 소문을 퍼뜨린 건가?"

"그 어느 것도 아니야. 너의 할아버지께서 친절하게도 좋은 술을 보내 주셨고, 우리 고모님도 몇 병 보내셨지. 하지만 아버지께서 베스를 위해 몇 병만 남겨두고 나머지는 모두 군인 막사에 보내셨어. 아버지는 포도주를 환자를 위해서만 써야 한다고 생각하셨고, 어머니는 우리 집 여자들은 모두 집 안에서 젊은 남자에게 술을 대접해서는 안 된다고 말씀하셨거든."

메그는 자기가 심각하게 말하면 로리가 인상을 찌푸리거나 웃을 거라 생각했다. 그러나 로리는 잠시 그녀를 바라보더니 부드럽게 말했다.

"나도 그런 게 좋아! 술이 해롭다는 것은 익히 알고 있기 때문에 다른 여자들도 메그 누나처럼 생각하리란 걸 알아."

"설마 경험에서 하는 얘기는 아니겠지?" 메그의 목소리에는 걱정이 담겨 있었다.

"아니야, 절대 그렇지 않아. 그렇다고 해서 나를 그렇게 좋게 봐줄 필요는 없지만, 나는 술에 대한 유혹은 느끼지 않아. 술이 물처럼 흔하고, 술을 물같이 마시는 곳에서 자랐기 때문에 나는 오히려 술을 좋아하지 않아. 그러나 예쁜 여자가 술을 권할 때는 거절하기가 어렵지."

"그런데 너 자신을 위해서가 아니라, 남을 위해서라도 거절해야 해. 이리 와, 로리! 오늘만큼은 술을 마시지 않겠다고 내게 약속해 줘. 착한 로리 덕에 오늘이 내 생애에서 더욱 행복한 날이 되도록 말이야."

너무나 갑작스럽고 진지한 요구였기 때문에 로리는 잠시 망설였다. 자기가 한 말을 지키는 것은 어렵지 않았다. 그러나 가끔은 술을 마시지 않는다고 남한테 조롱받는 것이 견디기 힘들어서 술을 마시기도 했었다. 메그는 로리가 한 번 약속하기만 하면 무슨 일이 있더라도 꼭 지키리라는 것을 알고 있었다. 메그는 말없이 행복한 표정으로 로리를 올려다보며 미소를 지었다. '오늘만큼은 내 말을 거절할 사람은 아무도 없어.'

물론 로리는 메그의 말을 거절할 수 없었다. 로리는 미소를 지으며 손을 내밀어 메그의 손을 잡고 진심에서 우러나오는 목소리로 말했다. "약속할게, 브루크 부인!"

"고마워, 정말 너무 너무 고마워."

"그리고 나는 너의 결심이 오래 가길 비는 뜻에서 건배하겠어, 테디!" 조가 소리쳤다.

메그는 기쁜 얼굴로 그를 바라보았다.

건배를 하고 약속을 한 뒤, 로리는 유혹이 많았지만 충실하게 그 약속을 지켰다. 지혜롭게도 자매들은 행복한 순간을 이용해 그녀들의 친구 로리가 앞으로 평생 고마워 할 약속을 받아냈다.

점심 식사를 하고 나서 사람들은 둘씩 셋씩 짝을 지어 집안과 정원을 거닐며 집 안팎으로 햇살이 비쳤다 사라졌다 하는 시간을 즐기고 있었다. 메그와 존이 우연히 잔디밭 가운데 함께 서 있을 때, 로리에게 이 독특한 결혼식의 절정을 만들어줄 상상이 스쳐 지나갔다.

"결혼하신 분들은 모두 손을 잡고 독일 사람들처럼 새 신랑 신부 둘레에서 춤을 추어요. 그리고 결혼하지 않은 처녀, 총각들은 그 바깥에서 짝을 지어 재미있게 춤을 추어 봐요!"

로리가 에이미와 함께 뽐내며 길 아래로 걸어가면서 소리치자 그들의 재미있는 모습에 흥이 난 사람들이 망설이지 않고 그 뒤를 따랐다. 마치 부부와 캐롤 숙부님 부부가 춤을 추기 시작했고 다른 사람들도 곧 끼어들었다. 샐리 모펏도 잠시 주저하더니 늘어진 옷자락을 팔에 걸치고 원 속으로 남편 네드를 이끌었다. 그러나 가장 재미있는 구경거리는 로렌스 씨와 마치 고모였다. 위엄 있는 노신사가 늙은 숙녀에게 스텝을 밟으며 엄숙히 다가가자 고모는 팔 밑에 지팡이를 끼우고 가볍게 뛰며 다른 사람들과 손을 잡고 신랑 신부의 둘레에서 춤을 추었다. 젊은이들은 정원의 여기저기에서 한여름의 나방같이 깡충거리며 춤을 추었다.

어느덧 즉석 무도회도 끝나고 사람들은 하나둘씩 집으로 돌아가기 시작했다.

"잘 살아야 한다, 메그! 정말 잘 살아야 해! 하지만 넌 내 말대로 후회하게 될 거야." 고모가 메그에게 말했다.

신랑이 고모를 마차로 모셔가자 그녀는 신랑에게도 한 마디 했다.

"자네는 보물을 얻은 걸세, 젊은이. 자네가 그만한 가치가 있는지 보자고."

"정말 이제까지 본 결혼식 중에서 가장 아름다웠어요, 네드! 꾸민 것이라고는 하나도 없는데 왜 그런지 모르겠어요." 마차를 타고 떠나면서 모펏 부인이 그녀의 남편에게 말했다.

"로리, 이 녀석아! 앞으로는 이런 일에 끼고 싶으면 같이 다닐 여자 하나쯤 데리고 오는 게 낫겠다." 결혼식의 흥분이 사그라진 뒤에 로렌스 씨가 안락의자에 편안하게 앉으며 말했다.

"할아버지를 기쁘게 해드리기 위해 최선을 다하겠습니다." 조가 단추 구멍에 끼워준 꽃을 떼며 로리는 평소와 달리 정중하게 말했다.

메그의 작은 집은 그다지 멀지 않았다. 이 부부의 신혼여행은 메그와 존이 옛 집에서 새 집으로 난 조용한 길을 따라 걸어가는 것이 전부였다. 예쁜 퀘이커 교도처럼 비둘기빛 정장을 하고 하얀 리본을 매단 밀짚모자를 쓴 메그가 아래층으로 내려오자 가족 모두가 주위에 모여 메그가 먼 길이라도 떠나는 것처럼 애정 어린 목소리로 잘 가라는 인사를 했다.

"엄마, 제가 아주 떠나 있다고 생각하시지 마세요. 그리고 제가 존 브루크를 사랑한다고 해서 엄마를 덜 사랑한다고 생각하지도 마세요."

메그가 잠시 동안 큰 눈망울을 굴리며 어머니에게 매달리면서 말했다.

"아버지, 매일같이 들를게요. 그리고 제가 결혼했더라도 전처럼 아껴주세요. 베스와는 함께 있는 시간이 많을 거고, 다른 애들은 내가 집안일을 얼마나 서투르게 하는지 놀려대러 집에 종종 들를 거예요. 이렇게 행복한 결혼식을 치르게 해주셔서 여러분 모두에게 감사드려요. 안녕, 안녕히 계세요!"

메그가 꽃다발을 한가득 안고 남편의 팔에 기대어 걸어가자 가족들은 사랑과 소망과 애정으로 가득 찬 자랑스러운 얼굴로 그녀를 지켜보며 서 있었다. 6월의 햇살은 그녀의 행복한 얼굴을 비춰주었다. 이렇게 해서 메그의 결혼생활은 시작되었다.

제3장 젊은 예술가

사람들, 특히 야심에 찬 젊은이들은 재능과 천재적 재능 사이의 차이를 깨닫는 데 오랜 시간이 걸린다. 에이미 역시 많은 우여곡절을 겪은 끝에 이 차이점을 깨닫게 되었다. 열정을 영감으로 착각한 에이미는 젊은이다운 호기로 여러 분야의 미술을 시도해 보았다.

갑자기 진흙놀이를 그만두고 오랜 시간 동안 손에서 일을 놓은 적도 있었다. 그러더니 펜에 잉크를 묻혀 그리는 정교한 그림에 몰두했는데 이 방면에선 어느 정도 적성과 기술을 보여 멋진 작품을 만드는 것에 재미도 들였고 돈도 벌었다. 그러나 이 일은 눈이 쉬 피로해지는 작업이라 그녀는 곧 펜과 잉크를 손에서 내려놓고 대담하게 목탄화를 시도했다. 그녀가 이 일에 몰두하는 동안, 나머지 가족들은 혹시 불이 나지나 않을까 전전긍긍하며 살아야 했다. 집안엔 언제나 목탄을 만들기 위해 나무를 태우는 냄새가 가득 차 있었던 것이다. 다락방과 헛간에서 시도 때도 없이 시커먼 연기가 뿜어져 나왔고, 여기저기 빨갛게 달궈진 나무들이 널려 있었다. 그래서 한나 아주머니는 잠자리에 들 때마다 불이 날 것에 대비해 문 앞에 한 양동이의 물을 준비해 두어야 했다. 물론 불이 났을 때를 대비해 문에 저녁식사 때 누르는 종도 잊지 않았다. 반죽대 밑에는 라파엘의 얼굴이 대담하게 그려져 있었고, 맥주통 위에는 바커스가, 설탕그릇 겉에는 노래하는 날개 달린 천사가 그려져 있었다. 한 번은 로미오와 줄리엣을 그린 습작들이 불쏘시개가 되기도 했다.

에이미가 불에 손가락을 덴 후에 이 작업은 중단되었다. 그러고 나서 에이미는 유화로 넘어갔다. 그녀는 식을 줄 모르는 정열로 그림에 열중했다. 그녀는 미술을 전공하는 한 친구에게서 얻은 팔레트, 붓, 물감으로 상상력을 발휘해 목가적 풍경이나 저녁노을을 받아 고요히 빛나는 바다 풍경을 창작해 냈다.

그러나 때때로 에이미가 그린 소는 너무나 사나워 보여서 가축 시장에 나가면 상을 받을 수 있을 정도였고, 위태롭게 요동치는 배의 그림은 아무리 노련한 바다 선원이라도 첫눈에 뱃멀미를 일으킬 정도였다. 화실의 한쪽에서 노려보고 있는 까무잡잡한 남자애들과 검은 눈의 마돈나는 유명한 화가 무리요의 기법을 본떠 그린 것이고, 음침한 곳에서 무시무시한 빛을 띠고 있는 기름기 흐르는 갈색 얼굴의 그림자는 렘브란트의 습작을 본뜬 것이었다. 토실토실하고 예쁜 여자들과 수종에 걸린 듯 부은 아기들은 루벤스를, 푸른 빛의 천둥과 오렌지 빛 번개, 갈색 비, 자줏빛 구름으로 뒤덮인 폭풍우는 터너를 흉내 낸 것이었다. 터너를 본뜬 그림에는 토마토가 하나의 점처럼 그려져 있었는데 이것은 보는 이에 따라 해나 부표, 선원의 셔츠 또는 왕의 옷자락으로 보일 수도 있었다.

그 다음 에이미가 빠져든 것은 석탄으로 그리는 초상화였다. 그즈음엔 온 가족이 석탄 통에서 방금 나온 사람처럼 사납거나 병약한 모습으로 그려져 한 줄로 걸려 있었다. 크레용 스케치로 접어들면서는 좀 더 나아져 실제 모습과 거의 흡사했는데 특히 에이미의 머리, 조의 코, 메그의 입, 로리의 눈은 아주 세밀하게 묘사되었다. 그러다가 에이미는 다시 진흙과 석고를 들고 앉았으며, 에이미를 알고 있는 사람들을 모델로 한 유령 같은 조각이 집안 구석구석에 놓이게 되었다. 어떤 때는 벽장 선반에 놓여 있던 조각들이 사람들의 머리 위로 굴러 떨어지기도 했다.

집안 식구들은 에이미가 왜 이러는지 도대체 이해할 수 없다며 투덜거렸다. 친구들은 모델이 되어달라는 끈질긴 부탁에 시달려 그녀가 괴물이라도 되는 듯 무서워할 지경이었다. 그런 에이미의 예술에 대한 노력은 그녀의 열정을 식게 한 탐탁지 않은 사건으로 인해 갑작스럽게 중단되었다.

얼마 동안 다른 모델을 구할 수 없던 에이미는 석고로 자신의 예쁜 발을 본뜨기 시작했다. 어느 날 날카로운 고함소리와 뭔가 부딪치는 소리에 깜짝 놀라 가족들이 달려가 보았더니 에이미가 헛간에서 예기치 않게 빠른 속도로 굳어버린 회반죽 속에 발이 끼인 채 이리저리 사납게 날뛰고 있었다. 조가 달려들어 한동안 씨름한 끝에 석고를 파냈다. 칼 끝이 발바닥을 건드리자 그만 웃음을 참지 못하는 바람에 칼이 깊숙이 들어가 버려 그녀는 심한 상처를 입고 말았다. 예술가의 예술에 대한 열정에 있어 이 일은 명예스럽지 못한 일이었다.

이 일이 있은 뒤 에이미는 잠시 미술에서 떠나 있었다. 그러나 열정이란 그렇게 쉽게 식어버리는 것이 아니었다. 에이미는 발바닥의 상처가 아물기 무섭게 다시 자연 스케치광이 되어 강가나 들판을 쏘다니며 닥치는 대로 그려대기 시작했다. 그녀는 돌, 나무 그루터기, 버섯, 부러진 꽃며느리밥풀의 줄기, 또는 깃털 침대를 멋지게 펼쳐놓은 듯한 '천상의 구름떼' 등과 같은 멋진 작품을 그려내기 위해 눅눅한 풀에 앉는 것도 주저하지 않았다. 그래서 에이미는 끊임없이 감기에 시달렸다. 또한 빛과 그림자를 연구하기 위해서 한여름의 뙤약볕을 받으며 강가를 돌아다니느라 얼굴은 새까맣게 탔고, 초점을 정확히 맞춘다고 얼굴을 온통 찡그리는 바람에 코에 주름살이 잡힐 지경이었다. 그런데도 그녀는 전혀 아랑곳하지 않았다.

미켈란젤로가 말했듯 '천재란 끊임없는 인내의 소산'이라면, 에이미는 언젠가 '고차원의 예술'이라 불릴 만한 작품을 꼭 만들어내고야 말겠다는 굳은 결심으로 모든 난관과 실패, 좌절을 참아냈으며 주저앉았다가도 다시 일어섰고, 그런 점에서 적어도 에이미는 자신이 예술가가 지녀야 할 신성한 속성을 어느 정도는 지니고 있다고 확신하고 있었다.

한편, 에이미는 만일 위대한 화가가 되지 못한다면 성공한 매력적인 여성이 되겠다고 결심하고 있었다. 그래서 그녀는 그림 그리는 것 외에 다른 일들을 배우는 것도 게을리 하지 않았다. 에이미는 오히려 그림에서보다도 이 방면에서 더 큰 성공을 거두었다. 에이미는 노력하지 않아도 쉽게 남을 즐겁게 해줄 줄 알았고, 어느 곳에서나 친구를 사귈 줄 아는 명랑한 소녀였다. 그다지 운이 좋지 못한 사람들은 그녀가 행운의 별자리를 타고났다고 믿기 십상이었다. 에이미의 천부적 소질 가운데 하나는 재치였다. 모든 사람들이 에이미의 재치 있는 말과 행동을 무척 좋아했다. 그녀는 본능적으로 남의 비위를 맞추는 감각이 있었고, 사람들에게 항상 적절한 말을 해 주었으며, 때와 장소에 맞게 행동했고, 언제나 침착성을 잃지 않았다.

"아무 연습도 없이 법정에 선다 해도 아주 잘 해낼 거야."

언니들은 에이미를 칭찬하며 이렇게 말하곤 했다.

그런 에이미였지만 그녀에겐 결정적인 단점이 있었다. 그것은 무엇이 최상인지도 확실히 모르면서 최상류 사회에 진출하고 싶어 하는 버릇이었다. 에이미의 눈에는 돈과 지위, 유행 감각, 우아한 자태 같은 것이 가장 바람직한 것으로 보였으므로 진실과 거짓을 구별하지 못해 흠모할 가치가 없는 것을 흠모하기도 했고, 그와 같은 것을 소유하는 사람들과 교제하는 것을 좋아했다. 스스로 고귀한 숙녀라고 자부하면서 에이미는 기회가 오면 지금은 가난 때문에 누릴 수 없지만 반드시 차지할 수 있을 거라고 생각하며 귀족적인 취향과 꿈을 키워나갔다.

그맘때의 소녀들이 대개 그렇듯 에이미도 어서 빨리 숙녀가 되기를 절실하게 바랐다. 마음속으로는 이미 숙녀가 되어 있었다. 그러나 그녀는 아직도 돈으로는 세련됨을 살 수 없고, 지위가 있다고 해서 항상 고결해지는 것도 아니며, 외모의 결점에도 불구하고 진정한 가정교육이 있다면 고상한 성품을 지닐 수 있다는 것도 알지 못했다.

"엄마, 부탁이 있어요."

어느 날 에이미는 심각한 표정으로 엄마에게 말했다.

"그래, 에이미. 무슨 부탁이지?"

이제 다 자라 위엄 있는 척하는 에이미가 어머니의 눈에는 아직 어린 아이로밖에 보이지 않았다.

"다음 주에 미술 수업이 끝나요. 그러면 생각만 해도 가슴 벅찬 여름방학이에요. 그래서 말인데요……. 뿔뿔이 흩어지기 전에 하루 날을 잡아 친구들을 초대하고 싶어요. 그 애들은 강도 구경하고, 부러진 다리도 스케치하고, 제 책에서 늘 부러워했던 그림을 그리고 싶어 해요. 자기들은 부자이고 나는 가난한데도 차별하지 않고 저를 대해준 것이 고맙거든요."

"차별할 이유가 어디 있니?"

마치 부인이 엄숙한 표정으로 에이미를 바라보았다.

"엄마도 거의 모든 사람들이 돈이 있느냐, 없느냐를 가지고 사람을 차별한다는 걸 알잖아요? 그러니까 엄마 딸들이 더 똑똑한 새들의 부리에 쪼인다 해서 부리를 세우지 마세요. 미운 오리새끼가 나중엔 백조가 되잖아요?"

태평한 성격에 언제나 희망에 차 있는 에이미는 어머니의 감정은 생각지도 않고 웃으며 말했다. 마치 부인도 따라 웃었다.

"그래, 나의 백조야, 네 계획은 뭐지?"

"다음 주쯤 점심 때 친구들을 초대해서 마차를 몰고 그 애들이 가보고 싶어 하는 곳으로 데려가고 싶어요. 강에서 노를 젓고, 함께 그림도 그리고 싶고요."

"가능할 것 같구나. 점심으로는 무얼 준비하지? 케이크, 샌드위치, 과일 그리고 커피면 충분하다고 생각하는데."

"안 돼요, 엄마! 차가운 혓바닥 고기와 통닭, 프랑스제 초콜릿, 아이스크림이 있어야 해요. 그 애들은 보통 그런 음식을 먹으니까요……. 비록 제 용돈은 제가 벌어서 쓰는 형편이지만 점심 대접은 그렇게 하고 싶어요."

"여자애들이 몇 명이나 되는데?" 어머니는 정색을 하며 물었다.

"한 반에 12명이나 14명이지만 모두가 오지는 않을 거예요."

"맙소사, 그 애들을 모두 데려오려면 큰 마차라도 하나 세내야겠구나."

"왜요? 엄마, 어떻게 그렇게 생각하세요? 6명이나 8명 이상은 오지 않을 거예요. 그렇게 크지 않아도 돼요. 그냥 보통 크기의 마차나 로렌스 씨의 마차를 빌리면 돼요."

"그러면 돈이 많이 들잖니? 에이미!"

"그렇게 많이 들지는 않아요. 비용을 계산해 보았는데 저 혼자 힘으로도 지불할 수 있을 것 같아요."

"애야! 그 애들은 부유한 집 아이들이니 사치스러운 방식에는 싫증을 느낄 수도 있을 것 같구나. 그러니 새로 간단한 계획을 세우는 것이 더 좋지 않겠니? 그러면 그 애들도 더 새로운 느낌을 받을 수 있고 말이다. 필요치 않은 것들을 사거나 빌리는 것은 좋지 않아. 우리 사정에 맞지 않게 무리하는 것은 허영이라고 생각지 않니?"

"제가 원하는 대로 할 수 없다면 할 필요 없어요. 엄마와 언니들이 조금씩만 도와주면 아주 완벽하게 잘 해낼 수 있어요. 그리고 제가 돈을 내겠다는데 안 될 이유가 어디 있어요?"

반대하면 모든 걸 그만두겠다는 뜻으로 에이미가 뾰로통하게 말했다. 마치 부인은 경험이 가장 좋은 교사임을 알고 있었다. 부인은 아이들이 충고를 받아들이기를 거부하면 가능한 한 자기 혼자서 그것을 깨닫게 하는 것이 훨씬 더 쉽게 교훈을 줄 수 있다고 생각했다.

"좋아, 에이미! 네 생각이 정 그렇다면, 그리고 돈과 시간과 정성을 그다지 많이 들이지 않고도 할 수 있는 일이라면 더 이상 말리진 않겠다. 언니들과 상의하고 무슨 결정을 내리든 최선을 다해 너를 도와주마."

"고마워요, 엄마. 엄마는 언제나 친절하세요."

에이미는 언니들에게 계획을 알려주기 위해 나갔다. 메그는 당장에 찬성하며 작은 집에서부터 가장 아끼는 소금 스푼에 이르기까지 그녀가 가진 모든 것을 기꺼이 제공하고 도와줄 것을 약속했다. 그러나 조는 그 계획을 듣고 이맛살을 찌푸리더니 처음부터 아무것도 도와주려 하지 않았다.

"도대체 왜 조금도 너를 생각해주지 않는 여자애들 패거리를 위해 네 돈을 쓰고, 가족을 걱정시키고, 집안을 엉망진창으로 만들어놓으려 하니? 나는 네가, 어떤 여자애가 프랑스 부츠를 신고, 마부석이 따로 있는 쿠페 마차를 타고 다닌다고 해서 아첨하기에는 자존심이 강하고 의식 있는 애인 줄 알았는데." 소설의 비극적인 클라이맥스 부분을 쓰다가 불필요한 일에 불려와 약간 짜증이 난 조가 말했다.

"아첨하는 게 아니야. 언니만큼이나 나도 누구의 도움을 받는 것을 싫어한다고!" 아직도 문제가 생길 때마다 조와 티격태격 싸우는 에이미가 화가 나서 대꾸했다. "나는 그 애들에게 관심이 있고 그 애들도 내게 관심이 있단 말이야. 그 애들이 언니 얘기처럼 지나치게 화려하게 멋을 내기는 하지만 내게 친절하게 대해 주고 지각과 재능도 있는 애들이야. 언니는 사람들이 언니를 좋아하도록 노력하지도 않고, 상류사회에 들어가 좋은 태도와 심미안을 기르는데도 관심이 없지만, 나는 있어. 나는 내게 오는 어떤 기회든 다 이용할 거야. 언니는 세상을 팔꿈치로 기면서 공중에 대고 코를 킁킁거리는 것을 독립이라 부르고 싶을지 모르지만 그건 내 방식은 아니야."

한번 말을 시작했다 하면 이치에 맞게 또박또박 말을 하는 에이미와 달리 조는 지나치게 자유롭게 생각했고 틀에 박힌 것을 싫어했기 때문에 언제나 논쟁에서 불리했다. 에이미가 조의 독립에 대해 너무도 멋지게 정의를 내렸기 때문에 둘 다 웃음을 터트렸고 두 사람은 훨씬 부드러운 분위기에서 이야기를 나누게 되었다. 조는 자기 의지와는 반대로 마침내 그녀가 생각하기에는 '엉뚱한 일'을 도와주기로 동의했다.

초대장을 보냈는데 거의 모두가 이 초대를 수락했다. 다음 월요일을 이 성대한 행사의 날로 정했다. 한나 아주머니는 이번 주에는 집안일이 엉망이 될 것이 뻔해 화가 났는지 세탁과 다리미질을 제때에 해놓지 않으면 만사가 뒤죽박죽이 될 것이라고 투덜거렸다. 모두들 집안일 때문에 걱정했으나, 에이미는 절망은 없다고 하며 일단 하기로 마음먹은 일은 계속 밀고 나갔다.

순조롭지 않은 일들이 많았는데 우선 한나 아주머니의 요리 솜씨가 좋지 않았다. 닭고기는 질기고, 혓바닥 고기는 소금이 너무 많이 들어갔으며, 초콜릿은 거품이 잘 나지 않았다. 그리고 케이크와 아이스크림은 에이미가 생각했던 것보다 비쌌고, 마차도 마찬가지였다. 그래서 처음에는 하찮아 보였던 여러 가지 비용이 나중에는 놀랍도록 불어났다. 게다가 베스는 감기에 걸려 자리에 누웠고, 메그는 평소보다 손님이 많이 몰려와 집에서 한 발자국도 나올 수 없었다. 조는 나름대로 애는 쓰고 있었지만 마음이 딴 데 있어 그릇을 깨뜨리고 사고를 저지르는 등 실수투성이였다.

월요일 날씨가 좋지 않으면 친구들이 화요일에 오기로 했는데, 이것 때문에 조와 한나 아주머니는 화가 머리끝까지 났다. 월요일 아침엔 얄궂게도 비가 약을 올리듯 올 듯 말 듯했는데 그것은 쏟아붓는 소나기보다 더 심란했다. 조금 내리는 듯하다가는 해가 비추고, 바람이 부는가 하면 어느새 개이곤 해서 아무도 날씨가 어떨지 판가름할 수 없었다. 그래도 에이미는 새벽녘에 일어나 사람들을 깨워 아침밥을 허겁지겁 들게 하고는 집 안을 치우게 했다. 응접실이 아주 초라해 보인다는 생각이 들자 그녀는 가진 것이 없다는 사실에 한숨이 나왔지만 그 상태에서 최선을 다해 꾸미기 위해 양탄자의 낡은 부분엔 의자를 옮겨놓고, 벽의 얼룩은 집에서 만든 그림으로 감추었다. 비어 있는 공간에는 자기가 만든 조각을 옮겨놓았다. 그러자 조가 여기저기 놓은 예쁜 화병과 어우러져 방 안은 예술적인 분위기를 풍겼다.

오찬이 훌륭하게 마련되었다. 에이미는 자신이 음식 맛을 직접 낸 만큼 친구들이 맛있게 먹기를 진심으로 바랐다. 그리고 빌려온 컵과 도자기, 은제품은 무사히 돌려줄 수 있기를 빌었다. 마차는 예약되었고, 메그와 어머니는 각기 자기가 맡은 일을 할 준비가 되어 있었으며 베스는 뒤에서 한나 아주머니를 도와줄 채비를 하고 있었다. 조는 비록 관심도 없고 머리가 아프고 에이미의 파티에 올 그녀의 친구들이 못마땅해서 마지못해 차려입기는 했지만, 점심 후에 그녀가 좋아하는 부러진 다리로 예술 체험여행을 가는 것을 상상하며 될 수 있는 한 명랑하고 친절하게 처신하기로 약속했다. 에이미는 오찬을 무사히 끝내고, 친구들과 오후를 보낼 행복한 순간을 떠올리며 기대감에 벅차올랐다.

그러고 나서 두 시간이나 긴장된 시간이 흘러갔다. 그러나 에이미의 친구들은 아무도 나타나지 않았다. 그동안 에이미는 응접실과 현관을 안절부절못하며 돌아다녔다. 저마다 의견을 달리하며 한 마디씩 했다. 아무도 오지 않는 것을 보면 11시에 시원스럽게 쏟아졌던 소나기가 12시에 도착하기로 했던 친구들의 의욕을 꺾어놓았음에 틀림없었다. 2시가 되자 지쳐버린 가족들은 따가운 햇볕 아래 앉아서 아까운 음식이 상할까봐 모두 먹어치웠다.

"오늘은 날씨가 좋을 거고, 아이들이 틀림없이 올 거야. 그러니까 부지런히 움직여 준비를 해야 해."

다음 날 아침 햇빛에 눈살을 찡그리며 에이미가 말했다. 말은 쾌활하게 했지만, 속으로는 화요일에 오라는 소리는 하지 말 걸, 후회하고 있었다.

"바닷가재를 구하지 못했으니까 오늘은 샐러드 없이 해야겠다." 마치 씨가 나갔다가 30분쯤 지나 늘어진 표정으로 들어오며 말했다.

"그럼 닭고기를 쓰지요. 샐러드에는 좀 질겨도 상관없어요." 마치 부인이 조언을 했다.

"아! 안돼요, 한나 아주머니가 부엌 식탁 위에 닭고기를 잠시 놓아두었는데 그만 고양이가 먹어버렸어요. 에이미, 미안해." 아직도 고양이를 기르고 있는 베스가 말했다.

"그럼 혓바닥 고기만 내놓을 수는 없으니까 어떻게 해서든 바닷가재를 사 와야겠어." 에이미가 단호하게 말했다.

"내가 시내에 달려가서 하나 달라고 할까?" 조가 순교자 같은 위엄이 느껴지는 어조로 물었다.

"언니가 가면 봉투에 넣지도 않고 팔 밑에 그냥 끼워 가지고 와서 나를 곤란하게 할 거야. 날 믿어봐. 내가 직접 가야지." 신경이 날카로워지기 시작한 에이미가 대답했다. 두꺼운 베일을 두르고 우아한 여행 바구니를 든 에이미는 찬바람을 쐬면 마음도 가라앉고 오늘 일을 즐겁게 치를 수 있는 마음이 되지 않을까 기대하며 집을 나섰다. 시간은 좀 걸렸지만 에이미는 원하는 것을 구했고 드레싱도 산 뒤에 스스로 대견해하며 서둘러 집으로 돌아오는 마차를 탔다.

마차 안에 승객이라고는 졸고 있는 노부인과 에이미밖에 없었다. 에이미는 베일을 벗어 주머니에 넣고는 어디다 돈을 다 썼는지 계산하면서 지루함을 달랬다. 잘 알아볼 수 없는 숫자로 가득 찬 계산서를 보는 일에 열중해서 에이미는 다음 정거장에서 마차가 멈추기도 전에 올라탄 승객을 보지 못했다.

"안녕, 마치 양."

남자의 굵은 목소리가 들리자 에이미는 고개를 들었다. 로리의 잘생긴 대학 친구 튜더였다. 에이미는 자기가 내리기 전에 그 사람이 먼저 내려주었으면 하고 간절히 바랐다. 여러 가지 물건이 가득 들어 있는 시장바구니를 든 모습을 그 남자에게 보여주고 싶지 않았기 때문이다. 에이미는 발 옆에 놓인 바구니를 치마로 감추고는 새로 산 옷을 입고 나온 것에 내심 흡족해하면서 젊은 청년에게 상냥하게 인사했다.

그 사람이 먼저 내리게 된다는 것을 알고 나서는 에이미의 걱정거리도 사라졌다. 그들은 서로 즐겁게 대화를 주고받았다. 노부인이 내릴 때쯤엔 에이미의 목소리는 한껏 높아져 있었다. 그때 문 쪽으로 비틀거리며 걸어가던 노부인이 그만 에이미의 바구니를 건드려 엎고 말았다. 그러자 그 흉측한 빛깔의 몹시도 큰 바닷가재가 쏟아져 튜더의 눈에 띄고 말았다.

"저런, 아주머니! 저녁 찬거리를 잊으셨어요?"

사정을 알지도 못하는 튜더가 지팡이로 주황색 흉물을 제자리에 찔러 넣으면서 바구니를 건네주려 하자 노부인은 깜짝 놀랐다.

"그…… 그건 제 거예요."

에이미가 바닷가재만큼이나 붉어진 얼굴로 중얼거렸다.

"오! 그래요? 미안해요. 아주 좋은 건데요. 안 그래요?"

튜더가 마음을 가다듬고 명문가의 자제답게 진짜로 관심이 있는 듯이 말했다. 에이미는 안심이 되어 바구니를 대담하게 좌석 위에 올려놓은 뒤 웃으면서 말했다.

"바닷가재로 만든 샐러드를 먹고 싶지 않으세요? 그 샐러드를 먹으러 오기로 되어 있는 매력적인 아가씨들도 만나보고요."

그것은 아주 재치 있는 말이었다. 튜더의 머리엔 여러 가지 맛있는 재료들과 범벅된 바닷가재가 떠올랐고 매력적인 아가씨들에 대한 호기심이 일었다.

'아마 이 일에 대해 로리와 웃으며 농담을 하겠지. 하지만 내가 그들을 보진 않을 테니까 걱정할 건 없어.' 튜더가 인사하며 떠날 때 에이미는 생각했다.

에이미는 바구니가 뒤엎어진 덕분에 스커트에 드레싱이 흘러내려 새 옷이 엉망이 되었다는 것을 알았지만, 집에 돌아와서는 이 일에 대해 아무 말도 하지 않고 전보다 더 귀찮게만 느껴지는 음식 준비를 시작했다. 12시가 되자 다시 모든 것이 준비되었다.

자기가 하고 있는 일을 이웃 사람들이 보고 있다고 느끼면서 에이미는 오늘 대성공을 거둠으로써 어제의 실패를 완전히 만회하고 싶었다. 그래서 마차를 불러 정식으로 손님들을 모셔 연회장으로 데려오기 위해 마중을 나갔다.

"마차 소리가 들려요. 친구들이 오고 있어요! 현관으로 나가봐야겠어요. 그래야 진심으로 환대하는 것같이 보일 테고, 가엾은 우리 애도 좋은 시간을 보내게 될 테니까요."

현관으로 나가면서 마치 부인이 말했다. 그러나 그들의 모습을 보자 말문이 막힌 표정으로 뒤로 물러섰다. 큰 마차 안에는 에이미와 젊은 아가씨 하나만이 우두커니 앉아 있었기 때문이다.

"베스, 어서 와봐! 한나 아주머니를 도와 식탁에서 음식의 반은 치워버려. 한 사람 앞에 12명의 오찬을 차려놓으면 우스꽝스러울 거야." 조가 너무 흥분해서 웃을 겨를도 없이 식당으로 부지런히 걸어가며 소리쳤다.

에이미는 조용하게 약속을 지켜준 한 손님에게 짐짓 명랑한 척 상냥하게 대하며 들어왔다. 나머지 가족들도 돌발 사태에 적절하게 잘 처신했고, 엘리어트 양은 모두들 아주 유쾌한 사람들이라고 생각했다. 에이미의 가족들은 자꾸만 웃음이 나오는 것을 참지 못해 시종 웃고 있었던 것이다. 다시 차려진 점심을 즐겁게 들고 화실과 정원을 둘러본 다음, 둘은 열심히 예술에 관한 토론을 벌였다. 그리고 나서 에이미는 이륜마차를 타고 해질녘까지 조용히 친구와 함께 마을을 돌아다녔다.

아주 지쳐 보이기는 했으나 평소와 같이 차분한 모습으로 에이미가 돌아오자 조의 입가에 남은 야릇한 미소를 빼고는 실패한 파티의 흔적은 모두 사라졌다.

"멋진 오후를 보냈니?"

어머니가 초대된 열두 명이 모두 왔었던 것처럼 조심스럽게 말했다.

"엘리어트 양은 아주 상냥했고 파티를 즐기는 것처럼 보였어요." 베스가 평소보다 따뜻한 말투로 말했다.

"케이크를 조금 나누어주겠니? 좀 먹고 싶다. 나는 엄마처럼 케이크를 맛있게 만들 자신이 없어." 메그가 정색을 하며 물었다.

"전부 가져가. 여기에서 단것을 좋아하는 사람은 나밖에 없고, 내가 다 먹어치울 때까지 그냥 두면 곰팡이가 필 거야." 에이미는 이렇게 끝날 것을 왜 그렇게 애썼는지를 생각하고서 한숨을 쉬며 대답했다.

"로리가 와서 좀 먹어주지 않은 것이 유감이야." 가족 모두가 이틀 동안이나 아이스크림과 샐러드를 연달아 먹어야 했을 때 조가 말을 꺼냈다.

어머니가 경고하는 눈빛을 보내자 조는 더 이상 그런 말을 하지 않았다. 온 가족이 모두 말없이 먹고 있는데 마치 씨가 온화한 목소리로 말했다.

"샐러드는 고대 사람들이 가장 좋아하는 음식이었지, 그리고 에블린도……"

이 박식한 노신사가 '샐러드의 역사'에 대해 이야기를 시작하자, 갑자기 한바탕 웃음이 터졌다.

"이것들 다 바구니에 싸서 홈멜 씨 집에나 갖다 줘요. 독일 사람들은 아무거나 잘 먹으니까. 이것들을 보기만 해도 진저리가 나. 모두들 내 바보 짓 때문에 물리도록 먹을 필요는 없다고요." 에이미가 눈물을 훔치며 울먹였다.

"나는 너와 친구 둘이서 아주 큰 호두 껍데기 속의 두 개의 작은 알맹이처럼 마차에 앉아 흔들리며 오고 있는데, 어머니가 여러 명의 아이들을 정식으로 맞기 위해 현관 앞에 서 있는 것을 보았을 때 차라리 내가 죽었으면 하고 바랐어." 조가 웃다가 지쳐 한숨까지 쉬면서 말했다.

"네가 실망했다니 유감이구나, 애야. 그러나 우리는 너를 즐겁게 해주기 위해 최선을 다했어." 마치 부인도 안쓰러운 목소리로 말했다.

"저는 만족해요. 어쩌됐든 내가 시작한 일을 해냈고, 나 때문에 실패한 게 아니니까요. 그것으로 위안을 삼을 거예요." 에이미가 약간 떨리는 목소리로 말했다. "모두들 이렇게 많이 도와주셔서 감사해요. 그리고 적어도 앞으로 한 달 동안 이 일에 관해서는 얘기를 꺼내지 않는다면 더욱 고맙겠어요."

여러 달 동안 아무도 그 얘기를 꺼내지 않았다. 그러나 연회라는 말이 나올 때마다 언제나 입가에는 미소가 떠올랐다. 로리는 에이미의 생일날 회중시계 끈에 다는 작은 산홋빛 바닷가재 장식을 선물로 주었다.

제4장 문학 수업

조에게 갑작스런 행운이 찾아왔다. 지금 쓰고 있는 작품으로 몇 푼이나마 손에 돈을 쥐게 된 것이다. 정확히 말하자면 조에게는 돈이 문제가 아니었다. 그것은 실제로 백만금의 돈보다 더 큰 행복을 그녀에게 가져다주었던 것이다. 그러나 동시에 그것은 작가로서 성장하는 데 따르는 고통도 함께 가져다주었다.

조는 몇 주마다 한 번씩 글 쓸 채비를 하고 방에 처박혀 끝을 보지 않고는 물러서지 않겠다는 기세로 글을 써댔다. 그럴 때마다 조는 그 자신이 말하듯 깊은 소용돌이 속에 빠져 전력을 다했다. 그녀가 준비하는 '글 쓸 채비'란 마음대로 펜을 문지를 수 있는 모직으로 만든 검은 앞치마와 같은 천으로 된 모자인데, 글 쓸 준비가 되면 조는 언제나 그 검은 모자 위에 달린 귀여운 빨간 매듭으로 머리를 질끈 동여맸다. 모자는 가족들에게 접근금지를 알리는 징표였고 이럴 때면 가족들은 가까이 접근조차 하지 못했다.

'영감이 불타오르고 있니, 조?'

그저 마음속으로만 이렇게 물으며 지켜볼 뿐이었다. 가족들은 언제나 모자를 살펴보고 조의 상태를 판단했다. 그녀의 상태를 나타내주는 이 모자가 이마 밑으로까지 푹 내려와 있으면 어려운 작업을 하고 있다는 표시였다. 흥분했을 때는 아무렇게나 비스듬히 걸쳐 있고, 절망에 빠질 때면 홱 잡아당겨져 마룻바닥에 내동댕이쳐져 있었다. 그럴 때면 방해꾼들은 방에 들어갔다가도 조용히 나와야 했다. 그리고 빨간 매듭이 이 천재의 이마에 다시 반짝 치켜세워질 때까지 아무도 조에게 말을 붙이지 못했다.

조는 자신을 결코 천재라고 생각하지 않았다. 그러나 한번 글을 쓰기 시작하면 모든 것을 다 잊고 완전히 몰두했다. 그럴 때 그녀는 소설 속의 인물들을 실제 살아 있는 친구같이 느꼈다. 친한 친구들에게 둘러싸여 상상의 세계 속에 행복하고 안전하게 들어앉아, 부족한 것도 걱정거리도 없이 사나운 날씨도 관계치 않고 더할 나위 없는 행복을 느꼈다. 그럴 때는 졸음도 오지 않았고, 음식 맛도 몰랐다. 비록 아무 결실을 맺지 못한다 하더라도 그때만큼은 살아 있는 기쁨을 느낄 수 있었다. 그런 날에는 하루 24시간이 너무 짧게 느껴졌다. 그 신성한 문학적 영감은 대개 1주일이나 2주일 간 지속되었다. 그러고 나면 그녀는 허기가 지고, 졸리고, 시무룩해지고, 무감각해져서 그 소용돌이 속에서 빠져나왔다.

조가 크로커 양한테서 강연에 함께 가자는 요청을 받은 때에는 이러한 증상에서 회복될 즈음이었다. 조는 그곳에 갔다 오면 새로운 아이디어가 생길 것 같기도 했다. 그 강연은 전문인이 아니라 일반 대중을 위한 것으로서 피라미드에 관한 것이 주제였다. 처음에 조는 대중 강연에 어째서 그런 주제를 골랐는지 의아했으나, 석탄 값과 밀가루 값으로 머릿속이 가득 차고 사실상 스핑크스 수수께끼보다 더 어려운 수수께끼를 풀면서 살고 있는 청중에게, 파라오의 영광을 들려주면 각박한 사회생활에 윤활유가 되거나 그들 삶에 부족한 무엇인가를 채워줄 수 있을 거라는 생각이 들었다. 조는 크로커 양의 제의에 선뜻 응했다.

조와 크로커 양은 강연장에 일찍 도착했다. 크로커 양이 스타킹의 뒤축을 매만지고 있는 동안, 조는 즐거운 마음으로 강연장을 메운 사람들의 얼굴을 관찰했다. 왼쪽에는 커다란 이마에 알맞는 보닛을 쓰고 여성의 권리와 레이스에 대한 이야기를 나누고 있는 2명의 기혼 부인이 앉아 있었다. 뒤에는 한 쌍의 초라한 연인이 멋없이 서로 손을 잡고 앉아 있었고, 종이가방에서 페퍼민트 껌을 꺼내 씹고 있는 노처녀와 노란 손수건으로 얼굴을 가리고 낮잠을 자고 있는 한 노신사의 모습도 보였다. 오른쪽에는 단 한 사람, 공부벌레같이 보이는 소년이 신문을 읽고 있었다. 소년이 읽고 있는 면은 삽화가 있는 면이었는데, 그 그림은 그럴 듯한 분위기를 자아내는 전투 복장을 한 인디언이 늑대에 쫓겨 절벽에서 구르고 있고, 기이하게 작은 발과 큰 눈을 가진 2명의 분노한 젊은 신사들이 가까이서 서로 찌르고 덤비며 싸우고 있고, 그 뒤에 차림새가 엉망인 여자가 입을 벌린 채 뒤로 달아나고 있는 괴상망측한 그림이었다. 조는 그런 그림이 과연 필요할까 생각해 보았다. 신문을 넘기려다 말고, 소년은 그녀를 바라보며 호의를 베풀려는 듯 신문의 반을 건네주었다. 퉁명스러운 목소리였다. "읽고 싶으세요? 이건 일급 기사예요."

아직도 사내아이들을 좋아하는 습성이 있는 조는 미소를 지으며 신문을 받아들고, 곧 통속적인 사랑과 미스터리와 살인으로 얽히고설킨 이야기에 빠져들었다. 그 이야기는 그야말로 가벼운 읽을거리로서 감동이란 전혀 느낄 수 없었다. 작가의 상상력이 바닥이 날 때면 어마어마하게 큰 재앙을 내려 극중 인물의 반을 무대에서 제거하고, 나머지 반은 제거된 자들의 멸망에 대해 기뻐 날뛰는 등 몹시 엉성한 이야기였다.

"기가 막히죠?" 조가 신문의 마지막 부분을 읽고 있을 때 그 소년이 물었다.

"우리도 쓰려고 마음만 먹으면 이 정도는 쓸 수 있을 것 같은데요." 조는 그가 시시한 이야기에 감탄하는 것을 보고 한편으로 즐거워서 대꾸했다.

"그렇게 운이 좋은 사람이면 좋게요. 이 작가는 이런 이야기를 써서 돈을 아주 잘 번다고들 그래요." 그는 이야기 제목 밑에 있는 노스베리 슬랭 여사란 이름을 가리켰다.

"그 작가를 알아요?" 조는 갑자기 관심이 생겨 물었다.

"아니요. 하지만 그가 쓴 작품은 전부 읽었죠. 그리고 이 신문을 발행하는 사무실에서 일하는 사람을 잘 알아요."

"이런 이야기를 써서 그분이 돈을 잘 번다고 했지요?" 조는 그 페이지를 장식하고 있는 대단한 인물들과 빽빽이 들어선 감탄사 부호를 존경스러운 눈으로 살펴보았다.

"그렇다고 그래요! 이 작가는 대중이 원하는 것이 무엇인지 잘 알고 있고, 그렇기 때문에 돈을 잘 버는 거예요."

이때 강연이 시작되었다. 그러나 조는 강연은 별로 듣지 않고, 샌즈 교수가 벨조니, 이집트 쿠푸 왕, 투구에 새겨진 풍뎅이 인장, 상형문자 등을 이야기하고 있는 동안 아무도 모르게 그 신문의 주소를 적고, 한 귀퉁이의 인기 소설에 걸려 있는 100달러 상금에 대한 기사를 보면서 선풍적인 이야기로 한번 도전해 보리라는 대단한 결심을 하고 있었다. 강연이 끝나고 청중들이 웅성거릴 즈음, 조는 자기가 비록 신문에서 명성을 얻은 첫 번째 인물은 아니겠지만 자신이 무지무지한 부자가 되어 있는 꿈을 꾸고 있었다. 조는 이미 대강의 줄거리까지 다 잡아놓고는 두 남녀가 눈이 맞아 도망가기 전에 결투를 벌일 것인지 아니면 살인 후에 결투를 벌일 것인지 결정하지 못하고 있었다.

조는 집에 돌아와 아무에게도 그 계획을 말하지 않고 다음 날로 즉시 작업에 들어가 '천재에게 불이 붙을' 때면 언제나 약간은 걱정하시는 어머니를 다시 걱정에 빠지게 했다. 조는 《날개를 활짝 편 독수리》의 달콤한 사랑에 너무도 만족했기 때문에 그것과는 다른 이런 스타일의 글을 전혀 써본 적이 없었다. 새로운 문체로 글을 쓰려니 조는 무척 애를 먹었다. 그러나 전에 극장에 가본 경험이나 이것저것 읽은 책들이 극적인 효과를 부여하고 줄거리나 언어, 복장을 설정하는 데 도움이 되었다. 조는 절망이나 자포자기 같은 감정을 제대로 느껴보지 못했지만 머릿속에서 꾸며낸 이야기를 절망과 고통으로 가득 채웠다. 이야기의 무대는 리스본으로 정했으며, 깜짝 놀랄 만한 적절한 대단원을 만들기 위해 지진이 일어나는 것으로 막을 내렸다. 조는 너무나 열정적으로 일에 몰두해 열흘도 채 지나기 전에 자기와의 씨름을 끝맺을 수 있었다.

원고는 직접 자기 손으로 부쳤다. 그러리라고 생각지는 않지만 만일 그 원고가 수상을 못하게 되더라도 그에 상당하는 만큼의 고료를 보내주었으면 좋겠다고 정중하게 쓴 메모도 동봉했다.

6주는 기다리기에는 오랜 시간이었으며, 특히 비밀을 간직한 소녀에겐 더욱더 길게만 느껴졌다. 조가 절망에 빠져 다시는 원고를 보내는 따위의 허튼짓은 하지 않으리라 다짐하고 있을 무렵, 그녀의 숨을 거의 멈춰 버리게 하는 편지가 한 통 도착했다. 급한 마음에 서둘러 편지를 뜯다 보니 100달러짜리 수표가 그녀의 무릎에 툭 떨어졌다. 어리벙벙해진 조는 잠시 그것을 뱀이라도 쳐다보듯 멈칫 내려다보다가 편지를 읽고는 울기 시작했다. 그 친절한 메모를 쓴 상냥한 신사가 그녀에게 얼마나 큰 행복을 가져다주었는지……. 조에게는 돈보다도 격려의 편지가 훨씬 더 가치 있었다. 그리고 몇 년이라는 습작기가 지난 뒤 비록 통속소설이기는 하지만 무언가 이룩해 냈다는 사실이 무엇보다 기뻤다.

이 세상 그 누구보다 자부심에 가득 찬 조는 마음을 가라앉히고 한 손에는 편지를 또 한 손에는 수표를 들고 가족들에게 상을 탔다는 소식을 전했다. 모두들 펄쩍 뛸 만큼 깜짝 놀라며 환호성을 질렀다. 그러곤 당선된 소설을 가져와 모두들 읽어보고 돌아가며 한마디씩 칭찬을 해주었다. 아버지는 문체가 좋고, 신선하고 훈훈한 사랑을 박진감 넘치는 비극으로 잘 표현했다고 칭찬하신 뒤, 낮은 음성으로 고개를 저으며 말씀하셨다.

"조, 너는 이것보다 더 잘 해낼 수 있다. 더 높은 곳에 목적을 두고 돈에 너무 연연해하지 마라."

"제 생각엔 돈이 가장 좋은 것 같은데요. 언니, 그 많은 돈으로 무얼 할 거야?" 에이미가 감탄의 눈으로 마술과 같은 종이뭉치를 보며 물었다.

조의 즉각적인 대답이 들려왔다. "베스와 어머니를 한두 달 동안 해변으로 보내드려야지."

가냘픈 손으로 손뼉을 치던 베스가 한동안 소리를 치다가 길게 한숨을 내쉬었다. 그러고 나서 꿈에서 깨어난 것처럼 언니가 그녀 앞에서 흔들고 있는 수표를 치우라고 손짓했다.

한참 공론을 벌인 끝에 베스와 마치 부인은 해변으로 가기로 결정하고 며칠 뒤에 떠났다. 비록 조가 바라던 만큼 포동포동 살이 찌고 건강해진 것은 아니었지만 그 여행으로 베스는 훨씬 나아졌고, 마치 부인도 10년쯤 젊어진 것 같았다. 조는 자기가 상금을 잘 썼다는 점에 무척 만족했다. 그 후로 조는 이 기분 좋은 수표를 더 많이 얻기 위해 즐거운 마음으로 작업에 몰두했다.

그해에 조는 그런 식으로 여러 번 돈을 벌었고 자기가 집안에 어느 정도 도움을 줄 수 있다는 사실이 스스로 무척 대견스러웠다. 펜의 마술로 그녀의 보잘 것 없는 작품들이 가족 모두의 편안함이 되었다. 《공작의 딸들》을 써서 정육점에 진 빚을 갚았고, 《유럽의 손》을 써서 새로운 양탄자를 깔았으며, 《코벤트리의 저주》를 써서 마치 부부에게 맛있는 음식과 겉옷을 선물했다.

확실히 부는 아주 편리한 것이었다. 그러나 가난에도 좋은 면은 있다. 역경이 주는 가장 좋은 점의 하나는 열심히 일했을 때 진정한 만족을 얻을 수 있다는 점이다. 그리고 필요에 의해 떠오르는 영감의 영향을 받아 우리는 오히려 현명하고 아름답고 유용한 축복을 받기도 한다. 조는 이러한 현실을 대단히 만족스러워했다. 그녀는 자신이 필요로 하는 것을 스스로 충당할 수 있고 아무에게도 돈을 빌릴 필요가 없다는 것을 큰 위안으로 삼았으며, 부유한 소녀들을 결코 부러워하지 않게 되었다.

조의 소설이 큰 명성을 얻은 것은 아니었지만 그녀의 소설을 좋아하는 사람들은 꽤 있었다. 이 사실에 격려를 받은 조는 부와 명성을 위해 대담한 시도를 해보기로 작정했다. 우선 그녀의 소설을 네 벌 복사해 가까운 친구에게 읽어주고 나서 두려움과 떨리는 마음으로 그것을 출판사 세 곳에 보냈다. 그랬더니 그중 한 출판사에서 답변을 보내왔다. 그 출판사에서는 그녀의 작품의 양을 3분의 1로 줄이고 그녀가 특히 좋아하는 부분들을 삭제해야 한다는 조건을 수락할 수 있다면 기꺼이 출간해 주겠다는 것이었다. 조는 이러한 제안이 썩 내키지는 않았다.

"이제 이것들을 묶어 부엌 창고에 쌓아두고 곰팡이가 슬도록 내버려두든지, 내 돈을 들여 인쇄를 하든지, 작품을 사겠다는 사람들의 구미에 맞게 난도질을 해서라도 내 꿈을 성취하든지 결판을 내야겠어. 명성을 얻는 것도 좋은 일이지만 돈을 버는 것도 좋은 일 아닌가. 그렇지만 어떡해야 좋을지 모르겠다! 가족회의를 열어 이 중대사에 대한 자문을 구해야겠어."

"네 작품을 망치지 마라, 애야. 네가 생각하는 것보단 더 훌륭하고 좋은 작품이야. 발상이 잘 표현되어 있어. 손대지 말고 그대로 두었다가 다른 기회를 기다려라."

아버지가 진지하게 충고하셨다. 마치 씨는 자신의 말처럼 실제로 그 자신의 열매가 익을 때까지 끈기 있게 30년을 기다려왔고, 그 열매가 달콤하게 무르익은 지금까지도 그것을 거두어들이려고 서두르지 않았다.

"저는 기다리는 것보다는 일단 시험해 보는 것이 조에게 더 유익할 것 같아요." 마치 부인도 한마디 했다. "세상에 내놓고 비평을 받아보면 조가 지니고 있는 예상치 못했던 장점과 단점을 알게 될 거예요. 그러면 다음번에는 더 잘 쓸 수 있을 테니 작품을 평가해 보는 가장 좋은 방법이에요. 우리는 아무래도 조 쪽에 치우쳐 생각하지만, 제3자들의 비판과 찬사는 돈을 전혀 받지 못한다 하더라도 훨씬 유익한 점이 있을 거예요."

"맞아요." 조가 눈살을 찌푸리며 말했다. "그 말씀이 옳아요. 오랫동안 글을 쓴다고 법석을 떨어왔지만 제 글이 좋은지 나쁜지 저 자신은 모르고 있어요. 개인적으로 친분이 없는 사람들이 그것을 읽고 그들이 느끼는 바를 냉정하고 객관적으로 말해주면 크게 도움이 될 거예요."

"그럼 안 돼." 이제까지 그 어느 유명한 소설보다 조의 작품이 더 잘 쓰인 작품이라고 믿고 있던 메그가 말했다.

"하지만 앨런 씨는 설명은 빼고 간단하고 극적으로 묘사하고, 대화체로 쓰라고 하셨어." 조가 출판업자의 메모를 보이며 말했다.

"그 사람이 하라는 대로 해. 그 사람은 어떤 책이 잘 팔리는지 알지만 우리는 모르잖아. 재미있고 인기 있는 책을 써서 될 수 있는 대로 돈을 많이 벌어. 그러다 점점 이름이 널리 알려지게 되면 그걸 바탕으로 더 좋은 작품을 쓸 수도 있어. 언니의 소설 속에 철학적이고 형이상학적인 인물이 등장한다는 게 뭐가 문제야." 그 문제에 관한 한 아주 실용적인 견해를 가지고 있는 에이미가 한 마디 했다.

조가 웃으며 대답했다.

"글쎄? 내 작품의 인물이 철학적이고 형이상학(形而上學)적이라면, 그건 내 책임이 아니야. 그런 것에 관해선 때때로 아버지가 말씀하시는 것을 듣는 것 빼고는 전혀 알지 못하니까. 내가 꾸며낸 사랑 이야기에 아버지의 현명한 생각을 부여한다면 더 좋은 거지 뭐. 자, 베스! 네 생각은 어떠니?"

"나는 그것이 당장 인쇄되는 것을 보고 싶어." 베스의 답은 그것뿐이었다. 그러나 당장이라는 말에서 알 수 없는 강세가 느껴졌고, 어린이같이 항상 솔직해 보이는 두 눈에는 부러움이 어려 있었다. 그런 베스를 보자 조는 불현듯 불길한 두려움으로 가슴이 덜컥 내려앉았다. 조는 그녀의 작은 모험을 '당장' 단행하기로 결심했다.

젊은 여류작가는 단호한 마음으로 탁자 위에 첫 작품을 놓고는 단호하게 난도질하기 시작했다. 그러나 모든 사람들이 좋아하는 책을 쓰고야 말겠다는 욕심에서 주위 사람들의 충고를 받아들이긴 했지만, 우화에 나오는 노인과 당나귀처럼 아무도 만족시키지 못할 것 같았다.

아버지는 무의식적으로 작품에 녹아들어간 형이상학적인 면을 좋아했다. 그래서 조는 자기 마음에 썩 들지는 않았지만 그대로 남겨두었다. 어머니는 너무 쓸데없는 설명이 많다고 했다. 그래서 거의 모든 설명을 빼버렸다. 그 덕분에 이야기에 필요한 연결 부분도 많이 삭제되었다. 그리고 비극을 좋아하는 메그의 구미에 맞게 고뇌하는 장면을 많이 그려 놓았고, 우스운 장면에 반대하는 에이미의 충고에 따라 될 수 있는 한 최선을 다해 이야기의 암울한 면을 가리고 있는 명랑한 장면은 없앴다. 그렇게 하다 보니 그녀의 작품은 엉망이 되어 버렸고 원고더미는 3분의 1로 줄었다. 그러곤 그 작품의 운명을 시험해 보기 위해 깃털 뽑힌 울새 꼴이 된 가엾은 사랑 이야기를 저 험악한 세상으로 날려 보냈다.

책은 출판되었다. 덕분에 조는 300달러를 받았고, 호평과 악평을 동시에 들었다. 호평이나 악평 모두 예상했던 것보다 너무 커서 조는 어리둥절했다. 조가 예전의 조로 돌아오는 데에는 얼마간 시간이 필요했다.

"비평이 도움이 될 거라고 엄마가 말씀하셨잖아요. 그러나 너무나 상반된 의견들이 쏟아져 나와 내가 훌륭한 작품을 쓴 건지, 십계명을 완전히 어겨버린 건지 도통 모르겠어요. 도움은커녕 혼란스럽기만 해요."

가엾은 조는 한 무더기로 쌓여 있는 메모들을 들추면서 뾰로통하게 소리쳤다. 메모를 읽다 보면 기쁨과 자부심으로 가득 찼다가도 곧 분노와 암울한 절망에 빠지게 되었다.

"이 사람은 아주 더할 나위 없이 잘된 작품이라고 하면서 진실과 아름다움과 진지함이 가득 차 있고, 모든 것이 달콤하고 순수하고 건실하다고 하는데……."

당혹해진 여류작가가 말을 이었다.

"그 다음 사람을 보면 병적인 환상, 정신적인 영감, 비자연적인 인물로 가득 차 있다고 해요. 나는 특별히 어떤 이론을 가지고 있지는 않지만 그렇다고 유심론을 믿는 것도 아니에요. 나는 그저 생활 속에서 살아 숨 쉬는 인물을 본떴을 뿐이에요. 그래서 저는 이 비평이 옳다고 생각하지 않아요. 또 다른 비평가는 제 작품을 지난 몇 년간 나온 미국소설 중에서 가장 뛰어난 작품이라고 하는데 저는 이 사람보다 더 잘 알고 있어요. 결코 그렇지 못하다는 것을 말이에요. 또 이 사람은 비록 이 작품이 새로우며 위대한 힘과 영감으로 쓰였지만 위험한 작품이라고 해요. 그렇지 않아요! 어떤 사람은 비웃고, 어떤 사람은 지나치게 칭찬해요. 거의 모든 사람들이 내 작품에 깊은 이론이 담겨 있다고 하는데 난 단지 재미와 돈을 벌기 위해 썼을 뿐이란 말이에요. 내가 자비를 들여 원래 그대로 전부를 다시 인쇄하든가 아니면 태워버렸어야 했어요. 나는 이렇게 잘못 평가되는 게 싫어요."

조의 가족과 친구들은 그녀를 위로하고 칭찬하느라 애썼지만 소용없었다. 감수성이 예민하고 다혈질적인 조는 잘 해보려 한 것이 결과적으로 잘못된 일이 되어 견디기 어려웠다. 그러나 가치 있는 의견을 보내준 사람들의 비평 중에는 작가에게 교훈이 될 만한 내용이 많이 있어 조에게 도움이 되었다. 그녀의 문학 인생에 첫 번째로 닥쳐온 시련이 가시자 조는 형편없어 보이는 자신의 책에 대해 여유 있게 웃어넘길 수 있었다. 이제는 그 작품이 자신에게 제공한 가치를 인정할 수 있었으며, 시련을 겪은 뒤에 한층 더 현명해지고 강해진 자신을 발견할 수 있었다.

"키츠처럼 천재는 아니니까, 이것으로 기가 죽지는 않을 거야." 조는 단호하게 말했다. "아무튼 내 편에서는 웃지 않을 수 없는 일이야. 실제 생활에서 직접 따온 것들은 추상적인 것으로 비난받고, 내 어리석은 머리로 꾸며낸 장면들은 아주 '자연스럽고 부드럽고 진실된 것'이라고들 하니 말이야. 그러니까 그것으로 위안을 삼을 수밖에 없어. 자, 이제 서서히 나래를 펴자! 다시 일어나 또 다른 작품에 착수해야지!"

제5장 집안일 체험

다른 젊은 새댁과 마찬가지로 메그도 현모양처가 되겠다는 각오로 신혼살림을 시작했다.

'언제나 깨끗하고 포근하게 꾸며 존이 우리 집을 낙원같이 느끼게 할 거야. 항상 웃는 모습으로 맞아주고, 매일매일 맛있는 음식을 마련하고, 단추 따위가 떨어지는 일은 결코 없을 거야.'

메그는 마르지 않은 샘처럼 사랑과 열성을 다해 명랑하게 집안일에 몰두했다. 이 때문에 몇 번의 불협화음도 있었지만 결혼생활은 무척 만족스러웠다. 그러나 그녀의 낙원은 결코 평화로운 곳은 아니었다. 이 햇병아리 새댁은 남편을 기쁘게 해주려고 지나치게 신경 쓰고, 세심하게 주의를 기울였으며 순교자처럼 굴고 너무 분주하게 움직이면서 법석을 떨어댔다. 어떤 때는 너무 피곤해서 미소를 지을 기력조차 없을 정도였다. 존은 너무 잘 차려진 음식만을 먹다가 소화불량에 걸렸고, 그러자 메그의 사랑은 마음으로 다 통했으니 이제는 간단하게 식사를 하자고 제안하기도 했다. 단추만 하더라도 메그는 매일같이 단추가 어디로 사라져 버리는지 남자들의 부주의함에 머리를 흔들어댔다. 급기야 그녀는 남편이 꿰맨 단추가 자기가 꿰맨 것보다 더 오래 견뎌내는지 보기 위해 남편에게 직접 단추를 꿰매라고 했다. 처음 생각과 달리 집안일들이 그렇게 수월하지 않음을 깨닫고 메그는 의기소침해졌다.

그러나 그렇게 사랑 하나만으로는 함께 살 수 없음을 깨달은 뒤에도 그들은 오래도록 매우 행복했다. 존은 메그가 낯익은 찻주전자 뒤에서 웃고 있을 때에도 처음 그녀를 봤을 때처럼 여전히 예뻐 보였다. 메그도 출근 때마다 키스를 하면서 부드러운 목소리로 '저녁에 먹을 송아지고기나 양고기를 보내 줄까, 여보?'라고 말하는 남편의 자상함에 늘 고마워했다. 이 작은 집은 이제 꿈에서 그릴 수 있는 낙원이라기보다는 점점 살림집이 되어갔다. 젊은 부부는 이것이 더 나은 쪽으로 변화하는 조짐이라고 생각했다. 처음에 그들은 소꿉장난을 하듯 살림을 했고, 어린애들처럼 장난을 치면서 살았다. 그러나 시간이 흐를수록 존은 가장으로서의 책임을 점점 더 무겁게 느꼈으며 성실하게 사업에 몰두했다. 메그도 아마로 만든 실내복 대신 큰 앞치마를 두르고는 자신의 몸을 돌보는 데에는 별로 신경을 쓰지 않고 더욱 열심히 일했다.

그러나 메그의 요리에 열중하는 버릇은 여전해 그녀는 이따금 《코넬리우스 요리책》에 푹 빠져들었다. 메그는 마치 수학 문제 풀 듯 인내와 주의를 기울여 요리를 했다. 요리가 성공하면 가족들을 모두 초청했고, 실패작이 나오면 로티를 시켜 아무도 보지 못하게 홈멜 씨네 아이들에게 살짝 보냈다. 그러다가 존이 가계부를 들여다보고는 요리에 드는 비용이 너무 많다고 책망하기라도 하면 그녀의 요리에 대한 열성은 한동안 식어 버렸다. 그럴 땐 또 너무 절약을 하는 바람에 가엾은 존은 남은 빵으로 만든 푸딩, 저민 고기 요리와 이미 만들어 놓은 커피로 배를 채워야 했다. 그것은 존에겐 견디기 어려운 시련이었다. 이런 현명하고 근면한 남편 덕분에 메그는 아직 넉넉한 돈이 생기기도 전에 젊은 부부가 가지기 어려운 살림살이인 단지를 하나 장만했다.

결혼한 지 2개월쯤 지난 뒤 메그는 집에서 만든 저장 식품으로 저장실을 가득 채우고 싶은 욕심에 사로잡혔다. 포도는 한창 무르익어 싱싱한 보랏빛을 더해 가고 있었다. 메그는 포도잼을 만들기로 결심했다. 그래서 메그는

12개 정도의 작은 단지와 그에 알맞는 설탕을 주문해 달라고 존을 졸라 댔다. 존은 아내가 무엇이든 잘 해낼 수 있다고 굳게 믿었고 그녀가 가진 솜씨에 자부심을 가지고 있었으며 무엇보다 아내의 작은 소망을 꺾고 싶지 않았다. 그래서 약 50개의 작고 귀여운 단지와 반 부대의 설탕을 마련했다. 그리고 아내를 도와 포도를 따줄 작은 소년도 불렀다. 젊은 새댁은 남편의 후원에 고마움을 느끼며 작은 모자를 쓰고 팔꿈치를 걷어붙이고는 가슴받이가 있어서 한층 요염해 보이는 체크무늬 앞치마를 둘렀다. 그러곤 포도잼에 달려들었다. 메그는 한나 아주머니가 잼을 만드는 모습을 수백 번 보아왔기 때문에 아주 자신만만했다. 작은 단지들이 죽 늘어서 있는 것을 보니 처음에는 조금 겁이 났다. 그러나 존이 잼을 좋아하고 그 예쁘고 작은 단지가 선반 꼭대기에 잘 어울릴 것 같아 메그는 애초의 계획을 수정해 그 50개의 단지들을 모두 채우기로 마음먹었다.

메그는 종일 포도를 따고, 끓이고, 짓이기며 잼 만들기에 법석을 떨었다. 그녀는 최선을 다했다. 요리책을 들여다보며 코넬리우스 부인의 조언도 구했다. 그러나 잼은 잘 엉겨지지 않았다. 그럴 때면 그녀는 한나 아주머니가 어떻게 했었는지 기억해 내려고 머리를 쥐어짰다. 웬일인지 그 지긋지긋한 덩어리들은 잼이 되질 않았다.

메그는 앞치마를 두른 채 사람들이 보건 말건 그대로 집으로 달려가 어머니에게 도움을 청하고 싶었다. 그러나 그녀는 사소한 걱정거리나 둘 사이의 다툼으로 다른 사람을 괴롭히지 말자고 존과 약속한 바가 있다. 그때 그들은 '다툼'이란 말이 너무 터무니없이 여겨져 한바탕 웃었다. 그들은 그 결심을 지켜왔으며 도움이 필요치 않을 때는 남들을 성가시게 하지 않았다. 메그는 남의 도움 없이 해낼 수 있을 때는 언제나 둘만의 힘으로 해왔다. 이것은 마치 부인의 조언이기도 했다. 아무도 그들의 집안일에 간섭하지 않았다. 그 찌는 듯한 여름날 메그가 혼자 잼 만들기에 달려들어 씨름한 것은 바로 그 때문이었다. 시계가 다섯 시를 알리자 메그는 그만 부엌 바닥에 주저앉아 온통 포도물이 든 손을 뒤틀면서 소리 높여 울어버렸다.

처음 신혼살림을 시작할 때 그녀는 종종 이렇게 말했었다.

"남편이 집에 친구를 데려오고 싶으면 언제나 그렇게 할 수 있게 해야지. 나는 늘 준비를 해놓고 있을 테니까. 서두르지도 법석을 떨지도 나무라지도 않을 거야. 언제나 집을 말끔히 치워놓고 미소짓는 아내가 될 거야. 좋은 음식만 대접해야지. 나의 사랑 존이 나에게 허락받지 않고 아무나 초대해도 난 언제나 그 손님을 반기는 아내가 될 거야."

얼마나 멋진 생각인가! 존은 그 말을 듣고 가슴 가득 자부심으로 부풀어 올랐으며 이렇게 훌륭한 아내를 맞이하게 된 것을 비할 데 없는 축복이라 느꼈다. 그러나 이때까지 단 한 번도 갑작스레 손님이 들이닥친 적이 없었고 메그는 자신의 다정다감함을 보여줄 기회가 한 번도 없었다. 그런 일이란 항상 예고 없이 엉뚱할 때 찾아오는 법이다. 불현듯이 불가피한 일이 일어나기 때문에 사람들은 크게 놀라고 한탄하기도 하는 것이다.

존은 잼 만드는 일을 까맣게 잊고 있었다. 만일 존이 집에 그런 일이 있는 줄 알면서도 저녁식사에 친구를 초대했다면 그것은 정말 용서할 수 없는 일이었을 것이다. 존은 그날 저녁 신혼 초에 사랑스런 아내가 한 말을 떠올리며 어여쁜 아내가 뛰어나와 그를 맞아줄 기대에 부풀어 친구를 집으로 데리고 왔다.

존이 비둘기 집에 도착했을 땐 어쩐지 다른 날과 달랐다. 보통 앞문은 열려 있었는데 그날은 왠지 닫혀 있었고, 게다가 잠겨 있었다. 계단에는 진흙이 튀어 이곳저곳에 얼룩이 묻어 있었다. 응접실 창문은 굳게 닫힌 채 커튼까지 쳐 있고, 머리에 매력적인 작은 나비매듭을 하고 하얀 옷을 입고는 툇마루에 앉아 바느질하는 어여쁜 아내의 모습이나, 손님을 맞으며 부끄러운 듯 미소짓는 반짝이는 눈동자의 안주인 모습은 어디에도 없었다. 그런 모습은커녕 험상궂게 생긴 소년 하나가 포도 덤불 밑에서 곯아떨어져 있을 뿐이었다.

"아무래도 무슨 일이 일어난 것 같아. 스코트, 정원으로 가 있게. 난 아내를 찾아봐야겠네."

존이 서둘러 집 안을 둘러보았다. 그 순간 설탕 타는 지독한 냄새가 코를 찔렀다. 존은 황급히 부엌 쪽으로 달려갔고 스코트 씨도 이상하다는 표정을 지으며 뒤쫓아 갔다. 존 브루크의 모습은 이미 보이지 않았다. 스코트는 부엌 창께로 걸어가다가 멀리서 우뚝 멈춰 섰다. 창문 너머로 부엌에서 일어나는 모든 광경이 다 보였다. 총각인 그에게는 재미있는 광경이 아닐 수 없었다. 부엌은 온통 어질러져 있었고 이 집 여주인은 잼이 묻어 있는 병을, 또 난로 위에서 타고 있는 잼을 그대로 둔 채 부엌 바닥에 주저앉아 절망적으로 훌쩍이고 있었다.

"여보 무슨 일이야?"

존은 그 광경을 보고 달려들어갔고 정원에 있는 손님에 대한 생각으로 가슴은 철렁 내려앉았다. 아내의 손은 시뻘겋게 달아올라 있었다.

"오! 존, 난 너무 지쳤어요. 덥고 짜증나고 걱정스러워 미칠 지경이에요. 아침부터 시작해서 지금까지 잼을 만들었지만 이제 지긋지긋해요. 좀 도와주세요. 죽고 싶은 심정이에요!"

기진맥진한 아내가 말 한 마디 한 마디마다 반가움을 절절히 담아 웅얼거리며 그의 가슴에 파고들었다.

"아니, 왜 이렇게 됐지?"

존은 걱정스런 표정으로 비뚜름하게 쓰여진 메그의 작은 모자에 가볍게 키스하며 물었다. 메그는 훌쩍거리기만 했다.

"자, 자, 울지 말고 어서 말해봐, 여보 왜 이 지경이 됐어?"

"잼이 엉기질 않아요. 어떻게 해야 할지도 모르겠어요!"

존은 그 말에 웃음이 나왔다.

"그게 전부야? 모두 다 창문 밖으로 던져버리고 더 이상 염려하지 마. 원한다면 몇 병이고 잼을 사다줄 테니까. 그리고 메그, 화내지 마, 잭 스코트를 저녁식사에 초대했어⋯⋯."

존은 더 이상 말을 이을 수 없었다. 메그가 그를 밀치고 의자 위에 털썩 주저앉으며 두 손을 꽉 쥐고는 분노와 책망과 절망이 뒤섞인 목소리로 외쳤다.

"저녁에 초대를요? 이렇게 엉망진창인데! 존 브루크, 어쩌면 그럴 수가 있지요?"

"쉿, 그가 정원에 와 있어! 나는 잼이 엉망이 된 줄은 몰랐지. 하지만 이젠 어쩔 수가 없잖아?" 존이 근심스럽게 메그의 표정을 살피며 말했다.

"미리 알려주거나 오늘 아침에 얘기했어야지요. 그리고 내가 오늘 얼마나 바쁜지 알고 있었잖아요?" 비둘기도 성이 나면 부리로 쫄 때가 있듯이 메그는 머리끝까지 짜증이 나서 소리쳤다.

"오늘 아침에는 그를 초대할 계획이 없었어. 기별을 보낼 겨를도 없었고, 오던 길에 그를 만나 엉겁결에 초대하게 된 거야. 잼에 대해선 까맣게 잊어

먹고, 당신이 언제나 나 보고 하고 싶은 대로 하라고 그래서 미리 허락받을 생각을 미처 못 했어. 전에는 그러지 않았잖아. 다시는 이런 일이 없을 거야!" 존도 화가 난 말투로 말했다.

"그렇지 않기를 바라겠어요! 당장 그를 데리고 나가요. 나는 그를 볼 수도 없고 저녁도 준비되지 않았어요!"

"그래 좋아! 내가 집에 보낸 쇠고기와 채소, 그리고 당신이 약속한 푸딩은 어디 갔지?" 존이 식품 저장실로 달려가며 소리쳤다.

"내겐 요리할 시간이 전혀 없었단 말이에요. 어머니 집에 가서 먹으려 했어요. 미안해요. 하지만 너무 바빴단 말이에요." 메그는 다시 울음을 터뜨렸다.

존은 온화한 성품이었다. 그러나 그 또한 감정이 있는 사람이었다. 하루 종일 힘든 일에 시달리다 피곤하고 허기져서 그를 반겨줄 아내와 맛있는 저녁을 기대하며 집에 돌아왔는데, 집은 엉망이고 저녁은 아예 준비조차 되어 있지 않은데다가 성난 아내는 결코 마음을 가라앉히려 하지도 않았다. 그러나 그는 자제했다. 말 한 마디만 잘못해도 싸움이 커질 판이었다.

"내가 잘못했어, 인정하지. 그러나 당신이 나를 도와주면, 얼른 다 끝내고 좋은 시간을 가질 수 있을 거야. 울지 마, 여보. 조금만 힘을 내서 먹을 것 좀 만들어 줘. 우리는 배가 고파 죽을 지경이라 뭐라도 상관없어. 차가운 고기와 빵과 치즈만이라도 말이야. 잼은 달라고도 하지 않을게."

그것은 아내를 누그러뜨리려고 농담으로 한 말이었다. 그러나 그 한 마디가 메그에게는 너무도 큰 상처를 주었다. 메그는 그 말을 자기의 실패를 비꼬아 하는 말로 듣고 마지막 남은 인내심까지 내동댕이쳐버렸다.

"당신 혼자 알아서 하세요. 나는 너무 지쳐서 누구를 위해서 움직일 기력도 없으니까요. 친구에게 뼈다귀와 맨 빵에 치즈만 내미는 사람이 되라고요? 내 집에서는 있을 수 없는 일이에요. 스코트 씨를 엄마 집으로 데리고 가서 내가 아프다고 하든 죽었다고 하든 마음대로 하세요. 난 절대로 그를 보지 않을 거예요. 두 분이 나가 내가 만든 잼을 실컷 비웃으세요. 여기서는 아무것도 드실 수 없어요."

단숨에 모든 말을 마친 메그는 앞치마를 벗어던지고는 곧 자기 방으로 뛰어 들어가 소리내 울기 시작했다. 그러곤 그 두 사람이 부엌에서 무엇을 하든지 그녀는 상관하지 않았다. 그러나 남편은 스코트를 엄마의 집으로 데려가지 않았고 메그가 그들이 함께 밖으로 나가는 소리를 듣고 아래층으로 내려왔을 때 식당엔 지저분하게 음식을 먹은 흔적이 여기저기 널려 있었다. 로티가 그들을 거들었는지 메그의 눈치를 살피며 "시끄럽게 웃으며 많이 드셨고, 그녀는 단 것이라면 모두 던져버릴 것이라고 생각해 단지를 모두 숨겼다"고 머뭇머뭇 전했다.

화가 머리끝까지 치밀었다. 메그는 당장 달려가서 엄마에게 하소연하고 싶었다. 그녀는 부엌을 대충 치우고 의자에 앉아 있었다. 그러나 곰곰이 생각해 보니 자기가 잘못한 것 같았다. 그녀는 자신의 행동이 부끄러워졌다. 친절하지는 못했지만 다른 가족들 아무에게도 그것을 알리려 하지 않은 존의 자상함에 생각이 미치자 그녀는 잘못을 뉘우치기 시작했다. 메그는 벌떡 일어나 서둘러 부엌을 치웠다. 그리곤 예쁘게 차려입고 어서 존이 와서 용서해 주기를 기다렸다.

불행하게도 존은 그 문제를 가벼이 여기고 집에 오지 않았다. 존은 스코트와 그 일을 그저 농담으로 웃어넘기기로 하고, 자기의 아내를 될 수 있는 한 용서하겠다고 말했다. 스코트는 즉석에서 차려진 저녁을 즐기곤 다시 오겠다고 약속했다. 그러나 겉으로 내색은 하지 않았어도 존은 화가 나 있었다. 존은 메그가 자신을 곤경에 빠뜨리고는 자신이 그녀를 필요로 하는 시기에 자기를 버렸다고 느꼈다.

"자기 멋대로 아무 때나 친구들을 데려오라고 말하고는 자기 말대로 했는데도 화를 내고, 비난하고, 곤경에 빠뜨려 못 본 체하고, 비웃음을 당하든 가엾은 꼴을 당하든 내버려두는 것은 옳지 못한 일이야. 안돼, 절대로 그럴 수 없어! 메그는 자기 잘못을 알아야 해!"

존은 속으로 몹시 화가 나 음식을 먹는 둥 마는 둥 했지만 스코트를 배웅하고 집으로 오면서는 기분이 조금씩 풀렸다.

"불쌍한 메그! 나를 기쁘게 해주려고 그토록 마음을 썼는데, 그건 정말 잔인한 일이었어. 물론 잘못은 메그에게 있지만 아직 어리잖아. 내가 참고 가르쳐야 해."

존은 아내가 처가로 가버리지 않았기를 바랐다. 그는 남의 입에 오르내리거나 간섭받는 것을 싫어했다. 그러나 그 생각만 떠올리면 다시 화가 치밀었다. 그는 화를 가라앉히려 애썼고 메그가 너무 울어 아프기라도 하면 어쩌나

하는 생각이 들어 걸음을 재촉했다. 그리고 침착하고 너그럽게, 그러나 아주 단호하게 그녀가 남편에게 무엇을 잘못했는지 알려줘야겠다고 결심했다.

메그도 마찬가지로 침착하고 부드럽게, 그러나 단호하게 남편에게 행동하기로 결심하고 그런 상황에서 그가 어떻게 했어야 했는가를 알려 주어야겠다고 마음먹었다. 그가 들어오면 메그는 그에게 달려가 용서를 빌고 키스와 위로를 받고 싶었다. 그러나 정작 존이 들어오는 모습을 보자 그녀는 오히려 불평 섞인 콧소리를 내고서 그를 외면하고는 흔들의자에 앉아 바느질을 시작했다.

존은 아내가 그리스의 여신 니오베처럼 부드럽게 대해 주지 않자 약간 실망하며 가장의 체면상 먼저 사과를 받아내야겠다고 결심하고는 천천히 집 안으로 걸어 들어갔다.

"심기일전이 필요한 것 같소, 여보." 단 한마디만 내뱉고 소파 깊숙이 몸을 파묻었다.

"맞아요." 메그는 짧게 대답했다.

존 브루크 씨가 다른 얘기를 조금 꺼내면 아내가 흥을 깨곤 해서 대화는 중단되기 일쑤였고 금방 시들해졌다. 그러자 존은 정원 쪽 창문가에 앉아서 신문을 펼쳐 머리 위까지 높이 들어올리곤 읽는 척했다. 메그는 뒷마당 쪽으로 난 창문께로 가서 슬리퍼의 장미꽃 무늬 장식이 이 세상에서 가장 중요한 것처럼 바느질에 열중했다. 둘 다 아무도 말을 꺼내지 않았다. 두 사람은 침착하고 단호한 것같이 보이려고 했지만 속으로는 너무도 불편했다.

'아! 어머니가 말씀하셨듯 결혼 생활에는 사랑만큼 무한한 인내가 필요한가 봐.' '어머니'란 단어를 떠올리자 메그는 오래전에 어머니가 말씀하실 때에는 믿지 않으며 반박했던 어머니의 충고들이 떠올랐다.

'존은 좋은 사람이지만, 약점이 있는 사람이란다. 너 자신도 마찬가지지. 그의 약점을 알게 되더라도 잘 참아내야 한다. 그는 매우 단호하기는 하지만 완고한 사람은 아니다. 조목조목 따지더라도 참을성 없이 반박하지는 마라. 그는 아주 정확한 사람이고, 특히 진실에 대해서는 더욱 그렇다. 비록 네가 '까다롭다'고 여길지 모르겠지만 그는 좋은 성품을 가지고 있다. 표정으로든 말로든 절대로 속이지 마라, 메그. 그러면 너를 믿어주고 네가 필요로 하는 도움을 줄 게다. 그 사람은 우리와 다른 기질을 가졌다. 성격은 좀 불같지만 뒤끝이 깨끗하지. 좀처럼 화내는 사람이 아니라서 한 번 불이 붙으면 끄기 힘들 게야. 평화와 행복은 네가 얼마나 인내하고 얼마나 그를 존경하느냐에 달려 있으니, 그가 너에게 화를 내지 않도록 조심조심, 아주 조심해라! 너 자신을 살펴보고 둘 다 잘못이 있을 때는 언제나 네가 먼저 사과해야 한다. 사소한 다툼이나 오해, 성급한 말이 종종 쓰디쓴 슬픔과 회한의 씨앗이 될 수도 있으니까 그렇게 되지 않도록 노력해야 한다.'

어스름한 해질녘 한 땀 한 땀 바느질을 하면서 메그는 어머니의 조언들을 떠올렸다. 특히 마지막 말이 가슴에 와 닿았다. 두 사람의 사이가 심각할 정도로 틀어진 것은 이번이 처음이었다. 자신의 성급했던 말들을 돌이켜보니 정말 어리석기 짝이 없었다. 세 살 먹은 어린애같이……. 존이 피곤한 몸을 이끌고 집에 와서 그러한 모습을 보았으니 얼마나 놀랐을까? 이런저런 생각을 하다 보니 마음이 많이 누그러졌다. 그녀가 두 눈에 눈물을 가득 담고 그를 쳐다보았지만 존은 그녀를 보지 않았다. 그녀는 일감을 내려놓고 일어섰다.

'내가 먼저 용서를 빌고 사과해야지.'

그러나 그는 메그가 옷깃을 스치며 방 안을 서성이는데도 그 소리가 들리지 않는지 신문만 보고 있었다. 메그는 자존심을 꺾기 어려웠지만 방 안을 천천히 가로질러 그의 곁으로 가까이 다가섰다. 그러나 그때까지도 그는 머리를 돌리지 않았다. 그녀는 그런 분위기에서 도저히 사과할 수 없을 것 같아 잠시 망설였다.

'이건 시작이야. 내 몫은 내가 해야지. 뒷날 스스로를 책망하는 일이 없도록 결단을 내리자.'

메그는 허리를 굽혀 부드럽게 남편의 이마에 키스했다. 그것으로 모든 것은 해결되었다. 뉘우치는 사랑의 키스가 백 마디 말보다 훨씬 나았다.

존은 메그를 무릎에 앉히고 부드럽게 말했다.

"당신의 서투름을 비웃은 것은 정말 나빴소. 다시는 안 그럴 테니 용서해 주구려, 여보!"

그들은 두고두고 그 일을 얘기하며 서로 웃었다. 둘은 가정의 행복이 간직되어 있는 그 작은 병들 안에는 그 어느 잼보다 더 맛있고 달콤한 잼이 들어 있다고 단언했다.

그 일이 있은 뒤 메그는 스코트 씨를 초대해 특별히 저녁식사를 대접했다.

메그는 명랑했고 우아했다. 그날 저녁 음식은 모두 아주 맛있었다. 메그가 그릇을 치우는 동안 스코트 씨는 존은 운이 좋은 사람이라고 말했고 고개를 내저으며 쓸쓸한 집으로 돌아가야 하는 고달픈 총각 신세를 토로했다.

가을이 되자 새로운 시련들과 경험들이 메그를 찾아왔다. 그즈음 샐리 모 펏이 우정을 돈독히 하자며 그 작은 집을 들락거리기 시작했다. 그녀는 소문 거리를 한보따리 쏟아놓거나, 가엾은 새댁을 큰 집에 초대하여 하루 종일 같 이 시간을 보냈다. 메그도 날씨가 우중충한 날은 무척 외로웠기에 이웃 나들 이가 즐거웠다.

친정 식구들은 모두 바빴고, 존은 밤늦게까지 들어오지 않을 때가 많았다. 그럴 때면 메그는 조용하게 앉아 바느질을 하거나 독서를 했다. 그것에도 지 처버릴 때는 그저 어슬렁거리며 집 안을 돌아다니는 일밖에는 할 일이 아무 것도 없었다. 그래서 친구네 집에 놀러 다니며 수다 떠는 것이 어느새 습관 이 되었다. 그렇게 샐리의 집을 드나들다 보니 그녀는 샐리가 가진 예쁜 물 건들이 갖고 싶어졌고, 그것들을 가질 처지가 못 되는 자신의 형편이 한탄스 러워졌다. 샐리는 매우 친절해서 때로는 탐나는 작은 물건들을 메그에게 주 기도 했지만, 메그는 존이 그런 것을 싫어한다는 것을 알기 때문에 번번이 이를 사양했다. 그러나 그런 날이면 아직 철이 없는 메그는 집에 돌아가 존 이 훨씬 더 싫어하는 행동을 하기 일쑤였다.

메그는 남편의 수입을 알고 있었다. 그녀는 존이 그의 행복뿐 아니라 돈 문제에 있어서도 자신을 믿어주길 바랐다. 메그는 존이 돈을 어디에 두는지 알고 있었다. 그래서 마음만 먹으면 사고 싶은 것을 마음대로 살 수도 있었 다. 존은 그저 메그가 돈을 쓸 때마다 일일이 가계부에 적고 한 달에 한 번 씩 그 내역을 자신에게 알려주는 것으로 족했다. 메그는 남편이 그녀가 가난 한 남자의 아내라는 것을 기억해 주기를 바라고 있다는 것 또한 잘 알고 있 었다. 이제까지 메그는 남편의 말을 잘 실천해왔다. 메그는 가계부를 신중하 고 정확하게 기록하고 단정하게 보관하면서 한 달에 한 번씩 남편에게 보여 주었다.

그러나 그해 가을, 메그의 낙원에 사탄의 뱀이 숨어들어왔다. 사탄의 뱀은 많은 다른 현대 여성들에게 한 것처럼 이브의 사과가 아니라 옷으로 그녀를 유혹했다. 메그는 동정을 받거나 가난하다고 느껴지는 것이 싫었다. 가난은 짜증스러울 뿐만 아니라 인정하기조차 부끄러운 일이었다. 메그는 샐리에게 자신의 궁핍한 생활을 보여 주기 싫어 때로 예쁜 물건들을 사서 위안을 삼으려 했다. 메그는 생활에 필요한 것은 아니지만 값이 적게 나가 가계에 부담이 되지 않는 예쁜 물건들을 샀다. 그랬더니 집 안에 별 쓸모도 없는 물건들이 점차 늘어나게 되었다. 이제 메그는 시장에 갈 때마다 그냥 구경만 하지는 않았다.

그러나 아무리 값싼 것이라 해도 그런 것들을 사들이는 데는 상상을 초월할 정도로 많은 돈이 들었다. 월말에 계산을 해보니 총액이 엄청났다. 존은 그 달에 매우 바빠서 청구서를 그녀에게 맡겨 버렸고, 그 다음 달에는 집을 비웠다. 그러나 연말에는 그가 분명히 연말결산을 할 것이다. 메그는 마음이 불편했고 양심의 가책을 느꼈다. 그런데 그 무시무시한 일을 치르기 며칠 전 메그는 그만 일을 저지르고 말았다.

샐리가 드레스를 사야 한다고 했다. 메그도 파티에 입고 갈 밝은 빛깔의 멋진 드레스가 갖고 싶었다. 메그의 검은 드레스는 너무 흔했고, 얇은 모시 드레스는 소녀들에게나 어울리는 유치한 옷이었다. 고모님은 대개 새해가 되면 네 자매에게 한 사람에 25달러에 상당하는 선물을 사주신다. 그러나 그때까지 기다리려면 아직 한 달이나 남았다. 그런데 옷가게에서 마침 예쁜 보랏빛 비단 드레스가 할인가격으로 판매되고 있었다. 돈은 있겠다, 마음만 먹으면 얼마든지 살 수도 있었다. 존은 언제나 자기의 것은 그녀의 것이라고 말했다. 그러나 고모가 주실 25달러에 또 25달러를 가계비에서 지출한다면 존은 옳다고 생각할까, 그것이 문제였다. 샐리는 그 옷을 사라고 부추겼고 돈을 빌려주겠다고도 했다. 샐리는 물론 선의로 그랬지만 그것은 메그를 더욱 견디지 못하게 하는 유혹이었다. 그 순간 가게 주인이 그 아른거리며 빛나는 비단자락을 들어 올리며 말했다.

"할인 가격입니다, 부인. 이럴 때 하나 장만하세요. 만족하실 겁니다."

그 말이 떨어지자마자 메그는 충동적으로 대답했다.

"사겠어요."

옷값을 지불하고 포장된 드레스를 건네받은 다음 샐리는 기뻐 어쩔 줄 몰랐다. 메그도 대단치 않은 일이라는 듯 가볍게 웃어넘겼다. 그러나 메그는 꼭 무언가를 훔치다 들킨 사람 같았다. 그녀는 혹 경찰이라도 뒤따라오는 양 자꾸 뒤를 돌아보며 집으로 돌아왔다.

집에 도착하자마자 메그는 그 우아한 비단 드레스를 펼쳐보면서 양심의 가책을 달래려 했다. 그러나 그 옷은 화려해 보이지도, 자기한테 어울리는 것 같아 보이지도 않았다. 드레스의 주름마다 50달러란 무늬가 찍혀 있는 것 같았다. 그녀는 그 옷을 옷장 안에 쑤셔 넣었다. 그러나 그 옷의 망령은 저녁 내내 그녀를 따라다녔다. 그 망령은 새옷의 기쁜 망령이 아니라 쉽게 잠재울 수 없는 무서운 악령이었다.

그날 존이 가계부를 꺼내들었을 때 메그의 가슴은 철렁 내려앉았다. 결혼 뒤 처음으로 남편이 무서웠다. 그 상냥한 갈색 눈이 금방이라도 엄격하게 변할 것 같았다. 남편은 평소보다 기분이 좋은 듯했다. 메그는 존이 모든 사실을 다 알고 있으면서도 그것을 숨기고 있다고 생각했다. 존이 언뜻 보니 청구서는 모두 지불되었고 가계부도 깨끗이 정리되어 있었다. 존은 아내를 칭찬했다. 그러곤 그들이 '은행'이라고 부르는 지갑을 열었다. 지갑에 동전 몇 닢만 남아 있다는 것을 알고 있는 메그는 그의 손을 잡고 긴장해서 말했다.

"당신은 아직 내 지출기록부를 보지 않았잖아요?"

존은 한 번도 그 기록부를 보겠다고 하지 않았고 그럴 때마다 메그는 매번 그것을 보아야 한다고 우겨댔었다. 그녀는 남자들은 잘 모르는 여자가 원하는 기이한 물건들에 그가 놀라는 모습을 보고 싶었던 것이다. 그래서 옷에 붙이는 가장자리 장식이 무엇인지, '나를 꼭 안아주세요'의 의미가 무엇인지 알아맞혀 보라고 조르는가 하면, 세 개의 장미꽃 봉오리와 벨벳 천, 두 줄의 끈으로 만들어진 보닛이 어떻게 5달러나 6달러가 될 수 있는지를 설명해서 어리둥절하게 만들기를 좋아했다. 그날 밤 존은 종종 그랬던 것처럼 그의 알뜰한 아내를 자랑스러워하며, 그녀가 지출한 내용이 얼마인지 알아맞히고 지나친 낭비에 놀란 척하려고 했다.

지출기록부가 조심스럽게 꺼내져서 그의 앞에 놓였다. 메그는 그의 의자 뒤에 서서 그의 이마의 주름을 펴 주는 체하며 말 한 마디 한 마디가 고통스러운 듯이 말했다.

"존, 요즘 내가 돈을 너무 헤프게 써서 기록부를 보여주기가 겁이 나요. 밖에 나갈 일이 자주 있어서 모자랑 옷가지가 좀 필요했어요. 그리고 샐리가 자꾸 사라고 옆에서 채근하는 바람에 그만……, 새해에 고모님이 주실 돈도 거기에 보탤 거예요. 당신은 나를 나무라겠죠? 낭비를 한 것이 너무너무 후회가 돼요."

존은 웃으며 그녀를 옆으로 이끌었다. 그러곤 부드러운 말투로 말했다.

"괜찮아. 숨지 마, 메그. 당신이 멋진 부츠를 샀다 해도 나무라지 않을 테니 걱정 마. 당신이 마음에 들어 샀다면 8달러, 아니 9달러를 주고 샀더라도 괜찮아."

부츠란 그녀가 최근에 산 사소한 물건 중 하나였다. 그는 계속 손가락을 짚으며 더듬어 내려갔다.

'그 엄청난 25달러를 보게 되면 뭐라고 할지 몰라!' 메그는 속이 덜덜 떨려왔다.

"그건 부츠보다 더한 거예요. 비…… 비단이거든요." 메그는 이 두려운 일이 빨리 끝나기를 바라는 심정에서 절망스런 목소리로 나지막하게 말했다.

"여보, 그래 대체 그 빌어먹을 총계가 얼마요?" 그 목소리는 평소의 존 같지 않았다.

이제까지 메그는 늘 정직한 눈길로 존의 눈길을 당당하게 바라보았었다. 그러나 그날만큼은 그럴 수가 없었다. 존은 직선적인 눈길로 그녀를 바라보았다. 그녀는 페이지를 넘겨 그 25달러가 없었어도 엄청났을 텐데 별도의 25달러마저 덧붙여진 끔찍한 총계를 가리키고 나서 존에게서 머리를 돌려버렸다. 잠시 동안 방 안엔 정적이 감돌았다.

이윽고 존이 천천히 말하기 시작했다. 메그는 존이 실망한 것을 감추려 무척 애를 쓰고 있음을 느낄 수 있었다.

"글쎄, 나는 그 옷을 완성시키는데 필요한 주름과, 당신이 원하는 스타일을 만드는 데 드는 25달러가 요즘 시세로 비싼 건지는 모르겠어."

"주름 장식 따위는 아직 달지도 않았어요." 메그는 아직도 들어가야 할 돈이 더 남아 있음을 깨닫고, 더욱더 기가 죽어 가냘프게 한숨을 쉬었다.

"25야드나 되는 비단옷은 조그마한 여자를 감싸기에는 좀 지나친 것 같지만, 당신이 그 옷을 입으면 샐리 모펏이 입었을 때만큼은 멋져 보일 거야." 존이 무감각한 목소리로 말했다.

"당신이 화난 건 알아요, 존. 하지만 어쩔 수 없었어요. 당신 돈을 낭비하고 싶지는 않았어요. 그 작은 물건들에 그렇게나 돈이 많이 들어가는지 정말 몰랐어요. 샐리가 자기는 사고 싶은 것은 다 사면서 내가 못 사는 것을 가엾게 여길 때면 자존심도 상했고요. 나는 현재의 생활에 만족하려고 애쓰고는 있지만 너무 힘들어요. 가난하다는 것에 이제 진력이 났어요."

마지막 말은 아주 작은 목소리로 말했기 때문에 그가 못 들었을 줄 알았다. 그러나 존은 들었다. 그 말은 다른 어떤 말보다 그의 가슴에 깊이 박혔다. 메그를 위해 숱한 즐거움을 억제해 온 그에게 그 말은 너무나 깊은 상처를 안겨주었다. 그녀는 그 말을 한 순간 자기의 혀를 깨물고 싶었다. 존은 그 지출기록부를 밀고 일어나면서 말했다. 떨리는 목소리였다.

"나는 이제껏 이런 일이 일어날까봐 두려워해 왔소. 나는 최선을 다하고 있지만…… 여보, 미안하구려."

그가 만일 그녀를 몹시 나무라거나 화가 나서 그녀의 몸을 마구 흔들어댔더라도 그 몇 마디 말처럼 그녀의 가슴을 찢어놓지는 않았을 것이다. 그녀는 그에게 달려가 그를 꼭 껴안았다. 뉘우침의 눈물이 하염없이 쏟아졌다.

"오, 존. 나의 사랑스럽고 다정한 일밖에 모르는 사람……. 그런 뜻으로 말한 게 아니에요! 그런 말도 안 되는 매정한 말을 하다니, 내가 너무 나빴어요. 어리석었어요! 오, 내가 어찌 감히 그런 말을……."

존은 매우 친절했다. 그는 원망하는 말 한마디 없이 그저 부드러운 눈길로 기꺼이 그녀를 용서했다. 그러나 메그는 자기가 쉽게 잊히지 않을 말을 한 것을 알았다. 또한 다시 입 밖으로 꺼내지는 않더라도 그 말이 언제까지나 그의 뇌리에서 지워지지 않으리란 것도 알았다. 메그의 가슴은 찢어질 듯했다. 그녀는 좋은 일이 생기든 궂은 일이 생기든 그를 사랑하겠노라고 맹세했었다. 그런데 그의 아내가 되어 그가 애써 번 돈을 제멋대로 써버리고 그의 가난을 책망하다니 얼마나 끔찍한 일인가? 그것은 끔찍한 일이었다. 무엇보다도 참을 수 없었던 것은 존이 마치 아무 일도 없었다는 듯 조용히 넘어갔다는 것이다. 그러나 그는 늦게까지 일했고 메그는 울다가 잠이 들었다.

메그는 일주일 동안 자신이 저지른 어처구니없는 짓이 너무도 후회스러워 완전히 풀이 죽어 있었다. 몸살이 날 지경이었다. 더구나 존이 주문한 새 코트를 취소했다는 것을 알고 나서는 더욱더 몸 둘 바를 몰랐다. 그녀가 취소한 이유를 묻자 남편은 담담하게 대답했다.

"난 그것을 살 형편이 못 되오, 여보."

메그는 더 이상 아무 말도 하지 못했다. 그녀는 조용히 응접실로 내려와 그의 낡은 코트에 얼굴을 묻고 소리 죽여 흐느껴 울었다. 가슴이 갈래갈래 찢어지는 듯했다.

그날 밤 그들은 오랜 시간 동안 이야기를 나누었다. 자신의 길을 개척해 나가는 힘과 용기 그리고 실패하더라도 인내할 줄 아는 자제력을 지니고 있는 존이 새삼 존경스러웠다.

다음 날 그녀는 자존심을 버리고 샐리에게 가서 그 사실을 털어놓았다. 그러곤 그녀에게 자기가 산 드레스를 사달라고 부탁했다. 마음씨 고운 모펏 부인은 기꺼이 그렇게 했다. 그러나 사려 깊은 샐리는 그것으로 만족하지 않았다. 그녀는 메그에게 그 아름다운 보랏빛 드레스를 선물했다.

메그는 집에 돌아오는 길에 존의 코트를 다시 주문했다. 그날 저녁 존이 돌아오자 메그는 샐리에게 선물받은 보랏빛 드레스를 걸치고 맘껏 뽐내며 존에게 자기 드레스가 마음에 드느냐고 물어보았다. 독자들은 그의 대답을 짐작할 수 있을 것이다. 또한 그가 코트를 받고 얼마나 흐뭇해했는지도 알 수 있을 것이다. 기쁜 일들은 계속해서 일어났다.

존은 집에 일찍 들어왔고 메그는 더 이상 쓸데없이 나다니지 않았다. 메그는 행복한 남편에게 아침저녁으로 코트를 입혀주고 벗겨주었다. 그렇게 한 해가 펼쳐지고 있었다.

한여름이 되었고 메그는 여자의 일생에서 가장 아름다운 일을 경험하고 있었다.

어느 토요일, 로리가 흥분된 얼굴로 마치 댁의 부엌으로 살금살금 기어들어오다가, 한나 아주머니가 한 손에는 냄비를 들고 다른 한 손에는 뚜껑을 들고 오다 그것들을 두드리는 바람에 깜짝 놀랐다.

"아기 엄마는 어때요? 모두들 어디 있지요? 왜 진작 말씀해 주지 않으셨어요?" 로리가 흥분된 목소리로 물었다.

"왕비처럼 행복해한답니다. 도련님! 모두들 2층에서 기도하고 있어요. 아기를 낳았다고 법석을 떨고 싶어 하지 않아요. 응접실로 들어가 계세요. 그 녀석들을 아래층으로 내려 보낼게요."

한나는 아리송한 대답을 하며 우스워 못견디겠다는 듯 키득거리며 나갔다.

곧 플란넬 천에 싸여 큼직한 베개 위에 놓인 보퉁이를 들고 조가 나타났다. 자랑스러운 표정의 조의 얼굴은 진지했으며 눈망울은 초롱초롱했다. 그녀의 목소리에선 무언가 감정을 억누르는 듯한 이상한 낌새가 느껴졌다.

"눈을 감고 두 팔을 펴봐." 그녀가 졸라댔다.

로리는 재빨리 모퉁이로 뒷걸음쳐서 애원하는 몸짓으로 두 손을 뒤로 숨겼다. "싫어. 안 그러는 게 좋아. 틀림없이 아이를 떨어뜨려 다치게 할 거야."

"그럼 아이를 못 보게 될 텐데." 조가 갈 것처럼 돌아서며 딱 부러지게 말했다.

"할게, 할게! 잘못되면 네가 책임져야 돼." 로리는 조의 말대로 눈을 감고 두 팔에 보퉁이를 받아들었다. 조와 에이미, 마치 부인, 한나, 존의 웃음소리가 들렸다. 로리는 웃는 소리에 놀라 눈을 떴다. 두 갓난아기를 발견한 로리의 얼굴은 그 표정을 본 사람이라면 누구라도 웃지 않고는 못 배길 정도로 기괴했다. 사람들은 그 광경에 웃음을 참지 못했고 조는 마룻바닥에 앉아 괴성을 질러댔다. 로리는 무의식적인 순진무구한 얼굴로 서서 자기 팔에 안겨 있는 보퉁이를 뚫어져라 바라보았다.

"맙소사, 쌍둥이로군!" 그렇게 말문을 튼 로리는 애원하는 눈길로 여자들 쪽으로 몸을 돌렸다. 로리의 행동은 애처로우면서도 희극적이었다. "빨리 이 아이들을 받아요. 누구든! 웃음이 터져 나와 아이들을 떨어뜨릴 것 같아요."

조가 아이들을 구했다. 그녀는 두 팔에 하나씩 아이들을 안고 오르락내리락 행진을 했다. 아이 돌보는 일에 익숙해진 듯했다. 조에게 아이들을 건네준 로리는 눈물이 날 정도로 웃어댔다.

"이번 여름에 생긴 일 중 가장 우스운 일 아냐? 너를 놀라게 해주려고 미리 알려 주지 않았어. 그렇게 하길 잘했다는 생각이 들어." 조가 숨을 헐떡이며 말했다.

"이보다 더 놀란 적은 없었어요. 재미있지 않아요? 사내아이들이에요? 이름을 뭐라고 지을 거죠? 어디 다시 한 번 봐요. 나한테는 둘은 너무 많아요." 로리는 마치 신기한 보석이라도 되는 것처럼 쌍둥이 형제를 바라보며 말했다.

"하나는 남자, 하나는 여자. 예쁘지 않아?" 오물거리는 귀여운 붉은 뺨의 갓난아이들이 날개 없는 천사인양 미소를 띤 채 아빠가 자랑스럽게 말했다.

"이제까지 제가 본 갓난아이들 중 가장 예뻐요. 누가 누군지 구별할 수 있겠어요?" 로리가 아이들을 자세히 보려고 몸을 굽혔다.

"쉽게 알아볼 수 있도록 에이미가 남자아이에게는 파란 리본을, 여자 아이에겐 분홍 리본을 달아주었어. 그래서 쉽게 구별할 수 있어. 프랑스에선 그렇게 해. 그리고 한 아이는 파란 눈이고, 또 한 아이는 갈색 눈이야. 뽀뽀해 줘, 테디 삼촌!" 장난스러운 조가 말했다.

"싫어하면 어떡하지?" 로리는 평소와는 달리 겁을 냈다.

"아냐, 좋아할 거야. 지금은 입 맞추는 것에 익숙해져 있으니까. 지금 해, 어서!" 로리가 자기에게 대신 하라고 할까 봐 조가 재촉하듯 말했다.

로리는 얼굴을 잔뜩 찡그리고 작은 뺨에 머뭇거리며 입을 맞췄다. 아이들은 버둥거리며 울기 시작했고 사람들은 다시 웃어댔다.

"그것 봐, 내가 싫어할 줄 알았다고! 이 애가 사내아이인가 봐. 발로 차고 사내애처럼 주먹을 휘두르는 것 좀 봐. 자, 어린 브루크 씨, 너보다 훨씬 큰 나를 한번 공격해 봐, 공격할래?"

아무데나 휘두르는 아이의 작은 주먹에 얼굴을 맞은 로리는 기쁜 듯 외쳤다.

"남자아이의 이름은 존 로렌스라고 지을 거고, 여자아이는 어머니와 할머니의 이름을 따서 마거릿이라 지을 거야. 애칭으로는 메그라고 부르면 메그가 둘이 될 테니까 혼동하지 않도록 데이지라 부를 거야. 남자 아이는 더 나은 이름이 떠오르지 않는 한 잭이라고 부를 거고." 에이미가 이모다운 관심을 보이며 말했다.

"남자아이의 이름은 데미존이라 짓고, 줄여서 데미라고 불러." 로리가 말했다.

"데이지와 데미 정말 잘 어울려! 나는 테디가 멋진 이름을 지어줄 줄 알았어." 조가 손뼉을 치며 좋아했다.

테디는 이때 정말 확실히 멋진 이름을 지었다. 사람들은 아이들을 한동안 데이지와 데미라 불렀다.

제6장 이웃집 방문

"어서 내려와, 조 언니. 갈 시간이야!"

"무엇하러?"

"나하고 오늘 여섯 군데나 방문하기로 약속한 걸 잊은 건 아니겠지?"

"내가 지금까지 너무 경솔해서 바보 같은 짓을 많이 하긴 했지만, 하루에 여섯 군데나 방문하겠다는 말은 한 적이 없는 것 같은데? 한 군데만 방문해도 1주일이 엉망이 되어버리고 마는데."

"언니가 틀림없이 그랬잖아. 나와 함께 이웃을 방문하면 나는 언니를 위해 베스 언니의 초상화를 크레용으로 그려주기로 말이야. 그래서 방문한 이웃에게 보답하자고 그랬잖아."

"날씨가 좋다면 말이지……. 약속할 때 확실하게 그 조건을 달아놓고선 그래. 나는 그 조건에 따라 내 권리를 주장하겠어요, 샤일록 씨. 동쪽에 구름이 잔뜩 끼었네요. 날씨가 좋지 않은 것 같아요. 그러니 가지 않겠어요."

"그건 순 핑계야. 날씨도 좋고 비가 올 기미는 전혀 안 보여. 언니는 약속을 꼭 지키는 것에 긍지를 느꼈잖아. 그러니까 명예를 지키기 위해서라도 언니의 의무를 다해야지. 그러면 앞으로 6개월은 느긋하게 지낼 수 있잖아."

그때 조는 드레스를 만드는 것에 완전히 몰두해 있었다. 그녀는 집에서 가장 바느질을 잘했고 바늘을 연필만큼이나 자유로이 사용할 수 있다는 데 상당히 자부심을 느끼고 있었다. 완성된 것을 이제야 입어보려고 했는데 이렇게 찌는 듯한 7월의 여름날에 한껏 차려입고 이웃을 방문하자는 요청을 받는 것은 무척 짜증스러운 일이었다. 조는 격식을 갖춘 방문을 싫어해서 에이미가 일종의 협상이나 뇌물 또는 약속을 빌미삼아 채근하기 전에는 결코 선뜻 나서서 방문하는 일이 거의 없었다. 지금으로선 빠져나갈 길이 없었다. 그래서 괜히 가위로 짤가닥 소리를 내고, 금방이라도 천둥이 칠 것 같다고 투덜대다가 결국엔 일감을 치워버렸다. 그러고는 체념한 듯이 모자와 장갑을 집어 들고 에이미에게 준비를 끝냈다고 말했다.

"조 언니는 성인군자도 화나게 할 만큼 심술궂은 사람이야! 설마 그 꼴로 가려는 건 아니겠지?" 에이미가 그녀를 위아래로 훑어보고 놀라서 소리쳤다.

"무슨 문제 있니? 나는 이게 단정하고 시원한데다 편하기까지 한걸! 이렇게 찌는 날은 걷다가 먼지를 뒤집어쓰기에 딱 알맞아. 사람들이 나보다 내 옷에 더 관심을 기울인다면 그들을 보지 않겠어. 네가 대신 예쁘게 차려입고 우아하게 행동하면 되잖아. 예쁘게 차려입는 것이 너에게는 도움이 되겠지만 나는 아니야. 주름 장식은 거추장스러울 뿐이니까."

"오, 맙소사!" 에이미는 한숨을 쉬며 말했다. "언니는 정말 심술쟁이야! 옷을 제대로 입고 가지 않으면 내가 미치고 말 거야. 나도 오늘 가는 것이 즐겁지는 않아. 하지만 누가 우리를 방문해 주었으면 우리도 방문을 해야 하잖아. 그리고 언니와 나 말고 그 일을 할 사람이 어디 있어? 조 언니, 언니가 잘 차려입고 가서 정중하게 행동해 주기만 한다면 언니를 위해 무엇이든 하겠어. 언니가 하려고만 하면 언니는 누구보다도 상냥하게 말하고, 아주 우아하게 행동할 수 있을 거야. 그리고 귀족같이 보이고 말이야. 그러면 나는 언니를 자랑스럽게 여길 거고……. 나 혼자 가는 것은 무서워. 부탁이니까 나랑 같이 가면 안 될까? 제발!"

"그런 식으로 이 괴팍한 언니를 달래다니 너도 꽤나 말솜씨가 좋구나. 내가 귀족적이고 가정교육을 잘 받은 숙녀가 될 수 있다니, 혼자 가기가 싫다니 하는데 어느 쪽이 더 말도 안 되는 소린지 모르겠다. 내가 가야 한다면 가지. 그리고 최선을 다할게. 네가 모든 걸 다 지시해 줘. 나는 맹목적으로 따르기만 할 테니. 이제 됐어?" 심술궂게 굴던 조가 갑자기 양같이 순하게 순종하며 말했다.

"언니는 정말 천사야! 이제 가장 좋은 옷으로 갈아입어. 그러면 언니가 좋은 인상을 주기 위해 어떻게 해야 할지 가르쳐줄 테니까. 나는 사람들이 언니를 좋아하기를 바라. 언니가 조금만 더 상냥하게 굴면 누구라도 언니를 좋아하게 될 거야. 머리를 예쁘게 묶고, 보닛 위에 분홍색 장미를 꽂으면 정말 잘 어울릴 거야. 그 장식 없는 옷은 너무 수수해 보여. 세련되고 얇은 장갑을 끼고 수놓은 손수건을 들어. 메그 언니네 집에 들러 흰 양산을 빌릴 거야. 언니는 내 비둘기 빛 양산을 들고."

에이미가 조에게 옷을 입히며 잔소리를 해도 조는 별 저항 없이 그 말에 따랐다. 그러나 이따금 조금씩 반항도 하였다. 바삭거리는 새 모슬린 옷을 입으며 한숨도 쉬었고, 여전히 얼굴을 찌푸리면서도 보닛 끈을 나무랄 데 없이 예쁘게 매듭지었다. 그러고는 옷깃에 핀을 꽂으려 애썼다. 조는 수놓은 손수건을 펼치고는 오만상을 찌푸렸다. 자수가 그녀의 코를 자극했다. 그녀에게 있어 그 자극은 오늘 해야 하는 일에 대한 감정과 비슷했다. 마지막으로 두 개의 단추와 장식 술이 달린 꼭 끼는 장갑에 손을 밀어 넣고서 조는 얼빠진 표정으로 에이미를 바라보며 힘없이 말했다.

"한심한 꼴이 되어버렸어. 하지만 네가 이걸로 사람들 앞에서 당당할 수 있다면 기꺼이 참겠어."

"내가 보기엔 아주 예뻐. 천천히 돌아봐, 자세히 보게."

조가 몸을 돌리자 에이미는 다시 한 번 여기저기 손을 봐주었다. 그러고 나서는 한 걸음 떨어져 서서 고개를 한쪽으로 기울인 채 정말 황홀하다는 듯이 바라보았다.

"응, 됐어, 언니. 머리가 가장 멋져. 장미 달린 흰 보닛이 아주 매혹적이야. 고개를 좀 뒤로 젖히고 장갑이 손에 꼭 끼더라도 자연스럽게 손을 움직여. 또 한 가지 해야 할 일이 있어. 조 언니, 숄을 걸치는 거야. 나는 안 그렇지만 언니가 걸치면 아주 멋있을 거야. 고모님이 이렇게 예쁜 숄을 언니에게 주셔서 다행이야. 화려하지는 않지만 팔에 걸친 주름은 정말 예술적인데! 조 언니, 내 망토 끝이 가운데로 내려와 있어? 옷자락은 잘 펴져 있고? 나는 코는 예쁘지 않지만 발이 예쁘니까 내 부츠를 보여주고 싶어."

"넌 언제나 아름다워 보여." 조가 금발머리에 꽂힌 푸른 깃털장식을 조심스럽게 만지며 말했다.

"가장 좋은 옷을 먼지 구덩이에 질질 끌며 가야 하나요? 아니면 위로 묶을까요, 공주님?"

"걸을 때는 살짝 들어 올리고 집 안에서는 늘어뜨려. 흘러내리는 스타일이 언니에겐 가장 잘 어울려. 언니는 치마를 우아하게 질질 끄는 법을 좀 배워둬야 해. 소매 단추를 다 채우지 않았잖아. 얼른 채워. 사소한 것들이 잘 어울려야 전체적으로 우아해 보이니까. 그런 사소한 것들이 모든 것을 돋보이게 해주는 거야."

조는 한숨을 쉬었다. 그녀는 소매 단추를 채우면서 슬쩍 장갑 단추를 떼어버렸다. 마침내 준비가 다 되었다. 한나 아주머니가 이층 창문에서 내려다보며 소리쳤다.

"그림같이 예뻐요."

"자, 조 언니, 체스터 부부는 매우 우아한 사람들이야. 그러니까 언니가 될 수 있는 한 얌전하게 행동해 주었으면 좋겠어. 무뚝뚝하게 말하거나 이상한 행동은 하지 마, 알았지? 조용하고 침착하고 얌전하게만 있어. 그러면 언니도 숙녀같이 보일 거야. 15분이면 되니까 그리 어렵진 않을 거야."

가장 처음으로 방문할 집에 가까워졌을 때, 에이미가 말했다. 둘은 이미 메그네 집에 들러서 흰 양산을 빌리고 두 팔에 갓난아기를 하나씩 안고 있는 메그에게 세심하게 확인까지 받고 온 터이다.

"조용하고 침착하고 얌전하게? 그 정도는 얼마든지 할 수 있어. 무대에서 새초롬한 귀부인 역할도 해보았으니까 그렇게 해볼게. 너도 곧 알게 되겠지만, 내 연기력은 굉장하니 마음 푹 놓고 있어."

에이미는 안심한 듯이 보였다. 하지만 짓궂은 조는 에이미가 하는 말을 그대로 따랐다. 체스터 씨 댁에 있는 동안 내내 조는 팔과 다리를 얌전히 놓고 치마 주름을 가지런히 모으고는 여름 바다처럼 조용하고 밤새 남몰래 쌓인 눈더미처럼 침착하게, 그리고 스핑크스같이 아무 말 없이 앉아 있었다. 아무리 체스터 부인이 조의 '매력적인 소설'에 대해 칭찬을 늘어놓고 체스터 집안의 처녀들의 파티며 소풍이며 오페라, 패션에 대해 수다를 떨어도 그저 미소를 짓거나, 고개를 까딱하거나, 또는 소름이 끼칠 정도로 '네' 아니면 '아니오'라고 짤막하게 대답할 뿐이었다. 에이미가 지금은 말해도 된다고 눈치를 주고, 아무도 모르게 발로 툭툭 차도 소용이 없었다. 조는 그런 것에는 관심없다는 듯이 얼음같이 냉정하고 무표정한 얼굴로 앉아 있었다.

"마치 양의 언니는 어쩜 그렇게 냉담하고 무관심한 사람인지 모르겠어!"

응접실을 나와 현관으로 다가갈 때 문 뒤에서 이렇게 속삭이는 소리가 들려왔다. 조는 소리죽여 웃었으나, 에이미는 자기가 시킨 일이 잘못된 것에 화가 나서 조를 책망했다.

"어떻게 내 말을 그런 식으로 받아들일 수가 있어? 나는 단지 언니에게 적당히 우아하고 침착하게 있으라고 했는데 언니는 완전히 목석처럼 행동했으니……. 램 씨 집에서 얘기할 때는 다른 여자애들 같이 사교적으로 행동하고 옷이나 하찮은 일이나, 우스꽝스러운 일에 대해서 이야기를 하더라도 관심을 가져봐. 그들은 상류사회에 속하니까 알고 지내면 아주 좋을 거야. 그러니까 무슨 일이 있더라도 거기에서는 꼭 좋은 인상을 심어줘야 해!"

"좋아, 그렇게 하지. 수다를 떨고, 키득거리며 웃고, 네가 좋아하는 그 시시한 일들에 깜짝 놀라거나 기뻐하거나 할게. 나도 그편이 즐거우니까. 그리고 이번에는 모두에게 매력적인 처녀라 불릴 수 있도록 최선을 다할 테니까 두고 보라고. 메이 체스터를 모델로 삼았으니까 잘할 수 있어. 아니, 그녀보다 더 우아하게 행동할 거야. 램 씨 부부가 '조 마치는 정말 발랄하고 좋은 처녀인데!' 하는 소리를 안 하는지 두고 보렴."

에이미는 조가 변덕이 나면 밑도 끝도 없이 행동하는 것을 알기에, 무척 걱정이 되었다. 조는 램 씨 댁 응접실로 미끄러지듯 들어가자마자 젊은 숙녀들에겐 입을 맞추고, 젊은 신사들에게는 우아한 미소를 지으며, 굉장히 생기 있게 이야기했다. 그 모습을 보고 에이미는 점점 불길한 예감이 들었다. 에이미는 자기를 아주 좋아하는 램 부인에게 붙잡혀 루크레티아의 마지막 공격에 대한 긴 이야기를 들어야만 했다. 에이미는 줄곧 그 주위에서 있던 3명의 명랑한 젊은이들이 다가와 대화에 끼어들어 그녀를 구출할 순간을 기다렸다. 그러다 보니 에이미는 조를 감시할 수 없었다. 조는 장난기가 발동하여 나이 든 아주머니에게 지지 않을 정도로 입심 좋게 떠들어대고 있었다. 몇 사람들이 조의 주위에 몰려들어 그녀의 말에 귀를 기울였다. 에이미는 그들이 대체 무슨 말을 하고 있는지 들으려 귀를 쫑긋거렸다. 드문드문 들려오는 몇 마디만 들어도 깜짝 놀랄 만한 재미있는 이야기를 하고 있었는데 조가 눈을 동그랗게 뜬 채 손짓을 하며 이야기하는 것을 보니 듣고 싶어서 안절부절못했고 가끔씩 왁자지껄하게 웃음소리가 들려오면 자기도 그 재미있는 이야기를 듣고 싶어서 견딜 수가 없었다. 그런데 그때 갑자기 유난히도 크게 조의 목소리가 들려왔는데, 그건 자기에 대한 이야기였다.

"그 애는 말을 아주 잘 타요. 누가 가르쳐주었느냐고요? 아니요, 아무도 가르쳐주진 않았어요. 다만 나무 위의 낡은 안장에 올라타서 고삐를 잡고 꼿꼿이 앉아 있는 연습을 하곤 했죠. 이제 그 애는 겁 없이 아무거나 잘 타요. 게다가 그 애가 탄 말은 나중에 여성들이 타기 편해져서 마구간지기도 순순히 말을 타게 허락해 줘요. 그렇게 말 타는 데 열심이라서 나는 종종 그 애에게 다른 일에 실패하면 말 조련사가 되어 돈을 벌 수 있겠다고 말하곤 해요."

이 끔찍한 말을 듣고 에이미는 자기가 그토록 싫어하는 행실 나쁜 여자로 비쳐질까 봐 도저히 견딜 수가 없었다. 그러나 지금 어떻게 할 수 있단 말인가? 그 늙은 부인은 루크레티아의 마지막 공격에 완전히 몰두해 있었다. 조는 연신 더 우스꽝스런 사실을 폭로하고, 더욱더 끔찍한 실수를 연발했다.

"그래요. 그날 좋은 말들은 벌써 모두 나가고 없었어요. 남아 있는 말은 세 필밖에 안 되었죠. 그 중에 하나는 절름발이이고, 하나는 눈이 멀어 탈 수가 없었죠. 남은 말은 다루기가 몹시 어려워 말을 몰기도 전에 먼지를 잔뜩 먹어야 했어요. 그래서 에이미는 완전히 절망에 빠져버렸죠. 재미있는 파티에는 정말 어울리지 않는 말이잖아요."

"그래서 어떤 말을 선택했어요?"

그 이야기를 즐기면서 웃고 있던 한 젊은이가 물었다.

"그 중 아무 말도 타지 않았어요. 대신 에이미는 강 건너 농장에 어린 말이 있는 것을 생각해 내곤 말이 잘생기고 사나웠지만 한번 도전해 보는 셈치고 타보기로 했죠. 그 애의 도전은 정말 눈물겨운 것이었어요. 안장이 있는 곳까지 말을 데려올 사람이 없었기 때문에 직접 안장을 가져갔어요. 오, 불쌍한 내 동생! 그 애는 강을 건너 머리 위에 안장을 얹고 마구간까지 쳐들어갔어요! 농장 노인은 깜짝 놀랐고요."

"그래서 말을 탔어요?"

"물론 탔지요. 그리고 아주 근사한 시간을 보냈지요. 나는 그 애가 지쳐서 포기하고 집에 올 줄 알았는데 그 말을 완벽하게 다루었고, 그 일행 중에서 단연 돋보였어요."

"정말 용감하군요." 젊은 램 씨는 에이미에게 정감어린 눈길을 보냈다. 하지만 그 소녀의 얼굴이 새빨갛게 되어서 언짢은 표정을 짓고 있었기에 어머니가 대체 무슨 이야기를 하시는 걸까 의아해했다.

그 다음 대화가 옷으로 옮겨지자 그 소녀는 얼굴이 더욱더 빨개져서는 더 안절부절못했다. 젊은 처녀들 중 한 사람이 조에게 에이미가 피크닉 때 쓰고 간 예쁜 담갈색 모자를 어디서 샀는지 물었다. 그러자 그 어리석은 조는 2년 전에 그 모자를 산 장소를 말하면 될 것을 필요 이상으로 솔직하게 대답하고 말았다.

"그건 에이미가 칠해준 것이랍니다. 그렇게 부드러운 색감으로 된 것은 팔지 않아요. 우리는 이따금 좋아하는 색으로 칠을 하곤 해요. 예술적 재능을 가진 동생이 있다는 것이 정말 다행이에요."

"얼마나 창의적인 생각이에요?" 조가 매우 재미있는 인물임을 알게 된 램 양이 소리쳤다.

"그녀의 뛰어난 재능에 비한다면 그건 아무것도 아니에요. 그 애가 할 수 없는 일이란 아무것도 없어요. 한 번은 샐리의 파티에 파란 부츠를 신고 가고 싶어 했지요. 그래서 자기의 꼬질꼬질한 흰 부츠에 이제까지 본 것 중에서 가장 예쁜 하늘색으로 칠했더니 글쎄 진짜 공단처럼 보이는 거예요."

조는 동생의 재주에 자부심을 느끼며 끊임없이 말했지만, 에이미는 머리 끝까지 화가 나서 그녀에게 명함 케이스라도 던지면 마음이 좀 가라앉을 것 같았다.

"우리는 지난번에 조 양이 쓴 이야기를 매우 재미있게 읽었어요." 램 씨의 누나가 미처 자신의 명성을 깨닫지 못하고 있던 문학소녀를 부추기며 말했다.

조는 '작품' 이야기만 나오면 언제나 기분이 나빠져 딱딱한 얼굴로 언짢은 듯한 표정을 짓거나, 퉁명스런 말투로 주제를 바꾸었다. "읽을 만한 더 나은 책을 발견할 수 없었다니 유감이군요. 저는 그저 돈을 위해서 쓰고 있는 것 뿐인데 대중들은 그 시시한 것을 좋아하지요. 램 양은 이번 겨울에 뉴욕에 가시지요?"

조의 대답은 조의 소설을 애독하고 있던 그녀에게 있어 감사의 말도 겸손의 말도 아니었다. 그 말을 한 순간 조는 자신의 실수를 깨달았다. 더 이상 일을 그르치고 싶지 않았다. 그녀는 빨리 자리를 피해야겠다고 생각하곤 자리에서 일어났다. 그녀가 너무 급하게 일어나는 바람에 나머지 세 사람은 하던 이야기를 멈추어야 했다.

"에이미, 이제 가봐야겠다. 안녕히 계세요. 여러분, 저희 집에도 놀러 오세요. 여러분이 방문해 주시길 기다리고 있겠어요. 램 씨, 아저씨에겐 감히 오시라는 말은 못하겠지만 와주시기만 한다면 쫓아내지는 않겠어요."

조는 당황한 나머지 이 말을 할 때 거침없이 말하는 메이 체스터의 어조를 우스꽝스럽게 흉내냈다. 에이미는 웃고 싶기도 하고 울고 싶기도 한 것을 겨우 참았다. 그리고 함께 서둘러 그 집을 빠져나왔다.

"내가 썩 잘하지 않았니?" 함께 걸어가면서 조가 자신만만하게 물었다.

"그보다 더 나쁠 수는 없을 거야." 에이미가 단호하게 대답했다. "도대체 왜 내 안장이며, 모자며, 부츠며 이것저것 이야기한 거야?"

"왜? 재미있잖아? 사람들이 얼마나 즐거워했는데. 그 사람들은 우리가 가난하다는 것을 알고 있기 때문에 우리가 마부가 있고, 계절마다 서너 개의 모자를 사고, 그들처럼 쉽게 좋은 물건을 사는 척 해봐야 아무 소용없어."

"아무리 그래도 언니가 미주알고주알 끌어내면서까지 가난을 폭로할 필요는 없어. 언니는 눈곱만큼의 자존심도 없는 거야? 그리고 언제 침묵을 지키고 언제 말해야 할지 평생 알지 못하겠지!" 에이미가 이제는 포기했다는 듯이 말했다.

가엾은 조는 얼굴이 빨개져서 자기의 잘못을 스스로 나무라는 듯 아무 말 없이 빳빳한 손수건으로 코끝을 문질렀다.

"여기서는 어떻게 행동할까?" 세 번째 집에 다 왔을 때 조가 물었다.

"언니 마음대로 해. 이젠 언니에게서 손 뗐어." 에이미가 짧게 대답했다.

"그럼 내 마음대로 할 거야. 이 집엔 남자애들이 있으니까 편하게 놀 거야. 우아하게 구는 것은 내 체질상 맞지 않으니까. 도대체 남의 흉내는 낼 수가 없어." 나름대로 잘하려고 해도 번번이 실패만 하자 조도 화가 나서 무뚝뚝하게 되받았다.

그러나 세 명의 다 큰 소년과 두세 명 정도 되는 어린 아이들이 예쁜 아가씨들을 열렬히 환영하자 그녀의 산란한 마음도 금세 가라앉았다. 에이미가 튜더 씨와 그 집 여주인을 상대하는 동안, 조는 어린 아이들과 어울려 즐겁게 놀았다. 그녀는 깊은 관심을 갖고 이야기를 들어주고, 주저하지 않고 그 집 애견인 포인터와 푸들을 쓰다듬으며, 부적합한 칭찬임에도 불구하고 '톰 브라운이 호인이었다'는 말에 진심으로 동의했다. 그리고 한 아이가 그의 거북이가 살고 있는 연못으로 가볼 것을 제안하자 그녀는 재빠르게 그 아이의 뒤를 따라갔다. 아이의 어머니는 그것을 보고 미소지었다.

에이미는 언니가 자기가 하는 일에 열중하도록 내버려두고 흡족할 만큼 즐거운 시간을 가졌다. 튜더 씨의 삼촌이 튜더 왕가와 8촌이 되는 영국 처녀와 결혼했는데 그 때문에 에이미는 그곳의 가족 모두를 존경심을 갖고 우러러보게 되었다. 그녀는 비록 미국에서 태어나고 자랐지만, 영국에 대해서는 일종의 선망을 가지고 있었던 것이다. 귀족적 취향을 좋아하는 탓인지 에이미는 왕실이 있고 왕, 공주, 왕자 등등 온통 화려하게 보이는 영국을 무척 동경했다.

에이미는 영국인 귀족과 멀긴 해도 조금이나마 관계가 있는 사람과 이야기한다는 게 만족스러웠지만 결코 시간을 잊지는 않았다. 그래서 적당한 시간이 지나자 마지못해 일어나 언니가 또다시 정신 못 차리고 마치 집안에 치욕을 안겨주는 짓을 하고 있지 않기를 빌며 조를 찾아보았다.

조는 보기에도 민망한 모습을 하고 있었다. 그녀는 소년들에게 둘러싸여 풀밭 위에 앉아 축제와 같은 공식행사 때만 입는 옷 위에 더러운 개를 앉히곤, 아이들에게 로리의 장난 이야기를 열심히 들려주고 있었다. 막내 아이는 에이미가 아끼는 양산으로 거북이를 찌르고 있었고, 둘째 아이는 조의 가장 좋은 보닛을 깔고 앉아 생강 쿠키를 먹고 있었으며, 첫째 아이는 조의 장갑을 끼고 공놀이를 하고 있었다. 모두들 즐거운 시간을 보내고 있었지만 에이미만이 참담한 기분이 되어 어쩔 줄 모르는 상태였다. 조가 집에 가려고 엉망이 되어버린 물건들을 주섬주섬 모으자 아이들이 따라다니며 다시 와줄 것을 간청했다.

"로리의 장난 이야기는 정말 재미있었어요."

"좋은 아이들이야. 그렇지 않니? 그 애들을 만나고 나니 나도 더 어려지고 생기발랄해진 것 같아."

조는 더럽혀진 양산을 감추기 위해 반은 습관적으로 손을 뒤로 하고 걸어가면서 말했다.

"왜 언니는 항상 튜더 씨를 피해?" 조의 엉망이 된 모습에 대해 말하는 것을 삼가면서 에이미가 물었다.

"그 사람을 좋아하지 않아. 잘난 체하고, 자기 동생들을 비웃고, 늙으신 아버지에게 걱정만 끼치고, 자기 어머니인데도 존경심을 가지고 얘기하지 않잖아. 로리도 그의 품행이 단정하지 못하다고 말했어. 사귈 만한 사람이라고 생각지 않으니까 가까이 하지 않는 거야."

"최소한 예의를 지키면서 대해 줄 수는 있잖아. 언니는 그에게 너무 냉담하게 인사만 했어. 그분들에게 아주 정중하게 대해야 해. 장사하는 아버지를 둔 토미 챔벌린에게 미소도 짓고……. 지금과는 반대로 하는 것이 맞는 거야." 에이미가 책망하듯이 말했다.

"아니야, 그렇지 않아." 고집스러운 조가 대꾸했다. "나는 튜더 씨의 조부의 큰 삼촌의 조카의 조카가 귀족의 사촌의 사촌이라고 해도 그를 좋아하거나 존경하지도 않을뿐더러, 흠모하지도 않아. 토미는 가난하고 수줍음을 타지만 좋은 사람이고 매우 영리해. 비록 갈색 종이꾸러미에 묻혀 장사를 하지만 신사임에 틀림없으니까. 내가 그를 좋게 생각한다는 사실을 네가 알아주었으면 해."

"언니와 이야기해 봤자 아무 소용도 없어." 에이미가 작게 중얼거렸다.

그러는 사이 둘은 네 번째 집인 킹 씨네 집에 도착했다. 킹 씨 부부가 외출한 것을 확인한 조가 말했다.

"앞으로 우리 좀 더 다정해 보이도록 노력하자고. 그리고 킹 부부가 다행히도 외출 중이니 여기 메모나 남기고 가자."

메모를 남긴 뒤 두 자매는 다시 걷기 시작했다. 다섯 번째 집에 도착했는데, 그 집 아가씨들은 다른 약속이 있다고 했다. 그 말을 듣고 조는 다시 한 번 감사했다.

"이제 그만 돌아가자. 오늘 고모님을 방문하기로 한 것은 취소해. 거기는 아무 때나 갈 수 있잖아. 그리고 이렇게 지치고 시무룩해져서 가장 좋은 옷을 입고도 먼지 속을 터벅터벅 걸어간다는 건 정말 슬픈 일이야."

"언니야 그럴지 모르지. 고모님은 우리가 잘 차려입고 격식을 갖춰 방문할 것을 기대하고 계시단 말이야. 무척 사소한 일이지만 고모님은 아주 기뻐하실 거야. 그리고 아무리 먼지 속을 걷는다 해도 언니가 더러운 개와 장난꾸러기 아이들이 언니의 옷을 망치게 내버려둔 것보다는 훨씬 낫다고 생각하는데? 조금만 고개를 숙여 봐. 보닛에서 과자부스러기를 털어줄 테니까."

"넌 참 좋은 애야, 에이미!" 조는 엉망이 된 자기 옷에 비해 아직도 빳빳하고 하나도 더러워지지 않은 에이미의 옷을 흘낏 보며 말했다. 조의 얼굴엔 후회가 가득했다.

"나도 너처럼 사람들을 즐겁게 하기 위해 아무리 사소한 일이라도 신경 써서 할 수 있으면 좋겠어. 나도 그러고는 싶지만, 그렇게 하기에는 시간이 너무 많이 걸린단 말이야. 그래서 아예 아주 큰 호의를 베풀 기회를 기다리지. 하지만 결국에는 늘 작은 일들이 더 소중하다는 생각이 들어."

에이미는 미소를 지었다. 그리고 금방 마음이 누그러져 어머니 같은 말투로 말했다. "여자들은 좋은 인상을 가지고 있어야 해. 특히 가난한 사람은 더욱 그래. 그러지 않고는 자기가 받는 친절을 보답할 길이 없거든. 언니가 그것만 기억하고 실천한다면, 사람들이 나보다 언니를 더 좋아하게 될 거야."

"나는 괴팍한 노처녀야. 앞으로도 계속 그럴 거고. 하지만 네가 옳다는 것은 인정하겠어. 난 내가 좋아하지도 않는 사람들까지 즐겁게 해주는 것보다 한 사람을 위해 목숨을 거는 일이 더 쉬운걸. 난 좋아하고 싫어하는 것이 분명해서 탈이야. 그렇지 않니?"

"그것을 숨길 수 없다는 게 더 문제야. 나도 언니만큼 튜더 씨를 좋게 생각하지는 않아. 하지만 그에게 그렇게 말할 필요는 없잖아. 그리고 그가 마음에 들지 않는다 해서 언니가 그의 마음에 들지 않는 사람이 될 필요는 없어."

"하지만 난 여자란 어떤 남자가 자기를 좋아하는데 자기는 그렇지 않다면 그것을 밝혀야 한다고 생각해. 그리고 그것을 행동이 아니면 무엇으로 밝힐 수 있겠어? 슬프게도 테디에게 그렇게 시도해 보고서 알게 되었지만, 말로 해선 소용없는 일이야. 하지만 말로 하는 것 말고도 그에게 뜻을 전달할 수 있는 여러 가지 방법들이 있어. 그러니 우리가 할 수 있다면 우리는 가능한 방법으로 우리 생각을 전달해야 해."

"테디는 특별한 청년이야. 그는 다른 애들과 달라." 에이미는 '특별한 청년'이란 말을 특히 강조하며 목소리가 떨릴 정도로 엄숙하고 확신에 찬 목소리로 말했다. "우리가 빼어난 미인이라든가 부와 지위를 가진 여자들이라면, 어떤 행동을 취해도 상관없겠지. 하지만 우리가 어떤 사람들을 좋아하지 않는다고 해서 인상을 찌푸리고, 좋아한다고 해서 미소를 짓는다면 괴상한 여자로 낙인찍히고 말 거야."

"우리가 미인도 아니고 백만장자도 아니니까 우리를 싫어하는 사람들을 너그럽게 봐주어야 한단 말이니? 참 이상한 도덕관이로구나."

"거기에 대해 뭐라 할 말은 없어. 내가 아는 것은 그것이 세상살이라는 거야. 거기에 역행하는 사람들은 아무리 노력해도 비웃음을 받고 고통을 당해. 난 혁신주의자들을 좋아하지 않아. 언니도 그런 사람이 되지 않기를 바라."

"하지만 나는 그런 사람들이 좋아. 될 수 있다면 나도 혁신주의자가 되고 싶어. 아무리 비웃더라도 세상은 그들 없이 진보할 수 없는 거야. 너는 좀 보수적인 사고 방식을 가지고 있지만 나는 진보적인 사고방식을 가지고 있으니까 그 점에 대해선 동의할 수 없어. 너는 아주 처신을 잘하고 살겠지만, 나는 남들 눈치를 보며 어떻게 처신해야 하는지 신경 쓰며 살기보단 내 방식대로 살아갈 거야. 그러니 나는 차라리 독설과 야유를 받는 쪽을 택하겠어."

"알았어. 언니가 이겼어. 이젠 좀 진정해. 그리고 고모님께 언니의 그 진보적인 사고방식으로 걱정을 끼쳐드리지 마."

"그러지 않도록 노력해 볼게. 하지만 고모님 앞에만 가면 언제나 괜스레 퉁명스럽게 말하고 반항심을 드러내고 싶어진단 말이야. 타고났는걸, 어쩔 수가 없어."

고모님은 캐롤 숙모님과 함께 계셨다. 두 사람은 흥미 있는 이야기에 몰두해 있는 것 같았다. 두 자매가 들어가자 깜짝 놀란 표정으로 이야기를 딱 멈추는 것을 보니 아마 두 자매 얘기를 하고 있었던 듯했다. 조는 그런 모습을 보자 기분이 좋지 않았고 생각을 바꿔 고집쟁이로 굴기로 마음먹었다. 그러나 에이미는 침착하게 모든 사람들을 즐겁게 해주겠다는 천사 같은 마음으로 고모님과 캐롤 숙모님께 인사를 하였다. 이 사근사근한 기분은 금방 전해져서 캐롤 숙모님과 마치 고모님은 그녀를 애정 어린 포옹으로 맞아주었다. 나중에 두 늙은 숙녀는 작은 소리로 속삭였다. "그 아이는 하루하루 나아져 간단 말이야."

"너, 바자회를 도울 생각이니?" 에이미가 옆에 앉자 캐롤 숙모님은 나이 든 사람들이 젊은이에게 흔히 그러듯 허물없는 말투로 물었다.

"네, 숙모님. 체스터 부인이 저에게 그렇게 하겠느냐고 물으셔서 매장을 하나 돕기로 했어요. 제가 내놓을 것이라곤 시간밖에 없으니까요."

"저는 안 그럴 거예요." 조가 단호한 말투로 끼어들었다. "난 물건을 파는 것도 싫고, 체스터 부부는 그들이 관계하는 바자회에 우리가 돕는 것을 무슨 대단한 은혜나 베푸는 것쯤으로 생각하고 있어요. 에이미, 네가 동의했다는 게 이해가 안 가. 그들은 너를 부려먹으려고 하는 것뿐이야."

"난 기꺼이 일하고 싶어. 그 바자회는 체스터 부부를 위한 것이기도 하지만 해방된 노예들을 위해서 여는 거잖아. 난 그 일을 도우면서 함께 즐거움을 나눌 수 있도록 허락해준 체스터 부부의 친절에 감사드려. 게다가 은혜를 베푸는 건 우리에게 호의가 있다는 뜻이잖아. 그러니 그 목적만 좋다면 그다지 싫지 않아."

"정말 올바른 생각을 가졌구나. 나는 너의 그 바른 마음씨를 좋아한단다. 애야, 우리의 노력을 알아주는 사람들을 돕는다는 것은 기쁜 일이야. 어떤 사람들은 그렇지 않거든. 그게 문제야." 마치 고모님이 심통난 표정으로 떨어져 앉아 다리를 흔들거리고 있는 조를 안경 너머로 바라보며 말했다. 만약 조가 숙모님과 고모님이 에이미와 조 둘 중 하나에게 커다란 행복을 선사하려 하고 있었다는 사실을 알았더라면 금세 비둘기같이 변했을 것이다. 그러나 불행하게도 우리는 다른 사람의 마음을 창을 열 듯 들여다볼 수는 없다. 대개 우리가 그럴 수 없다는 것이 더 다행인 일이기는 하지만, 만약 그럴 수만 있다면 예기치 못한 행운을 잡을 수 있는 기회를 포착하는 데 큰 도움이 될 수도 있으리라. 만약 그때 조에게 그런 능력이 있었다면 얼마나 좋았으랴. 숙모님과 고모님의 계획을 상상조차 할 수 없었던 조는 너무 직선적이고 당돌한 몇 마디 말 때문에 불행히도 일생일대의 소중한 행운을 놓치고 말았다. 그러나 조는 이번 경험을 통해 사람이란 늘 말조심을 해야 한다는 뼈저린 교훈을 얻을 수 있었다.

"나는 호의를 받고 싶지 않아요. 이유도 없이 호의를 받으면 질식할 것만 같고, 노예같이 느껴져요. 차라리 내 스스로 모든 일을 해나가고 독자적으로 행동하고 싶어요."

"에헴!" 캐롤 숙모님이 마치 고모님을 바라보며 헛기침을 했다.

"나도 네가 그럴 거라고 말했다." 마치 고모님은 캐롤 숙모님에게 무언가를 정했다는 듯이 고개를 끄덕이며 말했다.

가엾게도 자신이 저지른 실수를 모르는 조는 콧대를 세우고 결코 여자답지 못한 반항적인 얼굴로 앉아 있었다.

"너 프랑스어 할 줄 아니?" 캐롤 숙모님이 에이미의 손에 그녀의 손을 포개놓으며 물었다.

"아주 잘해요. 마치 고모님께서 제가 원하는 대로 에스터와 말할 수 있게 해주시거든요." 에이미가 감사하는 눈길로 응답하자 고모님은 온화한 미소를 지었다.

"넌 잘하는 외국어가 있니?" 캐롤 숙모님이 조에게 물었다.

"한 글자도 몰라요. 난 외국어를 공부하는 데는 전혀 소질이 없어요. 게다가 프랑스어라니. 그런 능글거리고 바보같은 언어는 도저히 배울 마음이 생기지 않아요." 조는 퉁명스럽게 대답했다.

또다시 두 숙녀들 사이에 눈길이 오갔다.

마치 고모님이 에이미에게 말했다. "아주 튼튼하고 건강해 보이는구나. 이제 눈은 괜찮니?"

"고모님 덕분에 저는 아주 건강해요. 그리고 만약 제게 로마에 갈 수 있는 행복을 누릴 기회가 찾아온다면, 언제라도 그곳에 갈 수 있도록 만반의 준비를 하고 있어요. 그래서 이번 겨울엔 엄청난 계획을 세워놓았어요."

"착하구나! 넌 갈 자격이 있어. 언젠가 가게 되리라 확신한다." 에이미가 실뭉치를 주워주자 마치 고모님이 머리를 쓰다듬으며 말했다.

"이 망나니 같으니라고! 빗장을 걸고, 불가에 앉아 실이나 잡으렴."

고모님의 의자 뒤에 앉아서 조의 얼굴을 보려고 몸을 굽히던 앵무새 폴리가 큰 소리로 외쳤다. 조가 자기도 모르게 웃음을 터트리자 모두가 웃기 시작했다.

"산책하시겠어요, 아가씨?"

폴리가 각설탕을 주었으면 하는 얼굴로 말했다. 그러고는 도자기 선반 쪽으로 날아갔다.

"고마워, 폴리. 이제 돌아가자, 에이미."

조는 오늘 있었던 방문 때문에 기분이 썩 좋지 않았다. 조는 남자처럼 무뚝뚝하게 악수를 했고, 에이미는 두 분에게 키스를 했다. 둘은 빛과 그림자 같은 대조적인 인상을 남겼다. 마치 고모님은 그들의 모습이 사라지자 결정적으로 말했다.

"그렇게 하는 것이 좋겠어. 메리. 내가 돈을 대줄게."

그러자 캐롤 숙모님도 단호하게 대답했다. "저 아이의 부모가 동의한다면 그렇게 할 거예요."

제7장 그 결과

체스터 부인의 바자회는 아주 멋지고 훌륭했다. 이웃에 사는 처녀들은 그날 일을 도와달라고 요청받는 것을 매우 큰 영광으로 생각했다. 다른 모든 사람들 또한 그 일에 큰 관심을 가지고 있었다. 에이미는 바자회에 초대되었으나 조는 초대받지 못했다. 조에겐 오히려 그 편이 나았다. 대부분의 사람들은 그녀가 쉽게 세상을 살아가는 법을 배우기까지는 많은 곤란을 겪어야 한다고 생각했다. 고집을 부리던 조는 철저하게 혼자가 되었다. 그러나 에이미는 예술작품 탁자를 훌륭하게 준비했고, 작품을 보는 안목이 뛰어나다는 칭찬을 받았다. 그 바자회의 성격에 맞는 적절하고 귀한 기증품을 구하려고 애쓴 에이미의 노력 덕분이었다.

모든 바자회 준비는 그 전날까지는 순조롭게 풀려 나갔다. 그러나 나이 든 부인들과 세상 경험이 적은 젊은 여자들 25명 가량이 모여 함께 일할 때는 피할 수 없는 사소한 불화가 생기기 마련이다.

메이 체스터는 사람들이 자기보다 에이미를 더 좋아하는 것을 참을 수 없었다. 게다가 이즈음 이런 그녀의 질투를 더욱더 부채질하는 몇 가지 사소한 일이 발생했다. 에이미가 단정하게 쓴 펜글씨 작품 때문에 메이가 채색한 꽃병이 완전히 빛을 잃게 된 것이 그 하나이고, 모든 사람이 좋아하는 매혹적인 튜더가 최근에 열린 파티에서 에이미에게는 네 번씩이나 춤을 신청했는데 메이에게는 단 한 번밖에 신청하지 않았던 것 또한 신경에 거슬렸다. 그러나 메이가 거침없이 에이미에게 노골적으로 불쾌감을 나타내는 이유는 다른 데 있었다. 마치 집안의 자녀들이 램 씨 집에서 그녀를 우롱했다는 소문이 불행하게도 그녀의 귀에까지 들어간 것이다. 사실 이에 대한 모든 책임은 장난꾸러기 조에게 있었다. 조는 사람들이 금방 눈치챌 수 있도록 메이의 말투를 똑같이 흉내냈던 것이다. 이야기하기를 좋아하는 램 집안사람들 앞에서 그랬으니 소문이 안 퍼질 리 없었다. 그러나 조와 에이미는 그것을 전혀 모르고 있었다.

바자회가 열리기 바로 전날 저녁, 에이미가 자신의 예쁜 탁자에 마지막 손질을 하고 있을 때였다. 자기의 딸을 조롱한 데 대해 언짢게 생각하고 있던 체스터 부인은 부드러운 목소리로, 그러나 냉담한 표정으로 이렇게 말했다.

"에이미 양, 다른 아가씨들은 내가 예술작품 탁자를 내 딸이 아닌 다른 사람에게 주었다는 데 대해 무언가 불만이 있는 모양이야. 사람들은 여러 탁자 중에서 에이미의 탁자가 가장 뛰어나고 멋지다고 칭찬들 해요⋯⋯. 그래서 말인데 내 딸들이 이 바자회의 주역인 것은 에이미도 잘 알고 있죠? 그러니 그 애가 이 자리를 차지하는 게 낫지 않겠어? 미안해. 하지만 난 에이미 양이 바자회에 진심으로 관심을 가지고 있기 때문에 이렇게 사소한 일에는 신경 쓰지 않을 것으로 믿어요. 원한다면 다른 탁자를 갖게 해줄 테니까."

에이미는 이 말을 듣고 너무나 절망스러운 심정이 되었다. 체스터 부인은 말을 꺼내기 전까지는 이 몇 마디 말을 하는 것이 쉬울 것으로 생각했었다. 그러나 막상 에이미의 절망이 가득 담긴 의심스런 눈길에 부딪히고 보니 자연스럽게 말하기가 몹시 힘들었다.

에이미는 이 말 뒤에는 무언가 숨겨진 일이 있음을 알아차렸지만 그것이 무엇인지 생각해 낼 수는 없었다. 에이미는 마음에 깊은 상처를 받았고 굳이 그것을 감추지 않고 그대로 드러내며 조용히 말했다.

"제가 아무 탁자도 맡지 않기를 바라시는 거겠죠?"

"에이미 양, 제발 그렇게 나쁘게 생각지 말아줘요. 알다시피 단지 편의를 위한 것일 뿐이야. 내 딸들이 바자회를 주도할 거고 그래서 단지 이 탁자를 맡는 게 적당할 것 같아서 그래. 또한 그렇게 하는 것이 에이미 양에게도 더 적당할 것 같고. 탁자를 이렇게 예쁘게 치장해 주어서 고마워요. 그러나 우리 모두 개인적인 욕심은 버려야 하지 않을까? 에이미가 다른 곳에 좋은 자리를 맡을 수 있는지 알아볼게. 그래, 꽃 탁자가 좋지 않을까? 어린 아이들이 그 탁자를 맡았는데 포기했나 봐. 에이미라면 그 탁자를 멋지게 꾸밀 수 있다고. 그리고 알다시피 꽃 탁자는 언제나 매력적이잖아?"

그때 메이가 끼어들며 말했다.

"특히 남자들에게."

메이가 에이미에게 그녀가 갑자기 그러한 부당한 대우를 받는 이유를 알려주는 표정으로 말했다. 에이미는 화난 표정을 지었으나 비꼬는 듯한 말은 한 마디도 하지 않고 의외로 사근사근하게 대답했다.

"원하는 대로 해드리지요. 체스터 부인, 당장 이 자리를 포기하고 원한다면 꽃 탁자를 맡겠습니다."

"네가 원하면 그 꽃 탁자에 네 물건을 놓을 수도 있어." 메이는 에이미가 그토록 정성스럽고 우아하게 만들어놓은 예쁜 선반과 정교하게 칠해진 조개껍질을 보자 약간 양심의 가책을 느끼며 말했다. 메이는 호의에서 그렇게 말했지만 에이미는 그 뜻을 오해하고 재빨리 대꾸했다.

"오, 물론이지. 그것들이 네게 방해가 된다면." 그러곤 자기의 기증품을 앞치마에 마구잡이로 쓸어 넣었다. 에이미는 그녀 자신과 예술 작품이 용서할 수 없을 정도로 모욕을 받았다고 느끼며 빠른 걸음으로 그곳을 떠났다.

"그 애는 무척 화가 난 것 같아요. 엄마, 내가 괜히 엄마에게 부탁했나 봐요." 메이가 비어 있는 탁자를 슬프게 바라보며 말했다.

"여자애들 싸움이란 금방 가라앉는단다." 자신이 한 일에 부끄러움을 느끼며 메이의 어머니가 대꾸했다.

꽃 탁자에 있던 어린 소녀들은 에이미가 그녀의 기증품을 몽땅 가져오자 기쁨에 넘쳐 그녀를 대환영했다. 이렇게 환대를 받고 보니 그녀의 심란한 마음도 다소 가라앉는 것 같았다. 그녀는 예술적인 작품으로 성공할 수 없다면 꽃과 같이 아름답게 성공해야겠다고 결심하고 곧바로 일에 착수했다. 그러나 모든 일이 생각처럼 잘 된다면 얼마나 좋을까? 시간은 늦었고 에이미는 상당히 지쳐 있었다. 그녀를 돕기에는 모두가 각자의 일로 너무 바빴고 어린 소녀들은 방해가 될 뿐이었다. 아직 나이 어린 소녀들이라 참새 떼처럼 끊임없이 수다를 떨었기 때문에 최대한 질서 있게 일을 처리하려는 그들의 소박한 노력에 혼란만 더해졌다. 상록수 아치는 아무리 똑바로 세워놓아도 가만히 서 있지 못하고 뒤뚱거렸고, 매달려 있는 바구니가 가득 찰 때면 흔들려서 그녀의 머리 위로 쏟아질 것 같았다. 그녀가 제일 잘 만들었다고 자부하는 타일엔 물이 튀어 큐피드의 뺨엔 갈색 눈물 자국이 생겼다. 그것만이 아니었다. 그녀는 망치질을 하다 손을 찧었는가 하면, 바람이 너무 잘 통하는 곳에서 일을 하는 바람에 그만 감기에 걸려버렸다. 그래서 다음 날 잘 해낼 수 있을지조차 염려스러울 지경이었다. 이와 비슷한 고통을 당해 본 소녀라면 에이미가 어떤 마음이었을지 알 수 있을 것이고, 그녀가 잘 해내기를 바랄 것이다.

그날 밤 에이미가 낮에 있었던 일을 얘기하자 집에서는 온통 야단이었다. 어머니는 수치스러운 일이지만 잘 대처했다고 말했다. 베스는 바자회 따위엔 결코 가지 않겠다고 했고, 조는 왜 그 예쁜 물건들을 몽땅 가지고 와서 그 비열한 인간들을 곤란하게 하지 않았느냐고 야단이었다.

"그들이 비열하게 나온다 해서 나까지 그럴 필요는 없잖아. 나는 그러고 싶지 않아. 그리고 내가 상처를 받았더라도 그것을 드러내고 싶지는 않아. 그들은 내가 노골적으로 표현하지 않았더라도 화가 났다는 걸 잘 알았을 거야. 그렇지 않아요, 엄마?"

"그래, 옳은 생각이다. 때로는 그것이 힘들지라도 왼쪽 뺨을 맞으면 오른쪽 뺨을 내미는 것이 언제나 가장 좋은 법이야. 하지만 그건 정말 어려운 일이지."

이것은 말하는 것과 실천하는 것의 차이를 아는 사람이 할 수 있는 말이었다.

에이미는 자신을 화나게 한 그 사람들한테 복수하고 싶은 마음이 없는 것은 아니었다. 그러나 에이미는 다음 날 그녀의 적을 친절로 굴복시키겠다고 굳게 마음먹고 자신의 결심을 굽히지 않았다. 게다가 에이미는 적당한 때에 발견하게 된 뜻밖의 일깨움 덕분에 순조롭게 첫 출발을 할 수 있었다. 그날 아침 어린 소녀들이 옆방에서 꽃바구니를 채우고 있는 동안 에이미는 탁자를 정리하다가 그녀가 무척 아끼는 오래된 작은 책을 발견했다. 아버지께서 자신의 보물들 속에서 발견한 오래된 표지의 책으로, 에이미는 양피지로 된 책갈피에 이런저런 꽃을 넣어 말려놓았다.

섬세한 꽃잎이 끼어 있는 책장을 뿌듯한 마음으로 넘기다가 어떤 한 페이지에서 에이미는 손길을 멈췄다. 거기에는 작은 천사들이 꽃과 가지 사이에서 서로 손을 맞잡고 있는 그림이 그려져 있었다. 자주색, 청색, 금색의 소용돌이무늬로 수놓아진 훌륭한 작품으로 테두리가 둘러쳐진 곳에는 '네 이웃을 네 몸과 같이 사랑하라'는 말이 쓰여 있었다.

"그래야겠지만, 나는 이것을 실천해 오지 않았어."

에이미는 그 훌륭한 그림이 그려져 있는 페이지에서 자기가 맡았던 탁자에 늘어선 메이의 꽃병들로 눈길을 돌렸다. 그 꽃병들은 전날 그녀의 예쁜 작품들이 가득 찼던 때와 비교하면 정말 볼품없었다. 에이미는 다시 책장을 넘기며 그녀의 찢어지는 듯한 아픔 때문에 자꾸만 냉정해지는 마음을 부드럽게 나무라는 여러 구절을 읽어나갔다. 우리들은 거리와 학교, 사무실 또는 집에서 그리고 여러 목사들에게서 매일같이 현명하고 진실된 말씀의 가르침을 받는다. 바자회에서 쓰고 있는 장식대에서조차 유익한 가르침을 얻을 수 있다. 에이미는 이때, 이 작은 책의 설교에서 많은 도움을 받았다. 그녀는 우리들 중 대부분은 하지 않는 일을 했다. 그녀는 그 설교를 마음 깊이 받아들였고 곧바로 실천에 옮겼다.

메이의 탁자 주위에는 한 무리의 소녀들이 예쁜 물건들을 칭찬하기도 하고, 담당자가 바뀐 것에 대해 이야기하기도 하면서 서 있었다. 그들은 목소리를 낮추어서 말했으나 에이미는 드문드문 들려오는 소리로 자기 이야기를 하고 있는 것을 알 수 있었다. 그것은 결코 유쾌한 일이 아니었다. 그러나 그녀는 신경 쓰지 않았다. 그녀에게는 더 중요한 일이 있었던 것이다. 곧 그것을 실행할 기회가 왔다. 에이미는 메이가 슬프게 말하는 소리를 들었다.

"일이 아주 엉망이 됐어. 다른 좋은 물건들을 만들거나 구할 시간이 없어. 그렇다고 이 멋진 탁자 위를 잡동사니들로 채우고 싶지는 않아. 어제까지만 해도 완벽했는데. 이제는 끝이야."

"에이미에게 얘기하면 자기 물건들을 돌려주지 않을까?" 누군가가 제의했다.

"그런 법석을 떨고 어떻게 그런 말을 하니……?"

그 순간 에이미의 명랑한 목소리가 홀 건너편에서 들려왔다.

"가져가도 좋아. 네가 원한다면 부탁 같은 것 하지 않아도 돌려줄게. 이것들은 내 탁자보다는 그쪽에 더 어울리니까. 그렇지 않아도 도로 갖다놓으려고 생각하고 있었어. 자, 여기 있어. 그리고 어젯밤에 내가 화가 나서 성급하게 행동한 것 용서해 줘."

에이미는 온화한 미소를 지으며 그녀의 기증품들을 도로 가져다 놓았다. 그러곤 친절한 행위를 하는 것보다 그 자리에 남아 감사의 말을 듣는 것이 더 쑥스럽다고 생각하며 급히 그 자리를 빠져나왔다.

"참 좋은 친구야. 그렇지 않니?"

한 소녀가 소리쳤다. 메이의 대답은 들리지 않았다. 그러나 레모네이드를 만드는 일을 맡고 있던 한 아가씨는 그런 단순한 일을 맡게 된 것에 무척 화가 났는지 퉁명스레 덧붙였다.

"물론 매우 좋은 친구지. 자기 탁자에선 그것들을 팔지 못할 걸 이미 알고 있거든."

그때 그 말은 에이미로서도 견디기가 어려웠다. 아무리 작은 희생이라도 최소한 그에 대해 알아주기를 원하는 것이 사람의 마음이다. 에이미는 미덕이 언제나 보상을 받는 건 아니라고 느끼며 자기가 한 일을 후회했다. 그러나 그녀는 금세 후회스러운 심정을 털어버렸다. 그녀의 예술적 감각으로 꽃 탁자를 다시 멋지게 꾸밀 수 있었기 때문이다. 게다가 그 탁자의 소녀들은 그녀에게 매우 친절했다. 그런 자그만 행위들이 놀랍게도 분위기를 바꿔놓

앉다.

그러나 에이미에게는 참으로 힘든 하루였다. 어린 소녀들이 곧잘 자리를 비웠고 에이미는 종종 탁자 뒤에 혼자 앉아 있기도 했다. 여름이라서 꽃을 사려는 사람들도 거의 없었고, 밤이 되기도 전에 꽃바구니의 꽃들은 시들기 시작했다.

바자회장에서는 예술작품 탁자가 가장 인기가 있었다. 그 탁자에는 하루 종일 사람들이 모여들었다. 그 탁자의 담당자인 메이는 거드름을 피우면서 돈 상자를 짤랑거리며 끊임없이 왔다 갔다 했다. 에이미는 할 일 없이 구석에 혼자 있기보다는 일손은 바빠도 오히려 행복하기만 한 예술작품 탁자에 있었으면 하고 종종 부러운 눈길로 그쪽을 힐끔힐끔 훔쳐보았다. 다 큰 어른들에게는 별로 어려울 게 없었겠지만 예쁘고 명랑하고 활발한 어린 소녀에게는 견디기 힘든 일이었다. 게다가 다음 날 가족들과 로리, 그리고 그의 친구들이 그곳에 있는 자신의 모습을 볼 것을 생각하니 정말 죽고 싶다는 생각이 들 정도였다.

그날 그녀는 밤늦게까지 집에 가지 않았다. 집으로 돌아가서도 창백한 모습으로 조용히 앉아 있기만 했다. 그녀가 아무 불평을 하지 않아도 가족들은 에이미가 무척 힘든 하루를 보냈음을 알 수 있었다. 다음 날 아침 어머니는 에이미에게 다정스레 차를 한 잔 더 따라주며 격려해 주었다. 베스는 옷을 손질해 주고 머리에 조그만 화환을 꽂아주었다. 조는 가족이 놀랄 정도로 화사하게 차려입고는 바자회장의 분위기를 완전히 바꾸어놓겠다고 으스댔다.

"제발 무례한 짓은 하지 마, 조 언니. 나 소동을 일으키고 싶지 않아. 어떻게 되든 그대로 내버려두고 언니답게 행동하라고."

"난 다만 내가 아는 모든 사람들에게 매혹적이고 상냥하게 보여서, 가능한 한 그들을 네 탁자에 붙잡아두려고 하는 것뿐이야. 테디와 그의 친구들도 도와줄 거고, 그러면 우리에게도 즐거운 시간이 되지 않겠니?"

로리가 오나 보려고 문에 기대며 조가 대꾸했다. 에이미는 그녀의 초라하고 작은 탁자를 새롭게 장식할 꽃들이 많이 도착해 있기를 바라면서 아침 일찍 집을 나섰다. 에이미가 나가고 나서 잠시 뒤 귀에 익은 발소리가 어둠 속에서 들려왔다. 조는 그를 맞으러 달려 나갔다.

"내 친구 테디지?"

"내 친구 조가 틀림없다면!"

로리는 그의 모든 소망이 이루어진 것같이 만족한 표정으로 조와 팔짱을 끼었다.

"오, 테디, 세상에. 내 말 좀 들어봐!" 조는 언니다운 열성으로 에이미가 당한 일을 쏟아놓았다.

"내 친구들이 무더기로 몰려올 테니 두고 봐. 그 애들이 에이미의 꽃을 전부 사고, 에이미의 탁자 앞에 진을 치고 서 있지 않는다면 내 목을 매달겠어!" 로리가 에이미의 고운 마음씨를 편들며 말했다.

"에이미가 그러는데 꽃이 좋지 않대. 그리고 성성한 꽃이 제 시간에 도착하지 않을지도 모른다나 봐. 게다가 꽃이 아예 도착하지 않을까 봐 불안해 해. 타인을 의심하는 건 좋아하지 않지만 사람들이란 비열한 짓을 일단 하고 나면, 또 다른 비열한 짓을 아주 가볍게 해버리거든." 조가 역겨운 듯이 말했다.

"헤이즈 씨가 우리 정원에서 가장 좋은 꽃을 주지 않았어? 내가 그렇게 일러두었는데."

"그런 줄은 몰랐어. 잊어버리신 것 아닐까? 사실 내가 부탁하고 싶었는데 너의 할아버지가 지금 형편이 좋지 않으시잖아. 그런데 괜히 꽃을 달라고 해서 걱정을 끼쳐드리고 싶지는 않았어."

"조, 그런 것은 부탁할 필요도 없어! 내 것은 모두 네 것이나 마찬가지야. 우리는 항상 무엇이든 반씩 나누어 가졌잖아!" 로리가 늘 그랬던 것처럼 조의 신경이 곤두서게 하는 말투로 시작했다.

"천만에, 그렇지 않기를 빌어! 네 것을 반이나 받아도 나에게는 전혀 도움이 되지 않아. 아무튼 이렇게 실랑이하고 있을 시간이 없어. 나는 가서 에이미를 도와줘야 하니까. 어서 가서 옷이나 멋지게 차려입어. 그리고 헤이즈 씨 편에 멋진 장미를 몇 송이 보내준다면 영원히 너를 축복할 거야."

"지금 당장 그래 줄 순 없겠어?" 로리가 의미심장하게 말하자 조는 그가 보는 앞에서 문을 '쾅' 닫고는 울타리 너머로 외쳤다. "어서 가, 테디, 난 바빠."

여러 사람들이 도와준 덕분에 그날은 탁자가 완전히 바뀌었다. 헤이즈 씨가 야생화로 솜씨를 발휘하여 만들어 보낸 예쁜 바구니는 탁자 가운데 장식으로 놓았다. 그리고 마치 가족이 단체로 몰려왔다. 조는 그곳에 도착하자마자 그녀가 알고 있는 모든 재미있는 얘기를 총동원해 사람들을 에이미의 탁자 주위에 붙잡아두기 위해 애썼다. 로리와 그의 친구들은 용감하게도 자진해서 어려운 일을 떠맡아 꽃다발을 사들이고 탁자 앞에 몰려서서 그 코너가 바자회장에서 가장 활기차도록 만들었다. 에이미는 이제 본디 모습을 되찾았다. 그녀는 감사한 마음으로 명랑하고 우아하게 보이려 애썼다. 미덕을 베풀면 반드시 보상이 있기 마련이라고 그녀는 생각했다.

조는 마치 모범생처럼 예의를 잘 지켰다. 조는 에이미가 명예 호위병들에 의해 행복하게 둘러싸여 있을 때 바자회장을 둘러보며 사람들이 하는 여러 가지 이야깃거리를 주워들었다. 그러다가 체스터 부인이 왜 자리를 바꿨는지 알게 되었다. 그녀는 이전의 자신의 그릇된 행동을 반성하고 될 수 있는 대로 빨리 에이미의 누명을 벗겨주어야겠다고 결심했다. 조는 또한 그 전날, 에이미가 어떤 행동을 했는지도 알아냈다. 그녀는 동생의 너그러운 마음씨에 감탄했다. 예술작품 탁자를 지나치면서 그녀는 동생의 물건을 찾아보려 슬쩍 엿보았지만 아무것도 보이지 않았다.

'보이지 않게 치워버린 게 틀림없어.'

그렇게 생각한 조는 자기의 잘못을 뉘우치면서도 가족이 당한 모욕은 참을 수 없었다.

"안녕, 조 언니. 에이미는 어때요?" 메이가 자신도 관대해질 수 있다는 것을 보여주고 싶은 어투로 애교를 떨며 물었다.

"응. 아주 바빠! 하지만 이제 팔 수 있는 건 다 팔아서 한가할 거야. 꽃 탁자는 알다시피 언제나 인기가 있잖아? 특히 남자들에게는……." 조는 메이에게 빈정거리는 투로 대답했다. 그러나 메이는 상냥하게 받아들였다. 조는 곧 자신의 행동을 후회하고 아무도 사가지 않아 남아 있는 큰 꽃병들을 거듭해서 칭찬하기 시작했다.

"에이미의 전등 장식은 어디에 있지? 아버지께 갖다드리기 위해 사려 했는데." 조는 동생의 작품이 어떻게 되었는지 알아보고 싶어 물었다.

"에이미가 만든 것은 벌써 다 팔렸어요. 사람들의 시선을 끌기 위해 제일 앞에다 진열했었죠. 에이미가 만든 장식 덕에 수입이 짭짤했어요." 그 전날의 에이미와 마찬가지로 심사가 꽤 불편한 메이가 이미 그런 것은 신경 쓰지 않는다는 투로 대꾸했다.

조는 아주 만족해서 이 기쁜 소식을 에이미에게 전해 주기 위해 급히 돌아왔다. 이 얘기를 전해들은 에이미는 무척 놀란 표정이었다.

"자, 신사 여러분들, 여기서 했던 것과 마찬가지로 다른 탁자에 가서도 관대하게 여러분이 할 일을 다 해주시길 바랍니다. 특히 예술작품 탁자에서요." 에이미는 테디 일당을 쫓아 보내며 말했다.

"'이거 얼마예요, 체스터 양? 이거 얼마예요?' 하는 것이 그 탁자에서 해야 할 말들이에요. 하지만 남자답게 행동해야 해요. 그래야 멋진 예술 작품을 얻을 수 있을 테니까요." 한 무리의 헌신적인 소년들이 진을 칠 준비가 되자 조가 말했다.

"명령대로 실행하지요. 하지만 마치 양이 메이 양보다 훨씬 더 예쁜 건 변하지 않는 진실이에요." 그들 중에 가장 어린 파커가 재치 있게 말을 꺼냈다.

"아주 잘했어, 꼬맹이치고는!" 로리가 아버지같이 머리를 쓰다듬으며 그를 쫓아 보냈다.

"꽃병을 사오셔야 해요!" 에이미가 로리에게 속삭였다. 로리만이 아니라 그의 일당 전부가 팔에 꽃병을 하나씩 끼고 홀을 걸어 다녔다. 메이는 뛸 듯이 기뻤다. 다른 친구들도 팔리지 않고 남아 있는 모든 잡다한 것을 사들였다. 그들은 밀랍으로 만든 꽃과 칠을 한 부채, 매우 섬세한 손가방과 그 밖의 쓸모 있는 물건들을 들고 이리저리 돌아다녔다.

구석에 앉아 계시던 캐롤 숙모님도 그 이야기를 듣고는 만족한 표정으로 마치 부인에게 무언가 속삭였다. 마치 부인의 입가에 흡족한 미소가 떠올랐다. 그러나 그녀는 며칠이 지나도록 캐롤 숙모님과 어떤 얘기를 나누었는지 말하지 않았다. 그저 뿌듯함과 근심 섞인 표정으로 가끔씩 에이미를 바라보기만 했다.

바자회는 성공적이었다. 에이미에게 인사를 하면서 메이는 평소와 같이 마구 지껄이는 대신 그녀에게 애정 어린 키스를 했다. 그러고는 오늘 있었던 일은 모두 잊어달라는 표정으로 에이미를 바라보았다. 에이미는 바자회가 무척 만족스러웠다. 집에 도착했을 때 그녀는 응접실 벽난로 위에 꽃병들이 쭉 늘어서 있고, 꽃병마다 한 아름의 예쁜 꽃다발이 꽂혀 있는 것을 발견했다. 그리고 거기엔 로리의 필체로 '관대한 에이미의 선행에 보답하며'라고 써 있는 쪽지가 놓여 있었다.

"넌 내가 생각했던 것보다 훨씬 더 관대하고 고귀한 품성을 지니고 있어, 에이미. 너의 행동은 아름다웠고 그런 너를 진심으로 존경해."

그날 밤 늦게 에이미의 머리를 빗겨주며 조가 다정하게 말했다.

"맞아! 에이미가 그렇게 메이를 쉽게 용서하다니, 존경할 만한 일이야. 그렇게 오랫동안 정성들여 예술작품 탁자를 준비하고, 그 예쁜 물건들을 팔 꿈에 부풀어 있었는데 그것을 포기하기란 무척 어려웠을 거야. 나는 에이미 처럼 그렇게 친절하게 못했을 것 같아."

베스가 베갯머리에서 덧붙였다.

"왜 언니들이 날 이렇게 칭찬하지? 그럴 필요 없어. 난 그저 남들처럼 했을 뿐이야. 내가 숙녀가 되고 싶다고 말하면 언니들은 나를 비웃지만 나는 외모만이 아니라 마음과 행동에서 모두 진짜 숙녀가 되고 싶어. 그래서 내가 할 수 있는 한 숙녀다운 행동을 하려고 노력하는 거야. 정확히 설명할 수는 없지만 나는 많은 여자들을 망치는 사소하고, 비열하고, 어리석고, 잘못된 행동을 가능하면 피하고 싶어. 아직은 멀었지만 최선을 다할 거야. 그래서 나도 언젠가는 엄마처럼 훌륭한 부인이 되고 싶어."

에이미가 진심으로 말하자 조는 다정하게 그녀를 껴안으며 말했다.

"네 뜻을 이제 알겠어. 이제 다시는 너를 비웃지 않을게. 너는 네가 생각하는 것보다 빠르게 성장하고 있어. 그리고 내 생각엔 네가 그 성장의 열쇠를 이미 쥐고 있는 것 같아. 오히려 내가 너에게서 배워야겠다. 열심히 노력해 봐. 그러면 언젠가는 보상을 받을 수 있을 거야. 그땐 누구보다도 내가 기뻐해줄게."

1주일 뒤 에이미는 그 보상을 얻었다. 그러나 가엾은 조는 그저 기뻐할 수만은 없었다. 아침 일찍 배달된 캐롤 숙모님의 편지를 마치 부인이 무척 기쁜 얼굴로 읽어 내려가자 곁에 있던 조와 베스는 무슨 얘기인지 가르쳐달라고 졸랐다.

"캐롤 숙모님이 다음 달에 해외로 가신단다. 그리고……."

"저와 함께 가신다고 하셨죠?" 조가 기뻐서 어쩔 줄 모르며 의자에서 벌떡 일어나 끼어들었다.

"아니야, 네가 아니고 에이미란다."

"오, 엄마! 그 아이는 너무 어리잖아요. 내가 먼저 가야 해요. 내가 그토록 오랫동안 바라던 일인데…… 내가 가면 아주 좋을 거예요. 그리고 아주 멋진 경험이 될 거고요. 무슨 일이 있어도 제가 가야 해요."

"안됐지만 그럴 수는 없단다, 조. 숙모님이 단호하게 에이미를 지명하셨어. 그런 호의를 베푸시는데 우리가 이래라 저래라 할 수는 없지 않니?"

"언제나 그래요. 에이미는 모든 즐거움을 혼자 누리고 나는 맨날 일만 해요. 불공평해요. 이건 불공평하다고요!" 조가 금방이라도 울음을 터트릴 듯이 부르짖었다.

"하지만 너에게도 책임이 있는 것 같구나, 조. 지난 번 바자회 때 숙모님을 뵈었는데 너의 퉁명스런 태도와 이기적인 생각을 유감스러워하시더구나. '처음에는 조를 데려가려 했으나, 그 애가 호의를 짐스러워하고 프랑스어를 끔찍이도 싫어하니 그 애를 데려가지는 못할 것 같다. 에이미는 좀 더 유순하니까 플로와도 좋은 친구가 될 것이고, 여행이 주는 혜택을 감사한 마음으로 받아들일 수 있을 거라고 생각한다'라고 써 보내셨다."

"오, 내 혀, 이 저주스러운 혀! 왜 조용히 있는 법을 배울 수 없을까?" 조가 자기의 희망을 짓밟아버린 자신의 가벼운 입놀림을 한탄하며 신음소리를 토해냈다. 숙모님의 편지를 읽고 나서 마치 부인도 슬픈 목소리로 말했다.

"나도 네가 갔으면 좋겠다. 하지만 이번에는 그럴 희망이 없는 것 같구나. 그러니 기꺼이 그것을 감수하고 자책이나 후회로 에이미의 즐거움을 망치지 않도록 해라."

"노력할게요." 조는 후회와 자책으로 날뛰다 뒤엎은 바구니를 줍기 위해 무릎을 꿇고는 간신히 한 눈을 깜빡이며 말했다.

"그래요, 엄마. 겉으로만이 아니라 진심으로 기뻐하도록 노력하고 에이미의 행복을 시기하지 않겠어요. 하지만 실망이 너무 커서 쉽지는 않을 거예요." 불쌍한 조는 손에 들고 있던 둥글고 작은 바늘꽂이에 닭똥 같은 눈물을 뚝뚝 떨어뜨렸다.

"조 언니, 나는 이기적인가 봐. 언니와 떨어져서 살고 싶지 않은걸. 그래서 난 오히려 언니가 가지 않게 되어 기뻐." 베스가 그녀를 끌어안고 속삭였다. 그 사랑스런 얼굴을 보고 조는 마음이 조금 진정되었다. 에이미가 깨어나 아래층으로 내려올 때쯤 되어서는 가족들과 함께 기쁨을 나눌 수 있을 만큼 조의 마음은 가라앉았다. 그러나 아마도 평소와 같이 진정으로 기뻐하기는 좀 힘들었을 것이다. 에이미는 그 소식을 듣고 기뻐 어쩔 줄 몰라 했다. 그녀는 여행한다는 기쁨보다는 유럽에서 맛보게 될 새로운 예술 세계에 정신이 팔려 옷이나 돈, 여권과 같은 하찮은 일은 다른 사람들에게 맡기고 그 날 저녁 그림물감을 고르고 연필을 꾸리는 데 여념이 없었다.

"단지 즐거움만을 위한 여행은 아니야, 언니." 에이미는 가장 아끼는 팔레트를 닦으며 말했다. "이번 여행은 내 생애를 결정하는 계기가 될 거야. 내게 만약 예술적 천재성이 있다면 로마에서 그것을 발견해 낼 수 있을 거야. 그것을 확인할 수만 있다면 열심히 노력해서 그것을 꼭 증명하고야 말겠어."

"천재성이 없다면?" 조가 통통 부은 눈으로 에이미에게 줄 새 옷깃을 꿰매며 말했다.

"그러면 집에 와서 미술 선생님이 될 거야." 명성을 쫓는 야심가가 철학자답게 침착하게 대답했다. 그러나 곧 얼굴을 찌푸리더니 자기의 희망을 포기하기 전에 무슨 수를 써서라도 꼭 해내고야 말겠다는 듯 팔레트를 더 세게 문질렀다.

"아니야. 돈을 벌지는 않을 거야. 너는 힘든 일을 싫어하니까 부자하고 결혼해서 편안하고 호화스럽게 지내게 될 것 같아." 조가 말했다.

"때로는 언니의 예언이 맞지만, 이번에는 빗나간 것 같아. 맞으면 정말 좋겠지만. 내가 화가가 될 수 없다면 화가가 되려는 사람들을 도와주고 싶어." 에이미가 자기에게는 가난한 그림 선생님 역할이 편안한 귀부인 역할보다는 더 맞는다는 듯이 미소지으며 말했다.

"흠! 네가 원한다면 그렇게 되겠지. 너의 소망은 언제나 이루어지니까. 나는 안 그렇지만." 조가 한숨을 지으며 말했다.

"언니도 가고 싶어?" 에이미가 나이프로 콧등을 두드리며 생각에 잠겨서 물었다.

"그걸 말이라고 하니!"

"그럼 1, 2년 내에 언니를 부를게. 함께 고대 로마의 광장을 발굴해서 우리가 여러 번 세웠던 계획을 실행하는 거야."

"고마워. 그런 기쁜 날이 오기만 한다면 네가 한 그 약속을 기억할게." 조는 그 가망성은 희박했지만 에이미의 관대한 제의를 가능한 한 고맙게 받아들이며 대꾸했다.

준비할 시간이 많지 않았기 때문에 에이미가 떠나는 날까지 온 ·가족이 소동을 벌여야 했다. 어떻게 지나갔는지 모를 정도로 후딱 시간이 흘러갔고 마침내 에이미는 유럽행 유람선에 몸을 실었다. 그날 조는 에이미의 파란 리본이 펄럭이는 모습이 사라질 때까지 애써 참다가 그녀의 안식처인 다락방으로 돌아와서는 눈물이 마를 때까지 실컷 울었다. 에이미도 마찬가지였다. 증기선이 떠날 때까지는 꿋꿋이 참았는데 배의 트랩이 올려지려 하자 갑자기 저 거대한 바다가 곧 그녀와 그녀를 가장 사랑해주던 사람들 사이를 갈라놓으리라는 생각이 밀려들었다. 그녀는 마지막까지 그녀를 배웅해 준 로리에게 매달려 훌쩍이며 말했다.

"오, 로리. 나를 대신해서 그들을 잘 보살펴줘. 그리고 혹시 무슨 일이 생기면……."

"염려 마, 무슨 일이 생기면 곧장 네게로 달려가 알려줄 테니." 로리는 그의 말을 지키기 위해서라도 꼭 유럽에 가보고 싶다고 나직이 속삭였다.

에이미는 젊은이라면 누구에게나 신비롭고 아름답게만 보이는 유럽 대륙으로 드디어 떠나갔다. 가족들과 에이미의 친구들은 바다 위에서 끝까지 손을 흔들고 있는 꿈에 부푼 소녀에게 좋은 일만 일어나기를 간절히 빌며 그녀가 떠나는 모습을 지켜보았다.

제8장 외신 특파원 에이미

런던에서

사랑하는 가족들에게

믿기지 않겠지만 저는 지금 피커딜리 가의 배스 호텔 라운지 창가에 앉아 있어요. 썩 좋은 곳은 아니지만 숙부님이 몇 년 전에 이곳에서 머무르셨대요. 그래서 숙모님이 다른 곳으로는 안 가시려 해요. 하지만 이곳에서 그다지 오래 머물 건 아니니까 큰 문제는 아니에요. 여행이 얼마나 즐거웠는지 이루 다 말할 수 없어요! 그걸 다 쓰려면 하루 종일을 매달려야 할 것 같으니 제 노트에 써놓은 몇 구절만 알려드릴게요. 저는 그곳을 떠난 이후 계속 그림과 메모를 빼먹지 않았어요.

핼리팩스에서 몇 줄 써 보냈는데 그때는 조금 외로웠어요. 하지만 그 이후 기분이 나아졌고 이젠 뱃멀미도 거의 하지 않아요. 요즘은 하루 종일 갑판에 나가 사람들을 많이 만나죠. 아주 유쾌한 사람들이에요. 모두 다 저에게 매우 친절하고 특히 선원들은 잘 대해줘요.

웃지 마, 조 언니! 배에서는 남자들이 정말 필요해. 승객에게 달라붙어 시중을 들어주어야 하거든. 그들은 평소에는 별로 할 일이 없으니까 그렇게 봉사하는 것이 오히려 잘된 일이야. 그렇지 않으면 아마 담배를 너무 피워서 죽을지도 모르거든.

숙모님과 플로는 항해 내내 몸이 좋지 않아 혼자 있고 싶어 했어요. 그래서 제가 해드릴 수 있는 일을 한 뒤에는 밖에 나가서 재미있게 놀았어요. 갑판 위를 걸어다니는 일이랑, 아름다운 석양을 바라보는 일, 신선한 공기와 파도를 마음껏 즐기는 일! 배가 물살을 가르고 앞으로 돌진할 때는 무척 빠른 말을 타는 것만큼이나 신이 났어요. 베스 언니도 여기에 올 수 있었더라면 아픈 걸 모두 잊을 수 있었을 거예요! 조 언니라면 돛대 위에 있는 망루에 올라 기사들과 어울리거나 아니면 선장의 메가폰에 대고 소리를 질러대며 굉장히 즐겁게 지냈을 것이라고 생각해요.

모두가 다 좋았지만, 아일랜드 연안을 보게 되어 특히 기뻤어요. 그 푸르디푸른 연안은 햇빛을 받아 반짝였죠. 여기저기의 갈색 오두막, 언덕 위의 폐허, 계곡에 있는 대저택, 그리고 공원에서 한가로이 풀을 뜯는 사슴들이 눈앞에 펼쳐졌어요. 아침 일찍 일어나 좀 피곤하긴 했어도 결코 후회스럽지 않았어요. 후미진 곳은 작은 배들로 붐볐고, 해안은 그림같이 멋졌죠. 그리고 머리 위의 하늘은 장밋빛이었어요. 그 아름다운 광경은 평생 결코 잊지 못할 거예요.

퀸스타운에서 새로 알게 된 사람 중 하나인 레녹스 씨가 우리랑 같이 내렸어요. 제가 킬라니 호수에 관해 몇 마디 물어보자, 그는 정색을 하고는 저를 바라보며 노래를 불렀어요.

"케이트 키어니를 들어본 적이 있나요?

그녀는 킬라니 기슭에 산답니다.

눈을 감고 어서 도망쳐요.

케이트 키어니를 보면

험난한 운명이 그대를 기다릴 테니."

킬라니 호수에 얽힌 전설을 노래한 건데 좀 우습지 않아요? 리버풀에서는 몇 시간 동안 쉬기만 했어요. 그곳은 더럽고 시끄러워서 서둘러 그곳을 벗어나게 된 게 차라리 기뻤어요. 숙부님은 급히 나가서서 개가죽으로 된 장갑과 몇 켤레의 못생기고 두꺼운 신발과 우산을 사고 처음으로 구레나룻을 면도했죠. 그러고는 당신이 진짜 영국인같이 보인다며 만족하셨어요. 하지만 그 구두는 미국인들만 신는 것이었어요. 그래서 숙부님이 처음으로 구두닦이 소년에게 신발을 닦게 했을 때 그 소년은 첫눈에 숙부님이 미국인인 걸 알아보고는 씩 웃으며 이렇게 말했답니다.

"여기 있습니다, 선생님. 최신 미국식으로 번쩍거리게 닦아 놓았습니다."

그 소리를 듣고 숙부님은 크게 웃으셨어요. 아 참! 그 상냥한 레녹스 씨가 무슨 일을 했는지 말씀드리지 않고는 그냥 지나칠 수가 없군요! 그는 우리와 함께 온 그의 친구 윈드 씨에게 제게 줄 꽃다발을 주문하도록 했어요. 제가 방에 들어서자마자 로버트 레녹스의 인사말이 든 카드와 함께 아름다운 꽃다발이 저를 반겨주었어요. 재미있지 않아, 언니들? 저는 여행을 정말 좋아해요. 빨리 서두르지 않으면 런던 이야기는 하지도 못하겠어요. 기차 여행은 마치 아름다운 풍경화로 가득 찬 긴 화랑을 따라 달리는 것 같았어요. 농가를 보는 것은 무척 즐거웠어요. 초가지붕과 처마 밑까지 올라간 아이비 넝쿨들, 격자로 된 창문, 그리고 뺨이 발그스름한 아이를 안고 물가에 나와 있는 건강한 여인들……, 모든 것이 신기하기만 했어요. 똑같은 소인데도 무릎까지 차는 토끼풀밭에 서 있는 그곳의 소는 미국의 소보다 더 한가로워 보였고, 암탉들은 야야키의 소란스런 닭같이 신경이 곤두서지 않는 듯 여유롭게 꼬꼬 울음소리를 냈어요. 풀들 또한 파릇파릇하고, 하늘은 눈이 시리도록 푸르고, 곡식은 황금빛으로 물들고, 나무들은 짙푸른 자태를 뽐냈어요. 그렇게 완벽한 색깔은 이제까지 보지 못했어요. 저는 보는 내내 기쁜 마음을 감출 수 없었어요. 플로도 마찬가지였고요. 휙휙 지나가는 모든 것들을 하나도 놓치지 않으려고 우리는 한 시간에 60마일을 달리는 기차 안의 이쪽 끝에서 저쪽 끝으로 달리며 구경했어요. 그러다 보니 숙모님은 지치셔서 그냥 주무시러 가셨고 숙부님은 이미 여행 안내서를 다 읽으신 뒤라 무엇을 보아도 놀라지 않으셨어요. 내내 그런 식이었지요. 제가 펄쩍 뛰며, '오, 저기는 케닐워스가 틀림없어. 나무 사이에 있는 저 회색빛이 감도는 곳 말이야!' 하면 플로가 제 창문 쪽으로 달려와 '정말 멋져! 언젠가 저기에 가 봐요, 아빠!' 하고 말했죠. 그러면 숙부님은 조용히 '아니다, 애야, 그곳은 양조장이란다. 네가 맥주를 원한다면 모르지만' 하시는 거예요.

잠시 잠자코 있던 플로가 '맙소사, 저기 교수대가 있잖아. 한 남자가 올라가고 있어!' 하고 소리쳤어요. 저는 깜짝 놀라 십자가에 쇠사슬이 매달려 있는 두 개의 큰 기둥을 보며 '어디, 어디?' 하고 소리를 질렀어요. 그랬더니 숙부님은 눈을 반짝이며 '그것은 탄광이다' 말씀하시는 거예요. '저기 사랑스러운 양떼가 누워 있어' 제가 말하자, '아빠, 저기 보세요, 예쁘지 않아요!' 플로가 감동에 차서 소리쳤어요. 그랬더니 '그것은 거위 떼예요, 아가씨들!' 하고 숙부님이 대꾸하셔서 우리는 하는 수 없이 잠잠하게 있었죠. 플로는 앉아서 《캐번디시 선장의 연애담》을 읽고, 저는 혼자서 바깥 풍경을 감상했어요.

드디어 런던에 도착했는데 아니나 다를까 비가 내리고 있었어요. 보이는 것이라곤 짙은 안개와 우산뿐이었죠. 우리는 비가 그치기를 기다렸다가 날이 개자 쇼핑을 했어요. 제가 너무 서둘러 오는 바람에 제대로 준비를 못한 것들을 캐롤 숙모님이 몇 가지 사주셨어요. 푸른 깃털이 달린 흰 모자와 그에 어울리는 모슬린 옷, 그리고 이제까지 본 것 중 가장 예쁜 망토를 말이에요. 리젠트 거리에서의 쇼핑은 정말 멋졌어요. 그곳은 물건들이 아주 싸거든요. 예쁜 리본이 야드당 6펜스밖에 안 해요. 파리에 가면 장갑을 살 거예요. 매우 부유하고 우아해 보일 것 같지 않아요? 플로와 저는 숙모님과 숙부님이 외출하신 뒤 재미삼아 핸섬마차를 불러 드라이브를 했어요. 후에 알았지만 마차는 젊은 아가씨들끼리 탈 만한 것은 아니더군요. 얼마나 우스꽝스러웠는지! 우리가 마차에 올라타자 마부는 우리가 앉자마자 문을 쾅 하고 닫더니 정신없이 빨리 달려 나갔어요. 플로가 겁이 나는지 저더러 멈추게 하라고 말했어요. 하지만 마부의 자리와는 나무덮개로 차단되어 있었기 때문에 그에게 갈 수가 없었어요. 마부에겐 제 목소리도 들리지 않았고, 앞에서 양산을 흔들어도 보이지 않았나 봐요. 그래서 우리는 어쩔 수 없이 덜커덩거리는 마차 안에서 이리저리 부딪히면서 짐짝같이 실려 갔죠. 마침내 지붕에 달린 작은 문을 발견하고는 그것을 밀고 열어보니 눈이 붉게 충혈된 마부가 술취한 목소리로 말했어요.

"왜 그러십니까, 아가씨?"

저는 될 수 있는 한 근엄한 목소리로 속도를 줄여달라고 부탁했어요. 그러자 '예, 예, 아가씨' 하고 문을 '꽝' 닫더니 마치 장례식에라도 가는 것처럼 말을 천천히 모는 거예요. 저는 문을 밀고 다시 말했죠.

"좀 더 빨리요."

그러자 다시 허둥지둥 달려가는 바람에 우리는 다 포기하고 그저 운명에 맡기는 수밖에 없었어요.

오늘은 날씨가 좋아서 근처에 있는 하이드 공원에 갔었죠. 우리가 보기 보다는 훨씬 더 귀족적이잖아요. 데번셔 공작이 그 공원 근처에 살고 있지요. 그의 하인이 뒷문에서 어슬렁거리는 모습을 종종 보곤 했어요. 웰링턴 공작의 집도 거기에서 그리 멀지 않아요. 그리고 그곳에서 재미있는 장면을 보았어요! 꼭 만화에서나 나올 것 같은 뚱뚱한 부인이 마차를 타고 주변을 돌아다니는데, 글쎄 그 마부가 18세기에나 쓰던 가발을 쓰고 있는 거예요! 그리고 그 마차 뒤에는 비단 양말에 벨벳 코트를 입은 하인이 대기하고 있었어요. 장밋빛 뺨을 가진 귀여운 아이들과 함께 서 있는 예쁜 아가씨들, 졸린 눈을 하고 있는 아름다운 소녀들, 기이한 영국 모자를 쓴 젊은 신사! 그리고 빈둥거리며 놀고 있는 라벤더향이 나는 어린아이들도 보았어요. 짧은 빨간색 재킷을 입고 한쪽에 삐딱하게 머핀 모자를 쓴 키 큰 군인들의 모습은 너무 우스워 스케치하고 싶은 충동이 다 일더군요.

로튼 거리란 왕의 거리를 의미해요. 하지만 지금은 마치 승마학교같아 보여요. 훌륭한 말들이 거리를 가득 메우고 있거든요. 이곳의 여자들은 우리와는 달리 뻣뻣하게 서서 껑충거리며 달려요. 그들이 노아의 방주 장난감에 있는 여자들같이 높은 모자를 쓴 채 엄숙하게 총총걸음으로 달리는 모습을 보고 있으면 미국식으로 맹렬하게 질주하는 모습을 보여주고 싶어져요. 여기서는 늙은 사람, 뚱뚱한 부인, 어린 아이 할 것 없이 모든 사람들이 말을 타요. 그리고 젊은이들은 시시덕거리며 노는 것을 좋아해요. 또한 이곳엔 데이트 하는 남녀가 장미꽃 봉오리를 서로 교환하여 단춧구멍에 꽂고 다니는 게 유행이에요. 참 사랑스런 광경이더군요.

오후에는 웨스트민스터 대성당에 갔었어요. 그때의 감동은 어떻게 설명해야 할지! 도저히 말로 표현할 수 없을 정도로 감격하였다고밖에 달리 표현할 길이 없어요! 오늘 저녁에는 제 생애의 가장 행복한 날을 마감하는 데 알맞게 페히터 씨를 보러 갈 거예요.

저녁에

매우 늦었지만, 오늘 밤에 무슨 일이 일어났는지 알리지 않고는 잠을 이룰 수가 없을 것 같아요. 우리는 집에서 차를 마시고 있었죠. 그런데 누가 왔는지 아세요? 로리의 영국 친구인 프레드와 프랭크 본이었어요! 저는 미리 카드를 받지 않았다면 그들을 알아보지 못했을 거예요. 둘 다 턱수염을 기르고 키가 훌쩍 커있어서 놀랐어요. 프레드는 영국 귀족처럼 잘생긴 청년이고, 프랭크는 다리를 조금 절기는 하지만 지팡이를 사용할 정도는 아니었어요. 프레드보다 프랭크가 훨씬 더 잘생겼어요. 그들은 로리에게서 우리가 어디 있을 것인지를 알아냈대요. 그래서 우리를 그들의 집으로 초대하러 온 거예요. 하지만 숙부님이 가지 않으려고 하셨기 때문에 다음 기회에 그들을 방문하기로 했어요. 그들과는 되도록이면 많이 만나고 싶어요. 우리는 함께 극장에도 가고 좋은 시간을 가졌어요. 프랭크는 플로와 얘기하고, 프레드와 저는 마치 오랜 친구처럼 과거와 현재와 앞으로 이루고 싶은 꿈에 대해 이야기했어요. 베스 언니에게 프랭크가 안부 전해 달래요. 언니가 아프다는 얘기를 듣고는 마음 아파하더라는 말도 전해 주세요. 프레드는 제가 조 언니에 대해 이야기하니까 웃으면서 '존경어린 찬사를!'이라고 외쳤죠. 둘 다 로렌스 캠프에서 우리와 가졌던 즐거운 시간을 잊지 않고 있더군요. 저에겐 그것이 아주 오래 전의 일인 것처럼 느껴져요. 숙모님이 밤이 너무 늦었다고 벽을 세 번이나 두드리시니 이만 펜을 놓아야겠어요. 예쁜 물건들로 가득 찬 제 방에서 이렇게 늦게까지 글을 쓰고 머릿속에는 공원과 극장, 새로 산 잠옷이 가득하고, 진정한 영국 신사답게 콧수염을 만지작거리는 분들과 함께 어울려 다니니 정말로 제가 부유한 런던의 사교계 숙녀같이 느껴져요. 제가 얼마나 모두를 보고 싶어 하는지 아시지요? 두서없이 쓴 글은 너그럽게 용서해 주세요.

사랑스런 에이미로부터

파리에서 언니들에게

지난 번 편지에 런던에 있다고 얘기했지. 그곳에서 본 집안사람들이 친절하게 대해 준 덕분에 정말 즐겁게 보낼 수 있었어. 그들은 우리를 위해 유쾌한 파티를 열어주기도 했어. 나는 무엇보다도 햄프턴 궁전과 켄싱턴 박물관을 둘러 본 것이 가장 즐거웠어. 햄프턴에서는 라파엘이 그린 실물 크기의 밑그림을 보았어. 그리고 박물관의 전시실은 터너, 로렌스, 레이놀즈, 호가로 등 많은 위대한 화가들의 그림들로 가득 차 있어. 리치몬드 공원에서의 하루는 정말 근사했었지. 영국에서는 정기적으로 소풍을 갔는데 이루 다 말할 수 없을 만큼 많은 멋진 참나무와 사슴 떼를 보았어. 그리고 나이팅게일의 울음소리도 듣고, 종달새가 날아오르는 것도 보고 말이야. 너무 아름다워서 그림으로는 표현할 수 없을 정도였어. 프레드와 프랭크 덕분에 영국 곳곳을 빠짐없이 실컷 구경했어. 떠날 때는 몹시 섭섭했지.

영국 사람들은 처음 사귈 때는 힘들지만 일단 사귀고 보면 더할 나위 없이 친절한 사람들이라고 생각해. 본 집안의 사람들도 우리와 헤어지는 걸 못내 섭섭해하며 다음 겨울에 로마에서 우리를 만나고 싶어 했어. 나는 그레이스와 매우 친해졌어. 청년들도 매우 좋은 사람들이야. 특히 프레드가 그랬지. 만일 로마에서 그들을 만나지 못하면 크게 실망할 거야.

파리에서 갑작스러운 환경의 변화에 조금은 어리벙벙해 있을 때 프레드가 휴가차 스위스에 가는 길에 들렀다면서 갑자기 다시 나타났어. 숙모님은 처음에는 근엄한 표정을 지었지만 그가 너무나 천연덕스러워서 아무 말씀도 못하셨지. 지금은 모두 잘 지내고 있고, 그가 온 것을 다행으로 여기고 있어. 프레드는 프랑스어를 모국어처럼 잘해. 만약 그가 없었다면 우리는 어떻게 됐을까 상상조차 할 수 없어. 숙부님은 아는 프랑스어 단어가 열 개도 채 안되는데 크게 말하기만 하면 사람들이 다 이해할 수 있을 거라고 믿는지 무조건 큰 소리로 말씀하셔. 그것도 영어로! 숙모님의 발음은 구식이고, 플로와 나는 서로 꽤 아는 척했지만 실제로는 아니라는 것을 깨달았어. 숙부님이 말씀하시듯 우리 모두 프레드가 프랑스어를 잘하는 것에 크게 감사하고 있어.

난 지금 너무너무 즐거운 시간을 보내고 있어! 아침부터 저녁까지 아름다운 경치를 구경하고 화려한 카페에서 멋진 점심을 들고 이따금 우스꽝스러운 모험을 접하기도 해. 비 오는 날이면 루브르 박물관에 가서 그림을 감상해. 조 언니는 그림에 전혀 관심이 없으니까 좋은 그림을 본다 해도 콧방귀를 뀌겠지만…… 나는 가능한 한 빨리 예술적 안목과 심미안을 높이고 싶어. 언니는 위대한 인물들의 유물을 더 좋아할 거야. 차양을 위로 젖힌 나폴레옹의 모자와 회색 코트와 성 데니스의 반지, 샤를마뉴 대제의 검과 그 외에 여러 가지 흥미로운 물건들을 보았어. 집에 돌아가면 몇 시간이고 다 말해 줄게. 하지만 지금은 그 모든 것을 다 쓸 시간이 없어.

로열 궁전은 진짜 근사한 곳이야. 갖가지 보석과 예쁜 물건들로 가득 차 있어. 난 그것들을 사지 못해서 거의 미칠 지경이야. 프레드가 몇 가지 사 주려 했지만 물론 내가 허락하지 않았지. 그리고 불로뉴 숲과 샹젤리제는 굉장히 웅장해. 여러 황실을 가보았는데 그곳에는 황제와 황후의 밀랍인형이 있었어. 황제는 못생긴 데다 엄격해 보였고, 황후는 가냘프고 예뻤지만 옷 입는 솜씨가 형편없다는 생각이 들었어. 자줏빛 옷에 초록색 모자, 노란 장갑을 끼고 있으니 말이야. 나폴레옹의 어렸을 적 모습을 본뜬 밀랍인형도 있었는데, 그는 아주 잘생긴 소년이었고 앉아서 교사와 얘기를 나누고 있는 모습이었어. 그리고 붉은색 공단 재킷을 입은 기수와 앞뒤로 호위병을 태운 사륜마차를 타고 지나가면서 그가 사람들에게 키스를 보내는 밀랍인형도 있었지.

우리는 종종 튈르리 정원을 산책하는데 그곳은 참으로 아름다운 곳이야. 그렇지만 나는 고풍스러운 룩셈브루크 정원이 더 맘에 들어. 페레 라셰즈에서는 무덤들이 작은 방같이 보여 매우 흥미로웠어. 안에는 죽은 이의 동상이나 그림이 있고, 조문하러 오는 사람들이 앉을 수 있도록 마련된 탁자와 의자도 있는 완전히 프랑스식이야.

우리는 루 드 리블리 거리에 있는 호텔에 묵었는데 우리 방의 발코니에서 내려다보면 그 멋진 긴 거리를 한눈에 볼 수 있어. 그곳에 앉아 이야기를 하고 있으면 너무 재미있어서 외출에서 돌아와 피곤한 저녁이면 거기에 앉아 얘기하곤 해. 프레드와 같이 있으면 너무나 즐거워. 굉장히 예의바르고 말이야. 로리를 빼고 이제까지 내가 알고 있는 남자 중 가장 마음에 드는 사람이야. 나는 머리색이 밝은 사람은 싫어. 그래서 프레드의 머리색이 어두웠으면 좋겠어. 하지만 본 집안사람들은 부자이고 훌륭한 가문이니까 그들의 노란 머리를 흠잡지는 않겠어. 실은 내 머리가 더 노랗거든.

다음 주에 우리는 독일과 스위스로 떠나. 일정이 너무 빡빡해서 겨우겨우 전보만 보낼 것 같아. 나는 요즈음 계속 일기를 쓰고 있어. 그리고 아버지가 말씀하신 대로 내가 보고 감탄한 모든 것을 정확히 기억하고 생생하게 묘사하기 위해 노력하고 있어. 내게는 좋은 연습이 돼. 내 스케치북을 보면 편지를 쓴 것보다 더 생생하게 내가 여행한 것을 전달할 수 있을 거야.

안녕! 언니들 모두를 부드럽게 안으며,

에이미로부터

하이델베르크에서 그리운 엄마에게

베른으로 떠나기 전에 시간이 많이 남아 그동안 무슨 일이 일어났는지 알려드리고 싶어 편지를 쓰기로 했어요. 그 중에 몇 가지는 읽다 보면 알게 되시겠지만 매우 중요한 일이에요.

라인 강을 거슬러 올라가는 항해는 완벽했어요. 저는 앉아서 그 모든 풍경을 마음껏 즐겼죠. 아버지의 오래된 여행 안내서를 꺼내 꼼꼼하게 다 읽었어요. 라인 강의 아름다움이란 말로 다 표현할 수 없어요. 코블렌츠에서는 프레드가 보트에서 알게 된 본에서 온 몇몇 학생들이 세레나데를 불러주어 즐거운 시간을 보냈지요. 달빛이 은은하게 빛나던 밤이었어요. 아마 한 시쯤 되었을까요? 플로와 저는 창문 아래에서 들려오는 아름다운 음악 소리에 잠이 깼어요. 우리는 벌떡 일어나 커튼 뒤에 숨었어요. 그러다 살짝 엿보니 프레드와 학생들이 밑에서 노래를 부르고 있지 않겠어요? 무척 낭만적인 광경이었어요. 강과 보트, 다리, 건너편의 웅대한 성벽, 이 아름다운 풍경이 비추어주는 달빛과 밤의 음악 소리……. 아무리 단단한 돌 심장이라도 녹일 것 같았어요.

그들이 노래를 마치자 우리는 꽃을 뿌렸죠. 그들은 꽃을 잡으러 이리저리 뛰어다니며 보이지 않는 숙녀들에게 키스를 보낸 뒤 웃으면서 사라졌어요. 아마 담배를 피우고 맥주를 마시러 갔겠지요. 다음 날 아침 프레드는 그의 조끼 주머니에서 시들어버린 꽃을 꺼내 보여주면서 매우 감상적인 표정을 지었어요. 저는 웃으며 제가 뿌린 것이 아니라 플로가 뿌린 거라고 말했어요. 그랬더니 그는 정색을 하고 꽃을 창문 밖으로 던져 버리고는 곧 다시 이성을 되찾았어요. 저는 그와 무슨 일이 생길 것만 같아요. 벌써 그런 조짐이 보이기 시작하거든요.

낫소에서의 해수욕은 정말 즐거웠어요. 바덴바덴에서도 그랬고요. 거기에서 프레드는 돈을 잃어버렸죠. 그래서 그를 마구 야단쳤어요. 프랭크가 곁에 없을 땐 그에겐 누군가 그를 돌봐줄 사람이 필요해요. 케이트는 한때 그가 빨리 결혼했으면 하고 바랐다고 말했는데 정말 그러는 게 좋을 거란 생각이 들어요. 프랑크푸르트에서도 즐거운 시간을 보냈어요. 괴테의 집과 실러의 동상 그리고 다네커의 유명한 그리스 신화에 나오는 여인 '아드리아네'를 보았어요. 그 여인상은 아주 아름다웠지만, 그녀에 관한 이야기를 잘 알았더라면 더 좋았을 걸 그랬어요. 모두들 그것을 알고 있거나 아는 척했기 때문에 저는 자존심이 상해서 누구에게도 묻고 싶지 않았어요. 언젠가 조 언니가 그에 관한 모든 이야기를 들려주었으면 해요. 제가 아는 것이 아무것도 없다는 것을 발견하곤 매우 속상했어요. 좀 더 책을 많이 읽었어야 하는 건데…….

이제 심각한 얘기를 해야 되겠어요. 왜냐하면 프레드가 가버렸기 때문이에요. 프레드는 아주 친절하고 유쾌한 청년이라 누구나 그를 좋아해요. 그 세레나데를 부르던 밤까지도 저는 그를 단순히 여행 친구 정도로만 여겼죠. 그런데 그날 이후로 달밤의 산책이나 발코니에서의 대화, 매일같이 일어난 모험들이 그에겐 즐거움 이상의 어떤 것이었음을 저는 비로소 느끼기 시작했어요. 절대로 제가 먼저 경솔하게 행동한 게 아니에요. 엄마, 맹세코……. 어머니의 말씀을 기억하고 최선을 다했어요. 사람들이 저를 좋아하는 것은 저도 어쩔 수가 없어요. 제가 그렇게 되도록 노력한 것도 아니고…….

조 언니는 늘 제게 진실한 마음이 없다고 했는데, 제가 정말 그들을 진심으로 좋아하지 못할까 봐 걱정이 돼요. 어머니는 머리를 절레절레 흔들고, 언니들은 '저 돈만 밝히는 작은 여우 같으니라고!' 말하는 모습이 눈에 선하군요. 하지만 저는 결심했어요. 그리고 프레드가 만일 청혼한다면 그를 미치도록 사랑하는 것은 아니지만 받아들일 거예요. 저는 그를 좋아하고 우리는 잘 어울려요. 그는 잘생기고 젊고 영리하고 매우 부자예요. 로렌스 씨보다 더 큰 부자예요. 또, 그의 가족 모두가 친절하고 교양 있고 관대한 사람들이고, 나를 좋아하므로 행복하게 되리라 믿어요. 프레드는 쌍둥이 중 맏형이니까 아주 훌륭한 저택을 물려받을 거예요. 그 집은 영국 사람들 취향대로 화려한 장식들로 가득 찬 세련된 집이 들어찬 거리에 자리잡고 있어요. 저는 그 집이 좋아요. 진짜 고풍스러운 영국 집다우니까요. 대대로 물려온 그릇과 보석과 하인들, 그리고 공원과 저택과 근사한 땅과 멋진 말들이 그려져 있는 시골 풍경화를 본 적이 있어요. 그 외에 더 바랄 것이 뭐가 있겠어요! 제가 돈을 너무 좋아한다고 하겠지만 저는 가난한 건 딱 질색이에요. 그리고 할 수만 있다면 가난에서 벗어나고 싶어요. 우리들 중 하나는 부잣집으로 시집가야 해요. 메그 언니는 그러질 못했고, 조 언니는 그럴 생각이 없는 것 같아요. 베스 언니는 지금 그럴 상황이 아니고……. 그러니 제가 부잣집으로 시집가서 두루두루 편하게 해드릴 거예요. 그렇다고 해서 제가 싫어하거나 경멸하는 사람과는 절대 결혼하지 않을 거예요. 그 점에 관해서만큼은 저를 믿으셔도 좋아요. 프레드는 제 이상형은 아니지만 좋은 사람이고 그가 저를 매우 좋아하니까 곧 저도 그를 좋아하게 될 거예요. 프레드가 저를 좋아하는 것은 틀림없어요. 지난주에 그 일에 대해 곰곰이 생각해 봤거든요. 그는 한 번도 입 밖으로 꺼내진 않았지만 그의 행동을 보면 저는 알 수 있어요. 그는 절대로 플로와 함께 가지 않아요. 마차에서나 탁자에서나 또는 산책할 때에나 언제나 제 곁에만 있어요. 우리끼리 있을 때는 괜히 감상적으로 되어서는 딴 사람이 제게 말을 붙여오면 이맛살을 찌푸려요. 어제 저녁에는 오스트리아 장교가 저를 뚫어지게 바라보더니 그의 친구인 잘생긴 남작에게 독일어로 '아주 뛰어난 금발미인'이라고 말했어요. 그러자 프레드는 갑자기 사자처럼 사나워져서 자기의 고기에 야만스럽게 칼질을 해대다가 고기를 떨어뜨릴 뻔했죠. 그는 냉담하고 엄격한 사람이라기보다는 다혈질인 것 같아요. 그의 곱고 푸른 눈을 보면 알 수 있듯이 스코틀랜드인의 피가 그의 몸에 흐르고 있거든요.

어제 저녁에는 해가 질 무렵 모두들 성 구경을 나갔어요. 프레드는 편지 때문에 우체국을 들른 뒤에 그곳에서 우리를 만나기로 했어요. 우리는 폐허가 된 성벽과 큰 술통이 저장되어 있는 지하 저장소, 그리고 오래전에 어떤 성주가 자기의 영국 아내를 위해 만든 아름다운 정원을 구경하며 즐거운 시간을 보냈어요. 특히 테라스에서 보는 경치가 가장 마음에 들었어요. 그래서 다른 사람들이 성 안의 여러 방들을 구경할 때 저는 그곳에 남아 자줏빛 나무 넝쿨이 어우러진 벽에 새겨진 회색빛 사자머리 상을 스케치했죠. 그곳에 앉아 계곡 아래에서 오스트리아 밴드가 연주하는 음악을 들으며 계곡을 따라 흐르는 네카르 강물을 바라보며 저는 진짜 소설 속에 나오는 소녀처럼 연인을 기다리고 있는 것 같은 착각에 빠졌어요. 곧 무슨 일인가 일어날 것만 같았고 저는 그에 대한 마음의 준비도 되어 있었어요. 부끄러움이나 떨림도 없었고 아주 침착했죠. 약간 흥분한 상태이긴 했지만요.

프레드의 목소리가 점점 더 가까이 들리더니 그가 큰 아치 밑을 달려 급히 제게로 오는 모습이 보였어요. 그의 표정이 너무 어두워서 저는 방금 전의 생각은 까마득히 잊어버리고 무슨 일이 일어났는지 얼른 물어봤어요. 그는 프랭크가 몹시 아프니 집으로 급히 돌아오라는 편지를 받았다고 했어요. 그래서 오늘 밤 열차를 타러 가야 하고 작별 인사를 나눌 시간밖에 없다는 거예요. 프랭크에 대해선 안됐지만 저는 조금 실망했어요. 그러나 그것도 잠시뿐, 그는 제 손을 꼭 잡고 힘주어 말했어요.

"곧 돌아올 거야. 나를 잊지 않겠지? 에이미!"

저는 아무 말도 못하고 그냥 바라보기만 했어요. 그는 그것만으로도 안심하는 표정을 짓더군요. 그 뒤 우리는 모두 그를 매우 그리워해요. 저는 그가 무엇을 말하고 싶어 했는지 잘 알아요. 하지만 그가 언젠가 넌지시 말했는데, 성급한 성격을 지닌 그가 무슨 사고를 칠지 아버지가 걱정하신다면서 당분간은 얌전히 지내기로 약속했대요. 게다가 그의 아버지는 아들이 외국 여자와 결혼하는 것을 싫어한대요. 그러나 우리는 곧 로마에서 만나게 될 거예요. 그리고 그때까지 제 마음이 변치 않는다면, 그가 '나와 결혼해 주겠소?' 물으면 '네'라고 대답하겠어요.

물론 이것은 모두 저의 개인적인 생각이에요. 하지만 어머니께 무슨 일이 있었는지 알려드리고 싶었어요. 제 걱정은 하지 마세요. 저는 언제나 신중하게 행동한다는 것을 기억하시고 성급하게 일을 처리하지 않는다는 것을 믿어주세요. 충고해 주실 것이 있으면 충고해 주세요. 귀담아 들을 테니까요. 엄마를 만나 좋은 말씀을 듣고 싶어요. 저를 사랑하고 믿어주세요.

언제나 사랑스런 어머니의 에이미로부터

제9장 미묘한 고민

"조, 나는 베스가 걱정되는구나."

"왜요? 엄마, 메그가 아이를 낳은 후로 매우 좋아 보이던데요."

"내가 지금 걱정하는 것은 그 애의 건강이 아니라 그 애 마음이야. 그 애 마음속에 무슨 고민이 있는 것 같더구나. 네가 한번 알아보지 않으련?"

"왜 그런 생각이 들었어요, 엄마?"

"예전에는 안 그랬는데 요즈음은 혼자 멍하니 앉아 있는 시간이 많아지고 아버지와도 별로 이야기를 하지 않아. 지난번에는 아기들을 보다가 우는 모습을 보았어. 노래할 때도 언제나 슬픈 노래만 부르고 또 가끔 무슨 생각을 하는지 알 수 없는 표정을 짓는단다. 베스답지 않아 무척 걱정이 되는구나."

"왜 그런지 물어보셨어요?"

"한두 번 그래 보았지. 하지만 그때마다 질문을 피하거나 괴로운 표정을 지어 그만두었다. 지금까지 너희들은 다그치지 않아도 너희들 이야기를 다 해 주었는데 베스는 그렇지 않구나."

마치 부인은 말을 하면서 조를 살펴보았다. 그러나 그녀 역시 아무것도 모르는 것 같았다. 잠시 생각에 잠겨 바느질을 하던 조가 말했다.

"성장하고 있는 증거라고 생각해요. 그 애도 이제 자신의 미래를 꿈꾸기 시작하고, 자신도 알 수 없는 희망과 두려움에 안절부절못하는 거예요. 엄마, 베스도 이제는 18세예요. 우리는 아직 그것을 깨닫지 못하고 그 애를 아이 취급하는 거예요."

"하긴 그래. 너희들이 얼마나 빨리 자라는지……." 어머니가 한숨 섞인 미소를 지으며 대꾸했다.

"어쩔 수 없어요. 엄마, 그러니 걱정 말고 하나씩 하나씩 둥지에서 새들이 날아가게 내버려두세요. 저는 엄마를 위해서 그다지 멀리 날아가지 않겠다고 약속할게요."

"네 말을 들으니 크게 위안이 되는구나, 조. 나는 네가 집에 있으면 언제나 마음 든든하단다. 이제 메그는 시집을 갔고, 베스는 몸이 너무 약해. 에이미는 의지하기에는 너무 어리고, 하지만 무슨 일이 생기면 너는 언제나 내 곁에 있지."

"저는 어려운 일들은 그다지 겁나지 않아요. 그리고 어느 집안이든 한두 가지 걱정거리는 있기 마련이에요. 에이미는 미술에 소질이 있지만 저는 그렇지 못해요. 하지만 양탄자를 모두 들어내야 하거나 가족들이 한꺼번에 아플 때면 제 기질이 살아나요. 에이미는 외국에서 자기 자신을 찾아가고 있지만, 집에 무슨 일이라도 생기면, 제가 엄마 곁에 있을게요."

"고맙구나. 조, 베스의 일은 너에게 맡기겠다. 그 애는 다른 누구보다도 너에게 속 얘기를 잘 털어놓으니까, 다정하게 대해 주어라. 누군가 자기를 눈여겨보고 있다는 인상을 받지 않도록 조심하면서. 그 애가 건강해져서 다시 명랑해진다면 세상에 더 바랄 게 없겠다."

"엄마는 행복하시겠어요. 저는 바라는 게 너무 많아서 걱정인데."

"아니, 무슨 걱정거리가 그렇게 많으냐?"

"우선 베스의 문제를 해결하고 나서 말씀드릴게요. 대단치 않은 것들이니까 걱정하지 않으셔도 돼요." 조는 지금 당장 어머니를 안심시켜 놓고는 다시 수를 놓기 시작했다.

조는 자기 일에 몰두하는 척하면서 베스를 훔쳐보았다. 조는 이런저런 생각을 하다가 마침내 베스가 왜 요즈음 예전 같지 않는지 그 이유를 알 것 같았다. 조는 아주 사소한 일로 그 수수께끼의 단서를 잡았다. 그러고는 특유의 상상의 나래를 펴서 제멋대로 결론을 내렸다.

어느 토요일 오후, 집에는 조와 베스밖에 없었다. 조는 일부러 바쁘게 원고를 쓰는 척했다. 하지만 뭘 쓰는 게 아니라 그냥 끼적거리면서 그녀의 눈은 평소와 달리 조용하기만 한 동생을 열심히 쫓고 있었다. 창문가에 앉아 있던 베스는 종종 무릎에 일감을 그냥 올려놓은 채 맥 빠진 손으로 턱을 괴고는 넋 나간 사람처럼 바깥의 가을 풍경을 바라보았다. 그때 누군가 오페라 곡조를 휘파람으로 불며 그 아래를 지나가면서 말했다.

"오늘은 날씨가 무척 쾌청해!"

그러자 베스는 벌떡 일어나더니 몸을 앞으로 굽히곤 미소를 지으며 고개를 끄덕이면서 그의 빠른 발자국 소리가 사라질 때까지 그 목소리의 주인공을 바라보았다. 그러고는 혼잣말로 낮게 속삭였다.

"저 오빠는 튼튼하고, 건강하고, 행복하게 보여."

조는 동생의 얼굴을 유심히 살펴보았다. 베스의 얼굴에 떠오른 밝은 빛은 곧 사라지고, 미소도 금세 사라져버렸다. 그러더니 창문 난간에 반짝이는 눈물을 떨어뜨렸다. 베스는 얼른 눈물을 훔치고 걱정스러운 듯 조를 바라보았다. 하지만 그녀는 '올림피아의 서약'에 몰두하는 척 원고지를 밀쳐놓고 빠른 속도로 수를 놓았다. 베스가 조에게서 고개를 돌리자 그제야 그녀는 다시 동생을 바라보았다. 베스의 손이 몇 번인가 눈가로 올라갔다. 조는 베스의 옆얼굴에서 눈물에 가득 찬 어떤 슬픔을 읽었다. 조는 괜히 원고지가 모자란다고 중얼거리더니 그 방에서 빠져나갔다.

"세상에, 베스가 로리를 사랑하다니!" 조는 방금 자신이 발견한 믿어지지 않는 사실에 놀라 창백한 얼굴로 중얼거렸다.

"그런 일은 상상도 못했어. 엄마가 아시면 뭐라고 말씀하실까? 만일 그가 ……." 조는 거기서 말을 멈추고 갑작스런 생각에 얼굴이 빨개졌다.

"만일 그가 베스의 사랑을 받아주지 않는다면 얼마나 끔찍한 일일까? 받아주어야 해. 그렇게 만들고야 말겠어!" 조는 그녀를 향해 웃고 있는 벽에 걸린 장난꾸러기 소년의 그림에 대고 위협적으로 고개를 흔들었다.

'오! 우리들이 이렇게 무섭게 자랐다니, 메그 언니는 결혼해서 이미 엄마가 되었고, 에이미는 파리로 날아가 버렸고, 베스는 사랑에 빠져 있어. 나만 아무 변화 없이 그대로야.' 조는 잠시 그림에 눈을 고정시키고 골똘히 생각에 잠겼다.

그리고 나서 찌푸린 이맛살을 펴고는 앞에 있는 얼굴에 대고 단호하게 말했다.

"미안하지만 안 돼! 너는 매력적이지만 풍향계만큼이나 안정성이 없어. 그러니까 감동적인 글을 써 보내거나 그렇게 은근한 미소를 지어봤자 아무 소용없어. 내가 받아들이지 않을 테니까."

조는 땅거미가 질 때까지 그 자리에 꼼짝 않고 앉아 생각에 잠겨 있었다. 겨우 정신을 차린 뒤에 그녀는 아래층으로 내려가 새로운 장면을 목격하고는 자신의 생각을 더욱 확실하게 굳혔다. 로리는 에이미와는 그저 쓸데없이 시시덕거리기만 하고, 조와는 주로 농담만 했지만, 베스에게는 언제나 특별히 친절하고 다정했다. 하지만 누구나 베스에게는 친절하게 대했다. 그래서 아무도 그가 다른 아가씨보다 특히 베스를 아끼는 것이라고는 생각조차 못했다. 사실 최근에 가족들은 로리가 전보다 더욱더 조를 좋아하고 있다는 인상을 받았다. 그러나 조는 그 사실을 외면했고 누가 조금이라도 그 이야기를 하면 펄쩍 뛰며 성을 냈다. 가족들이 지난해 로리에게 일어났던 여러 가지 사건 또는 로리가 거절당한 사건 등을 알게 되었다면 아주 흡족한 목소리로 말했을 것이다.

"그것 봐, 내가 뭐라고 그랬어?"

조는 연애 장난 따위를 무척 혐오했다. 그런 위험이 닥치려는 조짐을 조금이라도 보이면 언제나 농담이나 미소로 얼버무리며 그것을 허락하려 하지 않았다.

　로리가 처음 대학에 들어갔을 때 그는 한 달에 한 번 꼴로 사랑에 빠졌다. 하지만 이 작은 불꽃들은 빨리 달아오른 만큼 빨리 사그라졌고 조에게 아무런 상처도 입힐 수 없었다. 그녀는 희망과 절망과 포기가 교차하는 로리의 모습에만 흥미를 느꼈을 뿐이다. 하지만 로리는 여러 숙녀들을 따라다니는 것을 그만두고 어느 날 음울한 목소리로 한 사람만 열렬히 사랑할 것임을 암시하고부터 때때로 우울증에 빠져 들었다. 얼마간 시간이 지나자 그는 자신이 현재 해결할 수 없는 이 미묘한 문제는 일단 묻어두고 자신의 직분이 학생이니만큼 우수한 성적으로 졸업하기 위해 공부벌레가 되어야겠다고 맹세하는 편지를 조에게 보내 왔다. 조에게는 낯간지러운 고백이나 부드럽게 손목을 잡는 것 혹은 열렬한 애정고백보다 이런 은근한 표현이 훨씬 더 감동적이었다. 그녀는 감성보다 이성이 더 발달한 편이었고 현실 속에서의 영웅보다는 상상 속의 영웅을 더 좋아했다. 상상 속의 영웅은 싫증이 나면 부엌에 처박아두었다가 보고 싶을 때 다시 꺼내 보면 되지만, 현실의 영웅은 그렇게 간단하게 처리할 수 없기 때문이다.

　조가 그 대단한 발견을 한 바로 그 즈음이었다. 사태는 그녀가 생각한 대로였고 그날 밤 조는 전과는 다른 눈으로 로리를 지켜보았다. 하지만 그 새로운 발견을 하지 않았더라면 로리가 베스에게 친절하게 대하는 사실을 그다지 이상하게 느끼지는 않았을 것이다. 하지만 그녀의 풍부한 상상력의 고삐는 한 번 풀어지자 멈출 줄 모르고 빠른 속도로 질주했다. 베스는 평소와 다름없이 소파에 누워 있었고 로리는 그 옆 낮은 의자에 앉아 이런저런 잡담으로 그녀를 즐겁게 해주었다. 베스는 늘 주말마다 찾아오는 이 이야기꾼을 기다렸고 그는 한 번도 그녀를 실망시킨 적이 없었다. 하지만 그날 저녁 조는 베스의 눈망울이 평소와는 달리 유난히 반짝거리며 그 옆에 있는 가무잡잡한 얼굴에 고정되어 있는 것을 유심히 바라보았다. '기둥을 쓰러뜨려 아웃시켰다' '수비 위치의 야수가 한꺼번에 셋을 잡았다'와 같은 크리켓 시합 이야기를 베스가 지대한 관심을 가지고 듣고 있는 것 또한 자세히 살폈다. 조가 그런 눈으로 바라보니까 로리의 모든 행동도 심상치 않아 보였다. 소곤대는 낮은 목소리, 점잖은 태도, 털실로 짠 담요를 베스의 발에 덮어주는 다정한 손길……. 이 모든 행동이 애인이라 해도 전혀 이상하지 않을 듯싶었다.

'정말 몰랐어! 좀 이상한 기분인걸.'

조는 방 안을 이리저리 왔다 갔다 하며 생각했다.

'둘이 서로 사랑하기만 한다면 베스는 로리의 천사가 될 것이고, 로리 역시 사랑하는 이를 위해 최선을 다할 거야. 누군가 방해만 하지 않는다면 로리는 충분히 그럴 수 있을 거야.'

조는 자기만 방해하지 않으면 된다는 생각이 들었다.

'어떡하지? 나만 없으면 될 거 같은데…….. 그럼, 어디로 가야 하나?'

조는 언니로서 동생을 위해 깊은 생각에 잠겼다.

조가 앉아 있는 낡은 소파는 정말 푹신푹신했다. 길고 널찍하고 낮은 소파는 네 자매가 아주 어렸을 때부터 그 자리에 놓여 있었다. 네 자매는 아기였을 때는 거기서 잠을 잤고, 어린아이였을 때는 등받이를 사이에 두고 술래잡기를 하거나 팔걸이를 타거나 소파 아래로 동물들을 집어넣기도 했고, 어른이 되어서는 피곤한 머리를 파묻고 꿈을 꾸거나 재미있는 이야기를 듣곤 했었다. 소파는 가족 모두의 훌륭한 안식처였다. 이 유서 깊은 의자를 장식하는 여러 개의 쿠션 중에 따끔따끔한 말갈기 털로 덮여 있는 쿠션이 하나 있었다. 모서리마다 울퉁불퉁한 단추가 달려 있는 딱딱하고 둥근 쿠션이었다. 이 신통치 않은 쿠션은 조가 특별히 아끼는 물건으로 때로는 방패로 쓰이기도 했고 때로는 바리케이드가 되기도 했다. 그리고 그녀가 너무 깊은 잠에 빠지지 않게 도와주는 기특한 알람도 되어 주었다.

로리는 이 쿠션을 잘 알고 있었다. 서로 까불고 장난치던 지난 시절 그것으로 무자비하게 얻어맞은 적도 있었고, 그토록 앉고 싶어 하는 조의 옆자리에 앉지 못하게 하는 얄미운 녀석도 바로 그 쿠션이었다. 쿠션이 똑바로 세워져 있으면 그가 다가가도 좋다는 표시이고 옆으로 뉘어 있는 날에는 남자건, 여자건, 아이건 건드리기만 하면 끝장이었다. 그날 저녁 조는 무방비 상태로 한 5분쯤 소파에 앉아 있었다. 그런데 갑자기 거구의 청년이 소파 등을 두 손으로 붙잡고는 긴 다리를 쭉 뻗는 것이었다.

"이러지 마!"

조가 쿠션을 내리치며 가로막았다. 하지만 너무 늦었다. 쿠션은 마룻바닥으로 미끄러져버렸다.

"왜 그래, 조! 너무하는 거 아냐? 일주일 내내 죽어라 공부만 했는데 좀 위로해 주면 안 되니?"

"베스가 위로해 줄 거야. 나는 바빠."

"아니, 베스를 괴롭혀서는 안 돼. 너도 내가 이렇게 하는 걸 좋아하잖아. 나한테 왜 그래? 내가 그렇게 싫어? 나한테 꼭 쿠션을 던지고 싶어?"

로리가 이처럼 간절하게 애원하기는 처음이었다. 하지만 조는 로리의 말을 냉정하게 잘랐다. "이번 주에는 랜들 양에게 꽃다발을 몇 개나 보냈지?"

"하나도 안 보냈어. 맹세할 수 있어. 그 애는 약혼했어. 그러니까……."

"잘 됐군. 넌 정말이지 바보 멍청이야. 좋아하지도 않는 여자에게 꽃이며 선물들을 보내니 말이야." 조가 꾸짖듯이 말했다.

"내가 진짜 좋아하는 여자는 내가 꽃이랑 선물들을 보내는 걸 좋아하지 않아. 그러니 어쩌겠어? 내 감정은 탈출구가 필요해."

"어머니는 장난으로라도 건들거리는 걸 싫어하셔. 그런데 넌 너무 심해서 탈이야."

"조, 너도 마찬가지라고 말하고 싶지만 참을게. 난, 다만 사람들이 내 행동이 장난이라는 것을 이해해 주기만 하면 그걸로 족해. 해가 되지 않는 유쾌한 장난을 하는 것이 뭐가 어떻다는 거야?"

"유쾌해 보이는 건 사실이지만 난 어떻게 해야 할지 모르겠어. 모두가 하는 걸 나만 안 하면 어색하니까. 하지만 잘 되지 않아." 조는 잠시 마음이 흔들렸다.

"에이미에게 배워 봐. 그 애는 천부적 자질을 타고났으니까."

"그래, 에이미는 아주 잘하지. 지나치지도 않고 말이야. 어떤 사람들은 아주 자연스럽게 사람을 즐겁게 하는데 어떤 사람들은 언제나 엉뚱한 장소에서 바보 같은 짓을 저지르지."

"난 네가 쓸데없이 시시덕거리지 않아서 좋아. 그리고 바보스럽지도 않고 재밌고 친절해. 또 이성적이고 솔직해서 좋아. 우리끼리 얘긴데 조, 내가 아는 어떤 여자들은 너무 지나쳐서 같이 있기가 부끄러울 정도야. 꼭 뭐 나쁜 뜻이 있어서가 아니라는 것은 나도 잘 알아. 하지만 나중에 남자들이 뭐라고 하는지 알게 되면 그렇게 행동하진 않을 거야."

"여자들도 마찬가지야. 여자들의 혀는 더 날카롭다고! 남자들도 여자들만큼이나 어리석은 행동을 하니까 똑같이 심한 욕을 얻어먹지. 그리고 너희 남자들이 받아주니까 여자들도 그렇게 바보스럽게 행동하는 거야. 그런데 너희들은 여자들만 비난하잖아."

"잘 알고 있군요? 아가씨!" 로리도 굽히지 않았다. "남자들이 때로는 까부는 여자를 좋아하는 것처럼 행동하지만 실제로는 그렇지 않아. 남자들은 예쁘고 얌전한 여자들을 좋아해. 하지만 네가 천진난만해서 정말 다행이야. 한 달 동안만 내 입장이 되어본다면 넌 정말 놀라운 일을 보게 될걸! 나는 경솔한 여자들을 볼 때면 언제나 코크 로빈의 노래가 생각이 나곤 하지. '나 가버려, 없어져, 부끄러운 줄 알아라!'라고 말이야."

조는 로리가 이런 생각을 갖고 있을 줄 몰랐다. 왜냐하면 젊은 로렌스는 세속적인 아가씨들에게 딱 맞는 결혼 상대로 보였기 때문이다. 그래서 많은 아가씨들이 그에게 미소를 흘렸으며 나이를 불문하고 여자라면 누구나 그에게 잘 보이려고 애를 썼다. 조는 이따금 그가 타락하게 되면 어쩌나 염려스럽기도 했지만 부러울 때도 있었다.

'로리가 마음씨 고운 여자를 좋아한다니!' 조는 매우 기뻤지만, 내색하지 않았다. "반드시 탈출구를 찾아야 한다면, 테디, 네가 존중하는 예쁘고 착한 여자 한 사람만 사랑하길 바라. 더 이상 어리석은 소녀들에게 시간을 낭비하지 마."

"정말? 그 말 진심이지?" 로리는 불안과 기쁨이 뒤섞인 기이한 표정으로 그녀를 바라보았다.

"그래, 하지만 아직 학생이잖아. 그러니 졸업할 때까지는 거기에 맞게 자신을 가꿔나가는 것이 좋을 거야. 그 여자가 누구이든 간에 너는 아직 자격을 갖추지 못했으니까." 하마터면 베스의 이름이 튀어나올 뻔했다.

"그래, 나도 알아!" 로리는 평소와 달리 눈을 내리깔더니 조의 말에 고개를 끄덕였다. 그러고는 조의 앞치마 끈을 잡아당기는 것이 아닌가!

"어! 왜 이래? 이러지 말고 나를 위해 노래를 불러줘. 음악이 듣고 싶어. 난 언제나 네 노래를 좋아하잖아?"

"칭찬은 고맙지만 지금은 이게 더 좋아."

"이러지 마. 자리가 너무 좁으니까. 빨리 가서 쓸모 있는 일을 해봐. 장식품이 되기에는 너무 크다고. 난 네가 여자의 앞치마 끈에 매달리는 것을 싫어하는 줄 알았는데?" 조는 그가 했던 말을 인용하며 반박했다.

"아, 그거야 앞치마를 누가 입었는가에 달려 있지!" 로리는 대담하게 앞치마 끈을 잡아당겼다.

"안 갈 거야?" 조가 쿠션을 집어던지면서 소리쳤다.

그는 재빨리 몸을 피했다. 순간 조는 살짝 빠져나가 2층으로 올라가버렸다. 조가 다시 내려오지 않자 젊은 신사는 몹시 화가 나서 가버렸다.

그날 밤 조는 오래도록 잠을 이루지 못했다. 그런데 베스의 침대에서 흐느껴 우는 소리가 들려 얼른 달려가 보았다. "무슨 일이니?"

"언니가 잠든 줄 알았는데……."

"가슴 아픈 일이 있니?"

"응……. 하지만 참을 수 있어." 베스는 눈물을 참으려고 애썼다.

"무슨 일인지 모두 말해 보렴. 그러면 다른 때처럼 내가 힘이 되어줄게."

"언니도 어쩔 수가 없는 일이야……." 베스는 더 이상 말을 잇지 못하고 조의 팔에 매달려 흐느꼈다.

"어떻게 하면 되겠니? 엄마를 부를까?"

베스는 어둠 속에서 한 손은 자기 가슴에 얹어놓고 다른 손으로는 조의 손을 힘껏 쥐었다.

"아냐, 아니야, 엄마를 부르지 마. 부탁이야. 곧 나아질 거야. 내 옆에 누워서 머리 좀 만져줘. 그러면 곧 잠들 수 있을 것 같아. 정말이야."

조는 베스 곁에 누워 이마를 쓰다듬어 주었다. 계속 울어서 그런지 열이 있었다. 가슴이 울컥해서 무슨 말이라도 해주고 싶었지만 꾹 참았다. 꽃이 저절로 피기를 기다려야 하듯이 사랑의 마음도 스스로 열릴 때까지 기다려야 한다는 것을 잘 알고 있었기 때문이다. 조는 부드럽게 물었다. "베스, 무슨 고민이 있니?"

"……응, 언니." 베스는 입이 잘 떨어지지 않는 모양이다.

"얘기 하면 기분이 좀 나아지지 않을까?"

"응, 나중에."

"그래, 베스. 엄마와 나는 언제나 너의 고민을 들어줄 거야. 그러니 힘내."

"나도 알아. 차차 언니에게 얘기할게."

"이제 좀 어떠니?"

"응, 훨씬 나아졌어. 언니와 함께 있으니까 마음이 편해!"

"어서 자, 네 곁에 있을게."

둘은 뺨을 맞대고 잠이 들었다. 아침이 되자 베스는 다시 말짱해진 것 같았다. 열여덟 나이에는 아무리 가슴이 아파도 따스한 말 한마디면 금세 치유되는지도 모른다.

조는 무언가를 결심했다. 그리고 며칠 동안 심사숙고한 끝에 엄마에게 살짝 털어놓았다.

"지난번에 제 희망이 무엇인지 물으셨죠? 지금 그중 하나를 엄마께 말씀드릴게요."

모녀는 이야기를 나누었다.

"올 겨울엔 기분전환을 위해 어디론가 떠나고 싶어요."

"왜 그러니, 조?"

엄마는 무슨 눈치라도 챘는지 딸을 빤히 바라보았다. 하지만 조는 진지했다.

"새로운 일을 찾고 싶어요. 더 많은 것을 보고, 경험하고, 배우고 싶기도 하고요. 우물 안 개구리 같은 생활만 하다 보니 발전이 없어요. 저에겐 지금 새로운 변화가 필요해요. 겨울엔 좀 한가하니까 가족들과 떨어져 지내면서 스스로 이 세상을 헤쳐 나가 보고 싶어요."

"어디로 간단 말이니?"

"뉴욕으로요. 어제 생각났는데요. 커크 부인이 편지에 자기 아이들을 가르치고 바느질을 할 만한 여자를 찾는다고 써 보냈잖아요? 다른 일거리를 찾는 것은 어려울 것 같고 그 일은 제가 노력하기만 하면 잘할 수 있을 것 같아요."

"애야, 그 큰 하숙집에 가서 일을 한단 말이니?"

마치 부인은 놀라는 눈치이긴 했지만 조를 나무라지는 않았다.

"꼭 일하러 가는 것만은 아니에요. 커크 부인은 엄마의 친구 분이시고 또 아주 친절하시니까 저에게 잘 해주실 거예요. 그리고 하숙집과 가족들이 있는 곳은 따로 떨어져 있으니 괜찮아요. 또 저를 아는 사람도 없을 테고요. 설령 있다 하더라도 이 일은 하나도 부끄럽지 않아요."

"그래, 하지만 원고는 어떻게 하고?"

"환경의 변화를 겪으면 더욱 좋죠. 새로운 것을 보고 들으면 또 다른 새로운 영감이 떠오를지도 몰라요. 거기서 쓸 시간이 없으면 돌아와서 쓰면 돼요."

"그렇구나. 네 말이 맞다. 하지만 이게 전부니?"

"아뇨, 엄마."

"다른 이유 좀 들어봐도 되겠니?"

조는 천장과 바닥을 번갈아 바라보더니 갑자기 뺨에 홍조를 띠었다.

"말해도 소용없고 말하지 않는 편이 좋을지도 몰라요. 하지만 로리가 저를 너무 좋아하는 것 같아요."

"그러면 넌 그 애가 너를 좋아하는 만큼 그 앨 좋아하지 않는다는 말이니?"

마치 부인은 걱정스런 표정을 지었다.

"아니에요. 저도 로리를 아주 좋아하고 그가 자랑스러워요. 하지만 그 이상은 아니에요."

"그 말을 들으니 기쁘다, 조."

"왜죠?"

"애야, 난 너희들이 결혼하는 건 어울리지 않는다고 생각한다. 친구로서야 서로 사이도 좋고 잦은 다툼도 곧 해소되지만 평생 같이 산다면 서로 조화를 이루지 못할 것 같아 두렵다. 너희들은 참 많이 닮았어. 둘 다 격한 기질에 고집은 말할 것도 없고 너무 자유분방하거든. 결혼이란 사랑만으로는 행복해질 수 없는 거란다. 끊임없는 인내와 관용이 필요한 거야."

"그게 바로 제가 표현할 수는 없어도 느끼고 있던 거예요. 엄마가 제 맘을 이해해 주셔서 기뻐요. 로리가 불행해지는 건 참을 수 없어요. 단순히 감사의 마음만으로 친한 친구와 사랑에 빠질 수는 없지 않겠어요?"

"로리가 너를 좋아한다고 확신하니?"

젊은 처녀들이 첫사랑에 대해 얘기할 때면 누구나 그렇듯 조의 얼굴은 기쁨과 자부심과 고통이 뒤섞여 달아올랐다.

"그렇다고 생각해요, 엄마. 로리는 아무 말도 안 했지만 표정을 보면 금방 알 수 있어요. 더 깊어지기 전에 멀리 떠나 있는 게 좋겠어요."

"나도 동감이다. 그럼, 그렇게 하도록 하자."

조는 안심이 되었다.

"모펏 부인이 이 일을 알면 어떻게 생각할까요? 그리고 애니가 아직도 희망이 있다는.것을 알게 되면 얼마나 기뻐할까요?"

"조, 자식을 기르는 방식은 엄마들에 따라 다를 수도 있단다. 하지만 엄마들의 희망은 다 마찬가지야. 자녀들의 행복을 바라는 거지. 메그는 행복해하니까 나는 그 애의 결혼에 만족한단다. 그리고 나는 네가 싫증날 때까지 자유를 만끽하길 바란다. 그래야만 이 세상에는 더 달콤한 그 무엇이 있다는 것을 알게 될 테니까. 지금은 에이미가 가장 걱정이지만 지각이 있는 아이니까 앞으로 나아지겠지. 베스는 건강하기만을 바랄 뿐이다. 아무튼 요 며칠은 좀 밝아 보이더구나. 그 애와 이야기해 보았니?"

"네, 고민거리가 있다고 하더군요. 차차 말해 주겠다고 했어요. 저는 안 들어도 다 알 것 같아 더 이상 물어보지 않았어요."

마치 부인은 조의 얘기를 듣고 나더니 고개를 설레설레 흔들었다.

"계획이 성사되기까지 로리에겐 아무 말도 하지 않기로 해요. 모든 준비가 다 되면 작별 인사를 하겠어요. 그러고는 곧바로 떠나겠어요. 그럼 어리둥절해서 슬픔을 느낄 겨를조차 없을지도 몰라요. 베스에게는 로리 얘기를 할 수 없으니까 그 애를 위해 떠난 것으로 해주세요. 어차피 사실이니까요. 물론 베스가 잘하겠지만 로리는 그다지 실연의 상처를 받지 않을 거예요. 전에도 몇 번인가 이런 일을 겪었거든요."

조는 겉으로는 밝게 말했으나 내심 걱정스러웠다. 로리가 이번에는 예전과 달리 실연의 상처에서 쉽게 벗어나지 못할지도 모른다는 두려운 예감을 떨쳐버릴 수 없었다.

조의 계획은 가족회의에서 발표되었고 모두 찬성했다. 커크 부인이 기꺼이 조를 받아들이기로 약속했기 때문이다. 조는 가정교사로서 자립하며, 한가한 시간에는 글도 쓰면서, 새로운 환경과 사회에 적응하는 법을 배우게 될 것이다. 그렇게 결정이 나자 조는 갑자기 집 울타리가 갑갑해서 견딜 수가 없었다. 그리고 드디어 그날이 다가왔다. 그녀는 두렵고 떨리는 마음으로 로리에게 말했다. 그러나 놀랍게도 그는 아주 침착하게 받아들였다. 그는 요즘 들어 평소보다 더 성실하게 행동했으며 여전히 활달했다. 조가 농담으로 새로운 페이지는 펼쳤냐고 묻자 진지하게 대답했다.

"그래, 새로운 페이지는 펼쳐진 채로 그대로 있을 거야."

조는 로리가 때마침 마음을 새롭게 가다듬어 잘 됐다고 생각했다. 그리고 베스도 건강해 보여 안심하고 떠날 수 있을 것 같았다. 자신의 결정이 모두를 위해 올바른 것이었기를 간절히 바랐다.

"특별히 너에게 부탁할 것이 하나 있어."

떠나기 전날 밤 조가 베스에게 말했다.

"원고 말이지?"

"아니, 로리 말이야. 그에게 잘 대해 줄 거지?"

"그럼, 물론이지. 하지만 내가 언니의 역할을 대신할 순 없을 거야. 그는 언니를 몹시 그리워할 거야."

"곧 괜찮아질 거야. 네가 그를 위로해 주고 함께 시간을 보내줘."

"언니를 위해 최선을 다할게." 베스는 조 언니가 왜 그렇게 기이한 눈길로 자신을 바라보는지 의아해하면서 약속했다.

로리는 평소와 달리 의미심장하게 속삭였다.

"잘 다녀와, 조. 아무리 멀리 있어도 내 마음은 언제나 너와 함께 있을 거야. 특히 몸가짐에 주의하고. 그렇지 않으면 내가 달려가서 너를 집으로 데려올 거야."

제10장 조의 편지

뉴욕, 11월

그리운 엄마와 베스에게!

비록 대륙을 여행하는 한가하고 어여쁜 숙녀는 아니지만 하고 싶은 말이 산더미같이 쌓여 있어서 어쩌면 한 권의 책을 쓰게 될지도 모르겠어요. 그런데 이를 어쩌죠? 자상하신 아버지의 얼굴을 매일 대할 수 없어서 눈물이 날 것만 같아요. 만일 아일랜드인 아주머니와 꽥꽥거리며 울어대는 네 명의 아이들이 없었더라면 아마 눈물을 한두 방울 떨어뜨렸을 거예요. 그 애들이 울려고 입을 달싹거릴 때마다 생강빵을 입 안에 넣어주며 달래느라 몹시 바빴답니다.

오후에는 먹구름이 걷히면서 구름 사이로 해가 얼굴을 내밀었어요. 그래서 제 마음도 맑게 개었죠. 정말 즐거운 여행이었어요.

큰집엔 온통 낯선 사람들뿐이지만 커크 부인이 너무도 친절하게 대해 주

서서 곧 제집 같은 생각이 들었어요. 아주머니는 제게 천장에 창이 달린 재미있게 생긴 방을 하나 내주셨어요. 비어 있는 방은 그 방밖에 없었거든요. 하지만 난로도 있고 햇빛이 비치는 창가엔 멋진 탁자도 있어요. 그래서 글을 쓰고 싶을 땐 언제나 거기에 앉아 글을 쓸 수 있어요. 창 너머로 보이는 전망은 아주 멋져요. 교회 탑도 잘 보이고요. 많은 계단을 걸어 올라가야 하는 게 한 가지 흠이라면 흠이죠. 하지만 저는 이 방이 마음에 쏙 들어요. 제가 아이들을 가르치고 바느질을 하는 아이들 방은 응접실 옆에 있는 아주 좋은 방이에요. 여자 아이가 둘인데 아주 귀엽고 예뻐요. 좀 버릇이 없는 게 탈이지만 제가 '일곱 마리의 나쁜 돼지들' 이야기를 들려준 뒤로는 저에게 착 달라붙어서 떨어지려 하지 않는 거예요. 이만하면 저도 괜찮은 가정교사가 될 수 있지 않을까요?

제가 원하면 식당에 가지 않고 아이들과 같이 식사를 할 수 있어요. 아무도 믿지 않겠지만 저도 부끄러움을 탄답니다. 그래서 지금은 아이들하고만 식사하고 있어요. 커크 부인은 편하게 지내라며 어머니같이 따뜻하게 보살펴 주셨어요.

"보다시피, 가족이 이렇게 많아서 아침부터 밤까지 정신이 없어요. 하지만 선생님이 아이들을 맡아주시니 한결 나아지겠지요. 내 방은 언제나 열려 있어요. 그리고 선생님 방도 안락하게 꾸며드릴게요. 이 집에 있는 사람들은 모두 좋은 사람들이니 서로 친하게 지내도록 해요. 그리고 저녁에는 선생님 시간을 갖도록 하세요. 무슨 일이 있으면 어려워 말고 내게 얘기하고 내 집같이 즐겁게 지내도록 해요. 아, 이제 티타임이야. 어서 가서 모자를 바꿔 써야겠어요."

커크 부인은 부리나케 달려 나갔죠. 그리고 저는 새 보금자리를 정리했지요.

조금 뒤 아래층으로 내려가다가 아주 흐뭇한 광경을 보았어요. 집이 워낙 크다 보니 계단이 꽤 길거든요. 그런데 몸집이 작은 하녀 하나가 무거운 석탄을 끙끙거리며 들고 올라오고 있었어요. 그때 그녀 뒤를 따라오던 한 신사가 그녀에게서 석탄 통을 받아들고 계단 꼭대기까지 들어다주었어요. 그는 외국 억양이 섞인 발음으로 상냥하게 고개를 끄덕이면서 이렇게 말했죠.

"이렇게 하는 게 낫죠? 그 작은 몸집으로 이 무거운 것을 들고 오다니."

참 친절한 분 아닌가요? 작은 일 하나만 봐도 그 사람의 인격을 알 수 있다고 아버지가 늘 말씀하셨어요. 그날 저녁 커크 부인에게 그 얘기를 했더니 웃으며 이렇게 말씀하셨어요.

"바어 선생님이 틀림없어요. 언제나 그런 일은 도맡아하시니까."

그분은 베를린에서 오셨는데 매우 학식 있고 좋은 분이시래요. 하지만 아주 가난하대요. 미국에서 결혼한 누나가 갑작스레 죽게 되어 두 명의 조카를 데리고 가정교사를 하며 지낸대요. 낭만적인 이야기는 아니었지만 흥미로운 이야기였죠. 그런데 커크 부인이 바어 씨의 수업을 위해 응접실을 빌려주고 있다는 거예요. 정말 감동적이지 않나요? 응접실과 아이들 방은 유리문으로 되어 있으니까 언제 한 번 살짝 엿보려고 해요. 그가 어떻게 생겼는지 보고 싶거든요. 나이는 한 마흔 살쯤 되어 보이니까 걱정은 안 하셔도 될 거 같아요, 엄마. 차를 마시고 어린 아이들을 잠자리에 들여보낸 뒤 하루를 정리하면서 조용히 저녁 시간을 보냈어요. 앞으로 계속해서 편지를 쓰겠어요. 일주일에 한 번씩 보내려고 해요. 안녕히 주무세요. 또 만나요!

뉴욕, 11월 두 번째 화요일 저녁

오늘 아침에는 아이들이 난리를 쳐서 정신이 없었어요. 어찌나 화가 나던지 한 번 혼쭐을 내주려고 했죠. 그런데 갑자기 좋은 생각이 떠오르는 거예요. 아이들이 저절로 지쳐 떨어질 때까지 체조를 시켰죠! 점심 식사를 한 뒤 하녀가 아이들을 데리고 산책을 나가서 느긋하게 바느질을 할 수 있었어요. 순간 응접실 문이 열렸다 닫히면서 큰 땅벌이 웅웅거리는 듯한 소리가 들렸어요. 호기심이 나서 도저히 참을 수 없었어요. 그래서 유리문 앞에 있는 커튼을 살짝 들어 올리고 엿보았죠. 바어 선생님이 책을 정리하고 계셨는데 책에 몰두해 있어서 그를 자세히 볼 수 있었어요. 그는 전형적인 독일 사람으로 무척 강인한 인상이었어요. 갈색 머리칼은 제멋대로 헝클어져 있고, 덥수룩한 턱수염에 재밌게 생긴 코, 이제까지 본 중에서 가장 상냥한 눈, 멋진 목소리……. 아주 이국적이었어요. 치아가 고르다는 것 말고는 결코 잘생긴 편은 아니었어요. 하지만 아주 마음에 들었어요. 비록 셔츠 단추가 두 개나 떨어져 나갔고 신발은 한 군데 기웠지만 진짜 신사같이 보였어요. 콧노래를 흥얼거리고 있어도 사람이 전혀 가벼워 보이지 않고 진지해 보였어요. 그는 창가로 다가가 히아신스 뿌리를 햇빛 쪽으로 돌리곤 고양이 등을 쓰다들어 주었어요. 고양이는 친구처럼 그를 반기더군요. 바어 씨도 흐뭇하게 미소를 지었어요. 그때 노크 소리가 났어요.

"들어오세요!"

작은 여자 아이 하나가 커다란 책을 가슴에 품고 들어오는 거예요. 저는 얼른 커튼을 닫으려다 말고 계속 지켜보았어요.

"바어 선생님한테 물어볼 거야." 여자 아이는 책을 '쾅!' 내려놓더니 그에게 달려가는 거예요.

"바어 아저씨 여기 있다. 자, 이리 오럼, 티나." 선생님은 웃으며 아이를 높이 치켜 올렸어요. 머리 위까지 오른 아이는 작은 얼굴을 숙여 그의 이마에 뽀뽀를 했어요.

"이젠 난 공부해야 돼." 그러자 바어 씨는 아이를 탁자 위에 앉히고는 가져온 큰 사전을 펼치고서 연필과 종이를 주었어요. 아이는 무어라고 쓰다가 가끔 책장을 넘기면서 그 작고 통통한 손가락으로 진지하게 짚어 내려가는 시늉을 해서 하마터면 소리내어 웃을 뻔했어요. 바어 씨는 옆에 서서 아이의 머리를 쓰다듬어 주고 있었는데 마치 자상한 아버지처럼 보였어요. 하지만 아이는 독일인이라기보다 프랑스인 같았어요.

또다시 노크 소리가 들리더니 이번엔 두 명의 젊은 처녀가 그 방으로 들어가더군요. 그래서 엿보는 걸 멈추고 다시 바느질을 시작했지만 듣지 않으려 해도 자꾸만 소리가 들렸어요. 그중 한 여자는 계속해서 억지웃음을 터뜨리며 애교 섞인 목소리로 '선생님'을 불렀고, 다른 여자는 독일어 발음이 어찌나 엉망인지 바어 씨가 몇 번씩이나 교정해 주더군요.

둘 다 그의 인내심을 끝까지 시험하려는 듯이 보였어요. 바어 씨가 여러 번 힘을 주어 '아니, 아니야, 그렇지 않다니까. 내 말을 조금도 듣지 않는군요' 하는 소리가 들렸으니까요. 그리고 조금 있다가 그가 책으로 탁자를 내려치는지 '쾅' 소리가 났고 이어서 '오늘은 모두 엉망이구만' 하는 절망 섞인 목소리가 들려왔어요.

가엾은 분, 저는 그가 안타까워요. 여자들이 가고 나서 그가 괜찮은지 한 번 더 들여다보았어요. 그는 아주 지친 듯 의자에 몸을 파묻고는 눈을 감고 가만히 앉아 있었어요. 두 시가 되자 그는 벌떡 일어나 또 다른 수업이 있는지 주머니에 책을 집어넣더니 소파에서 곤히 잠들어 있는 티나를 팔에 안고는 조용히 나갔어요. 저는 그가 무척 힘들게 살고 있다는 걸 금세 알아차릴 수 있었죠.

오후 5시 저녁식사 시간이 되자 커크 부인이 식당에 내려와 함께 식사를 하지 않겠느냐고 물었어요. 저는 집 생각이 나기도 하고 한 지붕 아래 어떤 사람들이 살고 있는지 궁금하기도 해서 가기로 했어요. 저는 얌전을 빼며 커크 부인 뒤에 숨어 살금살금 식당 안으로 들어갔어요. 하지만 아주머니는 키가 작아서 몸을 감추려던 저의 노력은 물거품이 되고 말았죠. 커크 부인은 제게 옆자리를 권했어요. 아마 그 순간 제 얼굴은 빨갛게 달아올랐을 거예요. 그러나 저는 용기를 내어 주위를 살펴보았어요. 긴 탁자는 사람들로 꽉 차 있었죠. 이 집 사람들은 모두 제시간에 식사를 하는 듯했어요. 여러 사람들 가운데 특히 바어 씨가 정신없이 음식을 먹고 있었어요. 대개의 젊은이들이 그렇듯이 오로지 자기들에게만 관심 있는 듯한 신혼부부, 서로에게 푹 빠져 있는 젊은 연인들, 아이들을 돌보기에 여념이 없는 부인, 그리고 정치 얘기에 푹 빠져 있는 노신사들이 있었어요. 그들 중에 얼굴이 예쁘장한 아가씨를 빼고는 그 누구와도 친하게 지내고 싶은 마음이 들지 않더군요. 그 여자는 뭔가 특별한 사람처럼 보였어요.

바어 씨는 옆에 앉은 호기심 많고 귀가 어두운 노인의 질문에 큰 소리로 대답하면서 맞은편에 앉아 있는 프랑스 사람과 철학 얘기를 하고 있었어요. 에이미가 있었다면 영원히 그에게 등을 돌려버렸을 거예요. 왜냐하면 바어 씨는 어찌나 식욕이 왕성한지 말하기도 부끄러울 정도로 음식을 듬뿍듬뿍 떠서 마구 먹어치웠거든요. 저는 한나 아주머니가 말하는 '음식을 맛있게 먹는 사람 바라보기'를 좋아하니까 괜찮지만 말이에요. 그리고 그 가엾은 분은 하루종일 멍청이들과 씨름하느라 정말 배가 고팠을 테니까요. 식사를 마친 뒤 계단을 올라가고 있는데, 두 명의 젊은이가 홀에 걸려 있는 거울 앞에서 모자를 바로잡으며 낮은 목소리로 속삭이더군요.

"새로 온 여자는 누구야?"

"가정교사래."

"도대체 왜 여기서 식사를 하지?"

"부인이랑 아는 사이인가 봐."

"꽤 똑똑해 보이긴 하는데 스타일이 엉망이야."

"정말 그래. 어서 가자고."

처음에는 화가 났지만 신경 쓰지 않기로 마음먹었어요. 쓸데없이 남의 일에 신경 쓰는 그 알량한 사람들의 말처럼 저는 스타일이 좋은 편은 아니니까요. 하지만 지각이라도 있으니 다행 아니에요? 저는 이런 사람들이 정말 싫어요!

뉴욕, 11월 세 번째 목요일

어제는 제 방에서 아이들을 가르치고 바느질과 글을 쓰면서 조용히 보냈어요. 제 방은 좁지만 매우 아늑해요. 그동안 몇 가지 새로운 사실을 알았고 바어 씨와 인사도 했어요. 티나는 이곳 세탁실에서 다리미질을 하는 프랑스인 아줌마의 아이라고 해요. 아이는 바어 씨에게 홀딱 빠져서 그가 집에 있으면 강아지처럼 쫄랑쫄랑 쫓아다녀요. 그는 독신인데도 아이들을 아주 좋아해요. 아이들이 졸졸 따라다니고 매달리는 게 전혀 귀찮지 않은가 봐요. 커크 부인의 두 딸인 키티와 미니도 그를 좋아해요. 그 아이들은 그가 생각해 낸 놀이와 선물, 그가 들려준 이야기를 자랑삼아 제게 전부 말해 줘요. 하지만 젊은이들은 그를 무척 놀려대는 모양이에요. '늙은 프리츠'나 '병맥주' 혹은 '대웅좌'라며 별별 우스꽝스런 별명을 다 갖다붙여요.

하지만 커크 부인 말로는 그는 그렇게 불리는 것을 어린 아이처럼 좋아한다는 거예요. 그래서 결국 모두가 그를 좋아한대요.

제가 지난번에 마음에 든다고 말했던 아가씨는 노튼 양인데 부유하고, 교양 있고, 매우 친절하죠. 오늘 저녁에는 제게 말을 걸고는 자기 방으로 놀러오라고 초대했어요. 사람들을 보는 것이 재미있어서 오늘 저녁 시간에도 식당에 갔거든요. 노튼 양 방에는 좋은 책과 멋진 그림들이 많았어요. 그녀는 재미있는 사람들을 많이 알고 지내는 것 같았어요. 그래서 저도 에이미가 좋아하는 그런 부류의 교제는 아니더라도 좋은 사람들과는 친하게 지내고 싶어요.

어제 저녁 응접실에 있을 때 바어 씨가 커크 부인에게 건네주려고 신문을 들고 왔어요. 마침 커크 부인은 안 계셨고 미니가 한껏 점잔을 빼며 저를 소개했지요.

"우리 엄마 친구 마치 양이에요."

"맞아요! 정말 재밌어요. 우리 모두 아주 좋아해요."

지독한 악동 키티도 한마디 거들었죠. 우리는 서로 인사를 나누었어요. 하지만 우리는 곧 웃음을 터뜨리고 말았어요. 덕분에 어색한 분위기를 날려버릴 수 있었죠.

"아, 예. 이 장난꾸러기들이 성가시게 군다고 들었어요. 마치 양, 또 그러거든 나를 불러요. 그럼 내가 혼내줄 테니까."

그는 어린 악동들에게 짐짓 위협을 주려는지 얼굴을 일그러뜨리며 말했어요. 그러자 꼬마들은 배꼽을 잡고 웃어댔죠. 그리고 그는 곧 응접실을 나갔어요. 그런데 말예요. 무슨 인연인지 오늘 외출하면서 그의 방문 앞을 지나다가 그만 실수로 그의 방문을 탁 치고 말았어요. 그러자 그는 잠옷 가운 바람으로 오른손에는 파란색 양말 한 짝을 들고, 왼손에는 바늘을 든 채 방문을 열고 빠끔히 내다봤죠. 실수였다고 사과하고는 급히 자리를 피하려 하자 그는 부끄럽지도 않은지 양말을 든 손을 흔들며 특유의 큰 목소리로 말했어요.

"산책하기에 좋은 날씨죠? 즐거운 시간 되세요, 아가씨!"

저는 계단을 내려가며 소리 없이 웃었어요. 하지만 자기 옷을 손수 꿰매야하는 가엾은 사람이라는 생각이 들기도 했어요. 남자들도 바느질을 할 수야 있지만 말예요.

뉴욕, 네 번째 토요일

방 안 가득히 예쁜 물건을 진열해 놓은 노튼 양을 방문한 것 말고는 그다지 편지에 쓸 만한 일이 일어나지 않았어요. 노튼 양은 방에 있는 진귀한 물건들을 모두 보여주며 저를 다정한 친구처럼 대해 주었어요. 그리고 강연회나 음악회를 좋아하면 언제 자기와 함께 가지 않겠느냐고 했어요. 그런데 저는 커크 부인이 이미 그녀에게 우리 가족에 관해 얘기했다는 걸 알고 있었기 때문에 그녀가 일부러 그런다는 걸 눈치챘죠. 저는 하늘에서 떨어진 오만한 루시퍼만큼이나 자존심이 강하지만 그런 선량한 사람들로부터 받는 호의는 기꺼이 받아들였어요.

아이들 방으로 가다가 응접실을 들여다보니 아수라장이었어요. 바어 씨가 방바닥에 엎드려 등에 티나를 태우고, 팔꿈치로 기어 다니고 있었죠. 키티가 그의 목에 끈을 매가지곤 끌고 다니고 있었고요. 미니는 의자를 빙 둘러 만든 우리 안에서 남자 아이들과 함께 놀고 있었어요.

"동물원놀이 하자. 이게 내 코끼리야."

저를 보자 티나가 선생님의 머리카락을 움켜잡고는 말했어요.

"엄마는 프란츠와 에밀이 오는 토요일 오후에는 우리가 하고 싶은 대로 놀게 해요. 그렇죠, 아저씨?"

미니도 질세라 끼어들었죠. 아이들의 '코끼리'는 일어나 앉더니 아이들처럼 진지한 표정을 지으며 점잖게 말했어요.

"하하, 아이들이 워낙 노는 것을 좋아해서요. 우리가 너무 소란스럽게 굴면 '쉬!' 하세요. 그러면 조용해질 테니까."

저는 그렇게 하겠다고 하고선 시끄럽든 말든 문을 열어둔 채 그들이 하는 놀이를 지켜봤어요. 그렇게 재미있는 놀이는 처음 보았거든요. 바어 씨와 아이들은 술래잡기놀이와 병정놀이를 했죠. 그리고 춤도 추고 노래도 불렀어요. 날이 어두워지자 모두들 그의 주위로 모여 앉았어요. 그는 굴뚝 꼭대기의 황새 이야기랑 눈송이를 타고 내려오는 작은 요정 이야기를 해 주었어요. 미국 사람들도 독일 사람들처럼 이렇게 천진난만하면 얼마나 좋을까요. 바어 씨처럼 말예요.

저는 글 쓰는 걸 좋아하니까 우표값 걱정만 없다면 얼마든지 맘껏 쓸 거예요. 얇은 종이에 깨알 같은 글씨로 썼지만 이 긴 편지를 부치는 데 필요한 우표값을 생각하면 끔찍해요. 가능하면 에이미 소식을 좀 전해 주세요. 에이미의 화려한 이야기를 접하다 보면 저의 사소하고 초라한 소식들은 재미가 없을지도 몰라요. 하지만 제 이야기를 좋아하실 줄 알고 있어요. 테디는 친구에게 편지 쓸 시간도 없을 만큼 바쁘대요?

(베스, 그를 잘 돌봐줘. 그리고 아기들 얘기도 듣고 싶구나.)

모두를 사랑하는 조 드림

p.s 제 편지를 다시 읽어보니 온통 바어 씨 얘기뿐이군요. 하지만 저는 언제나 좀 유별난 사람에게 흥미가 있거든요. 그리고 그밖에는 정말 쓸 게 없었어요. 신의 축복을 빌며!

뉴욕, 12월

나의 소중한 베스에게

사랑하는 베스, 몸 건강히 잘 있겠지? 무척 보고 싶구나. 내가 네 곁에 없을지라도 이 편지를 읽으면 즐거워질 거야. 오늘은 아무래도 글씨를 갈겨 쓸 것 같아 너한테 보낸다. 나는 비교적 조용히 지내는 편이지만 무척 즐거운 나날이란다. 얼마나 재미있는지! 정신적, 도덕적 교양을 쌓으면서 에이미가 말하는 소위 대단한 노력을 기울인 끝에 나의 미숙한 시상도 이제 여물기 시작했어. 난 본분을 다하려 노력하고 있고 그래서인지 아이들도 나를 좋아해. 프란츠와 에밀은 나랑 닮은 점이 많은 애들이야. 독일과 미국의 기질이 섞여 있어서 그런지 소박하고 단순하면서도 끊임없이 활력이 샘솟는 아이들이야. 토요일 오후는 집에서나 바깥에서나 온통 난리법석이란다. 날씨만 좋으면 모두 함께 소풍을 간단다. 바어 씨도 함께. 자, 이제부터가 진짜 재미있을 거야.

선생님과 나는 이제 친한 친구가 되었어. 그리고 베스, 나는 독일어를 배우기 시작했단다. 어쩔 수가 없었어. 얼마나 우스꽝스러운 계기로 독일어를 배우게 되었는지 이야기하지 않을 수가 없구나. 언젠가 내가 막 바어 씨 방 앞을 지나고 있을 때 커크 부인이 나를 부르는 거야. 부인은 온통 어질러져 있는 바어 씨 방을 둘러보며 난감한 표정을 짓고 있었지.

"이런 서재를 본 일이 있어요? 미안하지만 바쁘지 않다면 이 책들을 제자리에 꽂아 주겠어요? 얼마 전에 그에게 손수건을 여섯 장이나 주었는데 어쩐 일인지 한 장도 보이지 않네요. 어떻게 했나 보려고 찾다 보니 그만 이렇게 됐지 뭐예요."

나는 기꺼이 부인을 도와 함께 책을 정리했지. 나는 손을 바쁘게 놀리면서 힐끔힐끔 주위를 둘러보았어. 여기저기 책이랑 종이가 널려 있었고, 깨진 담배 파이프도 나뒹굴고 있더구나. 아무렇게나 내버려 둔 오래된 낡은 플루트도 벽난로 선반에 놓여 있었고, 꼬리도 없는 야생 새 한 마리는 창가에서 노래하고 있었어. 그리고 놀라지 마, 베스. 글쎄 한쪽 구석에는 흰 쥐가 들어 있는 상자도 있었단다. 원고 뭉치도 한 움큼 있었고, 벽난로 앞에는 더러운 작은 장화를 걸어놓았더라니깐. 아마 아이들 장화 같은데 젖어서 말리고 있었나 봐. 그뿐만이 아니야. 그가 노예처럼 굴기를 주저하지 않으며 사랑을 쏟아 붓는 아이들의 흔적을 방 안 구석구석에서 찾아볼 수 있었지. 방은 정말 너저분했어. 부인과 내가 샅샅이 뒤진 다음에야 겨우 손수건 세 장을 찾아냈지. 하나는 새장 위에 얹혀 있었고, 하나는 잉크를 떨어뜨렸는지 얼룩져 있었으며, 또 하나는 어찌된 일인지 불에 그을린 자국이 있더라고.

"이런 사람이라니!"

커크 부인은 그것들을 쓰레기통에 집어넣으며 그냥 웃기만 했어.

"나머지는 삔 손가락을 싸매거나 연 꼬리를 만드느라 찢었을 거예요. 화는 나지만 그 사람을 나무랄 수는 없어요. 정신이 없고 사람만 좋아서 아이들이 함부로 올라타도 내버려두니까요. 내가 빨래랑 옷 꿰매는 일을 해주겠다고 했지만, 그 사람은 내놓는 걸 잊어버리고 나는 찾는 걸 잊어버려서 종종 난처한 일이 벌어져요."

"꿰매는 거라면 제게 맡기세요." 부인의 말을 듣고 내가 나섰지.

"그런 일이라면 아무 일도 아니에요. 단 그분이 모르시도록 해주세요. 그냥 제가 하고 싶어서요. 그분은 제게 편지도 갖다 주시고 책도 빌려 주시거든요."

그래서 그날 그의 물건들을 정리하고 나서 그가 얼기설기 기워놓아 발가락이 도로 빠져나올 것 같은 양말 두 짝을 꿰매주었지. 부인과 나밖에 모르니까 그 사람은 전혀 눈치채지 못할 거야. 나는 그 이후 틈나는 대로 그의 양말을 꿰매주곤 했단다. 나는 그 사람이 그것을 끝까지 몰랐으면 했어.

그런데 지난주 그만 현장에서 들키고 말았지 뭐니. 난 그가 가르치는 독일어 수업을 좋아해. 그 독특한 발음이 무척 흥미롭게 느껴져서 나 역시 배우고 싶기도 했어. 그런데 그날따라 티나가 들락날락하면서 문을 열어놓아 아주 잘 들렸지. 나는 마지막 양말을 꿰매면서 문 가까이에 앉아 나만큼이나 멍청한 제자에게 알려주는 것을 듣고 있었단다. 수업이 끝나고 그 여자는 방을 나갔지. 나는 그도 함께 나간 줄 알았어. 아주 조용했거든. 나는 뜻도 모르면서 주워들은 독일어 동사변화를 웅얼거리면서 아무렇게나 몸을 앞뒤로 흔들고 있었어. 누가 봤으면 정말 웃겼을 거야. 근데 말야 무슨 소리가 들려 고개를 들어보니 바어 씨가 티나에게 '쉿' 하는 시늉을 해보이며 나를 바라보고 있는 거야!

난 소스라치게 놀라 온몸이 굳어버리는 것 같았어.

그가 말했어.

"당신은 나를 훔쳐보고 나는 당신을 훔쳐보고, 나쁘지 않군요. 음, 독일어를 배우고 싶어요?"

"네, 배우고 싶어요. 하지만 선생님은 너무 바쁘시잖아요. 그리고 저는 머리가 나빠 시간이 많이 걸릴 거예요."

나는 얼굴이 빨개져서는 거의 들릴락 말락 한 소리로 중얼거렸단다.

"천만에요, 시간을 내면 되지요. 저녁 시간에 가르쳐 드리겠어요. 마치양, 나도 당신에게 빚을 갚아야 하니까요."

그러곤 내 일감을 가리키는 거야. 커크 부인도 옆에서 거들었지.

"바어 씨가 그렇게 어리석은 사람인 줄 아셨어요? 바어 씨도 발가락이 삐죽 나오던 구멍이 깨끗이 꿰매져 있고, 떨어진 단추가 말끔히 달려 있는 것은 저절로 되는 것이 아니란 것쯤은 알고 있지요."

"물론이죠. 이래봬도 저도 다 안답니다. 마치 양의 노고에 감사해요. 함께 독일어를 공부합시다. 안 그러면 다시는 저를 위해 천사가 되지 못하게 하겠습니다."

물론 그 말에 뭐라고 대꾸할 수가 없었지. 그리고 정말 좋은 기회였기 때문에 놓치고 싶지 않았어. 이렇게 해서 독일어 공부가 시작되었단다. 그런데 독일어는 정말 어려워. 네 번째 수업을 마친 다음에 나는 그만 문법의 벽에 부딪히고 말았단다. 선생님은 온 정성을 다해 가르쳐 주셨는데 정말 힘드셨을 거야. 때로는 그분이 절망에 빠진 표정으로 나를 바라보셔서 나는 웃어야할지 울어야 할지 모를 정도였어.

한 번은 내가 비탄과 절망에 빠져 훌쩍이자 그분은 문법책을 마룻바닥에 내던지고는 휑하니 나가버리셨어. 나는 수치심에 온몸이 떨렸지만 조금도 그분을 원망하진 않았어. 나는 벌떡 일어나 지붕 꼭대기 내 방으로 달려갔지. 실컷 울려고 말이야. 그런데 어찌된 영문인지 그분이 밝은 웃음을 지으며 내 방으로 들어오셨어.

"자 이제 새로운 방법을 시도해 봅시다. 재미있는 동화를 함께 읽는 거예요. 골치 아픈 책일랑 구석에 처박아두고 다시는 보지 맙시다."

그분은 아주 다정하게 말씀하시면서 내 앞에 한스 안데르센의 동화책을 펼치시는 거야. 나는 너무나 부끄러워서 쥐구멍에라도 들어가고 싶더구나.

그 일이 있은 뒤 나는 필사적으로 공부를 했지. 그랬더니 좀 이상해 하시는 것 같았어. 무리도 아니야. 나는 부끄러움일랑 저 멀리 날려버리고, 긴 단어를 만나면 쩔쩔맸지만 그래도 최선을 다했지. 이루 말로 다 표현할 수 없을 정도로 말이야. 그러던 어느 날 첫 페이지를 읽고 나서 숨을 돌리려는데 그분이 손뼉을 치며 외치시는 거야.

"아주 잘했어요! 앞으로 더 잘할 수 있을 거예요. 이제 내 차례예요. 내가 독일어로 읽을 테니 잘 들어 봐요."

그는 듣기 좋은 힘찬 목소리로 읽어 내려갔지. 다행스럽게도 그 이야기는 너도 잘 아는 그 우스꽝스러운 《주석으로 만든 충직한 병정》이었단다. 나는 절반도 채 이해하지 못했지만 그만 웃음을 터뜨리고 말았단다. 그런데 베스, 나는 한번 웃기 시작하면 좀처럼 그칠 수가 없잖아. 그분은 그토록 진지한데 나는 터져 나오는 웃음을 참을 수가 없었다니까. 생각해 봐, 얼마나 우스운지. 진지하기만 한 바어 씨와 웃음을 참지 못하는 내 모습……. 지금 생각해도 웃음이 절로 나온단다.

어쨌든 그 일이 있은 뒤 우리는 더욱 친해졌어. 이제는 나도 책을 제법 잘 읽는 편이란다. 나에게는 이런 학습방식이 맞는 것 같아. 문법만 따로 공부하는 게 아니라 이야기나 시를 읽다가 보면 거기에서 자연스럽게 문법도 알수 있거든. 참 좋은 분이지, 안 그래? 돈을 드릴 수는 없으니까 크리스마스에 무언가 선물을 할 생각이야. (엄마, 어떤 선물이 좋을까요?)

로리가 담배를 끊고 게다가 머리도 기르고 성실하고 바쁘게 지낸다니 정말 기뻐. 네가 나보다 더 나은 것 같아. 하지만 난 질투하지 않아. 베스, 최선을 다해 보렴. 다만 그를 성자로 만들지는 말고, 부탁이야. 만일 그에게 그런 짓궂은 장난기가 없었다면 그를 좋아할 수 없었을 것 같아. 가끔 그에게도 내 편지를 보여줘. 편지를 쓸 시간이 그리 많지 않으니까 미안하지만 일단 그것으로 참으라고 해. 베스, 네가 건강하게 잘 있다니 정말 기뻐!

뉴욕, 1월

사랑하는 가족 모두에게 행복한 새해가 되기를. 물론 로렌스 할아버지와 테디도. 밤늦게까지 크리스마스 선물이 도착하지 않아 포기하고 있었는데 선물이 배달돼 얼마나 기뻤는지 몰라요. 편지는 아침에 받았는데 소포에 대한 얘기는 없어서, 그땐 좀 실망했어요. 왜냐하면 저를 잊으셨을 리는 없기 때문이에요. 저를 놀래주려고 일부러 그러신 거죠? 차를 마신 다음 울적한 기분으로 방에 앉아 있었어요. 그때 진흙투성이가 된 찌그러진 커다란 소포 꾸러미가 도착하지 않았겠어요? 저는 소포를 끌어안고 기뻐 날뛰었죠. 그러고는 마룻바닥에 털썩 주저앉아 선물꾸러미를 보고 또 보았어요. 또 웃기도 하고 울기도 했어요. 누가 봤으면 왜 저러나 했을 거예요. 선물은 모두 제가 원하던 것들이었어요. 모두 손수 만드신 것이라 더욱 기뻤어요. 베스가 보내준 새 '잉크받이'는 최고였고, 한나 아주머니가 만들어주신 생강빵은 두고두고 잘 먹을게요. 엄마가 보내준 플란넬 옷은 아주 멋져요. 제 마음에 쏙 들어요. 그리고 아버지가 표시를 해서 보내주신 책도 잘 읽을게요. 모두에게 진심으로 감사드립니다!

책 이야기가 나와서 말인데 저는 요즘 책 부자가 되어가고 있다는 생각이 들어요. 새해 첫날 바어 씨가 제게 근사한 셰익스피어 작품을 선사했어요. 그분이 매우 아끼시던 책이었는데 종종 그걸 보고 감탄했더니 제게 주셨지 뭐예요. 예전에 독일어 성경과 플라톤, 호머, 밀튼의 작품과 함께 영예로운 자리에 꽂혀 있던 책이에요. 그가 그 책을 들고 와서는 제일 앞 장에 저의 이름을 적고 나서 '당신의 소중한 친구 프리드리히 바어로부터'라고 쓰는 것을 보고는 제가 얼마나 기뻐했는지 짐작이 가실 거예요. 종종 도서관처럼 책이 많았으면 좋겠다고 말했었죠.

"자, 책 한 권을 드리겠소. 도움이 되었으면 해요. 이 책 속에 있는 인물들을 연구하면 세상 사람들의 여러 유형을 파악할 수 있고, 그러면 당신의 펜으로 이런저런 인물을 더 잘 그릴 수 있을 거요."

제가 할 수 있는 최고의 감사를 그분께 드렸어요. 지금 저는 마치 백 권의 책을 가진 것만 같아요. 전에는 셰익스피어 작품 속에 그렇게 많은 인물이 등장하는지 몰랐어요. 참, 그의 이름이 괴상하다고 해서 웃지 마세요. 사람들이 함부로 부르듯 곰이란 뜻의 베어도 아니고 맥주란 뜻의 비어도 아니니까요. 그 두 발음의 중간쯤 되는데 독일 사람만이 정확히 발음할 수 있을 거예요. 엄마, 아버지 모두 제가 그분에 대해 얘기하는 것을 좋아하셔서 기뻐요. 언젠가 그를 소개해 드리고 싶어요. 엄마는 그의 따뜻한 마음씨에 감동하실 거고, 아버지는 그의 현명함에 반하실 거예요. 저는 그 두 가지 모두에 감탄하고 있어요. 새로운 친구, 프리드리히 바어를 알게 되어 무척 기뻐요. 큰 부자가 된 것 같아요!

수중에 돈도 별로 없고, 그분이 어떤 걸 좋아할지 몰라 저는 작은 물건을 여러 개 사서 그가 우연히 발견하도록 방 여기저기에 놓아두었어요. 모두 쓸모 있고 예쁘고 또 재미있게 생긴 것들이죠. 탁자 위에는 연필꽂이와 작은 꽃병을 놓았어요. 그분은 기분 전환을 위해 언제나 유리컵에 꽃 한 송이를 꽂아두거나, 푸른 화초를 갖다놓거든요. 그리고 송풍기의 받침대도 놓아두었죠. 베스가 만든 것같이 도톰하게 큰 나비 모양으로 만들어 검고 노란 날개를 달고 털실로 촉수를 만들고 구슬로 눈을 붙였어요. 그분은 그게 가장 마음에 든다고 했죠. 그는 귀중한 보석처럼 애지중지 여기며 아이들 손이 닿지 않도록 벽난로 선반 위에 올려놓았어요. 그분은 가난한데도 집안에 있는 하인이나 어린아이들을 한 명도 빼먹지 않고, 빨래하는 아주머니부터 노튼 양에 이르기까지 이곳에 있는 모든 이에게 예쁜 카드를 보냈어요. 저는 이런 그의 모습이 정말 마음에 들어요.

송년회 날엔 가면무도회를 열었고 모두 즐거운 시간을 가졌어요. 저는 옷이 없어서 가지 않으려 했지만 커크 부인이 비단옷을 선뜻 빌려주시고 노튼 양이 레이스 깃털을 빌려주는 바람에 혼자 쓸쓸하게 연말을 보낼 신세를 면할 수 있었죠. 저는 셰리던의 극 〈라이벌〉에 나오는 멜러프롭 부인의 분장을 하고 가면을 쓴 채 무도회에 갔어요. 제가 목소리를 가장했기 때문에 아무도 저를 알아보지 못했어요. 그 누구도 조용하고 오만한 마치 양이 드레스를 입고 춤추며 '나일 강변의 우화처럼 멋지게 변형된 비문'을 읊어댈 수 있으리라고는 꿈도 꾸지 못했을 테니까요. 왜냐하면 그들은 평소에 저를 엄격하고 냉정하고 건방진 애송이로 보고 있었거든요. 저는 사람들을 놀래주려고 속으로 벼르고 있었죠. 드디어 가면을 벗었을 땐 모두 놀란 토끼 눈으로 저를 바라보았어요. 한 청년이 다른 청년에게 제가 배우인 줄 알았다고 하는 소리를 들었어요. 실제로 그는 소극장에서 저를 본 기억이 있다고 생각했대요. 메그 언니는 이 얘기를 좋아할 거예요. 바어 씨는 닉바텀 역을 했고, 티나는 티타니아가 되어 그의 팔에 안겨 작은 요정 역을 했어요. 그들이 춤추는 모습은 테디의 말마따나 '한 폭의 그림'이었어요.

아, 저는 정말 행복한 새해를 맞이했어요. 제 방에 앉아 생각해보니 비록 실수도 많았지만 차츰 사람들과 잘 적응해 나가는 것 같아 뿌듯해요. 요즘은 전보다 더 열심히 일하며 다른 사람들에게도 관심을 가지고 지낸답니다.

저는 이곳 생활이 정말 기쁘고 만족스럽습니다.

모두에게 축복이 내리길!

언제나 사랑하는 조로부터

제11장 소중한 친구

조는 소박한 사람들에 둘러싸인 분위기에 만족했으며, 몇 푼이나마 돈을 손에 쥘 수 있는 일상적인 일을 하느라 바빴다. 그러한 노력 덕분에 삶이 즐겁고 현실적으로 세상을 바라볼 수 있었지만 조는 아직도 사실적이라기보다는 약간은 허구적인 글을 쓰고 있었다. 가난한 소녀에게는 어쩌면 자연스러운 일인지도 모르겠다. 그러나 그 목적을 달성하기 위해 취한 수단은 그다지 좋은 편은 아니었다. 조는 돈이 있어야 힘도 있는 거라고 생각했고 자기도 그런 돈 있고 힘 있는 사람이 되고 싶었다. 다만 자기를 위한 것뿐 아니라 사랑하는 사람들을 위하는 마음에서였기 때문에 조금은 위안이 되었다.

베스를 위해 집을 안락하게 꾸밀 수 있는 물건들을 들여놓고 겨울철의 딸기와 침실의 오르간을 사주고, 자신 또한 외국에 나가 무궁무진한 미지의 세계도 경험해 보고, 자선사업을 할 수 있을 만큼 풍족함을 누리고 싶었다. 이것이 바로 조가 몇 년 동안 소중하게 키워왔던 꿈이었다.

소설 현상 공모에 당선된 경험과 몇 달 동안 집을 떠나 겪은 특별한 생활, 그리고 각고의 노력 끝에 마침내 그녀는 《에스파뉴의 성》을 쓸 수 있었다. 그러나 한때 그녀는 잭을 두렵게 했던 큰 콩나무 줄기에 사는 거인과도 같은 무시무시한 여론의 시달림을 받아 글 쓸 용기를 잃어버린 적도 있었다. 그녀는 《잭과 콩나무》에 나오는 불멸의 영웅처럼 큰 성공을 거둔 첫 번째 시도 뒤에는 너무 자만했었고, 그 결과 두 번째 시도에서는 잭처럼 나무줄기에서 굴러 떨어져 거인의 보물을 하나도 얻을 수 없었다. 그러나 조는 잭과 마찬가지로 칠전팔기의 정신을 가지고 있었다. 그래서 이번에는 그늘진 쪽으로 기어 올라가 더 많은 노획물을 얻어왔다. 하지만 그녀는 돈 가방보다 훨씬 더 중요한 것을 뒤에 남겨두고 올 뻔했다.

조는 일시적 인기에 영합하는 소설을 썼다. 풍족했던 미국이었지만 전쟁의 여파는 여전히 남아 있었다. 곳곳에서 암울한 소식만이 날아올 뿐이었다. 그러자 차분하고 진실된 애기보다 잡문이 많이 읽혔다. 조는 아무에게도 알리지 않고, 박진감 넘치는 이야기를 써서 대담하게도 〈위클리 볼케이노〉지의 편집장인 대시우드 씨를 찾아갔다.

조는 전에 칼라일의 《의상철학(衣裳哲學)》을 읽어본 적은 없었지만, 대부분의 사람들은 처음 사람을 만났을 때 그 사람의 개성이나 행동보다는 옷에서 더 큰 영향을 받는다는 것을 여성적인 본능으로 알고 있었다. 조는 그날 가장 좋은 옷을 차려입고, 흥분하거나 떨지 않도록 애쓰면서 당당하게 계단을 올라갔다. 계단은 어두컴컴하고 지저분했다. 방문 앞에 이르러 잠시 머뭇거리더니 옷매무새를 가다듬고 큰 숨을 몰아쉬곤 문을 두드렸다.

방 안엔 담배 연기가 자욱했고 몹시 어수선했다. 세 명의 신사가 발을 모자 위까지 들어 올리고 거만하게 앉아 있었다. 그녀가 들어서도 아무도 모자를 벗으려 들지 않았다. 약간 기가 질린 조는 당황한 목소리로 중얼거렸다.

"실례합니다만, 위클리 볼케이노 사무실이 맞나요? 대시우드 씨를 찾아왔습니다."

담배를 가장 많이 피워대며 발을 높이 쳐들고 있던 신사가 일어나 손가락 사이에 담배를 끼워들고 졸린 표정으로 다가왔다. 여기에서 물러설 수 없다고 마음을 다잡은 조는 원고를 내밀고는 이 순간을 위해 신중하게 준비해 두었던 대사를 중얼거렸다.

"친구 부탁으로 왔는데요. 한 번 시험삼아 쓴 글인데…… 선생님의 의견도 듣고 싶다고……. 원하신다면 계속해서 쓰고 싶다고 하네요."

조가 얼굴을 붉히며 중얼거리는 동안 대시우드 씨는 원고를 받아들고는 대충 넘겨보고 있었다. 조의 피와 땀이 얼룩진 원고를 위아래로 훑어보는 그의 눈길이 그리 썩 마음에 들어하지 않는 것 같았다.

"처음 써본 것 같지는 않은데?"

원고에 번호를 매기고 한쪽 면에만 쓴 걸로 보아 초보자는 아니라는 증거였다.

"네. 제 친구는 글을 써본 경험이 있고 상을 받은 적도 있어요."

"오, 그래요?"

대시우드 씨는 보닛의 매듭으로부터 부츠에 달린 단추에 이르기까지 조의 옷차림을 재빨리 훑어보았다.

"그렇다면 놓고 가도 좋아요. 지금으로선 감당할 수 없을 만큼 이런 류의 글들이 많이 쌓여 있어요. 한번 읽어보고 다음 주쯤 회답을 주겠소."

조는 대시우드 씨의 행동이 불쾌해서 원고를 남겨두고 싶지 않았다. 그러나 지금으로선 인사를 하고 물러나는 길밖엔 별 도리가 없었다.

그녀는 그곳에 모인 남자들이 서로 눈짓하는 것을 느꼈다. 아무래도 이들은 이 소설이 조의 것임을 눈치챈 모양이었다. 편집장이 문을 닫고는 들리지 않게 뭐라고 소곤대자 웃음소리가 터져 나왔다. 그녀는 이루 말할 수 없는 모멸감을 느꼈다. 집으로 돌아오는 길에 두 번 다시는 그곳에 가지 않으리라 굳게 결심했다. 집에 돌아온 조는 앞치마에 수를 놓으며 불쾌함을 가라앉히려 애썼다. 한두 시간쯤 지나자 오히려 자기가 당한 일이 재미있어졌고 다음 주를 기다릴 만큼 냉정을 되찾을 수 있었다.

일주일 뒤 조가 다시 찾아갔을 땐 대시우드 씨 혼자 있었다. 조는 안도의 한숨을 쉬었다. 대시우드 씨는 침착하게 그녀를 맞아주었으며 담배도 그리 피워대지 않았다. 그녀 역시 두 번째여서 그런지 마음이 편했다.

"이것을 출판하기로 했소."

편집장들은 결코 '나'라는 말을 쓰지 않는 것이 상례였다.

"원고를 약간 수정해도 괜찮다면 말이요. 너무 길어요. 하지만 내가 여기 표시해 둔 부분들을 삭제한다면 적당한 분량이 될 거요."

사무적인 말투였다.

원고지가 심하게 구겨지고 여기저기 밑줄이 많이 그어져 있어서 그것이 자신의 원고인지 거의 알아보지 못할 지경이었다. 새 요람에 맞도록 자기 아이의 다리를 잘라야 한다는 말을 들은 부모의 심정이 이런 것일까? 소설이 지나치게 들뜨는 것을 잡아주기 위해 조심스럽게 삽입한 도덕적인 문구들은 모두 위에 줄을 그어 지워져 있었다.

"하지만 대시우드 씨, 소설에는 어느 정도의 도덕이 필요하다고 생각해요. 그래서 죄 지은 사람들의 참회하는 모습을 신중하게 삽입한 건데요."

대시우드 씨는 순간 씨익 미소를 지었다. 이 소설의 작자가 친구가 아니라 그녀 자신이라는 것을 스스로 폭로했기 때문이다.

"알다시피 사람들은 재미로 책을 읽지 설교를 들으려는 게 아니오. 요즘엔 도덕적인 책들은 잘 팔리질 않아요."

"그럼 이것들을 빼고 나면 괜찮을 것 같다고 생각하시나요?"

"그래요. 줄거리가 아주 새로워요. 문체도 괜찮고, 그런대로 쓸 만해요." 대시우드 씨는 상냥하게 대꾸했다.

"그러면…… 저, 원고료는……." 조는 어떻게 말해야 할지 몰라 주저주저했다.

"아, 예. 우리는 이런 종류의 글에는 대개 25달러에서 30달러를 주지요. 그리고 돈은 게재될 때 동시에 지불해요."

대시우드 씨는 깜빡 잊어버리고 있었다는 듯이 대꾸했다. 편집장들은 대개 이런 사소한 문제는 곧잘 잊어버렸다.

"좋아요. 원고를 넘기겠어요." 조는 매우 만족했다. 칼럼 한 편에 1달러를 받던 일에 비하면 25달러는 후하다고 생각했다.

"제 친구에게 이것보다 더 나은 작품이 있으면 보여달라고 말할까요?"

조는 너무 기쁜 나머지 조금 전에 저지른 실수도 까맣게 잊어버렸다.

"글쎄, 한번 보기로 하지요. 꼭 받겠다고 약속할 수는 없지만 친구에게 이야기를 간결하고 재미있게 쓰라고 전해요. 그리고 설교는 넣지 말라고 하세요. 그런데 친구 분이 어떤 이름으로 내고 싶어하지요?" 그도 시치미를 뚝 떼고 천연덕스럽게 대답했다.

"아무거나 괜찮아요. 자기 이름이 밝혀지는 것을 싫어하고, 필명도 없거든요." 조의 얼굴이 벌겋게 달아올랐다.

"물론 본인이 원하는 대로 해야겠지요. 다음 주에 글이 발표될 겁니다. 돈을 받으러 이곳에 오겠소? 아니면 부쳐드릴까요?"

"제가 방문하지요. 그럼 안녕히 계세요."

그녀가 방을 나가자 대시우드 씨는 책상 위에 발을 올려놓고 만족스런 표정을 지었다. "가난한 주제에 자존심은 있어가지고. 뭐 다들 그렇지만 말야. 그래도 꽤 쓸 만한걸!"

대시우드 씨의 말에 따라 조는 경솔하게도 일시적 인기만을 노리는 천박한 소설의 바다에 뛰어들었다. 그래서 비록 물에 젖기는 했지만 친구의 도움을 받아 급류에 휘말리는 위험은 모면할 수 있었다.

젊은 작가가 대개 그렇듯 그녀는 인물과 장면은 외국에서 따왔다. 무대에는 도적떼와 백작, 집시, 수녀, 공작부인 등이 출연했고 그들은 아주 정확하게 각자의 기질에 따라 맡은 역할을 다했다. 독자들은 보통 문법이나 맞춤법, 문학적 자질 같은 사소한 문제들에는 주의를 기울이지 않는다. 실은 대시우드 씨가 그녀의 작품을 환대했던 진짜 이유는 다른 데 있었다. 얼마 전그가 거느린 삼류 작가 중 한 사람이 더 높은 급료를 준다는 다른 출판사로 가버려 곤란했던 터라 그 지면을 채우기 위해 싼 값으로 그녀의 원고를 샀을 뿐이었다.

하지만 조는 자신의 홀쭉한 지갑이 점점 불어나자 곧 자기 일에 더욱 박차를 가했다. 여름에 베스를 산에 데려가기 위해 저축하던 돈도 조금씩이긴 했지만 확실히 불어나고 있었다. 한 가지 마음에 걸리는 점은 이 사실을 집에 알리지 않았다는 것이었다. 아버지와 어머니에게 꾸지람을 들을 것 같아 우선 일을 저지른 뒤에 나중에 용서를 받고 싶었다. 그녀의 글엔 저자가 명시되지 않았으므로 비밀을 지키는 일은 아주 쉬웠다. 대시우드 씨는 곧 그녀의 이름을 알게 되었지만 침묵을 지키기로 약속했고 고맙게도 그 약속을 잘 지켜주었다.

그녀는 부끄러운 글들을 결코 자기 이름으로 세상에 발표하고 싶지는 않았다. 그녀는 그저 훗날 자신이 번 돈을 가족들에게 내놓고 비밀을 잘 지켜온 것도 웃어넘길 수 있는 순간을 기대하며 양심의 가책을 달랬다. 대시우드 씨는 박진감 넘치는 추리 소설이 아니면 모두 거절했다. 따라서 독자의 마음을 쥐고 흔들만한 소재를 만들어내기 위해 역사와 연애, 바다와 육지, 과학과 예술, 경찰 기록과 정신병원 등을 샅샅이 파헤쳐야 했다. 자신의 순진무구한 짧은 인생 경험에서는 사회의 비방이 되는 비극적 세계에 대한 것을 얻을 수가 없었다. 그녀는 자신의 결점을 극복하기 위해 기발한 소재를 발굴했고, 비록 대가다운 작품은 못 쓰더라도 독창적인 줄거리를 만들기 위해 신문에 나온 사건이나 범죄들을 샅샅이 훑어보았다. 또 언젠가는 독극물에 대한 논문을 달라고 요청하여 공공도서관 사서한테 의심을 사기도 했다. 거리를 오가는 사람들의 얼굴을 세심히 살펴보느라 하루 종일 추위 속에 떨며 서 있기도 했고, 그녀 주위에 있는 사람들의 성격을 철저히 연구했다. 그리고 너무 오래돼서 오히려 신선함을 안겨주는 이야기를 찾기 위해 곰팡내 나는 고서들을 뒤졌고, 제한적이긴 했지만 기회가 닿는 대로 범죄나 비참한 일들을 직접 접해 보려고 노력했다.

그녀는 자기가 점점 성공해 가고 있다고 믿었지만, 그러나 자신도 모르는 사이에 자신의 가장 아름다운 모습을 잃어가고 있었다. 그녀는 어두운 사회에 살고 있었고, 비록 상상에 불과하지만 그녀의 영혼에 위험하고 영양가 없는 음식을 주입시키고 있었다. 누구나 때가 되면 자연스럽게 접하게 될 인생의 어두운 면에 너무 일찍 눈을 뜨게 되어 그녀가 가진 순수성은 사라져가고 있었다.

처음에는 이러한 변화를 전혀 깨닫지 못했다. 그러나 시간이 지날수록 어렴풋이 뭔가가 느껴졌다. 뭇사람들의 감정을 요모조모로 뜯어보고 많은 경우를 묘사하다 보니 건전한 젊은이라면 결코 하지 않을 혼자만의 병적인 즐거움에 어느새 빠져든 자신을 발견하게 되었다. 잘못을 저지르면 언젠가는 벌을 받는 법이다. 조는 지금이 그때라고 생각했다.

셰익스피어 작품 연구는 사람의 성격을 이해하는 데 많은 도움을 주었다. 하지만 그녀는 가공 인물에 대해 완벽을 추구하면 할수록 정직과 용기, 그리고 강한 힘에 이끌리는 자신을 발견했다. 그리고 상상의 세계가 아닌 바로 현실에서 그녀의 마음을 사로잡는 살아 있는 영웅을 발견했다. 비록 그 영웅은 인간적으로 많은 결점을 가지고 있음에도 불구하고 말이다.

언젠가 바어 씨는 조와 대화를 나누다가 평범하고 성실하고 아름다운 사람을 만나게 되면 그 사람을 연구해 보라고 했다. 작가로서 좋은 공부가 될 거라며 격려도 해주었다. 그의 충고에 따라 그녀가 냉철하게 주위를 둘러보고 선택한 첫 번째 인물이 바로 그였다. 바어 씨 자신은 스스로에 대해 매우 겸손했으므로 그가 이 사실을 알았다면 매우 놀랐을 것이다.

처음에는 사람들이 왜 그를 좋아하는지 의아스러웠다. 그는 부자도 아니고 유명하지도 않으며 그렇다고 젊거나 잘생긴 사람도 아니었다. 어느 모로 보나 매혹적이지도 당당하지도 뛰어나지도 않았다. 그런데도 그는 왠지 모르게 따뜻한 난로처럼 사람을 끌어들이는 매력이 있었고, 사람들은 따뜻한 불가에 모이듯 자연스럽게 그의 주위로 몰려들었다. 그는 가난했지만 항상 무엇인가 사람들에게 나누어주었다. 또한 그는 이방인이었지만 모든 사람들의 친구였고, 젊지는 않았지만 소년같이 순진한 마음을 지니고 있었다. 게다가 좀 투박하게 생긴 모습이었지만 오히려 그 점이 사람들에겐 아름다워 보였다. 그래서인지 그의 기이한 행동도 쉽게 용서되었다.

조는 그의 매력의 비결이 무엇인지 찾기 위해 종종 그를 유심히 지켜보았다. 조는 마침내 그 비결이 그의 선함에 있다는 결론을 얻었다. 그는 슬픈 일이 있어도 조용히 가슴속에 감춰두고 사람들에게는 항상 밝은 면만 보여주었다. 그의 이마에 굵게 패인 주름살도 그가 다른 사람들에게 얼마나 친절히 대해 왔는지를 보여주듯 부드러워 보였다. 미소로 생긴 입가의 주름살 역시 다정한 말과 호탕한 웃음을 상기시켜 주었다. 그는 냉정하거나 근엄하지도 않았고 그의 손길은 언제나 따뜻했고 자상한 아버지 같았다.

그가 즐겨 입는 옷도 그 사람의 친밀한 성격을 나타내주는 듯했다. 그의 옷들은 그저 입기에 편한 옷들일 뿐 아무런 꾸밈이 없었다. 그의 넉넉한 조끼를 바라보고 있으면 그 속에 감추어져 있는 관대한 마음을 읽을 수 있었고, 빛바랜 코트는 다가가 농담 한 마디라도 건네고 싶은 이웃집 아저씨 같은 인상을 풍겼다. 너덜너덜한 주머니에서는 얼마나 고사리손들에 시달렸는지를 느낄 수 있었다. 부츠는 보기만 해도 정감이 느껴졌다. 그의 옷깃은 다른 사람들처럼 뻣뻣하지도, 뽀드득 소리가 나지도 않았다.

'아아, 바로 그거야!'

조는 마침내 진정한 선의야말로 사람을 얼마나 아름답고 위엄 있는 존재로 만들어 주는지 깨달았다. 비록 저녁을 게걸스럽게 먹어치우고, 손수 양말을 깁고, 바어라는 괴상한 이름을 가진 사람일지라도 말이다. 그리고 조는 그가 지닌 지성에 대해서도 여성다운 존경심을 가지고 있었다.

그는 결코 자신에 대해 이야기하지 않는 사람이었다. 그런데 언젠가 그의 고향 친구가 그를 만나러 왔다가 우연히 노튼 양과 잠시 얘기를 나누게 되었다. 그런데 그는 바어 씨에 대한 놀라운 사실을 알려주었다. 그는 독일에서 학식과 인품으로 크게 존경받던 교수였다는 것이다. 조는 바어 씨가 그런 얘기를 떠벌리지 않았기 때문에 더욱더 기뻤다. 미국에서 바어 씨는 가난한 독일어 선생에 불과하지만 베를린에서는 존경받는 교수였다는 사실이 무척 자랑스러웠다. 그리고 그의 검소하고 소박한 삶이 오히려 낭만적으로 느껴질 정도였다.

그런데 어느 날 조는 노튼 양 덕분에 바어 씨에겐 지성 못지않은 뛰어난 자질이 있음을 발견했다. 조는 노튼 양의 초대로 생전 처음 심포지엄에 참여하게 되었다. 외로운 노튼 양은 야심만만하고 당찬 조와 친절한 바어 씨에게 종종 호의를 베풀었다.

조는 그토록 숭배해 왔던 위대한 인물들을 직접 볼 수 있다는 기대감에 들떠 있었다. 그러나 그녀는 위대한 인물들도 결국 한갓 남자와 여자에 지나지 않는다는 사실에 큰 충격을 받았다. 시구마다 '영혼과 불과 이슬'을 담은 천상의 시인을 겁먹은 눈으로 흘끔흘끔 바라보았다. 하지만 음식을 먹는 모습은 그의 지적인 인상을 모두 휩쓸어 버릴 정도로 게걸스러웠고 이것은 조에게 충격이었다. 그뿐만이 아니었다. 그토록 존경했던 소설가는 시계추같이 규칙적으로 두 개의 술병 사이를 왔다 갔다 했으며, 유명한 비평가는 바람둥이로 소문난 멋쟁이 여자와 시시덕거리고 있었다. 어떤 여자는 한 철학자 옆에 찰싹 달라붙어 나긋나긋하게 몸을 휘감고 있었는데, 정작 그 철학자는 새뮤얼 존슨과 함께 차를 홀짝홀짝 마시며 졸린 듯 게슴츠레한 눈으로 멍하니 앉아 있을 뿐 온갖 애교를 섞어 떠들어대는 숙녀의 열변에는 아무 관심도 없었다.

저명한 과학자들은 자기들의 주요 관심사인 연체동물이라든가 빙하기 따위는 저 멀리 날려버리고, 얼음조각을 입에 문 채 예술을 논하고 있었다. 자연을 벗 삼아 살아가는 동물이나 하늘 높이 날아올라 노래하는 새, 산과 들에 피어 있는 청초한 꽃들마저도 매혹시키는 하프의 명인 오르페우스로 장안에 이름을 날리고 있는 젊은 음악가는 승마에 대한 얘기를 하고 있었다. 그날 저녁 그곳에 참석한 전형적인 영국 귀족들은 그저 평범한 사람들에 불과했다.

그날 저녁 조는 완전히 실망해서 한쪽 구석에 앉아 어지러운 머리를 식혔다. 바어 씨는 평소와는 좀 다른 모습으로 그 모임에 참여하고 있었다. 얼마 뒤 자기 자랑만 계속 늘어놓던 여러 명의 철학자들이 조가 있는 곳으로 어슬렁어슬렁 걸어와 서로의 지성을 겨루기 시작했다.

그들의 대화는 조가 이해할 수 없는 데까지 이어져갔다. 조는 칸트와 헤겔 같은 철학자들이나 그들의 철학세계는 알지 못했지만 그들의 얘기를 듣는 것은 재미있었다. 그러나 그들의 논쟁이 거의 끝나갈 무렵 그녀는 심한 두통을 느꼈다. 그녀에게는 세계가 여러 조각으로 나누어져 이야기하는 사람에 따라 전보다 훨씬 더 나은 원리 위에 새로 조립되는 것같이 보였다. 종교관은 무신론으로 점점 기울어지고 지성만이 유일한 신으로 여겨졌다. 조는 철학이나 형이상학 따위에 대해서는 아무것도 몰랐으나 무슨 행사가 있을 때면 하늘 높이 둥둥 떠 있는 풍선과 같이 독일에서 프랑스, 영국으로, 17, 8세기에서 19세기로 시간과 공간을 표류하며 듣는 동안 즐거운 혹은 고통스러운 호기심과 흥분에 사로잡혔다.

조는 갑자기 바어 씨가 그 대화에 얼마나 심취해 있는지 궁금해져서 그를 바라보았다. 그는 이제껏 본 적이 없는 무척 엄숙한 표정으로 있었다. 그녀와 눈이 마주치자 그는 고개를 까딱이더니 저쪽으로 오라고 손짓했다. 그의 눈빛이 예전과 달라 흠칫 놀랐지만 그녀는 사변철학의 자유로움에 매혹되어 도대체 그 현명한 분들이 기존의 모든 신앙을 부정한 뒤에 무엇에 의존하는지 듣고 싶어 그냥 자리를 지키고 있었다. 바어 씨는 자신의 견해가 정립되지 않아서가 아니라 가볍게 이야기해 버리기에는 너무 진지하고 무거운 주제인지라 가만히 듣고만 있었다. 그는 조와 번지르르한 철학 논리에 매혹된 젊은이들을 바라보며 이마를 찌푸렸다.

비어 씨는 그가 가진 모든 인내심을 발휘하여 오랫동안 침묵을 지켰다. 그러나 의견을 말하도록 요청받았을 땐 열정적으로 진실을 옹호하고 종교를 두둔했다. 그가 너무나 인상 깊은 열변을 토했기 때문에 그의 서툰 영어는 음악처럼 들렸고, 평범하기만 한 그의 얼굴도 아름답게 보였다. 그는 세련된 철학자들의 능숙한 토론 솜씨에 고전하긴 했지만 패배를 모르는 남자답게 자기의 견해를 꿋꿋하게 고수했다. 그의 말을 듣고 나니 그녀는 세상이 다시 똑바로 보이기 시작했다. 오랫동안 전해 내려온 신에 대한 충실한 믿음이 요즘 유행하는 새롭고 인위적인 듯한 믿음보다 훨씬 더 진실하게 느껴졌다. 신에 대한 믿음은 맹목적인 것이 아니다. 또한 불멸성은 단순히 지어낸 이야기가 아니라 축복받은 사실이다. 조는 다시 단단한 땅 위에 서 있는 자신을 발견했다. 그가 열변을 토한 만큼 사람들의 마음을 움직이진 못했지만 그녀는 손뼉이라도 치며 그에게 감사하고 싶었다.

그러나 박수를 치지는 않았다. 다만 그 모습을 가슴속 깊이 묻어두었다. 그녀는 바어 씨를 향한 진심어린 존경심이 더욱더 깊어지는 것을 느꼈다. 평소 그의 성격으로 보아 그렇게 말하기란 매우 어려운 일이었을 것이다. 그녀는 바어 씨의 새로운 면모를 알게 되었다. 그녀는 바어 씨의 강직하고 솔직한 성격이 부나 지위, 지성, 그 어떤 아름다움보다 더 값진 것임을 깨달았다. 어떤 현자는 진정한 위대함이란 '진실과 경건과 선의'라고 정의했는데 그렇다면 그는 선량함을 넘어 위대한 사람이다.

그에 대한 믿음은 날이 갈수록 깊어졌다. 그녀는 그를 존경하면서도 때로는 그가 부럽기도 했다. 그리고 자신도 존경받을 수 있는 사람이 되고 싶었고 그와의 우정이 진실되기를 간절히 바랐다.

어느 날 저녁, 바어 씨는 종이로 만든 삼각 군인 모자를 쓴 채 조에게 독일어를 가르치러 들어왔다. 티나가 씌워준 걸 잊어버린 모양이었다.

'아래층으로 내려오시기 전에 거울을 보지 않은 것이 분명해.'

그는 그것도 모르고 점잖게 자리에 앉았다. 조는 그날 함께 읽기로 한 '발렌슈타인의 죽음'이란 주제와 그가 쓰고 있는 모자가 빚어내는 묘한 조화로 한바탕 웃음이 터져 나올 뻔했다. 그러나 그녀는 그의 커다란 웃음소리가 듣고 싶어서 아무 말도 하지 않고 그가 스스로 발견할 때까지 그냥 내버려두었다. 그러다 실러의 작품에 정신이 팔려 자기가 방금 전에 어떤 생각을 했는지 까맣게 잊어버리고 말았다.

바어 씨가 읽기를 끝내고 독일어 학습은 계속되었다. 그러나 조가 모자를 힐끔힐끔 쳐다보는 통에 분위기는 무척이나 어수선했다. 그래서 그런지 수업이 제대로 이루어지지 않았다. 바어 씨는 어떻게 해야 할지 망설이다 마침내 수업을 멈추고 그녀에게 물었다. 그러나 목소리는 여전히 상냥했다.

"마치 양, 무엇 때문에 내 얼굴을 보고 웃지요? 그렇게 예의 없이 굴다니 혹 나에 대한 존경심이 없는 게 아니오?"

"그 모자를 벗지 않고 계시는데 어떻게 존경심을 나타낼 수 있겠어요, 선생님?"

조가 장난스레 말했다. 머리 위로 손을 올린 바어 씨는 차양을 위로 젖힌 작은 모자가 만져지자 잠시 조를 바라보았다. 그러곤 모자를 집어 들더니 호탕하게 웃기 시작했다.

"아! 이제 알았어요. 장난꾸러기 티나가 나를 바보로 만들었군요! 하지만 이런 건 아무것도 아니에요. 이제 마치 양이 공부를 제대로 안 하면 이 모자를 쓰게 될 거예요. 알았죠?"

하지만 수업은 여전히 진행되지 않았다.

바어 씨는 일장 설교를 늘어놓으려다 말고 모자에 있는 그림을 보곤 신문을 펼쳐보면서 아주 역겨운 듯이 말했다.

"이런 신문은 집에 들어오지 않았으면 좋겠어요. 아이들, 아니 젊은이들이 읽어서는 안 될 글들이 실려 있어요. 이런 해로운 신문을 만드는 사람들을 난 도무지 이해할 수가 없어요."

조도 신문을 들여다보았다. 정신병자나 시체, 악당, 독사의 그림이 난잡하게 그려져 있었다. 그녀 역시 그런 그림을 좋아하지 않았다. 그러다 혹시 〈볼케이노〉지가 아닐까 하는 의심이 들었다. 그녀는 두려움에 떨며 그림을 뒤집어보았다. 다행히도 〈볼케이노〉지는 아니었다. 그러나 설사 〈볼케이노〉지였고, 그녀의 이야기가 거기에 실려 있을지라도 이름을 밝히지 않았다는 사실을 떠올리곤 안도의 한숨을 내쉬었다. 하지만 그는 조의 속마음을 꿰뚫어보고 있는 것만 같았다.

그는 조가 글을 쓴다는 것을 알고 있었고 여러 번 신문사 근처에서 그녀와 마주친 적도 있었다. 그러나 조가 그것에 대해 한마디도 하지 않았으므로 그는 그녀의 작품을 보고 싶었지만 내색하지 않았다. 그런데 그는 그녀가 뭔가 밝히기 부끄러워 한다는 걸 눈치챘다. 그래서 무척 신경이 쓰였지만 그는 조의 삶에 끼어들어 뭐라고 말할 권리는 없다고 거듭 다짐하며 모른 척하려고 했었다. 그러나 그날만큼은 달랐다. 그는 조가 젊고 가난하며, 어머니의 사랑과 아버지의 보호에서 멀리 떨어져 있다는 점을 떠올렸다. 그는 생각을 바꿔 진흙탕에 빠진 어린 아이를 구하기 위해 손을 내밀듯 신속하게 그녀를 도와야겠다고 생각했다. 이런 모든 생각들이 일순간 그의 마음속에 스쳐 지나갔다. 그러나 그는 아무런 내색도 하지 않았다. 조는 신문지를 접어 한쪽에 치우고는 태연하게 바느질을 시작했다. 그는 자연스러우면서도 엄숙하게 말하기 시작했다.

"이것은 치워버리는 게 좋겠어요. 정숙한 젊은 처녀에겐 좋지 않아요. 누군가를 위한 오락거리로 만들었겠지만, 아이들에게 이 나쁜 쓰레기를 갖고 놀게 하느니 차라리 화약을 주고 놀라고 하겠어요."

"모두가 나쁘지는 않아요. 어리석기는 하지만요. 그리고 아무리 유치한 신문이라도 수요가 있다면 제공하는 것이 나쁘지만은 않다고 봐요. 교훈적인 글로 존경받는 사람들도 일시적 인기에 영합하는 소설을 써서 돈을 벌고 있잖아요?"

조가 옷 주름을 세게 긁어대자 보푸라기가 일면서 먼지처럼 날렸다.

"위스키를 찾는 사람들이 많이 있지만 조 양이나 나는 위스키를 팔려 하지는 않을 것이오. 존경받는 사람들은 그들이 한 것이 얼마나 해로운지 알게 된다면 결코 자기의 삶을 정직하다고 생각지는 않을 거예요. 과자에 독약을 넣어 어린 아이들에게 판다면 그건 다시 생각해봐야 할 일 아니겠소? 그런 짓을 해서 돈을 버느니 차라리 거리의 청소부로 정직하게 살아가는 게 훨씬 나아요."

바어 씨는 화를 참을 수 없었던지 신문지를 구겨서 불에 던져버렸다. 조는 불길이 자기에게 덮쳐오는 것만 같았다. 삼각모가 연기가 되어 굴뚝으로 사라져버리고 난 뒤에도 상기된 얼굴로 가만히 앉아 있었다.

"다른 신문도 다 태워버리고 싶군요."

그는 마음이 놓인다는 표정으로 중얼거렸다. 조는 자기 방에 있는 신문지 더미들이 불에 타는 광경을 상상했다. 그동안 떳떳치 못하게 번 돈이 일순간 그녀의 양심을 무겁게 짓눌렀다. 하지만 그녀는 자기를 위로라도 하듯 들릴락 말락 작은 소리로 중얼거렸다.

"내 것은 그것과는 달라. 단지 어리석을 뿐이지 나쁘진 않아. 걱정할 필요 없어."

그녀는 책을 들고 천천히 일어섰다.

"이제 가도 되죠, 선생님? 앞으로는 잘할게요."

"그러길 바라겠소."

잔잔한 말투였다. 그러나 그 말은 조가 상상하는 그 이상을 의미했다. 그의 다정한 눈은 마치 그녀의 이마에 대문자로 인쇄된 '위클리 볼케이노'라는 단어를 읽은 것 같은 눈빛이었다.

그녀는 방으로 돌아오자마자 자신의 소설이 실린 신문지들을 꺼내 조심스럽게 다시 읽어 내려갔다. 바어 씨는 약간 근시라 책을 읽을 땐 안경을 썼는데 안경을 쓰면 책에 있는 작은 글씨가 어떻게 보이는지 궁금해 조는 장난삼아 그 안경을 써본 적이 있었다. 그런데 지금은 그의 도덕적 안경을 빌려 쓰고 있는 것만 같았다. 이 형편없는 이야기들을 마구 써 갈긴 용서할 수 없는 죄악이 그녀를 무섭게 노려보고 있는 것 같았다. 그녀의 가슴은 절망으로 가득 찼다.

"이것들은 쓰레기야. 지금 내가 이 짓을 그만두지 않는다면 그때는 아마 이 쓰레기 같은 것조차도 못 쓰게 될 거야. 완전히 타락한 영혼이 돼서 말이야. 나 자신을 망치고 다른 사람들을 해치면서까지 단지 돈을 벌기 위해 맹목적으로 글을 써왔어. 맨 정신으로는 읽을 수 없는 난잡한 글을 마구잡이로 써왔지. 이것들이 누군가에게 발견되거나 바어 씨가 보기라도 한다면 어떻게 하지?"

조는 생각만 해도 얼굴이 화끈 달아올랐다. 그녀는 아무 미련 없이 종이꾸러미를 난로 속에 홱 집어던졌다.

'그래, 이 따위 엉터리 글이 갈 곳은 난로 속밖에 없어. 사람들이 내가 만든 폭약으로 폭파되는 것을 보느니 차라리 이 집을 태우는 편이 낫겠어.'

그녀는 자신이 만들어낸 악마가 검은 잿더미가 되어 죽어가는 모습을 보며 생각했다. 그러고는 얼마 되지 않는 돈을 움켜쥐고는 마룻바닥에 주저앉았다.

"아직까지 그렇게 해로운 일은 하지 않았으니까 잃어버린 시간에 대한 보상으로 가져도 되겠지."

그렇게 중얼거리곤 오랫동안 아무 말이 없었다. 그러다간 갑자기 참을 수 없다는 듯 덧붙였다.

"양심이라는 게 없었으면 좋겠어. 양심이 있다는 게 얼마나 불편한지 몰라……. 옳은 일을 하건 말건 상관치 않고, 그른 일을 할 때 불편함을 느끼지 않는다면 좋을 텐데. 때때로 어머니와 아버지가 그렇게 엄하지 않으셨다면 하고 바랄 때가 많았어."

그러나 조는 곧 고개를 가로저었다. 오히려 아버지와 어머니가 엄하셨던 것에 대해 신에게 감사드렸다. 성미 급한 젊은이들에게는 부모님의 울타리가 도망치고 싶은 감옥의 벽같이 보일지도 모른다. 그러나 조는 부모님의 따뜻한 사랑과 애정의 손길을 받지 못하는 사람들이 가엾어졌다.

조는 더 이상 인기에 영합하는 글을 쓰지 않기로 결심했다. 왜냐하면 이런 글을 써서 받는 돈으로는 그녀의 양심이 만족할 수 없다는 것을 깨달았기 때문이다. 그리곤 극단적으로 그와는 반대쪽으로 치달아 셔우드 부인, 에지워스 양, 한나 모어가 걸은 길을 택했다. 이번엔 지나칠 정도로 도덕을 강조하면서 교훈적이거나 설교라 부르기에 적당한 소설을 썼다. 그녀는 처음부터 그것이 성공할지 의심스러웠다. 수십 년도 더 된 뻣뻣하고 거추장스러운 옷을 걸치고 가장 무도회에 나가는 것처럼, 그녀의 생기 넘치는 공상과 소녀다운 낭만을 그런 교훈적인 글에 맞추기란 여간 거북스러운 일이 아니었기 때문이다. 그녀는 이 새로운 소설을 여러 출판사에 보내봤지만 사겠다고 나서는 출판사는 한 곳도 없었다. 그러자 그녀는 그제야 도덕적인 작품은 팔리지 않는다는 대시우드 씨의 말을 이해할 수 있을 것 같았다.

그러고 나서 그녀가 손댄 것은 그 지긋지긋한 돈만 아니었다면 당장에 집어치워버렸을 동화류였다. 그녀에게 아동문학이 쓸 만한 가치가 있는 분야라고 여기게 해준 유일한 사람은 세상을 그의 특별한 믿음에 따라 변화시키는 것을 임무로 삼고 있는 고귀한 신사분이었다. 그러나 아무리 그녀가 아이들을 위해 쓰는 것을 좋아한다 하더라도 조는 이야기 속에 나오는 개구쟁이 소년들이 일요일에 교회에 가지 않았다고 해서 곰들에게 잡아먹히거나, 미친 황소 뿔에 엉덩이가 받히거나, 혹은 반대로 교회에 간 착한 아이들은 모두 맛있는 빵을 먹고, 아이들이 찬송가를 부르거나 기도를 드리면서 이 세상을 하직할 때 천사들의 인도를 받으며 축복으로 보상받을 거라고 묘사하는 일에는 결코 동의할 수 없었다. 그녀는 결국 아동문학에서도 아무것도 얻을 수 없었다. 조는 마침내 잉크 병 마개를 닫아 버렸다. 그러곤 아주 겸손해졌다.

"나는 아무것도 모르겠어. 얼마 동안은 글을 쓰지 않는 편이 낫겠어. 좋은 글을 쓸 수 있을 때까지 거리의 청소부라도 할 거야."

이 일은 뒷날 그녀에게 많은 도움을 주었다.

마음의 갈등은 계속되었지만 그녀는 겉으로는 전과 다름없이 여전히 바쁘게 생활했다. 별다른 사건도 없었다. 그녀가 때때로 심각한 표정을 짓거나 왠지 슬픈 표정으로 앉아 있을 때에도 아무도 눈치채지 못했다. 단 바어 씨만은 조에게 일고 있는 변화를 주시하고 예전보다 더 깊은 관심으로 지켜보았다. 그러나 그는 아무 말도 하지 않았다. 조는 바어 씨가 계속 그녀를 주시하고 있다는 사실을 전혀 알지 못했다. 그녀는 시험을 잘 견뎌냈으며 그는 그녀의 변화에 만족해했다. 그들 사이에 아무 말도 오가지 않았지만 그는 조가 얼마 동안 글을 쓰지 않고 있다는 것을 알았다. 그의 예리한 눈길은 그녀의 오른손 가운데손가락에 더 이상 잉크 자국이 남아 있지 않은 것을 놓치지 않았다. 조는 저녁 시간을 아래층에서 보내는 일이 많아졌고 더이상 출판사가 즐비한 거리를 헤매지도 않았다. 물론 독일어 공부에도 큰 진전을 보였다.

그는 진실한 친구로서 여러모로 그녀를 도왔다. 조는 비록 펜을 놓았지만 바어 씨 곁에서 진실한 교훈을 얻으며, 삶을 가치 있게 하는 일들로 자신을 채우고 있었다. 그야말로 행복이란 단어를 가슴에 새기는 겨울이었다.

조는 6월까지 커크 부인의 집에 머물렀다. 잊을 수 없는 소중한 추억들이 그녀의 가슴에서 콩닥콩닥 숨쉬고 있었다. 이제는 떠나야 할 시간이었다. 모두들 섭섭함을 감추지 못했다. 아이들은 떨어질 수 없다고 아우성치며 울어 댔다. 바어 씨는 마음이 심란할 때면 언제나 그랬듯이 머리카락이 온통 거꾸로 솟아 있었다.

"집으로 간다고요? 돌아갈 집이 있다니 참 행복하겠소." 조가 처음 바어 씨에게 떠난다는 말을 했을 때 그는 다만 짧게 말했을 뿐이다.

그녀는 아침 일찍 떠나야 했으므로 떠나기 전날 저녁, 모두에게 작별인사를 했다. 바어 씨의 차례가 되었다.

"선생님, 혹 저의 집 근처에 오시면 꼭 들르셔야 해요. 그러시겠죠? 가족 모두에게 소개하고 싶어요. 안 들르시면 절대로 용서하지 않겠어요!"

"정말요? 내가 가도 괜찮아요?"

바어 씨는 이제껏 본 적이 없는 반가운 얼굴로 조를 바라보았다.

"네, 다음 달에 오시면 더욱 좋아요. 로리가 졸업을 하거든요. 아주 재미 있을 거예요."

"그 사람이 당신이 말하던 가장 친한 친구인가요?" 바어 씨는 정색을 하며 물었다.

"네, 테디예요. 제 소중한 친구지요. 선생님도 꼭 그를 보셨으면 해요."

조는 그 둘을 서로 만나게 해 줄 것을 생각하니 흥분을 참을 수가 없었다. 그런데 바어 씨는 그녀가 로리를 친한 친구 이상으로 느끼고 있을지도 모른다는 생각을 했다. 그녀는 바어 씨를 쳐다보고는 자기도 모르게 얼굴을 붉혔다. 그러지 않으려 하면 할수록 그녀의 얼굴은 점점 더 달아올랐다. 무릎에 안긴 티나가 아니었다면 그녀는 어찌할 바를 몰랐을 것이다. 다행히도 티나가 조에게 안기려고 얼굴을 들이밀었기 망정이기 안 그랬더라면 바어 씨에게 들켰을지도 모른다.

"그때 시간이 날지 모르겠군요. 꼭 가보고 싶은데……. 그 친구가 성공하길 바라요. 가족 모두 행복하고……."

그는 조와 악수를 나눈 뒤 티나를 업고 밖으로 나갔다.

아이들도 모두 잠든 늦은 밤. 그는 우수어린 얼굴로 불 앞에 오랫동안 앉아 있었다. 그의 마음은 왠지 모를 향수에 젖어들었다. 그러다 문득 무릎에 티나를 앉히고 수줍어하던 조의 모습을 떠올렸다. 그는 잠시 머리를 괴고 골똘히 생각에 잠기더니 갑자기 그 무엇을 찾는 사람마냥 벌떡 일어나서 방안을 이리저리 서성대기 시작했다.

"내가 바랄 일이 아니야. 지금은 그럴 수 없어."

그는 거의 신음에 가까운 한숨을 내쉬며 중얼거렸다. 그러곤 자신을 나무라듯이 머리가 헝클어진 채 베개 밑에 잠들어 있는 두 아이에게 다가가 키스를 하고는 거의 사용하지 않던 담배 파이프를 꺼내 불을 붙이고 플라톤 책을 펼쳤다. 그는 밀려드는 외로움을 남자답게 참으려 애썼다. 그러나 장난꾸러기 두 아이와 파이프, 그 신성한 플라톤 책도 아내와 아이와 집을 대신해 줄 수 있을 것 같지 않았다.

어슴푸레 창이 밝아왔다. 그는 조와 함께 역으로 나갔다. 그녀는 낮익은 그의 미소 띤 얼굴과 그와의 추억을 뒤로 하고 기차에 올랐다. 바어 씨의 따스함과 현명함, 그리고 마음 한구석 어딘가에 숨 쉬고 있을 듯한 외로움이 담긴 제비꽃 한 다발을 품어 안고서.

"아, 즐거웠던 나의 겨울은 지나가버렸어. 글도 쓰지 못하고 돈도 벌지 못했지만 소중한 친구를 얻었어. 평생 함께 할 거야!"

제12장 실연의 아픔

어찌된 영문인지 장난꾸러기 로리는 그해에 열심히 공부하여 우등생으로 졸업했다. 그는 모두를 대표하여 라틴어로 연설을 했다. 그의 친구의 말에 따르면 그의 어조는 영국의 시인 필립처럼 우아했으며 고대 아테네의 데모스테네스처럼 웅장했다. 가족들은 모두 그의 졸업식에 참석했다. 그의 할아버지는 로리를 자랑스러워했고, 마치 부부, 존과 메그 부부, 조와 베스도 모두 기뻐했다. 남자들은 대개 칭찬을 받으면 별일 아니라는 듯 무시해버리곤 하지만 칭찬이란 늘 찾아오는 것은 아니다.

"오늘은 여기 남아서 저녁을 먹어야 해. 하지만 내일 아침에는 일찍부터 집에 있을 거야. 다른 때처럼 나를 만나러 와주겠지, 아가씨들?"

즐거운 하루가 아쉽게 지나가버리고 석양이 질 무렵 두 자매를 마차에 태우며 로리가 말했다. 비록 '아가씨들'이라고는 했지만 그 말은 분명 조에게 한 것이었다. 그녀는 그날만큼은 기쁨에 들뜬 성공한 청년을 위해 부드럽게 대답했다.

"알았어, 테디. 장대비가 쏟아진다 해도 구금(口琴 : 입에 물고 손가락으로 연주하는 작은 악기)을 입에 물고 손가락으로 튕기면서 신사분께 딱 어울리는 '정복하고 돌아오는 영웅을 환영한다'를 연주하며 씩씩하게 널 만나러 갈게."

로리의 얼굴은 금세 기쁨으로 달아올랐다. 그 표정을 보자 그녀는 갑자기 겁에 질렸다.

'이런, 큰일 났다! 그가 틀림없이 무슨 말인가 꺼낼 거야. 어쩌지?'

그날 저녁 내내 조는 이층 골방에 틀어박혀 어떻게 하면 좋을지 곰곰이 생각해 보았다. 마음 한구석에선 어쩌면 그게 아닐지도 모른다는 생각이 들기도 했다. 밤잠을 설쳐가며 고민한 끝에 어느 정도 마음의 안정을 되찾을 수 있었다. 부디 테디의 가슴에 상처를 주는 일이 일어나지 않기를 바라며 약속 시간에 맞춰 집을 나섰다. 맑은 공기를 마시며 메그 언니네 집에 들러 진한 커피를 한 잔 마시고 나니, 한층 담담해졌다. 그러나 멀리서 다가오는 건장한 청년의 모습이 보였을 때, 그녀는 돌아서서 달아나고 싶은 충동을 느꼈다.

"구금은 어디 있어. 조?"

로리가 흥겨운 목소리로 외쳤다.

"잊어버리고 왔어."

조는 연인 사이에는 길거리에서 큰 소리로 외쳐대며 인사하지 않는다고 생각하며 용기를 냈다.

옛날엔 이렇게 만나면 조는 언제나 그의 팔짱을 끼곤 했다. 그러나 지금은 그렇게 하지 않았다. 왠지 그 또한 한 마디 불평도 하지 않았다. 아주 불길한 징조였다. 큰길에서 작은 숲을 지나 집으로 이르는 샛길로 들어설 때까지 그들은 이러쿵저러쿵 그다지 중요하지도 않은 얘기만 나누었다. 샛길에 이르자 그의 발걸음은 점점 더 느려졌고 더듬거리며 말을 잇지도 못했다. 때때로 무시무시한 정적이 감돌았다. 이 불안한 침묵에서 벗어나기 위해 조는 서둘러 말했다.

"이제 좀 한가한 시간을 보내겠구나!"

"그러려고 해."

그의 단호한 어조에서 이상한 예감이 들었다. 조는 재빨리 그를 쳐다보았다. 그렇게 두려워했던 순간이 다가왔음을 알리기라도 하는 듯 그는 그녀를 내려다보고 있었다. 조는 애원하듯이 손을 가로저으며 말했다.

"안 돼, 테디. 제발 하지 마!"

"아니, 해야 돼. 그리고 넌 내 말을 들어야 돼. 소용없어, 조! 우린 이제 어떤 식으로든 결판을 내야 돼. 이런 애기는 빠르면 빠를수록 서로에게 좋은 거야."

그는 갑자기 흥분하여 얼굴에 홍조를 띠었다. 조는 눈앞이 캄캄해졌다. 아무리 장난을 좋아하는 로리라도 그때만큼은 진심이었고, 거절당할 경우를 대비해 마음의 준비도 되어 있었다. 그는 단호한 목소리로 남자답게 말하려고 무척이나 애를 썼다. 그러나 말문이 막히는지 한참을 더듬거리다가는, 그의 성격대로 성급하게 본론으로 들어갔다.

"너를 알고부터 쭉 너를 좋아했어, 조! 너는 나에게 정말 상냥했거든. 나도 내 마음을 어쩔 수가 없었어. 몇 번이나 사랑하는 마음을 고백하려 했지만 그때마다 네가 허락지 않았어. 그러나 이제 더 이상 주춤거리고 있을 순 없어. 이런 식으로는 단 하루도 더 못살 것 같아. 너의 진심을 알고 싶어……."

"테…… 테디, 나는 네 성격을 좀 변화시켜 주고 싶었을 뿐이야. 네가 다 이해할 줄 알았는데……." 조는 생각했던 것보다 말하기가 무척 힘들었다.

"그건 나도 알고 있어. 하지만 여자들이란 참으로 이상해. 속으론 '예'라고 말하면서 겉으론 '아니오'라고 하니 그 진심을 알 수가 없단 말이야. 그럼 남자는 답답해서 미쳐버리거든." 로리는 부인할 수 없는 사실들을 늘어놓으며 자신의 생각을 굽히려 하지 않았다.

"나는 안 그래. 네가 나를 좋아했으면 하고 원한 적도 없고, 오히려 나를 좋아하지 않도록 조심해 왔어. 그래서 멀리 떠나기도 했던 거야, 테디."

"나도 그렇게 생각했지. 과연 너다운 대답이야. 하지만 그래봤자 아무 소용없어. 그러면 그럴수록 나는 너를 더 좋아하게 될 뿐이야. 너를 기쁘게 하기 위해서 나는 뭐든 다 했어. 열심히 공부하고, 네가 싫어하는 일은 하지 않았어. 그게 당구라도 말야. 그리고 네가 나를 좋아해 주길 바라며 불평 없이 기다려왔어." 로리는 목이 메는 듯 더 이상 말을 잇지 못했다. 그는 짐짓 눈물을 감추려 미나리아재비 풀을 뜯는 시늉을 했다.

"그렇지 않아. 너는 나에게 너무 과분해. 나는 너에게 감사하고 너를 자랑스러워하며 좋아해. 그런데 왜 네가 원하는 그런 감정으로 너를 사랑할 수 없는지 나도 정말 모르겠어. 노력을 안 해 본 것도 아냐. 하지만 내 느낌을 바꿀 수는 없어. 그리고 로리, 너를 사랑하지도 않는 데 사랑한다고 말하면 나는 네게 죄를 짓는 게 될 거야."

"정말, 진심이야?" 그는 그녀의 말을 가로막으면서 그녀의 두 손을 움켜잡았다.

"정말, 진심이야!" 조는 기어들어갈 듯한 작은 목소리로 힘겹게 대답했다.

그들은 키 작은 담쟁이 넝쿨로 울타리가 둘러쳐진 작은 숲으로 걸어갔다. 어색한 분위기였다. 조의 입술에서 흘러나온 마지막 말을 들은 로리는 두 손을 늘어뜨린 채 넋 나간 사람처럼 그냥 울타리를 넘어가려고 했다. 그러나 처음으로 그 키 작은 울타리가 너무도 높게 느껴졌다. 아무 말 없이 그는 이끼 낀 나무기둥에 머리를 기대고 울타리 넘기를 포기한 듯 가만히 서 있었다. 조는 갑자기 무서워졌다.

"테…… 테디, 미안해. 정말 너무너무 미안해. 내가 어떻게 하면 좋을까? 네가 원한다면 나는 너를 위해 죽을 수도 있어. 테디, 나는 네가 그렇게 심각하게 받아들이지 않으면 좋겠어. 나도 어쩔 수가 없단 말이야. 마…… 마음이 움직이지 않는데 억지로 사랑할 수는 없잖아?"

조는 예전에 그가 그녀를 위로해 주었던 때를 떠올리면서 부드럽게 그의 어깨를 감쌌다.

"어쩔 수가 없다고?" 로리가 힘없이 중얼거렸다.

"아니, 때로는 그럴 수도 있겠지. 하지만 그건 올바른 사랑이 아니야. 그런 사랑이라면 차라리 하지 않겠어." 조는 단호하게 대답했다.

오랜 침묵이 흘렀다. 강가의 버드나무에 앉은 검은 새 한 마리가 즐겁게 지저귀고 있었다. 키 큰 풀들이 바람에 살랑거렸다. 어쩐지 주변의 그런 나지막한 소리에도 쓸쓸함이 배어나는 것 같았다. 조는 돌계단에 앉으며 진지하게 말했다.

"로리, 꼭 하고 싶은 말이 있어."

"말하지 마, 조. 나는 네가 무슨 말을 하려는지 이미 알고 있어. 제발, 제발…… 지금 그 말을 한다면 난 참을 수 없을 거야!" 로리는 머리를 치켜들더니 격한 목소리로 부르짖었다.

"무슨 말인 줄 알고 그래?" 그녀는 깜짝 놀랐다.

"그 늙은 남자를 사랑한다고 그러려는 거지?"

"늙은 남자라니? 도대체 무슨 소리야?" 그의 할아버지를 얘기하는 것이라고 생각하며 조가 물었다.

"네가 언제나 편지에 썼던 그 바보 같은 선생 말이야. 만일 네가 그를 사랑한다고 말한다면, 나도 내가 무슨 일을 저지를지 몰라."

그는 분노로 주먹을 불끈 쥐었다. 마치 조에게 덤벼들기라도 할 기세였다. 조는 웃음이 나올 뻔했지만 가까스로 참았다.

"맹세하지만 테디! 그분은 그렇게 늙지도 않았고 나쁜 사람도 아니야. 아주 친절한 분이셔. 그리고 내겐 너 다음으로 가장 친한 친구야. 제발 그렇게 흥분하지 마. 너에게 다정하게 말을 하고 싶지만 네가 선생님 욕을 한다면 화를 내고 말 거야. 내가 그를 사랑한다고? 나는 그 어느 누구도 사랑한다는 생각을 해본 적이 없어."

"하지만 시간이 지나면 그를 사랑하게 될 거야. 그렇게 되면…… 나는 어떻게 되지?"

"너도 다른 여자를 사랑하게 되고, 이 모든 일들을 잊게 될 거야."

"나는 다른 여자를 사랑할 수가 없어. 너를 절대로 잊지 못할 거야. 조. 절대로! 절대로!" 그는 도저히 못 참겠다는 듯 발을 구르면서 소리쳤다.

"어떻게 한담."

조는 생각했던 것보다 로리를 설득하기가 어렵다는 것을 깨닫곤 한숨을 지었다.

"아직 내 말을 다 듣지도 않았잖아, 테디. 자, 마음을 가라앉히고 앉아서 내 말을 좀 들어봐. 나는 가장 좋은 방법을 찾고 싶고 너를 행복하게 해주고 싶어서 그래."

조는 논리적이고 이성적으로 그를 달래주려 했다. 그러나 사랑이란 이성보다도 감정에 의해 지배받는다는 것을 그녀는 깨닫지 못했다.

로리는 오히려 그 미묘한 말에 한 줄기 희망을 걸며, 그녀 옆에 풀썩 주저앉았다. 그러곤 돌계단에 팔을 괴고 기대에 찬 얼굴로 그녀를 빤히 돌아다보았다. 조는 그런 테디를 보자 조용히 이야기할 수도, 생각을 정리할 수도 없었다. 아직도 두 눈에 눈물이 맺힌 채, 사랑과 기대에 가득 찬 눈으로 그녀를 바라보는 그에게 어떻게 말해야 할지 답답하기만 했다. 그녀는 자기를 위해 곱게 기른 테디의 곱슬머리를 쓰다듬으며 침착하게 말했다.

"우린 둘 다 성격이 너무 급하고 고집이 세서 부부가 되면 서로가 비참해질 거야. 우리 둘은 잘 맞지 않는다는 어머니 말씀이 옳아."

조는 냉정하고 침착하게 말했지만, 로리는 기뻐 어쩔 줄 모르는 표정으로 그녀의 말을 가로막았다.

"결혼하면 말야……. 우린 절대 불행해지지 않아. 네가 나를 사랑하기만 한다면, 나는 성인군자라도 될 거야. 그리고 네가 원하는 건 뭐든지 다할 거야."

"아니, 그럴 순 없어. 나도 노력해 봤지만 안 돼. 그런 섣부른 모험으로 서로의 행복을 망치고 싶지는 않아. 우리가 결혼을 하면 분명 서로에게 상처를 주게 될 거야. 그러니 언제까지 나의 좋은 친구로 있어줘!"

"나는 기회만 된다면 너와 결혼할 거야." 로리는 반항적으로 내뱉었다.

"로리, 이성적으로 생각해 봐. 좀 냉철하게 말야." 조는 어찌할 바를 몰라 애원하듯 말했다.

"나는 이성적으로 되고 싶지 않아. 네 충고대로 냉철하게 생각하지도 않을 거고. 그래 봐야 도움도 안 될뿐더러 오히려 너만 더 힘들게 할 거야. 난 네게 심장이 있는지 모르겠어."

"차라리 없었으면 좋겠어!" 조의 목소리는 떨리고 있었다. 로리는 그녀를 똑바로 바라보며 그가 할 수 있는 모든 수단을 동원하여 애원했다.

"조, 모두를 실망시키지 말아줘, 제발! 할아버지는 이미 마음을 정하셨고 너의 가족들도 환영할 거야. 난 너 없이는 살 수 없어. 그렇게 하겠다고 빨리 약속해 줘. 우린 꼭 행복하게 될 거야. 응?"

로리가 그토록 절실하게 매달리는데도 조는 흔들리지 않았다. 그를 사랑하지도 않고, 결코 사랑할 수도 없으리라는 단호한 결단에서 단 한 발자국도 물러서지 않았다. 어디서 그런 힘이 나오는지 그녀 자신조차도 알 수 없었다. 이런 때일수록 우유부단함은 절대 금물이다. 순간의 잔인함을 감수하는 편이 둘의 앞날을 위해 훨씬 더 바람직하다.

"난 정말 네 말대로 할 수가 없어. 어떤 말을 해도 더 이상 통하지 않을 것 같구나. 시간이 지나면 너도 차츰 내가 옳았다는 것을 알게 될 테고, 그때쯤 되면 나에게 감사하게 될 거야……." 그녀는 엄숙하게 말했다.

"네가 정 그렇다면 차라리 목매달아 죽고 말겠어!" 로리는 버럭 화를 냈다.

"아니야, 넌 내 말이 옳다는 걸 알게 될 거야!" 조도 지지 않고 맞섰다. "지금 당장은 힘들겠지만 시간이 지나면 괜찮아질 거야. 너를 존경하고 저녁마다 반갑게 맞아주는 매력 있고 교양 있는 좋은 아내를 만나게 될 거야. 하지만 나는 그렇지 못해. 나는 꾸밀 줄도 모르고, 게다가 고집도 세고 괴팍해. 시간이 지날수록 너는 나를 수치스럽게 여기게 될 테고, 그러면 싸움이 끊이지 않을 거야. 지금도 그렇잖아? 그리고 나는 우아한 사교계에는 취미가 없는데 너는 안 그래. 너는 내가 글이나 끼적이는 걸 싫어할 테지만 나는 글을 쓰지 않고는 못 배겨. 우리는 결국 둘 다 고통스러워하며 결혼을 후회하게 될걸. 모든 것이 엉망이 될 거라고!"

"그래서?" 마치 예언자처럼 말하는 조의 이야기를 참을성 있게 듣고 있던 로리가 더 이상은 참지 못하겠다는 듯 소리쳤다.

"나는 그 누구와도 결코 결혼하지 않아. 지금 이대로가 행복해. 언제까지나 이렇게 자유롭게 살아가고 싶어. 분명히 말하지만, 나는 어떤 남자와 결혼하기 위해 이 자유를 포기할 생각은 눈곱만큼도 없어."

"내가 너보다 더 잘 알아!" 로리가 말을 가로막았다.

"뭘 잘 알아?"

"지금은 그렇게 생각하겠지만, 너도 언젠가는 누군가를 사랑하게 될 거야. 맹세코 그럴걸. 그를 너무나 사랑해서 그를 위해 목숨까지도 바치려고 할 거라고. 꼭 장담하지만 너는 분명히 그렇게 될 거야. 그게 바로 너니까. 그러면 나는 그저 우두커니 바라볼 수밖에 없겠지?" 로리는 땅바닥에 모자를 내동댕이쳤다.

"그래, 나도 모르게 내가 누군가를 만나 사랑에 빠진다면 그를 위해 죽기를 마다하지 않을지도 모르지. 하지만 그 사람이 네가 아니라 할지라도 나로선 어쩔 수 없어!" 그녀도 더 이상은 참을 수 없다는 듯 소리쳤다. "난 최선을 다했지만 네가 이성을 가지고 대하려 하지 않고, 내가 줄 수 없는 것을 달라고 어린애같이 칭얼거리는 건 정말 견딜 수 없어. 그건 이기적인 짓이야. 나는 언제까지나 친구로서 너를 좋아할 거야. 하지만 결코 너와 결혼하진 않아! 네가 이 사실을 빨리 받아들이면 받아들일수록 우리 둘 다를 위해 좋은 일이야. 그러니까 지금!"

그 말은 화약에 불을 댕긴 것과 마찬가지였다. 로리는 어떻게 해야 할지 갈피를 못 잡고 안절부절못했다. 로리의 표정은 무시무시하게 일그러져 있었다. 그는 잠시 그녀를 뚫어지게 바라보더니 휙 돌아서서 저주하듯 말했다.

"언젠가 반드시 후회하게 될 거야, 조."

"로…… 로리, 어디로 가는 거야?"

"악마에게로!"

차분히 가라앉은 목소리였다. 그는 강둑 아래쪽으로 걸어 내려갔다. 조는 잠시 심장이 멎은 듯했다. 한창 나이의 혈기왕성한 젊은 남자를, 그것도 사랑 때문에 죽음으로 내모는 것은 참으로 어리석은 죄악이며 참혹한 일이다. 그러나 로리는 사랑에 한 번 실패했다고 해서 자신의 인생을 포기할 만큼 나약한 남자는 결코 아니었다. 그는 삼류 연애소설에서나 볼 수 있는 한 장면처럼 물에 뛰어들 생각은 전혀 없었다. 그는 그저 맹목적인 본능에 이끌려 나룻배에 모자와 코트를 벗어던지고, 이제까지의 어떤 경주에서도 볼 수 없었던 빠른 속도로 강을 거슬러 올라갔다. 조는 로리가 가슴의 고통을 털어내려 안간힘을 쓰는 것을 바라보며 깊은 숨을 들이마셨다.

"그래, 그러면 좀 나아질 거야. 쓰라린 뉘우침으로 무사히 집에 돌아올 테지. 한동안 그를 보지 않는 게 좋겠어."

조는 마치 누군가를 살해하고 낙엽 밑에 허겁지겁 시신을 묻어 버린 사람처럼 죄의식을 느끼며 천천히 집으로 발길을 돌렸다.

'로렌스 할아버지께 가서 가엾은 로리를 위로해 주시라고 말씀드려야겠어. 그가 베스를 사랑하면 좋겠는데. 아마 곧 그렇게 될지도 모르지. 그런데 로리에게도 내가 몰랐던 구석이 있는 것 같아. 어째서 여자는 애인을 원하면서도 막상 그때가 되면 거부하는 것일까?'

자기 말고는 누구도 제대로 그 얘기를 할 수 없을 것 같아 조는 곧바로 로렌스 씨를 찾아뵙고 용기를 내어 다 털어놓았다. 막상 얘기를 하다 보니 이제까지 애써 참았던 모든 감정이 한꺼번에 터지기라도 한 듯 그만 울음을 터트렸다. 로렌스 씨는 마음이 쓰라리도록 실망했지만 조가 자신의 무정함을 탓하며 너무 절망적으로 울자 한마디도 나무라지 않았다.

그는 로리 같은 훌륭한 청년을 왜 마다하는지 의아해하며 그녀가 마음을 바꾸기를 바랐다. 그러나 그는 사랑이란 강요해서 이루어질 수 없음을 조보다 더 잘 알고 있었다.

로리는 좀 지쳐 보이긴 했지만 상당히 침착한 모습으로 돌아왔다. 로렌스 씨는 아무것도 모르는 양 평소대로 그를 맞아들였다. 한두 시간 동안은 평상시와 하나도 다를 바 없었다. 그러나 어스름하게 땅거미가 내려앉을 무렵, 노신사는 그만 마음의 평정을 잃고 말았다. 어떻게든 로리를 위로해주고 싶었다. 그래서 두서없이 지난 1년 동안 로리가 얼마나 성실하고 열심히 살아왔는지 칭찬을 늘어놓기 시작했다. 그러나 로리는 할아버지가 그러면 그럴수록 더욱 거북스러웠다. 로리는 애써 태연을 가장하며 거실을 거닐다가는 피아노 곁에서 발길을 멈췄다. 조용히 피아노 앞에 앉아 〈비창〉을 치기 시작했다. 그에게서 지금까지 들어보지 못한 열정적인 연주였다.

그때 조는 베스와 함께 정원에 앉아 노을이 곱게 물드는 서녘 하늘을 말없이 바라보고 있었다. 열린 창으로 로리의 피아노 소리가 들려왔다. 피아노 선율을 타고 로리의 서글픈 마음도 함께 전해왔다.

"아주 잘 치는구나, 로리. 하지만 너무 슬픈 곡이야. 더 밝은 곡을 들려주겠니?"

로렌스 씨는 손자를 향한 연민으로 마음이 아팠다. 어떻게든 로리를 달래주고 싶었다. 로리는 할아버지의 요청대로 곡을 바꾸더니 더 격렬하게 건반을 두드렸다. 몇 분 동안 폭풍우처럼 거센 피아노 소리가 거실 안을 가득 메웠다. 마침 조를 부르는 마치 부인의 목소리가 들리지 않았더라면 그는 계속해서 미친 듯이 쳐댔을 것이다.

"조, 들어오너라. 좀 도와주렴."

그 말은 바로 로리가 조에게 그토록 하고 싶었던 말이었다! 그는 곧 이성을 잃고 말았다. 더 이상 피아노 소리는 들리지 않았다. 그는 뚫어져라 허공을 응시하며 꼼짝도 하지 않고 어둠 속에 조용히 앉아 있었다.

"더 이상 참을 수 없다!" 노신사는 한마디 불쑥 내뱉더니 불도 켜지 않은 거실을 더듬거리며 피아노 곁으로 다가갔다. 그러고는 손자의 넓찍한 어깨에 다정히 손을 얹었다.

"알고 있다, 애야. 나도 다 알고 있단다."

잠시 침묵이 흘렀다. 다음 순간 로리가 날카롭게 물었다.

"누가 얘기했어요?"

"조."

"이젠 끝이에요."

그는 할아버지의 손을 거칠게 뿌리쳤다. 동정은 고마웠지만 남자로서의 자존심은 그것을 용납지 않았다.

"아직 끝나지 않았다. 내 말을 듣고 나서 그때 끝을 내려무나." 로렌스 씨가 전에 없이 온화한 목소리로 대꾸했다. "아마, 지금은 집에 있고 싶지 않겠지?"

"저는 여자 때문에 달아나진 않을 거예요. 조도 내가 자기를 지켜보는 것까지 막을 수는 없을 거고요. 제 스스로 이곳을 떠나고 싶어질 때까지 여기에 남아 그녀를 지켜볼 거예요." 로리는 의외로 단호했다.

"네가 신사라면 그렇게 해서는 안 된다. 나도 실망이 크지만, 조도 어쩔 수 없는 모양이더구나. 이제 남은 일은 서로 잠시 멀리 떨어져 있는 거다. 로리, 제발 마음을 돌리려무나. 네 마음을 진정시킬 수 있도록 어디론가 여행을 하는 것이 어떻겠느냐?"

"……저, 할아버지, 제 결심은…….."

"로리, 그러는 게 아니야." 로렌스 씨는 애원하듯 말했다.

"좋아요, 할아버지. 어디든 가겠어요. 어디든 상관없어요." 로리는 벌떡 일어나더니 한바탕 미친 듯이 웃어젖혔다.

"제발, 남자답게 승복하고 성급한 행동일랑 하지 마라. 네가 예전에 계획했던 대로 해외로 나가 이곳저곳 다니며 새로운 것들을 접하다 보면 이 일은 곧 잊어버릴 수 있을 게다."

"그럴 수 없어요, 할아버지!"

"하지만 그토록 가고 싶어 했잖아. 그리고 나는 네가 대학을 졸업하면 보내주기로 약속했고."

"아, 그런데 혼자 가려던 게 아니었어요!" 로리는 할아버지의 눈길을 피해 거실에서 나가려 했다.

"너 혼자 보내려는 게 아니다. 너와 함께 이 세상 어디든 기꺼이 갈 준비가 되어 있는 사람이 있단다."

"누군데요?"

로리는 발길을 멈추고 로렌스 씨를 바라보았다.

"나다."

그는 할아버지에게 다가가 손을 잡으며 울먹였다.

"전 이기적인 아이예요. 하지만…… 할아버지…… 아시다시피……."

"그래, 나도 잘 안다. 옛날에도 이런 일이 있었지. 나도 네 아버지도 말이야. 자, 애야. 이리 와서 내 계획을 들어보렴. 이미 모든 것이 준비되어 있고, 우린 당장 실행에 옮기기만 하면 돼."

로렌스 씨는 로리의 아버지가 예전에 그랬던 것처럼 그가 어느 날 훌쩍 떠나버릴까 봐 몹시 두려웠다. 그는 손자의 손을 꽉 움켜잡았다.

"그게 뭔데요, 할아버지?"

그러나 로리는 그다지 관심 있어 보이지는 않았다.

"런던에 갈 일이 생겼단다. 너에게 시키려 했는데 아무래도 내가 직접 가봐야겠다. 이곳은 브루크가 알아서 잘 처리하니까 괜찮을 것 같구나. 직원들도 잘하고 있고. 네가 내 뒤를 이어받을 때까지 자리를 지키고 있다가 때가 되면 언제든 물러날 생각이다."

"그런데 할아버지는 여행하는 걸 싫어하시잖아요? 또 할아버지 연세에 힘드시고요."

로리는 할아버지의 배려에는 감사했지만, 굳이 떠나야 한다면 혼자이고 싶었다. 할아버지도 그 점을 잘 알고 있었다. 하지만 무슨 수를 써서라도 로리 혼자 떠나는 것만은 막고 싶었다. 아직 어린 로리가 무슨 일을 저지를지 알 수 없는 노릇이었기 때문이다. 집을 두고 떠날 생각을 하면 걱정이 태산 같았지만 그는 단호하게 말했다.

"애야, 나는 아직 그렇게 늙진 않았다. 여행이란 즐거운 일이야. 내게도 도움이 될 거고. 요즘 여행은 집에서 안락의자에 앉아 있는 것처럼 편해졌어. 그러니 염려 말거라."

로리가 안절부절못하는 걸 보니 별로 달가워하지 않는 게 분명했다. 노인은 어쩔 줄 몰라 성급하게 덧붙였다.

"너에게 사사건건 참견하며 짐이 될 생각은 없다. 함께 가는 게 서로에게 좋을 것 같아서 그러는 거야. 너에게 잔소리할 생각은 추호도 없어. 너는 너대로 나는 나대로 하고 싶은 걸 즐기면 돼. 그리고 나는 런던과 파리에 있는 친구들도 만나보고 말이야. 그러면 너는 너 가고 싶은 대로 이탈리아든 독일이든 스위스 어디든 가서 실컷 즐기면 되잖니?"

로리는 마음이 갈가리 찢겨져 나가는 것 같았고 온 세상이 삭막한 황야처럼 보였다. 그러나 간섭하지 않겠노라는 할아버지의 마지막 말에 자신도 모르게 마음이 설레기 시작했다. 삭막한 황야에서 푸른 오아시스를 한두 개 발견한 것 같았다. 그리고 할아버지를 향한 연민도 솟구쳤다. 그는 한숨을 내쉬며 기운 없이 말했다.

"좋으실 대로 하세요, 할아버지. 어디를 가든, 무슨 일을 하든 저는 상관없어요."

"나에겐 상관이 있다. 꼭 기억해 두어라, 애야. 나는 너에게 절대적인 자유를 보장하마. 하지만 방탕하거나 흐트러지지 않을 것으로 믿는다. 나에게 약속해다오, 로리!"

"알겠어요, 할아버지."

"그래, 좋아!"

'지금은 상관없겠지만, 언젠가는 이 약속이 재난으로부터 너를 보호해 줄 때가 있겠지. 내 말이 옳았음을 알게 될 날이 분명히 올 게다.'

로렌스 씨는 한번 마음먹은 일은 단번에 밀어붙이는 사람이었다. 사랑에 달아오를 대로 올랐다가 실연당한 청년이 다시 기력을 되찾아 반기를 들기 전에 서둘러 떠날 채비를 갖추었다.

떠날 준비를 하는 동안 로리는 용케도 아픔을 견뎌냈다. 그러나 그는 수심에 잠겨 하루 종일 거실 안락의자에 몸을 파묻곤 꼼짝도 하지 않았다. 그러다간 몹시 신경질을 부리기도 하고, 음식에는 거의 손도 대지 않았으며, 그답지 않게 옷매무새에도 전혀 신경을 쓰지 않았다. 때로는 하루 종일 피아노 앞에 앉아 난폭하게 건반을 두드려댔다. 조와 마주치지 않도록 애써 피했다.

대신 조의 방 창문이 마주보이는 곳에 서서 그녀를 뚫어지게 바라보곤 했다. 그의 슬픈 얼굴은 밤 사이 꿈에 나타나 그녀를 괴롭혔고 낮에는 죄책감으로 그녀를 짓눌렀다.

그러나 그는 다른 실연당한 젊은이들과는 달리 보상받지 못한 짝사랑의 아픔에 대해 그 누구에게도 털어놓지 않았다. 마치 부인에게조차도 마음을 열지 않았다. 그러나 모두는 그것을 오히려 다행으로 여겼다.

출발을 코앞에 두었을 즈음 마치 집안사람들은 몹시 마음이 아팠다. 실연의 아픔을 잊기 위해 정든 곳을 뒤로 하고 멀리 낯선 곳으로 떠나려 하는 가엾은 젊은이를 곁에서 지켜보는 것은 결코 쉬운 일이 아니었다. 모두 그가 행복한 모습으로 돌아오기를 진심으로 빌었다. 하지만 로리는 이웃의 쓸데없는 망상에 씁쓸한 미소를 지으며 한 사람을 향한 일편단심은 그리 쉬사리 꺾이는 것이 아니라고 스스로에게 외쳤다.

떠나는 날이 되자 그는 자신의 감정이 드러날까 봐 일부러 명랑한 체했다. 그가 아무리 까불어도 사람들은 이미 그의 속마음을 알고 있었다. 그러나 모두들 그를 위해 드러내진 않았다. 그는 마치 부인이 어머니같이 자상하게 속삭이며 입을 맞춰주기 전까진 그래도 그럭저럭 견뎌냈다. 그러나 부인의 다정한 목소리를 들으니 더 이상은 참을 수 없을 것만 같았다. 그는 서둘러 인사를 하고는 아래층으로 달려갔다. 그러더니 문득 걸음을 멈추고 고개를 돌렸다. 그러곤 한동안 조를 가만히 바라보았다. 그는 조가 서 있는 계단 바로 아래까지 천천히 다가갔다. 그리고 조의 어깨에 손을 올려놓고 애원하듯 그녀를 바라보았다.

"조, 정말 안 되겠니?"

"테디, 미안해."

잠시 침묵이 흘렀다.

"괜찮아, 신경 쓰지 마." 그러곤 더 이상 아무 말 없이 로리는 뒤돌아서 성큼성큼 걸어갔다. 단 한 번도 뒤돌아보지 않고…….

그러나 괜찮을 순 없었다. 조는 마음이 쓰려서 견딜 수가 없었다.

'그래도 어쩔 수 없어……, 테디.'

조는 소중한 친구의 가슴에 그렇게 잔혹하게 비수를 꽂을 수밖에 없는 자신이 원망스러웠다. 멀어져가는 그의 뒷모습을 한없이 바라보며 그가 다시는 돌아오지 않으리라는 것을 알았다.

제13장 베스의 비밀

그해 봄, 조가 집에 돌아왔을 때 그녀는 베스의 변한 모습을 보고 깜짝 놀랐다. 그러나 매일 보는 사람들은 차츰 변하는 모습을 잘 알아차릴 수 없듯이 가족들은 아무도 그런 베스의 모습을 이상하게 여기지 않았다. 그러나 오랫동안 헤어져 있다가 만나는 사람은 금방 변화를 눈치챌 수 있었다.

조는 동생의 얼굴을 처음 봤을 때, 가슴이 철렁 내려앉았다. 지난 가을보다 더 창백해 보이지는 않았지만 약간 야위어 있었다. 죽어가는 육체에서 점차 불순물이 빠져나가 형언하기 어려울 만큼 측은하고 아름다운 불멸의 빛이 빛나고 있는 것처럼 그녀의 야윈 얼굴엔 병색이 역력했다. 그러나 조는 그 당시에는 아무 말도 하지 않았다. 어느 정도 시간이 흐르자 그 강렬한 첫인상은 곧 희미해져 갔다. 베스는 무척 행복해 보였다. 그래서 모두들 그녀가 조금씩 나아지고 있다고 생각했으며, 조도 잠시 두려움을 잊고 있었다.

그러나 로리가 떠나고 나서 안정을 되찾자 막연했던 두려움이 다시 고개를 쳐들며 그녀의 마음속에서 떠나질 않았다. 조는 그동안 저축한 돈을 내놓으며 베스에게 함께 산에 가지 않겠느냐고 넌지시 말을 꺼냈다. 베스는 진심으로 고마웠지만 집에서 너무 멀지 않은 곳으로 가고 싶어 했다. 어머니 또한 데이지와 데미를 남겨두고 떠나려 하지 않으셨기 때문에 조는 공기가 맑고 신선한 바다 바람이 약하게 불어오는 조용한 해변으로 베스를 데리고 갔다. 거기라면 베스의 창백한 뺨에 약간의 생기를 불어넣어 줄 수 있을 것 같았다.

그 해변은 상류 사회의 사람들이 모이는 곳은 아니었지만 꽤 많은 사람들이 휴양하고 있었다. 주위 사람들은 선머슴 같은 조와 창백하고 어딘지 여려 보이는 베스가 언제나 붙어 다니는 것이 이상스럽다는 듯 호기심어린 눈길로 바라보기도 했다. 그러나 베스는 수줍음 때문에 사람들을 사귀지 못했고, 조는 베스를 보살피는 데 여념이 없어 다른 사람에게는 관심도 없었다. 둘은 항상 함께 다녔다. 사람들은 본능적으로 두 자매가 서로 이별할 날이 멀지 않았다는 것을 느끼는 듯했다. 그들은 건강한 언니와 병약한 동생을 동정어린 눈길로 지켜보았다.

사실 둘 다 눈앞에 다가온 이별을 느끼고는 있었지만, 아무도 그 말을 입

밖에 꺼내지 않았다. 가장 가까운 사람 사이에도 종종 서로 넘기 어려운 그 무엇이 있기 마련이다. 하지만 조는 먼저 입을 열어 말하기보다는 베스가 말하기를 기다렸다. 이런 일일수록 당사자가 직접 말하는 편이 더 낫다고 생각했던 것이다. 그녀는 한편으론 부모님보다 자신이 먼저 눈치챈 것이 의아스럽기도 했으나 또한 다행스럽게도 생각되었다. 죽음의 그림자가 더욱 뚜렷하게 나타난 요 몇 주일 동안 그녀는 베스가 아무 차도 없이 집에 돌아가면 모든 것이 자명해질 것이라 생각했고 그래서 식구들에겐 아무것도 알리지 않았다.

그러나 그녀는 베스가 이 냉혹한 진실을 알고 있는지 의심스러웠다. 살랑살랑 미풍이 불어와 코끝을 간질이고, 발밑에서 일렁이는 파도의 자장가를 들으며, 조의 무릎을 베고 누워 따뜻한 햇볕을 쪼이던 긴 시간 동안 베스의 마음속엔 무슨 생각이 스쳐지나갔을까. 그녀는 베스가 너무나 조용히 누워 있어 잠들어 있는 줄 알았다. 그녀는 책을 내려놓고 베스의 뺨에 희미한 희망의 빛이라도 보일까 설레는 마음으로 내려다보았다. 베스의 뺨은 여전히 너무 야위었고, 팔은 그들이 함께 모은 작은 장밋빛 조개껍질조차 들 수 없을 정도로 가냘팠다. 바로 그때, 그 어느 때보다도 더 절실하게 베스가 그녀에게서 멀어져가고 있다는 느낌이 들었다. 그녀는 본능적으로 자신의 무엇보다 소중한 보물인 베스를 두 팔로 꼭 껴안았다. 소리 없이 눈앞이 흐려져 왔다. 그러나 조는 마음을 굳게 먹고 눈물을 거두었다. 베스의 애정 어린 눈이 그녀를 빤히 올려다보고 있었다. 아무 말도 필요치 않았다.

"언니가 알아줘서 기뻐. 몇 번이나 언니에게 말하려고 했지만 그럴 수가 없었어."

조는 가슴이 탁 막혀 눈물조차 나오지 않았다. 그러나 마음속의 응어리는 도저히 풀리지 않았다. 아무리 풀려고 해도 풀리지 않는 엉켜버린 실매듭처럼…… 조는 가만히 자기의 뺨을 베스의 뺨에 갖다 댔다.

베스는 언니를 꼭 껴안으며 그녀의 귀에 바싹 입을 갖다 대고 속삭였다.

"오래전부터 알고 있었어, 언니. 지금은 어느 정도 익숙해져서 견디기에 별로 어렵지 않아. 언니도 그랬으면 좋겠어. 내 걱정은 하지 말고…… 그게 가장 좋은 방법이야. 정말이야."

"그래서 지난 가을에 그토록 가슴아파했구나, 베스? 그때부터 알았단 말이지? 왜 이토록 오랫동안 숨겨왔지?"

조는 베스의 괴로움이 로리와는 아무 상관도 없다는 사실에 한편으로는 안도의 숨을 내쉬었다.

"미안해, 언니. 그때는 모든 희망을 다 버린 상태였어. 하지만 인정하고 싶지 않았어. 아무에게도 고통을 주고 싶지 않아 알리지 않은 거야. 나만 빼놓고 다른 사람들은 모두 건강하고, 튼튼하고, 미래에 대한 행복한 계획으로 가득 차 있는 것 같았어. 나는 결코 그들처럼 행복할 수 없으리라고 느껴져서 몹시 견디기 힘들었지. 정말 비참한 기분이었어. 조 언니!"

"오, 베스. 왜 진작 나에게 말하지 않았니? 왜 너를 위로하고 도와줄 기회를 주지 않았냔 말이야. 어떻게 나에게도 알리지 않고 너 혼자 그 끔찍한 고통을 참으려 했니?"

조는 비록 겉으로는 책망을 하고 있었지만, 베스가 이제까지 자신의 건강과 사랑과 삶에 작별을 고하는 십자가를 혼자서 지고 왔다고 생각하니 가슴이 찢어지는 것 같았다.

"내가 잘못 생각했는지 모르겠지만 나는 올바르게 행동하려고 노력했어. 그리고 꼭 낫지 않을 거라 생각하지도 않았고. 또 아무도 내게 그런 말을 해주지 않았어. 엄마는 언제나 메그 언니 일로 바빴고, 에이미는 멀리 떠나 있고, 언니는 로리와 그렇게 행복하게 지내는데 어떻게 확실하지도 않은 내 생각만으로 모두를 놀라게 할 수 있겠어? 최소한 그때는 그렇게 생각했었어."

"그런데 그때 나는 네가 로리를 사랑한다고 생각한 거야, 베스. 그래서 나는 집을 떠났던 거고. 왜냐하면 나는 그를 사랑할 수 없었거든."

조는 이 사실을 말할 수 있어서 기뻤다.

"그럼, 그를 좋아하지 않았단 말이지? 나는 그런 줄도 모르고……. 네가 로리 때문에 그토록 괴로워하는 줄로 생각했지 뭐니."

"로리가 언니를 그렇게 좋아하는데 어떻게 내가 그럴 수 있겠어?"

베스는 천진난만한 어린애처럼 말했다.

"나도 그를 사랑해. 나에게 그렇게 잘해 주는데 어떻게 좋아하지 않을 수가 있겠어? 하지만 그는 내게 친형제 같은 존재야. 그냥 가족으로밖에는 여겨지지 않아. 그리고 언젠가는 꼭 그렇게 될 거야. 그러니까 난 아니야."

조가 단호하게 말했다.

"아무리 생각해 봐도 우리 자매들 중에서 그와 가장 잘 어울리는 사람은 에이미야. 하지만 지금은 그런 일에 신경 쓸 여유가 없어. 너 말고는 누가 어떻게 되든 상관없어, 베스. 꼭 나아야 돼."

"언니, 나도 꼭 그러고 싶어. 아주 오래오래 살고 싶어! 노력은 하지만 매일같이 기력이 조금씩 떨어지는 것을 느껴. 마치 썰물처럼 말야. 언니, 천천히 빠져나가는 썰물을 멈추게 할 수가 없어!"

"내가 멈추게 하겠어. 넌 아직 19살밖에 되지 않았어. 베스, 난 네가 떠나게 그냥 놔둘 수는 없어. 결코 떠나게 하지 않겠어. 매일매일 열심히 일하고, 기도하고, 싸워서 꼭 이길 거야. 어떻게든 너를 보호해 줄 테야. 무슨 방법이 있겠지. 주님이 그렇게 잔혹한 일을 하실 리가 없어."

조는 반항아처럼 미친 듯이 울부짖었다. 그녀는 베스보다 신앙심이 깊지 못했다. 순수하고 진솔한 사람들은 그들의 경건한 종교적 믿음을 쉽게 떠벌리거나 하지 않는다. 믿음은 말보다 행동으로 먼저 나타난다. 그래서 설교나 훈계보다도 더 큰 영향을 미친다. 베스는 자신의 삶을 기꺼이 포기하고 조용히 죽음을 기다릴 수 있도록 용기와 인내를 심어준 믿음을 논리적으로 설명할 수는 없었다. 모든 것을 다 맡긴 어린 아이처럼 일말의 회의나 질문도 달지 않고 모두의 아버지이자 어머니인 신에게 지금 이 순간의 삶과 앞으로 다가올 모든 것을 맡겼다.

베스는 짐짓 성자같은 말로 조를 타이르지도 않았고 그저 자신에게 정열적으로 애정을 쏟는 조가 사랑스럽게만 느껴졌다. 그녀는 인간적인 사랑을 매우 소중히 여겼고 삶을 그토록 아름답게 느꼈기에 '죽는 게 기쁘다'고는 말할 수 없었다. 그러나 커다란 슬픔의 파도가 가슴을 적시자 베스는 조의 손을 꼭 쥐며 '기쁘게 갈 거야'라며 흐느껴 울었다.

"집에 돌아가면 언니가 다 얘기할 거지?"

"말 안 해도 눈치챌 것 같은데."

하루가 다르게 달라져가는 베스를 보고 조는 한숨을 지었다.

"그렇지 않을 수도 있어. 가장 사랑하는 사람들은 종종 왠지 그런 일엔 눈이 먼다고 들었어. 눈치를 못 채면 언니가 나 대신 말해 줘. 나는 비밀로 하고 싶지도 않고 가족들에게도 준비할 시간이 필요하다고 생각해. 메그 언니는 형부와 아이들이 있어서 안심이야. 하지만 언니는 아버지와 어머니를 위로해 드려야 해. 알았지, 조 언니?"

"그래, 베스, 그렇지만 난 결코 포기하지 않아. 약해지면 안 돼, 베스. 너도 나처럼 마음을 강하게 먹어야 해!"

조는 명랑하게 말하려고 애썼다. 베스는 잠시 생각에 잠겨 누워 있다가 조용한 목소리로 말했다.

"어떻게 나 자신을 표현해야 할지 모르겠어. 언니 말고는 아무에게도 말할 수 없으니까 언니에게만 말하는 거야. 난 예전부터 오래 살지 못할 것 같은 느낌이 들었어. 나는 언니들과는 달라. 한 번도 내가 자라서 무엇이 될까 꿈을 꾸어본 적도 없고 언니들처럼 결혼에 대해 생각해 본 적도 없어. 나는 언제나 집 밖에서는 쓸모가 없었어. 집안에서만 어정거리며 돌아다니는 어리석고 작은 베스 말고는 다른 어떤 모습도 도저히 상상할 수 없었어. 그러나 결코 죽음을 원한 것은 아니야. 누가 그걸 원하겠어? 죽는 게 두렵지는 않지만 천국에 가면 가족들이 보고 싶어 향수병에 걸릴 것 같아."

조는 아무 말도 할 수 없었다. 몇 분 동안 아무 소리도 들리지 않았다. 한숨 섞인 바람소리와 철썩거리며 부서지는 파도 소리만이 아스라이 들려왔다. 하얀 날개의 갈매기가 은빛 가슴 가득 햇빛을 받으며 하늘을 날았다. 베스는 슬픔이 가득 찬 눈으로 갈매기 모습이 보이지 않을 때까지 물끄러미 지켜보았다. 회색 옷을 입은 작은 바닷새가 태양과 바다를 즐기는 듯 재잘거리며 총총걸음으로 다가왔다. 그 새는 베스에게 바짝 다가와 그녀를 바라보더니 안심한 듯 아주 편한 모습으로 젖은 날개를 매만지며 따뜻한 돌 위에 앉았다. 베스는 작은 새가 베푼 우정을 감지했고 그녀에게도 아직 손만 내밀면 즐길 수 있는 행복이 남아있다는 것을 깨달았다.

"아, 귀여운 작은 새야! 조 언니, 이것 좀 봐. 내가 무섭지도 않은가 봐? 나는 갈매기보다 이 작은 새가 더 좋아. 그다지 야성적이지도 멋지지도 않지만 조잘거리는 모습이 행복해 보여. 지난여름에 나는 이 녀석을 나의 새라고 부르곤 했어. 언니는 갈매기야. 강하고 대범하고 폭풍과 바람을 좋아하고 바다 멀리까지 날아가곤 하는, 혼자 있어도 행복한 갈매기야. 메그 언니는 산비둘기이고, 에이미는 종달새 같아. 귀여운 내 동생! 에이미는 야심가지만 마음만은 착하고 부드러워. 아무리 높이 날아오른다 해도 절대로 집을 잊지는 않을 거야. 아, 에이미가 보고 싶어. 하지만 너무 멀리 떨어져 있으니…

…."

"에이미는 봄에 돌아온다고 했어. 내년 봄에 함께 재회의 기쁨을 나누게 될 거야. 그때까지 건강해져야 해, 베스!"

"언니, 나에게 더 이상 희망을 갖지 마. 아무 소용이 없다는 걸 나는 잘 알아. 우리는 결코 슬퍼하지 말고 차분히 그때를 기다리며 함께 있는 시간을 즐겨야 해. 난 그다지 괴롭지도 않아. 그리고 언니가 곁에 있으면 이 썰물도 쉽게 빠져 나가리라 믿어."

조는 베스의 고요한 얼굴에 입 맞추기 위해 몸을 숙였다. 조용한 입맞춤과 함께 그녀는 자신의 영혼과 육체를 베스에게 바쳤다.

조의 말이 옳았다. 두 자매가 집으로 돌아왔을 땐 정말 아무 말이 필요없었다. 아버지와 어머니는 이제까지 절대로 일어나지 않도록 기도해 왔던 바로 그 일을 명백히 보았다. 짧은 여정임에도 피로에 지친 베스는 집에 돌아오자 매우 기쁘다는 말만 한마디 하고 곧 잠이 들었다. 조가 아래층으로 내려갔을 때 그녀는 베스의 비밀을 알리는 일을 굳이 하지 않아도 됐다. 아버지는 벽난로 선반에 머리를 기대고 서 있었다. 그녀가 들어가도 아버지는 고개조차 돌리지 않았다. 그러나 어머니는 수심에 가득 찬 얼굴로 조에게 두 팔을 벌렸다. 조는 아무 말 없이 어머니 품에 안겼다.

제14장 새로운 인상

오후 3시쯤 프랑스 니스의 잉글랜드 산책로에는 환상적인 정경이 펼쳐진다. 우거진 야자수 나무와 꽃과 열대 식물이 드리워진 시원하게 뚫린 대로의 한편으로는 푸르른 바다가 펼쳐져 있고, 다른 한편으로는 호텔과 큰 저택이 늘어서 있는 큰 드라이브 길로 이어지는 매우 매력적인 곳이었다. 큰길가엔 마차가 연달아 달리고 한적한 숲에선 사람들이 산책을 즐기고 있었다. 그 너머로는 오렌지 과수원과 언덕이 보였다.

세계 각지에서 언어와 생활 풍속이 다른 여러 나라 사람들이 즐겨 찾는 이 아름다운 거리는 햇빛이 쏟아져 내리는 날이면 온통 축제 분위기에 젖어든다. 거만해 보이는 영국인, 생기발랄한 프랑스인, 철학자같은 인상을 풍기는 진지한 독일인, 윤곽이 뚜렷하고 코가 오뚝하게 잘생긴 스페인인, 어딘가 모르게 좀 촌스러워 보이는 러시아인, 온순한 유태인, 자유분방한 미국인들이 몰려들어 모두들 새로운 이야기를 가지고 와서는 와자지껄 떠들어 대며 디킨스나 빅토르 에마뉘엘, 또는 샌드위치 군도의 여왕과 같은 명사들을 비판하거나 찬양했다. 그들은 대개 마차를 타고 드라이브를 즐기거나, 야자수 그늘 밑에 앉아 드넓은 바다를 바라보거나, 산책을 했다. 사람들이 타고 다니는 마차는 모두 생김새가 달랐다. 말들도 여러 종류였다. 특히 풍성한 주름치마가 흘러내리지 않도록 조심하면서 기운 넘치는 두 필의 말이 끄는 바구니 모양의 낮은 사륜마차를 숙녀들이 직접 끌고 가는 모습은 볼 만했다.

그해 크리스마스 날, 키가 큰 한 청년이 뒷짐을 진 채 약간 얼빠진 표정으로 산책로를 따라 천천히 거닐고 있었다. 그의 얼굴은 이탈리아인같이 보였고, 얌전하게 잘 빼입은 옷매무새는 영국사람 같았으며, 전체적으로 풍기는 분위기는 독립적인 기질이 엿보이는 미국사람 같았다. 얼굴과 옷과 기질이 묘한 대조를 이루고 있는 이 청년은 많은 아가씨들의 시선을 끌었다. 검은 벨벳 양복에 장밋빛 넥타이, 가죽 장갑, 오렌지 꽃까지 단 신사들마저 부러운 눈으로 그를 바라보았다. 거리에는 예쁜 아가씨들이 무척 많았지만, 그는 거들떠보지도 않았다. 가끔 푸른 옷을 입은 금발의 아가씨를 곁눈질로 힐끔힐끔 바라볼 뿐이었다.

그는 곧바로 산책로를 빠져나가 밴드 연주를 듣기 위해 유원지로 갈 것인지, 아니면 캐슬 언덕으로 뻗어 있는 해변을 따라 계속 거닐 것인지 결정하지 못한 듯 잠시 우두커니 서 있었다. 바로 그때였다. 급한 말발굽 소리가 점점 커지더니 여자 혼자 탄 작은 마차가 빠르게 달려오고 있는 모습이 보였다. 한창 꽃망울을 터뜨릴 나이의 아가씨는 금발에 부드러운 파스텔 색깔의 푸른 옷을 입고 있었다. 그는 무심코 그쪽을 바라보더니 금세 얼굴이 빨개지면서 반가움에 어쩔 줄 모르는 아이처럼 모자를 흔들며 마차 쪽으로 달려갔다.

"오, 로리. 정말 로리예요? 여기서 만나다니……, 안 오는 줄 알았어요!"

에이미가 고삐를 내던지고 두 손을 뻗으며 외쳤다. 경망스러운 영국인 아가씨의 자유분방한 태도에 마차를 타고 가던 프랑스 귀부인은 눈살을 찌푸렸다.

"도중에 좀 지체했지만, 우린 크리스마스를 함께 보내기로 했잖아. 약속은 지켜야지."

"할아버지는 안녕하세요? 언제 오셨어요? 어느 호텔이죠?"

"아주 잘 지내. 어젯밤에, 쇼뱅. 한 가지씩 좀 천천히 물어봐라, 숨 넘어 가겠다. 호텔에 들렀더니 나가고 없더구나."

"할 말이 너무 많아서 뭣부터 말해야 할지 모르겠어요! 어서 타세요. 드라이브를 하고 있던 참이었는데. 이야기 할 친구가 있었으면 했어요. 어서요. 폴로는 쉬고 싶대요."

로리가 훌쩍 올라타면서 물었다.

"드라이브 다음엔 무얼 하지, 무도회?"

"우리 호텔에서 크리스마스 파티를 해요. 호텔에 미국인들이 많이 묵고 있는데, 크리스마스 기념 파티를 열기로 했거든요. 함께 가는 거죠? 숙모님이 좋아하실 거예요."

"고마워. 그런데 지금은 어디로 가는 거야?"

로리가 편안하게 등을 뒤로 기대곤 팔짱을 끼며 물었다.

에이미의 생각대로 일이 진척되고 있었다. 그녀는 평소에도 파라솔과 하얀 조랑말, 파란 고삐를 만족스러워하며 드라이브를 즐기곤 했다. 그럴 때마다 사람들이 자기만을 바라보는 것 같았다.

"우선 편지를 찾으러 우체국에 들렀다가 캐슬 언덕으로 가요. 캐슬 언덕은 정말 아름다워요. 공작에게 모이를 주는 것도 재미있고요. 거기에 가 본적 있어요?"

"몇 년 전엔 자주 갔었지. 하지만 다시 한 번 가보고 싶은데."

"이제 그동안 있었던 일들을 얘기해 줘요. 모든 게 너무나 궁금해요. 오빠의 소식을 들은 건, 할아버지께서 오빠가 곧 베를린에서 돌아올 거라고 편지를 쓰셨을 때가 마지막이에요."

"그래, 거기서 한 달을 지냈지. 그러고 나서 할아버지께서는 겨울을 보내기 위해서 파리로 오셨었어. 파리엔 할아버지 친구 분들이 많이 계셔서 할아버지는 거길 좋아하셨어. 나는 여기저기 여행을 다니면서 할아버지랑 사이좋게 지냈지."

"어머, 꼭 무슨 협정 같네요."

에이미는 무어라 꼬집어 말할 수는 없었지만, 로리에게서 왠지 아쉬움이 느껴졌다. 그러나 그녀는 아무것도 알지 못했다.

"에이미도 잘 알지만 할아버지는 여행을 싫어하시고, 나는 한 곳에 가만히 있지 못하는 성격이잖아? 지금 이런 상태가 할아버지와 내겐 아주 좋아. 서로 아무 불편도 없어. 할아버지는 내가 돌아와서 들려주는 모험담을 좋아하시고, 나는 여기저기 떠돌아다니다가 문득 누군가가 그리워질 때 나를 반겨주는 사람에게로 돌아갈 수 있다는 게 좋아. 그렇다고 그리 오래 떨어져 있는 것도 아니고. 오, 이런 지저분한 곳이로군!"

고색창연한 도시의 나폴레옹 광장으로 향하는 가로수길을 달릴 때 그가 갑자기 역겨운 표정을 지으며 코를 킁킁거렸다.

"정말 그러네요, 로리. 그런데 저 집들 좀 보세요. 그림같이 멋있지 않아요? 게다가 저 강과 아름다운 언덕, 옛날 기사들이 씩씩하게 말을 타고 다녔을 이 좁은 교차로들을 좀 보세요. 저는 이런 고풍스런 정경을 볼 때마다 가슴이 벅차올라요. 아, 잠깐만요. 저 행렬이 다 지나갈 때까지 기다려야겠어요. 성 요한 교회로 가는 행렬이죠."

큰 양산을 든 사제, 불을 밝힌 가느다란 초를 들고 묵묵히 걷고 있는 흰 베일을 쓴 수녀들, 그리고 파란 옷을 걸친 사람들이 찬송가를 부르며 그 뒤를 따르고 있었다. 무표정하게 바라보고 있는 로리의 옆얼굴을 가만히 보면서 에이미는 갑자기 알 수 없는 수줍음을 느꼈다.

그는 이제 지난날의 로리가 아니었다. 어딘지 침울해 보이는 그에게서 그녀가 고향을 떠나올 때 보았던 천진스럽고 명랑한 소년의 모습은 전혀 찾아볼 수 없었다. 전보다 더 멋있고 어른스러워 보였다. 그러나 그녀를 만났을 때 그의 얼굴은 기쁨이라곤 온데간데없이 사라지고, 피곤하고 무기력하게만 보였다. 그렇다고 몸이 안 좋거나 무슨 일이 있어 보이지는 않았다. 그는 지난 1, 2년 동안 갖은 풍파를 겪은 사람처럼 늙고 음울해 보였다. 그래도 그녀는 조금도 내색하지 않았다. 그녀는 행렬이 파그리오니 다리의 아치를 건너 교회 쪽으로 사라지자 채찍을 힘껏 휘둘렀다.

"무슨 생각을 그리 골똘히 하세요?"

아직 서툴기는 해도 해외여행 덕분에 그녀는 프랑스어를 곧잘 했다.

"오, 우리 마드무아젤이 그동안 그냥 놀기만 하지는 않았군. 정말 놀라운데!" 로리는 가슴에 손을 얹고 경의를 표했다.

그녀는 기뻐서 얼굴을 붉혔다. 그러나 예전에 그가 장난기 어린 모습으로 다가와 그녀의 주위를 맴돌면서 머리를 토닥이며 '명랑한 아가씨'라고 불러

주었을 때가 훨씬 더 좋았다. 지금 그의 말투는 낯설게만 느껴졌다. 어쩐지 그는 삶의 열정을 잃어버린 사람 같았다.

'이것이 만일 그가 어른이 되는 징후라면 차라리 소년으로 남아 있는 게 더 좋겠어.'

그녀는 실망스럽기도 했고 어색했다. 그러나 겉으로는 명랑하게 보이려고 애썼다.

아비도비 우체국에서 그녀는 집에서 온 소중한 편지를 받았다. 그녀는 고삐를 로리에게 넘겨주고는 6월의 장미처럼 월계화가 흐드러지게 피어 있는 초록빛 울타리 사이를 달리는 덜컹거리는 마차에 앉아 기쁜 마음으로 편지를 읽어 내려갔다.

"아, 베스가 몹시 아프대요. 집에 가봐야 될 텐데. 종종 집에 가야 한다고 생각하지만, 가족들 모두 제가 더 오래 여행을 즐길 수 있기를 원하시거든요. 또 이런 기회란 흔치 않으니까……. 그래서 그냥 이렇게 눌러 있지만 마음 한구석은 항상 걱정이에요." 에이미가 편지를 읽다가 진지하게 말했다.

"잘하는 거라고 생각해. 집에 가봤자 별 수 없잖아. 에이미가 이곳에서 행복하고, 좋은 시간을 보내고 있다는 것만으로도 가족들에겐 큰 위안이 될 거야." 로리는 얼굴을 가까이 들이대며 속삭였다. 마치 옛날의 모습을 되찾은 것 같았다.

그러자 에이미의 가슴을 짓누르던 근심도 한결 가벼워졌다. 그의 표정과 행동, 오빠같이 다정하게 에이미라 속삭여주는 옛날의 그 말투……. 그녀는 낯설고 서먹한 이국땅이지만 어떠한 어려움이 닥칠지라도 결코 혼자가 아니라는 생각이 들었다. 그녀는 다시 힘을 내 밝게 웃으며 조가 편지에 그린 작은 그림을 그에게 보여주었다. 거기엔 모자를 거꾸로 쓴 조가 연필을 손에 쥐고는 '떠올라라, 영감!'을 외치고 있었다. 로리는 활짝 웃으며 그림을 받아들더니 곧 '날아가지 않게' 그의 주머니에 쏙 집어넣었다. 그러고는 그녀가 읽어주는 편지에 귀를 기울였다.

"오늘은 정말 즐거운 크리스마스가 될 것 같아요. 아침엔 선물을 받았고, 오후에는 이렇게 오빠와 함께 편지를 읽었고, 밤에는 또 파티가 있으니까요."

지금은 폐허가 되어버린 오랜 역사를 간직한 요새에 내리면서 에이미가 조잘거렸다. 한 떼의 화려한 공작새들이 아장거리며 그들에게 다가왔다. 에이미는 새들에게 둘러싸여 과자 부스러기를 던져주었다. 로리는 서로 못 보는 동안 그녀가 어떻게 변했는가 하고 더욱 호기심어린 눈길로 바라보았다. 에이미는 흠잡을 데 없이 어엿한 숙녀로 변해 있었다. 약간의 가식적인 말투와 태도를 빼놓고는 드레스와 몸가짐에서 설명할 수 없을 정도로 우아함이 풍겼다. 하지만 전과 다름없이 명랑한 소녀였다. 그녀는 스스로 의식해서인지 나이보다 성숙해 보였고 태도와 대화에서도 침착함이 느껴졌다. 그래서 실제보다 더 세상물정에 밝은 여자처럼 보이기도 했다. 때때로 옛날의 성급한 언동이 드러났으며 여전히 의지도 강해 보였다. 그리고 세련미가 몸에 배기는 했어도 천성적인 솔직함은 그대로 남아 있었다.

비록 그녀의 마음속에서 일고 있는 미동까지 읽을 수는 없었지만, 로리는 공작새에게 모이를 주고 있는 에이미를 계속 지켜보면서 어쩐지 새로운 느낌을 받았다. 그날 그는 붉은 뺨과 윤기 있는 금발에 잘 어울리는 부드러운 파스텔조의 푸른 옷을 입고 찬란한 햇빛 속에 화사하게 서 있던 작고 예쁜 소녀의 모습을 가슴속에 깊이 새겼다.

그들이 언덕 꼭대기에 있는 돌로 된 고원에 이르자, 에이미는 신이 나서 이곳저곳을 가리키며 말했다.

"성당과 코르소를 기억해요? 해변에서 어부들이 그물을 끌어당기고, 그 바로 아래에는 프랑카 별장, 슈베르트 탑으로 이어지는 멋있는 길, 사람들이 코르시카라고 부르는 바다로 펼쳐지는 그 아름다운 장관 말이에요."

"생각나지. 그다지 변하지 않았군." 로리는 시큰둥하게 대답했다.

"저 아름다운 장관을 보면 조 언니는 뭐라고 할까요?" 기분이 좋아진 에이미는 그 순간 로리도 조를 떠올렸으리라 생각하며 말했다.

"글쎄." 로리는 그저 짤막하게 대답하고는 나폴레옹이 유배당한 섬을 향해 눈길을 돌렸다.

"언니를 위해 잘 봐둬요. 그리고 그동안 무슨 일을 하고 지냈는지 얘기해 줘요."

에이미는 큼지막한 바위 위에 걸터앉았다.

그러나 그녀는 기대한 만큼의 충분한 이야기를 들을 수는 없었다. 그는 묻는 말에 대답하긴 했지만 그저 대륙을 떠돌아다녔다는 것, 그리스에도 가보앉다는 것만을 짤막하게 말할 뿐이었다.

에이미는 그가 속마음을 진심으로 털어놓기를 바랐다. 그래서 로리의 무성의한 태도에 그녀는 서운함을 느꼈다. 너무 오랜만의 만남이었기 때문일까……? 그녀는 괜스레 부자연스럽고 어색하기만 했다. 그들은 더 이상 대화를 하지 않았고 말없이 한 시간여 동안 어슬렁거리다가 마차를 타고 집으로 향했다. 로리는 그냥 갈까 하다가 에이미의 숙소에 들러 캐롤 부인에게 인사를 한 뒤 저녁에 다시 올 것을 약속하고 떠났다.

에이미는 그날 밤 설레는 마음으로 조심스럽게 멋을 부렸다. 서로 떨어져 있는 동안 두 젊은이는 변해 있었다. 그녀는 이제 로리를 오빠가 아닌, 멋있고 마음에 드는 한 남성으로 느낄 만큼 성숙했고, 그의 눈에 들고 싶어하는 어엿한 숙녀가 되어 있었다. 비록 가난하지만 어여쁜 에이미는 가진 것이 없어도 우아하게 꾸미는 뛰어난 감각을 지니고 있었다. 그것이 그녀의 장점이라면 장점이었다.

니스에서는 모슬린 천과 베일에 쓰이는 망사 비단이 비교적 쌌다. 그래서 그녀는 특별한 행사가 있을 때면 즐겨 그것을 애용했다. 그녀는 센스 있는 영국 처녀들처럼 옷을 입었는데, 너무 단순해 보이지 않도록 비싸지 않으면서도 효과를 낼 수 있는 신선한 꽃 몇 송이와 약간의 장신구로 치장을 했다. 사람들은 누구나 단점이 있기 마련이라 보다 더 예쁘게 보이고 싶어하는 젊은 숙녀의 소박한 허영심을 눈감아 주며, 오히려 그런 모습을 흐뭇하게 여기기도 한다.

'그의 마음에 꼭 들었으면 좋겠는데……. 그리고 집에 돌아가서도 예뻐졌다고 식구들에게 얘기해 주었으면…….'

에이미는 플로의 낡은 흰 실크 무도회복을 차려입었다. 그리고 새로 산 투명 비단 망사를 둘러쓰고, 백옥같이 하얀 어깨와 금발을 드러내 세련된 분위기를 내었다. 그녀는 머리 손질에도 남다른 데가 있어, 구불거리는 굵은 머리채를 모아 청춘의 여신 헤베처럼 위로 올려 매듭을 지었다.

"유행하는 스타일은 아니지만 내겐 이 머리가 잘 어울려. 어울리지도 않는데 유행을 좇을 필요는 없어." 그녀는 최신 유행에 맞게 머리를 곱슬곱슬하게 하거나, 부풀리거나, 땋아 올리라는 말을 들으면 이렇게 말하곤 했다.

크리스마스 파티에 어울릴 만한 장신구가 없었으므로 에이미는 양털같이 부푼 스커트에 장밋빛 진달래꽃을 둥글게 감고, 드러난 어깨에는 정교한 초록빛 숄을 둘렀다. 예전에 신었던 색칠한 부츠를 떠올리며 그녀는 흰 공단 구두를 만족스럽게 바라보고는, 자신의 귀족다운 걸음걸이에 스스로 감탄하면서 미끄러지듯 계단을 내려갔다.

'새로 산 부채가 꽃과 잘 어울려. 장갑도 꼭 맞아. 게다가 숙모님의 손수건에 달린 진짜 레이스가 전체적으로 우아한 멋을 자아내고 있어. 내게 고전적인 코와 입만 있었더라면…… 더할 나위 없이 행복할 텐데…….'

그녀는 옷매무새가 흐트러지지 않게 조심하면서 빨간 양초를 받쳐 들고 홀 안으로 들어갔다. 그녀는 무척 화려하고 우아해 보였다. 키가 큰 그녀는 평소처럼 활동적이고 발랄하기보다는 기품 있고 위엄 있는 걸음걸이가 자기한테 더 어울린다고 생각했다.

로리는 아직 오지 않은 듯했다. 그녀는 조바심을 내며 넓은 홀 안을 이리저리 거닐었다. 샹들리에 불빛을 받아 그녀의 머리는 아주 아름답게 보였다. 그러나 곧 그녀는 로리에게 잘 보이려던 자신의 바람이 갑자기 부끄러워졌다. 그녀는 사람들에게서 되도록 떨어져 있고 싶어 홀 한쪽 구석으로 몸을 숨겼다. 그때 마침 로리가 홀 안으로 들어섰다. 그러나 그녀는 눈치채지 못했다. 그녀는 한적한 창가로 다가가 고개를 반쯤 돌린 채 드레스 옷자락을 조심스럽게 모아 쥐고는 조용히 서 있었다. 그녀를 뒤쫓던 로리의 눈길은 붉은 커튼을 배경으로 서 있는 날씬하고 새하얀 아가씨의 모습에 고정되었다. 그녀의 모습은 마치 잘 깎아놓은 조각 같았다.

"안녕, 다이애나!" 로리가 다가와 그녀가 꼭 듣고 싶어하던 목소리로 속삭였다.

"안녕, 아폴로!"

그녀는 얼굴 가득 환한 미소를 지었다. 에이미는 불현듯 그렇게 매력적인 남자의 팔에 이끌려 무도회장으로 들어갈 생각을 하니, 마음속 깊은 곳에서부터 못생긴 데이비스 집안의 네 처녀들에 대한 연민이 솟구쳐 올랐다.

"자, 아가씨! 받으시죠! 에이미는 개성 없는 꽃다발을 싫어한다는 한나 아주머니의 말씀이 생각나 내가 직접 만들었어. 예쁘지?"

로리는 그녀가 매일같이 카르디글리아의 창문 옆을 지나면서 그토록 갖고 싶어 했던 꽃다발을 한 아름 건네주었다.

"어머 친절하기도 해라!" 그녀는 고마워 어쩔 줄 몰랐다. "오늘 밤 오빠가 올 줄 알았으면 이처럼 예쁘지는 않더라도 나도 선물을 준비했을 텐데……."

"고마워. 그다지 값나가는 것도 아닌데 뭘. 근데 네가 드니까 꽃이 더 멋져 보인다!" 로리가 덧붙였고 에이미는 은팔찌를 손목에 차면서 말했다.

"제발 그러지 말아요, 오빠!"

"이렇게 대해 주는 것을 더 좋아할 줄 알았는데?"

"아니에요, 그렇지 않아요. 오히려 어딘가 어색해요. 옛날처럼 솔직하게 대해 주는 게 더 좋아요."

"그렇게 말하니 나도 기쁜걸."

로리는 안도의 숨을 내쉬었다. 그러곤 그녀의 장갑에 달린 단추를 채워주고는, 집에서 함께 파티에 갈 때면 늘 그랬듯이 넥타이가 올바로 매어졌는지를 물었다.

그날 저녁 만찬회장은 여러 나라 사람들로 북적거렸다. 호탕한 미국인들이 아는 사람이라면 가리지 않고 모두 초대한 모양이었다. 그중에는 크리스마스 무도회를 빛내기 위해 초대된 몇몇 유명한 귀족들도 있었다.

러시아 왕자는 아무 거리낌 없이 한쪽 구석에 앉아 햄릿의 어머니같은 검은 벨벳 옷을 입고 진주 장식을 목에 두른 몸집이 거대한 여자와 이야기를 주고받고 있었다. 18세가량 되어 보이는 폴란드 백작도 숙녀들에게 둘러싸여 즐겁게 이야기꽃을 피우고 있었고, 독일의 귀족은 일반 평민과 다를 바 없이 뭐 먹을 게 없나 기웃거리며 이리저리 돌아다녔다.

매부리코에 부츠를 신은 로스차일드 남작의 개인 비서는 그의 주인의 명성이 그에게 금빛 후광이나 둘러준 듯 어깨에 힘을 주고는 사람들에게 미소를 지었고, 황제와 알고 지내는 뚱뚱한 프랑스인은 자기가 황제와 친분이 있다는 사실을 자랑스레 떠벌리고 있었다. 영국인 존스 부인은 8명이나 되는 가족들을 이끌고 파티에 참석했다. 그 외에 경박한 걸음에 날카로운 목소리의 미국 아가씨들, 잘생겼으나 핏기 없어 보이는 영국 아가씨들, 그리고 발랄한 프랑스 아가씨들도 있었다. 또한 파티장에서 흔히 볼 수 있는 명랑한 청년들의 모습도 보였다.

그녀는 그런 즐거운 분위기 속에서도 엄격한 아버지와 아버지보다 더 엄숙한 3명의 숙모님들 말고는 호위하는 사람도 없는 데이비스 가의 아가씨들이 측은하게 여겨졌다. 그래서 그녀는 그들 옆을 지나칠 때 아주 친절하게 인사했다.

젊은 아가씨라면 누구나 그날 밤 로리의 팔에 기대어 춤추던 에이미의 마음이 어떠했으리라 짐작할 수 있을 것이다. 그녀는 좀 찜찜한 구석이 있긴 했지만 아름다움을 맘껏 뽐내면서 마치 고향에라도 돌아온 듯 흥겹게 춤을 추었다. 처음으로 사랑을 느끼는 숙녀들이 그러는 것처럼 설레고 감미로운 기분에 에이미도 점점 빠져들고 있었다.

연주가 시작되었을 때 에이미는 눈빛을 반짝거렸다. 자신의 춤 솜씨를 로리에게 알리고 싶어 마룻바닥을 발로 두드리기 시작했다. 로리는 금세 알아차렸는지 나지막이 속삭였다.

"춤추고 싶어?"

"네, 오빠! 무도회에선 누구나……."

에이미가 실망한 기색을 보이자 로리는 재빨리 자기의 실수를 눈치챘다.

"아니, 내 말은 에이미와 첫 번째 춤을 출 수 있는 영광을 안을 수 있을까 해서."

"저 백작을 따돌릴 수 있다면 그럴 수도 있죠. 그는 춤을 아주 잘 춰요. 하지만 옛친구라고 하면 봐줄 거예요."

에이미는 로리에게 그녀를 가볍게 다루어서는 안 된다는 사실을 강조하기 위해 백작이란 말에 특히 힘을 주었다. 그러나 사실 에이미는 귀족에다가 착하긴 하지만 키 작고 볼품없는 폴란드 백작에게는 전혀 마음이 가지 않았다.

그들은 영국인들 무리에 섞여 함께 춤을 추었다. 에이미는 신나게 나폴리의 타란텔라를 추고 싶었으나 내내 예의바르게 4명 또는 8명이 짝지어 추는 프랑스 스텝만 밟아야 했다. 춤을 추고 난 뒤에 로리는 에이미를 착한 폴란드 백작에게 양보하고, 플로와 어울렸다.

자기 마음을 헤아리지 못한 그의 행동에 불쾌해진 그녀는 저녁식사 때까지 춤 약속을 선약해 버렸다. 그래도 마음 한편으로는 그에게 뉘우치는 기색이 있으면 마음을 누그러뜨리기로 작정했다. 그러나 그가 성큼성큼 걸어와 우아한 폴카 춤 태도와를 신청했을 때, 그녀는 속으론 반가웠으면서도 선약이 되어 있다며 딱 잘라 거절했다. 그의 미적지근한 태도가 그녀의 성에 차지 않았던 것이다. 백작과 스텝을 옮기면서 힐끗 쳐다보니 로리는 오히려 안심했다는 표정을 지으며 숙모님 옆에 앉아 있었다.

에이미는 그의 태도를 도저히 용납할 수 없었다. 에이미는 계속 춤을 추면서 잠시 쉬거나 핀을 가지러 갈 때 몇 마디 주고받는 것을 제외하고는 로리를 쳐다보지도 않았다. 그녀는 미소 띤 얼굴로 분노를 감추고는 일부러 명랑하고 활기차게 굴었다. 그러나 결코 경박하게 까불거나 쓸데없이 어슬렁거리지는 않았다.

가볍고 우아하게 춤을 추며 즐거운 시간을 보내는 에이미의 모습은 점점 로리의 마음속에 깊이 파고들었다. 그는 에이미에게서 예전과는 다른 뭔가 특별한 감정을 느끼고 있었다. 그날 저녁 그는 조그마한 에이미가 아름답고 매력적인 여성으로 성장하고 있다는 사실을 깨달았다.

파티는 시간이 갈수록 더욱 무르익었다. 거기다 크리스마스의 즐거움까지 더해져 흥겨운 분위기는 거의 절정에 달해 있었다. 사람들은 모두 즐거워했고 발걸음도 가벼워 보였다. 보기만 해도 흥겨운 광경이었다. 연주자들도 어깨춤을 추며 바이올린을 켜고, 나팔을 불고, 쿵작쿵작 소리를 냈다. 춤을 잘 못 추는 사람들은 흐뭇한 표정으로 춤추는 이들을 바라보았다.

데이비스 집안의 처녀들은 기분이 그리 좋지 않은 듯했다. 존스 집안사람들은 한 떼의 젊은 기린같이 뛰어놀았다. 금빛 후광을 걸친 로스차일드 남작의 비서는 분홍빛 공단 드레스를 질질 끌고 다니는 화려한 프랑스 여인과 함께 홀 안을 누볐다. 독일 귀족은 멋지게 차려진 저녁 만찬을 보자마자 마치 며칠 굶은 사람처럼 음식을 먹어치웠다. 그가 휩쓸고 간 너저분한 식탁을 보고 웨이터는 그만 울상을 지었다.

황제의 친구는 내내 춤에만 열중하며 우아하게 행동했는데, 즉석에서 발끝으로 추는 춤을 소개하기도 했다. 그 위엄 있는 남자가 어린 아이처럼 자유분방하게 춤추는 모습은 보기에도 즐거웠다. 그는 비록 뚱뚱했지만 고무공처럼 역동적으로 춤을 잘 추었다. 그는 달리기도 하고, 훌쩍 뛰어오르기도 했다. 그의 얼굴은 붉게 달아올랐고, 대머리는 반짝였으며, 움직일 때마다 양복 뒷자락이 심하게 요동쳤다. 음악이 멈추자 그는 이마에 흐르는 땀을 훔쳐내면서, 안경을 쓰지 않은 채 주위 사람들에게 밝게 웃어 보였다.

에이미와 폴란드 백작은 아주 열정적이면서도 우아하고 경쾌하게 춤을 추어 사람들의 눈길을 끌었다. 로리는 그들이 날개라도 달린 양 지칠 줄 모르고 스쳐지나갈 때면 자기도 모르게 발을 까딱이며 박자를 맞췄다. 마침내 폴란드 백작이 너무 일찍 떠나게 돼 섭섭하다며 그녀를 놓아 주었다. 그녀는 이제 그 비겁한 기사가 얼마나 진심으로 뉘우쳤는지 확인해 봐야겠다고 생각했다.

음악이 멈추고 그녀가 자기에게로 다가오자 로리는 정신이 번쩍 들어 그녀에게 자리를 내주곤 급히 먹을 것을 가지러 갔다. 그녀는 만족한 듯 미소를 띠며 중얼거렸다. "어쨌든 성공한 것 같은데!"

"에이미는 발자크의 '여자 자화상'같이 보이는데." 그는 한 손으로는 그녀에게 부채질을 해주며, 다른 한 손으로는 커피 잔을 내밀었다.

"내 볼연지는 지워지질 않아요." 에이미는 장갑 낀 손으로 발그레한 뺨을 몇 번 문지르더니 정말 볼연지가 하나도 묻지 않은 장갑을 그에게 보여주었다. 그러자 그는 웃음을 터뜨리고 말았다.

"에이미, 너도 이제 숙녀가 다 되었구나! 그런데 이걸 뭐라고 부르지?" 그의 무릎까지 와 닿은 드레스 자락을 만져보며 로리가 물었다.

"투명한 비단 망사라고 해요."

"좋은 이름이군. 아주 예쁜데…… 요즘 새로 나온 거야?"

"예전부터 유행했던 거예요. 여자들이 입고 있는 걸 많이 보았을 텐데 아직까지도 이것이 예쁘다는 걸 몰랐다니. 이런, 바보!"

"하지만 네가 입은 것은 한 번도 못 봤잖아. 그러니 내가 관심이라도 있었겠어?"

"그런다고 내가 용서할 줄 알아요? 그런 거짓 칭찬을 듣고 있느니 차라리 커피를 마셔야겠어요. 이리저리 기웃거리지 말아요. 신경 쓰이니까."

로리는 금세 똑바로 앉았다. 그는 어린 줄로만 알았던 에이미가 이젠 자기에게 명령하는 것에 묘한 기쁨을 느꼈다. 그녀는 이제 수줍어하지도 않았고, 남자들이 조금이라도 굴복하는 기미만 보이면 뭇 여성들이 대개 그러듯 그에게 마구 대하고 싶은 충동을 느꼈다.

"이런 것들을 어디에서 배웠지?" 로리는 놀리듯이 물었다.

"이런 것들이라뇨? 뭐 말이에요?" 에이미는 무엇을 물어보는지 잘 알면서도 심술궂게 되받았다.

"글쎄, 오늘 저녁 너의 태도라든지 말씨라든지 스타일 같은 거 말야. 그리고 저…… 저 투명한 비단 망사라는 것……."

로리는 궁지에서 벗어나려고 말끝을 흐리다가 웃음을 터뜨렸다. 에이미는 속으로 무척 만족했으나, 겉으로는 내색하지 않고 점잔을 뺐다.

"외국에서 지내다 보면 자신도 모르게 세련되어지죠. 나는 놀기도 하지만 공부도 하거든요. 그리고 이것들은…… 저 베일에 쓰이는 망사 비단은 아주 싸고, 꽃다발은 거저 얻을 수 있어요. 그리고 난 내가 가진 보잘것없는 물건들을 최대한으로 이용하는 데 아주 익숙하니까요."

막상 얘기를 해놓고 보니 에이미는 마지막 말이 창피하게 느껴졌다. 그러나 로리는 그 말 때문에 더욱더 그녀가 좋아졌다. 최대한으로 기회를 활용할 줄 아는 그녀의 인내심과 꽃으로 가난을 덮을 줄 아는 명랑한 마음이 존경스러웠다.

에이미는 그가 어째서 그토록 다정하게 자신을 바라보는지 또 무도회인데도 다른 여자들은 거들떠보지도 않고 자기만을 상대해 주는지 알 수 없었다. 이들은 무의식중에 서로의 변화된 모습을 새로운 시선으로 바라보기 시작한 것이다. 오늘 밤 에이미의 가슴은 야릇한 설렘으로 물들어가고 있었다.

제15장 선반 위

프랑스의 젊은 여성들은 대개 결혼할 때까지는 무료하게 보내다가 일단 결혼을 하고 나면 자유롭게 살아가려고 애쓴다. 나라마다 풍습이 각기 다르듯 미국 여성들은 일찍부터 독립을 선언하고, 열정적으로 자유를 즐긴다. 그러나 젊은 새댁들은 꼭 그렇지만은 않다. 대개 첫 아이가 생기면 모든 자유를 포기하고, 프랑스의 수녀원만큼이나 고립된 생활을 하곤 한다. 결혼식의 흥분이 가시자마자 그들이 원하든 원치 않든 사실상 집 안에 처박히기 일쑤인 것이다. 속으로 이렇게 불평을 하면서도 말이다.

'나는 전과 다름없이 매력적이지만 결혼했다는 이유로 아무도 나를 거들떠보지 않아.'

메그는 비록 미인도 아니고 유행을 따르는 여성도 아니어서 그런지 쌍둥이가 두 살이 되기까지는 아기들을 돌보느라 시간 가는 줄 모르고 지냈다. 또한 소박하게 생활하며 전보다 더 많은 사랑과 관심을 받았기 때문에 그다지 고통을 느끼지도 않았다.

메그는 자랄 때부터 남다르게 여자다웠다. 그리고 모성애가 아주 강해서 아이가 태어나자 그녀는 다른 집안일이나 남편은 안중에도 없었고 오로지 아이들에게만 몰두했다. 그러곤 남편 존 브루크의 시중은 가정부인 아일랜드 여자에게 내맡겼다. 더할 수 없이 가정적인 존은 신혼 시절 듬뿍 받았던 아내의 사랑이 그립기만 했다. 그러나 그도 아이들을 진정으로 사랑했기 때문에 아이들을 위해서 잠시 동안의 안락함을 기꺼이 포기했다. 조금만 참으면 괜찮아 지리라 여겼기 때문이다. 하지만 세 달이 지나도 달라지기는커녕 사정은 오히려 더 나빠질 뿐이었다. 메그는 지칠 대로 지쳐서 신경질적으로 변했고, 아이들은 잠시도 그녀에게서 떨어지려 하지 않았다. 집은 늘 엉망이었다. 요리사 키티는 무엇이든 되는 대로 하는 성격이라서 존에게 제대로 된 음식을 차려주지도 않았다. 아침에 집을 나설 때에도 아내는 아이들에게만 정신이 팔려 있어 얼굴도 제대로 볼 수가 없었고, 하루 일과를 마치고 가족의 품에 돌아와도 편히 쉴 수조차 없었다. 존은 아이들이 하루 종일 보채다가 이제 방금 잠들었으니 조용히 하라는 말에 소리를 죽여야 했고, 집에서 뭔가 즐거운 일을 하자고 하면 아이들에게 방해가 되어서 안 된다며 거절당하기 일쑤였다. 때때로 강연회나 음악회에 가자고 하면 책망하는 눈초리와 함께 날카로운 목소리가 비수처럼 날아와 꽂혔다.

"우리의 즐거움을 위해 아이들을 버려두고 간단 말이에요? 그건 안 돼요!"

밤중에는 아이들의 우는 소리에 잠을 설치곤 했다. 식사 도중에도 이층에서 칭얼대는 소리만 나면 아내는 식사를 하다 말고 남편을 버려둔 채 이층으로 달려갔다. 그 바람에 제대로 먹지 못할 때가 허다했다. 저녁에 신문을 읽다가 선적 리스트에 대해 좀 이야기하려고 하면 데미가 배가 아프다고 했고, 정신을 집중해 주가를 살펴볼라치면 데이지가 유모차에서 떨어졌다고 고함치는 소리에 정신이 산란해졌다.

아이들에게 아내를 빼앗긴 가엾은 존은 이만저만 불편한 게 아니었다. 집 전체가 아이들 방이나 다름없었다. 그는 이렇게 해서도 안 되고 저렇게 해서도 안 된다는 식의 잔소리를 하도 많이 듣다 보니 집에 돌아올 때마다 자신이 신성한 아이들 왕국에 침입한 야만인 같다는 생각이 들었다.

그는 여섯 달 동안 매우 참을성 있게 견뎌냈다. 그러나 더 이상 나아질 기미가 보이지 않자 다른 아빠들처럼 다른 곳에서 위로를 찾고자 했다. 친구 스코트가 멀지 않은 곳에 살고 있어서 존은 밤마다 끝도 없이 계속되는 아내의 자장가를 피해 한두 시간 그의 집에서 시간을 보냈다. 예쁘고 명랑한 스코트 부인은 사근사근하게 손님 접대를 아주 잘했다. 응접실은 언제나 밝고 깨끗하게 정돈되어 있었으며 마음만 먹으면 언제나 둘 수 있도록 장기판도 갖추어져 있었다. 때때로 은은한 피아노 선율도 들을 수 있었고 즐겁게 잡담을 나눌 수도 있었다. 더욱이 저녁 식사도 깔끔하게 차려져 있었다.

존은 집안에서 그렇게 외롭지만 않았다면 자기 집 난롯가에 한가로이 앉아 있는 것을 더 좋아했을 것이다. 그러나 집에서는 언제나 외로웠다.

처음에는 메그도 존의 이러한 행동을 반겼다. 그녀는 그가 응접실에서 병든 닭처럼 졸고 있거나 집 안을 '쿵쿵'거리고 돌아다녀 아이들을 깨우는 대신 다른 곳에서라도 좋은 시간을 보내는 것이 차라리 낫다고 생각했다. 그러나 아이들이 이가 나기 시작하고 제 시간에 잠자리에 드는 습관도 붙었을뿐더러 메그도 아이를 돌보는 데 웬만큼 익숙해지자 차츰 시간이 남아돌기 시작했다.

메그는 외출도 할 수 있을 만큼 여유가 생기자 새삼 존이 그리워졌다. 이제 그녀는 집에서 입는 낡고 편한 옷으로 갈아입고 벽난로 앞 안락의자에 앉아 있는 남편의 모습이 보이지 않으면 왠지 허전했다. 그러나 그녀는 남편에게 집에 있어달라고 구걸하고 싶지는 않았다. 그저 아내가 자기를 얼마나 원하고 있는지 그가 스스로 알아차리기를 바랐다. 그러나 예전에는 그토록 자기를 원했던 남편이 요즘에는 무관심하기만 했다. 메그는 몹시도 속이 상했다. 하루 종일 아이들에게 매달려 사는 엄마들이 흔히 그러듯 그녀 또한 너무 지치고 신경이 날카로워져 이성을 잃고 있었다.

"그래, 나는 점점 늙어가고 있어. 이렇게 주름살만 늘고, 볼품없이 변해버렸어." 그녀는 거울을 보며 푸념하는 일이 잦아졌다. "존은 이제 더 이상 내게는 관심이 없어. 그래서 지겨운 아내를 떠나 거추장스러울 게 없는 예쁜 이웃 여자를 보러 가는 거야. 하지만 너희들은 다르지? 너희들만큼은 나를 사랑하지? 내가 여위거나 창백하거나 머리가 헝클어져 있어도 상관없이 말이야. 요 예쁜 것들! 너희들이 나의 위안이야. 언젠가는 내가 너희들을 위해 기꺼이 희생한 것을 존도 알아 줄 거야. 안 그러니, 나의 귀여운 아가들아?"

애절한 엄마의 말을 아는지 모르는지 데이지는 큰 눈을 말똥거리며 쳐다보았고, 데미는 방긋 웃었다. 그러면서 메그는 모든 시름도 외로움도 저 멀리 날려 보냈다. 그러나 그것도 잠시뿐이었다. 정치 문제에 무척 관심이 많은 존은 메그가 자신을 그리워한다는 것도 눈치채지 못한 채 하루도 거르지 않고 친구 스코트에게로 달려갔다. 그럴수록 그녀의 고통은 커져만 갔다. 그러던 어느 날 소식도 없이 불현듯 찾아온 어머니에게 그녀는 그만 우는 모습을 들키고 말았다. 그때까지 메그는 그 누구에게도 자기의 속마음을 털어놓지 않았다. 어머니는 이제까지 메그가 그렇게 우울해하는 모습을 본 적이 없었다. 마치 부인은 깜짝 놀라 꼬치꼬치 캐물었다.

"어머니, 누구에게도 말할 수가 없었어요. 존이 밖으로만 나돌고 집에 붙어 있질 않아요. 저는 과부나 다름없어요. 제가 싫어졌나 봐요." 메그는 데이지의 턱받이에 눈물을 닦으며 어린 아이처럼 칭얼거렸다.

"어디를 그렇게 돌아다닌단 말이니?" 어머니가 근심스런 표정으로 물었다.

"아침 해가 뜨자마자 나가서 하루 종일 밖에 있다가 저녁이 되어서야 돌아오면서도 저와 함께 있으려 하지 않고 날마다 스코트의 집에 가는 거예요. 저는 아이들 뒤치다꺼리와 힘든 집안일에 쉴 틈도 없는데……. 이건 너무 불공평해요. 남자들이란 다 그래요? 아무리 착한 남자라 해도 모두 이기적인가요?"

"그건 여자도 마찬가지다. 네가 혹시 잘못한 것이 없나 돌아보지도 않고 무턱대고 그를 나무라진 말아라."

"제가 아무리 큰 잘못을 저질렀다 해도 저에게 이렇게 소홀히 하는 것은 옳지 않아요."

"너 혹시 그를 소홀하게 대했니?"

"엄마, 엄마만은 제 편을 들어주실 줄 알았는데!"

"그야 물론이지. 하지만 네가 그를 소홀히 대했다면 잘못은 네게 있어, 메그."

"어째서 그렇다는 거죠?"

"메그, 네가 저녁에 그와의 시간을 갖는데도 존이 그렇게 너를 소홀히 한

단 말이니?"

"아니요. 하지만 아이를 둘이나 돌봐야 하는데 어쩔 수가 없잖아요?"

"그래, 그럴 수는 있어. 또 그래야만 하고. 그런데 애야, 솔직하게 얘기해서 엄마는 널 이해하기도 하지만 또 너를 위해 나무라기도 해야 한다는 것을 알아줬으면 한다."

"그럼요! 옛날의 어린 메그처럼 생각하고 말씀해 주세요. 아이들을 키우다 보니 제가 너무 부족하다는 걸 뼈저리게 느껴요. 제겐 지금 그 어느 때보다도 어머니의 가르침이 필요해요."

메그는 의자를 어머니 곁으로 바짝 끌고 가 앉았다. 두 사람은 아이를 무릎에 앉히고는 아내이자 어머니로서의 동질감을 느끼며 대화를 이어갔다.

"넌 대부분의 젊은 엄마들이 저지르곤 하는 사소한 실수를 한 것뿐이야. 아이들을 너무 사랑하다 보니 남편을 소홀히 대하게 된 거지. 흔히 있을 수 있는 일이란다. 쉽게 용서받을 수 있는 실수야, 메그. 그러니 더 악화되기 전에 빨리 손을 써야 돼. 이런 상태가 계속되다간 자칫 잘못하면 심각한 지경에 이르게 될 거야. 생각해 봐라. 아이들은 온통 네 차지고, 존은 그들을 먹여 살리는 것 외엔 아무 관계도 없는 것처럼 아이들이 너만 찾고 떨어지려 하지 않는다면 어떻게 되겠니? 나는 지난 몇 주 동안 지켜보면서 곧 나아지겠거니 생각하고 아무 말도 하지 않았다."

"그게 아닌 것 같아요. 제가 그에게 집에 있어달라고 말하면 그는 아마 제가 질투를 한다고 생각할 거예요. 저는 그에게 그런 오해를 받고 싶진 않아요. 그 사람은 제가 자기를 원한다는 걸 전혀 눈치채지 못하는 것 같아요. 어떻게 하면 그가 제 마음을 알아줄까요?"

"그가 밖으로 나다니고 싶지 않도록 즐겁게 대해 주어라, 애야. 그는 따뜻한 가정을 그리워하고 있는 거야. 네가 그의 곁에 있어 주어야 한단다. 그런데 넌 언제나 아이 방에만 붙어 있잖니?"

"그럼 있지 말아야 한단 말이에요?"

"그게 아니라 매일 아이들 방에만 붙어 있지 말라는 거지. 너무 그렇게 지내면 신경이 날카로워지고 아무 일도 못하게 된단다. 그리고 존을 아이 방에서 내쫓지 말고 어떻게 아이들을 보살필 수 있는지 가르쳐주렴. 아이들에게는 너뿐만이 아니라 아빠도 필요하니까 말이야. 그 사람에게도 집안에서 자기가 할 일이 있다는 것을 느끼게 해주어야 해. 그러면 기꺼이, 즐거운 마음으로 그 일을 할 게다. 그러는 것이 너희 둘에게 다 좋은 일이야."

"정말 그렇게 생각해요, 엄마?"

"그럼, 내게도 그런 경험이 있거든. 난 말이다, 메그. 내가 실제로 경험하지 않고는 이렇게 자신 있게 충고하지 않아. 너와 조가 어렸을 때 나도 그랬단다. 너희들에게 온 정성을 바치지 않고는 내가 할 의무를 다 하지 못했다고 생각했지. 아버지가 도와주겠다는 것을 내가 모두 거절했어. 그러자 그는 책에만 파묻혀 나를 홀로 남겨두곤 했지. 나는 할 수 있는 한 최선을 다했어. 하지만 조는 내게 너무 벅찼다. 하마터면 그 애를 응석받이로 키울 뻔했지. 너는 또 몸이 약해서 한시도 걱정이 떠날 날이 없었단다. 그때 아버지의 도움이 없었다면 어떻게 되었을지 몰라. 아버지가 도와주셔서 모든 일을 잘 해낼 수 있었지. 그러고 나서야 난 내 잘못을 절실히 깨달았단다. 그 뒤로는 언제나 아버지에게 도움을 구했단다. 그게 우리 집 행복의 비밀이야. 아버지는 사업이 아무리 바빠도 집안일을 돌보는 걸 잊지 않으셨고 나도 집안일이 아무리 많아도 너의 아버지가 원하는 것이면 무엇이든 소홀히 하지 않았지. 우리는 각자 맡은 임무는 알아서 하지만 집안에서만은 언제나 함께 하지."

"그래요? 어머니! 저도 어머니처럼 남편과 아이들에게 똑같이 잘 대해주고 싶어요. 어떻게 하면 되는지 알려주세요. 무엇이든 말씀하시는 대로 할게요."

"그래, 메그. 너는 언제나 착하고 사랑스러운 내 딸이었지. 글쎄, 내가 너라면 데미는 존에게 맡기겠다. 남자 아이는 아버지 손길이 필요하거든. 그리고 내가 여러 번 말했듯이 한나 아주머니에게 좀 도와달라고 해라. 아주머니는 아이들을 잘 돌봐주셔. 아주머니가 네 귀여운 아이들을 돌봐주실 동안 너는 집안일을 더 잘할 수 있을 거야. 네겐 운동이 필요하고, 한나 아주머니에겐 여가가 필요하니 딱 좋지 않겠니? 게다가 존은 다시 아내를 찾게 되고 말이야. 존과 함께 자주 외출하렴. 너는 이 집안의 기둥이야. 네가 우울해하면 심술궂은 먹구름이 햇빛을 가려 집안이 온통 암울할 게다. 그러니 항상 바쁘게 움직이고 명랑해지도록 애써야 한다. 그리고 무엇이든 존이 좋아하는 일에 관심을 가져라. 그러면서 함께 이야기하고, 의견도 나누고 하렴. 부부란 모름지기 그런 식으로 서로 도우며 살아가는 게다. 여자라고 해서 집안에만 처박혀 있지 말고, 세상에서 무슨 일이 일어나고 있는지도 이해하고, 세상일에 참여할 수 있도록 교양을 쌓도록 해라. 결국엔 모든 세상 일이 너나 네 일에 영향을 미치니까 말이야."

"존은 아는 것이 많은 사람이라, 제가 정치 같은 일에 대해 물어보면 어리석다고 생각할까 두려워요."

"그렇지 않아. 사랑은 서로의 허물을 감싸주는 거야. 그 말고 누구에게 그렇게 자유로이 물어볼 수 있겠니? 너무 자존심을 내세우지 말고 한번 시도해 보렴. 그러면 그가 스코트 부인 집에서의 저녁 시간보다 너와 함께 보내는 시간을 더 좋아할 게다. 안 그런지 두고 보렴."

"그러겠어요, 엄마. 가엾은 존! 제가 그이에게 너무 소홀했나 봐요. 하지만 저는 그게 옳은 줄 알았어요. 그 사람도 제게 아무런 불평도 하지 않았고요."

"그 사람은 이기적인 사람이 되지 않으려 노력한 거야. 하지만 마음속으로는 외로움을 느꼈을 게다. 지금이 너희들에겐 중요한 시기야. 어떤 젊은 신혼부부들은 이 시기를 잘못 넘겨 서로 멀어지기도 한단다. 그러니 그 어느 때보다도 많은 시간을 함께 지내도록 해야 한다. 처음에 뜨거웠던 애정도 조심스럽게 잘 가꾸지 않으면 곧 식어버리고 말아. 그리고 어린 생명이 태어난 처음 몇 년만큼 그렇게 아름답고 소중한 시간은 또 없단다. 다시 한 번 말하건대 절대 존을 아이들에게서 떼어놓지 마라. 시련과 유혹으로 가득 찬 이 세상에서 아이들만큼 존을 보호해 주고, 행복하게 해주는 존재도 없단다. 너희들은 아이들을 통해서 서로를 더욱 잘 이해하게 되고 새롭게 사랑하는 법을 배우게 되는 거야. 잘 알아들었지? 어머, 벌써 시간이 이렇게 됐나? 자, 이제, 그만 가봐야겠다. 엄마가 한 말 명심하고 꼭 그렇게 하도록 해라."

엄마는 자리에서 일어나 메그를 꼭 껴안아주었다. 메그는 그때만큼 엄마가 현명해 보인 적도 없었다. 엄마가 돌아가신 뒤 메그는 어머니의 말씀을 곰곰이 생각해 보았다. 메그는 지난 날, 자기의 이기적인 행동을 뉘우치며 그날 저녁부터라도 당장 어머니의 충고를 실천에 옮기기로 결심했다.

그러나 모든 일이 마음먹은 대로 그렇게 순조롭게 풀려나가는 것은 아니다. 한 번 잘못 낀 단추는 처음부터 다시 끼워야 하듯 잘못 들어선 길을 되돌아갈 때에도 어느 정도의 대가를 지불해야 한다. 약간의 시행착오를 거쳐야 하는 법이다.

아이들은 무조건 떼를 쓰기만 하면 원하는 대로 되는 줄 알고 그녀에게 제멋대로 굴었다. 엄마는 그들의 변덕에 따라 움직이는 미천한 노예일지 모르나 아빠는 그렇게 쉽게 굴복하지 않았다. 때로는 장난꾸러기 아들 데미를 교육시키느라 너무 단호하게 행동해 아내의 여린 마음을 아프게 하기도 했다. 데미는 아빠의 단호한 성격을 물려받아서 그런지 갓난아기였을 때부터 어찌나 고집이 센지 한번 마음먹은 일은 절대 물러서는 법이 없었다. 메그는 순종하는 법을 배우기엔 아이가 너무 어리다고 생각했다. 그러나 존은 빠르면 빠를수록 좋다고 믿고 있었다. 그래서 데미는 아빠하고 맞서봐야 소용없다는 것을 일찌감치 깨달았다. 아이는 점점 믿음직스럽고 남자다운 아빠를 존경했으며, 엄마의 애정 어린 칭찬보다 '안 돼, 안 돼'라고 딱 잘라 말하는 아빠의 엄격한 말에서 더 깊은 감명을 받았다. 데미는 시간이 지날수록 아빠를 무척 따르며 좋아했다. 이 모든 것이 현명하고 자애로운 마치 부인 덕분이었다.

어머니와 얘기를 하고 나서 며칠이 지난 뒤 메그는 존과 저녁 시간을 함께 해야겠다고 생각했다. 그녀는 맛있는 저녁을 준비하고, 응접실을 깨끗하게 정돈하고는 예쁘게 단장한 뒤, 아이들을 일찌감치 잠자리에 들게 했다. 그러나 그날따라 아이들은 유난히도 칭얼거리고 보채며 말을 잘 듣지 않았다. 게다가 고집스런 데미는 아장거리며 메그 곁을 떠나지 않았다. 그녀는 데미를 번쩍 들어 안아 침대에 눕히곤 자장가를 불러주었다. 그러나 모두 헛수고였다. 데미의 커다란 눈망울은 점점 더 말똥말똥해졌다. 순하디순한 데이지가 꿈나라로 간 지 한참이 지났는데도 데미는 계속해서 칭얼댔다.

"엄마가 내려가서 아빠에게 차를 내 드리는 동안 얌전히 있을 수 있지?"

현관문이 살짝 닫히고, 뒤꿈치를 들고 살금살금 식당으로 가는, 귀에 익은 발걸음소리가 들렸다.

"나도 차 줘!"

데미는 아빠를 보러 가려고 이불을 걷어차며 말했다.

"지금은 안 돼. 하지만 데이지처럼 착하게 잠자리에 들면 아침에 맛있는 과자를 줄게. 귀여운 아가?"

"응!"

데미는 아침이 빨리 오기를 바라는 듯 두 눈을 꼭 감았다.

그녀는 남편이 가장 마음에 들어 하는 작고 푸른 리본을 꽂고, 환하게 웃으며 그를 맞으러 달려갔다. 존 브루크는 아내의 화사한 모습을 보고는 깜짝 놀라 물었다.

"오! 오늘 밤 무슨 일이라도 있는 거야? 눈이 부셔서 쳐다보지도 못하겠는걸!"

"예, 그래요. 당신을 기다렸어요!"

"오늘이 생일인가? 아니면 결혼기념일? 이런……."

"아, 아니에요. 그저 단정치 못한 저에게 진력이 난 거예요. 아무리 집에만 있다 해도 이제는 좀 꾸미기로 했어요. 당신은 아무리 피곤해도 식탁에 앉기 전에는 언제나 말쑥한 차림이잖아요. 저도 그러고 싶어요."

"난 당신을 존중하니까 그렇게 하는 거야, 여보."

"저도 그래요. 브루크 씨!" 젊고 예쁜 처녀 때로 돌아간 듯한 메그가 고개를 끄덕이며 활짝 웃었다.

"오늘은 모든 것이 즐겁기만 하군. 마치 옛날 같아. 차 향기가 그윽한 게 아주 맛있는데. 자, 당신 건강을 위해 건배할까?"

존은 오랜만에 가져보는 아늑한 분위기를 즐기며 차를 마셨다. 그러나 그것도 그리 길지만은 않았다. 그가 컵을 내려놓자마자 문고리가 딸그락거리더니 귀여운 목소리가 들려왔다.

"과자…… 주세요!"

"장난꾸러기 녀석이에요. 혼자 잠자리에 들라고 했더니 그만 저렇게 내려오네요."

"이제 아침이에요."

팔이 긴 잠옷을 앙증맞게 걸쳐 입은 데미가 의기양양하게 들어왔다. 그 녀석은 과자를 찾으며 탁자 주위를 뒤뚱뒤뚱 걸어다녔다. 머리카락은 온통 형클어져 있었다.

"아니야, 아직 아침이 아니야. 어서 침대로 돌아가야지? 자, 착하지. 엄마 말 듣는 거야. 그럼 내일 아침에 꼭 맛있는 과자를 줄게."

"나 아빠 좋아."

꾀 많은 아이는 아빠의 무릎에 기어올라 금지된 즐거움을 만끽했다. 그러나 존은 고개를 가로저으며 메그에게 말했다.

"당신이 아이에게 혼자 자라고 했으면 그렇게 하게 해. 안 그러면 당신 말을 다시는 안 들을 테니."

"네, 물론이에요. 이리 와, 데미."

메그는 존과의 오붓한 시간을 방해한 녀석의 엉덩이를 때려주고 싶은 충동을 느끼며 아이를 데리고 나갔다. 아이는 자기 방에 돌아가면 맛있는 것을 먹을지도 모른다는 기대감에 들떠 깡충거리며 따라나섰다. 마음 약한 메그는 그냥 자게 내버려두라고 한 존의 말을 따르지 않고 데미에게 사탕 하나를 물려주었다.

"이제 눈 꼭 감고 자는 거야."

"응!"

데미는 행복한 얼굴로 사탕을 입에 물었다. 녀석의 얼굴엔 득의만만한 미소가 넘쳐흘렀다.

메그는 다시 식당으로 내려와 즐겁게 저녁을 먹으려 했다. 그러나 그때 꼬마 유령이 다시 내려와 대담하게 사탕을 더 요구했다. 그 바람에 그만 메그가 존과의 약속을 깨버린 사실이 들통 나고 말았다.

"사탕 더 줘, 엄마."

"이러면 안 돼."

존은 장난꾸러기 녀석을 엄하게 대했다.

"아이가 제시간에 잠자리에 들도록 가르치지 않으면 결코 둘만의 시간을 가질 수 없을 거야. 당신은 이제까지 아이들에게 너무 잘 해주기만 했소. 그러나 이제는 안 돼! 녀석에게 따끔하게 가르쳐줘야만 해요. 자, 어서 침대에 눕히고 불을 끄고 내려와요. 메그!"

"여보, 그래봤자 헛수고예요. 제가 옆에 붙어 있지 않으면 누워 있지를 않아요."

"그래? 그럼 내가 해보지. 데미, 이층으로 올라가서 엄마 말씀대로 잠자리에 들어라."

"싫어!"

어린 반항아는 대담하게 과자를 덥석 집어 들더니 야금야금 먹기 시작했다.

"아빠에게 그렇게 하면 못써. 네 발로 가지 않으면 아빠가 끌고 간다!"

"저리 가, 아빠 싫어." 데미는 엄마의 치마폭으로 숨어들어갔다. 그러나 그 피난처도 소용없었다.

"여보 너무 심하게 다루지는 말아요."

엄마도 역시 데미의 요청에 아랑곳하지 않고 아빠에게 아이를 넘겨주었다. 엄마마저 자기를 버리면 끝장이라는 생각에 아이는 절망했다. 과자도 빼앗기고, 장난도 금지되고, 자고 싶지 않은데도 억지로 침대로 끌려가게 된 데미는 도저히 참을 수 없었다. 녀석은 아빠에게 더욱더 저돌적으로 반항하려고 마음먹은 듯 이층으로 올라가는 동안 내내 발길로 차고 사납게 울어댔다. 겨우겨우 침대에 눕혀 놓으면 재빨리 다른 한쪽으로 빠져나가 문으로 달려가고, 잠옷 꼬리가 잡혀 다시 침대로 옮겨지곤 하는 난동을 되풀이하면서도 녀석은 끝까지 있는 힘을 다해 목청껏 소리치며 울어댔다.

그렇게 울어대면 메그는 대개 항복했지만, 존은 꿈쩍도 하지 않았다. 방한복판에 풀썩 주저앉아 발길질을 해대며 울부짖어도 존은 그저 지켜만 볼 뿐이었다. 메그처럼 달래지도 않고, 사탕도 주지 않고, 자장가도 불러주지 않고, 이야기도 들려주지 않았다. 게다가 불마저 꺼버렸다. 방 안에는 잠잘 때 켜놓는 빨간 불빛만이 깜깜한 어둠 속에서 빛났다. 데미는 잠시 어리둥절한 듯 호기심어린 눈으로 불빛을 바라보았다. 그러면서 느닷없이 강요된 새로운 규칙이 영 마음에 들지 않았다. 녀석은 차츰 분노가 가라앉자 엄마와 놀았던 즐거운 기억을 떠올렸다. 그러자 데미는 아주 애처로운 목소리로 엄마를 소리쳐 불렀다.

악을 쓰고 울부짖던 소리가 사그라지고 잠시 정적이 흐르더니 이번엔 구슬프고 처량한 엄마 찾는 소리가 들려오자 메그는 도저히 참을 수가 없었다. 그녀는 자리를 박차고 이층으로 뛰어올라가 데미의 방 앞에 서서 잠시 마음을 가다듬었다. 방 안에선 데미의 애처로운 목소리만이 가냘프게 흘러나왔다.

"내가 아이 옆에 있을게요. 그러면 좀 나아질 거예요. 여보." 메그는 존에게 매달리며 애원했다.

"안돼, 여보. 난 데미에게 당신이 말한 대로 잠자리에 들어야 한다고 했소. 약속을 한 이상 지켜야지. 아이가 잠을 자지 않으면 난 여기서 날을 샐 거야."

"하지만 저렇게 울다가는 병이 날 거예요." 메그는 아이를 존에게 맡긴 자신이 원망스러워졌다.

"아니야, 그렇지 않을 거야. 이제 지쳤으니까 곧 곯아떨어지겠지. 그럼 모든 일이 잘 될 거야. 데미는 말을 듣지 않으면 안 된다는 것을 배우게 될 거고. 그러니 당신은 방해하지 마. 내게 맡겨."

"데미는 내 아이에요! 아이를 거칠게 다루어서 마음을 다치게 해선 안 돼요!"

"메그, 내 아이이기도 하오. 난 데미를 버릇없는 아이로 키울 수는 없소. 그러니 어서 내려가오. 아이는 나에게 맡기고."

존이 가장답게 권위를 가지고 말할 때면 메그는 언제나 그의 말을 따랐고, 한 번도 후회해본 적이 없었다.

"제발 입이라도 맞추게 해줘요, 존."

"물론이지. 데미, 엄마에게 '안녕히 주무세요' 하고 인사해라. 엄마는 하루 종일 너를 돌보느라 너무 지쳤어. 이제 가서 쉬셔야 돼."

메그가 입을 맞추자 데미는 차츰 훌쩍이는 소리를 죽이더니 몇 번 더 몸을 뒤척였다. 그러곤 잠이 들었는지 새근새근 숨소리만 낼 뿐 꼼짝도 하지 않았다. 메그가 살그머니 방을 나간 뒤에도 존은 침대 옆에 있었다.

"가엾은 우리 아기, 안 자려고 떼쓰느라 완전히 지쳐버렸구나. 착한 아이가 되려면 때로는 이런 고통도 견뎌야 하지. 아빠도 마음은 아프지만 어쩔 수가 없단다."

데미는 아직 잠들지 않았다. 아빠가 자기를 바라보고 있다고 생각했는지 갑자기 눈을 번쩍 떴다. 그러고는 입을 오물거리더니 아빠를 향해 팔을 쭉 뻗었다.

"데미는 착한 아이 될 거야!" 아빠는 데미를 껴안고는 등을 토닥여주었다.

'애야, 내가 너를 얼마나 사랑하는데……'

작은 가슴에서 뛰고 있는 심장 소리가 존의 가슴에 뜨겁게 전해왔다. 더 이상의 말이 필요 없었다. 데미는 아빠의 넓고 따뜻한 가슴에 안겨 사르르 잠이 들었다. 방 안의 소리에 계속 귀를 기울이고 있던 메그는 오랫동안 너무 조용한 것이 이상해서 살며시 들어가 보았다. 데미는 존의 손가락을 꼭 붙잡고 팔에 안긴 채 쌔근쌔근 자고 있었다. 하루 종일 일한 것보다도 아들과 씨름한 것이 훨씬 힘들었는지 존도 지친 표정으로 잠들어 있었다.

'존이 아이들을 너무 심하게 다룰까 봐 걱정할 필요는 없어. 그는 아이들을 어떻게 다루어야 하는지 잘 알고 있으니까. 데미는 이제 내 힘으로 감당하기 점점 어려워질 테니 존에게 맡겨야지.'

깜박 잠들었던 존은 아이를 살며시 떼놓고 침대에서 내려왔다. 그는 아내가 수심에 차 있거나 자신을 책망할지도 모른다고 생각하며 아래층으로 내려왔다. 그런데 놀랍게도 메그는 조용히 보닛을 손질하고 있었다. 아내는 피곤해하지 않았으며 선거에 관한 신문을 읽어 달라고 부탁했다. 존은 단번에 메그에게 어떤 변화가 일어났음을 눈치챘으나 어째서 그러는지는 묻지 않았다. 메그는 이층에서 있었던 일에 대해선 더 이상 말을 꺼내지 않았다. 존역시 아무 말도 하지 않았다. 그러곤 그녀 옆에 바싹 다가앉아 상냥한 목소리로 신문을 읽어주고는, 아주 쉽게 설명도 해주었다. 메그는 주의 깊게 들었으며 보닛 때문에 산만해지지 않으려고 애를 썼다. 그러나 속으로는 정치란 수학만큼이나 어렵다고 생각했다. 또한 정치가들이 하는 일이란 서로 욕만 해대는 것밖에 없는 것처럼 보였다. 존이 읽기를 마치자 그녀는 그런 생각일랑 접어두고 자기 딴에는 외교관처럼 애매모호한 표현을 써야겠다고 생각하며 말했다.

"도대체 세상이 어떻게 되려고 그러는지 모르겠어요."

존은 웃으면서, 잠시 메그를 바라보았다. 그녀는 무릎에 놓인 작고 예쁜 레이스와 꽃을 만지작거리고 있었다. 그는 곧 알아차렸다. 자신의 어떤 열변도 그녀의 보닛에 대한 관심을 대신할 수 없다는 것을.

'아내는 나를 위해 정치에 관심을 가지려 노력하는 거야. 그러니 나도 아내의 일에 관심을 가져야 해.'

존은 흥미로운 표정으로 물었다. "아주 예쁜데. 이게 당신이 말한 아침 식사 때 쓰는 모자야?"

"여보, 이건 보닛이에요! 음악회나 극장에 갈 때 쓰는 제가 가장 아끼는 보닛이라고요."

"미안해. 너무 작아서 그만······. 당신이 때때로 쓰는, 바람에 나풀거리는 모자인 줄 알았지. 이걸 어떻게 쓰는 거야?"

"이 레이스들을 장미 꽃봉오리로 턱 밑에 조이면 돼요. 이렇게요." 메그는 보닛을 써 보이며 만족스런 표정을 감추지 못했다.

"보닛이 아주 멋져. 하지만 나는 당신 얼굴이 더 좋아! 젊고 사랑스럽고 행복해 보여." 존은 턱밑의 장미 꽃봉오리가 으스러질 만큼 힘껏 그녀의 얼굴에 키스했다.

"당신이 마음에 들어 하니 정말 기뻐요. 언젠가 음악회에 데려가 준다면 더욱 기쁠 거예요. 당신과 함께 음악을 듣고 싶어요. 알겠죠, 여보?"

"물론이야. 난 당신이 가자면 어디든 기꺼이 가겠어. 너무 오랫동안 집에만 있는 건 당신에게도 좋지 않아. 만사를 제쳐놓고라도 당신을 데리고 갈게. 그런데 아기 엄마의 머릿속에 어떻게 그런 생각이 들었을까?"

"사실은 얼마 전에 엄마가 오셨었어요. 제가 신경이 날카로워지고, 또 기분도 좋지 않고, 언짢다고 말씀드렸더니 제게 변화와 휴식이 필요하다고 하시더군요. 그래서 한나 아주머니께 아이들을 좀 돌봐달라고 부탁드리고 대신 저는 다른 일에 좀 더 신경을 쓰기로 했어요. 저도 너무 일찍 신경질적인 여자로 늙어버리긴 싫거든요. 그래서 여가를 즐기기로 했어요. 제가 그동안 당신에게 너무 소홀했었나 봐요. 하나의 실험이긴 하지만, 저뿐만이 아니라 당신을 위한 것이기도 해요. 그리고 집안을 예전과 같이 깨끗이 정돈하려고 해요. 어때요, 내 생각이?"

"응, 아주 좋은데!"

그때부터 이 작은 집안에는 서서히 변화가 일기 시작했다. 부부는 집안의 크고 작은 일을 함께 나누었다. 매사에 정확하고 착실한 존이 아이들에게 질서와 복종을 가르치는 일을 떠맡았다. 아이들은 엄격하지만 자상한 아버지 밑에서 무럭무럭 자라났다. 메그는 운동도 하고 여가 생활도 즐기면서 또한 사려 깊은 남편과의 사심 없는 대화를 통해 안정을 되찾아갔다. 집안은 다시 화목해졌으며 평온을 되찾았다. 존은 메그와 함께가 아니면 외출하려 하지 않았다. 이제는 거꾸로 스코트 부부가 브루크의 집을 방문하는 일이 잦아졌다. 모두들 브루크 가정을 사랑으로 가득찬 즐겁고 행복한 집이라고 생각했다. 부유한 샐리 모펏조차 종종 방문하곤 했다.

"이곳은 언제나 조용하고 쾌적해. 메그, 난 여기가 정말 맘에 들어."

샐리의 집은 매우 화려했지만 어딘지 모르게 쓸쓸함이 느껴졌다. 그녀는 자기 집에서는 찾아볼 수 없는 매력이 도대체 어디로부터 오는 것인지 찾기라도 하려는 듯 부러운 눈길로 주위를 둘러보곤 했다. 그녀의 집에는 귀여운 아이들도 없었고, 그녀의 남편인 네드는 자기만의 세계에 파묻혀 있어 그녀가 비집고 들어갈 틈이 없었다.

이 가정의 행복은 결코 단번에 이루어진 것은 아니었다. 존과 메그는 자신들도 미처 깨닫지 못했던 행복의 열쇠를 찾아냈고, 시간이 지날수록 진정으로 사랑하는 것이 무엇이며 어떻게 하면 서로 돕고 나눌 수 있는지를 배워나갔다. 이 보물은 아주 가난한 사람들이라도 가질 수 있다. 그러나 아무리 부자라도 돈으로는 살 수 없는 값진 것이다. 존은 메그가 배운 것처럼 그녀의 가장 행복한 왕국은 가정이며, 그녀의 최고의 명예는 가정을 다스리는 능력이라는 것도 깨달았다. 하지만 여왕으로서가 아닌 현명한 아내로서 또는 어머니로서 말이다.

제16장 게으른 로렌스

로리는 니스에서 일주일만 머무르려고 했으나 한 달이나 있게 되었다. 그는 이제 예전처럼 혼자 돌아다니는 것엔 진력이 나버렸다. 게다가 이곳에서 에이미와 함께 있으니 이처럼 낯선 곳에서도 고향에 있는 듯 마음이 편했다. 그는 고향에서 받던 보살핌을 그리워했고 이곳에서 그것을 다시 느낄 수 있었다. 낯선 사람들의 아첨이 주는 기쁨은 집에서 받은 소녀들의 보살핌이 주는 기쁨의 절반도 못되었다. 에이미는 다른 자매들처럼 그를 보살펴 주진 않았지만, 지금 로리를 만난 것을 매우 기뻐했고, 그와 붙어 지냈으며, 그녀가 고백한 것 이상으로 그리워했던 소중한 가족의 대표격으로 그를 생각하고 있었다. 그들은 자연스럽게 각자의 사회생활에서 안정감을 얻고 충분히 함께 있으면서 말을 타고 춤을 추고 함께 어울렸다. 니스에서는 즐거운 시즌 동안에는 부지런히 일하는 사람은 찾아볼 수 없다. 그러나 겉으로 보기에 가장 조심성 없는 유행이나 따르며 지내는 동안에도 그들은 반은 의식적으로 서로에 대한 발견을 하고 의견들을 형성했다.

에이미는 더 많은 사람들과 교류하며 하루하루를 살아갔지만 로리는 에이미를 벗어나려 하지 않았는데 서로 말하지는 않았지만 둘 다 이 사실을 알고 있었다. 에이미는 즐겁게 지내려고 노력했는데, 로리가 무척 많은 즐거움을 주었고 그녀도 그에 대해 고마워하여 그 노력은 성공을 거두었다. 그래서 에이미는 여성스러운 숙녀들 특유의 매력으로 그에게 보답했다.

로리는 아무런 노력도 하지 않고 되는 대로 안락하게 지낼 생각뿐이었고,

사람들이 그를 차갑게 대하고 모든 여자들이 자기에게 친절한 말 한 마디씩을 빚고 있다는 기분을 떨쳐내려고 애쓰고 있었다. 그러나 너그러워지는 일에는 노력이 들지 않았다. 에이미에게는 그녀만 원한다면 니스에서 자질구레한 온갖 장신구들을 사줄 셈이었다. 그렇지만 그는 자기에 대한 그녀의 생각을 바꿀 수는 없다는 기분이 들었다. 왠지 에이미의 날카로운 푸른 눈이 반은 슬픈 듯이, 반은 꾸짖듯이 기습적으로 그를 응시하는 것처럼 보여서 두려웠던 것이다.

"오늘 다른 사람들은 모두 모나코에 갔어요. 저는 편지를 쓰려고 남았었는데 그것도 다 마쳤어요. 이제는 발로사에 가서 스케치나 하려고 해요. 로리, 함께 갈까요?"

에이미가 햇살이 부서져 내리는 아름다운 여름날 오후에 로리가 빈둥거리고 있는 것을 보고는 물었다.

"좋지, 그런데 먼 길을 가기에는 너무 덥지 않을까?"

로리는 좀 마지못해 대답하는 기색으로 말했다. 그는 따가운 태양이 침범할 수 없는 그늘진 응접실이 더 마음에 끌렸기 때문이다.

"작은 마차를 하나 불렀어요. 뱁티스트가 몰 거니까 로리는 장갑을 산뜻하게 끼고 우산이나 들고서 그저 앉아 있기만 하면 돼요." 에이미는 비꼬는 눈길로 천진한 소년을 바라보았다. 에이미가 로리의 허점을 찌른 것이었다.

"그렇다면 기꺼이 가지."

그는 그녀의 스케치북을 집으려고 손을 내밀었다. 그러나 그녀는 스케치북을 잽싸게 그녀의 팔에 끼고는 날카롭게 쏘아붙였다.

"그러실 필요 없어요. 힘 안 들어요."

로리는 장난꾸러기처럼 눈썹을 치켜 올렸다. 에이미는 나풀거리며 아래층으로 뛰어 내려갔다. 마차를 타자 로리는 말고삐를 잡았다. 자기 몫을 빼앗긴 뱁티스트는 뒷자리에 앉아 금세 잠이 들어버렸다.

에이미와 로리는 싸운 적이 없었다. 에이미는 얌전했고, 로리는 지금 당장은 너무 무기력했다. 로리는 무슨 일인가 궁금하다는 듯이 그녀의 모자 밑에 얼굴을 들이대고는 그녀의 얼굴을 슬쩍 들여다보았다. 에이미는 이를 드러내며 장난스럽게 활짝 웃어 보였다. 둘은 단란하게 길을 떠났다.

아름다운 드라이브였다. 구불구불하고 호화로운 그림 같은 길들이 펼쳐져 눈을 즐겁게 해주었다. 오래된 수도원이 한눈에 들어오더니 수도승들이 엄숙한 노래를 부르며 나와 그들 곁을 스치고 지나갔다. 길가에 아무렇게나 널려 있는 바위 위에서는 바지를 걷어 올리고 나막신을 신은, 머리에는 뾰족한 모자를 얹은 목동이 걸터앉아 피리를 불고 있었다. 그의 염소들은 바위를 뛰어넘거나 목동의 발아래에 한가로이 누워 있었다. 순한 쥣빛 당나귀들은 방금 베어 물방울이 뚝뚝 떨어질 듯한 풀을 소복이 담은 광주리를 싣고 지나갔다.

풀더미 위에는 어여쁜 소녀가 나이 지긋한 할머니와 마주앉아 실타래를 감고 있었다. 부드러운 갈색 눈빛의 아이들이 낡은 돌 헛간에서 뛰어나와 꽃다발과 오렌지가 주렁주렁 달린 나뭇가지를 내밀기도 했다. 언덕에는 온통 검푸른 잎으로 맘껏 치장한 울퉁불퉁한 올리브나무가 빼곡히 들어차 있었고, 정원에는 황금빛 과일이 탐스럽게 열려 있었다. 탐스러운 진홍빛 아네모네들은 단정하게 길가를 장식했다. 저 멀리 초록 언덕과 울퉁불퉁한 산 너머로는 이탈리아의 푸르른 하늘을 배경으로 눈에 뒤덮인 알프스 산봉우리가 우뚝 솟아 있었다.

발로사는 과연 굉장했다. 여기저기 꽃망울을 터뜨린 발로사의 여름 장미가 가슴속까지 스며오는 향기로운 내음을 풍기며 그곳을 찾는 사람들을 맞아주었다. 발로사는 온통 장미의 축제라도 벌인 듯했다. 레몬나무들과 야자수가 그늘을 드리우며 언덕까지 이어지는 길가에 아담하게 꾸며진 긴 의자 사이사이에도, 시원한 동굴 안 대리석으로 된 요정들 옆에도, 돌로 된 집들의 벽에도, 지중해와 그 해안의 도시들을 한눈에 볼 수 있는 넓은 테라스의 난간에도 온통 진홍 장미, 하얀 장미, 연분홍 장미들이 흐드러지게 피어 있었다.

"어머, 로리! 이곳은 마치 신혼부부들을 위한 낙원 같지요? 이렇게 많은 장미들을 보신 적이 있으세요?" 테라스에 기대서서 진한 장미 향기에 취해 꿈을 꾸듯 에이미가 물었다.

"아니, 에이미……. 가시에 찔려 본 적도 없어." 로리는 홀로 피어 손이 닿지 않는 진홍색 꽃을 따려고 손을 뻗다가 놓치고서 엄지를 입에 대고 대답했다.

"몸을 굽혀서 가시가 없는 꽃들을 꺾어요."

에이미는 그녀 뒤쪽의 벽을 타고 올라간 작은 크림색 장미 세 송이를 꺾으며 장난스럽게 말했다. 그러곤 그녀는 장미꽃을 로리의 단춧구멍에 꽂아주었다. 로리는 호기심어린 표정으로 잠시 장미를 바라보았다. 로리는 천성적으로 이탈리아인의 기질이 있었는데, 좀 미신적인 감정이 섞여 있어서 그때는 반은 달콤하고 반은 씁쓸한 우울증에 잠겨 있는 상태였다. 이럴 때 창의적인 젊은이들은 어디에서 무엇을 보건 연애의 의미를 발견한다. 그는 그 순간 고향의 온실에서 가시 돋친 빨간 장미를 따서는 그녀의 옷에 꽂고 함박웃음을 짓던 조를 떠올렸다. 그 생생한 장미가 그녀처럼 보였다. 에이미가 그에게 꽂아준 창백한 장미는 이탈리아에서는 죽은 사람의 손에 쥐여주는 것이지 신부의 꽃다발로 쓰이는 법은 결코 없었다. 그는 이 징조가 자신의 가슴속에 살아 있는 조를 위한 것인지 아니면 자기 자신을 위한 것인지 궁금했다. 그러나 그는 곧 미국인의 상식으로 봤을 때 가장 좋은 감상주의에 빠져서 그가 에이미를 방문한 이후 그 어느 때보다도 원기왕성한 웃음을 터뜨렸다.

"좋은 충고니까 듣는 게 좋아요. 손 조심을 해야죠." 그녀는 자기가 한 말이 그를 즐겁게 했다고 생각하며 말했다.

"고마워, 그렇게 하지." 그는 농담으로 말하고는 몇 달쯤 그 충고를 진지하게 받아들였다.

"그런데 로리, 언제 할아버지를 찾아뵐 거예요?"

그녀는 시골 특유의 의자에 풀썩 앉으며 물었다.

"곧."

"지난 3주 동안 오빠는 그 말을 열두 번도 더 했을 거예요."

"간단히 말해야 골머리를 덜 썩이거든."

"할아버지께서 기다리세요. 가야 해요."

"친절한 사람! 나도 알고 있어."

"그렇다면 왜 가지 않는 거예요?"

"천성적으로 내가 타락했기 때문이겠지."

"게을러서예요. 끔찍해요!" 에이미는 심각하게 바라보았다.

"그렇게 심하게 말하면 안돼. 내가 가면 할아버지에게 더 큰 고통을 드리는 꼴이 될 것 같아서 그래. 그래서 여기에 좀 더 있으면서 너를 괴롭히려고 하는 거야. 내가 짓궂게 굴어도 너는 잘 견디니까. 내 생각에는 너와는 마음이 대단히 잘 맞는 것 같거든."

로리는 난간의 넓은 돌출부에 기대 몸의 균형을 잡았다. 에이미는 머리를 절레절레 흔들고는 포기했다는 듯이 스케치북을 폈다. 그러나 '저 소년'에게 좀 더 설교를 하겠다고 마음먹고 잠시 뒤 다시 말했다.

"지금은 뭐하세요?"

"도마뱀을 보고 있어."

"아니, 아니. 제 말은 어쩔 작정이고 뭘 할 생각이냐고요."

"괜찮다면 담배를 피울까 해."

"정말, 너무해요! 나는 담배 피우는 것을 싫어한단 말이에요. 하지만 당신을 모델로 그려도 뭐라고 하지 않는다면 피워도 돼요."

"기꺼이. 어떤 스케치를 원해? 전신 스케치? 머리만? 아니면 발꿈치만? 내 생각에는 누워 있는 포즈가 좋을 듯한데……. 너도 그려넣고, '무위의 즐거움'이라고 부르면 어때?"

"그대로 있어요. 잠을 자도 돼요. 제 일만 방해하지 않는다면 말이에요."

에이미는 목에 힘을 주어 나무라듯 말했다.

"정말 열기가 대단하군!" 로리는 두 손 들었다는 듯 큼지막한 바위에 몸을 기대며 말했다.

"조가 봤으면 뭐라고 했겠어요?" 에이미는 그를 긴장하게 만들려고 여전히 선머슴처럼 활기가 넘칠 조의 이름을 들먹였다.

"항상 그러듯이 '저리 가요, 테디. 지금 바빠요!' 했겠지."

그는 웃고 있었다. 그러나 자연스런 어투는 아니었다. 그의 얼굴에는 어두운 그림자가 드리웠다. 조라는 이름이 아직 아물지 않은 그의 상처를 건드렸기 때문이었다.

에이미는 내색하지 않았지만 당황했다. 그녀는 그 전에도 그의 얼굴에 왠지 모를 우수가 스쳐지나가는 것을 몇 번인가 보았었다. 그러나 그녀가 로리의 얼굴에서 일고 있는 감정의 변화를 채 읽어내기도 전에 그는 그림자를 거두어가곤 했다. 그럴 때마다 항상 그는 무뚝뚝하고 무관심한 표정으로 돌아왔다. 차양 모자도 쓰지 않은 채 쏟아지는 햇볕에 얼굴을 드러낸, 그리고 그녀를 잊고 남부 지중해 연안의 사람처럼 꿈을 꾸는 듯한 눈망울의 그를 바라보며 그녀는 그에게서 이탈리안 같은 인상을 받았다.

"당신은 마치 무덤에서 잠자고 있는 중세의 젊은 기사 조각상 같아요."

에이미는 짙은 색의 바위를 배경으로 누워 있는 조각처럼 선명한 로리의 모습을 조심스럽게 그리며 입을 열었다.

"그랬으면 좋겠어!"

"어리석은 바람이에요. 인생 망치려는 것도 아니고. 오빠는 너무 변했어요. 가끔 그런 생각이 들어요……."

에이미는 말을 멈췄다. 반은 수줍어하고 반은 아쉬워하는 표정의 그녀 모습은 말보다 더 많은 의미를 던져 주었다. 로리는 말보다 더 선명히 드러난 그녀의 애정 어린 근심을 곧 알아차렸다. 로리는 그녀의 눈을 똑바로 바라보며 그 옛날 그의 어머니께 했던 말과 똑같이 말했다.

"아가씨, 전 괜찮습니다."

그 말을 듣고 에이미는 안심이 되었다. 그 차분한 말 한 마디가 최근 그녀를 걱정스럽게 했던 여러 가지 의심을 누그러뜨려 주었다. 그리고 왠지 모를 잔잔한 감동이 전해왔다. 에이미는 로리에게 자기의 감정을 전달하고 싶어 다정하게 말했다.

"그 말을 들으니 기뻐요. 저는 오빠가 나쁜 젊은이 축에 든다고는 생각지 않아요. 하지만 저는 바덴바덴에서 물 쓰듯 돈을 써 대거나, 매력적인 프랑스 유부녀에게 마음을 빼앗기거나, 젊은 청년들이 외국 관광에는 필수적이라고 생각하는 못된 짓을 했을 거라고 생각했었지요. 그렇게 햇볕 아래 있지 말고 이쪽 풀밭으로 와서 누워요. 소파 구석에 앉아 비밀 이야기를 나눌 때 조가 말했듯 '친구처럼 되자'고요."

로리는 에이미의 말대로 순순히 풀밭에 누워 그곳에 놓여 있는 에이미의 모자 리본에 데이지 꽃을 꽂으며 즐거운 표정을 지었다.

"자, 에이미. 비밀 이야기를 들을 만반의 준비가 됐어."

로리는 결심한 듯이 흥미진진한 눈으로 올려다보았다.

"어머, 난 할 말 없어요. 오빠가 먼저 하세요."

"나도 없어. 난 네가 고향 소식이라도 들려줄 줄 알았지."

"최근의 소식은 모두 알고 있잖아요. 그리고 오빠도 종종 듣지 않아요? 조가 얘기들을 책으로 엮어 잔뜩 실어 보내는 줄 알았는데요."

"조는 무척 바빠. 나는 이곳저곳 돌아다녀 규칙적이지도 못하고, 그런데 '라파엘라 아가씨', 언제 위대한 작업을 시작하지?"

그는 잠시 말을 멈추었다가 화제를 바꾸며 물었다. 로리는 에이미가 그의 비밀을 이미 알고 있으면서도 일부러 모르는 척하는 건 아닌지 궁금했다.

"위대한 작업이라고요? 나는 포기했어요." 그녀는 당당한 어조로 대답했다. "로마가 제 허영심을 모두 앗아갔어요. 그곳에서 천재들의 명작을 본 후에 제 존재가 의미 없어 보였죠. 그 뒤로는 절망해서 저의 어리석은 소망들을 깨끗이 포기했어요."

"왜 포기해, 네겐 그만한 열정과 재능이 있는데?"

"바로 그 점이에요. 내가 가진 재능이란 결코 천재성을 의미하지는 않기 때문이에요. 그리고 아무리 열정이 대단해도 결코 천재성을 만들어낼 수는 없어요. 위대한 미술가가 될 수 없다면 아예 평범한 사람으로 살고 싶어요. 저는 평범한 화가는 싫거든요. 더 이상 대가 없는 노력 따위는 하지 않기로 했어요."

"그럼 이제부터 무엇을 할 생각이냐고 물어도 될까?"

"제게 숨겨진 다른 재능을 발굴할 기회가 주어진다면 사회에 아름다움을 더해주는 사람이 되고 싶어요."

에이미의 성격이 솔직하게 드러난 대답에는 대담한 성격이 살아 숨쉬고 있었다. 그러한 대담성은 곧 젊음이 된다. 에이미의 야망은 선한 기질에서 우러난 것이다. 로리는 미소를 지었다. 로리는 그토록 오랫동안 키워왔던 꿈이 허물어졌는데도 슬퍼하는 데 시간을 들이지 않고 새로운 목표를 세우는 에이미의 성격이 마음에 들었다.

"좋아! 이제는 프레드 본에 대한 이야기를 할 차례가 된 것 같은데."

에이미는 신중하게 침묵을 지키고 있었다. 그러나 로리를 바라보는 그녀의 얼굴에는 진지함이 어려 있었다. 로리는 몸을 일으켜 앉더니 엄숙하게 입을 열었다. "친오빠처럼 질문해도 될까?"

"꼭 대답한다고 약속하지는 않겠어요."

"좋아! 네가 굳이 말하지 않아도 네 얼굴을 보면 알 수 있어. 넌 아직 네 감정을 숨길 수 있는 그런 닳아빠진, 세속의 여자가 아니니까, 내 귀염둥이. 너와 프레드에 대한 소문은 작년에 들었어. 그리고 이건 내 개인적인 생각인데, 만일 그가 갑자기 집으로 오라는 부름을 받지 않고 너와 오래 머물렀다면 벌써 무엇인가 이루어졌겠지, 그렇지?"

"글쎄요, 제가 대답할 일이 아니에요." 비록 음울하게 대답했지만 그녀의 입가엔 미소가 번져 있었다. 당돌하게 반짝이는 눈빛은 그녀가 자신이 지니게 된 힘을 알고 있고 또 그 자체를 즐기고 있다는 사실을 숨기고 있었다.

"아직 약혼은 안 했지?"

로리는 갑자기 아주 나이 많은 오빠처럼 진지하게 물었다.

"네."

"만일 그가 돌아와 무릎을 꿇고 청혼한다면 허락할 테지?"

"아마 그렇게 될 것도 같아요."

"프레드를 좋아한다는 거지?"

"노력하면요."

"그러면 적절한 시기까지는 노력을 안 하겠다는 얘기인가, 아니면 신중하게 생각하자는 건가? 에이미, 그는 좋은 친구야. 하지만 난 네가 좋아하는 타입은 아닐 거라고 생각했었는데."

"그는 부자이고 신사예요. 정말 기분 좋은 사람이고요."

에이미는 진지한 마음에서 조용히, 위엄을 갖추고 말을 하기는 했으나 자신에 대해 약간 부끄러웠다.

"이해해. 사교계 여왕이 되려면 돈이 없으면 안 된다, 그래서 좋은 신랑감을 만나 그렇게 시작하겠다 이 말씀이지? 아주 옳고 지당한 말이야. 하지만 마치 부인의 딸 입에서 그런 말이 나오다니 좀 이상하게 들리는군."

"그렇지만 사실이에요."

간단한 얘기였다. 에이미의 조용한 결심은 그녀의 나이와는 이상하게 대조적이었다. 로리는 본능적으로 에이미의 생각을 알 수 있었다. 그는 자신도 설명할 수 없는 실망감에 체념한 듯 다시 자리에 누웠다. 그러한 그의 모습과 침묵, 그리고 자기 자신에 대한 불만 때문에 에이미는 심각하게 동요하다가 곧장 그에게 설교하듯 말했다.

"저를 위해서라도 기운 내셨으면 좋겠어요."

에이미는 날카롭게 말했다.

"나를 위해서 그래줘, 거기 귀여운 아가씨!"

"저는 노력만 하면 그렇게 할 수 있어요." 에이미는 즉시 그렇게 해 보일 수 있다는 듯이 바라보았다.

"그럼 해 봐, 허락할 테니." 로리가 즉시 받아넘겼다. 그는 가장 즐기는 취미를 오랫동안 누려보지 못하면 왠지 심통이 나 누군가를 맘껏 놀리고 싶어 했다.

"5분 내에 화를 내게 될 거예요."

"나는 한 번도 너에게 화낸 적이 없는걸. 부싯돌도 두 개라야 불을 일으킬 수 있지. 너는 겨울의 눈만큼이나 차갑지만 부드럽다고."

"모르시는 말씀이에요. 눈도 적절히 사용하면 불꽃을 내고 따끔따끔 아프게 해요. 로리, 당신의 무관심의 절반은 애정이라서 제대로 흔들면 애정이 드러나지요."

"흔들어 보라고. 아무 일도 일어나지 않을 테니. 그래야 넌 즐거워할 테지. 몸집 작은 아내가 덩치 큰 남편을 때릴 때 그렇듯이. 나를 남편이나 양탄자쯤으로 생각하고 지칠 때까지 때려 보라고. 그런 운동을 하고 싶다면 말이야."

화가 단단히 난 그녀는 연필을 날카롭게 깎은 뒤 다시 스케치를 시작했다.

"플로와 제가 오빠의 이름을 새로 지었어요. 레이지 로렌스라고요. 게으른 로렌스, 어때요?"

에이미는 그 말을 들으면 그가 눈살을 찌푸릴 거라고 생각했으나 그는 팔베개를 하더니 태연하게 말했다.

"나쁘진 않군. 고맙습니다, 아가씨들!"

"솔직히 당신에 대해서 제가 어떻게 생각하고 있는지 알고 싶지 않아요?"

"듣기를 갈망하나이다."

"좋아요. 당신을 경멸해요."

만일 그녀가 '당신이 미워요'라고 심술스럽고 요염한 어조로 말했더라면 그는 웃음을 터뜨렸을 것이나, 그녀의 목소리는 진지하고 슬프기까지 했다. 로리는 눈을 번쩍 뜨고 잽싸게 물었다.

"왜? 이유를 댄다면?"

"착하고, 남들에게 도움을 주고, 행복을 누려야 할 때마다 당신은 실수를 저질렀고, 게을렀고, 불행했으니까요."

"아가씨, 너무 심한 말씀이십니다."

"좋다면 계속하고 싶은데요."

"좋으실 대로. 재미있는데."

"그럴 줄 알고 있었죠. 이기적인 사람들은 언제나 자신에 대해 얘기하기를 좋아하거든요."

"내가 이기적이라고?" 로리는 놀랍다는 듯 무심결에 반문했다. 그가 내세울 만한 단 하나의 미덕은 아량이었기 때문이다.

"네, 매우 이기적이죠." 에이미는 화가 나서 조용하고 냉정한 목소리로 당장에 결론을 내려는 듯 또박또박 말을 이었다. "우리가 함께 지내는 동안 나는 오빠를 유심히 관찰했었어요. 나는 오빠에게 불만이 많아요. 여기에 온지 거의 6개월이나 되어 가는데 오빠는 아무것도 하지 않고 시간과 돈만 낭비하고 있어요. 친구들 모두를 실망시키고 있고요."

"4년간 공부하느라 골머리를 썩였는데 좀 놀면 안 되니?"

"충분히 놀았다고 느껴지지 않아요. 내가 보기에는 오빠는 노는 데도 전혀 좋아지질 않아요. 내가 처음 만났을 때 오빠가 나아졌다고 얘기했었죠? 그 말 취소하겠어요. 고향을 떠난 뒤로 오빠는 그때의 절반만큼도 정신을 못 차리고 있어요. 오빠는 끔찍할 정도로 게을러졌고, 쓸데없는 잡담이나 좋아하고, 하찮은 일에 시간을 허비하고, 어리석은 사람들이 우러러보면 흡족해하기나 하잖아요? 현명한 사람들로부터 사랑과 존경을 받기보다는요. 돈, 재능, 사회적 위치, 남성다움, 멋이 있다고 그렇게 허영심에 들떠 있어도 되나요! 참을 수가 없어요. 이용하고 즐길 일이 이렇게 많은데도 오빠는 그저 빈둥거릴 뿐, 마음만 먹으면 무엇이든지 될 수 있을 텐데, 오빠는……."

여기서 멈추며 에이미의 얼굴에는 고통과 연민의 기색이 역력했다.

"달아오른 경기장 위의 성 로렌스란 말이지." 로리는 재미있게 덧붙였다.

그러나 예전의 무관심한 표정 대신에 로리의 눈빛은 빛이 났다. 화가 난 것 같기도 하고 상처를 받은 것 같기도 했다.

"그렇게 받아들일 줄 알았어요. 당신들 남자들은 우리 여자들을 보고 천사라고 하면서 우리에게 뜻만 있다면 남자들을 좋은 방향으로 이끌 수 있다고 하지만, 우리가 그러려고 하면 비아냥거리기만 하고 말을 듣지 않지요. 그러니 당신들이 아첨하는 말의 가치가 얼마나 되는지를 알 만해요."

에이미는 비통하게 말하고 나서 그녀의 발치에 짜증스럽게 순교하는 사람에게 등을 돌리고 앉았다. 잠시 뒤 그녀의 스케치북 위로 손이 덥석 날아왔다. 그녀는 더 이상 그림을 그릴 수가 없었다. 로리는 참회하는 어린 아이 목소리를 흉내내며 익살스럽게 말했다.

"착한 아이가 되겠습니다. 오, 착한 아이가 되겠습니다."

에이미는 진지해져서, 웃지 않았다. 그리고 그녀의 연필로 그의 손을 톡톡 두드리며 침착하게 말했다.

"손이 부끄럽지 않아요? 여자 손처럼 부드럽고 하얘서 쥬벵의 가장 아름다운 장갑을 끼거나 숙녀들에게 줄 꽃을 드는 일밖에 안 한 것처럼 보여요. 오빠는 멋부리는 것을 좋아하지 않으니 얼마나 다행인지 몰라요. 다이아몬드라든가 인장이 새겨진 반지도 끼지 않고 오직 조가 오래 전에 준 작은 반지만 끼고 있으니까. 맙소사, 조 언니가 나를 도와주면 좋으련만!"

"나도 그래!"

스케치북 위의 로리의 손이 왔을 때처럼 갑자기 거두어졌다. 메아리처럼 그녀의 바람에 부응한 그의 행동에는 활력이 충전되어 에이미에게도 아주 잘 어울렸다. 그녀는 마음속으로 어떤 새로운 생각을 하면서 그를 흘긋 내려다보았지만, 그는 모자를 얼굴에 반은 내리덮고 가리려고 하듯이 누워 있었다. 콧수염은 입에까지 덮여 있었다. 에이미는 오르락내리락하는 그의 가슴을 보았는데 아마도 긴 한숨을 쉬는 듯이 보였다. 반지를 끼고 있는 손은 잔디 속에 넣고 있었다. 말하기에는 너무 값지거나 너무 부드러운 무언가를 숨기고 있는 것처럼 보였다. 그 순간 여러 가지 암시들과 하찮은 일들이 그녀의 마음속에서 어떤 의미를 만들어냈고 결국 조 언니가 그녀에게 털어놓지 않은 사실이 있음을 알게 되었다.

그렇다. 그녀는 조 애기를 로리가 먼저 꺼낸 적이 한 번도 없었다는 것을 기억해 냈다. 그녀는 가끔씩 로리가 얼굴에 드리우곤 하는 우울한 그림자, 때때로 무관심하고 무뚝뚝해지는 모습, 성격의 변화, 그의 손에 어울리지도 않는 반지를 낀 모습을 떠올렸다. 그럴 때 여자들은 대개 그런 징표들을 해독해 내고 그들이 하는 말에서 재빨리 어떤 낌새를 눈치채곤 한다. 이때까지 그가 아물지 않은 상처 때문에 열병을 앓고 있다는 것을 에이미는 전혀 눈치채지 못했던 것이다. 그녀의 날카로운 눈에 눈물이 고였고 에이미는 부드럽고 친절한 목소리로 말했다. 그녀는 그런 목소리로 말해야 할 것 같았다.

"로리, 제겐 오빠께 이렇게 말할 권리는 없다는 건 저도 알아요. 그리고 만약 오빠가 세상에서 가장 다정한 성품을 지니지 않았다면 벌써 내게 화를 냈을 거예요. 우리는 모두 오빠를 좋아하고 자랑스럽게 생각하고 있기 때문에 오빠가 변하지 않고 예전의 오빠이기를 바라는 거예요. 그리고 우리 가족들 모두가 실망하기를 원치 않고요. 그래서…… 어쩌면 그들이 저보다 오빠의 이런 변화를 더 잘 이해할지 모르지만요."

"내 생각엔 그들은 알고 있을 거야."

그의 목소리는 어두웠다. 모자 아래에서 상처받은 사람의 목소리가 애처롭게 흘러나왔다.

"나에게 가족들이 그 이야기를 했어야 했어요. 나를 이렇게 실수하게 하고 곤경에 빠지게 하다니요. 내가 더욱 친절을 베풀고 인내를 가졌어야 했는데 그랬어요. 나는 원래부터 랜들 양을 좋아하지 않았지만 지금은 그녀를 증오해요!"

교묘하게도 에이미는 이번에는 그녀의 생각이 확실히 맞기를 바라며 말했다.

"랜들 양은 목을 맬지니." 로리는 얼굴을 덮었던 모자를 벗어 던졌다. 그의 얼굴에서 랜들 양에 대한 그의 감정을 역력히 읽어낼 수 있었다.

"실례지만, 뭐라고요? 나는……." 그녀는 무안하지 않게 슬쩍 말을 멈추었다.

"잘못 짚었어, 에이미. 내가 조 말고는 아무에게도 관심이 없다는 걸 알고 있었을 텐데." 로리는 성급한 어조로 말하고는 얼굴을 돌려버렸다.

"나도 그렇게 생각하곤 했어요. 하지만 아무도 제게 얘기를 해주지 않아서 제가 혹 잘못 알고 있는 줄로 생각했지요. 조 언니가 오빠에게 친절하지 않던가요? 조 언니는 오빠를 진정으로 사랑하고 있는 줄 알았는데요."

"물론 그녀는 내게 친절했지. 그렇지만 그게 사랑은 아니었어. 그녀가 나를 사랑하지 않는 것이 그녀에게는 참 다행스러운 일이야. 만일 네가 생각하는 대로 내가 아무짝에도 쓸모없는 사람이라면 말이야. 난 정말 그런 사람밖에 안 돼. 아, 아니, 결코 아니야! 사실은 그녀에게 책임이 있는 거야. 조에게 내가 그렇게 말했다고 해도 좋아."

혹독하고 쓰라린 표정이 그의 얼굴에 다시 드리워졌다. 그는 아직도 아픈 기억에서 헤어 나오지 못하고 있음이 분명했다. 에이미의 가슴은 슬픔으로 물들었다. 뭐라고 얘기해야 할지 갈피를 잡을 수가 없었다.

"내가 잘못 알았어요. 모르고 있었어요. 로리, 오빠에게 너무 심한 말을 해서 미안해요. 하지만 테디, 잘 이겨내길 바라요."

"테디라고 부르지 마. 조가 나를 부르던 이름인걸!"

로리는 반은 상냥하면서도 반은 비난조로 얘기할 때 조가 쓰던 애칭을 이제는 더 이상 듣고 싶지 않아 손을 가로저으며 화를 내면서 말했다.

"다시 한 번 그 이름을 부르면 가만히 있지 않겠어!" 그는 낮은 목소리로 덧붙이더니 풀을 한줌 뜯어 움켜쥐었다.

"저라면 남자답게 받아들이겠어요. 사랑을 못 받는다면 존경받을 수 있도록 행동할 것 같아요." 에이미는 담담한 어조로 말했다.

로리는 스스로 실연을 잘 이겨냈다고 생각했었다. 끙끙대지도 않았고, 동정을 구하지도 않았으며, 혼자서 처리해 보려고 이곳까지 온 것이었다. 그런데 에이미의 충고가 이 문제를 새롭게 생각하게 했다. 첫 실패에 그만 상심해서 약해졌고 이기적인 변덕과 무관심으로 자신을 차단하려 했던 것이다. 그는 마치 깊은 잠에서 갑자기 깨어나 다시는 잠들 수 없을 것 같은 그런 느낌이 들었다. 그는 일어나 앉으며 느리게 물었다.

"너처럼 조가 날 경멸한 거라고 생각해?"

"만일 조가 지금의 오빠를 보았으면요. 조 언니는 게으른 사람을 싫어하잖아요. 무엇인가 멋진 일을 해서 그녀로 하여금 오빠를 사랑하게 하면 어떨까요?"

"최선을 다해 봤지만, 헛수고였어."

"우수한 성적으로 졸업한 것 말이에요? 할아버지를 위해서라도 그렇게 하는 것은 당연한 일이었어요. 모든 사람들이 오빠가 잘하리라고 믿고 있는데 그렇게 많은 시간과 돈을 들이고도 낙제를 한다면 수치스러운 일이지요."

"네가 뭐라든지 난 실패작이야. 조는 날 사랑하지 않잖아?"

그는 낙심한 듯 머리를 쥐어뜯으며 말했다.

"그렇지 않아요. 오빠는 훗날, 틀림없이 최선을 다해 노력했고 노력한 만큼 얻을 수 있었다고 얘기할 수 있을 거예요. 적성에 맞는 일을 찾아 열심히 하면 오빠는 다시 예전의 기운 넘치고 행복한 로리가 되어 근심걱정을 모두 잊어버릴 수 있을 거예요."

"불가능한 일이야."

"한번 시도해 보세요. '여자가 뭘 안다고'라고 생각하지 마시고. 내 말이 옳다고 우기지는 않겠어요. 하지만 이 일에서만큼은 오빠가 생각하는 것보다 제가 더 넓게 볼 수 있을 거예요. 나는 사람들의 경험과 모순들에 관심이 아주 많다고요. 나는 설명할 수는 없지만 경험과 모순적인 일들을 기억해 두었다가 나를 위해 사용할 수는 있어요. 오빠가 원한다면 온종일 조를 사랑하세요. 하지만 그것 때문에 오빠 스스로를 타락시키지는 말란 말이에요. 오빠가 갖지 못한 한 가지 때문에 그렇게 많은 재능들을 버린다는 건 정말 나빠요. 더 이상 말하진 않겠어요. 저는 오빠가 냉정한 소녀는 잊어버리고 잠에서 깨어나 남자가 되시리라 믿어요."

몇 분간 아무도 입을 열지 않았다. 로리는 그의 손가락에 끼어 있는 작은 반지를 돌리고 있었다. 그 옛날 조가 건네준 작은 반지를⋯⋯. 에이미는 그리던 스케치를 마무리했다. 그림이 다 완성된 후에 그녀는 스케치북을 그의 무릎에 올려놓았다.

"어떻게 생각하세요?"

그는 에이미의 그림을 보고는 미소를 지었다. 아주 훌륭한 그림이었다. 풀밭에 길게 누운, 게을러 보이는 청년이 무표정한 얼굴로 눈을 가늘게 뜨고는 한 손에 담배를 들고 있는 그림이었다. 그림 속 몽상가의 머리 위에는 담배 연기 화환이 피어오르고 있었다.

"정말 멋진 그림인데!"

그는 그녀의 솜씨에 새삼 놀라며 실쭉 웃었다.

"맞아, 정말 나야."

"지금의 오빠죠. 이것은 원래의 오빠 모습이에요."

에이미는 로리가 들고 있는 그림 옆에 다른 그림을 갖다 대며 말했다.

처음 것만큼은 훌륭하지 않았지만 그 그림에는 이제까지의 잘못을 보상해 주기라도 하듯 생명력과 강인한 정신력이 깃들어 있었다. 지난 날 그의 모습이 그 그림에는 생생하게 살아 있었다. 로리가 말을 길들이는 모습을 대강 그린 스케치였다. 모자와 코트를 한쪽에 벗어놓고 활달한 모습에 단호한 얼굴, 자신감 넘치는 태도에는 열정과 의지가 가득했다. 잘생긴 말이 꽉 잡힌 고삐 밑으로 머리를 숙이고선 앞발로 땅을 차고 있었고, 주인의 목소리에 귀 기울이듯 두 귀를 쫑긋 세우고 있었다. 바람에 휘날리는 남자의 머리와 곧은 자세는 힘과 용기와 젊은이다운 기상을 그대로 드러내고 있었다. 자기가 들고 있는 그림과는 완전히 대조적이었다. 로리는 아무 말도 하지 않았다. 그림을 번갈아 바라보던 그의 얼굴은 점점 발개졌다. 회한과 부끄러움, 그리고 그리움이 담긴 홍조였다. 이 모습을 보고 에이미는 기뻤다. 그녀는 명랑한 목소리로 말했다.

"우리가 모두 지켜보고 있고 오빠는 픽과 래리 게임을 했던 그날을 기억하세요? 메그와 베스는 무서워했지만 조는 손뼉 치며 좋아했고, 저는 울타리에 앉아 오빠를 그렸지요. 이 그림을 우연히 찾아냈는데 좀 더 완성시켜서 오빠에게 보여주려고 간직하고 있었어요."

"고마워, 네 솜씨는 그 이후로 굉장히 발전했구나. 축하해! 그런데 에이미, 좀 늦지 않니? 이쯤 해서 네가 묵고 있는 호텔의 저녁 식사 시간이 다섯 시라는 사실을 상기시키고 싶은데?"

로리는 몸을 일으키면서 그림을 돌려주더니 마치 도덕 설교도 끝낼 때가 됐다고 알리고 싶어 못 견디겠다는 듯이 시계를 들여다보았다. 그는 전처럼 무관심하게 행동할까 했으나, 그가 생각했던 것보다 에이미의 충고는 설득력이 있었다. 그러나 에이미는 중간에서 말을 자르는 그의 냉랭한 태도에 실망해서 나직하게 중얼거렸다.

"내가 그를 화나게 했나 봐. 그가 차츰 나아진다면 기뻐해야 할 일이지. 그가 나를 싫어해도 어쩔 수 없지만 난 사실을 말했을 뿐이야. 지금에 와서 딴 소리를 할 수는 없지."

그들은 집으로 돌아가는 길에 아무 일도 없었다는 듯 웃으며 이야기를 나누었다. 뒤에서 뱁티스트는 신사와 숙녀가 매혹적인 기분이라고 생각했다. 그러나 둘은 어딘가 불편한 기분이었다. 겉으로 보이는 명랑함과 달리 둘의 마음속에는 숨겨진 불만이 있었다.

"오빠, 오늘 저녁에 오빠를 볼 수 있을까요?"

에이미는 호텔 문 앞에서 헤어지면서 프랑스어로 오빠를 부르며 물었다.

"미안하게도 선약이 있어. 안녕, 아가씨!"

로리가 프랑스식으로 그녀의 손에 키스를 하려 몸을 굽히니까 그의 모습이 다른 남자들보다 멋져 보였다. 에이미는 그의 얼굴 표정을 보더니 재빨리 따뜻하게 말했다.

"그러지 마세요, 로리. 저를 다른 사람처럼 대하지 마세요. 옛날처럼 하세요. 저는 영국식 악수가 프랑스의 온갖 감성적인 인사보다 좋아요."

"안녕!"

로리는 예전과 같은 말투로 그녀가 좋아하는 대로 인사하고, 너무 힘이 들어가 거의 아플 지경으로 악수를 한 뒤에 그녀를 떠났다.

이튿날 아침, 평소대로 부르는 대신 에이미에게 쪽지가 하나 왔는데 처음에는 웃다가 나중에는 한숨을 지었다.

'스승님, 저 대신 아주머니께 작별 인사를 해줘. 게으른 로렌스가 착한 소년처럼 할아버지한테로 돌아가기로 했어. 즐거운 겨울이 되기를 빌게……. 참! 발로사에서 축복받은 밀월을 보내기를 빌게. 프레드에게 지지자가 생기게 되겠군. 축하한다고도 전해주고.'

꼬마 아가씨에게 감사하며, 텔레마커스 올림.

"잘된 일이야! 그가 갔다니 기뻐!"

에이미는 미소를 지었다. 만족스러운 미소였다. 다음 순간 그녀는 빈 방을 흘깃 보며 고개를 숙이고 자기도 모르게 한숨을 쉬며 말했다.

"그래, 기뻐. 하지만 그가 보고 싶어질 테지."

제17장 죽음의 그림자 골짜기

첫 번째 쓴 맛이 지나간 뒤에, 가족들은 피할 수 없는 사랑의 짐을 즐겁게 나누어지려 했다. 애정은 더욱 커졌고 어려운 때에 식구들은 다정하게 결합하게 되었다. 그들은 슬픔을 떨쳐버리고 그 마지막 해를 행복하게 지내기 위해 각자의 일을 열심히 했다.

베스를 위하여 집에서 가장 좋은 방이 새로 단장되었다. 방 안은 그녀가 사랑하는 물건들로 가득 채워졌다. 꽃망울을 활짝 터뜨린 꽃들이 항상 꽂혀 있었다. 베스가 사랑하는 고양이들도 그녀의 곁을 떠나지 않았다. 또한 아버지가 가장 소중히 여기는 책들, 어머니의 의자, 조의 책상, 에이미의 훌륭한 스케치, 무엇보다 로렌스 씨가 준 피아노도 그 방에 있었다. 메그는 매일 데미와 데이지를 데리고 와서 베스를 즐겁게 해주었다. 존은 용돈을 절약해 그녀가 좋아하는 과일을 사다주었다. 늙으신 한나 아주머니 역시 남몰래 눈물을 흘리며 변덕 많은 베스의 식욕을 돋우기 위해 맛깔스러운 요리를 준비하느라 분주했다. 바다 건너에서는 에이미의 작은 선물들과 즐거운 소식들을 담은 편지들이 날아와 겨울을 모르는 나라의 따뜻하고 향기로운 숨결을 가져다주는 듯했다.

베스는 여느 때와 같이 바쁜 나날을 보냈다. 이곳 성지에서, 성인처럼 상냥하고 어진 성품의 그녀는 삶을 마감하려는 이 순간에도 뒤에 남겨지는 사람들에게 행복을 안겨주기 위한 노력을 게을리 하지 않았다. 그녀의 가느다란 손가락은 쉬는 적이 없었다. 그녀의 유일한 즐거움은 사람들이 그녀의 집 앞을 지나갈 때 창문에서 떨어트려서 주기 위해 아무도 모르게 조그만 선물을 준비하는 것이었다. 붉게 언 손을 따뜻하게 감싸줄 벙어리장갑, 인형을 손수 만드는 어머니들을 위한 바느질 지갑, 숲을 즐겨 찾는 젊은이들을 위한 프라이팬 홈치개, 그림을 좋아하는 사람들을 위한 스케치북 등 그녀는 정성이 담긴 여러 가지 선물들을 준비했다. 그래서 취향에 따라 적절한 선물을 주는 베스를 모두들 '도움이 간절히 필요할 때 도와주는 요정'이라고 불렀다. 만일 베스가 어떠한 보답을 원했다면 그것은 오직 그녀를 보며 활짝 웃는 밝은 얼굴이었다. 사람들은 모두 베스에게 환한 미소를 던져주었다. 사랑이 담긴 작은 편지들은 그녀에게 더욱 큰 기쁨을 안겨주었다.

처음 몇 달 동안 아주 행복한 나날을 보냈을 때, 베스는 주변을 둘러보며 말했다. "정말 아름다워!"

그들 모두 햇빛이 드는 그녀의 방에 앉아 있었고, 아기들은 바닥에서 발차기를 하고 까르르 웃으며 기어다녔다. 어머니와 자매들은 가까이 앉아서 일을 했고, 마치 씨는 즐거운 목소리로 고전을 읽었다. 훌륭하고 편안한 말들로 풍부한 이 고전은 오랜 세월이 흘렀어도 여전히 인생의 고귀한 가치와 교훈이 가득 담긴 아름다운 글이었다. 그것은 어느 성당의 신부가 그의 수제자들이 알아야 할 교훈을 적은 것으로 희망은 사람에게 위안을 주고, 진실된 믿음은 허황된 욕망을 포기할 수 있게 해준다는 내용이었다. 마치 씨가 목사님의 설교에 푹 빠져, 감동한 듯 가끔씩 더듬거리며 읽었기 때문에 더욱더 듣는 이들의 영혼에 깊게 와 닿았다.

그러나 이렇게 평화로운 시간은 앞으로 그들에게 닥칠 슬픈 시간을 맞이

하기 위한 하나의 준비일 뿐이었다. 시간이 지남에 따라 베스는 바늘이 너무 무겁게 느껴진다며 하던 일을 영원히 중단했다. 말을 해도 지치고, 얼굴들을 바라보아도 피곤해졌으며, 고통에 따르는 대가를 치러야 했고 그녀의 고요한 정신은 그녀의 약한 육체를 괴롭히는 병마 때문에 슬프도록 고통스러웠다. 아아! 누구보다도 베스를 사랑했던 가족들은 베스가 그 여윈 손을 자신들에게 간청하듯이 내뻗는 모습을 봐야 했다. 가혹한 나날들이었고, 길고 긴 밤들이었으며, 너무도 고통스러운 마음으로 애원하는 기도자들이었다. 그녀가 비통하게 외치는 소리를 듣고 있어야만 했다.

"나를 도와줘, 나를 도와줘!"

그러면 어디에서도 도움을 구할 수 없다는 걸 느껴야 했다. 고요한 영혼의 슬픈 퇴색, 필사적으로 죽음과 싸우는 어린 생명…… 이들 둘은 친절하게도 길지 않았다. 필연적인 저항은 끝이 났고, 오래전의 평화가 어느 때보다도 아름다운 모습으로 돌아와 있었다. 베스의 약한 육체가 무너져갈수록 그녀의 영혼은 더욱더 강해졌던 것이다. 그녀는 비록 말이 없었지만 이미 마음의 준비를 마쳤다는 것을 가족들은 느낄 수 있었다. 첫 번째 순례자는 그 별명만큼이나 적임자였음을 그들은 알 수 있었다. 그녀가 강을 건널 때 그녀를 맞이하러 올 빛을 보기 위해서 그들은 그녀와 함께 강가에서 기다렸다.

"언니가 곁에 있으면 나는 더욱 강해지는 것 같아."

베스가 그렇게 말한 이후 조는 잠시도 그녀의 곁을 떠나지 않았다. 조는 베스의 방에 놓인 의자에서 잠을 자면서 자주 일어나 불을 새로 지피거나, 베스에게 음식을 주었다. 거의 아무것도 요구하지 않고 언니를 '귀찮게 하지 않으려 하는' 베스의 곁에 조는 항상 있어주었다. 조는 다른 사람이 베스를 보살피는 것조차 질투할 정도로 베스 옆에 붙어 있었다. 그 시간들은 조에게 무척 소중한 순간들이었다. 그녀는 많은 것을 배웠다. 타인의 잘못을 용서하고 덮어줄 수 있는 따뜻한 사랑, 어떤 어려운 일이라도 꿋꿋하게 헤쳐 나갈 수 있는 강인한 인내력, 두려움을 모르는 진실한 믿음……. 그녀는 그때 이 모든 것을 배웠다.

조는 베스가 다 닳아빠진 아버지의 책을 읽고 있는 모습을 바라보았고 나지막하게 노래 부르는 부드러운 음성을 듣기도 했으며, 여윈 손으로 얼굴을 가리고 흐느껴 우는 모습을 보기도 했다. 조는 그러한 베스를 지켜보며 소리

죽여 눈물 흘렸다. 베스는 자신의 삶을 마무리하며 서서히 닥쳐오는 죽음에 적응하기 위해 위안의 말, 조용한 기도, 그리고 그녀가 좋아하는 음악으로 자신을 위로하곤 했다.

어떤 훌륭한 설교, 성스러운 찬송가, 열정적인 기도보다도 베스의 이러한 모습이 조에게는 큰 감동을 주었다. 조는 그토록 큰 고통과 슬픔 속에서도 참된 미덕들로 가득 찬 동생의 아름다운 삶을 보았다. 지상에서 겸손한 자가 천국에서는 가장 먼저 환영받는다면, 베스의 삶이 바로 그런 승리의 삶이었다.

어느 날 밤, 베스는 그녀의 책상에 놓인 책을 훑어보다가 고통만큼이나 참기 어려운 극심한 피곤함을 달래기 위해, 그녀가 좋아하는 《천로역정》을 펼쳤다. 거기에서 작은 종이쪽지를 발견했는데, 조가 휘갈겨 쓴 글씨였다. 이름이 눈에 띄었고, 종이 위의 누런 얼룩은 분명 눈물자국이었다.

'불쌍한 조! 지금 막 잠이 들었으니 허락받으려고 깨우진 않겠어. 언니는 나에게 뭐든지 다 보여주니까 그냥 봐도 괜찮을 거야.'

불이 꺼지려 하면 즉시 일어나 불을 돋우려는 듯 부젓가락을 옆에 두고 양탄자에 누워 잠이 든 조를 힐끗 바라보며 베스는 생각했다.

나의 베스

어둠 속에서 고통을 참으며 앉아
축복의 빛이 올 때까지
고요하고 성스러운 존재가
우리의 고통받은 가정을 신성하게 하는구나.
땅에서의 기쁨과 희망과 슬픔은
개울 위의 파도처럼 부서지고
그 개울이 비롯된 깊고 고요한 강에
너는 지금 발을 딛고 서 있구나.

오, 나의 동생이여, 나를 앞질러
인간의 보살핌과 세상사의 다툼에서 벗어나
나에게 너의 생을 아름답게 만든 그 미덕을

선물로 주려무나.
나에게 그 위대한 인내심을 주려무나.
인내심은 그 고통의 감옥 안에
명랑하고 불평 않는 정신을 지니고 있단다.

내게 다오, 난 현명하고 달콤한
용기가 몹시 필요하단다.
그래서 의무의 길이 너의 자발적인 발밑에서
초록색이 되었다.
너의 헌신적인 천성을 내게 다오.
그것은 신성한 자비심으로
소중한 사랑을 위해 잘못을 용서할 수 있으니
온화한 마음이여, 나의 마음을 용서해다오!
그리하여 우리의 매일매일의 이별의 고통이
조금이라도 덜어지리라.
이러한 쓰라린 교훈을 배우는 동안
큰 상실은 나에게 얻음이 되기도 하고
슬픔의 감촉이 나의 거친 성격을
고요하게 잠재우고
삶에 새로운 열정을 불어넣으리.
그것은 보이지 않는 것에 대한 새로운 열정.

그러므로 조심스럽게 강을 건너라.
나는 영원히
사랑스런 영혼이
해안에서 나를 기다리는 모습을 볼 터이니
나의 슬픔에서 비롯된 희망과 믿음이
수호 천사가 되기를 바라
나를 앞서 간 자매가 내 손을 잡고
나를 집으로 인도하길 바라나니.

잉크는 얼룩져 있었고 군데군데 희미한 글씨도 많았지만 베스에겐 더할 수 없는 위안이 되었다. 베스는 자신은 이루어놓은 일이 조금도 없다는 것에 항상 절망해왔는데 조의 글은 자신의 삶이 무익하지 않았음을 알려주었다. 그리고 그녀는 죽더라도 다른 사람들에게 그녀가 두려워했던 절망을 남겨놓고 가지는 않으리라는 확신을 갖게 되었다. 베스는 조의 잠든 얼굴을 물끄러미 들여다보며 한참을 그렇게 앉아 있었다. 장작불이 점차 사그라지고 있었다. 조는 벌떡 일어나 불길을 되살려놓고는 침대 곁으로 기어가 베스에게 왜 자지 않느냐고 물었다.

"잘 수가 없었어. 너무 행복해서. 이걸 읽었어, 언니. 봐도 괜찮지? 내가 언니한테 정말 그렇게 소중했어?"

그녀는 겸손한 목소리로 물었다.

"그럼, 베스, 너무 많이, 너무 많이!"

조는 베스의 베개 옆에 있는 베개에 머리를 파묻었다.

"그렇다면 삶을 허비했다고 생각하지는 않을 테야. 언니가 생각하는 것만큼 나는 그렇게 훌륭하지 않아. 하지만 착하게 살려고 노력했어. 이제 더 이상 잘하고 싶어도 할 수 없을 때, 나를 이렇게 진심으로 사랑해 주는 사람이 있다는 건 나에겐 무한한 위안이 돼. 마치 내가 많은 도움을 준 것처럼 느끼게 되거든."

"넌 이 세상의 어느 누구보다도 더 많은 도움을 내게 주었단다. 베스, 난 너를 떠나보낼 수 없다고 생각했었는데 내가 널 잃어버리는 것이 아님을 깨닫게 됐어. 어느 때보다도 넌 내게 큰 존재가 된 거야. 죽음이 우리를 갈라놓을 것처럼 보이지만 우린 결코 헤어지는 게 아니야."

"나도 알아. 이제 더 이상 두렵지 않아. 내가 언니의 베스가 될 테고 어디에 있든 언니를 사랑하고 도와줄 테니까. 언니가 내 자리를 맡아야 해. 내가 떠나면 아버지, 어머니께 잘해 드려. 부모님께서는 언니를 바라보고 사실 테니 절대 실망 시키면 안 돼. 만일 그것이 너무 어렵다고 생각되면 혼자라고 생각하지 말고 나를 기억해 줘. 훌륭한 책을 쓰거나 세계를 여행하기보다 그 일이 더욱 행복한 것임을 알게 될 거야. 우리는 누구나 떠날 때는 사랑만 안고 갈 테니까 말이야."

"노력할게, 베스."

조는 옛날의 허영에 들뜬 야망을 버리고 더 나은 새로운 꿈을 갖기로 결심했다. 그녀는 변치 않는 사랑에 대한 믿음에서 평화로운 위안을 느끼고 있었다.

베스의 봄은 가버렸다. 하늘은 맑게 개고, 대지는 초록빛으로 물들고, 꽃들은 수줍은 미소를 다시 터뜨리고, 새들은 베스에게 인사했지만, 베스의 봄은 가버렸다. 베스는 그녀를 오랫동안 보살펴주고 그녀의 생을 이끌어주었던 아버지와 어머니의 다정한 손이 그림자 언덕으로 그녀를 인도하며 하느님께 그녀를 맡기는 것을 느꼈다.

오랫동안 기억에 남을 말을 남긴다거나, 신기루 같은 환영을 본다거나, 아름답고 평온한 얼굴로 마지막 길을 가는 사람은 거의 없다. 그러나 떠나가는 영혼을 많이 접해 본 사람들은 죽음은 마치 잠처럼 자연스럽고 간단하게 찾아온다는 것을 안다. 베스가 바랐던 것처럼 '썰물은 쉽게 빠져나갔다.' 아직 동트지 않은 희끄무레한 여명의 빛이 고요히 창문에 물들 무렵, 그녀는 그녀의 첫 숨을 내쉬었던 품에서 그녀의 마지막 숨을 조용히 내쉬었다. 안녕이란 한마디 말도 없이 사랑스러운 얼굴과 짧은 한숨으로 그녀는 조용히 마지막 숨을 거두었다.

눈물과 기도와 다정한 손길로, 어머니와 자매들은 베스가 다시는 고통이 괴롭히지 않는 오랜 잠을 준비하도록 했다. 가슴을 짓이기던 애처로운 인내심을 곧 아름다운 고요가 대신하는 모습을 가족들은 감사하는 마음으로 바라보았다. 공포로 가득찬 것이 아닌 선한 천사와 같은 죽음을 맞이했으리라 생각하며 모두들 경건한 위안을 얻었다.

한 줄기 햇빛이 커튼 틈 사이로 비집고 들어와 방 안을 서서히 밝히고 있었다. 아침이 되었다. 매일 아침 베스의 창가에 찾아와 즐거운 노래를 조잘거리던 한 마리 새가 막 피어오르는 꽃봉오리에 내려앉아 아름다운 노래를 불렀다. 따스한 봄 햇살이 베개 위에 평온하게 잠든 베스의 얼굴에 축복처럼 한 줄기 빛을 떨구었다. 얼굴이 너무도 고통 없이 평온해서, 그 얼굴을 가장 사랑했던 사람들은 눈물을 흘리며 미소를 지었고, 베스가 마침내 평안해진 데 대해 하느님께 감사를 드렸다.

제18장 잊혀가는 상심

에이미의 충고는 로리에게 자기 자신을 되돌아보게 했지만, 그는 오랜 시간이 지난 뒤에야 그 충고를 따르게 되었다. 남자들은 흔히 그렇다. 여자들이 충고를 할 때에, 창조주는 여자들 스스로가 자기들도 그 충고대로 하겠다고 확신을 할 때에만 그 충고를 받아들인다. 그러면 남자들은 그 충고를 행동에 옮긴다. 그렇게 해서 성공을 거두면 그들은 여자들에게 절반의 신뢰를 갖는다. 만약 실패하면, 그들은 관대하게도 온전한 신뢰를 갖는다.

로리는 할아버지에게 돌아가 몇 주 동안은 충실히 지냈다. 로렌스 씨는 니스의 기후가 로리의 기분을 좋게 한 모양이라고 생각해서 로리에게 다시 니스에 가면 어떻겠냐고 넌지시 떠보았다. 그러나 그 누구도 꾸지람을 들었던 니스로 다시 그를 끌고 갈 수는 없었다. 코끼리라도 다시 끌고 갈 수는 없었다. 그의 자존심이 허락하지 않았다. 견딜 수 없게 그리울 때면, 가장 깊은 인상을 새겨놓았던 말로 그의 결심을 다졌다.

"오빠를 경멸해요……. 그녀가 오빠를 사랑하도록 뭔가 훌륭한 일을 가서 해보세요."

나이 어린 에이미가 쏟아놓은 뼈아픈 충고를 로리는 두고두고 곱씹어보았다. 그는 자신이 이기적이고 게으렀다고 시인할 수밖에 없었다. 그랬다. 모두 옳았다. 그러나 인간이란 감당하기 힘든 슬픔에 싸이면 지쳐 나자빠질 때까지 엉뚱한 짓을 하기 마련이다. 그의 맹목적인 사랑은 이제 많이 희석되긴 했다. 그러나 지난날을 생각할 때마다 슬픔과 우수에 빠져드는 자신을 그도 어쩔 수 없었다. 실연의 아픔 따위로 그의 삶을 망칠 만큼 나약한 인간은 아니었다고 증명하고 조가 그를 존경하도록 무엇인가를 해야 한다고 에이미는 말했었다. 그는 항상 무언가를 해야겠다고 생각해 왔기 때문에 에이미의 충고가 별 다르게 새롭지는 않았다. 그러나 막상 실행에 옮기고 있지 못한 그에게 에이미의 충고는 상당한 자극제가 되었다. 그는 이제 아픈 마음을 가라앉히고 정말 자기 일을 찾아보겠다는 마음의 준비를 했다.

괴테가 기쁘거나 슬플 때 그것을 노래로 표현했듯이, 로리는 음악을 만들어 그 안에 사랑의 슬픔을 가두어 버리기로 결심했다. 그가 왠지 마음이 들떠 정서가 불안정해 보이면 할아버지는 여행을 해보면 어떻겠냐고 제안하곤 하셨다. 로리가 결심을 굳힐 즈음, 마침 할아버지의 권유도 있고 하여 그는 어느 날 서둘러 짐을 꾸려 훌쩍 비엔나로 떠났다. 그러고는 그곳에서 음악을 하는 친구들과 어울리며 자신의 이름을 후대에까지 길이 남기겠다는 단호한 결심으로 작업에 들어갔다.

그러나 음악에 담기에는 그의 슬픔이 너무나 컸다. 아니 인간적인 고뇌를 고양하기에 음악은 너무나 가볍고 여려서 레퀴엠을 작곡하는 것은 현재로서 힘에 겨웠다. 아무리 마음속으로 다짐을 해도 그의 영혼은 아직 정상적으로 작동하는 상태가 아니었다.

그에게는 그의 생각들을 좀 더 분명하게 정리해야 할 시간이 필요했다. 애처로우리만치 팽팽하게 긴장해 있으면서도 그는 종종 니스에서 있었던 크리스마스 연회 때의 음악을 흥얼거리는 자신을 발견하곤 했다. 그때마다 유달리 활발하게 보였던 뚱뚱한 프랑스 남자가 생각나서 그의 머릿속은 어지러웠다. 그 남자에 비하면 자신은 얼마나 초라한가. 그는 점점 자기 자신에 대해 회의하기 시작했다. 그런 일상만이 지속되던 즈음, 그는 불후의 작품을 남겨보겠다고 끼적거리던 오선지를 그만 손에서 놓아버렸다.

그러나 아직 음악을 포기할 만큼 지치지는 않았다. 그는 다음에는 오페라에 손을 댔다. 처음에는 불가능이란 없다는 생각이 들었다. 그러나 또 다시 예견치 못한 어려움이 그에게 닥쳤다. 그는 조가 그의 오페라의 여주인공이길 원했던 것이다. 기억에도 생생한 그녀와의 다정했던 추억과 낭만적인 나날을 그리워하며 온종일 넋 놓고 앉아 있는 일이 많아졌다. 그러나 그렇게 앉아 있는 일이 많아질수록 조의 이상한 점, 단점들만 떠오르더니 그녀는 낭만이라고는 어느 한구석도 찾아볼 수 없는 매몰찬 여자로만 그려지는 것이었다. 화려한 스카프로 머리를 싸매고 매트를 친다거나, 소파의 쿠션으로 장벽을 쌓거나, 그의 정열에 찬물을 끼얹거나 하는, 가장 비감상적인 모습의 아가씨만 기억날 뿐이었다. 또 억제할 수 없는 웃음을 터뜨리곤 해서, 그가 그리려고 애를 쓰고 있는, 깊은 생각에 잠긴 그림을 망쳐버렸다. 아무리 해도 조가 오페라 여주인공으로 둔갑하기는 정말 불가능했다. 로리는 마침내 그녀를 포기하고 말했다.

"맙소사, 골칫거리 여자 같으니!" 그러고는 산만해진 작곡가처럼 머리카락을 쥐어뜯었다.

그가 다른 모델을 찾아 주위를 둘러보며 어떤 다루기 힘든 처녀를 멜로디에 영원히 새겨놓으려고 생각했을 때, 기억 속에서 고맙게도 흔쾌히 떠오른 누군가가 있었다. 그 환영은 수많은 얼굴들을 지녔지만, 언제나 금발이었으며 아주 얇은 구름에 싸인 채로, 장미들과 공작새들, 흰색 조랑말들, 푸른 리본들이 이루는 즐거운 혼란에 빠진 그의 마음의 눈앞에서 가볍게 떠다녔다. 그는 이렇게 자기만족에 빠진 유령에게 아무런 이름도 부여하지 않았다. 그런데도 그는 이 여인을 그의 여주인공으로 받아들이고는 점차 그녀를 좋아하게 되었다. 정말이지 그랬음이 분명했다. 왜냐하면 그는 그녀에게 이 세상의 온갖 재능과 우아함을 주고서 호위했고, 그녀는 이 세상의 여자들을 모조리 무릎 꿇리고도 남았을 여러 재판에서도 상처 하나 입지 않았기 때문이다.

이러한 환영 덕분에 그는 당분간 순조롭게 지냈으나, 작품은 점차 그 매력을 잃어갔다. 그래서 그는 작곡 일을 잊고 지냈다. 그동안에는 펜을 손에 쥐고 사색을 하며 앉아 있기도 하고, 즐거운 도시를 배회하고 다니며 어떤 새로운 심상을 얻어 마음의 생기를 찾기도 하였다. 그는 그 덕분에 들뜬 마음으로 겨울을 보냈다. 안간힘을 쓰지는 않았지만 많은 생각을 했고 자기도 모르게 어떤 변화가 일고 있음을 알았다.

"아마도 천재성이 부글부글 끓고 있는 거겠지. 난 그 천재성을 끓어오르게 해서 거기에서 무엇이 나오는지 보겠어."

사실 그것은 천재성이 아닐 것이라고 내내 비밀스럽게 의심하면서 말했지만, 그러나 또 평범한 대중적인 것과도 거리가 멀었다. 그것이 무엇이든지 간에, 끓어올라서는 성공을 하긴 했다. 왜냐하면 그는 점점 종잡을 수 없는 인생에 대해 불만스러운 생각이 들기 시작해서, 어떤 정직하고 진정한 일을 바라기 시작했기 때문이다. 영혼과 육체에 가서 닿을 일을 말이다. 그리고 결국에는, 음악을 사랑하는 모든 이들이 작곡자는 아니라는 현명한 결론에 이르렀다. 왕립 극장에서 화려하게 공연된 모차르트의 위대한 오페라들 가운데 하나를 듣고서, 그는 자신의 작품을 훑어보고 가장 잘 만든 부분을 조금 연주했다. 멘델스존과 베토벤, 바흐의 흉상을 바라보면서 연주했는데, 이들은 친절하게 뒤를 돌아보고 있는 모습이었다. 그러고 나서 그는 갑자기 그의 악보를 하나씩 하나씩 찢어버렸다.

"에이미 말이 맞아! 재능이 있다고 다 천재는 아니야. 천재가 되기는 불가능해. 쓸데없는 내 허영은 음악이 앗아갔고 그녀의 허영은 로마가 앗아갔지. 난 더 이상 허풍쟁이가 되지 않겠어. 자, 이젠 무얼 한담?"

답을 찾기란 무척 어려웠다. 순간 로리는 직접 생활비를 벌어보면 어떨까 하는 생각이 들었다. 그가 한때 악마에게로 가는 지름길이라고 강력하게 주장했던 때가 바로 지금이었다. 악마는 게으른 사람들에게 직업을 제공하기를 제일 좋아한다고 그는 생각했다. 불쌍한 젊은이는 외면적으로나 내면적으로 유혹을 받게 마련이었지만 그 유혹을 잘 견뎌냈다. 한때의 이런저런 삶은 그맘때의 나이에 허용되어도 좋은 낭만일 뿐만 아니라 그래야만 다양하고 폭넓은 인생 경험을 쌓을 수 있다고 그는 생각했다. 그는 잠시 답을 찾는 일을 접어두었다.

자유를 몹시 사랑하기 때문이었다. 그리고 선의의 신뢰와 확신을 더욱 소중히 여겼고, 그의 할아버지께 했던 약속과 아껴 준 자매들의 눈을 정직하게 들여다보고 싶은 그의 희망을 소중히 여겼기 때문이었다.

"모든 일이 잘되고 있어."

이렇게 말하면서 그는 흔들림 없는 마음을 지켜 나갔다.

아마 그룬디 부인(세상의 평판)은 이렇게 말할 것 같았다.

'난 믿지 않지요, 남자애들은 그저 남자애들일 테고, 청년들은 그저 야생 귀리 씨를 뿌려야 하니까. 그리고 여자들은 기적을 바라지 말아야 하니까.'

그룬디 부인, 당신이 그런 말을 하지 않기를! 그럼에도 그것은 진실이었다. 여자들은 수없이 기적들을 일으키므로, 나는 그들이 남자들 세계의 기준을 높이는 기적을 행할 수도 있다고 설득하기도 한다. 소년들은 그저 소년인 채로 그대로 두면 된다. 오랫동안 그렇게 둘수록 더욱 좋고, 젊은이들이 야생 귀리 씨를 뿌려야 한다면 그렇게 뿌리도록 하면 된다. 그러나 어머니들과 자매들, 친구들은 그 곡식을 작게 만들도록 도울 수도 있고, 잡초가 수확물을 망치지 못하도록 할 수도 있다. 선량한 여자들의 눈에 남자들을 진정 남자다워 보이게 하는 미덕들을 남자들이 저버리지 않을 것이라 믿고 또 그 믿음을 보여주면서 말이다. 만일 그것이 여성들의 어떤 망상이라면, 우리는 그 망상을 즐겨도 좋다. 그런 망상이 없다면 인생의 아름다움과 로맨스는 반으로 줄어들 것이고 슬픈 예감으로 인해 우리의 용감하고 다정한 청년들의 희망이 쓰라린 희망으로 변해버릴 것이다. 이 청년들은 자기 자신보다 더 훌륭한 어머니를 아직도 사랑하며 그것을 부끄러워하지 않는다.

로리는 수십 년이 흐른다 해도 조를 잊을 수는 없으리라고 생각했었다. 그런데 놀랍게도 차츰차츰 시간이 지나자 견딜 만했다. 처음에는 그러한 현실을 믿지 않으려 했고, 자신을 이해할 수가 없었다. 그러나 인간은 간사하고 모순된 존재이다. 로리도 예외는 아니어서 시간이 지남에 따라 처음의 굳은 결심은 차츰 허물어졌고 마음의 상처도 서서히 치유되었다. 마음의 상처는 스스로도 놀랄 만큼 빠른 속도로 아물어 갔다. 그는 잊으려고 하기보다는 기억하려고 애쓰는 자신을 발견하기도 했다. 그는 자신이 그렇게 되리라고는 상상조차 하지 못했었다. 그런 예기치 못한 상황에 대한 준비도 되어 있지 않았다. 그는 그렇게 쉽게 마음을 바꿀 수 있는 자신에 대해 환멸을 느꼈고 자신의 변덕에 화가 나기도 했다. 실망과 안도의 야릇한 감정이 뒤섞여 몰려왔다. 미처 다 타지 못한 그의 사랑의 불씨는 다시 활활 타오르지 않았다. 그저 따스한 추억만이 그를 감싸줄 뿐이었다. 소년의 열정은 식어버리고 그 자리에는 고요하고 차분한 감정이 자리잡았다. 그러나 시간이 좀 더 지나면 그러한 감정도 사라져 둘 사이에는 영원히 변치 않을 형제애만이 남게 될 것이다. 그는 앞에 놓인 모차르트의 초상화를 바라보았다.

"그는 위대한 사람이었어. 음악뿐만이 아니라 사랑에서도 한 자매를 갖지 못하자 다른 자매를 차지했지. 그리고 행복했어."

로리는 한참 동안 생각에 잠겨 그렇게 앉아 있었다. 창밖엔 노을이 지고 있었다. 그는 오래된 작은 반지에 키스하고는 혼잣말로 중얼거렸다.

"아니야, 아니야, 난 절대로 잊을 수 없어. 다시 한 번 시도해 보겠어. 그것도 실패하면 어쩔 수 없지만……."

그는 결심이 변해 버리기 전에 재빨리 실행에 옮기려는 듯 펜과 종이를 꺼내어 조에게 편지를 썼다. 그녀의 마음을 바꿀 수 있다는 가느다란 희망을 아직도 버리지 않고 있다고, 그러는 한 그는 결코 다른 일에 몰두할 수 없다고, 그가 다시 집으로 돌아가 행복을 느낄 수 있도록 해줄 수는 없느냐고…….

답장을 기다리는 동안 그는 아무 일도 할 수 없었다. 그러던 어느 날 그에게 한 통의 편지가 날아들었다. 조로부터 온 편지였다. 예전에도 그렇게 할 수 없었듯 지금도 그렇게 하지 않겠다고, 베스 때문에 정신없는 나날을 보내고 있어 사랑이란 단어를 떠올릴 만한 여유는 조금도 없다고, 그리고 친절하게도 다른 어여쁘고 착한 아가씨를 만나 행복해질 수 있기를 진심으로 바라며 자신은 말괄량이 여동생으로서 마음 한구석에 간직해 달라고 간결하게 쓰어 있었다. 덧붙여 봄에 돌아올 에이미의 남은 여행을 방해하고 싶지 않으니 베스의 병세가 악화되었다는 말은 절대로 에이미에게 하지 말 것을, 그리고 자기 대신 에이미에게 자주 편지를 띄워 그녀가 외로워하거나 집 소식 때문에 불안해하지 않도록 해달라는 당부의 말도 적혀 있었다. 베스가 살아남기를 하느님께 빌어달라며……

"그래, 조. 네 말이 옳을지도 모르지. 그래 이제는 접겠어. 툭툭 털어버리겠어. 불쌍한 에이미, 집에서 슬픈 소식이 널 기다리고 있단다."

로리는 잠시 허공을 물끄러미 바라보았다. 그러고는 오래전에 쓰다가 미처 마무리하지 못한 에이미에게 보낼 편지를 이제는 끝내버리기라도 하려는 듯 책상 서랍을 열어 펜과 종이를 꺼냈다. 그러나 그는 책상을 뒤지다가 뭔가 그의 생각을 바꾸게 하는 것과 맞닥뜨렸다. 청구서, 여권, 사업상의 서류들 한쪽에 조가 보냈던 편지 여러 통이 있었고 또 다른 쪽에는 에이미가 보낸 노트 세 권이 있었다. 그녀의 푸른 리본으로 조심스럽게 묶여 있는, 그 안에는 조그만 장미 여러 송이가 다정하게 끼워져 있는 노트였다. 로리는 그날 편지를 쓰지 않았다. 로리는 회한과 기쁨이 뒤섞인 표정으로 조가 보낸 편지들을 모두 모았다. 편지들을 조심스럽게 묶어 작은 책상 서랍 안에 넣었고 생각에 잠긴 채 잠시 멈춰서 손가락의 반지를 돌리다가 천천히 빼서 편지 위에 올려 놓았다. 그리고 서랍을 잠갔다.

누군가의 장례식이 있는 것 같았고 그는 성 스테판 성당의 장례 미사에 갔다. 고통을 참을 수 없어서 그곳에 간 것은 아니었다. 이렇게 하는 것이 매력적인 어린 숙녀에게 편지를 쓰는 것보다는 남은 하루를 보내기에 더 나은 방법 같았다.

에이미에게서는 곧 답장이 왔다. 그녀의 편지에서 그녀가 얼마나 집을 그리워하고 있는지 금방 느껴졌다. 그는 이곳에서만큼은 자기가 에이미를 돌봐야 한다고 생각했다. 그 후로도 오랫동안 둘은 편지를 주고받았다. 그는 음악이 아니라면 꼭 비엔나에 머물 필요는 없었다. 그는 할아버지가 계신 파리로 갔다. 그는 니스에 가기를 간절히 바랐으나 그쪽에서 먼저 초청이 오기 전에는 절대 가지 않기로 마음먹었다.

에이미 또한 그에게 오라는 말은 하지 않았다. 로리와 떨어져 있는 동안 그녀도 나름대로의 인생 경험을 하고 있었던 것이다. 그때만큼은 그녀도 로리의 호기심어린 눈길을 피하고 싶었다.

프레드가 돌아왔다. 프레드는 니스로 온 후에 늘 에이미 주변을 맴돌았다. 에이미는 그가 무슨 말을 하고자 하는지 이미 알고 있었다. 그러나 그녀는 결단을 내리지 못하고 있었다. 어느 날 저녁 프레드는 마침내 결심을 굳혔다는 듯 에이미 곁에 다가와 앉았다. 그러곤 한참 뜸을 들이더니 낮은 소리로 구혼을 했다. 순간 그녀는 로리의 말을 떠올렸다

'프레드는 좋은 친구야. 하지만 네가 좋아할 타입은 아닌 것 같아.'

그때 그녀는 고개를 가로저으며 단호하게 그렇지 않다고 강변했지만 그는 그녀의 표정에서 '저는 돈과 결혼할래요'라고 말하는 것을 읽은 듯했다. 그 생각만 하면 그녀는 괴로웠고 그 말을 취소하고 싶었다. 너무 숙녀답지 못한 말이었다. 그녀는 로리가 그녀를 무정하고 세속적인 동물로 여기기를 바라지 않았다. 그녀는 화려한 사교계의 여왕이 되기보다는 한 남자로부터 사랑받는 소박하고 순수한 여자가 되고 싶었다. 그가 그녀의 신랄한 비판을 기분나빠하지 않고 잘 받아준 것이 기뻤다. 로리는 어느 때보다도 그녀에게 친절하게 대해 주었다. 꼬박꼬박 날아오는 그의 편지들은 그녀에게 큰 위안이 되었다. 집에서 오는 편지들은 예전과 같지 않았고, 그의 편지만큼 만족스럽지 못했다. 그녀가 그의 편지에 정성 들여 한 답장은 하고 싶은 마음에서였을 뿐만 아니라 일종의 의무감에서였다. 조가 계속 냉담했으므로, 가엾은 로리에게는 보살핌이 필요하다는 생각이 들었던 것이다. 조는 그를 사랑하려고 애썼어야 했다. 그것은 결코 어려운 일은 아니었다. 다른 여자들이 로리와 같은 청년을 기꺼이 맞아들이듯이……. 그녀는 돈과 지위보다는 그녀의 가슴에 새롭게 자리잡기 시작한 희망과 두려움, 그리고 누군가에 대한 그리움으로 설레고 있었다. 그녀는 친절하면서도 단호하게 프레드의 청혼을 거절했다.

"프레드, 저는 아직 결혼할 생각이 없어요."

봄이 되었지만 그녀는 생기가 없어 보였다. 얼굴은 창백했고 늘 시름에 잠긴 것처럼 보였다. 사교계에도 흥미를 잃고 혼자 스케치를 하러 다니곤 했다. 집에서도 그녀는 몇 시간이나 손을 접은 채 발코니에 앉아 있거나, 그때그때의 상상으로 스케치나 하는 것이 고작이었다. 무덤에 조각된 용감한 기

사, 얼굴을 모자로 가리고 풀밭에 누운 젊은이, 화려하게 차려입은 곱슬머리 소녀가 키 큰 신사의 팔을 끼고는 무도회장을 거니는 모습의 그림이었다. 최근의 그림 기법에 따라 얼굴을 희미하게 그렸다. 그녀는 그것을 결코 좋아하지는 않았지만 사람들의 시선을 피하기에는 안성맞춤이었다.

캐롤 숙모님은 에이미가 프레드의 청혼을 거절한 일을 후회하고 있다고 생각했다. 에이미는 몇 차례 완강하게 부인해 보았지만 그 어떤 설명도 먹혀들지 않았다. 그녀는 숙모님이 생각하는 대로 그냥 놔두었다. 남들이 어떻게 생각하든 상관없었다. 로리에게는 프레드가 이집트에 갔다고만 알렸다.

그러나 눈치 빠른 로리는 그 뜻을 금방 알아차렸다. 그는 적이 안심이 되었다.

"그녀가 다시 생각하리라 믿었지. 불쌍한 친구 같으니라고! 나도 그런 과정을 겪었으니 그 마음 이해하지."

그는 한숨을 푹 내쉬고는 마치 과거에 대한 의무를 다했다는 듯 소파에 파묻혀 에이미의 편지를 읽어내려갔다.

살다 보면 으레 기쁨 뒤에 슬픔이 찾아오듯, 에이미에게는 슬픈 소식이 기다리고 있었다. 그러나 베스의 죽음이 점점 가까워지고 있다는 편지는 에이미에게 제대로 전달되지 않았다. 그녀에게 다음 편지가 도착했을 때 베스는 이미 저 세상 사람이 되어 있었다. 에이미가 버베이에 있을 때 베스의 슬픈 소식이 전해졌다. 5월에 니스를 떠나, 에이미는 제노바와 이탈리아 호수를 지나 스위스로 가던 중이었다. 그녀는 의외로 담담하게 그 슬픈 소식을 받아들였다. 그녀는 베스에게 작별을 고하기에는 이미 늦었으므로 여행을 단축하지 말라는 가족들의 말을 따르기로 했다. 빨리 고향에 가고 싶었지만 베스는 결코 그러기를 바라지 않으리라 생각했던 것이다. 그런 그녀의 마음은 무척 무거웠다. 그녀는 매일같이 슬픔에 잠겨 호수 건너편을 바라보며 로리가 어서 와서 그녀를 위로해 주기를 바랐다

서로 마음이 통하기라도 한 듯 로리는 곧 그녀 곁으로 왔다. 베스의 죽음을 알리는 편지가 로리에게도 배달되었다. 그는 당시 독일에 있었으므로 편지가 도착하는 데 시간이 조금 더 걸렸다. 그는 편지를 읽자마자 가방을 꾸리고는 즉시 에이미에게로 떠났다. 그의 가슴은 에이미 곁으로 간다는 기쁨과 베스의 죽음을 애도하는 슬픔으로 뒤범벅이 되었다.

그는 예전에 비비 (미국 인디애나 주에 있는 도시) 에 와본 적이 있어서 작은 부두에 배가 도착하자마자 캐롤 집안 사람들이 작은 호텔에 묵고 있는 라 투르로 서둘러 갔다. 그곳에 도착하니 다른 가족들은 모두 호수로 산책을 나갔다고 한 소년이 실망해서 전해 주었다. 그러나 어쩌면 금발의 아가씨는 샤토 정원에 있을지도 모르겠다고 소년은 덧붙였다. 만일 이 신사가 고통스럽게 앉아 있으려 했다면 그녀는 번쩍하는 순간에 달려와야만 했을 것이다. 그러나 신사는 한순간도 참지 못하고 소년이 말을 채 끝내기도 전에 그 숙녀를 찾으러 자리를 떴다.

아름다운 호수 곁에 아담하고 고풍스런 정원이 하나 있었다. 아름드리 밤나무들이 우거져 그늘을 드리우고, 담쟁이덩굴은 얼기설기 뒤엉켜 벽을 타고 올라가 있었다. 금빛 햇살이 잔잔하게 일렁이는 호수 위로는 탑의 검은 그림자가 드리워 있었다. 밤나무 그늘 아래에는 벤치가 있었는데, 에이미는 자주 이곳에 와서 책을 읽거나 그림을 그리거나, 그녀 주위의 아름다운 정경을 만끽하곤 했다. 그녀는 그날도 거기에 앉아 손으로 턱을 괴고 고향을 그리워하며 불쌍한 베스를 생각하고 있었다.

로리는 정원 입구를 지나 정원을 이어주는 아치 길을 급하게 들어서다가 에이미를 발견했다. 그는 잠시 그대로 멈춰 서서 그녀를 바라보았다. 그때 로리는 예전에는 보지 못했던 에이미의 부드러운 면을 처음으로 보았다. 그녀 주위의 모든 것이 그녀의 사랑의 슬픔을 말없이 암시하고 있었다. 무릎 위의 눈물로 얼룩진 편지, 단정하게 머리를 동여맨 검은 리본, 여자다운 고통과 인내심이 어린 얼굴, 예전에 그가 준 검은색 십자가를 목에 건 애처로운 모습……. 그녀를 향한 연민으로 로리의 가슴은 물들었다. 그때 그녀가 고개를 돌려 그를 바라보았다. 둘은 잠시 동안 그대로 있었다. 그녀의 눈에서 소리 없이 눈물이 흘러내렸다. 로리는 에이미에게 다가가 그녀의 어깨를 감싸 안았다.

"오, 로리, 당신이 올 줄 알았어요!"

그 순간, 아무 말 없이 그렇게 로리의 가슴에 얼굴을 파묻고 있던 그 순간 어두운 머리가 밝은 머리를 보호하듯이 구부리고 서서, 에이미는 이 세상 어느 누구도 로리만큼 그렇게 따뜻하게 그녀를 위로해 주고 보호해 줄 수 없을 거라고 생각했고, 로리도 에이미야말로 조가 떠나간 그의 마음속 공허를 메워 줄 유일한 여자라고 생각했다. 모든 것이 이 때, 이 자리에서 해결되었다. 로리가 그녀에게 그렇게 말하지는 않았지만 그녀는 실망하지 않았다. 둘은 서로 진실을 느끼고 만족해서 그렇게 조용히 앉아 있었다.

잠시 뒤 에이미가 자기 방으로 가 눈물을 닦는 동안 응접실에서 로리는 여기저기 흩어져 있는 잡다한 오래된 편지들과 의미있는 스케치들을 주워모으며 미래에 대한 좋은 징조를 느꼈다. 에이미는 그림을 보고 있는 그를 보고는 다시 부끄러워졌다. 에이미는 충동적인 기분으로 그를 반겨맞았던 일을 떠올리며 얼굴이 붉게 물들었다.

"어쩔 수 없었어요. 그동안 너무 외롭고 슬펐는데, 오빠를 보니 너무나 기뻤어요. 오빠가 오지 않으면 어쩌나 하고⋯⋯. 오빠의 모습을 보고는 무척 놀랐죠." 에이미는 몹시 자연스럽게 얘기하려고 애썼으나 헛일이었다.

"소식을 듣자마자 달려왔지. 베스의 죽음을 어떻게 위로해야 할지 모르겠어. 다만⋯⋯." 그는 더 이상 말을 잇지 못했다. 그도 갑자기 수줍어지며 뭐라고 말을 해야 할지 망설여졌다. 로리는 에이미에게 그의 어깨에 기대어 실컷 울어버리라고 말해 주고 싶었으나 그렇게 할 용기를 못 냈다. 대신 두 손을 꼭 쥐었다.

"아무 말 하지 않아도 돼요. 오빠가 이렇게 여기에 있다는 것만으로도 제게는 큰 위안이 돼요."

에이미는 부드럽게 말했다.

"베스는 지금 행복할 거예요. 베스 언니가 다시 돌아오기를 기대하면 안 되겠죠? 저는 집이 그립기는 하지만 집에 돌아가기가 두려워요. 그 얘기는 하지 말아요. 눈물만 나올 뿐이에요. 오빠가 여기 있을 동안만큼은 그냥 편안히 있고 싶어요. 빨리 돌아가지 않아도 되죠?"

"네가 원한다면."

"원하고말고요. 숙모님과 플로는 제게 아주 잘 대해 주세요. 하지만 오빠는 저의 가족처럼 느껴져요. 잠시 오빠와 함께 편안하게 있고 싶어요."

로리는 에이미가 어린 아이처럼 보여 조금 전의 수줍은 마음을 씻어 버리고는 그녀를 포근히 감싸주었다.

"불쌍한 에이미, 너무 슬퍼 병이 날 지경이 되었구나! 내가 도와줄 테니 그만 울어. 우리 같이 좀 걸을까? 그냥 앉아 있기에는 바람이 너무 차가워."

로리는 반은 달래는 목소리로 반은 명령하는 투로 말하고는 모자를 씌워

주고 에이미의 팔짱을 끼었다. 둘은 정원을 거닐었다. 따스하게 햇볕이 내리쬐고 있었다. 그는 마음이 편해졌다. 남자답고 믿음직스런 로리의 팔에 기댄 에이미도 마음이 차분해졌다. 사랑하는 사람이 그녀에게 미소를 짓고 오직 그녀에게만 부드럽게 속삭이는 그때의 포근함과 넉넉함에 에이미는 흠뻑 젖어들었다.

오래된 진기한 정원은 많은 연인들을 보호해주었고, 분명히 그 정원은 그들을 위해 만들어진 듯 보였다. 햇빛이 잘 들면서도 외진 정원이었다. 주변에 아무것도 없이 고층 탑 하나만 있었다. 그 위에 오르면 연인들이 보였으며, 넓은 호수는 그들의 말을 메아리로 멀리 실어날라서, 대기 아래에 잔물결을 만들었다. 한 시간 가량 이 새로운 연인 한 쌍은 산책을 하며 이야기를 나누었다. 저녁을 알리는 종소리가 그들의 꿈같은 시간을 깨버렸다. 그들은 자리를 털고 일어나 집으로 돌아왔다. 현관으로 이어진 돌계단에서 에이미는 샤토 정원을 돌아다보았다. 그녀는 그 정원에 자신의 외로움과 슬픔을 묻어버렸다. 캐롤 숙모님이 에이미의 얼굴에서 어떤 변화를 읽어내고는 생각했다.

'이제야 이해가 가는군. 이 아이는 로렌스를 그리워했던 게야. 전혀 생각조차 못했던 일인데!'

캐롤 숙모님은 높이 살 만한 침착함으로, 그 밝아지는 분위기가 가라앉지 않도록 조심하면서 친절하게 로리에게 더 머무르라고 하고, 에이미에게는 로리와 함께 지내는 것이 혼자 외로이 있느니보다 훨씬 좋을 거라고 말해 주었다. 에이미는 온순함의 모범이라고 할 정도였으며, 숙모님이 플로에게 몰두해 있을 때면 숙모님의 친구분들을 즐겁게 해주는 역할을 도맡아서 평소보다도 그 역할을 더욱 잘 해내었다.

니스에서 로리는 빈둥거렸고 에이미는 꾸중하기에 바빴다. 그러나 버베이에서 로리는 결코 게으름을 피우지 않았다. 산책하거나, 말을 타거나, 보트를 타거나, 열심히 독서를 했다. 에이미는 그에게 일어나는 변화에 고마워하며 모범적인 그의 행동을 따랐다. 그는 자신의 그러한 변화가 기후 때문일 거라며 능청을 떨었고 그녀는 굳이 반박하지 않았다. 그녀 역시 그로 인해 건강과 활기를 되찾은 기분이었다.

활기찬 생활은 두 사람 모두에게 도움을 주었다. 두 사람의 마음뿐만 아니라 행동도 많이 변화되었다. 그들은 그곳의 끝없는 언덕들 한가운데에 올라 삶에 대한 더욱 명확한 시각과 책임감을 지니게 되었다. 상쾌한 바람은 온갖 의심과 망상, 변덕을 날려 보냈으며 따뜻한 봄날의 햇볕은 열정적인 사고, 높은 희망, 행복한 미래를 심어주었다. 호수는 지난날의 걱정거리를 씻어주었으며, 우람한 산들은 그들을 내려다보며 '어린 연인들이여, 오랫동안 변치 말고 서로 사랑하라'고 속삭여주는 듯했다.

슬픔 가운데서도 그들에게는 매우 행복한 나날이었다. 로리는 말로 표현할 수 없을 정도로 행복했다. 그는 그의 첫사랑이자 마지막이며 유일한 사랑이라고 믿었던 조에 대한 사랑의 상처가 그렇게 빨리 회복되리라고는 상상도 못했다. 그는 전혀 모르는 여자가 아니라 조의 여동생이라면 조와 거의 다를 바 없다는 생각으로 자신을 위로했으며, 에이미만이 자신이 사랑을 쏟을 수 있는 여자라고 생각했다. 그의 첫사랑은 마치 폭풍우와 같아서 잊힌 역사의 한 장면처럼 느껴졌고, 뒤돌아보면 어리석고 철부지였던 자신에 대한 후회만 남아 있었다. 그러나 그는 첫사랑의 실패를 부끄러워하지는 않았다. 오히려 그는 삶의 달콤하면서도 쓸쓸한 하나의 소중한 경험으로 여겼다. 그래서 지금은 그것에 감사하는 마음이었다.

그는 두 번째 사랑은 가능한 한 조용히, 그리고 단순하게 하려고 결심했다. 특별히 사건을 벌일 필요가 없었으며, 에이미에게는 굳이 사랑한다는 말을 하지 않아도 되었다. 말을 하지 않아도 그녀는 그의 생각을 알고 있었으며, 오래전에 이미 그에게 대답을 주었던 것이다. 로리는 모두들 알게 되면 좋아하리라 생각했다. 그는 조조차도 그들의 사랑에 만족할 것이라고 생각했다. 사람들은 대개 첫 번째의 열정에 실패했을 경우에 두 번째에는 조심스럽게 천천히 사랑을 키워간다. 로리도 처음처럼 그렇게 마음을 졸이거나 애태우지 않고 절제된 행동과 말로 오히려 더 깊은 사랑을 에이미에게 보냈다.

그는 언젠가 에이미에게 사랑 고백을 한다면 가장 우아하고 예의바르게, 달빛이 은은하게 퍼지는 정원에서 하리라고 생각했었다. 그러나 실제는 그와 반대로 그의 사랑 고백은 한낮의 호수에서 몇 마디의 퉁명스런 말로 이루어졌다. 둘은 어둠침침한 성 젠골프에서 밝은 몬트루까지 오전 내내 배를 타고 내려갔다. 머리 위로는 구름 한 점 없는 파란 하늘이, 그 하늘 아래로는 하늘보다 더 푸른 호수가 펼쳐 있었다. 호수에는 하얀 날개의 갈매기처럼 보이는, 그림에서나 볼 수 있는 멋진 보트들이 점점이 떠 있었다. 실론과 루소를 미끄러져 지날 때 둘은 보니바르에 대해서 이야기를 나누었고, 클라렌을 지날 때 둘은 그가 에로와즈를 쓴 그곳을 올려다보았다. 그 책을 읽어보지는 않았지만 사랑 이야기임을 알고 있던 두 사람은 똑같이 자기들의 사랑만큼이나 달콤할까 하는 생각을 했다. 잠시 얘기가 끊어졌다. 그때 에이미는 물에 손을 담그고 물을 튀기면서 로리를 올려다보았다. 로리는 노에 기대어 있었는데, 그의 표정을 보고 에이미는 성급한 마음이 들었다. 무언가 말하고 싶은……

"피곤하시겠어요. 조금 쉬세요. 제가 노를 젓겠어요. 오빠가 이곳에 온 뒤 저는 너무나 게으르고 편안하게 지냈어요. 노를 저으면 운동도 되고 좋을 것 같아요."

"피곤하진 않아. 하지만 노를 젓고 싶다면 저어봐. 내가 가운데에 앉아 배가 가라앉지 않도록 할게."

로리도 에이미의 말에 찬성하며 대꾸했다. 에이미는 이마에 흘러내린 머리를 쓸어 올리더니 자리를 옮기고는 노를 받아 쥐었다. 그녀는 다른 일도 다 잘하듯이 노도 잘 저었다. 비록 로리가 한 손으로 한쪽 노를 젓고 에이미는 두 손을 모아 쥐고 한쪽 노를 저었지만 배는 물 위를 부드럽게 미끄러져 나갔다.

"우리 참 잘 당기죠?"

바로 그때 에이미는 침묵이 싫어 말했다.

"응, 아주 잘 당겨지니까 우리가 이렇게 항상 같은 배를 타고 나아갔으면 좋겠는걸. 그렇게 하겠어, 에이미?"

로리는 얼떨결에 말했다.

"네, 로리."

에이미는 나지막이 말했다. 둘은 노 젓기를 멈추고, 무심결에 인간적인 사랑과 행복의 예쁘고 작은 그림을 호수에 보태어 넣었다. 호수에 비친 그 모습들은 흩어져 사라졌다.

제19장 혼자 서는 연습

사랑에 빠져 있을 때 자기 희생을 약속하는 것은 어려운 일이 아니다. 연인의 가슴과 영혼은 달콤한 사랑 속에서 정화된다. 자신을 도와주는 목소리가 침묵에 잠겨 버리고, 함께 지내던 시간도 끝나고 마침내 사랑하는 사람이 사라져버리면 그 빈자리에는 고독과 슬픔만이 남게 된다.

조는 자기가 한 약속을 지키기가 점차 힘들어짐을 느꼈다. 베스에 대한 끊임없는 그리움으로 가슴이 아픈데 어떻게 부모님을 위로할 수 있단 말인가? 베스가 옛 집을 버리고 새 집으로 떠나버린 뒤, 모든 빛과 온기와 아름다움이 사라져버린 이 마당에 어떻게 자신이 이 집을 다시 명랑한 집으로 만들 수 있단 말인가? 그 자체가 보상이었던 사랑의 헌신을 대신할 유익하고 행복한 일을 어디에서 다시 찾을 수 있단 말인가? 조는 아무런 희망도 없이 보상도 바라지 않고 맹목적으로 그녀의 의무를 다하려 했다. 그녀가 가진 몇 안 되는 기쁨들은 사라지고 그녀에게 가중되는 어려운 생활이 불공평하게 보이기만 했다. 어떤 사람들은 매일 축복 속에 사는가 하면, 또 어떤 이들은 늘 어둠 속에서만 사는 것처럼 보였다. 그녀는 에이미보다 더 바르게 살려고 노력했지만 보상을 받기는커녕 오히려 남겨진 것은 실망, 회한, 고된 일들뿐이었다. 세상은 정말 불공평했다.

불쌍한 조, 어두운 나날들은 그녀에게 절망만을 안겨주었다. 몇 가지 소소한 기쁨을 제외하고는 평생 조용한 집에서 이런 일상적인 일에 매달려 살아야 한다고 생각하니 절망감이 겹쳐왔다.

"나는 도저히 이렇게 살 수 없어. 나는 이런 삶을 살려고 하지는 않았어. 누군가 와서 나를 도와주지 않는다면 나는 더 이상 버티지 못하고 무슨 일을 저지르고야 말 거야."

모든 노력들이 물거품이 되어버리자 조는 감상적이고 절망적인 상태에 빠져 이따금 이렇게 중얼거렸다. 이러한 상태는 강한 의지를 지닌 사람이 어떤 불가피한 상황에 굴복할 수밖에 없을 때 종종 나타나는 것이다.

사실 그녀를 도와주는 사람이 없었던 것은 아니다. 조는 그녀 주변의 착한 천사들을 알아보지 못했다. 그 천사들은 너무나 익숙한 모습을 하고 있어 조에게는 자기보다 더 불쌍한 인간들에게나 어울릴 만한 일상적인 선을 베푸는 것처럼 보였다. 조는 자다가도 베스가 자기를 부르고 있다고 생각해 벌떡 일어나곤 했다. 조는 비어 있는 베스의 작은 침대를 볼 때마다 슬픔에 잠겨 울부짖었다.

"오, 베스, 돌아와! 돌아와!"

조가 베스 때문에 상심하여 울고 있을 때면 어머니가 부드러운 손으로 어루만지며 그녀를 위로하고 달래주었다. 그녀는 어머니의 조용한 눈물에서 어머니가 그녀의 슬픔보다 더 큰 슬픔으로 아파하고 계시다는 것을 읽을 수 있었다. 떠듬떠듬 속삭이는 어머니의 나직한 음성은 그녀의 마음을 갈래갈래 찢어놓았다. 인간에겐 어쩌면 모든 것을 포기한 상태가 그 어느 때보다도 진정으로 슬픈 순간이라고 할 수 있을지도 모르겠다. 그러나 고요한 밤, 마음과 마음이 만나는 진실한 순간에는 그 슬픔이 오히려 축복으로 변하여 사랑을 더해 주었다. 조는 어머니의 사랑 속에서 자신이 짊어진 짐이 한결 가벼워짐을 느꼈다. 어머니의 따뜻한 품은 안전한 울타리와 같은 편안함과 포근함으로 조의 상심한 마음을 감싸주었다

마음이 다소 밝아진 어느 날 도움을 구하던 조는 아버지의 서재로 갔다. 넉넉한 미소로 조를 맞아들이는 아버지의 회색빛 머리를 바라보며 그녀는 겸손하게 말했다.

"아버지, 베스에게 하였듯 제게도 말씀을 해주세요. 저는 지금 베스보다도 더 아버지의 위로가 필요하답니다. 모든 것이 엉망이에요."

"사랑스런 조, 그렇게 말해 주니 큰 위안이 되는구나."

아버지의 목소리는 흔들리고 있었다.

아버지는 그녀를 꼭 껴안았다. 그 역시 누군가의 도움이 필요했고 도움을 요청하는 것은 그에게 문제가 되지 않았다. 그녀는 베스의 의자에 앉아 자신의 고민을 털어놓았다. 베스를 잃은 것에 대한 슬픔, 자신을 실망케 한 무익한 노력들, 진실한 신앙에 대한 소망, 갈피를 잡을 수 없는 숱한 절망. 그녀는 모든 것을 솔직하게 털어놓았다. 아버지는 잠자코 듣고 계셨다. 마침내 조의 긴 고백이 끝나고 현명한 마치 씨의 조언이 이어졌다.

둘은 아버지와 딸로서가 아니라 여자와 남자로서, 동등한 인간으로서 이야기를 나누었다. 둘은 서로에 대한 연민과 사랑으로 위로를 주고받았다. 그 안에는 위안이 담겨 있었다. 아버지의 서재에서 보내는 그런 행복한 사색의 시간들을 조는 무척 좋아했었다. 그녀는 어릴 때부터 그 서재를 '신도가 한 명뿐인 교회'라고 불렀다. 그러한 시간들은 그녀에게 새로운 용기를 북돋워 주었고 다시 명랑함을 되찾게 했으며, 좀 더 겸손하게 자신의 일을 받아들이

게 했다. 아버지는 두려움 없이 죽음을 맞이하는 자세와 삶을 실망과 불신 없이 겸허하게 받아들이는 방법을 가르쳐주셨다. 감사한 마음으로 삶을 받아들이고 자기에게 주어진 좋은 기회를 놓치지 말라는 당부도 해주셨다.

조는 새삼 일상의 가치를 깨닫고 겸손하게 자신에게 주어진 의무를 받아들였다. 한때 그렇게도 보기 싫던 빗자루와 행주들이 이제는 베스의 영혼이 그것들 가까이 있다고 생각하니 친근하게 느껴졌다. 그녀는 베스의 가정 주부다운 분위기가 작은 걸레와 낡은 빗자루에 남아 있는 것 같아 절대 버리지 않았다. 조는 걸레와 빗자루를 사용하면서 베스가 흥얼거리던 노래들을 부르기도 했다. 그녀는 어느새 자기도 모르게 깔끔하게 정리하는 베스의 버릇을 닮아가고 있었다. 조는 싫증내지 않고 살뜰한 손질로 집안 구석구석을 깨끗하게 치우고 늘 안락한 분위기가 집 안에서 느껴지도록 애썼다. 예전에 베스가 그랬던 것처럼……. 조의 집은 다시 행복을 되찾은 듯했다. 조 자신은 이런 변화를 깨닫지 못했다. 어느 날 한나 아주머니가 조의 손을 꼭 쥐면서 말했다.

"인정 많은 아가씨, 우린 모두 아가씨께 감사하고 있어요. 말로는 표현하지 않지만 조용히 지켜보고 있어요. 하느님께서도 아가씨께 축복을 내리실 겁니다."

조는 메그와 함께 앉아 뜨개질을 하면서 메그가 언변이 늘고 가정 주부다운 생각과 자세를 지녔다는 것을 알았다. 메그는 서로 아껴주는 남편과 아이들 품에서 정말 행복해 보였다.

"결혼이란 참 좋은 것 같아. 내가 결혼하면 언니의 반만큼이나 살 수 있을지 몰라?"

조는 엉망진창으로 어지럽혀진 아이들 방에서 데미의 연을 만들며 말했다.

"조, 너의 부드럽고 여성적인 면을 드러내면 돼. 너는 꼭 밤송이 같아. 겉은 가시로 덮여 있지만 속은 부드럽고 달콤하지. 사람들이 너를 알게 되면 너의 그러한 면을 보게 될 거야. 사랑에 빠져 진심이 드러나면 너의 거친 껍데기는 없어질 거야."

"서리가 내려야 껍질이 깨지지요. 밤송이를 떨어뜨리려면 힘껏 흔들어야 되고요, 마님. 그때 남자 아이들이 그걸 주우러 다녀도 난 상관 안할 거야."

바람이 불어와도 날아가지 않을 연을 만지작거리며 조가 말했다. 연은 데이지 몸에 묶여 있었다.

예전과 같은 조의 유머에 메그는 얼굴 가득 웃음을 띠면서 조의 여성적인 부드러움이 나타나도록 노력하는 것이 자신이 해야 할 일이라고 생각했다. 메그는 되도록 조와 함께 있는 시간을 늘리면서 조의 마음을 변화시키려고 노력했다. 특히 조가 사랑하는 데미와 데이지에 대해 많이 말했다. 슬픔은 때로 닫힌 마음을 활짝 여는 가장 좋은 수단일 수도 있다. 메그는 종종 조보다 처지가 나쁜 불행한 사람들의 애기를 들려주며 조를 달랬다. 그즈음 그녀는 조의 마음에 이미 한 남자에 대한 그리움이 싹트고 있음을 알아차렸다. 이제 햇볕을 조금만 더 쬐면 조도 달콤한 열매를 맺게 될 것이다. 메그는 그런 조를 지켜보면서 자신의 노력을 게을리하지 않았다.

착실하게 살겠다고 결심하는 것은 쉬운 일이지만 단숨에 그렇게 되지는 않는다. 자신의 모든 것을 다 바쳐 노력해야만 겨우 올바른 길로 나아가는 첫걸음을 내딛을 수 있는 것이다. 조는 자기도 모르는 사이에 메그로부터 자기가 맡은 의무에 충실하는 법을 배우고 있었다. 그렇지 않으면 자신도 불행해지리라고 생각했다. 그녀는 모든 일에 명랑하게 임하려고 애썼다. 그녀는 아무리 어렵더라도 무언가 훌륭한 일을 해내고 싶은 욕망을 종종 억제할 수 없었다. 그녀는 흔들리지 않았다. 부모님께서 그녀에게 행복을 주었듯이 자신의 희생으로 가정이 행복해진다면 그것보다 더 아름다운 일이 어디 있겠는가? 난관이 많으면 많을수록 노력의 가치는 높아지기 마련이다. 하지만 이 불안정하고 야심 많은 소녀가 자신의 희망과 계획과 욕망을 포기하고 다른 사람들을 위해 명랑하게 산다는 일이 얼마나 어려웠겠는가?

때로는 전혀 예기치 못한 운명이 그녀 앞에 놓여 있었고, 그녀는 어쩔 수 없이 그 사실을 현실로 인정해야만 했다. 조는 자기 자신을 버림으로써 이 어려운 현실을 겸허하게 받아들일 수 있었다. 그녀는 노력해서 안 되는 일은 없다면서 마음을 다잡아먹고 자신의 의무를 실행에 옮겼다. 또 다른 의무가 주어졌을 때는 그 의무를 보상이 아닌 위로로 받아들였다. 그리스도인이 고난의 언덕을 올라갈 때 그늘진 곳에서 쉬며 원기를 회복하듯 조는 어려운 일들을 받아들였다.

"글을 쓰는 것이 어떻겠니? 너는 글을 쓸 때 항상 행복했잖니."

조가 어딘가 지쳐 보였을 때 어머니가 말했다.

"쓸 마음이 없어요. 쓸 마음이 있다 하더라도 아무도 제 글에 관심이 없는 걸요."

"그렇지 않아. 우리를 위해서 글을 써다오. 다른 사람들 생각은 하지 말고 해봐. 너 자신한테 좋을 거야. 우리도 기뻐할 거고."

"제가 할 수 있을 거라고는 믿지 마세요."

말은 그렇게 했지만 조는 책상에서 미완성 원고를 꺼내어 들춰보기 시작했다. 한 시간쯤 뒤, 어머니가 살며시 방을 들여다보니 조가 검정색 앞치마를 두르고 뭔가 열심히 끼적이고 있었다. 마치 부인은 반가운 미소를 지으며 조용히 문을 닫았다. 한 달 동안 원고에 매달린 대가로 그녀는 한 편의 소설을 탈고할 수 있었다.

조가 쓴 소설은 읽는 사람들의 마음을 감동으로 흔들어놓았다. 조는 어떻게 그와 같은 일이 벌어졌는지 신기하기만 했다. 특히 조의 가족들의 열성은 대단했다. 그들은 그 소설을 읽으며 웃고 울고 재미있어 했다. 아버지는 그녀의 뜻을 묵살하고 그 소설을 유명한 잡지사에 보냈다. 소설은 단번에 인정을 받아 원고를 사려고 하는 사람들과 자기에게 출판권을 양도해 달라는 요청이 쇄도했다. 소설은 신문에도 실려 가까운 친구들뿐 아니라 낯선 사람들까지도 너나 할 것 없이 그 소설에 빠져들었다. 조의 소설은 큰 성공을 거두었다. 많은 사람들이 그녀에게 편지를 보내왔다. 조는 자신의 소설이 그렇게 많은 사람들의 입에 오르내리는 것을 보고는 놀라움을 금치 못했다.

"이해를 못하겠어. 그 짤막한 소설에 무엇이 담겨 있다고 그렇게 칭찬들을 하지?" 조는 당황했다.

"네 소설에는 진실이 담겨 있어. 그게 바로 비밀이야. 유머와 비애가 살아 있는 소설을 만들었어. 마침내 네 스타일을 찾은 거야. 너는 명성이나 돈을 얻으려고 소설을 쓴 게 아니야. 너는 너의 온 마음을 그 소설에 쏟아 부은 거야. 너는 쓰라림을 겪었으니 이제 달콤함을 맛볼 수 있을 거야. 최선을 다하렴, 조. 우리도 무척 기쁘구나. 넌 행복해질 거야."

"만일 제 글 속에 어떤 진실이 있다면 그건 제 것이 아니에요. 아버지, 어머니, 베스, 그리고 우리 가족 모두의 것이죠."

세상 누구의 칭찬보다 아버지의 말에 감동을 받은 조가 말했다. 사랑과 슬픔을 통해 많은 것을 깨달은 조는 짤막한 이야기들을 써나갔고 그것들을 계속 잡지사에 보냈다.

에이미와 로리가 약혼을 했다는 소식이 날아왔다. 마치 부인은 조가 어떻게 받아들일까 싶어 걱정했다. 그러나 그럴 필요는 없었다. 조는 좀 놀란 것 같긴 했지만 그 소식을 담담히 받아들였다. 편지를 두 번이나 읽더니 둘의 결혼식에 대한 기대감에 들떠 그때부터 어떻게 계획을 세우면 좋을까를 궁리했다. 편지는 마치 사랑의 듀엣처럼 서로를 사랑하는 마음이 가득 담겨 있어 읽는 이에게 즐거움을 주었다. 결혼에 반대하는 사람은 아무도 없었다.

"엄마는 어떠세요?"

빽빽하게 쓰인 편지를 한 자도 빼놓지 않고 다 읽은 조가 물었다.

"에이미가 프레드와 결혼하지 않기로 했다는 애기를 듣고는 다행이라고 생각했단다. 에이미는 네가 말했듯 돈을 택하지 않고 진실을 택한 거야. 예전부터 나는 그 애의 편지 곳곳에서 로리를 사랑하는 마음을 느낄 수 있었단다."

"엄마는 정말 예리하시군요. 그러셨으면서도 어쩜 제게 한 마디도 없으셨어요?"

"딸을 많이 둔 엄마들에겐 예리한 눈이 필요하지. 말도 신중하게 해야 하고. 네게 미리 말을 안 한 것은 일이 성사되기에 앞서 축하 편지를 쓸까 봐 두려워서였지."

"저는 이제 철부지가 아니에요. 저를 믿으셔도 돼요. 저는 이제 누구의 비밀도 지킬 수 있을 만큼 나이도 먹었고 눈치도 빠르거든요."

"그래, 조. 진작 네게 말할 수도 있었어. 실은 테디가 다른 사람을 사랑한다는 사실을 알고 네가 상처라도 받지 않을까 두려웠던 거야."

"엄마, 제가 그의 진실한 사랑도 물리쳤는데 어떻게 그런 어리석고 이기적인 생각을 할 수 있겠어요?"

"그때 네가 진심이었다는 걸 알지, 조. 하지만 만일 그가 돌아와서 다시 물어보았다면 다른 대답을 할지도 모른다는 생각이 들더구나. 미안하다. 네가 무척 외로워 보였고, 때때로 내 가슴을 찌르는 듯한 갈망의 눈빛을 보고는 했지. 그래서 로리가 다시 네게 고백을 하면 그가 너의 빈자리를 메워줄 수 있을지도 모른다는 생각을 했어."

"아니에요, 엄마. 저는 에이미가 그를 사랑할 수 있게 되어 기뻐요. 하지만

한 가지는 엄마가 맞았어요. 엄마 말씀대로 저는 외로워요. 그래서 만일 테디가 다시 시도했더라면 그대로 따랐을지도 몰라요. 그러나 그건 제가 그를 사랑해서가 아니라, 전보다 사랑을 받고 싶은 마음이 강해졌기 때문일 거예요."

"네 말을 들으니 기쁘다. 조, 네 갈 길을 가고 있다는 확신이 드는구나. 너를 사랑하는 사람은 많단다. 아버지, 메그와 에이미, 로리, 브루크, 참 데이지와 데미도 빼놓을 수 없지. 로렌스 할아버지는 어떻고. 또 한나 아주머니도 있지. 얼마 안 있어 네 앞에 사랑하는 사람이 꼭 나타날 거야."

"어머니들이야말로 이 세상에서 가장 사랑이 많으신 분들이에요. 엄마에게만 살짝 알려드리는 건데요. 사람들은 대개 평범한 사랑에 만족하지만 저는 왜 그런지 그 이상을 원하게 돼요. 저는 제가 그렇게 많은 사랑을 받아들일 수 있을지 모르겠어요. 이상하게도 제 가슴은 가득 채워지는 법이 없거든요. 하지만 저는 늘 가족의 사랑만 있으면 된다고 생각해 왔었어요. 지금의 제 상태를 저도 이해하지 못하겠어요."

"난 이해할 수 있단다."

에이미가 로리에 대해 뭐라고 썼는지 보려고 조가 편지지를 넘기자 마치 부인은 자애로운 미소를 지으며 지그시 바라보았다.

"로리가 저를 사랑하는 것처럼 사랑받는다는 것은 너무나 아름다운 일이에요. 그는 감상적이지 않아요. 말도 별로 안 해요. 그러나 저는 그의 말과 행동을 보면 알 수 있어요. 저는 예전의 제가 아닌 것을 느껴요. 저는 그가 그렇게 상냥하고 친절한지를 몰랐어요. 그의 가슴을 읽을 수가 있어요. 그의 가슴은 숭고한 생각과 희망으로 가득 차 있어요. 그의 마음이 저를 향해 있다고 생각하니 무척 자랑스러워요. 그는 저와 함께 행복한 여행을 할 수 있게 되었다고 기뻐하고 있어요. 그가 영원히 저와 함께 행복하기를 바라요. 제 모든 가슴과 영혼으로 제 선택을 자랑스럽게 여기며, 영원히 그를 버리지 않을 거예요. 하느님께서 저희들을 묶어주시는 날까지. 엄마, 저는 두 사람이 서로 사랑하고 서로를 위해 사는 것이 얼마나 행복한 일인지 몰랐어요!"

"이 편지를 냉정하고 수줍고 현실적인 에이미가 썼다니! 정말 사랑은 기적을 낳아. 둘은 정말 행복해 보여!"

조는 아름다운 연애소설 책을 덮듯이 조심스레 편지지를 내려놓았다. 끝까지 읽지 않고는 내려놓을 수 없는 아름다운 이야기였다. 조는 다시 혼자임을 느꼈다.

비가 오자 조는 산책을 포기하고 이층으로 올라갔다. 그녀는 마음이 다시 산란해졌다. 왜 에이미는 갖고자 하는 것을 모두 얻고, 자기는 아무것도 얻을 수 없을까? 그런 생각을 하니 자신이 처량하게 느껴졌다. 그런 기분을 떨쳐버리려고 애써봤지만 자꾸만 슬퍼졌고 사랑받고 싶은 갈망을 주체할 수 없었다. 에이미가 행복해하는 것을 보면서 그녀는 마음속 깊은 곳으로부터 가슴과 영혼으로 사랑할 수 있고, 하느님께서 같이 있게 허락해주시는 한 영원히 사랑할 사람에 대한 갈망이 울컥 솟아올랐다.

조는 마음이 어지러울 때면 그녀의 마음을 진정시켜 주는 다락방으로 올라갔다. 그곳에는 네 개의 나무 옷장들이 나란히 서 있는데 옷장은 네 자매의 어린 시절과 사춘기 때의 물건들로 가득 채워져 있었다. 조는 그 옷장들을 물끄러미 바라보다가 자기 옷장 앞으로 다가가 턱을 그 끝에 올려놓은 채 어지럽게 널려진 물건들을 멍하니 쳐다보았다. 그 중에는 옛날에 쓰던 연습장도 눈에 띄었다. 그녀는 연습장들을 한 장 한 장 넘겨보면서 커크 부인 댁에서 보낸 즐겁던 겨울을 떠올렸다. 처음에는 미소를 지었다. 그러나 무언가를 생각하는 듯하더니 곧 우울해졌다. 연습장 위로 눈물 한 방울이 떨어졌다. 거기엔 바어 선생님이 쓴 글이 적혀 있었다. 그의 친절한 글은 새로운 의미로 그녀의 가슴에 다가왔다.

"조, 조금만 기다려주오. 조금 늦을지 모르지만 반드시 가겠소."

"오, 그가 와준다면! 언제나 내게 친절하셨고 많이 참아주셨는데. 프리츠 씨 곁에 있을 때는 고마움을 몰랐어. 모두 떠나버리고 이렇게 외로울 때 그가 온다면 얼마나 좋을까?"

그 약속이 지켜지길 바라며 그녀는 그 종이를 꼭 움켜쥐었다. 조는 푹신한 옷더미 속에 얼굴을 파묻고 울음을 터뜨렸다. 마치 반대라도 하는 듯 장대비가 지붕을 두들기고 있었다.

이 모두가 자기 연민이나 우울함 때문이었는지 모른다. 아니면 외로움이나 감상적인 생각의 발로였는지도 모른다. 누가 알겠는가?

제20장 뜻밖의 일들

해질녘에 조는 낡은 소파에 홀로 누워 벽난로 속의 불을 바라보며 생각에 잠겼다. 이 시간에는 방해하는 사람이 아무도 없어 이렇게 시간을 보내는 것이 좋았다. 그녀는 베스의 자그마한 빨간색 베개에 누워 이야기들을 꾸며보기도 하고 꿈을 꾸기도 했다. 그럴 때면 항상 베스가 가까이에 있는 듯한 착각이 들었다. 조는 우울하고 슬퍼 보였다. 내일은 조의 생일이다. 그녀는 세월이 빨리 흘러 나이만 많아진 것이 참을 수 없었다. 그 오랜 시간 동안 무엇을 했단 말인가? 스물다섯이 되도록 이뤄놓은 것도, 내세울 만한 것도 없었다. 그것은 사실이 아니었다. 보여줄 것은 많았고 그녀는 점차 그것을 감사하게 될 것이다.

"노처녀. 나는 노처녀일 수밖에 없을 거야. 말 그대로 독신녀. 펜을 남편으로 삼고 아이들을 위한 이야기를 잔뜩 쓰면서 20년쯤 지나면 어쩌면 약간의 명성을 얻을지도 모르지. 그러나 그때가 되면 불쌍한 존슨처럼 너무 늙어버려 더 이상 명성을 즐길 수도 없게 되겠지. 같이 인생을 즐길 사람도 없을 테고. 그렇다고 매사에 부정적이거나 이기적일 필요는 없지. 익숙해지면 노처녀 생활도 꽤 괜찮을 거야. 하지만……."

조는 내키지는 않는다는 듯 한숨을 쉬었다. 스물다섯에 서른을 생각하면 모든 것이 끝나는 것처럼 보인다. 그러나 의지할 만한 무언가가 있다면 보기만큼 비참한 것은 아니다. 여자들은 흔히 스물다섯쯤 되면 스스로를 노처녀라 생각하기 마련이다. 하지만 속으로는 고갯짓을 하며 절대로 노처녀로 늙지는 않겠다고 다짐한다. 그러다 서른이 되면 노처녀라는 사실을 조용히 받아들인다. 지각 있는 여자라면 우아하게 늙을 수 있는 20여 년의 유익하고 행복한 나날이 자기 앞에 놓여 있다고 생각하며 스스로를 위안한다. 젊은 아가씨들이여, 노처녀를 보고 웃지 마라. 겉으로는 엄숙하고 태연한 듯하지만 그들은 마음속 깊은 곳에 젊고, 건강하고, 미래에 대한 희망으로 들떠 있던 아름답고 정열적인 사랑을 꿈꾸던 젊은 날에 대한 그리움을 간직하고 있으니! 노처녀들은 별다른 이유도 없이 달콤한 인생을 놓쳤을 수도 있다. 그들을 친절하게 대해야 한다. 그들을 따뜻한 시선으로 바라봐야 하는 이유는, 한창 나이인 젊은 아가씨들도 그들처럼 기회를 놓칠 수 있기 때문이다. 장밋빛 뺨은 영원하지 않고 그녀들을 향한 친절과 존경은 점차 사랑과 존엄함으로 변할 것이다. 젊은 남자들은 계급이나 피부 색깔과는 상관 없이 나이든 여자들을 공손하게 대한다.

조는 깜박 잠이 들었다. 로리의 유령이 갑자기 나타나 그녀 앞에 서 있었다. 그는 예전에 그녀를 대하던 얼굴을 하고 몸을 굽혀 그녀에게 키스를 했다.

"오, 나의 테디! 나의 테디!"

"사랑하는 조, 이렇게 다시 만나니 기쁘지?"

"기쁘냐고? 테디! 말로는 이 기쁨은 표현할 수 없어. 에이미는 어디 있어?"

"어머니께서 메그의 집에 데려가셨지. 오는 길에 메그의 집에 들렀는데 데미와 데이지 등쌀에 아내를 구해 낼 도리가 없었어."

"뭐라고? 너의 뭐?" 조가 외쳤다. 로리가 자랑스럽고 만족한 표정으로 아내라고 말했기 때문이었다.

"아유, 이런 멍청이! 말해 버렸잖아!" 그는 겸연쩍은 표정을 지었다.

조는 재빨리 그에게 다가갔다.

"테디, 너희 둘 벌써 결혼했니? 언제?"

"응, 하지만 절대 다시는 그러지 않을게." 로리는 무릎을 꿇고 후회하는 듯 손을 맞잡았다. 그러나 장난기와 웃음기어린 표정이었다.

"정말 결혼했어?"

"그렇다니까."

"맙소사! 다음에는 어떤 끔찍한 일을 벌일 거지?" 조는 숨을 크게 내쉬며 자리에 앉았다.

"축하하는 말은 아니군!" 로리는 여전히 실망한 태도였지만 만족스런 표정으로 대꾸했다.

"그럼 뭘 기대했어? 도둑처럼 기어들어와 사람을 깜짝 놀라게 해놓고는! 이 괴짜 친구야, 일어나서 전부 다 얘기해 줘."

"옛날 내 자리로 들어갈 수 있게 하고 바리케이드를 치지 않겠다고 약속하지 않는 한 한 마디도 하지 않을 거야."

조는 그 말을 듣고 크게 웃으며 소파를 가볍게 탁탁 두드리고는 다정하게 말했다.

"아, 테디! 그 쿠션은 다락방에 있어. 그건 지금 필요하지 않아. 그러니 어서 여기 와서 고백이나 해."

"테디라고 불러주니 좋아! 너 말고는 아무도 테디라고 부르는 사람이 없잖아." 로리는 만족한 얼굴로 조 곁에 앉았다.

"에이미는 뭐라고 부르는데?"

"나의 주인님."

"그 애답다. 그래, 그렇게 보이는걸."

조는 더 멋있어진 로리의 모습을 똑바로 바라보았다. 그들 둘을 갈라놓은 쿠션은 없었다. 그러나 바리케이드는 사라지지 않았다. 헤어져 있던 오랜 시간 동안의 변화와 어색함으로 인해 쌓인 장벽이 둘 사이에 우뚝 서 있었다. 둘 다 그것을 느꼈다. 마치 불투명한 장벽이 그들에게 그림자를 드리우기라도 한 듯 둘은 잠시 서로를 바라보았다. 그러나 로리가 예전의 그답지 않게 짐짓 위엄 있게 목소리를 꾸미며 웃기는 바람에 장벽은 곧 사라졌다.

"내가 결혼해서 어엿한 가정의 가장이 된 것처럼 보이지 않나 보지?"

"전혀. 절대 그렇게 되지 않을 거야. 키가 좀 크고 건강해 보이지만 여전히 말썽꾸러기임에 틀림없어."

"정말이야, 조? 좀 더 존경심을 갖고 나를 대할 순 없어?" 로리는 조와의 대화를 즐기고 있었다.

"네가 결혼했다니 생각만 해도 우스워서 도저히 믿기지가 않아." 조가 웃으면서 대답했다.

웃음이 전염되는 듯 둘은 또다시 웃었다. 그런 다음 옛날처럼 서로의 이야기를 나누었다.

"추운데 에이미를 만나러 나갈 필요는 없어. 지금 모두 여기로 오는 중이니까. 나는 기다릴 수가 없었어. 직접 너에게 놀라운 소식을 알리고 싶었거든. 우리가 크림을 먼저 맛보고 싶어서 다툴 때처럼 말이야."

"물론 그랬겠지. 그리고 결론부터 얘기하느라 이야기를 망쳐놓고. 자, 어떻게 시작되었는지부터 차근차근 얘기해 봐. 무척 궁금해."

"에이미를 기쁘게 해주고 싶어서 그랬지." 로리는 눈을 반짝이며 털어놓기 시작했다.

"거짓말! 에이미가 너를 기쁘게 해주려고 그랬겠지. 계속 사실대로 말하라고요."

"이제야 말을 올리시는구먼. 봐, 조가 존댓말하는 것 듣기 좋지?" 로리는 벽난로를 바라보며 말했다. 벽난로는 동의한다는 듯 더 활활 타올랐다.

"어쨌거나 둘이 똑같이 그랬지. 우리는 캐롤 숙모님 가족들과 함께 한 달 전쯤 집으로 오려고 했는데 그들이 갑자기 생각을 바꿔 파리에서 겨울을 한 번 더 보내기로 결정했어. 할아버지께서는 집으로 오고 싶어하셨지. 나는 아주 난처하게 된 거야. 할아버지를 혼자 가시게 할 수도 없고, 그렇다고 에이미를 혼자 남겨두고 올 수도 없고 말이야. 영국 사람처럼 고지식한 캐롤 숙모님은 보호자니 어쩌고 하면서 에이미가 우리와 함께 가는 걸 허락하시지 않으셨어. 그래서 그 어려움을 해결하기 위해 내가 '우리 결혼하자. 그러면 우리 하고 싶은 대로 할 수 있잖아'라고 말한 거야."

"물론 그랬겠지. 넌 항상 편한 대로 일을 처리하니까."

"항상 그렇지는 않아." 로리의 뾰로통한 목소리에 조는 서둘러 말을 바꿨다.

"숙모님 허락을 어떻게 받아냈지?"

"어려웠어. 여러 번 되풀이해서 간곡하게 말씀드렸어. 우리에겐 충분한 이유가 있었거든. 그러다 보니 편지를 써서 결혼식에 참석해 달라고 알릴 여유가 없었어. 그때 우리 사정은 에이미 말마따나 시간을 끄나마나였지."

"그래, 그래. 참 잘된 일이야." 조는 벽난로의 불을 바라보며 말했다. 어제까지만 해도 무척 슬프게 보이던 불빛이 마치 행복하게 춤을 추는 듯했다.

"에이미는 매력적인 아가씨야. 나는 그녀를 자랑스럽게 여기고 있어. 사실 그때 숙모님과 숙부님께서 우리를 맺어주시려고 무척 애를 많이 쓰셨지. 이미 허락하시고 난 다음에 말이야. 우린 이미 서로에게 푹 빠져 있어서 아무도 우리를 갈라놓을 순 없었어. 어쨌든 숙모님과 숙부님 덕분에 모든 일이 쉽게 이루어졌어."

"언제, 어디서, 어떻게?" 여자 특유의 흥미와 호기심이 발동한 조가 물었다.

"6주 전에 파리의 미국 영사관에서 조용히 결혼식을 올렸어. 우리는 비록 행복에 젖어 있긴 했지만 베스를 잊지는 않았어."

로리가 그 말을 하자 조는 자기 손을 로리 손 위에 얹었다. 로리는 예전부터 그에게 익숙했던 빨간 베개를 부드럽게 쓰다듬었다.

"왜 곧 우리에게 알리지 않았어?" 잠시 잠자코 있더니 조가 더 조용한 목소리로 물었다.

"우리는 모두를 놀라게 해주고 싶었어. 처음에는 곧바로 집으로 오려고 했었는데, 할아버지께서 적어도 한 달은 있어야 떠날 준비가 되겠다고 하시면서 우리에게 신혼여행을 가라고 하셨어. 그래서 우리는 언젠가 에이미가 신혼 여행지로 딱 좋겠다고 말한 발로사로 가서 신혼의 단꿈을 즐겼지. 장미에 둘러싸여 사랑을 꽃피운 것 아니겠어!"

로리는 잠시 조를 잊어버린 듯했다. 조는 그것이 무척 기뻤다. 그가 그의 결혼에 대한 일들을 자연스럽게 말한 점으로 보아 그가 이미 그녀를 용서했음을 알 수 있었다. 그녀는 로리에게서 손을 빼려고 했지만 로리는 마치 그녀의 생각을 읽기라도 한 듯 손을 더욱 꼭 쥐었다. 그러고는 예전에는 보지 못했던 엄숙한 얼굴로 말했다.

"조, 한 마디만 하고 앞으로 다시는 꺼내지 않겠어, 영원히. 사실 이 말을 하려고 먼저 온 거야. 내가 편지에 썼듯이 당시 에이미는 내게 무척 친절했어. 난 너를 영원히 사랑하겠노라고 했었고. 하지만 나도 모르게 마음이 점점 변했어. 그리고 네 말대로 이렇게 된 것이 훨씬 낫다는 걸 깨닫게 되었지. 에이미와 네가 자리를 바꾼 것뿐이야. 내 생각엔 이렇게 되려고 이미 예정돼 있었던 것 같아. 어떻게 했어도 이렇게 되었을 거야. 네게 누누이 말했듯이 기다리기만 했더라면. 하지만 나는 인내심이 없는 것 같아. 나는 한때 상사병에도 걸렸었지. 그때 나는 고집불통에다 거친 소년이었어. 내 실수를 인정하는 게 힘들었고. 조, 네가 말했던 것처럼 바보같이 굴고 난 뒤에야 그걸 알게 된 거야. 한때는 머리가 너무 혼란스러워 너와 에이미 중에서 누구를 더 사랑하는지 몰랐어. 둘 다 똑같이 사랑하려고 했지만 그건 불가능한 일이야. 그런데 스위스에서 그녀를 만났을 때 모든 것이 명백해졌어. 베스가 세상을 떠났다는 소식을 접하고 나서 말이야. 그 후로 너와 에이미는 둘 다 제자리로 돌아갔어. 난 사랑을 시작하기 전에 옛 사랑을 묻어야겠다는 확신을 가지게 됐지. 조와 아내인 에이미, 둘 다에게 내 마음을 주겠다고, 둘 다 똑같이 사랑할 수 있게 된 거지. 내 말을 믿을 수 있겠니? 우리가 서로를 처음 알았을 때와 같이 행복했던 시절로 돌아갈 수 있을까?"

"진심으로 믿어, 테디. 하지만 우리는 다시 소년과 소녀가 될 수는 없어. 행복했던 옛 시절이 다시 돌아올 수는 없어. 기대해서도 안 돼. 우린 이제 어른이 되었어. 각각의 일도 있고, 걱정 없이 뛰놀던 시절은 이제 지나갔고 장난을 칠 수도 없어. 너도 그런 변화를 느끼고 있다고 믿어. 나는 나의 소년이 그리워지겠지. 그러나 어른이 된 그를 똑같이 사랑하고 존경할 거야.

너는 내가 바라던 그런 어른이 되었으니까. 우린 더 이상 장난을 칠 수는 없어도 남매처럼 평생 서로 사랑하고 도우며 살아갈 거야. 그렇지, 로리?"

그는 대답 대신 그녀의 손을 잡으며 그녀의 얼굴에 손을 갖다 댔다. 그는 둘 사이에 축복을 주는 아름답고 돈독한 우정이 되살아났음을 느꼈다. 조는 그가 집으로 돌아오는 즐거운 날이 슬프지 않도록 명랑한 어조로 말했다.

"아이들이 결혼을 해서 가정을 꾸린다는 것은 상상할 수가 없단 말이야. 에이미의 앞치마 단추를 달아주고, 놀리며 머리카락을 잡아당겼던 것이 어제 일 같은데 말이야. 세월 정말 빠르군!"

"그 아이들 중 하나는 너보다 나이가 더 많아. 할머니 같은 소리 그만 하라고. 페고티가 데이비드(디킨즈 소설의 등장인물)에게 말했듯이 나도 이제 어엿한 신사라고. 그리고 에이미를 보면 언제 그렇게 성숙한 여인이 되었는지 깜짝 놀랄걸." 로리는 조의 어머니같은 모습에 놀라 미소를 머금고 말했다.

조도 로리를 따라 장난스럽게 말했다. "네가 나보다 몇 살이 더 많을지는 몰라도 내가 느끼기에는 내가 더 성숙하다고, 테디. 여자는 대개 그래. 지난 한 해는 무척 견디기 어려운 해였어. 난 지금 마흔 살쯤 된 것 같은 기분이라고."

"불쌍한 조, 우리가 즐겁게 지내는 동안 혼자서 고통을 감수했구나. 정말 나이가 들긴 했구나. 여기저기 눈가에 주름살도 생기고 말이야. 웃지 않을 때 네 눈이 슬퍼 보여. 베스의 빨간 베개를 만졌을 때 젖어 있었어. 넌 너무나 큰 짐을 졌어. 혼자서는 감당하기 어려운 짐을. 나는 정말 이기적인 사람이야!" 로리는 후회하는 얼굴로 자기 머리를 쥐어뜯었다.

조는 베개를 뒤집고 애써 명랑하게 말했다.

"아니야. 아버지, 어머니께서 도와주시고 데미와 데이지가 나를 위로해 줘. 에이미와 네가 편안하고 행복하게 지내고 있다고 생각하니 그리 힘들지 않아. 때때로 외롭긴 하지만 내겐 유익해. 그리고……."

"다시는 널 외롭게 하지 않겠어." 로리가 조의 말을 가로막으며 모든 불행으로부터 그녀를 보호하려는 듯 그녀의 어깨를 안았다. "에이미와 나는 너 없이 살아갈 수 없어. 자주 와서 집안일도 돌봐주고, 예전에 그랬던 것처럼 모든 일에 참견도 하고 그랬으면 좋겠어. 우리 모두 행복하고 다정하게 지내자고."

"방해되지 않는다면 얼마든지. 다시 어려지는 것 같아. 네가 오니까 어쩐지 모든 걱정이 날아가 버린 것 같아. 너는 항상 나의 위안이었어, 테디." 조는 그의 어깨에 머리를 기댔다. 베스의 병세가 악화되었을 때 자기에게 의지하라고 했던 로리의 그 말처럼. 로리도 그때를 떠올렸다. 그는 그녀도 그때를 기억하는가 싶어 그녀를 바라보았다. 조는 로리가 그녀 곁으로 돌아왔다는 안도감에 흐뭇한 미소를 감추지 못했다.

"너는 옛날의 조 그대로구나. 눈물을 흘리는가 하면 금방 웃어버리니 말이야. 그런데 표정이 왜 그래, 할머니?"

"너와 에이미가 어떻게 지내는지 궁금해서 그래."

"천사들처럼 지내!"

"물론 그렇겠지. 누가 주도권을 잡고 있어?"

"에이미. 그런데 실은 나야. 에이미는 자기가 나를 꽉 잡고 있다고 생각하도록 내버려두면 좋아해. 시간이 지나면 달라질지도 모르지. 결혼이란 서로의 주장을 반씩 줄이고 의무를 두 배로 하는 것이라고들 하던데."

"아마 지금과 똑같을걸. 에이미가 네 일평생을 다스리게 될 거라고."

"사람들이 눈치채지 못하게 하니까 난 별로 상관 안 해. 그녀는 그런 방법을 잘 아는 여자야. 사실 나는 에이미처럼 다스린다면 그렇게 되는 게 좋아. 그녀는 비단결처럼 부드럽게 이 일 저 일을 지시하는데 그럴 때면 마치 그녀가 내게 호의를 베푸는 것처럼 느껴져."

"평생 공처가로 살 거면서도 좋아한다니!" 두 손을 들며 조가 소리쳤다. 로리는 어깨를 쭉 펴더니 남성다운 웃음을 던지며 늠름하고 씩씩한 투로 받았다.

"에이미는 훌륭한 가정교육을 받으며 자랐어. 내가 공처가가 될 위험은 절대 없어. 우리는 서로를 존중하고 있어. 절대 독재를 한다거나 싸우는 법은 없을 거라고."

조는 그 말을 듣고 기뻤다. 그녀는 그가 이제 완전히 어른이 되었음을 새삼 느꼈다. 어린 소년이 갑작스레 어른이 되어버린 것은 그녀에게 기쁨이기도 했지만 아쉬움도 느껴졌다.

"나도 그러리라 믿어. 에이미와 너는 우리처럼 다투는 적이 없었지. 이솝 우화에 비유한다면 그 애는 태양이고 나는 바람이야. 기억하니? 태양이 가장 잘 다스리는 건 남자야."

"그녀는 빛을 내리쏠 뿐 아니라 날려 보낼 수도 있다고."

로리가 웃으며 말했다.

"내가 니스에서 어떤 훈계를 들었는지 알아? 너의 꾸지람보다 더 매서웠어. 언젠가 얘기해 줄게. 그녀는 절대 얘기 안 할 거야. 나를 경멸하고 부끄럽게 여긴다면서 별로 사랑하지도 않는 남자와 결혼하겠다고 장담했거든."

"야비해라! 너를 못살게 굴면 내게로 와. 내가 보호해 줄 테니까."

"도움이 필요한 것처럼 보이지, 그렇지?"

로리는 순간 당당하던 태도를 갑자기 부드럽게 바꾸며 일어섰다. 그는 조를 부르는 에이미의 목소리를 듣고는 활짝 웃음을 띠었다.

"어디 있어? 사랑하는 조 언니, 어디 있어?"

한 무리의 사람들이 한꺼번에 몰려들어 서로 껴안고 얼굴을 쓰다듬으며 재회의 기쁨을 나눴다. 몇 번의 시도 끝에 마침내 세 사람이 마주보고 앉았다. 늘 원기왕성한 로렌스 씨는 외국 여행으로 더욱 건강해 보였다. 까다로운 성격은 많이 줄어든 것 같았고 귀족다운 예의범절이 몸에 배어 한층 친절한 노신사가 되어 있었다. 언제나 그렇듯 젊은 부부에게 '나의 아이들'이라고 부르는 것이 좋아보였다. 에이미가 그에게 손자며느리로서의 사랑과 헌신을 아끼지 않아 그는 진정한 마음으로 그녀를 받아들였다. 로리가 할아버지와 에이미 주위를 왔다 갔다 하며 두 사람에게 신경을 쓰는 모습도 흐뭇한 광경이었다. 둘의 아름다운 관계는 로리에게 행복이었다. 메그는 에이미를 본 뒤 자기 옷에는 프랑스 유행이 묻어 있지 않은 것에 대해 의식하게 되었다. 모펏 부인이 에이미를 보았더라면 그 우아한 모습에 완전히 넋이 빠졌을 것이다.

조는 에이미와 로리를 바라보며 생각했다.

'얼마나 잘 어울리는 한 쌍인가! 내가 옳았어. 로리는 아름답고 교양 있는 여자를 찾아냈어. 에이미가 실수투성이인 조보다는 가정을 잘 꾸려나갈 수 있을 거야. 그에겐 무척 자랑스러운 아내가 될 테지.'

마치 부인과 남편도 서로를 바라보고 끄덕이며 미소를 지었다. 그들은 막내딸이 용기를 잃지 않고 험난한 세상일들을 꾸려나갈 수 있는 사랑과 믿음을 얻었다고 생각했다.

에이미의 얼굴은 마음의 평화를 보여주기라도 하듯 무척 온화했다. 비쩍 마르고 어딘가 설익은 것 같던 몸매도 여성스럽고 아름다운 자태로 변모해 있었다. 그녀의 몸짓은 외면적인 아름다움이나 우아함보다도 더 매력적이었다. 에이미는 어린 시절 그녀가 그토록 바랐던 상냥한 여인이 되어 있었다.

"사랑이 우리 어린 딸에게 많은 변화를 가져다주었어요." 그녀의 어머니가 조용히 말했다.

"좋은 본보기가 있었기 때문이오. 여보." 마치 씨는 주름살이 깊게 패이고 머리가 회색으로 변한 아내에게 속삭였다.

데이지는 처음에는 예쁜 이모에게 정신을 뺏기더니 이제는 선물로 받은 장식이 많이 달린 허리띠가 마음에 들었는지 강아지처럼 폴짝폴짝 뛰며 좋아했다. 데미 역시 처음 보는 이모를 유심히 살펴보더니 이모가 준 나무로 된 곰가족 인형들을 안고는 데이지 뒤를 깡충거리며 따라다녔다.

"이 녀석, 나를 처음 봤을 때 뺨을 때렸지. 이제 이 이모부가 신사처럼 대하길 명하노라." 로리는 어린 시절에 놀던 것처럼 어린 데미를 간질이며 큰 소리로 말했다.

"머리끝부터 발끝까지 온통 비단이잖아요! 사람들이 에이미를 로렌스 부인이라고 부르게 된 걸 보세요." 한나 아주머니가 저녁 준비를 하면서 에이미를 힐끔힐끔 바라보며 중얼거렸다.

모두들 응접실에 자리를 잡고 앉았다. 한 사람이 한마디를 꺼내자 일제히 모두가 입을 열었다. 30분 동안에 지난 3년간의 일을 모조리 얘기해 버리려는 사람들 같았다. 차라도 마시면서 쉬어가며 이야기했으니 망정이지 그러지 않았더라면 응접실은 시장바닥 같았을 것이다. 한나 아주머니가 식사가 다 준비되었다며 소리쳤을 때서야 멈추었다.

마치 씨는 당당하게 로렌스 부인을 이끌었고 마치 부인은 사위 팔에 기대어 식당으로 들어갔다. 로렌스 할아버지는 조의 팔짱을 끼며 속삭였다.

"네가 이제는 내 딸이 되어야지."

그렇게 말한 그는 벽난로 옆의 빈자리를 바라보았다. 조는 그 말에 입술을 떨면서 속삭였다.

"네, 할아버지. 그 애의 자리를 대신하도록 노력할게요."

데이지와 데미는 제 세상이라도 만난 것처럼 깡충거리며 따라왔다. 모두 새로운 사람들을 만나 이야기를 하느라 정신이 없는 사이, 이 아이들은 자기들이 하고 싶은 일들을 했다. 차를 한 모금씩 마셔 보기도 하고 생강빵을 술에 적셔 먹어 보기도 했다. 뜨거운 비스킷을 하나씩 나눠 먹은 뒤 맛있어 보이는 과자 하나씩을 주머니에 넣은 아이들은, 안경을 쓰지 않은 할아버지 옆에 자리를 잡았다.

에이미는 이 사람 저 사람에게 옮겨 다니며 음식을 먹는 둥 마는 둥 이야기보따리를 풀어놓더니 마지막으로 로리와 로렌스 할아버지의 팔에 안겼다. 마치 부부도 브루크 부부도 모두 식사가 끝나자 예전처럼 제각기 쌍을 이루어 응접실로 가고 조만 혼자 남겨졌다. 그러나 조는 한나 아주머니의 간절한 질문에 답하느라 그것을 느낄 새가 없었다.

"에이미 양이 쿠페를 타고 화려한 저택에서 은접시에 음식을 담아 먹으며 살게 됐단 말이지?"

"에이미가 백마 여섯 마리를 몰고 금접시에 음식을 먹고, 매일 다이아몬드를 달든 레이스를 달든 걱정 마세요. 테디는 어떤 것이라도 그 애에게 어울리지 않는 것은 없다고 생각하니까요."

매우 흡족해하며 조가 한나 아주머니의 말을 받았다.

"맞아! 그런데 내일 아침엔 해초 요리가 좋을까, 아니면 어육 완자 요리가 좋을까?" 아주머니는 조의 말이 끝나기가 무섭게 다시 물었다.

"아무 거나요."

조는 문을 닫고 서서 지금은 음식 이야기는 어울리지 않는다고 느꼈다. 조는 응접실로 사라지는 사람들의 뒷모습을 물끄러미 지켜보았다. 데미의 격자무늬 반바지가 힐끗 응접실 안으로 사라지자 그녀는 홀로 남겨졌다. 갑자기 싸늘하게 외로움이 밀려들었다. 어디라도 기대고 싶었다. 눈앞이 차츰 흐려졌다. 테디마저도 자기를 버렸다는 생각이 들었다. 그녀가 반가운 생일 선물이 점점 다가오고 있다는 것을 알았다면 '침대에 누우면 울겠지' 하는 생각을 하지는 않았을 것이다.

조는 손으로 눈물을 훔쳤다. 누군가 현관문을 두드리자 그녀는 재빨리 웃음을 띠었다. 그녀는 이 시간에 누구일까 궁금해하며 달려가 급히 문을 열었다. 문 밖에는 키가 크고 수염을 기른 한 신사가 야밤의 태양처럼 어둠 속에서 빛을 발하고 서 있었다.

"어머, 바어 씨, 오셔서 너무 기뻐요!"

조는 그의 두 팔에 매달리며 밤이 그를 삼켜버릴지도 모른다는 두려움에 그를 얼른 안으로 안내했다.

"마치 양을 만나게 되어 반갑습니다. 그런데 손님이 계시는군요."

응접실에서 사람들이 두런거리는 소리가 흘러나왔다.

"손님이 아니라 저희 가족들이에요. 오늘 아침에 에이미가 돌아왔어요. 모두들 바어 씨를 보면 기뻐할 거예요. 부담 갖지 마시고 함께 들어가세요. 어서요."

사교적인 바어 씨였지만 조가 현관문을 닫아버리고 모자를 빼앗지 않았더라면 인사를 남기고 공손하게 떠났을지도 모른다. 하지만 어쩔 수 없었다. 그건 그녀 얼굴에 나타난 표정 때문이었는지도 모른다. 조는 뜻밖에 그를 만나게 된 것이 너무 반가워 그만 그 앞에서만큼은 기쁨을 감춰야 한다는 것을 잊어버렸던 것이다. 외로운 바어 씨에게 조의 그런 반가운 표정은 무척 큰 위안을 주었다. 그는 조 곁에 있고 싶었다. 조의 그런 반가운 기색은 그가 예상한 것보다 더욱 따뜻한 것이었다.

"그렇게 하죠, 조. 나도 가족들을 보고 싶소. 그런데 어디 아팠소?"

그는 마음과 달리 퉁명스럽게 물었다. 조가 코트를 걸고 돌아섰을 때 불빛에 드러난 그녀의 얼굴에서 그는 어떤 슬픔을 읽었다.

"아프진 않았어요. 단지 좀 피곤하고 슬펐을 뿐이에요. 지난번에 당신을 만난 뒤로 많은 일이 있었거든요."

"아, 나도 알고 있소. 베스의 소식을 듣고 나도 무척 가슴이 아팠소."

그는 그녀의 손을 잡았다. 조에게는 어떠한 위로보다도 그의 따뜻한 눈길과 크고 따스한 손이 큰 위안이 되었다.

"아버지, 어머니, 제 친구인 바어 선생님이십니다."

조는 감출 수 없는 긍지와 기쁨을 얼굴 가득 드러내며 가족들에게 그를 소개했다. 팡파르를 울려도 지나치지 않을 만큼 그녀의 얼굴에는 기쁨이 어려 있었다.

비록 낯선 사람이었지만 가족들은 조의 편지에서 그를 이미 만났기 때문에 마치 옛 친구를 맞아들이듯 반갑게 맞았다. 처음에는 조를 봐서 친절하게 대해야 한다는 생각이 들었지만 시간이 지나자 모두들 곧 그를 좋아하게 되었다. 그는 사람들의 마음을 열게 하는 불가사의한 힘을 가졌다. 그가 가난했기 때문인지도 몰랐다. 가난이 그들 사이에 보이지 않는 다리를 놓아주었다. 바어 씨는 낯선 집의 문을 두드린 나그네처럼 어색하게 앉아 조심스레 주위를 둘러보았다. 그 집은 곧 그의 집이 되었다.

아이들은 꿀통을 찾아가는 벌처럼 그에게 다가가 선뜻 무릎 위에 올라앉았다. 그러고는 경계하지 않고 그의 주머니를 뒤지기도 하고, 그의 시계를 요리조리 살펴보기도 하고 수염을 잡아당기기도 했다. 여자들은 눈짓으로 그 남자를 처음 본 소감을 주고받았다. 마치 씨는 그에게서 가까운 친척과 같은 느낌을 받았다. 그는 손님을 위해 그가 평소에 아꼈던 포도주를 선뜻 내놓았다. 존은 귀를 기울이며 이야기를 즐겼으나 한 마디도 하지 않았다. 로렌스 씨도 잠자리에 들 생각을 하지 않았다.

바어 씨는 상냥하게 이것저것 새로운 화젯거리들을 얘기했다. 그의 박식함과 현명함이 그대로 드러났다. 로리에게 말을 거는 일은 드물었지만 그는 종종 그를 바라보았다. 한창 때의 로리를 바라볼 때는 마치 그의 잃어버린 청춘이 후회스럽기라도 한 듯 얼굴에 언뜻언뜻 그림자가 드리웠다. 뭔가 경쟁의식을 느끼는 것 같기도 했다. 그러다간 이따금 조를 바라보았다. 만일 둘의 눈이 마주쳤더라면 그 눈길이 던지는 질문에 그녀도 무언가 답을 주었을 것이다. 그러나 조는 자기가 혹 실수라도 저지르지는 않을까 하여 무척 신경 쓰고 있었다. 그녀는 얌전한 숙녀처럼 그녀가 짜고 있던 양말에 시선을 집중시킨 채 얌전히 뜨개질에만 마음을 기울이고 있었다. 가끔씩 그를 몰래 훔쳐보기도 했는데 그럴 때마다 먼지 나는 길을 걸은 다음 시원한 물 한 모금을 들이켜는 것 같은 상쾌함을 느꼈다. 바어 씨의 얼굴에는 그 시간을 즐기는 듯한 생기가 떠올라 있었다.

그녀에겐 언제부터인가 남자를 보면 로리와 비교해 보는 습관이 있었다. 그러나 그때만큼은 바어 씨를 로리와 비교해 보는 것도 잊어버렸다. 마침 이야기의 화제는 고대의 매장 관습으로 옮겨갔다. 그리 흥미로운 주제는 아니었지만 바어 씨는 생기가 넘쳐 보였다. 다른 주제와 다르게 테디가 그 이야기에 끼어들었는데 마침내 테디가 바어 씨와의 논쟁에서 궁지에 빠지자 조는 이상하게도 자기가 이긴 것 같은 착각이 들었다. 그녀는 바어 씨에게 푹 빠진 아버지의 얼굴을 바라보며 생각했다.

'매일 바어 씨를 초대해 이야기를 나누시도록 하면 좋아하실 텐데!'

바어 씨는 새로 갈아입은 검정색 양복 덕분에 더욱 말쑥하고 깔끔한 신사같이 보였다. 숱이 많은 머리는 짧게 잘라 부드럽게 빗어 넘겼지만 그런 노력은 헛수고였다. 흥분하면 머리를 헝클어버리는 그의 습관 때문이었다. 몇 번이나 그의 손이 머리로 올라가는 것을 보았다. 조는 단정하게 빗어 넘긴 머리보다 아무렇게나 헝클어진 머리를 더 좋아했다. 그럴 때는 바어 씨가 주피터처럼 보였기 때문이다. 그녀는 평범한 사람을 그렇게 이상적인 남자로 보고 있었다. 얌전히 뜨개질을 하면서도 그녀는 바어 씨의 행동 하나하나를 놓치지 않았다. 바어 씨의 소매 끝에는 그날따라 금 단추가 달려 있었다.

'점잖은 신사라니! 구애를 하러 간다 하더라도 저렇게 완벽하게 입진 못할걸!'

구애라는 단어가 떠오르자 조는 얼굴이 화끈 달아올랐다. 그녀는 멋쩍어서 일부러 털실을 떨어뜨리고 그것을 줍는 척했다. 공교롭게도 꺼져가는 불을 지피던 바어 씨가 자기에게로 굴러오는 실타래를 보고는 불쏘시개를 놓고 실타래를 주우러 달려들었다. 그 바람에 둘은 머리를 부딪치고 말았다. 똑같이 얼굴을 붉히며 한바탕 웃고는 자기 자리로 돌아갔다. 그녀는 자신의 어쭙잖은 연기를 못내 아쉬워했다.

아무도 저녁이 어떻게 지나갔는지 몰랐다. 한나 아주머니는 아무도 모르게 강아지들처럼 고개를 까딱이며 두 눈에 잠이 가득 차서 졸고 있는 아이들을 데리고 메그의 집으로 갔다. 로렌스 씨도 이제 그만 잠자리에 들어야겠다며 집으로 돌아갔다. 남은 가족들은 난롯가에 둘러앉아 시간 가는 줄도 모르고 얘기를 나누었다. 갑자기 아이들이 걱정되는 메그는 데이지가 침대에서 떨어졌을지도, 데미가 성냥을 가지고 놀다가 불을 냈을지도 모른다며 가봐야겠다고 일어섰다.

"모두 모였으니 옛날처럼 노래나 하죠."

조는 그 순간을 깨고 싶지 않았다. 탄성이라도 지르고 싶은 자기 감정을 숨길 수 있는 안전한 탈출구는 오직 노래를 부르는 것이라고 생각했다. 그녀는 재빨리 메그의 말을 가로막았다. 메그가 자리를 뜨면 분위기가 흐트러질 것 같았기 때문이다.

모두가 모인 것은 아니었다. 아무도 조의 말이 분별없는 과장이나 거짓이라고는 생각하지 않았다. 베스가 여전히 그들과 같이 있는 것처럼 느껴졌다.

보이지는 않았지만 평화의 금가루를 골고루 뿌려주는 천사 베스가 늘 그들 곁에 숨쉬고 있었다. 그 어느 때보다도 소중한 존재로서……. 사랑으로 똘 똘 뭉친 이 가정의 화목은 죽음도 함부로 무너뜨릴 수 없었다. 베스의 작은 의자는 예전의 그 자리에 그대로 놓여 있었다. 바늘이 너무 무겁게 느껴져 중단해야 했던 일감들이 말끔히 정돈돼 있는 바구니도 원래의 서랍에 그대 로 있었다. 그녀가 사랑했던 피아노는 더 이상 노래하지 않았다. 그러나 거 기엔 항상 베스가 앉아 고요하게 미소짓고 있었다.

"노래를 불러봐, 에이미. 그동안 얼마나 늘었는지 보여줘."

로리는 뿌듯함을 느끼며 말했다. 에이미는 손으로 빛바랜 조그만 의자를 한 바퀴 돌리더니 눈동자를 반짝이며 속삭였다.

"오늘 밤은 말고요. 오늘은 뽐내고 싶지 않아요."

그러나 그녀는 베스가 즐겨 부르던 노래를 불렀다. 그녀의 목소리는 베스 가 가장 좋아하던 노래의 마지막 구절에서 떨렸다. 방 안엔 숨소리도 들리지 않았다.

"하늘이 잠재우지 못하는 지상의 슬픔은 없나니……."

에이미는 그 다음을 잇지 못하고 흐느끼며 옆에 서 있던 남편에게 기댔다. 그녀는 베스의 키스가 없는 환영 파티는 결코 완전하지 못하다고 느꼈다.

"자, 이제 바어 씨의 노래로 끝을 냅시다. 바어 씨도 이 노래를 아시거든 요."

조용한 순간이 더 고통으로 이어지지 않도록 조가 끼어들었다. 바어 씨는 목청을 가다듬으며 조가 서 있는 구석으로 가서 말했다.

"나와 함께 부르겠소? 우린 호흡이 아주 잘 맞잖소."

그의 말은 엉뚱했다. 조는 음악에 관해서는 메뚜기만큼이나 자질이 없었 다. 그러나 그녀는 그가 오페라를 처음부터 끝까지 함께 부르자고 했더라도 행복하게 따라했을 것이다. 어쨌든 그것은 큰 문제가 되지 않았다. 바어 씨 는 굵은 목소리로 노래를 잘도 불렀다. 조는 그저 흥얼거리며 그를 따라했 다. 그녀는 마치 그녀만을 위해 노래하는 듯한 바어 씨의 감미로운 목소리에 열심히 귀를 기울였다.

'작은 오렌지가 여는 땅을 그대는 아는가'라는 구절은 바어 씨가 가장 좋 아 하는 구절이었다. '땅'은 그에게는 독일을 의미했다. 그러나 그는 지금 그 노랫말을 각별한 애정으로 부르고 있었다.

"오, 거기에 그대와 함께 가리니, 오, 나의 사랑, 함께 갑시다."

조는 굵고 부드러운 목소리에 실린 노래 가사에 너무나 감동해 자기도 모르게 손을 떨었다. 그녀는 그 땅을 안다고 말하고 싶었다. 그가 좋다면 어디든지 언제든지 따라가겠다고 외치고 싶었다.

노래가 끝나자 가족들은 모두 일어나 박수를 쳤다. 에이미와 로리가 집으로 돌아가려고 모자를 쓰며 채비를 했다. 에이미와 로리가 함께 가려는 모습을 보고 바어 씨는 속으로 쾌재를 불렀다. '나의 동생'이라고만 소개된 에이미가 에이미 로렌스가 되었다는 것을 그제야 알았기 때문이다. 로리가 헤어지면서 그에게 다가와 예의바르게 인사를 하자 그는 더욱 당황했다.

"저와 제 아내는 선생님을 만나 뵙게 되어 매우 기쁩니다. 저의 집에 언제라도 오세요."

그러자 바어 씨는 그에게 너무나 열성적으로 고맙다는 말을 연신 되풀이했다. 어찌나 만족한 표정을 짓는지 로리는 자신이 만난 사람 중 이처럼 자기 감정을 솔직하게 드러내는 사람은 없었다는 생각이 들었다.

"저도 이제 가겠습니다. 괜찮다면 또 들르겠습니다. 시내에서 볼일이 있어 이곳에 며칠 머물게 되었거든요."

그는 마치 부인을 향해 말했으나 눈은 조를 바라보고 있었다. 딸의 눈길처럼 어머니의 목소리에도 언제든지 와도 된다는 환영의 빛이 담겨 있었다. 마치 부인은 언젠가 모펏 부인이 한 말처럼 딸들의 관심사에 눈이 멀지는 않았다.

"현명한 남자인 듯하구나."

마치 씨는 마지막 손님이 떠난 뒤 난로 앞에 서서 만족스런 어투로 말했다.

"저도 그가 좋은 사람이란 걸 알아요."

마치 부인이 시계 태엽을 감으면서 확신에 찬 목소리로 덧붙였다.

"좋아하실 줄 알았어요."

조는 그 말만 하고는 잠자리에 들었다. 그녀는 바어 씨가 무슨 일로 이 도시에 왔을까 궁금했다. 마침내 그녀는 그가 어느 학교에 초빙되어 왔는데 겸손한 탓에 언급하지 않았을 거란 결론을 내렸다. 만일 바어 씨가 그의 방에서, 미래를 꿈꾸듯 서 있는 풍성한 머리와 엄숙하고 완고한 표정의 젊은 아가씨 사진을 보고 있는 것을 조가 보았더라면 그녀는 그가 왜 이곳에 왔는지를 짐작할 수 있었을 것이다. 특히 그가 불을 끄고 어둠속에서 그 아가씨의 사진에 입맞춤하는 모습을 보았더라면.

제21장 애송이 부부

이튿날 로리가 처가에 갔을 때 에이미는 마치 다시 어린애로 되돌아간 것처럼 엄마 무릎에 앉아 있었다.

"장모님, 아내를 30분만 빌려도 되겠습니까? 조금 전에 프랑스에서 짐이 도착했는데 제가 물건을 찾느라 에이미의 짐을 온통 헝클어놨거든요."

"물론이지. 가거라, 애야. 난 아직도 네가 여기에 사는 것 같은 착각이 드는구나."

마치 부인은 딸과 함께 있고 싶어하는 자신의 욕심을 나무라기라도 하는 듯 결혼반지가 끼어 있는 에이미의 하얀 손을 꼭 쥐며 말했다.

"혼자 할 수 있었다면 여기까지 오지 않았을 겁니다. 저는 제 귀여운 아내 없이는 아무것도 할 수 없는……."

"바람 없이 돌아가지 않는 바람개비 같군."

로리가 무언가 비유할 것을 찾고 있는 동안 조가 끼어들었다. 조는 테디가 집으로 돌아온 뒤 예전의 샐쭉한 성격을 되찾았다.

"그 말이 딱 맞습니다. 에이미는 풍향계를 장모님이 사시는 서쪽으로 돌려놓았어요. 간혹 길 건너 남쪽으로도 돌긴 하지만요. 결혼 이후엔 동쪽은 거들떠보지도 않았어요. 동쪽과 북쪽에 대해 아무것도 몰라도 하나도 불편한 줄을 모르겠어요. 그래도 항상 유쾌하고 기분 좋게 지내고 있습니다. 그렇지 않소, 여보?"

"여태까진 온화한 기후였죠. 이런 날씨가 얼마나 오래 지속될지는 아무도 몰라요. 살다 보면 폭풍우가 불어 닥칠 때도 있을 거예요. 그래도 저는 두렵지 않아요. 저는 배로 항해하는 법을 배우고 있거든요. 집으로 가요, 여보. 제가 구두 주걱을 찾아드릴게요. 그것 찾느라 제 물건을 쑥밭으로 만들어놨겠죠? 엄마, 남자들은 정말 형편없어요." 에이미는 제법 익숙한 주부 티를 내면서 의젓하게 말했다. 로리는 이런 아내를 보며 즐거워했다.

"짐을 풀고 난 다음에는 뭘 할 생각이야?" 조는 에이미의 코트 단추를 채 위주면서 물었다. 조는 에이미가 어렸을 적에 앞치마 단추를 채워주곤 했다.

"계획 중입니다. 자세히 말할 수는 없지만 게으르게 살지 않겠다는 저의 각오만은 확실하게 말씀드릴 수 있습니다. 일단 사업을 할까 해요. 제가 응석받이가 아니라는 걸 증명해 할아버지를 기쁘게 해드리고 싶어요. 그러기 위해 꾸준히 노력할 겁니다. 할 일 없이 빈둥거리는 생활에 저도 지쳤어요. 남자답게 일할 생각입니다."

"에이미는 뭘 할 생각이니?" 마치 부인은 로리의 결심에 기뻐하며 물었다.

"먼저 친지 분들께 인사를 다니겠어요. 그런 다음 훌륭한 연회를 베풀어 모든 사람들에게 사교계의 참맛을 맛보게 해드리려고 해요. 주위 사람들을 먼저 부른 다음엔 저는 세계로 제 영향력을 넓혀나갈 거예요. 이 정도면 됐지요, 마담 레카미에(1777~1849. 프랑스의 재녀(才女). 미모와 온정으로 유명했다.)?"

에이미를 장난스런 표정으로 바라보며 로리가 말했다.

"시간이 증명해 주겠지요. 이리 오세요. 우리 미스터 뻔뻔, 식구들 앞에서 이상한 이름으로 저를 불러 놀라게 하지 마세요."

사교계의 여왕으로 살롱의 주인이 되기 전에 현모양처가 되어야 한다고 결심하면서 에이미가 대답했다.

"아주 행복해 보이는구먼." 젊은 부부가 떠나고 나자 더 이상 아리스토텔레스의 책에 집중할 수 없게 된 마치 씨가 말했다.

"정말 그래요. 그 애들의 행복은 계속될 거예요." 마치 부인은 안전하게 항구까지 배를 몰고 온 항해사와 같은 평온한 얼굴로 덧붙였다.

"저는 확신해요. 에이미는 행복할 거예요." 조가 한숨을 쉬었다.

그때 바어 선생님이 성급하게 문을 열고 들어오는 모습이 보였다. 조는 그를 향해 밝게 미소를 지었다.

어느새 저녁이 되었다. 고향의 저녁 노을을 바라본 지도 무척 오랜만이었다. 귀향길에 사온 미술품들을 정리하느라 에이미는 그때껏 정신이 없었다. 로리는 구두 주걱을 생각해 내고 아내에게 말을 걸었다.

"로렌스 부인!"

"예, 주인님!"

"바어 씨가 우리 조와 결혼을 할 작정인데!"

"그랬으면 좋겠어요. 안 그래요, 여보?"

"글쎄, 물론 믿음직한 사람이란 건 나도 잘 알아. 그러나 좀 더 젊고 부자였으면 좋으련만."

"로리, 그렇게 세속적인 계산으로 까다롭게 굴지 마세요. 진정으로 사랑하면 나이나 가난 같은 건 아무 문제도 안 된다고요. 여자들은 절대 돈만 보고 결혼해서는 안 돼요……."

에이미는 갑자기 말을 멈추고는 남편을 바라보았다. 로리는 짐짓 엄숙한 체하며 대꾸했다.

"물론 그러면 안 되지. 그런데 매력적인 소녀들은 종종 그런 얘기를 하지. 당신도 예전에 부자와 결혼하겠다고 말한 적이 있잖소? 그래서 당신이 나처럼 아무 쓸모없는 사람과 결혼한 모양이구려."

"그런 말이 어디 있어요? 제가 당신과 결혼하고자 마음을 굳혔을 때 제겐 당신이 부자라는 건 염두에도 없었어요. 당신이 가난뱅이였다 해도 저는 당신과 결혼했을 거예요. 때때로 당신이 아주 가난해서 그런 당신을 제가 얼마나 사랑하는지 보여드리고 싶다고요."

밖에 나가서는 격식을 갖추지만 집에서는 다정다감한 에이미가 확신에 찬 말투로 또박또박 얘기했다.

"당신은 설마 제가 한때 사치스러웠다고 해서 지금도 그렇다고 여기는 것은 아니겠죠? 당신이 뱃사공이었다 해도 당신을 선택했을 거예요. 제 말을 믿지 않으신다면 제 마음이 아플 거예요."

"내가 무슨 바보나 짐승인 줄 알아? 나보다 훨씬 더 부자인 프레드도 거절한 당신인데 내가 어떻게 그런 터무니없는 생각을 할 수 있겠소? 그리고 당신은 지금 내가 주고 싶은 것을 반도 받으려 하지 않소. 여자들은 흔히 돈이 삶을 안락하고 편안하게 해주는 가장 효과적인 구원이라고 생각해. 당신은 다르지. 한때는 당신의 사치와 허영심에 대해 걱정을 안 한 것도 아니야. 그러나 나는 당신이 장모님을 진심으로 사랑하고 그 가르침에 충실한 착한 딸이라는 것을 곧 알게 됐지. 어제 장모님께 말씀드렸더니 마치 내가 백만 달러짜리 수표라도 드린 것처럼 기뻐하시더라니까! 에이미, 당신은 내 얘기를 하나도 듣지 않는군."

로리는 자기 얼굴을 뚫어지게 바라보고 있는 에이미의 시선을 느끼고 말을 멈추었다.

"듣고 있어요. 여보, 당신 뺨의 보조개를 보고 있었어요. 보기 좋아요. 당신을 허영심에 들뜨게 하고 싶지는 않지만 저는 당신이 가진 돈보다 당신의 잘생긴 얼굴이 더욱 자랑스러워요. 웃지 마세요. 당신의 코는 정말 매력적이에요."

에이미는 흡족한 얼굴로 로리의 잘생긴 얼굴을 부드러운 손길로 만졌다. 이제까지 살면서 사람들로부터 칭찬을 여러 번 들었지만 이보다 더 로리 마음에 드는 칭찬은 없었다. 로리는 에이미의 독특한 취향에 웃었다. 에이미가 천천히 말했다.

"질문 하나 해도 돼요?"

"물론이지."

"조가 바어 씨와 결혼해도 괜찮겠어요?"

"아, 그게 걱정이었소? 당신이 보조개가 어쩌고 하는 어울리지 않는 얘기를 할 때부터 좀 이상하다는 생각을 했지. 그건 다 쓸데없는 생각이오. 내가 뭣 때문에 조의 결혼을 꺼리겠소. 당신처럼 좋은 아내를 얻은 나만큼 행복한 사람이 어디 있다고. 나는 진심으로 조의 결혼을 축하해. 내 말을 못 믿겠어?"

에이미는 그를 올려다보고 안심했다는 표정을 지었다. 그녀는 그때껏 남아 있던 질투심의 찌꺼기를 그 순간 완전히 털어버렸다. 로리에 대한 사랑과 믿음으로 가슴 가득 뿌듯함을 느끼며 에이미는 진심으로 고마움을 표했다. "바어 선생님을 위해서 우리가 무엇인가를 해줬으면 좋겠는데. 이렇게 하면 어떨까? 독일에 돈 많은 친척이 한 분 계셨는데 돌아가시면서 바어 씨 앞으로 얼마간의 돈을 남겼다고 꾸미면 말이야."

에이미는 로리의 팔짱을 끼고 샤토 정원을 떠올리며 천천히 거실을 왔다 갔다 하면서 로리의 말을 듣고 있었다.

"조가 알아차리고 산통을 깨고 말 거예요. 조는 지금 그대로의 그를 좋아하고 있어요. 어제 조는 '가난이란 아름다운 것이다'라고 말했어요."

"조에게 축복이 있기를! 그러나 변변찮은 독일어 선생 남편을 믿고 여러 명의 아이들을 키우다 보면 생각이 달라질지도 몰라. 지금은 별달리 도와줄 방도가 없지만 앞으로 기회가 생기면 꼭 도와주고 싶어. 조는 나에게 많은 것을 가르쳐주었어. 남에게 진 빚은 갚아야 한다는 것이 그녀의 평소 생활신

조야. 그녀는 나의 이런 마음을 이해해 줄 거야."

"다른 사람들을 돕는다는 것이 얼마나 좋은 일인데요! 제가 항상 꿈꿔 온 소망 중 하나는 남한테 아낌없이 도와줄 수 있는 힘을 갖는 것이었어요. 당신 덕분에 저의 소망이 이루어졌어요."

"아! 우리가 선을 많이 베풀 거란 거지? 난 특별히 도와주고 싶은 사람이 있어. 손을 벌려 구걸하는 거지들은 도움을 받을 수 있지만 가난한 신사 양반들은 도와달라는 소리를 하지 않기 때문에 아무도 자선을 베풀지 않아. 하지만 잘 생각해 보면 그들을 도울 방법은 얼마든지 있어. 기분을 상하게 하지 않는다면 말야. 아첨하는 거지보다 나는 가난한 선비를 더 돕고 싶어. 잘못된 생각일지 모르나 나는 그러고 싶소. 더 어렵긴 하겠지만."

"그래요, 여보! 당신은 정말 신사예요."

에이미가 덧붙였다.

"고맙소. 하지만 그 정도로 칭찬을 받을 만하지는 않소. 여행을 하면서 여기저기서 재능 있는 젊은이들이 온갖 희생을 감수하며 꿈을 이루기 위해 노력하는 모습을 많이 보았어. 아주 훌륭한 젊은이들이야. 비록 가난하고, 도와줄 친구조차 없어도 야망으로 가득 차 용기와 인내를 갖고 열심히 일하는 모습은 아직도 가슴속에 남아 있어. 그런 젊은이들을 보면서 나는 내 자신이 부끄러웠어. 그들에게 필요한 것을 주고 싶은 마음이 생겼어. 그런 젊은이들을 도와준다면 얼마나 가슴 뿌듯하겠어. 그들에게 재능이 있다면 그들을 돕는다는 것은 더없는 영광이지. 설혹 재능이 없다 해도 불쌍한 영혼들을 위로하고 절망에 빠지지 않도록 도와주는 건 보람 있는 일이야."

"예, 맞아요. 손을 내밀지 않고 묵묵히 고통을 겪는 사람들이 또 있어요. 저도 그런 사람들에 대해 아는 점이 있어요. 당신이 저를 선택할 때까지는 저도 그런 부류에 속했으니까요. 꿈 많은 소녀들은 어려운 시절을 보내요. 적절한 시기에 작은 도움을 받지 못해 건강한 젊음과 소중한 기회들을 놓치는 경우가 종종 있어요. 사람들은 제게 아주 친절했어요. 어린 소녀들이 고통을 겪는 것을 볼 때면 제가 도움을 받은 것처럼 그들을 도와주고 싶어져요."

"그렇게 하도록 해요. 당신은 천사 같으니까!" 로리는 외쳤다. 예술적인 재능을 지닌 젊은 여자들을 위한 단체를 만들어야겠다는 결심을 한 그는 박애주의자처럼 열성적으로 얘기했다. "부자들은 가만히 앉아 자신을 즐길 권리가 없어. 또 혼자만 잘 살려고 하거나 다른 사람들이 쓸 유산을 남기려고 돈을 모으는 것도 쓸모없는 짓이야. 살아 있을 때 현명하게 돈을 써서 다른 사람들도 행복하게 살도록 도와주는 것이 좋은 일이지. 우린 우리 자신만이 아니라 다른 사람들을 도우면서 삽시다. 그게 진정 삶의 기쁨이야. 당신이 도르카가 되어 큰 바구니를 들고 돌아다니면서 필요한 사람들에게 나눠주고 대신 착한 행동으로 그 바구니를 채우는 것이 어떻겠소?"

"진심으로 그렇게 하겠어요. 당신은 용감한 성인 마틴이 되어 세계를 두루 다니면서 당신의 외투를 거지들에게 나눠주시고요."

"됐어, 됐어. 우린 잘 해낼 거야!"

젊은 부부는 손을 맞잡고 그들의 결심을 확인했다. 그러고는 다정하게 팔짱을 끼고 행복에 겨운 걸음걸이로 거실 안을 거닐었다. 그들은 다른 가정을 돕다 보면 자신들의 가정도 더욱 행복해질 거라 굳게 믿었다. 그날 저녁, 로리와 에이미는 어렵고 가난한 사람을 먼저 생각하며 바르게 살아갈 것을 다짐했다.

제22장 데이지와 데미

마치 집안의 이야기를 소개하면서 가족 중 가장 소중한 두 사람에 대한 이야기를 생략하는 건 옳지 않은 일이다. 이제 데이지와 데미도 웬만큼 커서 자신의 주장을 표현할 줄 아는 나이가 되었다. 그 또래의 꼬마들은 대개 어린애다운 고집과 억지로 어른들보다 더 완고하게 자신들의 주장을 관철시킨다. 물론 응석받이 쌍둥이인 브루크 남매도 예외는 아니었다. 그 애들은 아주 영리해서 8개월이 되면서부터 걸음마를 시작했고, 12개월 때는 이미 어느 정도 의사소통을 할 수 있을 정도로 말을 잘했으며, 세 살이 되자 식탁에 앉아 제법 얌전하게 식사를 해 사람들의 칭찬을 받았다.

데이지는 세 살이 되자 비록 네 땀이었지만 자수를 놓은 큰 가방을 만들 정도로 바느질을 잘했다. 게다가 사과나 오렌지, 딸기로 샐러드를 만들어 먹는 등 요리하는 데도 나름대로 소질을 보였다.

데미는 할아버지와 읽고 쓰는 공부를 했다. 할아버지는 머리부터 발끝까지 몸짓, 손짓으로 알파벳 모양을 만들며 손자를 가르쳤다. 머리와 발꿈치로 하는 체조인 셈이었다. 데미는 일찍부터 기계를 좋아했다. 존은 그 점을 반겼으나 메그는 질색이었다. 데미는 눈에 띄는 기계란 기계는 죄다 뜯어놓아 방은 늘 여러 가지 잡동사니들로 어지럽혀져 있었다. 실, 의자, 핀, 실패와 뱅뱅 돌아가는 녀석의 소위 '재봉틀', 그리고 큰 의자 뒤에 걸어놓은 바구니는 주로 누나를 놀리는 데 사용되었다. 이 바구니는 데미가 애용하는 것이었다. 데이지가 거기에 머리를 박으면 어린 발명가는 짜증스러운 듯 소리를 쳤다.

"엄마, 엄마! 어서 와 봐요. 데이지 좀 봐요. 저 꼴 좀 보세요!"

그러면서 데미는 방바닥을 데굴데굴 굴렀다.

데미가 데이지를 놀리는 탓에 싸우고 성격상으로 달라도 둘은 서로 사이 좋게 잘 지냈다. 그 애들은 하루에 세 번 이상 싸우지 않았다. 물론 데미는 데이지를 곤경에 빠뜨리는 모든 공격자들로부터 용감하게 데이지를 보호했다. 데이지는 스스로를 갤리 배를 젓는 노예로 자칭하며 동생 데미를 세상에서 가장 완벽한 사내아이로 생각했다.

데이지는 장미같이 사랑스럽고 포동포동 살이 올라 무척 건강해 보였다. 햇살과 같이 밝은 성격을 지니고 있는 데이지는 모든 이의 귀여움을 독차지했다. 데이지는 항상 키스해주고 껴안아주고 싶은 꼬마 여신 같은 아이였다. 데이지는 착하고 상냥해서 만일 약간의 심술궂은 면만 없었더라면 하늘에서 내려온 천사와 꼭 같았을 것이다. 데이지가 바라보는 세계는 항상 맑았다. 데이지는 매일 아침 잠옷 차림으로 밖을 내다보며 마치 새들에게 인사라도 하는 듯 외쳐댔다.

"예쁜 아침이야, 예쁜 아침이야!"

데이지는 비 오는 날에도 그렇게 외쳐댔다.

데이지에게는 모두가 친구였으며 처음 보는 낯선 사람도 거리낌 없이 그녀에게 뽀뽀를 했다. 노총각들은 데이지를 보고 결혼하지 않은 것을 후회했으며, 아이들을 좋아하는 사람들은 서로 데이지의 환심을 사려고 안달을 했다.

"난 모두 다 좋아."

한번은 데이지가 한 손에는 손가락을 움켜쥐고 다른 손에는 컵을 들고 서서 마치 세상을 포용하려는 듯 두 팔을 벌리며 이렇게 말했다. 메그는 데이지가 자랄수록 데이지처럼 조용하고 사랑스러운 동반자가 있으면 자기 가정이 더욱 축복을 받으리라 생각하곤 했다. 그녀는 베스를 생각하고 있었다.

그녀의 부모님은 가끔 데이지를 베스라 불렀다.

데미는 워낙 호기심이 많아 눈에 띄는 것이면 다 알고 싶어 했다.

"무엇에 쓰는 거야?"

데미는 이 말을 입에 달고 살았다. 때때로 만족할 만한 답을 얻지 못했는데 그럴 때면 신경질을 부렸다.

데미는 또 철학적인 사고를 할 수 있을 만큼 머리가 영민해 할아버지를 기쁘게 하기도 했다. 할아버지는 데미에게 옛날이야기를 들려주듯 소크라테스에 대해 말해주었다. 그러면 이 영리한 어린 제자는 이상한 질문을 해 집안의 여자들을 웃기곤 했다.

"뭐가 제 발을 걸어다니게 하나요, 할아버지?"

하룻밤에는 잠자리에 들기 전에 장난을 치며 놀다가 갑자기 뭔가 골똘히 생각하는 듯한 얼굴로 자기 몸을 훑어보던 데미가 물었다.

"네 머리란다, 데미."

데미의 금발 머리를 조심스레 쓰다듬으며 할아버지가 대답했다.

"머리요?"

"네 몸을 움직이게 하는 그 무엇이 네 머릿속에 들어 있단다. 마치 내 시계 속에 들어 있는 용수철이 바퀴를 돌려 시계를 움직이게 하는 것과 마찬가지지."

"열어주세요. 움직이는 걸 보고싶어요."

"네가 시계를 열지 못하는 것처럼 나도 그렇게 할 수 없단다. 하느님께서 너의 태엽을 감아주시면 너는 너를 멈추게 하실 때까지 계속 가는 거야."

"그래요?"

새로운 사실을 알게 된 데미의 갈색 눈이 크고 밝게 빛났다.

"할아버지, 그럼 저도 시계처럼 태엽을 감아주어야 하나요?"

"그래, 하지만 방법을 보여줄 순 없어. 하느님께선 우리가 볼 수 없을 때에만 감으시니까."

데미는 시계 태엽을 찾기라도 하듯 자기 머리 뒤를 만져보고 심각하게 말했다.

"내가 잘 때 하느님께서 아무도 모르게 감으시는가 보네?"

할아버지의 조심스런 설명을 열심히 듣는 데미를 보고 마치 부인이 걱정이 되어 끼어들었다.

"여보, 그런 어려운 얘기를 아이에게 해도 괜찮으시겠어요? 이제 이 아이는 생각이 점점 복잡해져서 도저히 대답하지 못할 질문들만 하는군요."

"그런 질문을 할 정도면 진실한 대답을 들을 자격이 있소. 나는 이 아이 머릿속에 여러 사실을 억지로 주입시키는 게 아니오. 녀석 머릿속에 이미 들어 있는 생각들을 이해시키도록 도와주는 것뿐이오. 요즈음 아이들은 우리보다 현명하다오. 데미는 내가 하는 말을 모두 이해한다오. 자, 데미. 생각은 어디에 있지?"

만일 데미가 알키비아데스처럼 "신의 이름으로, 소크라테스의 이름으로 말할 수 없다"고 대답했더라면 할아버지는 그리 놀라진 않았을 것이다. 그러나 데미는 생각에 잠긴 어린 황새처럼 한 발을 들고 잠시 생각하는 듯하더니 자신감 넘치는 침착한 목소리로 또박또박 대답했다.

"제 뱃속에요."

할아버지와 할머니는 웃음보를 터뜨렸다. 마치 씨는 형이상학에 관한 수업을 거기서 끝내야 했다.

만일 데미가 이제 막 세상사에 관심을 갖고 나이에 어울리지 않게 논리적 사고를 척척 해내며 꼬마 철학자 흉내만 내고, 그 또래의 아이들처럼 집안을 온통 휘젓고 다니는 개구쟁이가 아니었더라면 메그는 큰 걱정에 휩싸였을 것이다. 할아버지와 한참 말씨름을 벌이는 것을 보면 한나 아주머니 말대로 그 아이는 이 세상 사람이 아닌 것처럼 보였기 때문이다.

한나 아주머니의 두려움은 곧 사라졌다. 데미는 사랑스런 아이였다. 데미는 짓궂고 심술궂은 장난꾸러기여서 말썽을 좀 피우긴 했지만 부모님들을 즐겁게 했다.

메그는 몇 가지 규칙을 세워 아이들에게 지키도록 했다. 그러나 꼬마 신사와 숙녀가 어찌나 장난을 치고 고집을 부리며 미꾸라지같이 살짝 빠져나가는지 도저히 당해 낼 도리가 없었다.

"데미, 건포도 좀 그만 먹어. 그러다간 배탈 난다."

건포도 과자를 만드는 날이면 영락없이 부엌에 들어와 돕는답시고 아우성을 치는 데미였다.

"아파도 괜찮아요, 엄마."

"제발 부엌에서 나가서 데이지가 케이크 만드는 거나 도와주렴."

데미는 마지못해 나가면서도 엄마를 꼼짝 못하게 할 여러 가지 묘책으로 기회를 틈타 자기의 목적을 달성하곤 했다.

"자, 착하지, 우리 나가서 놀자!"

메그는 하는 수 없이 데미의 손을 잡아끌고 나갔다. 푸딩은 냄비 안에서 뽀글뽀글 소리를 내며 끓고 있었다.

"진짜요, 엄마? 함께 놀아줄 거예요?"

데미는 기발한 생각이 떠올랐는지 장난스레 물었다.

"그래, 뭐든지 다 해줄게."

메그는 별 생각 없이 '작은 고양이 세 마리'를 대여섯 번 부르자고 하거나 가족들을 데리고 '1센트짜리 빵'을 사러 가자고 하겠지 하고 생각했다. 그러나 그 녀석은 매번 천연덕스럽게 그녀를 궁지로 몰고 갔다.

"그럼 우리 가서 건포도 먹어요, 엄마."

조는 두 아이의 중요한 놀이 동무이자 조언자였다. 셋은 늘 작은 집을 엉망으로 만들어놓았다. 에이미 이모에 대해서는 이름만 알고 있었으며, 베스 역시 희미한 기억으로 남아 있었다. 조는 친구처럼 매일같이 어울려 놀았다. 그러나 바어 씨가 나타난 뒤부터는 사정이 달라졌다. 조는 놀이 친구들을 거들떠보지도 않았다. 자기만 보면 달려와 입 맞추던 조가 며칠째 보이지 않자 데이지는 크게 실망했다. 데미는 어린 아이답지 않은 통찰력으로 조가 수염 난 아저씨와 함께 있는 것을 더 좋아한다는 것을 알아차렸다. 함께 놀지 못해 서운하긴 했지만 데미는 그런 마음을 겉으로 드러내지 않았다.

데미는 주머니에 초콜릿 사탕과 가끔 꺼내 보는 시계를 넣어두는 바어 씨를 싫어할 수가 없었다. 보는 사람들은 바어 씨의 친절을 일종의 뇌물이라고 생각했을 수도 있다. 그러나 데미는 그렇게 생각하지 않았다. 데미는 계속 사근사근하게 수염 난 아저씨를 따라다녔다. 데이지는 바어 씨를 세 번째로 보았을 때에야 비로소 경계심을 풀고 바어 씨 품에 안겼다.

신사들은 자신이 호감을 품고 있는 숙녀들의 어린 친척에게 각별한 친절함을 나타낸다. 그러나 진심에서 우러난 친절이 아닌 가식적인 행동은 어린 아이들의 마음을 사로잡을 수 없다. 아이들에게 거부감을 줄 뿐이다.

아이들에 대한 바어 씨의 마음은 진실이었다. 처음엔 경계하던 아이들도 그를 따랐다. 정직이 사랑의 최선이 아니겠는가! 바어 씨는 아이들과 금방 친해지는 사람 중 하나였다. 그의 남성다운 얼굴과 아이들의 조그만 얼굴은 멋진 대조를 이루며 잘 어울렸다.

그는 저녁만 되면 마치 가로 찾아왔다. 그는 항상 마치 씨를 만나러 온 것처럼 행동했으나 사실은 조를 보러 오는 것이었다. 자상한 아버지는 그 점을 눈치 못 채고 바어 씨와 오랫동안 토론을 나누었다. 예리한 관찰력을 지닌 손자가 할아버지를 깨우쳐주기 전까지 그는 바어 씨의 속마음을 전혀 알아차리지 못하고 있었다.

어느 날 저녁, 바어 씨는 서재 안의 광경을 보고 놀랐다. 마치 씨가 방바닥에 누워 다리를 번쩍 쳐들고 있었으며 옆에서 데미도 할아버지를 따라 짧고 빨간 양말을 신은 다리를 쳐들고 있었다. 둘은 운동하는 데 몰두하고 있어서 바어 씨가 너털웃음을 터뜨릴 때까지는 누가 자기들을 보고 있는지도 몰랐다.

조는 당황한 얼굴로 소리쳤다. "아버지, 아버지, 선생님 오셨어요."

마치 씨는 태연하게 일어나 바어 씨처럼 침착한 목소리로 말했다.

"어, 어서 오시오, 바어 씨. 잠시 실례했습니다. 막 데미와 글자 공부를 끝내는 참이었습니다. 자, 데미, 글자를 만들고 말해 보렴."

"알았어요!" 영리한 데미는 다리를 들고 몇 차례 끙끙거리더니 다리를 컴퍼스 모양으로 만들고는 승리한 개선장군처럼 외쳤다.

"할아버지, 우리라는 글자예요! 맞죠?"

"이 아이는 정말 놀라워!" 조가 웃으며 말했다.

데미는 발로 방바닥을 차며 벌떡 일어섰다.

"오늘은 무얼 했지?" 바어 씨가 물었다.

"메리를 보러 갔었어요."

"거기서 무얼 했지?"

"그녀에게 뽀뽀를 했지요."

꾸밈없는 솔직함이었다.

"그랬어? 이젠 데미도 다 컸는데. 그래, 메리는 뭐라고 했지?" 바어 씨가 물었다.

데미는 무릎을 굽히고 앉아 있는 바어 씨의 주머니를 뒤지는 일에 정신이 팔려 있었다.

"메리도 좋아했어요. 메리도 내게 뽀뽀해 주었죠. 그래서 저도 기분이 좋았어요. 소년들은 누구나 소녀들을 좋아하잖아요?" 데미는 입 안 가득 무언가를 넣은 채 기분이 좋아 덧붙였다.

"요 애늙은이! 누가 그런 얘기를 해주던?" 바어 씨만큼이나 어린 꼬마의 솔직함과 순진함을 좋아하는 조가 말했다.

"머리에서 나온 게 아니라 입에서 나온 소리예요."

데미는 마치 조가 초콜릿에 대해 물어본 듯 능청을 떨고는 초콜릿 범벅이 된 혓바닥을 날름 내보였다.

"당신도 어린 친구를 위해 항상 사탕을 준비해 두어야겠군."

바어 씨는 초콜릿은 신이 마시는 주스가 아니냐는 표정을 지으며 조에게 사탕을 건네주었다. 데미는 바어 씨가 조에게 미소짓는 모습을 보고 불쑥 말을 꺼냈다. "큰 소년도 큰 소녀들을 좋아하나요, 아저씨?"

바어 씨는 데미 앞에서 차마 거짓말을 할 수가 없어 모호하게 말끝을 흐렸다.

애매한 대답을 들은 조의 얼굴에는 실망스런 표정이 스쳐 지나갔다. 마치 씨는 옷솔을 내려놓고 데미가 자기에게 달콤하면서도 어려운 문제를 깨우쳐 주기라도 한 듯 착잡한 표정을 지었다.

30분쯤 뒤에 조는 부엌에서 데미와 마주쳤다. 조는 데미의 작은 몸을 꼭 껴안고 빵에 잼을 듬뿍 발라 주었다. 데미는 왜 조가 자기에게 생각지도 않은 먹을 것을 주었는지 어리둥절했다. 데미는 다 자랄 때까지 부엌에서 있었던 이 일을 두고두고 떠올렸다.

제23장 우산 속에서

로리와 에이미가 집안 정리를 하고 난 뒤 미래를 계획하며 느긋하게 벨벳 양탄자 위를 거니는 동안 바어 씨와 조는 진흙탕에 빠지지 않으려고 이리저리 발걸음을 옮기며 들판을 산책하고 있었다.

'저녁 무렵 산책을 즐기는 것이 내 습관인데 바어 선생님과 마주치는 것을 피하려고 일부러 산책을 포기할 필요는 없어.'

조는 산책길에서 바어 선생님과 두세 번 마주친 뒤 어쩐지 산책 나가는 것이 꺼려졌다. 메그의 집으로 가는 길은 두 갈래였다. 어느 길로 가든 그를 만나게 되어 있었다. 바어 선생님은 걸음이 무척 빨랐다. 그는 아주 가까워지기 전에는 조를 알아보지 못했다. 그는 가까이 있는 숲조차 알아볼 수 없을 정도로 지독한 근시였다. 조가 메그의 집으로 가는 길에 바어 선생님과 마주치면 그는 아이들에게 줄 선물을 건네주곤 했다. 조가 집으로 돌아오는 길에 마주치면 그는 지금 강가로 산책을 갔다 돌아가는 길인데, 그녀의 가족이 그의 잦은 방문에 개의치 않는다면 그녀의 집을 방문하고 싶다고 얘기하곤 했다.

이런 상황에서 예의바르게 인사를 하고 찾아와도 괜찮다는 말 외에 무슨 말을 할 수 있겠는가? 그러나 피곤해서 바어 씨의 방문이 탐탁지 않을 때는 완벽하게 둘러댔다. 그럴 때는 "바어 씨는 차를 좋아하지 않으니까 커피를 준비해야 해요" 하면 되었다.

바어 씨가 도착한 지 2주일쯤 되었을 때 모두들 조와 바어 씨 사이에 무슨 일이 있음을 눈치챘다. 그러나 모두들 조의 얼굴에 나타난 변화를 모르는 체하려고 애썼다. 아무도 조가 왜 늘 콧노래를 흥얼거리는지, 그리고 왜 하루에 세 번씩이나 머리를 손질하는지, 왜 저녁 산책 때면 그렇게 들뜨는지 묻지 않았다. 또한 바어 씨가 마치 씨와 철학 토론에 열중하면서, 조에게 사랑 수업을 하고 있음을 아무도 알지 못했다.

조는 드러내놓고 사랑에 빠지는 것이 싫어 자기의 감정을 억누르려 애썼다. 그녀는 자신의 감정을 억제하지 못해 혼자서 어수선한 나날을 보내야 했다. 그녀는 벌써 몇 번이나 열렬하게 독신 선언을 했다. 지금 와서 가족들에게 웃음거리가 된다는 사실 때문에 걱정스러웠다.

조는 로리가 어떻게 반응할지 두려웠다. 로리는 에이미와 결혼한 뒤 흠잡을 데 없을 정도로 예의바르게 행동했다. 모두 모여 있는 자리에서는 결코 바어 씨를 '늙은이'라고 부르지 않았다. 조의 표정이 밝아진 데 대해서도 전혀 언급하지 않았다. 마치 씨 집 응접실 탁자 위에 바어 씨의 모자가 거의 매일 저녁 놓여 있는 것을 보고도 전혀 놀라지 않았다. 속으로는 무척 기뻐했다. 그는 조에게 곰과 낡은 지팡이 문장이 새겨져 있는 접시를 줄 수 있는 때가 빨리 오기를 바라고 있었다.

바어 씨는 2주일 동안이나 조의 애인이나 된 양 규칙적으로 마치 집안을 오고갔다. 그러더니 갑자기 사흘 간을 들르지 않고 아무런 기별도 하지 않았다. 사람들은 모두 걱정했다. 조도 처음에는 걱정하는 듯하더니 곧 뾰로통해졌다.

"기분 나빠. 갑자기 나타나더니만 또 갑자기 가버리고. 물론 나와는 상관없는 일이지만 신사답게 찾아와서 작별 인사를 해야 할 것 아니야." 어느 구름 낀 날 오후, 조는 늘 하던 대로 산책 나갈 채비를 하면서 절망적인 표정으로 문 쪽을 바라보고는 중얼거렸다.

"애야, 우산을 가져가는 것이 좋겠다. 비가 올 것 같구나." 어머니는 조가 새 보닛을 쓰는 것을 보면서 말했다. 조는 그 말에 아무 대꾸도 하지 않았다.

"네, 엄마. 뭐 부탁하실 것 없으세요? 시내에 들러서 원고지를 살까 하거든요." 조는 어머니를 보지 않으려고 고개를 푹 숙이고 모자 끈을 매만지면서 말했다.

"실레지아 천 조금, 9호 바늘, 그리고 폭 좁은 옅은 자주색 리본 2야드만 사다 주겠니? 애야, 두꺼운 부츠 신었니? 코트 안에 따뜻한 옷을 좀 껴입도록 해라."

"그랬어요."

조는 별 생각 없이 대답했다.

"바어 씨를 만나거든 차나 마시자고 모시고 오너라. 보고 싶구나." 마치 부인은 덧붙였다.

조는 아무 대답도 하지 않고 어머니의 뺨에 입을 맞추고선 집을 나섰다. 머리는 아팠지만 자신의 마음을 알아주는 어머니가 무척 고마웠다.

"우리 어머니는 정말 좋으신 분이야. 고민거리가 있을 때 도와줄 어머니가 없는 애들은 정말 불행해."

회계 사무소, 은행, 상설 도매시장이 있는 거리는 주로 남자들이 모이는 곳이라 포목상이 없었다. 그러나 조는 심부름은 할 생각도 않고 그곳에서 누군가를 기다리는 사람처럼 어슬렁거리고 있었다. 그녀는 여자답지 못한 태도로 이곳저곳을 기웃거렸다. 창문 너머의 공구나 모직 견본품을 들여다보기도 했다. 건축 자재 상점 앞에서도 발길을 멈췄다. 그러다 그만 거리에 쌓여 있는 통을 잘못 건드리고 말았다. 그 바람에 통들이 와르르 무너져 데굴

데굴 굴렀다. 그녀는 덮쳐오는 통을 피하지 못해 넘어질 뻔했다. 사람들은 조를 떠밀면서 '웬 여자가 이런 데 와 있느냐'는 듯한 표정으로 힐긋 바라보았다. 그녀의 뺨 위로 빗방울이 떨어졌다. 비는 그녀에게 무너진 희망과 젖은 모자의 리본을 상기시켜 주었다.

빗방울은 시간이 갈수록 더욱 굵어졌다. 조는 바어 씨에 대한 생각을 떠올리고 보늣이 비에 젖지 않게 해야겠다고 생각했다. 그녀는 그제야 집을 나설 때 우산을 가지고 오지 않은 사실을 깨달았다. 후회해도 소용없었다. 빌려 쓰거나 물에 빠진 생쥐 꼴이 되는 수밖에 없었다.

잿빛 구름이 낮게 드리워진 하늘을 올려다보니 더욱 처량한 생각이 들었다. 검게 얼룩진 주홍빛 리본을 보자니 어디론가 숨어버리고 싶은 마음이 더욱더 절실해졌다. 그녀는 진흙탕 길로 발걸음을 재촉했다. 그러다 '호프만 스와츠 회사'라고 쓰인 더러운 간판을 단 상점을 돌아다보며 잔뜩 화가 나서 중얼거렸다.

"꼴좋군! 제일 좋은 옷을 차려입고 무엇 때문에 이곳을 어슬렁거리는 거지? 바어 선생님을 만나려고? 너 자신이 창피하지도 않아? 우산을 빌리러 그 상점에 가거나 그의 친구에게 그가 어디 있는지를 물어봐선 안돼. 빗속을 걸어다니며 심부름이나 해. 지독한 감기에 걸리거나 보늣이 엉망이 되더라도 원망 마!"

그녀는 비 오는 거리로 맹렬히 뛰어들어가다 하마터면 지나가는 마차와 부딪힐 뻔했다. 조는 마차를 피하다가 그만 점잖아 보이는 노신사에게 안기고 말았다.

"조심하시오, 부인!" 노신사는 몹시 화가 난 듯 퉁명스럽게 내뱉었다.

잠시 움찔했던 조는 옷매무새를 바로하고 리본 위에 손수건을 펴서 덮었다. 이제 발목까지 축축해진 그녀는 바어 씨를 만나고 싶은 한 가닥 유혹을 떨쳐버리고, 머리 위로 부딪히는 우산들 사이를 빠져나가면서 서둘러 길을 재촉했다. 그때였다. 갑자기 그녀의 보늣 위로 빛바랜 파란 우산이 씌워졌다. 고개를 들어보니 바어 씨가 내려보고 있었다.

"진흙탕 길에서 사람들 사이를 비집고 용감하게 뛰어가는 씩씩한 숙녀는 내가 아는 사람인 것 같은데 여기서 무엇을 하고 있소?"

"물건을 사고 있어요." 조의 대답은 퉁명스러웠다. 바어 씨의 왼쪽에는 피클 공장이, 오른쪽에는 가죽제품 도매회사가 줄지어 있었다. 그는 정중하게 말을 걸었다.

"우산이 없군요. 같이 가도 될까요? 혹 짐이라도 있으면……."

조의 얼굴은 매고 있는 리본만큼이나 붉어졌다.

조는 이런 모습으로 바어 씨를 만나게 된 것이 마음에 들지 않았다. 조는 바어 선생님이 자기를 어떻게 생각할지 궁금했다. 그러나 그런 것은 상관없었다. 잠시 뒤 둘은 팔짱을 끼고 걸었다. 한 줄기 햇살이 광채를 발하기 시작한 것처럼 느껴졌다.

한 행복한 여인이 비를 맞으며 발걸음도 가볍게 걷고 있었다.

"우리는 당신이 떠난 줄 알았어요."

조는 자기를 바라보고 있는 그의 시선을 느꼈다. 그녀의 보닛은 얼굴을 가릴 만큼 크지 않았다. 조는 너무 기뻐하는 자신의 모습이 숙녀답지 않게 보일까 봐 걱정했다.

"나에게 친절하게 대해 준 사람들에게 인사 한 마디 없이 떠날 사람이라고 생각했소?"

책망하듯이 묻는 바어 씨의 말에 조는 당황했다. 조는 성심으로 대답했다.

"아니에요. 일 때문에 바쁘겠거니 하고 생각했어요. 우리는 당신이 보고 싶었어요. 특히 아버지와 어머니께서."

"그럼 당신은?"

"저도 항상 선생님을 만나는 것이 즐거워요, 선생님."

흥분된 마음을 감추려는 생각에 그녀의 말은 오히려 냉정하게 들렸다. 마지막 '선생님'이란 말은 찬바람이 스치는 듯 차갑게 들려 바어 씨의 얼굴에서 미소가 사라졌다. 바어 씨도 냉정하고 사무적인 말투로 입을 열었다.

"고맙소. 떠나기 전에 한 번 더 들르겠소."

"그럼 떠나신다는 말씀인가요?"

"여기선 더 이상 볼 일이 없소. 모두 끝났소."

"성공적으로 끝나셨겠지요?" 조는 짧은 대답에 실망을 느끼며 물었다.

"그렇다고 할 수도 있소. 생활비도 벌 수 있게 됐고 아이들에게도 도움을 줄 수 있게 되었소."

"말씀해 주세요! 아이들에 대한 이야기를 전부 듣고 싶어요." 조는 들떠서 말했다.

"그것 참 고마운 일이오. 기꺼이 얘기해 주리다. 내 친구들이 대학교에 자리를 마련해 주어 프란츠와 에밀이 평탄하게 살아갈 수 있을 만큼 돈을 벌수 있게 되었소. 고마운 일이오, 그렇지 않소?"

"잘 되었네요. 당신이 하고 싶은 일을 하고 당신을 자주 볼 수 있게 되었고 아이들을 자주 볼 수 있으니 다행이에요!"

조는 기쁜 마음을 너무 드러내는 것이 쑥스러워 아이들 핑계를 댔다.

"하지만 우리는 자주 만날 수 없을 것 같소. 그 학교는 서부에 있거든."

"그렇게나 멀리요?"

조는 갑자기 될 대로 되라는 듯한 마음이 들었다. 옷이 어찌됐든 자신이 어떻게 보이든 상관 없었다. 바어 씨는 여러 나라 말을 할 수는 있었지만 여자의 마음을 읽는 법은 서툴렀다. 그는 조를 잘 알고 있다고 생각했다. 그런데 그녀가 보여준 모순된 표정과 행동은 그를 당혹스럽게 했다. 30분도 채안 되는 짧은 시간에 그녀의 기분은 다섯 번도 더 바뀌었다. 조는 그를 처음보았을 때 놀란 표정을 지었다. 자기를 만나러 왔다고 생각하고 싶지만 단정짓기는 힘들었다. 팔을 내밀었을 때 그녀는 기쁨에 넘치는 표정으로 그와 팔짱을 끼었다. 그러나 보고 싶었느냐고 물었을 때는 쌀쌀맞고 냉정하게 대답해 그를 실망시켰다.

일자리를 얻게 됐다는 말을 듣고는 손뼉을 칠 만큼이나 좋아했다. 정말 아이들 때문에 기뻐했을까? 그렇다면 그의 목적지를 듣고 나서 지은 그 실망스런 표정은 어떻게 설명할 수 있을까? 다음 순간 그녀는 심부름에만 정신이 팔린 사람처럼 말해 바어 씨의 기분을 또 상하게 했다.

"이제 다 왔어요. 오래 걸리지 않아요. 같이 들어가시겠어요?"

조는 자기가 물건을 잘 고른다는 것을 자랑하고 싶었다. 사랑하는 사람에게 신속하고 깔끔하게 일을 처리한다는 인상을 주고 싶었다. 그런데 의도와는 달리 마음이 초조하고 불안해 계속 실수를 저질렀다. 바늘 상자를 쓰러뜨렸고, 실레지아 천은 다 자를 때까지 잡고 있어야 한다는 것을 잊었으며, 거스름돈을 잘못 계산해 주인과 실랑이를 벌였다. 바어 씨는 얼굴을 붉히고 머뭇거리는 조의 모습을 지켜보며 마음이 가라앉는 것을 느꼈다. 경우에 따라서는 여자도 꿈처럼 반대로 행동한다는 것을 깨달았다.

밖으로 나오자 바어 씨는 기분이 좋았다. 그는 팔 아래 꾸러미를 끼고 마치 즐거움에 취한 것처럼 흙탕물을 튀기며 걸어갔다.

"마지막으로 당신 집을 방문하는 날인데, 송별 파티를 위해 뭘 좀 더 사야 하지 않을까요?" 바어 씨는 과일과 꽃이 가득 진열된 가게 앞에 멈춰 서서 물었다.

"뭘 사죠?" 조는 '송별'이란 말을 못 들은 척하고 꽃내음에 취한 사람처럼 성큼 가게 안으로 들어섰다.

"오렌지와 무화과도 있을까?" 바어 씨는 아버지같이 물었다.

"있으면 먹어버려요."

"밤 좋아하세요?"

"다람쥐처럼 먹어요."

"함부르크산 포도주를 마시면서 조국을 위해 건배합시다."

조는 그의 엉뚱한 행동에 인상을 찌푸리고 왜 대추와 야자, 건포도, 아몬드는 사지 않느냐고 물었다. 바어 씨는 돈을 내려는 조를 가로막고 자기 지갑을 꺼내 포도 몇 파운드와 붉은 데이지 꽃 한 단, 그리고 꿀 한 병을 사서 가게를 나왔다. 그는 물건 꾸러미를 주머니 안에 쑤셔 넣고 그녀에게 꽃을 들고 있게 하고는 낡은 우산을 폈다. 다시 빗속을 걷기 시작했다.

"마치 양, 부탁이 하나 있소." 반 블록쯤 걸어갔을 때 바어 씨가 말했다.

"네, 선생님." 조는 혹시나 그가 가슴 뛰는 소리를 들을까 봐 두려워하며 조심스럽게 대답했다.

"비가 오지만 시간이 조금밖에 남아 있지 않으니 말하겠소."

"네, 선생님."

조는 손을 꽉 쥐는 바람에 꽃다발을 망가뜨릴 뻔했다.

"티나를 위해 예쁜 드레스를 사고 싶은데 같이 가서 좀 골라주지 않겠소?"

"네, 선생님."

조는 마치 냉장고에 들어갔다 나온 사람처럼 차분해지고 냉정해졌다.

"티나의 어머니를 위해 숄도 하나 샀으면 싶소. 그녀는 너무 가난하고 건강도 안 좋은데다가 남편도 돌봐줘야 할 형편이오. 두껍고 따뜻한 숄은 티나 어머니에게 좋은 선물이 될 것이오."

"기꺼이 갈게요, 바어 씨."

'내가 너무 빨리 가고 있고, 그는 매 순간 더 소중해지고 있어.'

조는 혼자 그렇게 생각했다. 그러곤 머리를 흔들며 즐거운 표정으로 옷가게로 걸어갔다.

바어 씨는 드레스와 숄 사는 일을 그녀에게 맡겼다. 그녀는 티나를 위한 노란 드레스를 고른 뒤 점원에게 숄을 부탁했다. 중년의 점원은 가족을 위해 고르는 듯이 보이는 이 한 쌍에게 친절하게 대해 주었다.

"부인께서는 이 숄이 더 마음에 드실 겁니다. 이것은 더 고급품으로 색상도 가장 좋고 우아합니다."

상점 주인은 회색 숄을 조의 어깨에 걸쳐 보이면서 말했다.

"이거 어때요, 바어 씨?"

그녀는 그에게 등을 보이며 물었다. 자신의 얼굴을 감출 수 있게 된 것이 다행스럽게 느껴졌다.

"훌륭하오. 그것을 사지."

바어 씨는 물건 값을 지불하면서 웃어 보였다. 조는 싸게 파는 물건을 찾는 사람처럼 이곳저곳 판매대를 계속 기웃거렸다.

"자, 그만 집에 갈까요?"

바어 씨는 함께 그녀의 집으로 가는 것이 매우 즐겁다는 듯이 말했다

"네, 늦었어요. 그리고 조금 피곤하네요."

조의 목소리는 조의 생각보다 더 처량하게 들렸다. 태양은 아침에 그랬던 것처럼 갑자기 사라져버리고 하늘은 다시 회색빛으로 변했다. 그녀는 처음으로 발이 시리고 머리가 아파옴을 느꼈다. 그녀의 가슴은 더 차가웠고 고통으로 가득 찼다.

바어 씨는 떠나려고 하고 그는 자기를 단지 친구로만 생각하고 있었다. 모든 것이 실수투성이였다. 이런 일은 빨리 끝내는 것이 현명하다. 이런 생각을 하며 다가오는 마차를 향해 급히 달려가다가 그만 데이지 꽃다발을 떨어뜨렸다. 꽃은 심하게 망가졌다.

"이 마차는 우리가 가는 방향으로 가지 않소."

바어 씨는 손을 흔들어 마차를 보내고는 꽃을 줍기 위해 멈춰섰다.

"죄송합니다. 이름을 제대로 보지 못했어요. 괜찮아요. 걸어갈 수 있어요.

저는 진흙탕을 걷는 데 익숙해요."

눈물을 닦는 것은 죽기보다 싫었다. 얼굴을 돌리고 서 있었지만 바어 씨는 그녀의 볼을 타고 내리는 눈물을 보았다. 그 모습은 그의 마음을 아프게 했다.

"내 사랑, 왜 울어요?"

만일 조가 이런 상황에 있어본 적이 있다면 우는 게 아니라고 말하거나 감기에 걸려 머리가 좀 아프다고 둘러대거나 적당히 꾸며댔을 것이다. 그러나 이 철없는 아가씨는 사랑이란 말을 듣고는 그만 참았던 울음을 터뜨리고 말았다.

"당신이 떠나기 때문이에요!"

우산과 꾸러미를 들고 있으면서도 손을 붙잡을 수 있는 바어 씨가 외쳤다.

"오, 이런, 정말 다행이군! 조, 내가 당신에게 줄 것이라고는 사랑밖에 없소. 당신이 그걸 원하는지 알고 싶어 온 것이오. 나는 내가 당신에게 친구 이상의 의미를 지닌 사람인가 확인하고 싶었소. 어떻소? 이 늙은 프리츠를 위해 마음 한구석에 조그만 자리를 만들어줄 수 있겠소?"

그는 단숨에 말을 이었다.

"오, 그럼요!"

그녀는 두 손으로 바어 선생님의 팔을 붙잡았다. 조는 비록 낡은 우산 속 말고는 안식처가 없다 할지라도 그와 함께 걷는 인생길은 행복하리라는 표정으로 그를 올려다보았다.

그는 애정을 표현하기에 곤란한 상황에 놓여 있었다. 양손 모두 물건을 들고 있어서 조에게 손을 내밀 수도 없고 진흙 때문에 무릎을 굽힐 수도 없었다.

그는 모든 것을 무릅쓰고 자신의 사랑을 전하고 싶었다. 그의 기쁨을 표현할 수 있는 유일한 방법은 그의 턱수염에 반짝거리는 빗방울에 조그만 무지개가 필 만큼 얼굴 가득 밝은 표정을 짓고 그녀를 쳐다보는 것뿐이었다. 조를 사랑하지 않았다면 그런 일은 생기지 않았을 것이다. 조는 사랑스럽게 보이는 것과는 거리가 멀었다. 치마는 엉망진창이 되었고, 부츠는 온통 흙탕물로 범벅이 되었으며, 보닛은 쪼그라들 대로 쪼그라들어 있었다. 다행스럽게도 바어 씨는 조가 이 세상 그 어떤 여자보다도 사랑스럽다고 생각했다. 그것은 조에게도 마찬가지였다. 비록 바어 씨의 낡은 모자에서 빗물이 어깨 위로 끊임없이 떨어져 내리고 손가락이 삐죽 나올 만큼 장갑이 낡았어도 그는 그녀에게 이 세상 누구보다도 믿음직스러운 남자였다.

지나가는 사람들은 황혼이 짙어가고 안개가 내려깔리는 것도 잊어버린 채 다정하게 팔짱을 끼고 빗속을 걷고 있는 그들을 한 쌍의 미치광이로 생각했을지도 모른다. 그들은 다른 사람들의 시선은 개의치 않았다. 인생에 단 한 번밖에 오지 않는 행복한 시간, 늙은이에겐 젊음을, 평범한 이들에게는 아름다움을, 가난한 자에게는 풍요를, 모든 인간의 마음에 천국을 수놓는 신비스러운 순간을 맛보고 있었다.

바어 씨는 마치 세상을 얻은 듯 보였다. 세상은 그에게 더 이상의 은총을 베풀 수 없었다. 조는 또 그의 옆에서 그 자리가 항상 그녀의 자리였던 것처럼 다소곳이 걸었다.

"프레드릭, 왜 당신은."

"오, 하느님. 어머니가 돌아가신 뒤 아무도 불러주지 않던 이름을 당신이 불러주는군요!"

기쁨에 도취된 듯한 그는 그녀를 보기 위해 멈춰 서며 말했다.

"마음속으로 항상 그렇게 불러요. 마음에 들지 않는다면 그렇게 부르지 않겠어요."

"무척 마음에 들어요. 당신의 입술을 통해 들으니 정말 감미로워요. 앞으로는 '그대'라고 불러주오. 그러면 당신 나라 말을 모국어처럼 아름답게 느낄 수 있을 것 같소."

"그대라는 말은 너무 감상적이지 않아요?" 조는 속으로는 아름다운 단어라고 생각하면서 물었다.

"감상적이라고? 맞소. 우리 독일인은 감상적인 데가 있소. 우리는 그것 때문에 젊음을 유지하는지도 모르오. 영어의 '당신'이란 말은 너무 차가워. 조, '그대'라고 불러준다면 나에겐 굉장한 의미가 있을 거요." 바어 씨는 근엄한 선생님이라기보다는 낭만적인 소년처럼 간청했다.

"그럼 그렇게요. 그런데 왜 좀 더 일찍 말하지 않았나요?" 조는 수줍어하며 물었다.

"자, 이제 내 마음을 모두 보여주겠소. 기꺼이 그렇게 할게요. 그러니 지금부터 조심해야 해요. 자, 나의 조. 오, 얼마나 재미있고 귀여운 이름인가! 뉴욕에서 작별 인사를 나눌 때 무언가 말을 하고 싶었지. 그러나 그 잘

생긴 젊은 친구가 그대와 약혼했다고 생각했었소. 그래서 말하지 않았던 거요. 그때 구혼했다면 승낙했을까요?"

"모르겠어요. 유감스럽지만 아니었을 거예요. 그때는 그럴 여유가 없었거든요."

"흠! 나는 믿지 않아요. 공주는 왕자님이 숲으로 찾아와 깨울 때까지 잠들어 있었던 거요. 물론 첫사랑이 최고요. 그렇다고 내가 그것을 기대하는 것은 아니요."

"네, 첫사랑이 최고예요. 그러나 안심하셔도 돼요. 나는 아직 사랑을 해본 적이 없으니까요. 테디는 소년에 불과했어요. 그는 환상을 곧 극복했지요."

조는 바어 씨의 오해를 풀어주고 싶은 마음에 서둘러 말했다.

"잘 됐군! 그럼 나는 편안히 마음먹겠소. 그대의 마음을 모두 줄 것으로 믿겠소. 곧 알게 되겠지만 난 너무 오랫동안 기다려왔기 때문에 아주 이기적이 되었소. 바어 부인."

"그 이름 마음에 들어요!" 조는 새 이름이 마음에 들어 소리쳤다.

"자, 이제는 어떻게 당신이 제가 가장 원할 때 오게 되었는지 말해 줘요."

"이것이오." 바어 씨는 조끼 주머니에서 낡은 종이쪽지를 꺼내 내밀었다. 조는 그것을 펼쳐보고 매우 당혹해했다. 그것은 그녀가 예전에 우연한 기회에 시 모집 공고를 낸 신문에 투고한 시였다.

"어떻게 그것 때문에 당신이 나에게 오게 되었지요?" 그녀는 그가 무엇을 말하려고 하는지 몰라 의아해하며 물었다.

"나는 이것을 우연히 발견했소. 그리고 거기에 적힌 이름들과 머리글자로 나는 대강 알아차렸소. 그 시에는 나를 가리키는 듯한 부분이 있었소. 자, 우리 여기 잠깐 섭시다. 한 번 읽어봐요."

다락방에서

네 개의 조그만 서랍이 한 줄로 늘어서 있다.
뽀얗게 먼지가 내려앉고 낡았지만
오래전에는 지금 어른이 된 아이들이
채우고 사랑하던 서랍이다.

네 개의 조그만 열쇠도 나란히 매달려 있다.
화려하지만 빛바랜 리본이
멋지게 매여 있다.
오래전 어느 비오는 날의
어린애와 같은 자부심을 갖고

뚜껑에는 네 개의 조그만 이름이
소년다운 손에 의해 새겨졌다.
그 이름에는 한때는 그곳에서 연주하다가
비오는 여름날
감미로운 후렴구를 연주하기 위해
종종 멈추던
행복했던 밴드의 역사가
감춰져 있다.
지붕 높이 뜀뛰며 쏟아지던 여름비

첫 번째 뚜껑에는
부드럽고 아름답게
'메그'라 쓰여 있다.
나는 정다운 눈길로 들여다본다.
세심한 배려로 잘 보관된
소중한 것이 모여 있는
상자 안을.
평온하던 생의 기록들
상냥한 아이들에게 준 선물들
신부의 옷, 아내에게 보낸 편지
자그만 신발, 아가의 곱슬머리……
이 첫 번째 상자에는 장난감은 남아 있지 않다.
모두 가져갔기 때문이지.
노년이 되면 다시 찾겠지.

또 다른 자그마한 메그의 놀이상자
오, 행복한 엄마! 나는 잘 알지.
당신이 듣고 있다네
비오는 여름날
감미로운 후렴구 같은
부드럽고 낮은 자장가 소리를.

긁히고 낡은 다음 상자 뚜껑에는
'조'라고 쓰여 있다.
그 잡동사니 속에는
머리가 없는 인형들, 찢어진 교과서들
이젠 노래하지 못하는 새와 동물이 있다.
전리품들은 어린 아이만
환영하는 놀이동산에서
집으로 가져왔었지.
미래의 꿈은 세우지 않았을 때
기억은 달콤하기만 하네.
반만 쓰인 시들, 다듬어지지 않은 이야기들
부드럽고 차가운 4월의 편지들
고집스런 아이의 일기장은
조숙한 여인을 암시하네.
외로운 집에 있는 한 여인
애잔한 후렴구처럼 들려오는
"훌륭한 사람이 되면
비오는 여름날 사랑이
찾아오리니."

나의 베스!
너의 이름이 새겨진 상자는
먼지 하나 없이 항상 닦여 있다.

마치 눈물을 훔쳐낸 사랑스런 눈길이
자상한 손길로 닦은 것처럼
죽음은 우리에게 인간이라기보다는
신에 가까운 한 사람을 성인으로 추앙해 주었다.
우리는 아직 잔잔한 비탄 속에 잠겨 있고
유품은 우리의 성지에 빛나고 있다.
거의 울리지 않던 은종
그녀가 마지막으로 썼던 조그만 모자
아름다운 캐서린은
그녀의 문 위에서 탄생한 천사에 의해
교수형에 처해졌다.
그녀가 고통의 감옥에서 슬픈 기색 없이 부른
노래들은 내리는 여름비와
부드러운 조화를 이루고 있다.

윤기 나는 마지막 상자 뚜껑에는
아름답고 진실한 전설이 있다.
용감한 기사가 새긴 금색과 청색의
'에이미'라는 이름의 방패
그녀의 머리를 묶었던 리본
마지막 춤을 추었던 슬리퍼
단정하게 놓여 있는 빛바랜 꽃들
경쾌한 바람을 부쳐주던 부채
모두 지난날의 추억을 담고 있다.
명랑한 연인들, 정열의 불꽃과
소녀다운 희망과 두려움과 수줍음
생명을 다한 사소한 일상들
한 처녀의 마음에 관한 기록들
이제 더 올바르고 진실한 생활을 배우며
여름날 빗속에서 듣는 경쾌한 후렴구처럼

울리는 결혼식의 은빛 종소리.

뽀얗게 먼지 내려앉고 낡았지만
네 개의 조그만 상자들이 한 줄로 놓여 있다.
이제는 어른이 된 네 여인
행복과 비판으로 사랑하고 노동하는 것을 배웠다.
네 자매는 잠시 헤어져 있을 뿐
서로를 잊지 않는다.
가장 가깝고 사랑스러웠던 한 사람
사랑이라는 불멸의 힘이 완성되기 전에
가버렸을 뿐이다.

오, 우리의 감춰진 보물상이
하느님의 눈에 띈다면
그것은 때가 되면 풍요로워질지니
기쁨을 위해 보다 공평함을 보여주는 선행
용감한 노래가 영원히 울려퍼지는 삶
기운을 북돋우는 선율처럼,
기쁨으로 날아올라 노래하는 영혼들
비 개인 뒤 영원히 비추는 햇살 속에서.

J.M.

"이 시는 졸작이에요. 이 시를 쓴 건 어느 날 무척 외로웠을 때 헝겊가방을 껴안고 실컷 울고 난 뒤였죠. 나는 이 시에 어떤 이야기가 담겨 있다고는 생각하지 못했어요."

조는 바어 씨가 오랫동안 소중히 여겼던 종이를 찢으며 말했다.

"이미 할 일을 했으니 버려도 괜찮아요. 나는 그대의 작은 비밀들이 간직된 갈색 책을 읽으면 새로운 시를 얻게 될 거라고 생각하오."

바어 씨는 종잇조각이 바람에 날려가는 것을 바라보며 말했다. 그의 얼굴엔 잔잔한 미소가 떠올랐다.

"그래요, 나는 그 시를 읽고 조가 슬퍼하고 외로워하고 있지만 진실된 사랑을 찾으면 안정을 찾을 것이다, 나는 그녀를 채워줄 가슴을 갖고 있다, '너무 형편없지 않으면 하느님의 이름으로 나의 마음을 받아주시겠습니까'라고 말하는 것이 어떨까 생각하였소."

그는 진지하게 덧붙였다.

"그래서 당신은 당신의 사랑이 초라한 것이 아니라 내가 늘 원해왔던 소중한 것이라는 걸 알게 되었군요." 조가 속삭이듯 말했다.

"당신이 나를 친절하게 환영해 주었지만 난 처음에는 그렇게 할 자신이 없었소. 그러나 곧 희망을 갖고 나 자신을 향해 '죽음을 무릅쓰고라도 그녀를 얻을 것이다. 그래, 꼭 그렇게 할 것이다'라고 다짐하게 되었소."

바어 씨는 그들을 에워싸고 있는 안개의 벽이 그가 반드시 올라가 무너뜨려야 할 장벽인 것처럼 허공 속에서 도전적으로 고개를 끄덕이며 외쳤다. 조는 그의 모습이 멋있다고 생각하며 비록 화려하게 말을 타고 달려오지는 않았지만 그를 실망시키지 않으리라 다짐했다.

"왜 그렇게 오랫동안 망설이셨어요?" 조는 자기가 한 질문에 생각보다 큰 기쁨을 주는 답변이 돌아오는 것이 즐거워 질문을 멈출 수가 없었다.

"쉽지는 않았소. 나에겐 당신을 행복한 가정에서 나오게 할 용기가 없었소. 당신을 만족하게 해줄 만한 일이 생길 때까지 말이오. 어떻게 학식도 미천한 가난하고 늙은 나를 위해 당신에게 그 많은 것을 포기하라고 할 수 있겠소?"

"당신이 가난해서 기뻐요." 조는 단호하게 말하고는 부드러운 말투로 덧붙였다. "가난을 두려워하지 마세요. 부유한 남편은 견딜 수 없을 거예요. 자신이 늙었다고 생각하지 마세요. 40은 인생의 전성기라고요. 70이었다고 해도 저는 사랑했을 거예요!"

감동한 바어 씨는 눈물을 흘렸다. 조는 그의 눈물을 닦아주고는 바어 씨가 들고 있던 꾸러미를 한두 개 받아들며 말했다.

"저는 강한 여자예요. 그러나 아무도 제가 지금 저의 본분을 잃고 있다고 할 수는 없어요. 여자의 의무는 눈물을 닦아주고 짐을 지는 거라 생각해요. 저도 저의 몫을 하고 싶어요. 그래서 가정을 이루는 데 도움이 되었으면 해요. 당신의 마음을 결정하세요. 그렇지 않으면 저는 움직이지 않을 거예요."

조는 단호하게 말했다.

"두고 봅시다. 조, 오랫동안 기다릴 인내심이 있소? 나는 떠나야 하고 그리고 홀로 내가 맡은 일을 해야 하오. 당신을 위해서라도 아이들에게 한 나의 약속을 저버릴 수 없소. 내 약속을 지켜야 하오. 용서해 줄 수 있겠소? 행복한 마음으로 희망을 갖고 기다려 줄 수 있겠소?"

"네, 할 수 있어요. 우리는 서로를 사랑해요. 사랑이 있는데 못할 일이 어디 있겠어요? 저도 저의 의무가 있고 일이 있어요. 당신 때문에 일을 방치하는 건 바람직하지 않아요. 그러니 서두를 필요도, 성급하게 굴 필요도 없어요. 당신은 서부에서 맡은 일을 하세요. 저는 여기서 제 일을 하겠어요. 서로 잘 되기를 바라며 장래는 신의 뜻에 맡기기로 해요."

"오, 그대는 나에게 희망과 용기를 주고 있소. 하지만 나는 나의 온 마음과 이 빈 손 말고는 줄 것이 아무것도 없소."

바어 씨는 조의 말에 감동을 받아 소리쳤다. 조는 결코 격식에 얽매이지 않았다. 그녀는 손을 그의 손 위에 올려놓고는 부드럽게 속삭였다.

"자, 이제 비어 있지 않지요?"

그러고는 머리를 숙여 우산 속에서 프레드릭에게 키스를 했다. 어색한 일이었지만 조는 담장 위에 있는 한 떼의 참새들이 사람들이었다고 할지라도 그렇게 했을 것이다. 그녀에게는 행복한 미래 말고는 아무것도 보이지 않았다. 모든 것이 평온하게 보였지만 그 순간 주위의 모든 것들이 '집에 오신 것을 환영합니다'라고 외치는 것 같았다. 어두운 밤과 폭풍과 외로움은 그들을 기다리는 불빛과 따스함과 평화로 바뀌었다. 그들은 생애 최고의 순간을 맞고 있었다. 조는 연인을 집으로 들어가게 하고 문을 닫았다.

제24장 사랑의 열매

사랑을 서로 확인하고 난 처음 1년 동안 조와 바어 선생님은 열심히 일하면서 자주 만났으며 희망을 가지고 서로를 기다렸다. 로리가 두 사람의 편지 때문에 종이 값이 올랐다고 말할 정도로 그들은 서로 많은 편지를 주고받았다.

그러나 두 번째 해는 꽤나 암울하게 시작되었다. 마치 고모님이 갑자기 돌아가셔서 온 집안이 슬픔에 휩싸였기 때문이다. 그러나 슬픔과 아울러 고모님은 조에게 기쁜 선물을 남기고 떠나가셨다. 살아 계셨을 때 그토록 독선적이셨지만 일생을 보내셨던 플럼필드 저택을 조에게 물려주셨다.

"플럼필드는 유서 깊고 어마어마한 저택이야. 값도 상당히 나갈 거고. 물론 팔 거지?" 고모님이 돌아가신 지 몇 주일이 흐른 뒤 모두 모여 그 일을 의논하고 있을 때 로리가 물었다.

"아니, 팔지 않을 거야." 조는 고모님이 기르시던 귀여운 푸들을 쓰다듬으며 단호하게 대답했다.

"그렇다고 거기서 살겠다는 말은 아닐 테지?"

"맞아, 살 거야!"

"그 저택은 정말 으리으리하단 말야. 유지하는 데만 해도 상당히 큰돈이 들 텐데……. 정원과 과수원만 해도 일꾼 두세 사람은 항시 필요할 거고, 또 내 생각엔 바어 씨 취향도 아닌 듯싶은데."

"내가 부탁하면 그도 따라줄 거야."

"그럼 농사라도 지을 작정인가? 흠, 꼭 낙원이라도 꿈꾸는 것처럼 들리는 군. 그러나 말처럼 그리 간단하진 않을 텐데."

"우리가 가꾸려고 하는 작물은 수익성이 아주 좋은 거야." 조는 활짝 웃었다.

"수익성이 좋은 작물이라, 그게 뭐지요, 부인?"

"너무 놀라지 마. 아이들이야! 사내아이들을 위한 학교를 세울 거야. 멋지고 즐겁고 집 같은 학교 말야. 내가 아이들을 돌보고 프리츠는 가르치는 거야."

"정말 조다워! 좋은 생각이야. 정말 조다운 생각 아니에요?"

로리는 모두에게 찬성을 받아내기라도 하려는 듯 외쳤다. 정말 아무도 예상치 못한 일이었다.

"그래, 참 좋은 생각이구나, 조." 마치 부인도 매우 흡족해했다.

"나도 그렇게 생각하오."

아이들에게 소크라테스의 문답식 교육 방식을 시도해 볼 수 있는 좋은 기회라고 생각한 그녀의 남편도 환영해 마지않았다.

"조에게는 상당히 힘든 일이 될 텐데요." 메그는 데미의 머리를 쓰다듬으며 말했다.

"조는 할 수 있어요. 오히려 조의 행복이 될 거예요. 정말 훌륭한 생각이야, 조. 그 계획에 대해 좀 더 자세하게 말해 봐."

로리는 그녀를 돕고 싶어서 안달이 났다. 그러나 섣불리 말했다가는 조한테 거절당하리라는 것도 아주 잘 알고 있었다.

"그래, 로리. 내 편이 되어 주어서 고마워. 에이미도 그럴 테고."

조는 마음속으로 다시 한 번 신중하게 생각을 정리하고 있었다. 그녀의 눈빛에서 그것이 단번에 느껴졌다.

"여러분께 꼭 드릴 말씀이 있어요. 이 생각은 어제 오늘 결정한 것이 아니라 오랫동안 생각해온 계획임을 이해해 주세요."

조는 진지하게 계속했다.

"프리츠가 이곳에 오기 전부터 쭉 어떻게 하면 좋을지 생각해 왔어요. 그래서 만일 돈이 마련되어 집에서 독립할 수 있는 때가 되면 큰 집을 빌려서 엄마도 없고 돌봐줄 사람도 없는 가난하고 버림받은 어린 아이들을 모아서 너무 늦기 전에 그들을 돌봐주며 그들에게 새로운 인생을 만들어주려고 했어요. 저는 많은 아이들이 적절한 시기에 도움을 받지 못해 잘못되는 것을 많이 보았어요. 그들에게 무엇인가 해주고 싶었어요. 저는 그들이 필요로 하는 것이 무엇인지 알아보고 그들의 고민을 이해하고 그 애들의 어머니가 되어주고 싶었어요!"

마치 부인은 조에게 손을 내밀었다. 눈물이 고인 눈으로 조는 어머니의 손을 잡으며 활짝 웃었다. 그러고는 그 옛날의 조처럼 열정적으로 말을 계속했다.

"프리츠에게도 저의 계획을 이야기했어요. 그러자 그는 자신이 늘 꿈꾸어 왔던 일이 바로 그 일이라며 좋아했어요. 그래서 우리가 부자가 되면 그 꿈을 꼭 실현하기로 했지요. 그는 부자가 아닌데도 불쌍한 소년들을 도와주고 있어요. 그의 주머니에는 평생 돈이 남아나지를 않을 거예요. 그러나 자격도 없는 저를 사랑해 주신 고모님 덕분에 저는 갑자기 부자가 되었어요. 우리의 작은 노력으로 학교가 굳건히 세워지면 바어 씨와 저는 플럼필드에서 아주 행복하게 지낼 수 있을 거라고 믿어요. 그곳은 바로 소년들을 위한 집이에요. 실내에서도 놀이를 즐길 수 있을 만큼 충분히 넓은 공간도 있고, 바깥에는 맘껏 뛰놀 수 있는 운동장만큼이나 넓고 멋진 정원도 있고요. 게다가 정원엔 과수원도 딸려 있어 꽃과 나무들을 직접 기른다면 더욱 좋겠죠. 프리츠는 그의 방식대로 학생들을 가르치고 단련시키겠죠. 당연히 아버지가 그를 도와주시리라 믿어요. 저는 아이들의 엄마가 되어 먹이고 돌봐주고 잘못을 저지르면 엄하게 야단도 치면서 진심으로 사랑해 줄 거예요. 물론 아버지가 프리츠를 도와주듯이 어머니께서도 늘 제 곁에 계실 테고요. 저는 항상 많은 소년들과 함께 있기를 바랐어요. 온 집안이 저의 사랑을 기다리는 소년들로 가득 차 있다고 한 번 생각해 보세요. 얼마나 멋져요. 플럼필드에서 많은 소년들과 함께 생활할 수 있다니!"

조는 기쁨에 들떠 두 팔을 위로 쭉 뻗으며 자기도 모르게 탄성을 내질렀다. 가족들은 모두 폭소를 터뜨렸다. 진지하던 조가 어느새 어린애처럼 신이 나서 어쩔 줄 몰라하니 말이다. 로리는 발작이라도 난 사람처럼 배꼽을 잡고 웃어댔다.

"뭐가 그리 우스운지 모르겠네요. 프리츠가 학교를 열고 제가 그곳에서 사는 것만큼 우리에게 더 자연스럽고 적절한 일은 아마 없을 거예요."

"조가 벌써 잘난 체를 하고 있군요."

마침내 웃음을 멈춘 로리가 눈물을 닦아내며 무슨 대단한 농담이라도 하듯 사람들을 둘러보며 말했다. 그는 조의 계획이 아주 멋지고 흥미롭다고 생각하고 있었다.

"이제 그 거대한 살림을 어떻게 꾸려갈 것인지 물어봐도 될까요? 만일 모든 학생들이 가난하고 불량한 아이들이라면 어떻게 하죠? 그러면 바어 여사의 작물들은 결코 수익성 좋지 않을 텐데."

"테디, 흥을 깨지 말아요. 우리 학교는 부유한 학생들도 받을 거예요. 오히려 처음엔 그런 학생들만 받아야 할지도 몰라요. 그렇지만 어느 정도 안정이 되면, 가난한 아이들도 받을 거예요. 제가 부유한 아이들도 받으려 하는 건 그 아이들도 가난한 아이들만큼이나 따뜻한 보살핌과 위로가 필요하기 때문이죠. 저는 어린애들이 엄마의 따뜻한 손길을 받지 못하고 하인들의 손에 맡겨져 마구 다루어지는 것을 많이 보았어요. 그건 정말 잔인한 짓이에요. 어떤 애들은 방치해 두어서 버릇이 나빠지기도 하고, 또 어떤 애들은 피치 못할 사정으로 엄마를 잃기도 해요. 또한 모범생들이라도 누구나 사춘기를 보내게 되죠. 그때가 바로 그들에겐 그 어느 때보다도 중요한 시기이고 주위 사람들에게도 끝없는 인내심이 필요하죠. 사람들은 보통 아이들을 어린애 취급하며 무시하다가 어느 날 갑자기 훌륭한 청년으로 변해 있기를 기대하곤 하죠. 그들은 겉으로 드러내놓고 불만을 토로하진 않지만 마음속은 격렬하게 요동치고 있어요. 저도 그런 과정을 겪어봐서 잘 알아요. 또한 저는 그런 아이들에 대해 특별한 관심을 갖고 있고요. 좀 서툴고 산만할지라도 그들은 따뜻하고 정직하며 착한 마음을 지니고 있다는 것을 깨닫게 해주고 싶어요. 저는 어떤 한 소년을 집안의 자랑스럽고 명예로운 가장이 되도록 했잖아요?"

"그건 내가 보증할 수 있지!"

조가 로리를 힐끗 바라보자 로리도 방긋 미소를 지었다.

"그리고 그 일은 기대 이상으로 성공했어요. 로리는 자신만을 위해 재산을 모으는 대신 가난한 사람들에게 베푸는 분별 있는 사업가가 되었어요. 로리는 선하고 아름다운 것을 사랑해요. 그리고 거기에서 무한한 행복을 느끼죠. '테디, 난 정말 네가 자랑스러워! 해를 거듭할수록 너는 더 멋진 사업가가 될 거야. 우리 모두 그렇게 믿고 있어. 그리고 난 너를 학생들에게 소개할 거야. 넌 최고야!'"

로리는 어쩔 줄 몰라 했다. 이제는 세상일을 현명하게 꾸려 가는 어른이 됐지만 자신에 대한 찬사가 쏟아지고 사람들이 모두 그 말에 동의하는 눈빛으로 그를 바라보자 옛날처럼 수줍어 했다.

"조, 그만해." 예전의 소년 로리가 말하는 것 같았다. "너를 실망시키지 않도록 최선을 다하는 것 말고는 보답할 길이 없었어. 너는 나를 위해 말로 다 표현할 수 없을 정도로 많은 걸 해줬어. 요즘엔 관심이 없는 것 같지만 말야. 그렇지만 저는 여전히 많은 도움을 받고 있지요. 제가 잘 되는 건 모두 이 두 분의 덕분이죠."

그러곤 로리는 양 옆에 앉아 있는 그의 할아버지와 에이미의 어깨에 팔을 올려놓았다. 세 사람은 다른 때보다 더 꼭 붙어 앉았다.

"저는 가족이 세상에서 가장 아름다운 것이라고 생각해요."

조는 좀 흥분된 상태였다.

그날 밤, 가족들은 밤이 깊도록 서로의 바람과 계획을 얘기했다. 조는 자신의 방으로 올라와서도 벅찬 가슴을 진정시킬 수 없었던 모양이다. 그녀의 침대 옆에 나란히 놓여 있는 주인 없는 침대로 다가가 무릎을 꿇었다. 그렇게 한참 동안 베스를 생각하며 다시금 마음을 다잡았다.

그해는 모든 일이 빠르고 즐겁게 진행되었다. 조는 정신없는 나날들을 보내는가 싶더니 어느새 결혼하여 플럼필드에 정착해 있는 자신을 발견했다. 플럼필드엔 벌써 예닐곱 명의 소년들이 풀처럼 쑥쑥 자라고 있었다. 부유한 아이들뿐만 아니라 가난한 아이들도 그곳을 찾아왔다. 로리가 두 팔을 걷어붙이고 가난한 아이들을 찾아내 바어 부부에게 보내온 덕분이었다. 그러고는 필요한 비용까지도 기부해 주었다.

로리는 모르는 척하며 자존심 강한 조의 비위를 거스르지 않으면서 그녀를 도우려고 애썼다.

물론 처음에는 무척 힘든 일이었다. 또한 생각지도 못한 의외의 실수도 많았다. 그러나 현명한 바어 씨는 잔잔한 물 위로 배가 미끄러져 가듯이 안전하게 그녀를 인도했고 걷잡을 수 없는 부랑아는 결국 굴복했다.

조는 소년들의 거친 행동을 별로 나무라지 않았다. 그러나 늘 잘 정돈되어 있던 신성한 플럼필드가 톰과 딕과 해리 같은 개구쟁이 아이들의 놀이터로 변한 것을 마치 고모님이 보셨다면 얼마나 비통해하셨을까. 생전에 마치 고모님은 주변에 있는 소년들에게 공포의 대상이었다. 그러나 이제는 자유롭게 금단의 자두 열매를 따먹을 수도 있고, 더러운 부츠로 자갈을 차도 야단맞지 않았으며, 구부러진 뿔을 가진 성질 급한 소가 아이들을 들이받곤 하던 넓은 들판에서는 크리켓도 할 수 있었다. 그야말로 아이들의 천국이었다. 하늘나라에 계신 마치 고모님도 이 모습을 보면 환하게 웃으실 것이 틀림없다. 로리는 플럼필드를 '바어 학원'이라 부르면 어떻겠느냐고 제안하기도 했다.

플럼필드는 유행을 좇는 학교가 아니었기에, 선생님 또한 재산을 모으진 못했다. 하지만 그 대신 조가 원했던 대로 가르침과 보살핌과 사랑이 필요했던 아이들의 즐겁고 포근한 집이 되었다. 여러 개나 되는 방은 곧 꽉 찼고 넓은 정원도 아이들이 관리할 수 있도록 구역을 정해 주었다. 게다가 애완동물을 기르는 것도 허용되었기 때문에 헛간은 마치 작은 동물원 같았다.

플럼필드에선 하루에 세 번 식탁에 나란히 줄지어 앉아 식사를 한다. 아이들의 눈망울은 행복감에 젖어 있었고 친절하고 재미있는 '바어 엄마'를 그 누구보다 사랑하고 존경했다. 바어 부부는 아이들을 바라보며 행복한 미소를 지었다. 이제 그녀는 충분한 아이들을 거느리게 되었다. 아이들이 늘 착하기만 한 천사는 아니었다. 몇 명은 바어 부부를 곤경에 빠뜨리고 근심거리로 내모는 골칫덩어리였지만 그녀는 싫증내는 법이 없었다.

왜냐하면 버릇없고 뻔뻔하고 애를 태우는 짓궂은 아이들일지라도 본성이 착하다는 것을 믿었기 때문이다. 그런 그녀의 신념은 어려운 일에 부닥칠 때마다 극복할 수 있게 하는 힘이 되었다.

그래서 그 어떤 불량아라 할지라도 태양처럼 인자하게 빛나는 바어 아버지와 일흔일곱 번이라도 용서해 주는 바어 어머니의 사랑에 굴복하지 않을 수 없었다. 조는 아이들의 모든 것이 그저 소중할 따름이었다. 반짝반짝 빛나는 눈빛, 잘못을 뉘우친 뒤 흐느끼는 참회의 속삭임, 익살스럽거나 감동적인 이야기, 미래에 대한 열렬한 희망과 계획은 물론, 심지어 그들의 불행조차도 더없이 소중한 그녀의 보물이었다. 바어 학원에는 여러 부류의 아이들이 있었다. 행동이 더딘 아이들, 수줍음을 잘 타는 아이들, 허약한 아이들, 난폭한 아이들, 말을 더듬는 아이들, 다리를 절뚝거리는 아이들, 다른 곳에서는 선뜻 받아주지 않는 흑인 혼혈아까지 그곳에서는 모두가 똑같이 환영을 받았다.

끊이지 않는 근심거리와 느닷없이 찾아들곤 하는 시련에도 불구하고 조는 매우 행복했다. 조는 진심으로 플럼필드를 좋아했으며 세상의 칭찬보다 아이들의 응원이 더 기뻤다. 그리고 이제는 아이들에게 들려주기 위해서만 글을 쓰고 있었다.

세월이 흘러 조도 두 아이의 엄마가 되었다. 할아버지 이름을 딴 로브와 낙천적인 테디, 이렇게 두 사내아이를 두었다. 테디는 엄마의 활달한 성격과 아빠의 밝은 성격을 닮은 귀여운 아이였다. 아이들의 할머니와 이모들은 플럼필드의 개구쟁이 소년들 속에서 로브와 테디가 어떻게 살아남았는지 미스터리였다. 그러나 두 아이는 들판의 민들레처럼 씩씩하게 자랐다. 보모들도 아이들을 귀여워하며 잘 돌봐주었다.

플럼필드에서는 많은 행사가 치러졌지만 그 중에서도 연중 행사인 사과따기가 가장 재미있었다. 이날엔 마치 가족과 로렌스 가족, 그리고 브루크 가족과 바어 가족이 모두 모여 사과를 따며 즐거운 하루를 보냈다.

가을도 꽤 깊은 10월 어느 날, 조의 결혼 5주년 기념 축제가 열렸다. 전형적인 가을 날씨에나 볼 수 있는 파아란 하늘이 눈부셨다. 사람들도 날씨만큼이나 즐겁고 들뜬 마음이었다. 과수원의 아름드리 사과나무들도 휴일의 옷차림을 하고 있었다. 줄기가 가늘고 노란 꽃들은 이끼 낀 벽 둘레를 장식했고, 메뚜기는 마른 풀밭 위를 펄쩍펄쩍 뛰어다녔으며, 귀뚜라미는 동화 속의 파이프 오르간처럼 울어댔다. 다람쥐는 겨울을 나기 위해 추수를 하느라 정신이 없었다. 새들은 오리나무 가지에 앉아 쫑알쫑알 지저귀고 있었다. 사과 나무들은 한번 흔들기만 하면 빨갛고 노란 사과비를 우수수 쏟아 부을 것만 같았다.

모두들 나무를 오르락내리락하며 즐겁게 노래를 불렀다. 나무에서 굴러떨어지기도 했지만 즐겁기만 했다. 이들은 마치 세상엔 근심이나 슬픔이라곤 전혀 존재하지 않는 것처럼 자유를 만끽하며 소박한 즐거움에 몰두했다.

마치 씨는 '포도주처럼 부드러운 사과즙'을 즐기며 로렌스 씨와 어깨를 나란히 하고 투써나 카울리나 콜룸멜라의 시를 이야기하면서 거닐었다. 바어 씨는 소방차 사다리를 만들어 놀이에 열중하고 있는 아이들을 한 무리 이끌고는 창 시합에 쓰이는 창을 든 튜튼 족의 용감한 기사처럼 녹색 통로를 오르락내리락했다.

로리는 어린 아이들을 돌보느라 여념이 없었다. 나무에 매달린 바구니에 그의 어린 딸을 태워주기도 하고, 데이지는 번쩍 들어 안아 새둥지를 보여주기도 했다. 모험을 좋아하는 로브가 사고라도 당해 목이 부러지지 않도록 몹시 신경을 썼다. 마치 부인과 메그는 쏟아지는 사과를 추려내는 한 쌍의 여신들처럼 사과더미에 파묻혀 앉아 있었다. 또 에이미는 어머니의 아름다운 모습에 감탄하며 사람들의 움직임을 그림에 담았다. 그러면서 작은 목발을 옆에 놓고 앉아 있는 창백한 아이를 돌봐주었다.

조는 아이들을 다루는 데는 능숙한 선수였다. 그녀는 모자를 쓰지도 않고 머리핀으로 가운을 고정시키고는 이리저리 뛰어다니며 아이들에게 언제 일어날지 모르는 위험스런 사태에 대비해 만반의 준비를 하고 있었다.

하지만 그녀는 다른 아이가 꼬마 테디를 나무 위에 올리거나, 자기 등에 태우고 달리기를 해도 별로 걱정하지 않았다. 그리고 바어 씨가 독일인답게 애들은 절인 양배추부터 시작해서 단추, 못, 자기들 신발까지도 소화할 수 있다며 아기에게 시큼한 사과를 먹여도 전혀 걱정하지 않았다.

4시쯤 되자 소란스러움은 좀 가라앉았다. 사과 줍는 사람들은 잠시 휴식을 취하면서 서로 자기가 더 많이 다치고 더 많이 일했다고 으스댔다. 조와 메그는 사람들을 위해 저녁을 준비했다. 땀을 흘리고 나서 야외에서 먹는 저녁은 최고의 즐거움이었다.

그곳은 말 그대로 젖과 꿀이 흐르는 가나안 낙원 같았다. 소년들은 식탁에 앉지 않아도 그들이 원하는 곳에서 마음껏 먹고 마실 수 있었다. 평상시에는 거의 누릴 수 없는 특권을 마음껏 누렸다. 어떤 아이들은 물구나무서기 상태에서 우유를 마시는 재미있는 실험을 했고, 또 어떤 아이들은 목마타기 놀이를 즐겼다. 때때로 그들은 파이 조각을 들고 뛰어다녔다. 사과는 들판에 사방으로 널려 있었고 사과 껍질은 나무 둥지 안에 쌓여 있었다.

모두들 기분 좋게 포만감을 느낄 때쯤 바어 씨가 '마치 고모님에게 은총이 내리기를' 하며 사과 주스를 높이 들고 건배를 외쳤다. 그녀에게서 받은 고마움을 결코 잊지 못하는 바어 씨의 건배엔 남다른 뜻이 담겨 있었다. 갑자기 주위는 숙연해졌다. 모두들 엄숙하게 잔을 들고 건배를 했다. 그 뜻을 잘 알고 있는 소년들도 조용히 함께 마셨다.

"자, 이제 마치 부인의 60번째 생신을 축하합시다! 만수무강을 기원하며, 건배!"

얼마나 진심어린 목소리였는지! 모두 만세 삼창을 외쳤다. 여기저기서 환호성이 터져나왔다.

일단 축배가 시작되자 멈출 줄을 몰랐다. 모두들 돌아가면서 서로의 건강을 위해 건배했다.

가장 윗 손주인 데미가 그날의 여왕 마치 부인을 위해 산더미 같은 선물을 드렸다. 선물이 너무 많아 손수레에 실어 운반해야 할 정도였다. 아이들은 모두 선물을 손수 만들었다. 솜씨가 서툴러서 어떤 것은 우스꽝스러워 보이기도 했다. 그러나 마치 부인의 눈엔 이 세상 그 무엇과도 견줄 수 없는 보물처럼 보였다.

데이지가 자그마한 손가락으로 꼼꼼하게 수놓은 장미 손수건은 마치 부인의 수예품보다 훨씬 더 예뻐 보였다. 데미의 신발 상자는 비록 뚜껑이 잘 닫히지는 않았지만 훌륭했다. 로브가 만든 발판은 높이가 서로 달라 올라서면 곧 나자빠질 것 같는데도 마치 부인은 그저 기쁘고 행복하기만 했다.

에이미의 딸 베스는 멋진 책 한 권을 드렸는데 '사랑하는 할머니께, 꼬마 베스가'라고 지렁이가 꿈틀거리는 글씨를 선보였다. 마치 부인은 그 어느 페이지보다 이 글씨가 가장 마음에 드는 눈치였다.

선물 증정식을 하고 있는 동안 소년들은 모두 약속이라도 한 듯 갑자기 사라졌다. 너무나 감격한 마치 부인의 눈엔 눈물이 그렁그렁 했다. 그 순간 바어 씨가 노래를 부르기 시작하자 나무 사이사이에서 아름다운 노랫소리가 들려왔다. 조가 쓴 가사에 로리가 작곡을 하고, 바어 씨가 연습시킨 노래였다. 플럼필드 학생들의 청아한 합창 소리……. 조는 바어 씨 어깨에 기대 자기도 모르게 눈물을 흘렸다. 행복했다. 그 어느 때보다도 행복을 온몸으로 느끼고 있었다.

"내가 가장 원했던 소망이 이렇게 멋지게 이루어지다니. 나는 더 이상 '불행한 조'가 아니야." 조는 우유 주전자에 주먹을 넣고 휘젓는 막내아들 테디의 손을 꺼내며 말했다.

"그렇지만 언니의 삶은 오래전에 그렸던 꿈과는 좀 달라. 조 언니, 기억해? 그때 우리가 꿈꾸던 신기루 같은 것을 말야!" 에이미는 소년들과 크리켓을 하고 있는 로리와 존을 바라보며 행복한 미소를 지었다.

"오늘 하루 있었던 모든 일을 잊고 뛰노는 모습들을 보니 너무 보기 좋아."

세상의 모든 어머니들이 그렇듯 모성이 느껴지는 어투로 조가 말했다.

"그럼, 기억하지. 이제 와서 생각해 보면 정말 이기적이고 외로운, 나 자신에게도 가혹한 것이었어. 하지만 지금도 좋은 책을 쓰고 싶은 희망을 포기하지 않았어. 나는 기다리고 있는 거야. 책을 쓰려면 지금의 경험도, 좋은 그림도 필요하잖아. 나는 더 좋은 글을 쓸 수 있을 것 같아!"

그러면서 조는 손가락으로 멀리서 신나게 놀고 있는 아이들과, 바어 씨와 어깨를 맞대고 산책하며 대화에 빠져 있는 아버지를 가리켰다. 그리고 세 자매와 손주들에게 둘러싸여 있는 어머니를 바라보았다. 어머니의 얼굴은 아직도 젊었으며 인자함 그 자체였다.

"내 소원은 실현되었다고 할 수 있어. 확실히 멋진 것을 바라긴 했었지만 아무리 조그만 집이라도 존과 사랑스러운 아이들만 있으면 만족해. 나는 바라던 모든 것을 얻었어. 하느님께 감사해. 나는 이 세상에서 가장 행복한 여자야." 메그는 하느님을 향한 믿음과 사랑에 충만한 얼굴로 데미의 머리를 쓰다듬었다.

"나의 성은 내가 꿈꾸어 오던 것과는 상당히 다르지만 나도 조처럼 희망을 포기하지 않아. 그리고 다른 이의 꿈을 도와주는 역할에만 나 자신을 국한하지는 않을 거야. 그래서 아기를 모델로 한 조각을 시작했어. 로리도 이런 나를 깊이 이해해줘. 나는 대리석에 나의 아기 천사들을 조각할 거야."

에이미의 눈물방울이 그녀의 품에서 자고 있는 베스의 금발머리에 뚝 떨어졌다. 그녀의 사랑스런 딸은 허약해서 병치레가 잦았다. 에이미는 때때로 아이를 잃을지도 모른다는 두려움으로 고통스러워했다. 참으로 견디기 어려운 시련이었다. 하지만 그럴수록 에이미와 로리의 사랑은 더욱 깊어졌다. 에이미는 다정다감하고 사려 깊고 온화한 여인으로 성숙해 갔고, 로리도 진지하고 강인하고 믿음직스런 남자가 되었다. 그리고 아름다움과 젊음과 재산과 사랑으로 넘치는 사람들도 고민과 고통과 상실과 슬픔으로부터 벗어날 수는 없다는 것을 깨달았다. 어느 누구에게나 그의 인생 행로에는 때때로 비도 내리고 어둡고 슬프고 황량한 밤도 찾아오기 마련이라는 것을 말이다.

"아이는 점차 나아지고 있단다. 그러니 좌절하지 마라. 희망을 버리지 말고 즐겁게 지내는 거야, 에이미." 마치 부인이 말했다. 데이지가 자기의 붉은 뺨을 어린 사촌동생의 창백한 뺨에 갖다대었다.

"전 결코 좌절하지 않을 거예요. 어머니가 언제나 저를 격려해 주시고 로리가 짐을 절반 이상이나 덜어주니 말이에요." 에이미는 다정하게 대답했다. "그는 결코 제게 어두운 표정을 짓지 않아요. 저에게 그렇게 다정하고 참을성 있게 대할 수가 없어요. 아이에게도 온 정성을 다해요. 그런 그의 모습이 제게 얼마나 위로가 되는지 몰라요. 저는 그가 저를 사랑하는 만큼 그를 사랑할 수 없을 거예요. 그래서 저도 메그 언니처럼 하느님께 감사해요."

"저는 더 이상 말이 필요 없군요. 모두가 알다시피 분에 넘치는 사랑과 축복을 받고 있으니까요." 조는 남편과 그녀 곁을 떠나지 않고 잔디밭에서 뒹굴고 노는 아이들을 바라보며 말했다. "프리츠는 점점 흰머리가 늘고 뚱뚱해졌는데 저는 그림자처럼 말라 가요. 이제 저는 서른이에요. 우리는 결코 부자가 되진 못할 거예요. 그리고 플럼필드가 어느 날 밤 불타버릴지도 모르고요. 제멋대로인 토미가 이불 속에 숨어서 담배를 피우곤 하거든요. 이미 세 번이나 불을 낼 뻔했어요. 이런 골치 아픈 일도 있지만 그리 불평할 것은 없어요. 제 생애에서 이렇게 미치도록 신이 난 적도 없으니까요. 아, 미안해요. 남자 아이들과 생활하다 보니 애들의 표현을 따라하게 되는군요."

"그래, 조. 훌륭히 수확할 거야!"

"엄마의 수확처럼 그리 썩 훌륭하지는 못할 거예요. 어머니께서 그토록 인내하시며 씨를 뿌리시고 거둬들이신 것을 생각하면 무슨 말로 감사해야 할지 모르겠어요!" 조는 감격에 북받쳐 울컥했다.

"매년 추수할 밀은 더 많아지고 쓸데없는 풀들은 줄어들길 바라요." 에이미가 조용히 말했다.

"어머니의 가슴은 너무나 넓고 깊어서 아무리 큰 밀단이라도 넣어둘 수 있어요." 메그의 부드러운 목소리였다.

마치 부인은 벅차오르는 감동을 주체할 수가 없었다. 두 팔을 벌려 세 딸과 손주들을 와락 끌어안았다.

"오, 하느님! 감사드립니다. 저에게 이 큰 은총을 주시다니……."

마치 부인은 더 이상의 행복은 바랄 수조차 없었다.

제3부

제1장 내트

허름한 옷을 입은 소년 하나가 마차에서 내리자마자 플럼필드 정문으로 뛰어들면서 다급히 물었다.

"저어, 아저씨, 여기가 플럼필드인가요?"

"그래, 맞아. 그런데 무슨 일 때문에 왔지?"

"로렌스 씨의 소개로 이곳 아줌마에게 드릴 편지를 가져왔어요."

"그래? 그럼 저 위로 쭉 올라가거라. 저기 집이 보이지? 바로 저 집이야. 거기 가면 아주머니를 만날 수 있을 게다."

아저씨의 친절한 말씨에 기분이 좋아진 아이는 씩씩한 걸음걸이로 그 집을 향해 올라갔다. 이제 막 움트기 시작한 잔디와 꽃봉오리가 피어나는 나뭇가지 위로 부드러운 봄비가 내리고 있었다. 저편에 으리으리한 정사각형의 저택이 봄비에 가려 가물가물 보였다. 옛날식 현관과 넓은 계단, 그리고 창문이 많은 따뜻한 분위기가 느껴지는 집이었다. 커튼도 드리우지 않고 문도 잠그지 않아 반짝반짝 흔들리는 불빛이 아주 잘 보였다.

내트는 문을 두드리려다가 잠시 멈춰 섰다. 건물 벽에서 살랑살랑 춤추는 크고 작은 그림자들이 보였고 신나게 떠들어대는 아이들의 목소리가 들렸기 때문이다. 집 안의 밝고 평화로운 분위기는 자기처럼 집 없는 고아에게는 아주 먼 것처럼 느껴졌다.

'나도 이 집에서 살 수 있다면 얼마나 좋을까. 내가 아줌마 맘에 꼭 들어야 할 텐데.' 내트는 기도하는 심정으로 사자머리 모양의 커다란 청동 문고리를 가볍게 흔들었다.

홍조를 띤 하녀 하나가 나와 문을 열어 주었다. 그녀는 말없이 건네는 내트의 편지를 받고 싱긋 미소를 지었다. 낯선 아이들을 여러 번 맞아본 것 같았다.

그녀는 고갯짓으로 접객용 소파를 가리키며 말했다.

"편지를 아주머니께 갖다드릴 테니, 여기 앉아서 잠깐 기다리고 있어요."

내트는 기다리는 동안 호기심에 찬 눈으로 주위를 두리번거렸다. 재미나는 것들이 많이 눈에 띄었다. 우연히도 그가 앉은 자리는 거실에서 일어나고 있는 광경을 한눈에 볼 수 있는 곳이었다. 그런데 문 옆의 구석진 곳이라 남의 눈에는 쉽게 띄지 않았다.

거실은 사내아이들로 가득 차 있었다. 아이들은 온갖 즐거운 놀이를 하며 비 내리는 저녁 시간을 즐기고 있었다. 크고 작은 아이들이 2층에서도 1층에서도 복도 끝 방에서도 여기저기 한 무리씩 흩어져 쾌활하게 놀이에 몰두해 있는 모습이었다.

오른쪽에 있는 두 개의 커다란 방에는 책상과 지도, 칠판 그리고 책이 여기저기 흩어져 있는 것으로 보아 교실인 것 같았다. 불이 활활 타고 있는 난롯가에는 서너 명의 아이들이 뒹굴뒹굴 누워 있거나 두 발을 공중에다 흔들어대며 새 크리켓 경기장에 대해서 얘기하고 있었다. 방 한쪽 구석에는 나이가 좀 많아 보이고 키가 큰 소년이 이런 야단법석 따위는 전혀 관심없다는 듯 열심히 플루트를 연습하고 있었다. 또 다른 아이 두셋은 숨을 헐떡거리며 책상 위를 뛰어다니는가 하면 또 어떤 귀여운 꼬마는 칠판에다 집안사람들의 얼굴을 익살스럽게 그려놓아 모두를 웃겼다.

왼쪽 방에는 저녁 식사를 차려놓은 기다란 식탁이 보였다. 식탁 위엔 금방 짜온 신선한 우유가 담긴 큰 주전자와 희고 노랗게 잘 구워진 빵, 그리고 아이들이 아주 좋아하는 윤기가 좔좔 흐르는 생강빵이 가득 담긴 바구니가 놓여 있었다. 방 안 가득 구수한 빵 냄새와 사과 향기가 허기진 내트의 코와 위를 자극했다.

그렇지만 내트는 2층 입구에서 막 시작하려는 술래잡기와, 연회장 각 방마다 한창 벌어지고 있는 공기놀이와 장기놀이에 더 마음을 빼앗겼다.

어떤 소년은 계단에 앉아 책을 읽고 있는가 하면, 어떤 여자 아이는 인형과 강아지 두 마리 그리고 고양이에게 자장가를 불러주고 있었다. 어린 사내아이들은 옷이 상하거나 다치는 것도 아랑곳하지 않은 채 계단 난간에서 계속 미끄럼을 탔다. 이 재미있는 구경거리에 너무 몰두한 나머지, 내트는 자신도 모르게 앉아 있던 구석자리에서 일어나 슬금슬금 그들에게 다가갔다.

그런데 마침 아주 짓궂은 아이 하나가 갑자기 그가 있는 쪽으로 미끄럼을 타고 내려오더니, 멈추지 못하고 머리가 깨지는 듯한 요란한 소리를 내며 난간 아래로 나가떨어졌다. 내트는 반은 죽었겠구나 싶어 황급히 그 추락한 아이 곁으로 가 보았다. 그러나 그 아이는 재빨리 눈을 한 번 찡긋하더니, 누운 채로 새로 온 아이를 올려다보며 쾌활하게 인사했다.

"안녕!"

"안녕!"

내트는 무슨 말을 해야 할지도 모르겠고 또 짧고 간단하게 대답하는 쪽이 좋다고 생각했다.

"새로 왔니?" 아이는 움직이지 않고 여전히 누운 채로 물었다.

"으, 응. 글쎄……."

"이름은 뭔데?"

"내트 블레이크."

"나는 토미 뱅스야. 이리 와서 너도 해볼래?"

토미는 손님이라도 맞이하듯, 벌떡 자리에서 일어났다.

"글쎄, 아직은……. 내가 여기에 있게 될지 어쩔지도 모르는데." 내트는 자신도 모르게 자꾸만 이곳에 머물고 싶은 생각이 간절해짐을 느끼면서 얼버무렸다.

"데미, 새로운 아이가 왔어. 이리 와 봐." 토미는 계단에서 떨어진 일쯤이야 아무것도 아닌 것처럼 다시 활기차게 놀기 시작했다.

토미가 부르는 소리를 듣고 계단에서 책을 읽고 있던 아이가 갈색 눈을 크게 뜨고 바라보았다. 그러고는 수줍은 듯 잠깐 머뭇거리더니, 읽고 있던 책을 옆구리에 끼고 새로 온 아이를 맞으려는 의무감에 찬 얼굴로 계단을 내려왔다. 내트는 호리호리한 체격에 선한 눈매와 밝은 표정을 지닌 이 아이가 왠지 모르게 마음에 들었다.

"조 아줌마는 만나보았니?" 데미는 조 아줌마를 만나는 일이 중요한 의식이나 되는 것처럼 물었다.

"너희들 말고는 아직 아무도 보지 못했는걸. 나는 지금 아줌마를 기다리는 중이야."

"로리 아저씨가 널 여기로 보냈니?"

"아니야, 로렌스 씨가 보냈어."

"그 아저씨가 바로 로리 아저씨야. 그 아저씬 늘 좋은 애들만 보내."

내트의 여윈 두 볼에 함박 미소가 피어났다. 둘은 말없이 다정하게 서로를 바라보았다. 그때 자장가를 부르고 있던 여자 아이가 인형을 품에 안은 채 데미에게로 다가왔다. 어딘지 데미를 많이 닮은 것 같았다. 붉은 빛을 띤 동그란 얼굴에 파란 눈의 자그맣고 통통한 아이였다.

"내 여동생 데이지야!"

데미는 마치 진귀하고 소중한 보물을 보여주듯 조심스레 소개했다.

데이지는 보조개가 쏘옥 들어가게 웃으며 인사했다.

"여기 있게 됐으면 좋겠어. 그러면 우리와 같이 재미있게 놀 수 있잖아. 그렇지, 오빠?"

"물론이지. 우린 이곳 생활이 즐거워. 그게 조 아줌마가 플럼필드 학교에 바라는 거야."

"여긴 정말 좋은 곳 같아." 내트는 이 사랑스러운 아이들에게 뭔가 대꾸해야 할 것 같았다.

"여기는 세상에서 가장 멋지지, 오빠?" 데이지는 어떤 일이든 데미가 최고로 잘 안다고 여기는 모양이다.

"아니야, 빙산과 바다표범이 있는 그린란드가 더 재미있을 것 같아. 하지만 난 플럼필드도 좋아해. 플럼필드는 정말로 살기 좋아!" 데미는 요즘 그린란드에 관한 책을 매우 흥미진진하게 읽고 있는 중이었다. 데미가 내트에게 책에 있는 그림들을 보여주면서 설명하려는데 마침 하녀가 와서 눈짓으로 응접실을 가리키며 말했다.

"자, 내트! 들어가 봐요. 여기에 있게 되었어요!"

"내가 조 아줌마한테 데려다줄게." 데이지가 내트의 손을 꼭 잡아 끌자 내트는 그제야 안도의 한숨을 쉬었다. 복도 안쪽 방에 들어서자, 한 신사가 꼬마 사내아이들과 소파에서 놀고 있었다. 그리고 깡마른 체형의 부인이 편지를 들고 내트를 기다리고 있었다.

"여기 그 애가 왔어요, 아줌마!"

데이지가 소리쳤다.

"아! 네가 바로 내트로구나. 만나서 정말 반갑다. 여기서 즐겁게 지내자."

조는 내트를 끌어안으며 어머니 같은 손길로 머리를 쓰다듬었다. 이제껏 외톨이로 살아온 내트는 조 아줌마의 따뜻한 손길과 상냥한 눈빛에 아무 말도 못하고 가슴이 울컥해지는 것을 느꼈다.

조 아줌마는 그리 예쁜 편은 아니었지만, 명랑하고 활동적이었으며 눈빛과 표정이 아이처럼 천진난만했다. 아이들은 조 아줌마랑 있으면 마음이 따뜻해지고 기분도 좋아지며 마냥 즐거웠다. 조 아줌마는 누가 보아도 유쾌한 사람이었다.

조 아줌마의 따뜻한 손길에 내트의 창백한 입술이 약간 떨렸다. 그러자 조 아줌마는 한층 부드러운 표정으로 꼬질꼬질한 내트를 더 가까이 끌어당기며 말했다.

"나는 바어 엄마고, 이 아저씨는 바어 아빠, 그리고 여기 이 애들은 바어 형제란다. 모두 이리로 오세요."

소파에서 씨름을 하고 있던 바어 씨와 두 아이는 곧장 내트 쪽으로 다가왔다. 건장한 체격의 바어 씨는 양 어깨에 통통한 두 꼬마를 목마 태우고 내트를 환영했다. 로브와 테디는 내트를 보며 싱긋 웃기만 했고, 바어 씨는 악수를 한 뒤 난롯가에 있는 낮은 의자를 가리키며 말했다.

"애야, 네가 지낼 방을 준비해 두었단다. 우선 앉아서 젖은 발을 말려야지."

"젖었다고? 오, 그렇구나! 애야, 신발을 벗어라. 금방 준비할 테니."

조는 미처 그 사실을 깨닫지 못한 게 미안한 듯 부산을 떨었다. 입도 벙긋하지 않을 사이에 내트는 새 양말과 슬리퍼를 받고 푹신한 의자에 앉아 있었다.

"고마워요, 아줌마."

내트의 진심어린 감사에 감동을 받았는지 조 아줌마는 더욱 부드러운 표정을 지었다. 그러고는 평소에 늘 하듯이 즐겁게 말했다.

"이건 토미 뱅스의 슬리퍼란다. 그런데 토미는 집 안에선 이걸 신는다는 걸 기억 못하나 봐. 그러니까 필요없을 거야. 너한텐 좀 크지만, 오히려 다행이다. 좀 큰 걸 신으면 여기서 도망치기 힘들 테니까!"

"저는 도망치지 않아요, 아줌마." 내트는 더러워진 작은 손을 조몰락거리며 긴 안도의 한숨을 내쉬었다.

"좋아. 그럼, 먼저 몸부터 녹이고 그 지독한 기침을 쫓아버려야겠다. 기침한 지 얼마나 됐지?"

바어 부인은 큰 바구니를 뒤적거리더니, 폭이 좁고 긴 헝겊을 찾아냈다.

"겨울 내내 그랬어요. 그런데 잘 낫질 않아요."

"다 닳아빠진 누더기를 입고 축축한 지하실에서 살았으니, 그리 놀랄 일도 아니에요." 조는 남편에게 낮은 목소리로 속삭였다.

바어 씨는 그 아이가 받은기침을 할 때마다 가늘게 어깨를 떠는 모습과 여윈 관자놀이, 그리고 열이 오른 입술을 자상한 눈으로 살펴보았다.

"로브, 빨리 아줌마한테 가서 감기약 좀 달라고 말해 주겠니?"

약을 가져오라는 소리에 내트의 표정이 어두워지자 조가 익살스런 농담으로 그 두려움을 풀어주었다.

"저런, 개구쟁이 테디도 기침을 하려고 하네. 너에게 줄 감기약에 꿀이 들어 있거든. 테디가 그걸 노리는 거야."

내트가 남자답게 약을 먹고 나자, 테디는 숟가락에 남아 있던 약을 빨아먹었다.

그때 저녁 식사를 알리는 종이 울렸다. 그러자 복도에서 쿵쾅거리는 소리가 온 집안을 뒤흔들었다. 수줍음을 잘 타는 내트는 낯선 아이들을 만나야 한다는 생각에 몹시 겁을 먹었지만, 조는 그를 편안히 부축했고 어린 로브조차 어른스럽게 위로해 주었다.

"걱정 마, 내가 옆에 있을게."

양쪽에 여섯 명씩, 열두 명의 아이들이 제각기 의자 뒤에 서 있었다. 아까 플루트를 불던 키가 큰 소년은 배가 고파 조바심을 내는 아이들을 진정시켰다. 그러나 조 아줌마가 테디를 왼쪽에, 내트를 오른쪽에 앉히고 찻주전자 뒤의 그녀의 자리에 앉기까지 아무도 자리에 앉으려 하지 않았다.

"새로 온 아이를 소개하겠어요. 이름은 내트 블레이크예요. 저녁을 먹은 뒤에 서로들 인사해요. 상냥하게. 알았지요?"

모두 내트를 의식해 가능한 한 예의바르게 앉으려고 했지만 말짱 허사였다. 바어 부부는 식사 시간만은 개구쟁이들이 예의 바르게 행동하도록 최선을 다했다. 플럼필드의 규칙은 몇 가지 안 되었으며, 지키기도 쉬운 것들이었다. 아이들 또한 바어 부부가 생활을 즐겁고 행복하게 만들고자 애쓴다는 것을 잘 알고 있었기 때문에 규칙을 지키려고 노력했다. 단 아이들이 아무 거리낌 없이 마음껏 장난치며 소란을 피워도 되는 날이 있었는데, 토요일 저녁이 바로 그 시간이었다.

"어린 아이들에겐 마음껏 떠들며 야단법석을 칠 수 있는 날이 있어야 해요. 충분한 자유와 즐거움이 없다면 휴일을 휴일이라 할 수 없지요. 우리 애들은 일주일에 한 번은 이렇게 활기차게 놀 거예요."

종종 점잖은 사람들이 기품 있는 플럼필드의 지붕 아래서 어떻게 난간 타기며, 베개싸움이며, 온갖 짓궂은 장난들이 벌어지는지 의아해할 때마다 조 아줌마는 그렇게 말하곤 했다.

때때로 지붕이 날아가 버리는 것은 아닐까 할 정도로 심할 때도 있었지만, 결코 그런 불상사는 일어나지 않았다. 바어 씨의 말 한마디면 언제나 조용해졌기 때문이다. 그리하여 아이들은 자유란 오용되어서는 안 된다는 것을 스스로 깨우쳐 나갔다. 여러 비관적인 예측에도 불구하고 플럼필드 학교는 성공적으로 운영되었고, 일일이 잔소리를 하지 않고도 바어 부부의 방침과 정신은 아이들의 마음에 뿌리를 내렸다.

내트는 커다란 주전자 뒤에 앉은 걸 다행스러워했다. 바로 옆 자리엔 토미 뱅스가, 또 한쪽 옆에는 조 아줌마가 앉아, 그가 음료와 음식을 비우기가 무섭게 재빨리 찻잔과 접시를 채워주었다.

"저쪽 끝 여자아이 옆에 앉은 애는 누구야?" 아이들이 웃는 틈을 타서 내트는 토미에게 속삭였다.

"데미 브루크야. 바어 아저씨 조카."

"이상한 이름인걸!"

"진짜 이름은 존이야. 하지만 모두 데미 존이라고 불러. 걔네 아빠도 존이라서 그렇대. 이해되니?"

토미는 친절하게 설명해 주었다. 내트는 무슨 말인지 이해되지 않았지만 웃으면서 관심 있게 물었다.

"좋은 애 맞지?"

"응. 그 애는 뭐든지 잘 알고 있고 책읽기를 좋아해."

"그 옆에 뚱뚱한 애는 누구야?"

"스투피 콜. 그 애 이름은 조지인데, 닥치는 대로 먹어서 모두 뚱보 스투피라고 불러. 바어 아저씨 옆에 있는 녀석은 로브, 그 다음은 아저씨의 조카프란츠야. 프란츠는 우리를 가르치기도 하는데 감독인 셈이지."

"아까 플루트를 불고 있었지?"

토미는 사과 파이를 통째로 집어넣는 바람에 대답을 할 수가 없었다.

토미는 고개를 끄덕이고는 믿을 수 없을 만큼 재빨리 꿀꺽 삼켰다.

"맞아, 그래서 가끔씩 플루트 연주에 맞춰 춤도 추고 체조도 해. 난 북치는 걸 배우고 싶어."

"난 바이올린을 가장 좋아해. 물론 켤 수도 있어."

내트도 신이 나서 대답했다.

"켤 수 있다고?" 토미는 눈을 동그랗게 뜨고는 내트를 쳐다보았다.

"바어 아저씨가 오래된 바이올린을 하나 가지고 있어. 부탁하면 켤 수 있도록 해줄 거야."

"아! 바이올린을 켤 수 있다면 얼마나 좋을까. 난 아버지가 돌아가시기 전까지 아버지와 어떤 아저씨랑 바이올린을 켜면서 돌아다녔어."

"재미있었니?" 토미는 감동 받은 것 같았다.

"아니, 끔찍했어. 추운 겨울이나 더운 여름엔 더 심했어. 정말 힘들었지. 그리고 아버지나 아저씨가 무서워서 벌벌 떨기도 했고, 제대로 먹지도 못했어."

내트는 이제 그 어렵던 시절은 다 지나갔다고 확인이라도 하듯 생강빵을 볼이 미어지도록 입에 몰아넣었다. 그러더니 슬픈 표정을 지었다.

"그래도 그 조그만 바이올린을 참 좋아했었는데……. 지금은 없어. 아버지가 돌아가시자 니콜로 아저씨가 가져갔어. 난 그때 몸이 아파 아무것도 할 수 없었거든."

"그렇다면 우리 악단에 들어올 수도 있어. 틀림없이!"

"악단이 있다고?"

순간 내트의 눈이 빛났다.

"응, 우리 모두가 악단이야. 연주회도 하는걸! 내일 밤에 보면 알게 될 거야."

이 흥미로운 얘기를 꺼낸 토미는 계속해서 저녁을 먹었고, 내트는 먹는 것도 잊어버린 채 멋진 공상에 빠져들었다.

옆자리에 앉아 있던 조는 차를 따르거나 테디를 보살피면서, 두 아이가 말하는 것을 모두 들었다. 조는 싹싹하고 사교성이 많은 토미가 수줍음을 타는 아이에게 더할 나위 없이 좋은 친구라고 생각해서 일부러 그를 내트 옆에 앉혔던 것이다. 내트는 토미 덕분에 서먹함을 잊어버리고 식사 시간 내내 즐겁게 지낼 수 있었다. 이로써 조는 그녀 자신이 직접 대화한 것보다 더 많이 내트의 성격을 파악할 수 있었다.

로렌스 씨가 보낸 편지의 내용은 이러했다.

다정한 조에게

이 아이에게는 당신의 보살핌이 절실히 필요합니다. 고아인 데다 친구도 하나 없어요. 한때는 거리의 작은 악사(樂士)였지요. 제가 지하실에서 아버지의 죽음을 슬퍼하며 울고 있는 이 아이를 발견했어요. 바이올린도 잃어버렸더군요. 난 그 아이에게 무엇인가 남다른 게 있다고 생각해요. 당신 곁에서 지내면 이 아이는 많은 도움을 받을 수 있다고 생각해요. 조는 혹사당한 어린 육체를, 프리츠는 어두운 마음을 치료해 줄 거라고 봐요. 그렇게 된다면 나는 이 아이가 천재인지, 아니면 단지 자기 삶을 헤쳐 나갈 정도의 재능을 가진 것인지 알게 되겠지요. 잘 돌봐주시기 바랍니다.

테디

"물론 그래야지요!"

조는 소리쳤다. 그녀는 내트를 처음 보았을 때, 아이가 천재이든 아니든 이 외롭고 병든 아이야말로 사랑과 어머니의 보살핌이 필요하다는 것을 금방 알아차렸다.

바어 부부는 조용히 내트를 살펴보았다. 낡은 옷과 어색한 몸짓, 더러운 얼굴이었지만, 마음에 드는 점도 많았다. 푸른 눈의 여위고 창백한 열두 살 소년, 내트는 헝클어진 머리카락 아래로 잘생긴 이마가 돋보였다. 그의 생채기 난 얼굴은 마치 꾸중이라도 들은 아이처럼 내내 수심에 싸여 있었고, 따뜻한 시선과 마주칠 때면 그 가냘픈 입술이 파르르 떨리곤 했다. 그리고 친절한 말 한 마디에도 눈을 반짝거리며 기뻐했다. 조는 이런 내트가 한없이 가여웠다.

'내트가 원하기만 한다면 하루 종일 바이올린을 켜게 해줘야지.' 조는 토미가 악단에 대해서 얘기할 때 내트의 빛나는 눈동자를 훔쳐보면서 이렇게 생각했다.

저녁 식사를 마치자, 아이들이 교실로 우르르 몰려갔다. 조는 손에 조그만 바이올린을 들고 나타나 남편과 몇 마디 나누더니, 구석진 곳에 앉아서 숨죽이고 아이들을 지켜보는 내트에게로 다가갔다.

"자, 내트. 어디 한 번 곡을 들려주지 않겠니? 우리 악단엔 바이올린 연주자가 없단다. 네가 그걸 멋지게 할 수 있을 것 같구나."

조는 아이가 망설일 거라고 생각했다. 그러나 내트는 곧바로 바이올린을 집어 들고는 애정어린 손으로 매만졌다. 내트가 바이올린을 얼마나 좋아하는지 쉽게 알 수 있었다.

"할 수 있는 데까지 해보겠어요, 아줌마."

그리운 선율을 다시 듣게 되어 환희에 사로잡힌 듯, 조심스레 호흡을 가다듬었다.

내트가 연주를 시작하자마자 방 안의 소란은 곧 선율에 파묻혔다. 내트는 벅차오르는 감정에 이끌려 모든 것을 잊고 조용히 바이올린을 연주했다. 거리의 악사들이 연주하는 단순한 곡조의 흑인 영가에 불과했지만, 아이들은 연주에 푹 빠져들었다. 모두들 놀람과 기쁨 속에 자기도 모르게 한 발 한 발 내트 곁으로 다가섰다.

마치 내트는 무아지경에 빠져 있는 것 같았다. 눈빛은 반짝거렸고, 두 볼은 빨갛게 달아올랐다. 가느다란 손가락은 바이올린 줄 위로 날아가 사랑의 언어로 모두의 가슴에 속삭였다.

마침내 연주가 끝났다. 모두들 황홀한 감동에 젖어 우레와 같은 박수로 그에게 답례했다.

"와! 정말 굉장해."

토미는 내트의 보호자나 되는 양 소리쳤다.

"넌 우리 악단의 첫 번째 바이올린 연주자가 될 거야." 프란츠가 만족스럽게 웃으며 말했다.

조는 남편에게 속삭였다. "테디가 말한 대로에요. 저 아이에겐 무엇인가 있음에 틀림없어요."

바어 씨는 고개를 끄덕이며 다정하게 내트의 어깨를 두드렸다. "아주 잘했어, 내트. 이번에는 우리가 함께 부를 수 있는 곡을 연주해 줄 수 있겠니?"

내트는 피아노 쪽으로 안내되었다. 개구쟁이들은 존경에 찬 눈빛으로 내트를 둥그렇게 둘러싸고는 연주를 다시 듣길 간절히 바라고 있었다. 오늘이야말로 가엾은 소년의 인생에서 가장 자랑스럽고 행복한 순간이었다.

음을 맞추기 위해 몇 번 연습을 해보고는 곧 바이올린, 플루트, 그리고 피아노 연주에 맞추어 아이들의 합창이 플럼필드에 울려 퍼졌다.

그러나 생각보다 감수성이 풍부한 내트에게 자극이 좀 컸던 모양이다. 1절이 끝나갈 무렵, 내트의 얼굴이 갑자기 경련으로 일그러지더니 그만 바이올린을 떨어뜨리고 헐떡거렸다. 그러고는 벽 쪽을 향해 돌아서며 어린아이처럼 훌쩍훌쩍 울기 시작했다.

"애야, 무슨 일이지?"

로브의 방해에도 불구하고 열심히 노래를 부르고 있던 조는 걱정스레 물었다.

"모두들 너무 친절하세요. 그리고 합창도 멋있어서 저도 모르게 그만……." 내트는 숨도 못 쉴 정도로 기침을 토해 내며 헐떡거렸다.

"나랑 가자꾸나. 애야, 좀 쉬어야겠어. 넌 너무 지쳤어."

조는 내트가 휴식을 취할 수 있도록 그녀의 방으로 데리고 갔다. 그러고는 내트가 북받쳐 오르는 감정을 추스르도록 도왔다. 조는 네트의 걱정들에 대해 물었고, 이미 알고 있는 이야기였지만 눈물을 글썽이며 그 슬픈 이야기를 들었다.

"이제 새로운 아빠와 엄마가 생겼단다. 이 집도 네 것이야. 앞으로는 슬픈 지난날들을 잊어버리고 멋지고 행복하게 사는 거야. 우리가 너를 돕는 한, 다시는 불행하게 되지 않을 거라고 믿는단다. 이곳은 많은 아이들이 행복하게 지내는 곳이야. 나는 모두가 스스로를 돕는 법을 배워서 모두 자기 삶에 충실한 사람이 되길 바라. 네가 얼마든지 음악을 해도 좋지만 먼저 건강을 되찾아야 해. 무엇을 하든 몸이 튼튼해야 한단다. 자, 일어나서 아줌마한테 가서 목욕을 하거라. 그러고 나서 푹 자고, 내일 멋진 계획들을 세워보는 거야."

내트는 조의 손을 꼭 잡았다. 하지만 아무 말도 하지 못하고 다만 감격한 눈길로 조의 얼굴을 바라보았다.

조는 내트를 커다란 방으로 데리고 갔다. 거기에는 뚱뚱한 독일인 아줌마가 있었는데, 동그란 얼굴이 마치 해님 같고 모자의 레이스는 햇빛이 쏟아지는 것처럼 보였다.

"이분은 홈멜 아줌마란다. 목욕도 시켜주고 머리도 잘라주고, 또 로브가 말한 것처럼 모든 걸 편안하고 즐겁게 도와주시는 분이란다. 저쪽이 목욕탕이야. 토요일 저녁엔 누구나 목욕을 하고 잠자리에 든단다. 자 그럼, 어린 로브가 먼저."

조는 로브의 옷을 벗기고 목욕통으로 들이밀었다. 내트도 뒤따라 들어갔다.

목욕을 마친 뒤, 난롯가에서 널시 아줌마가 내트의 머리를 잘라주었다. 그 사이에 또 다른 아이들이 목욕통에 뛰어들어 마치 새끼고래들처럼 물장구를 치며 놀았다.

"내트를 여기에 재우는 게 좋겠어요. 밤중에 기침을 심하게 하면 아주머니가 돌볼 수도 있고 또 아마차를 먹일 수도 있을 테니까요."

조의 말에 아줌마도 찬성했다.

널시는 내트에게 플란넬 잠옷을 입히고 따뜻하고 달콤한 차를 마시게 한 뒤, 침대가 세 개 놓여 있는 방에 그의 잠자리를 마련했다. 내트는 태어나서 이렇게 편한 잠자리는 처음이었다. 플란넬 잠옷은 그가 이제까지 살았던 세계에서는 맛보지 못했던 개운함과 포근함을 안겨주었고, 한 모금의 따뜻한 감차(甘茶, 단술)는 그의 외로운 마음을 사랑으로 감싸주었다. 집 없는 소년 내트에게 지금 이 순간은 너무나 황홀한 나머지 천국에 와 있는 게 아닌가 착각할 정도였다. 이 모든 일이 꿈만 같아서, 자고 나면 사라질까봐 좀처럼 잠을 이룰 수가 없었다.

그런데 갑자기 커지기 시작한 시끄러운 소리에 그만 눈을 뜨고 말았다. 플럼필드의 명물이 나타난 것이다. 이윽고 어디선가 하얀 잠옷을 입은 유령들이 사방으로 베개를 던지기 시작했다.

그러나 아무도 이 소란스러운 놀이를 개의치 않았고, 그 누구도 말리지 않았다. 내트는 그저 놀랍고 신기할 따름이었다. 홈멜 아줌마는 태연스레 수건을 널고 있었고, 바어 부인도 침착하게 빨래한 옷을 이리저리 살펴보고 있었다. 그런데 그뿐만이 아니었다. 바어 부인은 자신을 향해 날아오는 베개를 쏜살같이 낚아채더니, 되돌려 던지기까지 했다.

"그러다가 애들이 다치진 않을까요?" 내트는 배꼽을 잡고 웃으면서 물었다.

"오, 아니란다, 내트. 여기선 토요일 밤마다 베개싸움을 벌이지. 아주 재미있는 놀이야. 나도 아주 좋아해." 바어 부인은 손을 바삐 움직이며 열두 켤레의 양말을 손질했다.

"여기는 정말로 멋진 곳이에요!" 내트는 가슴이 벅차올랐다.

"여긴 참 별난 학교란다. 너도 알겠지만 아이들은 너무 많은 규칙이나 지나친 공부를 좋아하지 않아. 처음에는 나도 이렇게 노는 걸 금지했었지. 하지만 전혀 소용이 없었단다. 저 개구쟁이들을 조용히 잠재우는 일은 동물들을 상자 속에 가두어두는 것보다도 어려운 일이야. 그래서 나는 애들과 약속했단다. 매주 토요일 밤, 15분 동안은 베개싸움을 해도 좋다고 말이야. 대신 다른 날 밤엔 조용히 자야 한다고. 이 약속은 아주 잘 지켜지고 있지."

"정말 좋아요."

내트는 자기도 놀이에 어울려보고 싶은 충동을 느꼈지만, 첫날밤부터 그러면 안될 것 같아, 가만히 누운 채로 이 요란스러운 광경을 즐기기만 했다.

토미 뱅스는 공격 부대를 지휘했고, 데미는 완강하게 요새를 방어했다. 공격 부대가 바닥이 난 베개를 도로 빼앗기 위해 온몸을 던져 공격해 오면 엎치락뒤치락 육탄전이 벌어졌다. 그러다 상처가 나기도 하지만 아무도 신경 쓰지 않았다. 공중을 날아다니는 베개들이 마치 커다란 눈송이처럼 흩날렸다.

"자, 애들아. 이제 시간이 다 됐단다. 모두들 자도록 해라. 그렇지 않으면 벌금을 물어야 해!" 바어 부인이 시계를 보며 소리쳤다.

"벌금이라뇨?" 내트는 너무나 궁금한 나머지 벌떡 일어나 앉았다.

"응, 벌금이란 다음 주 토요일엔 이 즐거움을 잃어버리게 되는 거야." 바어 부인이 얼굴 가득 미소를 머금고 대답했다.

"나는 5분간 진정할 시간을 준단다. 그러고는 등불을 끄고, 애들이 잠들기를 기다리지. 모두 착한 장난꾸러기들이야. 약속을 잘 지키거든."

그것은 사실이었다. 전투는 시작할 때와 마찬가지로 순식간에 막을 내렸다. 마지막 한두 발의 공격에 데미가 일침을 가하자, 여기저기서 함성이 터지며 다음 전쟁을 기약했다. 바어 부인은 새로 온 아들이 플럼필드에서 행복하기를 바라는 마음으로 작별의 키스를 하고는 조용히 방에서 나왔다.

제2장 플럼필드의 아이들

플럼필드에는 이제 사춘기를 지나 제법 어른스러운 소년에서부터 나이 어린 로브와 테디에 이르기까지 열 명 남짓의 아이들이 서로 도와가며 살고 있었다. 프란츠는 열여섯 살 된 독일 소년으로 키가 크고 금발이었으며, 성격이 온화하고 책과 음악을 좋아했다.

프란츠의 삼촌인 바어 씨는 그를 대학에 보내기 위해 열성적으로 지도했다. 그리고 조는 그에게 예의바른 태도와 어린아이를 사랑하는 마음, 여성에 대한 존경심, 그리고 가정에 충실할 것 등을 세심하게 가르쳐주었다.

프란츠는 어떤 경우에도 침착하고, 친절하며, 인내심이 강해 조의 오른팔 노릇을 톡톡히 했다. 그래서 그녀가 그를 위해 애쓰는 것처럼, 그도 명랑한 조를 어머니같이 따랐다.

동생 에밀은 프란츠와는 아주 딴판이었다. 성격이 급한데다 덤벙거리기 일쑤였고 언제나 무엇인가에 골몰해 있었다. 그리고 바이킹족의 혈통을 이어받기라도 했는지 바다에 나가는 것을 열광적으로 좋아했다. 바다에 대한 호기심으로 가득 찬 에밀의 마음을 바어 씨는 존중해 주었다. 그래서 에밀이 열여섯 살이 되면 바다에 보내주겠다는 약속과 함께, 항해술 공부를 시키는 한편 훌륭한 제독이나 영웅의 책을 읽게 했다. 또한 수업이 끝난 뒤에는 강가나 연못, 그리고 시냇가로 나가 놀게 했다. 그의 방은 마치 군함의 사관실처럼 군대식으로 잘 정돈되어 있었다. 선장 키드는 그의 희망이요, 즐거움이었으며, 그가 가장 좋아하는 놀이는 멋지게 해적 옷차림을 하고서 살벌하게 느껴지는 바다 노래를 목청껏 불러대는 것이었다.

게다가 그는 발을 구르며 해병들이 추는 춤을 흉내내거나 아이들과 이야기할 때에도 해적처럼 행세하곤 했다. 아이들은 그를 '제독'이라고 불렀으며 그의 함대를 자랑스러워했다.

데미는 현명하고 인자한 부모 밑에서 가정교육을 받고 자란 덕분에 정신적으로도 육체적으로도 매우 조화롭고 안정적인 아이였다. 어머니는 아들의 정신적 소양을 키워주기 위해 지극한 사랑으로 이끌었으며 아버지는 아들이 육체적으로 튼튼하게 자라도록 음식과 운동과 수면에 각별한 신경을 썼다.

또한 할아버지는 피타고라스적 사상과 지혜로 데미에게 용기를 북돋워주었다. 그리고 지루하고 딱딱한 주입식 교육이 아니라, 태양과 이슬이 때가 되면 장미꽃을 피우듯이 아이의 지혜가 자연스럽게 자라가도록 도왔다. 그렇다고 데미가 완벽한 아이는 아니었지만 그의 결점은 다소 유리하게 작용할 때가 많았다. 그리고 어려서부터 스스로 참아내는 요령을 배웠기 때문에, 순간적인 욕망이나 감정에 따라 행동하지 않았다.

데미는 매우 진지하며 어딘가 좀 특이한 아이였다. 또한 성실하고 활달하며 감탄도 잘하고 자기보다는 남의 장점을 더 기뻐했다. 책을 즐겨 읽는 습관도 있거니와 상상력도 풍부해서 머릿속이 여러 가지 공상들로 가득 차 있었다. 그래서 그의 부모는 그의 풍부한 상상력과 타고난 성격이 사회와 적절한 조화를 이루기를 진심으로 바랐다. 그리고 이따금씩 놀라울 정도로 어른들을 흐뭇하게 하는 이 조숙한 아이가 온실의 화초처럼 금방 시들어버리지 않기를 바랐다.

그리하여 데미는 플럼필드로 오게 되었고 시간이 지나면서 이곳 생활에 익숙해졌다. 다른 소년들과의 만남은 어린 영혼을 눈 뜨게 했으며 조그만 머릿속에서만 맴돌며 거미줄을 치던 거미집은 말끔히 걷혔다.

때때로 데미가 고향 집으로 돌아가서는 문을 '쾅' 하고 닫는다거나 불량스러운 말투로 말한다거나, 아버지가 신고 다니는 길고 두툼한 장화를 사 달라고 하는 등 예전과는 사뭇 다른 모습을 보여서 어머니는 깜짝 놀랐다. 그러나 아버지는 아들의 변화를 아주 반겼다.

"저 애는 아주 잘하고 있어. 그러니 그냥 내버려둬요. 난 내 아들이 남자답게 씩씩하길 바라지. 이렇게 거칠게 구는 것은 일시적일 뿐이야. 난 점차 성숙해 나갈 거라고 믿어요. 교육이란, 비둘기가 스스로 완두콩을 찾아내듯이 저 애 스스로 찾게 하는 거야."

데이지는 데미의 여동생으로 귀엽고 명랑했으며 그녀의 엄마처럼 가정적인 일을 좋아했다. 워낙 바느질 솜씨가 좋아서 데미는 종종 데이지가 만들어준 손수건을 꺼내들고 솜씨를 자랑할 정도였다. 데이지는 바느질 바구니 없이는 하루도 지낼 수 없었다. 그리고 식탁 위의 소금을 채운다든가, 숟가락을 가지런히 정돈한다든가, 또는 매일같이 거실 탁자와 의자의 먼지를 닦는 등 집안의 허드렛일을 즐겼했다.

데미는 데이지가 살뜰한 손길로 자기 물건들을 정돈해 주고, 아무런 경쟁심 없이 함께 공부하며 이것저것 도와주는 것을 대단히 좋아했다. 둘 사이의 사랑은 정말 깊었다. 그러나 어느 누구도 데이지에 대한 데미의 애정어린 태도를 비웃거나 놀려대지 않았으며, 데이지 또한 쌍둥이 오빠 데미를 이 세상에서 가장 '비범한 소년'이라고 생각했다.

조와 바어 씨의 장남 로브는 활기 넘치는 꼬마아이였다. 그리고 한시도 가만히 있는 적이 없었다. 하지만 다행스럽게도 장난이 그리 심하거나 심술궂은 아이는 아니었다. 하지만 엄청난 수다쟁이여서 늘 뭐라고 중얼거리며 아빠 엄마 사이를 왔다 갔다 했다.

바어 씨 부부의 둘째 아들 테디는 아직 너무 어려서 화제의 중심에 오르는 일은 거의 없었지만 플럼필드의 귀염둥이였다. 바어 부인은 언제나 테디를 곁에 두고 말하기를 좋아해서 결국 테디도 모든 가사일에 참여한 셈이었다.

딕 브라운과 돌리 페팅걸은 둘 다 여덟 살이었다. 돌리는 심하게 말을 더듬거렸지만 처음 왔을 때보다 많이 나아졌다. 바어 씨는 그 누구도 돌리를 흉내 내는 것을 허락지 않았으며 아이에게 서서히 말하는 연습을 시키면서 치료해 주려고 애썼다.

돌리는 특별한 장기가 있지는 않았지만 착하고 얌전한 아이였다. 하지만 이곳에 온 뒤로는 많이 활달해졌다.

딕 브라운은 처음엔 자신이 곱사등이라는 사실 때문에 괴로웠지만, 플럼필드에 온 뒤로 즐겁게 그 고난을 견뎌내고 있었다. 언젠가 데미가 딕에게 장난스러운 질문을 했다.

"등에 혹이 난 사람은 모두 착하니? 만약 그렇다면 나도 혹이 있었으면 좋겠어."

딕은 데미의 재치 있는 말에 즐거운 듯이 웃었다. 딕은 비록 작고 연약한 아이였지만 용감한 소년이 되기 위해 최선을 다했다. 그가 이곳에 처음 왔을 무렵엔 자신의 불행에 대해 몹시 민감하게 반응했었다. 그러나 바어 씨가 그를 비웃고 놀려댄 어떤 아이를 심하게 벌한 뒤부터는 감히 아무도 '곱사등이'라고 놀리지 않았기 때문에 곧 자신의 불행을 잊을 수가 있었다.

"하느님은 저를 돌봐주시지 않아요. 제 등은 굽었을지라도 제 마음은 굽지 않았어요……."

바어 씨 부부는 딕의 마음을 위로하며 신체보다도 영혼이 훨씬 더 중요하다는 믿음을 갖게 해주었다.

언젠가 아이들과 함께 동물원 놀이를 했었는데 누군가가 딕에게 물었다. "넌 어떤 동물을 할래, 딕?"

"응, 난 낙타가 좋아. 넌 내 등의 혹이 보이지도 않니?" 딕은 아주 즐겁게 대답했다.

"그래, 넌 아주 착하고 작은 낙타야. 그러니까 짐을 나르지 않아도 돼. 맨 앞에서 코끼리랑 같이 행진하도록 해." 행군 대열을 정돈하던 데미가 말했다.

'내 개구쟁이들처럼, 세상 사람들도 이 불쌍한 아이를 친절하게 대해 주었으면…….'

딕이 조 곁을 느릿느릿 지나갈 때, 조는 자기의 가르침이 성공적이라는 것을 느낄 수 있었다. 딕은 아주 행복해 보였지만, 무거운 짐을 든 코끼리 뚱보 스투피 옆에 있는 모습은 정말로 연약하고도 조그만 한 마리 낙타 같았다.

잭 포드는 약삭빠르며 좀 교활한 아이였는데 학비가 싸기 때문에 이곳 플럼필드로 보내졌다고 한다. 사람들은 그를 보고 재치 있다거나 또는 영리하다고 생각했지만, 바어 씨는 그 애의 생활 방식을 그다지 좋아하지 않았다. 아이답지 않게 약삭빠르거나 돈을 밝히는 그의 기질은 말을 더듬는 돌리나 곱사등이 딕보다 불행한 일이라고 여겼다.

네드 버커는 열네 살 된 소년으로 덩치만 컸지 사사건건 실수를 저질렀고 가끔씩 짐승처럼 날뛰었다. 가족들은 그를 '덜렁이'라고 불렀는데 그가 늘 의자에 걸려 자빠진다거나, 탁자에 머리를 '쾅'하고 부딪친다거나, 또는 가까이에 있는 물건이라면 무엇이든 쳐서 넘어뜨린다거나 했기 때문이었다. 그는 허풍쟁이였고 남의 비밀을 떠벌리길 좋아했다. 그리고 어린애들에겐 난폭하면서도 자기보다 나이가 많은 사람들에겐 아첨하는 버릇이 있었다. 그대로 놓아 두었다가는 나쁜 길로 빠져들 소지가 많은 녀석이었다.

조지 콜은 병약한 아이라 엄마의 과잉보호 속에서 응석만 부리고 자란 철부지였다. 열두 살이 되기까지도 그는 창백한 모습에 떼를 쓰기 좋아하는 게

으름뱅이였다. 아는 사람의 소개로 플럼필드에 오게 되었는데, 여기에선 입맛에 맞는 일만 할 수는 없었고, 신체적 단련을 위해서 힘든 운동도 참아내야 했다. 하지만 조지는 따뜻한 분위기에서 즐겁게 공부하며 놀라울 정도로 변화했다. 조지의 변화된 모습에 놀란 그의 엄마는 플럼필드 교육의 우수성에 대해 굳게 확신했다.

빌리 워드는 열세 살 소년이었지만 마치 여섯 살 난 꼬마 같았다. 그는 보기 드물게 영리한 아이였다. 그의 아버지는 아이의 총명함에 신이 난 나머지 매일 여섯 시간씩이나 책 읽기를 시켰다. 마치 거위가 한꺼번에 많은 먹이를 목구멍으로 집어넣듯이, 아버지는 아들이 많은 지식을 흡수하길 기대했다. 그러나 아버지의 기대와는 달리 아들은 점점 병들어 가고 있었다. 늘 책상머리에만 붙어 앉아 있다 보니 아이는 그만 열병에 걸렸고 어린 두뇌는 날로 쇠약해져 갔다. 결국 빌리의 두뇌는 마치 모든 지식을 깨끗이 잊어버린 텅 빈 석판처럼 변하고 말았다.

야망으로 똘똘 뭉친 아버지가 아들에게 안겨준 어처구니없는 시련이었다. 그는 영리한 아들이 백치로 변해 가는 모습을 차마 그대로 보고 있을 수만은 없었다. 그래서 그는 아들을 플럼필드로 보내면서 진정으로 부드럽고 친절한 보호 속에서 구원받을 수 있기를 희망했다.

빌리는 정말 온순하고 천진난만한 아이였다. 그러나 잃어버린 지식을 찾아 더듬거리며 힘겹게 공부하는 그의 모습은 보기에도 딱할 정도였다. 그는 매일매일 알파벳을 뚫어지게 쳐다보면서 떠듬떠듬 A나 B를 발음했다. 하지만 다음날이면 모든 걸 까맣게 잊어버려서 처음부터 다시 시작해야만 했다. 바어 씨는 이 절망적인 상태에도 아랑곳하지 않고 인내심을 가지고 아이를 지도했다. 또한 아이의 머릿속을 가득 메운 뿌연 안개를 거두어 주고자 노력했는데 이것은 교재로는 할 수 없는 부분이었다.

바어 부인도 온 정성을 다해 빌리의 건강을 돌보았고, 아이들도 모두 친절히 대해 주었다. 그는 다른 아이들과 달리 활동적인 놀이는 좋아하지 않고, 다만 몇 시간 동안 비둘기를 바라보며 앉아 있거나, 테디를 위해 구멍을 파거나, 또는 사일러스가 일하는 모습을 보려고 그의 뒤를 이리저리 따라다니곤 했다. 사일러스도 빌리를 각별한 애정으로 돌봐주었다. 빌리는 사일러스의 이름 전체를 기억하지 못해 늘 '사이'라고만 불렀지만 그의 얼굴만은 또렷이 기억했다.

토미 뱅스는 이 학교에서 제일가는 장난꾸러기였다. 마치 원숭이처럼 짓궂게 날뛰었지만 워낙 악의가 없고 착했기 때문에 모두 그의 장난을 용서해 주었다. 그리고 어찌나 주위가 산만한지 몇 번을 말해도 지나면 그만이었다.

늘 자기의 잘못을 뉘우치면서 다신 안 그러겠다고 맹세를 하거나, 어떤 벌이라도 달게 받겠노라고 빌기까지 했지만 그때뿐이었다. 인내심 많은 바어씨 부부는 토미 자신이 다치는 것은 물론, 모든 불상사에 대비해 만반의 준비를 해두곤 했다. 그리고 홈멜 아줌마는 특별히 토미용으로 붕대나 고약, 구급약을 넣어둔 약상자를 준비해 두어, 빈번이 거의 반죽음 상태가 되어 실려 오는 토미를 재빨리 치료해 주었다. 이곳에 온 첫날부터 토미는 건초 자르는 칼에 손가락 끝을 베었고, 그 주가 채 지나기도 전에 헛간 지붕에서 떨어졌고, 병아리 한 마리를 가지고 도망치다가 암탉에게 쪼일 뻔하기도 했으며, 훔친 파이 반 조각을 들고 크림을 맛있게 핥아먹다가 에이샤한테 잡혀 보기 좋게 따귀를 얻어맞기도 했다.

어쨌든 어떤 실수나 사고에도 기가 꺾이지 않는 이 개구쟁이 녀석은 플럼필드의 모든 사람들이 위기 의식을 느낄 때까지, 온갖 재미있고 신나는 장난들을 계속했다. 수업 시간에 질문을 받고 잘 모를 땐 늘 미안한 표정을 지으며 익살을 떨거나 그럴듯하게 꾸며서 대답할 정도로 영리했다. 그러나 수업에는 충실한 편이었고 성격도 좋았다.

토미의 장난은 정말이지 상상을 초월하는 수준이었다. 한 번은 바쁜 월요일 아침이었음에도 불구하고 뚱보 에이샤를 30분 이상이나 빨랫줄로 꽁꽁 묶어 놓았었다.

그리고 어느 날 손님들이 플럼필드를 방문했을 때, 음식을 나르던 예쁜 하녀 메리 앤의 등에 뜨겁게 달군 동전을 떨어뜨렸다. 그러자 이 가엾은 하녀는 그만 손에 들고 있던 수프를 뒤엎었고 당황한 나머지 급히 방을 뛰쳐나가고 말았다. 사람들은 영문도 모르는 채 그녀가 갑자기 미친 건 아닐까 하고 걱정스러워했다. 또 물이 가득 찬 양동이를 예쁜 리본으로 묶어서 나뭇가지에 매달아놓았는데, 호기심에 리본을 잡아당긴 데이지가 엉겁결에 물벼락을 맞기도 했다. 이 일로 데이지는 기분이 매우 상했다.

그뿐만이 아니었다. 한 번은 그의 할머니가 차를 마시러 오셨는데, 설탕

그릇에다 슬그머니 울퉁불퉁하고 하얀 모래를 넣어두었다. 그래서 가엾은 할머니는 도무지 녹지 않는 설탕 때문에 몹시 당황했지만, 워낙 품위 있는 분이라 아무 말도 못하셨다.

겨울엔 웅덩이를 파서 슬그머니 물을 채운 뒤 길 가던 사람들을 빠지게 한다거나, 엄청나게 커다란 사일러스의 장화를 눈에 잘 띄는 곳에 걸어놓아 발이 큰 걸 부끄러워하는 사일러스를 화나게 했다. 정말이지 토미의 장난에 사람들은 혀를 내둘렀지만 토미는 조금도 나아지지 않았다. 이 열두 명의 개구쟁이들은 함께 공부하고 놀고 일하며 사소한 말다툼도 했지만, 서로 부딪히면서 자신들의 결점을 고쳐나가는 등 행복하게 생활했다. 다른 학교 아이들은 책에서 더 많은 것을 배울지 모르지만, 책만으로는 훌륭한 사람으로 성장할 수 없다.

라틴어도 그리스어도 수학도 정말로 중요하다. 그러나 바어 씨는 스스로 깨닫는 것, 스스로 돕는 것, 스스로 참고 이겨내는 것을 훨씬 중요하다고 여겼다. 사람들은 때때로 바어 씨의 이런 생각을 의아해했지만, 날이 갈수록 훌륭하게 성장해 가는 아이들을 지켜보며 플럼필드의 교육을 인정할 수밖에 없었다. 어쨌든 조가 내트에게 말했던 대로 플럼필드는 정말 '별난' 학교임에 틀림없다.

제3장 일요일

다음 날 아침, 종소리가 나자 내트는 잠자리에서 벌떡 일어났다. 그러고는 아주 산뜻한 기분으로 의자에 걸쳐 놓은 옷가지를 챙겨 입었다. 그 옷은 사실 새 옷은 아니었고, 어느 부유한 집 소년이 입던 것들이었다. 바어 부인은 그렇게 버려진 사소한 물건이라도 길을 잃고 헤매는 작은 천사들을 위해 소중히 보관하고 있었다. 언제 들어왔는지 말쑥하게 차려입은 토미가 내트를 아침 식탁으로 안내했다.

아침 햇살이 가득히 쏟아지고 있는 식탁으로 천진난만한 개구쟁이들이 배고픈 양떼처럼 옹기종기 모여들었다. 내트는 아이들이 전날 밤의 분위기와는 사뭇 다르게 질서 있고 절제되어 있음을 느꼈다.

귀여운 아이 로브가 식탁 위쪽에 자리한 아버지 곁에 서서, 나직하게 아버지에게 배운 독일풍의 경건한 기도를 하는 동안, 아이들은 모두 머리를 숙이고 엄숙하게 자기 의자 뒤에 서 있었다. 그리고 나서 모두들 자리에 앉아 즐겁게 일요일 아침 식사를 했다.

일요일 아침 식사에는 특별히 빵과 우유 대신에 커피와 고기, 그리고 구운 감자가 나왔다. 칼과 포크가 분주하게 움직이는 사이에도 흥미 있는 얘기들이 무수히 오갔는데, 주로 일요일의 특별 학습이나 교외 산책, 혹은 다음 주 계획에 대한 이야기였다. 내트는 이야기를 들으면서 틀림없이 아주 멋진 날이 될 것이라고 생각했다. 그는 비록 거칠고 험난하게 살아왔지만 음악을 좋아하는 사람들이 그렇듯이 천성적으로 감수성이 섬세한 아이였다.

"자, 애들아! 이제 아침에 해야 할 일을 해야겠지? 마차가 올 때까지 서둘러 교회에 갈 준비를 하자꾸나."

바어 씨가 아이들에게 앞장서 모범을 보이듯 다음 날 수업준비를 위해 교실로 발걸음을 옮겼다. 그러자 아이들도 곧 자기가 맡은 일을 하기 위해 흩어졌다. 몇 명은 땔감과 물을 나르거나 계단을 쓸었고, 몇몇은 바어 부인의 심부름을 하기도 했다. 어떤 아이들은 동물에게 먹이를 주거나, 프란츠와 함께 헛간에서 자질구레한 일을 했다.

데이지는 컵을 씻었고, 데미는 행주로 접시를 닦았다. 쌍둥이는 이렇게 같이 일하는 것을 좋아했다. 어린 테디조차도 자신의 임무를 위해 이리저리 총총걸음으로 돌아다니며 냅킨을 치우거나 의자를 제자리에 가지런히 정돈했다. 아이들은 마치 꿀을 모으기 위해 여념이 없는 꿀벌처럼 분주하게 돌아다녔다.

약 30분쯤 지난 뒤 마차가 왔다. 바어 씨와 프란츠는 큰 아이들 여덟 명을 데리고 5km가량 떨어진 교회로 떠났다.

내트는 기침 때문에 다른 네 명의 어린 아이들과 함께 집에 남아 바어 부인의 방에서 부인이 읽어주는 이야기를 듣거나 찬송가를 배우면서 행복한 일요일 오전을 보냈다.

"이건 말야, 일요일을 위한 내 작은 벽장이란다." 바어 부인은 그림책이나 그림 도구 상자, 집짓기 장난감, 일기장, 그리고 편지 재료 등으로 가득 찬 그녀의 벽장을 가리켰다. "나는 너희들이 일요일을 좋아하고, 일요일이 얼마나 평화롭고 즐거운 날인지를 깨닫길 바라지. 그리고 학교에서 배울 수 없는 소중한 것들을 깨달으며 즐겁게 지내기를 바란단다, 알겠지?"

"착한 아이가 된다는 말인가요?" 귀를 쫑긋 세우며 듣고 있던 내트가 머뭇거리더니 입을 열었다.

"물론이지. 착한 아이가 될 거야. 서로 사랑하면서 말이야. 가끔은 어려운 때도 있지만. 그러나 우리 모두가 서로 돕는다면 모든 것이 다 잘될 거야. 그리고 우린 지금 그렇게 하고 있잖니?"

바어 부인은 선반에서 두꺼운 책을 한 권 내리더니 한 장 한 장 넘겨보았다.

"앗, 제 이름이잖아요!" 내트가 깜짝 놀라 소리쳤다. 그리고 흥미진진하게 들여다보았다.

"그래, 난 너희들 한 사람 한 사람을 이렇게 기록해 가고 있단다. 일주일 동안 누가 어떻게 지냈는지 써 넣고 그것을 일요일 밤에 너희들에게 보여주는 거란다. 좋은 내용이 아닐 때는 좀 슬프고 실망스럽지만, 좋은 내용일 때는 무척 기쁘고 자랑스럽지. 내용이 좋든 나쁘든 어떻든 간에 아이들은 내 마음을 알고 있고, 나와 바어 아버지의 사랑에 보답하기 위해 최선을 다하려고 애쓴단다."

"저도 그렇게 생각해요." 자신의 페이지 맞은편에 쓰여 있는 토미의 이름을 힐끗 보고는 내트는 눈이 저절로 아래쪽으로 향하는 것을 어쩔 수가 없었다.

바어 부인은 고개를 흔들며 페이지를 넘겼다.

"그럼 안 돼. 나는 다른 사람에 대한 기록은 절대로 보여주지 않는단다. 이 노트는 양심의 노트라고 부르지. 오직 너와 나만이 네 이름이 적혀진 페이지에 무엇이 적혀 있는지 볼 수 있어. 다음 주 일요일에 네가 그것을 보면서 기뻐하든 부끄러워하든 전적으로 너에게 달려 있어. 나는 좋은 기록이 될 거라고 생각해. 어쨌든 나는 네가 이곳에서 잘 지낼 수 있도록 최선을 다할 거야. 그리고 나는 네가 이곳의 몇 가지 규칙을 잘 지키고 아이들과 사이좋게 지내며 배움을 위해 조금이라도 노력한다면 정말 기쁠 거야."

"노력하겠어요, 아줌마." 내트는 진심으로 바어 부인을 기쁘게 해드리고 싶었다. "그렇게 많은 걸 일일이 쓰시느라 정말 고생이 많으시네요."

바어 부인은 책을 덮고는 격려하듯이 그의 어깨를 토닥여 주었다.

"아니야. 너희들을 좋아하는 만큼 쓰는 것도 정말 좋아해. 많은 어른들은 아이들을 성가시고 귀찮게 생각하지만, 그건 아이들을 이해하지 못하기 때문이야. 난 아이들을 이해할 수 있어. 시끄럽고 덤벙대는 이 말썽꾸러기 작은 악당조차도 말이야. 그렇지, 테디?"

바어 부인은 테디를 끌어안았다.

"자, 그럼 넌 교실로 가서, 우리가 오늘 밤에 부를 찬송가를 좀 연습해 두는 것이 좋겠다."

부인은 내트가 무엇을 하고 싶어 하는지 꼭 찍어 말했다. 세상은 따사로운 햇살로 아름답게 빛났고, 안식일의 평화 속에 잠겼다. 내트는 햇살이 반짝거리는 창가에서 찬송가를 펴놓고 바이올린을 연주했다. 이 순간의 행복은 내트의 아팠던 지난날들을 저 멀리 어디론가 가져가 버렸다.

사람들이 교회에서 돌아오고 점심 식사가 끝나자, 모두들 삼삼오오 둘러앉아 책을 읽거나 집에 편지를 쓰거나 암송을 하거나, 소곤소곤 이야기를 나누며 시간을 보냈다.

3시에는 모든 가족이 밖으로 나왔다. 산책은 아이들의 건강을 위한 필수 일과였다. 바어 씨는 아이들과 길을 걸으며 선생이 아닌 아버지가 되었다. 아이들은 눈앞에 펼쳐지는 아름다운 기적을 체험하며 하느님의 마음을 느꼈다. 바어 씨는 돌멩이 하나하나에서도, 흐르는 개울물에서도 자연에 담긴 교훈과 선한 의지를 아이들과 나누었다.

그동안 바어 부인과 데이지, 그리고 부인의 두 아이들은 주일마다 방문하는 할머니 댁으로 마차를 몰고 갔다. 할머니 댁 방문은 늘 바쁜 바어 부인에게는 하나의 휴식이자 큰 즐거움이었다. 내트는 아직 건강이 회복되지 않았으므로 토미와 함께 집에 남아 있도록 했다.

"집안은 다 둘러보았을 테니 정원과 헛간, 그리고 동물원에 가볼까?"

토미와 내트, 에이샤 이렇게 셋만 남게 되자 토미가 말을 걸었다. 에이샤의 역할은 천방지축 토미를 감독하는 일이었다.

"동물원이라니?" 내트의 눈이 휘둥그레졌다.

"우리는 모두 애완동물을 키우고 있어. 동물들은 헛간에 살아. 그래서 우린 그곳을 동물원이라고 불러. 바로 여기야. 내 기니아 산 아기돼지, 예쁘지?" 토미는 가장 못생긴 녀석을 가리키면서 자랑스럽게 말했다. "난 돼지를 많이 가지고 있는 아이를 알고 있어. 그 앤 내게 한 마리 주겠다고 했지만 난 키울 곳이 없어서 거절했지. 그 돼지들은 점이 박힌 하얀 돼지인데 이

따끔씩 소리를 질러댔어. 만약 네가 좋다면 한 마리쯤은 얻을 수도 있을 거야."

내트는 토미의 태도가 더욱더 친절해진 것을 느꼈다.

"내트, 정말이야? 그럼 이건 네게 줄게. 저기 있는 집쥐들은 로브 거야. 프란츠가 준 거지. 토끼는 네드 거고, 밖에 있는 닭은 스투피 거야. 저기 있는 상자 같은 것은 데미의 거북이를 넣어둔 물통인데 아직 한 번도 갖고 놀아보지 못했지. 올해는 아직 한 마리도 나눠주지 않았어. 작년엔 예순두 마리나 키웠었지. 그리고 말야, 그중 한 마리에 자기 이름과 나이를 새겨 놓아주었어. 데미는 정말 괴짜야."

"이 상자는 뭐지?" 크고 두꺼운 상자 앞에 멈춰 서서 내트가 물었다.

"응, 그건 잭이 지렁이를 모아둔 상자야. 그 애는 지렁이가 있는 곳이면 어디든지 파서 잡아다 여기에 보관하지. 우리는 고기를 잡으러 갈 때 잭한테 조금씩 사곤 해. 하지만 너무 비싸서 얻기가 꽤 힘들어. 글쎄 지난번엔 열두 마리에 2센트나 줬는데도 아주 작은 것들만 주지 않겠어? 잭은 심술쟁이야. 그래서 값을 내리지 않으면 내가 직접 잡겠다고 했지. 봐, 내겐 암탉도 두 마리나 있어. 둘 다 멋진 볏이 달린 회색빛이고, 최고급이지. 나는 바어 부인에게 달걀을 팔지만, 열두 개에 25센트 이상 받은 적은 한 번도 없었어. 한 번도!" 토미는 벌레 상자를 힐끗 보면서 경멸하듯이 소리쳤다.

"이 개들은 누구 거지?" 내트는 토미가 세심하게 가르쳐주자 신이 나서 물었다.

"이 큰 개는 에밀이 주인이야. 이름은 '크리스토퍼 콜럼버스'지. 바어 아줌마가 콜럼버스라고 부르는 걸 좋아해서 그렇게 붙였대. 바어 부인은 조금만 놀라도 습관처럼 크리스토퍼 콜럼버스를 외치곤 해. 그래서 이젠 개를 부른 건지 그냥 놀란 건지 아무도 신경 안 써." 토미는 마치 동물원의 안내원같이 자상하게 설명해주었다. "또 이 하얀 강아지는 로브 거고, 노란 것은 테디 거지. 어떤 남자가 이 강아지들을 연못에 던져버리려고 했는데, 바어 씨가 사정사정해서 얻어온 거야. 이름은 캐스터와 폴룩스라고 해."

"나는 가질 수만 있다면 이 당나귀 토비가 제일 갖고 싶어. 타고 다닐 수도 있고 작고 어른스러운 게 맘에 들어." 내트는 피곤한 다리를 질질 끌면서 걸어야 했던 시절을 떠올리며 말했다.

"로리 아저씨가 토비를 바어 아줌마에게 보내준 거야. 그래서 바어 아줌마는 산책할 때 테디를 데리고 다니시지. 우리는 모두 토비를 좋아해. 그 녀석은 정말 멋지다니까. 저 비둘기들은 우리 모두가 같이 키워. 우리는 각자 키우는 동물이 하나씩 있고 비둘기가 새끼를 낳으면 하나씩 나누어 가져. 새끼 비둘기는 정말 귀여워. 지금은 새끼 비둘기가 없지만, 원한다면 다 큰 비둘기라도 가까이 다가가서 한번 보고 와. 그동안 나는 코클톱과 그레이니가 달걀을 낳았는지 보고 올게."

내트는 사닥다리 위로 올라가 지붕 위의 들창 속으로 머리를 집어넣고, 예쁜 비둘기들이 서로 부리를 맞대고 털을 부비는 모습을 오랫동안 지켜보았다. 그중 몇 마리는 날개를 펴고 날아다녔는데 들판에는 따뜻한 햇살이 한껏 쏟아지고 암소 여섯 마리는 한가로이 풀을 뜯고 있었다. 나머지 비둘기들은 둥지 안이나 문턱에 앉아 평화로운 오후를 즐기고 있었다.

'모두들 뭔가를 가졌는데 난 아무것도 없어. 나도 비둘기나 암탉, 아니면 새끼 거북이를 가질 수 있다면 얼마나 좋을까?'

내트는 다른 아이들의 소중한 보물을 보자 아무것도 없는 자신이 한없이 초라해 보였다.

"모두들 어떻게 이런 것들을 얻게 되었니?"

내트는 달걀을 살피고 온 토미에게 물었다.

"주워오거나, 아니면 사기도 하고 누군가에게 받기도 했어. 닭은 아빠가 보내주신 거야. 달걀을 팔아 돈이 충분히 모이면 나는 오리 한 마리를 살 거야. 헛간 뒤쪽에 오리가 살 수 있는 멋지고 작은 연못이 있어. 게다가 오리 알은 비싸게 팔리거든. 새끼 오리는 예쁘고 귀여운데다 헤엄치며 노는 모습이 정말 재미있어." 토미는 마치 백만장자라도 된 것처럼 말했다.

내트는 자신도 모르게 한숨이 나왔다. 아버지도 없고 돈도 한 푼 없는 현실이 서러웠다. 이 넓은 세상에서 가진 것이라곤 다 낡아빠진 빈 지갑과 열 손가락 속에 숨어 있는 연주 솜씨뿐이다. 토미는 내트가 한숨짓는 것을 알아차렸는지 사뭇 진지한 얼굴로 말했다.

"자, 이렇게 해 보지 않을래? 만약 네가 나를 위해서 달걀을 열두 개씩 모아준다면 그때마다 한 개를 너한테 줄게. 그럼 너도 그것들을 모아 열두 개가 되면 바어 아줌마에게 팔아. 그러면 25센트를 받을 수 있으니까 그 돈을 모아서 네가 갖고 싶은 것을 사는 거야! 어때? 괜찮지?"

"그래, 좋아. 그렇게 할게! 정말 고마워, 토미!" 내트는 기쁨을 감추지 못하고 환호성을 질렀다.

"큭! 그렇게 좋아? 자, 그럼 달걀이 있나 없나 헛간을 샅샅이 뒤져봐. 난 여기서 기다릴 테니. 방금 전에 그레이니가 꼬꼬댁하고 울었으니까 어딘가에 분명히 달걀이 있을 거야."

토미는 조금은 으쓱해진 기분으로 건초더미 위에 덜렁 드러누웠다. 내트는 마냥 신이 나서 달걀 수색을 시작했다. 바스락거리며 덤불 사이를 이리저리 살피더니 달걀 두 개를 찾아냈다.

"한 개는 네가 가져. 오늘은 개시 기념으로 줄게. 곧 열두 개를 모을 수 있을 거야. 네 것도 이 옆에다 표시해 봐. 너랑 나랑 확실하게 확인할 수 있게."

토미는 헛간 한쪽 벽에 들쭉날쭉 적힌 아라비아 숫자를 가리켰다. 그러고는 무슨 중대한 결정이라도 내린 듯 설레는 마음으로 그 벽 맨 위에 위풍당당하게 '토미 뱅스 주식회사'라고 적었다. 내트는 이 뿌듯하고도 황홀한 감동에 사로잡혀 좀처럼 발걸음을 옮길 수가 없었다.

이들은 다시 동물원을 둘러보았다. 내트는 두 마리 말과 여섯 마리 암소, 돼지 세 마리, 그리고 젖소와 금세 친해졌다. 토미는 오래된 버드나무가 우거진 조그만 실개천으로 향했다. 언덕 위 널따랗게 움푹 파인 곳까지 단숨에 올라갔다. 굵은 나뭇가지들 사이에서 수년간 빽빽이 잔가지가 뻗어나와 움푹 파인 곳 위를 덮고 있었다. 초록빛 나뭇잎이 무성한 버드나무 한 그루가 작은 동굴같이 생긴 이곳에 차양을 드리우고 있었다. 그 밑에 조그만 자리가 하나 있었는데 그곳은 책 한두 권과 밧줄 장치가 뜯어진 보트, 그리고 절반쯤 완성된 경적(horn) 몇 개를 갖다놓기에 충분했다.

"여기는 데미와 나만의 비밀 장소야. 우리가 만들었지. 우리가 데리고 오지 않으면 아무도 여기에 올 수 없어, 데이지만 빼고 말야. 그 앤 예외야." 토미가 말했다.

내트는 환희에 찬 눈으로 졸졸 흐르는 시냇물과 초록빛 아치 모양의 나뭇가지를 바라다보았다. 달콤한 향기를 토해내는 노란 꽃봉오리들이 자태를 뽐내고 있었고, 신이 난 꿀벌들은 욕심쟁이처럼 앞을 다투어 날아다녔다.

"아, 정말 아름답다!" 내트가 소리쳤다. "나도 가끔 여기에 올 수 있었으면……. 이렇게 멋진 곳은 태어나서 처음이야. 새가 되어 여기서 살고 싶어, 언제까지나!"

"정말 마음에 들지? 나도 그래. 데미가 반대하지 않으면 너도 언제든 올 수 있어. 아마 반대하지 않을 거야. 어젯밤에 데미가 너를 좋아한다고 말했거든."

"정말이야?" 내트의 얼굴이 환하게 빛났다. 데미는 바어 씨의 조카이며, 성실하고 착해서, 모두들 데미를 좋아했다.

"그래, 데미는 너처럼 얌전한 애를 좋아해. 내 생각에 너는 그 애와 잘 지낼 수 있을 거 같아. 네가 책 읽는 걸 좋아하기만 한다면 말야."

내트의 얼굴이 갑자기 어두워지더니, 당황한 듯 우물쭈물했다.

"나는 글을 잘 읽을 줄 몰라. 이제껏 여유가 없었거든. 너도 알다시피 난 언제나 바이올린을 켜며 이곳저곳 떠돌아다녔어."

토미는 내트의 솔직한 말에 흠칫 놀라 소리쳤다. "열두 살인데 글을 못 읽는다고?"

"그렇지만 악보는 다 읽을 수 있어." 내트는 자신의 무지함을 고백한 것이 부끄러웠는지 얼른 덧붙였다.

"그래? 난 악보는 전혀 못 읽어." 토미는 사뭇 존경어린 말투였다.

"앞으로 열심히 공부하고 싶어. 할 수 있는 한 모든 걸 배우겠어. 전엔 공부할 기회가 전혀 없었거든. 바어 아저씨는 무섭니?"

"아니. 그렇지 않아. 전혀 화를 내지 않아. 우리가 모르는 것을 알기 쉽게 설명해 주고, 더 나아지도록 돌봐주셔. 그런 선생님은 드물어. 일 년 전에 계셨던 선생님은 낱말 하나라도 틀리면 머리를 쥐어박으며 몹시 꾸짖었어." 토미는 아직까지도 얻어맞은 자리가 쿡쿡 쑤시는 듯 머리를 문질렀다.

"이건 읽을 수 있을 것 같아." 내트가 말했다.

"그럼 어디 한 번 읽어봐, 막히는 부분은 내가 도와줄게." 토미가 우쭐한 기분으로 다시 말했다.

내트는 최선을 다했다. 그는 토미의 도움을 받아 겨우 한 페이지를 더듬더듬 읽을 수 있었다.

그러고 나서 둘은 사이좋게 나란히 앉아, 아이들의 여러 가지 생활 습관과 농작물을 가꾸는 일에 대해 이야기를 나누었다. 내트는 실개천 한 쪽에 있는 작은 밭에서는 무엇을 재배하는지 궁금해졌다.

"저건 우리 농장이야. 우린 저마다 자기 밭을 가지고서, 자기가 좋아하는 것을 길러. 그런데 서로가 다른 걸 길러야 하고 도중에 다른 걸로 바꿔서는 안 돼. 그리고 여름 내내 부지런히 농작물을 가꿔야 해."

"넌 올해 무엇을 기를 거야?"

"가축먹이로 쓸 강낭콩을 심을 거야. 그게 가장 쉽거든."

토미는 모자를 뒤로 넘겨쓰고 두 손을 주머니에 찔러 넣은 채 자기도 모르게 사일러스를 흉내내고 있었다. 토미의 우스꽝스러운 행동에 내트는 웃음을 터뜨렸다.

"웃을 것 없어. 콩은 옥수수나 감자보다도 훨씬 쉬워. 작년엔 참외를 심었는데 벌레 때문에 정말 성가셨지. 그리고 서리가 내리기 전에는 익지도 않아." 토미는 또 사일러스를 흉내냈다.

"옥수수는 아주 잘 크는 것 같은데." 내트는 너무 웃은 것이 좀 미안했는지 이번엔 진지하게 말했다.

"맞아. 그렇지만 괭이질을 자주 해야 해. 강낭콩은 한두 번만 괭이질을 해주면 금세 콩이 나는데 말야. 내가 먼저 강낭콩을 심겠다고 말했기 때문에 아무도 심지 못해. 스투피도 강낭콩을 심고 싶어했지만 어쩔 수 없이 완두콩을 심기로 했지."

"나도 밭을 가질 수 있을까?" 내트는 옥수수 밭 괭이질쯤 아무것도 아니라 생각하면서 말했다. 오히려 즐거울 것 같았다.

"물론 너도 가질 수 있지." 바어 씨였다. 바어 씨는 산책에서 돌아와 아이들을 찾으러 나온 것이었다. 그는 특별히 일요일엔 아이들과 대화의 시간을 가지려고 노력했다. 아이들과 이야기 나누는 것을 좋아했다.

바어 선생님과의 대화는 아이들에게 돌아오는 한 주일을 위한 즐거운 출발점과도 같았다. 서로에 대한 공감은 정말 기분 좋은 일이다.

놀랍게도 플럼필드에서는 서로에게 공감과 위안이 오갔으며, 아이들은 바어 씨의 관심과 사랑에 감사하며 종종 자신들의 마음을 털어놓았다. 특히 나이 많은 소년들은 바어 씨에게 자신의 장래 희망이나 계획에 대해 이야기하는 걸 좋아했다. 그리고 어린애들은 아프거나 어려움이 생기면 본능적으로 바어 부인을 찾았고, 부인을 엄마처럼 따랐다.

나무에서 내려오다가 토미가 그만 개울에 빠졌다. 그러나 토미는 언제나처럼 능숙하게 일어나 젖은 옷을 말리기 위해 잽싸게 집으로 달려갔다. 바어 씨는 내트와 단둘이 남게 되어 오히려 기뻤다. 둘은 가볍게 걸으며 도란도란 이야기를 주고받았다. 또한 바어 씨는 약속대로 작은 밭을 내트에게 내주었다. 이들의 화제는 그칠 새 없이 흘러갔다. 그중에서도 수확과 작물 이야기는 꼬리에 꼬리를 물고 풍선처럼 부풀어 올랐다.

내트는 너무나 흥분한 나머지 온몸이 떨려옴을 느꼈다. 메마른 땅에 따뜻한 봄비가 내리는 것처럼 이 모든 얘기들은 내트의 가슴을 촉촉이 적셔 주었다.

저녁 식사 시간 내내 내트는 바어 씨에게 들은 얘기를 곰곰이 생각해 보았다. 그리고 이따금씩 바어 씨를 바라보았는데 그 눈빛이 마치 이렇게 말하는 것 같았다. '아까 너무 재밌었어요. 그 애기 또 듣고 싶어요!'

아이들이 모두 일요일 저녁의 이야기를 듣기 위해 바어 부인의 방으로 몰려갔을 때, 바어 씨는 내트의 마음을 눈치채기라도 했는지 농장을 산책하면서 떠올랐던 얘기를 들려주기로 결심했다.

아이들은 난롯가에 빙 둘러앉았다. 몇몇은 의자에, 몇몇은 양탄자 바닥에, 데이지와 데미는 프리츠 아저씨의 무릎에 앉았다. 로브는 엄마의 안락의자에 몸을 쏘옥 밀어넣고 있었다. 내트는 이 광경을 보면서 학교라기보다는 가족같은 느낌이 들었다. 바어 씨의 이야기에 모두들 편안한 자세로 귀를 기울였다.

"옛날 옛적에 아주 넓은 정원을 가진, 멋지고 지혜로운 정원사가 살고 있었단다. 그 농원은 정말 아름답고 축복받은 곳이었지. 정원사는 온갖 정성을 다 쏟았고 해마다 각양각색의 유용한 작물들을 거둬들였어. 그런데 이 훌륭한 정원에도 잡초가 자라기 시작한 거야. 잡초가 나면서 토양은 나빠졌고, 거기엔 아무리 좋은 씨를 뿌려도 싹이 나지 않을 때가 있었지. 그곳에는 여러 명의 일꾼이 있었는데 몇 사람은 열심히 일한 대가로 품삯을 풍족하게 벌었지만, 몇 사람은 게을러서 정원을 망쳐 놓았지. 정원사는 매우 화가 났지만, 꾹 참고 수천 년 동안 혼자서 일을 하면서 풍성한 수확을 기다렸단다."

"정원사는 꼬부랑 할아버지가 되었겠네요."

"쉿, 조용히 해, 데미, 이건 옛날이야기야." 데이지가 속삭였다.

"아니야, 이건 우화야." 데미가 말했다.

"우화가 뭐지?" 토미가 참지 못하고 큰 소리로 물었다.

"알고 있으면 토미에게 말해 주렴, 데미. 뜻을 확실하게 알지 못하는 말은 하지 않는 게 좋단다."

"난 알아요. 할아버지께서 얘기해 주셨어요. 교훈을 담고 있는 이야기에요, 그렇지요? 이모!" 데미는 자신이 옳다는 걸 보이려고 큰 소리로 말했다.

"그래 맞았다, 데미. 나도 아저씨의 이야기가 우화일 거라고 생각해. 우리 어떤 교훈이 담겨 있는지 계속 이야기를 들어볼까."

여느 때와 같이 아이들 틈에 끼어서 흥미진진하게 이야기를 듣고 있던 조가 말했다. 바어 씨는 빙그레 웃으며 이야기를 이어갔다.

"이 훌륭한 정원사는 정원의 작은 부분을 떼어 자기 하인 중 한 사람에게 주면서 최선을 다해 수확을 거두어보라고 했단다. 이 하인은 가난했고, 지혜롭지도 못했으며 또 일에 능숙하지도 못했어. 하지만 주인이 베풀어 준 은혜가 너무 고마워서 그를 돕고 싶어했지. 그는 기쁜 마음으로 일하기 시작했단다. 그런데 그 땅은 정돈되어 있지 않았어. 물론 좋은 땅도 있었지만, 차라리 자갈밭이라고 하는 편이 나을 정도로 척박한 땅도 많았단다."

"그럼 잡초랑 자갈 말고 또 무엇이 있었나요?"

얘기 듣는 데 몰두한 나머지 내트는 어느새 부끄러움도 잊었다.

"꽃도 있었어." 사랑스런 눈빛으로 바어 씨가 말했다. "말할 수 없이 거칠고, 황폐한 땅에 제비꽃 몇 포기와 목서초가 듬성듬성 있었지. 또 다른 쪽엔 장미꽃과 스위트피, 데이지도 있었어."

여기까지 말하고, 바어 씨는 자기 팔에 얼굴을 기대고 있던 데이지의 포동포동한 뺨을 살짝 꼬집었다.

"좋은 땅엔 말야, 여러 종류의 진귀한 식물들이 아름다운 얼굴을 살포시 내밀며 쑥쑥 자라고 있었단다. 이곳은 정원사가 인생을 바쳐 열심히 가꾼 아름다운 꽃밭이었던 거야."

교훈이 담겨 있는 바로 이 대목에서 데미는 호기심 많은 새처럼 고개를 끄덕이며 두 눈을 반짝였다. 그러고는 바어 씨의 얼굴을 뚫어지게 바라보았다. 바어 씨는 진지하게 생각에 잠긴 표정으로 아이들의 얼굴을 하나하나 바라보며 말했다. 짧은 정원 이야기로 아이들에게 꼭 해주어야 할 말을 전하기 위해 바어 씨가 얼마나 애를 쓰고 있는지 잘 알고 있는 조는 바어 씨의 표정에서 더 많은 것들을 보았다.

"아까 너희들에게 이야기한 것처럼, 어떤 밭은 경작하기가 쉬웠지만 또 어떤 밭은 매우 어려웠지. 그중에는 양지 바른 작은 밭도 있었어. 이곳은 꽃도 과일도 채소도 잘 자랄 수 있는 땅인데 어쩐 일인지 이 밭은 조금도 노력을 하지 않는 거야. 그래서 밭 주인이 참외씨를 뿌렸는데도 열매를 거두지 못했단다. 이 작은 밭이 아무런 노력을 하지 않아서 말야. 밭 주인은 얼마나 슬펐는지 모른단다. 그래도 포기하지 않고 계속 씨를 뿌렸지만 역시 열매를 거둘 수 없었어. 그런데 이 밭이 뭐랬는 줄 알아? 언제나처럼 '깜빡 했어요' 그랬대."

이 말에 모두 웃음을 터뜨리며 토미를 돌아다보았다. 토미는 참외라는 말에 두 귀를 쫑긋 세웠다가 밭의 변명을 듣고는 고개를 떨구고 말았다.

"무슨 뜻인지 알았어!" 데미가 손뼉을 치며 소리쳤다.

"그 늙은 정원사는 바로 아저씨이고, 우리는 작은 밭들이죠? 그렇죠?"

"그래, 맞아. 자 그럼, 내가 올 봄에 너희들에게 어떤 씨를 뿌리려고 하는지 알아맞혀 보렴. 가을에 열두 곳, 아니 열세 곳에서 좋은 수확을 거둬들일 수 있도록 말이야." 바어 씨는 내트를 향해 고개를 끄덕이며 말했다.

"설마 우리한테 옥수수나 강낭콩, 완두콩 같은 것을 뿌리는 건 아니죠? 아니면 우리가 많이 먹고 살찌라는 건가요?" 뚱보 스투피가 밝은 표정을 지으며 말했다.

"아저씨는 어떤 씨를 뿌릴 것인가에 대해 말씀하신 게 아니야. 우리를 훌륭하게 키우시는 것에 대해 말씀하신 거야. 그리고 잡초는 바로 우리들의 잘못을 뜻하는 거라고." 데미가 소리쳤다.

"그래. 데미 말이 맞아. 먼저 너희들이 가장 필요하다고 생각하는 것을 내게 말해 주겠니? 그러면 나는 너희들의 희망이 이루어지도록 도와주마. 그런데 너희들도 최선을 다해야 해. 그렇지 않으면 토미의 참외처럼 되고 말거야. 우리들 모두는 아름다운 정원의 한 부분이니까, 주인을 정말로 사랑한다면 주인을 위해서 열심히 노력할 거야. 자, 그럼 나이가 가장 많은 조 아줌마부터 시작해 볼까."

바어 씨는 조를 바라보았다.

"나는 내 밭 전체를 인내의 강에 잠기게 할 거예요. 내게 가장 필요한 건 바로 인내예요." 조의 말이 너무 진지해서 아이들도 자신의 순서가 오면 뭐라 말할지 곰곰이 생각하지 않을 수 없었다. 몇몇 아이들은 바어 부인이 이렇게 말한 건 자기들 탓이라며 반성하기도 했다.

프란츠는 인내심을, 토미는 성실함을, 네드는 성격이 좋아지기를 원했다. 데이지는 부지런함을, 데미는 할아버지 같은 지혜로움을 원했다. 내트는 너무 많다며 바어 씨에게 선택해 달라고 말했다. 다른 소년들도 많이들 똑같은 것을 택했는데 인내, 좋은 성격, 너그러움 등이 인기 있는 작물이었다. 어떤 아이는 아침에 일찍 일어나고 싶어 했는데 이 씨앗은 뭐라고 불러야 할지를 몰랐다. 가엾은 스투피는 한숨을 쉬더니 푸념하듯 말했다. "난 먹는 것처럼 공부도 좋아하길 원해."

"우린 극기심이라는 씨를 뿌릴 거야. 풀도 뽑고 물도 주면서 정성을 다해 키워 보자. 그럼 올 크리스마스엔 너무 많이 먹어 배탈 나는 사람은 한 명도 없을 거야. 스투피, 운동을 열심히 하고 나면 배가 고파지? 그러니까 머리도 운동을 시키면 철학자처럼 책을 좋아하게 될 거야. 너무 염려하지 말거라." 그러고 나서 바어 씨는 데미의 잘생긴 이마에 흘러내린 머리카락을 넘겨주며 말했다.

"너도 역시 욕심이 많아. 스투피가 작은 뱃속에 과자와 사탕을 잔뜩 집어넣는 것처럼 너도 그 작은 머릿속에 갖가지 동화와 공상을 가득 채우길 좋아하니 말이야. 둘 다 좋지 않다. 나는 너희들이 조금 더 유익한 것에 애써 주길 바라. 산수는 아라비안나이트보다 훨씬 재미없다는 걸 나도 알고 있다. 그렇지만 산수는 꼭 필요한 거야. 그리고 너희들은 이제 그런 걸 배워야 할 때야. 그렇지 않으면 얼마 안 가서 분명히 부끄러워하고 후회하게 될 거야." 바어 씨는 여전히 인자한 표정으로 말했다.

"그렇지만 《해리와 루시》, 《프랭크》는 동화책이 아니에요. 그 책에는 기압계, 벽돌쌓기, 그리고 구두 신은 말 이야기와 여러 가지 재미난 것들이 가득 담겨 있어요. 저는 그 책이 좋아요. 그렇지, 데이지?" 데미는 자신을 변명하기 위해 안간힘을 썼다.

"그래. 그런데 난 네가 《롤랜드와 메이버드》를 《해리와 루시》보다 더 자주 읽는다는 걸 알고 있어. 그리고 《신드바드》를 《프랭크》보다 더 재미있어한다는 것도 말이야. 너희 둘과 약속을 하나 해야겠다. 스투피는 하루에 세 번씩만 먹도록 해. 그리고 데미, 너는 일주일에 책 한 권만 읽도록 하고. 그러면 내가 너희들에게 새 크리켓 경기장을 만들어 주겠다. 단 너희들이 거기서 뛰어논다는 조건으로 말이다." 바어 씨가 이런 제안을 한 것은 스투피가 뛰어노는 것을 싫어했고 데미는 노는 시간에도 늘 독서를 즐겼기 때문이었다.

"그렇지만 우린 크리켓을 좋아하지 않는걸요." 데미가 말했다.

"아마도 지금은 그렇겠지만, 너희들이 그 경기를 알고 나면 분명히 좋아하게 될 거야. 게다가 다른 아이들이 거기서 놀고 싶어 하면, 너희들 마음대로 그 새 경기장을 빌려줄 수도 있고."

그래서 계약은 성립되었고 아이들도 모두 아주 기뻐했다.

정원에 관한 이야기가 좀 더 오갔고 그리고 나서 모두 노래를 불렀다. 바어 부인은 피아노를 쳤고, 프란츠는 플루트를, 바어 씨는 첼로를 연주했다. 그리고 내트는 바이올린을 켰다. 단출한 작은 음악회였지만 모두가 즐거워했다. 에이샤도 구석에 앉아서 이따금씩 멋진 목소리로 노래를 불렀다. 가족 모두가 함께 하는 합창은 모두를 하느님에게로 더 가까이 다가가도록 하였다. 음악회가 끝나면, 아이들은 모두 바어 씨와 악수를 나누었고 바어 부인은 열여섯 살 프란츠부터 로브에 이르기까지 일일이 키스해 주었다. 그러자 그들은 잠을 자러 우르르 몰려갔다.

아이들 방의 등잔 불빛이 내트의 침대 맞은편에 걸린 그림을 살며시 비춰주었다. 벽에는 그림 몇 개가 걸려 있었는데 가장자리가 이끼와 옥수수 알로 우아하게 장식되어 색다른 분위기를 자아냈다. 그림 아래 선반에는 숲에서 따온 듯한 야생화가 꽂힌 꽃병이 산뜻하게 놓여 있었다.

내트는 벽에 걸려 있는 그림이 무엇을 의미하는지 어렴풋이 느끼며 좀 더 자세히 알고 싶어졌다.

"그건 내 그림이야."

내트는 방 안에서 들려온 느닷없는 목소리에 고개를 불쑥 들었다. 데미가 잠옷 바람으로 서 있었다. 데미는 조의 방에 가서 상처 난 손가락에 붕대를 감고 나오던 길이었다.

"저 사람은 아이들에게 무얼 하고 있는 거지?" 내트는 그림을 가리키며 물었다.

"그 사람은 예수님이야. 예수님이 아이들을 축복해 주고 계시는 거야. 넌 예수님을 모르니?" 데미는 놀란 듯이 말했다.

"응, 잘 몰라. 하지만 알고 싶어. 저 사람은 아주 친절해 보여." 내트가 예수님에 대해서 아는 것이라고는 고작해야 사람들이 그의 이름을 들먹이는 걸 들은 게 전부였다.

"나는 예수님에 대해서 잘 알아. 그리고 그분을 아주 좋아해. 예수님은 진실하신 분이셔."

"누구한테 들었니?"

"우리 할아버지야. 할아버지는 모르시는 게 없어. 재미난 이야기를 많이 알고 계시지. 어렸을 땐 할아버지의 커다란 책을 가지고 놀기도 했어."

"너 지금 몇 살이니?" 내트가 다정하게 물었다.

"이제 곧 열 살이야."

"넌 정말 아는 게 많구나!"

"응. 보다시피 내 머리는 아주 커. 할아버지는 늘 내 머릿속에 많은 것을 채워야 한다고 말씀하셔. 그래서 난 머리 한쪽부터 차곡차곡 채우고 있는 중이야."

데미는 때때로 이런 유머로 상대를 웃기기도 했다. 한바탕 웃고 난 내트는 다시 진지하게 말했다. "더 자세하게 얘기해 줘."

"응. 어느 날 나는 아주 멋진 책을 하나 발견했어. 나는 그걸 가지고 놀려고 했지. 그런데 할아버지께서 그러면 안 된다고 하시면서 내게 그 책의 그림을 보여주시며 이야기해 주셨어. 나는 그 이야기들을 정말 좋아했어. 요셉과 그의 나쁜 형제들, 바다에서 올라온 개구리, 또 물에 떠내려가는 귀여운 아기 모세 이야기들을 말이야. 그것 말고도 재미있는 이야기들이 아주 많았어. 그렇지만 나는 예수님에 대한 이야기를 가장 좋아했어. 그래서 할아버지는 내게 그 이야기를 여러 번 들려주셨고, 나는 거의 외울 정도였지. 그리고 내가 그 이야기들을 잊어버리지 않도록 이 그림을 주셨어. 전에 내가 아팠을 때 여기에 걸어놨었는데, 다른 아이들도 보라고 그대로 놔둔 거야."

"어째서 예수님은 아이들을 축복하시지?" 내트는 그림 안에 계신 예수님에게 강하게 끌리는 것을 느꼈다.

"그분은 아이들을 사랑하시기 때문이야."

"저런 가난한 애들을 말야?"

"응, 그래. 너도 보면 알겠지만, 몇 아이는 옷도 제대로 입지 못했고, 엄마들도 허름한 옷을 입고 있잖아. 예수님은 가난한 사람들을 사랑했고, 그들에게 매우 친절하셨으며, 그들이 잘되도록 도와주셨어. 부자들에겐 가난한 사람들을 멸시하면 안 된다고 말씀하셨지. 그래서 가난한 사람들은 모두 예수님을 정말 좋아했대." 데미는 열광적으로 말했다.

"그분은 부자였니?"

"오, 아니야! 그분은 마구간에서 태어나셨고, 아주 가난했어. 어른이 되어서도 살 집이 없었고, 사람들이 가져다주는 음식 말고는 변변히 먹을 것도 없었지. 그리고 여기저기 떠돌아다니시며 어려운 사람들을 도와주시고 병도 고쳐주시고 좋은 말씀도 해주셨어. 모두가 좋은 사람이 되기를 바라셨어. 결국엔 나쁜 사람들에 의해 죽임당하셨지만 말야."

"무엇 때문에?" 내트는 가난한 사람들을 사랑한 예수님에게 점점 빨려 들어갔다.

"전부 얘기해 줄게. 조 아줌마도 뭐라고 하지 않으실 거야." 데미는 진지한 경청자를 만난 게 무척이나 기쁜 모양이었다.

내트가 잘 자고 있는지 방 안을 들여다보던 홈멜 아줌마는 얘기를 나누고 있는 내트와 데미를 보고는 바어 부인에게 달려갔다.

"부인, 가셔서 그 귀여운 애들을 보세요. 내트가 귀를 쫑긋 세우고 데미의 아기 예수 이야기를 듣고 있어요. 마치 흰 옷 입은 천사들 같지 뭐예요."

바어 부인은 내트가 잠들기 전에 잠시 얘기를 나누려고 마음먹고 있었다. 이 시간에 진지한 얘기를 하면 효과가 좋다는 것을 알고 있었기 때문이다. 아이들의 방문을 살짝 열자, 데미의 이야기에 완전히 빠져 있는 내트의 모습이 보였다. 데미는 내트의 얼굴을 바라보며 달콤하고 신비로운 이야기를 속삭이고 있었다. 이 모습을 말없이 지켜보던 바어 부인은 너무나 감격스러운 나머지 두 눈에 눈물이 맺혔다. 그리고 조용히 방을 빠져 나오며 생각했다.

'데미는 자기도 모르는 사이에 내가 할 수 있는 것보다도 더 훌륭하게 내트를 도와주고 있어. 방해하지 말아야지.'

어린 아이의 속삭임은 한동안 계속되었고, 천진한 영혼이 또 다른 영혼에게 하느님의 말씀을 전하는 동안 아무도 그들을 방해하지 않았다. 바어 부인이 등불을 끄러 다시 방으로 들어갔을 때 데미는 돌아가고 없었으며, 내트는 그림 쪽으로 얼굴을 향한 채 잠들어 있었다. 잠에 취한 내트의 얼굴이 더없이 평온해 보였다.

'단 하루 사이에 이렇게 달라질 수 있다니……'

바어 부인은 일 년 뒤 내트의 모습을 상상해 보았다. 더없이 풍성한 열매를 거두리라 확신했다. 오늘 밤 잠옷을 걸친 어린 전도사가 뿌린 씨앗이니 말이다.

제4장 디딤돌

월요일 아침, 내트는 사람들 앞에서 자신의 무지를 드러내야 한다는 생각에 무척 걱정이 되었다. 다행히 바어 씨는 다른 아이들에게 잘 보이지 않는 창 쪽 깊숙한 자리를 마련해 주었다. 내트의 공부를 돌봐주는 프란츠 말고는 아무도 그가 실수하는 것을 듣거나 습자 공책이 잉크로 얼룩진 것을 볼 수 없었다. 내트는 아주 안심이 되었다. 바어 씨는 빨갛게 달아오른 얼굴과 잉크로 얼룩진 손가락을 보고 웃으며 말했다.

"내트야, 조바심 내지 않아도 괜찮아. 그러다 녹초가 되겠다. 시간은 충분하단다."

"전 열심히 해야만 해요. 안 그러면 다른 아이들을 따라갈 수 없을 거예요. 그 애들은 많이 알지만 저는 아무것도 모르니까요."

내트는 아이들이 문법, 역사, 그리고 지리를 아주 정확하게 암송하는 것을 보고는 바짝 겁이 난 모양이었다.

"너도 애들이 모르는 것을 많이 알고 있잖아!" 바어 씨는 내트 곁에 앉으며 말했다. 그동안 프란츠는 어린 학생들에게 복잡한 곱셈표를 가르치고 있었다.

"제가요?" 내트는 믿을 수 없다는 듯이 두 눈을 동그랗게 뜨고 바라보았다.

"그렇단다. 너는 인내심이 있어. 잭은 숫자 계산을 잘하지만 인내심을 길러야 한단다. 인내심도 아주 훌륭한 공부란다. 너는 인내심을 아주 잘 배웠단다. 또 바이올린을 연주할 수 있잖니. 다른 아이들은 아무리 잘하려 해도 잘할 수 없지. 그리고 무엇보다도 너는 정말 배우는 데 열심이야. 벌써 절반은 성공한 셈이라고. 처음엔 어려워서 힘들겠지만 끈기 있게 계속하거라. 그러면 모든 게 점점 쉬워질 거야."

내트의 얼굴이 점점 환하게 빛났다. 그가 배워서 할 줄 아는 것은 얼마 없었지만 자신에게도 의지할 것이 있다는 생각에 커다란 위로와 용기를 얻었다. "맞아, 난 잘 참아. 아버지한테 얻어맞으면서도 꾹 참고 바이올린을 배웠어. 비록 비스케이 만이 어디에 있는지는 모르지만, 바이올린은 켤 수 있어." 내트는 벅차오르는 감격을 참지 못해 그만 큰 소리로 말했다.

"저는 정말 배우고 싶어요. 열심히 노력하겠어요. 학교에 다니고 싶었지만 그럴 형편이 안되었어요. 친구들이 비웃지만 않는다면 잘할 수 있어요. 아저씨와 아줌마가 이렇게 친절하게 해주시는걸요."

"애들은 너를 비웃지 않을 거야. 만일 그런 애가 있다면 내가 못하게 할 거야!" 데미는 지금이 수업 시간이라는 것도 잊었는지 소리쳤다. 그 바람에 모두들 무슨 일인지 보려고 고개를 들어 바라보았다. 서로 돕는 일이 산수를 배우는 것보다 더 중요하다고 믿었던 바어 씨는 아이들에게 내트에 대한 흥미롭고 감동적인 이야기를 해주었다. 마음씨 좋은 개구쟁이들은 바이올린을 잘 켜는 이 아이에게 자기들이 도움을 줄 수 있다는 것을 큰 영광으로 생각했다. 이처럼 따뜻한 플럼필드에서 내트는 큰 어려움 없이 생활할 수 있었다.

그러나 너무 많은 학습은 내트에게 도움이 되지 못했다. 그래서 조는 다른 아이들이 공부에 열중하는 동안 내트가 집 안에서 할 수 있는 여러 가지 취미거리를 찾아냈다. 농장이 가장 좋은 약이었다. 내트는 자신의 작은 농장을 손질하고, 콩을 심고, 그것들이 자라나는 것을 하루도 빠짐없이 들여다보았다. 따뜻한 봄 햇볕에 가느다란 줄기와 파란 잎사귀는 하루가 다르게 무럭무럭 자라났다. 이것을 지켜보는 내트는 춤출 듯이 기뻤다. 부지런히 밭을 관리하고 작물을 키우는 내트의 열성은 가히 감동적이었다. 그런데 너무 몰두한 나머지 그렇게 했다간 밭과 작물이 몸살이 날 지경이었다. 이를 지켜본 바어 씨는 좀 손이 덜 가는 꽃밭과 딸기밭을 가꾸도록 했다. 그러자 이번엔 노래를 흥얼거리면서 꿀벌처럼 날아다니며 일하는 것이 아닌가!

"이게 바로 가장 훌륭한 수확물이야!"

바어 부인은 내트의 통통한 볼을 살짝 꼬집으며 말했다. 야위었던 두 볼은 이제 발그레하고 통통해졌다. 가난이라는 무거운 짐으로 구부정하게 굽어 있던 어깨는 건강에 좋은 운동과 음식 덕에 천천히 곧게 펴졌다.

데미는 그의 친구였고 토미는 후원자였으며, 데이지는 따스한 위안자였다. 이 아이들은 비록 내트보다 나이가 어렸지만, 내트는 아이들과 곧잘 어울렸다. 오히려 내트는 자기보다 더 큰 아이들의 거친 놀이는 좀 꺼려 했다.

로리는 잊지 않고 옷과 악보를 보내주었고, 편지를 쓰는 일도 잊지 않았다. 이따금 그가 어떻게 지내고 있는지 보러 오기도 했다. 또 그를 연주회에 데려가기도 했는데 그럴 때마다 내트는 더할 나위 없는 행복에 젖었다.

그리고 로리의 대저택에 초대받기도 했다. 그의 아름다운 부인과 귀여운 딸과 저녁 식사를 하며 즐거운 시간을 보냈다. 그 기억은 오랫동안 내트의 가슴을 설레게 했다.

조금만 신경을 쓰면 외로워하는 아이의 마음을 달랠 수 있으나 대개 사람들은 이를 외면하곤 한다. 바어 씨 부부는 자신들 손에 맡겨진 이 아이들을 잘 돌보기 위해 그 어떤 수고도 마다하지 않았다.

바어 씨 부부는 재산이 많지 않았고 전적으로 기부에 의해 플럼필드를 꾸려 나갔다. 조의 여러 친구들이 이따금 그에게 헌 장난감들을 보내주었다. 그러면 내트는 그 가냘픈 손가락으로 매우 정교하고 솜씨 있게 수선을 했다.

그래서 비오는 날 오후엔 종종 고무풀 병, 그림물감, 칼, 장난감 부품, 그리고 망가진 동물 인형을 수선하며 시간을 보냈다. 또한 데이지는 내트를 도와 망가진 인형 옷을 만들었다. 내트는 장난감들이 수선되는 대로 그것들을 서랍에 조심스레 보관해 두었다. 이렇게 아이들이 모아 둔 물건들은 크리스마스가 되면 가난한 이웃 아이들의 트리를 장식하는 데 쓰였다. 그것은 가난한 사람을 사랑하고, 어린아이들에게 축복을 내려주시는 주님의 탄생을 축하하는 플럼필드 아이들만의 방법이었다.

데미는 자신이 좋아하는 책을 읽은 뒤 그 내용을 이야기하는 것을 무척이나 좋아했다. 내트는 그 늙은 버드나무 아래서 데미가 들려주는 로빈슨 크루소나 아라비안나이트, 에지워스의 동화, 그리고 잊을 수 없는 명작 이야기들을 들으며 오후를 보내곤 했다.

이 이야기들은 내트에게 새로운 세계를 열어주었고, 내트도 점차 다른 아이들처럼 익숙하게 책을 읽을 수 있게 되었다. 그리하여 내트는 새로운 성취감을 맛보았으며 데미만큼이나 책벌레가 될 정도였다.

그즈음 플럼필드에 전혀 예상하지 못한 일이 일어났다. 몇몇 소년들이 자그마한 사업을 벌이기 시작했던 것이다. 아이들은 대부분 가난했고 또 앞으로도 그들 스스로가 자기의 삶을 꾸려나가야 했다. 이 점을 잘 알고 있었던 바어 씨 부부는 그들의 노력을 힘껏 격려해 주었다.

토미는 달걀을 팔았고, 잭은 가축을 팔았으며, 프란츠는 바어 씨의 수업을 도와 얼마간의 보수를 받았다. 내트는 목수 일에 취미를 가지고 있었기 때문에, 유용하고 귀여운 물건을 만들어 팔 수 있도록 그것을 진열해 놓을 선반을 마련해 주었다. 한편 데미는 물레방아와 바람개비, 그리고 쓸모없이 버려진 물건들을 이용하여 아주 새로운 기구를 만들어 소년들에게 팔았다.

"아이들은 저마다 좋아하는 직업을 갖게 될 거야. 그러면서 독립된 한 인간으로 자라게 되지. 노동은 건전한 거야. 아이들이 가진 재능을 최대한으로 발휘하도록 돕는 것이 나의 역할이지." 바어 씨는 아이들을 바라보며 대견해했다.

그러던 어느 날, 내트가 흥분된 얼굴로 바어 씨에게 뛰어왔다.

"저, 숲에 소풍 온 사람들에게 가서 바이올린을 연주해도 될까요? 얼마 정도는 받을 수 있을 것 같아요. 저도 다른 애들처럼 돈을 벌고 싶거든요. 바이올린을 켜는 것밖에는 제가 돈을 벌 수 있는 방법이라고는 아무것도 없어요."

바어 씨는 선뜻 대답했다. "물론 환영이야. 가보렴. 그 일은 네가 쉽고 즐겁게 할 수 있는 일이구나. 네게 그런 일감이 생기다니 무척 기쁘다."

내트는 소풍객들에게 아주 훌륭하게 바이올린을 연주해 주었다. 그래서 집에 돌아올 때는 주머니에 2달러나 들어 있었다. 그는 그날 오후가 얼마나 즐거웠는지, 또 그 젊은 사람들이 얼마나 친절했는지에 대해 이야기했다. 그리고 그들이 자기의 춤곡을 칭찬했으며 다음에 또 연주를 해 달라고 했다는 것까지 자랑스럽게 얘기했다.

"거리에서 연주할 때보다 훨씬 좋아요. 그땐 아무리 연주해도 돈 한 푼 받지 못했어요. 하지만 이젠 돈도 벌 수 있고 즐거운 시간도 보낼 수 있게 되었어요. 저도 이제 토미랑 잭처럼 사업을 하는 거예요. 정말로 기뻐요."

내트는 낡은 돈지갑을 톡톡 치면서 마치 백만장자라도 된 것처럼 마냥 즐거워했다. 녹음이 짙푸른 여름이 되면 많은 사람들이 소풍을 오기 때문에 내트의 사업은 더욱 번창했다. 그의 바이올린 솜씨는 소중한 자산이 되었다.

내트는 수업에 지장이 없는 한 젊은이들의 소풍을 즐겁게 해주는 사업을 계속했다. 돌아올 땐 언제나 주머니에 돈이 들어 있었고, 테디와 데이지에게 줄 과자도 꼭 챙겨왔다.

"열심히 저축해서 꼭 바이올린을 사겠어요. 그러면 제 혼자 힘으로도 충분히 살아갈 수 있을 거예요. 그렇지요?" 내트는 자기가 번 돈을 바어 씨에게 맡길 때마다 이렇게 말했다.

"나도 그러길 바란다, 내트. 그런데 그렇게 하기 위해서는 먼저 건강해야 한단다. 그리고 너의 음악적 재능 위에 좀 더 많은 지식을 쌓아야 해. 그러면 로리 아저씨가 네게 꼭 맞는 일자리를 구해 주실 거고, 몇 년 뒤엔 우리 모두 네가 수많은 관객 앞에서 연주하는 광경을 보게 될 거야."

주위의 격려와 위로, 그리고 삶에 대한 희망은 내트로 하여금 이제까지 느껴보지 못한 안정감과 풍요로움을 느끼게 해주었다. 내트는 음악 수업에서도 성적이 많이 올랐다. 바어 씨는 내트가 얼마나 열심히 하려고 하는지 잘 알고 있었으므로, 그가 어려워하는 부분을 성심껏 도와주었다.

내트가 수업을 게을리할 때 받는 유일한 벌은 하루 종일 바이올린을 벽에 걸어두는 것이었다. 자신의 소중한 친구를 아주 잃어버릴지도 모른다는 두려움 때문에 열심히 공부했으며, 날이 갈수록 학습도 향상되었다.

데이지는 음악을 좋아했으며 또한 악기 연주자를 대단히 존경했다. 그래서 내트가 연주할 때면 종종 문 밖 층계에 앉아 연주를 감상하곤 했다. 그래서 내트는 아주 흐뭇한 마음으로 데이지를 위해 온 힘을 다해 연주했다. 데이지는 결코 안으로 들어가려고 하지 않았다. 꿈꾸는 듯 행복에 잠겨 바느질을 하거나 인형을 껴안고서 층계에 앉아 있기를 좋아했다. 그런 데이지를 볼 때마다 조는 눈물을 지으며 중얼거렸다.

"마치 내 동생 베스를 보고 있는 것 같구나."

내트는 바어 부인을 아주 좋아했다. 마음씨 고운 아줌마에게 자꾸만 끌렸다. 그리고 바어 씨는 수줍음 많고 허약한 소년을 친아버지처럼 돌봐주었고, 조그만 배가 비바람 몰아치는 격랑의 바다에서 방향을 잃고 표류하듯이 12년 동안이나 목표 없이 떠내려가던 그의 생명을 구해주고 보살펴 주었다. 어린 육체는 비록 고통을 당했을지라도 순결한 영혼은 조금도 상처 입지 않았으며, 난파선에 몸을 맡긴 천진난만한 어린 영혼은 안전하게 뭍에 이를 수 있었다. 자비로운 천사들이 아이를 지켜주었기 때문이다.

로리는 내트가 음악을 사랑한 덕분에 모든 불행 속에서 마음을 지킬 수 있었을지도 모른다고 했다. 그의 말이 맞는 것 같았다. 바어 씨는 내트의 좋은 점을 키워주고 잘못을 고쳐주었으며, 소녀처럼 온순하면서도 상냥한 새 제자를 아주 흡족해했다. 그는 조에게 내트에 대해서 얘기할 때면, 종종 그를 자신의 '딸'이라고 불렀다. 씩씩한 소년을 좋아하는 조는 그의 엉뚱한 표현에 웃음을 터뜨렸다. 그러나 조 역시 데이지만큼이나 내트를 귀여워했고, 내트도 조를 재미있어하며 아주 좋아했다.

내트의 결점 중 하나는 그가 때때로 거짓말을 한다는 것이었다. 비록 두려움과 무지 때문에 무심코 내뱉은 말이 점점 부풀어진 것일 테지만, 바어 씨 부부는 염려하지 않을 수 없었다. 물론 내트의 거짓말은 음흉한 것이 아니라 악의 없는 사소한 것이었고 더 심해지지도 않았다. 그렇지만 거짓말은 거짓말이다. 이 어지러운 세상에서 어쩔 수 없이 거짓말을 할 수밖에 없을지라도 그것은 옳지 않은 일이다.

바어 씨는 내트에게 빠져들기 쉬운 유혹에 대해서 말해 주었다.

"내트야, 정말 조심해야 한단다. 특히 네 혀와 눈, 그리고 손을 조심하거라. 그렇지 않으면 언제든지 거짓을 말하고, 거짓을 보고, 또 거짓을 행하게 된단다."

"저도 그걸 알아요. 그러지 않으려고도 해봤어요. 그렇지만 정직해지려고 발버둥치며 애쓰지 않을 때가 더 편했어요. 저는 아버지와 니콜로 아저씨가 무서워서 가끔 거짓말을 했었죠. 그리고 지금은 아이들이 비웃기 때문에 때때로 그렇게 해요. 저도 거짓말을 하면 안 된다는 걸 알아요. 하지만 금방 잊어버려요."

내트는 자기의 잘못을 깨닫고는 의기소침해졌다.

"어렸을 때, 나도 종종 거짓말을 했어. 정말 엄청난 거짓말을 하곤 했단다. 부모님은 좋은 말로 타이르시거나 눈물을 흘리며 나를 벌하셨지만, 나도 너처럼 곧 잊어버렸단다. 그런데 늙으신 할머니가 고쳐주셨지. 어떻게 하셨는지 아니? '네가 기억할 수 있도록 도와주겠다. 이 제멋대로 놀리는 혀를 조심하거라' 하시면서 혀를 내밀라고 하시더니, 가위로 혀끝을 잘라내셨단다. 정말이지 지금 생각해도 소름이 끼칠 정도였지. 하지만 이 방법은 아주 효과적이었단다. 왜냐하면 매일 혀가 쓰리고 아파서 아주 천천히 말을 해야만 했기 때문이야. 그래서 거짓말을 해야 할지, 진실을 말해야 할지 생각할 시간이 있었던 거야. 그러고 나서 혀가 다 나았을 땐 거짓말하는 버릇을 고칠 수 있었단다. 그 커다란 가위가 어찌나 무서웠던지. 할머니는 나를 사랑하셨기 때문에 이렇게 무서운 방법을 써서라도 고쳐주신 거야. 그리고 임종하실 때는 어린 프리츠가 하느님을 사랑하고 진실을 말하게 해달라고 기도하셨단다."

"저는 할머니가 안 계셔요. 그렇지만 그 방법이 제 버릇을 고칠 수만 있다면 아저씨가 제 혀를 잘라주세요."

내트는 고통이 무서웠지만 거짓말하는 버릇을 고치고 싶었기 때문에 용감하게 말했다. 바어 씨는 고개를 가로저으며 미소를 지었다.

"그보다 더 좋은 방법이 있단다. 전에 한 번 해본 적이 있지. 자, 들어봐라. 네가 거짓말을 했을 때 나는 너에게 벌을 주지 않겠다. 그러나 그 대신 네가 나를 벌해야 한다."

"어떻게요?" 내트는 바어 씨의 제안에 깜짝 놀랐다.

"네가 몽둥이로 나를 때리는 거야. 네가 벌을 받아 아픔을 느끼는 것보다도 내가 아파하는 것을 보면 쉽사리 잊지 못할 거다."

"아저씨를 때리라고요? 안 돼요! 저는 그럴 수 없어요!" 내트는 울음을 터뜨렸다.

"그러니 네 혀를 조심해라. 나도 고통을 받고 싶지 않다. 하지만 네 버릇을 고치기 위해서라면 어떠한 고통도 기꺼이 견딜 거야."

바어 씨의 제안은 내트의 머릿속에 깊이 박혔다. 내트는 거짓말하는 버릇을 고치기 위해 필사적으로 노력했다. 바어 씨가 판단한 대로 내트는 자신이 아버지처럼 따르고 존경하는 바어 씨를 아프게 해드릴 수가 없었다.

그러던 어느 날 내트는 그만 방심하고 말았다. 성급한 에밀은 자신이 정성껏 가꾼 옥수수 밭을 내트가 엉망으로 해놓았다며 내트를 때리려고 했다. 그러자 내트는 그러지 않았다고 딱잘라 말했다. 거짓말한 게 무척 후회스러웠지만 지난 밤 잭에게 쫓기는 바람에 자신이 그랬다는 것을 고백하지 않으면 안 되었다.

내트는 아무도 못 봤을 거라고 생각했다. 그러나 토미가 우연히 보았던 것이다. 며칠 뒤 수업이 끝나고 아이들이 모두 현관에 둘러서 있을 때 에밀이 그 일을 다시 끄집어내기 시작했다. 그러자 토미는 내트가 한 걸 봤다고 말했고 바어 씨도 그 말을 듣게 되었다. 바어 씨는 짚으로 만든 의자에 앉아 테디와 놀려던 참이었는데, 겁에 질려 있는 내트를 보고는 곧 어린 아들을 내려놓으며 말했다.

"엄마한테 가보아라, 테디. 나도 곧 갈 테니."

그리고는 내트의 손을 잡고 교실 안으로 들어가 문을 닫았다. 아이들은 말없이 서로를 쳐다보았다. 그러다 토미가 살그머니 교실로 다가가 슬쩍 들여다보더니 두 눈이 휘둥그레졌다. 바어 씨가 교탁에 걸어 두었던 기다란 자를 들고 있는 것이다.

'이런! 아저씨가 이번엔 내트를 몹시 야단칠 모양인데. 얘기하지 말 걸 그랬나 봐.'

플럼필드에서 가장 큰 치욕은 매를 맞는 것이었기 때문에 토미는 고자질한 게 후회스러웠다.

"지난번에 내가 한 말을 기억하고 있겠지?" 바어 씨는 슬픈 목소리였으나 화를 내지는 않았다.

"예, 하지만 제발 그건 안 돼요. 저는 그렇게 할 수 없어요." 내트는 손을 뒤로 한 채, 뒷걸음질치며 울부짖었다. 토미는 그 광경을 보면서 심장이 빨라지는 걸 느꼈다.

'어째서 남자답게 벌을 받으려 하질 않지? 나 같으면 할 텐데.'

곧 토미의 심장이 쿵쾅거리기 시작했다.

"나는 약속을 지키겠다. 그리고 넌 언제나 진실을 말해야 한다는 것을 기억해야 해. 내 말을 들어라, 내트. 이걸로 나를 세게 여섯 번 때려라!"

토미는 이 말을 듣고 얼마나 놀랐던지 하마터면 뒤로 자빠질 뻔했다. 그러나 겨우 창틀에 매달려 벽난로 선반의 박제된 올빼미처럼 눈을 동그랗게 뜨고 숨죽이며 지켜보았다. 그 누구도 단호한 어조의 바어 씨를 말릴 수 없다. 내트는 자를 손에 쥐고는, 주인을 찔러 죽이는 것 같은 죄책감에 사로잡혀 바어 씨의 넓은 손바닥을 약하게 두 번 때렸다. 그러고는 눈물범벅이 된 얼굴로 바어 씨를 쳐다보았다.

"계속하거라. 더 세게 때려!"

바어 씨의 표정은 무척 엄숙했다. 내트는 이 힘겨운 일이 빨리 끝나기를 간절히 바라면서 소매 끝으로 눈물을 닦아내고는, 재빨리 두 번 더 내리쳤다. 바어 씨의 벌게진 손을 보자 고통스러워서 견딜 수가 없었다.

"이제 그만해도 되지요?" 내트는 목이 메었다.

"두 번 더."

이 대답뿐이었다.

내트는 두 눈을 질끈 감고 다시 바어 씨의 손바닥을 세게 내리쳤다. 그러고 나서 자를 휙 던져버리더니 바어 씨의 두 손을 감싸며 그 위에 얼굴을 파묻은 채 흐느껴 울었다.

"잊지 않을게요! 정말로!"

바어 씨는 내트를 껴안으며 애정 어린 목소리로 말했다.

"그래, 꼭 그래야 한다. 하느님께 도와 달라고 기도하자. 그리고 이런 일이 다시는 일어나지 않도록 노력해라."

토미는 더 이상 쳐다보지 못하고 살금살금 뒷걸음질치며 걸어 나왔다. 아이들이 토미를 둘러싸고 내트에게 무슨 일이 있었는지 물어보았다. 토미는 조금 떨리는 목소리로 속삭였다. 아이들은 토미의 이야기에 할 말을 잃고 말았다.

"아저씨는 언젠가 내게도 똑같은 일을 시켰어." 에밀이 침묵을 깨고 자백하듯이 말했다. "아주 오래전이었어. 지금 그렇게 해야 한다면 차라리 난 죽고 싶을 거야."

모두들 언제 그런 일이 있었냐는 듯 겁에 질린 표정으로 말문을 열지 못했다.

"어떻게 그럴 수가 있었지?" 드디어 데미가 겁먹은 목소리로 물었다.

"그때는 정말 미칠 것만 같았어. 어찌 할 바를 몰랐지. 하는 수 없이 아저씨를 한 번 세게 때렸는데 그 순간 아저씨가 내게 해 주셨던 모든 일들이 한꺼번에 떠오르는 거야. 나는 정말 견딜 수가 없었어. 나는 그때 아저씨의 사랑을 깨달았어." 에밀은 죄책감으로 자신의 가슴을 세게 쳤다.

"내트는 지금 울고 있어. 정말 슬플 거야. 그러니까 이 일에 대해서 한 마디도 물어봐서는 안 돼. 알았지?" 동정심 많은 토미가 말했다.

"물론이야. 그렇지만 거짓말은 나빠." 데미는 바어 씨가 택한 방식을 이해한 것처럼 보였다.

"내트가 눈치 보지 않고 2층으로 갈 수 있도록 모두 헛간으로 가자. 내트는 곧 좋아질 거야." 프란츠가 제안했다. 모두들 어려울 때마다 피난처로 사용하는 헛간으로 몰려갔다.

내트는 점심 식사 때 나타나지 않았다. 그래서 조는 먹을 것을 가지고 2층에 올라가 내트를 위로해 주었다. 내트는 아줌마의 얼굴을 쳐다볼 수 없었지만 답답한 마음이 나아지는 것을 느꼈다. 얼마 되지 않아 바깥에서 놀고 있던 개구쟁이들은 이층에서 울려 퍼지는 바이올린 소리를 들었다.

"이제 염려하지 않아도 되겠어."

내트는 다시 좋아졌지만, 아직 부끄러워 아래층으로 내려가지 못했다. 얼마 뒤 내트는 숲으로 살짝 빠져나가려고 문을 열었다. 그런데 데이지가 갇혀 있는 친구를 위로하려는 듯 조그만 손수건을 쥐고서 계단에 앉아 있는 게 아닌가!

"나 산책 가려고 하는데 함께 갈래?" 내트는 아무 일도 없었던 것처럼 태연하게 말했다.

하지만 내트는 말없이 자신을 위로해 준 데이지가 더없이 사랑스럽고 고마웠다.

"그래!"

데이지는 어린 자기를 친구처럼 대해준 것에 신이 나서 모자를 가지러 달려갔다.

아이들은 내트가 데이지와 함께 산책 나가는 것을 보았지만 아무도 따라가지 않았다. 아이들이었지만 모두들 속이 깊었다. 그리고 모두 데이지가 내트에게 큰 위로가 되었다는 것을 알 수 있었다. 산책하며 마음이 홀가분해진 내트는 평소보다 더 조용히 집으로 돌아왔다. 표정이 한결 밝았고 씩씩해 보였다. 온몸엔 데이지가 만들어준 꽃장식으로 도배를 하고 있었다.

아침에 있었던 사건에 대해 입을 여는 사람은 아무도 없었다. 아이들 모두 이 일을 계기로 바어 씨 부부를 더욱 사랑하게 되었고 바른 삶을 살려고 노력했다. 내트는 정말 최선을 다했다. 간절한 기도를 외면하지 않으시는 하늘에 계신 하느님과 끝까지 인내하며 자신을 이끌어 준 바어 씨의 도움에 감사했다. 그리고 자신을 위해 기꺼이 육체의 고통까지 감내해 준 바어 씨의 사랑을 언제까지나 잊을 수가 없었다.

제5장 데이지의 요리 수업
"무슨 일이지, 데이지?"
"나랑 같이 안 놀겠대요."
"왜?"
"여자애는 공차기를 할 수 없다고요."
"그게 무슨 소리야. 왜 할 수 없어? 나도 해봤는걸!" 바어 부인은 말괄량이 소녀 시절을 떠올리며 웃었다.

"저도 할 수 있어요. 전에는 데미랑 같이 공놀이를 했단 말이에요. 그런데 데미도 다른 애들이 비웃는다고 저를 끼워주지 않아요." 데이지는 데미의 태도가 몹시 서운한 모양이었다.

"그건 데미 말도 맞아. 너와 단둘이 놀 땐 아주 재미있고 즐거운 놀이지만 열 명의 남자 아이들 틈에 끼어 하기엔 너무 거친 운동이지. 그래서 어렸을 땐 난 나만의 놀이를 찾곤 했단다."

"전 혼자 노는 데는 싫증이 났어요!" 데이지가 매우 애처로운 목소리로 말했다.

"내가 놀아줄게. 하지만 지금은 시내에 나갈 준비를 해야 한단다. 음, 그럼 나와 함께 엄마를 만나러 갈까? 그리고 너만 좋다면 며칠간 엄마와 함께 있어도 된단다."

"저도 엄마가 보고 싶어요. 아기 조시도 보고 싶고요. 하지만 그냥 돌아올 거예요. 데미가 보고 싶어 할 테니까요. 그리고 저는 여기가 좋은 걸요."

"넌 데미 없이는 못 살겠구나, 그렇지?" 바어 부인은 데이지가 오빠를 얼마나 좋아하는지 잘 알고 있었다.

"물론이에요. 우리는 쌍둥이니까요. 그래서 우리는 누구보다 사이가 좋아요." 데이지는 데미와 쌍둥이라는 것이 큰 자랑인 양 밝게 웃었다.

"자, 그럼 내가 준비하는 동안 너는 뭘 하지?" 조 이모는 산더미처럼 쌓인 세탁물을 재빠른 손놀림으로 척척 정리하며 물었다.

"모르겠어요. 이제 인형놀이엔 싫증이 났거든요. 이모가 저한테 새로운 놀이를 가르쳐주시면 좋겠어요." 데이지는 맥없이 문을 흔들면서 말했다.

"뭘 하면 좋을까? 갑자기 안 떠오르네. 일단 아래층에 내려가서 에이샤가 점심 식사로 뭘 준비하는지 볼래?"

"좋아요. 에이샤가 싫어하지만 않는다면요." 데이지는 곧장 부엌으로 달려 갔다. 그리고 5분쯤 지난 뒤 데이지는 조그만 코에 밀가루를 잔뜩 묻히고 흥분된 얼굴로 돌아왔다.

"이모! 앞으로 저도 부엌에서 생강빵이나 다른 음식을 만들 수 있게 해주 세요. 에이샤도 괜찮대요. 허락해 주시는 거죠?" 데이지는 단숨에 소리쳤다.

"그것 참 잘됐구나. 가서 하고 싶은 대로 하렴. 그리고 얼마든지 있어도 돼요." 조 이모는 웃으며 대답했다. 때때로 열두 명의 남자 아이들보다 이 어린 소녀 한 명을 즐겁게 해주는 것이 더 힘들었다. 데이지는 팔짝 뛰면서 달려갔다.

그 사이 조는 여전히 이리저리 일거리들을 처리하며 무슨 새로운 놀이가 없을까 골똘히 생각해 보았다.

"그래, 해보는 거야!"

조는 언뜻 좋은 생각이 떠올랐는지 옷장 문을 쾅 닫고는 활기차게 걸어나 갔다.

조가 어떤 새로운 놀이를 생각해 냈는지 아는 사람은 한 명도 없었다. 그 런데 데이지에게만큼은 새로운 놀이를 위해 물건들을 살 계획이라고 살짝 귀띔해 주었다.

조가 시내에서 장을 보는 동안, 데이지는 집에 남아 갓 태어난 아기를 돌 보며 엄마를 즐겁게 해드렸다. 그러나 이모가 바구니 보퉁이에 이상한 꾸러 미들을 넣어가지고 돌아오자 데이지는 호기심에 들떠 당장 플럼필드로 돌아 가고 싶었다. 하지만 조는 데이지의 조급한 심정은 안중에도 없어 보였다. 느긋하게 아기를 무릎 위에 앉혀놓고는 소년들의 짓궂은 장난에 대해 이러 쿵저러쿵 한참 이야기를 늘어놓았다.

마침내 조가 자리에서 일어섰다. 브루크 부인이 조와 무슨 얘기를 나눴는 지 모르지만 새로운 놀이에 대해 알게 된 것만은 분명했다. 부인은 데이지의 모자 끈을 매어주며 장밋빛처럼 발그레한 뺨에 입을 맞추었다.

"우리 착한 딸 데이지, 이모가 널 위해 아주 재미있는 놀이를 준비하고 있 단다. 그리고 이모가 너랑 같이 놀아준다는구나! 이모는 그걸 썩 좋아하지 않는데도 말이야."

조와 브루크 부인은 서로를 바라보며 깔깔 웃어댔다. 데이지는 무슨 영문인지 몰라 그저 얼떨떨하기만 했다. 집을 나와 마차가 달리기 시작하자 뒤칸에서 뭔가 덜컹덜컹 소리를 냈다.

"저게 뭐예요?" 데이지가 귀를 쫑긋 세우며 물었다.

"새로운 장난감이란다." 조는 진지하게 대답했다.

"뭐로 만든 거예요?"

"쇠, 나무, 놋쇠, 설탕, 소금, 그 외에도 아주 많아."

"이상하게 생겼네요. 그럼 색깔은요?"

"여러 가지야."

"큰 거예요?"

"큰 것도 있고 작은 것도 있단다."

"제가 본 적이 있나요?"

"아주 많이 봤을걸. 그렇지만 이것만큼 좋은 것은 보지 못했을 거야!"

"뭘까? 아이, 궁금해. 언제 볼 수 있어요?" 데이지는 일어났다 앉았다 하면서 안절부절못했다.

"내일 아침 수업이 끝나면."

"남자애들도 하는 거예요?"

"아니, 너랑 베스만 하는 거란다. 그런데 네가 원한다면 남자애들과 함께 할 수도 있지."

"데미가 원한다면 데미하고만 같이 하겠어요."

"애들 모두 하고 싶어 할걸. 특히 스투피는."

조는 두 눈을 반짝거리며 무릎에 있는 이상하고도 울퉁불퉁한 덩어리를 가볍게 톡 쳤다.

"한 번만 만져볼게요." 데이지가 애원했다.

"안돼요. 그랬다간 금방 알아챌 거야. 그러면 흥이 깨져버려."

데이지는 씩씩거리며 안달을 냈다. 그때 종이 포장지에 난 작은 구멍으로 뭔가 반짝거리는 것을 보고는 방긋 웃었다.

"아, 그렇게 오래 기다릴 수 없어요! 오늘 보면 안돼요?"

"데이지, 안돼. 이 속에 있는 게 모두 질서정연하게 정돈된 뒤에 너에게 보여주기로 테디 이모부와 약속했단다.”

“이모부가 알고 계신다니, 분명 근사하겠죠!” 데이지는 손뼉을 치며 소리쳤다. 상냥하고, 돈도 많고, 활달한 이모부는 언제나 요술쟁이처럼 애들을 위해 재미있는 일과 예쁜 선물, 우스꽝스러운 오락을 계획하시는 멋진 분이었다.

“물론이지. 나랑 테디 이모부는 가게에서 그걸 고르면서 정말 즐거웠단다. 이모부랑 나랑은 참 많이 다르더구나. 이모부는 모든 것을 크고 좋은 것으로만 사셨어. 그래서 내 조그마한 계획이 정말 근사해졌어. 이모부가 오시면 꼭 감사하다는 인사를 해야 한다. 너희 이모부처럼 멋진 분은 이 세상에 없을 거야. 조그만 이 요……, 아차! 하마터면 말할 뻔했어.”

조는 흠칫 놀라면서 입을 다물었다. 그리고 얘기를 더하면 비밀이 탄로날까봐 걱정이 되었는지 계산서를 훑어보기 시작했다. 데이지는 체념한 듯 팔짱을 끼고는 어떤 놀이가 ‘요’라는 글자로 시작하는지 곰곰이 생각해 보았다.

집에 도착하자마자 데이지는 모든 짐 꾸러미를 주의 깊게 훑어보았다. 그런데 프란츠가 곧바로 이층으로 들고 가 육아실에 감춰놓는 바람에 더더욱 궁금해서 견딜 수가 없었다. 그날 오후 육아실에서는 매우 기묘한 일이 벌어졌다. 프란츠는 계속 망치를 두드렸고, 에이샤는 오후 내내 종종 걸음으로 이층을 오르락거렸다. 조는 앞치마 속에 뭔가를 넣어가지고 도깨비불처럼 날아다녔다. 아직 말을 잘 못하는 테디만 출입이 허락되었다. 그러나 테디가 아무리 뭐라고 종알거려도 도무지 알 수가 없었다.

데이지는 극도로 초조해져서 어쩔 줄 몰라 했다. 이 아이의 흥분이 남자 아이들에게까지 번져 서로 일을 거들겠다고 나서는 바람에 조는 몹시 당황스러웠다. 그래서 조는 남자 아이들이 데이지에게 했던 말로 거절의 뜻을 전달했다.

“여자애들은 남자애들과 같이 놀 수 없어. 데이지와 베스, 그리고 나만 가지고 놀 거야. 그러니 고맙지만 여러분의 도움은 필요 없어요.”

어린 신사들이 조용히 물러나, 데이지가 좋아하는 구슬치기며 목마타기, 공차기 등과 같은 놀이를 서로 권하는 바람에 데이지는 기뻐서 어쩔 줄을 몰라 했다. 덕분에 데이지는 즐거운 오후를 보낼 수 있었고 피곤에 지쳐 일찌감치 잠자리에 들었다.

다음 날 아침은 여느 때와 다른 공기가 느껴졌다. 데이지가 너무도 열심히 공부하는 모습을 본 바어 씨는 매일 새로운 놀이가 하나씩 개발되었으면 좋겠다는 생각이 들었다.

오전 11시다! 드디어 수업을 마친 아이들은 두리번거리며, 새롭고 신기한 놀이를 하러 가는 데이지 얘기로 들떠 있었다.

"이모, 수업이 끝났어요. 더 이상 못 기다리겠어요."

데이지는 조의 방으로 뛰어들면서 소리쳤다.

"준비가 다 되었단다. 자, 이리 와봐."

조는 한쪽 팔로 테디를 감싸 안고 다른 팔로는 바느질 바구니를 들고 이층으로 향했다.

"아무것도 보이지 않는데요?" 데이지는 육아실로 들어가면서 눈을 동그랗게 뜨고 말했다.

"무슨 소리가 들리지 않니?"

테디가 방 한쪽 구석으로 가려고 하자 조는 테디의 옷자락을 붙들었다. 그 순간 데이지는 '톡톡' 하는 소리를 들었다. 주전자 물이 끓어서 덜그럭거리는 소리 같기도 했는데, 바로 방 한 구석의 커튼 뒤에서 흘러나오고 있었다. 데이지는 재빨리 뛰어가서 커튼을 홱 잡아 젖혔다. 순간 데이지는 너무나 놀라고 기쁜 나머지 온 몸이 쭈뼛해지는 것을 느꼈다.

거기엔 넓은 장판이 쭉 깔려 있고 한쪽에는 냄비와 석쇠들이 나란히 걸려 있었다. 그 옆에는 항아리도 놓여 있었다. 또한 주방 용기와 찻잔, 그리고 풍로도 있었다. 그 풍로는 쇠로 만든 것이어서 실제로 요리를 할 수 있었다. 게다가 진짜로 작은 주전자 주둥이에서는 뽀얀 수증기가 뿜어져 나왔다. 작은 냄비 뚜껑은 춤을 추듯 요동쳤고, 부글부글 물이 끓고 있었다. 그 옆에 숯을 담는 용기와 나무 상자가 놓여 있고 바로 그 위엔 쓰레받기와 솔, 빗자루가 걸려 있었다. 그리고 작은 의자 뒤에는 하얀 앞치마와 귀여운 주방용 모자까지 걸려 있었다. 즐비하게 벽에 걸린 새 양철 그릇들은 햇살을 받아 번쩍번쩍 빛났으며, 예쁜 사기 그릇들은 가지런히 놓여 있었다. 어떤 아이라도 더 바랄 것이 없을 그야말로 완벽한 부엌이었다. 데이지는 조의 품에 꼭 안겼다. 이 엄청난 선물에 뭐라 감사해야 할지 몰랐다.

"이모, 정말 근사해요. 저 풍로로 진짜 요리를 할 수 있을까요? 파티도 열고 식사도 하고 그리고 청소도 하고 또 정말 불을 피워도 될까요? 정말 마음에 들어요! 이모, 어떻게 이런 생각을 하신 거예요?"

"네가 에이샤와 함께 생강빵을 만들고 싶어했잖니. 그래서 이걸 생각하게 된 거란다." 조는 흐뭇한 표정으로 말했다.

"네가 부엌에 자주 드나드는 걸 에이샤는 좋아하지 않을 거야. 그리고 이층 난로를 사용하는 건 좀 위험할 거고. 그래서 너를 위해 작은 풍로를 구할 계획을 세운 거야. 또 네게 요리를 가르쳐주어야겠다고 생각했지. 그래서 장난감 가게를 돌아다녔는데 모두 크고 너무 비싼 것뿐이었어. 그래서 하는 수 없이 그냥 돌아오려고 하는데 마침 테디 이모부를 만났단다. 이모부는 내 얘기를 듣더니 가장 큰 풍로를 사자고 하셨지. 나는 안 된다고 했지만 젊었을 때 내 요리 솜씨를 놀리며 막무가내로 나섰지. 너뿐만 아니라 베스도 가르쳐야 한다고 말씀하시면서 우리들 모두의 요리 수업을 위해 이것들을 기꺼이 사주신 거야."

"테디 이모부를 만나서 정말 다행이에요!" 데이지는 손뼉을 치면서 좋아했다.

"데이지, 그러니 열심히 해야 한다. 이모부가 이따금 차를 마시러 오겠다고 말씀하셨어. 맛있는 것을 잔뜩 기대하고 계시단 말이다."

"세상에서 가장 멋있고 깜찍한 부엌이에요. 이런 부엌은 이 세상 어디에도 없을 거예요. 다른 거 안 하고 부엌에만 있으면 안될까요? 파이랑 케이크랑 마카로니랑…… 어떤 요리든 다 배울 수 있겠죠?"

데이지는 한 손엔 소스 빵을, 다른 손에는 부지깽이를 들고 방 안을 깡충깡충 뛰어다녔다.

"모두 곧 배우게 될 거야. 내가 도와줄게. 무엇을 해야 하는지 가르쳐 주고 그 방법도 설명해 줄 거야. 이제부터 데이지는 이모의 요리사가 되는 거야. 넌 우리 집에 새로 들어온 요리사이고 이름은 샐리야!"

"우와, 정말 재밌어요! 먼저 무얼 해야 되나요?" 새 요리사 샐리는 행복해서 미칠 지경이었다.

"먼저 이 깨끗한 모자를 쓰고 앞치마를 둘러라. 나는 좀 구식이거든. 요리할 때는 언제나 이렇게 반듯한 모습으로 해야 한단다."

샐리는 곱슬곱슬한 머리카락을 둥근 모자 속에 집어 넣고 평소에는 그렇게 싫어했던 앞치마를 단 한마디 불평도 없이 얼른 둘렀다.

"자, 그럼 그릇들을 정리해볼까? 그리고 깨끗이 씻는 거야." 조는 아주 진지하게 얘기했다. 샐리는 소매 끝을 접어 올린 다음 뿌듯한 기분으로 반죽을 미는 예쁜 밀대, 깜찍한 설거지통, 멋진 후추통을 보면서 부엌을 이리저리 둘러보고는 가지런히 정리하며 설거지를 하기 시작했다. 어찌나 열심인지 이마엔 땀방울이 송골송골 맺혔다.

"샐리, 이제 바구니를 들고 시장에 갔다오너라. 점심 식사에 필요한 것들을 여기 적어 났다."

조는 접시들이 모두 정돈되었을 때, 종이 한 장을 내밀었다.

"시장은 어디에 있나요?" 샐리는 점점 더 신이 났다.

"에이샤가 있는 부엌이 바로 시장이란다."

샐리는 앞치마를 그대로 두른 채 밖으로 나갔다. 교실 문 앞을 지나갈 때 아이들은 신기한 눈빛으로 바라봤다. 샐리는 자랑스러운 표정으로 데미에게 속삭였다.

"정말로 근사한 놀이야."

요리사인 에이샤도 샐리 못지않게 이 놀이가 즐거웠다. 어린 소녀가 모자를 기우뚱하게 쓰고 식당으로 뛰어들어왔을 땐 소리내어 웃었다.

"조 부인의 심부름으로 왔어요. 여기에 적힌 것들이 필요하시답니다." 샐리는 으스대며 종이쪽지를 내밀었다.

"그래, 어디 볼까요? 귀여운 아가씨. 고기 2파운드, 고구마, 호박, 사과, 빵, 버터가 필요하시군요. 그런데 고기는 아직 오지 않았으니, 도착하는 대로 가져다 드리겠습니다. 다른 것들은 모두 여기 있어요."

에이샤는 고구마 한 개, 사과 한 개, 호박 한 조각, 버터 덩어리 조금, 그리고 빵을 바구니에 넣어주었다. 그러고는 정육점 집 아들은 장난이 심하니까 조심하라고 일러주었다.

"그 애가 누군데요?" 샐리는 그 애가 데미이길 바라며 물었다.

"곧 알게 될 겁니다." 에이샤는 그저 그렇게만 말했다.

샐리는 메리 하워트의 노래를 부르며 돌아갔다.

"밀가루로 만든 아주 맛있는 과자

단지 안엔 방금 만든 몰랑몰랑 버터
빨강빨강 포도주 병을 들고
어린 메이블은 길을 간다네……."

샐리가 돌아오자 조가 말했다.

"사과만 여기에 두고 다른 것들은 모두 찬장 안에 넣어두어라."

가운데 선반 아래에 붙어 있는 찬장 문을 열어본 데이지는 또 한 번 놀랐
다. 찬장 한쪽은 저장소였는데 거기에는 나무, 석탄, 불쏘시개가 쌓여 있었
고, 다른 쪽에는 작은 병과 상자들, 약간의 밀가루, 우유, 설탕, 소금 그리
고 갖가지 그릇들로 가득 차 있었다. 또 잼이 가득 담긴 단지, 생강빵을 넣
어둔 작은 상자, 포도주 병 그리고 차를 넣어둔 조그마한 깡통도 있었다.

그러나 가장 기뻤던 것은 신선한 우유가 담긴 두 개의 냄비였다. 그런데
실제로 하얀 크림이 둥둥 떠 있고 크림을 걷어내는 작은 주걱도 놓여 있는
게 아닌가!

"지금 크림을 떠도 될까요?"

"아직 안돼. 크림은 사과 파이를 먹을 때 필요한 거야. 그때까지 만져서는
안돼요."

"파이를 먹게 된다고요?"

샐리는 그렇게 기쁜 일이 자기의 부엌에서 이루어진다는 것을 믿을 수가
없었다.

"그래, 오븐이 예상대로 된다면 우리는 파이를 두 개나 먹을 수 있을 거
야. 사과 파이와 딸기 파이 말이야."

조는 샐리만큼이나 새 놀이에 푹 빠져 있었다.

"그럼 이젠 뭘 하지요?" 데이지는 뭐라도 하고 싶어 안달이었다.

"풍로의 아래 구멍을 좀 막아 불을 약하게 해서 오븐을 올려놓아라. 그러
고 나서 손을 씻고 밀가루, 설탕, 소금, 버터 그리고 게피를 꺼내 오고, 파
이판이 깨끗한지 확인한 뒤 사과를 깎으렴."

꼬마 요리사 샐리는 그릇이 부딪히는 소리도 내지 않고, 재료를 흘리지도
않으면서 조가 시키는 대로 척척 해냈다.

"이런 조그만 파이를 만들 땐 재료의 분량을 얼마만큼 해야 하는지 잘 모

르겠구나. 대충 짐작해서 해야겠는걸. 잘 안 되면 다시 하면 돼."

조는 약간 당황했으나, 여전히 이 놀이를 즐기고 있었다.

"밀가루가 가득 든 냄비에 소금을 약간 넣고 저 옴폭한 그릇에 버터를 조금 덜어 넣어라. 항상 마른 것을 먼저 넣고 젖은 것을 넣어야 해. 그래야 잘 섞이니까."

"저도 알아요. 에이샤가 하는 걸 봤거든요. 파이 접시에도 버터를 발라야 하지 않겠어요? 에이샤는 맨 처음에 그렇게 하던데요." 샐리는 밀가루를 빠르게 휘저으며 말했다.

"아주 좋아! 넌 정말 요리에 재주가 있구나." 조는 아주 만족해했다. "이제 찬물을 약간 부어서 반죽이 잘 되도록 하거라. 그 다음엔 밀가루를 조금 뿌리고 밀가루 반죽을 납작하게 하는 거야. 옳지, 바로 그렇게. 이제 거기에다 버터를 조금 발라서 다시 한 번 납작하게 해라."

샐리는 능숙한 손놀림으로 밀가루를 반죽했다. 그러고 나서 귀엽게 생긴 작은 밀대로 반죽을 얇게 밀어 접시에 채우기 시작했다. 그 다음 사과를 얇게 썰어 얹은 뒤 그 위에 설탕과 계피를 넉넉하게 뿌리고 조심스럽게 천을 덮었다.

"저는 항상 파이의 가장자리를 예쁘게 정리하고 싶었어요. 하지만 에이샤는 한 번도 허락하지 않았죠. 이 모든 걸 직접 하다니 정말 기뻐요."

샐리는 조그마한 손으로 작은 칼을 고정시켜 파이 접시를 둥글게 도려내면서 탄성을 질렀다. 하지만 아무리 솜씨 좋은 요리사라도 종종 뜻밖의 불상사를 당하게 마련이다. 샐리의 첫 번째 불상사는 바로 그때 일어났다. 너무 칼질을 빨리하는 바람에 그만 파이 접시가 미끄러지고 말았다. 샐리는 비명을 질렀지만 조는 그냥 웃기만 했다. 테디가 파이를 만지려고 기어왔다. 샐리의 멋지고 귀여운 새 부엌은 한동안 소란스러웠다.

"제가 모서리를 아주 꽉 잡고 있어서 쏟아지지도 않고 부서지지도 않았어요. 전혀 상처나지 않았으니까 여기에 구멍만 뚫으면 돼요." 데이지는 얼른 파이 접시를 집어 들며 파이에 묻은 먼지를 훅 하고 털었다. 역시나 아이였다.

"나의 새 요리사는 느긋하고 털털해서 좋아요." 조는 웃으면서 말했다.

"자, 이제 딸기 파이를 만들어 볼까? 잼을 파이에 가득 덮어씌우고 에이샤가 하는 것처럼 그 위에다가 밀가루 반죽을 줄 모양으로 죽 늘어봐."

"저는 가운데에다 'D'자를 만들어 넣을래요. 그러면 더 재미있을 거예요."

샐리는 페이스트리 전문 요리사도 혀를 내두를 정도로 파이를 매우 멋지게 장식했다.

"이젠 집어넣겠어요." 데이지는 의기양양하게 파이 접시를 작은 오븐에 집어넣었다.

"이제 그릇들을 정리하렴. 훌륭한 요리사는 요리를 마치면 조리 도구를 잘 정돈해 둔단다. 그리고 나서 호박과 고구마 껍질을 벗기도록 하자."

"알았어요, 이모." 샐리가 낄낄 웃으며 대답했다.

"그런 다음 네 조각으로 썰어서 솥에 넣기 전까진 찬물에 담가두거라."

"호박도 물에 담가둘까요?"

"저런! 안돼. 호박은 썬 다음 찜통에 넣어 익히면 된단다."

그때 문을 긁는 소리에 달려가 보니 잘 길들여진 개 키트가 덮개를 씌운 바구니 두 개를 입에 물고 서 있었다.

"아, 네가 바로 그 정육점 소년이구나."

샐리는 바구니를 받아들면서 낄낄거리며 웃어댔다. 그런데 키트가 혀를 날름거리는 걸 보니 바구니 안에 든 스테이크가 자기 점심인 줄 알았나 보다. 키트는 이내 아쉬운 듯 킁킁거리며 돌아갔다.

바구니 안에는 고기 두 토막과 잘 구운 배와 작은 케이크가 들어 있었다. 그리고 '요리가 잘 되지 않았을 땐 이걸 드세요'라고 에이샤가 휘갈겨 쓴 쪽지가 끼어 있었다.

"에이샤가 만들어 준 음식은 필요하지 않아요. 요리는 잘 될 거예요. 틀림없이 근사한 식사를 할 수 있을 거라고요." 샐리는 뾰로통하게 말했다.

"그렇지만 손님들이 왔을 땐 에이샤가 보내준 게 필요할지도 몰라. 그러니 잘 보관해 두도록 하자." 조는 예상치 못하게 부엌에서 벌어지는 일들을 아주 잘 알고 있었다. "자, 이젠 야채를 익혀서 탁자 위에 올려놓고 고기를 요리하게 석탄을 좀 가져오너라."

"네, 이모."

샐리가 석탄을 가져오자 고구마를 삶고 있는 냄비 뚜껑이 달그락거렸다.

샐리는 고구마를 꺼내 잘 으깨었다. 그런데 깜빡 실수로 고구마에 버터만

넣고 소금은 전혀 넣지 않은 채 빨간 접시에 예쁘게 모양을 내어 담았다.

이 일에 너무 열중한 나머지 오븐 안에 있는 파이는 까맣게 잊고 있었다. 아, 이 일을 어쩌나! 파이는 시꺼멓게 타버렸다. 샐리는 그만 엉엉 소리내어 울기 시작했다.

"어머, 내 파이! 내 달콤한 파이를 모두 망쳐버렸어!" 엉망이 되어버린 파이를 바라보며 샐리는 발을 동동 굴렀다. 과일을 넣은 파이가 특히 엉망이었다. 밀가루 반죽은 굴뚝처럼 새까맣게 타버린 젤리 옆으로 삐죽 나와 사방으로 흩어져 있었다.

"어머 파이를 꺼내라고 말하는 걸 깜빡 잊어버렸구나. 내 실수야! 울지마라, 애야. 내 잘못이야. 우리 점심 먹고 나서 다시 해보자꾸나."

조는 자신의 실수라며 샐리를 달랬다. 샐리의 눈에서 닭똥 같은 눈물이 뚝뚝 떨어졌고 망쳐버린 뜨거운 파이는 지글거리며 연기를 풍풍 뿜어댔다. 바로 그때 고기를 굽고 있지 않았더라면 샐리는 그저 슬퍼하고만 있었을 것이다. 그러나 샐리는 고기 요리에 신경을 쓰느라 망쳐버린 파이를 금세 잊어버렸다.

"고기와 접시들을 따뜻하게 해둬라. 그리고 호박에 버터와 소금, 후추를 약간 넣고 으깨."

조는 더 이상 요리를 망치지 않도록 주의했다. 후추로 양념한 고기가 제법 먹음직스럽게 요리되어 샐리는 좀 진정되었다. 호박을 보기 좋게 접시에 담아내는 것을 끝으로 점심 식사 준비가 모두 완료되었다. 테디와 데이지는 얌전하게 자리를 잡고 앉았다.

테디는 집안의 가장처럼 매우 점잖게 행동했다. 테디가 자기 앞에 놓인 음식을 게걸스럽게 먹어치우는 걸로 보아 음식에 문제가 있는 것 같지는 않았다. 샐리는 피곤하고 힘들었지만 맛있게 먹는 모습을 보니 기분이 좋았다. 사실, 고기는 너무 질겨서 작은 칼로는 자를 수 없었고 고구마는 양이 부족했으며 호박은 또 너무 덩어리져 있었다. 테디와 샐리는 왕성한 식욕으로 식탁 위의 음식을 깨끗하게 비웠다. 샐리는 냄비에 가득한 크림을 떠내는 흐뭇함에 젖어 망쳐버린 파이는 잊은 듯했다. 그리고 후식으로 에이샤가 보내준 케이크를 먹었다.

"이렇게 맛있는 점심은 처음이에요! 매일 이렇게 해도 될까요?"

"수업을 마친 다음엔 요리를 해도 좋아. 그래도 정해진 식사 시간은 지켜야 한단다. 그리고 간식으로 먹는 생강빵은 조금만 먹도록 하자. 오늘은 특별한 날이니까 네가 좋다면 오후엔 다과를 준비해도 좋아." 조는 흐뭇한 표정으로 말했다.

"데미에게 줄 핫케이크를 만들겠어요. 오빠는 그걸 아주 좋아하거든요. 그걸 뒤집어서 가운데에 설탕을 넣으면 정말 맛있어요."

"그런데 네가 데미에게 핫케이크를 만들어주면 다른 아이들도 뭔가를 기대할 거야. 그러면 넌 무척 바빠질 텐데."

"오늘은 데미만 초대하고 다른 아이들은 나중에 하면 되잖아요."

"그래, 그렇게 하렴. 앞으로 착한 아이들에게 상으로 네가 만든 음식을 주는 거야! 그런데 애들 중에 한 명 정도는 먹는 걸 좋아하지 않을지도 모르겠구나. 그렇더라도 맛있는 요리로 마음을 감동시키고 즐겁게 해주는 거야."

조는 문 쪽을 바라보며 즐겁게 고개를 끄덕였다. 바어 씨가 사랑스런 눈빛으로 조를 바라보며 서 있었다.

"그 마지막 말은 나를 두고 한 말이겠지. 당신 말이 맞아요. 그런데 내가 당신의 요리 솜씨 때문에 당신과 결혼한 거라면 아마도 난 굉장히 인내심이 강한 사람일 거야!"

바어 씨는 익살스럽게 웃으며 테디를 번쩍 들어 올렸다. 샐리는 바어 씨에게 부엌을 보여주며 이모부를 위해서라면 언제라도 핫케이크를 만들어 드리겠다고 약속했다. 그런데 갑자기 데미를 선두로 한 무리의 소년들이 배고픈 사냥개처럼 우르르 방 안으로 몰려왔다. 아직 식사 준비가 완료되지 않았지만 잔뜩 배가 고파 있던 터에 고기 냄새를 맡고 더 이상 견딜 수가 없었던 모양이다.

살림살이를 자랑스레 보여주는 샐리의 태도는 무척이나 자신만만해 보였다. 무엇이든 맛있게 요리할 수 있다는 샐리의 말에 몇몇 아이들은 비웃었지만 스투피는 좋아서 어쩔 줄 몰라 했다. 내트와 데미도 샐리의 솜씨를 굳게 믿었다.

때마침 점심 식사 종이 울렸다. 소년들은 앞을 다투어 아래층으로 내려가서는 자신이 먹고 싶은 음식을 종이에 써서 샐리에게 건네주었다.

그 중에는 결혼 케이크, 눈깔사탕, 과자 그리고 청어와 버찌를 넣어 만든 양배추 수프 등 데이지는 물론 조의 솜씨까지도 넘어서는 주문도 있었다. 청어와 버찌를 넣어 만든 양배추 수프는 바어 씨가 신청한 것이었는데 조는 이 어려운 요리를 어찌해야 할지 눈앞이 캄캄했다.

그날 오후 아이들은 모두 샐리에게 친절하게 대했다. 토미는 비록 지금은 명아주밖에 없지만, 앞으로 자기 농원에서 처음 수확하는 과일을 샐리에게 주기로 약속했다. 내트는 무료로 장작을 날라다주겠다고 나섰고 스투피는 샐리를 극진히 떠받들었다. 네드는 즉시 조그만 냉장고를 설치하기 시작했다. 데미는 다섯 시가 되자 곧바로 샐리를 육아실까지 바래다주었다.

아직 파티를 시작할 시간이 아니었지만 데미는 들어가서 돕겠다고 간절히 부탁했다. 그래서 데미는 특별한 손님으로 샐리가 음식 만드는 것을 옆에서 지켜볼 수 있는 행운을 얻었고, 불붙이는 일과 심부름도 하게 되었다. 조는 커튼을 깨끗하게 손질하느라고 바삐 왔다 갔다 하면서 이것저것 지시를 했다.

"에이샤에게 시큼한 크림 한 컵을 달래서 가져오너라. 그러면 소다를 많이 넣지 않아도 케이크가 부풀어 오르거든. 난 소다를 그리 좋아하지 않아."

데미는 곧장 아래층으로 달려가 크림을 가지고 돌아오면서 살짝 맛을 보았다. 그런데 어찌나 시던지 하마터면 뱉을 뻔했다. 이런 걸 케이크에 넣는다니 믿을 수가 없어! 조는 데미에게 좋은 기회라 여겨 소다의 화학적 성질에 관해 짤막한 강연을 했다. 샐리는 잘 알아듣지 못했지만 데미는 금방 이해했다는 표정을 지었다.

"예, 알겠어요. 소다는 신 것을 달게 만들고, 크림 거품을 부드럽게 한다고요? 그럼 데이지가 만들 때 보면 되겠네요!"

"샐리, 그릇에 밀가루를 넣고 소금을 약간 뿌려라."

"이모, 모든 음식에는 소금이 들어가야 하나 보죠?" 샐리는 몇 번씩이나 소금병 뚜껑을 여는데 싫증이 난 모양이었다.

"소금은 재미있는 농담 같은 거야. 소금을 집어넣어야 음식이 제 맛을 낸단다, 데이지."

바어 씨는 데이지가 작은 냄비들을 걸어둘 수 있도록 못을 박으려고 망치를 들고 서 있었다.

"이모부는 파티에 초대하지 않았지만 케이크를 좀 드릴게요."

샐리는 바어 씨에게 입맞춤을 하려고 밀가루로 범벅이 된 얼굴을 가까이 가져다댔다.

"프리츠, 내 요리 수업을 방해하지 말아요! 그럼 저도 당신이 라틴어를 가르칠 때 들어가서 설교를 해버릴 거예요. 제가 그렇게 하면 좋겠어요?" 조는 고급 명주 커튼으로 바어 씨의 머리를 덮으면서 말했다.

"얼마든지 그렇게 해보시지요."

바어 씨는 마치 거대한 딱따구리처럼 똑똑 망치질을 하며 부엌을 돌아다녔다.

"크림에 소다를 넣고, 데미가 말한 것처럼 거품이 일 때 밀가루를 뒤섞고 세게 휘저어라. 그런 다음 프라이팬에 버터를 두르고 내가 돌아올 때까지 부치고 있어라." 이 지시를 남기고 조는 사라졌다.

조 말대로 샐리가 밀가루 반죽을 시작하자 반죽은 금세 부풀어 올랐다. 데미는 군침이 돌았다. 그러나 첫 번째 것은 버터 바르는 것을 잊어버리는 바람에 그만 검게 타버렸다. 샐리는 실패를 경험 삼아 능숙하게 부쳐 여섯 개의 먹음직스런 케이크를 보기 좋게 접시에 담아냈다.

"난 설탕보다 꿀이 더 좋은데." 데미는 안락의자에 앉으며 말했다.

"그럼 에이샤에게 가서 좀 가져다 주겠어?"

데미는 쏜살같이 아래층으로 달려갔다. 샐리도 손을 씻으러 잠시 자리를 비웠다. 데미와 샐리가 나간 뒤 키트가 구수한 냄새를 맡고는 어슬렁거리며 육아실로 들어왔다.

키트는 원래 나쁜 개는 아니었다. 그런데 낮은 식탁 위에 아무것도 덮지 않은 채 놓여 있는 케이크를 보는 순간, 번개같이 한입에 여섯 개를 덥석 삼켜버렸다. 그런데 키트는 뜨거운 케이크를 성급하게 먹는 바람에 그만 입천장을 심하게 데고 말았다. 그러고는 참을 수 없었는지 깽깽거리며 짖어댔다.

낑낑거리는 소리에 놀란 샐리는 날듯이 달려 들어왔다. 접시는 텅 비어 있었고 노란 꼬리가 침대 밑으로 살짝 보였다. 샐리는 화가 머리끝까지 치밀어 꼬리를 붙잡아 끌어내고는 키트의 귀를 난폭하게 잡아 흔들어서 아래층에 있는 창고로 쫓아버렸다. 뒤쫓아 온 데미가 그 모습을 보고는 샐리를 위로해 주었다.

다음 날 샐리는 한 대접 가득 반죽을 만들어 열두 개의 케이크를 다시 만들었다. 이번 것은 훨씬 더 맛있게 되었다. 바어 씨도 두 개를 먹어본 뒤 이렇게 맛있는 케이크는 먹어본 적이 없다고 칭찬을 늘어놓았다. 모든 소년들은 핫케이크 파티를 즐기고 있는 데미를 부러워했다.

정말로 즐거운 만찬이었다. 작은 찻주전자 뚜껑은 세 번밖에 땅에 떨어지지 않았고 우유도 한 번밖에 쏟아지지 않았다. 데미는 며칠 굶은 사람처럼 꿀 바른 핫케이크를 잔뜩 먹어치웠다.

"자, 여러분, 즐거운 시간을 보내셨나요?" 조가 테디를 안고 들어오며 물었다.

"정말 즐거운 시간이었어요. 이런 시간이 다시 왔으면 좋겠어요." 데미가 힘차게 대답했다.

"너무 많이 먹은 거 아니니?"

"아니에요. 그렇지 않아요. 케이크 열다섯 개밖에 먹지 않았는걸요. 그것도 아주 작은 걸로요." 데미가 항의하듯 말했다. 작은 케이크 여러 개를 먹느라 데이지는 데미의 접시 위로 여러 번 케이크를 날라 주어야 했던 것이다.

"배탈이 나지는 않을 거예요. 케이크는 정말 맛있었거든요." 샐리는 마치 엄마라도 되는 듯한 말투였다.

"자, 그럼 이 새로운 놀이는 성공적이었나요?"

"예, 정말 좋았어요." 데미는 마치 자기의 동의에 큰 의미가 있는 것처럼 말했다.

"이제까지 했던 놀이 중에서 가장 재미있었어요." 샐리는 작은 설거지통을 끌어안으며 소리쳤다. "모두가 내 것처럼 멋진 풍로를 가졌으면 좋겠어요." 샐리는 자기의 풍로를 애정 어린 눈길로 바라보며 덧붙였다.

"이 놀이도 이름이 있어야 하지 않을까요?" 데미가 뺨에 묻은 꿀을 혀로 핥아먹으며 말했다.

"있지."

"뭔데요?" 데미와 샐리는 합창하듯 동시에 물었다.

"파티 냄비라고 부르는 게 좋을 것 같구나." 조 이모는 만족스러운 듯 미소를 지으며 방을 나왔다.

제6장 불꽃

내트는 바어 부인의 방에 머리를 쑥 들이밀며 말했다.

"저, 아줌마. 드릴 말씀이 있어요. 무척 중요한 일이에요."

바어 부인은 이런 식의 방문에 익숙했다. 오늘도 벌써 다섯 명의 아이들이 얼굴을 내밀었던 것이다.

"뭔데 그러니, 애야?"

그러자 내트는 방으로 들어와 조심스레 문을 닫으며 조금 불안해하는 모습이었다.

"댄이 왔어요."

"댄이 누군데?"

"제가 길거리에서 바이올린을 연주하며 지낼 때 알게 된 아이예요. 그 애는 신문을 팔고 있었는데, 제게 잘 대해 주었죠. 얼마 전에 시내에서 봤을 때 이곳에 대해 얘기해 주었더니 자기도 오고 싶다고 했어요. 그런데 글쎄 오늘 갑자기 들이닥친 거예요."

"어머, 네 말대로 갑작스러운 것 같구나."

"아, 아니 제 말은 방문하는 게 아니고요. 허락만 해주신다면 여기서 계속 있고 싶어한다는 거예요." 내트는 천진난만하게 말했다.

"글쎄, 어떻게 해야 할지 잘 모르겠구나." 바어 부인은 침착하게 대답했다.

"어! 저는 아줌마가 불쌍한 아이들을 데리고 와서 같이 지내는 것을 좋아하시고, 또 저한테 해주신 것같이 친절히 대해 주실 거라고 생각했는데요." 내트는 매우 당황스러워하며 말했다.

"그래, 네 말이 맞아. 그렇지만 먼저 그들에 대해 알아보아야 한단다. 불쌍한 아이들이 너무 많아 우리는 선택할 수밖에 없지. 모두 같이 있을 만한 방도 없고 말이야……."

"저는 아줌마가 좋아하실 줄 알고 와도 좋다고 했는데……. 있을 방이 없다니 도로 보내야겠군요." 내트는 슬픈 표정으로 말했다.

바어 부인은 자신을 이토록 신뢰하는 내트를 실망시켜서는 안 되겠다는 생각이 들었다.

"먼저 내게 댄에 대해 말해 주렴."

"댄에 대해 잘은 몰라요. 단지 친척 하나 없는 고아이고 저한테 잘 해줬다는 것밖에는요. 할 수만 있다면 정말 그 애에게 잘해주고 싶어요."

"그렇구나. 그렇지만 내트, 방이 너무 비좁아 그 애를 어디에서 지내게 해야 할지 잘 모르겠구나……." 바어 부인은 근심스러운 표정으로 말했다.

"그러면 제 침대를 쓰라고 하고 저는 헛간에서 자면 돼요. 지금은 춥지도 않아서 상관없어요. 전에 아버지랑 살 땐 아무데서나 잠을 자곤 했거든요."

내트는 열성적으로 바어 부인을 설득했다. 바어 부인은 내트의 어깨 위에 부드럽게 손을 얹으며 아주 다정한 목소리로 말했다.

"네 친구를 데리고 오렴. 그 애가 쓸 방을 한번 찾아보자."

내트는 기뻐서 뛰쳐나가더니 곧 한 소년을 데리고 들어왔다. 그런데 그 소년은 건들거리며 걸어 들어오는 모습이 건방져 보이기도 하고 불량배같아 보이기도 했다.

'성질이 고약한 괴짜 같군. 좀 염려스러운데……'

"애가 댄이에요." 내트는 댄이 환영받으리라 확신하는 눈치였다.

"그래, 댄. 여기서 우리와 함께 지내고 싶다고?" 바어 부인은 상냥하게 말했다.

"그래요." 아주 퉁명스러운 말투였다.

"그래, 너를 보살펴줄 사람이 아무도 없니?"

"없어요."

"댄, 좀 더 상냥하게 대답해." 내트가 댄의 옆구리를 찌르며 속삭였다.

"싫어. 무엇 때문에 그러니?" 댄은 내트를 힐끔 쏘아보았다. 조는 그런 댄의 얼굴을 놓치지 않았다.

"그런데 댄, 몇 살이지?"

"열네 살쯤."

"그래? 많이 커 보이는구나. 무슨 일을 할 수 있지?"

"무슨 일이든요."

"네가 여기 있으려면, 다른 애들과 어울려 놀기도 하겠지만 일도 열심히 하고 또 공부도 해야 될 텐데, 어때, 할 수 있겠니?"

"한번 해보죠, 뭐."

"좋아, 우선 며칠간은 여기서 머물도록 해라. 우리가 함께 잘 살 수 있을지 한번 보자꾸나. 내트, 댄을 데리고 나가서 바어 선생님이 오실 때까지 이곳을 구경시켜 주려무나."

그 나이의 소년답지 않게 거칠고 불량한 눈빛으로 그녀를 응시하는 이 소년과 잘 지낼 수 있을지 의심스러웠다.

"나가자, 내트." 댄은 인사도 하지 않고 다시 건들거리며 나갔다.

"고맙습니다, 아줌마." 내트는 댄을 뒤따라가며 인사했다.

내트가 처음 왔을 때 그를 대하던 조의 태도와 이 불순한 소년을 대하는 조의 태도의 차이를 내트는 전혀 눈치채지 못한 것 같았다.

"친구들이 헛간에서 서커스놀이를 하고 있어. 가볼까?" 현관문을 나서며 내트가 물었다.

"큰 애들이니?" 댄이 물었다.

"아냐, 형들은 고기 잡으러 강에 갔어."

"그럼 가자."

내트는 댄을 커다란 헛간으로 데리고 갔다. 아이들은 반쯤 비어 있는 헛간에서 흥겹게 놀고 있었다. 널찍한 마룻바닥 위에 짚으로 커다란 원을 만들어 놓고 데미가 그 가운데서 긴 채찍을 쥐고 있었고, 한쪽에선 토미가 원숭이 흉내를 내며 그 원 주위를 껑충껑충 뛰어다니고 있었다.

내트가 댄을 소개하자 악단이 앉는 외바퀴 손수레 곁에 서 있던 스투피가 말했다. "구경하려면 한 사람마다 핀을 하나씩 내야 돼. 안 그러면 서커스를 볼 수 없어." 이름만 악단일 뿐 악기는 로브의 장난감 북이 고작이었다.

"이 아이는 내 친구야. 그러니까 내가 두 사람 몫을 내겠어." 내트는 돈받는 상자로 쓰이는 마른 버섯에다 구부러진 핀 두 개를 넣었다. 그러고는 판자 위에 자리를 잡았다.

원숭이 흉내가 끝난 뒤엔, 네드가 낡은 의자 위에서 껑충껑충 뜀뛰기를 하고 해병 흉내를 내며 사다리를 오르락내리락 하며 민첩한 시범을 보였다. 그런 다음 데미는 아름답고 경쾌한 춤을 추었다.

내트는 스투피에게 레슬링 도전을 받았는데 순식간에 살찐 스투피를 땅바닥에 쓰러뜨렸다. 다음에는 토미가 으스대며 걸어 나와 재주넘기를 했다. 토미는 재주넘기를 꾸준히 연습해 온 터라 박수갈채를 받았다. 토미는 자랑스럽게 인사를 하고는 의젓한 걸음걸이로 원을 돌았다. 그때 구경꾼 사이에서 깔보는 소리가 들려왔다.

"쳇, 저건 아무것도 아니야!"

"뭐, 뭐라고? 야, 너 한 번만 더 말해 봐." 토미는 성난 칠면조처럼 씩씩거렸다.

"너 지금 나랑 싸우겠다는 거야?" 댄은 주먹을 불끈 쥐고 당장이라도 때려눕히겠다는 투로 말했다.

"싫어, 난 싸움 따위 안 해!" 토미는 흠칫 놀라 한 걸음 뒤로 물러서면서 말했다.

"여기선 절대로 싸움은 할 수 없어!" 다른 아이들도 흥분했는지 소리를 질러댔다.

"쳇, 모두들 점잖은 분들이시군." 댄은 빈정거렸다.

"댄, 예의 바르게 행동하지 않으면 여기 있을 수 없어." 내트도 자기 친구들을 무시하는 댄의 태도에 화가 났다.

"야, 어디 네가 한 번 해봐. 나보다 잘하는지 보자!" 토미가 우쭐거리며 말했다.

"그럼 비켜봐."

그러더니 댄은 연달아 재주넘기를 세 번이나 했다.

"야! 토미보다 잘하는데! 토미는 항상 머리를 부딪치거나 엉덩방아 찧기만 했잖아." 댄의 훌륭한 솜씨에 내트는 기뻐 소리쳤다.

댄은 계속해서 뒤로 재주넘기를 하고 물구나무를 선 채 손바닥으로 걸어다녔다. 곧 헛간을 메울 듯한 박수갈채가 터져 나왔다. 토미조차도 감탄하여 환호성을 질러댔다. 그러자 댄은 우쭐해하며 아이들을 쭉 둘러보았다.

"정말 놀랍구나. 재주넘기를 가르쳐줄 수 있니?" 토미는 아직도 입을 다물지 못하고 온순하게 부탁했다.

"묘기를 가르쳐주면, 나한테 뭘 줄래?" 댄이 의기양양하게 말했다.

"잭나이프를 줄게. 칼날이 다섯 개나 돼. 한 개는 부러졌지만 말야."

"어디 한번 줘봐."

토미는 아까웠지만 선뜻 건네주었다. 댄은 요모조모 칼을 살펴보더니 주머니에 쏙 집어넣었다.

"익숙해질 때까지 계속 연습하는 거야. 그것뿐이야."

전혀 예상치 못한 댄의 행동에 토미는 씩씩거렸고, 다른 아이들도 웅성거리기 시작했다. 분위기는 댄에게 불리했다. 댄은 나무칼로 싸워 이기는 사람이 그 칼을 갖기로 하자고 제안했다. 열띤 싸움 끝에 토미가 이겼다.

"댄, 나가자. 다른 데를 구경시켜 줄게."

내트는 댄과 단 둘이서 얘기를 하고 싶었다. 그들 사이에 어떤 얘기가 오갔는지는 아무도 알 수 없지만 댄의 태도가 조금 공손해진 건 사실이었다. 친절함과 상냥함을 가르쳐 줄 그 누구도 없이 홀로 세상을 떠돌아다니며 살아온 이 가엾은 소년에게서 무엇을 더 기대할 수 있겠는가?

그러나 첫인상이란 쉽게 바뀌는 게 아니다. 아이들이 이미 댄을 좋아하지 않았다. 그런 낌새를 눈치챈 내트는 마음이 무거웠다. 다만 토미는 댄에게 호감을 가지고 있었다. 토미는 댄과 얘기할 기회를 자주 가졌고 그에게 최대한 존경과 호감을 표하며 열심히 재주넘기를 배웠다. 그래서 댄이 온 지 일주일이 흐른 무렵 토미와 댄은 친구가 되어 있었다. 바어 씨는 그 일주일 동안 댄을 지켜보고 난 뒤 고개를 끄덕이며 조용히 말했다.

"이번 시도는 어떤 대가를 치르게 할지도 모르겠다. 그렇지만 해봐야겠지."

댄은 자신을 있게 해준 데 대해 고마움을 느꼈으나 내색하지는 않았다. 그는 모르는 게 많았지만, 마음만 먹으면 아주 재빠르게 배웠다. 또한 눈치가 빨라서 주위에서 일어나는 일을 금세 감지했다. 그래도 여전히 건방지고 거칠었으며 사나움과 우울함이 번갈아 나타나는 기질을 지니고 있었다.

댄은 누구에게라도 뒤지지 않을 만큼 열심히 놀았고 게임에 능숙했다. 어른들 앞에서는 무뚝뚝하고 말이 거의 없었지만 아이들과는 때때로 잘 어울리기도 했다. 그러자 아이들 가운데 몇몇은 정말로 그를 좋아하게 되었고, 또 몇몇은 비록 그에게 굽히지는 않았어도 그의 힘과 용기에 감탄했다. 그러나 그렇다 해도 여전히 다소 거리감을 가졌다.

바어 씨는 댄을 말없이 지켜보며 이따금 담담히 말했다.

"이번 시도가 좋은 결과를 가져왔으면 하지만, 어쩐지 너무도 큰 대가를 치르게 되지나 않을까 두렵군."

바어 부인은 하루에도 몇 번씩 댄 때문에 어쩔 도리가 없을 때가 많았지만 결코 그를 포기하지 않았다. 사람보다는 동물에게 더 친절했고 숲속을 돌아다니길 좋아했으며, 무엇보다 어린 테디가 그를 잘 따랐기 때문에 조는 그 아이에게도 분명 좋은 점이 있다고 생각했다.

흔히 테디 같은 어린 아이들은 아무도 눈치챌 수 없는 점을 본능적으로 느끼곤 한다. 댄을 보기만 하면 어린 테디는 유난히 옹알거리며 까르르 웃음을 터뜨리곤 했다. 그리고 그의 떡 벌어진 등에 업혀 형들에게 가는 것을 무척 좋아했다. 테디는 항상 그 조그만 입으로 댄을 '나의 대니'라고 불렀다. 테디야말로 댄이 애정을 가지고 대하는 유일한 존재였다.

바어 부인은 무슨 일이 있더라도 도중에 포기하지 말고 인내심을 가지고 그 아이가 마음을 열 수 있을 만한 시간을 주자고 다짐했다.

그러나 뜻밖에도 이 모든 계획을 엉망으로 만들고 댄이 플럼필드를 떠날 수밖에 없게 된 사건이 발생했다.

토미와 내트 그리고 데미가 댄을 잘 보살펴주려고 노력했지만 다른 아이들은 여전히 그를 깔보았다.

토미는 그의 재주넘기에 감탄했으며, 내트는 예전에 그가 보여준 친절에 고마워했고, 데미는 모험담을 늘어놓는 댄을 살아 있는 이야기책으로 생각했다. 댄은 친구들이 생겨서 무척 기뻤다. 그리고 그들과 좋은 관계를 지속하려고 노력했다. 바어 씨 부부는 이 소년들이 댄에게 좋은 영향을 주기를 바랐다.

그렇지만 댄은 바어 씨 부부가 자기를 믿지 않는다는 것을 알고 있었다. 그래서 더욱 비뚤어진 태도를 취하며 바어 씨 부부의 기대를 저버리는 행동을 저질렀다. 그러면서 오히려 그것을 즐기는 것이었다.

바어 씨는 어떤 이유에서든 싸움을 인정하지 않았다. 따라서 구경꾼들을 즐겁게 하려고 치고받고 하는 것이 남자다움이나 용기를 증명하는 것이라고 생각하지 않았다. 놀이나 경기는 권장되었고 서로 구르고 때리는 장난은 얼마든지 할 수 있었다. 그러나 눈에 멍이 든다든가 코피를 흘리면서 하는 놀이는 절대 금지했다.

그런데 댄은 반항이라도 하듯 이 규칙을 무시하기 일쑤였다.

"아무에게도 얘기하지 않는다면 어떻게 하는 건지 보여줄게."

이따금씩 댄은 어른들의 눈을 피해 대여섯 명의 소년을 헛간으로 데리고 가서 권투를 가르쳐주었다. 아직 어린 아이들은 좋아했지만 에밀은 달랐다. 그는 이미 열네 살이 지났고 자기보다 어린아이에게 맞는 것을 도저히 용납할 수 없었다. 어느 날 에밀은 과감히 댄에게 도전했고 댄은 즉시 받아들였다.

그런데 사태가 심상치 않다고 생각한 소년 하나가 바어 씨에게 이 소식을 알리고 말았다. 에밀과 댄은 성난 불도그처럼 서로 엉켜 싸움을 벌였고 아이들은 몹시 흥분하며 응원을 했다. 싸움이 막 절정에 이를 무렵, 바어 씨가 헛간에 들이닥쳤다. 바어 씨는 아이들의 모습에 순간적으로 할 말을 잃고 말았다. 그러나 호흡을 가다듬고는 호통을 쳤다.

"난 이런 짓은 허락할 수 없다! 당장 멈춰! 이곳은 사람을 가르치는 곳이지 거친 짐승들을 가르치는 곳이 아니야!"

바어 씨는 두 소년의 목덜미를 움켜잡고는 아이들을 쏘아봤다. 숨소리조차 들리지 않았다. 아이들은 겁먹은 얼굴로 고개를 푹 숙였다.

"이거 놔주세요. 저 녀석을 때려눕히고야 말 거예요!"

댄이 소리를 질러대며 계속해서 에밀을 쳤다.

"덤벼봐, 덤벼봐!" 에밀도 덩달아 소리쳤다. 다섯 번이나 맞고 넘어졌으면서도 졌다는 걸 인정하기 싫은 모양이었다.

"댄과 에밀은 정말 멋지게 싸웠어요. 로마 기사들 같아요." 데미도 기어들어가는 목소리로 끼어들었다.

"뭐라고? 로마 기사가 아니라 으르렁거리는 불도그에 불과할 뿐이야. 그리고 이 헛간은 원형 경기장으로 쓰라고 만든 게 아니야. 누가 먼저 싸움을 걸었지?" 바어 씨가 다그쳐 물었다.

"댄이요." 몇몇 아이가 우물거리며 말했다.

"댄! 너도 싸움이 금지되어 있다는 것을 알고 있지?"

"네." 댄은 낮은 목소리로 대답했다.

"그런데 왜 규칙을 어겼지?"

"만약 싸울 줄 모른다면 이 애들은 모두 나약한 놈들밖에 안 될 거예요."

"그래, 넌 에밀이 겁쟁이라고 생각하니?"

바어 씨는 두 소년이 서로 마주보게 했다. 댄은 눈에 멍이 들었고 옷이 갈기갈기 찢어졌으며, 에밀은 입술이 피투성이가 된 채 앞이마에 시퍼렇게 멍이 들어 있었다.

"얘는 제대로 배운다면 일급 권투선수가 될걸요." 댄이 자못 의기양양하게 말했다.

"지금 이렇게 싸우지 않아도 에밀은 조금씩 싸우는 법을 배우게 될 거야. 자, 가서 얼굴을 씻어라. 그리고 댄, 앞으로 한 번만 더 규칙을 어긴다면, 너는 더 이상 여기서 지낼 수 없다는 것을 명심해라. 알겠지? 이건 계약과 같은 거야. 너는 네 역할을 하고 우린 우리 역할을 하는 거야."

바어 씨의 목소리는 한결 부드러워졌다. 아이들도 제각기 흩어졌다. 그 뒤 에밀은 온몸에 멍이 든 채 아예 침대에 드러누웠고 댄은 내내 시무룩해 있었다. 그렇다고 댄이 규칙을 따르기로 마음먹은 것은 아니었다.

어느 토요일 오후, 아이들이 막 놀러 나가려 할 때 토미가 말했다.

"강으로 가서 낚싯대를 많이 깎아오자."

아이들은 신이 나서 강가로 뜀박질을 했다. 강가에서 낚시에 쓸 장대를 깎아가지고 돌아올 때 데미는 토미에게 장난스럽게 말했다.

"토미, 너 근사한 빨간색 옷만 입으면 투우사 같겠다."

"나도 투우 경기를 보고 싶어. 너도 그렇지?" 토미가 장대를 휘두르며 말했다.

"어디 한 번 해볼까? 저기 풀밭에 늙은 버터컵이 있지. 그 위에 올라타, 토미. 그 소가 잘 달리는지 한번 보자." 순간 장난에 사로잡힌 댄이 열을 올리며 말했다.

"아니야, 그래선 안 돼." 그냥 한번 해본 말이 이상하게 번져가고 있음을 눈치챈 데미가 제동을 걸었다.

"왜 안 된다는 거야?" 댄은 벌써부터 안달이 나 있었다.

"난 프리츠 선생님이 이런 걸 좋아하지 않을 거라고 생각해."

"아저씨가 투우 하지 말라고 한 적 있니?"

"아니, 그런 말을 하신 적은 없어." 데미는 순순히 인정했다.

"그럼 입 좀 다물고 있어. 토미, 한번 해봐. 자, 이 붉은 천을 가지고 소가 흥분하도록 내가 도와줄게."

새로운 놀이에 온통 마음을 빼앗긴 댄은 울타리를 넘었고 나머지 소년들도 양떼처럼 뒤를 따랐다. 데미조차도 빗장 위에 앉아서 흥미롭게 이 재미있는 볼거리를 구경했다.

토미는 긴 장대 끝에 붉은 수건을 달고 가엾은 버터컵에게 살금살금 다가가면서 장대를 흔들어댔다. 그러자 버터컵은 머리를 쳐들고는 '음메' 하고 소리를 질렀다. 순간 토미는 용감하게 버터컵 등에 올라탔다. 잭도 버터컵 가까이로 다가갔다. 그러나 그때 토미가 긴 장대로 소의 등을 내리치자 버터컵은 깜짝 놀라 앞발을 차며 버둥거렸다. 잭은 기겁을 하고는 뒤로 물러섰다.

"한 번 더 해봐, 토미. 소가 완전히 화가 났어. 곧 멋지게 덤벼들 거야!"

뒤에서 장대를 들고 다가오면서 댄이 소리쳤다. 잭과 내트는 댄을 흉내내며 그대로 따라 했다. 아이들에게 완전히 포위당한 버터컵은 앞으로 달려 나가며 점점 더 거칠게 날뛰었다. 그러면 그럴수록 아이들은 달아올랐다.

아이들이 장대로 버터컵을 찔러대자 버터컵은 미친 듯이 초원을 뛰어다녔다. 그러다가 버터컵은 잭에게 맹렬히 돌진해 갔다. 불쌍한 느림보 잭은 깜짝 놀라 황급히 뒷걸음질치다가 그만 돌에 걸려 넘어졌다. 다른 아이들도 간이 콩알만 해져서는 사방으로 흩어지며 도망쳤다. 토미도 황급히 소 등에서 훌쩍 뛰어내렸다. 그 사이 미친 듯이 날뛰던 버터컵은 울타리를 뛰어넘어 길 아래쪽으로 맹렬히 뛰어갔다.

"큰일 났다. 소를 멈추게 해야 돼. 저렇게 그냥 둬선 안 돼. 애들아, 어서 뛰어! 어서!"

소를 따라잡으려고 전속력으로 달리며 댄이 소리쳤다. 버터컵은 특히 바어 씨가 귀여워하는 소였다. 댄은 만약 버터컵에게 무슨 일이라도 생긴다면 자기는 끝장일 거라는 생각에 완전히 겁에 질려서 전속력으로 질주했다. 그렇게 얼마를 뛰어가 아이들은 결국 꽃밭에서 완전히 기진맥진해 있는 버터컵을 찾아냈다. 아이들은 어찌나 뛰었던지 모두 숨을 헐떡였으며, 군데군데 나뭇가지에 긁히기도 했다.

댄이 고삐로 쓸 줄을 찾아 매어 버터컵을 끌고 집으로 돌아왔다. 아이들도 잔뜩 겁 먹은 표정으로 뒤따랐다. 더 이상 무슨 일이 벌어지진 않았지만 버터컵은 오른쪽 앞발을 삐어 절룩거리고 있는 데다, 눈은 아직도 무섭게 번득이고, 윤기 나던 가죽은 진흙투성이가 되어 그야말로 비참한 상태였다.

"이번엔 정말 혼이 날 거야, 댄." 토미가 풀이 죽어 말했다.

"너도 마찬가지야. 네가 도와줬잖아."

"우리 모두가 한 거야, 데미만 빼고." 잭이 덧붙였다.

"데미도 끼워줘야 돼." 내트가 말했다.

"난 너희들에게 하지 말라고 했어." 버터컵의 불쌍한 모습에 상심한 데미가 소리쳤다.

"바어 씨는 아마 나를 내쫓을 거야. 그래도 상관없어." 댄은 무척 걱정스런 표정으로 중얼거렸다.

"우린 모두 댄을 내쫓지 말라고 부탁할 거야." 데미가 말하자 나쁜 아이는 벌을 받아야 한다는 생각을 항상 갖고 있는 스투피만 빼고는 모두 찬성했다.

"내버려둬. 난 괜찮아. 더 이상 나를 괴롭히지 말아줘." 댄은 친구들의 호의에 고마움을 느꼈지만 시무룩하게 대꾸했다.

바어 씨는 아이들의 이야기를 듣고 버터컵을 보았을 때 아무 말도 할 수가 없었다. 아니, 말을 너무 많이 하게 될까봐 두려웠다. 바어 씨는 버터컵을 마구간에 끌어다 놓고 아이들에게 저녁 식사 시간까지 각자 방에 있도록 명령했다. 아이들은 어떤 벌을 받게 될지, 댄이 쫓겨날지 두려움에 떨며 방 안에서 꼼짝도 하지 않고 있었다.

댄은 일부러 아무렇지도 않은 듯 휘파람을 불어댔다. 어떻게 되든 아무 걱정도 안 하는 것처럼 보이고 싶었다. 그러나 운명적인 선고를 기다리는 동안, 댄은 여기에 머물고 싶은 갈망이 점점 더 강해지는 것을 느꼈다. 그리고 다른 곳에서 받은 고통과 무시 그리고 여기서 알게 된 친절과 안락함을 비교하며 마음을 앓고 있었다. 모두가 자기를 도우려고 얼마나 애쓰고 있는지도 깨달았다.

지금까지 댄은 길들여지지 않은 야수같이 살아왔으며, 그 어떤 구속도 인정할 수가 없었다. 아무리 좋은 규칙이라 하더라도 말이다. 그는 어떻게 될지 이미 짐작하고 있었다. 그래서 이제껏 살아온 대로 다시 이리저리 떠돌며 살기로 마음을 가다듬었다. 여기까지 생각이 미치자 그는 눈썹을 찌푸리고 그의 작고 아늑한 방을 둘러보았다. 쓸쓸한 느낌이 온몸 구석구석까지 퍼져 나갔다. 그때 바어 씨가 들어왔다. 댄은 금세 좀 전의 표정을 거두고 다시 도전적인 눈빛으로 바어 씨를 바라보았다.

"댄, 모든 얘기를 다 들었다. 네가 비록 규칙을 어겼지만, 나와 조는 네게 기회를 한 번 더 주기로 결정했다."

댄은 뜻밖의 결정에 귀까지 빨개졌다. 말로 표현할 수 없는 무한한 고마움을 느꼈다. 그러나 겉으로는 퉁명스럽게 내뱉었다.

"투우에 대해 어떤 규칙이 있는 줄은 몰랐어요."

"그래, 여기 플럼필드에서 이런 일이 일어날 줄은 아예 상상도 못했다. 그래서 그런 규칙은 만들지 않은 거야."

댄의 변명에 바어 씨는 자기도 모르게 미소를 지었다. 그러나 다시 엄숙하게 덧붙였다.

"그러나 우리의 몇 안 되는 규칙 중에 가장 중요한 것은 말로 표현하지 못하는 동물이라 할지라도 사랑으로 대하는 거란다. 나는 이곳에서 지내는 모두가 행복하길 바란단다. 그게 사람이든 동물이든 말야. 우리 부부가 너희에게 최선을 다하는 것처럼 너희도 우리 부부를 믿고 따라주길 바라는 거야. 나는 네가 다른 어떤 아이들보다 동물을 좋아한다는 걸 들었단다. 조도 네가 동물을 좋아하는 걸 알고 있었고 너의 그런 면을 아주 좋아했어. 그런데 오늘 너는 우리를 실망시켰고 그래서 마음이 아프구나. 왜냐하면 우리는 네가 정말로 가족이 되길 바랐거든. 어때, 다시 한 번 노력해 보겠니?"

댄은 마룻바닥을 응시하면서 바어 씨가 들어올 때부터 들고 있던 나뭇가지를 만지작거리고 있었다. 하지만 바어 씨의 뜻밖의 제안에 고개를 들고는 이제껏 보인 일이 없는 공손한 태도로 나지막하게 대답했다.

"예."

"좋아, 그럼 더 이상 이 일에 대해 얘기하지 않겠다. 다만 내일 산책은 안 된다. 그리고 버터컵이 건강해질 때까지 돌봐주어야 한다. 말썽을 피운 다른 아이들도 마찬가지다."

"예, 그러겠어요."

"자, 저녁 먹으러 내려가거라. 애야, 우리를 위해서가 아니라, 바로 너 자신을 위해 최선을 다하려무나."

그리고 바어 씨는 댄과 악수를 했다. 에이샤는 댄을 때려서라도 버릇을 고쳐줘야 한다고 강력히 주장했지만 바어 씨는 그 방법을 쓰지 않았다.

댄은 온순한 소년이 되어보려고 하루 이틀 동안은 무척 애를 썼다. 그러나 곧 싫증을 느꼈고 다시 제멋대로 행동하기 시작했다.

어느 날, 바어 씨가 볼일 때문에 뉴욕에 갔을 때 아이들은 그 기회를 틈타 공부도 하지 않고 잠자리에 들 때까지 어찌나 심하게 놀았던지 밤엔 들쥐마냥 곤하게 곯아 떨어졌다. 그러나 댄은 또 하나의 일을 꾸미고 있었다.

"이걸 봐!"

그는 침대 밑에서 술병이랑 담배 그리고 카드 한 벌을 꺼냈다.

"난 이걸로 재미를 좀 보려고 해. 시내에 있을 때 많이 해봤거든. 자, 이 것 봐. 맥주도 있어. 역에서 노인한테 뺏은 거야. 담배는 돈 주고 샀어."

"댄, 선생님께 꾸중들으면 어쩌려고 그래."

"괜찮을 거야. 바어 선생님은 안 계시고, 바어 아줌마도 테디를 돌보느라 바쁘시잖아. 테디가 후두염에 걸렸으니 테디 곁을 떠나진 못하실걸. 그렇게 늦게까지 놀지도 않을 거고, 또 아무 소리도 안 낼 거니까 우리가 자고 있는 줄 아실 거야."

"등불을 오래 켜두면 에이샤가 알게 될 텐데."

"아냐, 에이샤는 모를 거야. 이런 때 안성맞춤인 등불이 있거든. 별로 밝 지도 않고 누가 오는 소리를 듣기만 하면 금방 끌 수도 있는 거야. 자, 어서 토미를 불러와."

댄의 계획은 완전했다. 내트는 토미를 깨우러 가다가 다시 머리를 들이밀 며 속삭였다.

"데미에게도 말할까?"

"아냐, 하지 마. 데미는 눈동자를 굴리며 한바탕 설교를 늘어놓을걸. 그러 니까 토미만 살짝 데리고 와."

잠시 후 토미는 헝클어진 머리에 졸린 눈을 비비면서 방에 들어섰다. 댄의 얘기를 듣고 좀 망설이더니 곧 찬성했다.

"자, 내가 이제부터 포커라는 카드놀이를 가르쳐줄게."

아이들은 탁자 주위에 둥그렇게 둘러 앉았고 댄은 술병이랑 담배와 카드 를 내어 놓았다.

"먼저 우리 모두 술을 마시고, 다음엔 담배를 한 모금씩 피우는 거야. 그 리고 카드놀이를 하는 거지. 이게 어른들이 하는 방식이야. 재밌지 않아?"

댄이 맥주를 컵에 따라 돌리자 내트와 토미는 쓴 맛에 얼굴을 찡그리면서 도 입맛을 다시며 만족해했다. 담배는 더욱 싫었지만 감히 거부하지 못하고 돌아가며 잎담배 연기를 뿜어댔다. 내트와 토미는 담배 연기에 숨이 막힐 지 경이었지만 꾹 참았다. 댄은 담배를 아주 좋아했다. 담배는 비참했지만 자유 분방했던 지난날의 생활을 떠올려 주었기 때문이다. 그는 어른 흉내를 내며 마시고 피우고 큰소리를 치다가는 주위를 둘러보고 누가 듣지 않을까 귀를 기울이며 낮은 소리로 욕을 해댔다.

"제기랄!"

"그러면 안 돼. 그건 정말 나쁜 욕이야!" 토미가 소리쳤다.

"쳇, 내버려둬! 설교는 그만해. 그냥 즐기자고."

"그, 그래. 갈 데까지 갔는데, 뭐. 벼락 맞을 거북이, 이게 괜찮겠다." 토미는 자기가 지어낸 욕지거리에 뿌듯해했다.

"그럼 '난 악마 같으니'라고 할 거야. 재미있으니까." 댄의 불량스런 태도에 신이 난 내트도 맞장구를 쳤다.

그러나 토미는 몹시 졸렸고 내트는 맥주와 담배 탓에 머리가 아팠다. 결국 카드놀이는 진전되지 않고 계속 질질 끌기만 했다. 게다가 방 안은 거의 안 보일 정도로 어두웠고, 옆방엔 사일러스가 자고 있어 웃을 수도, 달그락거릴 수도 없어 점점 따분해지기 시작했다. 그때 마침, 한참 카드패를 돌리던 댄이 갑자기 멈추며 나지막하게 속삭였다.

"누가 왔어."

그러곤 잽싸게 등불을 몸으로 가렸다.

"토미, 토미 거기 있니?"

순간 정적이 감돌았다. 숨소리도 들리지 않았다. 그러더니 다음 순간 잰걸음으로 본관으로 뛰어내려가는 소리가 들렸다.

"데미 녀석이야. 누군가를 부르러 갔어. 토미, 넌 빨리 침대로 돌아가. 그리고 절대 얘기해선 안 돼."

그리고 나서 댄은 놀이를 눈치챌 만한 것들을 모두 치우고, 옷을 잡아 찢듯이 벗기 시작했다. 토미는 날 듯이 그의 방으로 뛰어가 침대 속으로 파고들었다. 손에서 무엇이 타고 있는 줄도 모르는 채, 낄낄거리며 누워 있었다. 토미가 정신 없이 뛰어 오느라 그가 피우던 담배 꽁초를 그냥 가지고 온 것이었다. 그러다가 아차 하는 생각이 들어 얼른 꽁초를 꾹 누르고는 침대 아래로 던졌다.

홈멜 아줌마와 데미가 함께 토미의 방으로 들어왔다. 데미는 얌전하게 자는 척하고 있는 토미의 벌겋게 상기된 얼굴을 보고는 웃음이 터져 나오려는 걸 참았다.

"토미는 방금 여기 없었어요."

"또 무슨 나쁜 짓을 저질렀니, 요 못된 녀석아?"

널시가 아주 다정한 목소리로 물어보았으므로 자는 체하던 토미도 눈을 반짝 뜨고는 말했다.

"저 그냥, 내트 방에 무슨 일이 있나 하고 보러 갔다 왔을 뿐이에요. 됐죠? 아, 너무 졸려요."

널시는 데미를 데려다 주고는 댄의 방으로 갔다. 그러나 그녀는 두 소년이 평화로이 잠들어 있는 모습을 보았을 뿐이었다.

"뭔가 장난을 쳤군."

그렇게 중얼거리면서도 바어 부인에게 전할 만한 나쁜 짓은 발견할 수 없었기에 더 이상 상관하지 않고 아래층으로 갔다.

그런데 문제는 그 뒤에 발생했다. 토미가 던진 담배 꽁초는 완전히 꺼지지 않고 짚으로 된 깔개 위에서 연기를 피우기 시작하더니 금세 줄무늬 침대 덮개와 요, 그리고 침대로까지 번져 활활 타올랐다. 토미는 난생 처음 마신 맥주로 세상 모르게 곯아떨어졌고 데미 또한 연기 때문에 정신을 잃고 말았다.

마침 교실에서 공부하느라 깨어 있던 프란츠가 연기 냄새를 맡고는 이층으로 뛰어올라갔다. 복도 끝 왼쪽 방에서 자욱하게 연기가 새어 나오고 있었다. 그는 쏜살같이 방으로 뛰어들어가 불길에 휩싸인 침대에서 두 소년을 끌어낸 뒤, 손에 잡히는 대로 물을 퍼부어 불을 끄려 했다. 불길은 잠시 누그러지는 듯하더니 또 다시 활활 타올랐다. 우당탕탕 요란한 소리에 아이들은 모두 잠에서 깨어나 밖으로 달려 나가 목청껏 고함을 쳤다.

바어 부인이 금세 달려왔고 사일러스가 온 집안사람들을 다 깨울 정도로 목청껏 소리쳤다.

"불이야!"

사람들이 몰려나왔다. 모두들 공포에 질려 우왕좌왕 날뛰었다.

바어 부인은 침착하게 홈멜 아주머니에게 화상 입은 아이들을 살펴보도록 했고, 프란츠와 사일러스에게 아래층에 가서 그녀가 널어놓은 젖은 옷가지들을 가져와 침대와 깔개, 그리고 커튼에 걸쳐놓도록 했다.

아이들은 대부분 그냥 입을 벌린 채 서서 보고만 있었으나 댄과 에밀은 목욕탕에서 물을 담아 이리저리 뛰어다니면서 용감하게 커튼에 붙어 있는 불 끄는 일을 도왔다. 다행히 불길은 더 이상 번지지 않았다. 조는 아이들을 각기 잠자리로 돌아가게 하고, 사일러스에게는 또 불이 나지 않는지 지켜보도록 한 뒤 프란츠와 함께 화상을 입은 소년들의 상태를 보러 갔다.

데미는 팔 한 군데만 화상을 입었지만, 토미는 머리카락이 홀랑 타버린 데다가 팔에 큰 화상을 입어 거의 혼수상태였다. 데미는 곧 안정이 되어, 프란츠가 불러주는 자장가를 들으며 잠이 들었다.

홈멜 아주머니는 밤새도록 토미를 지켜보았으며 바어 부인은 진통제와 연고 기름, 그리고 솜을 가지고 토미와 테디 사이를 계속 왔다 갔다 했다. 조는 때때로 혼잣말로 중얼거렸다.

"나는 토미가 한 번쯤은 불을 낼 줄 알고 있었다고."

그 다음 날 바어 씨가 돌아왔을 때 토미는 침대에 누워 있었고 테디는 어린 돌고래마냥 헐떡거렸으며 바어 부인은 탈진해 있었다.

바어 씨의 신중한 일처리로 곧 모든 것이 원래대로 되돌아왔다. 그는 아침 수업은 하지 않고, 오후에는 불이 난 방을 새로 정리했다. 토미도 이젠 제정신을 차려 차분히 이 화재의 장본인들에 대해 얘기하고 그 일에 대해 판단할 여유도 생겼다.

내트와 토미는 그들이 어떤 일을 했는지 털어놓으며 아늑한 집과 그 안에 사는 모든 이들에게 가져올 뻔했던 위험한 일에 대해 진심어린 사과를 하고 뉘우쳤다. 그러나 댄은 천연덕스런 표정을 지으며 큰 해를 끼친 것을 인정하려 하지 않았다.

바어 씨가 가장 싫어하는 일은 술과 도박과 욕설이었다. 그는 소년들이 따라할까 봐 담배조차도 끊었었다. 그런데 댄이 또 다시 문제를 일으키자 말할 수 없는 고통과 슬픔을 느꼈다. 바어 씨는 모여 있는 아이들에게 단호함과 안쓰러움이 뒤섞인 어조로 말을 꺼냈다.

"나는 토미가 충분히 벌을 받았다고 생각한다. 팔에 난 상처는 오랫동안 이 일을 생각나게 해줄 테니까. 내트도 굉장히 놀랐을 테니까 그 대가를 치른 셈이지. 그리고 정말로 뉘우치고 내 말을 따르겠다고 했으니까 말이야. 그러나 댄, 너는 여러 번 용서를 받았지만 아무 소용이 없었다. 나는 너 때문에 내 아이들을 다치게 할 순 없으며, 알아듣지도 못하는 귀에 대고 더 이상 훈계를 하고 싶지 않다. 그러니 안됐지만 이곳을 떠나는 게 좋겠다. 더 이상은 봐줄 수가 없어."

"오! 선생님, 댄은 이제 어디로 가는 거죠?" 내트가 울먹였다.

"시골 페이지 씨 댁으로 가는 거다. 여기서 잘 지내지 못하는 아이들을 보내는 곳이지. 페이지 씨는 친절하신 분이다. 그러니 댄이 최선을 다해 노력한다면 거기서 행복해질 수 있을 거야."

"댄은 다시 올 수 있을까요?" 데미가 물었다.

"그건 댄한테 달렸다. 나도 그러길 바란다."

그러곤 바어 씨는 방을 나갔다. 아이들은 댄 주위에 모여들어 웅성대기 시작했다.

"네가 그곳을 좋아하게 될지 모르겠어." 잭이 말했다.

"나는 내가 싫어하는 곳에는 있지 않을 거야." 댄이 차갑게 대꾸했다.

"그럼 어디로 갈 건데?" 내트가 물었다.

"바다나 서부, 아니면 캘리포니아에나 가볼까?" 댄은 여전히 빈정거렸다.

"제발 그러지 마! 한동안 페이지 씨 댁에 있다가 다시 돌아와." 이 모든 일로 가장 많은 상처를 입은 내트가 애원했다.

"잘 모르겠어, 내가 어디로 가야 할지. 또 얼마나 머물지. 그렇지만 결코 이곳으로 돌아오진 않아. 그렇게 된다면 차라리 죽어버릴 거야." 댄은 화를 내며 물건을 챙기러 갔다. 이것이 아이들에게 건넨 작별인사였다. 댄이 다시 내려왔을 때는 모두들 헛간에 모여 웅성거리고 있었다. 그는 내트만 살짝 만나보고는 발걸음을 돌렸다.

마차는 문가에 서 있었고, 바어 부인이 댄에게 인사하러 나왔다. 댄은 그녀의 슬픈 표정에 심한 죄책감을 느꼈다.

"저, 테디에게 작별 인사를 해도 될까요?"

"그래, 댄. 들어가서 입맞춰주렴. 테디가 아주 섭섭해할 거야."

댄이 다시 거실로 들어가 아직 아파서 소파에 누워 있는 테디에게 입을 맞출 때 문 밖에서 바어 부인이 속삭이는 소리가 들렸다.

"저 불쌍한 아이에게 한 번만 더 기회를 줘요. 프리츠!"

순간 댄의 얼굴이 환하게 밝아졌다. 그러나 바어 씨는 특유의 강한 어조로 대답했다.

"여보, 그것은 옳지 않아요. 더 이상 남에게 피해를 입히지 않도록 그 애가 가고 싶은 곳으로 가도록 내버려둬요. 댄이 그곳에서 잘못을 뉘우치고 바른 생활을 하게 된다면 다시 돌아올 수 있어요."

"그 애는 우리가 잘 데리고 있지 못한 유일한 아이예요. 비록 단점은 있지만 훌륭한 신사로 변할 수 있는 가능성이 있다고 생각했어요. 정말로 안타깝군요."

댄은 부인의 한탄을 듣고는 한 번만 더 기회를 달라고 간청하고 싶었지만, 그의 자존심이 허락지 않았다. 댄은 무표정한 얼굴로 나와선 아무 말 없이 악수를 했고 눈물을 글썽거리며 바라보는 조를 뒤로 한 채 바어 씨와 함께 플럼필드를 떠났다.

며칠이 지난 뒤, 페이지 씨로부터 댄이 잘 있다는 소식을 받고 모두 기뻐했다. 그런데 3주일이 지나자 페이지 씨로부터 또 다시 편지가 날아왔다. 댄이 어디론가 떠났으며, 아무 이야기도 듣지 못했다는 것이었다. 이 소식은 모두를 침울하게 했다.

"그 애에게 한 번 더 기회를 주었어야 했어."

바어 씨가 고통을 이기지 못해 한숨을 짓자 바어 부인은 그를 위로했다.

"걱정 말아요. 그 아이는 우리 곁으로 돌아올 거예요. 난 확신해요."

그러나 시간이 흘러도 댄은 돌아오지 않았다.

제7장 말괄량이 낸

어느 날 수업이 끝난 뒤, 남편을 보자 바어 부인이 말했다.

"프리츠, 좋은 생각이 떠올랐어요."

"그래, 여보. 무슨 생각이오?"

바어 씨는 새로운 계획을 들으려고 잠시 기다렸다. 조의 생각은 대부분 합리적이었지만, 가끔은 이해할 수 없는 것도 있었다. 그럴 때면 바어 씨는 웃음을 터뜨리지 않을 수 없었다. 조의 계획을 실행하는 것은 즐거운 일이었다.

"데이지에겐 친구가 필요하고, 남자 아이들도 또 다른 여자 친구가 생긴다면 훨씬 더 좋을 거예요. 당신도 우리가 남자 아이들과 여자 아이들을 함께 교육하는 것이 바람직하다고 생각하시잖아요. 우리 생각을 실행해 볼 좋은 기회예요. 남자 아이들은 데이지가 귀엽다고 돌아가며 장난을 치고 못살게 굴어요. 데이지의 버릇만 점점 나빠져 가요. 남자애들도 바른 행실을 몸에 익혀야 해요. 여자 아이들과 함께 있으면 훨씬 점잖아질 거예요."

"당신 말이 맞아. 그런데 누구를 데려온단 말이지?"

바어 씨는 그녀의 눈빛에서 이미 데려올 아이가 정해져 있음을 알아차릴 수 있었다.

"애니 하딩이죠."

"뭐라고, 남자 아이들이 말괄량이 낸이라고 부르는 아이 말이오?" 바어 씨는 뜻밖이라는 듯 소리쳤다.

"맞아요. 그 애는 엄마가 죽고 난 다음 점점 더 거칠어지고 있어요. 하인들이 너무 응석받이로 키웠어요. 그러기엔 너무 머리가 좋은 아이예요. 나는 벌써부터 그걸 알아차리고 있었어요. 며칠 전 시내에서 그 애 아버지를 만난 김에 왜 아이를 학교에 보내지 않느냐고 물어봤죠. 그분은 우리 학교 같은 좋은 여학교가 있다면 기꺼이 보내겠다고 말씀하시더군요. 플럼필드가 여학교는 아니지만 그 아이를 데려오면 그분도 기뻐하실 거예요. 우리 오늘 오후에 그 일을 처리하기로 해요."

"그 꼬마 아가씨가 없어도 지금도 당신을 괴롭히는 골칫거리는 충분하지 않소?" 바어 씨는 자기 팔에 얹어져 있는 조의 손을 토닥거리면서 바라보았다.

"아이, 참, 당신도! 아니에요." 바어 부인은 명랑하게 대답했다. "난 이 일을 좋아해요. 활발한 아이들을 가르치는 지금보다 더 행복했던 적은 없었어요. 당신도 아시죠, 프리츠? 저는 낸에게 동정심을 느껴요. 제가 어릴 때 그런 말괄량이였기 때문에 더 잘 이해할 수 있어요. 그 아이는 활기가 넘쳐요. 그치만 데이지처럼 정숙한 소녀가 되려면 어떻게 해야 하는지 배울 필요가 있어요. 그 아이는 아주 이해력이 빨라서 잘 가르치기만 한다면 곧 좋아질 거예요. 지금의 다루기 힘든 꼬마가 활기차고 행복한 아이가 되는 건 시간 문제예요. 옛날에 저의 어머니께서 저를 어떻게 다루셨는지 기억하고 있기 때문에 저는 그 아이를 잘 다룰 수 있어요. 그리고……."

"당신 어머니께서 하셨던 것의 반만이라도 성공한다면 당신은 굉장한 일을 해낸 것이 되는 거요." 바어 씨는 조가 뛰어나고 매력적인 여자라는 생각이 들어 아내의 말을 가로채면서 말했다.

"그렇게 계속 제 계획을 조롱하면 일주일 동안 쓴 커피를 드리겠어요. 무슨 말을 하고 있었죠, 선생님?" 조는 아이들에게 하듯, 그의 귀를 잡아당기면서 말했다.

"낸의 거친 행동 때문에 데이지의 머리카락이 곤두서지 않을까?" 바어 씨가 물었다.

그때 테디는 바어 씨의 앞가슴으로 로브는 그의 등 뒤로 기어올랐다. 아이들은 수업이 끝나면 언제나 아버지에게 매달렸다.

"처음엔 그렇겠지요. 그러나 데이지에겐 도움이 될 거예요. 데이지는 꼼꼼한데다 베스 같은 성격이라 활기를 좀 불어넣을 필요가 있어요. 그 아이는 낸이 놀러 오면 언제나 재미있게 지낸다고요. 두 아이는 서로에게 도움이 될 거예요. 교육이라는 것은 아이들이 서로에게 얼마나 도움이 되는지를 알고 아이들을 적절하게 엮어주는 것에서 시작되는 거예요."

"나는 그 애도 혹시 불을 내지나 않을지 염려가 되는구려."

"가엾은 댄, 그 아이를 보낸 것이 늘 제 마음을 아프게 해요."

바어 부인은 한숨을 내쉬었다. 댄 얘기를 하자 테디는 댄이 떠올랐다. 댄을 결코 잊지 않은 테디는 아버지의 팔에서 내려와 문 쪽으로 종종걸음으로 걸어가서는 생각에 잠긴 얼굴로 햇볕이 내리쬐는 잔디밭을 내다보았다. 그리고 다시 빠른 걸음으로 되돌아와서는 바라던 기대가 좌절됐을 때 늘 그랬던 것처럼 말했다.

"내 친구 대니는 금방 올 거예요."

"저는 정말 테디를 위해서라도 그 아이를 우리가 지켜주었어야 했다고 생각해요. 테디는 그 아이를 정말 좋아했지요. 우리가 그 아이를 위해 하고자 했던 것을 테디가 할 수 있었을 거예요."

"나 또한 때때로 그렇게 생각했었소. 그러나 남자애들이 소동을 피우고 온 집을 태울 뻔한 뒤에는 당분간이라도 문제를 일으킨 아이를 보내는 것이 안전할 거라고 생각했소." 바어 씨가 말했다.

"저녁 준비가 됐어요. 제가 종을 칠게요." 로브가 달려가며 소리쳤다.

"그러면 제가 낸을 데려와도 괜찮겠죠?"

"당신이 원한다면 열두 명이라도 좋소."

자애로운 아버지 같은 바어 씨의 마음속엔 세상에서 버림받은 모든 개구쟁이들을 위한 안식처가 있었다.

그 날 오후 바어 부인이 집으로 돌아와 아이들을 마차에서 모두 내려주기도 전에 열 살 난 작은 소녀가 커다란 가방 뒤에서 뛰어나와 집 안으로 달려가면서 소리쳤다.

"야아, 데이지, 어디 있니?"

데이지는 낸을 반갑게 맞았지만, 한편으로는 깡충깡충 뛰어다니는 낸의 태도에 조금 놀라는 눈치였다.

"난 이제 여기서 지내게 됐어. 아빠가 허락해 주셨지. 내 짐은 내일 도착할 거야. 잡동사니들을 정리해야 하거든. 너희 아줌마가 날 데리고 오셨어. 재미있지 않니?"

"물론이야. 네 커다란 인형도 가져왔니?"

지난번에 낸이 왔을 때 인형의 집을 망가뜨렸고, 또 마틸다의 얼굴을 씻겨주겠다고 고집을 피우다가 결국 가엾은 인형의 얼굴을 영영 망쳐버렸던 게 생각나 데이지가 물었다.

"응, 어딘가에 있을 거야." 낸은 무관심하게 대답했다. "난 네게 줄 말털로 만든 반지도 가져왔어. 내가 그 망나니 말 도빈의 털을 잡아당겼어. 갖고 싶지 않니?"

서로 떨어져 있었을 때 두 사람 모두 다시는 서로에게 말을 걸지 않기로 맹세했었지만 낸은 우정의 징표로 데이지에게 말털로 만든 반지를 선물했다. 데이지는 아름다운 선물에 이끌려서 자기 방으로 가자고 제안했지만 낸은 모자의 리본 끈을 휘날리며 밖으로 뛰어나갔다.

"싫어, 나는 남자 아이들과 헛간을 구경하고 싶어."

"안녕, 낸!" 남자 아이들이 공놀이를 하다가 낸을 발견하고 소리쳤다.

"난 여기 머무르기로 했어."

낸이 가족이 된 걸 알고 토미가 두 팔을 번쩍 들어 올리면서 소리쳤다. 토미는 앞으로 재미있는 '장난거리'가 많아질 것 같았다.

"만세!"

"나도 공놀이 할 수 있어. 같이 하자."

무엇이든 할 수 있다는 듯이 두 손을 휘두르며 낸이 말했다. 낸은 심하게 넘어지는 것도 무서워하지 않았다.

"이젠 안 놀아. 우리 편은 너 없이도 이길 수 있어." 데미가 소리쳤다.

"그럼 달리기하자." 낸은 자기 장기를 자랑하듯이 대답했다.

"저 여자애가 할 수 있을까?" 내트는 잭에게 살며시 물었다.

"여자애치고는 잘 달려." 잭이 선심 쓰듯 낸을 내려다보며 대답했다.

"한번 해볼래?" 낸은 자기의 힘을 과시하고 싶었다.

"너무 더운데." 더위에 기진맥진한 듯이 스투피가 힘없이 말했다.

"스투피에게 무슨 일이라도 생겼니?" 아이들을 날렵하게 훑어보던 낸이 물었다.

"손을 다쳤어. 쟤는 맨날 울어." 잭이 비웃듯이 대답했다.

"아무리 많이 다쳐도 난 절대 안 울어. 그건 어린애 같은 짓이야." 낸이 매몰차게 말했다.

"뭐라고? 난 2분 안에 널 울릴 수 있어." 분개한 스투피가 응수했다.

"할 수 있으면 해 봐!"

"저리로 가서 쐐기풀 더미를 뜯어봐." 스투피는 가시투성이 쐐기풀을 가리키며 야릇한 웃음을 지어보였다.

낸은 가시에 찔려 견딜 수 없이 아팠지만 즉시 쐐기풀을 잡아 뜯어서 보란듯이 한 아름 끌어안았다.

"잘한다! 잘한다!"

남자 아이들은 여자 아이에게 그런 용기가 있다는 데 대해 환호를 보내며 소리쳤다. 그러나 심통이 난 스투피는 어떻게 해서든지 낸을 울리려고 조롱 섞인 말을 던졌다.

"너는 손으로는 아무거나 툭툭 잘 건드리지. 손은 안돼. 헛간으로 가서 머리를 바닥에 세게 부딪쳐 봐. 그때도 안 우는지 보게."

"그만둬." 잔인한 것을 싫어하는 내트가 말했다.

그렇지만 낸은 곧장 헛간으로 뛰어가서 이마를 바닥에다 부딪쳤다. 망치로 들이받는 소리가 났다. 머리가 핑 돌았다. 그러나 낸은 용감하게 일어났고 아픔에 못이겨 일그러진 얼굴을 하고도 끄떡없이 말했다.

"아파, 그렇지만 난 울지 않아."

"다시 해." 스투피는 화가 났다. 낸도 지기 싫어 또다시 하려고 했다.

그러나 내트가 낸을 붙들었다. 그리고 토미도 더위를 잊은 채 싸움닭마냥 스투피에게 달려들며 고함을 질렀다.

"그만해. 안 그러면 너를 헛간 위로 날려버릴 테야."

토미가 스투피를 난폭하게 잡아 흔들었다. 스투피는 곤두박질쳤다. 토미가 흔들던 손을 풀어주자 스투피가 말했다.

"낸이 하겠다고 했잖아."

"그랬다 해도 상관 마. 어린 소녀를 다치게 하는 건 나쁜 일이야." 비난하듯이 데미가 말했다.

"나는 괜찮아. 나는 어린 소녀가 아냐. 나는 너나 데이지보다도 더 큰걸." 낸은 고마워하기는커녕 기분 나쁜 듯 소리를 질렀다.

"설교할 것 없어요. 집사님. 당신은 매일 데이지를 못살게 굴고 있잖아요."

낸은 씩씩거리며 덧붙였다.

"난 데이지를 다치게 하진 않았어. 그렇지, 데이지?"

데미는 여동생에게 고개를 돌리면서 말했다. 데이지는 낸의 얼얼한 손을 딱해하며 금세 보라색 혹이 솟은 낸의 이마를 물로 식히라고 말했다.

"오빤 세상에서 가장 착한 오빠야."

데이지는 진심에서 우러나오는 듯이 말했다.

"오빠는 가끔 나를 다치게 하지만 일부러 그러는 것은 아니야."

"방망이와 기구들을 치워. 지금 너희들이 하고 있는 일을 봐. 이 배에선 싸움이 허용되지 않아요." 에밀은 마치 자기가 선장이나 되는 듯 거드름을 피우면서 말했다.

"안녕, 아가씨."

낸이 아이들과 함께 저녁 식사를 하러 들어왔을 때 바어 씨가 낸에게 인사를 건넸다. 낸이 왼손을 내밀자 그가 말했다.

"낸, 오른손을 내주렴. 예절을 지켜야지."

"오른손을 좀 다쳤거든요."

낸이 장난을 치고 있다고 생각하면서 등 뒤로 감춘 오른손을 끌어당긴 바어 씨는 그제야 놀란 표정으로 물었다.

"가엾은 손! 이렇게 물집이 생길 때까지 뭘 했지?"

낸이 변명을 생각해 내기 전에 데이지가 사정을 얘기하며 울음을 터뜨렸다. 스투피는 빵과 우유병 뒤로 얼굴을 숨기려고 했다. 이야기를 다 들은 바어 씨는 식탁에 앉아 있는 조를 보고 눈웃음을 지으며 말했다.

"여보, 이 일은 당신 소관이구려. 난 상관하지 않겠소."

조는 그가 무슨 얘기를 하는 것인지 알았지만 속으로는 작은 골칫덩어리 낸이 더욱 좋아졌다. 조는 스투피를 바라보며 진지하게 물었다.

"너는 내가 낸을 데리고 온 이유를 아니?"

"저를 괴롭히려고요." 스투피가 입 안에 음식을 가득 물고 더듬거리며 말했다.

"너희들을 멋진 신사로 만들어 주려고. 너희들에게는 그게 필요하다고 생각한다."

스투피는 다시 먹기 시작했다.

그때 데미가 슬그머니 질문을 던지자 웃음이 터졌다.

"낸은 말괄량이인데 어떻게요?"

"그래, 바로 그거야. 그 애는 너처럼 도움이 필요한 거야. 난 너희가 그 애에게 모범이 되리라고 믿어."

"낸이 멋진 신사가 된단 말이에요?" 로브가 끼어들었다.

"낸도 그걸 좋아할 거야, 그렇지 낸?" 토미도 거들었다.

"아니야, 난 그렇게는 안 될 거야. 난 남자애들이 싫어. 숙녀가 되긴 정말 싫어요." 낸은 쑤시는 이마를 문지르며 말했다. 낸은 자기의 용기를 좀 더 현명한 방법으로 보여주지 못한 것을 후회하고 있었다.

"여기 있는 남자애들을 싫어한다니 슬프구나. 이 아이들도 마음만 먹으면 훌륭한 신사가 될 수 있어. 행동과 말씨로 보여주는 친절이 진정한 예절이지. 내가 다른 사람에게 바라는 것 그대로 남을 대하려고 노력한다면 누구든 가능하단다."

바어 부인은 낸의 머리를 쓰다듬으며 말했다. 아이들은 서로 팔꿈치를 슬쩍 찌르면서 눈짓을 했다. 모두들 나직한 목소리로 "버터 좀 주세요"라든가, "고맙습니다"라는 인사를 나누며 식사를 했다. 낸은 아무 말도 하지 않았지만 데미의 위엄 있는 체하는 태도를 놀리고 싶은 유혹을 느꼈다. 그러나 꾹 참고 조용히 침묵을 지켰다. 낸은 자기가 남자 아이들을 싫어한다고 한 것을 잊은 듯, 저녁 식사를 마치고 어두워질 때까지 그들과 함께 '스파이' 놀이를 했다. 스투피는 놀이를 하다가 낸에게 자기의 사탕을 주었다. 그러자 낸도 스투피를 용서했다. 잠자리에 들면서 낸이 스투피에게 말했다.

"내 라켓과 공이 오면 모두 갖고 놀게 해줄게."

낸은 다음 날 아침 일어나자마자 짐이 도착했는지 물어보았다.

"내 짐 왔어?"

오후쯤 도착할 거라는 얘기를 듣더니 낸은 안달을 하고 성을 내면서 인형을 마구 때렸고 이 모습에 데이지는 질려 버렸다. 낸은 도저히 어떻게 손볼 수 없는 말괄량이였다. 어쨌든 낸은 5시까지는 그럭저럭 기다렸다. 그 애가 없어졌을 때 집에 있는 사람들은 낸이 토미랑 데미와 함께 언덕에 갔겠거니 하며 저녁 시간까지 찾지 않았다.

"그 애가 돌을 툭툭 차면서 혼자 내려가는 것을 봤어." 모두들 낸을 찾는 것을 보고 에이샤가 푸딩을 가지고 오면서 말했다.

"이런, 낸이 집을 뛰쳐나갔구나." 걱정스러운 표정으로 바어 부인이 소리쳤다.

"아마 그 애는 짐을 찾기 위해 역으로 갔을 거예요." 프란츠가 말했다.

"그건 불가능한 일이야. 그 앤 길도 모를뿐더러 설사 길을 안다 하더라도 1마일이나 되는데 어떻게 그 짐을 옮기겠어." 바어 부인은 자기의 계획을 실행에 옮기기가 어려울지도 모르겠다는 생각이 들었다.

"그 애답구먼."

바어 씨는 낸을 찾기 위해 모자를 집어 들었다. 그 순간 잭이 창가에서 소리를 질렀다. 그러자 모두들 우르르 문 쪽으로 달려갔다.

낸이 아주 큰 리넨으로 만든 가방을 끌고 오고 있었다. 낸은 먼지투성이인데다 매우 지쳐 보였다. 힐떡거리면서도 씩씩하게 행군해 왔다. 그러더니 안도의 한숨을 내쉬면서 짐을 내려놓고 팔짱을 낀 채 짐 위에 주저앉았다.

"난 더 이상 기다릴 수가 없었어. 그래서 직접 가서 가져왔지."

"그렇지만 넌 길을 몰랐잖아?" 아이들이 농담을 주고받는 동안 토미가 물었다.

"응, 나는 길을 찾아냈어. 길을 잃지도 않았지."

"1마일이나 되는데 어떻게 갈 수 있었지?"

"그래, 상당히 멀었어. 그래서 자주 쉬었지."

"짐도 무거웠을 텐데?"

"내 팔이 떨어지는 줄 알았어."

"역장이 네가 그걸 가져가는 걸 내버려뒀단 말이니?" 토미가 물었다.

"난 역장에게 아무 말도 하지 않았어. 그는 매표구에 있었는데 다행히 나를 보지 못했어. 그래서 곧바로 승강장에서 내 짐을 가져온 거야."

"프란츠, 역장에게 뛰어가서 낸이 짐을 찾아왔다고 전해 주고 오너라. 그렇지 않으면 누가 훔쳐간 걸로 알 거야." 바어 씨가 낸의 태도에 당황해서 말했다.

"내가 말했지, 만약 짐이 오지 않는다면 사람을 보내겠다고. 그렇게 아무 말 없이 나가면 우리 모두 널 찾아 헤매야 할 거야. 그리고 무슨 일이라도 생기면 어떡해. 낸, 나랑 이걸 약속하자. 다시는 말없이 사라지지 않겠다고." 바어 부인은 낸의 달아오른 얼굴에서 먼지를 닦아내며 말했다.

"그럴게요. 난 다만 아빠가 무슨 일이든 미루지 말라고 하셨기 때문에 그랬던 거예요."

"이것 참 어렵구먼. 여보, 먼저 이 애에게 저녁부터 먹이고 훈계는 나중에 하는 게 낫겠소." 바어 씨는 어린 숙녀의 용기에 웃음이 나와 화를 낼 수가 없었다.

아이들도 그 일을 무척 재미있어했고, 낸은 자기가 겪은 모험에 대해서 얘기하면서 저녁 식사 시간을 즐겁게 해주었다. 큰 개가 자기를 보고 짖었던 일, 어떤 남자가 자기를 놀렸고, 또 어떤 여자가 자기에게 도넛을 먹으라고 줬던 일, 그리고 너무 지쳐서 냇가에서 물을 마실 때, 모자가 떨어졌던 일 등등…….

30분쯤 뒤에 바어 씨가 조에게 말했다. "토미와 낸 때문에 당신이 바쁘겠구려. 토미와 낸이 합쳐지면 여자 혼자 감당하기엔 상당할 텐데."

"그 아이를 길들이는 데 어느 정도 시간이 걸릴 거란 건 저도 알아요. 그렇지만 낸은 마음이 따뜻하고 나눌 줄도 아는 아이예요. 그 애가 지금보다 두 배나 더 말괄량이라 해도 저는 그 애가 사랑스러울 거예요." 바어 부인은 낸이 끊임없이 가방에서 물건들을 꺼내서 아이들에게 나눠주며 즐거워하는 광경을 보며 말했다.

바어 씨와 조 말대로 낸은 무척 사랑스러운 아이였다. 낸은 데이지가 잃어버린 인형을 찾아내 손질해 주기도 했고, 작은 돛배에 테레빈유로 적신 커다란 돛 두 장을 겹쳐 해질녘에 시냇물에 띄워 보내 남자 아이들의 갈채를 받기도 했다. 또 매정한 남자 아이들로부터 괴롭힘을 당한 네 어린 고양이에게 산호 목걸이를 주었다. 낸은 큰 말부터 돼지에 이르기까지 플럼필드에 있는 모든 동물들의 등 위에 올라타곤 했다. 낸은 남자 아이들이 원하는 일은 아무리 위험한 일이어도 해치워버렸다. 남자애들은 낸의 용기를 시험하는 데 싫증나는 법이 없었다.

한 번은 바어 씨가 누가 가장 공부를 잘하는지 지켜보자고 모두에게 제안했다. 남자 아이들은 예전에 하던 대로 하는 것에만 급급했지만, 낸은 재빠른 기지와 명석한 기억력을 유감없이 발휘해 여자 아이들도 남자 아이들처럼 훌륭하게 해낼 수 있으며 때론 더 우수하다는 것을 보여주었다. 말괄량이 낸, 하지만 나이답지 않게 당차고 영리한 소녀를 플럼필드의 가족들은 모두 아낌없이 사랑했다.

이 학교에는 어떤 보상 같은 것은 없었다. 다만 바어 씨가 '잘했다'고 칭찬하거나 바어 부인이 일지에다 기록을 할 뿐이다. 아이들은 자기에게 주어진 일을 좋아하고 성실하게 노력하는 것을 배우면, 언젠가 보상이 있으리라는 신념을 갖고 있었다. 어린 낸도 다른 아이들의 그러한 믿음을 몸소 배우고 실천했다. 낸은 새로운 환경에 잘 적응해 나갔고 즐겁게 생활했으며, 바로 이러한 것들이 그녀에게 필요한 것이었다는 걸 알게 되었다.

이 조그만 농원, 플럼필드는 반쯤은 잡초로 뒤덮여 있지만 언제나 향기로운 꽃들로 가득 찼고 친절한 손길이 다가와서 자상하게 보살펴 줄 때면, 갖가지의 파릇파릇한 싹이 돋아나 사랑과 관심의 온정 속에서 아름답게 꽃피울 것을 약속했다. 사랑이 충만한 플럼필드는 아이들에게 최고의 천국이었다.

제8장 장난과 놀이

이 장에는 특별한 이야기가 없다. 그저 흥미를 위해 플럼필드에 사는 두 어린 아이들의 생활에 대해 얘기하려 한다. 먼저 조의 아이들이 어떻게 시간을 보내는지 보자. 독자들에게 말하고 싶은 점은 대부분의 경우 아무리 상상력이 풍부한 이야기도 어린 아이들의 머리에서 나온 것처럼 재미있지는 않다는 것이다.

온갖 상상으로 가득 찬 데이지와 데미는 그들만의 세계에서 살았다. 그들의 친구들은 사랑스럽지만 무시무시했고 이름도 유별나게 이상했다. 이 아이들은 그런 친구들과 놀고 게임을 했다. 아이들의 창조물 중 하나는 보이지 않는 '못된 새끼 쥐'였다. 아이들은 이 '못된 새끼 쥐'가 있다고 믿고 두려워하고 이 '못된 새끼 쥐'를 위한 의식을 거행했다. 아이들은 이 쥐에 대해 아무에게도 말하지 않았다. 데이지와 데미는 자기들끼리 있을 때도 이 쥐에 대해 별로 말을 하지 않았다. 데미는 이 쥐가 사람들에게 알려지지 않았다는 신비로움에 매력을 느껴 즐거워했다. 데미는 요정과 도깨비 따위를 좋아했다. 데미의 상상의 세계에 있는 이 '못된 새끼 쥐'는 아주 변덕스럽고 제멋대로였다. 데이지는 이 쥐에 대해 일종의 즐거운 공포심을 가졌기 때문에 어떤 요구라도 들어 주었는데, 이 쥐의 요구의 대부분은 일을 그럴 듯하게 꾸미는 데미의 입에서 만들어진 것이었다. 로브와 테디도 가끔 이 '못된 새끼 쥐' 의식에 가담했는데 그 아이들은 그 의식이 굉장히 재미있다고 생각했다. 그것이 무엇인지 반도 알지 못한 채.

어느 날 학교가 끝났을 때 데미가 머릿속에 불길한 생각을 떠올리며 동생의 귀에 속삭였다.

"새끼 쥐가 오후에 보재."

"왜?" 데이지가 걱정스레 물었다.

"희생을 하는 거야." 데미가 근엄하게 대답했다.

"2시에 큰 바위 뒤에 불을 피워야 해, 그리고 우리가 가장 아끼는 물건들을 가져다 태우는 거야!" 데미는 태운다는 말을 강조했다.

"어머, 어떻게 하지! 나는 에이미 이모가 칠해 준 종이 인형을 가장 좋아하는데, 그걸 태워야 한다고?" 한 번도 본 적이 없는 제멋대로인 쥐의 요구 사항을 지금까지 거절해 본 적이 없는 데이지가 말했다.

"여러분. 나는 내 보트를 태울 작정이에요. 내가 가진 가장 좋은 스크랩북과 아끼는 보병 군단도 태우겠어요." 데미가 확고한 어조로 말했다.

"새끼 쥐가 우리가 제일 아끼는 것들을 태우기를 원하다니." 데이지가 한숨을 쉬었다.

"희생이란 우리가 좋아하는 것을 포기하는 것을 의미해. 우리는 그렇게 해야 해." 데미는 학교에서 형들이 그리스의 풍속에 대한 책을 읽고 있을 때 프리츠 아저씨가 설명했던 내용을 떠올리며 말했다.

"로브도 와?" 데이지가 물었다.

"응, 로브는 장난감 마을을 가져온댔어. 전부 나무로 만든 거야. 너도 알잖아, 나무라서 잘 탈 거야. 우리는 커다란 모닥불을 피울 거야. 그리고 우리 물건들이 타는 것을 볼 거야, 알았지?"

데미의 거창한 설명을 듣자 데이지는 마음을 가다듬을 수 있었다. 그녀는 저녁을 먹을 때 앞에 종이 인형들을 늘어 놓았는데 그것은 일종의 작별 성찬이었다.

약속된 시간이 되었다. 희생 행사가 시작되었다. 아이들은 각자 그 욕심꾸러기 새끼 쥐가 요구한 대로 자기 보물들을 가지고 왔다. 테디는 자기도 가겠다고 고집을 부리며 다른 아이들이 한 것처럼 한쪽 팔 밑에 삑삑거리는 양을 끼고 왔다. 다른 팔에는 오랫동안 가지고 있었던 아나벨라가 있었다.

"애들아, 어디 가니?" 아이들이 지나가는 걸 본 조가 물었다.

"큰 바위 옆에서 놀려고요, 그래도 되죠?"

"응, 연못 옆에서는 안돼. 그리고 아이는 잘 돌봐야 해."

"늘 잘 하잖아요." 아이를 보살피는 시늉을 하며 데이지가 대답했다.

"자, 모두 둘러앉아. 내가 말할 때까지 움직이지 마. 이 평평한 돌이 제단이야. 거기에 불을 피울 거야."

데미는 소풍 때 남자 아이들이 한 것처럼 불을 피웠다. 불이 활활 타오르자 데미는 아이들에게 주위를 세 바퀴 돌고 원을 만들라고 했다.

"내가 먼저 시작할게, 내 물건들이 타는 즉시 너희들 물건을 가져와."

말을 마치자 그는 경건한 자세로 그림이 가득 그려진 작은 책을 내려 놓았다. 그 뒤로는 낡은 배와 납으로 만든 불쌍한 군인들이 죽음의 행렬로 들어섰다. 울긋불긋 화려한 옷차림의 사령관도, 한쪽 다리를 잃고 드럼을 치는 군인도, 어느 하나 머뭇거리거나 물러서지 않았다. 모두 불꽃 속으로 사라져 하나가 되어 타들어갔다.

"자, 데이지!" 새끼 쥐의 제사장이 자기 물건들이 모두 탄 것을 보고 아이들에게 말했다.

"내 귀여운 인형들, 어떻게 불에 던지지?" 데이지가 엄마 같은 얼굴로 인형들을 꺼안으며 아쉬워했다.

"던져야 해." 데이지가 인형들에게 하나 하나 키스를 한 뒤 데미의 명령에 따라 인형들을 불에 던졌다.

"하나만 남길게. 파란색 인형은 너무 귀여워." 불쌍한 작은 엄마가 인형을 마지막으로 한번 더 껴안으며 간청했다.

"더! 더!" 괴상한 목소리를 내며 데미가 말했다. "새끼 쥐란 말이다! 모두 버려라, 빨리, 그렇지 않으면 우리를 잡아 갈 거야."

소중한 파란 인형도 던져졌다. 주름장식, 장밋빛 모자, 전부 다 불 속으로 던져졌다.

"집과 나무를 둘러서. 진짜 모닥불 같이 보이게."

아이들은 데미의 제안에 따라 무너진 장난감 마을에 재로 줄을 만들어 거리인 양 꾸미고 불꽃을 보려고 앉았다. 페인트 때문에 불이 늦게 붙었다. 처음으로 작은 초가집에 불이 붙더니 큰 저택으로 옮겨갔고 몇 분 뒤에는 마을 전체가 불길에 휩싸였다. 나무로 만들어진 마을 사람들은 멀거니 서서 이 모습을 바라보다가 비명도 지르지 않고 불에 타 사라졌다. 마을이 재로 변하는 데는 상당한 시간이 걸렸다. 구경꾼들은 그 광경을 재미있게 지켜보았다. 집들이 무너질 때는 소리를 질렀으며 탑에서 불꽃이 솟았을 때는 인디언들처럼 춤을 추었다.

이 의식의 성공은 테디를 흥분시켰다. 테디는 맨 먼저 양을 불에 던졌다. 양이 구워지기도 전에 아나벨라가 던져졌다. 물론 아나벨라는 던져지지 않으려 했고, 고통과 분노를 표출하여 어린 파괴자를 겁에 질리게 했다. 아나벨라는 타지 않았다. 그러나 타는 것보다 참담했다. 그녀는 꿈틀거리며 움직였다. 몸을 비비 틀며 한쪽 다리를 꼬더니 다른 한쪽 다리도 마치 살아 있는 것처럼 비틀거리며 꼬았다. 그러고는 엄청난 고뇌에 빠진 듯 한쪽 팔을 머리 위로 뻗치더니 머리가 어깨 위에서 저절로 돌아가기 시작했고 유리눈이 떨어져 나왔다. 그리고 마지막으로 몸 전체를 비틀면서 불에 타 무너진 마을 속으로 고꾸라졌다. 이 기대하지 않았던 광경은 모두의 눈에 놀라웠으며 테디를 아연실색하게 만들었다. 테디는 비명을 지르며 집을 향해 도망치며 목청껏 "엄마"를 불렀다.

바어 부인은 이 소리를 듣고 테디를 구하러 달려갔지만 엄마에게 매달린 테디가 한 말은 "불쌍한 벨라가 다쳤어요." "큰 불." 그리고 "인형이 모두 죽었어."가 고작이었다. 뭔가 심상치 않은 일이 일어난 것을 짐작한 바어 부인은 아들을 안고 무슨 일이 일어났는지를 보러 달려갔다. 거기서 바어 부인은 새끼 쥐 신봉자들이 타다 남은 것들을 바라보며 울고 있는 것을 발견했다.

"뭘 하고 있었지? 전부 얘기해 보거라." 조는 차분한 표정으로 말했다. 아이들은 후회하는 표정이었고 조는 벌써 용서할 준비가 되어 있었다. 머뭇거리며 데미가 그들의 놀이에 대해 설명하자 조는 뺨에 눈물이 흐를 정도로 웃을 수밖에 없었다. 아이들은 너무 엄숙했고 놀이는 너무 우스꽝스러웠다.

"그런 바보스런 놀이를 하다니! 똑똑한 너희들이 왜 이런 바보같은 놀이를 했지? 만일 내가 새끼 쥐를 가지고 있다면 그 쥐는 너희들을 안전하게 놀게 하는 쥐 일거다. 너희들이 만든 황폐한 광경을 봐. 데미의 병정들, 불쌍한 테디의 양, 그 옆에 있는 로브의 새 모형 마을, 낡았지만 소중한 아나벨라. 장난감 상자에서 흘러나오던 자장가 가사를 써 놓아야겠구나."

네덜란드 아이들은 만들기를 좋아하고
보스턴 아이들은 부수기를 좋아하지.
보스턴 대신 플럼필드를 세울까 하네.

"우리 다시는 안 그럴 거예요, 정말이에요, 정말이라고요!" 어린 죄인들은 자기들이 한 일을 후회했고 부끄러워했다.

"데미가 하라고 했어요." 로브가 말했다.

"아저씨가 그리스인들에 대해 하시는 말씀을 들었어요. 그리스인들은 제단을 설치하고 물건들을 바쳤어요. 저도 그들처럼 하고 싶었어요, 살아 있는 생물들 대신 장난감을 태운 거예요."

"세상에, '콩 이야기' 하고 뭔가 비슷해." 조가 또 웃고 말았다.

"이야기해 주세요." 분위기를 바꾸기 위해 데이지가 제안했다.

"옛날에 서너 명의 아이를 둔 가난한 부인이 살았단다. 그 부인은 아이들을 안전하게 지키기 위해 일하러 가면서 아이들을 방 안에 가두고 문을 잠갔단다. 하루는 부인이 나가면서 '애들아, 아기가 창에서 떨어지지 않게 해. 성냥은 가지고 놀면 안 돼. 그리고 콩을 코에 넣지 마라.'라고 했대. 물론 엄마는 설마 아이들이 콧속에 콩을 넣진 않을 거라 생각했어. 그러나 엄마의 말씀이 콧구멍에 콩을 넣을 수 있다는 생각을 애들의 머릿속에 심어 준 거야. 엄마가 나가자마자 아이들은 자기들 코에 콩을 가득 채웠어. 어떤 느낌인지 보기 위해서 말이야. 엄마가 집에 와서 발견한 건 울고 있는 아이들이었어."

"아팠대요?" 로브가 굉장한 호기심을 가지고 묻자 조는 곧바로 자기 가족을 위해 서둘러 제2의 콩 얘기를 만들어야겠다는 생각을 했다.

"아주 많이. 나는 엄마가 이 얘기를 했을 때 너무 어리석어서 한번 해 보았어. 콩이 없어서 작은 돌들을 코에 집어 넣었지. 나는 그 돌들을 바로 꺼내고 싶었지만 하나가 나오지 않았어. 나는 내가 멍청했다는 걸 알리고 싶지 않아 몇 시간 동안 아픔을 참아야 했단다. 마침내 고통이 너무 심해져 나는 도움을 요청해야 했어. 나는 의자에 앉혀져 꼿꼿이 앉아 있어야 했어. 로브, 돌이 나올 때까지 족집게로 파내야 했어. 세상에! 내 비참한 작은 코가 얼마나 아팠는지, 사람들은 또 나를 얼마나 놀려댔는지!"

조는 그 고통이 너무 심해서 믿을 수 없었다는 듯 머리를 흔들었다.

로브가 깊은 인상을 받은 듯 보여 조는 경고의 말을 덧붙인 것에 보람을 느꼈다. 데미는 불쌍한 아나벨라를 묻어줘야 한다고 제안했고 아나벨라의 장례를 치르는 데 흥미를 느낀 테디는 아픈 코에 대한 두려움을 잊을 수 있었다. 데이지에게는 에이미 이모가 사준 새 인형들이 위안이 되었다. 새끼 쥐는 마지막 바친 제물이 마음에 든 듯했다. 이제 새끼 쥐는 아이들을 더 이상 괴롭히지 않았다.

'브롭스'는 뱅스가 만들어 낸 새로운 재미나는 놀이였다. 이 흥미로운 동물은 아프리카 야생지에서 새로 가져오지 않는 한 동물원에서는 볼 수 없다. 궁금해하는 사람들을 위해 이 동물의 특이한 행동과 습관에 대해 좀 설명을 할 필요가 있다. 브롭은 네발 달린 날짐승으로 젊고 명랑한 사람의 얼굴을 하고 있다. 걸을 때면 끙끙거리는 소리를 내고 날아오를 때는 날카로운 올빼미 소리를 낸다. 경우에 따라서 똑바로 서기도 하고 영어도 잘한다. 몸은 어깨에 걸치는 숄 같은 것으로 덮여 있는데 그 색깔은 붉기도 하고 푸르기도 하고 어떤 것은 여러 색을 띠기도 한다.

이상한 말 같지만 몸 색깔이 변하기도 한다. 머리에는 뻣뻣한 밤색 종이로 만든 스탠드 모양의 혼이 달려 있다. 날개는 날면 어깨까지 펄럭이는데 높이 올라가려 하면 바로 고꾸라지기 때문에 땅에서 멀리까지 날아오르는 법이 없다. 날아오르면 땅을 굽어보고 앉을 수도 있고 먹을 때를 보면 다람쥐 같기도 하다. 가장 좋아하는 영양소는 씨가 박힌 케이크이다. 사과도 잘 먹고 먹을 것이 없으면 날 당근도 먹는다.

브롭은 그들의 둥지라고 볼 수 있는 동굴에 사는데 그 동굴은 옷 바구니 같아서 어린 브롭스들은 날개가 자랄 때까지 그곳에서 서식한다. 이 동물들은 가끔 싸우는 데 이 때 사람들이 사용하는 언어를 쓴다. 서로의 이름을 부르기도 하고, 울기도 하고, 나무라기도 하고, 어떤 때는 머리에 달린 뿔과 살갗을 뜯어내기도 한다. 그럴 때면 "안 놀아"라고 말하는데 이 동물들을 연구한 몇 사람의 말에 의하면 이 동물들은 원숭이와 스핑크스, 아라비아 전설에 나오는 대괴조(大怪鳥), 그리고 그 유명한 피터 윌킨스가 봤다는 이상한 동물들을 합친 모양을 하고 있다.

이 게임은 최고로 인기가 있었다. 어린아이들은 비오는 오후면 어린이 방을 들락날락하며 더 이상 즐거울 수는 없다는 듯 미친 아이들처럼 행동했다. 분명한 것은 옷이 망가진다는 것이었다. 특히 바지 무르팍과 웃옷 팔꿈치가 그랬다. 그러나 바어 부인은 옷을 꿰매면서 이런 말만 했다.

"우리는 바보스런 짓들을 하지만 해가 되는 일은 안 해. 어린아이들처럼 재미있게 놀 수 있다면 나도 브롭이 되겠어."

내트의 가장 큰 즐거움은 정원에서 노는 것이었다. 바이올린을 가지고 버드나무 밑에 앉으면 그의 파란 둥지는 동화의 나라가 되었다. 네트는 새처럼 그의 둥지에 앉아 바이올린을 켰다. 아이들은 그를 '노래하는 새'라고 했다. 그것은 내트가 늘 콧노래를 부르고 휘파람을 불기 때문이었다. 물론 바이올린을 켤 때도 있었다. 그럴 때면 사람들은 잠깐 일을 멈추고 부드러운 바이올린 소리를 들으며 휴식을 취했다. 그 소리는 여름 악단을 이끄는 듯 했다.

새들은 내트의 바이올린 소리가 자기들의 지저귐과 같다고 생각하는 것 같았다. 새들은 담장이나 나뭇가지에 앉아 내트의 연주를 들었다. 근처 사과나무에 자주 오는 개똥지빠귀 새는 내트를 친구로 생각하는 것이 틀림없었다. 그것은 아빠 개똥지빠귀 새가 내트 옆에 벌레를 물어다 주는 것을 보면 알 수 있었다. 엄마 새는 내트가 새로 만든 노래로 자기의 참을성을 시험하는 새로운 종류의 찌르레기 새라고 생각했는지 걱정 없이 내트 옆에서 알을 품었다.

밑에서는 다갈색 개울이 졸졸 흐르고 양쪽에 있는 클로버 벌판에서는 벌들이 어지러이 날아다녔다. 정겨운 얼굴들이 내트를 바라보며 지나가고 오래된 집채가 그를 반갑게 맞이하며 서 있었다. 내트는 편안함과 축복 받은 행복에 몇 시간씩 그곳에서 지냈다. 그에게 어떤 기적이 다가오고 있는지 알지 못한 채.

그의 음악을 즐기는 사람 중에는 함께 공부하는 친구만 있는 것은 아니었다. 가난한 빌리의 가장 큰 즐거움은 버드나무가 늘어진 개울 옆에 누워 꿈꾸듯 음악을 듣고 나뭇잎들이 춤추며 떨어지는 것을 바라보는 일이었다. 그는 내트가 높은 곳에 앉아 노래를 하는 천사라고 생각하는 것 같았다. 내트의 연주를 들을 때면 빌리의 마음에 남아 있는 어릴 적의 기억이 더 선명해졌다.

빌리가 내트에게 흥미를 가지고 있는 것을 본 바어 씨는 내트에게 그의 부드러운 음악으로 빌리의 여린 마음속에 드리워진 걱정을 덜어주라고 부탁했다. 감사하는 마음을 전하기 위해서 어떤 일이라도 기꺼이 할 내트였다. 내트는 빌리가 자기를 따라올 때마다 미소를 지었고 방해받지 않고 음악을 듣게 했다. 빌리는 음악과 교감하는 듯했다. '다른 사람을 돕는 것'이 플럼필드 최고의 가르침이었다. 내트는 그 가르침에 따르기 위해 노력하는 일이 인생을 얼마나 아름답게 하는지 알고 있었다.

잭 포드의 남다른 취미는 물건을 사고파는 일이었다. 그는 상인인 삼촌을 따라다니며 물건 값을 흥정했다. 잭의 삼촌은 돈이 되는 것이면 무엇이든 팔았다. 잭은 당밀과 설탕이 제조되는 것을 보았고 돼지기름이 버터에 섞이는 것을 보았다. 다른 비슷한 제조 공정들도 보았는데 그는 이 모든 일이 상업의 한 부분이라고 생각했다. 그의 사업 자본은 다른 아이들이 하는 것과는 다른 종류였다. 그는 돈을 벌 수 있는 일이면 무슨 일이든 했다. 잭은 아이들과 물건을 교환할 때마다 유리한 흥정을 내걸었다. 그것이 노끈이든 칼이든 낚싯바늘이든 상관 없었다. 아이들은 모두 그를 '구두쇠'라고 불렀지만 돈이 담긴 낡은 담뱃갑이 무거워지는 한 그는 신경쓰지 않았다.

잭 포드는 일종의 경매방을 만들었다. 거기서 그는 가끔 자기가 모은 갖가지 물건들을 팔거나 아이들이 서로 물건을 교환하게 했다. 그는 방망이, 공, 하키 스틱 등을 싸게 구해 필요한 물품의 구색을 맞추고 또 규정상에는 어긋났지만 플럼필드 밖으로까지 일을 벌여갔다. 바어 씨는 잭이 벌인 거래의 일부에 대해 제동을 걸기도 했고 돈을 번다는 것은 단순히 주변 사람에게 지나치게 영리하게 구는 것 이상의 것이라는 점을 가르치려고 애썼다. 잭은 가끔 흥정에 실패하기도 했는데 그럴 때면 수업이나 다른 일에 실패한 것보다 더 속상해했다. 이에 대한 복수는 그를 찾아 온 순진한 다른 손님에게 돌아갔다. 그의 회계 장부는 남들과 달랐고 그의 숫자 계산은 놀랄 만큼 빨랐다. 바어 씨는 이를 두고 그를 칭찬했고 그 기민함에 걸맞은 정직성과 인격을 키워주려고 노력했다. 잭은 점차 이 일에서 손을 뗄 수가 없게 되었다. 그는 바어 씨가 옳았다는 것을 깨달았다.

물론 남자 아이들은 크리켓과 축구도 했다. 그러나 '톰 브라운 럭비'라는 불멸의 게임이 있은 뒤로 심장이 약한 여자 아이들은 근처에 얼씬도 하지 못했다.

에밀은 강이나 연못에서 휴일을 보냈다. 그는 자기보다 나이 많은 남자 아이들에게 가끔 자기 지역을 침범하는 다른 지역 아이들과 달리기 시합을 하자고 졸라댔다. 에밀이 원한 대로 시합을 하긴 했지만 결과는 참담했고, 아이들 사이에서 언급조차 되지 않았다. 친구들은 그를 친절하게 대해 주었지만 이 때문에 그는 진지하게 무인도로 도망가고 싶다는 생각을 했다. 하지만 당장 갈 수 있는 무인도도 없었고, 친구들과 함께 있으라는 압력도 있어서 보트 집을 짓기로 한 것에서 위안을 찾았다.

어린 여자 아이들은 평상시처럼 그 나이에 맞는 놀이를 하고 놀았다. 상상해서 놀이를 변형하기도 했다. 주로 하는 놀이는 '셰익스피어 스미스 부인'이었는데 이름은 조가 붙인 것이었지만 그 불행한 여자의 곤경은 실제로 일어난 일이었다. 데이지가 셰익스피어 스미스 부인이었다. 낸은 부인의 딸이 되기도 하고 수다쟁이 이웃집 부인이 되기도 했다.

글로는 이 여자 아이들의 모험들을 설명하기 어렵다. 스미스 부인의 가정에서는 짧은 오후 사이에 아이가 탄생하고, 결혼하고, 죽고, 홍수가 나고 지진이 나고, 파티가 일어났다. 이 활력이 넘치는 여자들은 전에는 본 적이 없는 모자와 옷차림으로 수백만 마일을 여행하고, 침대에 앉아 기둥을 힘센 말로 삼아 거칠게 몰았다. 그리고 머리가 어지러워질 때까지 침대 위에서 뛰었다. 이따금 다른 놀이를 하기도 했다.

낸은 새 놀이를 만들어내는 데 아이디어가 바다나는 법이 없었다. 데이지는 낸의 창의력을 부러워하며 그녀를 지도자로 여겼다. 딱한 테디는 자주 곤경에 빠져 어떤 때는 실제로 위험에서 구출되기도 했다. 여자 아이들은 놀이에 빠져 테디가 자기들이 가지고 노는 인형이 아니라는 사실을 잊을 때가 많았다. 한번은 테디가 지하 감옥인 옷장에 갇혔는데 여자 아이들이 그 사실을 잊고 밖에 놀이를 하러 나가 버렸다. 언젠가는 '민첩한 아기 고래' 놀이를 하다가 목욕통에 빠질 뻔한 적도 있었다. 강도가 되어 매달려 있다가 겨우 구출된 일은 가장 위험했던 일이었다.

학교로부터 가장 많은 후원을 받은 건 클럽이었다. 이름도 없고 회원도 없었다. 다른 클럽이 없어서 그런 건 괜찮았다. 나이가 많은 아이들은 자연히 회원이 되었고, 어린 아이들도 행동을 그럴듯하게 하면 입회가 허락되었다. 토미와 데미는 우대 회원이었다. 그러나 그들은 자기들 의사와는 달리 항상 너무 일찍 클럽을 나와야 했다. 이 클럽의 진행 방식은 다소 독특했다. 모임 장소와 시간은 일정치 않았고 온갖 의식과 오락이 시도 때도 없이 일어났다. 너무 어수선한 의식이나 오락은 더 정리를 한 다음 다시 치르기도 했다.

회원들은 비 오는 저녁이면 교실에서 만나 게임을 하며 시간을 보냈다. 체스, 모리스 댄스, 주사위놀이, 펜싱 경기, 오락, 토론, 그리고 어둡고 비극적인 내용의 극적인 공연도 펼쳤다. 여름이면 헛간이 모임 장소였다. 거기서 무슨 일이 일어나는지는 특별한 관심을 가지지 않는 한 누구도 알지 못했다. 날씨가 궂은 저녁이면 개울에서 일어나는 해양 실습을 위해 클럽 모임이 연기되었다. 그런 날은 회원들이 시원하고 공기가 잘 통하는 다락에 개구리처럼 모여 앉았다. 이런 때는 유창한 연설이 흘러나왔는데 만일 연설이 관중의 마음에 들지 않으면 연설자의 기가 꺾일 때까지 연설을 방해하며 찬물을 끼얹기도 했다. 회원들은 제멋대로였지만 프란츠가 회장이어서 순서는 잘 지켜졌다. 바어 씨는 클럽 모임에 간섭하지 않았고 그의 이런 현명한 처세가 그를 가끔 클럽에 초대받게 했다. 바어 씨는 클럽에 초대받는 것을 즐기는 듯했다.

낸이 클럽에 가입하기를 원했을 때는 굉장한 흥분이 일었다. 회원들이 서면과 구두로 끝없는 청원을 했는데 그 청원은 열쇠 구멍을 통해 무례한 말을 지껄여대는 방식이었다. 어떤 회원은 문에서 혼자 맹렬한 공연을 펼치기도 했다. 벽과 담에 비판적인 말을 쓰는 회원도 있었다. 그 이유는 낸이 '활력을 억누를 수 없는' 아이였기 때문이다. 모든 노력이 다 소용 없게 되자 조의 조언에 따라 여자 애들도 자기들만의 클럽을 만들기로 했다. 이름은 '편안한 모임'이라고 붙였다. 이 모임을 축하하기 위해 감사하게도 클럽 모임에서 제외되었던 어린 남자 아이들이 초대되었다. 초대된 아이들은 저녁 식사를 대접받았으며 낸이 만든 새 게임을 즐겼다. 나이가 많은 남자 아이들도 더 우아한 시간을 보낼 수 있는 이 '편안한 모임'에 초대받기를 원했다. 상당한 토론 끝에 두 모임 사이에 예의를 갖춘 교환이 제안되었다.

어느 날 저녁 '편안한 모임' 회원들은 경쟁 클럽을 개선하기 위해 초대되었다. 클럽 회원들은 그들의 존재가 클럽 회원들의 대화와 유희에 방해가 되지 않아 적잖게 놀랐다. 여자 아이들은 그들과의 평화의 서곡을 친절하고 기분 좋게 맞이했으며 두 클럽은 오랫동안 행복하게 유지되었다.

제9장 데이지의 무도회

"셰익스피어 스미스 부인은 존 브루크 씨, 토마스 뱅 씨, 나다니엘 블레이크 씨를 오늘 3시 정각에 집에서 열리는 무도회에 초대하고자 합니다."

"추신. 내트는 바이올린을 가지고 와야 하고 우리는 춤을 출 것입니다. 남자 아이들은 버릇없이 행동하면 우리가 만든 음식은 입에 대지도 못할 것입니다. 추신 끝에 쓰인 힌트로 인해 이 우아한 초대가 무산되지 않을지 걱정입니다."

"맛있는 음식들을 만들고 있더라고. 내가 냄새를 맡았다니까, 가자." 토미가 말했다.

"저녁 식사 후에는 바로 나와도 되는 거 너도 알지." 데미가 덧붙였다.

"나는 무도회에 가본 적이 없어. 무도회에서는 뭘 하는 거야?" 내트가 질문했다.

"응, 그냥 남자 역할을 하면 돼. 어른들처럼 멍청히 바른 자세로 앉고 여자 애들을 즐겁게 해 주기 위해 춤을 추면 돼. 그 다음에 음식을 먹고 될 수 있는 대로 빨리 나오면 돼."

"그건 나도 할 수 있지." 토미가 한 말을 잠시 생각해 본 내트가 말했다.

"간다고 답장해야지." 데미가 보낸 신사적인 답장은 다음과 같았다.

모두 갈 겁니다. 먹을 것은 충분하게 해 주세요.

J.B. 에스콰이어로부터

난생 처음 무도회를 여는 여자 애들의 걱정은 대단했다. 이유는 만약 모든 것이 만족스러우면 몇 사람을 골라서 저녁 식사에 초대할 작정이었기 때문이다.

"조 아주머니는 우리를 상대할 남자 아이들을 원해. 너무 짓궂게 굴지 않아야 해. 남자 아이들이 좋아하게 만들면 그 애들도 착하게 굴 거야."

엄마 같은 말투로 데이지가 말했다. 데이지는 식탁 위의 음료수들을 찬찬히 살폈다.

"데미와 네트는 잘하겠지만 토미는 뭔가 일을 저지를 거야, 분명히." 정돈하고 있던 케이크 바구니를 머리 위로 흔들며 낸이 말했다.

"그러면 바로 집에 보내 버릴 거야." 데이지가 단호하게 말했다.

"파티에서는 그렇게 안 해. 그건 옳은 방법이 아니야."

"다시는 토미를 끼어주지 않을 거야."

"그게 좋을 거야. 저녁 무도회에 오지 못해 속상해 하겠지?"

"그럴걸! 우리는 아직까지 먹어보지 못한 제일 좋은 음식을 먹을 거잖아, 그렇지? 수프를 끓여 튜린(수프 따위를 담는 뚜껑이 달린 움푹한 그릇)에 국자를 올려 놓고 작은 새로 칠면조 요리와 고기 국물을 만들고 갖가지 채소도 준비할 거잖아." 데이지는 채소라는 단어를 제대로 발음하지 못했다.

"거의 3시네, 옷을 갈아입어야 해." 무도회를 위해 좋은 옷을 꺼내놓고 입어보기를 고대하고 있던 낸이 말했다.

"나는 엄마니까 옷을 너무 잘 입으면 안 돼." 빨간 리본으로 장식된 수면 모자와 이모가 준 긴 스커트 중에 하나를 골라 입은 데이지가 말했다. 데이지는 숄도 걸치고 있었다. 안경과 포켓에 꽂힌 큰 손수건이 그를 포동포동하고 혈색 좋은 가정 주부로 변신시켜 주었다.

낸은 조화로 된 화환을 쓰고 낡은 핑크색 슬리퍼를 신고 있었다. 노란 스카프와 초록색 모슬린 스커트에 빗자루에서 뽑은 깃털로 만든 부채도 들고 있었다. 마지막으로 아무것도 들어 있지 않은 향수병으로 우아함을 더했다.

"나는 딸이니까 잘해야 돼. 노래며 춤이며 이야기도 너보다 더 잘해야 돼. 너도 알겠지만 엄마들은 차를 마시면서 교양 있는 행동만 하면 돼."

문에서 갑자기 큰 노크 소리가 나자 미스 스미스가 재빨리 의자에 앉아 부채를 심하게 흔들어댔다. 소파에 허리를 곧추세우고 앉아 있던 스미스 부인은 차분하고 '예의 바르게' 보이는 데 신경썼다. 방문객인 어린 베스는 하녀 역할을 했는데 미소를 띤 채 문을 열며 "신사분들, 들어오세요. 모두 준비됐어요."라고 말했다.

남자 아이들은 이 행사를 기념하기 위해 종이로 된 빳빳한 셔츠 깃을 달고 불룩한 검은 모자를 썼다. 여러 종류의 색깔이 뒤섞인 장갑을 끼었는데 그것은 나중에서야 장갑 생각이 떠올랐기 때문이다. 제 짝을 맞추어 장갑을 낀 아이는 아무도 없었다.

"안녕하세요, 부인?"

데미가 낮은 목소리로 말했다. 아주 짧게 말하는 것도 쉽지 않았다. 모두 악수를 한 뒤 자리에 앉았는데, 그 모습은 우스꽝스럽기도 했지만 진지해 보이기도 했다. 신사들은 신사에게 어울리는 매너를 모두 잊고 의자에서 웃으며 뒹굴었다.

"아, 안 돼!" 잔뜩 걱정하던 스미스 부인이 말을 꺼냈다.

"그렇게 행동하면 다시는 올 수 없어." 폭소를 터트리는 뱅 씨를 향수병으로 두드리며 스미스 양이 거들었다.

"안 웃을 수가 없어, 네가 너무 열심히 해서." 뱅 씨가 격식을 벗어버리고 솔직하게 말했는데 너무 웃어서인지 숨을 헐떡거렸다.

"너도 그래. 그렇지만 나는 그렇게 말할 만큼 무례하진 않아. 뱅 씨는 저녁 식사에 초대하지 않을 거지, 그렇지, 데이지?" 낸이 화가 난 듯 외쳤다.

"지금 춤추는 게 어떨까 생각하는데. 바이올린 가져오셨나요, 선생님?" 공손한 표정을 유지하려고 애쓰며 스미스 부인이 물었다.

"문 밖에 있습니다." 내트는 악기를 가지러 갔다.

"차부터 마시는 게 좋겠는데요." 좀처럼 부끄러움을 타지 않는 토미가 먹을 것만 먹고 갈 작정으로 데미를 보고 공개적으로 윙크를 하며 말했다.

"아니요, 우리는 저녁 식사부터 하는 일은 없어요. 춤을 잘 추지 못하면 저녁을 먹지 못할 거예요, 선생님." 스미스 부인이 확고한 어조로 말해, 길들여지지 않은 부인의 손님들은 아무도 적당히 넘어가겠다는 생각을 할 수 없었다. 상황은 즉시 바뀌어 모두들 예의를 지켰다.

"나는 뱅 씨에게 폴카를 가르치겠어요, 뱅 씨는 폴카가 볼 만한 춤이라고 생각하지 않는 것 같아요." 스미스 부인이 화난 듯 바라보며 하는 말에 토미의 정신이 번쩍 들었다.

내트가 연주를 시작하고 두 커플과 함께 무도회가 시작되었다. 이 커플들은 일부러 여러 가지 춤을 추었다. 여자 애들은 춤을 좋아해서 열심히 추었지만 남자 애들은 좀 더 이기적인 동기에서 춤을 추었다. 춤을 추어야 저녁 식사를 할 수 있었기 때문이다. 그들은 끝까지 남자들의 노동을 계속해 나갔다. 참석자들은 숨이 차 휴식이 필요했다. 긴 드레스에 걸려 몇 번이나 넘어질 뻔했던 스미스 부인은 특히 그랬다. 어린 하녀가 당밀과 물을 아주 작은 컵에 담아주었기 때문에 이미 아홉 잔이나 마신 손님도 있었다. 이름을 말하지는 않겠지만 이 순한 음료수에 취한 어떤 손님은 아홉 번째 잔을 마시며 심한 기침을 해댔다.

"낸에게 지금 연주하고 노래하라고 해야 해." 데이지가 높은 옷깃 때문에 올빼미 같은 자세로 앉아 있는 오빠에게 말했다. 그는 무거운 표정으로 만찬 장면을 지켜보고 있었다.

"우리에게 노래를 불러 줘요, 숙녀분." 예의 바른 손님이 피아노가 어디 있는지 살피며 요청했다.

스미스 양은 방에 있는 책상으로 다가가 뚜껑을 뒤로 열어 젖히고 그 앞에 앉았다. 그가 부르는 새롭고 사랑스러운 정열적인 노래는 책상을 덜거덕 거리게 했다. 노래는 이렇게 시작되었다.

음유시인이 명랑하게
기타를 연주하는 건
전쟁터에서 집으로
돌아가기를 서두르기 때문이네.

모인 신사들이 열광적으로 박수를 쳐 스미스 양은 계속해서 사람들이 이제 됐다는 신호를 보낼 때까지 〈귀여운 보피프〉 등 자장가와 다른 노래들을 불렀다. 자기 딸에게 주어진 찬사에 기뻐하며 스미스 부인이 안내했다.

"이제 차를 마시겠어요. 천천히 않으세요. 아직 시작하지는 마세요."

부인은 실수를 저지르지도 않을 뿐 아니라 자신감 넘치는 침착한 모습으로 보는 사람들을 기쁘게 했다. 부인이 잘 들지 않는 칼로 파이를 자르려 했을 때 파이가 바닥으로 내동댕이쳐지고 말았다. 빵과 버터는 너무 빨리 사라져 집 주인의 마음을 상하게 했다. 가장 최악이었던 것은 커스터드가 너무 부드러워 새로 산 양철 스푼으로 먹는 것을 포기하고 마셔야 하는 것이었다.

스미스 양이 하녀와 말다툼을 한 일에 대해 이야기하는 것은 내키지 않는 일이다. 베스는 접시를 내던졌고 떨어지는 케이크 속에서 울음을 터뜨렸다. 사람들은 베스를 의자에 앉히고 설탕물을 마시게 해 달래야 했다. 이런 와중에서 다진 고기에 빵가루를 넣고 구운 패티가 사라진 것은 수상한 일이었다. 패티는 중요한 음식거리였지만 스미스 부인은 그것이 없어진 줄도 모르고 있었다. 자기가 만들었고 보기에도 좋았던 그 파이 속을 말이다. 어느 가정 주부인들 밀가루, 소금, 물, 그리고 가운데 큰 건포도가 들어 있고 설탕이 많이 들어간 파이가 사라진 것을 보고 속상해하지 않겠는가?

"토미, 네가 감췄다는 걸 알아!" 잔뜩 화가 난 낸이 우유병을 들고 위협했다.

"아니야!"

"너야!"

"감추는 건 옳지 않아." 다투면서도 젤리를 서둘러 먹으면서 낸이 항변했다.

"데미, 돌려 줘." 토미가 말했다.

"거짓말 마, 네 주머니에 있잖아!" 거짓 혐의에 화가 난 데미가 소리를 질렀다.

"뺏어버려. 데이지를 울리는 건 잘못이야." 처음 참석해 본 무도회가 기대했던 것보다 흥미 있다고 생각한 내트가 넌지시 말했다.

데이지는 벌써부터 울기 시작했고 충실한 하녀 베스는 주인마님과 함께 울었다. 낸은 그 자리에 있는 모든 남자 아이들을 '지독한 것들'이라고 매도했다. 두 명의 순수한 옹호자들이 적이 되자 싸움은 신사들 사이로 번졌다. 어린 아이들은 테이블 뒤에 숨어 훔친 과자를 될 수 있는 한 세게 던졌다. 그들에게 과자는 대포알이었다. 대포알이 날아다니자 사라졌던 패티가 난간으로 떨어졌다. 그 순간 범인이 잡혀 방에서 끌려 나왔다. 비명을 지르던 범인은 창피하게도 바닥에 내던져졌다. 승리자들은 기쁨에 도취되어 뛰어들어 왔고 데미는 스미스 부인을 위로했다. 내트와 낸은 흩어진 과일 파이를 주워 건포도가 빠진 곳에 다시 채워 넣었다. 파이들은 다시 예전 모습을 되찾았고 음식이 다시 차려졌다. 그러나 영광은 계속 되지 않았다. 설탕은 다 떨어져 나갔고 욕설을 들은 사람들은 아무도 음식을 먹으려 하지 않았다.

"가는 게 좋을 것 같아." 갑자기 계단에서 조의 목소리가 들리자 데미가 말했다.

"그러는 게 좋겠어." 방금 주워든 부서진 과자를 다시 내려놓으며 내트가 말했다.

남자 아이들이 미처 물러가기 전에 이미 조는 여자아이들에게 둘러 싸여 있었다. 여자 아이들은 조에게 자기들의 곤경을 털어놔 조의 동정을 얻었다.

"그 애들이 너희들에게 어떤 친절한 일을 해 나쁜 행동에 대한 속죄를 할 때까지 더 이상의 무도회는 없을 거야."

세 명의 문제아를 바라보며 조가 고개를 흔들었다.

"우리는 재미로 그랬을 뿐이에요." 데미가 말을 시작했다.

"다른 사람들을 불행하게 하는 재미는 안 돼. 너희들에게 실망했어. 데미, 다시는 데이지를 놀리지 않을 줄 알았어. 그렇게 친절한 데이지를 놀리다니."

"토미가 남자 아이들은 항상 여자 형제를 놀린다고 했어요."

데미가 중얼거렸다.

"그럴 줄 몰랐다. 이렇게 같이 잘 놀지 못하면 데이지를 집으로 보내야겠어." 조가 심각하게 말했다.

생각지 못한 위협에 데미가 동생 옆으로 쭈뼛쭈뼛 다가갔다. 데이지는 서둘러 눈물을 닦았다. 데미로부터 떨어진다는 것은 쌍둥이에게 일어날 수 있는 최악의 일이라고 데이지는 생각했다.

"내트도 나빴고, 가장 나쁜 건 토미야." 두 사람이 마땅한 벌을 받지 않을지도 모른다고 생각한 낸이 말했다.

"미안해." 내트가 부끄러운 듯 말했다.

"난 아냐!" 문틈으로 엿듣고 있던 토미가 외쳤다.

조는 터져 나오는 웃음을 참고 무표정하게 문을 가리키며 근엄하게 말했다.

"가도 된다, 그러나 기억해라. 별다른 지시가 있을 때까지 여자 아이들과는 놀 수 없다. 너희들은 그 즐거움을 가질 만한 자격이 없으니 내가 그걸 허락하지 않는 거다."

아이들은 재빨리 나갔다. 부끄러움을 모르는 뱅 씨는 밖에서 조롱을 받았다. 적어도 15분 동안 누구도 그와 말을 섞지 않았다. 데이지는 무도회의 실패에 대해 위로를 받았다. 그는 오빠와 잠시 떨어져 있게 된 것이 무척 속상했다. 오빠의 실수가 데이지의 작은 가슴을 아프게 했다. 낸은 오히려 기뻐하며 세 남자 아이들을 비웃었다. 관심 없는 체하는 토미에게는 더했는데, 토미는 '멍청한 여자 애들'한테서 벗어나니 좋다고 떠들어댔다. 그러나 속으로는 클럽을 탈퇴하게 한 자기의 성급한 말에 대해 후회했다. 그는 여자 애들과 헤어져 있는 매 순간마다 '멍청한 여자 애들'의 가치를 실감했다.

다른 아이들은 곧 자기 잘못을 인정했고 다시 친구가 되기를 원했다. 귀여워해 줄 데이지도, 자기들을 위해 음식을 만들어 줄 데미도 없다는 것은 유감스러운 일이었다. 낸을 웃겨주지 못하고 아이들을 위해 의사가 될 수 없는 점도 마음에 들지 않았다. 가장 나쁜 점은 조가 집 안에서 그들이 즐겁게 생활하는 것에 전혀 신경을 써주지 않는다는 점이었다. 또 다른 어려움은 조가 여자 애들 편 같다는 점이었다. 조는 상식 없는 사람들과는 상대하지 않았다. 조는 남자 아이들이 옆을 지나가도 아는 체도 하지 않았고 일을 하느라 항상 바빴다. 이러한 갑작스럽고 철저한 귀양은 그들의 영혼에 어두운 그림자를 드리웠다. 조가 그들을 모른 체하자 해는 정오부터 떨어지는 듯했고 휴식을 취할 곳도 없었다.

이 부자연스러운 상태는 3일 동안 계속되었다. 아이들은 더 이상 이 상태를 견딜 수 없었다. 아이들은 태양이 한꺼번에 가려질지 모른다는 생각에 바어 씨를 찾아가 도움을 요청하고 조언을 구하기로 했다. 그는 이런 상황에 어떻게 행동하라는 지시를 받은 듯했지만 아무도 그 점을 의심해보지 않았다. 아이들은 다음과 같이 행동하라는 조언을 받아들였다.

다락방에 모인 아이들은 자기들끼리 미지의 기계를 만드는 데 몇 시간을 소모했다. 밀가루 반죽을 많이 가져가 에이샤가 투덜거렸고 여자 애들은 몹시 어리둥절해했다. 호기심이 많은 낸은 무슨 일이 일어나는지 보려다 문에 코를 부딪칠 뻔했다. 데이지는 아무것도 하지 않고 앉아서 남자 아이들과 함께 놀 수도 없고, 이제 비밀도 서로 나눌 수 없다고 드러내놓고 슬퍼했다. 수요일 오후는 날씨가 좋았다. 바람과 날씨에 대해 한동안의 토론이 있은 뒤 내트와 토미는 밖으로 나갔다. 들고 있는 신문 아래에는 평평한 큰 꾸러미가 있었다. 낸은 호기심을 꾹 참고 있었고 데이지는 안달이 날 지경이었다. 그들의 관심은 데미가 바어 부인의 방으로 들어갈 때 최고조에 달해 있었다. 손에 모자를 벗어 든 데미는 최대한 공손한 어조로 말했다.

"조 아줌마, 우리가 준비한 깜짝 파티에 여자 애들과 같이 와 주시지 않겠어요? 아주 근사한 파티예요."

"고마워, 기꺼이 가야지. 그런데 테디도 데려가야 해." 웃음 띤 바어 부인의 대답은 비 온 뒤의 태양처럼 반가운 목소리였다.

"그럼요. 숙녀들을 위해 조그만 마차가 대기해 있어요. 페니 로얄 언덕까지 걷는 건 괜찮으시죠, 아줌마?"

"물론이지. 그런데 방해가 되지 않겠니?"

"그럴 리가요, 전혀 안돼요! 오시기만 간절히 바라고 있어요. 안 오시면 형편없는 파티가 될 거예요."

데미가 심각한 어조로 외쳤다.

"초대 고마워요!" 조 아줌마가 깍듯한 예를 보였다. 그녀는 아이들처럼 장난스러운 사람이었다.

"자, 아가씨들, 기다리게 하면 안 돼요. 모자를 쓰고 당장 가도록 해요. 놀랄 일이 뭔지 빨리 알고 싶어요."

바어 부인의 말에 따라 모두 부산스럽게 움직였다. 5분 뒤에는 세 아가씨와 테디가 '세탁 바구니'에 올라앉아 있었다. 그들은 이것을 토비가 끄는 고리 버들마차라고 불렀다. 데미가 행렬을 이끌었고 조가 맨 뒤에서 아이들을 에스코트했다. 단언컨대 거창한 행렬이었다. 토비는 머리에 빨간 빗자루에서 뽑은 깃털을 꽂았고, 마차 위에서는 큰 깃발이 휘날렸다. 데미는 단추에 민들레 묶음을 달았으며 조는 이 행사를 빛내기 위해 독특한 일본 우산을 들고 있었다.

여자 애들은 하루 종일 흥분해서 쫑알거렸고, 테디는 여행의 매력에 듬뿍 빠져 자꾸 모자를 떨어뜨렸다. 모자가 떨어질 때는 자기도 굴러 떨어지는 시늉을 했는데 그것이 파티를 더 즐겁게 했다.

그들이 언덕에 다다르자 동화책에서 말하는 것처럼 '바람에 흔들리는 잔디 말고는 아무것도 보이지 않았다.' 다른 아이들은 실망했지만 데미는 달랐다.

"자, 모두 나가서 가만히 서 있다가, 깜짝 파티가 시작되면 들어와."

그 말과 함께 그는 바위 뒤로 사라졌다. 30분 동안 바위 뒤에서 머리가 왔다 갔다 하는 것이 보였다.

잠깐 동안의 긴장된 휴식이 있었다. 곧 내트, 데미, 그리고 토미가 앞으로 걸어 나왔다. 그들은 각자 새로 만든 연을 가지고 나와 세 아가씨들에게 선사했다. 환호의 탄성이 튀어 나왔다. 그러나 즐거움에 가득 차 "이게 전부가 아닌데."라고 말하는 듯한 남자 애들의 표정에 그 탄성은 사그라졌다. 바위 뒤로 뛰어간 아이들은 이번에는 놀랄 만큼 큰 연을 들고 나타났다. 그 연에는 선명한 노란 색깔로 '바어 엄마를 위해'라고 쓰여 있었다.

"하나 갖고 싶어 하실 거라고 생각했어요, 우리에게 화가 나 여자 애들 편을 들었잖아요." 웃음을 터뜨리며 세 명이 한 목소리로 말했다. 파티 중 이 대목은 확실히 조를 위한 깜짝 선물이었다.

그녀는 손뼉을 치며 소년들과 함께 웃었다. 소년들의 재치는 효과적인 듯 보였다.

"자, 애들아. 아주 대단하구나! 누구 생각이지?" 괴물 연을 받고 어린 여자 애들처럼 즐거워하는 조가 물었다.

"프리츠 아저씨가 우리가 다른 것들을 만들려고 했을 때 제안했어요. 아저씨가 선생님이 좋아하실 거라고 했어요. 그래서 만들었죠." 계획이 성공한 걸 보고 만족하는 빛이 역력한 데미가 대답했다.

"프리츠 아저씨는 내가 무엇을 좋아하는지 아셔. 훌륭한 연들이구나. 지난번에 너희들이 연을 날릴 때 우리도 갖고 싶다고 했었지. 우리 그러지 않았니, 애들아?"

"그래서 만든 거예요." 토미가 최대한 예의 바르게 말했다.

"연을 날려보자." 원기왕성한 낸이 말했다.

"어떻게 하는지 몰라." 데이지는 걱정이었다.

"우리가 보여줄게. 그러고 싶어!" 헌신하고 싶은 마음이 가득한 소년들이 소리쳤다.

데미는 데이지에게, 토미는 낸에게 연 날리는 방법을 가르쳐 주었다. 내트는 베스가 파란 연을 날리는 것을 도와주는 데 애를 먹었다.

"아줌마, 잠깐 기다리세요, 저희가 곧 해 드릴게요." 이제 자신들의 실수로 인해 바어 부인의 눈 밖에 나는 일은 없을 것이라고 생각한 데미가 말했다.

"단추가 멋있구나. 애야, 걱정 마라, 여기 나 대신 연을 띄울 아이가 있구나." 조가 재미있다는 얼굴로 바위 뒤를 바라보며 응답했다. 바어 선생님이 장난기 가득한 얼굴로 바위 뒤에서 지켜보고 있었다.

바어 선생님이 곧 바위 뒤에서 나와 연을 띄우자 조 아주머니가 날렵하게 연을 가로챘다. 아이들은 그 광경을 즐거워했다. 연들이 하나씩 하나씩 하늘로 띄워졌다. 연들은 언덕 위로 끊임없이 불어오는 신선한 미풍에 휘날리며 즐거운 새들처럼 머리 위로 높이 날았다. 바람이 연의 균형을 잡아 주었다. 이 얼마나 황홀한 시간인가! 뛰어다니고 소리 지르고, 연을 띄워 올리고 달아나려는 연이 살아 있다는 듯 끈으로 잡아당겨 내리고, 공중에 펼쳐지는 연들의 모험을 바라보는 일이란. 냇은 정말로 재미있어 정신을 못 차렸다. 데이지는 연 날리기가 인형을 가지고 노는 것만큼 재미있다고 생각했다. 꼬마 베스는 그녀의 '멋쟁이 연'이 너무 좋아서 아주 조금씩만 날렸다. 무릎 위에 연을 올려놓고 연 위에 토미가 그려놓은 멋진 그림을 바라보는 게 더 좋았다.

조도 자기 연을 좋아했는데 연은 누가 자기 주인인지를 아는 듯했다. 조의 연은 생각지도 않았을 때 머리부터 흔들며 아래로 떨어졌다. 떨어지다가 나무에 걸리기도 하고 강으로 곤두박질치기도 했지만 마지막에는 높이 치솟아 구름 사이에 하나의 점처럼 보였다.

모두 점점 지쳐 갔다. 그들은 연줄을 나무와 담에 묶고 앉아서 휴식을 취했다. 테디를 어깨에 태우고 소를 보러 간 바어 씨는 예외였다.

"전에도 이렇게 좋은 시간을 보낸 적이 있어요?" 양떼들처럼 잔디에 앉아 박하 잎을 씹으며 내트가 물었다.

"몇 년 전 내가 어린애였을 때 연을 날려 본 게 마지막이야. 그 이후엔 없었어." 조가 말했다.

"아줌마가 어렸을 때 알았더라면 좋았을 텐데, 아줌마는 재미있는 사람이었을 것 같아요." 내트가 말했다.

"유감스럽지만 나는 꽤 장난꾸러기였어."

"전 장난치는 걸 좋아하는 여자 아이들이 좋아요." 칭찬에 대한 답으로 토미에게 코를 찌푸려 보이는 냇을 보면서 토미가 말했다.

"근데 왜 저는 그런 이모를 기억하지 못할까요? 제가 너무 어렸나요?" 데미가 물었다.

"그랬던 것 같구나, 애야."

"그때 일은 기억하지 못하는 것 같아요. 할아버지가 그러시는데 사람은 자라면서 마음의 다른 부분이 드러난대요. 어릴 때는 우리 마음속에 기억을 담당하는 부분이 감춰져 있대요. 그래서 제가 이모가 어릴 때 어땠는지 기억하지 못하는 거예요." 데미가 설명했다.

"자, 귀여운 소크라테스, 그 질문은 할아버지한테 하는 게 어때, 그건 내 영역 밖이구나." 조 이모가 찬물을 끼얹었다.

"그럼, 그럴게요. 할아버지는 그런 것들에 대해 모두 아세요. 근데 이모는 안 그래요." 현재로서는 연에 대해 신경 쓰는 게 맞다고 생각한 데미가 말했다.

"마지막 연을 날렸던 것에 대해 얘기해주세요." 마지막으로 연을 날렸던 얘기를 하며 웃었기 때문에, 내트는 재밌을 거라 생각하고 물었다.

"참 재미있었어. 나는 열다섯 살이었어. 한창 좋을 때였지. 연 날리기를 하는 건 좀 창피한 일이었어. 그래서 테디 아저씨와 나는 몰래 연을 만들어 먼 곳으로 도망가서 연을 날렸단다. 정말 즐거운 시간들이었지. 지금처럼 휴식을 취하고 있었어. 갑자기 소리가 들리더니 젊은 아가씨들과 신사 한 무리가 소풍을 갔다가 돌아오는 모습이 보였어. 테디는 연을 가지고 놀기에는 이미 다 큰 소년이었지만 신경 쓰지 않았어. 그러나 나는 조롱당할 것을 알고 서둘러 피했지. 낸이 그런 것처럼 천방지축이었던 나 또한 주위 사람들을 웃기곤 했단다. '어떻게 하지?' 목소리가 점차 가까이 들리자 나는 테디에게 물었지. '어떻게 해야 할지 내가 보여줄게.' 테디는 끈을 자를 칼을 꽥 꺼내며 말했어. 연은 날아갔고 사람들이 가까이 왔을 때 우리는 아무렇지 않은 듯 꽃을 꺾었지. 사람들은 우리를 의심하지 않았고 아슬아슬하게 조롱을 피한 우리는 깔깔대며 웃었단다."

"연은 잃어버렸어요, 이모?" 데이지가 물었다.

"그랬지. 그러나 나는 신경 쓰지 않았어. 나는 나중에 어른이 되어 아이들과 연을 날릴 수 있을 때까지 기다리기로 마음먹었어. 오늘 같은 날이 오길 기다려왔지." 시간이 늦어지고 있었기 때문에 조는 연을 잡아당겼다.

"이제 가야 해요?"

"그래야겠네. 안 그러면 저녁을 못 먹을 거야. 저녁식사 없는 깜짝 파티는 별로잖아."

"우리 파티 멋지지 않았어요?" 토미가 만족한 얼굴로 질문했다.

"끝내줬지." 모두 대답했다.

"왜 그런지 알아? 손님들이 예의를 갖추어 행동했고 즐거운 파티가 되게 끔 모두가 노력했기 때문이야. 무슨 말인지 이해하지?"

"네."

대답은 했지만, 소년들은 부끄러움으로 붉어지는 서로의 얼굴을 곁눈질로 훔쳐보았다. 그들은 어깨에 가볍게 연을 메고 집으로 걸어갔다. 버릇없는 손님들 때문에 망쳐버린 예전의 파티를 떠올리면서.

제10장 다시 집으로

어느덧 햇볕이 뜨겁게 내리쬐는 7월이 되었다. 건초 작업이 한창이었다. 조그만 농장은 단정하게 손질되어 있었다. 모두들 기나긴 여름 낮을 즐겼다. 현관문은 온종일 열려 있었고 아이들은 수업 시간 이외에는 거의 바깥에서 시간을 보냈다. 겨울보다 수업은 적었다. 바어 씨 부부는 여름날에 즐길 수 있는 여러 놀이를 통해 몸이 튼튼하게 단련된다고 믿었다. 여름날이야말로 밖에서 일하기에 가장 좋은 계절인 것이다.

햇볕에 그을려 아이들의 얼굴은 장밋빛으로 변해 갔고, 소매와 바짓가랑이가 짤막하게 치켜 올라간 모습이 보기에도 우스울 만큼 키가 부쩍부쩍 자랐다. 건강한 아이들의 모습이 플럼필드를 책임지고 있는 부부의 마음을 아주 흡족하게 했다. 풍요로운 7월의 어느 여름날, 전혀 예상치 못한 행복이 그들에게 찾아들었다.

어린 개구쟁이들은 모두 잠자리에 들고 큰 애들은 시냇가로 목욕을 하러 갔다. 보름달이 두둥실 떠오른 어느 향기로운 밤, 조는 거실에서 테디의 옷을 벗기고 있었다.

"어, 엄마! 대니예요!" 달빛이 은은하게 어른거리는 창을 가리키며 테디는 소리쳤다.

"아, 테디. 대니는 이제 여기에 없어. 그건 그냥 달이란다." 조가 말했다.

"아냐, 아냐, 대니가 창문에 있었단 말이야. 정말 보았대도." 흥분한 아이는 계속 고집을 부렸다.

"그래, 어디 한번 볼까." 조는 그럴 리 없다는 듯 창가로 다가갔다. 지난

날 비록 그의 잘못 때문에 내보내긴 했지만 오래도록 자신의 마음 한구석에 남아 있는 댄을 떠올리며 조는 테디의 말이 사실이길 바랐다. 그러나 아무도 없었다. 그 어느 곳에서도 댄의 흔적은 눈에 띄지 않았다. 바어 부인은 고개를 돌려 테디를 바라보며 아무도 없다는 손짓을 했다. 그러나 테디는 막무가내였다. 바어 부인은 하는 수 없이 테디에게 적당한 옷을 입히고 창가로 데려가 직접 한번 불러보라고 했다. 그러나 아무 대답도 없었다. 테디는 침대에 누운 뒤에도 믿기지 않는다는 듯 자꾸만 불쑥 일어나 창 밖을 내다보았다.

잠자리에 들어가자 테디는 금세 잠이 들었다. 집안은 조용했다. 귀뚜라미 울음만이 여름밤의 부드러운 정적을 깨고 울려 퍼졌다. 바어 부인은 한여름 밤의 정취를 만끽하며 달빛을 벗삼아 바느질을 시작했다. 부인의 커다란 바구니에는 언제나 구멍 난 양말이 가득했다. 부인은 또 댄의 생각에 잠겼다.

부인은 남편에게 얘기해 볼까 했으나 테디가 잘못 보았겠거니 하고 그만두었다. 아이들이 잠자리에 들 때까지 쉴 틈도 없이 편지를 쓰느라 바쁜 가엾은 남편을 방해하고 싶지 않았다.

바어 부인이 문단속을 하려고 일어섰을 때는 이미 열 시가 넘어 있었다. 부인은 아름다운 밤 풍경을 즐기려고 잠시 계단에 서 있었다. 그 때 잔디밭 가운데에 쌓아놓은 건초더미에서 어떤 하얀 물체가 눈에 띄었다. 아이들은 오후 내내 그곳에서 놀곤 했는데 낸은 이따금 그 위에 모자를 얹어둔 채 그냥 안으로 들어오곤 했었다.

낸이 오늘도 모자를 두고 갔을지 모른다고 생각한 조는 그것을 가지러 건초더미 쪽으로 다가갔다. 그러나 건초더미 쪽으로 가까이 다가가자 부인은 그것이 모자가 아니라는 것을 알았다. 그것은 조그마한 갈색 손이었다. 부인은 섬뜩했지만 마음을 가다듬고 재빨리 건초더미 뒤쪽으로 돌아가 보았다. 댄이었다. 댄이 건초더미 뒤쪽에서 깊이 잠들어 있었다.

지저분한 누더기 옷을 걸치고 있는 댄은 무척 야위어 보였다. 한쪽 발은 맨발이었고 다른 쪽은 낡은 무명 헝겊으로 매어져 있었다. 아마도 윗옷을 찢어 상처를 싸맨 것 같았다. 건초더미에 몸을 숨기려 했던 댄이 잠결에 팔을 뻗은 바람에 팔이 밖으로 삐져나와 있었던 것이다. 조는 댄이 가여워 어쩔줄을 몰랐다. 조가 댄의 머리를 만지려 하자 댄은 다친 발이 무척 아픈 듯 신음을 토해 내며 몸을 뒤척였다.

'아, 안 되겠다. 빨리 안으로 데려가야지.' 조는 댄의 손을 잡으며 나지막이 그의 이름을 불렀다. 댄은 눈을 뜨고 마치 꿈을 꾸듯 조를 쳐다보며 미소를 지었다.

"바어 엄마, 저 집으로 돌아왔어요."

그 표정, 그 말투는 예전의 댄 같지 않았다. 조는 댄의 머리를 손으로 받치고서 친절하게 말했다.

"돌아올 줄 알았어, 댄. 다시 보니 정말 기쁘구나."

완전히 잠에서 깨어난 댄은 자기가 어디 있는지를 깨닫고는 사방을 두리번거리기 시작했다. 정신을 차린 댄의 표정과 말투는 어느새 다시 옛날로 돌아가 있었다.

"지나는 길에 잠깐 들렀을 뿐이에요."

"왜 들어오지 않았니, 댄? 우리가 부르는 소릴 듣지 못했니? 테디가 널 보고 불렀단다."

"받아주실 것 같지 않아서요." 댄은 마치 금방이라도 가버릴 듯이 짐 꾸러미를 안고 퉁명스럽게 대꾸했다.

"생각 좀 해보자꾸나." 불빛이 흘러나오는 문 쪽을 가리키며 조는 말했다.

순간 댄은 마치 무거운 짐을 내려놓은 듯 긴 숨을 들이쉬더니 지팡이를 집어 들고 집 쪽을 향했다. 그러다 갑자기 멈추어 서서 의심스러운 듯 말했다.

"바어 아저씨는 저를 좋아하지 않을 거예요. 저는 페이지 씨에게서 도망나왔어요."

"아저씨도 알고 계셔. 하지만 너를 무척 반기실 거야."

댄은 절뚝거리며 다시 현관 쪽으로 다가갔다.

"댄! 그런데 웬일이니?"

"담을 넘다가 발 위로 돌이 떨어져서 제 발을 뭉개 버렸어요. 그렇지만 괜찮아요."

댄은 발을 옮길 때마다 고통을 감추려고 애를 썼다. 조는 그를 부축해서 그의 방으로 데려가 의자에 앉혔다. 댄은 의자에 털썩 주저앉더니 머리를 뒤로 젖혔다. 댄의 얼굴은 피로와 고통으로 창백했고 몹시 야위어 있었다.

"불쌍한 댄! 이걸 좀 마시렴. 그리고 뭐라도 좀 먹어야지. 이제 넌 집으로 돌아온 거야. 이 바어 엄마가 잘 돌봐줄게."

댄은 조가 입가에 대어주는 포도주를 마시면서 애정이 가득 찬 눈으로 바어 부인을 바라보았다. 그리고 부인이 가져다주는 음식을 천천히 먹었다. 그는 지금까지 자기가 겪은 일들을 조에게 털어놓았다.

"어디에 있었니, 댄?" 붕대를 꺼내면서 조가 물었다.

"도망친 지 한 달쯤 됐어요. 페이지 씨는 좋은 분이긴 했지만 너무 엄했어요. 난 그게 마음에 들지 않았어요. 그래서 배를 가진 어떤 아저씨와 강을 건넜어요. 그래서 페이지 씨는 내가 어디로 갔는지 알 수 없었던 거예요. 그곳을 떠나서는 몇 주 동안 어느 농부와 일했어요. 그런데 그 집 아들을 제가 두들겨 패는 바람에 농부에게 죽도록 얻어맞았어요. 그래서 또다시 도망쳐서 여기까지 걸어온 거예요."

"그 먼 길을?"

"예, 그 사람은 한 푼도 주지 않았고, 나도 달라고 하지 않았어요. 그 아이를 때린 걸로 갚은 셈이죠, 뭐."

댄은 활짝 웃었다. 그러곤 자기의 누더기 옷과 더러운 손을 힐끗 내려다보더니 부끄러운 듯 고개를 숙였다.

"그래, 어떻게 살았니? 너같이 어린 소년이 견디기엔 너무 오랜 떠돌이 생활이었는데."

"발을 다치기 전까지는 괜찮았어요. 세상엔 좋은 사람들도 많던데요. 먹을 것도 주고, 헛간에서 재워주기도 했어요. 낮에는 걸었어요. 여기 올 때 지름길을 잃어버리지만 않았다면 벌써 도착했을 텐데."

"그런데 우리와 함께 지낼 생각이 아니면 앞으로 뭘 하려고?"

"저는 테디가 보고 싶어서 온 거예요. 그리고 아줌마도요. 그러고 나서 옛날의 도시 생활로 되돌아갈 생각이었죠. 단지 너무 피곤해서 그만 건초 더미에서 잠들었을 뿐이에요. 아줌마가 나를 찾아내지 않았더라면 아침 일찍 이곳을 떠났을 거예요."

"내가 너를 발견해서 유감이구나?"

댄의 상처 난 발을 보려고 무릎을 굽히면서 조는 반은 밝은 표정으로 반은 시무룩한 표정으로 댄을 쳐다보았다. 댄의 얼굴에 혈색이 돌았다. 소년은 조의 눈길을 피해 접시를 응시하며 떠듬떠듬 말했다.

"아니에요, 아줌마. 저는 기뻐요. 저는 이곳에 머물고 싶었으니까요. 그렇지만 아줌마가 두려워……."

"언제 이렇게 된 거야?"

조가 댄의 발 상태를 보고 충격을 받아 소리치는 바람에 댄은 말을 채 끝맺지 못했다.

"3일 전에요."

"이 발로 걸어다녔단 말이니?"

"지팡이를 짚고 다녀서 괜찮았어요. 개울을 만날 때마다 씻었고요. 어떤 부인이 상처 위에 붙일 헝겊 조각도 주었어요."

"어서 바어 아저씨를 불러 치료를 해야겠구나."

조는 서둘러 건넌방으로 들어갔다. 조가 서두르는 바람에 방문을 그냥 열어두어 댄은 모든 걸 들을 수 있었다.

"프리츠, 그 애가 돌아왔어요."

"누구 말이오? 댄?"

"네, 테디가 창문으로 댄을 보고 불렀는데 댄은 건초더미 쪽으로 도망가서 거기에 숨어 있었던가 봐요. 방금 제가 건초더미 뒤에서 이 아이를 발견했는데 막 잠이 들었더라고요. 피로와 고통에 지쳐 거의 반죽음 상태였어요. 한 달 전에 페이지 씨 댁에서 도망쳐 여기까지 걸어왔대요. 자기 말로는 우리를 잠깐 한 번 만나고 옛날에 있던 도시로 가겠다고 하지만 그 애는 분명히 이곳에 있고 싶어해요. 저는 그걸 금방 알 수 있었어요. 그 애는 당신이 자기를 용서하고 받아들이기를 기다리고 있어요."

"여기 있고 싶다고 말했단 말이오?"

"그 아이의 눈빛이 그렇게 말했어요. 내가 그 애를 깨웠을 때 길 잃은 아이처럼 '엄마, 나 집에 돌아왔어요.'라고 말했어요. 나는 가련한 어린 양이 다시 양떼에게로 돌아온 것 같아 그 애를 집으로 데리고 들어왔어요. 그 애를 여기 있게 해도 될까요, 프리츠?"

"물론이오. 그 애의 마음에 상처를 주어선 안돼요. 또다시 그 애가 집을 나가는 일이 없도록 할 거요."

댄은 남편에게 감사의 인사를 속삭이는 조의 부드러운 목소리를 들었다. 잠시 댄의 두 눈에 맺혀 있던 눈물이 떨어져 얼룩덜룩한 두 볼을 타고 흘러내렸다. 그는 재빨리 눈물을 훔쳐냈다. 아무도 이 모습을 보지 못했다.

이 선한 사람들에게 소년이 품고 있던 한 가닥의 불신은 순식간에 사라졌다. 댄은 가슴 깊이 감명을 받았고, 자신을 기다려주고 용서해 준 바어 부부의 사랑과 동정에 보답하고 싶다는 생각이 가슴 속에서 샘솟았다.

"빨리 가서 댄의 아픈 발을 한번 봐 주세요. 아픈 발로 3일이나 걸어서 상처가 더 악화된 것 같아 걱정이에요. 물로 씻어내고 낡은 헝겊으로 묶기만 한 채, 먼지투성이로 뙤약볕을 걸어다녔대요. 프리츠, 그 애는 용감한 소년이에요. 분명히 훌륭한 청년이 될 거라고 믿어요."

"나도 그러길 바라오. 당신을 위해서 말이오. 당신의 신념은 성공할 만하지. 자, 가서 당신의 '용감한 소년'을 한번 봅시다. 어디 있소?"

"제 방에 있어요. 그렇지만 여보, 아주 친절히 대해야 해요. 그 애에게는 거칠게 보이면 안 돼요. 다정하게 대해 주는 것만이 그 애를 바른 길로 이끌 수 있는 방법이란 생각이 들어요. 그 애는 엄격함뿐 아니라 구속받는 것도 견디질 못하는 아이예요. 제가 어렸을 때 그랬듯이 친절한 말씨와 무한한 인내만이 그 애를 도울 수 있을 거예요."

"당신은 그 조그만 악당 녀석을 무척이나 좋아했던 것 같군!"

바어 씨가 웃으면서도 질투하듯 말했다.

"저는 그 애가 어떻게 받아들이고 어떻게 이해하는지 알아요. 저는 그 애가 느끼는 충동과 저지른 실수들이 이해가 되고 그래서 마음이 아파요. 저는 제가 하는 일이 기뻐요. 이 일은 저 자신을 돕고 또 그 애를 돕는 일이거든요. 그리고 만약 제가 이 거친 소년을 좋은 사람으로 만들 수 있다면 그건 인생에서 가장 보람된 일이 될 거예요."

"하느님이 당신과 당신의 일을 축복하실 거요!" 바어 씨는 진지하게 말했다.

그들은 어느 때보다도 애정 어린 눈길로 서로를 바라보며 방으로 들어갔다. 댄은 잠이 쏟아지는지 고개를 숙여 팔 위로 엎드려 있었다. 조와 바어 씨가 방으로 들어서자 댄은 재빨리 고개를 들고 몸을 일으키려 했다.

"그래, 너는 페이지 씨 농장보다 플럼필드가 더 좋단 말이지? 좋아, 이제 우리 예전보다 더 편안하게 지내보자꾸나."

"고마워요, 아저씨."

댄은 온순한 목소리로 말하려고 노력했고 생각보다 어렵지 않았다.

"어디 발을 좀 보자." 바어 씨는 상처 난 댄의 발을 살펴보았다.

"저런, 상처가 심하구나. 내일 의사 선생님을 불러야겠군. 조, 더운 물과 부드러운 천을 좀 준비해 줘요."

바어 씨는 조가 유일하게 비어 있던 침대를 정돈하는 동안 댄의 다친 발을 소독하고 붕대를 매주었다. 그 방은 손님을 위한 작은 방인데 거실과 연결되어 있어서 가끔 아이들이 몹시 아플 때 이용되었다. 그 방은 조가 편하게 드나들 수 있었고 아픈 아이들이 집 안 돌아가는 사정을 알 수 있는 위치에 있었다.

준비가 끝나자 바어 씨는 댄을 안고 방으로 옮긴 뒤 옷을 벗겨주고 깨끗한 침대에 눕혔다. 그리고 댄의 머리를 쓰다듬으며 아빠처럼 다정하게 말했다.

"잘 자거라, 아들아."

댄은 곧 잠에 빠져들었다. 몇 시간을 곯아떨어져 자다가 발을 바늘로 찌르는 것 같은 아픔에 몇 번을 뒤척였다. 댄은 아무에게도 들리지 않도록 속으로 신음을 삼켰다. 댄은 바어 씨가 말한대로 '용감한 소년'이었다.

조는 밤마다 집 안을 둘러보는 습관이 있었다. 바람이 차면 창문을 닫았고, 테디의 방에 방충망을 치기도 하고, 이불을 걷어 차버린 아이들의 이불을 다시 덮어주기도 하고, 곤히 잠든 아이들의 뺨에 입을 맞춰주기도 했다. 작은 기척도 놓치지 않는 조는 댄의 방에서 들리는 신음에 벌떡 일어났다. 작은 등불을 들고 댄의 침대로 다가간 조는 급히 다가가 댄의 얼굴 가까이에 등불을 들이댔다. 얼굴에 온통 식은땀이 송송 맺힌 채 댄은 이를 악물고 신음 소리를 속으로 삼키고 있었다.

"댄, 많이 아프니?"

"예, 아줌마. 하지만 아줌마를 깨우고 싶지 않았어요."

"나는 밤이면 항상 올빼미처럼 왔다 갔다 한단다. 발이 불덩이 같아. 붕대가 다 젖었을 거야."

조는 쏜살같이 달려나가 세숫대야에 얼음물을 가득 담아가지고 왔다.

"아! 훨씬 낫네요."

댄은 한숨을 쉬면서 말했다. 축축해진 붕대는 새 붕대로 바뀌었고, 차가운 물 한 잔이 그의 목을 축여 주었다.

"자, 이젠 푹 자거라. 나를 보더라도 놀라지 마라. 이따 또 와 볼 테니."

조는 베개와 침대보를 다시 펴주려고 몸을 구부렸다. 그 순간 댄이 조의 목을 감싸 안으며 그의 뺨에 입을 맞추었다.

"고마워요, 엄마."

너무 갑작스러운 일이라 조는 깜짝 놀랐다. 그래도 놀란 내색을 해서는 안 되겠다는 생각이 들었다. 이것이 댄의 본심이리라. 이 삭막한 세상에서 어린 나이에 거친 사람들과 살다 보니 댄의 본심은 오랫동안 감추어져 있었을 뿐 댄의 마음속엔 따뜻한 인간애가 흐르고 있었던 것이다. 조는 그런 댄의 본심을 이미 알고 있었다는 믿음을 댄에게 전해 주려고 그저 다정하게 말했다.

"너는 오래전부터 내 아들이었어. 네가 하기에 따라 자랑스러운 아들이 될 수도 있어."

댄은 곧 평화로운 얼굴로 잠이 들었다. 조는 곤히 잠든 댄의 얼굴에 입을 맞추고 조용히 방을 나왔다. 발의 상처가 나아지고 있었다.

그날은 일요일이었다. 집은 아주 고요했다. 댄은 정오까지 잠에서 깨어나지 않았다. 몇 시나 됐을까? 댄은 여름날에는 느껴보지 못했던 햇살의 따스함을 느끼며 잠에서 깨어났다. 댄은 몸을 일으켜 사방을 둘러보았다. 깨끗한 커튼이 드리워져 있고 꽃병에는 한여름의 장미가 한 다발 꽂혀 있는 그곳은 플럼필드였다. 지난밤의 일들이 하나둘 떠올랐다.

그때였다. 커다란 두 눈망울을 반짝이며 작은 아이가 문가에 나타났다. 테디였다. 댄은 두 팔을 활짝 벌렸다. 테디가 방을 가로질러 뛰어와 그의 침대에 몸을 던졌다.

"댄!"

테디는 그를 껴안고 너무 기뻐 발버둥쳤다. 잠시 뒤 조가 아침 식사를 가지고 나타났다. 테디는 댄의 병간호는 자기에게 맡기라고 고집을 피우며 댄에게 아침을 한 입 한 입 떠먹여주었다. 테디가 댄의 아침을 거의 다 먹여주었을 때 의사가 도착했다. 의사가 들여다보니 댄의 발은 아주 심각한 상태였다. 발의 잔뼈가 여러 개 부러졌던 것이다.

"아, 아주 심하군요. 이렇게까지 되다니. 정말 아팠겠어요. 발을 째고 뼈를 바로잡아야 할 텐데 무척 아플 거예요."

의사는 나지막이 조에게 속삭였다.

"제가 도울게요." 조는 댄을 바라보며 의사에게 다정하게 말했다.

"댄, 무척 아플 텐데, 참을 수 있지? 내가 곁에 있어 줄게."

"네, 아줌마. 저는 무엇이든 참을 수 있어요."

조는 댄의 두 팔을 단단히 붙잡았다. 의사가 댄의 발을 째고 뼈를 모두 바로잡을 때까지 댄은 한 마디 비명도 지르지 않았다. 비록 입술이 하얗게 질리고, 이마엔 커다란 땀방울이 송송 맺혔지만……

"자, 다 됐어요. 적어도 일주일은 안정을 취해야 합니다. 바닥에 발을 디디면 안 돼요. 일주일이 지나봐야 목발을 짚고라도 다닐 수 있을지 어떨지 알 수 있을 것 같군요. 그것보다 더 오래 누워 있어야 될지도 모르고요."

댄이 보고 싶어 하지 않는 번득이는 의료기구들을 들어 올리면서 의사가 말했다.

"그때쯤이면 완전히 낫는 건가요?" 댄이 목발이라는 말에 놀라 두 눈을 휘둥그레 뜨고 물었다.

"그러기를 바란다." 그 말을 남기고 의사는 방을 나갔다.

"걱정 마라, 댄. 이 엄마는 뛰어난 간호사야. 너는 한 달 안에 목발을 짚지 않고도 걸을 수 있을 거야." 조가 희망적인 어조로 댄을 달래며 말했다. 그래도 댄은 도무지 안심이 되지 않았다. 영영 절름거리며 걷게 될지도 모를 일이다.

조는 댄을 안심시키기 위해 아이들을 하나둘씩 들여보내 잠시 동안 그와 함께 놀아주도록 해야겠다고 생각했다.

"내트와 데미가 보고 싶어요. 그리고 내 모자도요. 친구들이 분명 보고 싶어할 것들이 모자 속에 많이 들어 있어요. 혹시 제 꾸러미를 버리진 않으셨지요?" 댄이 걱정스럽게 물었다.

"아냐, 잘 간수해 두었어. 무언가 소중한 물건임에 틀림없을 거라고 생각했거든. 네가 그렇게 소중히 다루는 걸 보고 말이야."

조는 그에게 낡은 밀짚모자를 갖다 주었다. 그 속에는 나비와 딱정벌레, 그리고 길에서 주운 듯한 새알과 이끼, 이상한 조가비며 돌, 버섯조각, 게 몇 마리가 들어 있었다.

"이것들을 어디에다 두어야 할까요? 하이드 씨와 제가 주운 것들이에요. 아주 좋은 것들이죠. 어디든 이것들을 두어도 될까요?"

댄은 아픈 발도 잊은 채, 침대 위에서 옆으로 돌아다니는 게를 보고 웃으며 물었다.

"물론이지, 그렇게 해도 된단다. 폴리의 낡은 새장이 알맞겠구나. 그걸 가져올 테니 게들이 테디의 발가락을 물지 않도록 조심하렴."

댄은 사람들이 자신의 보물들을 쓸데 없는 물건으로 여겨 내다버리지 않았다는 사실에 기뻐하고 있었고 조는 이 모습을 바라보며 나갔다.

내트와 데미가 새장을 가지고 방으로 들어섰다. 게들은 새장 속으로 들어갔고 아이들은 그걸 보면서 즐거워했다. 아이들은 댄이 돌아왔다는 소식을 듣고 댄을 만나고 싶어 안달하고 있었다. 그렇지만 안정을 취해야 한다는 조의 말에 아이들은 일단 데미와 내트에게 댄을 가장 먼저 볼 수 있는 기회를 양보했다. 내트와 데미는 눈물을 글썽이며 차례차례 댄을 껴안았다. 무슨 얘기부터 해야 좋을지 몰랐다. 그런 데미와 내트의 마음을 알아보고 댄이 먼저 말을 꺼냈다. 댄은 유쾌하게 자기가 겪은 모험담을 늘어놓았다. 열린 문 사이로 아이들이 얘기하는 소리를 듣고 있던 조는 안도의 한숨을 쉬었다.

'저 개구쟁이는 정말 박식하고 열성적이야! 일이 정말 잘되어 가고 있지 뭐야. 누워 있는 동안에는 아이들이 댄에게 딱정벌레와 돌을 갖다 줘도 혼내지 않겠어. 그래, 그래야겠어.'

조는 미소를 머금고 소녀 때처럼 상상의 나래를 펼쳐보았다. 소녀 때는 자신에 대한 상상을 했다면 지금 그녀는 다른 사람들을 위한 상상을 하고 있다. 이런 상상이 현실 속에서 아이들의 미래가 쌓아 올려질 훌륭한 버팀목이 될 수도 있었다.

내트는 댄이 겪은 모험에 푹 빠져들었다. 데미는 딱정벌레와 나비에 몹시 흥미가 끌렸다. 그들에게 모험 이야기는 마치 새롭고 사랑스러운 요정 이야기 같았다. 댄은 아주 흥미진진하게 이야기를 했고, 어린 철학자인 데미는 배울 점이 많다는 생각에 귀를 기울였다.

내트와 데미가 댄 곁에 너무 오래 있었기 때문에 바어 씨는 아이들에게 산책할 시간을 일러주어야만 했다. 댄이 뛰어나가는 아이들을 부러운 눈빛으로 바라보자 바어 씨는 댄을 거실로 옮겨 잠시라도 아이들이 뛰노는 모습을 볼 수 있게 해주었다.

아이들은 모두 시냇가로 놀러 나가고 집 안은 조용해졌다. 거실엔 테디와 조 그리고 댄이 한가로운 여름의 오후를 즐기고 있었다. 조는 댄이 자기의 낡은 밀짚모자 속에서 꺼낸 잡동사니들을 소중한 보물이라도 다루듯 조심스레 만지작거리는 걸 보고 호기심어린 목소리로 물었다.

"그런데 댄! 아까 데미와 내트에게 얘기하는 걸 들으니 넌 참 많은 걸 알고 있더구나. 그런 걸 다 어디에서 배웠지?"

"저는 언제나 그런 걸 좋아했어요. 그리고 하이드 씨가 가르쳐주셨고요."

"하이드 씨가 누군데?"

"숲속에 살면서 이런 것들을 공부하는 아저씨예요. 개구리나 물고기를 잡아 자세히 관찰하고는 기록도 해두죠. 그 아저씨는 페이지 씨 댁에 묵었는데, 그때 제가 이것저것 도와드렸죠. 아저씨가 제게 이상하게 생긴 곤충들을 보여주고 재미있는 얘기도 들려주셔서 정말 재미있었어요. 아저씨는 정말 재미있고 똑똑하거든요. 다시 만날 수 있으면 좋을 텐데."

"그랬으면 좋겠구나."

조는 하이드 씨 얘기를 하며 생기가 도는 댄의 얼굴을 흐뭇하게 바라보며 말했다. 별로 말이 없는 댄은 하이드 씨와의 일이 재미있었는지 흥미롭게 얘기를 계속했다.

"그 아저씨는 새들을 불러 모을 수도 있어요. 다람쥐나 토끼들도 거리낌 없이 그의 곁으로 가요. 아줌마는 막대기로 도마뱀을 건드려본 적이 있나요?" 댄이 진지하게 물었다.

"아니. 그렇지만 한번 해보고 싶구나."

"나는 해봤어요. 뒤집어져서 발버둥치는 걸 보는 게 얼마나 재미있는데요. 그 놈들도 아주 좋아하는걸요. 하이드 씨도 그렇게 하곤 했어요. 그 아저씨는 휘파람을 불어 뱀하고 얘기할 수도 있어요. 꽃이나 나무 이름은 모르는 게 없고, 물고기와 새에 대해서도 놀라운 얘기들을 해줬어요. 또 인디언과 바위에 대해서도요."

"너는 하이드 씨와 산책하는 걸 아주 좋아했겠구나. 페이지 씨를 신경 쓰지 않고 말이야." 조가 장난스럽게 말했다.

"예, 그랬어요. 잡초를 뜯거나 괭이질을 하는 건 정말 싫었어요. 매일 매일 하이드 아저씨와 돌아다니고만 싶었죠. 페이지 씨는 우리가 하는 일을 바보 같은 짓이라고 했어요. 하이드 씨를 보고는 미친놈이라고도 했고요. 그가 일은 하지 않고 송어 떼나 새들을 바라보며 빈둥거린다고 말이에요."

"페이지 씨는 오랫동안 농사일만 해오신 분이잖니. 페이지 씨는 그저 하이드 씨의 일이 얼마나 재미있는지, 그리고 하이드 씨의 일이 자신의 일 못 지않게 중요하다는 사실을 이해하지 못했을 뿐이야. 댄, 네가 만일 정말로 그런 일들을 좋아한다면, 내 생각엔 그것들을 좀 더 깊이 공부하는 게 좋을 것 같아. 책이 아주 도움이 될 거야. 하지만 난 네가 그것만큼 다른 일들도 열심히 하길 원한단다."

"그럴게요, 아줌마."

댄은 자신 없는 목소리로 대답했다. 그는 책을 싫어했다. 그러나 조가 제 안한 공부는 어떤 공부라도 하리라고 댄은 마음먹었다.

"저 장 속에 서랍이 열두 개나 있다는 걸 아니?" 이것은 댄이 생각지 못 한 질문이었다.

댄은 피아노 양쪽에 놓여 있는 두 개의 큰 구식 캐비닛을 보았다. 예전에 이곳에 있을 때 그는 이따금 나사나 종이 따위의 물건들을 거기서 꺼내는 것 을 봤었다. 그는 고개를 끄덕이면서 미소를 지었다. 조는 계속 얘기했다.

"저 작은 서랍들이 네 돌과 조개껍데기들을 보관하기에 적당한 장소 같지 않니?"

"아, 정말 멋진 생각이에요! 그런데 그래도 될까요? 아줌마는 잡동사니 들이 달그락거리면서 돌아다니는 것을 좋아하시지 않잖아요."

댄은 누워 있다가 벌떡 몸을 일으키고는 반짝거리는 눈망울로 낡은 가구 를 살펴보기 시작했다.

"그렇지 않아, 댄! 나는 그런 잡동사니들이 좋단다. 나는 너의 작은 보물 들을 너를 좋아하는 것만큼이나 좋아하는 걸. 그리고 네가 조심스럽게 다루 리라 생각하기 때문에 이 서랍을 네게 주려는 거야. 한 가지 제안을 해야겠 구나, 댄. 여기 넉넉한 크기의 서랍이 열두 개 있는데, 네가 매달 의무를 하 나씩 완수하면 그때마다 서랍 하나씩이 네 것이 되는 거야. 댄, 나는 사람들 을 돕는 걸 좋아해. 물론 어떤 보답을 바랄 때도 있지. 그러나 비록 보답을 바라고 일을 시작했다 할지라도 그 일이 올바른 일이면 사람들은 대개 보답 보다도 그 일 자체를 사랑하게 되지. 그러다 보면 어느새 보답은 바라지 않 고 선행을 베풀면서 그 자체에서 가치를 느끼게 되는 거야."

"아줌마는 어떠신데요?" 댄은 조의 새로운 이야기에 머리를 갸우뚱했다.

"물론 나도 그렇단다. 그런 일이 없다면 살아갈 수가 없어. 내가 바라는 보답은 서랍이나 선물, 휴일 같은 것이 아니라, 댄이 다른 사람들에게 어떤 보답도 바라지 않고 선행을 베푸는 것이란다. 아이들이 선하게 행동하고 성공하는 것이 바로 내가 가장 좋아하는 보답이야. 나는 네가 서랍을 얻기 위해 원하지 않는 일도 열심히 하길 바라. 그러면 너는 두 가지 보상을 얻는 셈이지. 하나는 네가 받은 상이고 다른 하나는 기분 좋게 행한 의무에 대한 만족감이야. 이해할 수 있겠니?"

"네, 아주머니."

"우린 모두 작은 도움이 필요해. 너는 공부도 하고 일도 해야 하며 친구들 모두와 친하게 지내기도 해야 해."

조는 일어나 빈 서랍을 하나 꺼내들고 댄에게 다가갔다.

"자, 이걸 봐라. 난 벌써 이 서랍 안에 칸막이를 해 서랍 하나를 네 개로 나눠놓았다. 다른 것도 똑같이 만들 생각이야. 일주일마다 하나씩 채울 수 있도록 말이다. 그럼 한 달이면 다 채울 수 있겠지? 이 칸막이 하나마다 신기하고 예쁜 물건이 차게 될 때는 나도 너만큼 보람을 느끼겠지. 네가 그 조약돌, 이끼, 예쁜 나비를 위해 착한 일들을 실천해 나가는 걸 보면서, 나도 나의 결점을 극복하고 또 약속을 잘 지키려고 노력하게 되는 거야. 댄, 우리 해볼까?"

소년은 그러한 배려와 친절에 대해 어떤 말로 감사를 드려야 할지 당황한 듯했지만, 조가 한 말은 충분히 이해한 것 같았다. 조는 댄의 표정을 이해했고 더 이상 아무 말도 하지 않았다. 조는 소파 위에 서랍을 올려놓으며 명랑하게 말했다.

"자, 우선은 저 멋진 딱정벌레들을 안전한 곳에 넣자꾸나. 보기보다 꽤 많이 담을 수 있어. 핀으로 나비들을 고정하고 벌레는 둘레에 놓고, 무거운 물건을 두려면 아래쪽은 한 칸 비워 두어야겠군. 목화솜과 모직천도 갖다 줄게. 깨끗한 종이와 핀도 가져오고. 그동안 너는 다음 일주일 동안 뭘 할지 생각해 두렴."

"그런데 이렇게 누워 있으면 새로운 일들을 찾을 수가 없잖아요."

댄이 발을 애석한 눈초리로 바라보며 말했다.

"그렇지 않아, 댄. 원한다면 아이들이 무엇이든 가져다 줄 거야."

"그럴 수 있을까요?" 댄은 금세 발랄해져서 활기차게 물었다.

"그럼, 인내심을 배울 수 있지. 게다가 나를 위해 테디를 즐겁게 해줄 수도 있고, 또 실 감는 걸 도와주거나, 내가 바느질할 때 책을 읽어줄 수도 있어. 발을 쓰지 않고도 할 수 있는 일이 많단다. 그러면 하루하루가 금방 지나갈 거고 시간을 낭비하지 않게 되지."

그때 데미가 한 손에 커다란 나비 한 마리를 들고 또 한 손에는 흉하게 생긴 작은 두꺼비를 가지고 뛰어들어왔다.

"댄, 이봐! 내가 잡았어! 너한테 주려고 가져왔어. 예쁘지?"

데미는 곧 숨이 넘어갈 것처럼 헐떡거렸다. 댄은 두꺼비를 보고 웃으면서, 둘 곳이 없다고 말했다. 나비는 조 아줌마가 큰 핀을 주면 서랍 오른쪽에 고정시킬 수 있을 거라고 말했다.

"그 불쌍한 곤충들이 핀에 꽂혀 몸부림치는 걸 보고 싶지 않구나. 죽여야 한다면 장뇌 한 방울로 고통 없이 금방 죽게 하는 것이 어떻겠니?" 조가 약병을 꺼내면서 말했다.

"어떻게 하는지 알아요. 하이드 씨가 늘 그런 방법으로 곤충을 죽였거든요. 그런데 저는 장뇌가 없어서 핀을 사용했죠." 댄은 나비의 머리에 장뇌한 방울을 살그머니 떨어뜨렸다. 엷은 초록빛 날개가 퍼덕거리더니 이내 잠잠해졌다. 이 조심스러운 작업이 끝나갈 무렵 침실에서 테디의 목소리가 들려왔다.

"작은 게들이 나왔어요. 큰 게들이 다 잡아먹었어요."

데미와 조가 구출하기 위해 뛰어갔을 땐 테디가 의자 위에서 신나게 춤을 추고 있었다.

"데미는 정말 착하고 친절한 애예요."

댄은 그렇게 말하고 조심스럽게 첫 번째 나비에 핀을 꽂았다.

"좋은 교육을 받았으니 당연히 그래야지."

"데미는 조언을 해 주고 바로잡아줄 사람들이 주변에 있었어요. 저는 없었고요."

댄은 한숨을 쉬며 함부로 내던져졌던 자기 어린 시절을 떠올렸고 이것은 불공평하다는 생각이 들었다.

"나도 안다. 나도 잘 알기 때문에 너에게 데미 이상의 것을 요구하진 않아. 이제는 우리가 너에게 어떤 도움이건 줄 수 있어. 그리고 나는 스스로 자기 인생을 만들어 나가는 방법을 너에게 가르칠 거야. 바어 선생님이 전에 하신 말씀을 잊었니? 누구든 좋은 일을 하려고 하면 하느님이 도와주신다는 걸 말이야."

"잊지 않았어요, 아줌마." 댄이 아주 낮은 목소리로 말했다.

"아직도 옛날처럼 행동하겠니?"

"아뇨." 여전히 낮은 목소리였다.

"댄, 매일 밤 나를 기쁘게 해줄 거지?"

"네." 댄은 아주 진지하게 대답했다.

"그럼 믿겠다. 나는 네가 이 약속을 충실히 지킬 걸로 믿어. 말로 표현하지 않아도, 믿는 사람은 언제나 그걸 볼 수 있는 법이니까. 자, 여기 너보다 더 심하게 발을 다친 한 소년에 관한 즐거운 이야기가 있구나. 한번 읽어보겠니? 소년이 얼마나 용감하게 자신의 문제를 해결해 나가는지 한번 보자꾸나."

조는 《작은 농장의 소년들》이라는 책을 손에 쥐어 주고 나갔다. 댄은 책 읽는 것을 좋아하지 않았지만 곧 책에 빠져들었고 아이들이 집으로 돌아왔을 때 모두들 깜짝 놀랐다. 데이지는 그에게 야생화 한 다발을 가져다주었고, 낸은 소파에 누워 있는 댄에게 저녁 식사를 갖다 주겠다고 고집을 부렸다. 댄이 잘 볼 수 있도록 식당 문을 열어놓아 댄은 저녁 식사를 하는 개구쟁이들을 잘 볼 수 있었으며, 애들은 빵과 버터 너머로 상냥하게 고개를 끄덕여 보였다.

바어 씨는 일찌감치 그를 침대로 옮겨주었다. 테디가 잠옷을 걸치고 와서 인사했다.

"잘 자."

그러곤 엄마에게 매달리며 애원했다. "댄을 위해 기도하고 싶어요. 그래도 될까요?"

"그럼!"

댄의 침대 옆에 무릎을 꿇은 테디는 통통한 손을 모으고 부드러운 목소리로 기도했다.

"하느님, 모든 사람들을 축복해 주세요. 저도 착한 사람이 되도록 도와주세요."

테디는 엄마 어깨에 기대 잠들었다.

저녁 노래가 울려 퍼지자 플럼필드에 아름다운 일요일의 평화가 내려앉았다.

댄은 침대에 홀로 누워 있었다. 댄은 새로운 희망과 순수한 마음속에서 샘솟아 오른 포부에 사로잡혀 있었다. 댄은 어둠 속에서 두 손을 모으고 낮고 부드러운 목소리로 테디가 한 것처럼 기도를 드렸다.

"하느님, 모든 이들을 축복하시고 제가 착한 사람이 되도록 도와주세요."

제11장 테디 아저씨

욱신욱신 쑤시는 발 때문에 댄은 거의 움직이지 못하고 방 안에서만 지내야 했다. 무료하게 한 주일이 지났다. 활달한 소년에게 그렇게 갇혀 지낸다는 것이 그리 쉬운 일은 아니었다. 특히 쾌청한 여름 날 바깥에 나가 놀고 싶은 충동을 억제하기란 몹시 어려운 일이었다. 그러나 댄은 참으려고 애썼고 주위 사람들도 그를 도왔다. 토요일 오전에는 드디어 의사로부터 고대하던 진단을 받을 수 있었다.

"예상했던 것보다 경과가 좋으니 오후에는 목발을 짚고 가볍게 집 안팎을 산책해도 되겠습니다."

"만세!" 내트가 신이 나서 소리치며 다른 아이들에게 이 즐거운 소식을 전해 주려고 재빨리 달려 나갔다. 모두들 그 반가운 소식을 듣고 다행스러워했다.

저녁 식사 후에 댄이 목발을 짚고 거실을 왔다 갔다 하는 모습을 보려고 온 식구들이 모여들었다. 댄은 자기를 향한 관심과 친절에 아픔도 잊은 채 즐거워했다. 여자애들은 의자와 쿠션을 가져다주었고 테디는 댄이 혼자서는 아무것도 하지 못하는 것처럼 조심스럽게 대했다. 테디가 부서지기 쉬운 물건 다루듯 세심하게 돌봐주었기 때문에 댄은 아주 감격했다.

그때였다. 마차 한 대가 대문 앞에 멈춰서더니 누군가 모자를 흔드는 것이 보였다. 그는 "테디 아저씨! 테디 아저씨!"라고 크게 외쳤다.

로브가 그 짧은 다리로 날쌔게 현관을 가로질러 대문으로 뛰어나갔다. 댄을 제외한 나머지 아이들은 누가 맨 먼저 문을 여는지 내기라도 하듯 로브의 뒤를 따라 우르르 쫓아나갔다. 잠깐 사이에 마차는 몰려든 아이들로 둘러싸였다. 로리는 어린 딸을 무릎에 앉히고 활짝 웃고 있었다.

"자, 이제 개선 마차를 세우고 주피터를 내리게 해야지."

로리는 말을 마치자마자 반가움과 기쁨에 들떠 어쩔 줄 몰라 하는 조에게 다가갔다.

"잘 지냈어, 테디?"

"그럼, 잘 지냈지, 조."

서로 정다운 악수를 나누고 로리는 베스를 조의 팔에 안겨주었다.

"이 금발의 아이가 어찌나 너를 보고 싶어하는지 전속력으로 달려왔지 뭐야. 나도 네가 정말 보고 싶었고 어떻게 이 많은 아이들과 함께 살아가는지, 나도 한번 애들과 같이 놀면서 지내보고 싶다."

"정말 즐거워. 좋고말고. 장난만 치지 마."

조가 짓궂게 대답했다.

귀여운 베스를 빙 둘러싼 아이들은 베스의 긴 금발머리와 예쁘고 고운 옷에 감탄을 연발했다. 그들 모두는 베스를 숭배하다시피 했는데, 특히 로브의 관심은 각별했다. 로브는 베스를 인형처럼 여기며 만지면 망가질 것 같아 건드리지도 못했다.

베스가 당장 데이지의 부엌을 보고 싶어해 조는 베스를 따라다니는 한 무리의 소년들과 함께 데이지의 방으로 갔다.

로리는 항상 농장 검사를 했는데, 잘 크고 있는 것 같지 않으면 실망한 기색을 보이곤 했기 때문에 내트와 데미를 제외한 다른 아이들은 농장으로 갔다.

로리는 계단에 서서 한두 번 본 것이 다인데도 마치 친숙한 사이인 것 마냥 댄에게 말했다. "발은 좀 어떠냐?"

"많이 나았어요. 아저씨."

"집 안에만 있어서 좀 싫증이 났나 보구나. 그렇지?"

"네." 댄은 당장이라도 달려가고 싶은 눈빛으로 푸른 언덕과 숲을 바라보았다.

"다른 사람들이 돌아오기 전에 우리 둘만 가볍게 한 바퀴 돌아볼까? 마차가 아늑해서 괜찮을 거야. 신선한 바람을 쐬면 몸에도 좋을 테고. 데미, 가서 방석과 어깨에 덮을 숄을 가져오너라."

데미와 댄은 뜻밖의 제안에 기쁨을 감추지 못하면서도 믿기지 않는 듯 조심스레 물었다. "조 아줌마가 허락할까요?"

"물론이지. 좀 전에 결정했단다."

"언제요? 아까 그 일에 대해서는 조 이모와 아무 말씀도 하지 않으셨잖아요." 데미가 어리둥절한 표정으로 말했다.

"우리는 말을 하지 않고도 통할 수 있어."

"아, 알겠어요. 눈으로 얘기한다 그거죠? 아까 아저씨가 눈썹을 치켜 올려 눈짓을 하고 고개를 끄덕이자, 조 아줌마가 웃으며 고개를 끄덕이는 걸 봤어요." 친절한 테디 아저씨를 편하게 생각하는 내트가 큰 소리로 말했다.

"맞아서, 내트. 자, 그럼 타거라."

로리는 데미를 마부 피터 옆에 앉혔다. 댄과 내트는 뒤에 앉게 한 뒤 자신은 댄과 내트 건너편에 앉았다. 말로는 아픈 댄을 보살펴주기 위해서라고 했지만 사실은 두 아이의 얼굴을 살펴보기 위해서였다. 댄의 얼굴은 구릿빛에 좀 각이 져 강인해 보이는 데 비해, 내트의 얼굴은 갸름한데다가 희고 다소 연약해 보였다. 부드러운 눈과 잘생긴 이마에 매우 호감이 가는 인상이었다.

"댄! 나는 네가 좋아할 책 한 권을 가지고 왔단다."

로리는 눈을 찡긋하며 의자 밑으로 손을 넣어 댄이 놀랄 만한 책 한 권을 끄집어냈다.

"오! 정말 멋지지 않아요?"

댄은 책장을 넘기며 마치 살아 있는 것처럼 생생히 채색된 나비와 새, 그리고 온갖 종류의 흥미로운 곤충을 들여다보았다.

댄은 너무 흥분한 나머지 감사의 말을 하는 것도 잊었다.

댄의 모습을 바라보는 로리의 얼굴엔 만족스러운 미소가 떠올랐다. 내트도 뚫어지게 책을 바라보았고, 마부 옆에 앉아 있던 데미도 뒤쪽으로 돌아앉아서 함께 이야기를 나누었다.

마차가 오솔길에 들어섰을 때, 로리는 갑자기 안주머니에서 이상하게 생긴 작은 물체를 끄집어내서 손바닥 위에 올려놓았다.

"몇천 년 묵은 딱정벌레도 있단다."

아이들이 호기심어린 눈길로 회색 빛깔의 작고 단단한 딱정벌레를 들여다보고 있는 동안, 로리는 벌레가 몇 세기 동안 어떤 유명한 인물의 무덤 속에 죽은 듯이 누워 있다가 무덤을 뚫고 기어 나왔다는 흥미진진한 이야기를 들려주었다. 그는 계속해서 이집트인이며 그 기묘하고 화려한 유적, 나일강에 대한 이야기를 했다. 거대한 나일강에서 노 젓는 잘생긴 흑인과 함께 항해한 그의 경험담, 악어 사냥, 신기한 짐승과 새, 낙타를 타고 사막을 가로지른 모험에 대해 하나씩 들려주었다.

"테디 이모부는 할아버지만큼 얘기를 재미있게 해요."

데미가 눈동자를 반짝이며 감탄했다. 모두들 데미의 말에 공감하며 이야기가 계속되길 기다렸다.

"고맙구나." 로리는 진지하게 응답했다.

어린아이들은 언제나 좋은 비평가이며 특히 데미의 칭찬을 듣는 것은 기분 좋은 일이었다. 또 사람이면 누구나 다른 사람의 마음에 드는 걸 자랑스러워하기 마련이다.

"혹시 댄의 흥미를 끌 만한 게 없나 싶어 짐을 들춰보다가 몇 개 더 발견한 게 있지." 테디 아저씨는 인디언들의 화살촉과 조가비 구슬 끈을 끄집어냈다.

"야! 인디언에 대해 얘기해 주세요." 인디언의 오두막집 이야기를 좋아하는 데미가 소리쳤다.

"댄은 인디언에 대해 많이 알고 있어요."

내트가 거들었다.

"아마 나보다 더 많이 알고 있을 것 같은데, 어디 우리에게 얘기 좀 해주련?" 로리는 마치 소년 시절로 되돌아간 것처럼 흥미로운 표정을 지었다.

"하이드 아저씨는 인디언들과 같이 살기도 하셨는데 원주민 말로 이야기를 나누었다고 했어요. 재미있는 이야기들을 많이 들려주셨죠." 댄은 어른이 자기 말에 귀를 기울여 주는 것이 조금 어색했지만 모두가 열심히 귀 기울이고 있는 것에 우쭐해져서 이야기를 시작했다.

"조가비 구슬이 뭐야?"

호기심에 들뜬 데미의 질문을 시작으로 아이들의 질문공세가 이어졌다. 댄은 이야기를 막힘없이 술술 풀어나갔다. 하이드 씨가 들려준 이야기들이었다.

로리는 조가 언젠가 댄에 관해 얘기해 주었던 것도 있고 해서 인디언 얘기보다는 오히려 댄에게 더 흥미를 가졌다. 로리는 거친 소년에게 어떤 환상을 가지고 있었다. 마구 달려 나가고 싶지만 아픈 발 때문에 그것을 참으면서 점차 유순하게 길들여지고 있는 댄의 모습에서 어린 시절 자기의 모습을 보았기 때문이었다.

"나는 너희들이 찾아내거나 만들었거나 선물받은 온갖 신기하고 흥미진진한 것들을 모아놓은 박물관 같은 것이 있으면 좋지 않을까 하고 생각해 보았어. 조 아줌마는 마음씨가 좋아서 불평을 하지는 않겠지만 쉬운 일이 아니지. 벌레들이 아끼는 꽃병에 들어가고 죽은 박쥐들이 뒷문에 박혀 있고 온갖 잡동사니들로 집 안이 어수선할 텐데, 그런 것을 견뎌낼 만한 여자가 어디 그리 흔하겠니?" 로리가 즐거운 눈짓을 해가며 얘기하는 동안 소년들은 서로 눈짓을 주고받으며 재미있어했다.

"박물관을 어디에 만들죠?" 데미가 다리를 꼬고 몸을 아래로 숙이면서 말했다.

"마차를 넣어두는 낡은 헛간은 어떻겠니?"

"하지만 거긴 지붕도 새고 창문도 없는데다가 뭘 놓아둘 만한 공간도 없어요. 먼지가 끼고 거미줄도 많아요." 내트가 대답했다.

"깁스와 내가 손볼 때까지 조금만 기다려라. 깁스는 장비를 가지고 월요일 낮쯤 올 거다. 나도 다음 토요일에 와서 함께 정리하면 작지만 괜찮은 박물관을 만들 수 있을 거야. 누구나 자기가 모은 물건을 가져와서 그곳에 진열할 수 있겠지. 그 방면으로는 가장 많이 알고 있는 댄이 책임자가 되어라. 지금 댄은 맘껏 뛰어다닐 수 없으니 그 일이 즐거울 거야."

"야! 신나겠다." 내트가 탄성을 질렀다.

댄은 기쁨에 들떠 할 말을 잊은 채 책을 꼭 끌어안고 로리를 바라보았다. 마치 로리가 지금껏 세상에 있어본 적 없던 독지가라도 되는 것처럼.

"선생님, 한 바퀴 더 돌까요?" 반 마일을 삼각형을 그리며 천천히 두 번 돈 뒤 다시 문 앞에 다다랐을 때 마부 피터가 물었다.

"됐어요. 분별 있게 굴지 않으면 바어 부인이 다시는 오지 못하게 할 거예요. 자, 그럼 이제 집을 좀 둘러보고, 마차를 넣어둘 곳도 한번 살펴보고, 떠나기 전에 바어 부인과 얘기도 좀 해야겠군요."

로리는 댄이 휴식을 취하도록 내려주고 자기를 찾아 즐겁게 떠들며 돌아다니는 아이들에게로 갔다.

로리는 마차에서 내리면서 아이들에게 손을 들어 보였다. 기분이 아주 상쾌했다.

"나는 늘 여기에 어떤 시설을 만들었으면 하고 바랐어요. 이제 그 일을 시작해 볼까 해요. 언제 한 번 얘기했었죠? 박물관 말이에요." 집 안으로 들어온 로리가 조 곁에 놓인 의자에 앉으며 말했다.

"당신은 이미 하나를 만들어 주셨어요. 이름을 뭐라고 하죠?"

조는 그와 로리를 에워싸고는 마루에 진을 치고 기뻐하는 아이들의 얼굴을 가리키며 말했다.

"'희망에 찬 바어 농장'이라고 부르고 싶은데요. 그리고 나도 그 일원임을 자랑스럽게 생각해요. 이 학교가 배출한 첫 졸업생이 바로 나라는 사실을 너는 알고 있니?"

로리는 자신이 베푼 일들에 대해 감사를 받는 것이 민망해 대화의 주제를 바꾸어 댄에게 물었다.

"프란츠라고 생각했는데요." 댄은 의아하다는 듯 대답했다.

"아! 애야, 아니란다. 조 아줌마가 길러낸 첫 번째 아이는 바로 나란다. 조 아줌마가 그렇게 오랫동안이나 보살펴주었는데도 나는 아직 공부를 하고 있단다."

"아줌마 나이가 그렇게 많은가요!" 내트가 천진난만하게 말했다.

"아줌마는 아주 일찍부터 이 일을 시작하셨어. 나를 돌보기 시작했을 때 조 아줌마는 겨우 열다섯 어린 소녀였단다. 어쩌면 아줌마를 이런 삶으로 이끌었던 동기가 나였는지도 모르지. 그 아줌마가 주름살도 없고 머리도 희지 않고 별달리 지쳐 보이지도 않는 게 나는 참 신기해."

로리는 조를 바라보며 웃었다.

"테디, 그런 식으로 자신을 몰아붙이는 말이 어디 있어?" 조는 무릎에서 잠들어 있는 테디의 곱슬머리를 다정한 손길로 쓰다듬었다. "로리 너를 만나지 못했더라면 플럼필드도 없었을 거야. 너는 내 소중한 계획을 실천에 옮길 수 있게끔 용기를 북돋아준 장본인이지. 플럼필드를 세운 사람의 고마움을 기리기 위해 '로렌스 박물관'이라 부르는 게 좋겠어. 애들아, 어떻겠니?"

조는 옛날의 그 싱싱했던 젊은 날에 그랬듯 활기차게 말했다.

"좋아요! 좋아요!" 소년들은 기쁨에 겨워 모자를 던지며 외쳤다.

집에 들어오면 모자를 벗는 것이 플럼필드의 규칙이었다. 그러나 아이들은 서둘러 들어오느라 모자를 벗는 것을 잊고 있었다.

"몹시 배가 고픈데 과자 좀 먹을 수 있을까요?"

아이들의 함성이 가라앉자 로리가 고개 숙여 절을 하며 감사의 마음을 전했다.

"데미, 빨리 가서 에이샤에게 생강빵 상자를 달라고 해라. 식사 중간에 먹는 건 안 되지만 오늘은 특별한 날이니 모두 모여 과자를 먹자꾸나."

과자를 가지고 오자 조는 아이들에게 아끼지 않고 나누어주었다. 모두 맛있게 먹었다. 한창 맛있게 과자를 먹고 있는데 갑자기 로리가 소리쳤다.

"어, 내 정신 좀 봐! 할머니께서 보내신 꾸러미를 잊고 있었네!"

로리는 쏜살같이 마차로 달려가 흰 꾸러미를 들고 왔다. 상자 속에는 케이크를 잘라서 만든 여러 가지 동물과 새, 그리고 여러 예쁜 모양의 물건, 먹음직스럽게 구운 갈색 빵이 들어 있었다.

"각자 하나씩이다. 누구 것인지 이름이 다 적혀 있으니 싸우지 말고 나눠 갖도록 해. 할머니와 한나 아줌마가 정성들여 만들었는데 잊었더라면 큰일날 뻔했구나."

웃고 즐기는 가운데 모두들 케이크를 나누어 받았다. 댄은 물고기, 내트는 바이올린, 데미는 책, 토미는 원숭이, 데이지는 꽃 한 송이, 낸은 장난감 굴렁쇠, 천문학을 공부했다고 뻐기는 에밀은 별. 그 중 최고는 가족들이 탄 마차를 모는 것이 가장 큰 즐거움인 프란츠의 모형 마차였다. 스투피는 살찐 돼지를, 어린아이들은 눈이 건포도로 된 새와 고양이와 토끼를 받았다.

"이제 가야겠소. 베스는 어디 있지요? 빨리 돌아가지 않으면 애 엄마가 이곳으로 달려올지도 몰라요." 마지막 남은 빵 조각까지 다 먹어치웠을 때, 로리가 말했다.

어린 여자애들은 정원에 가 있었다. 프란츠가 베스를 찾아 돌아올 때까지 조와 로리는 문 앞에 서서 이야기를 나누었다.

로리는 낸이 재미있는 아이라고 생각하고, 낸 얘기로 조를 골리는 것에 재미를 느꼈다. "그 말괄량이 여자 아이는 요즘 어때?"

"좋아지고 있어. 예절을 몸에 익히면서 평소 자기의 행동이 거칠다는 것을 알아차리기 시작한 것 같아."

"남자 아이들이 그렇게 행동하도록 부추기지 않아?"

"그렇긴 하지. 그렇지만 나도 계속 신경을 쓰고, 또 그 애 자신도 요즘 들어 무척 노력해. 너와 악수할 때 그 애가 얼마나 예쁘게 악수하는지 봤지? 또 베스와 함께 있을 때 얼마나 부드러웠는지도. 데이지의 얌전한 행동이 그 애에게 자극이 돼. 몇 달만 지나면 몰라볼 정도로 숙녀가 돼 있을 거야."

그 순간 베스를 마차에 태운 채 네 명의 소년을 이끌고, 법석을 떨면서 질주해 모퉁이를 돌아오는 낸의 모습이 보였다. 조는 하던 말을 딱 멈췄다. 모자는 벗겨지고, 머리카락을 휘날리며 말괄량이 부대가 먼지를 일으키며 들어왔다.

"이 애들이 그 모범이 되는 아이들인가? 도덕과 바른 태도를 가르치는 너의 학교에 커티스 부인을 데려오지 않은 게 다행인걸. 저런 광경을 봤더라면 아마 충격에서 헤어나지 못했을 거야." 낸의 행실이 좋아졌다고 성급하게 자축하는 조를 비웃으며 로리가 말했다.

"그렇게 웃어도 상관없어. 난 포기하지 않을 거야. 꼭 성공할 거라고. 네가 대학 다닐 때 '실험은 실패했어도 원칙은 그대로 남는다'고 어떤 교수의 말을 빌려 얘기하곤 했던 것처럼 말이야."

조는 여전히 즐거운 표정이었다.

"나는 오히려 데이지가 낸을 본받지 않을까 걱정인데. 내 귀여운 아이를 봐. 저 애는 저런 적이 없었는데 나머지 아이들과 똑같이 깔깔거리며 놀고 있잖아. 이것이 무엇을 뜻하는 것이겠어?"

로리는 어린 딸이 두 손에 큰 채찍을 쥐고 휘두르고 네 소년이 주위에서 미친 듯이 껑충껑충 뛰어다니자 무슨 일이라도 일어날 것 같아 염려가 되어 베스를 구출하고 싶었다.

"경주를 해서, 내가 이겼어요." 낸이 외쳤다.

"더 빨리 달릴 수도 있었는데, 베스가 떨어질까 봐 그렇게 못했어요." 이번에는 데이지가 소리쳤다.

"야! 달려라." 다음 순간 베스가 마치 비명을 지르듯 소리를 지르며 채찍을 휘두르자 말들이 놀라서 앞으로 달아나버렸다. 말들은 더 이상 눈에 보이지 않게 되었다.

"베스! 너까지 물들기 전에 이 개구쟁이 아이들한테서 떨어져서 이리로 오렴. 잘 있어, 조. 다음에 올 때는 남자 아이들이 얌전해져서 이불보를 꿰매고 있는 모습을 보고 싶은걸."

"장난치는 걸 좋아한다고 그게 해가 되지는 않아. 그래서 나는 네가 걱정하는 것처럼 체념하지 않는 거야. 누구나 무언가를 성취하기 전에는 때때로 몇 번씩 시행착오를 겪기 마련이잖아. 에이미와 어머님께 안부 전해 줘." 로리가 베스를 안고 마차에 오르자 조가 말했다.

로리가 마지막으로 조를 보았을 때, 그녀는 경주에서 진 데이지를 위로하고 있었다. 조는 그것이 즐거운 것 같았다.

한 주일 내내 박물관을 만들 헛간을 수선하는 일로 온 집 안이 떠들썩했다. 아이들의 쉴 새 없는 질문, 어설픈 충고와 간섭이 끊이지 않았지만 일은 활발하게 진행되어 갔다.

늙은 깁스는 이 일로 화가 난 듯했지만 그럭저럭 금요일 밤에는 일을 마무리할 수 있었다. 지붕을 고치고, 선반을 올리고, 벽에 흰 페인트를 칠하고, 햇빛이 잘 들어오도록 뒤쪽에 큰 창문을 내는 등 모든 준비를 끝냈다. 시냇물도 보이고 초원을 따라 멀리 언덕도 보였다. 커다란 문 위에는 붉은 글씨로 '로렌스 박물관'이라고 쓴 간판을 붙였다.

아이들은 토요일 오전 내내 자신들의 물건을 어떻게 진열할 것인가를 계획했다. 로리가 에이미가 싫증이 나 쓰지 않는 큰 수족관을 가져왔을 때 아이들의 기쁨은 정말 대단했다. 아이들은 부지런히 움직여 그날 오후에는 물건을 진열하는 마무리 작업을 모두 끝냈다. 그러자 모두들 새로 만든 박물관을 보려고 모여들었다.

그곳은 확실히 공기가 잘 통하고 햇볕도 잘 들었다. 더욱이 홉 덩굴이 창틀을 타고 올라가 아주 운치가 있었다. 박물관 한가운데엔 가녀린 물풀이 떠 있고, 밝은 빛깔을 자랑하며 금빛 물고기가 위아래로 한가로이 떠다니는 예쁜 수족관이 있었다. 창문 양쪽에는 온갖 진귀한 물건들이 진열될 선반이 있었다.

단단히 고정되어 사용하지 않는 문 앞에는 댄의 큰 장롱을 놓았다. 큰 문 대신 작은 문이 사용되었다. 장롱 위에는 아주 못생기고 재미있게 생긴 이상한 인디언 인형이 놓여 있었다. 그것과 함께 로렌스 할아버지가 보내온 돛을 단 멋진 중국 범선이 방 한가운데 있는 긴 테이블 위에 기묘하게 놓여 있었다. 위에 있는 흔들거리는 고리에는 폴리가 마치 살아 있는 듯 걸려 있었다. 폴리는 어릴 때 죽어 박제가 되었다. 벽에는 뱀 껍질, 커다란 말벌 둥지, 자작나무 껍데기로 만든 카누, 새알 한 줄, 남쪽산 짙은 이끼로 만든 화환, 그리고 목화 꼬투리 다발 등으로 장식되었다. 죽은 박쥐도 있었고 큰 거북의 껍질도 있었다.

돌멩이는 모두 다 진열할 수 없을 정도로 많아서 그중 가장 좋은 것 몇 개만 골라 선반 위에 있는 조개껍데기들 사이에 올려놓고, 나머지는 댄이 살펴볼 수 있도록 한쪽 구석에 쌓아놓았다. 타조 알은 데미가 가져온 것인데 데미는 방문객들이 궁금해할 때마다 그것에 대해 설명을 해 주었다.

모두들 자기 물건을 갖다놓고 싶어 했다. 사일러스까지 집에서 어려서 죽은 박제된 새끼 들고양이를 가져왔다. 좀먹고 초라했지만 노란 유리 눈은 날카롭게 노려보고 있었고 입은 자연스럽게 으르렁거리는 듯 보여 효과 만점이었다. 테디는 자기가 가장 아끼는 보물인 '고치'를 이 '과학의 성지'에 기증하러 왔다가 그걸 보고 겁에 질렸다.

"아름답지 않아요? 이렇게 신기한 것들을 많이 갖게 될 줄은 몰랐어요. 입장료를 받으면 돈을 꽤 많이 벌 것 같아요." 가족들이 그 방을 둘러보고 있을 때 잭이 제안했다.

"이 박물관은 무료로 개방되어야 해. 조금이라도 영리성을 띤다면 차라리 문에 쓰인 이름에 페인트를 칠해 버리겠어."

로리가 어찌나 단호하게 얘기하는지 잭은 괜히 말을 꺼냈다는 후회가 들었다.

"들어봐요! 로리 씨가 무슨 하실 말씀이 있다네요." 바어 씨가 큰 소리로 말했다.

"자, 어서 얘기하세요!" 조가 덧붙였다.

"부끄러워 못하겠습니다. 언제나 했던 당신이 하세요."

로리는 곤란한 자리를 빠져나가려고 창문 쪽으로 물러서면서 말했다. 조는 물러서려는 로리를 꼭 붙잡고 먼지투성이가 된 꼬마들을 바라보며 웃으면서 말했다.

"테디답지 않게 왜 이러세요. 이 박물관의 설립자로서 우리에게 의미 있는 몇 말씀 해주셔야지요. 우리는 열렬한 박수를 칠 것입니다."

빠져나갈 방법이 없다는 것을 깨달은 로리는 머리 위에 매달린 박제된 폴리를 바라보았다. 나이 많은 선명한 빛깔의 새에게서 어떤 영감을 찾는 듯했다. 한참을 그렇게 있더니 그는 탁자에 앉아서 즐겁게 말을 시작했다.

"여러분에게 제안하고 싶은 게 하나 있어요. 나는 여러분들이 이 박물관에서 단지 재미뿐만 아니라, 유익한 걸 많이 배우기를 바랍니다. 단지 신기하고 예쁜 물건들을 갖다놓는 것이 전부가 아니에요. 여러분들은 열심히 공부해서 누가 질문을 하든 답할 수 있고, 그 문제를 이해할 수 있어야만 해요. 저도 여기 놓은 전시품들을 좋아했지만 이제는 다 잊어버려서 다시 듣고 싶답니다. 여기 있는 댄이 새나 벌레 등에 관한 이야기를 아주 많이 알고 있으니, 그에게 이 박물관을 책임지게 하는 것이 좋을 것 같아요. 그리고 한 주에 한 번씩 여러분 모두가 돌아가며 글을 쓰거나 어떤 동물이나 광물, 식물에 관해서 토론해 보세요. 그렇게만 된다면 우리들은 두고두고 기억에 남을 유용한 지식을 가지게 될 거예요. 어떻게 생각하세요, 선생님?"

"나도 그런 걸 아주 좋아하지요. 힘닿는 대로 아이들을 돕겠어요. 그런데 이 새로운 학문을 공부할 책들이 없어서 걱정이군요." 로리의 생각에 찬성하며 조가 말했다.

바어 씨도 고개를 끄덕이며 말을 꺼냈다. 바어 씨는 지질학에 대한 수업을 할 계획을 세웠다.

"앞으론 특별한 목적의 도서관도 있어야겠어요."

"댄, 저 책이 유용할까?" 로리가 댄의 장 옆에 펼쳐져 있는 큰 책을 가리키며 물었다.

"예, 그래요. 그 책엔 제가 알고 싶어하는 곤충에 관한 이야기가 모두 적혀 있어요. 나는 그 책에서 나비를 어떻게 고정하는지에 대해 알게 되었죠."

댄은 책을 빌려준 사람이 책을 부주의하게 취급했다고 생각할까 봐 염려하며 그 책을 집어 들었다.

"그 책을 잠깐만 주련?"

연필을 끄집어내어 로리는 책 겉장에 댄의 이름을 쓰고 꼬리가 없는 박제된 새 말고는 아무것도 없는 모퉁이 선반 위에 올려놓으며 말했다.

"자, 이 책이 도서관에 들어온 첫 번째 책입니다. 내가 책을 더 가져올 테니 데미가 잘 정돈하거라. 조, 우리가 읽던 곤충탑, 전투하는 개미, 여왕벌과 함께 있는 벌들, 우리 옷에 구멍을 내고 우유를 훔쳐 먹는 귀뚜라미, 또 종달새에 관한 재미있는 책들은 다 어디 있나요?"

"우리 집 다락방에 있어요. 가져와야겠어요. 자연사 박물관을 만들 수도 있겠네요." 조가 어떤 일이라도 할 준비가 다 되어 있다는 듯 말했다.

"그런 것에 관해 쓴다는 것은 어려운 일 아닐까?" 글 쓰는 것을 싫어하는 내트가 말했다.

"처음엔 아마 좀 그렇겠지. 하지만 곧 좋아하게 될 거야. 만약 그걸 어렵게 생각한다면 이런 주제는 어떻겠니? 열세 살 소녀가 써 본 건데 '아테네 시의 미관을 위해 델로스 동맹 기금에 신청된 금액에 관한 테미스토클레스와 아리스티데스와 페리클레스의 대화'." 조의 대답이었다.

남자 아이들은 긴 이름만 듣고도 놀라 어리둥절해했고, 어른들은 그 주제의 허무맹랑함에 웃지 않을 수 없었다.

"그 여자애가 그걸 썼어요?" 데미가 놀란 어투로 물었다.

"그래, 그렇지만 그 애가 아무리 영리하다고는 해도 그런 주제에 대해선 잘 쓰지 못했을 거야."

"그거 한번 보고 싶은데?" 바어 씨가 말했다.

"아마 찾아보면 있을 거예요. 전에 그 애와 같은 학교에 다녔거든요."

조의 표정 때문에 모두들 그 어린 여자애가 누구인지 금세 알아차릴 수 있었다. 그 어려운 작문 주제를 듣고는 소년들은 정말 자신과 친숙한 것에 관해서만 써야겠다고 생각했다. 수요일 오후에 작문 수업이 있었는데 어떤 아이들은 쓰는 것보다는 얘기하는 것을 더 좋아했다. 바어 씨는 보고서들을 보관할 서류첩을 주기로 했고 바어 부인은 기꺼이 그 수업을 듣기로 했다.

아이들은 바어 선생님을 따라 손을 씻으러 갔다. 조는 토미에게 모든 물속에는 눈에 보이지 않는 올챙이가 가득하다는 이야기를 듣고 걱정하는 로브를 달래야 했다.

"나는 당신의 계획이 마음에 들어요. 그런데 너무 잘 해주려고만 하지 마세요, 테디." 조가 로리와 둘만 남게 되었을 때 말했다.

"아이들이 우리 곁을 떠나면 자신들의 일은 자기가 알아서 해결해야 한다는 걸 알잖아요. 편하고 사치스러운 일에 익숙해지는 것은, 앞일을 생각하면 아이들에게 맞지 않을 수도 있어요."

"물론 절제해야겠지만 내가 즐거워서 하는 일이니 그냥 좀 놔두구려. 때때로 일이 싫증날 때 당신 아이들과 유쾌한 시간을 가지는 것만큼 신나는 일도 없어요. 나는 댄을 아주 좋아해요. 조, 그 애는 감정을 잘 표현하지는 않지만 날카로운 눈을 가졌죠. 당신이 그 애를 조금씩 길들인다면 그 애는 당신을 믿고 따르게 될 거요."

"그렇게 생각해 주니 기뻐요. 그 애에게 자상하게 대해 준 점, 특히 이번 박물관 일에 감사드려요. 그 일은 댄이 다리를 다쳐 집 안에 있는 동안 그를 기쁘게 해줄 거예요. 또 내게는 이 가엾고 거친 아이를 부드럽고 평온하게 해줄 기회가 찾아온 셈이고요. 그도 우리를 사랑하게 될 거예요. 무엇이 당신에게 이렇게 아름답고 좋은 생각을 하게 했나요. 테디?"

조는 박물관을 떠나려고 일어나며 아쉬운 듯 이 즐거운 곳을 힐끗 뒤돌아보며 물었다. 로리는 행복에 겨워 눈물이 가득 고인 조의 두 눈을 바라보면서 그녀의 두 손을 잡고 나직하게 말했다.

"사랑하는 조, 나는 엄마 없는 아이가 되는 게 어떤 건지 알아요. 당신과 당신 가족들이 긴 세월 동안 나를 위해 얼마나 많은 사랑을 주었는가를 난 결코 잊을 수 없을 거요."

제12장 허클베리 따기

뙤약볕이 쨍쨍 내리쬐는 8월의 어느 날 오후 플럼필드에는 양동이가 요란하게 부딪치는 소리, 이리저리 뛰어다니는 소란스러운 발소리, 먹을거리를 찾아대는 소리가 분주하게 울려 퍼졌다. 그날은 아이들이 허클베리(북미 원산의 월귤나무류) 열매를 따러 가기로 한 날이다. 그들은 북서항로를 찾아 나서기라도 하는 것처럼 야단법석을 떨었다.

"자, 애들아. 최대한 조용히 출발하자. 로브는 떼어놓고 가기로 했으니까. 너희는 로브를 볼 수 없을 거야." 바어 부인이 데이지의 챙 넓은 모자를 묶어주고 낸이 두른 커다란 파란색 앞치마를 매만지면서 말했다.

그러나 로브를 따돌리려던 계획은 아이들이 너무 법석을 떨어 로브가 듣는 바람에 실패하고 말았다. 로브는 소란스러운 소리를 듣고 자기도 따라가기로 마음먹고 준비를 이미 마치고 있었기 때문이다. 자기를 떼어놓고 가려고 한 것에 대해선 전혀 신경쓰지 않았다. 아이들이 막 대문을 나서려고 할 때 그 작은 꼬마는 자기가 가장 좋아하는 모자를 쓰고서 숨이 턱에 차도록 뛰어와 대열의 맨 끝을 뒤따랐다. 손에는 번쩍거리는 양동이가 들려 있고 얼굴은 만족감으로 빛나고 있었다.

"오, 맙소사! 이제 볼 만하겠군."

바어 부인이 한숨을 쉬며 말했다. 부인은 때때로 큰 아들을 다루기가 무척 힘들다고 느꼈다.

"나도 갈 준비가 되었단 말예요." 로브가 의기양양하게 말했다.

"네가 따라가기에는 너무 멀단다, 애야. 그리고 오늘은 여기 남아서 엄마를 좀 도와다오."

"테디가 있잖아요. 나도 이제 다 컸어요. 엄마는 내가 다 크면 갈 수 있다고 말했잖아요. 이제 나도 다 컸다고요."

행복감으로 한껏 밝았던 로브의 표정에 구름이 끼면서 흐려지기 시작했다.

"우리는 큰 목장으로 가는 거야. 그곳은 네가 따라오기에는 너무 멀어." 어린아이를 별로 좋아하지 않는 잭이 소리쳤다.

"그렇지 않아. 난 막 달려갈 거라고. 엄마! 가게 해주세요. 정말 가고 싶어요. 허클베리 열매를 양동이에 가득 따서 모두 드릴게요. 제발 엄마, 제발! 난 잘할 거라고요." 간청하는 로브의 모습이 너무나 측은해서 조의 마음이 무척 아팠다.

"그렇지만 애야, 넌 금방 지쳐서 따라간 걸 후회할 거야. 내가 언제 한 번 같이 가면 데리고 갈게. 그러면 너는 하루 종일 그곳에 있을 수 있고, 너는 허클베리 열매를 마음껏 딸 수 있어."

"엄마는 늘 바빠서 언제가 돼도 못 갈 거야. 나는 기다리는 데 지쳤어. 오늘 꼭 나도 허클베리 열매를 딸 수 있다는 걸 보여드리고 싶어요. 난 정말 허클베리 열매를 따고 싶고, 또 내 새 양동이를 가득 채우고 싶단 말이야." 로브는 불쌍하게 흐느끼면서 말했다. 그의 눈에서 굵은 눈물이 떨어져 소중한 새 양동이에서 똑똑 소리가 나고 허클베리 열매 대신 눈물로 양동이를 채우게 될 위협적인 상황이 다가오자 숙녀들의 마음이 움직였다. 조는 아들의 등을 어루만져주었고, 데이지는 로브에게 집에 함께 남아 있어 주겠다고 했다. 그러나 낸은 확고한 어조로 말했다. "로브를 가게 해주세요. 내가 돌볼게요."

"만약에 프란츠가 간다면 그리 걱정하지 않을 텐데. 프란츠는 아주 조심성 있는 아이니까. 그런데 그 애는 오늘 아빠와 같이 건초 작업을 해야 해. 그러니 너희들에게만 맡기기에는 어쩐지 좀 마음을 놓을 수가 없구나." 바어 부인이 말했다.

"그곳은 너무 멀어." 잭이 또 끼어들었다.

"나라도 가면 로브를 데리고 갈 텐데." 댄이 한숨을 쉬면서 말했다.

"고맙지만 댄, 넌 발을 조심해야 해. 내가 갈 수 있으면 좋으련만. 잠깐만 있어라, 내가 어떻게 해봐야겠다."

바어 부인은 마침 사일러스가 건초 수레를 몰고 가는 것을 보고는 그에게로 달려갔다.

"사일러스! 사일러스! 잠깐만요, 저, 오늘 아이들이 허클베리 열매 따러 목장으로 가는데 좀 태워주실 수 없을까요? 오후에도 다시 데리러 가주시고요. 부탁이에요. 하셔야 할 일이 좀 늦어지겠지만, 나중에 허클베리 파이를 드리겠어요. 네? 부탁이에요."

그러자 사일러스는 햇볕에 거칠게 그을린 구릿빛 얼굴을 환하게 빛내면서 흔쾌하게 말했다.

"워! 워! 나에게 뇌물을 준다고요? 기꺼이 그러죠. 바어 부인!"

"자, 얘들아, 내가 너희들이 모두 다 떠날 수 있도록 사일러스 아저씨께 부탁해 두었단다."

바어 부인은 어린 아들들의 화창한 마음을 흐리게 할 때마다 항상 가슴이 아팠다. 부인은 어린아이들의 작은 소망과 계획, 기쁨은 당연히 어른들에게서도 존중받아야 하고 어른들이 그것을 좌절시키거나 조롱거리로 만들어서는 안 된다고 믿었기 때문이다.

"나도 갈 수 있는 거죠?" 로브도 그렇지만 댄이 자기도 무척 가고 싶다는 듯 물었다.

"특별히 너를 생각해서 보내주는 거다, 댄. 그러니 매사에 조심하고 허클베리 열매를 딸 생각은 아예 하지 마라. 그저 경치를 보며 즐기도록 하렴." 댄이 로브에게 항상 친절히 대해준 일을 떠올리면서 바어 부인이 대답했다.

"나도요! 나도요!" 로브는 기뻐 날뛰며 양동이 뚜껑을 두들겼다.

"그래, 데이지와 낸이 너를 잘 보살펴줄 거야. 자, 너희들 모두 다섯 시가 되면 길모퉁이 가게에 가 있어야 한다. 그러면 사일러스 아저씨가 너희들을 데리러 갈 거야."

로브는 감사하는 마음이 샘솟아 엄마에게 와락 안기더니 자기가 딴 허클베리는 하나도 먹지 않고 전부 갖다 주겠다고 약속했다.

아이들이 건초 수레를 빽빽이 메우자 수레는 신나게 앞으로 달려 나갔다. 그러자 모두들 기쁨의 환호성을 내질렀다. 로브는 오늘의 어린 임시 엄마 데이지와 낸 사이에 앉아 얼굴 가득 미소를 띠고 온 세상을 향해 자신의 가장 멋진 모자를 흔들었다. 어머니는 그를 가도록 허락해 주었지만 모자를 두고 가도록 하지는 않았다. 또 오늘은 로브에게 축제의 날이기도 했다.

흔히 급히 서두르다가 작은 사고들이 생기기 마련이지만, 이날 오후는 너무도 행복한 한때였다! 물론 토미는 허클베리 열매를 따다가 그만 넘어져서 말벌집을 건드려 벌에 쏘였지만 이런 고난에는 익숙해져 있었기에 그 욱신거리는 아픔을 남자답게 잘 참았다. 댄이 알려준 대로 젖은 흙을 바르자 그 고통이 한결 가라앉았다. 데이지는 뱀을 피해 달아나다가 자기가 딴 허클베리 열매를 반이나 흘려버려서 데미가 그것을 주워주었고, 두 아이는 파충류에 관해 한참 동안 토론을 했다. 심한 상처는 없었다.

에밀과 잭은 크고 두툼한 쇳조각을 가지고 서로 자기 것이라고 우기며 다투기도 했다. 그동안 스투피는 수풀 사이를 헤치며 매우 즐거운 시간을 보내고 있는 댄을 보호하기 위해 뛰어다녔다. 그러나 댄에게는 목발이 더 이상 필요 없었다. 기이한 바위와 그루터기로 가득 찬 풀밭에 작은 벌레들이 기어다니고, 나뭇가지 사이로 귀여운 새들이 날아다니는 그 큰 목장을 배회하면서 댄은 발이 다 나았음을 확인하고 기뻐했다.

한편 낸과 로브는 누구보다도 흥미진진한 모험을 즐기고 있었으며, 이 일은 이 집안에서 가장 오랫동안 회자되는 이야기가 되었다. 낸은 원피스가 세 군데나 찢어졌고, 매자나무 숲에선 얼굴을 긁히기도 했지만 드디어 키 작은 초록빛 나무들이 우거진 숲에서 크고 검은 구슬처럼 빛나는 탐스러운 허클베리를 발견했다. 낸은 환호성을 지르며 주저앉아 날 듯이 손을 놀리며 허클베리를 따기 시작했다. 그러나 원하는 것처럼 그렇게 빨리 바구니를 가득 채울 수는 없어서 여기저기 더 많은 곳을 찾아 다녔다. 데이지처럼 만족해하면서 꾸준히 줍지를 못했다. 로브는 자기 사촌 데이지의 인내심보다 낸의 활력에 더 마음이 끌려 줄곧 낸의 뒤를 졸졸 따라다녔다. 낸 뒤를 따라다니면 더 크고 더 먹음직스러운 허클베리를 딸 수 있을 것 같았다. 로브도 역시 엄마에게 가져다줄 가장 크고 좋은 열매를 따고 싶었다.

"지금까지 계속 땄는데도 아직 다 채우지 못했어. 난 정말 너무 지쳤어." 로브는 일을 멈추고 짧은 다리를 쉬면서 말했다. 로브는 허클베리를 따는 일이 상상했던 것과 다르다는 생각이 들기 시작했다. 태양은 밝게 빛나고 있었다. 그래서 낸은 메뚜기처럼 계속 이리저리 깡충깡충 뛰어다니며 더 좋은 허클베리를 찾아 헤맸다. 낸의 뒤를 따라 종종걸음을 치며 수풀을 헤쳐 나갈 때마다 로브의 양동이가 뒤뚱거렸고 애써 열매를 따 담을 때와 같은 속도로 허클베리 열매들이 우르르 쏟아졌다.

"옛날에도 아빠와 함께 여기 왔었는데 저 담 너머 허클베리가 아주 많이 열려 있었어. 게다가 거기에는 애들이 불을 지피는 동굴까지 있어. 거기로 가서 잽싸게 허클베리를 딴 다음 동굴에 숨어서 다른 애들이 우리를 찾게 하자."

모험을 좋아하는 낸이 로브를 부추겼다. 로브도 좋다고 해서 함께 갔다. 그들은 한달음에 담을 기어올라 맞은편 경사진 곳으로 달려 내려갔다. 그곳에는 역시나 허클베리가 무성하게 열려 있었고 양동이는 금세 가득 찼다. 둘은 환호성을 질렀다. 그러고 나서 낸과 로브는 서늘한 그늘 밑 옹달샘에서 샘솟는 시원한 물을 벌컥벌컥 들이켰다.

"자, 이제 동굴로 가서 쉬면서 점심을 먹자." 일이 순조롭게 진행되자 낸이 만족해하며 말했다.

"길은 알아?" 로브가 물었다.

"물론이지. 전에 한 번 온 적이 있어서 항상 기억하고 있다니까. 내가 예전에 내 상자 찾아왔던 것 기억 안 나?"

로브는 낸의 말을 철석같이 믿었다. 로브는 무턱대고 낸이 가는 대로 꾸불꾸불한 길을 걸어 움푹 들어간 바위 동굴로 따라갔다. 그곳에는 불에 그슬린 검은 돌들이 널려 있었다.

"어때, 멋지지?" 낸이 어린 숙녀의 주머니에서 못과 낚싯바늘, 돌, 기타 외국 물건들과 뒤섞여 있다가 좀 부스러진 버터빵을 한 조각 꺼내면서 물었다.

"그래, 그 애들이 우리를 금방 찾아낼 거라고 생각해?"

로브는 으스스하고 그늘진 협곡을 찾아내고는 조금 덜 무서운 장소를 찾기 시작했다.

"아니, 그러지 못할걸. 애들이 오는 소리가 들리면 나는 금세 숨어버릴 거니까. 정말 재미있는 숨바꼭질이 되게 말이야."

"혹시 오지 않을지도 몰라."

"걱정하지 마. 난 혼자서도 집에 갈 수 있으니까."

"길이 멀어?"

로브는 짧고 통이 넓은 조그만 자신의 장화를 바라보며 물었다. 로브의 장화는 여기저기 헤매고 돌아다녀 군데군데 긁히고 물기에 젖어 있었다.

"아마 6마일 정도는 될 거야."

낸은 거리감은 모호했지만 자신의 능력에 대한 신념은 확고했다.

"지금 가는 게 좋겠어." 로브는 곧 말했다.

"허클베리를 다 딸 때까지 난 가지 않을 테야."

낸은 로브에게는 아무리 따도 끝이 없어 보이는 허클베리 열매를 따기 시작했다.

"낸, 나를 잘 보살펴준다고 했잖아." 해가 갑자기 언덕 뒤로 떨어진 것처럼 보이자 로브는 한숨을 내쉬면서 말했다.

"그래, 로브! 지금 나는 내가 할 수 있는 최대한으로 너를 보살펴주고 있는 거야. 그러니까 칭얼거리지 말아줘, 로브, 곧 갈 거야."

낸은 로브의 걱정은 아랑곳 않고 여전히 허클베리를 따면서 말했다. 속으로는 아직 다섯 살배기 로브는 역시 자기의 놀이 상대로는 불충분하다고 느꼈다. 어린 로브는 조금 걱정은 되었지만 낸을 철석같이 믿고 있었기 때문에 불안한 표정으로 두리번거리면서도 참을성 있게 기다렸다.

"곧 밤이 될 것 같아."

살이 드러난 곳은 온통 모기에 물어 뜯겨, 로브는 이제 완전히 지쳐버렸다. 가까이에 있는 습지에서는 개구리들이 시끄럽게 울어댔다.

"어머나! 정말 그러네. 아주 어두워졌잖아. 여태 오지 않는 걸 보니 아마 애들은 가버렸나 봐." 낸도 해가 진 것을 갑자기 깨닫고는 하늘을 쳐다보며 소리쳤다.

"낸, 한 시간 전쯤에 나팔 소리를 들었어. 아마 우리를 찾으려고 불었나 봐." 낸이 가파른 언덕을 재빠른 동작으로 기어오르자 로브는 자기 안내인의 뒤꽁무니를 터덜터덜 따라가며 말했다.

"그 소리가 어디서 났지?" 잠깐 걸음을 멈추고 낸이 물었다.

"저 길 너머에서." 더러워진 조그만 손가락으로 로브가 가리킨 곳은 목장과는 완전히 다른 방향이었다.

"그럼 저쪽으로 가보자. 거기서 만날지도 몰라."

낸은 빙 돌아서 덤불 사이를 빠르게 걷기 시작했다. 그러나 그곳에는 난생 처음 보는 오솔길들만 나 있을 뿐 어디로 해서 왔는지 온 길마저도 도무지 종잡을 수가 없었다. 낸은 조금씩 걱정이 되기 시작했다.

둘은 열심히 그루터기와 돌을 넘어가면서 나팔 소리를 들으려고 때때로 걸음을 멈추었지만 나팔 소리는 더 이상 들리지 않았다. '음메' 하는 소들의 울음소리만 가끔씩 들려올 뿐이었다.

"나는 저런 돌무더기를 본 기억이 나지 않는데, 너는 어떠니?" 낸은 돌무더기 위에 앉아 잠깐 쉬면서 기억을 더듬어보며 물었다.

"나는 아무것도 기억이 안 나. 집에 가고 싶은 생각밖에 없어."

로브의 목소리는 무척 떨렸다. 낸은 로브를 부드럽게 감싸 안아 내려주면서 뭐든 할 수 있다는 듯한 목소리로 로브를 달랬다.

"될 수 있는 대로 빨리 가도록 할 테니까, 울지 마. 도로까지만 가면 업어 줄게."

"도로가 어디 있는데?" 로브는 눈을 비비며 길을 찾아 보려고 했다.

"저 큰 고목나무를 지나서 있어. 네드가 떨어졌던 그 나무 말이야."

"아, 그 나무 말이야? 어쩌면 형들이 거기서 우리를 기다렸을지도 몰라. 말을 타고 집에 가고 싶어. 누나도 그렇지?"

"아니야, 난 오히려 걷는 편이 좋아." 낸은 말을 타게 되면 좋을 것 같다는 기분이 확실하게 들어 말을 탈 마음의 준비를 하면서 대답했다.

황혼이 깊어가는 동안 다시 오랫동안 걸었고, 또다시 실망했다.

그래도 로브는 밝은 얼굴로 그 넓은 초원의 끝을 향해 느릿느릿 걸었다. 그 고목나무는 네드가 올라갔던 나무는 아니었다. 더욱이 어디에도 도로는 보이지 않았다.

"길을 잃었지?" 절망한 로브가 양동이를 꼭 쥔 채 떨리는 목소리로 말했다. 로브는 울음조차 나오지 않는 모양이었다.

"꼭 그런 건 아니야. 어느 길로 가야 할지를 모를 뿐이지. 한번 크게 소리쳐보자."

둘은 목이 쉬어라 큰 목소리로 외쳤다. 그러나 대답하는 소리는 그 어느 곳에서도 들리지 않고 개구리들의 와글거리는 합창만이 메아리칠 뿐이었다.

"저기 또 나무가 있다. 아마 저 나무가 맞는 것 같아." 낸은 짐짓 자신 있게 말했지만 몹시 침울한 상태였다.

"나는 더 못 가겠어. 장화가 너무 무거워서 끌고 갈 수도 없단 말이야." 로브는 완전히 지쳐서 돌 위에 주저앉았다.

"그러면 우린 밤새도록 여기 있어야만 해. 뱀만 안 나타나면 걱정 없지만."

"뱀이라고? 아이, 무서워! 밤새도록 여기 있을 수는 없어! 오, 낸! 빨리 집으로 가, 응? 빨리." 로브는 얼굴을 실룩거리며 울려고 했다. 그러더니 갑자기 무슨 생각이 떠올랐는지 자신만만한 어조로 말했다.

"틀림없이 엄마가 우리를 찾으러 올 거야, 엄마는 항상 그랬어. 무섭지 않아, 이젠."

"그렇지만 조 아줌마는 우리가 어디 있는지 모르시잖아."

"괜찮아. 내가 얼음집에 갇혀 있을 때도 엄마는 나를 찾아냈어. 엄마는 꼭 오실 거야." 로브는 아주 자신만만하게 대답했다. 낸도 그 말에 안심이 된 듯 로브의 옆자리에 주저앉더니 후회스러운 한숨을 내쉬며 말했다.

"우리가 도망치지 않았더라면 좋았을걸."

"누나 때문이지, 뭐. 엄마는 항상 나를 사랑해 줄 테니까 나는 괜찮아." 희망이 모두 사라지자 얇은 천조각 닻에라도 매달리는 심정으로 로브가 말했다.

"배고프다, 우리 열매를 먹자." 꾸벅꾸벅 조는 로브를 흔들어 깨우며 낸이 말했다.

"나도 배고파. 그렇지만 난 내 것을 먹을 수 없어. 엄마한테 모두 갖다주겠다고 했거든."

"만약 끝까지 아무도 우릴 찾으러 오지 않으면 허클베리 열매를 먹어야 할 거야."

낸이 그때까지 오갔던 얘기들을 반박하며 말했다.

"만약 아무도 우릴 찾지 못해 우리가 여기 오랫동안 있어야만 한다면 우린 벌판에 있는 멍성딸기마저 모두 다 먹어버리게 될 거야. 그러다가 아무것도 먹을 게 없으면 굶어죽을지도 몰라." 낸이 무섭게 덧붙였다.

"난 사사프라스(미국에 나는 녹나뭇과의 나무) 뿌리를 먹을 거야. 난 옛날에 다람쥐들이 그 큰 나무를 어떻게 뿌리 끝까지 파내서 먹는지 댄에게서 들은 적이 있어. 나는 땅을 파는 일을 좋아해." 배고플 것이라는 예상에 겁 먹지 않고 로브가 말했다.

"그래. 그리고 우린 개구리를 잡아서 먹을 수도 있어. 우리 아빠가 언젠가 개구리를 먹어보고 맛있다고 그러셨어." 낸이 허클베리 초원에서 길을 잃고서도 모험담의 묘미를 느끼기 시작하며 말했다.

"그런데 우리가 어떻게 개구리를 요리하지? 우린 불이 없잖아."

"나도 몰라, 다음부터는 주머니에 성냥을 넣고 다녀야지." 낸이 개구리 요리 실험에 문제가 생기자 다소 실망해서 말했다.

"반딧불로 불을 피울 수는 없을까?" 희망에 차서 로브가 물었다. 마침 반딧불이 이리저리 날아다니면서 날개가 달린 듯한 불꽃을 일으키고 있었던 것이다.

"우리 한번 해볼까?"

둘은 반딧불을 잡느라 몇 분 동안 신나게 이리저리 뛰어다녔다. 몇 마리를 잡은 뒤 둘은 반딧불을 가지고 푸른 나뭇가지 한두 개에 불을 지피려고 애썼다.

"반딧불 안에 불도 없는데 반딧불이라고 부르다니 거짓말이야." 불행한 벌레 한 마리를 내던져 꾸짖으며 낸이 말했다. 그런데도 벌레는 안간힘을 다해 친절한 체하며 억지로 가지들 위를 오르락내리락하면서 그 죄 없는 어린 실험자들을 기쁘게 해주었다.

"엄마는 한참 있다가 올 거야." 로브는 말하고서 다시 조용히 있었다.

그때 머리 위에서 그들은 별들을 보았고, 잎사귀들이 그들 발 밑에서 풍기는 달콤한 냄새를 맡았으며 귀뚜라미들의 세레나데를 들었다.

"나는 하느님이 왜 밤을 만드셨는지 모르겠어. 낮이 훨씬 더 좋은데." 낸이 생각에 잠긴 듯이 말했다. 그러자 로브가 하품을 했다.

"잘 시간인데."

낸이 걱정에 잠겨 있는데 로브가 다시 칭얼거리자 낸은 토라져서 말했다.

"자면 되잖아."

"침대가 있었으면 좋겠어. 아, 테디를 보고 싶어!" 로브는 고통스러워서 소리쳤다. 안전하게 둥지를 찾아들어간 작은 새들의 귀여운 울음소리에 로브는 집 생각이 더욱 간절해졌다.

"난 너의 엄마가 우리를 찾을 수 있다고 믿지 않아." 낸이 절망스럽게 말했다. 낸은 어떤 상황에서건 기다리는 걸 싫어했다. "너무 어두워서 우리를 찾을 수 없을 거야."

"그렇지 않아. 얼음집은 이보다도 더 깜깜했어. 난 너무 무서워서 엄마를 부르지도 못했는데 엄마는 날 보았어. 그러니까 엄마는 지금도 날 찾고 계실 거야. 아무리 어두워도 문제없어."

로브는 자기를 한 번도 실망시키지 않았던 엄마의 도움을 기다리며 선 채로 어둠 속을 바라보았다.

"엄마가 보여! 엄마가 보인단 말이야!"

로브는 갑자기 벌떡 일어나 지친 다리를 이끌고 어두운 물체가 다가오는 쪽을 향해 잽싸게 달려갔다. 집채만큼 큰 물체가 점점 더 가까이 다가오고 있었다. 낸도 깜짝 놀라 일어섰다. 로브를 붙잡으려고 했지만 손 쓸 겨를이 없었다. 낸도 로브의 뒤를 따랐다. 마구 뛰어가던 로브는 갑자기 멈추고 뒷걸음질치더니만 풀썩 넘어졌다. 그러곤 겁에 질려 소리질렀다.

"아니야! 낸, 곰이야! 곰이라고!" 로브는 순간 낸의 치마 속에 얼굴을 묻었다. 낸도 완전히 겁에 질려 버렸다.

낸은 빨리 도망쳐야겠다는 생각에 로브를 일으켜 세우자마자 냅다 내달렸다. 그 순간 소 울음소리가 들렸다.

낸은 휙 뒤로 돌았다. 그랬다. 그건 곰이 아니고 소였던 것이다.

"그건 소야, 로브. 우리가 아까 낮에 본 검고 멋있는 소 말이야."

암소는 두 명의 작은 사람들과 마주치는 것은 이렇게 어두워진 뒤에 그의 초원에서 있을 법한 일은 아니라고 느끼는 것 같았다. 이 친근한 짐승은 상황을 조사하기 위해 멈추었다. 암소는 두 어린 사람이 자기를 쓰다듬게 두고는 부드러운 눈으로 그들을 가볍게 응시했다. 곰만 무서워하고 다른 동물은 무서워하지 않게 된 낸은 그 암소의 우유를 짜야겠다는 열의에 불타게 되었다.

"사일러스 아저씨가 어떻게 짜는지 가르쳐줬어. 허클베리 열매와 우유는 아주 잘 어울려."

낸은 양동이에 들어 있는 허클베리 열매를 한 움큼 집어 모자 안에 넣고는 소에게로 다가갔다. 그동안 로브는 옆에 서서 낸이 하라는 대로 엄마한테 들은 시를 암송하였다.

"착한 소야, 귀여운 소야, 너의 젖을 다오.

너의 젖을 나에게 다오.

그러면 나는 너에게 비단옷을 주마.

비단옷과 은고리를 주마."

그러나 소는 이미 젖을 짜고 난 뒤였으므로 젖은 잘 나오지 않았고 불멸의 운율도 소용이 없었다. 우유는 아이들이 겨우 목을 축일 정도밖에 없었다.

"우! 저리 가!"

절망한 낸은 젖 짜기를 중단하고 소리쳤다. 그러고는 로브에게 손짓을 하며 큰 바위로 가 걸터앉았다.

"한 모금씩은 마실 수 있겠다. 이걸 마신 다음에 우리는 계속 걸어야만 해. 만일 걷지 않는다면 여기서 자야 할 거야. 길 잃은 사람은 숲 속에서 잠을 자면 안 된대. 넌 동화 속의 아름다운 한나가 눈 속에서 자다가 얼어 죽은 걸 모르니?"

"지금은 눈이 없잖아." 로브는 다리가 아파 걷는다는 말에 질색을 했다.

"그래도 자면 안돼. 우리 좀 더 숲을 헤쳐 보면서 사람들을 불러보자. 그래도 아무도 만나지 못하면, 난쟁이와 그 형제들처럼 덤불 속에 숨기로 하고."

둘은 우유를 한 모금씩 마시고는 양동이를 들고 다시 길을 떠났다. 얼마 걷지 않아 로브는 졸음이 쏟아져 픽 쓰러지고 말았다. 낸은 로브를 일으켜 세웠다. 낸도 이젠 거의 인내심을 잃고 있었다.

"다시 넘어지면 너를 놔두고 갈 거야."

낸도 무척 지쳐 있었지만 겉으로 내색하지 않고 불쌍한 로브를 친절하게 안았다.

"날 버리고 혼자 가지는 마. 이제부터는 안 그럴게." 로브는 사내아이답게 울음을 꾹 참으며 낸을 감동시킬 만큼 애처로운 목소리로 말했다.

"벌레가 물지만 않아도 엄마가 올 때까지는 잠을 잘 수 있을 텐데."

로브는 또 칭얼댔다. 낸은 어쩔 수 없이 잠시 쉬기로 했다.

"그, 그래, 로브! 잠깐만 쉬자. 내 무릎에 머리를 기대. 앞치마로 덮어줄게. 난 밤이 무섭지 않아."

낸은 스스로를 달랬다. 그 애는 어두운 그림자와 사방에서 들려오는 이상한 소리에 전혀 개의치 않겠다고 마음을 다지고 있었다.

"엄마가 오면 날 깨워줘." 로브는 낸의 무릎에 머리를 기대고는 이내 잠들어버렸다.

어린 소녀는 걱정스러운 눈길로 로브를 내려다보며 몇십 분 동안 가만히 앉아 있었다. 일 분 일 초가 마치 한 시간이나 되는 것처럼 느껴졌다. 언덕 꼭대기에서 하늘이 희미하게 밝아오기 시작했다.

"밤이 가고 아침이 오는 것 같아. 나는 해 뜨는 광경을 보고 싶어. 해가 떠오르면 우리는 집으로 가는 길을 찾을 수 있을 거야."

그러나 언덕 저편에서 둥근 달이 불쑥 얼굴을 내밀자, 낸의 희망은 산산조각이 나 버렸다. 낸도 이제는 완전히 지쳐버렸다. 낸도 어느새 커다란 덤불이 있는 조그만 나무 그늘에 기대어 잠이 들었다. 반딧불이 이리저리 날고, 귀뚜라미 울음소리, 부엉이 울음소리가 이따금 밤의 고요를 깨뜨리면서 숲 속의 밤은 깊어갔다.

건초 수레는 정확히 다섯 시에 가게 모퉁이에 도착했다. 잭과 에밀, 낸, 로브의 모습은 아직 보이지 않았다. 사일러스 대신 수레를 몰고 온 프란츠는 서둘러 네 명의 아이들을 불러오라고 말했다. 그러나 아이들은 서로 번갈아 쳐다보더니 그 아이들은 숲길을 지나 집으로 가고 있다고 말했다. 어떤 아이는 넷이 함께 가는 걸 보았다고도 했다. 그 말에 불안한 표정을 지으며 프란츠가 말했다.

"로브만은 함께 가야 해. 그 애는 오래 걸으면 지칠 거야."

"그 길은 지름길이고 아이들이 로브를 잘 데려갈 거야."

스투피는 몹시 배가 고파서 둘러댔다.

"낸과 로브가 같이 간 것이 확실하지?"

프란츠는 못내 불안한 듯 다시 한 번 다짐을 받아두었다.

"물론이야. 난 그 애들이 담을 넘는 걸 봤어. 우리가 소리쳐 부르자 잭이 뒤돌아보며 자기네는 다른 길로 돌아가겠다고 했어." 토미가 말했다.

"그럼 됐다. 양동이를 수레에 올려놓아라."

프란츠는 하는 수 없이 피로에 지친 아이들과 허클베리 열매로 가득 찬 양동이를 건초 수레에 싣고서 덜거덕거리며 돌아왔다.

조는 아이들이 각각 헤어졌다는 애기를 듣고 심각한 표정이 되어 나머지 애들을 찾아오도록 토미와 프란츠를 보냈다. 저녁 식사를 마치고 늘 그러듯 가족들이 시원한 거실에 앉아 있을 때, 먼지투성이가 된 프란츠가 땀을 흘리며 거실로 뛰어들었다.

"애들이 왔나요?"

"아니, 아직."

조는 깜짝 놀라 의자에서 벌떡 일어났다. 다른 아이들도 모두 벌떡 일어나 프란츠 주위에 모여들었다.

"아무데도 없어요."

그 순간 잭과 에밀이 거실로 들어왔다.

"어떻게 된 거야. 낸과 로브는 어디 있지?" 조가 달려가 에밀을 붙잡으며 소리쳤다.

"모르겠는데요. 낸하고 로브요? 다른 애들하고 집에 오지 않았어요?" 에밀도 깜짝 놀라 잭을 보며 대답했다.

"아니야, 토미가 너랑 같이 갔다고 그랬어."

"아니에요. 우리는 못 봤어요. 우리는 연못에서 헤엄치다가 수풀을 지나왔는걸요." 잭이 아주 놀란 표정으로 말했다.

"아니, 뭐라고? 도대체 이게 어떻게 된 거야. 안 되겠다. 빨리 바어 아저씨를 부르고 손전등을 가져오너라. 그리고 사일러스에게 수레를 가지고 좀 와달라고 애기하렴." 조는 허둥거렸다.

아이들은 일이 심상치 않다는 걸 깨닫고 조의 지시대로 서둘러 뛰어갔다. 채 10분도 지나지 않아 바어 씨와 사일러스가 숲으로 떠났고, 프란츠가 늙은 앤디를 타고 목장으로 달려갔다. 조는 약간의 음식과 약상자, 브랜디 한 병, 손전등을 들고 널시와 함께 집을 나섰다.

"아, 잠깐! 잭과 에밀, 둘 중 한 사람만 따라오고 나머지는 집에서 꼼짝도 하지 말아야 한다. 알겠지?" 조는 단호하게 말하고 뒤돌아 뛰어나갔다.

"애들에게 아무 일도 없어야 할 텐데." 조는 대문을 나서면서 중얼거렸다.

"걱정 마세요. 아무 일도 없을 거예요."

그 순간 조는 깜짝 놀라 손전등으로 옆에서 따라오는 아이의 얼굴을 비추었다. "아, 아니. 댄! 왜 네가 왔지? 나는 잭이나 에밀을 오라고 했는데."

조는 무척 도움이 필요했지만 댄을 데려갈 수는 없었다.

"저는 차마 그럴 수가 없었어요. 잭과 에밀은 아직 저녁도 못 먹었거든요. 그리고 정말로 제가 돕고 싶었고요. 보세요. 발도 다 나았어요."

빼앗듯이 손전등을 잡아 쥐면서 말하는 이 소년의 눈빛이 조는 왠지 든든했다. 아직 어린 소년인데도 의지가 되었다. 아주머니가 마차를 가지고 왔다. 조는 걸어가겠다고 고집 피우는 댄을 아주머니 옆에 앉히고 외딴길을 달려갔다. 그들은 소리쳐서 아이들을 부르고 혹 무슨 소리가 들리지 않나 귀를 기울이면서 계속 앞으로 나아갔다.

그들이 커다란 목장에 다다랐을 때, 이미 도착한 사람들의 불빛이 도깨비불처럼 이리저리 날고 있었다. 낸과 로브를 찾는 바어 씨의 다급한 목소리도 들렸다. 사일러스는 휘파람을 불기도 하고 큰 소리로 고함을 치기도 했으며, 댄은 낼시를 따라 거칠고 험한 풀숲을 헤치며 숲 속 깊숙이 계속 나아갔다. 조도 뒤따랐다. 조는 목구멍까지 치밀어 오르는 울음을 간신히 참고 있었다.

"너무 여러 사람이 소리를 지르면 애들이 놀랄지도 모르니까 나 혼자서 부를게. 로브는 내 목소리를 알아들을 수 있을 거야."

조는 아주머니와 댄에게 그렇게 말하고는 사랑하는 아들의 이름을 애정 어린 목소리로 불렀다. 그러나 아무런 대답도 돌아오지 않았다.

하늘은 서서히 구름으로 덮이고 있었다. 구름 사이로 잠시 달이 모습을 나타내기도 했지만, 때때로 시커먼 구름을 뚫고 번개가 치기도 하고 천둥소리가 귓전을 때리기도 했다.

"로브!"

가엾은 조 곁에는 댄이 충실한 반딧불처럼 찰싹 달라붙어 있었다. 그러나 조는 얼굴이 하얗게 질린 채 창백한 유령처럼 이리저리 헤매면서 탄식했다.

"낸이 혹시 다쳐서 오기라도 하면 그 애 아버지께 뭐라고 한단 말이냐! 왜 나는 내 귀여운 아이들을 그렇게 멀리까지 보내놓고 맘 편하게 앉아 있었을까. 댄, 아무 소리도 못 들었니?"

댄이 의기소침하게 아무 소리도 못 들었다고 했고 조는 절망스럽게 자기 손을 비틀며 움켜쥐었다. 그러자 댄은 토비의 등에서 뛰어내려와 고삐를 기둥에 매어 놓고 결심한 듯이 말했다.

"그 애들이 시냇가로 갔을지도 모르겠어요. 제가 가보겠어요!"

조가 자기 자신을 책망하듯 말하자 댄은 비장하게 한마디 내뱉곤 날렵한 동작으로 담을 뛰어넘어 달려 나갔다. 댄이 너무 민첩하게 달려가는 바람에 조는 미처 댄을 따라가지 못했다. 조가 아주머니와 함께 시냇가에 도착했을 때 댄은 손전등을 아래로 낮추어 조에게 시냇가의 부드러운 흙 위에 나 있는 작은 발자국들을 보여주었다. 조는 발자국을 살피려고 무릎을 굽혔다가 벌떡 일어나면서 외쳤다.

"맞아, 이건 로브의 작은 장화 자국이야. 이 길로 가보자! 그 애는 틀림없이 이리로 갔을 거야."

얼마 안 가서 댄은 길에서 양동이 뚜껑을 발견했다. 조는 그 양동이 뚜껑을 껴안고 입을 맞췄다.

"자, 계속 가보자. 애들이 이 길로 지나간 게 틀림없어." 조는 재촉을 했다.

조금 더 나아가다가 그들은 낸의 모자를 발견했다. 그리고 거기서 얼마 지나지 않아 그들은 마침내 아이들이 곤히 잠들어 있는 숲 속에 도달하였다. 아이들은 마치 숲 속의 요정처럼 조그만 나무 밑에서 서로 머리를 기댄 채 새근새근 잠들어 있었다. 구름 사이로 언뜻언뜻 내비치는 달빛이 아이들의 얼굴에 곱게 내려앉곤 했다. 댄이 아이들에게로 다가가서 깨우려 하자 조는 급히 댄의 팔을 잡으며 고개를 가로저었다.

"쉿!"

그리고서 조는 아무 말 없이 두 아이의 천사 같은 얼굴을 한참동안 내려다보았다. 입술에는 온통 빨간 물이 들어 있고 금빛 머리카락은 촉촉이 젖어 있었다. 그리고 로브의 손에는 열매가 한 아름 담긴 양동이가 꼭 쥐어져 있었다. 로브는 그날 그 낯선 숲속에서 온갖 어려움을 겪으면서도 엄마를 위해 정성들여 딴 열매 양동이를 소중히 간직하고 있었던 것이다. 조는 갑자기 쓰러지듯 두 아이를 안고는 그만 울음을 터뜨렸다. 그 바람에 로브와 낸은 깜짝 놀라 일어났다. 둘은 잠시 멀뚱멀뚱 주위를 둘러보았다. 뭐가 뭔지 어리둥절해하는 것 같았다. 그러더니 로브는 곧 조를 알아보고 소리쳤다.

"오, 엄마! 엄마가 올 줄 알았어요. 엄마가 오기를 얼마나 기다렸다고요!"

조와 로브는 잠시 동안 세상 모든 일을 잊고서 입을 맞추고 서로 껴안았다. 소중하게 끌어안는 서로의 팔에 안긴 그 순간 어머니는 모든 것을 용서할 수 있었고 모든 것을 잊어버릴 수 있었다. 어머니에 대한 변치 않는 믿음을 갖게 된 아들은 행복했고, 길을 잃고 헤맨 끝에 자식으로서 어머니의 용감하고 부드러운 사랑에 보답하겠다는 생각을 갖게 되었다. 그동안 댄은 낸을 안아 주었다. 댄은 갑작스럽게 잠에서 깨어나 놀란 낸을 달래 주었고 부드러운 손길로 눈물을 닦아주었다. 낸은 너무나 기뻐 울기 시작했다.

"가엾은 낸, 울지 마! 이제는 안전해, 괜찮아. 다 잘됐어. 아무도 오늘 밤 일로 너를 탓하지 않을 거야."

조 부인은 낸을 넓은 가슴에 안아주면서, 암탉이 길 잃은 자신의 병아리들을 날개 밑에 품듯 보듬었다.

"제 잘못이에요. 죄송해요. 다시는 안 그럴게요. 정말이에요."

낸이 계속 훌쩍거렸다. 조는 낸의 머리를 쓰다듬어주었다.

"당장 아이들을 불러라. 집으로 가자꾸나." 조가 기쁜 얼굴로 말했다. 댄은 순식간에 담장을 뛰어올라가 큰 소리로 외쳤다.

"찾았어요!" 댄의 목소리는 넓은 들판 저 멀리까지 퍼져나갔다.

모두들 집을 향해 길을 나섰을 때 어느새 먹구름은 말끔히 걷히고 맑은 밤하늘에는 은은한 달빛이 흐르고 있었다.

사방에서 수많은 불빛들이 춤을 추며 와서는 달콤한 덤불숲 한 가운데 모여 있는 아이들 주위를 둘러쌌다. 아이들이 서로 안고 키스하고 이야기를 나누며 울고불고 하는 동안 반딧불이들은 깜짝 놀란 것 같았고 모기들은 기쁜 듯 윙윙거렸다. 아이들이 미친 듯이 노래하며 기뻐하는 동안 나방들이 이들을 향해 날아들었고 개구리들은 더 이상 크게 울 수 없을 정도로 즐겁게 개굴거렸다.

그들은 집을 향해 출발했다. 이상한 파티였다. 프란츠가 소식을 전하려고 말을 달렸다. 댄과 토비는 앞장을 섰고, 낸은 사일러스의 튼튼한 팔에 안겨 있었다. 사일러스는 그녀를 '자기가 본 중 가장 똑똑한 짐'이라고 여겼고 집으로 오는 내내 그녀를 놀렸다. 바어 부인은 로브를 아무에게도 맡기지 않고 내버려 두었는데 이 작은 녀석은 한 잠 자고 난 뒤에 기운이 회복되었는지 명랑하게 재잘거렸다. 마치 자신을 영웅으로 여기고 있는 듯했다. 조는 자기 품으로 돌아온 소중한 아가의 몸을 아무 곳이나 꼭 쥐고선 로브의 애기를 들어 주었다.

"나는 엄마가 올 줄 알았어."라는 말은 아무리 들어도 질리지 않았다.

엄마는 몸을 굽혀서 엄마에게 키스를 하고 통통한 허클베리 열매를 엄마의 입안에 넣어주는 아들을 바라보았다. 엄마는 도무지 피곤을 몰랐다. 그 열매는 모두 엄마한테 주려고 따 모은 것이니까.

그들이 큰 길에 다다랐을 때 달빛이 비추었고, 소년들은 두 꼬마를 보자 소리치기 시작했다. 길을 잃었던 어린 양들은 승리감과 안도감 속에서 나타나 식당에 착륙했다. 그곳에서는 수많은 키스와 포옹을 즐기기보다는 낭만 따위 찾아볼 수 없는 자잘한 일들을 겪으며 평범한 저녁 식사를 했다. 그들은 앉아서 빵과 우유를 먹었고, 그동안 식구들 모두가 그들을 주시하며 둘러서 있었다. 낸은 곧 제정신을 차리고, 이제는 끝이 난 그 위험했던 상황에 대해 즐겁게 이야기했다. 로브는 식사에 푹 빠져 있는 듯했으나, 갑자기 수저를 내려놓고 큰 소리로 울부짖기 시작했다.

"우리 아기, 왜 우니?" 아직도 로브에 대한 걱정으로 머리가 복잡한 조가 물었다.

"길을 잃었던 일로 울음이 나와요." 로브가 큰 소리로 외쳤다. 눈물을 짜내려 했지만 한 방울도 나오지 않았다.

"이제 우리가 찾았잖아. 그리고 우리 로브가 얼마나 용감하고 씩씩한데, 낸 누나하고 숲 속을 헤매면서도 한 번도 울지 않았다던데."

"그때는 무서워서 울 정신도, 시간도 없었어요. 그렇지만 지금은 울고 싶어요. 길을 잃는 게 싫어서 우는 거예요."

로브는 졸음과 슬픔과 싸우며 빵과 우유를 한 입 물고서 설명했다.

로브가 잃어버렸던 시간을 그렇게 우스운 식으로 보상하려고 하자 아이들은 동시에 웃음을 터뜨렸다. 로브는 아이들이 모두 웃음을 터뜨리자 잠시 어리둥절한 눈빛으로 두 눈을 끔뻑거리더니 자기도 따라 웃었다. 그러는 로브를 보고 아이들은 거실 바닥을 두드리며 더욱 소란스럽게 웃어댔다.

"자, 이제 모두들 잠자리에 들 시간이에요. 10시예요." 바어 부인이 너무 웃어 눈가에서 고인 눈물을 닦아내며 말했다.

"어머, 벌써 그렇게 됐네요. 하느님, 감사합니다! 오늘 밤 빈 침대가 하나도 없게 해주셨군요."

"아줌마는 좀 쉬세요. 너무 지쳐 보여요. 제가 이층까지 아이들을 데려다주겠어요." 상냥한 프란츠가 조에게 말했다.

"아, 아냐. 난 괜찮아, 아무렇지도 않아. 그저 좀 부축해주면 좋겠는데, 누구……."

"저요! 저요!" 조가 말을 채 마치기도 전에 아이들은 일제히 손을 들고는 서로 밀치며 조에게 달려들었다.

조는 아이들에게 둘러싸여 행복에 겨운 표정을 지었다. 코끝이 찡해졌다. 아이들은 자기가 선택되었으면 하는 표정으로 모두들 조를 올려다보았다. 그런데 댄만은 아이들과 좀 떨어져서는 괜스레 발짓만 해대고 있었다. 조는 아이들 사이를 뚫고 댄에게 다가갔다. 그러고는 그의 어깨에 팔을 올려놓았다. 순간 댄은 얼굴 가득 웃음을 띠고 조의 눈을 바라보았다. 그러자 아이들이 모두 조와 댄을 이층으로 떠밀었다.

댄은 조를 부축해 침대까지 바래다주었다. 그리고 막 방을 나서려 하는데 조가 그를 불러 세웠다.

"댄!"

댄은 아무 대답 없이 뒤돌아보았다.

"댄, 오늘은 정말 수고가 많았다. 편히 자렴, 애야! 하느님의 축복이 있기를……! "

"네, 아줌마! 제가 정말 아줌마의 아들이었으면 좋겠어요."

"그럼, 그럼! 넌 내가 가장 아끼는 아들이야!"

순간 댄은 아무 말도 하지 않았다. 조도 더 이상 아무 말도 하지 않았다. 그러나 그렇게 사랑스러운 눈길로 서로가 바라보고 있는 사이, 둘 사이에는 말로는 다할 수 없는, 말로는 다 담아낼 수 없는 둘만의 사랑과 믿음, 그리고 소망이 오고 갔다. 그날 일로 두 사람은 성큼 더 가까워졌던 것이다.

다음 날 아침이 밝았다. 어린 로브는 언제 그런 일이 있었냐는 듯 몸 상태가 좋았지만, 냇은 열이 나서 얼굴의 긁힌 상처에 콜드크림을 바르고 소파에 누워 있었다. 냇은 지난날의 일에 대해 죄책감을 느끼기보다는 오히려 즐거운 기억으로 간직하고 있었다. 그러나 조는 이번 사건을 좋게 여기지 않았고, 또 아이들이 너무 요란하게 장난을 치게 내버려두어서는 안 된다고 생각했기 때문에 앞으로는 아이들이 들판에서 제멋대로 뒹굴도록 하지 말아야겠다고 다짐했다. 그래서 조는 낸에게 진지하게 충고를 하고 여러 가지 이야기를 들려주면서 자유와 방종의 차이점을 마음에 새기도록 애썼다. 조는 낸에게 어떻게 벌을 주어야 할지 결정하지는 않았지만 이야기들 중의 하나가 어떤 방법을 제시해 주었다. 조 부인은 이상한 벌칙들을 좋아했기 때문에 그 방법을 시도했다.

"아이들은 누구나 달아나 버려요."

낸이 청원을 했다. 마치 그런 일은 홍역이나 백일해처럼 자연스럽고 필요한 일인 것처럼 말했다.

"다 그렇지는 않아. 그리고 달아난 사람들 중 어떤 사람들은 못 찾기도 해." 조 부인이 대답했다.

"아줌마는 그런 적이 없나요?" 낸이 물었다. 낸의 영리한 작은 눈이 근엄하게 바느질을 하고 있는 심각한 숙녀에게서 어떤 동족의 흔적을 찾아냈다.

조 부인이 웃더니 바느질감을 한 쪽으로 치워두었다.

"얘기해 보세요." 낸이 대화의 주도권을 잡았다는 듯이 졸랐다.

조 부인은 흥분이 곧 가라앉아서 양심의 가책을 받는 듯 고개를 저었다.

"여러 번 있었단다. 가엾은 나의 어머니는 내가 저지르고 다닌 장난들로 인생이 힘들 정도였지. 어머니가 내 버릇을 고쳐주시기 전까지는."

"버릇을 어떻게 고쳤어요?" 낸이 흥미진진한 얼굴로 물었다.

"한 번은 내게 새 신발 한 켤레가 생겼지. 난 그걸 자랑하고 싶어 안달이 났어. 그래서 집을 나가지 말라는 어머니 말씀을 듣고도 도망쳐 나와서는 온종일 싸돌아다녔단다. 공원에서 개들과 어울려 야단법석을 떨며 장난도 하고, 연못에서 낯선 소년들과 함께 보트를 타기도 했어. 그리고 아일랜드 출신의 떠돌이 소녀와 소금에 절인 생선과 감자 위에서 뒹굴면서 놀기도 했지. 정말 재미있는 하루였어. 그렇게 싸돌아다니다 오후 늦게야 돌아와 나는 그만 두 팔에 커다란 개를 안고 현관 계단에서 잠이 들었지 뭐니. 나는 새끼 돼지처럼 더러워졌고, 새 구두는 너무 많이 돌아다닌 탓에 다 닳아버렸어."

"정말 멋져요!"

낸은 당장이라도 밖으로 나가 자기도 그렇게 해보일 것 같이 소리쳤다.

"그런데 다음 날은 결코 즐겁지 않았어."

조는 어린 시절 신나게 뛰놀았던 기억으로 몹시 들뜬 감정을 감추려 애썼다.

"할머니가 아줌마를 때렸나요?" 호기심에 차서 낸이 물었다.

"엄마는 그때 날 때리시지는 않았어. 때리시기는커녕 아무 말씀도 안 하셨지. 그러나 우리 어머니는 날 딱 한 번 때리신 적이 있었어. 그렇지만 때리신 뒤 엄마는 내게 용서를 비셨지. 그래도 나는 그 일로 마음에 큰 상처를 입었고 고집스럽게 어머니를 용서해 드리지 않겠다고 말했단다."

"왜 할머니가 아줌마께 용서를 구하세요? 우리 아버지는 안 그러는데요."

"왜냐하면 어머니께서 날 때리셨을 때 나는 뒤돌아서서 '그래요. 엄마는 정말 화가 났어요. 그러니 내가 미운 만큼 때리세요'라고 단호하게 말했던 거야. 어머니는 잠시 나를 바라보시고는 화를 가라앉히셨지. 그리고 부끄러워하시며 이렇게 말씀하셨어. '네가 옳다, 조. 난 화가 났단다. 그렇지만 내가 화가 났다고 해서 너에게 그런 나쁜 벌을 주다니, 엄마를 용서해라. 그리고 우리 좋은 방법을 찾아보자.' 이렇게 말씀하시는 엄마의 얼굴에는 몹시도 괴로운 빛이 어려 있었어. 나는 그 일을 잊을 수가 없단다. 엄마의 말씀이 내게는 따끔한 매보다 훨씬 더 효과가 있었지."

낸은 생각에 잠겨 엄지손가락을 만지작거리며 앉아 있었다. 조는 아무렇지도 않은 듯이 낸의 얼굴을 빤히 바라보았다.

"전 그 이야기가 좋아요."

낸은 그렇게 한마디 하더니 좀 뜸을 들이다가 다시 장난스럽게 물었다.

"그런데 아줌마, 그날 할머니는 어떻게 하셨나요?"

"어머니는 긴 끈으로 나를 침대 기둥에 묶으셨지. 그래서 나는 바깥으로 나갈 수가 없었고, 닳아버린 조그만 구두를 내 앞에 매달아놓고는 종일 그것만 바라보았지. 정말 후회스러웠어."

"전 그런 방법은 옳지 못하다고 생각해요." 무엇보다도 자유스러움을 좋아하는 낸이 소리쳤다.

"하지만 그 방법이 나의 버릇을 고쳐주었단다. 그리고 네 버릇도 고쳐 줄 거야. 나도 오늘 그렇게 하려고 한다."

조는 그렇게 말하고 갑자기 책상 서랍에서 노끈을 꺼냈다. 낸은 순간 최악의 처벌을 받는다고 생각했지만 반항하지는 않았다. 낸은 조가 노끈의 한쪽 끝으로 자기의 허리를 묶고 다른 한쪽 끝은 소파 다리를 묶는 동안 몹시 풀이 죽어 있었다.

"난 널 버릇없는 강아지처럼 묶고 싶지는 않아. 그렇지만 만약 네가 개보다 더 부주의하다면 강아지처럼 다룰 수밖에 없다." 조는 애정 어린 눈길로, 하지만 단호하게 말했다.

"개처럼 놀 바에는 차라리 이렇게 묶이는 게 나아요." 낸은 무정한 표정으로 으르렁거리며 바닥에서 기어다녔다.

조는 무표정하게 책 한두 권과 손수건 한 장을 놔두고 거실을 나왔다. 낸은 이제 거실에서만은 제멋대로 하도록 내버려진 것이었다. 그러나 이것은 별로 유쾌한 일은 아니었다. 낸은 잠시 앉아 있다가 노끈을 풀어보려 했다. 끈은 곧 풀렸다. 노끈을 감아놓고 창문으로 막 빠져나가려고 할 때 조가 거실 앞을 지나면서 누군가에게 말하는 소리가 들려왔다.

"아니에요. 난 그 애가 도망갈 거라고 생각하진 않아요. 그 앤 정직한 소녀거든요. 내가 그렇게 한 일이 그 애 자신을 돕기 위해서라는 걸 낸은 잘 알아요."

그 말을 들은 낸은 잽싸게 돌아와서 다시 끈을 묶고 맹렬하게 바느질을 하기 시작했다. 잠시 뒤 로브가 거실에 들어와서, 새 벌칙이 마음에 들었는지 줄넘기를 가지고 소파의 다른 쪽 팔걸이에 정중하게 자신을 묶었다.

"나도 같이 길을 잃었으니까 낸처럼 묶여야 해."

조가 거실에 들어갔을 때 로브가 설명했다.

"그래, 로브. 엄마도 네가 벌을 받아 마땅하다고 생각한다. 넌 형들에게서 멀리 떨어지지 말았어야 했어."

"낸이 데려갔는걸요."

재미있는 벌은 받고 싶지만 비난은 면하고 싶은 로브였다.

"넌 꼭 따라갈 필요가 없었잖아. 아무리 어려도 마음속에는 양심이 있는 거란다. 그걸 잊지 않는 법을 배워야 해요."

"낸이 울타리 너머로 도망치자고 했을 때 저의 양심은 저를 조금도 아프게 하지 않는걸요." 로브는 데미가 했던 말들 중 하나를 인용하여 대답했다.

"그럼 로브, 양심이 널 아프게 했으면 낸을 따라가지 않았겠구나?"

"아니요."

"그럼 넌 말할 자격이 없다."

생각에 잠긴 얼굴로 로브가 덧붙였다. "양심이 너무 작아서 저를 아프게 해도 저는 느낄 수가 없나 봐요."

"우리는 그 일을 확실히 해두어야겠다. 양심이 무디다는 것은 좋지 않아요. 그러니 로브, 저녁 식사 때까지 이곳에 낸과 같이 있으면서 그 일에 대해 함께 얘기해 보렴. 난 내가 허락할 때까지 너희들이 그 끈을 풀지 않으리라 믿는다."

"네, 그러겠어요."

둘은 자기들이 스스로 벌 받는 미덕을 마음속에 새기며 말했다.

한 시간 가량이 지나자 둘은 방 안에 갇혀 있는 게 몹시 지루해졌다. 거실이 그렇게 매력적으로 보인 적이 없었고, 작은 침실도 갑자기 흥미로워 보이는 것이었다. 그래서 그들은 가장 좋은 침대 커튼으로 텐트놀이를 하면서 들락거렸다. 그들은 창문 쪽으로 손이 닿지 않았기 때문에 열려 있는 창문은 그들을 더욱 사납게 만들었다. 바깥세상은 매우 아름다워 보였기 때문에, 예전에는 어떻게 지루하다는 생각을 할 수 있었는지 알 수가 없었다.

낸은 잔디밭이 애타게 그리워졌고, 로브는 아침에 개 폴룩수에게 밥을 주지 않은 일이 생각나서는 폴룩수는 지금 무얼하고 있을까 궁금해졌다. 시계를 보면서 낸은 로브에게 분침과 초침 보는 법을 가르쳐주었다. 로브는 숫자 8과 숫자 1 사이의 시간을 모두 말할 수 있게 되었고 절대로 그 시간 읽기를 잊지 않게 되었다. 저녁 식사 냄새가 스며들자 미칠 지경이었다. 저녁 식사 메뉴가 콩 수프와 허클베리 열매 푸딩인 것을 냄새로 알 수 있었고 로브와 낸은 견딜 수가 없었다. 그 순간 두 아이들은 둘의 동조 관계의 끈을 풀고 부엌으로 달려가고 싶은 충동을 이겨낼 수 없었다. 메리 앤이 식탁을 차리기 시작했을 때, 어떤 고기가 나왔는지 보기 위해 거의 끈을 끊고 둘로 분리될 지경이었다. 낸은 '자기의 푸딩 위에 소스가 많이' 뿌려져 있는 식탁을 보게만 되면 침대 정리를 도우라고 로브에게 제안했다.

소년들이 학교에서 파하고 쏟아져 나왔을 때, 그들은 가만히 있지 못하는 한 쌍의 어린 망아지들처럼 아이들이 스스로 고삐를 당기는 모습을 보고 지난밤의 흥미진진했던 모험에 이어서 즐거운 기분이 들기도 했지만 반성도 했다.

"이제 풀어줘요, 엄마. 제 양심이 다음번에는 나를 핀처럼 찌를 거예요. 꼭 그렇게 될 거라고요." 로브가 말했다.

식사 벨이 울렸을 때 테디가 와서는 슬픈 표정을 지으며 놀라 쳐다보았다.

"그래, 엄마도 그렇게 될 거라고 믿는다. 낸, 너도 그렇지?" 조는 로브의 끈을 풀어주면서 부드러운 목소리로 낸에게 물었다. 하지만 낸은 고집스럽게 고개를 가로저었다.

"그렇다면, 낸! 나도 어쩔 수가 없구나. 낸은 여기에 좀 더 있도록 하렴."

조는 단호하게 말했다. 로브는 자기만 거실을 나가도 괜찮다는 허락을 받는 것이 몹시도 석연찮은 듯 낸을 힐끔힐끔 돌아보며 조의 뒤를 따라나갔다.

"내가 낸에게 식사를 갖다 줘도 괜찮을까요?" 로브는 묶여 있는 동료 낸을 가엾게 여기며 말했다.

"그래 로브, 갖다 주려무나." 로브에게 대답한 뒤 서둘러서 아이들의 열기를 진압하러 갔다. 아이들은 식사 때만 되면 배가 고파 날뛰곤 했다.

낸은 혼자서 식사를 하고는 지루한 오후를 소파에 묶인 채 보냈다. 바어 부인이 낸이 창밖을 볼 수 있도록 끈의 길이를 늘려 주었다. 아이들은 잔디밭으로 몰려나와 재잘거리며 놀고 있었다. 낸은 물끄러미 창밖을 내다보았다. 데이지는 낸이 밖에 나와 같이 놀 수 없으니 낸을 즐겁게 해주려고 인형을 가지고 잔디밭으로 소풍을 나왔고, 토미는 그의 특기인 재주넘기로 낸을 위로하려고 했다. 또한 데미는 계단에 앉아 큰 소리로 책을 읽어주었는데, 낸은 매우 즐거워했다. 그리고 댄은 자기의 세심한 성의의 표현으로 낸에게 작은 두꺼비를 가져다주었다.

그러나 그 어느 것도 상실된 자유를 보상할 수는 없었다. 낸은 감금된 몇 시간 동안 자유가 얼마나 귀중한지를 깨달았다. 아이들이 모두 에밀의 새 배가 출항하는 것을 보려고 시냇가로 가고 난 뒤 조용한 시간 내내 창턱에 기대어 있던 낸의 작은 머릿속에는 아주 많은 생각이 스쳐 지나갔다. 낸은 그 배의 이름을 지어주기로 했었다. 건포도 와인병을 깨면서 에밀의 용기를 칭찬하고 바어 부인을 기리는 의미로 '조세핀'이라는 이름을 붙여주려 했던 것이다. 이제 낸은 그 기회를 놓쳐버렸다. 낸은 모든 것이 자기 잘못이라는 뼈아픈 후회로 마음이 몹시 아팠다. 눈물이 솟아올랐다. 낸은 얼른 눈물을 훔치고 창 바로 밑에 핀 노란 장미 위에서 빙빙 맴돌고 있는 통통한 꿀벌에게 큰 소리로 말했다.

"만일 네가 도망쳐 나온 것이라면 지금 당장 집에 가서 엄마에게 잘못했다고 말하고 다시는 그런 짓은 하지 않는 게 좋을 거야."

"꿀벌에게 그런 좋은 충고를 하는 걸 들으니 기분이 좋구나. 내 생각에 그 꿀벌은 너의 충고를 받아들인 것 같아." 등 뒤에서 조의 쾌활한 목소리가 들렸다. 낸이 떨궈낸 빛나는 눈물 방울이 창틀에서 반짝였다. 조가 곁에 앉으면서 낸을 무릎 위에 앉혔다. 조는 낸이 흘린 눈물 방울을 보았고 그 의미도 알았다.

"우리 어머니의 치료 방법이 네게 효과가 있었다고 생각하니?"

"네." 낸은 조용한 말씨로 마음을 가라앉히며 대답했다.

"나는 네가 또 혼자 다른 곳으로 사라지지 않았으면 좋겠다."

"다시는 그런 일 없을 거예요." 낸은 매우 진지한 얼굴로 조를 바라보았다.

조는 만족스러운 표정으로 더 이상 아무 말도 하지 않았다. 벌 자체에서 아이들이 깨우치길 바랐고 지나친 설교로 그 깨우침을 망치고 싶지 않았다. 그때 로브가 허클베리 열매 파이를 조심히 들고 나타났다.

"이건 내가 따온 허클베리 열매를 넣어서 만든 것인데 저녁 식사 때 여러분에게 반을 나눠드리겠습니다." 로브가 자랑스럽게 말했다.

"그리고 낸 누나, 우리 너무 심하게 장난치지 말자." 로브는 활짝 웃으며 다정하게 말했다.

"응, 다시는 그러지 않을 거야." 낸은 굳은 결심의 빛을 보이며 말했다.

"좋아! 이제 가서 앤에게 이걸 잘라서 우리 모두 먹을 수 있게 해달라고 하자. 이제 곧 차 마실 시간이야."

로브는 조그맣고 맛있는 파이를 흔들며 말했다. 낸은 따라가려다 말고 잠시 멈춰 서서 말했다.

"아 참! 전 갈 수가 없어요."

"가봐라."

낸이 얘기하는 동안 조는 조용히 끈을 풀어 두었던 것이다. 낸은 이제 자신이 자유로워졌다는 걸 깨닫고서 조에게 입을 맞추고는 새처럼 콧노래를 부르며 사라졌고, 로브는 허클베리 주스를 방울방울 흘리며 낸을 뒤쫓아 나갔다.

제13장 금발의 소녀

마지막 흥분이 가신 뒤 플럼필드에는 다시 평화가 찾아들었다. 나이가 좀 든 아이들은 낸과 로브가 길을 잃었던 일에 특별한 흥미를 갖지 않았다. 오히려 그 일이 있은 뒤 모든 일이 더 세심하게 진행되어 생활이 더욱 지루하게만 느껴질 뿐이었다. 그리고 나이 어린 꼬마들은 낸의 모험담을 너무 여러 번 들어서 길을 잃어버릴 것만 같은 두려움에 사로잡혔다. 그래서 감히 대문 밖으로 나서지를 못하였다.

"이런 평온함은 오래 못 갈 거야."

조는 여러 해 동안 아이들을 다루어왔기 때문에, 이런 잠잠한 생활 이후에 곧 어떤 소란이 일어날지를 익히 알고 있었다. 아이들을 잘 모르는 사람이었다면 애들이 갑자기 어른이 된 줄로 착각했을 것이다. 그러나 조는 잠자던 화산이 갑자기 폭발할 것에 미리 대비할 줄 아는 현명함을 지니고 있었다.

이 반가운 평화에 베스의 방문이 톡톡히 한 몫을 했다. 로리 부부가 건강이 좋지 못한 로렌스 할아버지와 외출을 하기 위해 베스를 이곳에 일주일 동안 맡겨놓았던 것이다. 남자 아이들은 천사 같기도 하고 요정 같기도 한 이 금발의 소녀를 숭배했다. 엄마에게 물려받은 그 넘실거리는 금발은 반짝이는 베일처럼 그 아이를 감싸고 있었다. 로리가 그 탐스러운 금발을 자르는 것을 바라지 않았기 때문에 베스의 머리는 늘 허리까지 늘어트려져 있었다. 모두들 그 작은 공주를 좋아했고, 감히 놀릴 엄두도 못 냈다.

더욱이 베스는 모든 아이들에게 아주 정중하고 친절하게 대했다. 베스의 성품은 천성적으로 온순하고 우아하여 예의바르지 못한 사내아이들에게 많은 영향을 주었다. 누구든 베스를 난폭하게 다루지 못하였으며, 손이 더러울 때는 건드리지도 않았다. 그래서 베스가 있는 동안은 다른 때보다 비누가 훨씬 더 많이 닳곤 했다. 모두가 베스의 깨끗함을 본받으려고 노력했기 때문이다.

베스를 부를 때는 평소에 거칠던 목소리도 부드러워졌고, 베스가 있으면 말다툼도 곧 그쳤으며, 혹 언성이 높아질 경우에도 구경하는 아이들이 말려서 재빨리 진정되었다. 아이들은 베스의 시중들기를 좋아해서, 큰 애들조차 불평 한 마디 없이 잔심부름을 즐겨 했다. 어린 꼬마들은 베스의 헌신적인 노예 같았다. 모두들 자기가 먼저 소녀의 짐을 날라 주는 일, 딸기 바구니 나르는 일, 식사 때 접시를 건네주는 일을 독차지하려고 애썼다. 토미와 내트는 베스의 작은 장화가 반짝거리도록 닦아주는 영광을 서로 누리려고 주먹다짐까지 하곤 했다.

말괄량이 낸에게도 베스는 많은 영향을 주었다. 베스는 말괄량이 낸이 소리치며 떠들썩하게 놀 때면 너무 놀라 그 커다랗고 파란 눈으로 낸을 쳐다보며 몸을 움츠리곤 했다. 이를 눈치챈 낸은 겉으로는 상관없다고 말했지만 사실은 무척 신경이 쓰였다. 어느 날 베스가 자기는 상냥한 데이지를 더 좋아한다고 하자 그 말을 듣고 낸은 몹시 마음이 상해 헛간으로 달려가 구슬프게 울기까지 했다. 한바탕 눈물을 쏟아낸 뒤 한결 마음을 가라앉힌 낸은 밖으로 나와 과수원으로 갔다. 거기서 베스가 좋아할 만한 달콤하고 빨간 작은 풋사과를 찾아보았다. 낸은 자신의 심한 장난을 뉘우치며 베스에게 겸손하게 사과를 선물했고, 베스는 용서의 입맞춤과 함께 감사한 마음으로 사과를 받았다.

이 일이 있은 뒤 낸은 베스와 아주 친해졌다. 처음에 낸은 작은 새장 속에 갇힌 한 마리 새와 같은 갑갑한 기분이었다. 그래서 낸은 가끔은 비둘기 같은 데이지와 우아한 금빛 카나리아 같은 베스를 방해하지 않는 곳에서 목청껏 노래하고 긴 여행을 떠나려는 새처럼 날갯죽지를 활짝 펴기 위해 몰래 그 새장을 빠져나와야 했다. 그러나 베스와 함께 있는 시간은 낸에게 아주 좋은 영향을 주었고 언제부터인가 낸 자신도 베스를 닮아가기 시작했다. 결국 낸은 그토록 원하던 품성을 자신의 노력으로 얻어낼 수 있었다.

어떤 아이든 이 예쁜 금발 소녀와 함께 있으면 점점 태도가 좋아졌다.

"우리가 아이들을 가르치는 것처럼 아이들 또한 우리에게 교훈을 주는군." 바어 씨가 흐뭇한 표정으로 말했다.

"귀여운 나의 아이들을 축복하소서! 그 애들은 몰라요. 그 애들 스스로가 우리가 어떻게 자기들을 다루어야 하는지를 우리에게 가르쳐주고 있다는 것을요." 조가 대답했다.

"사내아이들과 여자 아이들을 함께 교육해야 좋다고 말한 당신이 옳아요. 낸은 데이지를 움직이고, 베스는 새끼곰 같은 녀석들에게 우리보다 더 잘 예절을 가르치고 있잖소."

"정말 그래요. 베스가 아이들에게 그렇게 좋은 영향을 미치고 있는 또 다른 이유를 알아냈어요." 조는 고단한 하루 일과를 끝낸 뒤, 소파에 누워 쉬고 있는 바어 씨 곁으로 자기 의자를 끌어당기며 말했다.

"낸은 워낙 바느질을 싫어했잖아요. 그런데 베스가 떠날 때 선물할 가방을 만드느라고 반나절이나 손수 바느질을 했지 뭐예요. 베스를 사랑하는 마음이 낸을 변화시킨 거예요. 어찌나 대견하던지 진심으로 칭찬해 주었어요. 그랬더니 얼굴이 빨개져서는 '나는 다른 사람을 위해 바느질을 하고 싶어요. 나를 위한 바느질은 바보짓이에요'라고 말하더군요. 그때 저는 좋은 생각이 떠올랐어요. 앞으로 낸에게 카니 부인의 아이들을 위해 작은 셔츠와 앞치마를 만들어달라고 부탁할 거예요. 그 착한 천사는 꼬마들을 위해서라면 손가락이 아플 정도로 바느질을 할 거예요. 이젠 제가 그 일을 하지 않아도 될 정도로 말이에요."

"그렇지만 바느질은 인기 있는 일이 아니잖소, 여보?"

"그게 잘못된 점이죠. 나는 우리 딸들에게 내가 바느질에 대해 알고 있는 모든 것을 가르쳐줄 작정이에요. 비록 라틴어나 기하학과 같은 학문을 포기하는 일이 있더라도 말이에요. 물론 요즘은 여자들도 그런 학문을 배워야 하긴 하지만요. 에이미는 베스를 정말 완벽한 여성으로 만들려고 해요. 에이미는 베스가 만든 멋진 바느질 견본을 몇 개나 가지고 있어요."

"나도 공주님의 위력에 대한 증거를 하나 갖고 있지." 바어 씨는 현대 교육 제도를 전반적으로 비난하는 기분으로 단추를 꿰매어 달고 있는 조 부인을 보고서 말했다.

"잭은 스투피나 네드 같다는 소리를 싫어했어요. 베스가 싫어하는 타입이거든요. 그래서 잭이 좀 전에 내게 와서 자기의 사마귀에 가성소다수를 발라달라고 하더군요. 내가 그렇게나 발라 주려고 할 땐 거절하더니 말이에요. 그렇지만 잘난 척만 하던 영리한 소년이 이제는 사나이답게 잘 견딜 줄도 알고, 앞으로 베스의 호감을 살 수 있다는 생각에 지금 당장의 불편함도 감수할 줄 알게 되었네요. 세심하고 까다로운 귀부인에게 매끈한 손을 보일 희망으로요."

바어 부인이 유쾌하게 웃었다. 그때 스투피가 들어왔다.

"저, 조 아줌마. 엄마가 보내준 사탕과자를 베스에게 좀 나눠주고 싶은데 ……. 그래도 될까요?"

"그 애는 단 것을 먹으면 안 된단다. 그렇지만 핑크색 장미 모양의 사탕과자를 예쁜 상자에 넣어 선물한다면 정말 좋아할 거야." 사탕과자를 나눠주는 일이 거의 없던 그 뚱뚱보 소년이 웬일인지 먹는 것에 욕심을 부리지 않자, 조가 그 마음을 망치지 않으려고 조심스럽게 말했다.

"베스가 사탕과자를 안 먹을까요? 그 애가 싫어하지 않으면 좋겠는데……." 스투피는 맛있는 사탕을 쳐다보며 입맛을 다셨다.

"아, 괜찮아, 스투피. 그건 먹는 게 아니고 그냥 보기만 하는 거라고 말하면 베스는 몇 주 동안 건드리지도 않고 먹지도 않을 거야. 너도 그렇게 할 수 있지?"

"저도 그렇게 할 수 있어요. 저는 베스보다 오빠니까요." 스투피는 화가 난 듯 소리쳤다.

"글쎄, 그럼 같이 믿어보기로 하자. 자, 너의 사탕과자를 이 가방 속에 넣어라. 어디, 스투피가 얼마나 오래 참을 수 있나 지켜봐야지. 자, 내가 세어 볼게. 하트 모양이 두 개, 붉은 고기 모양이 네 개, 말 모양 보리엿이 세 개, 아몬드가 아홉 개, 초콜릿 사탕이 열두 개, 내가 맞게 세었니?" 교활한 조 부인이 그녀의 작은 반짇고리에 사탕과자들을 담으며 물었다.

"네." 한숨을 내쉬며 스투피가 대답했다. 그러고는 베스에게 선물할 그 금단의 열매를 소중히 주머니에 넣고 방을 나갔다. 그 선물에 대한 답례는 베스의 미소와 정원에서 베스를 호위해도 좋다는 허락이었다.

"결국 스투피는 식탐까지도 이겨냈어요. 그 애의 노력은 베스의 보답으로 격려를 받게 될 거예요." 조가 말했다.

"유혹을 주머니에 넣어놓고, 상냥한 꼬마 선생님으로부터 극기를 배우는 아이는 행복하나니!" 바어 씨는 덧붙여 말했다. 그는 만족감으로 가득 찬 스투피의 살찐 얼굴과 장미 모양의 사탕과자를 애정 어린 눈빛으로 바라보고 있는 베스의 모습을 창문을 통해 바라보았다.

로리가 베스를 데리러 왔을 때에는 그야말로 엄청난 일이 일어났다. 베스에게 쏟아지는 이별의 선물을 집까지 다 실어 나르려면 큰 마차를 한 대 더 불러야 할 정도였다. 한 사람도 빠짐없이 모두 베스에게 뭔가 선물을 주었다. 흰 쥐, 케이크, 조개껍데기로 만든 목걸이, 사과, 가방 속에서 발길질하는 토끼와 그 토끼를 위한 커다란 양배추, 피라미가 든 병, 한 아름의 꽃다발, 별의별 선물들이 다 있었다. 포장하기 꽤 힘들었을 법한 괴상한 물건들조차 어찌나 예쁘게 포장을 했는지 저절로 감탄이 나왔다. 작별의 장면도 매우 인상적이었다. 공주는 신하들에게 둘러싸여 현관 탁자에 다소곳이 앉아 있었다. 서로 다정한 말을 주고받으면서 가볍게 손을 흔들었는데, 모두들 자기 감정을 표현하는 데 조금도 거리낌이 없었다.

"곧 다시 놀러와, 사랑스런 꼬마야." 댄이 자신이 가장 좋아하는 녹색과 금빛 풍뎅이를 그녀의 모자에 묶어 주며 속삭였다.

"네가 뭘 하는지 나를 잊지 말아줘, 공주님." 애교스러운 토미가 마지막으로 베스의 아름다운 머리카락을 쓰다듬으며 말했다.

"나는 다음 주에 너희 집에 갈 거야. 그때 다시 만나게 되겠지, 베스."

곧 다시 만날 수 있다는 생각에 내트는 위안을 받은 듯했다.

"자, 악수하자." 잭은 사마귀가 없어진 손을 내밀며 소리쳤다.

"자, 여기에 우리들을 기억나게 할 새롭고 멋진 것이 있어." 딕과 돌리가 새 버들피리를 선물하며 말했다.

"내 소중한 천사여! 내가 만든 책갈피야. 이걸 항상 간직해야 해, 꼭."

낸은 베스를 포근히 껴안으며 말했다. 그 모든 정겨운 작별 인사들 중에서도 가엾은 돌리의 인사가 가장 감명 깊었다. 베스가 정말 떠난다는 생각 때문에 참을 수 없어진 돌리는 몸을 던져 베스의 작고 파란 장화를 껴안고서는 절망적으로 울었다.

"떠나지 마! 아, 제발 가지 마!"

그런 돌리에게 감동한 베스는 몸을 구부려 그 불쌍한 돌리의 머리를 들게 하고는, 작고 부드러운 목소리로 말했다.

"울지 마, 가엾은 돌리! 네게 입맞춰 줄게, 그리고 곧 다시 올 거야."

이 약속이 돌리에게 위안을 주었는지, 돌리는 자기에게 베풀어진 특별한 영광에 자부심을 갖고 미소 띤 얼굴로 뒤로 물러났다.

"나도! 나도!" 자신의 선물도 마땅히 그런 보답을 받을 만하다고 생각했는지, 딕도 소리쳤다.

다른 아이들도 그 외침에 끼고 싶어하는 듯 보였다. 친절하고 상냥한 얼굴들 속에 파묻힌 공주는 깊이 감동한 듯 겸손하게 팔을 뻗으며 말했다.

"모두에게 입맞춰줄게!"

향기로운 꽃 주위에 몰려든 벌떼처럼 그 사랑스러운 아이들은, 그들의 예쁜 친구를 둘러싸고 베스의 모자 안창이 보일 정도로 정열적이면서도 부드럽게 입 맞추었다. 베스는 마치 한 송이의 작은 장미꽃 같았다. 그때 로리가 그 아이들 틈바구니에서 겨우 딸을 구출해 마차에 태웠다. 떠나면서도 베스는 계속 뒤를 돌아다보며 손을 흔들어 보였다.

"또 와! 또 와!"

소녀의 모습이 저 멀리 까마득하게 보일 때까지, 아이들은 울타리에 걸터앉아 소리쳤다.

아이들은 모두 베스를 그리워했다. 그렇게 사랑스럽고 상냥한 존재를 알았던 일이 더할 수 없는 행운이었다고 모두가 어렴풋이 느꼈다. 왜냐하면 어린 베스는 꼬마들의 기사도 본능을 자극하여 그들 마음속에 숨어 있던 고귀한 열정을 일깨워주었기 때문이다. 플럼필드의 아이들은 모두 자신들의 가슴속에 남겨진 어떤 예쁜 소녀를 기억하고 있다. 비록 아직 어린아이에 불과한 소녀였지만, 꼬마들은 그녀에게 자신의 충성을 바치고 그 작은 손이 인도하는 대로 이끌려가면서도 조금도 부끄럽지 않았다.

제14장 다몬과 피티아스

바어 부인의 말이 옳았다. 그 평화로움은 폭풍 전야처럼 일시적인 달램일 뿐이었다. 베스가 떠나고 나서 이틀 뒤에, 지진 같은 소란이 플럼필드를 뒤흔들었던 것이다.

토미의 암탉들은 달걀을 많이 낳지 않았다. 그래서 토미는 달걀을 많이 팔수 없어 돈도 모을 수 없었다. 돈은 때로는 악의 뿌리가 되기도 하지만 없어선 안 되는 뿌리이기도 하기 때문에, 쌀이 없으면 살 수 없듯이 돈이 없으면 생활은 불편하기 마련이다. 토미는 정말 의지할 데가 전혀 없었다. 더군다나 토미는 그 얼마 안 되는 수입을 너무나 헤프게 써버려 주머니는 항상 텅텅 비어 있기 일쑤였다. 보다 못한 바어 씨는 그에게 저축을 하도록 권유하여 조에게 맡겨두도록 했다.

헤프게 돈 쓰는 습관을 하루아침에 바꿀 수는 없었지만 토미는 이를 악물고 절약하여 몇 푼 안 되는 돈이나마 모을 수 있었고, 곧 자신이 모은 돈에 만족하게 되었다. 그러자 토미는 지금까지 저축한 돈으로 무엇을 살까, 행복한 궁리에 빠져들었다. 토미는 조에게 예금해 놓은 돈을 잘 기록해 두었다. 토미는 애초에 바어 씨로부터 5달러가 모이면 바로 돈을 찾아도 좋다는 허락을 받았다. 단, 현명하게 쓴다는 조건으로. 이제 1달러만 더 있으면 된다. 조가 마흔여덟 개의 달걀 값을 지불하여 5달러가 채워졌을 때, 토미는 너무나 기뻐서 조에게 그 돈을 받아 가지고 헛간으로 달려가 내트에게 그 돈을 보여주며 자랑했다. 내트도 오랫동안 갈망해 온 바이올린을 사기 위해 저축을 하고 있었다.

"그 돈을 내 돈 3달러와 합했으면 좋겠다. 그러면 지금 당장 바이올린을 살 수 있을 텐데."

아쉽다는 눈초리로 그 돈을 바라보면서 내트가 말했다.

"빌려줄 수도 있어. 나는 아직 내 돈으로 뭘 살지 결정하지 않았거든."

토미는 돈을 공중으로 내던졌다가 되받으며 흔쾌히 말했다.

"야, 얘들아! 시냇가로 내려와 봐. 댄이 큰 뱀을 잡았어!" 헛간 뒤에서 누군가가 큰 소리로 외쳤다.

"자, 가보자!"

헛간에 있는 낡은 기계 안에 그 돈을 쑤셔 넣고, 토미는 내트를 따라 달려갔다. 그날 오후 내내 토미는 댄이 잡은 뱀을 가지고 재미있게 놀고, 절름발이 수탉을 오랫동안 쫓아다니다가 결국 잡고 하며 정신없이 놀다가 잠자리에 들 때까지 돈에 대해서 까맣게 잊고 있었다.

"걱정할 것 없어. 돈이 어디 있는지는 내트밖에 모르니까."

태평스러운 토미는 자기 돈에 대해 아무 걱정도 하지 않았다.

다음 날 아침, 아이들이 교실로 가려고 모였는데 토미가 방으로 달려들어와 숨가쁘게 소리쳤다.

"누구야! 도대체 누가 내 돈을 가져갔지?"

"무슨 소리를 하는 거야?" 프란츠가 깜짝 놀라 물었다.

토미가 그간의 사정에 대해 대충 설명했고, 내트도 토미의 말에 보증을 섰다. 그러나 아이들은 모두 하나같이 아무것도 모른다고 딱 잡아뗐다. 내트는 괜히 죄지은 사람처럼 놀라고 당황스러워 어쩔 줄을 몰라 했다. 그런 내트를 아이들은 의심스러운 눈길로 바라보기 시작했다.

"누군가 분명히 그걸 가져갔어."

프란츠가 성급하게 단정 짓듯 말하자 토미는 아이들에게 주먹을 휘둘러대며 화가 나서 소리쳤다.

"내 손에 잡히기만 해봐! 하늘에 맹세코 본때를 보여주고 말겠어!"

"진정해, 톰. 결국 도둑을 찾아내게 될 거야. 도둑은 항상 궁지에 몰리기 마련이니까." 마치 뭔가를 알고 있는 것처럼 댄이 말했다.

"어떤 부랑자가 헛간에서 자다가 그걸 가져갔을지도 몰라." 네드가 말했다.

"아니야. 사일러스가 헛간에 부랑자를 들일 리가 없어. 그리고 나그네가 그런 낡은 기계에 돈을 숨겨놓았을 거라고 상상이나 하겠어?"

에밀이 코웃음 치며 말했다.

"혹시 사일러스가 훔치지 않았을까?" 잭이 말했다.

"무슨 소리야. 늙은 사일러스 아저씨는 태양만큼이나 정직한 사람이야. 그 아저씨는 우리 돈 1페니도 안 건드릴 거야." 토미는 자기가 가장 좋아하는 사일러스가 의심받는 걸 견딜 수 없다는 듯 말했다.

"누구든 발각되기 전에 말하는 것이 좋아!" 데미는 마치 끔찍한 불행이 가족에게 닥치기라도 한 듯이 말했다.

"날 의심하는 거니?" 내트가 붉게 상기된 얼굴로 소리쳤다.

"그게 어디 있는지 너만 알고 있었잖아." 프란츠가 말했다.

"그래, 그건 사실이야. 그렇지만 난 안 가져갔어. 다시 한 번 말하지만 난 안 가져갔다고. 안 가져갔단 말이야!" 내트가 절망적으로 부르짖었다.

"그만, 그만! 조용히! 애들아 왜 이 소란이냐?" 바어 씨가 지나가다가 그 모습을 보고 다가왔다.

토미가 사건 전모를 다시 상세히 설명하자 바어 씨의 표정은 점점 더 굳어졌다. 이제껏 아이들이 온갖 짓궂은 장난을 치긴 했지만 아직까지 그런 일은 없었고 항상 정직하게 지내왔기 때문이다.

"모두 의자에 앉아라."

아이들 모두가 자리에 앉자 바어 씨는 몹시도 슬픈 표정을 지으며 한 명한 명 훑어보았다. 아이들로서는 차라리 무서운 호통이 쏟아지는 게 더 마음이 편할 것 같았다.

"자 얘들아, 내가 너희 모두에게 똑같은 질문을 하겠다. 나는 정직한 대답을 원한다. 난 너희들에게 겁을 주어서 진실을 털어놓기를 주저하게 할 생각은 없다. 왜냐하면 너희 모두에게는 양심이 있고 또한 그게 왜 있는지도 잘 알고 있으니까 말이다. 지금이 바로 잘못을 뉘우치고 우리 모두 앞에서 자기 자신을 바로 세울 수 있는 때다. 나는 순간적으로 유혹에 빠진 사람은 용서해줄 수 있다. 그렇지만 도둑질에 거짓말까지 보탠다면 그건 정말 나쁜 짓이다. 결단코 용서할 수 없어. 나쁜 짓을 했다고 솔직히 자백하면 우리 모두는 그 사람이 원하는 대로 모든 걸 잊고 용서할 거야."

그는 잠시 잠자코 있었다. 방 안은 쥐죽은 듯 고요했다. 바어 씨는 드디어 천천히 한 사람 한 사람에게 질문했다. 그러나 모두들 절레절레 고개를 흔들어 댈 뿐이었다. 게다가 누구나 다 흥분으로 얼굴이 빨갛게 달아올라 있어서 얼굴 표정을 읽어 내기가 어려웠다. 나이 어린 몇몇 아이들은 너무나 겁을 먹은 탓에 범인인 것처럼 말을 더듬었지만 그 아이들은 그런 일을 하지 않은 것이 명백했다. 드디어 내트의 차례가 되었다. 바어 씨는 너무도 비참해진 내트의 표정을 보고 그가 범인이라고 직감했다. 내트가 범인이라고 확신했기 때문에, 그가 두려움 없이 진실을 고백하고 다른 거짓말을 더 보태지 않도록 해서 이 소년을 구하고 싶었다.

"자, 애야. 정직하게 대답해야 한다. 네가 돈을 가져갔니?"

"아니에요."

내트는 애원하듯 간절한 눈길로 바어 씨를 쳐다봤다. 내트가 떨리는 목소리로 아니라고 말하자마자 누군가가 쉬익 소리를 내며 야유를 보냈다.

"그만둬!"

바어 씨는 책상을 세게 내리치면서 소리가 나는 구석 쪽을 엄하게 바라보았다. 네드와 잭, 에밀이 거기 앉아 있었다. 네드와 잭은 자책하며 부끄러워하고 있었지만 에밀은 소리를 질렀다.

"내가 안 그랬어요, 아저씨. 저는 비겁한 짓은 하지 않아요."

"좋아." 토미가 소리를 질렀다. 토미는 자기가 번 돈이 불운하게도 문제를 일으킨 것이 몹시 못마땅한 듯 매우 침울해 보였다.

"조용히 해!" 바어 씨는 이렇게 명령하고서 침착하게 말했다.

"정말 미안하구나, 내트. 그렇지만 여러 가지 증거가 네게 불리한데다가 옛날 일들이 너를 더욱 의심하게 만드는구나. 잘못한 적이 없는 다른 아이들을 믿는 건 몰라도 솔직히 너를 믿기는 어려운 일이야. 그렇지만 명심해라,

애야. 나는 이번 일로 너를 꾸짖지 않을 거다. 확실해질 때까지 너를 야단치지도 않고 더 이상 묻지도 않겠어. 너의 양심이 그 잘못을 스스로 깨달을 때까지 내버려두겠다. 만일 네가 마음을 고쳐 먹는다면 낮이든 밤이든 언제든지 내게 와서 고백하렴. 그러면 너는 곧 용서받고 도움을 받아 잘못을 고칠 수 있다. 만일 네게 죄가 없다면 진실은 곧 드러날 테고 너를 의심한 걸 곧바로 가장 먼저 사과하마. 그리고 기꺼이 우리들 모두의 앞에서 너에게 혐의가 없다는 것을 밝혀줄게."

"나는 안 그랬어요. 안 그랬다고요." 내트는 팔에 머리를 묻은 채 흐느꼈다. 내트는 자신에게 쏟아지는 불신과 혐오의 눈초리들을 참을 수 없었다.

"나도 아니길 바란다."

바어 씨는 범인이 누구건 한 번 더 기회를 주려는 듯 잠시 잠자코 있었다. 그러나 조용한 가운데 몇몇 아이들이 코를 훌쩍일 뿐이었다. 바어 씨는 머리를 가로저으며 유감스럽다는 듯 덧붙였다.

"그렇다면 더 이상 어쩔 수 없구나. 너희들 모두 내 말에 따르기를 바란다. 나는 너희들이 의심받고 있는 친구를 괴롭히지 않기를 바라. 예전과 똑같이 대하기가 힘들고, 비록 그 친구에게 애정을 느낄 수 없더라도 말이다. 그렇지 않아도 충분히 괴로운 시간을 보낼 테니까. 자, 이제 그만 가서 공부해라."

"바어 아저씨는 내트를 너무 쉽게 풀어주셨어." 책을 꺼내면서 네드는 에밀에게 중얼거렸다.

"입 다물어!" 에밀은 이 사건이 플럼필드 가족의 명예에 먹칠을 하리라고 느끼며 소리를 질렀다.

거의 모든 아이들이 네드의 말에 동감했지만 바어 씨의 행동이 바람직하다는 점은 인정했다. 내트는 훔치지 않았더라도 훔쳤다고 자백하고 고통을 겪는 편이 더 나았을 것이다. 아무리 심한 매질이라도 그 차가운 눈초리와 냉대, 그리고 항상 의심을 받는 기분보다는 가벼웠을 테니 말이다. 비록 누구도 자신을 때리거나 욕하지는 않았지만 내트는 외톨이가 되어 일주일 내내 벌을 받고 있었다.

그것은 최악이었다. 오히려 그 일을 입 밖에 내거나 쓰레기 취급을 하는 것은 참을 수 있겠지만, 말없이 불신의 표정으로 바라보는 것은 정말 대면하

기가 두려웠다. 심지어 바어 아줌마까지도 그런 기색으로 내트를 바라보았
다. 설혹 바어 아줌마의 태도가 전과 다름없이 친절했을지라도, 바어 씨의
유감스럽고 걱정스러워하는 눈초리는 내트의 심장까지 도려내는 것 같았다.
내트는 바어 선생님을 무척 사랑했기 때문이다. 그래서 이렇게 이중으로 죄
를 짓고 있음으로써 선생님의 모든 희망을 저버리는 결과를 낳았다고 생각
했다.

그 집에서 오직 한 사람만이 내트를 믿고 그의 편을 들어주었다. 데이지였
다. 데이지는 사람들에게 그 이유를 설명할 수는 없었지만 내트를 의심할 수
는 없다고 느꼈으며, 그녀의 타고난 따뜻한 동정심이 내트 편을 들게 했다.
특히 자기 오빠인 데미가 내트가 도둑질한 것이 틀림없다고 자신을 설득하
려 했을 때, 데이지는 내트를 비난하는 것을 참지 못하고 데미를 때리기까지
했다.

"아마 암탉들이 그걸 먹었을지도 몰라. 그 녀석들은 낡은 종이를 좋아하
니까."

데이지의 얼토당토않은 말에 데미가 웃음을 터뜨리자 데이지는 화가 나서
데미를 마구 때렸다. 그러고는 울음을 참지 못하고 달아나며 데이지는 소리
쳤다.

"내트는 훔치지 않았어, 않았다고!"

조나 바어 씨도 친구에 대한 데이지의 그런 믿음을 깨뜨리려 하지 않았다.
그저 데이지의 그런 순수한 믿음이 보상받기를 바랄 뿐이었다. 그리고 그로
인해 더욱 데이지를 사랑했다.

그 일이 있은 뒤 내트는 가끔 데이지가 없었다면 자기는 견딜 수 없었으리
라고 말하곤 했다. 다른 애들이 모두 내트를 피할 때 데이지만은 그에게 더
가까이 다가와 위로해 주었다. 그리고 내트가 낡은 바이올린을 켜면서 스스
로를 위로할 때면, 옆에 앉아 믿음과 사랑이 가득한 얼굴로 내트의 연주를
들어주었다. 그럴 때 내트는 잠시나마 그 치욕을 잊고 행복할 수 있었다. 데
이지는 내트에게 공부를 도와달라고 청하기도 하고, 부엌에서 깜짝 놀랄 만
큼 엉망인 요리를 만들어 주기도 했다. 내트는 무슨 요리든지 사나이답게 먹
었다. 어떤 음식엔건 감사의 마음이 닿으니 달콤한 향기가 났다. 데이지는
내트가 다른 아이들에게 끼지 못하고 움츠러들어 하지 못하게 된 크리켓이

나 공놀이를 하자고 했다. 또 정원에서 꽃다발을 만들어 그의 책상 위에다 올려놓기도 했고, 자기는 성격이 밝은 친구일 뿐이어서, 그저 평판이 좋은 사람들은 물론이고 나쁜 사람한테까지도 착하게 대해준다는 표시를 하려고 노력했다. 낸도 곧 데이지를 따라 내트에게 최소한의 예의는 갖추었다. 경멸적인 말이나 의심을 버리려고 애쓴 덕분에 낸은 호의로운 '치맛바람 나들이 부인' 같았다. 그러나 내트가 돈을 훔쳤을 거라는 생각은 변함이 없었다.

그러나 대부분의 아이들은 그를 냉정하게 소외시켰다. 댄은 내트를 겁쟁이라고 경멸하면서도 의협심 때문인지 누가 내트를 괴롭히거나 겁주려하면 무조건 주먹으로 때려주었다.

어느 날 오후, 시냇가에 앉아 물거미를 관찰하는 데 몰두해 있던 댄은 방벽 건너편에서 들려오는 두런거리는 소리를 들었다. 호기심 많은 네드는 누가 진짜 도둑인지 몹시 궁금했다. 왜냐하면 최근에 남자애들 한두 명이 내트가 범인이 아니라고 생각하기 시작했고, 내트는 변함없이 자신은 결백하다고 하면서 사람들의 무시를 온화하게 참고 있는 상황이었기 때문이다. 이런 의심스런 상황이 네드는 참을 수 없어서 몇 번이나 내트를 따로 만나 이것저것 물어보며 괴롭혔다. 그리고 점점 더 내트를 의심하게 되었다. 그래서 네드는 바어 씨가 확고하게 명령했음에도 불구하고, 그날도 나무 그늘 아래 혼자 앉아 책을 읽고 있는 내트를 발견하고는 그 금지된 문제를 다시 확인해 보고픈 조바심에 멈춰 서지 않을 수 없었다. 댄이 도착하기 약 10분 동안 네드는 내트를 불안하게 만들었다. 진드기 같은 거미학생이 엿들은 첫마디는 내트의 참을성 있게 호소하는 목소리였다.

"그만둬, 응. 그만둬! 난 네게 말할 수 없어, 난 모르니까. 바어 아저씨가 괴롭히지 말라고 했는데 왜 나를 못살게 구는 거야. 그건 비겁한 짓이야. 댄이 있다면 넌 감히 그러지 못했을 거야."

"난 댄이 무섭지 않아. 그 애는 그저 나이 많은 골목대장일 뿐이야. 댄이 토미의 돈을 훔쳤지? 맞지? 넌 그걸 알지? 알면서도 말하지 않는 거지? 말해봐!"

"그 애는 그런 짓 안 했어. 만일 했더라도 난 그 애를 변호할 거야. 그 앤 항상 나에게 잘해 주었거든."

내트가 말했다. 잡고 있던 물거미를 놓쳐버릴 정도로 열심히 듣고 있던 댄은 내트에게 고마운 마음에 급히 일어났지만 네드의 다음 말을 듣는 순간 우뚝 멈추었다.

"난 댄이 그랬다는 걸 알아. 그 애는 여기 오기 전에 소매치기를 했던 게 확실해. 너 말고는 아무도 그 애에 대해 모르잖아."

네드는 자기 말에 확신도 없는 채 지껄여댔다. 네드는 오로지 내트의 화를 돋워 진실을 알아내려고 했다.

그러자 내트가 사나운 기세로 소리치는 바람에 그의 옹졸한 희망이 일부 성공을 거두었다.

"만일 또다시 그런 말을 하면 바어 아저씨한테 가서 너의 이런 비열한 행동을 모두 말해 버릴 거야. 그러고 싶지는 않지만 네가 댄을 내버려두지 않으면 정말 말할 테야."

"넌 고자질쟁이, 도둑놈, 거짓말쟁이야."

네드는 이제 조롱하기 시작했다. 왜냐하면 자기에 대한 모욕을 아주 온순하게 잘 참던 내트가 단지 댄을 옹호하기 위해 감히 선생님 얼굴을 마주 대하러 간다고는 믿어지지 않았기 때문이다.

더 이상 참을 수 없었다. 그 순간 댄은 언덕 위로 뛰어올라가 네드의 옷깃을 홱 잡아당겼다. 그러곤 아래쪽 개울 한가운데로 내동댕이쳤다.

"다시 한 번 주둥이를 놀려봐. 물속에 처박아 보이지도 않게 만들어 버릴 테니까."

댄은 좁은 개울 양쪽에 한 발씩 올려놓고 로데스 섬의 현대판 거인처럼 서서, 물 속에 허우적거리는 조그만 녀석을 내려다보았다.

"난 그냥 장난으로 그랬을 뿐이야." 네드가 기어들어가는 목소리로 간신히 말했다.

"내트를 궁지에 몰아 못살게 굴다니 너야말로 비겁한 녀석이야. 한 번만 더 잡히면 강물에 아주 절여놓고 말 테다. 얼른 꺼져버려!" 댄은 화가 나서 소리쳤다.

네드는 벌떡 일어나더니 꽁지가 빠지게 달아났다. 네드를 쫓아낸 뒤 댄은 매우 지치고 풀이 죽은 내트에게 다가갔다.

"다시는 괴롭히지 않을 거야. 또 그러면 나한테 말해. 내가 처리할 테니까." 댄은 침착해지려고 애쓰며 덧붙였다.

"난 그 애가 나에 대해서 뭐라고 말하건 상관하지 않아. 그런 건 이제 익숙해졌으니까." 내트가 서글프게 대답했다.

"그렇지만 난 그 애가 너의 일에 열을 올리는 건 참을 수가 없어."

"넌 네드 말이 틀리다는 걸 어떻게 알지?" 댄은 얼굴을 돌리면서 물었다.

"뭐? 돈 말이야?" 내트는 놀라서 바라보았다.

"그래."

"잘 몰라. 그렇지만 난 못 믿겠어! 너는 돈을 좋아하지 않으니까. 넌 곤충이나 뭐 그런 것만 좋아하잖아." 내트는 말도 안 된다는 듯이 웃었다.

"글쎄. 난 네가 바이올린을 가지고 싶어하는 만큼 나비채를 갖고 싶어. 내가 그것 때문에 돈을 훔쳤을 거라고 생각하지 않아?"

댄은 여전히 고개를 돌린 채 오른발로 잔디에 구멍을 뚫으면서 말했다.

"나는 네가 그러리라고 생각하지 않아. 너는 가끔 싸움을 해서 아이들을 때려눕히길 좋아하지만 거짓말은 안 해. 훔치지도 않을 거고." 내트는 단호하게 고개를 가로저었다.

"아니, 내트! 나는 두 가지 다 했어. 격분하는 만큼 난 거짓말도 잘해. 그래서 지금 나는 아주 고통스러워. 나는 페이지 씨에게서 도망쳐 나올 때 농원에서 먹을 것을 훔친 적도 있어. 나는 너도 알다시피 나쁜 놈이야."

댄은 최근에 배운 저급한 말투로 거칠고 무례하게 내뱉었다.

"아, 댄. 네가 그랬다고 말하지 마. 난 차라리 다른 아이가 그랬다고 말할 거야." 내트가 너무 괴로운 듯이 소리쳤다. 이 말을 들은 댄은 기쁜 표정을 지으며 이상한 얼굴빛으로 주위를 둘러보았다. 그렇지만 단지 이렇게 말할 뿐이었다.

"난 그 일에 대해 아무 말도 안 할 거야. 그렇지만 너는 너무 조바심내지 마. 어쨌든 우리는 잘 헤쳐나갈 수 있을 거야. 무슨 수를 써서라도 우리 잘 견뎌내자."

댄의 얼굴과 태도에서 뭔가 낌새를 눈치챈 내트는 친구의 두 손을 힘껏 잡으면서 호소하듯 말했다.

"내 생각에 너는 누가 그랬는지 알고 있는 것 같아. 만일 알고 있다면 그 애한테 가서 고백하라고 말해 줘. 댄, 아이들 모두가 이유 없이 나를 미워하는 건 정말 너무 힘들어. 나는 더 이상 참을 수가 없어. 비록 플럼필드를 좋아하지만 도망칠 곳만 있었다면 나는 벌써 달아나버렸을 거야. 그렇지만 나는 용감하지도 않고 너처럼 크지도 않아. 그래서 나는 누군가 나의 결백을 증명해 줄 때까지 그냥 여기에 있으려는 거야."

그렇게 말하는 내트가 어찌나 상심하고 실망한 모습이었는지 댄은 안타까워서 견딜 수가 없었다. 그래서 그는 일부러 활기차게 말했다.

"오래 기다리지 않아도 될 거야."

그런 아리송한 말을 남긴 채 사라진 댄은 몇 시간 동안 보이지 않았다.

"댄에게 무슨 일이 생겼나?"

전과 다른 댄의 행동이 이상스러워 아이들은 서로 눈치만 보았다. 댄은 며칠 동안 너무나 침착하고 조용해서 옆으로 다가가 말을 걸기조차 어려웠다. 아이들이 다가가면 댄은 혼자 있다가도 달아나서 저녁 늦게 집으로 돌아왔다. 저녁 시간에도 아이들과 함께 어울리지 않고 구석진 곳에 혼자 앉아 깊이 생각에만 몰두해 있었다. 조가 《양심의 책》에 있는 좋은 글을 보여주었을 때 댄은 힐끗 한 번 훑어보고는 미소도 짓지 않고 생각에 잠긴 듯 말했다.

"아줌마는 제가 잘 해나가고 있다고 생각하시죠? 그렇지요?"

"물론이지, 댄! 넌 훌륭해. 약간의 도움만 있으면 너를 자랑스러운 소년으로 만들 수 있다고 늘 생각해 왔거든."

그러자 댄은 그 검은 눈동자로 야릇한 표정을 지으며 조를 바라보았다. 뭔가 자존심과 사랑, 슬픔이 한데 뒤섞인 표정이었다.

"아줌마가 실망할까 봐 두려워요. 저는 계속 노력하겠어요."

평상시에 그렇게 즐겨 읽던 그 책마저도 댄은 아무 표정 없이 덮어버렸다.

"어디 아프니?" 조가 댄의 어깨에 손을 올려놓으면서 물었다.

"예, 조금요. 자러 가야겠어요. 안녕히 주무세요, 아줌마."

잠시 조의 손을 자기의 볼에 갖다 대고 있더니 댄은 마치 사랑하는 사람에게 작별 인사를 하는 것 같은 표정으로 돌아섰다.

"불쌍한 댄! 저 애는 내트의 명예롭지 못한 일 때문에 슬퍼하고 있는 거야. 참 이상한 애야. 어떻게 하면 댄을 좀 더 잘 이해할 수 있을까?"

조는 나날이 성숙해 가는 댄이 진정으로 자랑스러워 중얼거렸다. 조는 댄을 처음 보았을 때 직감적으로 느꼈던 그 이상의 무엇이 댄에게 있다고 느꼈다.

내트에게 가장 깊은 상처를 준 것들 중의 하나는 토미의 행동이었다. 토미는 돈을 잃어버린 뒤 내트에게 친절하지만 단호하게 말했다.

"너를 괴롭히고 싶지는 않아, 내트. 그렇지만 너도 알다시피 나는 돈을 잃어버려도 괜찮을 만큼 여유가 없어. 그래서 우리는 더 이상 단짝이 될 수 없을 것 같아."

토미는 '토미 뱅스 주식회사'라는 말을 헛간 벽에서 지워버렸다. 내트는 그 '주식회사'라는 말을 매우 자랑스럽게 여겼고 부지런히 달걀을 찾아 모아서 재고를 주식거래 하듯이 팔아 지금까지 번 돈을 계산해 보곤 했었다.

"토미! 꼭 그래야 되겠니?"

내트는 이 일이 끝장나면 이 사업계에서 자신의 이름이 영원히 사라져버리리라고 생각하며 말했다.

"그래야만 돼." 토미는 단호하게 대답했다. "에밀이 그랬어. 어떤 사람이 한 회사의 재산을 '횡령(아마 돈을 가져가 버리고서 그것으로 관계가 끊긴다는 뜻일 거야)'했을 때는 다른 사람이 그를 고소하거나 심하게 다그치고는 더 이상 관계를 갖지 않는다고 말이야. 너는 내 재산을 횡령한 거야. 그래도 난 너를 고소하지도 않고 못살게 굴지도 않잖아. 하지만 너와의 관계는 끊어야겠어. 너를 믿지 못하겠어. 그리고 나는 망하고 싶지도 않아."

"내가 네 돈을 가져가지 않았다고 네가 믿는다면 내 돈을 몽땅 다 주기라도 할 거야. 그렇지만 네가 나를 믿게 만들 수가 없으니 너는 내 돈을 받지 않겠지. 아, 토미. 그러지 말고 내가 너를 위해 계속 달걀을 찾아 모으게 해줘. 품삯을 달라고 하진 않겠어. 그냥 그 일을 하고 싶어. 나는 달걀이 있는 장소도 모두 알고 있고 또 그 일을 좋아해."

내트는 애원했다. 그러나 토미는 고개를 가로저으며 짧게 말했다.

"그렇게는 못해. 네가 달걀이 있는 장소도 아예 몰랐으면 좋겠어. 내 달걀을 몰래 훔쳐서 그걸로 투기하지 못하게 말이야."

토미의 예쁘고 둥근 얼굴이 의심에 차고 굳어져 보였다. 불쌍한 내트는 마음의 상처를 받아 헤어날 수가 없었다. 내트는 동업자와 후원자를 잃어버렸을 뿐만 아니라, 그의 명예도 산산이 깨져버렸고 공동의 사업체에서조차 버림받은 낙오자가 되었다. 아무도 그의 말을 믿지 않았다. 아무리 그가 지나간 잘못을 만회하려고 노력해도 그 노력은 곧 허사가 되었고, 그는 외로운 존재가 되어버렸다. 암탉 두 마리만이 토미를 보면 공연히 꽥꽥 울어댔고, 그의 불행을 함께 아파한다는 듯이 달걀도 전보다 더 적게 낳았다. 그리고 어떤 병아리들은 토미가 찾지 못할 새 둥지에 숨어 토미를 골탕먹이기도 했다.

"닭들은 나를 믿어."

세상에서 버림받은 내트에게 얼룩무늬 암탉 한 마리의 신뢰조차도 가장 큰 위안이 되었다.

토미는 새로운 동업자를 구하지 않았다. 불신 문제가 생겨서, 남에 대한 신뢰가 더럽혀졌기 때문이다. 네드가 동업하자고 청했으나 토미는 거절했다.

"내트가 그 돈을 가져가지 않았다는 게 밝혀질지도 몰라. 그러면 우리는 다시 동업자가 될 수 있어. 그렇게 되리라고 생각하지는 않지만 그 애에게 한 번 더 기회를 주고 싶어."

토미는 빌리만이 유일하게 믿을 수 있는 아이라고 생각했다. 그래서 빌리에게 달걀을 찾아 깨지지 않게 넘기는 일을 훈련시켰고, 그 대가로 토미는 그에게 사탕이나 사과를 주었다.

댄이 우울한 어느 일요일을 보내고 난 다음 날 아침, 빌리는 토미에게 장시간에 걸친 탐색의 성과를 보여주면서 말했다.

"두 개뿐이야."

"점점 적어지는군. 이렇게 짜증나게 하는 늙은 암탉은 처음인걸." 토미는 때때로 암탉이 달걀을 여섯 개나 낳아 기뻐하던 지난 날들을 생각하며 투덜거렸다.

"아무튼 그걸 내 모자 속에 넣고 새 분필을 좀 줘. 어쨌든 기록은 해둬야지."

빌리는 분필을 꺼내려고, 토미가 필기구를 넣어두던 낡은 기계에 기어올라 그 기계 꼭대기를 들여다보았다.

"여기 웬 돈이 이렇게 많아?" 빌리가 말했다.

"무슨 소리야? 분필만 가지고 빨리 좀 내려와." 토미가 대답했다.

"돈이 있단 말이야. 음, 2달러나." 아직 숫자 세기에 숙달되지 못한 빌리가 주장했다.

"왜 이렇게 말이 많아!"

직접 분필을 가지러 뛰어올라간 토미는 기계 속을 들여다보곤 그만 너무 놀라서 하마터면 넘어질 뻔했다. 거기에는 정말 25센트 지폐 네 장이 나란히 놓여 있었다. 게다가 그 옆에는 '톰 뱅스에게'라고 쓰인 종이쪽지 한 장이 놓여 있었다. 잘못 보았을 리가 없었다.

"이런 맙소사!" 토미는 소리치며 돈을 움켜쥐고는 집으로 뛰어들어갔다.

"됐어! 내 돈을 찾았어! 내트는 어디 있지?"

내트를 곧 찾았는데 그가 너무 진실하게 놀라고 기뻐했기 때문에, 그 돈에 관해 전혀 모른다고 딱 잡아뗐을 때 아무도 그를 의심하지 않았다.

"어떻게 내가 가져가지 않았는데 다시 갖다놓을 수 있겠니? 이젠 나를 믿어줘. 제발 예전같이 나를 믿어줘."

간절하게 애원하는 내트의 말을 듣고 난 에밀은 그의 등을 두드려주며 자기는 내트를 믿겠다고 맹세했다.

"그래, 내트. 나는 너를 믿어. 그리고 네가 아니라는 것이 정말 기뻐. 그런데 도대체 누가 도둑질을 했지?"

토미는 내트와 진심으로 악수를 하였다.

"신경 쓰지 마, 돈을 찾았잖아." 따뜻한 눈길로 내트의 행복한 얼굴을 바라보던 댄이 말했다.

"말도 안돼, 놀라워! 다시는 내 물건이 도둑맞았다가 요술쟁이 마술처럼 돌아오게 하진 않겠어." 토미는 마술을 의심한다는 듯이 돈을 바라보며 소리쳤다.

"어쨌든 우리는 범인을 찾아내고 말 거야. 인쇄 찍는 기술이 능숙해서 그의 글씨체를 못 알아볼 정도라 해도 말이야." 프란츠가 지폐를 자세히 들여다보면서 말했다.

"데미는 찍어내는 기술이 최고야." 로브는 이 소란이 무슨 일인지도 모르면서 끼어들었다.

"네가 뭐라고 해도 난 그 애가 범인이라고는 결코 생각지 않아."

토미가 말하자 다른 아이들도 모두 고개를 끄덕였다. 내트는 친구들이 데미를 전적으로 신뢰하는 걸 보면서 자신이 가진 모든 것을 주고서라도 데미와 같은 신뢰를 받을 수 있으면 좋겠다고 생각했다. 왜냐하면 내트는 사람들의 믿음을 잃기는 쉬워도 회복하기란 얼마나 어려운 것인지 몸소 체험했기 때문이다. 또 진실을 등한시함으로써 고통을 받았기 때문에 이제 진실은 그에게 매우 귀중한 것이 되어 있었다.

바어 씨는 사건이 올바른 방향으로 진척되자 기뻐했고, 나아가 누군가가 하루빨리 고백하기를 간절히 바랐다. 바어 씨의 바람은 어느 날 갑자기 실현되었다. 그러나 그것은 무척 놀랍고도 슬픈 일이었다. 어느 날 저녁 모두 식탁에 둘러앉아 막 식사를 하려는 순간, 이웃집 베이츠 부인이 사각 모양의 소포 꾸러미를 바어 씨에게 전해 주었다. 소포에 붙은 쪽지를 바어 씨가 읽는 동안 데미는 급히 포장지를 뜯어 속에 담긴 내용물을 보고는 소리쳤다.

"어, 이건 테디 아저씨가 댄에게 줬던 책인데."

"제기랄!"

그동안 노력은 했지만 아직도 거친 말버릇이 남아 있는 댄이 소리쳤다. 바어 씨는 얼른 그를 바라보았다. 댄은 바어 씨의 눈을 마주대하지 못하고 고개를 떨어뜨리더니 눈을 내리깔고 입을 꽉 다문 채 앉아 있었다. 댄의 얼굴은 점점 붉어지더니 아주 새빨갛게 되었다.

"어찌 된 일이지?"

조가 근심스럽게 물었다.

"난 이 문제를 개인적으로 말하는 편이 나을 거라고 생각했는데, 데미가 너무 성급해 어쩔 수 없게 되었구나. 할 수 없지. 그러니 사실을 공개해야겠다." 바어 씨는 어떤 비열함이나 허위를 심판할 때의 평소 모습 그대로 좀 엄한 표정을 지으며 말했다.

"이 쪽지는 베이츠 아줌마가 보낸 거란다. 그 아줌마는 아들 지미가 지난 토요일에 댄에게서 이 책을 샀다고 하는데, 그분이 생각하기엔 이 책이 1달러 가치는 더 된다고 보고 뭔가 문제가 있다며 책을 내게 다시 보낸 거야. 댄, 너는 그 책을 팔았니?"

"예." 댄은 나지막하게 대답했다.

"왜?"

"돈이 필요해서요."

"뭣 때문에?"

"누굴 주려고요."

"누구한테 빌린 게 있니?"

"토미에게요."

"나는 한 푼도 빌려준 적이 없어요." 겁먹은 소리로 토미가 외쳤다. 토미는 앞으로 무슨 일이 벌어질지 충분히 짐작하고 있었다. 또 그는 댄을 매우 좋아했기 때문에 그 순간 차라리 그 사건이 정말 요술이기를 간절히 바랐다.

"아마 댄이 가져갔을 거예요." 네드가 말했다. 네드는 이전의 일로 댄에게 원한을 갖고 있었으므로, 그냥 지나치지 않고 꼭 그 원한을 갚으려 했다.

"오, 댄." 내트는 쥐고 있던 빵을 손으로 꽉 움켜잡으며 외쳤다.

"무척 어려운 일이지만 너희들이 서로를 의심하는 눈초리로 서로를 보게 놔둘 수는 없으니 이 일을 해결해야겠다. 학교 전체가 이 사건 때문에 너무 소란스럽단 말이야. 댄, 그 돈을 오늘 아침에 헛간에 갖다 두었지?" 바어 씨가 엄격하게 물었다. 댄은 바어 씨의 얼굴을 똑바로 바라보며 확실하게 대답했다.

"예, 그랬어요."

순간 수군거리는 소리가 점점 커졌고, 토미는 들고 있던 찻잔을 떨어뜨렸다. 그러자 데이지가 소리쳤다.

"난 내트가 아니라는 걸 알고 있었어요."

그 말이 채 끝나기도 전에 별안간 낸은 울기 시작했으며, 조는 일어나 나가버렸다. 댄은 조 아줌마가 너무나 실망하고 유감스러워하는 것 같아 참을 수 없었다. 댄은 잠시 손으로 얼굴을 가리고 있다가 고개를 들었다. 그리고 마치 무거운 짐을 내려놓은 것처럼 어깨를 으쓱하고 나서, 그가 처음 왔을 때 지었던 시건방진 표정으로 말했다.

"제가 그랬어요. 이제 아저씨는 제게 하고 싶은 대로 하셔도 좋아요. 그렇지만 저는 그 일에 관해서 더 이상 이야기하지 않을 거예요."

"너는 미안하지도 않니?" 바어 씨가 댄의 태도에 곤혹스러워하며 물었다.

"미안해하지 않아도 돼요. 저는 그 일로 댄을 추궁하지 않을 거예요. 그저 용서해 줄 거예요." 토미는 겁 많은 내트보다 용감한 댄이 망신을 당하는 게 더 괴롭다고 느끼며 말했다.

"난 용서받기를 바라지 않아." 댄은 퉁명스럽게 되받았다.

"네가 스스로 조용히 생각해 본다면 아마도 넌 용서를 빌게 될 거다. 지금 내가 얼마나 놀라고 실망했는지는 네게 얘기하지 않겠다. 그렇지만 차차 얘기하게 될 거야."

"아무런 변화도 없을걸요."

댄은 반항적으로 말하려 했지만, 바어 씨의 슬픈 얼굴을 보고는 그만 풀이 죽었다. 그 말을 마지막으로 더 이상 그곳에 있는다는 게 도저히 견딜 수 없었는지 조용히 그 방을 나갔다.

그러나 그가 머물러 있었더라면 그에게 이로운 결과가 있었을 것이다. 아이들이 진심어린 후회와 동정을 갖고 이번 일에 대해 얘기했기 때문에, 댄이 그 모습에 감동하여 스스로 용서를 빌 수도 있었을 것이기 때문이다.

아무도, 하물며 내트조차도 댄이 범인이란 사실이 밝혀진 것을 기뻐하지 않았다. 그가 엄청난 잘못을 저질렀음에도 불구하고 모든 아이들은 댄을 동정하고 있었다. 댄에게 조는 가장 큰 버팀목이었다.

그러나 조는 자신이 가장 좋아하는 소년이 그런 짓을 저질렀다는 게 너무나 마음이 아팠다. 도둑질도 나쁘지만 거기에다 거짓말을 하고 다른 사람을 고통 속에서 의심받게 내버려둔 일은 더욱 나빴다. 무엇보다 실망스러운 점은, 몰래 그 돈을 제자리에 갖다놓은 것이었다. 그것은 용기 없는 행동일 뿐 아니라 속임수였다. 그리고 이것은 아이의 미래에 있어 좋지 않은 징조였다. 더구나 더욱 안타깝게도 댄은 계속해서 그 일에 대해 말하기를 거부했다. 용서를 빌기는커녕 후회조차 하지 않았다. 며칠이 지났지만 평소와 다름없이 댄은 학업과 해야 할 일들을 묵묵히 해나갔다. 하지만 그는 그 누구에게도 동정을 바라지 않았으며, 아이들이 가까이 다가오는 것도 꺼렸다. 그리고 남은 시간은 대부분 혼자서 숲이나 들을 배회하면서 보냈다.

"만일 이런 식으로 계속 생활하다간 그 아이가 또다시 어디론가 사라질까봐 겁이 나는군. 댄은 아직 어려. 이런 식으로 살아선 안 돼."

모든 노력이 실패로 돌아가자 매우 낙담해서 바어 씨는 힘없이 말했다.

"얼마 전까지만 해도 그 애를 유혹할 것이 전혀 없다고 확신했는데……. 그 애는 많이 변했군요."

누구보다도 조가 가장 애처롭게 보였다. 댄은 다른 누구보다도 조를 피했고 그것이 더욱더 조를 슬프게 했다. 조가 조용히 다가가서 얘기하려고 하면 덫에 걸린 야생 동물처럼 사나움과 애원이 뒤섞인 눈으로 조를 잠깐 바라보다가 그냥 도망쳐버렸다.

내트는 그림자처럼 댄을 쫓아다녔는데, 댄은 내트만은 물리치지 않았다.

"너무 염려할 것 없어. 내 걱정은 하지 마. 나는 너보다 훨씬 더 잘 참을 수 있으니까." 댄은 그저 무뚝뚝한 어투로 그렇게 말할 뿐이었다.

"그렇지만 난 너를 혼자 내버려두고 싶지 않단 말이야." 슬픔에 가득 찬 내트가 안타깝게 소리쳤다. "난 이대로가 좋아."

그러고는 터벅터벅 걸어가 버렸다. 때때로 외로운 듯 한숨을 삼키면서.

어느 날 자작나무 숲을 지나다가 댄은 아이들을 만났다. 아이들은 나무에 올라가서 가냘프고 유연한 가지에 걸터앉아 가지가 땅에 닿도록 흔들어 구부러뜨리면서 땅으로 내려오는 놀이를 하고 있었다. 댄은 잠시 멈춰 서서 그 광경을 지켜보았다. 마침 잭의 차례가 되었다. 그는 불행히도 너무 굵은 가지를 택하는 바람에 나뭇가지가 조금밖에 굽혀지지 않아 위험한 높이에 그대로 매달린 채 있었다.

"다시 올라가 버려! 넌 땅에 닿을 수 없어!" 네드가 밑에서 소리쳤다.

잭은 다시 한 번 시도했지만 잔가지들은 그의 손에서 미끄러져 빠져나가고, 다리는 나무둥치 주변에 닿지도 않았다. 잭은 계속 발길질을 해대며 허우적거리고, 헛잡고 하다가 끝내 포기하고 숨가쁘게 매달려 속절없이 소리쳤다.

"나 좀 잡아줘, 도와줘! 떨어져야 돼!"

"떨어지면 넌 죽을 거야." 네드가 거의 까무러칠 정도로 겁에 질려 소리쳤다.

"꽉 잡고 있어!" 댄이 소리치며 나무 위로 올라갔다. 댄은 여기저기 마구 부딪치면서 거침없이 잭에게로 다가갔고, 잭은 공포와 희망이 뒤범벅된 눈길로 매달려 있었다.

"너희 둘 다 내려올 수 있을 거야."

네드는 흥분해 비탈 아래에서 춤을 추며 외쳐댔고, 내트는 만약을 대비해 나무 밑으로 가서 두 팔을 벌리고 있었다.

"그래, 그렇게 해. 밑을 지켜." 댄은 침착하게 말하며 자기의 몸무게를 더해서 잭의 나뭇가지를 휘청거리게 하더니 땅 가까이까지 내려오게 했다.

잭은 안전하게 땅으로 뛰어내렸다. 그런데 그때 다시 가벼워진 자작나무 가지가 너무 갑작스럽게 튕겨 올라갔다. 그 바람에 댄이 공중에서 나뭇가지를 잡고 발을 먼저 떨어트리려고 빙빙 흔들리며 돌다가 그만 나뭇가지를 손에서 놓쳐버려 쿵하고 심하게 땅바닥에 떨어지고 말았다.

"난 다치지 않았어. 괜찮아. 좀 있으면 괜찮을 거야."

아이들이 경이와 존경어린 눈으로 댄의 주위로 몰려들자, 댄은 조금 창백하고 아찔한 상태로 일어나 앉았다.

"네가 최고야, 댄. 난 언제나 너를 고마워할 거야." 잭이 감격해서 소리쳤다.

"별 것도 아니야." 댄은 천천히 일어나면서 중얼거렸다.

"아니야, 대단했어. 너와 악수하고 싶어, 비록 네가……." 네드는 막 무슨 말을 하려다가 말고 그냥 손을 내밀었다.

"그렇지만 난 비겁자와 악수하지 않아."

댄은 경멸의 눈초리로 네드에게서 등을 돌렸고, 네드는 시냇가에서의 일을 기억해 내고는 재빨리 물러섰다.

"댄, 집으로 가자. 내가 부축해 줄게."

내트가 말하면서 댄과 함께 떠나버리자, 남은 아이들은 모두 댄의 공적을 칭찬하면서 다시 예전처럼 댄이 함께 어울려주기를 간절히 바랐다

다음 날 아침, 학교에 들어서는 바어 선생님의 행복한 얼굴을 보고 아이들은 그 영문을 몰라 무척 궁금해했다. 바어 씨는 댄에게 곧장 다가가 두 손으로 그를 감싸 안고는 말했다.

"나는 이제 그 일에 대해 모든 걸 알았단다. 진심으로 네게 용서를 빌고 싶구나. 그 행동은 참으로 너다웠어. 그리고 그 때문에 나는 너를 더욱 사랑한단다. 비록 친구를 위해서라도 거짓말은 나쁘지만 말이야."

"무슨 일이에요?" 내트가 소리쳤다. 댄은 바어 씨의 말에 한마디도 대꾸하지 않고, 무엇에 짓눌린 사람처럼 겨우 고개를 조금 들었을 뿐이었다.

"댄은 톰의 돈을 가져가지 않았단다." 바어 씨는 너무 기쁜 나머지 소리를 지르듯이 말했다.

"그럼 누가 그랬죠?" 모든 아이들이 한목소리로 소리쳤다.

바어 씨가 빈자리 한 곳을 가리키자 모든 눈동자가 그의 손을 따라 그 빈자리에 고정되었다. 잠시 동안 아무도 말하지 않았다. 그들은 너무나도 놀랐던 것이다.

"잭은 오늘 아침 일찍 집으로 돌아갔단다. 그리고 이걸 남겼어."

바어 씨는 잠에서 깨어났을 때 그의 방 손잡이에 매달려 있었던 쪽지를 조용히 읽었다.

"제가 토미의 돈을 훔쳤어요. 저는 토미가 돈을 그곳에 넣어둘 때 틈새로 엿보고 있었어요. 말을 하고 싶었지만 무척 무서웠어요. 그런데 내트가 의심 받을 때는 별로 마음이 아프지 않았지만 댄이 범인이라고 자청하고 나서니까 저는 참을 수가 없었어요. 저는 그 돈을 하나도 쓰지 않았어요. 그 돈은 제 방 세면대 바로 아래에 깔려 있는 양탄자 밑에 있어요. 정말 죄송해요. 저는 집으로 가요. 그리고 다시는 오지 않을 거예요. 그러니까 제 물건은 모두 댄에게 주세요. 잭으로부터."

그 고백은 훌륭하지는 않았다. 여기저기 얼룩진 지저분한 종이 위에 쓰인 짤막한 편지였으나 댄에게는 매우 소중한 것이었다.

바어 씨가 편지를 읽고 나서 묵묵히 서 있자, 댄은 선생님에게로 가서 비록 더듬거렸지만 맑은 눈빛과 솔직한 태도로 말했다.

"죄송해요, 선생님. 저를 용서해 주세요."

"그건 선의의 거짓말이었어, 댄. 어떻게 너를 용서하지 않을 수 있겠니. 그렇지만 너도 알다시피 너에게 좋은 결과를 가져다주진 못했지."

바어 씨는 안도와 애정이 담긴 얼굴로 댄의 어깨에 손을 얹으면서 말했다.

"제가 그렇게 했기 때문에 남자애들이 내트를 괴롭히지 못하게 되었어요. 그것이 제가 거짓말을 한 이유예요. 내트가 몹시 비참한 상황에 있었어요. 전 별로 힘들지 않았는걸요."

댄이 힘든 침묵을 깨고 이렇게 솔직하게 얘기할 수 있게 되어 무척 기쁘다는 듯 설명했다.

"어떻게, 그럴 수가. 언제나 넌 내게 친절했잖아." 내트는 다정한 친구인 댄을 껴안고 울고 싶은 강한 충동이 일었지만 머뭇거리며 말했다. 여자애처럼 껴안고 울었더라면 댄은 불같이 화를 냈을 것이다.

"이봐, 이제 괜찮아, 내트. 다시는 바보처럼 굴지 마."

댄은 치밀어 오르는 감정을 꿀꺽 삼키며 말했다. 그리고 몇 주일 동안 잃었던 웃음을 터뜨렸다.

"바어 아줌마도 아세요?" 댄은 불쑥 그렇게 물었다.

"그렇단다. 아줌마는 너무 행복해서 어떻게 해야 할지 모르겠다고 하더구나."

기쁨과 호기심으로 야단법석을 떨며 댄에게 몰려드는 아이들 때문에 바어 씨는 더 이상 얘기를 할 수가 없었다. 댄이, 쏟아지는 숱한 질문에 채 답하기도 전에 누군가가 소리쳤다.

"댄 만세!"

조가 문간에서 걸레를 흔들며 서 있었다. 조는 어린 시절에 종종 그랬듯이, 기쁨에 들떠 춤이라도 추고 싶은 모양이었다.

"자, 그만!" 학교가 떠나갈 듯한 환호성을 멈추기 위해 바어 씨가 소리쳤다.

댄은 잠시 동안은 묵묵히 잘 견디었지만 조를 보자 흥분하기 시작했다. 댄은 갑자기 거실로 달려갔으며 조도 곧 뒤따라 나갔다. 그리고 한참 동안 두 사람 모두 보이지 않았다.

바어 씨는 흥분한 아이들을 진정시키는 게 어렵다는 것을 잘 알고 있었다. 그래서 서로에 대한 우정 때문에 영원히 이름이 남게 된 두 친구 다몬과 피티아스에 얽힌 옛날 얘기를 해줌으로써 분위기를 진정시켰다. 아이들이 헌신적인 친구의 우정에 감동한 상태였기 때문에 그 이야기는 아이들을 진정시키는 데에 더욱 효과적이었다.

거짓말은 나빴다. 그러나 거짓말을 하게 만든 친구를 향한 우정과 남이 져야 할 불명예를 묵묵히 참아낸 용기는 그들 사이에서 댄을 영웅으로 만들었다. 정직과 명예는 이제 아이들 사이에서 새로운 의미를 지니게 되었다. 사람들 사이의 믿음은 금보다 소중한 것이다. 믿음은 한 번 잃어버리면 돈으로도 되찾을 수 없기 때문이다. 그리고 인간에 대한 믿음만큼 삶을 부드럽고 행복하게 해주는 것은 없다.

토미는 자랑스럽게 회사의 이름을 회복했다. 내트는 댄에게 잘해주려고 노력했고 다른 모든 소년들도 그동안 의심하고 무시했던 일에 대한 미안함 때문에 전보다 친절해졌다. 조 부인은 전보다 더 큰 행복을 느꼈으며 바어 씨는 '다몬과 피티아스'의 이야기를 몇 번이고 되풀이했다.

제15장 버드나무 속에서

버드나무는 아이들 모두에게 가장 좋은 은신처였다. 그래서 늙은 버드나무는 여름 내내 플럼필드의 온갖 극적 장면들과 비밀 이야기들을 보고 들을 수 있었다. 언제나 아이들을 즐겁게 환영하며 두 팔로 안아 잘 보살피는 것으로 보아, 버드나무도 그 모든 일들을 즐기고 있는 듯 보였다.

어느 토요일 오후인가. 버드나무는 많은 손님을 맞았다. 그날의 일을 어떤 새 한 마리가 알려왔다.

낸과 데이지가 첫 손님으로 왔다. 이 아이들은 때때로 조그만 물통과 비누 조각을 들고 와서는 시냇가에서 인형 옷들을 빨았다. 데이지는 인형 옷을 흰 옷부터 차례차례 빨아 조심스럽게 헹구어서 매자나무 덤불 사이에 줄을 매 널은 뒤 네드가 자기 옷에 꽂아준 작은 옷핀으로 고정했다. 그러나 낸은 물 통에 한꺼번에 인형 옷을 담가두고는, 인형의 베개 속을 채운다고 엉겅퀴를 주워 모았다. 그래서 이 말괄량이가 빨래를 헹구려고 다시 돌아왔을 때에는 분홍색 가운과 조그만 슈미즈, 그리고 주름장식이 멋진 하얀 페티코트까지 진한 녹색물로 얼룩져 있었다.

"어머, 나 좀 봐! 엉망이 됐어!" 낸이 깜짝 놀라며 말했다.

"빛이 바래도록 빨래들을 모두 잔디 위에 펼쳐놔." 경험이 많은 체하며 데 이지가 말했다.

"그래야겠다. 저기 둥지에 앉아서 보면 옷이 날아가지 않는지 볼 수 있을 거야."

데이지와 낸은 '바빌론의 여왕' 옷을 언덕에 쭉 펼쳐놓고 물통을 엎어 놓 은 뒤 버드나무로 올라갔다. 그리고 부인네들이 집안일을 잠시 중단하고 수 다를 떨듯 잡담을 하기 시작했다.

"나는 멋진 새 베개에 깃털 침대를 가지게 될 거야." 주머니에 들어 있던 엉겅퀴를 손수건 위에 옮겨놓으면서 '치맛바람 부인' 낸이 말했다.

"글쎄, 조 이모가 그러시는데 깃털 침대는 건강에 좋지 않대. 내 아이는 매트리스에 재울 테야." 데이지가 단호하게 대답했다.

"나는 상관 안 해. 우리 애들은 튼튼해서 마룻바닥에서도 잠을 자. 그래도 별 탈이 없어."

그건 정말 사실이었다.

"나는 침대 매트리스를 아홉 개나 가질 여유가 없어. 그리고 내가 직접 침 대를 만들어야 좋거든." '셰익스피어 스미스 부인'이 확실하게 대답했다.

"토미가 깃털 값을 받지 않을까?"

"아마 받으려고 할 거야. 그렇지만 나는 주지 않을 거야." 사람 좋은 토미 뱅스의 덕을 많이 보고 있는 수다쟁이 낸이 대답했다.

"내 생각에 분홍 가운의 분홍색이 녹색 얼룩보다 더 빨리 빠질 거야."

그녀에 대한 소문이 그녀와는 많이 다른데다가 스미스 부인은 신중한 사람이었기 때문에, 널어놓은 옷을 내려다보고 있던 '스미스 부인(데이지)'은 화제를 바꿨다.

"괜찮아, 나는 이제 인형들한테 지쳤어. 이제는 인형을 던져버리고 농장이나 돌봤으면 좋겠어."

"어머, 낸, 그러면 안 돼. 불쌍하잖아." 친절한 데이지가 소리쳤다.

"뭐가 불쌍해? 난 인형 따위를 가지고 노는 데엔 이젠 싫증이 나. 그러니 그것들을 멀리하고 나의 농장을 돌봐야겠어. 소꿉놀이집보다야 낫지."

'치맛바람 부인(낸)'은 가족들을 다 돌볼 수가 없는 늙은 부인들을 대변하며 대꾸했다.

데이지와 낸은 같은 또래였지만 상당히 다른 구석이 있었다. 데이지는 여자답고 침착하며 온순했지만, 좀 겁이 많아 좀처럼 새로운 일을 해보려고 마음먹지 않았다.

그에 비해 낸은 실패를 두려워하지 않고 어떠한 일이든 용감히 도전했으며, 사내아이들과 똑같은 대접을 받으려고 시끄럽게 떠들어댔다. 남자 아이들은 그런 낸을 놀리면서, 자기들 일에 끼어들면 용납하지 않았다. 그렇다고 낸이 그냥 주저않는 법은 결코 없었다. 그만큼 낸은 강한 의지와 분명한 개척자 정신을 지니고 있었던 것이다.

바어 부인은 한편으로 낸의 그런 모습을 좋아했지만, 기다릴 줄 아는 여유와 차분한 마음을 갖게 하려고 많은 노력을 기울였다. 낸은 순순히 그 충고를 받아들였고, 그것이 낸에게 큰 도움이 되었다.

낸은 더 이상 마부나 대장장이가 되겠다고 하지는 않았지만 늘 농장 쪽으로 마음이 끌렸다. 그 아이는 자기 마음속에 억눌려 있는 어떤 힘의 배출구를 그 농장에서 발견했던 것이다. 그러나 그것 또한 그 아이를 만족시키지는 못했다. 왜냐하면 약용 식물이나 달콤한 박하풀은 말 못하는 식물이었기 때문에, 낸이 돌봐주는 것에 대해 한마디 감사의 인사도 해주지 않았다. 낸은 그런 것보다 사랑해 주고 도와주며 보호해 줄 수 있는 어떤 인간적인 것을 원했다. 낸은 어린 친구들이 손가락에 피가 나거나 머리를 부딪쳤을 때, 또는 무릎에 멍이 들어 자기에게 치료해 달라고 올 때보다 더 행복한 때가 없었다. 그것을 보고 조는 훌륭하게 치료하는 법을 배워야 한다고 제안했고, 낸은 홈멜 아주머니에게서 붕대감기, 고약 바르기, 찜질 약 붙이기 등을 배웠다. 그래서 아이들은 낸을 '치맛바람 의사'라고 부르기 시작했다. 조는 어느 날 남편에게 낸에 대해 이야기했다.

"프리츠, 그 아이를 위해 우리가 뭘 해야 하는지 알았어요. 낸은 지금처럼 살아가고 싶어해요. 만일 그렇지 못하면, 낸은 아주 날카롭고 억센 불만만 가득 찬 여자가 될 거예요. 우린 그 아이를 부주의하다고 야단치지 말아야 해요. 그리고 그 애가 자기 일에 최선을 다한다면, 차차 그 애의 아버지에게 의학 공부를 시키라고 얘기해야겠어요. 낸은 훌륭한 의사가 될 거예요. 용기 있고, 대담하고, 부드러운 마음씨, 그리고 사랑과 동정을 지녔으니까요."

바어 씨도 흔쾌히 동의했다. 그리고 낸에게 약초의 다양한 성질을 가르쳐 주었고, 그 약초를 조금씩 어린 환자에게 사용해 보도록 했다. 그리고 시간이 좀 지나자 약초 농장을 아예 낸에게 맡겼다. 낸은 빠르게 배웠고 정확히 기억해 냈으며, 자기에게 관심과 호의를 베푸는 선생님에게 최대한의 성의를 보였다.

그날 버드나무 아래에 앉아서 데이지와 얘기를 나누며, 낸은 그 일을 생각하고 있었다.

"난 가정이 항상 화목하도록 돌보는 걸 좋아해. 이 다음에 어른이 되어 데미랑 같이 살 멋진 집을 갖고 싶어." 데이지가 꿈꾸듯 말하자 낸이 단호하게 대답했다.

"그런데 나는 오빠가 없잖아. 나는 그런 것보다 약병과 절굿공이가 들어 있는 서랍장이 가지런히 정돈된 사무실을 갖고 싶어. 그리고 나는 마차를 몰아서 아픈 사람들을 치료하러 다닐 거야. 나는 그게 좋아."

"어머! 어떻게 그런 고약한 냄새를 참을 수 있니?" 데이지가 몸을 떨면서 외쳤다.

"상관 없어. 나는 그 일이 좋으니까. 게다가 약초는 사람들을 건강하게 해. 나는 사람들을 치료해 주는 일이 좋아. 내가 만든 약초차로 조 아줌마의 두통을 없애버렸잖아? 게다가 홉 열매로 즙을 내 네드의 치통을 다섯 시간 만에 멎게 하지 않았니? 어때?"

"너는 거머리를 사람들 몸 위에 올려놓고 다리도 자르고 이도 뽑을 거지?" 상상만으로도 몸서리를 치면서 데이지가 물었다.

"그래, 나는 다 할 거야. 몸이 다 망가진 환자라도 고쳐줄 거야. 우리 할아버지는 의사였어. 그래서 나는 사람의 얼굴을 꿰매는 것도 봤고, 내가 가제로 소독도 했어. 하나도 무섭지 않았어. 할아버지는 내가 용감한 아이라고 그러셨어."

"어떻게 그랬니? 아픈 사람에게는 미안하지만 나는 다리가 떨려서 달아나고 말 거야. 나는 용감한 아이가 아닌가 봐." 데이지가 한숨을 내쉬었다.

"그래도 너는 내 간호사는 될 수 있을 거야. 내가 환자들 다리를 자를 때 너는 그냥 그 사람들을 꼭 껴안고만 있으면 돼."

데이지는 그렇게 말하는 낸이 꼭 영웅처럼 보였다.

"이봐, 낸, 어디 있니?"

그때 언덕 아래에서 한 소년의 목소리가 들렸다.

"여기야."

"아! 아!" 신음 소리가 나더니, 곧 에밀이 한 손을 다른 손으로 붙잡고 나타났다.

"왜 그래?" 데이지가 걱정스럽게 물었다.

"엄지손가락에 망할 놈의 가시가 박혔어. 빼낼 수가 없어. 좀 봐주지 않을래, 낸?"

"굉장히 깊게 박혔는데. 그런데 어쩐다, 바늘이 없어서!"

시커멓게 더러운 에밀의 손가락을 흥미롭게 들여다보면서 낸이 말했다.

"옷핀을 가져와." 에밀이 다급하게 말했다.

"안 돼! 핀은 너무 크고 끝이 날카롭지도 않아."

"참, 내게 바늘이 있어."

데이지는 주머니에 손을 푹 집어넣더니 바늘이 네 개나 꽂혀 있는 조그맣고 깨끗한 바늘꽂이를 꺼내 보이며 말했다.

"너는 정말 우리에게 필요한 것은 뭐든지 가지고 있어. 정말 최고야." 에밀이 엄지손가락을 내밀어 보이며 말했다.

낸은 마음속으로 이제부터는 이런 경우에 항상 쓸 수 있도록 책 모양 바늘꽂이를 갖고 다니기로 다짐했다.

데이지는 눈을 감았다. 그러나 낸은 에밀이 엉뚱한 얘기를 하는 동안 가시를 찾아내어 침착하게 뽑아내려고 애썼다.

"자, 잠깐만 기다려……. 자, 조금만 더…… 응, 됐어. 야, 이것 좀 봐! 아주 큰데. 에밀, 이젠 네 손가락을 빨아."

무척 경험이 많은 것 같은 눈초리로 에밀의 손가락을 살펴보면서 의사가 지시했다. 그러자 에밀은 피가 흐르는 손가락을 흔들면서 대답했다.

"너무 더러워."

"그럼 기다려. 내가 묶어줄게."

그리고 나서 낸은 주변을 한번 둘러보더니 데이지에게 말했다.

"저 아래에 가서 넝마조각 같은 것을 하나 가지고 와."

"어머나, 안 돼. 그건 인형 옷이야."

화난 목소리로 데이지가 소리쳤다.

"그럼, 내 인형 옷 중에서 하나 가져와. 에밀, 너를 치료해줄게."

그래도 데이지가 머뭇거리자 에밀이 내려가 손에 잡히는 대로 아무거나 집어가지고 왔다. 그것은 하필 주름치마였다. 그러나 낸은 두말 않고 그것을 찢었다. 멋진 속치마가 깨끗하고 작은 붕대로 변했다. 그리고 낸은 환자에게 가도 된다고 지시했다.

"자, 마르지 않게 하고 그대로 둬. 조금만 지나면 괜찮을 거야. 쓰라리지도 않고."

"치료비는 얼마야?" 에밀이 웃으며 물었다.

"여기는 무료 치료소야. 가난한 사람을 공짜로 치료해 주는 곳이야." 낸이 으스대며 말했다.

"고마워요, '치맛바람' 의사 선생님. 아프고 슬플 때는 언제든지 당신을 부르겠어요." 에밀은 얼마쯤 가다가 뒤돌아보며 소리쳤다.

"의사 선생님, 선생님의 누더기 옷이 바람에 날아가고 있어요."

'누더기'라는 무례한 말을 용서하고, 두 숙녀는 급히 달려 내려가 빨랫감을 주워 모아서 집으로 돌아가 작은 스토브에 불을 댕기고 다림질을 했다.

지나가는 바람에 늙은 버드나무가 나풀거렸다. 버드나무는 두 어린아이가 재잘거리는 유치한 이야기를 들으며 다정하게 미소짓는 것 같았다. 한 쌍의 새들이 또 다른 비밀 이야기를 엿들으려고 눈에 불을 켜고 있을 때 버드나무 잎사귀들은 잦아들 기미도 없이 계속해서 바람에 나부끼고 있었다.

"이제 비밀을 얘기해 줄게." 토미가 무척 중요한 것을 털어놓으려는 듯 조금 붉어진 얼굴로 말했다.

"얘기해봐." 내트는 그곳이 무척 조용했기 때문에 바이올린을 가지고 왔으면 좋았을 거라고 생각하며 말했다.

"우리는 최근에 중요한 문제로 떠오른 공통 관심사에 대해 의논했었지." 클럽에서 프란츠가 했던 연설을 되는 대로 인용하면서 토미가 말했다.

"나는 우리가 지난번에 댄을 의심했으니 사과하기 위해 뭔가를 해야 한다고 제안했어. 멋있으면서도 쓰임새 있는 선물이 없을까? 댄이 항상 지닐 수 있고 자부심을 느낄 수 있는 것으로 말이야. 뭐가 좋겠니, 내트?"

"응, 그거였어? 난 또 뭐라고. 곤충망은 어때? 댄이 정말로 가지고 싶어 하는 건데." 내트는 좀 머뭇거리며 말했다. 사실 그도 그걸 갖고 싶었다.

"아니야, 현미경이 좋겠어. 물체를 크게 확대시킬 수도 있고 물 속에 있는 것들을 실제로 볼 수도 있고, 별이나 개미알도 볼 수 있고 말이야. 정말 유익하고 재미있는 선물이 되지 않겠니?" 현미경과 망원경을 혼동하면서 토미가 말했다.

"최고야! 나는 좋아! 그런데 비싸지 않을까?" 댄이 아주 좋아하리라 생각하면서 내트가 소리쳤다.

"물론 비싸겠지. 그래도 우리 모두가 돈을 모으면 충분할 것 같아. 나는 맨 먼저 5달러를 내기로 했어."

"뭐라고! 그걸 전부? 너처럼 손 큰 애는 처음 본다." 내트는 진심으로 감탄하며 밝게 미소지었다.

"너도 알겠지만 나는 남들보다 조금 돈이 있는 편이야. 그게 불편해. 그래서 나는 앞으로 차차 내가 가진 돈을 모두에게 나눠주겠어. 그러면 아무도 나를 부러워하지 않을 테고, 훔치려고도 하지 않을 거야. 그리고 서로 의심하지 않아도 되고, 나 또한 걱정 않고 지낼 수 있지 않겠어?"

"바어 아저씨가 그렇게 하도록 허락하실까?"

"아저씨는 분명히 좋은 생각이라고 하실 테지. 언젠가 그런 말씀을 하셨거든. 아저씨가 아는 몇몇 훌륭한 사람들은 죽을 때 재산 싸움이 일어날까 봐 미리 그 돈을 좋은 일에 썼다고 말이야."

"너희 아빠는 부자지? 아빠도 그러시겠대?"

"확실히는 몰라. 그렇지만 아빠는 내가 원하는 것은 모두 해주시거든. 집에 돌아가면 그 일에 대해 아빠에게 말씀드리려고 해. 어쨌든 아빠에게 좋은 본보기를 보여드릴 거야."

토미의 태도가 진지해, 내트는 차마 웃을 수가 없었다.

"너는 네 돈으로 아주 많은 일을 할 수 있을 거야, 토미. 그렇지 않니?"

"바어 아저씨도 그렇게 말씀하셨어. 그리고 돈을 유용하게 쓰는 방법에 대해 알려 주시기로 약속하셨어. 나는 댄부터 시작할 작정이야. 그 다음에는 1달러를 얻어서 딕을 위해 무엇인가를 할 거야. 그 애는 가난해. 너도 알지, 일주일에 1센트밖에 못 벌잖아! 그래서 딕에게 잘해 주려고 하는 거야."

인정 많은 토미는 계획한 일을 빨리 시작하고 싶어했다.

"야, 토미! 그건 참 좋은 계획인데. 나도 더 이상 바이올린을 사려고 아등바등하지 않을 거야. 나는 댄에게 곤충망을 선물하겠어. 그리고 돈이 조금 남으면 불쌍한 빌리를 위해 뭔가를 할 거야. 빌리는 정말 가여워."

"나도 그럴 거야. 당장 가서 바어 아저씨에게 월요일 오후에 우리와 함께 시내로 가실 수 있는지 여쭤보자. 그러면 내가 현미경을 사는 동안 너는 곤충망을 살 수 있을 거야. 프란츠와 에밀도 갈 거고. 우리 신나게 가게를 돌아다니면서 즐거운 시간 보내자."

개구쟁이들은 팔짱을 끼고 걸어가면서 앞으로의 계획을 의논하였다. 두 소년은 벌써부터 가난하고 무력한 사람들을 도우려고 노력하는 사람이 느낄 수 있는 달콤한 보람을 느끼기 시작했다.

"올라가서 쉬면서 낙엽을 고르자. 거기는 시원하고 아주 기분이 좋거든."

데미와 댄이 오랫동안 숲길을 산책하다가 집으로 느긋하게 걸어갈 때 데미가 말했다.

"그래, 좋아!"

말수가 적은 댄은 기꺼이 응했고, 그들은 곧바로 언덕을 올라갔다.

"자작나무 잎사귀들은 왜 다른 나뭇잎보다 더 많이 흔들리는 걸까?" 댄의 대답이라면 언제나 신뢰하는 데미가 호기심에 찬 얼굴로 물었다.

"자작나무 가지는 조금 다르게 매달려 있어. 저기 자작나무를 좀 봐. 잎과 이어진 나무줄기는 한쪽으로 뻗어 있고, 가지와 이어진 나무줄기는 다른 쪽으로 뻗어 있는 게 보이지? 저렇게 나 있기 때문에 자작나무는 조금만 바람이 불어도 마구 흔들리는 거야. 그런데 저 느릅나무 잎을 봐. 똑바로 나 있지. 그래서 느릅나무 잎은 덜 흔들리고 조용한 거야."

"신기하다! 이것도 그럴까?"

데미는 작은 나무에서 떨어진 귀여운 아카시아 나뭇가지를 집어들었다.

"아니, 그건 건드리면 닫히는 종류야. 손가락으로 줄기 가운데를 만져봐. 그럼 잎이 오므라드는 걸 볼 수 있을 거야."

운모 조각을 살펴보며 댄이 말했다. 댄의 말대로 해보았더니 작은 잎사귀들이 곧 포개져서, 겹줄이던 가지 모양 무늬가 한 줄로 보였다.

"정말 재미있다. 다른 것도 얘기해 줘. 이걸로 뭘 하지?" 또 다른 나뭇가지를 들어 올리면서 데미가 물었다.

"누에에게 먹여. 누에는 뽕나무 잎을 먹고 살아. 그러다가 몸에서 실을 뽑아내기 시작하지. 나는 비단 공장에 있었던 적도 있는데, 이런 뽕잎으로 가득 찬 방이 여러 개 있었어. 누에들은 바스락바스락 소리를 내면서 뽕잎을 재빨리 먹어치우지. 때로는 너무 많이 먹어서 죽기도 해. 잔뜩 배부를 때까지 먹어서."

이끼가 덮여 있는 다른 돌멩이를 들어 올리면서 댄이 웃었다.

"나는 요정들이 담요를 짜는 데 썼던 현삼(식물 전체가 털로 덮인 2m 키의 2년초)에 대해 들은 적이 있어." 데미는 아직도 희미하게나마 작은 초록빛 요정들이 있을 거라고 믿고 있었다.

"나한테 현미경이 있다면 요정보다 더 귀여운 뭔가를 보여줄 수 있을 텐데." 댄은 그 탐나는 보물이 갖고 싶었다. "나는 두통 때문에 현삼과 잎으로 모자를 만들어 쓰던 어떤 할머니를 알아. 그분은 그 모자를 만들어서 늘 쓰고 계셨어."

"재밌는데! 그분이 형의 할머니였어?"

"아니. 그 할머니는 참 이상한 분이셨어. 다 쓰러져가는 집에서 고양이를 열아홉 마리나 데리고 혼자 사셨지. 사람들은 그 할머니를 마녀라고 불렀어. 할머니는 모습이 흉하기는 했지만 사실은 친절하고 좋은 분이셨지. 나는 그 할머니 댁에서 산 적도 있었는데 할머니는 가난했지만 언제나 나를 따뜻하게 대해 주셨어."

"그곳에서 살았었다고?"

"응, 아주 잠깐 동안. 더 이상 캐묻지 마. 얘기하고 싶지 않으니까."

댄은 생각에 잠긴 듯 잠시 말을 멈췄다.

"형, 그 고양이에 대해서 얘기해 주면 안 돼?" 데미는 유쾌하지 않은 질문을 하는 것을 미안해 하면서 물었다.

"들려줄 게 아무것도 없어. 많은 고양이를 기르셨다는 것과 밤에는 고양이들을 큰 통 속에 넣어두었다는 것밖에. 나는 때때로 그 통을 뒤집어엎어서 고양이들을 풀어주곤 했지. 그러면 할머니는 나를 붙들어 야단을 치시고, 다시 고양이를 집어넣으셨어. 그럴 때마다 고양이들은 화난 것처럼 야옹야옹 거리며 울부짖었지."

"할머니는 고양이에게 잘 해주셨어?" 데미가 재미있다는 듯 아이 특유의 활기찬 웃음을 터뜨리며 물었다.

"그랬던 것 같아. 정말 불쌍한 할머니였어. 할머니는 마을에서 버려진 고양이와 병든 고양이들을 다 데려오셨어. 누구든 고양이를 갖고 싶으면, 그 할머니에게 가서 마음에 드는 색으로 고를 수도 있었어. 그럴 때마다 할머니는 고작 9펜스만 받으셨지. 무엇보다도 자신의 고양이들이 좋은 집에서 살게 된 걸 기뻐하시면서 말이야."

"그 할머니가 보고 싶어. 만날 수 있을까?"

"그분은 돌아가셨어. 내 가족들도 모두." 댄이 짧게 대답했다.

"미안해."

데미는 다른 화젯거리를 생각하느라 잠시 침묵을 지키며 앉아 있었는데, 그 할머니에 대해서 이야기하려니 껄끄러웠지만 고양이들에 대한 것이 너무 궁금해서 조심스럽게 물어보았다.

"그분은 병든 고양이를 치료해 주셨어?"

"응, 다리가 부러진 고양이는 막대기를 대서 다친 다리를 묶어주시고 발작하는 고양이는 약초로 치료해 주셨어. 그리고 죽으면 땅에 묻어주셨지. 이따금 고양이가 너무 아파 고통스러워하면 할머니는 아예 조용히 숨을 거둘 수 있도록 도와주셨어. 안락사 말이야."

"어떻게?"

데미는 고양이와 할머니 이야기에 야릇한 매력을 느끼며 물었다. 댄이 혼자서 웃는 것을 보니 고양이에 대해 왠지 농담을 하는 기분이 들었다.

"고양이를 좋아하는 어떤 친절한 여자 분이 할머니에게 어떻게 해야 하는지 알려주면서 필요한 물건들을 줬어. 그러고는 자기가 키우던 고양이들 모두를 안락사시키기 위해 할머니에게 보냈지. 할머니는 고양이를 죽일 때 낡은 장화 안 바닥에 에테르를 묻힌 스펀지를 대고는 고양이를 머리부터 거꾸로 부츠안에 넣었어. 고양이가 잠이 들면 깨어나기 전에 장화 안에 따뜻한 물을 부어 익사시켰던 거야."

"고양이가 아무것도 느끼지 못하고 죽었으면 좋겠어. 데이지한테 이 얘기를 해줄 거야. 형은 재미있는 걸 많이 알고 있지, 그치?"

데미는 달아난 적도 있고 큰 도시의 거리를 혼자 떠돌며 살기도 했던 댄이 겪었을 많은 경험들에 대해 곰곰이 생각에 잠기면서 물었다.

"때로는 그런 걸 다 잊어버리고 싶기도 해."

"왜? 그런 것들은 좋은 추억이라고도 할 수 있잖아?"

"아니야."

"형은 마음을 추스리는 게 힘들 것 같아."

데미는 두 손으로 무릎을 감싸안고 자기가 평소에 즐겨 하던 이야깃거리를 알려달라는 듯이 하늘을 올려다보았다.

"지독하게 힘들지. 아, 그런 뜻은 아니고……." 댄은 다른 남자애들보다도 데미에게는 더 잘 보이고 싶었으므로 내뱉은 말을 주워 담으려는 듯 입술을 꽉 깨물었다.

"형, 그 얘기는 못들은 걸로 할게. 나는 형이 다시는 그런 말을 하지 않을 거라고 믿으니깐." 데미가 말했다.

"안 할 수만 있다면 절대로 안 해, 데미. 이런 건 기억하고 싶지 않은 것들 가운데 하나니까. 그렇지만 잊어버리려고 애를 써도 소용이 없어." 댄은 낙담한 얼굴이었다.

"잊어버릴 수 있어. 형이 자주 쓰는 나쁜 말의 절반만 안 쓰도록 고쳐도 조 이모는 정말 좋아하실 거야. 그런 버릇은 고치기 어려운 것이라고 가끔 말씀하시기는 하지만 말이야."

"그러셨니?" 댄은 약간 기운을 얻었다.

"욕이 나오려고 할 때마다 그것을 마음속 깊숙이에 있는 서랍에 집어넣고 잠가버려. 나는 몹쓸 생각이 떠오를 때마다 그렇게 해."

"그게 무슨 뜻이지?" 댄은 처음 보는 풍뎅이나 딱정벌레를 발견한 것만큼이나 흥미 있어하며 데미를 바라보았다.

"그건 내 비밀스러운 놀이 가운데 하나야. 형이 비웃을지도 모르지만 그래도 얘기해 줄게." 데미는 자기가 좋아하는 이야기를 하게 된 것이 기뻤다.

"마음은 둥근 방이고 영혼은 그 안에 살고 있는 날개 달린 작은 생물이라고 생각하면서 노는 거야. 방 안엔 선반과 서랍이 벽을 따라 쭉 늘어서 있고, 그 속엔 나의 생각이 들어 있지. 착한 것, 악한 것, 그 밖에 온갖 종류의 생각들이 말이야. 나는 착한 생각은 내가 볼 수 있도록 열어놓고 나쁜 생각은 꼭꼭 잠가놓지. 그렇지만 그것들은 늘 달아나려 하지. 또 힘이 무척 세기 때문에 서랍 안에 가둬놓아야 해. 내가 혼자 있거나 잠자고 있을 때 그 생각들은 나랑 같이 놀기도 하지. 난 그것들과 함께 하고 싶은 걸 할 수 있어. 매주 일요일마다 나는 내 방을 깨끗이 정돈하고 거기 사는 조그만 생각들과 얘기를 나누기도 하고, 무엇을 해야 할지 말해 주기도 하지. 그 생각들은 가끔 내 말을 안 듣기도 해. 그럴 때면 나는 아주 야단을 친 다음에 할아버지한테 보내버려. 할아버지는 언제나 그 생각들을 예의바르게 고쳐주시고, 반성하게 해 주셔. 왜냐하면 할아버지도 그 놀이를 즐거워하시니까. 서랍에 넣어 둘 만한 좋은 생각을 알려 주시고 버릇없는 녀석들을 어떻게 가두어놓는지도 가르쳐주시고 말이야. 형도 이 방법을 써 보는 게 어때? 아주 좋은 방법이잖아."

데미가 너무 진지하고 확신에 찬 눈으로 바라보았기 때문에 댄은 이 기괴한 공상에도 비웃지 않고 진지한 얼굴로 말했다.

"내 못된 생각을 가둬놓을 만큼 강한 자물쇠가 내겐 없어. 어쨌든 내 방은 어떻게 치워야 할지 모를 정도로 난장판이야."

"형은 장롱 속에 있는 서랍은 잘 정돈하잖아. 그런데 왜 다른 것은 정리할 수 없다고 해?"

"나는 해본 적이 없어. 어떻게 하는 건지 알려줄래?"

댄은 어린아이의 영혼을 정화시키는 방법에 이끌린 듯 데미를 바라보았다.

"알려주고 싶지만 난 할아버지가 가르쳐주신 것 말고는 어떻게 하는지 몰라. 그분처럼 잘할 수는 없지만 한번 해볼게."

"데미, 아무에게도 말하면 안 돼. 때때로 우리 이곳에 와서 그 얘기를 하도록 하자. 그러면 나는 나에 관한 얘기를 모두 해줄게."

댄은 그의 크고 거친 손을 내밀었다. 데미도 기꺼이 그의 부드럽고 작은 손을 내밀었고, 둘의 우정은 더욱 돈독해졌다. 어린 아이들이 살아가는 행복하고 평화로운 세계에서는 사자와 양도 친구가 되고 어린 소년이 손위의 형에게 가르침을 주기도 하는 것이다.

"쉿!"

댄이 집 쪽을 가리켰다. 데미가 막 마음을 가라앉히고 영혼을 정돈하는 방법에 대해 설교를 하려던 참이었다. 슬쩍 내려다보니 조가 책을 읽으면서 천천히 거닐고, 그 옆에 테디가 작은 손수레를 질질 끌면서 종종걸음으로 따라다니고 있었다.

"이모가 우리를 발견할 때까지 가만히 있자." 데미가 속삭였다.

그리고 둘은 조와 테디가 가까이 다가올 때까지 조용히 앉아 있었다. 조는 너무나 책에 몰두해서 테디가 알려주지 않았더라면 개울로 그냥 걸어 들어갈 뻔했다.

"엄마, 나 고기 잡고 싶어."

그러자 조는 읽고 있던 책을 내리고 낚싯대로 쓸 만한 나뭇가지를 찾아보려고 주위를 두리번거렸다. 조가 울타리에서 가지 하나를 부러뜨리려고 할 때, 가느다란 버드나무 가지 하나가 조의 발 앞에 떨어졌다. 조는 고개를 들어 버드나무에서 웃고 있는 소년들을 올려다보았다.

"위로 올라갈래!" 날아가려는 듯 두 팔을 뻗고 테디가 소리쳤다.

"아, 안 돼, 테디. 나는 내려갈 거야. 빨리 데이지한테 가야 해."

데미는 데이지에게 열아홉 마리 고양이와 장화에 얽힌 이야기를 빨리 들려주고 싶은 마음에 서둘러 언덕을 내려왔다. 테디가 급히 나무 위로 올라가자 댄이 웃으면서 말했다.

"어서 와. 네가 앉을 자리는 충분해."

조도 재빠른 걸음걸이로 버드나무가 우뚝 솟아 있는 언덕으로 올라왔다.

"나는 결혼한 뒤로는 한 번도 나무에 오르지 않았단다. 어렸을 때에는 나무타기를 아주 좋아했었는데 말이야." 조는 자신의 그늘진 자리가 아주 만족스럽다는 표정으로 말했다.

"이제 편하게 책을 읽으세요. 제가 테디를 돌볼게요." 테디에게 줄 낚싯대를 다듬기 시작하면서 댄이 말을 꺼냈다.

"그래, 댄, 고맙구나. 그런데 데미하고 여기서 뭘 하고 있었지?" 조는 댄의 침착한 표정으로 보아 그가 무언가 마음에 두고 있을 거라는 생각이 들어서 물었다.

"우린 얘기를 나누고 있었어요. 저는 나뭇잎에 대한 이런저런 이야기를 들려주었고 데미는 기묘한 놀이를 알려줬어요. 자, 그럼 대장님, 고기를 잡으러 가실까요?" 댄이 버드나무 가지 한쪽 끝에 핀을 고정시키고 거기에 벌레 한 마리를 미끼로 매달고는 테디에게 말했다.

테디는 댄을 따라 내려가 시냇가 나무에 기대어 앉았다. 그는 고기를 꼭 잡을 수 있을 거라고 확신하는 것 같았다. 댄은 테디가 개울로 곤두박질치지 않도록 옷자락을 붙잡아 주었다. 조가 언덕에 앉아 댄에게 말을 건넸다.

"네가 데미에게 나뭇잎에 대한 이야기를 해줬다니 기쁘구나. 그 애에게 필요한 것이 바로 그런 거란다. 네가 그 애와 같이 산책도 하면서 많은 걸 가르쳐주기를 바란다."

"예, 아줌마, 저도 그러고 싶어요. 데미는 똑똑하니까요. 그렇지만……."

"그렇지만 뭐?"

"저는 아줌마가 저를 믿지 않으실 것만 같아요."

"왜 그렇게 생각하니?"

"데미는 정말 친절하고 좋은 아이인데 저는 아주 나쁜 애예요. 그래서 아줌마가 그 애를 제게서 멀리 떼어놓으시려 한다고 생각했죠."

"어머, 댄. 너는 그렇게 나쁜 아이가 아니야. 그리고 댄, 나는 너를 진심으로 믿는단다. 너는 정말 착한 아이가 되려고 노력하고 있고 또 차츰 좋아지고 있지 않니?"

"정말요?" 댄은 환한 얼굴로 조를 올려다보았다.

"그래, 너도 그렇게 생각하지?"

"그렇게 되길 바라요. 그렇지만 잘 모르겠어요."

"나는 지금까지 조용히 기다렸고, 또 계속 지켜보고 있었단다. 너에게 꼭 필요한 좋은 시련을 주었다고 생각했기 때문이지. 네가 그것을 이겨낸다면 내가 네게 해줄 수 있는 최선의 보답이 무엇일까, 줄곧 생각해 보곤 했지. 그런데 너는 정말로 잘 이겨냈어, 댄. 그래서 나는 데미뿐 아니라 테디까지도 네게 맡기려고 해. 너는 누구보다도 테디를 가장 잘 가르칠 수 있는 사람이니까."

"제가요?" 댄은 조의 말에 놀란 듯이 쳐다보았다.

"데미는 오랫동안 어른들 틈에서 자랐기 때문에 네가 지닌 것과 같은 일반적인 상식이나, 생활력, 용기는 좀 부족한 편이지. 그것이 그 애가 정말로 필요로 하는 것들이야. 그 애는 너를 자기가 아는 소년들 중에 가장 용감한 소년이라고 생각하고 있어. 그리고 너의 강인한 성격도 부러워하고 있지. 또 너는 동식물들에 대해서도 아주 많이 알고 있으니까 새나 꿀벌, 나뭇잎, 짐승들의 놀라운 이야기를 동화책보다도 더 재미있게 들려 줄 수 있을 거야. 그것이 데미에게 큰 도움이 되겠지. 이제 네가 어떻게 데미를 도울 수 있는지, 또 내가 왜 너희들이 함께 어울렸으면 좋겠다고 하는지 알겠니?"

"그런데 저는 때때로 그 애에게 나쁜 말을 쓸지도 몰라요. 그러려고 하는 건 아닌데 저도 모르게 입 밖으로 나쁜 말이 튀어나올 때가 있어요." 댄은 자신의 역할을 잘 해낼 수 있을지 걱정이 되었지만, 한편으론 조가 자기의 결점을 이해해주기를 간절히 바랐다.

"나는 네가 데미에게 해를 끼치는 말이나 행동을 하지 않으려고 하는 것을 알고 있어. 그 점에서는 아마 데미가 너를 도울지도 모르지. 데미는 대단하게는 아니어도 순수하고 현명해. 게다가 그 애는 내가 네게 가르쳐주고 싶어하는 마음가짐을 지니고 있어. 훌륭한 생활 규범들이지. 어린아이에게 그런 규범을 심어준다 해서 이르다고 할 수 없어. 또 오랫동안 방치되어 있던 소년에게 늦게나마 그런 것들을 심어준다 해서 늦었다고 할 수도 없지. 그리고 너는 아직 소년이잖니? 너희들은 서로 도움을 줄 수 있을 거야. 데미는 자연스럽게 너에게 도덕심을 키워줄 거고 너는 그 애에게 실용적인 것들을 가르쳐줄 수 있을 거야. 그러면 나는 너희 둘을 모두 도운 기분이 들겠지."

댄이 이러한 신뢰와 칭찬으로 얼마나 기뻐하고 감동했는지는 형언하기 어렵다. 전에는 아무도 그를 믿어주지 않았었고, 아무도 그의 내면에서 선함을 찾아내어 발전시켜 주려고 하지 않았다. 그리고 버려진 소년의 가슴에 얼마나 많은 것들이 숨겨져 있는지 알고 싶어한 사람도 없었다. 쉽게 상처를 주었고 불쌍하다는 듯 쳐다보았으며 생색을 내며 자선을 베푸는 사람들이 대부분이었다. 앞으로 그가 살아가면서 얻게 될 명예는, 그가 가장 아끼는 어린 아이에게 그의 미덕과 작은 지식들을 전할 수 있는 권리가 주는 명예의 절반에도 미치지 못할 것이었다. 천진한 친구가 댄의 보살핌을 신뢰한다는 사실이 댄에게서 끌어낸 절제력은 지금까지의 그 어떤 경우보다도 강한 것이었다.

댄은 이제 용기를 얻어 데미와 함께 세운 계획을 조에게 말했는데, 조는 댄이 자연스럽게 새로운 출발을 하게 된 것이 매우 기뻤다. 모든 일이 댄을 위해서 잘 되어가는 것처럼 보였고, 조 부인은 이를 보며 기뻐했다. 쉽지 않은 일이었기 때문이다. 그러나 조 부인은 댄보다 더 나이 많고 질 나쁜 아이들도 충분히 개과천선할 수 있다는 믿음으로 묵묵히 지켜보았고 댄은 금세 희망적인 변화를 선물하여 그녀를 북돋았다.

댄은 이제 친구도 생겼고 열심히 살아야 할 목표도 생겼다. 이 모든 것은 고단한 시절을 겪어오며 길러진 선하고 용기 있는 댄의 성격이 그에게 쏟아진 애정과 믿음에 반응하여 만들어낸 결과였다. 댄은 틀림없이 앞으로도 계속 나아질 것이었다. 그들의 조용한 대화는 테디의 비명 소리로 중단되었다. 테디는 놀랍게도 커다란 송어 한 마리를 잡았다. 테디는 자기의 놀라운 성공에 도취되어 에이샤가 그걸로 저녁 요리를 하기 전에 가족들에게 보여주어야 한다고 큰 소리로 말했다. 세 사람은 버드나무 아래에서 보낸 짧은 시간에 대해 아주 만족해하며 함께 언덕을 내려왔다.

버드나무 언덕의 다음 방문객은 네드였다. 딕과 돌리가 그를 위해 메뚜기와 귀뚜라미를 한 통 가득 잡는 동안, 네드는 버드나무 아래에 편안히 앉아 이런저런 궁리를 했다. 그는 토미의 침대 속에 메뚜기를 집어넣어 그가 잠자리에 들자마자 놀라서 침대 아래로 굴러 떨어지게 할 계획을 세웠다. 드디어 곤충 사냥이 끝났고, 네드는 딕과 돌리에게 박하사탕 하나씩을 주고는, 토미의 침대로 갔다.

늙은 버드나무는 한 시간 동안 한숨을 쉬고 혼자 노래 부르며 실개천과 이야기하면서, 지는 해가 드리워져 그림자가 길게 늘어지는 모습을 보고 있었다. 저녁놀의 장밋빛이 버드나무의 우아한 가지들을 살짝 건드렸다. 그때 한 소년이 거리에서 잔디밭을 가로질러 실개천 가에서 빌리를 엿보고 있다가, 다가가서 비밀스러운 목소리로 말했다,

"바어 씨에게 가서 내가 이곳에서 만나자고 한다고 전해 드려. 아무도 모르게 해야 돼."

빌리는 고개를 끄덕이더니 한달음에 달려갔다. 그러자 그 소년은 버드나무 언덕 위로 올라가 불안한 표정으로 앉아 있었다. 조금 뒤 바어 씨가 나타나 나무에 기대서면서 친절하게 말했다.

"잭, 만나서 반갑다. 왜 들어오지 않았니?"

"아저씨를 먼저 만나 뵙고 싶었어요. 삼촌 곁에서는 지낼 수가 없었어요. 제가 잘한 게 아무것도 없다는 걸 잘 알아요. 그렇지만 아이들이 저를 싫어하지 않았으면 좋겠어요."

가엾은 잭은 옷도 제대로 입고 있지 않았다. 그가 지난날의 잘못을 뉘우치고 다시 이곳에서 지낼 수 있기를 간절히 바라고 있다는 것은 분명했다. 왜냐하면 그의 삼촌은 그를 자주 때렸고, 자기가 시키는 대로 하지 않는다고 심하게 꾸짖어댔기 때문이다. 잭은 자신을 돌려보내지 말아달라고 애원했다.

"나도 그러지 않길 바란다. 하지만 내가 그 아이들을 대신해서 대답할 수는 없구나. 댄과 내트가 결백한데도 힘든 시간을 보냈던 것을 생각하면 너는 죄를 지은 장본인인만큼 괴로움은 감수해야 한다고 생각한다. 그렇지 않니?"

바어 씨는 잭을 안쓰러워하면서도 자기의 잘못을 뉘우치고 용서를 빌지 않은 것에 대해서는 벌을 받아야 한다고 생각하며 물었다.

"저도 그렇게 생각해요. 그렇지만 토미의 돈은 되돌려주었고 사과도 했어요. 그것으로 충분하지 않은가요?" 잭은 오히려 뾰로통해져 말을 받았다. 그처럼 야비한 행동은 쉽게 저지르는 소년이었지만 그 응분의 대가를 받을 만큼은 용감하지는 못했다.

"나는 네가 공개적으로 세 아이 모두에게 정직하게 용서를 빌어야 한다고 생각한다. 너는 한동안은 그 아이들이 너를 존중해 주거나 믿어 주리라고 기대할 수 없을 거다. 그렇지만 네가 노력만 한다면 머지않아 그런 불명예를 씻어버릴 수 있을 거야. 그리고 나도 너를 도울 거다. 도둑질과 거짓말은 큰 죄야. 이번 일이 네게 훌륭한 교훈이 되길 바란다. 네가 뉘우치는 것 같아서 기쁘다. 끈기 있게 견뎌서 더 나은 평판을 얻도록 최선을 다해라."

"글쎄요, 아저씨. 저는 경매를 붙여서 제 물건들을 모두 아주 헐값으로 팔아버리겠어요. 그래도 되지 않을까요?"

잭은 바어 씨의 제안은 회피한 채 자기 방식으로 아이들에게 사과하려고 했다.

"좀 더 생각해 보자꾸나, 잭. 내 생각에는 그것을 아이들에게 그냥 나누어 주는 게 더 좋을 것 같다마는. 그리고 새롭게 시작해 보지 않겠니? '정직이 최고다.' 이것을 너의 좌우명으로 삼고, 그것을 너의 행동과 말, 생각 속에서 실천하면서 말이야. 그러면 이번 여름에는 단 1센트도 못 벌겠지만 가을이 되면 가장 부유한 소년이 되어 있을 거야." 바어 씨는 힘주어 말했다.

잭은 귀가 솔깃했지만 자기의 물건에 미련이 남아 그 귀중한 보물들을 나누어 주어야 한다고 생각하니 은근히 괴로웠다. 차라리 공개적으로 용서를 비는 편이 더 쉬울 것 같았다. 그러나 잭은 곧 칼이나 낚시용 바늘, 돈보다도 정직이 더욱 가치 있고 귀중한 재산이라는 생각이 들었다. 결국 그는 정직을 택하기로 마음먹었다.

"예, 그렇게 하겠어요." 잭은 갑작스레 결심한 듯 굳은 표정으로 말했다.

바어 씨는 무척 기뻤다.

"좋아, 나도 널 돕겠다. 이제 곧바로 시작하자."

바어 씨는 다시 작은 세계로 돌아온 빈털터리 소년을 학교로 인도했고, 처음에는 엄격했지만 소년이 이번 일에서 교훈을 얻어가는 모습이 눈에 띄자 따뜻하게 감싸주었다. 그리고 소년이 자라서 정직하게 살아가게 되기를 진심으로 빌었다.

제16장 수망아지 길들이기

조는 무슨 내기를 하는 것처럼 반 마일 삼각 트랙을 혼자 뛰고 있는 댄을 보며 중얼거렸다.

"저 애가 도대체 뭘 하고 있는 거지?"

그 애는 어떤 이상한 흥분에 사로잡혀 있는 것처럼 보였다. 여러 바퀴를 돌고 난 뒤 댄은 현관에 이르는 통로에서 공중 회전을 하더니 마침내는 거친 숨을 몰아쉬며 문 앞 잔디 위로 털썩 몸을 던졌다.

"댄, 무슨 달리기 연습이라도 하는 거니?"

조는 창 밖을 내다보며 물었다. 그는 흠칫 놀라 조를 바라보더니 큰 숨을 몰아쉬고는 웃으며 대답했다.

"아니에요. 그냥 기분 좀 풀려고요."

"기분을 푸는 다른 방법은 없니? 이렇게 더운 날씨에 뛰어다니면 병이 날 수도 있단다." 조가 종려나무 잎으로 만든 부채를 던져주며 말했다.

"어쩔 수가 없어요. 이렇게 뛰지 않으면 좀이 쑤셔서요." 댄은 어딘가 침착하지 못한 야릇한 표정이었다. 조는 댄의 표정이 신경쓰여 기회를 놓치지 않고 넌지시 떠보았다.

"댄은 플럼필드가 갑갑하게 느껴지는가 보구나."

"조금만 더 넓으면 좋을 것 같긴 해요. 그렇지만 전 여기가 좋은 걸요. 가끔가다 나쁜 악마가 저를 찾아오면 어디론가 도망치고 싶을 때도 있지만요."

말은 이렇게 했지만 댄의 속마음은 그렇지 않다는 걸 알 수 있었다. 말을 하는 순간 미안해하는 표정이 소년의 얼굴에 스쳐갔기 때문이다. 그는 고마움을 모르는 자신은 벌을 받아 마땅하다는 생각을 하는 것 같았다. 그렇지만 조는 댄의 마음을 이해할 수 있었기 때문에 댄이 한 말에 대해 꾸중을 할 수는 없었다. 조는 마음이 쓰여 찬찬히 댄을 바라보았다. 소년은 건장하게 자랐고 열의 있는 눈빛과 확고한 입술로 얼굴에는 활기가 넘쳤다. 어려서부터 아무렇게나 제멋대로 살아온 이 소년에게는 이곳 플럼필드의 엄하지 않은 규율조차 가끔은 견딜 수 없는 짐처럼 느껴질 것이라는 걸 조는 잘 알고 있었다.

'그래, 길들여지지 않은 이 매는 좀 더 큰 둥지를 필요로 하고 있어. 이 아이를 날아가게 내버려둔다면…… 아마 나는 이 매가 길을 잃을까 봐 걱정이 될 거야. 떠나고 싶은 생각이 들지 않도록 댄의 마음을 붙잡아둘 만한 매력적인 일을 찾아야겠어.'

조는 마음을 다잡았다.

"댄, 나도 네 가슴속에 숨어 있는 작은 악마를 알고 있어. 생각해 보면 그것은 악마가 아니라 소년이라면 누구나 품고 있는 자유를 바라는 자연스러운 열망일 거야. 나도 이따금 그런 걸 느낀단다. 한번은 나도 정말로 도망쳐 보고 싶었거든."

"왜 도망치지 않았어요?"

댄은 얘기를 계속 듣고 싶은 생각에 창턱 아래로 다가가서 기대며 물었다.

"도망치는 것은 바보같은 짓이라는 걸 난 알고 있었어. 그리고 어머니를 사랑했기 때문에 집을 떠날 수 없었단다."

"전 엄마가 없는 걸요." 댄이 힘없이 말했다.

"이젠 있다고 생각하는데." 조는 댄의 달아오른 이마에 헝클어져 내려온 머리를 가지런히 넘겨주었다.

"아줌마는 저에게 정말 잘해주세요. 어떻게 감사해야 할지 알 수 없을 정도로요. 그렇지만 그건 다르잖아요. 아닌가요?" 댄은 뭔가 갈망하고 그리워하는 표정으로 조를 바라보며 말했다.

"그래, 같을 순 없지. 진짜 엄마가 있다는 것이 너에게 얼마나 중요한지 나도 잘 안단다. 그런데 댄, 내가 네 엄마의 자리를 대신할 수 있도록 해주면 안 될까? 나는 내가 해야 할 일을 다하지 못해서 네가 내 곁을 떠나려 하지 않을까 봐 정말 두렵단다." 조는 슬픈 표정을 지으며 말했다.

"아녜요. 아줌마는 할 일을 다 하셨어요." 댄은 진지했다. "저는 떠나고 싶지 않아요. 떠나지 않을 거예요. 그런데 때로는 어떻게든 뛰쳐나가고 싶은 충동을 느낄 때가 있어요. 그 순간엔 곧장 어딘가로 뛰어나가서 무언가를 때려부수고 누군가를 공격하고 싶어요. 왜 그런지는 저도 모르겠어요…… 그렇지만 정말 그래요, 그게 다예요."

댄은 웃으며 말끝을 흐렸지만 그것은 댄의 속마음 그대로였다. 댄은 말없이 저 먼 하늘을 물끄러미 바라보았다. 조는 잠시 댄의 얼굴을 바라보다가 어떤 희생도 치를 수 있다는 표정으로 다정하게 말했다.

"네가 원한다면 댄, 네가 가고 싶은 곳까지 뛰어가 보렴. 하지만 너무 멀리 가지는 마라. 곧 돌아와야 해. 나는 네가 너무 좋으니까, 아주 많이."

댄은 이 뜻밖의 말에 무척 놀랐다. 그리고 어쩐지 어느 정도 도망가고 싶은 열망이 가라앉은 듯했다. 조는 누구나 마음속에 갖고 있는 괴팍함에 대해 알고 있었고 댄을 어떻게 대해야 좋을지 알 수 있었다. 남자아이들은 억누르면 억누를수록 튕겨나간다는 것을 조는 본능적으로 알고 있었다. 오히려 아이들은 자유롭게 놓아두면 그 자체에서 만족하고, 자기들이 좋아하는 사람들에게서 존중받고 있다는 생각을 하게 된다. 댄은 잠시 동안 조용히 서서 무의식적으로 부채를 물어뜯으며 곰곰이 생각해 보았다. 조는 댄을 존중했고 또 진심으로 대하고 있었다. 댄은 곧 후회와 결심이 뒤섞인 얼굴로 그녀의 뜻을 이해했음을 전했다.

"저는 아직 어디로 떠나고 싶다는 생각은 없어요. 만약 제가 떠난다면 그 전에 누구보다도 아줌마에게 당당하게 얘기할 거예요."

"그래, 우리 그 약속 지키자. 힘들게 뛰어다니지도 않고, 부채를 망가뜨리지도 않고, 다른 아이들과 싸우지도 않고 너의 기분을 풀 수 있는 방법이 없을까?"

댄이 지금까지 자기가 저지른 못된 짓들을 고칠 방법을 고민하는 동안 조는 이 아이가 공부에 재미를 붙일 수 있게 될 때까지 플럼필드에 묶어둘 수 있는 꾀를 짜냈다.

"댄, 내 배달부가 되면 어떻겠니?" 갑자기 불쑥 떠오른 생각이었다.

"읍내를 오가며 심부름을 하란 말씀이시죠?" 댄도 두 눈을 동그랗게 뜨고는 재미있겠다는 듯 대답했다.

"그래, 댄. 프란츠는 이제 싫증을 내고 있고, 사일러스는 너무 바쁘거든. 바어 씨도 마찬가지로 시간이 없어요. 늙은 앤디는 아주 잘 길들여진 말이지. 네가 타도 위험하지 않을 거야. 넌 우편배달부처럼 길을 잘 알고 있지 않니? 한 번 생각해 보거라. 한 달에 한 번씩 혼자 트랙을 달리는 대신 일주일에 두세 번 말을 타고 달리는 것도 좋은 일일 거야."

"좋아요, 정말 좋아요. 단, 저 혼자서 했으면 좋겠어요. 다른 사람들에게 간섭받기는 싫거든요."

댄은 조의 제안을 감사히 받아들였고 지금이라도 곧장 일을 시작할 기세였다.

"때때로 방해하는 사람이 없지는 않겠지만, 네 마음대로 말을 사용할 수는 있을 거야. 에밀이 좀 샘을 낼지도 모르지만, 그런 일들은 감수해야지. 어쨌든 내일은 장날이란다. 해야 할 일을 적어줄 테니 마차가 준비되어 있는지 알아보고 사일러스에게 어머니께 드릴 과일과 야채를 준비해 두라고 전하렴. 아 참, 그리고 또 한 가지, 일찍 일어나서 제 시간에 수업에 들어가는 걸 잊지 말고. 알겠지?"

"그럼요, 전 언제나 새처럼 일찍 일어나는 걸요." 댄이 재빨리 웃옷을 어깨에 걸치며 말했다.

"부지런한 새가 애벌레를 차지한단다." 조는 즐겁게 얘기했다.

"그리고 그 애벌레는 예쁘고 좋은 벌레지요." 댄도 대답하며 웃고는 자기의 새 일거리를 미리 점검해 보기 위해 자리를 떠났다.

'댄이 이 일에 싫증내기 전에 또 다른 일을 생각해 둬야 할 거야. 또 다른 방황이 시작되기 전에 준비를 해두어야지.' 조는 다른 소년들은 댄과 같지 않다는 것을 감사히 여기며 댄의 뒷모습을 바라보았다.

바어 씨는 이 계획에 전적으로 찬성하지는 않았으나, 시험삼아 해보는 것에는 동의했다. 새로운 체험이 댄에게 잘 맞을 수도 있다고 생각했기 때문이다.

댄은 아침 일찍 일어났다. 그는 말을 타고 우유 배달 아저씨와 시합을 벌이면서 시냇가를 달리고 싶은 충동을 억누르고, 누구보다도 먼저 교실에 들어가 단정하게 수업 준비를 했다. 하루 사이에 완전히 다른 사람이 된 댄을 보고 바어 씨는 조금 염려하면서도 무척 놀라워했으며 조 또한 매우 만족해했다.

선장 에밀은 댄의 변화에 샘이 났으나, 마침 새 보트에 맞는 예쁜 열쇠를 갖게 되었기에 잔심부름이나 하면서 마차를 끄는 일보다는 선원이 더 괜찮은 일이라며 마음을 달랬다. 댄은 자신이 맡은 일을 훌륭히 해냈고, 무척 흡족하게 일주일을 보냈다. 댄은 이제 더 이상 어디론가 떠나는 문제에 대해서 이야기하지 않았다.

그러던 어느 날 바어 씨는 댄이 잭과 주먹다짐을 벌이는 광경을 목격했다. 잭은 댄의 무릎에 깔려 살려달라고 소리를 지르고 있었다.

"댄, 웬일이냐? 다시는 싸움을 안 할 것으로 알고 있었는데?"

바어 씨는 황급히 달려가 싸움을 말렸다.

"우리는 싸우는 것이 아니에요. 그냥 뒹구는 거예요." 마지못해 일어서며 댄이 대답했다.

"그런데 내게는 마치 싸우는 것처럼 보이는구나. 잭, 괜찮니?" 바어 씨가 쓰러져 있는 잭을 일으켜 세우며 말했다.

"다시는 안 할 거예요, 지금 댄은 제 머리라도 깨뜨릴 기세였어요." 잭이 머리를 감싸쥐며 덤빌 듯 대꾸했다.

"사실 처음에는 재미로 시작했는데, 잭을 넘어뜨렸을 때에는 그만 저도 모르게 세게 쳤어요. 미안해, 잭, 다치게 해서." 댄이 멋쩍어 하면서 말했다.

"그래, 이해할 수 있단다. 누군가와 치고받고 싶은 충동이 너무 강해서 너는 참을 수 없었던 거야. 너는 전사 버서커 같구나. 내트에게 음악이 필요하듯이 네게는 몸싸움이 필요한 거겠지." 댄과 조 사이를 잘 알고 있는 바어 씨는 그리 나무라지 않고 부드럽게 말했다.

"그래요, 전 어쩔 수가 없는 걸요. 잭! 만약 싸우고 싶지 않으면 나한테서 멀리 떨어져 다니는 게 좋을 거야." 댄은 잭에게 경고하는 듯한 눈빛으로 말했다.

"만약 네가 누구와 맞붙어 싸우기를 원한다면 내가 잭보다 더 좋은 상대를 가르쳐주마."

바어 씨는 나무가 우거진 마당으로 댄을 데려가서는 뿌리가 거의 다 뽑혀 누군가 베어주기를 기다리며 누워 있는 나무뿌리를 가리켰다.

"다른 아이들에게 싸움을 걸고 싶을 때는 여기 와서 기분을 풀도록 해라, 알겠지?"

"그럴게요!"

댄이 눈앞에 놓여 있는 도끼를 집어 들자 곧 나무 조각들이 멀리 튀어나갔다. 바어 씨는 달아나 버렸다.

이날부터 댄은 이따금 모자와 윗옷을 내던지고는 얼굴이 빨갛게 달아오를 때까지 나무 뿌리와 씨름했다. 댄의 장작 패기가 영 헛된 일만은 아니어서, 창고에는 참나무가 한 아름씩 쌓이기도 했다. 댄은 손에 물집이 생길 정도로 열심이었다. 나중에는 힘이 들어서 도끼질을 그만두었으나, 그 일은 댄에게 매우 유익했다. 댄은 흉측한 나무뿌리에서 생각보다 큰 위안을 얻었다. 한 번 내리칠 때마다, 억눌려 뭉쳐 있던 힘의 일부가 해소되었다.

"이 일이 끝나면 어떻게 해야 하지?"

조는 다음에 사용할 방법이 떠오르지 않아 무척 고민이 되었다. 이제 조가 동원할 수 있는 방법은 완전히 바닥이 났다.

그러나 누군가가 만족을 얻을 수 있는 방법을 찾아다 주기 전에 댄은 스스로 새로운 일을 찾아냈다. 로리의 멋지고 힘센 말 찰리가 여름 내내 플럼필드 초원의 실개천을 가로지르며 자유롭게 뛰어놀고 있었다. 소년들은 잘생기고 건강한 찰리를 좋아했다. 찰리가 아름다운 갈기를 흩날리며 달릴 때는 모두가 즐겁게 구경하곤 했다. 그러나 아이들은 곧 찰리에게 싫증을 느꼈다.

그런데 댄은 그러지 않았다. 댄은 이 멋진 말에게 하루도 빠짐없이 각설탕이나 빵, 사과 등을 가져다 주었다. 찰리는 댄이 나타나기만 하면 반갑게 우정을 받아들였고 둘 사이에는 어떤 설명할 수 없는 연대감이 있는 듯 보였다. 넓은 들판 어디에서건 댄이 휘파람을 불면 찰리는 전속력으로 달려와 다정한 눈빛으로 댄을 바라보았다. 댄은 찰리가 자신의 어깨에 머리를 기댈 때가 가장 좋았다.

"우리는 말하지 않아도 서로를 이해할 수 있어. 그렇지?"

댄은 찰리의 신뢰를 무척 자랑스러워했지만 그것이 너무도 소중했기 때문에 아무에게도 찰리와 자신의 우정에 대해 이야기하지 않았다. 그렇지만 테디는 찰리를 보러갈 때마다 데리고 다녔다.

로리는 가끔 찰리가 잘 있는지 보러 오곤 했는데 그때마다 그는 가을이 되면 찰리에게 마구를 채워야겠다고 말했다.

"찰리는 길들일 필요가 없는 말이란다. 아주 온순하고 착한 녀석이거든. 난 찰리에게 안장을 얹을 생각이야."

"찰리는 제가 고삐를 채울 때는 말을 잘 듣겠지만 아저씨가 안장을 얹으려고 하면 절대 가만 있지 않을걸요." 댄은 로리가 찰리를 보러 올 때마다 늘 찰리 옆에 있었다.

"물론 찰리가 잘 견디도록 달래야겠지. 처음 몇 번은 찰리의 등에서 굴러 떨어져야겠지만 그렇게 거칠게 굴지는 않을 거다. 곧 적응할 거야. 순하니까 말이야."

"찰리가 어떤 반응을 보일까 궁금해."

로리가 바어 씨와 함께 자리를 뜨자 댄은 찰리와 함께 마구간으로 돌아와 혼자 중얼거렸다.

댄은 가장 높은 난간 위에 앉아 불현듯 용감한 공상에 빠졌다. 널찍한 들판이 소년을 유혹하고 있었다. 위험할지도 모른다는 생각은 잊은 채 소년은 충동적으로 재빠르고도 사뿐히 찰리의 등에 올라탔다. 그러자 찰리가 깜짝 놀라 뒷다리로 활개를 쳐서 댄을 땅바닥으로 내팽개쳤다. 다행히 잔디가 부드러워 다치지는 않았다. 댄은 벌떡 일어서며 말했다.

"어쨌든 나는 해냈어. 이 녀석, 다음에 또 타볼 테다!"

찰리는 사람이 가까이 다가오는 것을 경계했지만 댄은 다음엔 꼭 성공해 보이리라 결심했다. 이런 게임이야말로 댄이 늘 하고 싶어하던 것이었다.

잠시 뒤 댄은 담장 위에 걸터앉아 찰리에게 빵을 주면서 기회를 엿보다가 고삐를 단단히 잡고는 또 다시 슬쩍 찰리의 등에 올라탔다. 찰리가 다시 날뛰었다. 댄은 오래 전 키웠던 말 토비를 떠올리며 버텼다. 토비도 등에 탈 때마다 고집스럽게 몸부림을 치던 녀석이었다. 찰리는 끈질긴 거부 반응을 보이며 댄을 떨어뜨리려 흔들어댔고, 놀람과 흥분으로 전속력으로 달려 댄을 힘껏 떨쳐버렸다. 댄은 말에서 떨어져 거꾸로 나뒹굴었다. 만일 댄이 온갖 종류의 위험을 겪으면서도 다치지 않고 살아온 소년이 아니었다면 목이 부러졌을지도 모른다. 댄은 심하게 나가떨어진 뒤에 잠시 마음을 진정시키며 가만히 누워 있었다. 그러는 동안 찰리는 법석을 떨며 이리저리 날뛰고 돌아다녔다. 댄이 걱정스러웠는지, 본디 너그러운 성격의 찰리는 무슨 일인지 살펴보려는 듯 댄에게로 다가갔다. 댄은 잠시 동안 찰리가 냄새를 맡는 것을 내버려 두면서도 당황해서 찰리를 쳐다보다가, 마치 말이 사람의 말을 이해할 수 있기라도 한 듯 단호하게 말했다.

"찰리, 너는 네가 이겼다고 생각하겠지만, 그렇게 생각하면 오산이야. 나는 너를 꼭 타고 말 거야. 누가 이기나 한번 해보자고."

그날은 그것으로 끝이 났다. 그러나 댄은 곧 새로운 방법을 생각해 냈다. 그것은 찰리의 등에 짐을 싣는 방법이었다. 그때부터 댄은 찰리의 등에 끈으로 이불을 매어서 달리게 하거나 좀 더 무거운 짐을 싣기도 하면서 꾸준히 찰리를 길들였다. 찰리는 몇 번이나 심하게 반항했지만 마침내는 순한 양처럼 댄을 따르게 되었다. 며칠이 지나자 결국은 댄이 등 위에 올라타는 것을 받아들였다. 가끔 못 참겠다는 듯, 원망스러운 듯 잠시 멈춰서서 주변을 둘러보는 눈빛은 이렇게 말하는 듯했다.

'이해는 할 수 없어요. 하지만 당신이 해를 끼칠 것 같지는 않으니까 마음대로 하도록 허락하지요.'

댄은 찰리 등에 올라탈 때마다 찰리를 부드럽게 쓰다듬어 달래주다가 급선회를 시도하곤 했다. 댄은 수없이 떨어지면서도 포기하지 않았다. 매일 안장을 얹고 굴레를 씌우기를 반복했다. 하지만 댄은 이 일에 대해 누구에게도 얘기하지 않았다.

"그 녀석이 요즘 뭘하고 있는지 아세요?"

어느 날 저녁, 사일러스가 다음 날 처리해야 할 일들을 받아들고 바어 씨에게 물었다.

"누구요?"

바어 씨가 무슨 일이든 받아들이겠다는 표정으로, 좋지 않은 소식을 예상하며 물었다.

"댄 말예요. 그 아이가 요즈음 로리 씨의 망아지를 길들이고 있죠. 반드시 성공할 거예요. 제가 장담하지요." 사일러스는 싱긋 웃으며 애기했다.

"당신이 어떻게 알지요?"

"저는 그동안 댄을 주의 깊게 관찰했어요. 그래서 댄이 지금까지 어떻게 해왔는지 잘 알고 있죠. 댄은 목장에 갔다가 집으로 돌아올 때면 언제나 얼굴에 풀물이 들어서 와요. 왜 그런가 궁금해서 한 번은 슬며시 따라가 봤죠. 댄이 찰리와 함께 여러 가지 놀이를 하더군요. 댄은 아주 용감한 소년이에요. 정말 잘하더라고요."

"사일러스, 그 일을 그만두게 했어야지요. 그러다가 자칫 잘못하면 그 애가 죽을지도 모르잖아요."

"저도 그렇게 생각하기는 했지만, 그 놀이는 전혀 위험하지 않아요. 찰리는 나쁜 짓을 하지 않거든요. 그렇게 잘 길들여진 말은 처음 봤어요. 저도 사실 그 애의 놀이를 그만두게 할 생각을 하지 않은 건 아니지만, 제 말을 들을 것 같지 않았어요. 댄은 오랫동안 그 일에 전념해 왔고, 이제 안장을 얹고 싶어해요. 하지만 그런 일을 몰래 하지는 않을 거예요. 그래서 제가 선생님께 말씀드리는 거예요. 그 애가 원하는 대로 하도록 허락해 주십사 하고요. 로리 씨도 반대하지 않을 테고 찰리에게도 결국 좋을 거예요."

"그럼 두고 봅시다."

바어 씨는 사일러스의 이야기를 직접 눈으로 확인하기 위해 목장으로 갔다.

댄은 모든 일을 솔직히 고백하고는 자랑스럽다는 듯 찰리를 다루었다. 사일러스의 판단이 옳았다. 끈질긴 인내 끝에 댄은 정말로 찰리에게 굴레를 씌우고 등 위에 담요를 깔고서 올라타는 데 성공했다.

마침 플럼필드에 와 있던 로리도 댄의 용기와 지혜에 매우 놀라워하며 앞으로의 모든 일을 댄에게 맡겼다. 왜냐하면 로리도 찰리의 훈련을 시도해 봤지만 깡마른 어린 소년을 능가할 수는 없었기 때문이다. 결국 댄 덕분에 찰리도 기꺼이 자기 기질을 억누르고 안장을 얹고 고삐를 채우는 일을 감수했다. 로리는 얼마 동안 찰리를 시험해 본 뒤에, 댄에게 그 말을 타도 좋다고 허락해주었다. 이 일은 모든 소년들의 질투와 부러움을 샀다.

"이 말 잘생겼지? 나에겐 새끼 양처럼 순하다니까." 댄이 말에서 내려 찰리의 목에 팔을 두르며 말했다.

"그럼. 하루 종일 들판 위를 뛰어다니고, 울타리를 넘고, 가끔은 멀리 달아나 버리는 야생 망아지보다 훨씬 쓰임새도 많고 착한 말이지." 바어 부인도 댄의 성공에 찬사를 보내며 말했다.

"맞아요. 보세요, 제가 고삐를 붙잡고 있지 않아도 제 옆에 가만히 서 있지요? 또 제가 휘파람을 불면 얼른 제게로 달려와요. 제가 잘 길들였죠?"

댄은 자랑스러워했고 행복해보였다. 찰리도 들판에서 발버둥치던 기억은 저편으로 잊어버리고 이젠 댄을 주인처럼 따랐다.

"나도 망아지 한 마리를 길들이고 있지. 내게 인내와 참을성이 있다면 나도 너처럼 꼭 성공할 거야." 조는 의미심장하게 웃으면서 댄을 쳐다보았다. 댄도 조의 말을 이해하는 듯 활짝 웃었다. 그러고는 진지하게 말했다.

"우리는 다시 울타리를 뛰어넘거나 달아나지 않을 거예요. 우린 함께 지내면서 멋지고 보람찬 추억을 만들어 나갈 거예요. 그렇지, 찰리?"

제17장 글짓기 날

어느 수요일 오후, 벨이 울리자 프란츠가 말했다.

"얘들아, 서둘러. 세 시다! 우리가 시간을 지켜야 프리츠 삼촌이 좋아하실 거야."

문학가들처럼 보이는 젊은 신사들이 손에 책과 종이를 들고 쏟아져 나와 박물관 쪽으로 가고 있는 모습이 보였다.

교실에서 느긋한 뱅스가 나가기 직전까지 늦장을 부리는 동안, 토미는 기발한 생각으로 상기된 얼굴에 잉크 범벅이 되어 책상 위로 몸을 구부린 채 급하게 펜을 움직이고 있었다. 프란츠가 뱅스를 찾아 문으로 들어왔을 때, 토미는 마지막 마침표를 찍고선 종이를 흔들어 보이며 창밖으로 나갔다. 아직 잉크가 채 마르지 않아 나가서도 연신 종이를 흔들었다. 댄은 매우 심각한 표정으로 커다란 두루마리를 손에 들고 따라갔고, 데미는 데이지를 호위했다. 둘 다 어떤 즐거운 비밀이 있는 게 분명했다.

박물관은 아주 질서 정연했다. 햇빛이 홉 덩굴 사이를 지나 예쁜 그림자를 바닥에 드리우면서 넓고 큰 창문으로 안을 엿보고 있었다. 한쪽에는 바어 씨와 바어 부인이 앉아 있었고, 다른 한쪽에는 탁자 위에 아이들이 써낸 글들이 놓여 있고 접이식 의자에 앉은 아이들이 반원으로 줄을 맞추어 앉아 있었다. 이 접이식 의자는 가끔 앉아 있는 사람을 땅바닥으로 밀어내면서 확 접혀 버리곤 해서 모임 분위기가 서먹해지는 것을 막아주는 의자였다. 한꺼번에 아이들이 쓴 글을 모두 읽으려면 너무 많은 시간이 걸리기 때문에, 순서를 정해서 오늘은 어린 학생들이 자기가 쓴 글을 읽고 언니, 오빠들은 열심히 듣고 자유롭게 비평을 하기로 했다.

"숙녀들이 먼저니까, 낸이 먼저 시작하지."

바어 씨의 목소리에 삐거덕거리던 의자소리와 바스락거리던 종이소리가 잠잠해졌다.

낸은 작은 탁자 옆에 자리를 잡고서, 읽기도 전에 킬킬거리고 웃기 시작하더니 다음의 흥미로운 수필을 읽어나갔다.

"스펀지

내 친구, 스펀지는 가장 유용하고 재미나는 식물입니다. 스펀지는 물 밑의 바위 위에서 자라나는 해초 같은 것입니다. 사람들이 가서 그 스펀지를 채취해서 말리고 씻어 내는 까닭은 조그만 물고기와 곤충들이 스펀지의 구멍 속에서 살기 때문입니다. 나는 내가 새로 채취해 온 스펀지 속에서 조개들을 찾아냈으며, 모래도 나왔습니다. 어떤 스펀지는 매우 곱고 부드러워서 아기들을 닦아 줄 때 써도 좋을 정도랍니다. 스펀지는 쓰임새가 많습니다. 나는 몇 가지 스펀지의 쓰임새에 대해 이야기를 하겠습니다. 나의 친구들은 나의 이야기를 기억해 주기를 바랍니다.

첫 번째, 세수를 하는 것입니다. 저는 스펀지로 세수하는 것을 싫어하지만 깨끗해지고 싶을 때는 스펀지로 세수를 합니다. 스펀지로 세수를 하지 않는 사람들은 더러운 사람들입니다."

낸이 준엄하게 딕과 돌리를 바라보자 두 소년은 겁을 먹었고 앞으로는 세수할 때마다 반드시 스펀지로 얼굴을 닦을 것을 결심했다.

"다른 용도는 사람들을 깨우는 것입니다. 나는 스펀지를 사내애들을 어르는 데 씁니다, 특—별—히—, 어를 때 말예요."

낸은 '특별히'를 길게 발음하고서 잠시 멈추더니 숨이 넘어갈 정도로 깔깔거려서 방안에 웃음소리가 울릴 지경이었다.

"어떤 사내애들은 불러도 일어나지 않는데, 메리 앤이 젖은 스펀지에서 나오는 물로 그 애들의 얼굴을 비벼버리면, 아이들은 아주 깜짝 놀라서 벌떡 일어나지요."

이때 웃음이 터져나오고, 에밀이 한 대 맞은 듯한 표정으로 말했다. "내가 보기에 너는 주제에서 벗어나 있어."

"아니야, 그렇지 않아. 우리는 채소나 동물에 대해서 글짓기를 했잖아? 나는 두 가지 모두에게 대해서 쓴 거야. 왜냐하면 사내애들은 동물이니까. 내 말이 맞지?" 낸이 소리쳤다. 누군가가 화가 나서 "아니야!" 외쳤지만 낸은 조용히 자기가 쓴 글을 마저 읽어갔다.

"스펀지에 관한 재미있는 일이 또 하나 있습니다. 의사 선생님은 사람들의 이를 뽑을 때 에테르를 묻힌 스펀지를 그 사람들의 코에 댑니다. 저도 어른이 되면 환자들에게 그렇게 할 것입니다. 그래서 제가 사람들의 다리나 팔을 자를 때 그들이 잠이 들어서 아픈 줄을 모르게 해 줄 것입니다."

"나는 그렇게 해서 고양이들을 죽인 사람을 아는데." 데미가 큰 소리로 말했지만, 곧 댄이 말을 가로막으며 데미가 앉아 있는 접이식 의자를 접어버리고선 데미의 얼굴에 모자를 씌워버렸다.

"내 이야기를 가로막지 마." 낸이 점잖지 못한 소동을 바라보며 이맛살을 찌푸렸다. 잠시 조용해지자 어린 숙녀는 이렇게 끝을 맺었다. "여러분, 내 글에는 세 가지 교훈이 들어 있습니다."

누군가 한숨을 쉬었지만 낸에게 들으라고 그런 건 아니었다.

"첫째는 세수를 깨끗이 해야 한다는 것, 둘째는 아침에 일찍 일어나야 한다는 것, 셋째는 에테르를 묻힌 스펀지가 코에 와 닿으면 버티지 말고 숨을 깊게 들이쉬어야만 이를 쉽게 뺄 수 있다는 것입니다. 이상입니다."

낸 양은 소란스러운 박수갈채를 받으며 자리로 가 앉았다.

"대단한 작품이야. 글의 어조가 강렬하고, 유머도 풍부해. 아주 잘했어, 낸. 이젠, 데이지 차례다."

바어 씨가 낸에게 미소를 지어 보이면서 데이지에게 손짓했다.

데이지는 자리를 잡으며 예쁘장한 얼굴을 붉히고는 조그만 목소리로 겸손하게 말했다.

"나는 너희들이 내 글을 좋아하지 않을까봐 걱정이야. 낸이 쓴 것처럼 멋지고 재밌지는 않아서…… 하지만 더 이상 잘 쓸 수도 없을 것 같고."

"우리는 네가 한 것은 언제나 좋아하는 걸, 꽃다발 아가씨." 프리츠 아저씨가 말하자 남자아이들이 점잖게 웅성거렸는데 그 말에 동감하는 것처럼 보였다. 그래서 데이지는 한껏 용기를 얻어 자기의 작은 종이를 읽어나갔고 모두 주의 깊게 이야기를 들었다.

"고양이

고양이는 사랑스러운 동물입니다. 나는 고양이들을 아주 사랑합니다. 고양이는 깨끗하고 예쁜데다가, 쥐와 생쥐도 잡아주고 우리가 쓰다듬어 줄 수 있게 해줍니다. 그리고 우리가 친절하게 대해주면 고양이는 우리를 좋아합니다. 고양이는 아주 똑똑해서 어디에서도 길을 잃어버리지 않습니다. 새끼 고양이는 너무 귀엽습니다. 우리 집에는 새끼고양이가 두 마리인데 이름은 허즈와 버즈이고 어미고양이의 이름은 토파즈입니다.

삼촌이 마-호-멧이라는 사람에 대한 예쁜 이야기를 들려주었습니다. 그에게는 멋진 고양이 한 마리가 있었는데, 고양이가 그의 소맷부리에서 잠들어 있을 때 어딘가 가고 싶으면 고양이가 깨어나지 않도록 아예 소매를 잘라냈습니다. 내 생각에 그는 친절한 사람인 것 같습니다. 어떤 고양이들은 물고기도 잡습니다."

"나도 잡았는데!" 테디가 자기가 키우는 송어 얘기를 하고 싶어 벌떡 일어서면서 외쳤다.

"쉿!" 차분한 데이지는 방해 받는 것을 싫어했기 때문에 어머니는 재빨리 테디를 앉혔다.

"나는 물고기를 잘 잡는 고양이에 대해 읽었습니다. 그래서 토파즈에게도 시켜보았지만 토파즈는 물을 싫어했습니다. 그리고 나를 할퀴었습니다. 토파즈는 차를 좋아해서 내가 나의 부엌에서 놀고 있으면 차를 따라줄 때까지 앞발로 찻주전자를 토닥토닥 두드립니다. 정말 착한 고양이지요. 토파즈는 애플 푸딩과 당밀을 잘 먹어요. 다른 고양이들은 먹지 않지만요."

"최고의 작품이야." 내트가 크게 말했고, 데이지는 친구의 칭찬에 기분이
좋아져서 자리로 돌아왔다.

"데미는 참을성이 없는 아이야. 우리가 당장 일으켜 세우지 않으면 도망
쳐 버릴 거야." 프리츠 아저씨가 말했다. 데미는 민첩하게 깡충거리며 강단
으로 뛰어나갔다.

"나는 시를 썼어!"

데미는 승리감에 도취된 목소리였고 곧 그의 첫 번째 시를 엄숙한 목소리
로 크게 읽어나갔다.

"나는 나비에 대해 씁니다
나비는 예쁩니다
그리고 새처럼 날아다닙니다
그러나 노래는 부르지 않지요.
처음에는 작은 애벌레였다가
그 다음엔 노랗고 잘생긴 고치가 되고
그 다음엔 나비가 돼서
자기가 벗고 나온 허물을 먹습니다
그들은 이슬과 꿀을 먹고 살면서도
벌집을 하나도 소유하지 않고
말벌 꿀벌처럼 쏘지도 않습니다.
우린 그들처럼 착해져야 합니다
나는 아름다운 나비가 되고 싶습니다
노랑, 파랑, 초록 그리고 빨강
그러나 나는 댄이 내 가엾은 작은 머리 위에 좀약을 두게 하지는 않겠습니
다."

데미의 남다른 천재성에 관중들은 박수갈채를 보내며 다시 한 번 읽어줄
것을 요청했다. 다시 읽는 것은 쉽지 않았다. 구두점이 하나도 없어서, 긴
행간 몇 줄을 끝까지 다 읽지도 못했는데 데미는 숨이 차서 더 이상 읽을 수
가 없었다.

"저 애는 앞으로 셰익스피어가 될 거야."

조 아줌마가 숨이 넘어갈 듯 웃으며 말했다. 왜냐하면 이 시 때문에 자기가 쓴 시들 가운데 하나가 떠올랐기 때문이다. 그 시는 조가 열 살 때에 쓴 시로, 우울한 투로 시작되는 시였다.

"나는 조용한 무덤을 가졌으면 좋겠다,

어느 작은 실개천 가에.

새들과 벌, 나비들이

노래하는 그 언덕에."

"토미, 잉크를 다 쓸 때까지 고치면 글이 너무 길어질 거야."

데미는 자기가 쓴 시는 던져버리고 자리에 가서 앉고 싶었다.

"저는 편지를 가져왔어요. 아시겠지만, 학교 수업이 끝나고 난 뒤에도 제가 발표할 차례라는 걸 까맣게 잊고 있었어요. 무엇을 해야 할지 몰랐고, 무언가를 읽어볼 시간도 없었지요. 그래서 저는 제가 할머니께 쓴 편지를 가져와도 좋을 것 같았어요. 편지에 새에 대한 얘기가 있어서 괜찮겠지, 생각했거든요."

토미는 길게 변명을 하고선 잉크의 바다 속에서 허우적대며 적은 단어들을 해독했다.

"사랑하는 할머니,

평안하시지요? 제임스 아저씨가 주머니용 소총을 보내주셨어요. 아름답고 작은 살인 기구로, 이렇게 생겼어요. (여기에 토미는 복잡한 펌프기계, 작은 증기기관 내부로 보이는 것들을 놀라운 솜씨로 그려 놓았다.) 번호 44는 시야이고, 번호 6은 번호 A에 맞춰 끼우는 가짜 개머리판이고, 번호 3은 방아쇠이며, 번호 2는 꼭지마개예요. 이 총은 약실에 장전해서 세게 힘을 주면 직선으로 발사돼요. 저는 이제 다람쥐를 쏘러 나갈 거예요. 박물관에 진열하려고 멋진 새들을 여러 마리 쏘았어요. 그 새들의 가슴에는 얼룩얼룩한 반점들이 있는데, 댄은 그 새들을 정말 좋아했어요. 그래서 속을 채워 최고품 박제를 만들어 놓았죠. 그 새들은 나무 위에 아주 자연스럽게 앉아 있는데, 한 마리는 꼭 술에 취한 것처럼 보여요. 우리는 얼마 전에 여기서 일하는 프랑스 인을 알게 됐어요. 에이샤가 그의 이름을 너무 우스꽝스럽게 불러서 할머니께 그 얘기를 해드려야겠어요. 그의 이름은 제르맹인데, 처음에는 에이샤가 그를 제리라고 부르더니, 우리가 비웃으니까 제레미아로 바꾸어 부르더군요. 그런데 정말 재밌는 것은 그 다음이었어요. 결국 그의 이름은 저르머니(Germany, 독일)가 된 거에요. 그렇지만 우스운 일은 또 일어났죠. 그 다음엔 게리몬으로 바꿔부르더니 결국 이걸로 그의 이름이 굳어졌어요. 저는 편지를 자주 쓰지는 못해요, 너무 바빠서요. 그렇지만 할머니 생각을 자주 하고 할머니 마음도 이해하고 있어요. 할머니가 저 없이도 잘 지내셨으면 좋겠어요. 할머니를 사랑하는 어린 손자 올림.

토마스 벅민스터 뱅스
추신. 우표딱지만 봐도 저를 생각해 주세요.
주의. 모두에게 사랑을 전하며, 알미라 아줌마에게 특히 사랑을 전합니다. 아줌마 요즘도 맛있는 자두 케이크 만드시나요?
추신. 바어 부인께서 안부전하라고 하십니다.
추신. 만일 바어 씨도 제가 편지 쓰는 중인 걸 알았다면 안부를 전했을 거예요.
주의. 아버지께서 제 생일날 시계를 주실 예정이에요. 너무 기뻐요. 지금은 시간을 알 수 있는 방법이 전혀 없기 때문에 학교에 가끔 늦거든요.
추신. 할머니를 곧 뵙기를 바라요. 저를 할머니 계신 곳으로 부르고 싶지 않으세요?
토마스 벅민스터 뱅스"

추신들 하나하나가 소년들을 웃게 만들었으므로 토미는 여섯 번째 추신까지 읽고 나자 진이 빠져서 얼른 자리로 돌아와서 붉어진 얼굴을 두 손으로 감쌌다.
"우리의 소중한 할머니께서도 웃으셨으면 좋겠구나." 바어 씨가 소란스러운 틈을 타서 말했다.
"마지막 추신에 담긴 깊은 뜻을 우리는 알 수 없겠지. 이 편지라면 토미가 할머니를 찾아뵙지 않아도 충분히 기뻐하실 것 같다."
조 부인이 댄의 할머니께서 어디로 튈지 알 수 없는 손자가 다녀가면 늘

몸살로 자리에 눕곤 하던 일을 떠올리며 말했다.

"이제 내 차례야."

테디가 말했다. 시를 조금 배웠던 테디는 시에 대해 안다고 말하고 싶어서 데미가 시를 읽는 내내 차분히 앉아 있을 수가 없었다.

"테디가 기다리는 동안 시를 잊어버릴까 봐 걱정이다. 가르치느라 얼마나 힘이 들었는데."

테디의 어머니인 조가 말했다.

테디는 재빠른 걸음걸이로 강단으로 올라갔다. 한쪽 다리를 뒤로 조금 빼고 무릎을 살짝 구부리고는 인사를 하면서 고개를 끄덕였다. 모든 사람에게 잘 보여야 하는 것이 신경쓰이는 것 같았다. 그러고는 아기 목소리로 잘못 쓴 구절을 강조하면서 단숨에 시를 읽어버렸다.

"작은 물방울들
모래의 작은 배수구들
이들은 큰 바다와 짝을 이루고
또 무식쟁이의 땅과 짝을 이룬다네.
친절한 짧은 말들은
매일매일 콕콕 쪼이면
행복한 집을 만들어주고
우리는 길에서도 행복하다네."

마지막엔 박수를 치면서 다시 두 번 인사를 하고는, 달려가서 어머니의 무릎에 머리를 숨겼다. 그의 '걸작'의 성공에 박수갈채가 엄청나서 너무 놀랐던 것이다.

딕과 돌리는 작문을 써오지는 않았지만 동물과 곤충의 습관을 관찰해 보는 게 어떨까 하는 생각에, 자신들이 본 것으로 보고서를 썼다. 딕은 관찰하는 것을 좋아해 늘 할 말이 많았다. 그러다가 그의 이름이 불리자 진격하듯이 강단으로 올라가서 생기 있고 신뢰하는 눈빛으로 청중을 바라보며 열렬하게 자신의 짧은 이야기를 들려주었다. 어느 누구도 그의 구부정한 자세를 비웃지 않았다. 왜냐하면 '올곧은 영혼'이 그의 이야기 속에서 아름답게 빛나고 있었기 때문이다.

"나는 잠자리를 관찰해 오고 있습니다. 그리고 댄의 책에서 그 잠자리들에 대해 읽은 적도 있으니 기억이 나는 대로 여러분에게 얘기해보겠습니다.

연못 주변에는 잠자리들이 많이 날아다닙니다. 모두가 파란색에 눈이 큰 풀잠자리인데 아주 예쁩니다. 제가 한 마리를 잡아서 보았는데 그 잠자리는 이제까지 본 것 중에 가장 잘생긴 곤충이었습니다. 또 햇빛을 좋아해서 하루 종일 춤을 추며 돌아다닌답니다. 글쎄요, 또 뭐가 있을까요? 아, 맞다! 잠자리들은 자기보다 작은 벌레를 잡아먹으며, 사냥하지 않을 때는 희한한 고리를 접고 있습니다.

잠자리는 물 속에 알을 낳는데 그러면 알은 물 아래 바닥으로 가라앉아서 진흙에서 부화합니다. 못생긴 조그만 벌레가 알에서 나오지요. 이름은 모르겠지만, 색깔은 갈색이고 계속 허물을 벗으면서 점점 커져요. 놀랍지 않으세요? 이 벌레가 잠자리가 되려면 2년이나 걸린답니다. 자, 이제부터가 가장 재미있는 이야기이니까 여러분은 바짝 긴장해서 잘 들어야 합니다. 여러분은 잘 모를 테니까요. 어떻게든 잠자리는 때가 되었다는 것을 알게 됩니다. 그러면 이 못 생기고 꾀죄죄한 잠자리는 물에서 나와 어떤 깃발이나 골풀 위로 기어 올라가서는 자신의 날개를 벌컥 펴서 열어젖히는 것입니다."

"이봐, 나는 그 말을 안 믿어." 관찰력이 좋지 않은 토미는 이렇게 말했고, 실제로 딕이 이야기를 '꾸며내고' 있다고 생각했다.

"날개를 벌컥 펴서 열어젖히는 게 맞지요?" 딕은 바어 씨에게 도움을 청했다. 바어 씨는 아주 단호하게 고개를 끄덕여주어 어린 연설가에게 만족을 주었다.

"잠자리는 물에서 완전히 나온 것입니다. 나와서 햇볕 속에 앉으니까, 잠자리는 살아났습니다. 그런 뒤에는 튼튼해져서 그 예쁜 날개를 펴고 공중으로 날아가 버렸습니다. 이제 더 이상 애벌레가 아니었습니다. 이것이 제가 잠자리에 대해 아는 전부입니다. 저는 앞으로도 잠자리가 자라는 것을 지켜볼 것입니다. 아름다운 잠자리로 변신해 가는 것은 정말 엄청난 일이잖아요, 그렇지 않나요?"

딕은 발표를 아주 잘했다. 허물을 벗고 날아가는 잠자리를 묘사할 때는 손을 흔들면서 눈앞의 잠자리를 바라보듯 고개를 들어 허공을 올려다보았는데 마치 그 잠자리를 따라 날아가고 싶은 표정이었다. 이런 딕의 표정에서 어른들은 잠자리 그 이상의 것을 보았다. 어린아이인 딕도 언젠가는 소망을 갖기도 하고, 무력감과 고통의 세월을 보내기도 할 것이며 그러다가 행복한 그 날이 오면 햇살 속으로 날아가기도 할 것이다. 그들은 딕이 가난하고 어리기만 한 소년이 아니라 지금보다 바른 세계에서 새롭고 멋진 모습으로 살아가기를 바랐다. 조 부인이 소년을 끌어당겨 그의 여윈 볼에 입맞춤을 해주었다.

"짧고도 달콤한 이야기구나. 기억도 훌륭하게 잘하고 있고 말이야. 네가 발표한 내용에 대해 너의 어머니께 편지를 써서 보내드려야겠다."

딕은 칭찬에 기분이 좋아져서 조 부인의 무릎에 앉아 미소를 지었다. 그리고 잠자리가 허물을 어떻게 벗는지 자세히 관찰해야겠다고 다짐했다.

돌리는 '오리'에 대해 지어낼 노랫말을 생각해냈고 그 구절들을 멜로디에 맞추었다. 노랫말을 외우고 있는데다가 새로 글을 짓기가 어쨌든 아주 괴로웠기 때문이었다.

"야생 오리들은 잡기가 힘듭니다. 사람들은 숨어 있다가 오리들에게 총을 쏩니다. 집오리들을 꽥꽥거리게 하기도 하고, 야생 오리들을 총을 쏠 수 있는 장소로 꾀기도 합니다. 그들은 나무로 오리를 만들어서 그걸 물에 띄워 타고다니면서 야생오리들을 유인합니다. 오리들은 참 바보 같아요. 우리 오리는 말을 잘 들어요. 진흙과 물을 쪼며 돌아다닙니다. 오리들은 알을 잘 돌보지 않고 망쳐버리기 때문에—"

"나의 오리는 그렇지 않아!" 토미가 소리쳤다.

"뭐, 그런 오리들도 있다고 사일러스가 그랬어요. 암탉들이 새끼오리가 물에 들어가거나 시끄럽게 하는 것을 싫어하긴 하지만 돌보기는 잘 돌본다고. 하지만 새끼오리들은 암탉들이 자기들에게 어떻게 하는지 신경도 안 쓰지요. 나는 애플소스를 가득 채운 오리고기를 먹는 것을 좋아합니다."

"나는 올빼미들에 대해 좀 이야기하겠습니다." 내트가 말을 시작했다. 내트는 댄의 도움을 받아 이 주제에 대해 조심스럽게 발표를 준비해왔다.

"올빼미들은 머리가 크고, 눈이 동그랗고, 부리는 갈고리 모양이며 발톱은 튼튼합니다. 회색인 부엉이도 있고, 흰색, 검정색, 노란색도 있습니다. 깃털은 매우 부드러우면서 눈에 잘 띕니다. 그들은 매우 조용히 날아다니면서 박쥐, 쥐, 작은 새 같은 것들을 잡아먹습니다. 그리고 그들은 헛간이나 움푹 들어간 나무에 둥지를 틉니다. 어떤 올빼미들은 다른 새들의 둥지를 차지합니다. 수리부엉이는 달걀보다 큰 황갈색 알 두 개를 낳고요, 올빼미는 하얗고 매끄러운 알 다섯 개를 낳는데 바로 이 올빼미가 밤이 되면 부엉부엉 우는 바로 그 올빼미랍니다. 또 다른 종류의 올빼미는 아기가 우는 것처럼 울어요. 이 새는 쥐와 박쥐를 모두 먹고, 소화시킬 수 없는 부분은 작은 공처럼 만들어서 뱉어버립니다."

"어쩜 좋아! 너무 재미있는걸!" 낸이 말하는 소리가 들렸다.

"올빼미는 낮 동안은 앞을 보지 못합니다. 밝은 곳으로 나오면 올빼미는 반은 장님인 채로 날아다니고 그러면 다른 새들이 이 새를 쫓아가서 쪼아버리죠. 꼭 놀리는 것처럼요. 수리부엉이는 독수리처럼 몸집이 큽니다. 또 토끼들과 쥐, 뱀, 새들을 먹고 바위 틈새나 다 허물어져가는 집에서 삽니다. 그들은 여러 종류의 신기한 울음소리를 내는데 숨이 막히는 듯한 소리로 '엉오! 엉오!' 노래하기도 합니다. 그리고 밤에는 숲 속에서 사람들을 놀라게 하지요. 흰색 올빼미는 바다나 추운 곳에 살고 어딘가 매처럼 생겼습니다. 두더지처럼 굴을 파고 그 안에서 사는 올빼미도 있습니다. 이것은 굴올빼미라고 부르며, 아주 작습니다. 외양간 올빼미는 가장 평범한 올빼미인데, 저는 한 마리가 나무 구멍 속에 앉아 있는 모습을 본 적이 있습니다. 꼭 작은 회색 고양이 같았는데, 한쪽 눈은 감고 다른 한쪽 눈은 뜨고 있었습니다. 외양간 올빼미는 황혼녘에 밖으로 나와서, 박쥐들을 기다리며 둘러앉습니다. 제가 한 마리를 잡았는데, 바로 여기 있어요."

내트는 이렇게 말하고서 갑자기 웃옷 안에서 솜털로 뒤덮인 작은 새 한 마리를 꺼냈다. 새는 깃털이 흐트러진 채 눈을 깜박거렸다. 아주 포동포동했지만 생기가 없고 겁에 질려 있었다.

"만지면 안 돼. 내가 보여줄게." 내트가 자신의 새로운 애완동물을 자랑스럽게 꺼내 보이며 말했다. 처음에 내트는 그 새의 머리에 삼각모를 씌웠고, 소년들은 새의 모습이 우스꽝스러워서 한바탕 폭소를 터트렸다. 그러고선 종이안경을 씌우자 올빼미는 아주 똑똑해보였고 소년들은 탄성을 질렀다.

내트의 분장놀이로 결국 올빼미는 화가 나서 손수건에 거꾸로 매달려 부리로 쪼면서, 로브의 말대로 '꼬꼬거렸다'. 그런 다음에는 이제 날아가 버려도 되었기 때문에 문 밖의 솔방울 다발 위로 푸르륵 날아가서 자리를 잡고 앉아 생기 없이 위엄 있는 태도로 아이들을 내려다보았다. 아이들은 무척 즐겁게 웃었다.

"우리에게 들려줄 얘기가 있니, 조지?" 바어 씨가 물었을 때 방 안은 다시 조용해졌다.

"음, 나는 두더지에 대해서 읽고 배운 적이 꽤 많지만, 조금씩 조금씩 다 잊어버렸어요. 그래도 두더지들은 구멍을 파서 그 안에서 산다는 것, 두더지 구멍에 물을 부으면 두더지를 잡을 수 있다는 것, 두더지는 자주 먹지 않으면 살 수 없다는 것은 기억해요."

스투피는 자리에 앉아서, 관찰한 소중한 내용들을 기록하지 않고 게으름을 피운 것을 후회했다. 왜냐하면 두더지에 대해 기억나는 세 가지를 이야기할 때 주변에서 자신을 바라보며 애매한 미소를 짓는 것을 보았기 때문이다.

"오늘은 여기까지 하자꾸나." 바어 씨의 말이 떨어지기가 무섭게 토미가 급하게 소리쳤다.

"안 돼요. 잊으셨어요? 우린 줘야 할 것이 있잖아요."

토미가 손가락으로 안경을 만들어 보이며 거친 윙크를 했다.

"아차, 깜빡 잊었구나! 시작하자, 톰."

바어 씨는 다시 자리에 앉았다. 댄 말고는 소년들 모두 무언가 몹시 기분이 좋아 보였다.

내트와 토미, 데미는 방에서 나갔다가, 조그만 빨간색 모로코 가죽 상자를 조 부인의 고급 은쟁반에 담아가지고 돌아왔다. 토미가 그것을 들고 있었고, 내트와 데미는 여전히 그를 호위하고서 아무것도 눈치채지 못한 댄에게로 씩씩하게 다가갔다. 댄은 자기를 놀리려고 온 줄로 생각한 듯 아이들을 빤히 쳐다보았다.

토미는 이 날을 위해 고상하고 인상적인 말을 준비했지만, 막상 그 순간이 되자 머릿속이 하얘져서 그냥 그의 소년다운 상냥함에서 우러난 그대로 말하는 수밖에 없었다.

"이봐, 나이든 친구. 우리는 예전의 일을 보상할 무언가를 네게 주려고 했어. 우리가 너를 얼마나 좋아하는지 보여주려고 말이야. 너는 정말 최고니까. 받아 줘, 이것으로 즐거운 시간을 보내길 바라."

댄은 너무 놀라서 그 작은 상자만큼이나 얼굴이 붉어져서는 상자를 더듬거리며 중얼거렸다.

"고마워, 애들아!"

댄은 상자 안을 보자 얼굴이 환해져서 오랫동안 바랐던 그 보물을 손에 꼭 쥐고는 열렬한 감사의 인사를 전했다. 세련되지는 않았지만 소년들은 모두 마음이 흡족해졌다.

"정말 멋있어! 이런 걸 선물로 주다니 너희는 정말 든든한 친구들이야. 내가 갖고 싶어 하던 바로 그 선물이야. 토미, 악수하자!"

개구쟁이들이 댄 주변으로 둘러서서 손을 내밀었고, 진심을 담아 악수를 나누었다. 아이들은 자신들이 준비한 선물의 장점들에 대해서 설명했다. 이렇게 즐겁게 수다를 떠는 가운데 댄의 눈이 조 부인을 향했다. 부인은 소년들의 무리에서 떨어져서 아이들의 모습을 바라보며 마음 깊이 기뻐하고 있었다.

"아니야, 나는 그 선물과 상관이 없어. 아이들이 스스로 준비한 거야." 이 토록 행복한 순간을 만들어 주셔서 고맙다는 댄의 눈빛을 향해 조 부인이 대답했다.

댄은 미소를 지으며, 오직 조 부인만이 알아들을 수 있는 투로 말했다.

"모두들 감사해요."

댄은 아이들을 지나 먼저 조 부인에게 가서 손을 내밀어 악수를 하고 자애로운 표정으로 활짝 웃고 있는 바어 씨와도 악수를 나누었다.

그는 지금껏 자신을 지탱해주고 행복한 가정이라는 안식처로 이끌어 준 그 손을 말없이 진심을 담아 꼭 잡았다. 아무 말도 하지 않았지만 모두들 그가 무언가를 말하고 있다는 걸 알 수 있었다. 테디도 댄을 안으려는 아버지의 팔에 기대서 아기 목소리로 댄에게 기쁨을 표현했다.

"대니 이 녀석! 지금 우리는 모두 대니를 좋아해."

"이리와 봐, 댄. 네 작은 망원경을 보여줘. 너의 올챙이들과 네가 말한 동물학을 좀 보자."

잭이 말했다. 그는 이 광경을 보면서 내내 마음이 불편했다. 에밀이 그를 붙잡지 않았다면 나가 버렸을지도 모른다.

"응. 눈을 가늘게 뜨고 네가 보고 싶은 것을 봐봐." 댄은 그의 소중한 현미경을 자랑할 수 있는 것이 기뻤다.

댄은 어쩌다 탁자 위에 누워 있는 딱정벌레 한 마리 위에 현미경을 대었고, 잭은 눈을 가늘게 뜨고 허리를 구부려 들여다보다가, 고개를 들고 놀란 표정으로 말했다.

"세상에! 어른벌레가 새끼벌레를 데리고 있어! 네가 새끼벌레를 집으니까 어른벌레가 너한테 들러붙었잖아. 그때 벌레가 왜 그렇게 널 아프게 했는지 알겠어."

"날 보고 윙크를 했어." 잭의 팔꿈치 밑으로 머리를 들이밀고 들여다보던 낸이 말했다.

모두들 한 번씩 들여다보고 나서, 댄은 아이들에게 나방 날개의 사랑스러운 털과 머리카락 한 올에 붙어 있는 네 개의 솜털 삼각망, 나뭇잎의 잎맥들을 보여주었다. 맨눈에는 거의 보이지 않았지만 작고 멋진 유리조각을 통해 보자 나뭇잎 안에 두꺼운 그물 같은 것이 보였다. 손가락 표면은 이상한 언덕과 계곡처럼 보였고 거미줄은 바느질할 때 쓰는 거친 비단실이나 벌침 같기도 했다.

"내 동화책 속의 요정 그림 같아. 그보다 더 신기해." 데미가 눈앞의 놀라운 모습에 넋을 잃고 말했다.

"댄은 이제 마법사구나. 댄은 너희들 주변에 있는 모든 사물들이 지닌 수많은 기적들을 보여줄 수 있어. 왜냐하면 그에게는 두 가지 기질이 있거든. 바로 인내심과 자연에 대한 사랑 말이야. 우리는 아름답고도 경이로운 세상에 살고 있단다, 데미. 그리고 네가 그 세상에 대해 더 잘 알면 알수록 너는 더 현명해지고 더 훌륭해질 거다. 이 작은 유리는 새로운 선생님이 되어줄 테고, 너는 마음만 먹으면 그 선생님으로부터 훌륭한 수업을 받을 수도 있지."

바어 씨는 아이들이 현미경을 재미있어 하는 것이 기뻤다.

"열심히 보면 이 현미경으로 사람 영혼도 볼 수 있는 거예요?" 작은 유리조각의 힘에 깊은 인상을 받은 데미가 물었다.

"현미경이 그런 것까지 보여주지는 않아. 그렇게 만들어질 수도 없고. 하느님의 보이지 않는 경이로움을 알아 볼 수 있을 정도로 깊은 눈을 가지려면 오래오래 기다려야 해. 하지만 눈에 보이는 사랑스러운 것들을 보는 것이 우리가 볼 수 없는 더 사랑스러운 것들을 이해하는 데 도움을 준단다."

프리츠 아저씨가 데미의 머리에 손을 얹고 말했다.

"글쎄, 데이지와 저는 만일 천사가 존재한다면 아마도 그 날개는 저 나비의 날개처럼 생겼을 거라고 생각해요, 우리가 저 유리를 통해서 본 모양대로 말예요. 아마 더 부드럽고 금빛이겠죠."

"네가 좋은대로 믿으렴. 그리고 너 자신의 작은 날개를 밝고 아름다운 모습 그대로 간직해야 한단다. 하지만 아직은 멀리 날아가 버리면 안 돼."

"날아가 버리지 않을 거예요."

데미는 약속을 지켰다.

"애들아, 나는 가봐야겠다. 자연사를 담당하실 새 교수님께 너희들을 맡기고 가마."

글짓기의 날, 조 부인은 아주 기쁜 마음으로 자리를 떠났다.

제18장 수확

그 해 여름에는 농원이 아주 잘 가꾸어졌다. 9월이 되자 모두들 소중한 수확물을 풍성하게 거두고 크게 기뻐했다. 잭과 네드는 합작 농장으로 토마토를 재배했다. 토마토가 잘 팔리는 품목이었기 때문이다. 그들은 열두 자루를 수확했고 자잘한 것까지 모두 세어서 좋은 가격으로 바어 씨에게 팔았다. 에밀과 프란츠는 옥수수 재배에 전념했다. 두 소년은 헛간에서 밀 껍질을 벗긴 뒤 방앗간으로 가지고 갔다. 한참이 지나서 그들은 플럼필드에서 이따금 외로울 때마다 푸딩과 옥수수 빵을 만들어 먹기에 충분한 양의 밀가루를 가지고 의기양양하게 집으로 돌아왔다. 그들은 자기들의 수확물에 대해 돈을 받으려 하지 않았다. 프란츠는 이렇게 말했다. "저희가 돈을 벌기 위해서 옥수수를 돌본다면 아저씨가 우리에게 해주신 모든 것들을 갚을 수 없으니까요."

내트도 콩깍지를 까는 일에 질려버릴 만큼 많은 콩을 수확했다. 내트는 기쁘면서도 한편으로는 콩깍지 까는 일이 큰 걱정거리였다. 그렇지만 바어 부인의 놀라운 제안 덕분에 쉽게 그 일을 끝마칠 수 있었다. 그것은 헛간 바닥에 마른 콩깍지들을 쭉 펴놓고 내트의 바이올린 음악에 맞춰 네 소년이 그 위에 올라가 춤을 추는 방법이었다. 그러다 보면 콩깍지들은 자연스레 벗겨져 나갔다. 정말이지 노력은 아주 적게 들이면서도 즐겁게 콩깍지를 다 깔 수 있었다.

토미의 6주 동안의 강낭콩 재배는 불행히도 실패로 끝나버렸다. 강낭콩이 자라기에는 썩 좋지 못한 건조한 날씨가 오래 지속된 데다가, 토미가 게으름을 피우는 바람에 물도 잘 주지 않고 잡초도 제대로 뽑아주지 않아 그만 꽃이 피기도 전에 시들어 버렸다. 그래서 토미는 다시 밭을 일구어 완두콩을 심어야 했다. 그러나 이미 시기적으로 너무 늦었을 뿐 아니라 단단히 심지 않아서 강풍에 쓰러지고, 새들이 쪼아 먹기도 했다. 마침내 변변치 않은 완두콩이 열렸을 때에도 누구 하나 돌볼 생각을 하지 않았다. 이미 수확할 시기도 지나 버렸다. 토미는 다른 사람을 돕는 것으로 스스로를 위로했다. 그는 엉겅퀴를 눈에 띄는 대로 옮겨다 심고서 토비를 위해 정성껏 가꾸었다. 토비는 깔끄러우면서도 부드러운 그 풀을 좋아해서 발견하는 대로 모두 모아가곤 했다. 소년들은 톰의 엉겅퀴 침대를 아주 재미있어 했다. 하지만 그는 자기자신보다 가엾은 토비를 돌봐주는 편이 더 낫다고 고집하면서, 내년에는 자기 농장 전체에 엉겅퀴와 애벌레, 달팽이를 키워서 데미의 거북이와 내트의 올빼미가 좋아하는 먹이를 실컷 먹을 수 있게 하겠다고 선언했다. 망아지는 물론이었다. 과연 꿈도 야망도 없고, 다정한 마음씨에, 태평스러운 토미다웠다!

데미는 여름 내내 할머니께 자기가 기른 양상추를 갖다드렸다. 가을에는 할아버지께 순무를 보내드렸는데 어찌나 깨끗하게 문질러 닦았는지 이 세상에서 가장 큰 계란처럼 보일 정도였다. 그의 할머니는 샐러드를 좋아하셨고 할아버지는 이런 시구를 좋아하셨다.

"루클루스, 검소함으로 매혹된 이 사람은,
사빈의 농장에서 구운 순무를 먹었네."

이렇게 할아버지, 할머니께 채소를 보내드리는 일은 다정하고, 적절하여 고전적이기까지 했다.

데이지는 자기의 조그만 화단에 꽃만을 가꾸었다. 화사하고 향기로운 꽃들이 여름 내내 활짝 피었다. 데이지는 꽃밭을 가꾸는 걸 무척이나 좋아해서 장미, 팬지, 스위트피, 그리고 목서초를 정성스레 가꾸었으며 자기의 인형들과 친구들에게 하듯 충실하고 다정하게 몇 시간이고 꽃밭을 보살폈다.

9월이 되자 낸은 사랑스러운 수확물을 베어 말려서 묶어 놓은 뒤 작은 수첩에 약초들이 저마다 어떻게 다르게 쓰이는지 기록해두느라 아주 바빴다. 낸은 전에도 여러 번 실험을 해본 적이 있었는데, 실수가 잦았다. 그래서 낸은 앞으로는 새끼고양이 허즈에게 개박하 대신 쓴 쑥을 먹여 기절시키는 일이 없도록 세심하게 주의를 기울였다.

딕과 돌리, 로브는 각자 자기들의 작은 농장을 온통 파헤치고 다녔고 다른 아이들 모두를 합친 것보다 더한 소동을 피웠다. 순무와 당근은 딕과 돌리의 수확이었다. 그들은 수확하기까지 오랜 시간을 기다렸고 결국 귀중한 결실을 캐내었다. 딕은 남몰래 그의 당근을 캐서 살펴본 뒤 다시 심었는데, 당근을 심기에는 아직 너무 이르다는 사일러스의 충고가 맞았음을 알게 되었다.

로브는 조그맣고 긴 호박 네 개와 엄청나게 큰 호박 하나를 수확했다. 그건 정말 사람들 말처럼 '기가 막히게' 컸다. 어찌나 큰지 조그만 아이 둘이 나란히 그 위에 올라앉아도 될 정도였다. 로브의 호박은 앞으로 몇 주 동안 질리도록 호박파이를 먹을 수 있다는 생각으로 아이들의 마음을 풍성하게 채워주면서 황금색 커다란 공처럼 놓여 있었다. 로브는 자기 밭으로 사람들을 데려가 호박을 보여주면서 맘껏 자랑했다. 서리가 내리자 아기를 보살피듯 누비이불로 호박을 감싸주는 등 기울이는 정성이 보통이 아니었다. 드디어 그 호박을 따는 날, 로브는 아무도 손을 못 대게 하고 혼자서 호박을 땄다. 딕과 돌리가 들어서 길가로 옮기는 일을 조금 도왔을 뿐 로브는 혼자 외바퀴 손수레에 그 호박을 싣고 헛간까지 끌고 가느라 등이 휠 정도로 힘을 쏟았다.

불쌍한 빌리는 오이를 심었지만 불행하게도 오이는 모두 뽑아버리고 명아주는 남겨놓는 실수를 저질렀다. 이 실수로 빌리는 10분쯤 큰 슬픔에 잠겨 있었지만 금방 모든 걸 잊어버리고 자기가 고른 빛나는 단추 한 줌을 심었다. 소년의 어린 생각으로는 저 단추는 돈이니 싹이 트고 열매가 열리면 자신은 토미처럼 부자가 될 것이었다. 아무도 그를 말리지 않았고 빌리는 자기가 생각한 것을 실행에 옮겼다. 곧 빌리의 텃밭은 작은 지진이 몇 번 왔다간 듯한 모습이 되었다.

사람 좋은 에이샤가 말라비틀어진 나뭇가지에 실로 매달아 놓은 오렌지 여섯 개가 아니었으면 토미는 추수하는 날 돌멩이와 잡초 말고는 보여줄 것이 아무것도 없었을 것이다. 빌리는 오렌지를 수확할 수 있어서 매우 기뻤다. 그리고 아무도 죽어가는 나뭇가지에 이상한 과일이 열린 기적이 토미에게 가져다 준 기쁨을 망치고 싶어 하지 않았다.

스투피는 자기가 기른 멜론 때문에 곤혹을 치렀다. 그 아이는 멜론을 빨리 맛보고 싶어 안달이 난 나머지, 멜론이 다 익기도 전에 혼자 멜론 잔치를 벌여 잔뜩 먹었다가, 그만 배탈이 나서 이틀 동안이나 앓아누웠다. 그 일이 있은 뒤 스투피는 두 번 다시 멜론에 입도 대지 않겠다고 공약을 했다. 그러고는 그가 거둔 첫 번째 멜론을 가족들에게 선사했다. 무척 달콤하게 잘 익은 멜론이었다. 아직 따지 않은 멜론도 있었는데, 스투피는 그것을 이웃에게 팔겠다고 했다. 이 말은 멜론을 먹고 싶어 안달이 난 아이들을 실망시켰다. 아이들은 그들의 불만을 아주 새롭고도 인상적인 방식으로 나타냈다.

어느 날 아침, 시장에 내다팔려고 잘 보관해 둔 훌륭한 멜론 세 개를 살펴보러 간 스투피는 멜론의 초록색 껍질 위에 흰색으로 선명하게 '돼지'라고 새겨져 있는 것을 발견하고는 소름이 끼칠 정도로 놀랐다. 그는 얼굴이 벌겋게 달아올라 조 부인에게 급히 달려갔다. 부인은 자초지종을 듣고 스투피를 달래면서 말했다.

"만일 네가 그 비웃음을 되갚아주고 싶다면, 어떻게 하는 게 좋을지 알려줄 수 있단다. 그렇지만 너는 멜론은 포기해야 할 거야."

"네, 그러겠어요. 제가 애들을 다 때려눕힐 수는 없으니까요. 그래도 저 녀석들을 따끔하게 혼내주고 싶어요. 치사하고 비겁한 녀석들!"

여전히 화가 나서 으르렁거리며 스투피가 말했다.

바어 부인은 스투피의 이야기를 듣는 순간부터 이미 누가 그런 장난을 했는지 알고 있었다. 부인은 전날 저녁 소파 구석에서 세 녀석이 머리를 맞대고는 수상쩍게 낄낄거리고 귓속말을 주고받으며 고개를 끄덕이는 걸 목격했던 것이다. 경험이 많은 조는 그때 그 녀석들이 뭔가 못된 음모를 꾸미고 있다는 것을 금방 눈치챌 수 있었다. 달빛이 은은하게 대지를 밝혀 주던 그날 밤, 에밀의 창가 근처 늙은 체리나무에서 들리던 바스락소리며, 다음 날 아침에 본 토미의 손가락에 난 상처는 부인의 의혹에 더욱 무게를 실어 주었다. 부인은 먼저 스투피의 화를 좀 가라앉혀준 뒤에, 멜론을 부인의 방으로 가져오게 하고는 아무에게도 그 얘기를 하지 말라고 일렀다. 세 명의 악동들은 그들의 장난이 이렇게 조용히 받아들여지자 놀라기 시작했다. 그들이 그렸던 재미있는 광경은 완전히 허공으로 날아가 버리고 멜론은 감쪽같이 없어져버렸다. 게다가 예전보다 더 조용하고 침착해 보이는 스투피가 연민의 눈초리로 그들을 노려보자 어리둥절할 뿐이었다.

저녁 식사 시간이 되어서야 그들은 그 이유를 알게 되었다. 푸딩을 먹고 과일이 나오기를 기다리고 있을 때, 메리 앤이 웃음을 참느라 몹시 일그러진 표정으로 커다란 멜론 하나를 들고 나타났다. 그 뒤로 사일러스가 또 하나의 멜론을, 그리고 그 뒤로 댄이 세 번째 멜론을 들고 나타났다. 멜론은 각각 장난을 친 3명의 악동들 앞에 놓였는데, 거기에는 그들이 쓴 돼지라는 글자 밑에 또 다른 글자가 덧붙여져 있었다.

'돼지가 진심을 담아서 드림'

아이들 모두 누가 이런 장난을 쳤는지 속닥거리느라 식탁은 온통 시끌벅적해졌다. 그러자 에밀과 네트, 토미는 몸 둘 바를 몰랐고 한마디 변명도 하지 못했다. 그러다가 곧 현명하게 웃음판에 끼어들어서는, 멜론을 잘라 모두에게 돌리면서 스투피가 자기 잘못을 지혜롭고 기분 좋은 방법으로 사과하는 것이라고 말했다.

댄은 자기의 밭이 없었다. 왜냐하면 댄은 대부분의 여름 시간동안 멀리 떠나 있거나 다리를 다친 상태였기 때문이다. 그 대신 댄은 사일러스를 도왔고, 에이샤를 위해 장작을 패주었으며, 잔디도 훌륭하게 손질해 놓곤 했다. 댄 덕분에 조 부인 집 앞의 길과 잔디는 언제나 빈틈없이 깔끔하게 정돈되어 있었다. 다른 아이들이 저마다 자신의 수확물을 거둘 때 그는 빈손일 수밖에 없어 매우 섭섭했다. 그러나 손 놓고 있을 댄이 아니었다. 산과 들에 온통 가을의 풍취가 물씬 풍기자 댄은 매주 토요일마다 혼자 숲과 들, 언덕에 가서 전리품을 등에 지고 돌아오곤 했다. 그는 가장 좋은 창포 뿌리가 자라는 풀밭이며, 톡 쏘는 맛의 사사프라스가 나는 숲, 다람쥐들이 자주 호두를 찾는 곳이나 껍질이 매우 유용한 흰 떡갈나무가 있는 곳, 그리고 아주머니께서 입병을 치료하는 데 사용하는 금실 포도나무 덩굴이 있는 곳까지 훤히 꿰고 있었다. 뿐만 아니라 댄은 노란 단풍잎과 손바닥 모양의 붉은 단풍잎, 앙증맞게 솔방울이 매달린 소나무 가지, 황갈색 고사리, 추위에 잘 견디는 가을 꽃들을 한 아름씩 가져와 바어 부인의 방을 꾸며주었고, 주홍색 양담쟁이로 화환을 만들어 걸어놓기도 했다.

"난 이제 숲이 보고 싶어서 한숨 짓지 않아도 되겠네. 댄이 이렇게 숲을 가져다주었으니 말이야."

바어 부인은 지친 하루 일과를 마치고 방으로 돌아와, 마치 숲속에 앉아 있는 듯한 느낌이 들 때마다 이렇게 말했다. 댄의 수확은 바어 부인의 마음에 꼭 들었다.

가을 내내 거둬들인 플럼필드 가족들의 수확물로 커다란 다락방은 꽉 찼다. 그건 정말 한동안 이 집의 가장 볼 만한 구경거리였다. 데이지가 정성스레 받아놓은 꽃씨들은 저마다 이름을 써넣은 하얀 종이봉투 속에 단정하게 담겨 서랍에 보관되었고 댄의 약초는 다발로 묶어 향긋한 내음을 풍기며 벽에 걸려 있었다. 토미는 바구니에다 씨가 달린 엉겅퀴들을 가득 담아놓았다. 내년까지 씨가 날아가 버리지 않는다면 토미는 다시 엉겅퀴를 심을 작정이었다. 에밀은 옥수수 몇 다발을 말리려고 걸어놓았고, 데미는 도토리와 애완동물들에게 줄 여러 종류의 낟알들을 저장해 놓았다. 그중에서도 댄의 수확물이 가장 볼 만했다. 그가 따가지고 온 나무 열매는 마룻바닥의 반을 차지하고 있었다. 몇 마일이나 떨어져 있는 숲에까지 가서 헤매거나, 가장 높은 나무에 올라가기도 하고, 아주 두껍게 처진 산울타리를 힘껏 제치며 들어가서 정성껏 따온 호두며 밤, 개암 열매, 너도밤나무 열매들이 별실에서 누렇고 달큰하게 말라서 풍성한 겨울을 예고하고 있었다.

뜰에는 호두나무가 한 그루 있었다. 로브와 테디는 그 나무가 자기들 것이라고 했다. 그 해에 호두나무는 풍성하게 열매를 맺어 황갈빛 호두를 후드득 떨어뜨려 낙엽들 밑에 감추었다. 게으른 바어 씨보다도 먼저 다람쥐들이 부지런히 호두를 거두어들였다. 그들의 아버지는 그들(다람쥐가 아닌 소년들)에게 말했다. 열매를 주우면 마땅히 열매를 받게 될 거라고. 그러나 아무도 도우려 하지 않았다.

그것은 아주 쉬운 일이었다. 더욱이 테디는 호두 줍는 일을 아주 좋아했다. 그렇지만 테디가 금방 지쳐버리는 바람에 로브와 테디는 바구니 반만 주워 담고 다음 날을 기약했다. 그런데 그 다음 날은 너무도 느리게 왔고 그동안 꾀쟁이 다람쥐들은 겨울에 먹으려고 늙은 느티나무에 있는 그들의 구멍에, 그리고 나뭇가지들 가랑이에 호두를 가득 채우느라 오르락내리락 바삐 움직이고 있었다. 두 소년은 조그만 다람쥐들이 아기자기하게 일하는 모습을 바라보며 즐겁게 웃었다. 그러던 어느 날 사일러스가 빈정거리듯 두 아이에게 말했다.

"너희들 호두를 몽땅 다람쥐에게 팔았니?"

"아니요."

로브는 사일러스가 무슨 말을 하는 건지 의아해하며 대답했다.

"그래? 그렇다면 너희들도 움직이는 게 좋겠다. 안 그랬다간 한 푼도 못 받고 이 잽싼 나무꾼놈들에게 몽땅 다 빼앗겨버릴걸."

"아니야, 우리가 아예 처음에 나무를 흔들어 놓으면 호두들이 우수수 떨어질 거야. 아직도 많이 달려 있으니까."

"떨어질 열매가 별로 없는 것 같던데? 그리고 땅에 있는 건 벌써 다람쥐들이 다 가지고 갔어. 한 번 봐, 있나 없나."

그 말을 들은 로브는 달려가서 호두나무에 열매가 얼마나 남았는지 살펴보고는 깜짝 놀랐다. 사일러스 말대로 아주 조금밖에 매달려 있지 않았다. 그는 테디와 함께 그날 오후 내내 부지런히 호두를 주워 담았다. 그동안 다람쥐들은 울타리 위에 앉아서 핀잔을 주듯 찍찍거렸다.

"테디, 이제부터 우리는 잘 지켜보고 있다가 호두가 떨어지자마자 재빨리 주워야 돼. 안 그러면 통 하나도 못 채울 거야. 모두가 우리를 비웃게 된단 말이야."

"저 못된 다람쥐들이 하나도 못 가져가게 할 테야. 빨리 주워서 헛간에 갖다놓겠어."

테디는 꼬리를 털어내며 재재거리고 있는 조그만 다람쥐에게 인상을 찡그려 보이며 말했다. 그날 밤에는 바람이 심하게 불어 호두가 수백 개는 떨어졌다. 조는 다음 날 아침 일찍 어린 두 아들을 흔들어 깨웠다.

"자, 얘들아. 다람쥐들이 아주 바쁘게 일하고 있구나. 너희들도 빨리 가서 일을 해야지. 그렇지 않으면 땅에 떨어진 호두를 모두 다람쥐들이 가져간단 말이야!"

"안 돼요. 그렇게 하도록 내버려두지 않겠어요."

로브는 벌떡 일어나 아침을 먹는 둥 마는 둥 하고는 호두를 비축하기 위해 뛰어나갔다. 테디도 서둘러 뒤쫓아나갔다. 둘이 가득 찬 바구니와 빈 바구니를 들고 종종걸음으로 왔다 갔다 하는 모습이 꼭 두 마리의 작은 비버 같았다. 곧 헛간에 있는 통이 또 하나 채워졌다. 수업종이 울릴 때 마침 그들은 더 많은 호두를 따려고 잎사귀 사이를 헤집고 다니던 참이었다.

"오, 아빠. 오늘 수업은 좀 있다가 할게요. 호두를 주워야 해요. 그렇지 않으면 저놈의 다람쥐들이 제 호두를 몽땅 가지고 갈 거예요. 네?"

로브는 열을 내며 일하느라 머리는 온통 헝클어지고 얼굴은 빨갛게 상기된 채로 교실로 뛰어가며 소리쳤다.

"만약 네가 매일 아침 일찍 일어나서 조금씩 호두를 주웠더라면, 지금같이 서두르지 않아도 됐을 거야. 나는 그렇게 하라고 너에게 얘기했다, 로브. 그런데 너는 내 말을 귀담아듣지 않았어. 나는 일에 게으름을 피운 사람이 수업에도 게으름을 피우도록 할 수는 없다. 올해 다람쥐들은 자기들 몫을 더 많이 가지게 될 거다. 그들은 더 열심히 일했으니 그럴 자격이 있지. 수업이 끝나기 전에 한 시간 먼저 가도 좋지만 그 이상은 안 된다."

바어 씨는 단호하게 말하며 로브를 그의 자리로 데려갔다. 로브는 책상에 놓여 있는 책을 향해 곧장 달려갔고 바어 씨에게 약속했던 소중한 시간을 기꺼이 지켰다. 그날은 하루 종일 바람이 불었다. 바람이 마지막 남은 호두를 모두 떨어뜨렸다. 그러자 그 재빠른 도둑 다람쥐들이 쏜살같이 달려와서는 잽싸게 호두를 나르다가는 잠시 멈추고서 열매 한 개를 먹으며, 꼬리를 흔들어댔다. 마치 로브를 비웃으며 '네가 아무리 그래도 우리가 열매들을 다 가질 거야, 게으름뱅이 로브'라고 말하는 것처럼. 이 모습을 가만히 앉아서 멀거니 보자니 정말 미칠 노릇이었다.

이 시련의 순간을 참을 수 있게 해준 것은 홀로 일하고 있는 테디의 모습이었다. 어린 테디의 결심과 인내심은 정말로 놀라웠다. 등이 아플 때까지 한시도 쉬지 않고 줍고 또 주웠다. 그리고 다리가 지칠 때까지 이리저리 터벅터벅 걸으며, 바람도 지루함도 또 그 못된 다람쥐도 잘 견뎠다. 마침내 보다 못한 바어 부인이 하던 일을 멈추고, 형을 돕느라 애쓰는 다정한 어린 아들이 대견해서 대신 호두를 날라 주었다. 로브가 수업이 끝나서 호두나무로 달려갔을 때, 테디는 완전히 기진맥진하여 쉬고 있었다. 테디는 더 주울 수 없는 것을 안타까워하며 사과를 먹었다. 그는 다람쥐를 쫓느라 모자를 휘둘러대기도 했다.

로브는 잠시도 지체하지 않고 곧 호두나무 아래로 달려들어 2시가 되기 전까지 땅에 떨어진 호두를 모두 주워 안전하게 헛간에 가져다놓았다. 그러고 나서 지친 두 일꾼은 그들의 승리에 환호했다. 그러나 다람쥐 프리스키와 아내는 쉽사리 포기하지 않았다. 며칠 뒤 로브가 호두를 살펴보러 헛간으로 갔을 때 헛간 바닥에 깔려 있던 호두가 많이 없어지고 군데군데 바닥이 드러나 있었다. 문이 잠겨 있으므로 아무도 가져갈 수는 없었을 것이다. 소년들의 짓은 아니었다. 더욱이 비둘기는 호두를 먹지 않고 그 근처에는 쥐도 없었다. 어린 두 바어 씨는 너무도 슬퍼했다. 그때 딕이 말했다.

"프리스키가 옥수수 헛간 지붕에 있는 걸 봤어. 아마 그 다람쥐가 가져갔을 거야."

"그럴 줄 알았어! 덫을 놓아 죽여 버리겠어." 로브는 욕심 많은 프리스키가 지긋지긋해서 소리쳤다.

"아마 가만히 지켜보고 있으면 그놈들이 그걸 어디로 가지고 가는지 알 수 있을 거야. 그럼 내가 거기 있는 호두를 다시 갖다 줄게."

다람쥐들과 소년들 사이에 벌어지는 싸움을 매우 재미있어 하며 댄이 말했다.

그래서 로브는 지켜보았고 축 늘어진 느티나무에서 프리스키와 그의 아내가 쪼르르 내려와 헛간의 지붕으로 올라가서는 그곳의 조그만 창문을 통해 헛간으로 들어가 입에 호두 하나씩을 물고 밖으로 나가는 것을 목격했다. 그놈들은 입에 호두를 물고 있어서, 들어왔던 구멍으로 나갈 수 없게 되자 낮은 지붕으로 뛰어내려 벽을 따라가다가 모서리에서 떨어지더니 사라졌다. 잠시 뒤에 다시 나타났는데 그때는 약탈품을 갖고 있지 않은 채였다. 로브는 발걸음 소리를 죽이며 다람쥐를 따라갔다. 그랬더니 나뭇잎으로 가려진 구멍에, 그들의 집으로 가져가려고 숨겨놓은 호두들이 소복이 쌓여 있는 게 아닌가.

"요 쪼그만 악당들 같으니! 이젠 내가 속일 차례야. 하나도 안 남기고 다 가져갈 거야."

로브는 그곳에 있는 호두를 모두 주워 담았다. 그리고 헛간에 있는 호두까지 모두 쓸어 담아 다락방으로 옮겨놓았다. 다락방은 완벽했다. 다람쥐들의 습격을 피할 수 있는 아주 완벽한 곳이었다. 그제야 로브는 마음을 놓고 승리의 대가를 마음껏 누릴 수 있었다.

바어 씨와 바어 부인의 수확물은 조금 다른 종류의 것이었다. 말로 쉽게 설명할 수 있는 것은 아니었으나, 그들은 그것에 매우 만족했다. 그들 부부는 그들의 여름 동안 수고한 성과가 아주 좋았다며 기뻐했다. 그리고 곧 너무도 행복한 수확이었다.

제19장 존 브루크

"애, 데미! 일어나라, 어서."

"무슨 일이에요? 지금 막 잠자리에 들었는걸요. 아침이 되려면 아직 멀었잖아요." 데미는 새끼 부엉이처럼 눈을 깜박거리며 말했다.

"그래, 지금은 열 시밖에 안 됐단다. 그런데 너희 아빠가 아프시다는구나. 아빠께 가봐야 해. 오, 가엾은 존! 불쌍한 존!"

조는 쏟아지는 눈물을 참지 못하고 베개에 얼굴을 파묻었다. 순식간에 잠에서 깬 데미는 두려움과 놀라움에 가득 찬 얼굴로 조 아줌마의 흐느끼는 모습을 멀뚱히 바라봤다. 데미는 어렴풋이나마 조가 자기를 존이라고 부르는 까닭과, 무슨 불행한 일이 일어나 자신이 불쌍하게 되었다는 것을 이해할 수 있었다. 데미는 아무런 말도 하지 않고 조에게 매달렸다. 그런 데미의 모습을 본 조는 재빨리 평정을 되찾고, 데미의 근심스런 얼굴을 내려다보고는 다정스럽게 입을 맞추었다.

"아빠에게 작별 인사를 하러 가야겠구나. 애야, 머뭇거릴 시간이 없단다. 빨리 옷을 갈아입고 내 방으로 오너라. 데이지에게 가봐야겠다."

"예, 이모."

조가 나가자, 귀여운 데미는 재빠르게 일어나 얼떨결에 옷을 입고는 깊은 잠에 빠져 있는 토미를 남겨둔 채 고요한 집을 빠져나왔다. 데미는 플럼필드 친구들과 한동안 헤어져 있게 될 어떤 슬픈 일이 일어났음을 느낄 수 있었다. 도대체 무슨 일일까……. 갑자기 데미의 눈에 이 세계가 온통 불 꺼진 방처럼 어둡고 고요한 낯선 곳처럼 느껴졌다.

로리가 보내준 마차가 문 앞에 서 있었다. 떠날 채비를 갖춘 데이지도 곧 뒤따라 나왔다. 데미, 데이지, 바어 씨 부부를 태운 마차는 묵묵히 어두운 길을 재빠르게 달려갔다. 읍내로 가는 동안 남매는 줄곧 서로 손을 잡고 있었다. 프란츠와 에밀을 빼고는 아무도 무슨 일이 일어났는지 알지 못했다.

다음 날 아침, 아이들은 아저씨와 아줌마가 집을 비워 집 안이 썰렁해진 것을 알고서 무척 당황했다. 조의 아침 인사가 없는 식사는 우울했다. 공부

시간이 되었을 때 바어 선생님의 자리는 비어 있었다. 암울함 속에 한 시간쯤을 헤맨 아이들은 그저 데미 아버지의 상태가 좋아졌다는 소식만 기다릴 뿐이었다. 아이들은 브루크 씨를 무척 좋아했다. 그러나 열 시가 되어도 아이들의 걱정을 덜어줄 기쁜 소식을 가져오는 사람은 아무도 없었다. 아이들은 놀고 싶은 생각도 들지 않았고, 시간은 무척이나 더디게 흘렀다. 모두들 공부할 생각도 잊은 채 침울한 표정으로 맥없이 앉아 있었다. 갑자기 프란츠가 일어나서 달래듯이 말했다.

"얘들아, 내 말 좀 들어봐! 우리, 교실로 가자. 아저씨가 이곳에 계실 때처럼 공부하는 거야. 그러면 시간도 빨리 갈 거고, 아저씨도 기뻐하실 거야."

"그렇지만 누가 선생님을 하지?" 잭이 물었다.

"내가 하겠어. 난 너희들보다 많이 알지는 못하지만 나이는 가장 많잖아. 너희들만 괜찮다면 바어 아저씨가 오실 때까지 그 자리를 메울 수 있을 거야." 프란츠가 어찌나 점잖고 진지하게 말하는지 아이들은 모두 감동했다. 가엾은 소년의 눈은 밤새 운 탓에 붉게 충혈되어 있었지만 소년들은 프란츠의 남자다움을 다시 보게 되었다. 어느새 삶의 근심과 걱정거리를 헤아릴 만큼 자라버린 프란츠는 걱정과 근심에 대처하기 위해서는 용기가 필요하다는 것을 이미 알게 된 것 같았다.

"나는 그렇게 하겠어."

에밀은 상관에게 복종하는 것이 선원의 첫째 의무라는 것을 떠올리면서 그의 자리로 갔다. 다른 아이들도 모두 그 뒤를 따랐다. 프란츠는 바어 선생님의 자리에 앉았다.

수업이 진행되었다. 프란츠는 현명하게 자신이 감당할 수 없는 과목은 생략했고, 참을성 있고 상냥한 선생님이 되었다. 슬픔이 가져다준 무의식중의 위엄은 그의 어떤 말보다도 교실 안의 질서를 더 힘 있게 유지할 수 있게 해주었다.

아이들이 열심히 책을 읽고 있을 때 거실 쪽에서 발소리가 들려왔다. 모두 귀를 쫑긋 세운 채 발자국 소리에 온 신경을 집중시켰다. 바어 씨였다. 아이들은 모두 그의 얼굴에서 뭔가를 알아내기 위해 고개를 들었다. 침통하게 굳어 있는 바어 씨의 얼굴이 데미가 아버지를 잃었다는 것을 알려주고 있었다.

슬픔으로 가득 찬 바어 씨의 창백한 얼굴을 바라보던 로브는 더 이상 참을 수 없는 듯 바어 씨 품에 달려들며 울부짖었다.

"아빠, 왜 한밤중에 나만 남겨두고 가버리셨어요?"

바어 씨는 로브를 끌어안고 꼼짝도 하지 않았다. 바어 씨는 자신의 얼굴을 로브의 곱슬머리에 파묻었다. 에밀은 그의 팔에 머리를 묻었고 프란츠는 아저씨에게 다가가 어깨에 손을 얹었다. 어깨의 가벼운 떨림으로 보아 억지로 울음을 참고 있는 게 분명했다. 다른 아이들은 너무도 조용히 앉아 있어서 밖에서 떨어지는 나뭇잎의 바스락거리는 소리가 선명하게 들릴 정도였다. 로브는 무슨 일이 일어났는지 잘 알 수는 없었지만, 아빠의 우울한 얼굴이 보기 싫었다. 그래서 고개를 들고 명랑한 소리로 말했다.

"울지 마세요, 아빠! 착한 우리가 있잖아요. 아빠가 안 계셔도 우리는 공부를 했어요. 프란츠가 선생님이 되었어요."

바어 씨는 고개를 들고 애써 미소를 지어 보이며 차분한 목소리로 말했다.

"정말 고맙구나, 애들아. 너희들이 나 없이도 이렇게 훌륭한 일을 하다니 ……. 이 일을 절대로 잊지 않겠다."

아이들은 이 말에 자기들이 무슨 성인이라도 된 듯한 착각이 들었다.

"프란츠가 제안했어요. 얼마나 훌륭한 선생님이었다고요."

내트의 말에 동의한다는 듯 아이들은 모두 고개를 끄덕이며 프란츠를 바라보았다. 바어 씨는 로브를 내려놓고 그의 팔로 키 큰 조카의 어깨를 감싸 안으며 진심으로 기뻐하는 표정으로 말했다.

"너희들이 그런 장한 일을 하다니 정말 자랑스럽구나. 얼마 동안 읍내에 할 일이 있어서 너희들과 함께 지낼 수가 없단다. 너희들에게 휴가를 주거나 몇몇은 집으로 보낼 생각이었는데 너희들만 좋다면 여기 남아서 지금 하던 대로 계속해 나가거라."

"여기 있겠어요. 남아 있을게요."

"그 편이 나아요."

"프란츠가 우리를 돌봐줄 거예요."

바어 씨를 안심시키려는 듯 아이들은 자신감에 찬 목소리로 외쳐댔다.

"엄마는 안 오시나요?" 로브가 생각에 잠긴 채 물었다. 로브에겐 엄마 없는 집이란 태양 없는 세상과도 같은 것이었다.

"엄마, 아빠는 오늘 저녁에 돌아올 거야. 메그 이모는 네가 엄마를 필요로 하는 것보다 더 엄마를 필요로 하신단다. 이해할 수 있겠지?"

"예, 이해해요, 아빠. 그렇지만 테디는 달라요. 아까 낮에도 엄마가 안 계신다고 울면서 널시 아줌마를 마구 때렸어요. 도대체 말을 듣지 않아요." 이렇게 얘기하면 엄마를 집으로 오게 할 수 있을 거라고 생각한 로브가 대답했다.

"그랬어? 우리 귀여운 아가는 어디에 있니?" 바어 씨가 물었다.

"댄이 달래느라고 데리고 나갔어요. 테디는 이제 괜찮아요."

프란츠가 창문 쪽을 가리키며 대답했다. 창문을 통해 댄이 유모차에 테디를 태우고 이리저리 끌고다니는 모습이 보였다. 뒤에 껑충거리며 뛰어가는 개의 모습도 보였다.

"그러면 난 테디를 보지 말아야겠다. 겨우 달래놨는데 또 떼를 쓰면 곤란하잖아. 댄에게 테디를 부탁한다고 말해줘. 어때? 오늘 하루 동안은 너희들끼리 잘 지낼 수 있으리라 믿는데. 프란츠가 지도하고, 사일러스 아저씨도 도와줄 테니. 자, 그러면 오늘 밤까지 잘 지내라."

"존 아저씨에 관해서 한 마디만 해주세요." 서둘러 나가려는 바어 씨를 붙잡으며 에밀이 말했다.

"몇 시간 동안 아파하시다가 조용히 운명하셨다. 아주 밝고 평화로운 죽음이었어. 그런 죽음 앞에서 울부짖는 것은 죄악처럼 느껴졌단다. 메그 아줌마의 가슴에 안겨 잠든 존 아저씨의 팔에는 데이지와 데미가 안겨 있었단다. 더 이상은 말할 수 없구나."

바어 씨는 말을 끝내지 못하고 고개를 숙인 채 비탄에 잠겨 서둘러 나가버렸다. 존 아저씨의 죽음으로 바어 씨는 친구와 형제를 동시에 잃어버린 것이다.

집 안은 온종일 조용했다. 어린 아이들은 아이들 방에서 조용히 놀았다. 마치 일요일이나 되는 것처럼 아이들은 어슬렁거리며 돌아다니기도 하고, 버드나무 아래 앉아 있기도 하고, 애완동물과 놀기도 하며 존 아저씨에 관해 이야기하면서 하루를 보냈다. 아이들은 온화하고 정당하며 어떤 강한 존재가 그들의 작은 세계로부터 떠나가 버렸다는 것을 느꼈다. 시간이 흐를수록 아이들의 상실감은 깊어만 갔다.

저녁 무렵이 되어 바어 씨와 조가 돌아왔다. 데미와 데이지는 엄마 곁에 남아 있는 모양이었다. 조는 탈진한 모습으로 이층으로 올라가면서 물었다.

"우리 아가는 어디에 있니?"

"여기 있어요." 귀여운 목소리가 대답했다. 댄은 테디를 팔에 안고 있다가 더욱 꼭 끌어안았다.

"댄이 하루 종일 나를 보살펴주었어요."

조는 충실한 유모를 돌아보며 고맙다는 표시를 했다. 댄은 조를 보려고 거실 안으로 모여드는 아이들에게 손을 내저으며 낮은 소리로 주의를 주었다.

"안 돼, 그냥 돌아가. 아줌마는 지금 우리에게 방해받고 싶은 기분이 아니야."

조가 댄의 말을 가로막고 말했다.

"아냐, 들어와도 좋아요. 오히려 지금 나에게 너희들 모두가 필요하단다. 들어오너라, 애들아. 내가 오늘 하루 종일 너희들에게 소홀했구나."

아이들은 조의 주위로 몰려들어 그를 둘러쌌다. 말은 없었지만 아이들의 애정 어린 표정과 슬픔과 동정을 보이는 어색한 노력들은 많은 것을 말해주고 있었다.

"나는 무척 피곤하단다. 누워서 테디를 안아야겠구나. 나한테 차 좀 갖다 주지 않겠니?" 조는 아이들의 마음을 상하지 않게 하려고 명랑한 척 노력했다.

아이들은 우르르 식당으로 몰려 들어갔다. 바어 씨가 말리지 않았더라면 저녁 식탁을 모조리 휩쓸어버렸을 것이다. 아이들은 한 부대가 차를 들여가면 다른 부대가 치우기로 의견을 모았다. 네 명의 아이가 먼저 차를 들여가기로 했다. 프란츠는 차 주전자를, 에밀은 빵을, 로브는 우유를 날랐고 테디는 설탕 그릇을 가져가겠다고 고집을 부렸다. 테디는 설탕을 나르며 설탕 몇 덩어리를 먹어치웠다. 다른 부인이었다면 아이들이 컵을 부딪치고 숟가락을 딸그락거리며 끊임없이 왔다 갔다 하는 것을 좋아하지 않았을 것이다. 그러나 조에게는 아이들의 정성이 뜨겁게 전해져 왔다. 대부분의 아이들이 엄마, 아빠가 없다는 사실을 새삼 떠올린 조는 순간 아이들에 대한 사랑이 뭉클 솟아올랐다. 아이들의 서투른 애정은 조에게 용기를 불어넣어 주었다. 아이들이 가져다주는 음식이 두툼한 빵과 버터보다 더 맛있었다. 곧이어 선장의 거친 목소리가 속삭였다.

"견뎌내야 해요, 아줌마. 그렇지만 우린 어떤 식으로든 이 거센 바다를 뚫고 나갈 수 있을 거예요."

이 말은 그 무엇보다 조에게 힘을 주었다. 저녁 식사가 끝나자 다른 부대가 음식 접시들을 치웠다. 졸려서 눈을 비비고 있는 테디에게 댄이 손을 뻗치면서 말했다.

"피곤하시죠? 테디는 제가 침대에 눕히겠어요, 아줌마."

"테디, 댄과 같이 가겠니?" 소파에 팔을 베고 누워 있던 조가 테디에게 물었다.

"네."

꼬마는 자랑스럽게 그의 충실한 보호자에게 안겼다.

"저도 뭔가 할 수 있었으면 좋겠어요." 내트가 한숨지으며 말했다. 프란츠는 소파에 기대어 조의 뜨거운 이마를 어루만지고 있었다.

"너도 할 수 있단다, 얘야. 가서 네 바이올린을 가져오너라. 테디 아저씨가 너를 처음 보냈던 날 연주했던 그 아름다운 가락을 들려다오. 음악은 오늘 밤 무엇보다도 나를 편안하게 해줄 거야."

내트는 조의 방문 앞에 서서 지금까지 한 번도 들을 수 없었던 아름다운 선율을 연주하기 시작했다. 내트의 손가락은 마치 신비한 자력을 지니고 있는 것 같았다. 내트는 온 마음을 그 연주에 쏟았다. 다른 아이들은 마치 방해꾼의 침입을 막으려는 듯 층계 위에 앉아 있었고, 프란츠는 그의 자리에 그대로 있었다. 조는 아이들의 따뜻한 위안과 극진한 보호 속에서 마침내 잠시나마 슬픔을 잊고 잠이 들었다.

이틀은 조용히 지나갔다. 3일째 되는 날, 반가운 편지가 플럼필드에 날아들었다. 바어 씨가 편지 한 통을 쳐들어 보이며 기쁨에 들뜬 목소리로 소리쳤다.

"얘들아, 너희들에게 읽어줄 것이 있단다."

아이들이 주위에 몰려들자 바어 씨는 편지를 읽기 시작했다.

사랑스러운 프리츠에게

저는 당신이 오늘 아이들을 데려오지 않을 거라고 들었어요. 참 유감스럽게 생각해요. 부디 데려와주세요. 데미가 친구들을 본다면 고통스러운 시간을 견디는 데 도움이 될 거예요. 또한 어린 존에게 남긴 아빠의 말을 아이들과 함께 들었으면 해요. 만일 그 아이들이 당신에게서 배운 아름다운 송가를 불러줄 수만 있다면, 그것은 그 어떤 음악보다도 바로 지금 이때에 잘 어울릴 거라고 생각해요. 아이들에게 부탁해 주세요.

메그

"너희들 가겠니?" 바어 씨는 아이들을 둘러보며 물었다. 아이들은 브루크 부인의 친절한 부탁에 감동한 얼굴이었다.

"네."

아이들은 한 목소리로 소리쳤다.

한 시간 뒤, 아이들은 존 브루크의 간소한 장례식에 참석하기 위해서 프란츠와 함께 떠났다.

그 작은 집은 10년 전 메그가 신부로 들어섰을 때처럼, 조용하고 햇살이 비쳐 따뜻하게 보였다. 그때는 초여름이라 장미꽃이 만발해 있었다. 그러나 지금은 초가을이어서 앙상한 가지만을 남겨둔 채 나뭇잎만 여기저기 떨어져 나뒹굴고 있었다. 메그 또한 이젠 신부가 아니라 미망인이 되어 있었다. 그러나 여전히 침착하고 아름다운 모습이었다. 진정으로 경건한 영혼만이 가질 수 있는 다소곳한 인내는 메그를 위로하러 왔던 사람들을 안심시켰다.

"오, 메그! 얼마나 마음이 아파?" 조가 울먹였다. 그러나 문 앞에서 손님들을 맞이하는 메그의 온화한 태도는 마치 아무 일도 없었던 것처럼 침착해 보였다.

"친절한 조! 행복했던 지난 10년 동안의 사랑이 여전히 나를 지켜주고 있어. 사랑은 결코 죽을 수 없는 거야. 존은 그 어느 때보다도 생생하게 내 마음속에 살아 있어." 말하는 메그의 눈동자는 사랑에 대한 부드러운 신념으로 아름답게 빛나고 있었다. 조는 메그의 반짝이는 눈동자를 바라보면서 사랑의 영원함에 대해 신께 감사했다.

아버지, 어머니, 테디 아저씨, 에이미 이모, 백발이 되어 쇠약해진 로렌스 씨, 바어 씨 부부, 그들의 아이들 그리고 많은 친구들이 고인에게 경의를 표하기 위해서 모여들었다. 겸손한 존 브루크는 바쁘지만 조용하고 겸허한 삶을 산 까닭에 친구를 사귈 시간조차 갖지 못했을 것이다. 그러나 이제 누구든 불현듯 생각이 날 것이다. 늙은이나 젊은이, 부유한 자나 가난한 자, 지위가 높은 자나 지위가 낮은 자 할 것 없이 누구나 알 수 있을 것이다. 무의식중에 스며들어간 그의 영향력을 느낄 때마다 그의 미덕은 기억될 것이며 그가 숨겨왔던 선행 또한 그에게 은총을 내릴 것이다.

장례식장에 온 사람들은 마치 씨의 그 어떤 말보다도 더한 칭송을 내놓았다. 거기에는 그를 몇 해 동안 고용했던 부유한 남자, 어머니를 떠오르게 하는 브루크가 소중히 여겼던 노부인, 죽음도 갈라놓을 수 없는 그의 아내, 가슴속에 영원히 그를 간직할 친척들, 그의 힘센 팔과 부드러운 목소리를 그리워할 어린 아들과 딸, 친절한 동무를 잃은 어린 아이들, 그리고 결코 잊을 수 없는 광경을 바라보고 있는 청년들이 있었다. 식은 매우 간소하고 짧았다.

바어 씨의 신호에 따라 잘 다듬어진 소년들의 목소리가 찬송가가 되어 울려 퍼졌다. 노래를 따라 부르는 동안 진심으로 모두 하나가 되었다. 상심한 영혼들은 훌륭하고 감미로운 찬송가의 날개를 타고 평화 속으로 올라감을 느낄 수 있었다. 음악을 들으며 메그는 자신이 옳은 일을 했다는 것을 알았다. 존이 그렇게도 사랑했던 어린 아이들이 불러주는 그 마지막 자장가가 메그에게 잠시의 위안을 가져다주어서만은 아니었다. 노래 부르는 소년들의 얼굴에서 나타나는 아름다운 미덕, 또 그들 앞에 누워 있는 존에 대한 추억이 아이들의 기억 속에 오랫동안 남게 될 것이라는 예감을 보았기 때문이다. 데이지는 엄마의 무릎을 베고 누워 있었고, 데미는 엄마의 손을 잡고 있었다. 데미는 꼭 지난날 아버지와 같은 눈빛으로 엄마에게 속삭였다.

"걱정하지 마세요, 엄마. 제가 있잖아요."

메그 주변에는 기꺼이 의지할 만하고 사랑하는 사람들이 있었다. 이제 메그가 최선을 다해야 할 일은 예전과 똑같이 존의 뜻을 본받아 다른 이들을 위해 살아가는 것이었다.

9월의 달빛이 더더욱 그윽하게 내리비치는 그날 저녁, 플럼필드의 소년들은 평소처럼 층계에 앉아 자연스럽게 그날 있었던 일에 대해서 얘기를 나누었다. 에밀이 성급하게 먼저 말을 꺼냈다.

"프리츠 아저씨는 가장 현명하시고 로리 아저씨는 무척 유쾌하시지만, 존 아저씨가 최고야. 나는 존 아저씨 같은 사람이 될 거야."

"나도 그럴 거야. 너희들 오늘 사람들이 마치 할아버지에게 말하는 것 들었니? 내가 죽었을 때도 사람들이 그렇게 말해 주었으면 좋겠어." 프란츠는 평소에 존 아저씨를 그다지 존경하지 않았던 자신을 질책하며 말했다.

"사람들이 뭐라고 했는데?" 그날 있었던 광경에 무척이나 감명을 받은 잭이 물었다.

"돌아가신 존 아저씨와 오랫동안 일했다는 로렌스 씨는, 존 아저씨가 사업가로서는 맞지 않을 정도의 양심적인 사람이었으며 어떤 점에서도 비난받을 것이 없는 사람이라고 말했어. 어떤 신사는 존 아저씨가 그를 위해 일한 적이 있었는데 아저씨의 충실함과 정직함은 돈으로도 보상할 수 없는 것이었다고 했어. 그 순간 할아버지가 정말 훌륭한 사실을 말해 주셨어. 뭐냐면 존 아저씨가 한때 속임수를 쓰는 사무실에서 일했었는데, 그 사무실 사람들이 아저씨에게 많은 보수를 주겠다고 하면서 그들의 일을 도울 것을 요구했대. 그런데 그때 아저씨가 이를 거절하셨대. 그 사람은 화를 내며 '그렇게 엄격한 원칙으로는 사업을 할 수 없을 거요'라고 했대. 그러니까 아저씨가 돌아서서 대답하셨대. '나는 결코 원칙 없이는 일을 하지 않소.' 그리고 나서 아저씨는 더 어렵고 가난한 자들을 위해 일하려고 그 자리를 박차고 떠나셨대."

"훌륭하시다!"

아이들 몇 명이 소리쳤다. 아이들은 예전에는 이런 이야기를 이해하지 못했으며 그 가치도 알지 못했다. 그러나 존 브루크 아저씨의 죽음을 통해 새삼 그 가치를 알게 된 것이다.

"존 아저씨는 부자는 아니었지, 그렇지?" 잭이 물었다.

"그래."

"그분은 시끄럽게 하는 일 같은 것은 절대 하지 않았어, 그렇잖아?"

"그래."

"그분은 그저 착한 분이셨지?"

"그래."

프란츠는 잭이 자기 대답에 실망스런 빛을 내비치는 걸 보며, 존 아저씨가 좀 더 자랑할 만한 일을 했더라면 하고 생각했다.

"선하게 사는 것, 그것이 전부란다." 마지막 몇 마디를 엿들은 뒤 아이들의 마음속에 어떤 생각이 일어나고 있는지 짐작한 바어 씨가 말했다. "너희들에게 존 브루크 씨에 대해 잠깐 이야기해 주고 싶구나. 그러면 사람들이 그분을 존경하는 이유와 그가 돈이나 명예보다 선하게 사는 것에 더 큰 가치를 둔 이유를 알 수 있을 거야. 그 사람은 성심성의껏 자신의 의무를 다했지. 기쁜 마음으로 충실하게 일했기 때문에 가난과 외로움, 여러 해 동안의 어려움도 용감하게 잘 견뎌 낼 수 있었고, 행복하게 살 수 있었단다. 그리고 그는 아주 착한 아들이었지. 그의 어머니가 절실하게 아들을 필요로 했을 때 그는 자신의 모든 계획을 포기하고 어머니 곁에 있어 주었어. 또 그는 좋은 친구이기도 했단다. 로리 아저씨에게 그리스어와 라틴어 외에도 많은 것을 가르쳐주었는데, 아마도 그런 성실한 모습이 사람들에게 그를 정직한 사람의 표본으로 보이게끔 한 것 같구나. 그는 또한 충실한 일꾼이었지. 그는 매우 귀중한 일꾼이어서 사람들은 그 자리를 대신할 사람을 찾기가 어렵다는 것을 알게 되었단다. 또한 좋은 남편이고 훌륭한 아버지이기도 했지. 다정다감하고, 현명한데다가 생각이 깊어서 로리 아저씨와 나는 그에게서 많은 것을 배웠단다. 우리는 그가 자신의 가족을 위해 애쓰는 걸 지켜보면서 그가 얼마나 가족을 사랑했는지 알 수 있었단다."

바어 씨는 잠시 말을 멈추었다. 소년들은 그가 말을 계속할 때까지 동상처럼 꼼짝도 않고 앉아 있었다. 아이들 얼굴에 달빛이 내려앉았다.

"그가 죽어가고 있을 때, 나는 그에게, '메그와 아이들 걱정은 하지 말게나. 그들이 필요한 것이 있으면 내가 도와줄 것이네' 말했단다. 그때 그는 미소를 지으면서 내 손을 잡더니 대답하더구나. '그렇게 할 필요는 없네. 내가 그들을 돌봐야 해.' 그 뒤 그가 남긴 문서들을 보았을 때 나는 그가 왜 그렇게 말했는지 알게 되었단다. 모든 것이 깨끗하게 정리되어 있었고 빚이라고는 하나도 남기지 않았더구나. 게다가 메그 아줌마가 혼자가 되어서도 편안하게 살아갈 수 있을 만큼 충분한 돈도 남겨 놓았지. 그때에야 나는 그가 그렇게 열심히, 즐거움조차 마다하면서 그의 삶을 단축시킬 만큼 열심히 일했던 이유를 알게 되었지. 그렇지만 그의 더 큰 즐거움은 자선을 베푸는 일이었단다. 그는 다른 사람들에게 도움을 청하는 일이 결코 없었지. 자신의 고통은 스스로 견뎌나갔고, 열심히 묵묵하게 자신의 일만을 해 나갔단다. 어느 누구도 그를 비난할 수 없을 만큼 그는 공정하고 너그러우며 친절한 사람이었지. 그가 죽었을 때 얼마나 많은 사람들이 그를 사랑했고, 존경했는지를 알게 되었단다. 나는 내가 그의 친구라는 것이 너무도 자랑스럽구나. 내가 나의 아이들에게 남겨줄 유산보다도, 또 대단한 재산가가 남긴 그 어느 유산보다도 더 많은 걸 그는 아이들에게 남겨놓은 거야. 그래! 소박하지만 진실로 선한 것, 그것이 우리가 살아가면서 찾아낼 수 있는 가장 좋은 재산이란다. 선함과 명성이란 돈을 다 잃고 난 뒤에도 남아 있는 것이란다. 우리가 이 세상에서 얻을 수 있는 유일한 재산이야. 기억해라, 애들아. 만약 너희들이 존경과 신뢰와 사랑을 얻기 바란다면, 존 브루크를 본받아라."

데미가 집에서 몇 주일을 보낸 뒤 학교로 돌아왔을 때 그의 슬픔은 좀 가라앉은 듯했다. 데미는 그렇게 조용하고 얌전하게 얼마간을 지낸 뒤 예전과 다름없이 뛰어놀았고, 열심히 공부를 하며, 일도 하고 노래도 불렀다. 겉으로는 그 어떤 변화도 나타나지 않았다. 그러나 온 정성을 다해서 아이들을 돌보고 부족하지만 자신이 데미가 느낄 아빠의 빈자리를 채워보려고 애쓰던 조는, 데미의 변화를 느낄 수 있었다. 데미는 자신의 슬픔에 대해서 거의 한마디도 하지 않았다. 그러나 조는 밤중에 침대 속에서 데미가 흐느껴 우는 소리를 가끔 들었다.

"아빠가 보고 싶어요! 아, 아빠가 보고 싶어……!"

엄마가 그를 달래기 위해 다가가면 데미는 언제나 그렇게 외쳐댔다. 데미와 아빠 사이에는 강한 애정의 끈이 묶여 있었다. 갑작스러운 아빠의 죽음은 데미의 마음을 무척이나 아프게 했다.

그러나 시간은 모든 걸 치유해 준다. 시간이 지나자 데미는 차차 아빠를 잃은 것이 아니라 단지 잠시 동안 보이지 않을 뿐이라고 믿게 되었다.

그렇게 믿으며 데미는 빠르게 슬픔에서 벗어났다. 그의 믿음은 그를 편안하게 해주었다. 무의식적으로 그는 보이지 않는 신을 통해 아버지를 볼 수 있기를 갈망하고 있었다. 데미는 하늘에 있는 아버지를 위해 기도했으며, 또 그 사랑을 위해 선하게 되고자 노력했다. 외부의 변화는 데미의 마음을 변화시켰다. 그 몇 주일 동안 데미는 부쩍 자란 것처럼 보였다. 어린아이 같은 놀이도 그만두기 시작했다. 다른 아이들처럼 노는 것이 부끄러워서가 아니라 그런 놀이를 하기에는 자신이 너무 커버렸다는 생각이 들었기 때문이었다. 데미는 뭔가 더 남자다운 놀이를 하기를 원했다. 또한 그렇게 지겨워하던 산수에도 열심히 달라붙어 씨름하였다. 그러고는 대견스럽게도 다음과 같은 말을 덧붙였다.

"저는 어른이 되면 아빠처럼 회계원이 될 거예요. 아빠처럼 멋지고 깔끔한 장부를 가질 수는 없지만, 숫자와 사무에 대해서는 열심히 배우겠어요."

언젠가 데미는 매우 심각한 얼굴로 조에게 이렇게 묻기도 했다.

"어린아이가 돈을 벌려면 어떻게 해야 하죠?"

"그건 왜 묻지?"

"아빠가 어머니와 어린 동생을 돌보라고 말씀하셨어요. 저 또한 그렇게 하길 바라고요. 그런데 어떻게 시작해야 할지 모르겠어요."

"아빠가 말씀하신 건 지금이 아니란다. 그건 네가 더 나이가 들어 차차 해도 되는 거야."

"그렇지만 할 수 있다면 지금 시작하고 싶어요. 식구들을 위해 물건을 살려면 돈을 벌어야만 하잖아요."

"그렇다면 낙엽을 긁어모아다가 딸기모판을 덮어라. 일한 대가로 내가 1달러를 줄게." 조가 말했다.

"그렇게 많이요? 공평하셔야 해요. 저는 하루 종일 일을 하겠지만, 그렇게 많이는 받지 않겠어요. 저는 거짓 없이 일하고 그에 맞는 돈을 벌고 싶거든요."

"귀여운 데미, 나는 공평하단다. 1달러는 그렇게 많은 것이 아니야. 너무 열심히 일하지 않아도 돼. 그 일을 끝내면 또 할 일을 줄 테니."

조는 그의 양심적인 아버지를 닮은 데미의 정직함에 감동하였다. 나뭇잎이 다 치워져 헛간으로 옮겨졌다. 데미는 1달러를 벌었다. 그런 다음에는 프란츠의 지시에 따라 교과서 커버를 씌우는 등 누구의 도움도 없이 스스로의 힘으로 일하며 만족스러운 급료를 받았다.

"이제 나는 가족들 각자를 위해 1달러씩을 번 거야. 모두 어머니께 드려야지. 그러면 어머니는 내가 아버지의 말씀을 명심하고 있다는 걸 아시게 될 거야."

이렇게 데미는 어머니에게 아들의 본분을 지키는 바른 길을 걷기 시작했고, 메그는 어린 아들이 번 돈을 아주 귀중한 보물인 양 받았다. 만일 데미가 가족들을 위해 필요한 물건을 사라고 말하지 않았다면 메그는 그 돈을 쓰지 않았을 것이다. 이 일은 데미를 매우 행복하게 해주었다.

가족을 돕겠다는 데미의 생각은 차츰 더 가슴속에 깊이 자리잡았으며 책임감 또한 해가 갈수록 더욱 강해졌다. 데미는 언제나 은근한 자부심을 가지고 '나의 아빠'라는 말을 하였다. 데미는 가끔 이렇게 말하기도 했다.

"앞으로 나를 '데미'라고 부르지 마. 난 이제부터 존 브루크야."

어떤 일을 꼭 성취하겠다는 강한 의지와 희망으로 가득 찬 열 살짜리 용감한 소년의 세계는 이렇게 시작되었다. 현명하고 다정다감한 아버지에 대한 기억과 정직이라는 교훈은 데미의 일부가 되었다.

제20장 난롯가에서

시월의 서리가 내리면서 커다란 난로에서는 불이 활활 타오르기 시작했다. 데미와 댄이 주위 모은 나뭇가지들이 즐거운 소리를 내며 타올랐고 연기는 굴뚝으로 빠져나갔다. 모두들 난롯가에 모여 앉아 밤이 깊도록 오락을 하거나, 책을 읽거나, 겨울 동안의 계획을 세우며 즐거운 시간을 보냈다. 무엇보다도 즐거운 일은 바어 씨와 바어 부인의 이야기를 듣는 일이었다. 바어 씨와 조는 언제나 재미있는 이야깃거리를 가지고 있었다. 그러나 그들의 이야깃거리도 때때로 바닥이 났다. 그럴 때면 아이들은 언제나 그리 재미가 없는 자신들의 얘기로 시간을 보냈다. 어린 나이의 아들들에게 겁을 주는 얘기 따위는 금지되었다.

어느 날 저녁, 어린 아이들은 아늑한 침대에 누워 잠이 들었고 좀 나이 먹은 소년들은 교실 난롯가에 모여 앉아 빈둥거리며 무엇을 할 것인지 궁리하고 있었다. 그때 데미가 새로운 방법을 내놓았다. 데미는 난로를 닦는 솔을 잡아당기면서 방 안을 이리저리 돌아다니다가 외쳤다.

"줄을 서! 줄, 줄!"

그 말에 아이들이 서로 웃고 밀쳐 가면서 줄을 맞춰 서자 데미가 다시 말했다.

"자, 2분 동안 너희들에게 생각할 시간을 주겠어. 어떤 놀이를 할지 생각해 봐."

프란츠는 글을 쓰고 있었고, 에밀은 《넬슨 경의 일생》이라는 책을 읽고 있었다. 그들은 이 작전에 참여하지 않았다. 다른 아이들은 무슨 놀이를 할지 열심히 생각했다.

"자, 토미!" 데미의 막대기가 토미의 머리를 톡톡 두드렸다.

"장님놀이."

"잭!"

"무역놀이. 아주 재미있는 놀이인데다가, 공동 자금을 모을 수도 있잖아."

"아, 안 돼, 잭! 아저씨는 뭐든 돈을 가지고 하는 놀이는 절대 금지하셨어. 댄, 넌 뭐가 하고 싶니?"

"그리스와 로마의 전쟁놀이를 하는 게 어때?"

"스투피는?"

"사과 굽기, 옥수수 튀기기, 호두 까먹기."

"좋아! 좋아!"

몇 사람이 찬성했다. 투표를 한 결과 스투피의 제안이 선택되었다. 몇몇은 사과를 가지러 지하실에 갔고, 어떤 아이들은 호두를 가지러 다락방에, 나머지는 프라이팬과 옥수수를 가지러 갔다.

"여자애들도 데려오는 게 좋겠어. 그렇지 않아?" 데미가 점잖게 말했다.

"데이지는 밤껍질을 잘 깐다고." 내트가 맞장구를 쳤다. 그는 데이지도 재미있는 놀이에 끼워 주어야 한다고 생각했다.

"낸은 옥수수를 아주 잘 튀겨." 토미가 덧붙였다.

"그렇다면 너희들 각자의 여자 친구들을 데려와 봐. 우리는 괜찮으니까." 잭이 말했다. 그는 서로를 위해 마음을 써 주는 순진함이 무척 흐뭇했다.

"뭐라고? 데이지보고 여자친구라고? 가만두지 않겠어." 데미는 짐짓 주먹을 쥐면서 소리쳤다. 그 모습이 잭을 웃게 했다.

"야, 데미! 데이지는 내트의 애인이야. 그렇지 않니, 이 늙은 찍찍새야?"

"그래, 데미가 상관 않는다면. 그 애는 내게 아주 잘해주기 때문에 나는 그 애를 좋아해." 잭의 거침없는 말에 내트가 수줍은 듯 말했다.

"낸은 내 애인이야. 그리고 나는 그 애와 1년 안에 결혼할 거야. 그러니까 너희들 방해하면 알아서 해!" 토미가 단호하게 말했다. 그와 낸에게는 버드나무 아래에 보금자리를 만들자는 그들만의 미래 계획이 있었다.

데미는 이들의 결정에 따르기로 하고 그들에게 이끌려 토미와 함께 숙녀들을 데려오기 위해 나갔다. 낸과 데이지는 조 아줌마와 함께 카니 부인의 새로 태어난 아기에게 줄 작은 옷을 꿰매고 있었다.

"저, 아줌마. 낸과 데이지를 잠깐 동안 빌려 가면 안 될까요? 아주 조심할게요."

토미는 제 딴에는 팝콘 소리를 내느라 손가락으로 딱딱거렸고, 사과를 표시하기 위해 한쪽 눈을 찡긋하고, 호두를 까먹으려 한다는 걸 알리기 위해 이빨을 부드득 갈면서 말했다. 여자 아이들은 즉시 이 무언극을 알아차렸고, 조는 토미가 하는 짓이 장난인지 아닌지 미처 알아채기도 전에 골무를 벗어 던졌다. 데미는 조에게 세심하게 설명을 해서 기꺼이 허락을 받았다. 소년들은 중세 기사처럼 의기양양하게 여자 아이들을 데리고 거실에서 나왔다.

"너, 잭과 말하지 마." 낸과 함께 사과를 먹을 포크를 가지러 가면서 토미가 속삭였다.

"왜?"

"잭이 날 비웃었어. 나는 네가 그 애와 노는 건 싫어."

"내가 잭과 말한다면?" 낸은 토미가 마치 자신의 주인이나 되는 양 으름장을 놓는 것에 화가 나서 말했다.

"그렇다면 나는 네 남자 친구가 되어 주지 않겠어."

"상관없어."

"뭐라고? 낸, 나는 네가 나를 좋아하는 줄 알았는데!" 토미는 부드럽지만 비난하는 투로 말했다.

"네가 잭의 비웃음을 무시해 버릴 수 없을 만큼 소심한 애라면 나도 너에 대한 생각이 달라질 수밖에 없지."

"그러면 네가 준 이 반지 도로 가져가. 나는 더 이상 끼지 않겠어."

토미는 말총 모양의 반지를 손가락에서 뺐다. 그 반지는 토미가 정표로 큰 새우 수염을 낸에게 주었을 때, 낸이 그것에 답하여 애정의 표시로 준 것이었다.

"그래, 좋아. 나는 이걸 네드에게 줄 거야."

낸이 매정하게 대답했다.

"벼락 맞을 거북이!" 토미는 거칠게 내뱉으며 낸의 팔을 놓고 성큼성큼 걸어가 버렸다. 낸도 씩씩거리며 분을 삭이지 못했다.

난롯가는 말끔하게 치워져 있었다. 삽이 달구어졌고, 그 위에서 밤들이 즐겁게 춤추고 있었다. 프라이팬에선 옥수수가 타닥타닥 소리를 내며 튀겨지고 있었다. 댄은 벌레가 파먹지 않은 가장 좋은 호두를 골라서 깠고, 아이들은 모두 재잘재잘 떠들며 웃고 있었다. 빗줄기가 창유리에 부딪치고, 바람이 창밖에서 으르렁거렸다.

"돌리는 왜 이 호두를 닮았을까?" 번번이 서투른 수수께끼를 떠올리는 에밀이 물었다.

"걔는 등이 굽었으니까." 네드가 대답했다.

"야, 너희들 돌리를 놀려선 안 돼. 아무리 장난이라도 심하게 상처받는단 말이야. 그건 비열한 짓이야." 댄이 화난 듯 호두를 깨며 말했다.

"블레이크는 곤충 중에 무엇과 닮았을까?"

프란츠가 화제를 돌리려고 부끄러운 표정을 짓고 있는 에밀과 고개를 숙이고 있는 댄을 향해 물었다.

"모기." 잭이 대답했다.

"데이지는 왜 꿀벌을 닮았지?" 몇 분 동안 골똘히 생각에 잠겨 있던 내트가 소리쳤다.

"그 애는 벌집의 여왕이니까." 댄이 말했다.

"아니야."

"그럼, 상냥하니까."

"꿀벌은 상냥하진 않아."

"포기할래."

"왜냐하면 데이지는 달콤한 일을 만들고, 언제나 바쁘고, 꽃을 좋아하니까." 내트가 은근슬쩍 끼어들었다. 데이지의 얼굴이 장밋빛으로 붉어졌다.

"낸은 왜 말벌 같지?" 토미가 낸을 노려보며 물었다. 그러고는 대답할 새도 없이 재빨리 덧붙였다. "왜냐하면 낸은 상냥하지 않기 때문이야. 아무것도 아닌 일로 소란을 피우고 화만 내."

"토미가 화난 걸 보니 기분 좋네!" 네드가 소리쳤다.

그때 낸이 갑자기 머리를 홱 쳐들고 재빨리 말했다. "찬장에 있는 것 가운데 어떤 게 토미를 닮았는지 알아?"

"휴지통." 네드가 웃으면서 큰 소리로 말하곤 낸에게 호두를 건네주었다. 토미는 누군가를 흠씬 두들겨주고만 싶은 심정이 되어서는 뜨거운 밤처럼 튀어올랐다. 분위기가 험악해지는 걸 보고 프란츠가 끼어들었다.

"이렇게 하자. 누구든 이 방에 처음 발을 들여놓은 사람이 얘기를 하는 규칙을 만드는 거야. 그 사람이 누구든 이야기를 해야만 해. 누가 가장 먼저 들어올지 기다려보는 것도 재미있을 거야."

모두 프란츠의 말에 찬성했다. 오래지 않아 복도를 쿵쿵거리며 걷는 무거운 발소리가 들려왔다. 사일러스가 두 팔 가득 나무를 안고 나타났다. 아이들은 일제히 함성을 내질렀다. 사일러스는 당황해서 프란츠가 그 놀이에 대해 설명을 해줄 때까지 얼굴이 붉어진 채 멍하니 서 있었다.

"아! 나는 할 얘기가 없어." 짐을 내려놓고 방을 나가려고 하면서 그가 말했다.

그러나 아이들은 그를 잡아 억지로 자리에 앉히고는 웃고 소리치면서 이 선량한 거인이 자기들에게 굴복할 때까지 이야기를 해달라고 졸라댔다.

"나는 한 가지 얘기밖엔 몰라. 말에 관한 얘기야." 사일러스는 자기가 받은 대접에 우쭐해하면서 말했다.

"그 얘길 해줘요! 그 얘길 해줘요!" 아이들이 소리쳤다.

"자."

사일러스는 의자에 앉아 등걸이에 몸을 바짝 갖다 대고 엄지손가락을 조끼 겨드랑이에 끼워 넣고 얘기를 시작했다.

"나는 전쟁 때 캘버리 연대에 속했었는데 꽤 많은 싸움을 치렀었지. 내 말 메이저는 일등 가는 말이었어. 나는 그 말이 사람이라도 되는 것처럼 그 말을 좋아했어. 메이저는 잘생기지는 않았지만 내가 본 가운데에서 가장 좋은 종자였고 정말 잘 달렸어. 아, 너무나 사랑스러웠지. 우리가 참가한 첫 전투에서 메이저는 내게 아주 소중한 교훈을 주었어. 그래서 나는 그 얘기를 하려고 해. 전쟁터의 소음과 긴박감, 그리고 끔찍한 공포는 어린 너희들에게 어떤 말로도 설명할 수 없단다. 다만 그 첫 번째 전투에서 내가 겪은 당혹감만은 솔직히 고백할 수 있지. 사실 나는 내가 무엇을 해야 할지 몰랐어. 우리는 앞으로 밀고나가라는 명령을 받았고 그래서 나는 아주 용감한 사람처럼 앞으로 나아갔지. 나는 결코 도중에서 멈추지 않고 전투가 한참 치열하게 벌어지고 있는 곳으로 달려갔어. 그러다가 나는 팔에 총을 맞고 말안장에서 떨어지고 말았어. 어째서 그렇게 됐는지는 모르겠지만 눈 깜짝할 사이에 벌어진 일이었어. 나는 하는 수 없이 죽거나 부상당한 두세 사람과 함께 뒤에 남겨졌고 나머지 사람들은 계속해서 앞으로 나아갔어. 이윽고 정신을 차렸을 때 나는 메이저를 찾으려고 주위를 둘러보았지. 그렇지만 아무데서도 말을 발견할 수 없었어. 그래서 막사로 돌아가려고 걸어가는데 어디선가 말 우는 소리가 들리는 게 아니겠니. 주위를 둘러보니 메이저가 멀리 떨어져 서서 나를 기다리고 있는 거야. 그 말은 마치 내가 왜 자기를 부르지 않고 어슬렁 거리며 걸어가는지 이해할 수 없다는 눈치였어. 나는 휘파람을 불었고 그 말은 내가 평소에 훈련시킨 대로 빠른 속도로 내게 달려왔어. 왼팔에선 피가 나고 있었기에 나는 오른쪽 팔로 겨우 말에 올라타고 막사로 가려고 했지. 너무 힘이 없고 마치 송곳으로 찔리는 것 같은 고통을 느꼈기 때문이야. 첫 번째 전투에서 사람들은 흔히 그런 경험을 하지. 그런데 이게 웬일이야! 메이저는 움직이려고 하지 않았어. 그는 단지 큰 소리로 히힝거리면서, 마치 화약 냄새와 소음 때문에 견딜 수 없다는 듯 미치게 날뛰었어. 나는 최선을 다했지만 말은 수그러들지 않았어. 너희들은 그 용기 있는 동물이 그 다음에 뭘 했다고 생각하니? 그는 허리케인처럼 앞을 향해 전속력으로 달려서 가장 심하게 전투가 벌어지고 있는 곳으로 곧바로 뛰어들었어!"

"와, 정말 멋져!"

댄이 흥분해서 소리쳤다. 사일러스는 그때가 생생히 떠오르는지 흥분하여 이야기를 계속했다.

"나는 아픈 것도 잊어버리고 말벌처럼 미친 듯이 싸우고 고함치며 마구 날뛰었지. 우리 편 쪽으로 포탄이 날아와 많은 사람들이 쓰러질 때까지 말이 야. 싸움이 끝나고 나서야 비로소 나는 나보다 더 많은 상처를 입은 불쌍한 메이저와 함께 내가 담벼락 옆에 쓰러져 있다는 것을 알았어. 내 다리는 부러졌고 어깨에는 탄환을 맞았지. 그렇지만 그, 그 불쌍한 녀석은 포탄 파편에 맞아 옆구리가 완전히 찢겨져 있었어."

"아! 아저씬 그때 어떻게 했어요?" 낸이 흥분해서 동정과 호기심 가득 찬 얼굴로 그에게 가까이 다가가며 소리쳤다.

"나는 그 가까이로 내 몸을 끌고 가서, 한쪽 손으로 내 옷을 찢어 그 누더기 같은 헝겊으로 흘러나오는 피를 멎게 하려고 애를 썼지. 그러나 아무 소용이 없었어. 그는 극심한 고통으로 신음하면서도 사랑스러운 눈길로 나를 보고 있었어. 내가 차마 그 눈을 마주볼 수 없을 만큼 말이야. 나는 내가 할 수 있는 한 최선을 다해 그를 도왔어. 태양은 이글이글 타고 있었지. 나는 물을 찾아보았어. 메이저에게 물을 좀 축여주려고 말이야. 그렇지만 몸이 너무 굳어지고 정신이 혼미해져서 아무것도 보이지 않았지. 나는 하는 수 없이 모자로 부채질을 해주었어. 그때 어디선가 사람의 신음 소리가 들렸어. 자세히 살펴보니 우리 편은 아니었지. 너희들 내 말을 잘 들어. 적진에서 사람이 오면 그가 어떻게 했든 상관없이 한 번 믿어봐. 구석진 곳에 한 불쌍한 적병이 덮을 것 하나 없이 쓰러져 있었던 거야. 탄환이 그의 폐를 관통해 그는 거의 죽어가고 있었어. 나는 기면서 그에게 다가가 그의 얼굴을 태양으로부터 가려주기 위해 내 손수건을 주었지. 그는 아무 말도 하지 않았지만 몹시 고마운 눈길로 나를 바라보았어. 그런 급박한 상황에서 사람들은 자기가 어느 편에 속하는지 상관하지 않고 단지 서로를 도우려고 애쓰게 되거든. 모든 것을 다 떠나 인간과 인간으로 돌아가서 말이야. 그는 내가 메이저 옆에서 그 말의 고통을 덜어주려 애쓰며 신음하고 있는 것을 보고는 나를 부르는 거였어. 그는 고통으로 하얗게 질린 얼굴로 바라보며 '내 물통에 물이 있소. 그걸 가져가시오. 이제 내겐 소용이 없으니까'라고 말하는 거야. 그러면서 그는 내게 물통을 건네주었어. 만일 내가 브랜디를 조금 갖고 있지 않았더라면 나는 그걸 받지 않았을 거야. 나는 그에게 브랜디를 마시게 했지. 그건 그에게 아주 유익한 것이었어. 나는 마치 내가 그걸 마신 것 같은 기분이 들었지. 그러한 아주 하찮은 일들이 때때로 사람들에게 도움이 될 수 있다는 건 놀라운 일이야."

사일러스에겐 그와 그의 적이 서로 형제처럼 돕던 순간이 생생하게 떠오르는 듯 잠시 말을 멈췄다.

소년들은 잠시 말이 없었다. 엄숙한 분위기였다. 그러다 재앙이 어떻게 전개되었는지 알고 싶어 참을 수 없었던 한 소년이 외쳤다. "메이저에 대해 얘기해 줘요."

"나는 그 물을 불쌍하게 헐떡거리는 메이저의 혀에 부었어. 그러자 그 말 못하는 동물도 마치 감사하다는 듯한 표정을 짓더군. 그러나 그 물은 별 소용이 없었어. 그 무서운 상처가 더 이상 견딜 수 없을 만큼 그를 괴롭혔으니까. 마침내 나는 결단을 내렸어. 더 이상 그의 고통을 견딜 수가 없었어. 그건 정말 어려운 일이었어. 그렇지만 나는 자비로운 마음으로 그 일을 해냈어. 나는 그가 나를 용서했다는 걸 알아."

"어떻게 했는데요?" 에밀이 물었다.

사일러스는 큰 소리로 '에헴' 기침을 했다. 그 순간 뭔가 짐작이라도 한 듯 데이지가 사일러스에게 다가가 자기의 작은 손을 그의 무릎 위에 올려놓았다.

"나는 그를 쏘았어."

그 순간 아이들 사이에 어떤 전율이 스치는 것 같았다. 그들에게 메이저는 영웅같이 보였으며, 그의 비극적 종말은 그들의 동정심을 불러일으켰다.

"그래, 나는 그를 쐈어. 그가 더 고통받기 전에 말이야. 나는 그를 어루만지면서 '안녕'이라고 말했지. 그리고 나서 그의 머리를 풀밭 위에 편안하게 눕혔어. 나는 그 사랑스러운 눈을 마지막으로 바라본 뒤 총을 그의 머리에 갖다 댔어. 그는 거의 움직이지 않고 조용한 눈길로 나를 바라봤지. 나는 정말로 그를 쏘았어. 그는 전혀 움직임이 없었어. 더 이상 신음하거나 괴로워하지 않는 그를 보았을 때 나는 정말 기뻤지. 그렇지만 나는 울고 있었어. 내가 그 일에 대해 부끄러워해야 할지는 모르겠지만 나는 그의 목을 얼싸안고 어린애처럼 엉엉 울고 말았어. 아! 나는 내가 그런 바보인 줄은 몰랐어."

그리고 나서 사일러스는 소맷자락으로 눈가를 훔쳤다. 데이지만 슬프게 흐느낄 뿐 누구도 말이 없었다. 아이들은 비록 데이지처럼 울지는 않았지만, 모두 충직한 메이저 얘기에 감동했다.

"나는 메이저 같은 말을 좋아해." 정적을 깨고 댄이 말했다.

"그 적병도 죽었나요?" 낸이 걱정스러운 듯이 물었다.

"아니. 우리는 하루 종일 거기에 누워 있었어. 밤이 되자 동료 몇 명이 없어진 병사를 찾으러 왔지. 그들은 나를 먼저 데려가려고 했지만, 나는 좀 더 기다릴 수 있었어. 그 적병은 그때가 아니면 죽을지도 모를 상황이었고, 그래서 나는 그들에게 그를 먼저 데려 가도록 했어. 그는 인사할 힘조차 없어서 단지 내게 손을 내밀며 '고마워, 친구!'라는 말만 남기고 떠나갔지. 그런데 그 말이 그가 한 마지막 말이었어. 그는 병원 막사에 도착한 뒤 한 시간 만에 죽었으니까."

"아저씨가 그에게 친절하게 대해서 기뻤겠군요!" 이야기에 깊은 감명을 받은 데미가 말했다.

"메이저의 목에 기대고 몇 시간 동안 혼자 거기에 누워 있을 때 달이 떠올랐어. 나는 그 불쌍한 메이저를 잘 묻어 주고 싶었지만 그건 불가능했어. 그래서 나는 그의 갈기를 조금 잘라서 속주머니에 집어넣었어. 나는 아직까지도 그걸 소중하게 간직하고 있지. 보여줄까?"

"네, 보여주세요." 데이지가 보려고 눈물을 닦으며 대답했다.

사일러스는 주머니의 낡은 지갑 속갈피에서 갈색 종이뭉치를 꺼냈다. 아이들은 넓은 손바닥 안에 펼쳐 있는 말갈기를 아무 말 없이 들여다보았다. 아무도 그 말갈기 앞에서 사일러스에 대해 농담을 하지 않았다.

"정말 훌륭한 이야기예요. 비록 울긴 했지만 정말 좋은 얘기였어요. 고마워요. 아저씨."

데이지는 사일러스가 지갑에 유품을 집어넣는 것을 도와주며 차분하게 말했다. 그러는 동안 낸은 한 움큼의 팝콘을 그의 주머니 안에 넣어주었다. 남자 아이들은 그 이야기에 대해 큰 소리로 자기 생각을 말했다. 아이들은 그 이야기 속에 두 영웅이 있었다고 느꼈다. 사일러스는 몹시 기진맥진하여 방을 나갔다.

아이들은 다음 희생자를 기다리며 계속해서 얘기를 나누었다. 다음으로 들어온 사람은 낸의 새 원피스를 만들기 위해 치수를 재러 온 조였다. 그들은 조를 환영한 다음 조에게 달려들어 그들의 규칙을 말해 주고 이야기해 줄 것을 요구했다. 조는 이 느닷없는 덫에 걸린 것을 몹시 즐거워했고 즉시 찬성했다. 거실을 가로질러 들려오던 행복한 목소리에 가담하고 싶었고, 또 그러면 메그 언니에 대한 걱정을 잊어버릴 수 있기 때문이었다.

"내가 너희들에게 잡힌 첫 번째 쥐니? 요 장난꾸러기 고양이들아!"

조는 기쁜 얼굴의 양떼들에게 둘러싸인 채 마련된 큰 의자에 앉으면서 물었다. 약간의 간식이 준비되어 있었다. 그들은 조에게 사일러스가 들려준 이야기를 해주었다. 조는 아이들이 뜻하지 않게 새로운 이야기를 해달라고 하자 난처한 듯 손바닥으로 이마를 탁탁 두드려댔다. 조는 딱히 해줄 얘기가 생각나지 않았다.

"내가 무슨 얘길 했으면 좋겠니?" 조가 말했다.

"소년들 애기요." 한 소년이 대답했다.

"파티도 나오고." 데이지가 말했다.

"맛있는 음식도 나오고." 스투피가 덧붙였다.

"그래, 그래, 좋아. 몇 년 전에 멋있는 한 늙은 부인이 쓴 애기가 생각나는구나. 나는 그 애길 참 좋아했지. 너희들도 그 애기를 좋아할 것 같구나. 이 얘기에는 소년들과 맛있는 음식도 나오지."

"제목이 뭔데요?" 데미가 물었다.

"의심받은 소년."

내트가 호두를 집으려다 눈길을 돌려 쳐다보자, 조는 내트가 무슨 생각을 하는지 안다는 듯이 미소를 지었다.

"크레인 선생님은 어느 조용하고 작은 마을에서 소년들을 위한 학교를 운영하고 있었어. 그 학교는 고풍스런 건물에 아주 좋은 학교였단다. 그 집에는 이미 여섯 명의 소년들이 살고 있었는데 마을에서 또 네다섯 명의 소년들이 더 오게 되었어. 선생님과 함께 살고 있는 소년들 가운데 루이스 와이트라는 한 소년이 있었어. 루이스는 나쁜 아이는 아니었지만 좀 겁이 많고 때때로 거짓말을 했지. 어느 날 이웃 사람이 크레인 선생님에게 까치밤나무 열매 한 통을 보내주었어. 그런데 그건 아이들 모두에게 다 돌아갈 만큼 넉넉한 양이 아니었어. 이 친절한 크레인 선생님은 소년들을 기쁘게 해주고 싶어서 그 열매들로 파이를 만들었지."

"나도 까치밤나무 열매 파이를 만들어보고 싶어. 나는 그 사람이 내가 딸기 파이를 만드는 것처럼 만드는지 궁금해." 최근 요리에 대한 관심이 되살아난 데이지가 말했다.

"쉿, 조용히 해." 내트가 데이지의 입을 막으려고 그녀의 입 안에 팝콘을 넣었다. 그는 이 이야기에 유달리 흥미를 느꼈다. 그래서 빨리 그 애기를 듣고 싶었던 것이다.

"파이가 다 되었을 때, 크레인 선생님은 그것을 가장 좋은 거실 선반에 올려놓고 아무에게도 말을 하지 않았어. 차를 마시는 시간에 아이들을 놀라게 해주고 싶었기 때문이었지. 시간이 되어 모두가 식탁에 둘러앉았을 때 선생님은 파이를 가지러 갔어. 그런데 다시 돌아온 선생님은 아주 당황하고 난감한 표정이었지. 자, 무슨 일이 일어난 것 같니?"

"누가 파이를 훔쳐 먹었어요!" 네드가 소리쳤다.

"아니, 파이는 거기에 고스란히 있었어. 누군가 파이 껍질을 다 들추어내고 그 속에 있는 과일을 다 훔쳐 먹고는 파이 껍질을 제자리에 도로 올려놓은 거야."

"그건 비열한 짓이네요." 낸이 토미를 쳐다보며 말했다. 마치 토미가 그와 똑같은 짓을 하기라도 한 것처럼.

"선생님이 소년들에게 자기가 생각했던 계획을 말해 주고 달콤한 과일이 모두 없어져버린 그 형편없는 파이들을 보여주었을 때 소년들은 몹시 안타까워하고 실망했어. 그러나 모두가 자기는 모르는 일이라고 얘기했지. '아마 쥐들이 그랬나 봐요.' 루이스는 소년들 중에서 가장 큰 목소리로 자기는 모르는 일이라고 얘기했어. '아냐, 쥐들은 조금씩 조금씩 갉아먹어. 그래서 파이 껍질을 들춰낼 리도 없고 과일만 파먹을 리도 없다고. 이건 사람이 한 짓이야.' 크레인 선생님은 자기가 만든 파이가 못쓰게 되어버린 것보다도 아이들이 거짓말을 하고 있는 것에 더욱 마음이 상했어. 어쨌든 아이들은 저녁 식사를 마치고 잠을 자러 갔지. 그런데 밤중에 누군가의 신음 소리가 들려서 가보니 루이스가 몹시 아파하고 있는 것이었어. 그는 분명 무엇인가를 잘못 먹었던 거야. 크레인 선생님은 놀라서 의사를 부르러 가려고 했는데, 그때 루이스가 신음하면서 이렇게 말하는 거야. '이건 까치밤나무 파이 때문이에요. 제가 그걸 먹었어요. 죽기 전에 이 얘길 해야겠어요.' 루이스는 의사 생각에 겁을 집어먹은 거지. '그것 때문에 아픈 거라면, 내가 토하게 하는 약을 줄 테니까 그걸 먹도록 하렴. 곧 괜찮아질 거야.' 크레인 선생님이 말했어. 루이스는 약을 먹고 나서 아침까지 아주 편안하게 잘 수 있었지. '제발 다른 아이들에겐 말하지 마세요. 애들이 알면 저를 놀릴 거예요.' 아직 배앓이를 하고 있는 루이스가 애원했어. 크레인 선생님은 그러겠다고 약속했지. 그런데 샐리라는 소녀가 아이들에게 그 얘기를 해 버렸어. 불쌍한 루이스는 한동안 놀림을 당했지. 친구들은 그를 '썩은 까치 밤나무'라고 부르며 파이를 망친 대가를 톡톡히 치르게 했단다."

"그건 당연한 거예요." 에밀이 말했다.

"악행은 언제나 드러나기 마련이야." 데미가 짐짓 어른스럽게 말했다.

"아냐. 꼭 그렇지만은 않아." 잭이 중얼거렸다. 그는 사과를 굽는 데 열중해 있었기에 등을 돌리고 앉아 있었다. 빨갛게 익은 잭의 얼굴은 보이지 않았다.

"그게 전부예요?" 댄이 물었다.

"아니, 지금까지는 1부야. 2부는 좀 더 재미있단다. 이 일이 있은 지 얼마 뒤 행상인 한 명이 찾아와서 소년들에게 그가 팔고 다니는 물건들을 보여주었어. 몇몇 소년들이 주머니 빗과 입에 물고 연주하는 하프와 그 밖에 여러 가지 물건들을 샀지. 거기 있는 물건 가운데에는 하얀 손잡이가 달린 작은 주머니칼도 있었는데, 루이스는 그게 몹시 갖고 싶었단다. 그렇지만 그는 갖고 있던 돈을 다 써버린 데다가 아무도 그에게 돈을 빌려 주지 않았어. 그는 그 칼을 행상인이 떠나려고 짐을 챙길 때까지 손에 들고 그걸 갖고 싶어 어쩔 줄 몰라 했단다. 그러다가 할 수 없이 칼을 돌려주었고 행상인은 가버렸지. 그리고 다음 날 그 행상이 다시 왔어. 그런데 그 칼이 없어졌던 거야. 생각해 보니 마지막으로 있던 곳이 크레인 선생님 집이라는 것이었어. 그 칼은 진주 손잡이가 달린 멋진 것이라서 어떻게든 찾아내지 않으면 안 된다고 했지. 아이들은 모두 모르는 일이라고 했어. '이 어린 신사 양반이 그걸 마지막까지 갖고 있었고 그걸 아주 갖고 싶어했는데, 그 칼을 내게 돌려주었니?'라고 그 행상인은 루이스에게 물었어. 루이스는 당황하여 어쩔 줄 몰라 하면서 자기는 분명히 그 칼을 돌려주었다고 몇 번이나 말했단다. 그렇지만 아이들은 그를 믿지 않았어. 모두 그 애가 칼을 훔쳤을 거라고 믿었어. 마침내 크레인 선생님이 대신 그 칼 값을 지불했고 그 행상인은 투덜거리면서 가버렸어."

"정말 루이스가 그걸 훔쳤나요?" 내트가 아주 열띤 투로 소리쳤다.

"곧 알게 될 거야. 자, 이 불쌍한 루이스에게는 또 다른 시련이 닥쳐온 거야. 왜냐하면 소년들이 계속 '진주 손잡이가 달린 네 칼 좀 빌려줄래?' 하면서 놀려댔기 때문이지. 이런 놀림은 너무 심해서 루이스는 견딜 수가 없었지. 루이스는 너무 괴로워 집으로 보내달라고 간청하기까지 했어. 크레인 선생님은 아이들이 루이스를 놀리지 못하게 했지만, 아이들은 계속 짓궂게 굴었어. 선생님이 늘 아이들과 같이 있을 수도 없었기에 그건 몹시 어려운 일이었지. 그런 게 바로 소년들을 가르칠 때 가장 어려운 일이란다. 소년들은 궁지에 몰린 사람을 괴롭히는 짓은 하지 않겠다고 말하지만 실제로는 조금씩 조금씩 그를 괴롭히고 결국은 싸워서 결판을 내고야 말거든."

"나도 그렇다는 걸 알아." 댄이 말했다.

"나도." 내트가 부드러운 목소리로 덧붙였다.

잭은 아무 말도 하지 않았으나 같은 생각이었다. 왜냐하면 그는 나이 많은 소년들이 자기를 무시하며 따돌린다는 것을 알고 있었기 때문이다.

"불쌍한 루이스 얘기를 계속해 주세요, 조 이모. 나는 그 애가 칼을 훔쳤다고 생각하지 않아요. 하지만 나는 확실한 걸 알고 싶어요." 데이지가 몹시 안타까워하며 말했다.

"몇 주일이 지났지만 그 문제는 확실히 밝혀지지 않았어. 소년들은 루이스를 피해 다녔고, 크레인 선생님은 그를 가엾게 여기고 도와주려고 열심히 노력했지만 그 불쌍한 아이는 그 문제 때문에 거의 병이 날 지경이었어. 루이스는 다시는 거짓말을 하지 않기로 결심을 하고 노력하고 있었어. 선생님도 그가 나이프를 훔치지 않은 걸 그제야 믿게 되었지. 그런데 행상인이 다녀간 지 두 달 뒤에 다시 와서 이렇게 말했어. '저, 부인, 그 칼을 찾았습니다. 그게 제 가방 안쪽에 있는 걸 발견했지요. 새 물건들을 넣으려 했더니 칼이 떨어지더군요. 나는 부인께 알려드려야겠다고 생각했죠. 부인이 그 값을 지불하셨으니까 말이에요. 사실을 알게 되면 기뻐할 거라고 생각했거든요. 자, 여기 칼이 있습니다.' 그 자리에 있던 소년들은 이 말을 듣고 몹시 부끄러워하며 루이스에게 사과하고 사과를 받아주기를 진심으로 바랐어. 크레인 선생님은 그 칼을 루이스에게 주었단다. 그는 오랫동안 그 칼을 간직하면서 한 번의 잘못이 자기에게 얼마나 큰 괴로움을 주었는지 기억할 수 있었어."

"몰래 먹은 음식은 왜 꼭 배를 아프게 하는지 이상해. 식탁에서 먹는 음식은 안 그런데." 스투피가 생각에 잠긴 듯한 얼굴로 말했다.

"아마 네 양심이 뱃속을 괴롭히나 보지." 조가 미소를 지으면서 말했다.

"스투피는 몰래 먹었던 오이 생각을 하고 있는 거예요." 네드가 이렇게 말하자 스투피의 오이 사건이 떠올라 모두가 웃음보를 터뜨렸다.

스투피는 큰 오이 두 개를 몰래 먹었었는데, 그걸 먹고 난 뒤 몹시 배가 아파 네드에게만 살짝 털어놓고 구원을 요청했었다. 네드는 발에 겨자 연고를 바르고 달구어진 철판 위에 살짝 올려놓으라고 말해 주었다. 그런데 스투피는 발에는 연고를 발랐지만 그만 철판을 배 위에 올려놓는 바람에 윗도리가 살에 눌어붙은 채로 헛간에서 발견되었다.

"재미있는 얘기 하나만 더 해주세요." 웃음소리가 가라앉자 내트가 말했다. 조가 이 얌체 같은 올리버 트위스트들을 미처 물리치기도 전에, 로브가 침대보를 질질 끌고 아주 다정한 표정으로 마치 그곳이 확실한 피난처이기나 한 듯 엄마에게 곧바로 걸어왔다.

"아주 시끄러운 소리를 들었어요. 뭔가 무서운 일이 일어났을 거라는 생각이 들어서 무슨 일인가 보러 왔어요."

"왜 내가 널 잊어버리기라도 할까 봐서?" 조가 엄격한 표정을 지어 보이며 물었다.

"아니요. 그렇지만 엄마가 날 보게 되면 마음이 놓일 거라고 생각했어요." 그 아이는 교묘하게 엄마의 환심을 사서 이 자리에 끼어들려고 했다.

"엄마는 침대에서 너를 보는 것이 더 좋아. 그러니 돌아가거라, 로브."

"여기 온 사람들은 모두 이야기를 해야 해. 그렇지만 너는 얘길 할 수 없으니까 빨리 피하는 것이 좋겠어." 에밀이 말했다.

"아냐. 나도 할 수 있어. 나는 테디에게 얘길 많이 해줘. 곰이나 달 얘기, 윙윙거리며 말을 하는 작은 파리 얘기." 머물러 있기 위해선 어떤 대가도 마다하지 않겠다는 듯 로브가 대꾸했다.

"그럼, 얘기해 봐. 지금 즉시." 댄이 어깨로 그를 떠메어 데려가려는 시늉을 하며 말했다.

"그래 할 거야. 잠깐 시간을 줘." 그렇게 말하며 로브는 엄마의 무릎으로 올라가서 엄마를 안았다.

"나 지금 생각났어." 로브는 담요에 둘러싸인 채 엄마의 무릎에 앉아서 짧고도 비극적인, 그러나 뭔가 사람을 웃게 만드는 진지한 자세로 이야기를 시작했다. 아이들은 웃음을 참으며 로브의 얘길 들었다.

"백만 명의 아이들을 가진 엄마와 한 명의 아주 멋있는 소년이 있었어. 그 엄마는 이층으로 올라가서 그 소년에게 말했어. '넌 뜰에 나가면 안 된다.' 그런데 그 소년은 뜰에 나갔고 우물에 빠졌고 그래서 죽었어."

"그게 전부야?"

로브가 이 놀라운 이야기를 시작하고 잠시 숨을 돌리는 사이 프란츠가 물었다.

"야냐, 또 있어."

로브는 다른 얘깃거리를 생각해 내려고 애를 쓰며 솜털 같은 눈썹을 찌푸렸다.

"그 소년이 우물에 빠져 죽었을 때 엄마는 어떻게 했지?" 조는 로브가 애기를 계속할 수 있도록 넌지시 물었다.

"엄마는 우물물을 길어 올려서 그 애를 꺼냈고 신문지로 싼 다음에 선반에 올렸어. 말려서 씨를 얻으려고."

이 놀라운 결론을 듣고 모두 웃음을 터뜨렸다. 조는 그의 곱슬머리를 어루만지며 엄숙하게 말했다.

"로브, 넌 이 엄마에게서 애기를 재미있게 하는 재능을 물려받았나보다. 그 재능을 살려나가면 너에게 영광이 있을 거야."

"이제 나 여기 있을 수 있지, 그렇지? 내 애기 재미있지?" 로브가 그의 멋진 성공에 신바람이 나서 소리쳤다.

"이 열두 개의 팝콘을 다 먹을 때까지만 여기 있을 수 있어." 조는 로브가 팝콘을 한입에 다 먹기를 기대하며 말했다. 그러나 이 영리한 꼬마 로브는 그가 할 수 있는 한 최대한의 시간을 끌면서 팝콘을 아주 천천히 하나씩 하나씩 먹어 엄마의 기대를 완전히 뒤엎어 버렸다.

"팝콘을 다 먹는 동안 다른 애기를 해주시는 게 낫지 않을까요?" 데미가 시간이 아깝다는 듯이 말했다.

"나무 상자에 관한 짤막한 애기밖에는 정말 할 애기가 없어." 아직도 일곱 개의 팝콘을 남긴 로브를 보면서 조가 말했다.

"그 애기엔 소년이 나와요?"

"전부 소년 애기야."

"정말이요?" 데미가 물었다.

"응, 전부 다."

"좋아요! 빨리 애기해 주세요."

"뉴햄프셔에 있는 어느 작은 집에 제임스 스노우와 그의 엄마가 살고 있었어. 그들은 가난했기 때문에 제임스는 엄마를 도와 일을 해야 했어. 그렇지만 그는 책 읽기를 아주 좋아했기 때문에 일하는 것이 정말 싫었단다. 하루 종일 앉아서 공부만 할 수 있었으면 하고 바랐지."

"어떻게 그럴 수가 있죠? 나는 책은 싫어해요. 일하는 게 더 나아요."

댄이 시작부터 제임스와 전혀 다른 자기의 생각을 표출했다.

"이 세상에는 온갖 일을 하는 사람들이 다 필요한 거란다. 일하는 사람도 필요하고 공부하는 사람도 필요한 거야. 모두를 위한 각자의 자리가 있단다. 그렇지만 일하는 사람도 약간의 공부를 해야 하고, 공부하는 사람도 필요한 경우에는 일을 해야 해."

조는 댄과 데미를 의미심장한 눈으로 쳐다보며 말했다.

"나도 분명히 일을 하고 있어요." 데미가 손바닥에 난 세 개의 작고 단단한 홈 자국을 자랑스럽게 보이며 말했다.

"나도 공부를 하고 있어요." 숫자들이 가득 쓰여 있는 칠판을 향해 신음을 하며 댄이 덧붙였다.

"제임스가 무엇을 했는지 보기로 할까? 그의 엄마는 그를 아주 자랑스럽게 생각했기에 엄마 혼자만 일을 하고 아들이 하고 싶은 대로 하도록 놔두었어. 그 덕분에 제임스는 책 읽을 시간을 가질 수 있었지. 어느 해 가을 제임스는 학교엘 다니고 싶었지만 옷과 책을 장만할 수 없었기에 도움을 요청하기 위해 그 마을 목사를 찾아갔어. 그때 그 목사는 제임스가 게으르다는 소문을 들었기 때문에 그를 도와주고 싶은 마음이 없었지. 자기 엄마를 고생시키고 엄마를 노예처럼 부리는 그런 아이는 학교에서도 마찬가지일 거라고 생각했던 거야. 그러나 이 선량한 사람은 제임스가 진지한 아이라는 것을 알게 되자 그 애에게 조금 관심을 갖게 되었단다. 그래서 제임스가 얼마나 성실한가를 시험해 보기 위해 한 가지 제안을 했지. '내가 너에게 옷과 책들을 주는 대신 한 가지 조건이 있다.' 그러자 제임스는 '그게 뭔데요, 선생님?' 하고 밝은 표정으로 말했지. 목사는 '올 겨울 내내 네 어머니의 땔감 상자를 네 혼자 힘으로 가득 채워 놓아라. 그렇게 하지 않으면 학교에 갈 수 없다'고 했어.

제임스는 이 기묘한 제안을 웃으면서 기꺼이 받아들였어. 아주 쉬운 일이라고 생각하면서 말이야.

그는 학교에 다니기 시작했고, 시간이 나는 대로 땔감 상자를 계속해서 채워나갔어. 가을이었기 때문에 나무토막과 나뭇가지들이 아주 많았지. 그는 아침저녁으로 숲으로 나가 나무를 한 바구니씩 해 와서는 그 나무들을 잘라 작은 요리용 스토브에 불을 피웠지. 그의 어머니가 나무를 아주 아꼈으므로 그 일은 그리 어렵지 않았어. 그러나 11월이 되어 서리가 내리고 날씨가 추워지자, 나무를 더 많이 태워야만 했어. 어머니가 번 돈으로 연료를 사기도 했지만, 땔감은 너무 빨리 소모되었고 나무를 또 해와야 한다는 생각을 하기도 전에 없어지곤 했단다. 스노 부인은 류머티즘으로 몸이 허약해지고 다리를 절게 되어 그전처럼 일을 할 수가 없었지. 제임스는 공부를 포기하고 할수 있는 일을 찾아봐야 했어.

그는 공부를 잘했고 수업이 너무 재미있었기 때문에 밥을 먹거나 잠을 잘때 외에는 책을 놓는 것이 싫었어. 그렇지만 제임스는 목사가 약속을 지킬것이라는 걸 알았으므로 땔감 상자를 채우는 시간 외에 짬을 이용해서 돈 버는 일을 시작했어. 그는 여러 가지 일을 했단다. 심부름하는 일, 이웃집 암소를 돌보는 일, 늙은 인부를 도와 일요일에 교회를 청소하고 불을 때는 일등을 말이야. 이런 식으로 조금이나마 땔감을 살 수 있는 돈을 벌었어. 그렇지만 정말 힘들었지. 책은 너무 재미있고 시간은 정말 빨리 지나가버렸어. 책들을 놔두고 다른 일들을 해야 한다는 것은 정말 슬픈 일이었어.

목사는 그를 말없이 지켜보았고 그가 열심히 일하는 것을 보고는 몰래 그를 도와주었어. 그는 사람들이 나무를 베는 숲 속에서 나무를 실은 기계를 몰고 나오는 제임스를 자주 만났어. 제임스는 느린 소 옆에서 쟁기질을 할 때에도 책을 읽거나 공부를 하면서 시간을 유용하게 사용했지. '저 소년은 도울 만한 가치가 있어. 이번 일은 그에게 도움이 될 거야. 그가 이 일에서 교훈을 깨닫게 되면 좀 더 쉬운 일을 주어야지.' 목사는 이렇게 생각했단다. 크리스마스이브에 그는 무척 많은 땔감 나무를 그 작은 집 앞에 조용히 갖다놓아주었어. 새 톱과 '신은 스스로 돕는 자를 돕는다'라고 쓴 종이쪽지와 함께 말이야.

불쌍한 제임스는 크리스마스에 어떤 선물도 바라지 않았지만 아침에 일어났을 때 어머니가 딱딱하게 굳은 아픈 손가락으로 떠주신 벙어리장갑을 발견했지. 이 선물은 그를 몹시 기쁘게 했지만, 제임스는 무엇보다도 어머니의 입맞춤과 그 상냥한 표정이 더 좋았어. 어머니를 따뜻하게 해주려고 노력하는 중에 자신의 마음도 따뜻하게 되었던 거야. 그는 땔감 상자를 채우며 몇달을 보내고서 책보다 더 좋은 것들이 있다는 사실을 느끼게 되었단다. 그는 학교 선생님에게 배우는 공부뿐 아니라 하느님이 가르쳐 주는 교훈을 배우려고 노력하기 시작했어.

집 앞에 있는 커다란 장작더미를 발견하고 종이쪽지를 읽었을 때 그는 그

걸 보낸 사람이 누구인지 금방 알 수 있었어. 그리고 목사의 계획을 이해할
수 있었단다. 소년은 그에게 감사하며 최선을 다해 일하기 시작했지. 그날
다른 소년들은 떠들고 장난을 치며 놀았지만, 제임스는 나무를 날랐어. 나는
그 마을의 어떤 아이들도 어머니가 뜨개질해 준 장갑을 끼고 찌르레기처럼
휘파람을 불며 어머니의 땔감 상자를 채우는 제임스만큼 행복할 수는 없었
을 거라고 생각해."

"정말 대단한 소년이에요! 저는 그 애가 마음에 들어요." 댄이 소리쳤다.
그는 그럴 듯한 동화보다도 단순하고 평범한 이야기를 좋아했다.

"나는 조 이모를 위해 나무를 베어올 수 있어요!" 데미가 그 애기를 통해
엄마를 위해 돈을 벌 새로운 방법을 발견했다는 듯이 말했다.

"못된 소년 얘기도 해주세요. 나는 그런 얘기가 좋아요." 낸이 말했다.

"버릇없는 심술꾸러기 소녀 얘기가 더 좋겠어요." 낸의 불친절 때문에 저
녁 시간을 망쳐버린 토미가 말했다. 그 일 때문에 토미는 사과를 먹건 팝콘
을 먹건 아무 맛을 못 느꼈으며, 호두는 딱딱해서 깨물 수가 없었다. 더욱이
네드와 낸이 한 의자에 앉아 있는 모습을 보니 자기의 인생이 무거운 짐처럼
느껴졌다. 로브가 마지막 팝콘을 그 오동통한 손에 꽉 움켜쥔 채 잠들어버렸
기에 조의 이야기는 더 이상 들을 수가 없게 되었다. 조는 침대보로 로브를
감싸 안고 침대에 데리고 가 뉘였다.

"자 다음엔 누가 들어오나 보자." 에밀이 유혹하듯이 문을 조금 열어놓으
며 말했다.

맨 먼저 메리 앤이 문 앞을 지나갔다. 에밀이 메리 앤을 불러들이려고 했
으나, 사일러스가 메리 앤에게 경고를 해두었으므로 메리 앤은 아이들의 유
혹에도 불구하고 그냥 웃기만 하면서 서둘러 지나가버렸다. 곧이어 열려 있
는 문 사이로 거실에서 흥얼거리는 굵은 노랫소리가 들려왔다.

"나는 그것이 무엇을 의미하는지 몰라요. 그래서 나는 몹시 슬프답니다."

"프리츠 아저씨야. 우리 모두 크게 웃으면 아저씨는 분명히 이리로 올 거
야." 에밀이 말했다. 아이들도 모두 손뼉을 치며 좋아했다. 곧이어 폭소가
터져 나왔다. 그러자 아이들의 계획대로 프리츠 아저씨가 두 눈을 휘둥그레
뜨고는 웃으면서 들어왔다.

"무슨 재미있는 일이라도 있니?"

"붙들어! 붙들어! 이야기를 해주기 전에는 여기서 나갈 수가 없어요."

아이들이 문을 닫으며 소리쳤다.

"그래, 그런 장난이었니? 좋아. 나는 나가고 싶지도 않을뿐더러 여기가 더 재미있단다. 나는 지금 당장 벌을 받겠어." 프리츠 아저씨는 의자에 앉자마자 즉시 얘기를 시작했다.

"아주 오래전에, 데미네 할아버지께서 어린 고아들을 위한 성금을 마련하기 위해 아주 큰 도시에 강의를 하러 가셨었단다. 그의 강의는 훌륭했고 성금도 많이 모였기 때문에 그분은 기분이 무척 좋으셨단다. 할아버지는 다른 마을로 가기 위해 마차를 몰고 가다가 오후 늦은 시각에 어느 외딴 거리로 들어서게 되었어. 이런 길은 강도가 나타나기에 딱 좋은 길이라고 생각하며 길을 가고 있을 때 할아버지는 어떤 사나이와 마주쳤지. 인상이 나쁜 그 사나이는 할아버지가 오기를 기다렸다는 듯이 숲 속에서 천천히 걸어나왔어. 돈에 생각이 미치자 할아버지는 겁이 나서 처음에는 다시 돌아갈까 생각했지. 그렇지만 말이 너무 지쳤고 또 사람을 의심하는 것은 좋지 않은 일이라 생각했기 때문에 계속 마차를 몰았어. 그 사나이와 가까워졌을 때 할아버지는 그 낯선 사나이가 초췌한 얼굴에 누더기를 걸치고 있다는 걸 알게 되었지. 할아버지는 안쓰러운 마음이 들어서 말을 멈추고 친절한 목소리로 말을 건넸어. '이보시오, 당신은 지쳐 보이는군요. 이 마차에 타지 않겠소?'

그 사나이는 놀라는 것 같더니 잠시 머뭇거리다 마차에 올라탔지. 사나이는 말을 하려고 하지 않았지만, 할아버지는 지혜롭게 유쾌한 방식으로 얘기를 이어 나갔어. 올해는 얼마나 어려운 해인가, 가난한 사람들은 얼마나 많은 고생을 겪는가, 그리고 때때로 살아간다는 게 얼마나 어려운 일인가를 얘기했지. 그 사나이는 그 친절한 얘기에 이끌려서 조금씩 긴장을 풀더니 자기의 얘기를 하기 시작했어. 자기가 병이 들었다는 것과 일자리를 구할 수 없다는 것, 더욱이 자기가 부양하는 아이들도 있어 자기는 거의 절망적인 상태라는 것 등을 얘기했지. 할아버지는 그가 너무 불쌍하다는 생각이 들어서 두려움조차 잊고 그 사나이에게 이름을 묻고, 다음 도시에 도착하면 거기에 있는 친구들에게 물어 일자리를 구해 주겠다고 얘기했어. 할아버지는 주소를 받아 적을 연필과 종이를 찾기 위해 돈이 든 두툼한 수첩을 꺼냈어. 주소를 말하는 동안 그 사나이는 그 수첩을 유심히 바라보고 있었지. 그때 할아버지는 그 속에 돈이 들어 있다는 것을 떠올리고는 두려운 생각이 들었지만, 조용하게 말했어.

'그래요. 내게는 불쌍한 고아들을 위해 쓸 약간의 돈이 있어요. 내 돈이라면 당신에게 조금 드리고 싶습니다. 나는 부자가 아니에요. 그렇지만 나도 가난한 사람들이 얼마나 많은 고충을 겪고 있는 줄을 압니다. 여기 5달러는 내 것입니다. 이것이 당신의 아이들에게 도움이 되었으면 합니다'라고 말이야.

힘들고 굶주린 표정의 그 사나이는 그 돈을 받아들면서 아주 감사해하는 눈빛이었어. 그는 얼마 안 되는 그 돈을 받았고 고아들을 위한 돈을 탐내지는 않았지. 마을 가까이 왔을 때 그는 거기서 내리겠다고 했어. 할아버지가 그와 악수를 나누고 막 떠나려는 순간 누가 시키기라도 한 것처럼 그 사나이가 말했지.

'우리가 만났을 때 저는 아주 절망에 빠져 있었어요. 그래서 저는 당신 돈을 훔칠 생각이었죠. 그렇지만 당신이 제게 너무 친절하게 대해 주셨기 때문에 그렇게 할 수가 없었어요. 당신에게 축복이 있기를 바랍니다, 선생님. 제가 그런 잘못을 저지르지 않도록 구해 주셨으니 말이에요!'라고 말이다."

"할아버지는 다시 그 사람을 만났나요?" 데이지가 궁금해서 물었다.

"아니. 그렇지만 나는 그가 일자리를 구했고, 다시는 그런 강도짓을 하지 않았을 거라고 믿는다."

"그 사람을 대하는 할아버지의 방법은 이상했어요. 나 같았으면 때려눕혔을 텐데." 댄이 말했다.

"겪어보면 알게 되겠지만 언제나 친절이 폭력보다 좋은 거란다." 프리츠 아저씨가 일어서면서 대답했다.

"다른 얘기를 더 해주세요." 데이지가 소리쳤다.

"해주셔야 해요. 조 이모도 그랬어요." 데미가 덧붙였다.

"나는 정말 할 얘기가 없다. 얘기는 다음 기회에 하기로 하자. 한꺼번에 봉봉과자를 너무 많이 먹으면 좋지 않은 것처럼 한꺼번에 너무 많은 얘기를 듣는 것은 좋지 않아요. 나는 벌을 다 받았으니 이제 가 봐야겠어."

프리츠 아저씨는 졸라대는 아이들을 모른 체하고 돌아갔다. 그는 안전하게 그의 서재로 돌아갈 수 있었지만 아이들은 다시 무료해졌다.

아이들은 몹시 흥분되어 있었기 때문에 맨 처음의 조용한 상태로 되돌아 갈 수 없었다. 그래서 '장님놀이'라는 시끌벅적한 놀이를 했다. 토미는 그가 마지막에 들은 얘기의 교훈을 마음속 깊이 새기며 낸의 귀에 이렇게 속삭였다.

"미안해. 너를 잘 삐치는 여자애라고 불러서."

'단추야, 단추야, 누가 단추를 가졌니?'

아이들은 장단을 맞춰 노래하고 있었다. 마침 낸이 돌 차례가 되었다.

"내가 주는 걸 빨리 붙잡아."

낸은 상냥하게 웃으며 토미에게 말했다. 순간 토미는 그의 손 안에 단추 대신 말갈기 모양의 반지가 있는 걸 보았다. 그는 낸을 보며 미소를 지었다. 모두 잠자리로 돌아갈 때 토미는 낸에게 사과 한 입을 주었고 낸은 토미의 짤따란 작은 손에 끼어 있는 반지를 보면서 사과를 먹었다. 다시 평화가 시작되었다.

"내가 잘못했어. 용서해 줘."

둘 다 서로에게 사과하는 것을 부끄러워하지 않았다. 이리하여 그들의 우정은 깨지지 않았고, 버드나무 아래의 보금자리에 대한 계획도, 즐거움에 찬 그들만의 작은 성도 여전히 소중한 계획으로 남아 있게 되었다.

제21장 추수감사절

해마다 플럼필드에서 열리는 이 축제는 언제나 전통적인 방식으로 치러졌다. 무슨 일이 있어도 이 방식은 바뀌지 않았다. 며칠 전부터 여자 아이들은 부엌과 창고에서 에이샤와 조를 도와 파이와 푸딩을 만들고, 과일을 고르며, 접시를 닦는 등 매우 바쁘게 일했다. 남자 아이들은 부엌 출입이 금지되어 밖에서 기웃거리면서 음식 냄새가 풍겨나오는 부엌에서 일어나는 일을 엿보곤 했다. 그러다 가끔 준비하고 있는 음식을 맛보는 행운을 얻을 수도 있었기 때문이다.

올해는 여느 때와 달리 무언가 특별한 일이 일어날 것 같았다. 여자 아이들은 위층과 아래층을 바쁘게 오르내렸고 남자 아이들 역시 교실과 헛간에서 바쁘게 움직이고 있어 집안은 마치 큰 소동이 일어난 것 같은 분위기였다. 아이들은 금박종이를 잘라 오려붙인 옷과 리본, 엄청나게 많은 양의 짚, 회색 솜, 플란넬 천, 그리고 바어 씨와 조가 쓰던 검은 색 구슬을 찾느라고 야단법석을 떨었다. 네드는 헛간에서 이상한 기계에 망치질을 하고 있었고, 데미와 토미는 마치 뭔가를 외우는 것처럼 중얼거리며 돌아다녔다. 에밀의 방에서는 간간이 무서운 소리가 들려왔고, 로브와 테디가 한꺼번에 시야에서 사라진 시간 내내 유모의 방에서는 웃음이 흘러나왔다. 그러나 바어 씨를 가장 궁금하게 한 것은 로브의 큰 호박이 어떻게 되었는가 하는 것이었다. 반은 노란 색깔을 띤 호박파이를 만드는 데 썼지만 그 나머지는 어디로 간 것일까? 그렇게 아끼던 호박이 없어졌는데도 로브가 걱정하지 않는 게 바어 씨는 더 이상했다.

"기다려 보시면 알게 돼요."

바어 씨가 무척 근심스러워 로브에게 호박에 대해 물어봤을 때도 그 아이는 그저 히죽거리며 그렇게 말했을 뿐이다. 로브의 계획은 바어 씨를 놀라게 하는 것이었으므로 바어 씨에게 아무 말도 해줄 수 없었다. 그는 그 주위에서 일어나고 있는 일들을 알려고 하지도 구태여 들으려고 하지도 않았다. 독일 사람인 바어 씨는 소박한 축제를 좋아해 아이들이 마음대로 즐기도록 내버려두었다.

마침내 축제일이 왔다. 늘 그랬던 것처럼 남자 아이들은 식사 전에 산책에 나섰고 여자 아이들은 집에 남아 식탁을 정돈하며 마지막 손질을 했다. 교실은 하루 전부터 닫혀 있었다. 조그만 용처럼 테디가 문 앞을 지키고 있었기 때문에 바어 씨는 맞을 각오를 하지 않는 한 교실에 들어갈 수 없었다. 테디는 그 이유를 알려주고 싶어서 견딜 수가 없었지만 아버지인 바어 씨의 듣지 않으리라는 필사적인 영웅적 절제로 비밀은 완벽하게 지켜졌다.

"이제 다 됐어. 완벽해." 낸이 승리감에 젖어 소리쳤다.

"멋지게 진행되고 있어. 그리고 사일러스도 준비가 끝났어." 데이지가 완벽한 성공에 대해 이루 말할 수 없는 기쁨으로 깡충깡충 뛰며 덧붙였다. 사일러스는 이미 그 비밀에 대해 들어 알고 있었다.

"남자애들이 온다. 에밀이 고함 지르는 소리를 들어봐! '상륙한 선원들이 아래 누워 있다'라고 외치는 소리가 들리지? 자, 우린 빨리 가서 옷을 입어야 해."

낸이 소리치자 여자 아이들은 질겁해 서둘러 이층으로 뛰어올라갔다. 배가 고파진 남자 아이들도 금세 들이닥쳐 앞다투어 옷을 갈아입으러 갔다.

30분 동안 씻고 빗질하고 모양을 낸 소년들은 어느 숙녀가 보아도 마음에 쏙 들 만큼 멋진 신사가 되었다.

종이 울리자 반들반들한 머리에 깨끗한 옷깃, 그리고 교회 가는 날 입는 윗저고리를 입고 한 무리의 신사들이 깨끗한 얼굴로 거실로 들어왔다. 거실에는 조가 검은 실크 옷을 입고, 흰 국화송이 장식을 가슴에 꽂은 채 식탁의 맨 윗자리에 앉아 있었다.

"정말 훌륭해요." 조를 보자 소년들은 한목소리로 소리쳤다.

데이지와 낸은 밝은색 허리띠를 두르고 머리에는 리본을 달고 새 겨울옷을 입고 있었다. 테디는 진홍빛 메리노 블라우스에 목이 긴 구두를 신고 있었다. 테디의 모습은 언젠가 투트 씨의 소맷부리가 그랬던 것만큼 그의 눈길을 끌었다.

바어 부부는 식탁을 둘러싼 그 행복한 얼굴들을 차례차례 들여다보았다. 아이들은 모두 자기만의 소박한 추수감사절을 맞는 것 같았지만 마음속으로는 서로에게 이렇게 말하는 것 같았다.

'우리가 한 일은 성공적이야. 감사하는 마음으로 계속하자고.'

다음 순간 칼과 포크의 요란한 소리가 대화를 멈추게 했고, 머리에 분홍색 나비 리본을 단 메리 앤이 민첩하게 식탁 주위를 돌아다니면서 접시를 나르고 고기국물을 떠주었다. 모든 사람이 이 축제를 위해 정말 많은 노력을 기울였다. 저녁 식사는 누구에게나 특별한 의미가 있었다. 누가 말을 꺼낼 때마다 모두 관심을 갖고 귀를 기울였다.

"나는 정말 감자를 좋아해. 참 맛있지 않니?" 잭이 으깬 감자를 네 개째 받아들면서 말했다.

"칠면조 고기에 내 약초를 넣었어. 그래서 맛있는 거야." 낸이 한입 가득 칠면조 고기를 물고 말했다.

"내 오리는 어쨌든 으뜸이야. 에이샤가 그렇게 살찐 오리는 처음 요리해 본다고 했어." 토미가 덧붙였다.

"우리 홍당무 참 예쁘지, 그렇지 않니? 또 이제 캐널 파스닙(작은 무 같은 서양 채소)도 아주 싱싱할 거야." 딕이 말했다. 칠면조 뼈다귀를 들고 있던 돌리도 동의한다는 듯 중얼거렸다.

"파이는 내 호박으로 만들었어." 로브도 질세라 외쳤다. 그의 입술은 금세 컵으로 옮겨갔다.

"사이다는 내가 딴 사과로 만든 거야." 데미도 끼어들었다.

"나는 소스 만드는 걸 도우려고 숲을 샅샅이 뒤져서 산딸기를 구해 왔어."
내트가 소리쳤다.

"나는 호두를 가져왔어." 댄이 덧붙였다. 그렇게 식탁에 둘러앉은 모든 아
이들이 돌아가며 한마디씩 했다.

"누가 추수감사절을 만들었어?"

얼마 전부터 이 축제를 손꼽아 기다리던 로브가 두 눈을 동그랗게 뜨고 물
었다. 로브는 윗도리와 바지를 새로 샀기 때문에 더더욱 이 축제에 대해서
많은 기대를 갖고 있었다.

"누가 그 질문에 답할 수 있는지 한번 볼까?" 바어 씨가 역사 교과에 흥
미 있는 아이들을 둘러보며 말했다.

"나는 알아. 청교도, 그래 그 청교도들이 만들었어." 데미가 말했다.

"왜?" 로브는 청교도가 누구인지도 모르면서 물었다.

"그건 잊어버렸는데." 데미가 풀이 죽은 목소리로 말했다.

그러자 댄이 뒤를 이었다.

"내가 생각하기엔 그들은 전에 굶주린 적이 있었어. 그래서 수확이 좋을
때 그들은 '우리는 이 수확에 대해 하느님에게 감사드릴 것이다'라고 말했
지. 그러고는 하루를 정해 추수감사절이라고 부른 거야."

굳은 신념으로 고결하게 고통을 감내한 용감한 사람들의 이야기를 좋아하
는 댄이 말했다.

"잘했어! 네가 기억하지 못할 리가 없지." 바어 씨는 식탁을 점잖게 두드
리면서 댄의 훌륭한 답변에 찬사를 보냈다. 댄은 기쁜 표정을 지었다. 조가
로브에게 말했다.

"이제 알겠니, 로브?"

"아니요. 필그린은 바위 위에 사는 큰 새잖아요. 데미의 책에서 봤는데
요."

"필그린이 아니고 필그림. 청교도. 로브는 정말 바보같지 않니?"

데미는 의자에 등을 기대며 큰 소리로 웃었다.

"놀리지 마, 데미. 그리고 청교도에 대해 아는 대로 모두 가르쳐주도록

해." 로브의 실수 때문에 모두가 웃고 있을 때 바어 부인이 딸기 소스를 좀 더 주면서 로브를 달랬다.

"좋아요. 그렇게 할게요."

생각을 정리하기 위해 잠시 쉬었다가, 데미는 청교도에 대해 설명하기 시작했다. 만일 그 청교도들이 이 얘기를 들었다면 그 엄숙한 신사들조차 미소를 지었을 것이다.

"들어봐, 로브. 청교도라고 하는 사람들은 영국에서 왔지. 영국에 살던 어떤 사람들은 그곳의 사고방식이나 풍습을 좋아하지 않았대. 그래서 그들은 배를 타고 항해해서 이곳 미국으로 왔지. 여기에는 인디언들이 살고 있었고 곰이나 야생 동물도 무척 많았어. 그래서 그들은 따로 성채 같은 장소를 만들어 살면서 아주 힘든 나날을 보냈단다."

"곰이라고?" 로브가 흥미를 가지고 물었다.

"그래, 로브. 그들은 순례자들이었어. 그 순례자들은 플리머스 바위라고 불리는 바위에 도착했지. 조 이모는 그 바위를 만져보기도 했대. 순례자들은 원주민들을 죽이고 부자가 되었어. 마녀들을 처형시키기도 했지. 우리의 위대한 조상들이 타고 온 배 가운데에는 메이플라워호도 있었어. 그들은 추수감사절을 만들었고 그 뒤 우리는 언제나 이날을 기려왔어. 나도 이날을 좋아해. 칠면조 고기 좀 더 주세요."

"데미는 역사학자가 될 거야. 그 애는 어떤 사건이든 아주 정확하고 재치 있게 설명해."

바어 씨가 순례자의 후손에게 칠면조 고기를 세 번째나 주고 있는 조를 보며 웃었다. 그러곤 아이들을 둘러보며 말했다.

"나는 추수감사절에는 너희들이 먹고 싶은 만큼 먹어야 한다고 생각한단다. 그런데 프란츠 말을 들으니 그렇게 많이 먹어서는 안 된다는구나."

스투피는 마치 아주 나쁜 소식이라도 들은 듯한 표정을 지었다.

"그래. 먹고 싶더라도 좀 참고 적당히 먹도록 해라. 그것이 너희들 자신을 돕는 일이야." 조가 말했다.

"주의하겠어요. 그런데 다른 애들은 많이 먹어요. 나도 적당히 먹는 것보다는 마음껏 많이 먹는 게 좋은걸요."

스투피가 말했다. 그 아이는 추수감사절은 체하거나 머리가 아프지만 않으면, 될 수 있는 한 많은 사람들이 와서 졸도할 만큼 먹고 즐기면서 지내는 날이라는 믿음을 갖고 있었다.

"자, 나의 순례자들아. 차 마실 시간까지 조용하게 놀아라. 오늘 저녁에는 아주 재미있게 놀 수 있을 테니까."

조는 모든 사람의 건강을 빌며 사이다를 마시는 것으로 식사를 끝내고 긴 시간 동안 앉아 있었던 자리에서 일어나며 말했다.

"이 양떼들과 함께 즐거운 드라이브를 갈 테니. 그 사이에 당신은 좀 쉬어요. 그러지 않으면 오늘 저녁에 몹시 지칠 테니까."

바어 씨가 일어나면서 덧붙였다. 그러고는 코트와 모자를 쓰고 곧 아이들이 탄 커다란 합승마차에 훌쩍 올라 멀리까지 즐거운 마차 여행을 떠났다. 조는 그동안 소소한 집안일들을 했다.

아이들은 돌아와 다시 머리를 빗고 손을 씻은 뒤, 좀 이르지만 가볍게 차를 마시고 나서 조바심을 내며 초대된 손님들이 오기를 기다렸다. 오로지 가족들만 초대되었다. 이 잔치는 가족적인 축제였기 때문에 우울한 일은 낄 수 없었다. 모두가 도착했다. 마치 부부, 남편과의 사별로 검은 드레스에 미망인임을 나타내는 모자를 썼지만 언제나 상냥하고 사랑스러운 메그도 왔다. 로리와 에이미, 그리고 전보다도 더욱 요정 같은 얼굴에 고운 하늘색 옷을 입은 공주님도 왔다. 베스는 온실에서 가져온 커다란 꽃다발을 들고 와 남자 아이들에게 한 송이씩 꽂아주었다. 그 꽃은 남자 아이들을 더욱 멋있게 보이게 했다. 낯선 사람도 함께 왔는데 로리는 그 미지의 신사를 바어 씨 부부에게 데리고 가서 소개했다.

"이분은 하이드 씨예요. 이분이 댄에 대해 묻기에 모시고 왔어요. 이분은 댄이 얼마나 좋아졌는지 알고 싶어 하시죠."

바어 씨 부부는 그를 정중하게 대했고 그가 댄을 기억하고 있다는 점에 대해 기쁘게 생각했다. 댄은 하이드 씨를 보자 얼굴이 환하게 밝아졌다. 하이드 씨는 댄의 태도와 용모를 보고 만족스러워했다. 바어 씨 부부는 그 두 사람을 보고 흐뭇해했다. 무엇보다도 기쁜 것은 두 사람이 마주앉아 서로의 나이나 학식, 그리고 지위 따위는 아랑곳하지 않고 마치 친한 친구처럼 얘기를 나누고, 서로 의견을 나누고, 저마다 지난 생활을 얘기하는 모습이었다.

"곧 공연을 시작해야겠어. 그러지 않으면 배우들이 모두 잠들어버릴 거야."

조는 첫인사가 끝났을 때 말했다. 그 말이 끝나자 모든 사람들이 교실로 들어갔고, 두 개의 큰 침대보로 만든 커튼 앞에 자리를 잡았다. 아이들의 모습은 보이지 않았지만 커튼 뒤에서 킥킥거리는 웃음소리와 익살스러운 외침이 새어나왔다.

공연은 프란츠가 지도하는 활기찬 체조로 시작되었다. 여섯 명의 남자 아이들이 파란 바지와 빨간 셔츠를 입고 조가 무대 뒤에서 연주하는 피아노에 맞춰 아령과 곤봉을 들고 멋진 체조를 보여주었다. 특히 댄이 세차게 곤봉을 돌리자 옆에 있는 아이들이 곤봉에 맞아 쓰러지거나 청중들 사이로 날아올 것만 같았다. 하이드 씨 앞인 데다가 선생님들이 자신을 자랑스러워했으면 하는 바람 때문에 댄은 무척 흥분해 있었다.

"정말로 건강하고 멋진 아이예요. 언제 한 번 남미로 여행을 가려고 하는데 그때 저 애를 데려가고 싶군요. 바어 씨." 하이드 씨가 말했다. 조금 아까 댄에 대한 얘기를 들은 하이드 씨는 댄에 대한 관심이 더욱더 높아져 있었다.

"당신이 원한다면, 비록 우리의 어린 헤라클레스를 잃는 것이 서운하긴 하지만 대환영입니다. 새로운 세계를 보는 것은 그 애에게 아주 좋은 경험이 될 거예요. 또한 저는 그 애가 당신의 성실한 친구가 될 거라고 믿습니다."

체조를 하면서도 두 사람 사이에 오가는 얘기를 듣고 댄은 하이드 씨와 새로운 나라로 여행할 것이라는 기대로 가슴이 뛰기 시작했고, 감사함으로 가슴이 벅차올랐다.

체조가 끝난 뒤 데미와 토미가 꾸민 '돈은 말을 앞으로 가게 한다'라는 짤막한 대화극이 진행되었다. 이 촌극은 옛날이야기로, 데미도 매우 잘했지만 특히 토미가 늙은 농부 역할을 썩 잘해냈다. 그는 사일러스를 흉내냈는데 그 모습이 너무 재미있어 청중들은 배꼽을 잡고 웃어댔고 관객석에 있던 사일러스는 너무 웃어서 에이샤가 그의 등을 두드려 주기까지 했다.

다음에는 에밀이 '폭풍바람이 부는 해변'이란 노래를 불러 박수갈채를 받았다. 다음에는 네드가 뾰족한 모자를 쓰고는 마치 큰 개구리처럼 깡충깡충 뛰는 재미있는 중국식 춤을 추었다. 오직 플럼필드에서만 볼 수 있는 공연이 이어졌다. 빨리 계산하기, 마술, 그리고 책 읽기 대회가 열렸는데 잭은 아주 빨리 계산을 해서 관중을 놀라게 했다. 토미는 마술 대회에서 우승을 했고, 데미는 짤막한 프랑스 우화를 잘 읽어 로리를 매혹시켰다.

"다른 아이들은 어디 있지?"

커튼이 내려지고 나이 어린 아이들이 한 명도 보이지 않자 사람들이 수군 거렸다.

"엄마, 잠깐만 기다리세요. 곧 정말 놀랍고도 아름다운 연극을 보게 될 거예요." 데미는 엄마에게 달려가 옆에 앉으며 속삭였다.

금발의 소녀가 조의 안내로 등장했다. 한바탕 소란스러운 소리가 들리더니 망치소리가 들리고, 부드러운 음악이 흘러나오더니 막이 올라갔다. 무대 감독이 지시하는 소리도 들렸다. 무대 위엔 어린 베스가 갈색 종이로 만든 난로 옆 의자에 앉아 있었다. 이 사랑스러운 신데렐라는 형편없는 차림새였다. 회색 가운은 닳아빠진 누더기였고, 신발도 모두 닳아빠진 것이었다. 그 예쁜 얼굴은 몹시 슬픈 표정을 짓고 있어서 베스를 바라보는 사람들의 정다운 눈망울에 미소와 눈물을 어리게 했다. 베스는 아주 조용히 앉아 있었다. 베스는 옆에서 "지금!"이라는 신호를 하자 익살스럽게 한숨을 내쉬면서 말했다.

"오, 나도 무도회에 가고 싶어!"

그 말이 너무나 천연덕스러워 베스의 아버지는 열렬히 박수를 쳤다.

"귀여운 것!" 에이미도 덩달아 소리쳤다.

이 느닷없는 반응에 신데렐라는 자기의 역할을 잊어버리고 에이미와 로리에게 머리를 흔들며 말했다.

"내게 말해서는 안 돼요."

그러자 사람들은 조용해졌다. 벽 쪽에서 세 번 두드리는 소리가 들렸다. 신데렐라가 놀라 "뭐지?" 하자 난로 뒤에서 빨간 망토에 뾰족한 모자를 쓴 요정이 나타났다. 낸이었다. 손에는 마술지팡이가 들려 있었다.

"넌 무도회에 갈 수 있단다, 귀여운 애야."

"그럼 저의 예쁜 드레스를 보여주세요." 신데렐라가 입고 있는 밤색 가운을 잡아당기며 대답했다.

"아냐, 아냐. 넌 이렇게 말해야 해. '이 누더기 옷을 걸치고 어떻게 가요?'라고." 낸이 평소의 목소리로 말했다.

"아 참, 그렇지."

베스는 자기가 잊은 말에 상관없다는 듯한 표정을 지었다.

"내가 네 누더기 옷을 화려한 드레스로 바꾸어주마. 너는 아주 착한 애니까." 낸은 다시 요정의 목소리로 말했다.

그러고는 베스의 갈색 누더기 옷 단추를 풀어 금세 화려한 모습으로 변신시켰다. 그 어린 공주는 정말 모든 왕자들이 고개를 돌려 바라볼 만큼 아주 예쁜 신데렐라로 변했다. 엄마가 입혀준 공단 페티코트가 달린 장밋빛 비단 옷은 여기저기 꽃무늬가 찍혀 있어 정말로 사랑스러워 보였다. 요정은 분홍빛과 하얀빛 깃털이 달린 왕관을 신데렐라의 머리 위에 씌워주고, 은종이로 만든 종이슬리퍼를 신겨주었다. 신데렐라는 일어서서 치맛자락을 들면서 자랑스러운 목소리로 말했다.

"내 드레스 예쁘죠?"

베스는 그 순간 옷에 매혹되어 다음 대사도 까먹었다. 낸이 깜짝 놀라 베스에게 다가가 귀엣말로 속삭였다. 그제야 베스는 고개를 끄덕였다.

"그런데 나는 마차가 없어요, 요정님."

"기다려라!"

낸은 지팡이를 휙 휘둘렀는데, 하마터면 공주의 왕관을 내려칠 뻔했다. 다음엔 정말 어마어마한 광경이 벌어졌다. 먼저, 무대 바닥에 밧줄이 놓여 있었다. 에밀이 뭐라고 소리치자 사일러스의 굵직한 목소리가 "이제"라고 되받아쳤다. 그러자 꼬리가 기묘하게 생긴 네 마리 커다란 회색 쥐가 큰 마차를 끌고 나타났다. 요란한 웃음소리가 들렸다. 그 쥐들은 정말로 살아 있는 것처럼 다리와 꼬리가 흔들거렸고 머리 주위엔 검정 구슬이 박혀 있었다. 이 쥐들은 마차를 끄는 것처럼 보이게 설치되어 있었다. 거대한 마차는 로브의 호박을 반으로 잘라 만든 것이었는데, 노란색을 칠한 호박은 테디의 마차바퀴 위에 올려져 있었다. 마부석에 앉은 쾌활해 보이는 작은 마부는 하얀 솜으로 된 가발을 쓰고 있었다. 모자를 치켜 올려 쓰고 주홍색 바지에 레이스가 달린 코트를 입고 있었다. 마부는 긴 채찍을 휘두르며 잽싸게 고삐를 잡아당겼다. 그러자 회색 말들이 멋지게 달렸다. 마부는 바로 테디였다. 테디는 아주 상냥하게 미소를 지었기 때문에 관객들의 시선은 모두 그에게 집중

되었다.

"저렇게 근엄한 마부를 발견한다면 당장이라도 채용할 텐데."

로리가 말했다. 마차가 멈추자 요정은 공주를 내리게 하고 손에 입맞춤을 하고 당당하게 걸어갔다. 분홍빛 옷자락이 질질 끌렸다.

다음 장면은 무도회장으로 옮겨갔다. 낸과 데이지가 화려한 옷을 입고 마치 공작새 같은 모습으로 나타났다. 낸은 교만한 언니 역할을 하면서 궁정 홀을 돌아다녔는데 많은 여자들이 같은 처지에 있는 것을 상상해 볼 정도였다. 왕자는 불안정해 보이는 왕좌에 홀로 앉아 주위를 둘러보고 있었다. 그는 자기가 가진 검을 만지작거리더니 신발의 장미꽃 장식을 감탄하며 바라보았다. 그 순간 신데렐라가 나타났고 그는 벌떡 일어나 흥분해서 소리를 질렀다.

"아니, 저 아름다운 숙녀는 누굴까?"

그러고는 즉시 그 숙녀와 춤을 추었다. 신데렐라의 언니들은 한구석에 서서 얼굴을 찡그리며 그들을 노려보았다.

그 작은 한 쌍의 춤은 아주 귀여웠다. 화려한 의상에 표정은 매우 진지했고 걸음걸이는 아주 독특해서 마치 그림 속의 인물처럼 보였다. 공주의 옷자락은 너무 길어 질질 끌려 방해가 되었으며 로브는 검에 걸려 몇 번씩이나 넘어질 뻔했다. 그러나 그들은 이 모든 장애를 극복하고 한 번도 넘어지지 않고 끝까지 우아하게 춤을 추었다. 둘 다 다른 사람들의 역할을 몰랐다는 것을 감안하면 그들의 연기는 아주 훌륭한 것이었다.

"신발 한 짝을 떨어뜨려." 공주가 막 앉으려고 할 때 조가 속삭였다.

"아, 잊어버렸어!"

신데렐라는 은빛 구두 한 짝을 벗어서 조심스럽게 무대 가운데에다 놓았다. 그러곤 로브에게 소리치고는 마구 달아났다.

"너는 지금 나를 잡으려고 따라와야 해."

그러자 왕자는 그 신발을 집어 들고 총총걸음으로 신데렐라의 뒤를 따라갔다.

세 번째 장면은 전령이 신발을 들고 찾아오는 것이었다. 마부의 옷차림을 한 테디가 양철로 만든 물고기 모양의 나팔을 불면서 나왔고, 교만한 언니들이 구두를 신어보려고 야단법석을 떨었다. 낸은 칼로 그녀의 큰 발가락을 자르는 시늉을 했는데 너무 진짜처럼 해 전령이 놀라며 그것을 말렸다. 신데렐라 차례가 오자 베스가 앞치마를 입으면서 나와 구두를 신어보았다. 구두가 발에 꼭 맞자 만족감에 넘쳐 소리쳤다.

"내가 공주예요."

데이지는 흐느끼며 용서를 빌었다. 그렇지만 비극을 좋아하는 낸은 각본을 수정해 발작적으로 기절한 뒤 바닥 위에 쓰러졌다. 그녀는 그 자리에서 나머지 연극을 끝까지 감상했다. 얼마 지나지 않아 왕자가 달려와 무릎을 꿇고 금발 소녀의 손에 열정적으로 입맞춤을 했다. 그러는 동안 전령은 관객들의 귀가 먹먹할 정도로 나팔을 불어댔다. 막이 내려질 틈도 없이 신데렐라가 아빠에게 뛰어가 "잘했어요?"라고 물었다. 왕자와 전령은 양철 나팔과 나무 칼로 펜싱 경기를 하느라 여념이 없었다. 모두들 정말 깜찍한 연극이었다고 입을 모았다. 흥분이 가라앉았을 때 내트가 손에 바이올린을 들고 나타났다.

"쉿! 쉿!"

아이들이 손가락을 입에 갖다 대자 이내 조용해졌다. 소년들의 수줍은 듯한 태도와 호소하는 듯한 눈빛이 모든 사람들의 주의를 집중시켰다.

바어 씨 부부는 몇 번이나 들어 익히 알고 있는 곡이 연주될 거라고 생각했는데, 내트는 새 멜로디를 들려주었다. 그 멜로디는 아주 부드럽고 달콤해서 그것이 내트가 연주하는 것이라고는 믿기 어려울 정도였다. 그것은 가사는 없지만 마음에 와 닿는 멜로디였다. 그 곡조에는 듣는 사람의 마음을 달래주고 밝게 해주는 희망과 기쁨이 담겨 있었다. 메그는 데미의 어깨에 머리를 기대고 마치 부인은 눈물을 훔쳤다. 그리고 조는 로리를 바라보면서 목이 멘 소리로 속삭였다.

"당신이 저 곡을 만들었지요?"

"나는 당신이 당신의 학생을 자랑스러워하길 바라요. 그리고 그 애를 대신해서 당신에게 감사드립니다."

로리가 대답했다.

내트가 인사를 하고 무대에서 나가려고 했을 때 앙코르가 터져 나와 그는 다시 연주를 해야만 했다. 내트는 아주 행복한 얼굴로 다시 연주를 시작했고 최선을 다해서 그들에게 옛날 곡조를 들려주었다. 사람들은 가만히 앉아 있지 못하고 춤을 추고 발로 박자를 맞춰가며 듣고 있었다.

"의자를 다 치워." 에밀이 소리쳤다. 몇 분 뒤에 의자들이 다 치워졌고 어른들은 구석 쪽에, 아이들은 중앙에 모였다.

"자, 이제 마음껏 노는 거야." 에밀이 소리쳤다.

그러자 소년들은, 어른이든 소녀든 간에 숙녀들에게 뛰어가 정중하게 춤을 청했다. 작은 신사들은 앞다투어 모두 공주에게로 달려갔지만, 베스는 자기만큼이나 친절한 작은 신사 딕을 택했다. 에이미는 프란츠를 거절하고 댄을 택해서 그에게 말할 수 없는 기쁨을 안겨주었다. 낸은 토미와, 내트는 데이지와, 로리는 지그 춤을 추고 싶어서 목이 타게 기다리던 에이샤와 춤을 췄다. 사일러스와 메리 앤도 홀에서 따로 춤을 추었다. 이렇게 하여 30분 동안 플럼필드의 가장 즐거운 시간이 흘러갔다.

축제는 공주와 마부를 태운 호박 마차를 앞세우고 회색 쥐들이 이리저리 까불며 돌아다니는 가운데 끝을 맺었다. 어린 신사 숙녀 모두가 참가한 성대한 행렬이었다.

아이들이 이 마지막 놀이를 즐기고 있는 동안, 어른들은 의자에 앉아 아이들 얘기를 나눴다.

"뭘 그렇게 생각하고 있어요? 그렇게 행복한 얼굴을 하고, 조!"

로리가 바로 옆의 소파에 앉으면서 물었다.

"지난 한 해를 되돌아보았어요. 테디, 그리고 우리 아이들의 미래를 상상하고 있었어요."

조는 그를 위해 자리를 내주면서 대답했다.

"내 생각에 그 애들은 모두 시인이나 화가, 정치가, 용감한 군인, 혹은 최소한 상업계의 왕자가 될 것 같아요, 조."

"아뇨. 지금 내 생각은 언젠가 바랐던 것하곤 달라요. 나는 다만 그 애들이 정직한 사람만 될 수 있다면 그것으로 족해요. 몇몇 아이들에겐 성공을 기대하고 있는 게 사실이에요. 데미는 평범한 아이는 아니에요. 나는 그 애가 분명히 성공할 거라고 믿어요. 그 애는 언어 감각도 아주 뛰어나죠. 다른 아이들도 잘될 거예요. 특히 오늘 밤 내트의 연주를 듣고 나는 정말 그 애가 천재성을 가졌다고 생각했어요."

"너무 성급하군요. 그 애는 확실히 재능을 갖고 있고, 틀림없이 자기가 좋아하는 일로 생활을 꾸려갈 거예요. 그 애가 좀 더 크면 나는 그 애가 적절한 교육을 받도록 돕겠어요."

"딱한 내트에게는 정말 기쁜 소식이군요. 그 애는 여섯 달 전에 친구 하나 없이 외로운 모습으로 내게 왔었지요. 댄의 미래도 내게는 이미 확실해요. 하이드 씨는 그 앨 곧 데려가고 싶어하고 나는 댄을 그분에게 보낼 작정이에요. 댄은 그것이 어떤 일이든 그 보답이 사랑과 믿음이라면 최선을 다할 애예요. 그리고 그 애는 자기의 미래를 스스로 헤쳐 나갈 힘이 있어요. 그래요. 나는 이 아이들에 대한 성공에 정말 행복감을 느껴요. 한 애는 아주 약했고 한 애는 아주 거칠었지만, 이젠 둘 다 아주 좋아졌고 희망에 차 있어요."

"조, 그 비결이 뭐죠?"

"그건 간단해요. 단지 그 애들을 사랑하고 그리고 그 애들이 그걸 알도록 하는 거지요. 나머지는 프리츠가 해줘요."

"훌륭해요 조!"

로리는 소년 시절에 조에게 했던 것보다 더욱 상냥한 표정으로 조의 야윈 뺨을 쓰다듬으며 말했다.

"나는 비록 주름살도 많고 이렇게 늙었지만 아주 행복해요. 나를 동정하지 말아요."

조는 로리에게 웃음을 지어 보이곤 진실로 만족스러운 눈으로 방 안을 돌아보았다.

"그래요 당신의 계획은 해마다 점점 잘돼 가는군요." 로리도 고개를 끄덕이면서 말했다.

"당신들이 그렇게 많이 도와주는데 어떻게 실패할 수 있겠어요?" 조는 가장 관대한 후원자에게 애정 어린 눈길을 보내며 대답했다.

"정말로 즐거운 가족이군요. 이 학교는 당신 것이고, 이건 당신의 성공이요. 그 옛날 우리가 당신에게 기대했던 그런 삶과는 다르지만, 어쨌든 당신에게 잘 맞는 일인 건 사실이요. 정말 묘안이었소, 조."

로리가 여느 때처럼 조의 감사의 말을 날쌔게 받아넘기면서 말했다.

"아! 그렇지만 당신은 처음엔 나를 놀렸고, 아직도 나와 나의 묘안을 조롱하고 있어요. 내가 소년들과 소녀들은 함께 어울려야 한다고 했을 때 당신은 분명 실패할 거라고 했잖아요. 자, 얼마나 잘돼 가고 있나 보세요."

그러면서 조는 함께 춤추고 노래하며 친밀하게 서로 재잘거리고 있는 아이들의 행복한 모습을 가리켰다.

"내가 졌어. 우리 아이가 웬만큼 자라면, 나는 그 애를 여기로 보낼 거요."

"당신의 아이를 제게 보내면 아주 자랑스럽게 받아들이겠어요. 나의 가장 큰 행복의 하나는 작은 세계 같은 이 플럼필드 가족을 돌보는 것이고, 우리 아이들이 성장하는 걸 지켜보는 것이죠. 더욱이 소년들에게 좋은 영향을 미치는 여자 아이들의 잔잔하고 살뜰한 행동을 지켜보는 게 요즘은 가장 큰 행복이에요. 데이지는 가정적인 애라서 사내아이들은 그 애의 조용하고 여자다운 면에 매력을 느끼지요. 낸은 항상 활발하고 강한 의지를 가지고 있어서 사내애들은 그 애의 용기를 좋아하고, 그 애가 자기 능력을 발휘할 수 있는 기회를 줘요. 그 애는 동정심도 많죠. 그런 모습이 이 작은 세계에서는 큰 힘이 돼요. 당신 딸 베스는 고상하고 우아하며 아름다운 숙녀예요. 그 애는 자기도 모르는 사이에 소년들을 품위 있는 신사로 만들었어요. 모든 사랑스러운 여자애들이 그렇듯이 그 애가 지닌 상냥함은 사내애들의 거친 면을 부드럽게 해주지요."

"숙녀다운 여성뿐 아니라 강인하고 용감한 여성도 어린 소년을 남자다운 어른으로 만들죠. 당신같이 말이요." 로리가 웃으며 고개를 숙여 조에게 인사를 했다.

"아니에요. 나는 당신 같은 소년이 결혼하고 싶어 하는 그런 우아한 여자에 대해 얘기하고 있는 거예요. 말괄량이 낸보다는 그런 여성들이 훨씬 많은 일을 해요. 더 좋은 건, 데이지가 데미를 감싸 주는 것 같은 그런 현명하고 모성애가 지극한 여성이죠. 그런 여성이야말로 겉으로 내보이진 않지만 남자들이 스스로 일어서도록 도와주죠."

그리고 나서 조는 메그와 좀 떨어진 곳에 앉아 있는 마치 부인을 바라보았다. 로리도 부인에게 존경어린 사랑의 눈빛을 보내며 진지한 투로 대답했다.

"세 여성 모두 그들을 위해 많은 일을 해왔어요. 이제 이 소녀들이 당신의 소년들을 얼마나 잘 도와주고 있는지 알겠어요."

"소년들만 도움을 받는 건 아니에요. 그건 서로 마찬가지죠. 내트는 음악으로 데이지를 즐겁게 해줘요. 댄은 우리 가운데 누구보다도 낸을 잘 다루고, 데미는 당신의 금발 소녀들을 알아듣기 쉽게 잘 가르쳐줘요. 프리츠는 그 애들을 보고 '로저 아스컴과 레이디 제인 그레이'라고 부르지요. 남자와 여자가 서로 신뢰하고 이해하며, 우리 아이들처럼 서로 도와가며 산다면 이 세상은 얼마나 멋진 곳이 될까요!"

순간 조는 사람들이 플럼필드의 아이들처럼 행복하고 천진난만하게 사는 신선하고 매혹적인 세상을 떠올리는 듯한 그윽한 눈망울로, 별이 빛나는 까만 밤하늘을 올려다보았다.

"좋은 세상을 만들기 위해 최선을 다하고 있구나. 그 믿음을 잃지 말고, 네 작은 시도가 성공할 수 있다는 걸 보여 다오."

마치 씨가 격려의 말을 해주었다. 그는 인간의 선량함에 대한 믿음을 결코 잃지 않았으며, 아직도 평화와 선한 의지와 행복이 이 땅 위에 존재한다고 믿고 있었다.

"저는 그런 야망을 가지고 있는 건 아니에요, 아버지. 저는 단지 이 아이들에게 가정을 주고 싶은 거예요. 그들이 자라서 세상에 나가게 되었을 때 그들의 삶이 덜 힘들도록 몇 가지 평범한 일들을 가르쳐 주고 싶을 뿐이에요. 정직과 용기와 근면, 그리고 하느님과 친구들, 그리고 그들 자신에 대한 믿음을요. 그게 제가 하려고 하는 일의 전부예요."

"그래, 조. 그게 전부란다. 그 애들을 도와주어라. 그래서 그 애들이 한 사람의 남자와 여자로서 그들의 인생을 살아가게 해라. 그들이 성공하든 실패하든, 그 애들은 너의 노력을 기억하고 축복할 거야."

바어 씨가 그들 사이에 끼어들어 마치 씨의 두 손을 잡았고, 마치 씨는 축복하는 표정으로 자리를 떠났다. 조와 그녀의 남편이 잠시 서서 조용히 대화를 나누었다. 그들은 아버지가 인정하는 한 그들의 여름은 성공적이라고 생각했다. 그때 로리가 아이들에게 다가가 무언가 말을 건넸다. 갑자기 모든 아이들이 바어 씨 부부 주위로 몰려 와서는 바어 씨와 조를 둘러싼 채 손에 손을 잡고 춤을 추면서 즐겁게 노래를 불렀다.

"여름날들은 지나갔고 여름의 일도 끝나 버린 뒤, 여기에 차곡차곡 우리의 수확이 쌓여 있지요. 이제 축제는 끝나고, 연극도 막을 내렸지만, 아직 한 가지 의식이 남아 있으니 바로 우리의 추수감사절이라네.

최고의 수확이 하느님의 눈앞에 있어요.

　행복한 아이들은 오늘 밤 모두 집에 모여 감사해야 할 곳에 감사를 할
거예요. 감사하는 마음과 목소리로 아버지, 어머니, 당신들에게……."

　노래를 부르면서 아이들은 차츰차츰 두 팔로 바어 씨 부부를 껴안았다. 한
그루의 어린 나무가 뿌리를 내려 작은 정원 가득히 아름다운 꽃을 피우듯,
환하게 웃는 바어 부부의 얼굴은 갓 피어난 꽃다발 같은 아이들의 얼굴에 둘
러싸였다. 사랑은 메마른 황무지에서도 꽃을 피우고, 가을의 서리나 겨울의
눈도 겁내지 않고 달콤한 기적을 만들어 낸다. 그리고 늘 아름답게 피어나
시들지 않고 향기를 발하며 사랑하는 사람, 사랑받는 사람 모두에게 축복을
내린다.

제4부

제1장 10년 뒤

"이곳이 10년 동안 얼마나 훌륭하게 변할지 전에 예언한 사람이 있었다 해도, 난 믿지 않았을 거야."

조가 메그에게 말했다. 어느 여름날, 두 사람은 플럼필드에 있는 저택 베란다에 앉아 너무나도 자랑스러운 얼굴로 흐뭇하게 주위를 둘러보고 있었다.

"이건 자본과 사람의 선의라는 마법이 만들어낸 결과물이야. 로렌스 할아버지에게는 당신께서 쾌척한 기부금으로 지은 이 학교만큼 자랑스러운 것이 없을걸. 게다가 이 집도 계속 지금처럼 남아 있는 한, 마치 고모의 추억은 언제까지나 살아 있을 거야."

곁에 없는 사람을 칭찬하기 좋아하는 메그가 말했다.

"언니, 우리 자매들은 요정이란 게 있다고 늘 믿어 왔잖아. 만약에 소원 세 가지를 이룰 수 있다면 어떤 소원을 빌까 고민하곤 했지. 결국 내 소원은 이루어진 것 같지 않아? 돈, 명예, 그리고 좋아하는 일까지." 조는 소녀시절에 늘 그래왔듯이 머리카락이 흐트러지든 말든 개의치 않고 두 손을 머리 위로 올려 맞잡았다.

"내 꿈도 이뤄졌지. 에이미도 제 꿈을 마음껏 펼치고 있고. 여기에 어머니와 존, 베스만 있다면 더할 나위 없이 좋겠지만." 메그의 목소리는 가냘프게 떨리고 있었다. 지금, 어머니 자리는 비어 있다.

조는 언니의 손을 잡았다. 두 사람은 만감이 교차하는 듯 한동안 말없이 눈앞의 풍경을 바라보았다.

그곳에는 정말로 마법에라도 걸린 듯한 정경이 펼쳐져 있었다. 한적했던 플럼필드가 활기 넘치는 작은 세계로 탈바꿈한 것이다. 집은 예전보다 한결 사람을 반갑게 맞이하는 것처럼 보였다. 페인트칠도 새로 했고, 증축을 해서 공간도 늘어났다. 마당의 잔디도 잘 손질되어 있었고, 눈길 닿는 곳마다 학교에서 쏟아져 나온 아이들로 붐볐다. 조와 바어 씨가 학교 수지를 맞추느라 고생하던 시절에는 볼 수 없었던 광경이다. 곧잘 연이 날아오르던 언덕 위에는 로렌스 씨가 세상을 떠나며 남긴 훌륭한 학교가 서 있다. 옛날에는 아이들이 작은 발로 열심히 뛰어다니며 고르게 다진 오솔길을 이제는 학생들이 바삐 걸어다닌다. 많은 남녀 학생들이 부와 지혜, 자애가 만들어낸 은혜로운 특권을 마음껏 누리고 있다.

플럼필드의 정문으로 들어서면 바로 앞 나무숲 속에 '비둘기 집'과 꼭 닮은 깨끗한 갈색 오두막이 보인다. 서쪽의 녹색 비탈에는 로리의 하얀 기둥 저택이 햇빛을 받아 반짝인다. 마을이 급격히 팽창하면서 메그의 보금자리는 철거되었고, 로렌스 할아버지 댁 바로 앞에 비누공장이 들어서서 로렌스 할아버지를 화나게 했으며, 우리의 동료들이 플럼필드로 이주하였고, 그로써 이곳에 큰 변화가 시작되었다.

그것은 즐거운 변화였다. 그리운 할머니 할아버지들은 이제 이 세상에 없지만, 그들이 남긴 축복은 아름다운 추억이 되었다. 그리고 지금은 작은 사회 속에서 모두가 행복하게 지내고 있다. 바어 선생님은 플럼필드 대학의 학장으로서, 마치 씨는 교목으로서 긴 세월 함께 키워 온 꿈이 아름답게 실현되는 것을 보았고, 자매들은 학생들을 돌보는 일을 분담하여 저마다 자신에게 맞는 일을 맡았다. 메그는 여학생들에게 엄마 같은 친구가 되어 주었고, 조는 모든 학생들의 마음의 친구이자 옹호자가 되었다. '은혜 부인' 에이미는 곤경에 처한 학생들을 돕고 모두를 따뜻하게 감싸 안았다. 학생들은 에이미의 아름다운 집을 파르나소스 산(그리스의 코린트만 북부에 있다. 아폴론 신과 뮤즈 신의 영지라 전해지는데, 그보다 시가, 문예의 원천이라는 뜻으로 활용되고 있다)이라 불렀다. 그 집은 음악과 예술, 그리고 문화에 굶주린 젊은이들이 갈구하는 것들로 가득했으므로 그렇게 불리는 것도 무리가 아니었다.

10년의 세월이 흐르는 동안, 본디 이곳에 살던 12명의 소년은 마땅히 뿔뿔이 흩어졌지만, 그중 살아 있는 녀석들은 지금도 플럼필드를 그리며 세계 각처에서 찾아와 여러 가지 경험담을 늘어놓고 즐거웠던 옛 이야기를 나누며 새로운 용기를 얻는다. 이렇게 고향에 돌아올 때마다 행복했던 어린 시절을 떠올리며 마음에 위안을 얻고 다시 일할 수 있는 힘을 얻는 것이다. 그들 한 명 한 명의 후일담을 잠시 전하고 나서, 장을 바꾸어 모두의 생활을 쫓아가도록 하자.

프란츠는 함부르크에서 장사를 하고 있는 친척 집에 있다. 이제는 스물여섯 살의 젊은이가 되어 자신의 인생을 헤쳐 나가고 있다. 에밀은 비할 데 없이 밝고 쾌활한 선원이 되었다. 에밀의 삼촌은 그가 배를 타는 위험한 일을 싫어하게 되기를 바라서 그를 항해에 내보냈던 것인데, 에밀은 오히려 신바람이 나서 돌아왔다. 덕분에 이 일이 그에게는 천직이라는 것이 밝혀졌다. 독일인 친척이 그에게 자기 배에 탈 수 있는 기회를 주었고, 그래서 그는 매우 행복했다. 댄은 여전히 유랑하는 몸이었다. 남미에서 지질학을 공부한 뒤 호주에서 양을 치기도 했지만 지금은 캘리포니아에서 금광을 찾아 돌아다니고 있다. 내트는 음악학교에서 공부를 하고 있는데, 앞으로 2, 3년 동안 독일에 가서 공부를 마무리할 준비를 하고 있다. 톰은 의학을 공부하며 그것을 좋아하려고 노력하고 있다. 잭은 아버지와 함께 장사를 하며 부자가 되려고 열심이다. 돌리와 스투피는 대학에 들어갔고, 네드는 법률을 공부하고 있다. 가여운 딕과 빌리는 세상을 떠났다. 하지만 그들은 심신이 고단해서 살아 있어도 행복할 수 없을 터였기에 아무도 그들의 죽음을 슬퍼할 수 없었다.

로브와 테디는 '어린양과 사자'라는 별명으로 불렸다. 로브는 양처럼 온순한데 반해 테디는 사자처럼 거친 기질을 지녔기 때문이다. 조는 로브를 '우리 딸'이라고 불렀으며, 그가 대단한 효자인 것도, 조용한 행동이나 다정한 성격 속에 남자다움을 감추고 있다는 것도 알고 있었다. 그리고 테디에게서 자신이 젊었을 때 지녔던 그 모든 결점과 변덕, 포부와 장난기 등이 변형되어 나타나 있는 것을 보았다. 언제나 덥수룩한 황갈색 곱슬머리에 긴 팔다리, 큰 목소리, 샘솟는 활력 때문에 테디는 플럼필드에서 단연 돋보이는 존재였다. 그런 그도 우울할 때가 있어서 1주일에 한 번쯤은 '절망의 늪'에 빠졌다. 그럴 때면 인내심 강한 로브가 조와 함께 그를 절망의 늪에서 끌어올려야 했다. 두 사람은 테디를 가만히 놔둬도 될 때와 기운을 북돋아 줘야 할 때를 잘 알고 있었다. 테디는 조에게 자랑이자 기쁨인 동시에 고민거리이기도 했다. 왜냐하면 이 아이는 나이에 비해 몹시 영리한 데다 온갖 재능의 싹을 보였기에, 어머니의 마음으로 그를 지켜보는 조로서는 이 뛰어난 소년이 장래에 무엇이 될까 여러 가지로 고민이 많았던 것이다.

데미는 우수한 성적으로 대학을 졸업했다. 메그는 자기 아들은 목사가 될 거라고 정해 놓고 훌륭한 청년 목사가 처음으로 설교를 하는 장면이나 오래도록 유익하고 영광스런 삶을 살아가는 모습을 머릿속에 그리고 있었다. 그러나 존—그녀는 이제 아들을 존이라 부르고 있다—은 신학교에 들어가는 것을 단호하게 거부했다. 그는 이제 책은 충분히 읽었으니 세상을 좀 더 알아야 한다며 신문기자가 되겠다고 했다. 이는 어머니를 몹시 실망시켰다. 엄청난 충격이었다. 하지만 메그는 젊은이의 마음은 억지로 바꿀 수 없다는 것을 알고 있었고, 경험이 최고의 스승이라는 사실도 알고 있었다. 그렇기에 설교단 위에 선 아들의 모습을 보고 싶다는 소망을 쉽게 버리지 못하면서도 아들이 원하는 길을 걷도록 하였다. 조는 집안에서 기자가 나오게 되었다는 것을 알고 불같이 화를 냈다. 부인은 데미의 문학적 성향을 사랑하고는 있었지만, 기자를 미워할 만한 이유가 있었다. 여기에 대해서는 나중에 다시 이야기하기로 한다. 그러나 데미는 자기의 마음을 잘 알고 있었고, 그렇기 때문에 걱정하는 어머니와 이모들의 만류와 친구들의 놀림에도 흔들리지 않고 평정심을 유지하며 계획을 실행에 옮겼다. 테디 이모부는 그를 격려해 주었으며 기자로 시작해서 작가이자 언론인이 된 디킨스나 그 밖의 명사들을 알려주면서 훌륭한 미래의 청사진을 그려주었다.

여자아이들은 모두 한창 꽃다울 시기였다. 데이지는 여전히 상냥하고 가정적이어서 어머니를 위로해 주기도 하고 말동무가 되어 주기도 했다. 열네 살이 된 조시는 변덕스럽고 창의력이 넘치는 특이한 아이로, 최근에는 연극에 대한 열정이 넘쳐서 얌전한 어머니와 언니를 재미있게 해주는 한편 걱정을 끼치기도 했다. 베스는 키가 크고 아름다운 소녀로 나이보다 두세 살 위로 보였다. 자그마한 공주님 시절부터 지녀왔던 고상한 취미와 기품을 갖추고 있었으며, 부모님으로부터 물려받은 풍부한 재능, 아낌없는 애정과 재정적인 뒷받침으로 더욱 꽃을 피울 운을 지니고 있었다.

그러나 누가 뭐래도 이들의 자랑은 낸이었다. 활동적이고 고집 센 아이들이 대개 그렇듯 낸은 커갈수록 원기왕성하고 믿음직스러운 여성으로 성장했다. 야심찬 탐구자는 자신에게 가장 적절한 일을 만났을 때 단번에 활짝 꽃을 피우는 법이다. 낸은 열여섯 살에 의학 공부를 시작해서 스무 살이 된 지금도 공부에 매진하고 있다. 지적 욕구가 강한 다른 여성들 덕분에 요즘에는 대학이나 병원에서도 여성에게 문호를 개방하고 있기 때문이다. 낸은 해묵은 버드나무 아래에서 "나는 말이야, 돌봐야 하는 가정 따위 갖고 싶지 않

아. 그보다 약병이나 막자(덩어리 약을 갈아서 가루약으로 만드는 데 쓰이는, 작은 사기 방망이)가 든 왕진 가방을 들고 마차를 타고 돌아다니면서 아픈 사람들을 고쳐 줄 거야." 라고 말해서 데이지를 놀라게 했던 어린 시절 이후로 목표를 바꾼 적이 없었다. 그 어린 소녀가 예언한 미래를, 지금 여기 있는 젊은 여성이 착착 실현해 나가고 있다. 이것이 그녀의 행복이었기에 그녀를 이 선택받은 직업으로부터 떼어놓을 수 있는 것은 아무것도 없었다. 몇 명인가 그녀에게 걸맞은 젊은 신사들이 그녀의 결심을 뒤엎고 데이지가 말한 '예쁘고 깨끗한 집과 돌볼 가족'을 선택하게 하려고 시도했지만, 낸은 그저 웃기만 했다. 사랑을 속삭이면 "한 번 봅시다" 하고 진찰하려 하거나 그녀가 잡아주길 기대하며 내민 남자다운 손을 잡고 직업정신을 발휘하여 맥을 짚거나 해서 그녀를 찬미하던 남자들을 줄행랑치게 만들었다. 마침내 단 한 사람, 불굴의 의지를 가진 청년을 제외하고 모두 그녀를 떠났으나, 이 단 한 명의 숭배자의 열정을 사그라지게 하는 것만은 불가능해 보였다.

그는 톰이었다. 그가 이 어린 날의 연인에게 충실하게 마음을 다하는 모습은 그녀가 약을 짓는 '막자사발과 막자'를 대하는 모습과 같았다. 그는 충성의 증거를 보여주어 그녀를 감동시켰다. 톰은 오로지 낸을 위해서 의학을 공부했다. 사실 의학에는 아무런 흥미도 없었고, 관심은 장사에 있었는데도 말이다. 그러나 낸은 흔들리지 않았고, 그래서 톰도 씩씩하게 공부를 계속하고 있다. 머지않아 진료를 나가게 되었을 때 사람들을 많이 죽이는 일이 없기를 진심으로 기도하면서. 그러나 두 사람은 좋은 친구였다. 그리고 그들의 술래잡기 같은 유쾌한 연애에 동료들은 열광했다.

메그와 조 두 사람이 베란다에서 이야기를 나누던 그날 오후, 낸과 톰은 플럼필드를 향해 다가오고 있었다. 하지만 함께 오는 것은 아니었다. 낸은 지금 관심을 갖고 있는 증세들을 생각하면서 혼자 기분 좋게 성큼성큼 걷고 있었고, 톰은 마을 어귀에서 정말 우연히 만난 것처럼 보이려고 있는 힘을 다해 그녀의 뒤를 밟고 있었다.

낸은 혈색이 좋고 맑은 눈에 지혜로운 미소를 띤 그리고 목적의식이 확실한 젊은 여성답게 침착한 얼굴을 한 아름다운 아가씨였다. 단정하면서도 맵시 있는 옷차림을 한 그녀는 넓은 어깨를 적당히 젖히고 두 팔을 자연스레 흔들면서 경쾌하게 걷고 있었다. 젊음과 건강미가 통통 튀어서 언뜻 보기만 해도 생기발랄해 보였다. 그녀를 스쳐지나간 두세 사람은 이렇게 기분 좋은 날 이렇게 건강하고 행복해 보이는 아가씨가 시골길을 걸어가는 모습이 진짜 좋은 볼거리라는 듯 그녀를 지나쳐 가다가 다시 뒤를 돌아보았다. 저 뒤에서 시뻘건 얼굴로 모자를 벗은 채 앞머리를 한 올 한 올 곤두세우며 전속력으로 쫓아오는 젊은 청년도 전적으로 같은 생각인 것 같았다.

이윽고 가볍게 "안녕!" 하는 소리가 산들바람에 실려 왔다. 낸은 걸음을 멈추면서 깜짝 놀란 척하려고 했으나 실패하고 애교 있게 말했다.

"어머나, 너였구나, 응. 톰?"

"맞아. 오늘쯤 네가 오지 않을까 생각했거든." 톰은 기쁜 듯 밝은 표정을 지었다.

"알고 있었잖아. 목 상태는 좀 어때?" 낸은 기쁨을 사그라지게 하는 사무적인 어조로 물었다.

"목? 아, 응. 그랬었지. 이제 괜찮아. 네가 처방해준 약 정말 대단했어. 동종요법(同種療法 : (건강체에 사용하면 질병 증상과 같은 증상을 일으키는 미량의 극독 약을 환자에게 투여하여 치료하는 방법. 호미오퍼시(homeopathie))이 사기라는 둥 그런 말 안 하기로 했어."

"사기는 네가 쳤잖아. 내가 준 약도 가짜였지만 말야. 설탕이나 우유로 디프테리아가 낫는다면 논문도 쓸 수 있겠다. 오, 톰, 대체 언제쯤이면 그 장난치는 버릇 좀 고칠 수 있을까?"

"오, 낸. 언제나 나를 이겨먹어야 하겠어?" 두 사람은 옛날처럼 서로의 얼굴을 보고 웃기 시작했다. 이곳에 올 때마다 옛날 일들이 또렷하게 되살아나는 것이다.

"그렇지만 뭔가 병원에 갈 구실을 만들지 않으면 1주일이나 못 보겠는걸. 너는 늘 바쁘다, 바쁘다 하면서 말 섞을 틈도 안 주니까." 톰이 변명했다.

"너도 바쁘게 지내야 해. 이런 바보 같은 짓 하지 말고. 정말이야, 톰. 좀 더 강의에 집중해야지, 이대로는 안 된다니까." 낸이 진지한 얼굴로 말했다.

"공부는 지금도 많이 하고 있어." 톰이 내뱉듯이 대꾸했다. "하루 종일 해부를 하는 사람은 조금은 놀아줄 필요가 있어. 난 말이야, 한 번에 오래 공부하는 건 사양할래. 어떤 사람들은 공부하는 것을 너무나도 좋아하지만 말이지."

"그러면 왜 그만두지 않는 거야? 그만두고 너한테 맞는 일을 하면 되잖

아. 난 네가 이러고 다니는 게 정말 어리석은 짓이라고 생각해." 사과같이 붉은 톰의 얼굴에서 병의 징후를 찾으며 낸이 걱정스런 눈빛으로 말했다.

"내가 왜 이 일을 선택했는지 넌 잘 알고 있을 거야. 그리고 그 때문에 죽을지라도 그 일을 계속하리라는 것도 말이야. 나는 허약 체질로 보이지는 않겠지만 마음속 깊숙한 곳에는 병이 들었어. 아마 조만간 저세상으로 갈 테지. 그 병을 고칠 수 있는 사람은 이 세상에 한 사람밖에 없는데 그 사람은 고쳐주려고 하질 않으니까 말이야."

톰이 체념조로 말했다. 그런 그의 모습에는 우스꽝스러우면서도 가여운 데가 있었다. 그는 진지했고, 꾸준히 이런 암시를 던지면서도 기대했던 대답은 전혀 듣지 못했기 때문이다.

낸은 얼굴을 찌푸렸다. 그러나 이런 상황에는 이미 익숙해져 있었으므로 어떻게 다뤄야 하는지도 잘 알고 있었다.

"그 사람도 가장 좋은 그리고 유일한 방법으로 치료해 주려고 하고 있어. 하지만 환자가 좀 까다로워야 말이지. 요전번에 처방해준 대로 무도회에 갔었어?"

"응."

"귀여운 웨스트 양에게 성심을 다했어?"

"저녁 내내 그녀와 춤을 췄는걸."

"그런데도 너의 그 예민한 감각 기관에 아무런 인상도 남지 않았다는 거야?"

"전혀, 한번은 그녀 앞에서 하품을 하기까지 했는걸. 식사하러 갈 때 에스코트하는 걸 잊어버리기도 했고 말이야. 그녀의 어머니께 넘겨 드릴 때는 안도의 한숨이 나오더라니까."

"되도록 자주 그 처방에 따르도록 해. 증상에 유의하고. 그러다 보면 무도회에 더 자주 가고 싶어 하게 될걸."

"천만에! 그건 내 기질에 맞지 않아."

"곧 알게 되겠지. 지시에 따를 것!"

낸이 엄격하게 말하자 톰이 온순하게 대답했다.

"네, 선생님."

한동안 침묵이 이어졌다. 이윽고 그리운 정경이 보이기 시작했다. 즐거운 추억이 되살아나자 다투던 것도 잊어버린 듯 갑자기 낸이 말을 꺼냈다.

"저 숲에서 자주 놀았었지! 기억나? 네가 저기 저 큰 호두나무에서 떨어져서 목뼈가 부러질 뻔했던 거?"

"기억나고말고! 그러고 나서 네가 날 쑥밭에 밀어넣어서 옷이 아주 온통 초록색으로 물들었었지. 조 아줌마가 더러워진 셔츠를 보고 비명을 질렀잖아." 톰은 순식간에 소년으로 돌아가 웃었다.

"그러고는 너는 집에 불을 냈지!"

"너는 짐을 가지러 집을 뛰쳐나왔고!"

"넌 지금도 '벼락 맞을 자라'라는 말을 하니?"

"지금도 다들 널 '기디개디'라고 부르니?"

"데이지가 그렇게 불러. 그러고 보니 데이지랑도 1주일이나 못 만났네."

"난 오늘 아침에 데미를 만났어. 그 애 말로는 데이지가 조 아줌마 대신 집안일을 하고 있다던데."

"조 이모가 눈코 뜰 새 없이 바쁠 때면 그 애가 늘 그렇게 도와 드리지. 데이지는 정말이지 모범적인 주부야. 너는 그 애를 신부로 맞이하는 게 가장 좋을 거야, 아무리 해도 공부하는 게 싫다면. 그리고 어른이 되어서 좋아하는 사람을 찾는 게 귀찮다면 말이야."

"그런 말을 했다간 내트가 바이올린으로 내 머리를 내리칠걸! 생각해 주셔서 감사하지만 제 가슴속에는 다른 사람의 이름이 지울 수도 없게 새겨 있거든요. '희망'이 내 좌우명이고, '항복하지 않겠다'가 네 좌우명이지? 누가 이기는지 두고 보자고."

"너희 남자아이들은 참 바보 같아. 다들 어릴 때처럼 둘씩 짝지어야 한다고 생각하고 있으니까. 우리는 그런 생각 전혀 안 하고 있거든? 어머나, 여기서 보니 파르나소스가 얼마나 아름다운지!" 낸은 또다시 불쑥 화제를 돌렸다.

"멋진 집이지. 그렇지만 나는 플럼필드가 좋아. 이렇게 바뀐 걸 마치 아줌마가 보면 눈이 동그래질 거야." 커다란 정문 앞에서 두 사람이 한숨 돌리며 눈앞 풍경을 바라보고 있을 때, 톰이 말했다.

별안간 함성 소리 비슷한 소리가 들렸다. 놀라서 쳐다보니, 덥수룩한 노란 머리에 호리호리한 남자애가 캥거루처럼 울타리를 뛰어넘고 있었다. 그 뒤를 날씬한 여자아이가 쫓아 왔는데, 산사나무 가시에 걸려 탈싹 주저앉더니 제풀에 깔깔깔 웃기 시작했다. 검은 곱슬머리에 눈이 반짝반짝하고 표정이 풍부한 예쁜 소녀였다. 모자는 등 뒤에 매달려 있고, 스커트는 찢어져 있다. 개울을 뛰어넘고 나무에 오르고, 마지막에 울타리를 넘으려고 뛰어오른 탓이다.

"도와줘, 낸. 톰, 테디 좀 잡아줘. 저 애가 내 책을 가져갔어. 어떻게 해서든 되찾아야 해." 조시는 주저앉은 채로 외쳤다.

톰이 잽싸게 책 도둑의 뒷덜미를 잡아채는 동안 낸은 잔소리도 하지 않고 조시를 덤불에서 일으켜 세워 주었다. 소녀시절에 말괄량이였던 그녀는 자신과 닮은 듯한 아이에게는 너그러웠다. "어떻게 된 거야?" 크게 찢어진 부분에 핀을 꽂아주며 낸이 물었다. 조시는 두 손에 난 긁힌 상처를 문지르며 말했다.

"내가 버드나무 위에서 대사를 외우고 있는데 테디가 살금살금 걸어와서 막대기로 내 손에서 책을 밀어 떨어뜨렸어. 책은 냇물에 빠졌고, 그 애는 내가 내려가기 전에 이미 달아나 버렸지. 테디, 이 나쁜 놈아. 얼른 돌려주지 않으면 한 대 후려쳐줄 테다." 조시는 중간에 쉬지도 않고 웃다가 고함을 치다가 했다.

테디는 톰의 손에서 빠져나와 감상적인 태도를 취했고 눈앞에 있는, 흥건히 물에 젖은 찢어진 옷을 입고 있는 아가씨에게 다정한 시선을 보내면서 클로드 멜노트의 명대사를 감정을 듬뿍 실어 읊었다. 그러고는 긴 다리를 꼬고 얼굴을 심하게 일그러뜨리며 "이 그림이 마음에 드셨는가, 사랑스런 그대여."로 끝맺었다.

베란다에서 들려오는 박수갈채에 이 소극은 일단락되고, 젊은이들은 옛날처럼 톰이 사두마차를 몰고 낸이 가장 빠른 말이 되어 가로수 길을 걸어갔다. 장밋빛 얼굴을 하고 헐떡거리는 쾌활한 일행은 조와 메그에게 인사를 한 뒤 계단에 앉아서 잠시 쉬었다. 메그는 딸의 찢어진 옷을 꿰매주었고, 조는 사자 아들의 갈기를 쓰다듬어 주고 책을 되찾아 주었다. 곧이어 데이지가 친구를 만나러 나오면서 모두 이야기를 시작했다.

"차에는 머핀이지. 다 같이 먹으러 가자. 데이지가 잘 만들거든."

테디가 말했다.

"이 아이 혀는 확실해. 저번에 머핀을 아홉 개나 먹었다니까. 그래서 이렇게 뚱뚱한 거야." 조시는 비웃는 듯한 눈초리로 호리호리한 사촌을 보며 말했다.

"나는 루시 더브를 진찰하러 가야 돼. 손가락 끝에 종기가 났는데 오늘 떼어낼 거야. 차는 학교에서 마실게." 낸은 주머니를 더듬어 기구가 들어 있음을 확인하며 말했다.

"잘됐네, 나도 그쪽으로 가려던 참인데. 톰 메리웨더가 다래끼가 나서 말이야. 내가 고쳐주겠다고 약속했거든. 병원 치료비도 절약되고 나한테는 공부도 되니까 일석이조지." 톰은 되도록 자신의 우상 곁을 떠나지 않을 생각으로 말했다.

"쉿! 데이지는 너희 같은 외과의사들 이야기를 좋아하지 않는다고. 머핀 이야기를 하는 게 나아." 테디는 머핀을 먹을 생각에 히죽 웃었다.

"제독에게서는 무슨 소식 없어요?" 톰이 물었다.

"지금 배로 돌아오고 있어. 댄도 가까운 시일 안에 돌아올 생각이래. 모두들 한자리에 모여 있는 게 보고 싶어. 그래서 그 방랑자들에게 더 일찍은 못 오더라도 추수감사절에는 왔으면 좋겠다고 말해두었지." 조는 아이들을 만날 생각에 얼굴을 빛내며 대답했다.

"다들 올 거예요. 형편만 되면 한 사람도 빠지지 않고 다들 말이에요. 잭도 그리운 옛날 밥상을 받아 볼 수 있다면 돈 아깝다는 생각 없이 찾아올 걸요." 톰은 웃었다.

"칠면조도 살이 통통하게 오르고 있어. 지금은 나도 뒤를 쫓아다니면서 괴롭히지 않고 잘 기르고 있지." 테디가 들판을 의기양양하게 걸어다니는 칠면조를 가리키며 말했다.

"이번 달 말에 내트가 유학을 떠나게 되면 멋진 송별회를 해주고 싶어. 그 애는 꼭 훌륭한 음악가가 되어서 돌아올 거야." 낸이 데이지에게 말했다.

데이지의 뺨이 붉게 물들고, 모슬린 블라우스의 가슴께 주름장식이 갑자기 높아졌다 낮아졌다 했지만, 그녀는 차분하게 말했다. "로리 이모부께서 그 애는 진짜 재능이 있다고 말씀하셨어. 외국에서 공부한 뒤에 이곳으로 돌아와서 당당하게 생활할 수 있을 거라고 하셨지. 꼭 유명해지지 않더라도 말이야."

"젊은 사람들은 좀처럼 예상대로 되지 않는 법이야. 그러니까 아무 기대도 하지 않는 편이 나아." 메그가 한숨을 쉬며 말했다. "우리 아이들이 선량하고 사회에 도움이 되는 사람이 되어 준다면 그걸로 만족해야겠지. 물론 아이들이 성공해서 잘 살아준다면 더할 나위 없이 좋겠지만."

"아이들이란 제가 기르는 병아리 같은 거예요. 전혀 알 수 없는 거라고요. 저기 저 근사한 수탉을 보세요. 저 녀석은 무리 중에서 가장 멍청한 새예요. 하지만 저 못생기고 다리 긴 녀석은 이 마당의 왕이거든요. 똑똑하니까요. 그리고 저쪽의 잘생긴 녀석은 쉰 목소리를 내는 데다 지독한 겁쟁이예요. 저도 지금은 별 볼일 없어 보이지만 어른이 될 때까지 지켜봐 주세요. 그때부터가 진짜니까요." 테디는 자신이 맘에 들어하는 다리 긴 새라도 된 것 같은 얼굴을 하고 말했다. 그 겸손한 예언을 듣고 모두 웃었다.

"댄도 빨리 어딘가에 정착하면 좋겠는데. 구르는 돌에는 이끼가 끼지 않는다지만, 그 아이는 스물다섯이나 되어서도 여전히 세계를 방랑하고 있잖아. 붙잡아 둘 인연이 없는 거지, 여기 조밖에는." 메그는 여동생 쪽을 돌아보며 말했다.

"댄도 곧 자리를 잡을 거야. 경험이 그 아이의 가장 좋은 선생님이니까. 그 애는 여전히 거칠지만 돌아올 때마다 나아지고 있어. 난 절대로 실망하지 않아. 그 애는 무슨 대단한 일을 하거나 부자가 되지는 못할지 모르지만, 그래도 거친 소년이 성실한 사람이 되어 준다면 나는 그걸로 만족해." 언제나 검은 양을 변호하는 조가 말했다.

"맞아요. 엄마, 언제까지나 댄 편이 되어 주세요! 돈 자랑을 하고 재계의 거물이 되려고 하는 잭이랑 네드보다 댄이 더 가치 있는 사람이에요. 두고 보세요. 머지않아 훌륭한 일을 해내서 모두를 깜짝 놀라게 할 거예요." 테디가 덧붙였다. 그가 어릴 때부터 가져온 대니에 대한 애정은, 이제는 대담하고 모험적인 사내에 대한 소년다운 동경으로 바뀌어 한결 강해져 있었다.

"그럴 거야, 분명히. 녀석은 말도 안 되는 일로 이름을 날릴 거야. 마터호른에 오른다거나 나이아가라에서 거꾸로 뛰어든다거나 엄청난 금괴를 발견한다거나 해서 말이야. 그게 그 애의 취미인 거야. 어쩌면 우리보다 나을지도 모르지." 톰은 그렇게 말하고는 생각에 빠졌다. 의대생이 되고부터 그는 자신의 취미를 좇아 여러 가지 경험을 쌓아왔다.

"훨씬 나을 거라고 생각해!" 조는 힘주어 말했다. "우리 아이들도 유혹 많은 도시에서 시간과 돈과 건강을 낭비하게 하기보다는 댄처럼 세계 곳곳을 둘러 보도록 내보내고 싶을 정도야. 댄은 스스로 길을 헤치고 나아가야 하잖아. 그것이 그 아이에게 용기와 인내, 독립심을 키워 주는 거야. 나는 댄에 대해서라면 대학생인 조시와 돌리만큼 걱정하지는 않아. 그 애들은 갓난아이 이상으로 돌봐줘야 한다니까."

"존은 어때요? 그는 신문기자로서 설교에서부터 상금이 걸린 권투시합에 이르기까지 온갖 사건을 보도해서 마을을 들썩이게 하고 있잖아요." 톰이 물었다. 의학 강의를 듣거나 병동에서 일하는 것에 비하면 그런 생활이 훨씬 자신의 적성에 맞는 것 같았다.

"호랑이도 제 말 하면 온다더니. 봐요, 부스럭부스럭 신문지 소리가 들려오기 시작했어요." 톰의 외침과 동시에 싱그러운 얼굴에 갈색 눈을 가진 청년이 머리 위로 신문을 번쩍 쳐들면서 가로수 길을 걸어왔다.

"석간이요, 석간! 방금 인쇄된 따끈따끈한 석간! 은행원 도주! 화약 공장 대폭발! 라틴어 학교 총파업!" 테디가 큰 소리로 외치며 어린 기린처럼 가벼운 발걸음으로 사촌형을 맞으러 뛰어나갔다.

"제독이 탄 배가 입항했어요. 순풍에 실려 왔어요." 데미는 웃는 얼굴로 희소식을 전하며 다가왔다.

사람들은 저마다 한 마디씩 하며 함부르크에서 온 '브랜더 호'가 무사히 입항했다는 기사가 실린 신문을 돌려 보았다.

"내일까지는 제독이 언제나처럼 바다의 용사들을 데리고 와서 생생한 여행담을 들려 줄 거예요. 저는 오늘 만났어요. 쾌활하고 커피콩처럼 그을렸어요. 멋진 항해였다고 해요. 그리고 이등항해사가 될 것 같대요. 한 명이 다리가 부러져서 누워 있나 봐요." 데미가 덧붙였다.

"그 다리, 붙여 주고 싶네." 직업상 솜씨를 발휘할 기회를 노리며 낸이 혼잣말을 했다.

"프란츠는 어떻게 하고 있어?" 조가 물었다.

"결혼한대요! 빅뉴스죠, 이모가 키운 아이들 가운데 제1호잖아요. 신부 이름은 루드밀라 힐데가드 블루멘탈. 집안도 좋고 유복하고 아름다운 여성이라고 해요. 물론 마음씨도 곱고요. 프란츠는 이모부에게 승낙받고 싶다고 해요. 그러면 행복하고 정직한 시민이 될 거예요. 프란츠 만세!"

"이야, 잘됐네. 나는 우리 아이들이 좋은 아내를 만나 좋은 가정을 꾸리는 게 무엇보다 기뻐. 만사가 순조롭게 진행되면 프란츠는 곧 내 품을 떠나게 되겠구나." 조는 만족스러운 듯 두 손을 깍지 꼈다. 때때로 그녀는 병아리들을 데리고 있는 암탉이 된 것 같은 기분이 들었기 때문이다.

"저도 그래요." 톰은 흘긋 낸을 보면서 말하고는 한숨지었다. "남자는 결혼을 해야 생활이 안정되거든요. 좋은 아가씨들의 의무는 되도록 빨리 결혼하는 거죠. 어떻게 생각해, 데미?"

"좋은 남자가 충분한 경우에는 그렇지. 하지만 여성 인구가 남성 인구보다 많거든. 특히 뉴잉글랜드에서는. 어쩌면 그렇기 때문에 우리 사회의 문화 수준이 더 높아졌는지도 모르지만." 어머니 의자에 기대어 낮은 목소리로 그날 있었던 일을 이야기해 주고 있던 존이 대답했다.

"그게 바로 자연의 자비로운 섭리라고 하는 거란다. 한 남자가 세상에 태어나서 살다가 죽기까지는 서너 명의 여자의 손길이 필요하지. 남자들은 참으로 손이 많이 가는 존재들이야. 어머니와 누이, 아내, 딸들이 그런 의무를 기꺼이, 그리고 매우 잘 수행하기에 망정이지, 안 그랬으면 진작 지상에서 사라졌을 거야." 조는 진지한 얼굴로 말하며 구멍 난 양말이 가득 담긴 바구니를 꺼냈다.

"그렇기 때문에 '남아도는 여자들'이 무력한 남자들과 그 가족들을 돌보기 위해 해야 할 일이 많은 거야. 나는 날이 갈수록 그 점을 더 분명하게 깨닫게 돼. 그리고 내가 의사라는 직업 덕에 사회에 보탬이 되면서도 행복하고 독립적인 노처녀로 살아갈 수 있다는 게 기쁘고 감사해."

낸이 힘주어 마지막 대사를 읊자 톰은 신음을 했고 모두는 웃었다.

"너에 대해서는 매우 자랑스럽고 흡족하게 생각하고 있단다, 낸. 네가 큰 성공을 거두었으면 좋겠구나. 세상이 요구하는 것은 바로 너같이 사회에 보탬이 되는 여성이니까. 나는 때때로 내가 천직을 놓친 것은 아니었을까 생각할 때가 있어. 독신으로 살았어야 하는 건 아닐까 하고. 그렇지만 내가 가야 할 길은 이 길인 것 같았다. 이 길을 택한 데 대한 후회는 없어." 조는 이렇게 말하고는 구멍투성이의 커다랗고 파란 양말을 가슴에 파묻었다.

"맞아, 어머니가 계시지 않으면 나는 아무것도 할 수 없었을걸." 테디가 한 마디를 보태고는 어머니를 끌어안았다.

"자자, 얘야. 가끔은 그 손을 깨끗하게 씻어두면 이렇게 달라붙어도 내 셔츠 옷깃이 더러워지지 않을 텐데. 하지만 상관없어. 조금 더러워지더라도 안겨 주는 편이 좋은걸." 조는 말했다. 머리카락은 테디의 단추에 휘감겨 있고, 옷깃은 구겨져 버렸지만 조의 얼굴은 매우 밝고 흐뭇해 보였다.

그때 베란다 저쪽 끝에서 연극 연습을 하고 있던 조시가 느닷없이 억눌린 듯한 비명을 지르더니 무덤에 누운 줄리엣의 대사를 읊기 시작했다. 그것이 정말로 실감나서 남자 아이들은 박수를 보냈고 데이지는 전율했다. 그리고 낸은 "저 나이 때 아이들치곤 뇌에 받는 자극이 너무 심한걸" 하고 중얼거렸다.

"언니, 슬슬 언니도 마음의 결정을 할 때가 온 게 아닐까. 저 아이는 천부적인 배우야. 우리도 저렇게 잘했던 적은 없었어. '마녀의 저주'조차도 저 정도는 아니었다고." 조는 붉게 상기된 얼굴에 숨을 헐떡이는 조카딸의 발밑에 색색의 양말들로 이루어진 꽃다발을 던져 주었다.

"내가 처녀 때 연극을 동경했던 것에 대한 벌이야, 이건. 내가 배우가 되고 싶다고 했을 때 어머니가 어떤 기분이었을지 알 것 같아. 나로서는 도저히 받아들일 수 없는 일이야. 하지만 결국에는 또다시 내 소망과 계획을 포기할 수밖에 없겠지."

어머니의 목소리에서 탓하는 듯한 느낌을 감지했는지 데미는 여동생을 부드럽게 흔들어 일으켜 세우며 엄격한 목소리로 말했다. "바보 같은 짓 그만 둬. 다들 보는 데서."

"이거 놔. 놓지 않으면 '광란의 신부'가 하는 대사를 있는 힘을 다해 외쳐 줄 거야!" 조시는 상처 입은 고양이처럼 오빠를 노려보며 말했다. 그런 다음 일어서서 우아하게 절을 하고는 연극조로 "워핑턴 부인의 마차가 기다리고 있어요"라고 말한 뒤 계단을 내려가 데이지의 새빨간 숄을 장엄히 휘날리며 모퉁이를 돌아 사라졌다.

"멋지지 않아? 저 애가 이런 식으로 나를 재미있게 해주지 않았다면 난 이런 따분한 곳에서 견디기 힘들었을 거야. 저 애가 고지식한 사람이 된다면 나는 집을 나갈 거야. 그러니까 저 아이의 싹을 자르지 않도록 조심해줘." 테디가 계단 위에서 속기를 하고 있는 데미를 향해 얼굴을 찌푸려 보이며 말했다.

"너희 두 사람은 쌍두마차를 끄는 두 마리의 말 같아. 모는 데 힘이 들지만 나는 마음에 들어. 메그, 조시가 내 아이이고 로브가 언니 아이였으면 좋았을 것 같지 않아? 그랬으면 언니 집은 평화 그 자체였을 거고 우리 집은 틀림없이 시끌벅적했을 거야. 이제 로리에게 새 소식을 전해주러 가야겠다. 같이 가, 메그. 조금 걸으면 기분이 나아질 거야." 조는 테디의 밀짚모자를 머리에 쓰고 언니와 함께 떠났다. 뒤에 남아 있던 데이지는 머핀을 만들고 테디는 조시를 달랬다. 그리고 톰과 낸은 각자 환자를 보러 갔다.

제2장 파르나소스

그것은 정말 잘 지은 이름이었다. 그날은 뮤즈들이 집에 있었던 모양으로 두 사람이 언덕을 올라가자 그곳에 잘 어울리는 광경과 소리가 그들을 맞았다. 지나가면서 열린 창문으로 안을 들여다보니 도서실에는 클리오(역사를 주관하는 여신)와 칼리오페(서사시를 주관하는 여신)와 우라니아(천문(天文)을 주관하는 여신)가 있었고, 거실에는 춤을 추거나 연극 연습을 하는 젊은이들 몇 명과 함께 멜포메네(비극을 주관하는 여신)와 탈리아(목가(牧歌)와 희극을 주관하는 여신)가 있었다. 에라토(연애시를 주관하는 여신)는 연인과 함께 정원을 거닐었고, 음악실에서는 아폴론이 아름다운 목소리로 노래하는 합창단을 지휘하고 있었다.

원숙한 아폴론은 우리의 오랜 친구 로리이다. 그는 예나 지금이나 반듯한 이목구비에 붙임성이 좋은 성격이다. 시간이 장난꾸러기 로리를 인품 좋은 어른으로 바꿔놓았다. 고생과 슬픔은 안락함이나 행복과 마찬가지로 그에게 도움이 되었다. 그는 할아버지 뜻을 이루어야 하는 책임을 충실하게 수행했다. 타고난 성격상 밝고 따스하고 풍요로운 곳이 성미에 맞아 양지 바른 곳에서 꽃을 피우는 사람들이 있는가 하면, 그늘진 곳이 성미에 잘 맞아 살짝 서리를 맞고 나면 더욱더 아름답게 성장하는 사람들도 있다. 로리는 양지 바른 곳에서 꽃을 피우는 쪽이었고 에이미 또한 그러했다. 그래서 이 둘이 결혼한 뒤 인생은 시(詩)처럼 아름다웠다.

그들 집은 수수한 아름다움으로 가득한 편안한 공간이었고, 예술을 사랑하는 남편과 아내는 이곳에 온갖 종류의 예술가들을 불러 대접했다. 로리는 이제 마음껏 음악을 즐길 수 있게 되었으며, 자신이 돕고자 하는 사람들을 위해 노력을 아끼지 않았다. 에이미는 야심 있는 젊은 화가와 조각가의 후원자였다. 딸이 예술을 이해할 만큼 성장하자 그녀는 자신의 일을 전보다 곱절이나 더 소중하게 여기게 되었다. 에이미는 천부적으로 주어진 재능을 희생하지 않고도 좋은 아내, 좋은 어머니가 될 수 있음을 증명해주는 한 사람이었다.

언니들은 에이미가 있는 곳을 잘 알고 있었다. 조가 서슴없이 화실로 들어가면 그곳에서는 엄마와 딸이 함께 작업을 하고 있었다. 베스는 자그마한 어린이 반신상을 제작하는 중이었고, 엄마는 붓으로 남편의 머리를 아름답게 마무리하고 있었다. 에이미는 전혀 나이 들어 보이지 않았다. 언제나 행복으로 젊음을 유지하고, 풍요로운 환경 속에서 그녀가 필요로 하는 모든 교양을 익히고 있었다. 그녀는 옷을 고르는 안목과 옷맵시로 단순하면서도 우아한 아름다움을 보여주는 당당하고 기품 있는 여성이었다. "로렌스 부인이 어떤 옷을 입었는지는 금세 잊어버리지만 어쨌든 같은 방에 있는 사람들 가운데에서 가장 옷을 잘 입었다는 인상을 준다니까"라고 말하는 사람도 있었다.

에이미는 딸을 끔찍이 사랑했고 어쩌면 그게 당연한 일이기도 했다. 자신이 그토록 동경했던 아름다움이 적어도 그녀의 눈에는 그 어린 자녀에게 깃들어 있었기 때문이었다. 베스는 엄마의 다이애나 같은 몸매와 푸른 눈동자, 고운 피부와 금발을 이어받아서 그 금발을 엄마와 마찬가지로 고전적인 스타일로 땋고 있었다. 그리고—아! 에이미에게 마르지 않는 기쁨의 원천이라고 할 수 있는 것은, 베스가 아버지의 멋진 코와 입을 여성적인 분위기로 빼닮았다는 것이다. 아무 장식도 없는 조금 긴 리넨 앞치마가 베스와 잘 어울렸다. 베스는 자신에게 쏟아지는 온화한 시선에도 아랑곳 않고 진정한 예술가처럼 일에만 몰두했다. 그곳에 조 이모가 뛰어들어와 답답하다는 듯 외쳤다.

"애들아, 그 진흙 파이는 적당히 만들고 새로운 소식을 좀 들어보렴!"

두 조각가는 도구를 내려놓고 다루기 힘든 부인을 반갑게 맞이했다. 비록 작품에 대한 영감이 한창 샘솟고 있던 터라 이 무단 침입으로 소중한 시간을 적잖이 허비하게 되긴 했지만. 로리가 가세하자 수다는 최고조에 이르렀다. 로리는 자매 사이에 앉아 프란츠와 에밀에 관한 뉴스를 흥미진진하게 들었다.

"유행병이 번지고 있어요. 조만간 당신의 어린 양들을 덮칠 거예요. 앞으로 10년간은 아이들이 겪을 온갖 종류의 로맨스와 무모한 행동에 대비해야 할 거예요, 조. 아이들은 커가는 중이고 이제껏 당신이 경험한 것보다 훨씬 더 심한 고통의 바다에 뛰어들 수도 있어요." 로리가 말했다. 그는 기쁨과 곤혹스러움이 뒤섞인 조의 얼굴을 바라보며 재미있어 했다.

"알고 있어요. 그 바다를 잘 헤엄쳐 나와 안전한 물가로 인도해줄 힘이 저에게 있으면 좋겠지요. 하지만 여기에는 엄청난 책임이 따르겠지요. 아이들은 모두 저를 찾아와서 각자의 연애사건을 잘 해결해달라고 부탁할 게 분명해요. 그러나 저는 그런 일을 즐기는 편이고, 메그 또한 감상적인 사람이라서 우리는 미래를 상상하며 맘껏 즐기고 있어요." 조가 말했다. 그녀는 자신의 두 아들에 대해서는 꽤 안심하고 있는 듯했다. 그들은 아직 어렸기 때문에 이런저런 문제로 골치를 썩을 일이 없었던 것이다.

"하지만 내트가 데이지에게 너무 가까이 다가가면 메그도 그냥 지켜보고만 있을 수 없지 않을까요. 물론 어떤 의미인지 이해하시겠죠? 저는 내트의 음악 선생님으로서 그 아이가 터놓고 얘기할 만한 상대이기도 하지요. 그러니 어떤 충고를 해줘야 좋을지 알고 싶어요." 로리가 진지한 표정으로 말했다.

"쉿! 베스가 있다는 걸 잊지 마." 조는 다시 작업을 시작한 베스를 향해 고갯짓을 하며 말했다.

"아차! 하지만 베스는 지금 한창 일에 몰두하고 있어서 아무것도 들리지 않을 겁니다. 그래도 없는 편이 나으려나. 나가, 베스. 그 아기는 이제 좀 자게 두고 밖에서 달리기라도 하는 게 어때? 응접실에 메그 이모가 계시니까 가서 새로 그린 그림을 보여드리렴. 우리도 곧 뒤따라 갈 테니까." 로리는 이렇게 말한 뒤 피그말리온이 갈라테이아를 바라보듯이 키가 훤칠한 자기 딸을 쳐다봤다. 그는 베스를 집안의 모든 조각상들 가운데에서 가장 아름다운 걸작으로 여기고 있었다.

"네, 알겠어요, 아빠. 하지만 이 조각상이 잘 만들어졌는지 아닌지 좀 말씀해 주세요." 베스는 얌전히 도구를 아래에 내려놓으면서 못내 아쉬운 듯 반신상 쪽으로 눈길을 돌렸다.

"글쎄, 솔직히 말하면 이쪽 볼이 저쪽보다 조금 더 볼록해 보이는걸. 그리고 이마 위의 곱슬머리는 마치 뿔 같고. 그렇지만 그 밖에 다른 것들은 라파엘로의 '노래하는 천사'와 혼동할 만큼 정말 훌륭하구나." 로리가 웃으며 대답했다. 딸이 처음 시도하는 이 작품들은 에이미의 초기 작품과 매우 비슷해서 그는 열의에 넘치는 엄마 에이미처럼 진지하게 봐줄 수가 없었다.

"아빠는 음악 말고는 아름다운 것을 이해하지 못하세요." 금발의 베스는 고개를 저으며 대답했다. 순간 금빛이 차가운 화실 안을 환하게 밝히는 듯 했다.

"그렇군. 아빠에게 아름다운 것은 바로 베스 너란다. 네가 예술품이 아니면 도대체 뭐가 예술품이겠니? 아빠는 네가 좀 더 자연을 가까이 하기를 바라. 아빠가 원하는 것은 살과 피로 만들어진 아이이지. 회색 앞치마를 두르고 일에만 몰두하는 아름다운 동상이 아니란다."

이 말에 베스는 흙투성이가 된 두 손으로 아빠의 목을 와락 끌어안고 가볍게 입을 맞춘 뒤 이렇게 말했다.

"지금 하신 말씀 명심할게요. 그런데 앞으로 아빠가 자랑으로 여기실 만한 아름다운 작품을 만들고 싶어요. 자, 이제 밖으로 나가서 달리기도 하고 노래도 부를게요. 그래서 아빠의 좋은 딸이 될게요." 베스는 앞치마를 벗고 화실을 나갔다. 모든 빛이 그녀와 함께 사라지는 듯 보였다.

"그렇게 말해줘서 정말 좋았어요. 저 아이는 나이에 걸맞지 않게 지나치게 예술적인 꿈에 매달려 있어요. 제 잘못이에요. 그런데 그런 마음은 저에게도 고스란히 있는 걸요. 그래서 분별력을 잊고 마는 거예요." 에이미는 한숨을 지으며 조심스럽게 젖은 수건으로 반신상을 덮었다.

"나는 우리 애들이 이렇게 사는 게 무척 마음에 들어. 그래도 언젠가 엄마가 메그에게 하신 말씀을 잊지 않도록 힘쓰고 있지. 아빠도 자녀 교육을 분담해야 한다는 말씀 말이야. 그래서 나는 테디를 아이 아버지에게 맡기고, 프리츠는 로브를 나에게 맡긴단다. 로브의 조용한 성격이 나와 잘 맞고 테디의 거친 성격이 아이 아버지와 잘 맞으니까. 그러니까 에이미, 잠시 베스에게서 진흙 파이를 거둬들이고 로리와 함께 음악 공부를 하게 했으면 해. 그러면 그 애의 취미도 한 쪽으로 치우치지 않고 로리도 질투하지 않을 테니."

"훌륭해! 명재판관이에요!" 로리는 기분이 좋아져서 소리쳤다. "당신만은 내 편이 되어서 한마디 거들어줄 거라 기대했어요, 조. 나는 에이미를 조금 질투하고 있었죠. 나도 딸아이와 좀 더 많은 시간을 보내고 싶었으니까요. 여보, 이번 여름에는 저 아이를 내게 맡겨 줘요. 내년에 로마에 가면 당신과 예술의 여신에게 맡길 테니. 그게 공평하지 않겠소?"

"좋아요. 단 당신의 취미인 '자연'과 음악을 가르칠 때 이것만은 잊지 말아요. 베스가 아직 열다섯 살이기는 하지만 그 나이 또래 애들보다 훨씬 어른스럽다는 사실을. 그러니 어린애 취급해서는 안 된다는 뜻이에요. 그 애는 나의 분신 같은 존재예요. 그 아이가 소중히 여기는 대리석처럼 나는 그 애를 언제나 맑고 아름다운 상태로 두고 싶어요."

에이미는 아쉽다는 듯이 말하며 사랑하는 딸과 행복한 시간을 보낸 화실 안을 빙 둘러보았다.

"예전에 모두가 엘렌 나무에 올라가거나 적갈색 장화를 신고 싶어할 때 우리는 차례대로 하자고 말하곤 했죠." 조가 활발하게 말했다. "그러니까 두 사람도 교대로 아이를 돌보지 않으면 안 돼요. 교대로 돌보면서 누가 더 아이를 잘 양육하는지 보는 거죠."

"그럴게요." 자식 사랑이 끔찍한 부모는 이렇게 대답하며 예전 일을 회상하고 웃었다.

"그러고 보니 나는 저 사과나무에 올라가는 것을 무척이나 좋아했었나 봐요. 진짜 말을 타는 것보다도 재미있었고 운동도 됐어요." 에이미는 이렇게 말하고 높은 창문으로 밖을 내다보았다. 그리운 과수원과 거기에서 뛰놀던 소녀들이 보이기라도 하는 듯이.

"나는 또 그 장화로 얼마나 재미있는 생각들을 했는지 몰라" 말하며 조도 웃었다. "난 그 오래된 장화를 아직도 갖고 있어요. 애들이 신고 놀아 너덜너덜해지기는 했지만 지금도 썩 맘에 들어요. 할 수만 있다면 그 장화를 신고서 다시 한 번 무대 위를 성큼성큼 걸어보고 싶어요."

"나는 탕파와 소시지가 가장 기억에 남아요. 그때 정말 재미있었는데. 그것도 벌써 아득한 옛날 일이 됐네요!" 로리가 말했다. 눈앞의 두 여인이 그 어렸던 에이미와 말괄량이 조였다니 믿겨지지 않는 듯 새삼스럽게 쳐다보면서,

"늙은이 같은 말은 그만해요. 우리는 이제 겨우 한창 때라고요. 주위에 많은 꽃봉오리들을 달고 아름다운 꽃다발이 된 참이에요." 에이미가 말했다. 그녀는 어렸을 적에 새 옷을 입고 기뻐했을 때처럼 장밋빛 모슬린 드레스의 주름을 쫙 폈다.

"가시와 마른 잎 이야기를 하지 않는다면……." 조가 한숨 섞인 투로 덧붙였다. 그녀의 인생은 결코 순탄하지만은 않았다. 지금도 골치 아픈 일들이

많았다.

"저쪽으로 가서 차라도 마셔요. 그리고 젊은 애들이 뭘 하는지 보고 옵시다. 당신은 지쳐 보여요." 로리가 자매의 팔짱을 끼고서 오후의 차 한 잔을 권유했다. 파르나소스에는 옛날에 신들이 마시던 넥타르처럼 아무리 마시고 마셔도 없어지지 않는 차가 늘 준비되어 있었던 것이다.

메그는 여름 응접실에 있었다. 그곳은 통풍이 잘되는 쾌적한 방이었다. 기다란 창문이 세 개나 정원을 향해 활짝 열려 있어서 오후의 태양빛이 넘치도록 들어오고, 나뭇잎 바스락거리는 소리가 들린다. 응접실 한쪽 끝에는 넓은 음악실이 있고, 반대편에는 자주색 커튼이 쳐져 있는 알코브(거실에 붙어 있는 작은 방)에 자그마한 가족 사당이 마련되어 있었다. 여기에는 초상화 세 개가 걸려 있고 양쪽 모퉁이에 하나씩 대리석으로 된 흉상이 놓여 있다. 긴 소파 하나와 꽃병을 놓아둔 장방형 테이블이 이곳에 있는 가구의 전부였다. 흉상은 존 브루크와 베스의 흉상으로 둘 다 에이미의 작품이었는데 실물과 아주 비슷했다. 둘 다 평온한 아름다움으로 가득해 그걸 볼 때마다 '점토는 삶을, 석고는 죽음을, 대리석은 영원을 나타낸다'는 말이 떠오를 정도였다. 오른편에는 로렌스 씨의 초상화가 걸려 있었는데 자신감 넘치면서도 자비로운 그의 표정에는, 옛날 소녀 시절의 조가 감탄하며 바라보았을 때처럼 너무나 생생하여 사람을 끌어당기는 무언가가 있었다. 그 맞은편에는 마치 고모할머니의 초상화—에이미에게 남긴 유산—가 있었다. 거창한 터번을 두른 고모할머니는 커다란 소매가 달린 자줏빛 새틴 드레스를 입고 긴 장갑을 낀 손을 가슴에 모은 모습이었다. 시간은 그녀의 엄격한 얼굴을 온화하게 변모시켰다. 어쩌면 맞은편에서 멋진 노신사가 물끄러미 바라보고 있었기 때문에 고모할머니도 저절로 미소를 짓게 된 것인지도 모르겠다.

정면에는 그리운 어머니의 초상화가 따뜻한 햇살을 받으며 자리해 있었는데, 그 뒤에는 늘 녹색 화환이 걸려 있었다. 그것은 무명 시절에 어머니의 도움을 받은 어떤 유명 화가가 그린 훌륭한 그림으로, 생전의 어머니 모습과 정말 똑같아 지금도 미소 띤 얼굴로 딸들을 굽어보며 쾌활한 목소리로 이렇게 말하고 있는 듯했다.

'행복하게 지내거라. 나는 항상 너희들과 함께 있단다.'

세 자매는 잠시도 그들을 떠난 적이 없는 그리움과 존경이 가득한 눈으로 사랑하는 이의 초상화를 올려다보았다. 이 훌륭한 어머니는 그녀들에게 둘도 없이 소중한 존재여서 어느 누구도 그를 대신할 수 없었다. 어머니가 새로운 삶과 사랑의 세계로 떠난 지 2년도 채 되지 않았지만 어머니가 남기고 간 아름다운 추억들은 가족 모두에게 격려와 위안이 되었다. 자매들은 서로에게 바짝 다가서서 그것을 느끼고 있었다. 로리가 진지하게 다음과 같이 말했을 때 그 말은 세 자매의 마음을 여실히 나타내 주었다. "딸아이가 장모님처럼만 자라준다면 더 바랄 게 없을 텐데. 오, 하느님, 제게 그런 힘이 있다면 딸아이를 그렇게 키울 수 있게 도와주십시오. 제가 가진 최고의 것은 바로 성인과도 같은 장모님에게 받은 것이니……."

그때 음악실에서 '아베마리아'를 부르는 고운 목소리가 들려왔다. 베스가 자신도 모르는 사이에 아빠의 기도에 화창(和唱)한 것이었다. 어머니가 즐겨 부르던 이 노래가 고인에 대한 추억에 빠져 있던 청중의 마음을 현실 세계로 되돌렸다. 자매는 열어젖힌 창가에 앉아서 음악을 감상했고 그곳으로 로리가 차를 몰고 왔다.

잠시 뒤 내트와 데미가 들어오고 그 뒤를 이어 테디와 조시, 바어 선생과 착실한 로브가 아이들 소식을 들으러 찾아왔다. 찻잔 부딪치는 소리와 이야기하는 소리로 응접실이 떠들썩할 즈음 하루 일과를 마치고 휴식을 즐기는 유쾌한 사람들에게 밝은 석양이 비쳐들었다.

바어 선생은 이제 머리가 희끗희끗하지만 우람한 체격과 상냥한 성격은 여전했다. 선생은 자신이 좋아하는 교육자의 길을 택해 지금까지 온 힘을 다해 가르쳐왔기에 전교생에게 좋은 영향을 주고 있다. 로브는 아직 어리지만 아버지를 꼭 닮아서 이미 '어린 교수님'으로 통했다. 로브는 학문을 좋아해 자신이 존경하는 아버지를 모든 면에서 거울로 삼고 있었다.

"여보, 아이들을 다시 만나게 되었어. 두 아이를 다시 만나면 얼마나 기쁠까." 선생은 환한 얼굴로 조 옆에 앉으면서 축하의 악수를 청했다.

"정말로 여보, 저도 에밀 일을 무척 기쁘게 생각하고 있어요. 프란츠 일도 당신만 찬성하면 좋을 텐데……. 루드밀라를 아세요? 그녀와 결혼하는 게 현명한 일일까요?" 조는 찻잔을 건네며 슬픈 일뿐만 아니라 기쁜 일에도 남편이 두둔해 주길 바라듯 선생 곁으로 바짝 다가앉았다.

"모든 일이 순조롭게 진행되고 있어요. 난 그 아가씨를 보았소. 그때는 아직 어릴 때였는데 무척 귀엽고 매력적인 어린 숙녀였어. 블루멘탈 집안에서도 만족할 테니 프란츠는 머지않아 행복해질 거야. 그 아이는 진정한 독일인이라 조국을 떠나서는 살 수 없을 거요. 프란츠가 새로운 나라와 낡은 나라 사이의 징검다리 역할을 하게 둡시다. 나는 그걸로 만족해요."

"에밀은 다음 항해에서 이등항해사가 된다고 했어요. 굉장하지요? 당신 조카들이 둘 다 훌륭하게 자라서 저는 정말로 기뻐요. 그 애들과 애들 어머니를 위해 당신이 고생을 많이 하셨어요. 당신은 대수롭지 않은 듯 말씀하시지만 저는 잊을 수 없을 거예요." 이렇게 말하고 조는 감상적으로 자기 손을 선생의 손 위에 포개었다. 마치 프리츠가 구혼하러 왔을 때의 소녀로 돌아간 듯이.

선생은 유쾌하게 웃으며 조가 들고 있는 부채 뒤에서 속삭였다. "가엾은 조카들을 위해 내가 미국에 오지 않았더라면 당신도 만나지 못했을 거야. 힘들었던 시절도 이제 와서는 아름다운 추억이 됐어. 나는 잃어버린 듯 보이는 것에 대해서도 하느님께 감사하고 있다오. 대신 내 인생의 축복인 당신을 얻었으니까."

"어휴, 닭살 돋아!" 이 흥미로운 순간에 부채 위에서 들여다보고 있던 테디가 어머니를 당황시키고 아버지를 미소 짓게 만들었다. 선생은 아직까지 자기 아내를 세상에서 가장 사랑스러운 여인으로 여기는 것에 대해 조금도 부끄러워하지 않았다. 로브는 이내 동생을 창문에서 끌어내렸지만 테디는 금세 다른 창문으로 뛰어 올라갔다. 조는 부채를 접어서 테디가 다시 곁으로 오면 한 대 때려주려고 자세를 취했다.

내트는 선생이 차 스푼으로 손짓하는 모습을 보고 부부 앞으로 가 섰다. 그의 얼굴에는 자신을 위해 이토록 많은 일을 해준 훌륭한 분에 대한 경애의 마음이 넘쳤다.

"내트, 네게 부탁할 편지가 있단다. 모두 라이프치히에 있는 나의 옛 친구들에게 보내는 것들이야. 그 친구들이 너의 새로운 생활을 돌봐줄 게다. 그런 분들이 있다는 건 참 행복한 일이지. 너도 처음 얼마 동안은 향수병에 걸려 위로가 필요할 테니까." 그러고 나서 선생은 대여섯 통의 편지를 내트에게 건네주었다.

"고맙습니다, 선생님. 저도 어느 정도 그곳 생활에 적응할 때까지는 상당히 쓸쓸할 거라고 각오하고 있어요. 그동안에 음악과 장래에 대한 희망이 힘을 불어넣어 줄 거라 생각하지만서도요." 내트가 대답했다. 그의 마음속에서는 이렇게 친절한 분들과 헤어져 새로운 친구를 사귀는 것에 대한 희망과 불안이 교차했다.

내트도 이제는 어엿한 어른이 되었다. 그의 파란 눈은 여전히 솔직했고, 입가는 공들여 기른 콧수염에도 불구하고 아직까지는 좀 연약했다. 그리고 넓은 이마는 음악을 좋아하는 기질을 예전보다 더욱더 잘 나타내고 있었다. 겸허하고 상냥하며 예의 바른 내트. 조는 그가 화려한 성공을 거두지는 못해도 유쾌한 사람이 되리라고 생각했다. 내트를 사랑하고 믿었으며, 그가 최선을 다하리라는 것을 의심치 않았다. 하지만 외국에서의 공부를 통해 자극을 받고 자립심을 길러 더 나은 예술가로, 더 강한 남자로 성장하지 않는 한 어떤 의미에서도 위대한 인물이 될 거라고는 기대하지 않았다.

"네 물건에는 모두 이름표를 붙여 뒀단다. —주로 데이지가 하기는 했지만 —책만 정리하면 언제라도 보낼 수 있도록 말이야." 아이들을 세계 각지로 보내는 데 익숙해진 조가 말했다. 아이들이 북극으로 간다고 해도 그녀는 눈하나 깜빡 하지 않았을 것이다.

내트가 데이지 이름을 듣고 얼굴을 붉힌 것처럼 보인 것은 그의 창백한 뺨에 비친 저녁놀 때문이었을까. 그 사랑스러운 소녀가 자신의 볼품없는 양말과 손수건에 그의 이름을 수놓는 모습을 상상하자 내트의 심장은 행복으로 고동쳤다. 내트는 데이지를 거의 숭배하다시피 사랑하고 있었다. 그가 어릴 적부터 품어온 인생의 꿈은 음악가로서 지위를 얻어 이 천사 같은 소녀를 아내로 삼는 일이었다. 그러한 희망이 바어 선생의 조언과 조의 배려, 로리의 아낌없는 도움 못지않게 그를 지탱해주었다. 그는 데이지를 위해 공부하며 그날을 기다렸다. 데이지가 자신을 위해 조촐한 가정을 꾸리고, 자기는 바이올린을 켜 그녀에게 풍요로움을 만들어주는 행복한 미래를 꿈꾸며 용기를 내고 인내하면서 희망을 이어왔다.

조는 그것을 알고 있었다. 그녀는 내트가 조카딸에게 꼭 어울리는 사람이라고는 말하기는 어려웠지만 내트에게는 데이지의 현명하면서도 사려 깊은 손길이 필요하다는 것을 느끼고 있었다. 데이지가 없이는 그는 사람은 좋지만 목표의식이 없는 남자로 살아갈 위험이 있었다. 수로 안내인 없이 세상이라는 험난한 바다를 건너야 하는 까닭이다. 메그는 이 딱한 소년의 애정에 눈살을 찌푸렸다. 둘도 없이 소중한 딸을 지구상에서 가장 훌륭한 남자가 아닌 어느 누구에게도 시집보낼 생각이 없었기 때문이다. 그녀는 매우 친절했지만 한편으로는 단호한 데가 있었다. 내트는 진심으로 아이들을 생각해주는 조에게 위로받기를 원했다. 아이들이 어른이 되자 새로운 걱정거리가 생겼다. 조는 아이들 사이의 연애사건과 관련해 재미있는 일도 있지만 동시에 골칫거리도 끊이지 않을 거라고 예상하고 있었다. 소녀 때와 마찬가지로 아직도 로맨스를 좋아하는 메그는 조의 가장 좋은 친구이자 조언자였다. 하지만 이 경우에 있어서만큼은 마음을 굳게 닫고 그 어떤 말도 들으려 하지 않았다. "내트는 아직 어른이 아니야. 그리고 그건 아무리 세월이 지나도 마찬가지일 테지. 그 애 가족을 아는 사람은 아무도 없는 데다 음악가로 살아간다는 것은 힘든 일이야. 게다가 데이지도 너무 어리고, 앞으로 5, 6년 뒤라면 몰라도……. 잠시 떨어져 지내는 동안 내트가 어떻게 되는지 지켜보기로 하자." 그것으로 끝이었다. 펠리컨 어미새는 소중한 아기새를 위해 마지막 깃털까지 잡아 뜯고 마지막 피 한 방울까지 내어줄 정도이지만 일단 경계 태세에 들어가면 매우 단호해진다.

조는 남편과 라이프치히 이야기를 나누는 내트를 보며 이런 생각을 하고 있었다. 그리고 그가 떠나기 전에 이 문제에 대해 그와 허심탄회하게 이야기해보기로 마음먹었다. 사람은 누구나 인생 초기에 온갖 시련과 유혹에 맞닥뜨리기 마련인데, 적절한 시기에 적절한 조언을 듣지 못하면 몹시 힘들어질 수가 있으므로.

이런 일은 부모가 해야 할 첫 번째 의무이다. 괜히 배려한답시고 아이의 감독을 게을리 하거나 충고를 꺼려서는 안 된다. 아이를 주의 깊게 돌보고 적절한 충고도 해야 아이가 가정이라는 안전한 항구를 떠났을 때 스스로를 알고 또 통제할 수 있게 되는 것이다.

"플라톤과 제자들이 찾아왔어요!" 테디의 외침과 동시에 마치 씨가 몇몇 젊은이들에게 둘러싸여 들어왔다. 이 지혜로운 노인은 지금도 모든 사람들로부터 사랑받고 있었다.

베스가 그의 곁으로 뛰어갔다. 할머니가 돌아가시고 나서 그녀는 할아버지를 특별히 잘 돌봐드리게 되었다. 할아버지가 늘 앉는 안락의자를 가져와서 그의 은발 머리 위로 자신의 금발 머리를 숙이고 부지런히 시중드는 그녀의 모습은 무척 아름다웠다.

"여기는 언제나 차가 준비되어 있어요. 차를 한 잔 드릴게요. 아니면 암브로시아(그리스 신화에 나오는 신들의 음식)로 하시겠어요?" 로리는 한 손에는 설탕 통을, 다른 손에는 과자 접시를 들고 물었다. 차와 과자를 권하는 것은 그가 좋아하는 일들 가운데 하나였다.

"아냐, 괜찮아. 이 아이가 잘 돌봐주니까 말야." 마치 씨는 이렇게 말하고 신선한 우유가 담긴 컵을 들고 의자 팔걸이에 걸터앉은 베스를 돌아보았다.

"베스가 언제까지나 그렇게 도움을 드릴 수 있기를 바라요. 그래서 '젊은 이와 노인은 함께할 수 없다'는 노래 가사가 틀렸다는 걸 보여줄 수 있기를 ……." 로리는 흐뭇하게 두 사람을 쳐다보며 대답했다.

"'심술궂은 노인'이에요, 아빠. 전혀 의미가 달라져요." 베스가 곧바로 수정했다. 그녀는 시를 좋아해 빼어난 작품을 곧잘 읽었다.

그대 보고 있나요,
눈 덮인 하얀 들판에
신선한 장미가 피어나는 것을?

마치 씨가 읊조리고 있는데 조시가 와서 다른 쪽 팔걸이에 걸터앉았다. 테디와 한바탕 말씨름을 벌인 그녀는 가시 많은 장미 같은 얼굴을 하고 있었다.

"할아버지, 여자는 언제나 남자가 시키는 대로 하고 그가 대단하다고 치켜세워 줘야 해요? 남자가 강하다는 이유만으로요?" 조시가 물었다. 큰 키에 어울리지 않는 어린애 같은 얼굴에 도발적인 미소를 머금고 천천히 다가오는 사촌을 바라보았다.

"그건 말이지, 조시. 옛날 사고방식이란다. 그런 생각을 바꾸려면 시간이 좀 걸릴 거야. 그렇지만 나는 여성시대가 이미 시작됐다고 생각해. 남자들도 최선을 다하지 않으면 안 되게 되었지. 여자들이 나란히 달리기 시작한 데다 어쩌면 더 먼저 목적지에 골인할지도 모르니까 말이야." 마치 씨는 여자아이들의 생기 넘치는 얼굴을 만족스러운 듯 바라보며 대답했다. 그들은 매우 우수한 학생들이었다.

"가엾은 애틀랜타(그리스 신화에 나오는 발 빠른 소녀. 달리기 경기를 해서 그녀에게 진 구혼자는 모두 죽게 되는) 들
데 어떤 남자가 경기 중에 금 사과 세 개를 떨어뜨려서 그녀에게 줍게 함으로써 이길 수 있었다
은 경주 도중에 장애물에 정신이 팔려 뒤처지는 거야. 그렇지만 달리는 방법
을 연구하면 그녀들에게도 이길 가능성은 있지." 로리 이모부는 화난 새끼
고양이처럼 머리털을 곤두세우고 있는 조시의 머리카락을 쓰다듬으면서 이
렇게 말하고 웃었다.

"저는 일단 출발하면 아무리 많은 사과가 떨어져 있어도 절대 줍지 않겠
어요. 테디 같은 아이들이 아무리 내 발을 걸어 넘어뜨리려 해도 안 될 거예
요. 여자도 남자만큼—그 이상은 아니더라도—잘해낼 수 있다는 걸 보여줄
거예요. 전에도 잘해낸 적이 있고, 앞으로도 그렇게 할 수 있어요. 내 머리
가 테디의 머리보다 작을지는 몰라도 더 나쁘지는 않아요." 조시는 흥분해서
열변을 토했다.

"그렇게 난폭하게 고개를 흔들면 모처럼 맑아진 네 머릿속이 흐려지잖아.
내가 너라면 더 소중하게 다뤘을 텐데 말야."

테디가 다시 놀리기 시작했다.

"둘이 왜 싸우게 된 거지?"

할아버지가 묻자 두 사람의 기세가 조금 수그러들었다.

"말하자면 이렇게 된 거예요. 우리 둘이 《일리아드》를 읽고 있는데, 제우
스가 아내 주노에게 앞으로 자신이 무엇을 할지 꼬치꼬치 캐묻지 말라고, 한
번만 더 캐물으면 때려주겠다고 말하는 대목이 나왔어요. 주노는 순순히 입
을 다물었는데, 여기에 대해 조시가 몹시 화를 냈어요. 저는 그것으로 좋다
고 말했지요. 여자는 아무것도 모르니까 남자의 말에 따라야 한다는 제우스
의견에 찬성한다고요."

테디의 설명은 모두를 흥미롭게 만들었다.

"여신들도 하고 싶은 대로 하면 좋잖아. 그런데 그리스나 트로이 여자들,
남자에게만 신경을 쓰다니 한심하지 않아? 그것도 싸움에서 지게 생겼을 때
싸우지도 못하고 아테나니 비너스, 주노에게 패퇴당한 남자들에게. 두 영웅
이 서로 돌을 던지고 있을 때 양측 군대가 말없이 앉아서 보고만 있었다니!
호메로스도 참 시시해. 영웅 이야기라면 차라리 나폴레옹이나 그랜트 장군
이야기를 읽는 게 낫겠어."

조시의 말은 벌새가 타조를 나무라는 것처럼 우스꽝스러웠다. 그녀가 불

후의 명시를 비웃고 신들을 비난하자 모두가 웃음을 터뜨렸다.

"나폴레옹의 부인은 행복했을 거야, 안 그래? 여자애와의 토론은 이래서 힘들단 말야. 이 얘기를 하는가 싶다가도 어느새 다른 얘기를 하고 있으니 말이야."

테디가 놀려댔다.

"나는 군인으로서의 나폴레옹과 그랜트 장군에 대해 말했을 뿐이야. 하지만 아내에 대해서 이야기하라면, 그랜트 장군은 다정한 남편이었고 부인은 매우 행복했지. 장군은 부인이 당연한 질문을 했다고 해서 때리는 것 같은 짓 따위는 하지 않았어. 그리고 나폴레옹도 아내 조세핀에게 나쁜 짓을 했는지 여부는 정확히 모르겠지만 그는 싸울 수가 있었어. 미네르바에게 지혜를 빌리는 일 같은 건 하지 않았어. 멋쟁이 파리스에서부터 아킬레우스에 이르기까지 호메로스의 영웅들은 모두 바보들이야. 헥토르나 아가멤논 같은 사람들에 대한 내 의견은 변함없어."

조시는 자기주장을 굽히지 않았다.

"너는 트로이군처럼 싸울 수 있어. 그건 틀림없어. 우리는 너와 테디의 싸움이 끝날 때까지 얌전히 구경이나 하고 있는 양측 군대지."

로리 이모부는 이렇게 말하고 창에 기대는 병사의 모습을 흉내냈다.

"이제 슬슬 끝내야겠군. 아테나가 헥토르를 데려갈 때가 됐어."

마치 씨가 싱글벙글 웃으며 말하고 있는데 조가 아들 옆으로 다가와 저녁 식사가 준비되었음을 알렸다.

"다음번엔 쓸데없이 남 일에 끼어드는 여신들이 없는 곳에서 싸우자고."

테디는 이렇게 말한 뒤 과자가 생각났는지 잽싸게 몸을 틀었다.

"뭐야, 머핀에 굴복당한 거야?"

조시가 테디의 뒤통수에 대고 쏘아붙였다. 하지만 테디는 점잖게 물러가면서 그럴싸한 표현으로 마지막 반격을 했다.

"복종은 군인이 지켜야 할 첫째가는 의무란다."

조시는 여자의 특권으로 마지막까지 따라붙었지만 더 이상 뼈아픈 말을 던질 여유가 없었다. 이유는 감색 옷차림에 구릿빛 얼굴을 한 청년이 "이봐! 모두 어디 있는 거야?" 소리치며 계단을 뛰어올라왔기 때문이다.

"에밀이야, 에밀!"

조시가 외치자 테디가 한달음에 달려왔다. 이렇게 해서 조금 전까지만 해도 치열했던 싸움은 새로운 방문자를 환영하는 것으로 끝이 났다.

두 아이는 머핀에 대해서는 새까맣게 잊어버린 채 멋진 상선을 끄는 두 척의 작은 끌배처럼 에밀을 잡아끌고 거실로 돌아왔다. 에밀은 부인들에게 입맞춤을 하고 남자들과는 악수를 주고받았지만 삼촌과는 옛날 독일식으로 포옹을 해서 구경꾼들을 즐겁게 했다.

"오늘 올 수 있으리라고는 생각지도 못했어요. 하지만 오늘 올 수 있게 된 것을 알고 곧장 플럼필드로 향했지요. 그런데 거기에 아무도 없어서 뱃머리를 파르나소스로 돌린 거예요. 그랬는데 모두가 여기 모여 있네요. 이거 참! 이렇게 모두 만나서 기뻐요!"

젊은 선원은 아직 발밑이 흔들리는 듯 두 다리를 벌리고 서서 싱글벙글 웃으며 사람들을 둘러보았다.

"감탄사만 연발하지 말고 선원들이 쓰는 말로 한번 좀 해봐. 오빠답게 말이야. 오호! 좋은 냄새가 나는데. 배와 타르 냄새가 나!"

조시는 킁킁대며 에밀이 몰고 온 신선한 바다 냄새를 맡았다. 에밀은 그녀가 가장 좋아하는 오빠였고 에밀 또한 조시를 좋아했다. 그래서 그의 불룩하게 튀어나온 웃옷 주머니 안에는 적어도 자신에게 줄 선물이 꼭 있을 거라고 그녀는 굳게 믿고 있었다.

"조시, 내가 꺼내줄게."

조시의 마음을 헤아린 에밀이 웃으면서 한 손으로 그녀를 가로막고, 다른 한 손으로 각기 다른 이름이 표시되어 있는 외국의 작은 상자와 종이 꾸러미들을 꺼냈다. 그러고는 적절한 이야기와 함께 각자에게 건넸다. 그에게는 언제나 장난기가 있었다.

"어라, 이건 밧줄이네! 이거면 우리 집 작은 배를 5분쯤 묶어 둘 수 있겠는걸." 에밀은 이렇게 말하며 예쁜 핑크색 산호 목걸이를 조시의 머리 위에 던져 주었다.

"그리고 이건 인어가 운디네(물의 요정)에게 줬던 거야."

에밀은 진주조개로 만든 목걸이를 베스에게 건넸다.

"데이지는 바이올린을 좋아할 거라 생각했어. 바이올린의 활은 내트가 찾아주겠지."

에밀은 웃으며 말하고서 바이올린 모양의 아름다운 금속을 박아 만든 브로치를 꺼냈다.

"아, 그럴 거예요. 제가 가져다줄게요."

내트는 기뻐하며 데이지를 찾아 밖으로 나갔다. 에밀은 잘 모르겠지만 자신은 데이지가 있는 곳을 잘 안다고 생각하면서.

에밀은 킥킥거리며 재미있는 형태의 곰 조각상을 꺼냈다. 머리 안에 잉크를 넣을 수 있게 되어 있는 잉크 스탠드였다. 에밀은 이것을 손으로 문지르면서 조 숙모에게 드렸다.

"숙모는 이런 귀여운 동물을 좋아하시니까 숙모의 펜을 위해 가져왔어요."

"고맙구나!"

조는 이 선물이 매우 마음에 들었다. 바어 선생은 그 통의 깊이로 보면 셰익스피어의 작품 같은 위대한 작품이 태어날 거라고 예언했다. 이 사랑스런 곰한테 대단한 영감을 받을 거라고.

"메그 아줌마는 젊지만 모자를 쓰실 것 같아서 루드밀라에게 부탁해 레이스가 달린 걸로 샀어요. 맘에 드셨으면 좋겠는데……."

푹신한 종이 사이에서 연하게 피어오르는 안개 같은 것이 나왔다. 그중 하나는 곧바로 메그의 아름다운 머리 위에 놓였는데, 마치 눈송이로 만든 그물 같았다.

"에이미 아줌마는 없는 게 없을 테니 달리 좋은 선물을 못 찾았어요. 그래서 베스가 아기였을 때를 생각나게 하는 자그마한 그림 한 점을 사왔어요."

에밀은 상아로 된 타원형 로켓을 에이미에게 건넸다. 로켓에는 푸른 옷을 입고 장밋빛 아기를 안고 있는 금발의 성모가 그려져 있었다.

"정말 예쁘다!"

모두가 한 목소리로 외쳤다. 에이미는 곧장 베스의 머리에서 청색 리본을 떼어낸 다음 거기에 로켓을 꿰어 목에 걸었다. 선물은 그녀의 생애 최고의 순간을 떠올리게 했다.

"그런데 조금 내 자랑 같기도 하지만 이건 낸에게 딱 어울리는 선물이야. 산뜻하면서도 요란한 구석이 전혀 없잖아. 의사 선생님에게 딱 맞는 물건이지."

에밀은 용암으로 만든 자그마한 해골 모양의 귀걸이를 자랑스럽게 꺼내 보였다.

"아, 싫어!"

흉한 것을 싫어하는 베스는 고개를 돌려 자신이 받은 아름다운 조개껍질 목걸이로 눈길을 피했다.

"낸은 귀걸이 같은 거 안 해!" 조시가 말했다.

"그렇다면 네 귀에 구멍을 뚫는 데 쓸 테지. 낸은 사람들의 몸을 샅샅이 살펴 수술하는 것이 무엇보다 재미있을 테니까."

에밀은 침착하게 대답했다.

"남성분들에게도 드릴 전리품이 많습니다만 우선은 여자아이들에게 선물을 나눠줘야지. 안 그랬다간 평안을 얻지 못할 것 같네요. 그럼 이제 이곳 소식을 들려주실래요?"

에밀은 에이미의 최고급 대리석 테이블에 걸터앉아 두 다리를 흔들며 시속 10노트의 속도로 허풍을 떨어댔다. 이윽고 조가 제독을 환영하기 위한 다과회에 참석하라고 모두를 불렀다.

제3장 조의 마지막 수난

마치 가(家)는 변화무쌍한 인생길에서 생각지도 못한 온갖 일들을 겪어 왔으나 그중에서도 가장 큰 사건은 '미운 오리 새끼'가 '백조'가 아닌 '황금 알을 낳는 거위'가 된 일이다. 황금알은 전혀 예상치 못한 판매 실적을 보이며 조가 오랫동안 품어 온 꿈을, 지난 10년 사이에 실현시켜 주었다. 어떻게 된 일인지는 조 스스로도 알 수 없었으나 그녀는 대단치는 않아도 어느 날 갑자기 유명인이 되어 있는 자신을 발견했다. 게다가 주머니에는 이제 가난을 벗어나 아이들의 앞날을 보장할 수 있을 만큼의 돈도 들어 있었다.

그것은 플럼필드의 제반 여건이 좋지 않았던 어느 해에 시작되었다. 경제적으로 몹시 힘든 시기여서 학교는 축소되고 조는 일을 너무 많이 해서 건강을 한참이나 해치게 되었다. 로리와 에이미는 해외에 있었는데, 바어 부부는 자존심이 너무 강해서 가까이에서 친하게 지내던 이 돈 많은 부부에게조차 도움을 청하지 못했다. 그런 가운데 절망에 빠져 자기 방에만 처박혀 있던 조는 문득 오랫동안 손에 들지 않았던 펜을 보고는, 가계에 보탬이 되기 위해 그녀가 할 수 있는 것은 오직 글을 쓰는 것뿐임을 깨달았다. 다행히 어느 출판사로부터 소녀들을 위한 읽을거리를 부탁 받았던 터라 그녀는 자신과 자매들의 생활—실은 남자들 이야기가 성격에 맞았지만—속에서 몇몇 재미있는 장면을 이야기로 엮었다. 그리고 큰 기대 없이 그것을 출판사에 보냈다.

조에게는 대개의 일들이 예상과는 반대로 일어났다. 4년이나 걸려 완성해서 젊은이의 야망과 원대한 포부를 실어 출항시킨 처녀작은 항해 중에 침몰하고 말았다. 비록 난파선은 오랫동안 표류하다가 마지막에는 출판사에 큰 돈을 안겨주었지만 말이다. 그런데 급하게 써내어 고작 2, 3달러라도 돈이 된다면 다행이라 생각하고 보낸 이야기는 순풍과 현명한 키잡이 덕분에 대중에게 큰 호응을 받아 생각지도 않은 엄청난 황금과 영광을 싣고 돌아왔다. 자기의 작은 배가 깃발을 휘날리고 지금까지 울려본 적 없는 포성을 울리며 항구에 들어왔을 때 조제핀 바어만큼 깜짝 놀란 여성은 없었으리라. 무엇보다 기쁜 것은 수많은 친절한 얼굴들이 그녀와 함께 기뻐하고, 많은 사람들이 축하한다면서 조의 손을 잡아 준 것이다. 그 다음부터는 모든 게 아주 순조로워서 그녀는 그저 짐을 실은 배를 여행길에 내보내기만 하면 되었다. 그 배는 그녀가 사랑하는 사람들 모두를 안락하게 해 줄 수 있는 것을 싣고 돌아왔다.

명성, 그것을 그녀가 마음으로 받아들인 적은 없었다. 그것은 상처받기 쉬운 것이고, 악명은 영광이 아니기 때문이다. 하지만 그녀는, 돈에 대해서라면 아무런 의심 없이 감사히 받았다. 비록 세상에서 떠들어대는 것의 절반도 안 되는 액수였지만 말이다. 한번 밀려들어온 바닷물은 계속 차올라, 조의 가족을 안전하게 즐거운 항구로 옮겨다 주었다.

거기서 노인들은 태풍을 피해 휴식을 취하고, 젊은이들은 인생의 항로를 향해 저마다 작은 배를 타고 나아갈 수 있었다. 모두 그것을 보고 이 가족에게 운이 트인 것을 기뻐했다. 그러나 그 성공으로 조가 무엇보다 기뻐하고 행복하게 여긴 것이 무엇인지를 아는 사람은 많지 않았다.

그것은 어머니의 말년을 행복하고 평온하게 해 줄 수 있는 힘이 생겼다는 것이다. 소녀시절, 조의 가장 큰 바람은 어려운 생활 속에서도 여장부 같았던 어머니가 노후를 편안하게 보낼 방이 있었으면 하는 것이었다. 그런데 그 꿈이 행복한 현실이 된 것이다. 어머니는 안락하게 정돈되어 있는 아늑한 방에서 사랑하는 딸들의 보살핌을 받으며 살 수 있었다. 손주들은 다정한 애정으로 할머니 인생의 황혼을 밝게 비추어 주었다. 이것은 모두에게 무엇과도 바꿀 수 없는 귀중한 시간이었다. 어머니는 자식들이 행운을 만났을 때 어머니만이 알 수 있는 기쁨을 맛 볼 수 있었기 때문이다. 어머니는 오래 살면서 자신이 뿌린 씨앗을 거두어들일 수 있었고, 기도가 응답받는 것을 볼 수 있었다. 희망이 꽃을 피우고 재능이 열매 맺는 것을 볼 수 있었고, 가정에 평화와 번영이 깃드는 것을 볼 수 있었다. 그런 다음 그는 지상에서의 임무를 마친 용감하고 참을성이 강한 천사처럼 하늘을 향해 고개를 들고, 기꺼이 휴식에 들었다.

이것은 변화된 생활의 아름답고 성스러운 일면이었다. 그러나 이 기묘한 세상의 모든 일이 그러하듯이 거기에는 우스꽝스럽고 번거로운 면도 있었다. 처음에는 놀라거나 믿을 수 없어하거나 기뻐하기도 했지만, 괴로움도 시간이 지나면 잊어버리듯이 얼마 되지 않아 조는 명성에 싫증을 느끼고, 자유를 잃은 것에 화가 나기 시작했다. 조와 그의 주변에서 벌어지는 일들이 갑자기 그를 좋아하는 대중의 것이 되었기 때문이다. 과거도 현재도 그리고 미래까지도, 모르는 사람들이 그를 보고 싶어 했고, 질문이나 조언, 경고나 축하를 하고 싶어 했다. 선의에서 비롯된 것이기는 하지만 사람들의 지나친 관심은 그를 몹시 피곤하게 했다. 사람들에게 마음을 열지 않으면 비난을 받았고, 동물애호단체나 빈민구호 기관 및 그 외의 온갖 복지 시설에 기부를 하지 않으면 차갑고 이기적이고 오만하다는 말을 들었다. 산더미처럼 쌓인 독자들의 편지에 답장을 하지 못하면 후원자인 대중에 대한 의무를 게을리 한다는 말을 들었고, 공적인 자리에 나가는 것보다 집에 있는 것을 더 좋아한다고 하면, "작가의 거드름"이라는 비난을 들었다.

조는 세상의 어린이들을 위해 전력을 다했다. 아이들이야말로 조가 글을 쓰는 대상이었기 때문이다. 조는 "더 이야기 해주세요! 빨리 써주세요!" 하고 열렬히 외치는 아이들의 요구를 만족시키기 위해 열심히 써내려 갔다. 가족들은 모두를 힘들게 하고 그 자신의 건강까지 해치는 이 같은 헌신에 반대했다. 그러나 그는 한동안 청소년 문학의 제단에 기꺼이 자신을 바쳤다. 20년간의 노력이 인정받은 것은 나이 어린 독자들에게 힘입은 바가 크다고 생각했기 때문이다.

그러나 조의 기운이 다할 때가 왔다. 조는 지금이 자신의 생애에서 최악의 시기라고 생각하게 되었다. 지금까지 그에게 무엇보다 소중한 것은 '자유'였는데 이제는 그것이 차츰 사라져가는 것처럼 느껴졌다. 화려한 생활은 금세 그 매력을 잃고 만다. 더구나 그는 그런 것에 매력을 느끼기에는 너무 나이가 많고, 너무 피곤하고, 너무 바빴다. 조의 서명과 사진, 약전(略傳)은 국내에 퍼져 있었고, 그의 집은 사방에서 카메라맨들에 둘러싸여 있어, 그의 굳은 얼굴이 기자들의 카메라에 담겼다. 열정적인 여학생들은 기념품을 얻으려고 그의 정원을 망쳐놓았고, 문학 순례자들의 끊임없는 방문은 출입구를 점점 닳게 했다. 고용인들은 하루 종일 울려대는 벨소리에 질려 1주일 만에 그만두고 말았다. 조의 남편은 식사할 때마다 아내를 지켜보며 보호해야만 했고, 아들들은 뒤 창문으로 달아나는 어머니를 도와줘야 했다. 용감한 방문자들이 양해를 구하지도 않고 들어오는 경우도 있었기 때문이다.

어느 하루를 예로 들어 상황이 어떠한지를 살펴보기로 하자. 그리하면 가없은 조의 하소연을 들을 수 있을 테니까. 그리고 온 나라에 넘쳐나는 서명 수집가들에게 힌트를 줄 수 있을지도 모르니까. 왜냐하면 이것은 거짓 없는 실화이기 때문이다.

"불행한 작가를 보호해주는 법이 있어야 해." 조가 말했다. 에밀이 도착하고 얼마 지나지 않은 아침의 일이었다. 평소보다 양도 많고 종류도 다양한 우편물이 배달되어 왔기 때문이다. "나에겐 이게 국제저작권보다 더 중요한 문제야. 시간은 금이고 평안해야 건강하다고 하는데, 나는 시간과 평안 둘 다를 잃고 얻은 것이라고는 사람들에 대한 불신과 황야로 달아나고 싶은 욕구뿐인걸. 이렇게 자유로운 미국에 있으면서도 난 방문자들을 쫓아버리지 못하고 있잖아." 조는 자신의 서명을 요청하는 12통의 편지를 앞에 두고 얼굴을 찌푸렸다.

"난 결심했어." 조는 단호한 투로 말했다. "이런 종류의 편지에는 답장하지 않기로 말이야. 이 남자아이한테는 벌써 여섯 번이나 서명을 보내주었어. 이 아이는 그것을 파는 것 같아. 이 여자아이는 학교에서 편지를 보냈어. 그러니까 이 아이에 서명을 보내주면 금방 다른 아이들도 갖고 싶다고 말할 테지. 모두 첫머리에는 '무례함을 알고 있습니다만' 하고 쓴다고. 아니면 '이런 부탁을 드려 죄송하지만'이라고도 하지. 그런데도 내가 남자 아이들을 좋아한다거나 그들이 책을 좋아한다는 이유로, 혹은 딱 한번뿐이라는 이유로 이런 부탁을 하는 거야. 에머슨이나 휘티아(영국 시인 1807~92)는 이런 편지는 휴지통에 버려 버렸대. 나는 그저 아이들을 위해서 이야기를 쓸 뿐이지만, 이런 위대한 사람들의 흉내를 한번 내볼까 해. 이렇게 사리 분별이 없는 아이들이 해 달라는 대로 해주면 나는 밥 먹을 시간도 잠 잘 시간도 없을 테니까 말야." 조는 한숨을 내쉬며 편지 다발을 밀어냈다.

"남은 편지들은 제가 뜯어 볼 테니, 어머니는 아침 식사를 하세요." 비서 역할을 하곤 하는 로브가 말했다. "이건 남부에서 온 편지군요." 로브가 인상적인 편지 한 통을 읽었다.

선생님, 하느님께서는 선생님의 노고에 막대한 보화로써 보답하셨습니다.
이와 같은 까닭으로 저는 우리 교회의 성찬식에 필요한 물품들을 새로 한 벌 맞추는 데 필요한 자금을 망설임 없이 선생님께 부탁하고자 합니다. 선생님께서 무슨 교파에 속해 계시든지, 이와 같은 청에 대하여 너그러운 조치를 취해주실 것으로 믿습니다.

그럼, 이만 줄이겠습니다.

X.Y. 제비어 부인

"정중하게 거절해주렴, 로브. 내 던은 주변에 있는 가난한 사람들의 음식이나 옷을 사는 데 써야 돼. 그것이 성공에 대한 나의 감사헌금이란다. 다음 편지를 읽어 보렴." 감사의 눈빛으로 행복한 자신의 집을 바라보면서 어머니가 대답했다.

"19살 난 문학 소년이 자기가 쓴 소설에 어머니의 이름을 넣자고 하네요. 그리고 초판 이후부터는 어머니의 이름을 빼고 자기 이름을 넣자고요. 뻔뻔스러운 제안이네요. 아무리 소년작가한테 관대한 어머니이지만, 이런 제안에 동의하지는 않으시겠지요?"

"그렇게는 할 수 없다고 잘 말해주렴. 그리고 원고도 이제 보내오지 못하도록 하고. 지금도 일곱 편이나 쌓여 있는걸. 내 원고를 읽을 여유도 없을 정도야." 조는 이렇게 말하면서 찻잔을 씻은 물이 담긴 그릇 속에 빠진 작은 우편물을 건져내어 정성스레 봉함을 뜯었다. 한쪽으로 기울어져 씌어 있는 글씨를 보고 어린 아이가 쓴 글이라는 것을 알았기 때문이다.

"이 편지에는 내가 직접 답장할게. 이 아이는 병을 앓고 있는데 책을 갖고 싶다는 구나. 이런 아이에게는 써 주어야지. 그렇지만 아무리 아이를 위한 것이라고는 해도, 내 책 전부의 속편을 쓸 수는 없어. 이런 아이들의 요구를 계속해서 들어주다가는 끝이 없을 거야. 다음은 무슨 편지지, 로빈?"

"이건 짧고 귀여운 내용이네요."

바어 선생님, 선생님의 책에 대한 저의 의견을 말씀드리고 싶습니다. 저는 선생님의 책을 몇 번이고 읽었습니다. 최고로 좋은 책이라고 생각합니다. 부디 더 많이 써주십시오.

애독자 빌리 바브코크 드림.

"이런 편지가 좋지. 빌리는 센스 있는 아이이고 훌륭한 평론가야. 의견을 말하기 전에 내 작품을 전부, 그것도 몇 번이고 읽었다고 하잖아? 그리고 답장을 요구하지도 않고 말이야. 그러니 감사의 말을 전하도록 하렴."

"다음은 일곱 명의 딸을 키우는 영국인 부인으로부터 온 편지에요. 교육에 대한 어머니의 의견이 듣고 싶은 모양이네요. 딸들의 앞날에 대한 의견도요. 첫째가 12살이라니 걱정되는 것도 당연한 일일 테죠." 로브가 웃으며 말했다.

"되도록이면 답장을 해야겠구나. 그렇지만 나는 딸이 없으니까 내 의견은 그다지 도움이 되지 않을 텐데. 앞날을 생각하기 전에 실컷 뛰놀게 해서 건강한 몸을 만들어주라고 하면 그 부인은 분명 깜짝 놀라겠지? 딸들을 똑같은 틀에 끼워 넣으려 하지 말고 아이들이 원하는 것을 할 수 있도록 해준다면 앞으로 무슨 일을 하게 될지는 자연히 결정될 텐데 말이야."

"다음 편지는 어떤 여자와 결혼하는 것이 좋을지를 묻는 편지예요. 어머니의 작품 속에 나오는 여자와 같은 사람을 알고 있느냐고 묻는군요."

"낸의 주소를 가르쳐 줘. 어떻게 되는지 보게." 테디는 할 수 있으면 자기가 직접 알려야겠다고 다짐하면서 말했다.

"이건 자기 딸을 어머니에게 양녀로 보내고, 자기는 2, 3년 외국에서 그림을 공부할 수 있도록 돈을 빌려달라고 하는 부인의 편지예요. 이 제안을 받아들이시는 건 어때요? 그렇게 해서 여자아이도 키워 보시는 거지요, 어머니."

"고마운 일이지만 사양해야겠구나. 그건 그렇고 잉크 얼룩이 찍힌 그 편지는 뭐지? 잉크의 느낌을 보니 무서운 편지 같은데." 조는 수많은 편지의 내용을, 겉모양을 보면서 맞추는 것으로 하루하루의 고단함을 달래고 있었다. 다음 편지는 운율이 잘 맞지 않는 것으로 보아 열성적인 애독자가 보낸 시 같았다.

J·M·B께 바침

아, 내가 연보랏빛 쥐오름풀이었다면
나는 시인이 되어
아무도 모르게 그대에게
향긋한 산들바람을 불어 보내리.

그대의 모습은 금빛 아침 햇살이 비출 때의
당당한 느릅나무를 닮았고
그대의 뺨은 오월의 장미를 피워내는
바다를 닮았네.

그대가 하는 말은 지혜롭고 밝아서
나는 그것을 유산으로 남기네.
그대의 영혼은 날아올라
천국에서 꽃으로 피어나리.

내 혀는 달콤한 말을 하지만
그보다 더 달콤한 침묵은
분주한 거리와 외로운 골짜기에서도 깨지지 않네.
나는 펜을 휘둘러 그대를 데려오리.

들에 핀 백합이 어떻게 자라나는지를 보라.
수고하지 않고도 아름다운 자태를 뽐내지 않는가.
보석이여, 꽃이여, 솔로몬의 봉인이여
이 세상의 제라늄인 J·M·바어여.

제임스

감정이 숨김없이 드러난 시—직접 써서 보낸 것이었다—를 듣고 아이들이 시끌벅적한 사이, 그들의 어머니 조는 계속해서 다른 우편물들을 읽어 내려갔다. 몇몇 신생 잡지사에서는 무료로 편집을 해 줄 것을 요청해 왔고, 좋아하는 주인공이 죽어서 슬픔에 잠겨 있는 한 소녀는 "바어 선생님이 행복한 결말이 되도록 이야기를 다시 써주실 수 있는지"를 묻는 장문의 편지를 써 보냈다. 서명 요청을 거부당해 화가 난 한 소년은 조가 자신과, 서명이나 사진 등을 보내달라는 또 다른 사람들의 요청을 거부할 경우 인기를 잃고 재정적으로 몰락하리라는 어두운 예언을 써 보냈다. 한 목사님은 조가 어떤 종교를 믿는지 알고 싶어 했고, 어떤 아가씨는 두 명의 애인 중에서 누구와 결혼하면 좋을지를 물어왔다. 이와 같은 예들은 매우 바쁜 한 부인에게 가해지는 요구의 일부분을 나타내는 데에 충분할 것이다. 그리고 조가 모든 사람에게 정중하게 답장을 하지 못하는 것을 우리 독자들은 용서해 줄 것이라고 생각한다.

"편지 정리는 이것으로 끝. 지금부터는 잠깐 동안 청소를 하고 나서 일을 할 거야. 원고가 자꾸 늘어지거든. 연속물은 밀리면 안 되는데 말이야. 그러니까 사람들이 나를 찾거든 없다고 하렴, 메리. 빅토리아 여왕이라고 해도 오늘은 만나지 않겠어." 바어 부인은 모든 사람에게 도전하듯 냅킨을 벗어 던졌다.

"오늘 하루도 잘 보낼 수 있기를." 부인의 남편이 말했다. 그 역시도 엄청나게 많은 우편물 때문에 몹시 분주했다. "나는 학교에서 플록 교수와 점심을 먹겠소. 오늘 만나기로 했거든. 아이들은 파르나소스에서 먹을 수 있겠지. 그러니까 당신은 조용히 하루를 보낼 수 있을 거야." 그는 작별의 키스로 아내의 이마에 생긴 정신적 피로의 주름을 펴주더니 양쪽 주머니에 책을 넣어 볼록하게 하고는 한 손에는 낡은 우산을 다른 한 손에는 지질 수업에 쓸 돌이 든 자루를 들고 집을 나섰다.

"여류작가의 남편들이 모두 저렇게 천사 같다면 모두들 오래 오래 살아서 많은 소설을 쓸 수 있을 텐데. 그렇지만 그것이 세상을 위한 일이 될지 어떨지는 모르겠어. 지금도 우리는 너무 많이 쓰고 있으니까." 조가 말했다. 그녀가 남편을 향해 새의 깃털로 만든 먼지떨이를 흔들어 보이자 남편도 우산을 흔들어 보이고는 가로수 길을 내려갔다.

로브도 같은 시간에 학교로 출발했다. 책과 가방을 든, 각진 어깨의 의연한 모습이 제 아버지와 너무나 닮아서, 어머니는 웃으며 속으로 말했다. "부디 저 두 사람을 지켜주세요. 저렇게 선량한 사람들은 세상에 또 없을 테니까."

에밀은 벌써 배로 돌아가 있었다. 그런데 테디는 낸의 주소를 훔치거나 설탕 단지를 헤집어 놓거나 어머니와 이야기를 나눌 생각으로 아직 그 주변을 어슬렁거리고 있었다. 이 어머니와 아들은 다 커서도 서로 격의 없이 장난치는 친구와 같은 사이였다.

조는 자신의 거실을 언제나 손수 정리하는 습관이 있었다. 그는 꽃병에 꽃을 꽂고, 그날 하루 동안 거실이 깨끗하고 산뜻하도록 여기저기 손을 보았다. 커튼을 걷으려다가 한 화가가 잔디밭에서 스케치를 하는 모습을 본 조는 신음하더니 서둘러 뒷 창문으로 숨었다.

그 순간 벨이 울리더니 집 앞에서 자동차 바퀴 소리가 들렸다.

"제가 가 볼게요. 메리가 안내하고 있어요." 테디가 머리카락을 매만지며 현관으로 나갔다.

"아무도 만나지 않을 거야. 내가 2층으로 올라갈 때까지 시간을 좀 끌렴." 피할 채비를 하면서 조가 속삭였다. 그러나 그가 몸을 숨기기도 전에 명함을 손에 든 남자가 현관에 나타났다. 테디가 엄숙한 얼굴을 하고 말하는 사이에 어머니는 커튼 그림자에 몸을 숨기고 도망칠 기회를 찾기로 했다.

"'새터데이 태틀러'의 연재물을 담당하고 있는 사람입니다. 선생님을 가장 먼저 만나 뵙고 싶어 찾아왔습니다." 그들과 같은 사람들에게 공통적인, 아첨하는 말투로 방문자가 말을 꺼냈다. 그렇게 말하면서 그의 날렵한 눈은 무엇이라도 놓칠 수 없다는 듯이 움직였다. 방문 시간은 대개 짧게 끝나므로 가능한 한 시간을 효율적으로 써야 한다는 것을 그는 경험을 통해 알고 있었던 것이다.

"바어 부인께서는 기자 분들을 만나지 않기로 하고 있는데요."

"그렇지만 아주 잠깐이면 됩니다." 남자는 조금씩 집 안으로 들어오려고 했다.

"안되겠는데요, 외출 중이시거든요." 테디는 살짝 뒤를 보고 어머니가 무사히 도망친—진퇴양난에 빠졌을 때 늘 하듯이 창문으로—것을 확인한 뒤 대답했다.

"안타깝군요, 그럼 다시 찾아뵙겠습니다. 여기가 선생님 서재인가요? 좋은 곳이군요." 침입자는 뭐든 좋으니 기사로 쓸 만한 게 있었으면 좋겠다고 생각하며 거실을 둘러보았다.

"그렇지 않아요." 테디는 친절하면서도 단호하게 방문자를 현관 쪽으로 되돌려 보내며 대답했다. 어머니가 보이지 않는 곳으로 무사히 도망쳤기를 마음속으로 간절히 기도하면서.

"선생님의 나이와 태어나신 곳, 그리고 결혼하신 날짜와 자녀분의 수만이라도 알려 줄 수 없을까요?" 현관 매트에 발이 걸려 넘어질 뻔하면서도 이 대담한 방문자는 끈질기게 매달렸다.

"나이는 예순이고 태어나신 곳은 노바 젬블라(^{북빙양에} 있는 섬)입니다. 정확히 40년 전의 오늘 결혼해서 딸이 열한 명 있습니다. 그리고 또 뭐가 궁금하신가요?" 어처구니없는 대답과 테디의 진지한 얼굴이 우습기 그지없어 신문기자는 실패를 인정하고 웃으며 퇴장했다. 그와 동시에 싱글벙글 웃는 얼굴의 세 아가씨를 거느린 한 부인이 계단을 올라왔다.

"우리는 오시코시(^{위스콘신} 주의 도시)에서 먼 길을 왔답니다. 조 선생님을 만나 뵙지 않고는 돌아갈 수 없어요. 딸들이 선생님의 작품을 굉장히 애독하고 있으니 한 번만이라도 만나 뵙게 해주세요. 너무 이른 시간이라는 것은 알고 있어요. 우리는 이제부터 홈즈(^{영국 의학자이며} 수필가. 1809~94)선생님과 롱펠로 선생님, 그리고 여러 유명한 선생님들을 찾아 뵐 작정인데, 맨 먼저 선생님 댁으로 달려온 것이랍니다. 오시코시의 이래스터스 킹즈베리 파멀리 부인이라고 선생님께 좀 전해 주세요. 얼마든지 기다릴 수 있으니까. 선생님이 아직 만날 준비가 안 되셨다면, 잠시 이 주변을 구경하고 있을게요."

부인이 빠르게 떠들어 대는 통에 테디는 그저 우뚝 선 채 쾌활한 아가씨들을 바라보았다. 여섯 개의 푸른 눈이 간청하듯 그에게 시선을 고정하고 있었기에, 그는 비록 거절을 하더라도 정중히 하지 않으면 안 되었다.

"오늘은 선생님의 모습이 보이지를 않네요. 지금은 외출 중이신 것 같습니다. 괜찮으시다면 집 안과 정원을 구경하셔도 괜찮습니다." 테디는 기뻐하며 주위를 둘러보는 네 사람에게 밀려 비틀거리면서 그렇게 중얼거렸다.

"어머, 고마워요! 너무 멋진 집이에요! 여기가 선생님이 글을 쓰시는 곳인가요? 그런가요? 이게 사진? 어머, 상상했던 대로예요!"

부인과 아가씨들은 이렇게 말하며 노튼 경 부인의 훌륭한 판화 앞에서 발길을 멈추었다. 그것은 머리에 관을 쓰고 진주 목걸이를 한 채 펜을 손에 들고 황홀한 표정을 짓고 있는 그림이었다.

테디는 애써 웃음을 참으며 조의 괴상한 초상화를 가리켰다. 문 뒤에 걸려있는 그 그림은 조에게 큰 즐거움을 선사했다. 그녀가 걸터앉아 있는 의자의 색깔처럼 빨간 빛이 코끝과 볼을 물들이며 묘한 효과를 주고 있는데도 불구하고, 정말이지 그것은 음침한 초상화였다.

"이것은 저의 어머니를 그린 것이지만 그다지 좋은 그림이라고 할 수는 없지요." 이상과 현실 사이의 슬픈 간극에 낙담한 모습을 보이지 않으려고 하는 소녀들을 보고 테디는 재미있어했다. 열두 살 난 막내딸은 실망을 감추지 못하고 고개를 돌렸다. 대부분의 사람들은 자신의 우상이 보통의 남자나 여자라는 것을 알게 됐을 때 이 소녀와 같이 느끼기 마련이다.

"난 선생님이 열여섯 살쯤 됐고 머리를 두 갈래로 땋으셨을 거라고 생각해왔어. 나는 선생님을 만나 뵙지 않아도 좋아." 솔직한 소녀는 그렇게 말하고 현관 쪽으로 걸어갔다. 소녀의 어머니는 열심히 변명했고 아가씨들은 그이상한 초상화에 대해 "아주 예쁘다. 마치 살아 있는 것 같고 시적이야. 특히 눈썹 부분이 말야" 하고 말했다.

"자 모두들 그만 가자꾸나. 오늘 중으로 전부 돌아보지 않으면 안 되니까말이야. 그 앨범은 선생님이 뭔가 써서 보내주실 수 있도록 여기에 맡겨놓자꾸나. 여러 모로 너무 고마웠어요. 어머니께 안부 전해 주세요. 만나 뵙지못해 몹시 안타까웠다고 말씀드려주시고요."

이러스터스 킹즈베리 파멀리 부인이 이렇게 말했을 때, 그의 눈에 포착된 것은 큰 바둑판무늬의 앞치마를 두르고 머리를 손수건으로 묶은 채, 건너편 끝에 있는 서재처럼 생긴 방을 바쁜 듯이 청소하고 있는 중년 부인의 모습이었다.

"선생님이 외출 중이시라면 신성한 서재를 한 번만 들여다보게 해주시면 좋겠네요" 열정적인 부인이 소리를 지르는가 싶더니 딸들을 데리고 복도를 곧장 가로질러 달려갔다. 테디가 어머니에게 알려 줄 틈도 없이 조는 전방에 화가, 후방에 신문기자—그는 아직 떠나지 않고 있었다—그리고 복도에 부인과 세 딸들에게 둘러싸여, 도망갈 길을 완전히 차단당했다.

'아, 붙잡혔다!' 테디는 우습기도 하고 당황스럽기도 한 상황 속에서 생각했다. '초상화를 봐 버렸으니까 하녀인 척할 수도 없겠는걸?'

조는 최선을 다했다. 그는 명배우라 그 초상화만 아니었더라면 무사히 도망칠 수 있었을지도 모른다. 파멀리 부인은 책상 앞에서 걸음을 멈추었다. 그리고는 책상 위에 놓여 있는 해포석 파이프, 벗은 채로 놓여 있는 남자용 슬리퍼, 그리고 'F·바어 박사' 앞으로 온 산더미 같은 편지에는 눈길도 주지 않고 몹시 감격한 듯이 소리쳤다. "애들아! 선생님은 여기서 그 아름다우면서도 유익한 이야기를 쓰시는 거야! 저기, 아아, 저기 저 종이 한 장이나 헌 펜, 아니면 우표라도 좋아요. 이 천재 선생님의 기념이 될 만한 것을 얻을 수 있을까요?"

"네, 부인. 괜찮으니 가지고 가세요." 가정부는 그렇게 말하고는 걸어가면서 아들을 흘끗 보았다. 그의 눈은 이미 웃음을 참지 못하고 있었다. 첫째 딸이 그 모습을 보고 진실을 깨달았다. 에이프런을 두른 부인을 힐끗 보고는 확신을 얻은 그녀는 어머니의 어깨를 쿡쿡 찌르며 작은 목소리로 말했다. "엄마, 저 사람이 바어 선생님이야. 틀림없어."

"말도 안 돼, 어머머 정말이네! 어머나, 다행이구나, 정말로!" 파멀리 부인은 문에 거의 다 온 불운한 부인의 뒤를 서둘러 쫓아가며 소리쳤다. "자, 잠시만요! 바쁘시다는 것 알고 있습니다. 그냥 잠깐 손 한 번만 잡게 해 주세요. 그러면 바로 물러갈 테니까요." 이제 방법이 없음을 깨닫고 포기한 조가 돌아섰다. 그리고 찻쟁반이라도 내미는 듯이 손을 쭉 뻗고는 마음껏 만질 수 있도록 놔두었다. 파멀리 부인은 살짝 주춤하는 듯이 반가움의 행동을 보이더니 말했다.

"선생님이 혹시 오시코시에 오신다면 발이 땅에 닿을 일이 없을 거예요. 사람들이 떠메고 다닐 테니까요. 선생님을 뵐 수 있다면 정말이지, 모두들 더할 나위 없이 기뻐할 거예요."

그런 곳에는 절대로 가지 않으리라고 마음속으로 다짐하면서 조는 가능한 한 상냥하게 응대했다. 앨범에 서명을 해주고 한 명 한 명에게 기념품을 주고 모두에게 키스를 해주었다. 마침내 부인 일행은 작별을 고하고 롱펠로 선생님과 홈즈 선생님 및 그 외의 선생님들을 방문하기 위해 떠났다. 조는 그 선생님들도 부디 부재중이시기를 진심으로 바랐다.

"나쁜 아이로구나. 어째서 숨을 기회를 만들어 주지 않은 거야? 그 신문 기자한테는 또 뭐라고 말도 안 되는 소리를 하고! 부디 우리 죄를 용서받아야 할 텐데. 그러나 몸을 피하지 않으면 어떻게 될지 알 수가 없는걸. 혼자서 여러 명을 상대해야 한다는 건 페어플레이가 아니야." 조는 목소리를 높여 고난과 같은 운명을 한탄하며 앞치마를 벽장에 걸었다.

"저기 가로수 길에서부터 점점 다가오고 있어요! 늦기 전에 숨는 게 좋겠어요! 제가 막아보고 올게요!" 학교에 가려고 밖에 나갔던 테디가 계단에서 뒤돌아서더니 외쳤다.

조는 급히 2층으로 올라가 방문을 잠갔다. 그리고 잔디 위에 모여 있는 여학생 무리를 조용히 지켜보았다. 그 여학생들은 집 안으로 들어오는 것을 거절당하자 꽃을 뜯거나 머리카락을 묶거나 도시락을 먹거나 정원과 정원의 주인에 대해 이야기하면서 즐거운 시간을 보내다가 돌아갔다.

잠시 동안 조용한 시간이 이어졌다. 겨우 차분해진 오후 시간, 일에 전념하려고 할 때였다. 로브가 집에 돌아와, 기독교 청년회 사람들이 대학을 방문할지도 모르는데, 그 중 그녀가 알고 있는 2, 3명이 이 기회에 경의를 표하기 위해 집에 오고 싶어 한다고 알렸다.

"비가 올 것 같으니 어쩌면 안 올지도 모르지만, 혹시라도 올 수도 있으니까 어머니께 알려드리는 편이 낫겠다고 아버지가 말씀하셨어요. 어머니는 언제나 남자아이들은 만나주시잖아요. 여자아이들한테는 완고하시지만." 아침에 온 방문객들의 이야기를 동생에게서 들은 로브가 말했다. "남자아이는 빽빽거리지 않아서 좋아. 저번에 여자아이들을 단체로 집에 들였을 때는 말야. 한 아이가 내 팔 안으로 푹 쓰러지더니 '선생님, 저를 예뻐해 주세요!'

하는 거야. 정말 확 떨어뜨려 버릴까 했다니까." 조는 열심히 펜을 닦으며 대답했다.

"남자아이는 그러지 않으니까 괜찮아요. 하지만 서명은 갖고 싶어할 거예요. 그러니까 조금 준비해 두는 게 어떨까요?" 로브는 종이 한 묶음을 근처에 두었다. 그는 손님을 친절히 대접하는 청년이고, 더구나 자기 어머니를 숭배하는 친구들에게는 동정적이었던 것이다.

"남자아이라고 해서 여자아이보다 나은 것도 아니야. 어떤 대학에 갔을 때는 그날 하루 동안 서명을 300장이나 했다고. 그런데도 산처럼 쌓인 카드와 앨범을 책상 위에 두고 왔다니까. 이런 건 정말이지 말도 안 되고, 골칫거리인 광적인 사람들이라고 생각해."

그렇게 말하면서도 조는 자신의 이름을 한 다스나 쓰고 나서, 검정색 비단옷으로 갈아입고 방문객을 맞을 준비를 했다. 그러고는 비가 오기를 기도하면서 다시 일하기 시작했다.

소나기가 내렸다. 그제야 안심한 그녀는 두 손으로 머리카락을 흐트러뜨리고는 소매의 단추를 풀고 쓰다 만 문장을 부지런히 다시 써 내려갔다. 하루 30페이지를 쓰는 것이 그녀의 목표로, 밤이 되기 전에 깔끔히 마무리 짓는 것을 좋아했다. 조시가 꽃을 가지고 와서 병에 꽂았다. 꽃꽂이가 다 끝나갈 즈음 언덕에서부터 드문드문 이쪽으로 오고 있는 우산 몇 개가 보였다.

"어머! 왔어요, 이모! 이모부가 서둘러 그들을 맞으러 가시는 것도 보이네요." 조시가 계단 밑에서 소리쳤다.

"잘 보고 있다가 가로수 길까지 오면 알려주렴. 1분이면 바로 내려갈 수 있을 테니까." 조는 이렇게 말하고 서둘러 펜을 놀렸다. 누군가를 위한 것이라 해도—예컨대 기독교 연합이 떼를 지어 온다고 해도—연재물은 미룰 수 없었기 때문이다.

"두세 명쯤이 아니에요. 적어도 반 다스는 될 거예요." 현관문에서 앤이 소리쳤다. "아니야! 분명히 한 다스는 될 거야. 이모, 좀 보세요. 줄줄이 몰려오고 있어요! 어떻게 하죠!" 차츰 가까이 다가오는 검은 떼거리에 맞서야 한다고 생각하니 조시는 겁이 났다.

"오오 이런, 굉장한 숫자야! 어서 가서 뒷문에 있는 큰 대야를 갖다 놓으렴. 우산에서 떨어지는 빗물을 받을 수 있게. 우산은 복도를 따라서 세워 놓고 모자는 테이블 위에 쌓아 놓을 수 있도록 사람들에게 얘기해주고 오려무나. 모자걸이만으로는 안 될 거야. 현관 매트도 도움이 안 되겠지. 불쌍한 카펫!" 조는 이렇게 말하고는 침입자들을 맞이하기 위해 아래층으로 내려갔다. 조시와 가정부들은 이렇게 많은 사람들의 진흙 묻은 신발을 생각하는 것만으로도 소름이 끼쳐 호들갑스럽게 뛰어다녔다.

그들이 차츰 다가왔다. 길게 이어지는 우산의 행렬 밑으로 홍조 띤 얼굴과 흙탕물이 튄 다리가 보였다. 이 신사들은 비가 오는 것도 개의치 않고 온 동네를 걸으며 즐거운 시간을 보낸 참이었다.

바어 씨가 현관에서 그들을 맞이하며 가벼운 환영사를 읊고 있을 때, 흠뻑 젖은 일행의 모습을 가엾게 여긴 조가 문간까지 나와서 안으로 들어오라고 손짓했다. 젊은이들은 바어 씨가 빗속에서 연설하게 둔 채 유쾌하고 활기차게 계단을 올라왔다.

저벅, 저벅, 저벅, 75쌍의 장화가 복도를 울리며 안으로 들어왔다. 75개의 우산이 대야 속에 나란히 세워졌고, 75쌍의 건강한 손이 안주인과 악수를 나눴다. 젖은 손도 있고 따뜻한 손도 있었지만, 거의 대부분이 그날 산책의 수확물을 들고 있었다. 어떤 충동적인 젊은이는 인사를 하면서 작은 바다거북을 휘둘렀고, 또 다른 청년은 마을의 명소 여기저기에서 베어온 나뭇가지를 잔뜩 가지고 있었다. 그런데도 모두 플럼필드의 기념품을 달라고 보챘다. 서명을 부탁한다고 씌어 있는 카드가 어디선가 난데없이 나타나더니 테이블 위에 산처럼 쌓였다. 그날 아침 조의 맹세는 부질없는 것이 되어 버렸다. 조는 남편과 아들에게 접대를 맡기고 젊은이들 한 명 한 명에게 서명을 해 주었다.

조시는 뒷방으로 도망쳐 있다가 탐험대에게 발견되었는데 그중 한 사람이 그녀에게 조 선생님이냐고 물었다. 다과회는 길지 않았으며 끝은 시작보다 좋았다. 비가 그친 데다 잔디밭 위에 서서 고운 목소리로 작별의 노래를 부르는 일행의 머리 위로 아름다운 무지개가 떴기 때문이다. 무지개는 상서로운 조짐으로, 마치 하늘이 그들의 만남을 향해 미소를 짓는 듯했다.

그들은 만세 삼창을 외치고 떠났다. 자기들이 더럽힌 카펫의 흙을 긁어내고, 대야에 반이나 차 있던 물을 쏟아내어 주고 돌아간 그들은 가족들에게 즐겁고 재밌는 추억을 남겨주었다.

"착하고 부지런한 젊은이들이야. 그들과 함께한 30분은 아깝지 않았어. 그래도 일은 끝내야지. 차 마시는 시간까지는 방해받지 않게 해 줘." 조는 그렇게 말하고 메리에게 문 단속을 하도록 했다. 아버지와 아들들은 손님들과 함께 나갔고, 조시는 조금 전의 일을 어머니에게 알려주러 서둘러 집으로 돌아갔다.

한 시간쯤 평화가 이어졌다. 그러나 또 다시 벨이 울리더니, 메리가 쿡쿡 웃으며 나타났다. "이상한 여자가 와서는 정원에서 여치를 잡아도 되느냐고 묻는데요?"

"뭐를 잡는다고?" 조는 펜을 놓쳐서 잉크 얼룩을 만들고 말았다. 지금까지 온갖 특이한 요청을 접해보았지만 이번처럼 희한한 요청은 처음이었기 때문이다.

"여치요, 마님. 제가 마님은 매우 바쁘시다고, 무슨 일로 오셨느냐고 묻자 그 여자는 '저는 유명한 분들의 정원에 사는 여치를 수집하고 있는데, 플럼필드의 여치도 함께 콜렉션에 넣고 싶어요' 하는 거예요. 그런 얘기 들어본 적 있으세요?" 메리가 낄낄댔다.

"사양 말고 전부 다 가져가라고 전하렴. 한 마리도 남김없이 사라진다면 살 것 같을 거야. 끊임없이 얼굴에 달려들고 옷 속으로 기어들어오니까 말이야." 조가 웃으며 말했다.

메리는 물러갔다가 금세 우스워 못견디겠다는 표정으로 돌아왔다.

"그 여자가 엄청 고마워했어요. 그리고 마님, 지금 만들고 있는 깔개에 쓰게 마님의 헌 옷이나 양말을 얻을 수 있겠냐고 하는데요? 에머슨 선생님의 조끼도 받았다고 해요. 홈즈 선생님의 바지와 스토우 부인의 옷도요. 분명 머리가 이상한 사람 같아요."

"그 오래된 빨강색 솔이라도 주렴. 그러면 위대한 선생님들의 물품들 가운데에서 나의 협찬품이 눈길을 끌 테니까 말이야. 그래 맞아, 모두 정신이 이상한 거지. 유명인을 쫓아다니는 사람들 말이다. 그래도 그 사람들은 피해를 주지 않아서 좋네. 내 시간을 뺏지도 않고, 게다가 웃게 해 주는걸." 조가 말하고 다시 일을 시작하기에 앞서 얼핏 창밖을 보니, 빛 바랜 검은 옷을 입은 키가 크고 마른 부인이 재빨리 달아나는 벌레를 쫓아 정신없이 뛰어다니는 모습이 보였다.

해가 지기 시작할 때까지는 더 이상 방해받을 일이 없었다. 그러나 해질 무렵 메리가 고개를 내밀고는 한 신사분이 막무가내로 바어 부인을 만나고 싶어 한다고 알렸다.

"안 돼. 절대로 내려가지 않을 거야. 오늘은 지독한 일을 당했으니까, 그 이상 방해받고 싶지 않아." 훼방꾼들에게 시달리던 여류작가가 쓰고 있던 한 장을 마무리하다가 펜을 놓고 대답했다.

"저도 그렇게 말했어요, 마님. 그런데도 조금도 개의치 않고 올라오고 있는걸요. 이 사람도 살짝 맛이 간 것 같아요. 게다가 조금 무섭기까지 해요. 거구에 피부가 검고 대단히 침착하거든요. 얼굴은 좀 잘생기기는 했지만." 메리는 새침하게 웃으며 말했다. 손님은 뻔뻔스럽긴 해도 메리에게 호감을 준 모양이다.

"오늘은 온통 뒤죽박죽이었어. 이제부터 30분 동안은 무슨 일이 있어도 멈출 수 없다고, 돌아가시라고 하렴. 난 내려가지 않을 테니까." 조가 카랑카랑한 목소리로 외쳤다.

메리는 방을 나갔다. 조가 무심결에 들어보니, 처음에는 뭔가 중얼거리는 소리가 나는 것 같더니만 이윽고 메리의 비명소리가 들렸다. 신문기자의 수법들과 메리가 예쁘고 겁이 많다는 것이 떠오르자 조는 펜을 내팽개치고 메리를 구하러 뛰어갔다. 늠름한 자세로 계단을 내려가던 조는 메리가 용감하게 방어하고 있는 계단을 침입하려고 하는 산적 같아 보이는 남자를 보고 위엄 있는 목소리로 물었다. "면회 사절이라고 했는데 돌아가지 않겠다고 버티는 저 손님은 대체 누구지?"

"정말로 모르겠어요, 마님. 이름도 말해주지 않으면서, 자기를 만나지 않으면 선생님은 후회하게 될 거라고 하네요." 메리는 화가 나서 빨갛게 달아오른 얼굴로 말하고는 비켜섰다.

"후회하지 않으시겠어요?" 낯선 남자가 웃음기 가득한 검은 두 눈을 위로 향하며 말했다. 그는 긴 수염 사이로 하얀 치아를 드러내 보이더니 대담하게도 화가 나 있는 부인에게로 다가와서 두 손을 내밀었다.

조는 예리한 눈으로 그 남자를 보았다. 그의 목소리가 귀에 익었기 때문이다. 그러고는 산적의 목을 두 팔로 감싸 메리를 당황케 한 뒤 기쁜 목소리로 외쳤다. "어머나, 너였구나? 대체 어디에서 오는 거야?"

"캘리포니아에서 왔어요. 어머니를 만나려고요. 제가 그냥 갔더라면 후회하지 않으셨겠어요?" 댄은 애정이 넘치는 키스를 하며 대답했다.

"지난 일 년 동안 그토록 보고 싶었던 너를 쫓아내려 했다니." 조는 웃으며 말하고는, 집으로 돌아온 방랑자와 즐거운 이야기를 나누기 위해 걸음을 옮겼다.

제4장 댄

조는 가끔씩 댄에게 인디언의 피가 흐른다고 생각하곤 했다. 야성적인 방랑생활을 좋아하기 때문만이 아니라, 외모 면에서도 인디언다운 특성이 드러나기 시작했기 때문이다. 스물다섯 살이 된 댄은 키가 매우 크고 강인한 팔다리를 가졌다. 얼굴은 매섭고 까무잡잡했으며 모든 감각이 살아 있는 듯한 예리한 표정을 하고 있었다. 태도는 거칠고 기운이 넘쳤으며, 말과 주먹이 빠르고 늘 무언가를 주의 깊게 살피는 듯한 날카로운 눈빛을 하고 있었다. 여하튼 그의 모험적인 생활이 위험하고도 흥미진진하다는 사실을 알고 있는 사람에게는 꽤 매력적으로 느껴지는 활기차고 신선한 분위기를 풍겼다. 듬직한 갈색 손을 조에게 맡긴 채 붙임성 있는 목소리로 '바어 어머니'와 이야기하고 있는 지금은 그에게 가장 행복한 시간이었다.

"옛 친구들을 잊어버리다니요! 하나뿐인 내 집을 어떻게 잊을 수 있단 말입니까? 저는 한시라도 빨리 제 행운에 대해 알려 드리고 싶어서 옷 갈아입을 새도 없이 달려왔는데요. 어머니가 저를 들소 같다고 생각하리라는 것을 알면서도 말이죠." 댄은 텁수룩한 머리를 흔들고 수염을 잡아당기며 말했다. 그의 웃음소리가 방 안 가득 울려 퍼졌다.

"들소가 뭐 어떻다고 그래. 나는 예전부터 산적에 대한 환상을 가지고 있었는데, 네가 꼭 그렇게 보이는 구나. 메리는 새로 온 아이라서 그런지 네 외모를 보고 깜짝 놀랐단다. 조시는 널 기억 못하겠지만 테디는 분명히 옛날 대니 형을 떠올릴 거야. 머리랑 수염은 자랐지만 말이야. 모두 곧 너를 환영하러 올 테니까 그 전에 좀 더 네 이야기를 들려주렴. 네가 여기 다녀간 지 벌써 2년이 지났잖니, 댄. 일은 잘 돼가고 있는 거니?" 조가 물었다. 그녀는 댄의 어머니가 된 듯한 마음으로, 그의 캘리포니아 생활과 조그마한 사업에서 거둔 뜻밖의 성공에 대한 이야기를 흥미롭게 듣고 있었다.

"잘 되어가고말고요. 저는 예전부터 돈에는 무관심한 편이었잖아요. 단지 빚만 지지 않고 사업을 할 수 있으면 좋겠다고 생각했죠. 여기저기 돌아다니다가 그날그날 필요한 것만 얻으면 되니까요. 괜히 돈 때문에 골치를 썩이고 싶진 않아요. 제가 좋아하는 건 들어온 돈을 마구 써버리는 거예요. 뭐 하러 돈을 모아요? 오래 살 것도 아닌데. 저 같은 사람은 다들 그래요." 댄은 제가 가진 얼마 안 되는 재산이 짐스럽다는 듯한 얼굴로 말했다.

"그래도 혹시 결혼해서 어딘가에 자리잡게 되면 자금이 조금은 필요할 거다. 난 네가 그렇게 되었으면 좋겠다고 생각하는데. 던은 잘 생각해서 모아 두는 편이 나아. 다 써버리면 안 돼. 사람에겐 누구나 어려울 때가 찾아오는 법이야. 그럴 때 너는 절대로 남에게 의지하지 않을 거잖니." 이 운 좋은 청년이 아직 돈을 모으기만 하는 병에 걸리지 않았음을 기뻐하면서도 조는 현인의 얼굴을 하고 대답했다.

댄은 고개를 저었다. 그리고 방 안에 있는 게 답답하니 빨리 밖으로 나가고 싶다는 듯 주위를 둘러보았다.

"저처럼 못미더운 남자와 결혼하고 싶어하는 여자가 있을 리 없잖아요. 여자들은 착실한 남자를 좋아하는 법이에요. 저는 도저히 그런 남자는 될 수 없다고요."

"어머나, 나는 어렸을 때 너처럼 모험심 넘치는 남자를 좋아했단다. 어쨌든 신선한 매력이 있잖니. 대담하고 자유롭고 로맨틱한 사람이 우리 여자들에게는 매력적으로 다가오거든. 실망할 필요 없어. 언젠가 너를 묶어 둘 닻을 발견하게 될 테니까. 그러면 여행길에 오르더라도 곧 선물을 사서 집으로 돌아가고 싶어질 거야."

"언젠가 제가 인디언 처녀를 데리고 돌아오면 어머니는 뭐라고 말씀하시겠어요?" 방 한 구석에서 아름답게 빛나는 흰색 갈라테아 조각상을 바라보다 장난기 어린 눈을 빛내며 댄이 물었다.

"대환영이지. 좋은 사람이라면 말이야. 그럴 가망은 있는 거니?" 여류문학가라 할지라도 이런 사랑 이야기에는 흥미를 가지는 법이다.

"지금은 딱히 없어요. 저는 너무 바빠서 테디가 늘 말하는 '여자와 싸돌아다닐' 여유가 없거든요. 그런데 테디는 어떻게 지내요?" 댄은 능숙하게 말을 돌렸다. 감상적인 이야기는 이제 그만하자는 듯이.

조는 바로 화제를 바꾸었다. 그녀가 아들들의 재능과 장점에 대해 막 이야기하기 시작했을 때 그 이야기의 당사자인 두 아이가 방으로 뛰어 들어와 두 마리 새끼 곰처럼 댄에게 덤벼들었다. 기쁨을 레슬링으로 표현한 것이다. 물론 둘 다 댄에게 쩔쩔매다 결국 제압당했다. 이어서 바어 선생까지 들어오자 모두 정신없이 이야기를 쏟아내기 시작했다. 메리는 불을 켜고 귀한 손님을 위해 솜씨를 한껏 발휘하여 특별한 저녁식사를 만들기 시작했다.

저녁식사가 끝나고 댄은 긴 방 안을 거닐면서 이야기를 이어가다 때때로 복도로 나가 신선한 공기를 들이마셨다. 그의 폐는 도시 사람들보다 많은 공기를 필요로 하는 모양이었다. 밖으로 나온 댄은 어둑어둑한 현관 앞에 서 있는 새하얀 형체를 보고 걸음을 멈추었다. 베스도 옛 친구를 알아보지 못한 채 걸음을 멈추었다. 그녀는 자신이 한 폭의 그림처럼 보이는지도 모르고 여름밤의 부드럽고 희미한 빛 속에 늘씬한 자태를 드러내며 서 있었다. 금빛 머리카락이 얼굴 주위에서 후광처럼 빛나고 하얀 숄 끝자락은 복도를 지나는 시원한 바람에 날개처럼 나부끼고 있었다.

"어머나, 댄?" 베스가 우아한 미소를 짓고, 손을 내밀며 안으로 들어왔다.

"보시다시피 그렇습니다. 그런데 저는 당신이 누군지 못 알아뵈었습니다, 공주님. 요정인 줄 알았답니다." 댄은 놀란 얼굴로, 그러나 묘하게 다정한 표정으로 그녀를 내려다보았다.

"저 많이 컸지요. 그런데 당신도 2년 전과는 전혀 다르네요." 베스는 눈앞에 있는 색다른 인물을 소녀다운 기쁨에 찬 눈으로 올려다보았다. 댄은 베스가 늘 보아온 점잖은 옷차림의 사람들과 뚜렷한 대조를 이루고 있었다.

두 사람 사이로 조시가 뛰어들어왔다. 얼마 전에 얻은 십대의 위엄은 어디론가 내팽개치고 댄에게 달려와 안겨서 어린아이처럼 입맞춤을 받았다. 조시를 내려놓기 전까지 댄은 그녀도 꽤 컸다는 사실을 눈치채지 못했다. 그는 조금 당황해하며 큰 소리로 말했다.

"우와, 너도 많이 컸구나! 이제 같이 놀아줄 아이가 하나도 없으니 난 어쩌면 좋단 말이냐. 테디는 콩나무처럼 쑥쑥 크고, 베스는 어엿한 아가씨가 되었네. 게다가 조시 너까지 긴 치마를 입는 새침데기가 되었잖아!"

소녀들은 웃었다. 조시는 키 큰 청년을 가만히 바라보며 자신이 앞뒤 가리지 않고 달려들었던 걸 떠올리고는 얼굴을 빨갛게 물들였다. 한쪽은 백합같이 하얗고 다른 한쪽은 들장미 같은 사촌들. 그들은 아름다운 대비를 이루고 있었다. 댄은 둘을 바라보며 만족스럽게 고개를 끄덕였다. 여행지에서 여러 아름다운 여성들을 봐 온 댄은 어렸을 때부터 함께 지내온 소녀들이 이처럼 아름답게 피어나는 모습을 보고 몹시 기뻤던 것이다.

"자자, 댄을 독차지하면 안 되지." 조가 말했다. "이쪽으로 데려와서 잘 감시하렴. 안 그러면 또 인사도 제대로 안 하고 사라져서 일이 넌쯤 돌아오지 않을지도 모르니까."

댄은 이렇게 유쾌한 분위기 속에서 다시 응접실로 끌려들어갔다. 조시는 그가 다른 남자아이들을 제치고 가장 먼저 어른이 되었다며 투덜거렸다.

"나이는 에밀이 더 많은데 에밀은 아직 어린애 같아. 옛날하고 똑같이 해군 춤만 추고 해군 노래만 부른다니까. 댄은 30대 정도로 보여. 꼭 연극에 나오는 악역처럼 키가 크고 까맣잖아. 그래, 좋은 생각이 났어! 《폼페이 최후의 날》에 나오는 아르바체스와 똑 닮았잖아. 우리, 그 연극을 무대에 올리려는 참이거든. 사자랑 투우사, 그리고 화산도 준비됐어. 톰과 테디가 재를 뿌리고 돌을 굴려서 떨어뜨려 주기로 했는데 이집트인을 연기할 피부 까만 사람만 없단 말이야. 밝은 색과 흰색 천을 어깨에 두르면 분명히 멋있을 거야. 안 그래요, 조 이모?"

홍수처럼 쏟아져 나오는 말들에 댄은 두 손으로 귀를 틀어막았다. 바어 부인이 성질 급한 조카에게 대답할 새도 없이 로렌스 부부와 메그 가족이 도착했고, 그 뒤를 이어 톰과 낸이 들어와 댄의 모험담을 듣고자 자리에 앉았다. 댄이 이야기하는 방식이 간결하면서도 효과적이라는 점은 듣는 이들의 얼굴에 잇따라 나타나는 흥미와 놀라움, 웃음과 불안한 표정을 보면 잘 알 수 있었다. 남자아이들은 당장이라도 돈을 벌기 위해 캘리포니아로 떠나고 싶어 하는 듯했고, 여자아이들은 댄이 여행하다가 자신들을 위해 가져온 진귀한 선물을 얼른 보고 싶어서 안달이 나 있었다. 한편 어른들은 댄이 활기가 넘치고 미래가 밝은 데 대해 진심으로 기뻐했다.

"너는 물론 한 밑천 잡으러 다시 캘리포니아로 돌아가겠지. 나도 네 행운을 빌고 있단다. 그렇지만 투기는 위험한 게임이야. 모은 돈을 다 잃게 될지도 몰라." 로리 씨가 말했다. 그도 소년들 못지않게 댄의 흥미진진한 이야기에 피가 끓었고, 할 수만 있다면 댄과 함께 거친 생활로 뛰어들고 싶은 마음이었다.

"돈 버는 건 이제 질렸어요. 적어도 지금은 말이에요. 아무래도 너무 도박 같아서요. 자극적인 건 좋아하지만 그게 저에게 득이 되진 않잖아요. 저는 이제 서부에서 농장을 경영해보고 싶어요. 크고 원대한 계획이죠. 방랑생활을 오래 하다 보니까 착실한 일을 해보는 것도 재미있을 것 같아서요. 제가 농장 일을 시작하면 아저씨 댁에 있는 검은 양을 제게 파셔도 돼요. 호주에서 양을 친 적이 있어서 검은 양에 대해서 좀 알거든요."

"그거 정말 멋진 생각이구나, 댄!" 조는 댄의 희망 속에 그가 어딘가에 정착하여 남에게 도움이 되고 싶어하는 큰 소망이 숨어 있음을 알아챘다. "그러면 앞으로는 네가 어디에 있는지 알 수 있을 테니까 언제든 만나러 갈 수 있겠구나. 그 때가 되면 테디를 너에게 보내야겠다. 이 아이는 잠시도 가만히 있지 못하는 성격이니까 농장 생활이 도움이 될 거라 생각해. 네 곁에 있으면 이 아이도 안전할 거야. 남아도는 체력을 열심히 일하고 건전한 일을 배우는 데 쓸 수 있으니까 말이다."

"그런 곳에 보내주면 나도 삽과 괭이를 들고 열심히 일할 거예요. 하지만 어쩐지 스페란자의 금광 쪽이 더 재미있어 보이는 걸요." 테디는 댄이 바어 선생을 위한 선물로 가져온 광석 샘플을 만지작거리며 말했다.

"가서 새로운 마을을 만들어. 우리도 갈 준비가 되면 다 함께 그곳에 가서 살자. 그러면 당장 신문이 필요하겠지. 난 지금처럼 아득바득 일하기보단 내 손으로 신문사를 경영해보고 싶어." 데미는 저널리즘 세계에서 두각을 나타내고 싶어서 기를 쓰고 있었다.

"그렇게 되면 그곳에 대학을 세우기도 쉬울 거야. 다부진 서부 사람들은 배움에 목말라 있거든. 그리고 최상의 것을 알아보고 받아들이는 것도 빠르지." 영원한 청년 마치 씨는 자신들의 손으로 지은 멋진 건물들이 광활한 서부에 속속 들어서는 모습을 떠올리며 덧붙였다.

"얼른 시작해라, 댄. 훌륭한 계획이야. 우리도 응원하마. 나도 초원과 카우보이에게 얼마쯤 투자할 테니." 로리 씨가 말했다. 로리는 언제나 이렇게 격려의 말과 함께 지갑을 활짝 열어 자립하려고 하는 젊은이를 도우려고 했다.

"조금이라도 돈이 있다는 게 사람을 안정시키는군요. 그걸 땅에 투자하면 정착하게 되는 거고요. 적어도 당분간은 말이에요. 저는 제가 무엇을 할 수 있는지 알아보고 싶은데, 결정하기 전에 여러분과 의논하는 편이 낫겠다고 생각했어요. 그 일이 저한테 맞을지 확신이 서지 않아서 오랫동안 망설였거든요. 그런데 농장 경영을 하게 된다면 자유롭게 능력을 발휘해 보겠어요."

댄은 자신의 계획에 다들 크게 흥미를 보여주자 감동해서 기뻐하며 말했다.

"댄한테 그런 일은 안 맞는다고 봐. 온 세계를 돌아다니던 사람이 겨우 농장 하나라니. 좁아서 답답할 거고, 바보 같아 보일 거야." 조시가 말했다. 돌아올 때마다 스릴 넘치는 모험담과 아름다운 선물을 가져오는 낭만적인 방랑생활이 그녀에게는 더 매력적으로 보였다.

"그곳에 예술도 있을까요?" 베스는 빛을 반쯤 등지고 서서 이야기하는 댄을 흑백으로 스케치하면 멋있으리라 생각하며 물었다.

"거기에는 풍요로운 자연이 있단다, 베스. 그게 훨씬 낫지. 모델이 되어줄 멋진 동물들도 있고 유럽에서는 볼 수 없는 경치도 있어. 평범한 호박 하나도 거기에 있는 것은 엄청나게 커. 조시는 그 호박으로 신데렐라를 연기할 수 있을걸. 네가 댄스빌에 극장을 열게 되면 말이야." 로리 씨는 댄의 새 계획에 찬물을 끼얹어서는 안 된다는 생각에 초조해져서 말했다.

연극에 대한 열정에 불타는 조시는 바로 걸려들었다. 그녀는 아직 지어지지도 않은 무대에서 비극적인 역은 모두 자신이 할 것을 약속받고 이 계획에 큰 관심을 보였다. 그리고 댄에게 한시라도 빨리 계획을 실행에 옮길 것을 부탁하였다. 베스도 자연을 통해 배우는 것이 자신에게 도움이 될 것이고, 거친 풍경이 자신의 취향을 개선시켜줄 것이라고 말했다. 늘 섬세하고 아름다운 것만 보고 있으면 취향이 너무 까다로워질지도 모른다면서.

"나는 새 마을의 진료에 대해 말할게." 새로운 계획에는 늘 열심인 낸이 말했다. "댄이 순조롭게 시작할 때까지는 나도 준비가 다 될 거야. 서부에서는 마을이 매우 빨리 발전할 테지."

"댄은 자기 땅에 마흔 살 이하의 여성은 들여놓지 않을 거야. 여자를 싫어하니까. 특히 젊고 아름다운 여성 말이야."

댄의 눈에서 낸에 대한 칭찬을 읽어낸 톰이 질투가 나서 끼어들었다.

"나랑은 상관없는 일이야. 의사는 온갖 규칙에서 예외가 되니까. 댄스빌에는 아픈 사람이 별로 없겠지. 다들 활동적이고 건강한 생활을 하는데다가 그곳에 가는 사람들은 활기찬 젊은이들뿐이니까. 그래도 사고는 자주 일어날 거야. 야생마나 소도 있고, 인디언과 전투도 할 테니 말이야. 아무튼 서부 생활은 힘들잖아. 나한테는 그런 게 딱 맞아. 골절상 입은 사람을 고쳐보고 싶어. 외과 일은 참 재미있는데 이곳에는 사고가 전혀 일어나지 않는걸.”

낸이 말했다. 얼른 간판을 걸고 병원을 시작하고 싶어 안달이 난 모습이었다.

“잘 부탁드리겠습니다, 의사 선생님. 동부에서 쌓은 좋은 경험을 서부에서 살리는 건 매우 고마운 일이야. 열심히 실력을 닦아 두길. 병원 건물을 짓자마자 부르도록 하지. 뭣하면 인디언을 몇 명 해치우거나 카우보이를 한 다스쯤 박살내줄까.” 댄은 다른 소녀들과는 확연히 다른 낸의 활기와 훌륭한 체격에 흐뭇해하며 말했다.

“고마워, 꼭 갈게. 잠깐 그 팔을 만져 봐도 될까? 이두박근이 멋지네! 다들 이것 봐봐. 이게 진짜 근육이라는 거야.” 낸은 댄의 다부진 팔을 예로 들어가며 간단한 강의를 했다.

톰은 구석에 틀어박혀 떨떠름한 얼굴로 별을 바라보았다. 그리고 누군가 때려눕힐 기세로 자신의 오른팔을 휘둘렀다.

“톰을 무덤 파는 일꾼으로 쓰면 되겠네. 낸이 죽인 환자들을 기꺼이 묻어줄 테니까. 그는 지금 그 일에 딱 어울리는 떫은 표정을 연습하는 중이라고. 톰을 잊어버리지 마, 댄.” 테디는 구석에서 의기소침해 있는 톰에게 모두가 주의를 돌리게끔 말했다.

그러나 톰은 시무룩한 채로 오래 있지 못하는 성격이었다. 한동안 구석에 숨어 있다가 다시 나타나 즐거운 듯 이렇게 말했다.

“자, 여러분. 말라리아나 천연두, 콜레라에 시달리는 사람들을 모두 댄스빌에 보내 버리도록 당국에 부탁합시다. 그러면 낸이 행복할 테고, 자칫 잘못되더라도 이민자나 죄수한테는 큰일이 아닐 테니까요.”

“잭슨빌 같은 곳 가까이에 마을을 만드는 게 좋겠구나. 그러면 교양 있는 사람들을 사귈 수 있을 테니까 말이다. 그곳은 플라톤 클럽 같은 것도 있고 철학적 열망이 강한 곳이란다. 동부 사람이라면 누구든 환영받는 곳이니까 새로운 계획이 점차 발전될 거라 믿는다.” 젊은이들의 활발한 대화를 바라보며 흐뭇해하는 어른들 사이에 앉아 있던 마치 씨가 온화하게 의견을 냈다.

댄과 철학공부는 우스꽝스러운 조합을 이루었다. 그러나 개구쟁이 테디 말고는 아무도 웃지 않았다. 댄은 서둘러서 또 다른 계획을 내놓았다.

"저는 농장이 성공할지 어떨지 확신이 없지만 제 오랜 친구인 몬태나 인디언에게 큰 기대를 걸고 있어요. 그들은 평화로운 종족인데 많은 지원이 필요해요. 자신들 몫을 받지 못해서 수백 명이나 굶어죽었어요. 수족은 전투적인 종족인데 병력이 3만이나 돼요. 정부는 그들이 무서워서 하라는 대로 해주고 있어요. 한심한 일이죠!" 댄은 입을 다물었으나 눈은 빛나고 있었다. "정말 그래요. 과장이 아니라고요. 그곳에 있을 때 제게 돈이 있었다면 한 푼도 남김없이 그 불쌍한 이들에게 주었을 거예요. 그들은 속아서 가진 것을 다 빼앗기고, 풀 한 포기 나지 않는 황무지로 쫓겨나도 참을성 있게 기다리고 있거든요. 한심한 정부보다는 정직한 중개인이 훨씬 도움이 될 거예요. 저는 그곳에 가서 도와야 할 것 같은 기분이 들어요. 몬태나 족 언어도 알고 있고, 그들이 너무 좋거든요. 지금 저한테는 수천 달러가 있는데 이 돈을 제 생각대로 써도 될까요?"

댄이 모두에게로 몸을 돌렸을 때, 그의 남자다운 얼굴은 열의에 차 있었다. 그는 자신의 힘 있는 연설에 흥분하여 얼굴이 붉게 상기되었다.

"꼭 그렇게 하렴!" 조가 흥분하여 외쳤다. 조는 행복한 사람보다 불행한 사람들에게 훨씬 더 관심이 많았다.

"꼭 그렇게 해!" 테디는 연극에서 하듯 박수치며 어머니의 말을 따라했다. "나도 데려가서 도울 수 있게 해줘. 나는 그런 멋진 사람들 속에 끼어 사냥을 하고 싶어서 견딜 수 없단 말이야."

"좀 더 이야기를 들어본 뒤 결정하자꾸나." 로리 씨는 이렇게 말했지만, 마음속으로는 아직 사들이지 않은 자신의 초원에 몬태나 인디언을 살게 하고, 부당한 대우를 받고 있는 사람들에게 선교사를 파견하는 단체에 보내는 기부금 액수를 늘리리라 생각하고 있었다.

댄은 얼른 자신이 북서부 지방에서 만난 다코타족(아메리칸 인디언, 수(Sioux)족의 일족)과 그 밖의 종족들에 대해 이런저런 이야기를 꺼내놓기 시작했다. 그들이 받은 부당한 대우와 그들의 인내와 용기에 대해, 마치 그들이 자신의 형제라도 되는 듯이 말했다.

"다들 저를 '불구름 댄'이라고 불렀어요. 제 소총이 그들이 본 것 중에 가장 좋았거든요. 블랙 호크라는 사내는 친구로서 정말 좋은 녀석이었는데 몇 번이나 내 목숨을 구해 주었어요. 그리고 제가 다시 돌아왔을 때 도움이 될 만한 것들을 알려 주었지요. 그들은 지금 몰락해가고 있어요. 저는 은혜를 갚고 싶어요."

다들 인디언 이야기에 정신없이 빠져들어서 댄스빌의 매력은 차츰 희미해 져갔다. 그러나 신중한 바어 선생은 많은 사람들 속에 정직한 중개인이 하나 있을 때에는 그가 할 수 있는 일이 그렇게 많지 않으리라 말했다. 그 노력은 칭찬할 만하나, 그보다는 상황을 잘 생각하여 올바른 쪽에서 세력과 권위를 얻도록 하고, 그러는 사이에 땅을 알아보는 것이 더 현명하리라 말했다.

"네, 그렇게 할게요. 저는 이제부터 캔자스로 가서 괜찮은 땅이 있는지 보고 올 생각입니다. 그쪽에 살던 사람을 샌프란시스코에서 만난 적이 있는데, 좋은 곳이라고 하더군요. 걱정스러운 건 어딜 가든 해야 할 일이 너무 많아서 무엇부터 손을 대야 할지 모르겠다는 점이에요. 차라리 돈이 없었으면 좋겠다고 생각한 적도 있어요."

댄은 미간을 모으며 자선사업을 생각하는 사람이라면 누구나 느끼는 걱정을 털어놓았다.

"무엇을 할지 정할 때까지 던은 내가 맡아 두마. 넌 성격이 급해서 처음 만난 거지에게 네 돈을 다 줘버릴 것 같으니까 말이야. 네가 그 일이 전망이 있을지 알아보는 동안 내가 그 돈을 좀 굴려 두마. 그리고 투자할 때가 되면 돌려주도록 하지. 어떠냐?"

젊은 날에 돈을 날려본 경험이 있는 로리 씨가 말했다.

"고맙습니다. 덕분에 저는 좀 홀가분해졌어요. 제가 필요하다고 말씀드릴 때까지 가지고 계셔 주세요. 그리고 만약에 제게 무슨 일이 생기면 그 던은 저를 구해주신 것처럼 다른 불량배 녀석을 구하는 데 써 주셨으면 해요. 이게 저의 유언입니다. 여러분의 참관 아래에 말씀드리는 거예요. 아, 속이 후련하네요." 댄은 전대를 건네고는 큰 짐을 내려놓은 듯이 어깨를 폈다.

댄이 이 돈을 돌려받으러 오기 전에 얼마나 가혹한 일이 그를 기다리고 있을지 이때는 아무도 상상하지 못했다. 로리 씨가 그 돈을 어떻게 투자할지에 대해 설명하고 있을 때 발랄한 노랫소리가 들려왔다.

페기는 명랑한 아가씨
(영차 닻 감아라, 어기어차 닻 감아라!)
잭에게 아낌없이 술을 건네고
(영차 닻 감아라, 어기어차 닻 감아라!)
잭이 배를 타고 바다로 나가면
(영차 닻 감아라, 어기어차 닻 감아라!)
페기는 그와의 약속을 지키리.
(영차 닻 감아라, 어기어차 닻 감아라!)

에밀은 늘 이런 식으로 자신이 왔음을 알렸다. 에밀은 하루 종일 마을에서 레슨을 하고 온 내트와 함께 들어왔다. 내트가 댄을 보고 싱글벙글하며 손을 꼭 부여잡는 모습은 매우 흐뭇한 광경이었다. 또 댄이 내트에게 빌린 돈을 기억하고 거듭 고마워하며 그 특유의 대충 어림잡은 계산법으로 돈을 갚으려는 모습도 보기 좋았다. 더욱더 멋진 광경은 에밀과 댄이 서로에게 자신의 기록을 보여주며 그칠 줄 모르고 이야기를 나누는 모습이었다. 고향에 남아 있던 사람들은 이야기만으로도 황홀했다.

에밀과 내트가 합류한 뒤로는 공간이 부족했기 때문에 다들 줄지어 베란다로 자리를 옮겨 저녁 무렵의 작은 새들처럼 계단에 진을 쳤다. 마치 씨와 바어 선생은 서재로 들어갔고 메그와 에이미는 과일과 과자 등 가벼운 간식거리를 준비하러 나갔다. 조와 로리는 긴 창 안쪽에 앉아 바깥에서 이어지는 이야기에 귀를 기울였다.

"다들 저쪽에 모여 있네요, 사랑스런 우리 아이들!" 조는 눈앞의 아이들을 가리키며 말했다. "몇몇은 죽기도 하고 뿔뿔이 흩어지기도 했지만 저 아이들은 나에게 가장 큰 위안이자 자랑거리예요. 남자애 일곱에 여자애 넷. 앨리스 히스까지 하면 한 다스가 되지요. 힘닿는 데까지 저 아이들에게 길 안내를 해줄 생각이에요."

"저 애들이 서로 얼마나 다른지, 또 어떤 가정환경의 영향을 받았는지 생각하면 아직까지는 그럭저럭 만족할 만해요." 검은색 머리와 갈색 머리 사이에서 금빛으로 빛나는 머리카락을 바라보며 로리는 진지한 얼굴로 말했다. 달빛이 모두를 비추고 있었다.

"여자애들은 걱정이 안 돼요. 메그가 잘 돌보아 주고 있으니까. 메그는 정말로 현명하고 인내심이 강한 데다 자상한 사람이라서 아이들이 잘 되지 않을 수 없을 거예요. 그런데 남자애들은 해가 갈수록 걱정스러워요. 집을 떠날 때마다 내게서 멀어지는 것만 같고요." 조는 한숨을 지었다. "아이들은 어른이 되어 가는데 나는 가느다란 실 한 줄로 저 애들을 묶어두고 있어요. 잭과 네드의 경우에서 보듯 언제 툭 끊어질지 모르는 실로 말이죠. 돌리와 조시는 아직 이곳으로 돌아오고 싶어하니까 무슨 말을 해줄 수 있을 거예요. 프란츠는 성실한 아이니까 자기 나라를 잊을 수 없을 테죠. 하지만 이제 곧 세상으로 나가려는 세 아이에 대해서는 걱정을 하지 않을 수 없어요. 에밀은 선한 마음을 가졌으니까 괜찮을 거예요. 왜, 노래에도 있잖아요.

하늘 높은 곳에서 귀여운 천사가
사랑스런 해군의 목숨을 지켜주네

내트가 처음으로 외국에 나가는데, 로리, 당신이 많이 노력을 하긴 했지만 아직도 그 아이는 의지가 약해요. 게다가 댄은 지금도 거칠고 말이죠. 댄을 길들이는 건 몹시 힘들 거예요."

"댄은 훌륭한 청년이에요, 조. 농장을 경영하겠다는 계획이 조금 아쉽게 느껴질 정도로 말이죠. 조금만 다듬으면 멋진 신사가 될 거예요. 혹시 모르죠, 우리와 함께 이곳에 있으면 달라질 수도 있잖아요." 로리는 옛날 둘이서 비밀스런 장난을 치던 때처럼 바어 부인의 의자에 매달리듯 기대며 대꾸했다.

"그건 바람직하지 않아요, 테디. 댄은 좋아하는 일을 하게 하고 자유롭게 두면 좋은 사람이 될 거예요. 잘 다듬어서 도시에서 편한 생활을 누리게 한다해도 그에 따르는 위험을 생각하면 지금 이대로가 나을지도 몰라요. 우리 힘으로는 댄의 기질을 바꿀 수 없어요. 기껏해야 바른 방향으로 나아가도록 도와줄 수 있을 뿐이죠. 댄에게는 예전부터 충동적인 면이 있어서 그걸 바로 잡아주지 않으면 잘못된 길로 들어설 염려가 있어요. 내 눈엔 그게 보여요. 그래도 우리에 대한 사랑이 댄을 지켜주고 있어요. 그러니까 댄이 더 나이를 먹거나, 그를 도와줄 더 강한 인연을 만날 때까지 우리는 댄을 꼭 붙잡고 있지 않으면 안 돼요."

조가 열의를 담아 말했다. 누구보다 댄을 잘 아는 조는 그녀의 망아지가 아직 완전하게 훈련되어 있지 않음을 잘 알고 있었다. 그리고 그와 같은 사람의 인생에는 늘 많은 어려움이 따른다는 것도 알고 있었다. 그렇기에 댄에게는 희망을 가짐과 동시에 걱정도 했던 것이다.

조는 떠나기 전에 댄이 자기 마음을 보여주리라 굳게 믿었다. 그러면 그에게 필요한 충고와 격려를 해줄 수 있을 것이다. 조는 그 때가 오기를 기다리며 댄을 관찰했다. 그의 장래성을 발견하고는 기뻐하는 동시에 그가 세상으로부터 어떤 상처를 받았는지도 놓치지 않았다. 조는 이 격정적인 소년이 성공하기를 진심으로 바랐다. 다른 사람들은 그가 실패할 것이라 했기 때문이다. 그러나 사람을 점토처럼 틀에 맞출 수 없음을 알고부터 조는 세상으로부터 버려진 이 소년이 좋은 사람이 되는 것만으로 만족하고 그 이상은 바라지 않기로 했다. 그것만으로도 너무나 큰 기대였다. 댄은 충동적이고 격정적인데다 무법자적인 기질을 타고 났기 때문이다. 그를 잡아주는 것은 플럼필드에서의 추억과 그 성실한 사람들을 실망시킬지도 모른다는 두려움, 많은 결점에도 불구하고 그를 존경하고 사랑해주는 친구들의 관심을 잃고 싶지 않다는 자존심 같은 것들뿐이었다.

"그렇게 걱정할 필요 없어요, 조. 에밀은 위험한 상황이 닥쳐와도 거뜬히 피할 수 있는 낙천적인 아이이고, 내트는 내가 잘 돌볼 테니까요. 댄은 지금 잘해나가고 있어요. 캔자스를 좀 둘러보게 하면 돼요. 농장계획에 흥미를 잃더라도 인디언들이 있는 곳으로 돌아가면 될 거예요. 사실 댄은 그런 일에 아주 잘 맞아서, 나는 그 애가 그 일을 하기로 마음먹었으면 좋겠어요. 압제자와 싸우고 희생자들의 친구가 되어 주는 일을 하면 그에 따르는 위험이 그의 열정을 발산할 배출구가 될 것이고, 그런 생활이 양을 치고 밀밭을 일구는 것보다 훨씬 그 애에게 맞을 거예요."

"그랬으면 좋겠네요. 저건 뭐죠?" 조는 테디와 조시가 외치는 소리를 듣고 몸을 앞으로 내밀었다.

"무스탕(^{미국 평원지대에 서식하}_{는 스페인계 작은 야생마})이다! 진짜 무스탕이야. 살아 있는 거야. 탈 수 있겠지? 댄, 형은 정말 멋져!" 테디가 외쳤다.

"나한테는 인디언 옷을 줬어! 이제 남자들이 메타모라를 연기할 때 나는 나미오카를 연기할 수 있게 됐어." 조시는 손뼉을 치며 덧붙였다.

"베스한테 버펄로 머리를? 어머, 댄. 어째서 그런 무시무시한 걸 저 아이에게 주는 거야?" 낸이 물었다.

"뭔가 강하고 자연 그대로의 것을 모델로 삼는 것도 도움이 되겠다 싶어서. 감상적인 신들이나 새끼고양이만 만들고 있으면 이렇다 할 예술가가 되지 못할 거라고."

댄이 무례하게 대답했다. 전에 왔을 때 베스가 아폴로의 두상과 페르시아 고양이를 조각하던 게 생각났기 때문이다.

"고마워요, 한번 시도해 볼게요. 혹시 실패하면 이걸 현관 벽에 걸어놓고 당신을 떠올릴 테니까 그걸로 됐어요."

베스는 자신이 숭배하는 신들을 무시하는 태도에 발끈하긴 했으나 아이스크림처럼 달콤하고 차가운 목소리 말고는 화를 표현할 길이 없는 곱게 자란 아가씨였다.

"다들 우리의 새로운 거주지를 보러 올 때도 당신은 오지 않을 테죠? 당신에게는 너무 거친 곳이니까요."

댄은 다른 아이들이 그들의 공주에게 말을 걸 때 그러는 것처럼 공손한 말투로 물었다.

"저는 로마에 공부하러 가게 됐어요. 로마에는 세계의 온갖 아름다운 것들과 예술 작품들이 있지요. 그걸 충분히 즐길 수 있을 만큼 인생은 길지 않은걸요."

베스가 말했다.

"로마는 '신들의 정원(콜로라도 주 스프링스 시에 있는 기암괴석이 많은 지대)'이나 장대한 로키 산맥에 비하면 곰팡이 핀 낡아빠진 무덤일 뿐이에요. 예술 따위야 어찌됐든 상관없어요. 나는 자연 말고는 봐주질 못하겠으니까. 당신의 거장들을 압도시킬 만한 걸 보여줄 수 있어요. 꼭 오세요. 조시는 말을 타고, 당신은 그 말을 그리면 되잖아요. 100마리쯤 되는 야생마 무리를 보고 아름답다고 느끼지 않는다면 제가 포기하죠."

댄은 자연의 아름다움과 힘을 훌륭하다고 생각하면서도 그것을 묘사할 능력이 없다는 걸 안타까워하며 외쳤다.

"언젠가 아빠와 함께 갈게요. 당신 말들이 세인트 마크나 캐피톨 힐의 말보다 훌륭한지 보죠. 제발 부탁인데, 나의 신들을 나쁘게 말하지 말아 주세요. 그러면 저도 당신이 숭배하는 것들을 좋아하도록 해보겠어요."

베스는 서부도 한번 가볼 가치가 있다고 생각하기 시작했다. 그곳에서 라파엘로나 미켈란젤로 같은 사람들은 아직 나오지 않았지만 말이다.

"좋아요, 결정됐어요! 나는 모두가 해외로, 해외로 내달리기 전에 자신의 나라를 봐두어야 한다고 생각해. 안 그러면 신대륙을 발견한 보람이 없잖아."

댄은 잽싸게 화해의 태도를 보였다.

"미국이 좋은 점도 있어. 하지만 다 그렇지는 않아. 영국에서는 여성도 투표를 할 수 있지만 미국에서는 그렇지 못해. 나는 미국이 부끄럽다고 생각해."

낸이 외쳤다. 그녀는 모든 개혁에 대해서 진보적이었고 자신의 권리에 대해 큰 관심을 가지고 있었다. 이미 지금까지 몇 가지 권리를 싸워서 쟁취해야 했기 때문이다.

"부탁이니까 그런 이야기는 그만둬. 그 문제에 대해 이야기하기 시작하면 언제나 말다툼이 일어나서 욕설이 오가게 되잖아. 의견이 하나로 모아진 적도 없고 말이야. 오늘 밤에는 조용하고 즐겁게 지내자."

낸과는 달리 논쟁을 몹시 싫어하는 데이지가 간청했다.

"우리의 새로운 마을에서는 마음껏 투표할 수 있게 하겠어, 낸. 너는 시장과 시의원이 되어 모든 시정을 돌보도록 해. 그곳은 공기처럼 자유로운 마을이 될 거야. 그렇지 않으면 내가 살 수 없으니까."

댄이 웃으면서 말했다.

"기디개디 아가씨와 셰익스피어 아가씨는 여전히 의견이 안 맞는 모양이구나."

"모든 사람이 다 의견이 같으면 세상은 잘 굴러가지 못해. 데이지는 착하지만 시대에 뒤처지는 경향이 있지. 그래서 내가 자극을 주는 거야. 내년 가을에는 나와 함께 투표하러 갈 거야. 우리에게 허락된 단 하나의 권리를 행사하러. 데미가 데려다 줄 거야."

"데려가 줄 텐가, 집사?"

댄은 데미의 예전 별명이 맘에 드는 듯했다.

"와이오밍 주에서는 여성들의 투표가 훌륭하게 이루어지고 있어."

"물론이지. 어머니와 이모들도 매년 가고 있고, 데이지도 가게 될 거야. 그 애는 지금도 나의 보다 나은 반쪽이니까. 나는 어떤 면에서든 저 애가 시대에 뒤처지는 건 바라지 않아."

데미는 여느 때보다 더 다정하게 동생을 팔로 감싸며 말했다.

댄은 부러운 듯 두 사람을 바라보았다. 그리고 이렇게까지 굳게 맺어져 있다는 것은 얼마나 행복한 일일까 생각했다. 자신이 홀로 싸워 왔던 소년시절을 떠올리니 쓸쓸했던 그 때가 어느 때보다 더 슬프게 느껴졌다. 그 때 톰이 한숨을 내쉬며 깊은 생각에 잠긴 듯이 이렇게 말함으로써 댄의 감상을 한방에 날려 버렸다.

"나는 언제나 쌍둥이가 되고 싶다고 생각했어. 나를 의지하고 위로해주는 여자애가 있으면 정말 마음이 따뜻하고 즐거울 거야. 나에게 잔인하게 굴더라도 말이야."

제대로 보답받지 못하는 톰의 열정은 이 집에서 늘 변치 않는 농담거리였기 때문에 그가 넌지시 던진 말에 모두 와 하고 웃음을 터트렸다. 낸은 약병을 꺼내 언제나처럼 직업적인 투로 말했다.

"너, 저녁식사 때 새우를 너무 많이 먹었구나. 이 약 네 알을 먹도록 해. 뱃속이 좀 편해질 거야. 톰은 과식하면 꼭 한숨만 쉬어대다 이상한 소릴 지껄이기 시작하거든."

"알았어, 먹을게. 네가 나한테 주는 거라곤 이것뿐이니까." 톰은 우울한 표정으로 약을 씹어 먹었다.

"마음의 병에 걸린 이를 위로하는 자는 누구인가. 뿌리내린 슬픔을 없애주는 것은 무엇인가." 난간에서 조시가 비극적으로 대사를 읊었다.

"나와 함께 가자, 토미. 내가 널 남자로 만들어주마. 약 같은 건 던져 버리고 한동안 세계를 돌아다니는 거야. 그러면 너는 차츰 괴로운 마음을 잊게 될걸. 물론 아픈 배도 괜찮아질 테고."

댄은 자신의 만병통치약을 권했다.

"나랑 배를 타자, 톰. 지독한 뱃멀미를 겪다 보면 기분이 나아질 거고, 매서운 북서풍이 휘몰아치면 네 우울함을 싹 날려버릴 거야. 우리 배의 의사가 되어 다오. 편히 잠잘 데도 있고, 유쾌함으로 치면 이보다 더한 곳이 없다니까."

너의 낸시가 얼굴을 찌푸리고
남색 재킷을 무시하거든
다른 항구로 돛을 돌려
더 좋은 아가씨를 찾아보렴.

에밀이 노래했다. 그는 늘 걱정과 슬픔을 떨쳐주고 기운을 돋우는 노래를 선사하곤 했다.

"졸업장을 받으면 생각해보도록 하지. 나는 힘들었던 3년을 헛되이 날려버리고 싶지 않아. 그러니 그때까지는……."

"나는 절대로 미코버 부인(찰스 디킨스의 《데이비드 코퍼필드》에 나오는 인물. 불행에 빠져 있으면서도 부질없는 행복을 기대하는 낙천주의자이다)을 버리지 않겠소이다." 테디가 말허리를 자르며 흐느껴 우는 시늉을 했다.

톰은 당장 계단에 있는 그를 젖은 풀밭으로 굴려버렸다. 그들의 작은 몸싸움이 끝난 순간, 숟가락들이 잘그랑 부딪히는 소리가 들려왔다. 더욱 즐거운 기분전환의 시간이 왔음을 알린 것이다. 예전에는 질서 있게 식사하기 위해 여자아이들이 남자아이들의 식사 시중을 들었다. 하지만 지금은 젊은 청년들이 아가씨들에게 음식을 가져다주러 분주하게 뛰어다닌다. 이 대수롭지 않은 사실이 세월이 흐르면서 어떻게 형세가 역전되었는지 잘 보여주고 있다. 그 어울림이 얼마나 즐거운지! 조시마저도 얌전히 앉아 에밀에게 딸기 심부름을 시키며 귀부인다운 자태를 한껏 즐기고 있었다. 그러나 테디가 케이크를 훔쳐가는 바람에 예의범절 따위는 잊어버리고 찰싹 손등을 때렸다. 댄은 손님이라는 이유로 베스에게만 봉사하도록 허락되었다. 베스는 지금 이 작은 세계에 공주로서 군림하고 있었다. 톰은 낸을 위해 신중하게 가장 좋은 음식을 골랐으나 허무하게도 낸은 이렇게 말했다.

"나는 늦은 시간에는 아무것도 먹지 않기로 했어. 너도 너무 많이 먹으면 가위에 눌릴 거야."

그래서 톰은 공복의 고통을 참으며 접시를 데이지에게 주고는 야식 대신 장미 꽃잎을 씹었다.

놀라울 정도로 많던 건강한 먹을거리가 동이 났을 즈음 누군가가 노래를 부르자고 제안했다. 한동안 음악이 흐르는 시간이 이어졌다. 내트가 바이올린을 켜고 데미가 피리를 불었다. 댄은 낡은 밴조를 치고 에밀은 몹시 구슬픈 난파선 노래를 목소리를 떨어가며 불렀다. 이윽고 모두가 입을 맞추어 옛 노래를 합창하자, 말 그대로 '하늘로 음악'이 울려 퍼졌다. 지나가던 사람들은 빙그레 웃고는 노래에 귀를 기울이며 말했다.

"오늘 밤에는 플럼필드가 시끌벅적하구먼."

모두가 돌아가고 나서 댄은 들판에서 불어오는 향기로운 바람을 맞으며 베란다를 서성였다. 바람은 파르나소스에서 꽃향기도 몰고 왔다. 댄이 낭만적인 달빛 속에 서 있을 때 조가 문을 닫으러 왔다.

"무슨 꿈을 꾸고 있니, 댄?"

감상에 잠겨 있나 싶어 조가 물었다. 댄은 흥미로운 비밀 이야기나 애정이 가득한 말을 하는 대신 불쑥 이렇게 말했다.

"담배를 피우고 싶다고 생각했어요."

조는 기대를 와르르 무너뜨리는 대답에 웃으면서 다정하게 말했다.

"네 방에서 피우면 된단다. 그러나 집에 불을 내지는 말아다오."

조의 얼굴에 나타난 가벼운 실망의 빛을 발견했는지 아니면 소년 시절 제가 친 장난을 떠올렸는지 댄은 몸을 굽혀 조에게 입 맞추고는 속삭이는 목소리로 말했다.

"안녕히 주무세요, 어머니."

조는 반쯤 만족했다.

제5장 여름 방학

다음 날 아침은 휴일을 즐기느라 아침식사가 끝난 뒤에도 모두 식탁을 떠나지 않았다. 그런데 갑자기 조가 외쳤다—

"어머나, 개가 있네!"

문턱 위에 큼지막한 사냥개가 움직이지도 않고 지그시 댄을 바라보며 서 있었다.

"이놈! 내가 갈 때까지 기다리라고 했을 텐데. 몰래 도망쳐 나왔겠다? 자, 자백해라. 그리고 남자답게 벌을 받는 거야."

댄은 그렇게 말하며 일어서서 개가 있는 쪽으로 걸음을 옮겼다. 개는 뒷다리로 서서 주인 얼굴을 보며 아무 잘못도 안 했다는 듯이 큰 소리로 짖어댔다.

"알았어, 댄은 거짓말 안 하니까."

댄은 커다란 개를 끌어안았다. 그러고는 창밖으로 한 남자와 말 한 마리가 다가오는 것을 보고 이렇게 덧붙였다.

"저는 지난밤에 제 전리품들을 호텔에 놓고 왔어요. 이곳 상황이 어떤지 몰랐으니까요. 밖으로 나가서 옥토를 봐 주세요. 제 무스탕이에요. 아름다운 말이죠."

가족들을 줄줄이 거느리고 댄은 처음 오는 손님을 환영하러 나갔다.

옥토는 빨리 주인을 만나고 싶어서 계단에 앞다리를 걸치고 올라오려 하고 있었다. 말과 함께 있던 남자는 곤혹스러워 하며 말을 뒤로 잡아끌었다.

"이리로 보내도 돼요." 댄이 소리쳤다. "그 녀석은 고양이처럼 기어오르고 사슴처럼 뜀박질 친다고요. 자 자, 착하지. 너 이 녀석, 한바탕 달리고 싶은 게냐?" 아름다운 암말이 또각또각 그의 곁으로 다가오자 댄이 물었다. 그가 콧잔등을 어루만지며 윤기 흐르는 옆구리를 찰싹찰싹 두드려 주니 말은 기분 좋은 듯이 울었다.

"이런 게 키우는 보람이 있는 말이라고 하는 거야." 테디는 감탄과 기쁨의 한 마디를 흘렸다. 그는 댄이 없는 동안 말을 돌봐 주기로 되어 있었다.

"어쩌면 이렇게 슬기로운 눈을 하고 있는지! 대화도 나눌 수 있을 것 같네." 조가 말했다.

"이 녀석 나름대로 대화가 돼요. 거의 다 알아들어요. 그렇지?" 댄은 자그마한 검은 말이 사랑스러워서 견딜 수 없다는 듯이 자신의 뺨을 말의 뺨에 갖다 대었다.

"'옥토'가 무슨 의미야?" 로브가 물었다.

"번개를 뜻하는 거야. 이 말은 그렇게 불릴 가치가 있어. 곧 알게 될 거야. 블랙 호크가 나한테서 소총을 받고 내준 말이야. 그곳에 있을 때는 정말 즐거웠었지. 이 녀석은 몇 번이나 내 목숨을 구해줬어. 저 상처 보이지?"

댄은 긴 갈기에 반쯤 가려져 있는 작은 상처를 가리켰다. 그러고는 옥토의 머리에 손을 얹고 그 이야기를 시작했다.

"블랙 호크와 나는 한때 버펄로를 찾아 돌아다녔어. 그런데 생각했던 것만큼 빨리 발견하지는 못했지. 그러는 동안 다리가 말을 듣지 않게 되었어. 그때 우리는 베이스캠프가 있는 레드디어 강에서 100마일이나 떨어진 곳에 있었어. 난 이제 끝이라고 생각했지. 그런데 나의 용감한 친구가 말했어. '버펄로 무리를 찾을 때까지 살아남을 방법을 알려 주마.' 우리는 작은 연못 가에서 그날 밤을 지내기로 했지. 주위에 살아 있는 생물의 흔적은 어디에도 없었어. 작은 새 한 마리도 말이야. 끝없이 이어지는 초원만 보이는 거야. 우리가 어떻게 했을 거라 생각해?" 댄은 자신을 둘러싼 얼굴들을 살펴보았다.

"벌레를 먹었겠지, 호주 사람들처럼." 로브가 말했다.

"풀이나 나뭇잎을 끓여 먹었겠지." 조가 말했다.

"흙으로 배를 채우지 않았을까? 미개인들이 그렇게 한다고 읽은 적이 있어." 바어 선생이 말했다.

"말 한 마리를 죽였구나." 테디가 외쳤다.

"아니야, 피를 뽑았지. 잘 들어 봐. 양철 컵에 피를 한 잔 받아서, 야생 샐비어 잎 조금이랑 물을 넣고 말이지, 잔가지로 불을 지펴서 데웠지. 맛있었어. 그걸 마시고는 잠이 들었지."

"옥토는 못 잤을 거야." 조가 가엾다는 듯이 말을 토닥여 주었다.

"말은 아무렇지도 않았어. 블랙 호크가 말하기를, 그렇게 해서 2, 3일이나 생명을 이어갈 수 있는 데다 여행도 계속할 수 있다는 거야. 그런데 다음 날 아침, 우리는 버펄로를 발견했어. 그 때 내가 쏜 버펄로의 목이 상자 속에 있지. 언제든 벽에 걸어서 아이들이 무서움에 경기를 일으키게 할 수도 있어. 정말 사나운 녀석이니까 말이야."

"이 가죽 끈은 뭣 때문에 있는 거야?" 인디언 안장과 한 줄 고삐, 간단한 재갈과 올가미, 그리고 방금 말한 목에 두르는 가죽 끈 등을 성급하게 들춰보고 있던 테디가 물었다.

"적의 무리와 멀리 떨어진 곳에서, 말 옆구리에 몸을 길게 붙이고 그걸 붙잡는 거야. 그리고 전속력으로 빙글빙글 돌면서 말 목 밑에서 발포하는 거지. 실제로 보여 줄까?" 댄은 재빨리 계단을 내려와 말 등에 오르더니 비상한 속도로 잔디 위를 질주하기 시작했다. 옥토의 등에 올라탔다가, 등자와 가죽 끈에 의지해 반쯤 몸을 숨겼다가, 말에서 뛰어 내려서 옥토와 나란히 달렸다. 옥토는 너무 좋아서 껑충껑충 뛰었고, 그 뒤를 목줄이 풀려 자유의 몸이 된 던이 야성을 찾은 기쁨에 정신없이 뒤쫓아 달렸다.

그것은 멋진 풍경이었다. 활력과 아름다움, 자유가 흘러넘치는 가운데 세 야생 동물이 뛰노는 모습. 잠시 동안 부드러운 잔디밭이 초원으로 변한 듯했다. 별세계의 한 장면을 본 구경꾼들은 자신들의 생활이 단조롭고 생기가 없는 것처럼 느낄 정도였다.

"서커스보다 훨씬 멋있네!" 조가 외쳤다. 자신도 소녀였다면 이 번개 같은 말에 올라타고 질주해 보았을 텐데. "낸은 뼈 맞추느라 바빠질 게 틀림없어요. 테디가 댄과 경쟁하려다가 온몸의 뼈가 부러질 테니까요."

"두세 번 낙마하는 정도로는 다치지 않소. 게다가 처음으로 말을 돌보며 즐겁게 노는 것은 여러 면에서 저 애에게 유익한 일이 될 거요. 내가 걱정하는 것은, 댄이 페가수스(그리스 신화에 나오는 날개 달린 천마)를 타고 저렇게 돌아다니면 농사를 지을 수 없다는 점이오." 바어 선생이 대답했다. 그 때 정문을 뛰어넘어 가로수 길을 질주해온 검은 암말이 댄의 한마디에 멈춰 서서 흥분으로 몸을 떨었다. 댄은 말에서 훌쩍 뛰어내리고는 얼굴을 들고 박수를 기다렸다.

박수가 쏟아지자 그는 자신보다는 애마 때문에 더 기쁜 듯했다. 테디는 당장 배우고 싶다며 법석을 피웠다. 옥토가 어린 양처럼 얌전했기 때문에 테디는 금방 그 색다른 안장에 익숙해질 수 있었다. 그는 학교에 가서 자랑할 생각에 빠르게 달리기 시작했다. 멀리서 레이스를 지켜보던 베스도 서둘러 언덕을 내려왔다. 모두가 베란다에 모이자 댄은 배달부가 문 앞에 던져놓고 간 커다란 상자의 뚜껑을 '냅다 잡아뗐다'.

댄은 언제나 가벼운 차림으로 여행하는 편이어서 오래 써서 낡은 손가방 말고는 짐을 들고 걷는 것을 싫어했다. 그러나 돈이 조금 생긴 지금은 활과 창으로 얻은 전리품들을 친구들에게 나눠주기 위해 가지고 돌아왔다는 것이었다.

'좀이 슬지 않게 조심해야 하겠는걸.' 텁수룩한 머리의 댄이 전리품들을 꺼내 보여줄 때 조는 생각했다. 늑대 가죽으로 된 깔개가 조를 위한 선물이었다. 바어 선생 서재용으로는 곰 가죽 깔개가, 남자아이들에게는 여우 털 장식이 달린 인디언 의상이 나왔다.

7월에 쓰기에는 무척 따뜻한 물품들뿐이었음에도 모두 기꺼이 받아들였다. 테디와 조시는 지체 없이 의상을 입고 인디언 함성을 배웠다. 그러고는 활과 화살, 도끼 등을 들고 작은 전투를 벌이며 지칠 때까지 집과 정원 주위를 돌아 친구들을 놀라게 했다.

아름다운 새의 날개와 깃털 같은 팜파스 풀, 조개껍질로 엮은 목걸이, 그 밖에 장식용 구슬과 나무껍질, 깃털 등으로 만든 아름다운 세공품은 여자아이들을 기쁘게 했고, 광물과 화살촉, 간단한 스케치 등은 바어 선생의 흥미를 끌었다. 상자가 텅 비자 댄은 자작나무 껍질에 적힌 두세 곡의 구슬픈 인디언 노래를 로리에게 선물했다.

"이제 텐트만 있으면 완벽하겠네. 어쩐지 저녁으로 볶은 옥수수와 말린 고기라도 내와야 할 것 같은데. 이런 훌륭한 파우와우(북미 인디언들의 연례축제 행사) 뒤에 양고기나 완두콩을 먹고 싶어 할 사람은 아무도 없을 거야." 기다란 응접실이 북적거리는 모습을 바라보며 조가 말했다. 다들 깃털 장식을 달거나 모카신을 신거나 구슬 액세서리를 건 채로 깔개 위에 누워 있었다.

"무스의 코와 버펄로의 혀, 곰 스테이크랑 구운 골수 같은 게 좋겠는데요. 그렇지만 어머니가 준비한 양고기도 괜찮아요." 댄은 상자 속에서 대답했다. 커다란 사냥개를 발치에 둔 그는 일족의 추장 같았다.

여자아이들은 주변을 정리하려 했으나 좀처럼 진전이 없었다. 손에 잡히는 것마다 특별한 사연이 있어 보였고 모든 게 스릴이 넘치거나 재미있거나 야생의 자연을 느끼게 했기 때문이다. 로리가 댄을 데리고 사라지기 전까지는 도저히 차분하게 정리할 수가 없었다.

이렇게 여름 방학은 시작되었다. 댄과 에밀의 귀향은 이 지적이고 조용한 사회에 얼마나 즐거운 자극을 가져왔는지 모른다. 두 사람이 이곳에 신선한 바람을 몰고 와서 모두를 소생시킨 듯했다. 방학 동안 많은 학생들이 이곳에 남아 있었는데, 플럼필드와 파르나소스는 그들이 즐거운 나날을 보낼 수 있도록 할 수 있는 모든 것을 해 주었다. 많은 이들이 멀리 떨어진 주(州)에서 온 데다 가난해서 여기 말고는 교양을 쌓거나 오락을 즐길 기회가 별로 없었기 때문이다. 에밀은 남녀를 불문하고 아무하고나 잘 어울렸으며, 과연 뱃사람답게 유쾌한 농담을 던지며 돌아다녔다. 그러나 댄은 '아름다운 여학생'들에 대해서는 조금 거리를 두었다. 그가 그녀들과 함께 있을 때 침묵을 지키며 가만히 바라보는 모습은 마치 비둘기 떼를 내려다보는 독수리 같았다. 그는 청년들과는 잘 지냈으며 금세 그들의 영웅이 되었다. 다들 그의 남자다운 재능에 감탄했는데, 이는 그를 위해서 잘된 일이었다. 왜냐하면 댄은 스스로

가 배움이 부족하다고 느꼈고, 대자연에서 배우는 것만큼이나 만족스러운 무언가를 책에서 발견할 수 있지 않을까 하는 생각이 들 때가 더러 있었기 때문이다. 그가 침묵을 지키고 있기는 했어도 여학생들은 그의 좋은 자질을 알아보고 '스페인 사람'이라는 별명을 지어주는 등 그에게 호의를 보였다. 그의 검은 눈은 말보다 호소력이 있었던 것이다. 여학생들은 이런저런 다정한 행동으로 댄에게 친근감을 표현하려 했다.

댄도 이런 점을 알고 있었기 때문에 그들의 기대에 부응하려고 노력했다. 무례한 말투를 삼가고 거친 태도를 누그러뜨렸으며 자신의 말과 행동이 자아내는 효과를 관찰하여 좋은 인상을 주려고 애썼다. 사교적인 분위기는 그의 외로운 마음을 따뜻하게 감싸주었고, 문화적인 요소는 최선을 다하도록 그를 자극했다. 장시간 이곳을 떠나 있는 사이에 일어난 변화는 이 오래된 집을 새로운 세계처럼 보이게 했다. 캘리포니아에서 생활한 뒤에 이곳에 와서 오랜 친구들에 둘러싸여 지내다 보니 더할 나위 없이 즐겁고 편안했으며, 싫은 일들도 잊을 수 있었다. 댄은 이곳의 선량한 사람들의 신뢰에 보답하고 순진무구한 여학생들에게 존경받을 만한 사람이 되리라 결심했다.

이렇게 해서 낮에는 승마, 조정, 피크닉을, 밤에는 음악, 댄스, 연극을 즐기는 생활이 시작되었다. 모두들 이토록 활기찬 여름방학은 몇 년 만에 처음이라고 말했다. 베스는 약속을 지켜, 좋아하는 점토는 먼지가 쌓이도록 내버려두고 친구들과 놀거나 아버지와 음악을 공부했다. 아버지는 딸의 뺨이 신선한 장밋빛으로 물들고 언제나 꿈꾸는 듯하던 딸아이가 꿈에서 깨어나 큰소리로 웃게 된 것이 기뻤다. 조시는 테디와 싸우는 일이 줄었다. 댄이 빤히 바라보고 있으면 싸우려다가도 금방 멈추게 되었기 때문이다. 댄의 눈빛은 반항적인 사촌에게도 같은 효과를 가져왔다. 그러나 이 혈기왕성한 소년에게 가장 도움이 된 것은 옥토였다. 옥토는 지금까지 테디에게 무엇보다 큰 즐거움이었던 자전거를 잊어버리게 할 정도로 매력적이었다. 아침저녁으로 이 지칠 줄 모르는 암말을 타고 돌아다닌 결과, 테디는 점점 근육이 붙어서 키만 호리호리하게 자라는 것을 걱정하던 어머니를 매우 기쁘게 했다.

일에 지친 데미는 이 사람 저 사람 따지지 않고 모델 삼아 사진을 찍으며 시간을 보냈다. 구도를 꽤나 잘 잡았고, 무한한 인내력을 가지고 있었기 때문에 수많은 실패작 중에는 걸작도 몇 점 있었다. 그는 카메라 렌즈를 통해 세상을 보는 듯했으며, 검은 천 아래에서 친구들을 훔쳐보는 것을 즐기는 듯했다. 댄은 데미에게 귀중한 존재였다. 그는 사진이 잘 받았고, 기꺼이 멕시코인 분장을 하고 말과 사냥개를 거느리고 포즈를 잡아 주었기 때문이다. 그런 인상적인 사진은 모두 갖고 싶어 했다.

베스도 마음에 드는 모델이었다. 어깨에 두른 하얀 레이스 구름 속에서 떠오른 얼굴 주위에 아름다운 머리카락을 늘어뜨린 사촌 여동생의 사진은 아마추어 사진전에서 상을 탔다. 상을 탄 게 자랑스러웠던 데미는 이 사진을 주변 사람들에게 돌렸는데, 그 가운데 한 장은 나중에 이야기하게 될 아름다운 사연을 간직하게 된다.

내트는 긴 이별을 앞두고 틈만 나면 데이지와 함께 지냈다. 메그의 기분은 어느 정도 풀려 있었다. 내트가 떠나면 이 불행한 연애도 끝이 나겠지 생각했기 때문이다. 데이지는 아무 말도 하지 않았지만 혼자가 되면 슬픈 표정을 하고 자신의 머리카락으로 우아하게 머리글자를 수놓은 손수건 위로 조용히 눈물을 떨어뜨렸다. 그녀는 내트가 자신을 잊지 않으리라고 확신했다. 예전에 냄비놀이 파티를 하고 버드나무 밑에서 비밀 이야기를 하던 시절부터 친구였던 그가 가버리면 너무 쓸쓸할 것 같았다. 데이지는 어머니의 뜻이 곧 법이라 생각할 정도로 어머니를 사랑하고 존경하는, 순종적이고 유순한 딸이었다. 그녀는 연애가 허락되지 않는다면 우정으로도 충분할 거라고 생각했다. 그래서 슬픔을 감추고 내트에게 유쾌한 미소를 지어 보였으며, 그가 마지막 며칠을 가능한 한 즐겁게 지내도록 해주었다. 그녀는 내트에게 세심한 충고를 해주고 혼자 생활하는 데 필요한 반짇고리와 배에서 먹을 과자 상자를 준비해주었다.

톰과 낸은 바쁜 시간을 쪼개서 되도록 많은 시간을 플럼필드의 옛 친구들과 함께 보내기로 했다. 에밀은 다음 항해가 길어질 터였고, 내트는 유학 기간이 얼마나 될지 알 수 없었으며, 댄은 이 다음에 또 언제 찾아올지 짐작할 수 없었기 때문이다. 그들 모두는 자신의 생활이 마침내 본격적으로 진지한 것이 되어감을 느끼고 있었다. 그리고 즐거운 여름날을 함께 지내면서도 자신들은 이제 어린애가 아니라는 점을 의식하고 있었다. 저마다 각자의 길을 가기 전에 서로를 더 잘 알고 서로에게 도움이 되고 싶다는 듯이 그들은 즐거운 시간을 보내는 틈틈이 서로의 계획과 희망을 이야기했다.

같이 지낸 날들은 겨우 2, 3주였다. 그러는 동안에 '블랜더 호'는 출항 준비를 마쳤다. 내트도 뉴욕에서 배로 출발하게 되었고, 댄은 그를 배웅하러 가기로 하였다. 댄은 머릿속에 여러 가지 계획이 떠올라 한시라도 빨리 그것들을 실행에 옮기고 싶어서 견딜 수 없었다. 여행자들을 위해 파르나소스에서 송별회가 열렸다. 다들 가장 좋은 옷을 입고 더 없이 유쾌한 기분으로 찾아왔다. 조지와 돌리는 화려한 최신식 하버드 스타일의 정장에 그들의 자랑거리인 '찌부러진 모자'를 쓰고 나타났다. 잭과 네드는 유감스럽게도 참석하지 못하고 모두에게 안부를 전해왔으나 이를 아쉬워하는 사람은 아무도 없었다. 그 두 사람은 조가 실패작이라 말하는 인물들이었기 때문이다. 톰은 여느 때와 마찬가지로 곤란한 상황에 처하고 말았다. 심한 곱슬머리를 요즘 유행하는 것처럼 차분하게 만들려고 강한 향료를 뒤집어쓴 탓이다. 불행하게도 그의 반항적인 머리털은 더 심하게 꼬였고, 이곳저곳 이발소에서 뿌려준 향수는 냄새를 지우려는 그의 필사적인 노력이 무색하게 톰에게 깊이 배어 있었다. 낸은 그를 곁에 오지 못하게 했고, 그의 모습이 보이면 부채질을 해댔다. 충격을 받은 톰은 천국에서 쫓겨난 요정이 된 듯한 느낌이었다. 물론 친구들은 그를 놀려댔으며 어떤 일에도 의기소침해지지 않는 그의 밝은 성격만이 그를 절망에서 구원해 주었다.

에밀은 새로 만든 선원복을 입고 환한 얼굴로 뱃사람들만 아는 춤을 추었다. 그는 이쪽에 있는가 싶다가도 어느새 다른 쪽에 가 있어서 그의 파트너는 스텝을 맞추느라 숨을 헐떡였다. 그러나 여자애들은 다들 그가 리드하는 모습이 멋지다고 말했다. 춤추는 속도가 그렇게 빠른데도 그는 한 번도 다른 사람과 부딪치지 않았던 것이다. 에밀은 몹시 즐거웠고, 그에게는 춤 상대가 끊이지 않았다.

예복을 가지고 있지 않은 댄은 모두의 요청으로 멕시코 의상을 입었다. 단추가 많은 바지에 헐렁한 웃옷을 입고 화려한 띠를 두른 뒤 망토를 걸치자 대단히 멋져 보였다. 댄은 조시에게 특이한 스텝을 가르쳐주기도 하고 금발의 아가씨들에게 찬탄의 시선을 보내기도 했다.

엄마들은 알코브에 앉아 바늘과 실을 옆에 놓고 싱글벙글 웃으며 모두에게, 특히 이런 자리가 어색한 젊은이나 색 바랜 모슬린 드레스와 세탁한 장갑 등을 의식하여 부끄러워하는 듯한 아가씨들에게 다정한 말을 건네고 있었다. 당당한 에이미가 두꺼운 부츠를 신은, 이마가 넓고 키가 큰 시골 청년에게 팔을 잡혀 있는 모습이나, 조가 수줍음 많은 청년과 소녀처럼 춤추는 모습은 보는 사람도 절로 미소 짓게 하였다. 그 청년의 팔은 펌프 손잡이처럼 어색하게 굳어 있었고, 그 얼굴은 학장 부인과 함께 춤을 추는 데서 오는 혼란스러움과 뿌듯함으로 시뻘게져 있었다. 메그는 자신의 소파에 여학생 두서넛을 앉혔고, 로리는 소박한 옷을 입은 눈에 띄지 않는 아가씨들에게 친절하게 대해줌으로써 그녀들을 행복하게 해주었다. 바어 선생은 청량음료처럼 사방을 돌아다니면서 사람들과 유쾌한 대화를 나눴고, 마치 씨는 시끌벅적한 분위기에 익숙하지 않은 진지한 학생 몇 사람과 서재에서 그리스 희극을 논했다.

긴 음악실과 응접실, 홀, 베란다 등에는 하얀 드레스를 입은 아가씨들과 검은 옷을 입고 에스코트하는 남자들이 가득 했다. 곳곳에서 떠들썩한 소리가 넘쳐났고, 홈 밴드가 연주하는 경쾌한 음악소리에 이끌려 마음도 다리도 가볍게 날아다니고 있었다.

"잠깐 여기 좀 꿰매 줘, 메그 언니. 저기 저 쇠꼬챙이 군에게 마구 끌려다녀서 찢어졌어. 그래도 저 아이, 정말 즐거워 보이지 않아? 사람들과 부딪치고, 나를 청소 도구처럼 마구 돌리고 말이야. 이렇게 춤을 출 때마다 내가 예전 같지 않다는 걸 느끼게 돼. 다리도 가볍게 움직여지지 않는걸. 10년쯤 지나면 우린 뒤룩뒤룩 살이 쪄 있을 거야. 어쩔 수 없지, 뭐." 선의를 베푸는 마음으로 열심히 춤춘 나머지 머리 모양이 흐트러진 조는 그렇게 말하고는 구석으로 물러났다.

"내가 뚱뚱한 할머니가 되리라는 건 알고 있어. 그런데 너는 아직 살이 부족하다고, 조. 그리고 에이미는 언제까지나 날씬하고 아름다울 거야. 오늘 밤엔 열여덟 살쯤으로밖에 안 보이지 않아? 하얀 드레스에 장미를 달고 있는 모습이." 메그는 손으로는 동생의 찢어진 옷을 꿰매고, 눈으로는 또 다른 동생의 우아한 몸짓을 흐뭇하게 바라보았다. 메그는 지금도 예전처럼 에이미의 아름다움에 감탄하고 있다.

조가 살이 찌기 시작했다는 사실은 가족들 사이의 새로운 농담거리가 되었다. 분명 살이 찌고 있긴 했지만 아직까지는 부인다운 분위기가 풍기는 정도였는데 그것이 조와 제법 잘 어울렸다. 자매가 조의 이중 턱에 대한 농담을 하며 웃고 있을 때 주인 역할에서 잠시 해방된 로리가 다가왔다.

"또 꿰매는 겁니까, 조? 당신은 드레스를 찢어뜨리지 않고 얌전하게 춤춘 적이 없지요. 그런데 저녁식사 전에 산책을 해서 열기 좀 식히실래요? 보여 드리고 싶은 활인화(活人畫 : 배경을 적당하게 꾸미고 분장한 사람이 그림 속의 사람처럼 보이게 하는 구경거리)가 있습니다."

로리는 이렇게 말하면서 조를 음악실로 안내했다. 무도회가 끝난 뒤 젊은 이들이 정원이나 홀로 나가는 바람에 음악실에는 사람들이 거의 없었다. 로리는 베란다 쪽을 향해 열려 있는 네 개의 기다란 창문 가운데 첫 번째 창문 앞에 서더니 한 떼의 사람들을 가리키며 말했다.

"이건 '강가의 잭'이라는 작품이에요."

그의 앞에는 말끔한 구두를 신은 긴 감색 다리가, 담쟁이 넝쿨이 올라온 베란다 지붕에서부터 드리워져 있었다. 그 다리 주인의 것이라 짐작되는 보이지 않는 손이 그 아래 난간에 백조 무리처럼 모여 있는 소녀들 무릎에 장미꽃을 떨어뜨리고 있었다. 그러다가 갑자기 굵은 남자 목소리가 다음과 같은 처연하고 슬픈 노래를 부르기 시작했다. 청중들은 숨을 죽이고 들었다.

    메리의 꿈

        디 강 가까이 모래 언덕 위에
        새하얀 달이 떠올랐네.
        은은한 달빛은 언덕
        탑과 나무들을 구석구석 비추네.
        메리는 누워 잠을 자는데
        (마음은 바다가 된 샌디에게로 달려가네.)
        어디선가 들려오는 나지막한 속삭임.
        "나 때문에 울지 말아요, 메리."

        누군지 보려고
        메리는 조용히 고개를 드네.
        새파랗게 질린 얼굴 텅 빈 눈동자
        오, 사랑하는 메리, 내 몸은 차갑게 식어

거친 바다 속에 누워 있네.
머나먼 죽음 속에 잠들어 있네.
사랑스런 메리, 나 때문에 울지 말아요.

삼일 밤낮 폭풍우 속에
노호하는 바다 위를 떠돌면서도
배를 구하려 싸웠건만
그 모든 노력은 허사가 됐네.
그러나 두려움에 피가 얼어붙을 때에도
내 마음은 그대를 향한 사랑으로 충만했다네.
폭풍이 멎고 나도 편히 쉬고 있으니
나 때문에 울지 말아요, 메리.

오, 사랑스런 소녀여.
우리 곧 다시 만나리.
아무런 의심도, 걱정 근심도 없는 그곳
예전의 그 강가에서 다시 만나리.
그리고 다시는 헤어지지 않으리."
닭 우는 소리에 환상은 사라지고
샌디의 모습은 더 이상 보이지 않네.
그러나 그의 다정한 목소리는 여전히 귓가를 울리네.
"사랑스런 메리, 나 때문에 울지 말아요."

　"저 활달한 성격이 저 아이의 자산이네요. 저런 쾌활한 성격으로 인생을 항해해 간다면 침몰할 일은 절대 없을 거예요." 조가 말했다. 노래가 끝나자 박수와 함께 장미꽃이 쏟아졌다.
　"그렇고말고요. 고마운 일이지 않습니까. 저처럼 우울한 사람은 그 가치를 잘 알지요. 활인화 제1호가 마음에 드셔서 다행입니다. 자, 그럼 제2호를 보러 가시죠. 망가지지 않았으면 좋을 텐데. 아까까지는 너무나 아름다웠거든요. 이번에는 '오셀로, 데스데모나에게 모험을 이야기하다'라는 작품입니다."

두 번째 창문 안에는 실로 아름다운 세 사람이 보였다. 마치 씨가 팔걸이 의자에 앉아 있고, 그 발치에 베스가 방석을 깔고 앉아서 댄의 이야기에 귀를 기울이고 있었으며, 댄은 기둥에 기대어 유난히 활발하게 이야기하고 있었다. 마치 씨는 그림자에 가려 있었지만, 작은 데스데모나는 쏟아지는 달빛 속에서 젊은 오셀로의 얼굴을 올려다보며 그가 하는 이야기에 빨려들 듯이 귀를 기울이고 있었다. 댄의 어깨에 걸친 화려한 망토와 그의 어두운 피부 그리고 그의 손짓은 실로 인상적인 광경을 만들어내고 있었다. 관객 두 사람은 말없이 그 장면을 즐겼지만 이윽고 조가 빠른 말투로 속삭였다.

"댄이 여길 떠나기로 한 건 정말 잘한 결정이었네요. 로맨틱한 여자아이들이 많은 곳에 저렇게 개성 강한 남자아이가 섞여 있는 건 좀 그렇죠. 저아이의 '거창하고 우울하며 독특한' 스타일은 우리 순진한 소녀들이 감당하기엔 너무 버거울 거예요."

"걱정 마세요. 댄은 아직 다듬어지지 않아 거칠죠. 아마 앞으로도 그럴 거예요. 여러 면에서 성장하긴 했어도 말이에요. 보세요, 달빛 아래 빛나는 작은 여왕님의 모습을!"

"베스는 어디에 있어도 아름다워요."

감탄하듯 뒤돌아보면서 조는 앞으로 나아갔다. 그러나 지금 본 광경과 그녀가 예언하듯 한 말이 앞으로 먼 훗날 조의 마음속에서 되살아날 때가 올 것이다.

세 번째 작품은 한눈에 봐도 비극적인 그림이었다. 로리는 웃음을 참으며 속삭였다.

"'상처 입은 기사'."

그가 가리킨 쪽을 보니, 커다란 수건으로 머리를 둘둘 감은 톰이 낸 앞에 무릎을 꿇고 있다. 낸은 톰의 손바닥에서 가시인지 뭔지를 빼주는 듯했는데, 환자 얼굴이 편안해 보이는 걸로 보아 어지간히 솜씨가 좋은 모양이다.

"아파?"

낸은 톰의 손을 달빛에 비춰 보며 물었다.

"아니, 조금도. 얼마든지 쑤셔도 돼. 기분 괜찮은데."

무릎이 아픈 것도, 가장 좋은 바지가 더러워지는 것도 개의치 않고 톰이 대답했다.

"다 돼 가."

"몇 시간이 걸려도 괜찮아. 이렇게 행복한 때는 없었으니까."

이 같은 달콤한 말은 들으려고도 하지 않고 낸은 커다란 안경을 쓰더니 사무적인 말투로 말했다. "자, 빠졌다. 그냥 나무 가시였어, 이거."

"피 나잖아. 붕대 안 감아주는 거야?" 톰은 조금이라도 이 상태를 길게 끌어볼 셈으로 말했다.

"바보 같은 소리. 피는 입으로 빨아내면 돼. 그렇지만 내일 혹시 해부 실습이 있으면 조심하고. 패혈증은 이제 지긋지긋하니까."

"그 때는 네가 다정하게 대해 준 유일한 시간이었지. 나는 한쪽 팔이라도 자르고 싶을 정도야."

"자르려면 머리를 자르는 게 좋지 않겠어? 오늘은 특히 포마드 냄새가 지독하네. 정원에서 달리기라도 해서 바람에 냄새 좀 날리고 오지 그래."

웃음을 터트려서 들키면 큰일이라 생각한 관객 두 사람은 그곳을 빠져나왔다. 실의에 찬 기사가 달려 나가고 낸은 포마드 냄새를 잊으려고 키 큰 백합에 코를 묻었다.

"가엾은 톰. 저 아이의 운명은 순탄한 게 아니네요. 시간 낭비를 하고 있잖아요. 연애놀이인지 뭔지는 그만두고 일에 집중하라고 충고해 주세요, 조."

"몇 번이나 충고했어요, 로리. 저 아이가 정신을 차리려면 꽤나 큰 충격이 필요하다고요. 그 충격이 어떤 모습으로 나타날지 궁금해서 흥미롭게 기다리는 중이에요. 어머나, 저건 대체 뭐죠?"

테디가 의자 위에 한 발로 서서 다른 한 발을 넓게 벌린 채 두 손으로 허공을 휘젓고 있었다. 조시와 여자 친구들 두셋은 그의 곡예를 숨죽여 지켜보며 저마다 '작은 날개'라는 둥, '구부러진 금색 철사'라는 둥, '귀여운 모자'라는 둥 속삭였다.

"'날아오르려는 헤르메스'라는 제목이 어울리겠는데."

레이스 커튼 뒤에서 엿보던 로리가 말했다.

"그건 그렇고 저 아이의 저 긴 다리! 저걸 어떻게 다룰 셈이지? 저 아이는 신들의 조각상들을 흉내내려고 하나 봐요. 그런데 방법을 알려 주는 사람이 없어서 힘들겠는걸요."

조가 아들의 모습을 보고 무척 재미있어하며 대답했다.

"와, 됐다!"

"멋있어!"

"그렇게 하고 얼마나 있을 수 있니?"

테디가 네모난 선반 한 쪽에 발끝을 대고 잠시 동안 균형을 유지하자 소녀들이 소리쳤다. 그 때문에 체중이 전부 한쪽 다리로 쏠리면서 날아오르려던 헤르메스는 쿵 하고 추락했고, 소녀들은 깔깔 웃기 시작했다. 떨어지는 데 익숙한 테디는 바로 일어나 즉흥적으로 옛날 춤을 추며 쾌활하게 주변을 뛰어다녔다.

"근사한 활인화를 네 점이나 보여줘서 고마워요. 덕분에 좋은 생각이 떠올랐어요. 가까운 시일 내에 활인화를 보여주는 극단을 만드는 거예요. 색다르고 멋진 생각이죠? 매니저에게 제안할게요. 영광은 다 당신께 돌리겠어요!" 조가 말했다. 그런 다음 두 사람은 컵과 도자기가 부딪치는 소리가 들리는 방으로 향했다. 그곳에는 검은 예복을 입은 사람들이 드문드문 보였다.

이제 우리 친구들의 예를 따라 젊은이들 사이를 거닐며 그들이 하는 말을 들어보자. 그러면 이야기를 엮어가는 데 도움이 될 단서들을 얻을 수 있을 테니까. 조지와 돌리는 숙녀들의 식사 시중을 들다가 한쪽 구석에 서서 갖가지 음식들을 맛보는 중이었다. 왕성한 식욕을 들키지 않으려 애쓰면서.

"진수성찬이네. 로렌스 씨는 뭐든 근사하게 하는 걸 좋아하시지. 커피도 최고급인걸. 하지만 술이 없다니, 이건 뭔가 잘못된 거야." 조시가 말했다. 그는 다부진 체격에 졸린 듯한 눈과 칙칙한 얼굴을 하고 있었다.

"로렌스 씨는 술이 젊은이에게 해롭다고 말씀하시지. 말도 안 돼! 가끔 우리들이 술 마시는 모습을 보여 드리고 싶네. 에밀 말마따나 '모두 취해서 달아오른' 장면을 말이야." 돌리가 말했다. 멋쟁이인 그는 다이아몬드 장식이 별처럼 빛나는 셔츠 앞가슴에 조심스럽게 냅킨을 둘렀다. 돌리는 말더듬는 습관은 거의 고쳤지만 조지와 마찬가지로 거드름피우는 말투로 말을 했다. 그리고 그러한 말투와 심드렁한 태도는 그들의 앳된 얼굴과 어리숙한 대화와 대비되어 우스꽝스러운 효과를 자아냈다. 사람 좋은 젊은이들이긴 했지만, '대학교 2학년생'이라는 긍지와 대학생활이 주는 자유는 그들을 불안정하게 만들었다.

"조시가 많이 예뻐지지 않았어?"

아이스크림이 한 입 부드럽게 목구멍을 통과할 때 조지가 만족스럽다는 듯이 한숨을 내쉬며 말했다.

"글쎄, 뭐, 요정 같은 스타일이라고 할까. 나는 공주님 쪽이 취향에 맞는 데 말이야. 나는 금발에 여왕처럼 우아한 아가씨가 좋아. 어떤 건지 알겠지?"

"그래. 조시는 지나치게 활발하지. 저 아이와 춤춰 본 적이 있는데, 차라리 메뚜기랑 추는 게 낫겠더라고. 도저히 당해낼 수가 없었어. 페리 양은 애교가 많고 같이 있으면 마음이 편안해지는 아가씨지. 독일 춤을 같이 췄어."

"네 춤은 엉터리잖아. 너무 느리다고. 잘 봐, 지금부터 어떤 상대와 춤을 추든 그 누구보다 잘 추는 모습을 보여주지. 춤이야말로 내 특기니까."

돌리는 당당하게 행진하는 칠면조처럼 거만스러운 자세로 자신의 말끔한 구두에서부터 셔츠에 달린 반짝이는 보석까지를 훑어보았다.

"그레이 양이 널 찾고 있어. 뭔가 필요한 게 아닐까? 넬슨 양 접시도 비어 있지는 않은지 봐줘. 나는 느긋하게 아이스크림을 먹고 싶으니까."

조지는 이렇게 말하고 자리에 남아 있었다. 돌리는 의무를 다하기 위해 사람들을 헤치고 가는가 싶더니 웃옷 커프스에 샐러드드레싱을 묻혀 가지고는 씩씩거리며 자리로 돌아왔다.

"뭐야, 저 촌놈들은! 꼭 벌레처럼 알짱거리는군. 저런 놈들은 책이나 붙잡고 이런 곳에는 안 오는 게 낫지! 이런 걸 묻히다니, 도저히 못 참아! 좀 닦아줘. 그리고 어서 아무거나 한 입 먹여줘. 배고파 죽을 지경이야. 여자애가 저렇게 게걸스럽게 먹는 건 처음 본다. 이래서 여자아이는 대학 따위 안 가는 게 낫다고 하는 거야. 남녀공학이라니, 난 처음부터 싫었다고." 화가 치민 나머지 돌리는 마구 불평을 해댔다.

"그래, 맞아. 숙녀답지는 않네. 아이스크림이나 케이크 정도만 집어서 조신하게 먹어야지. 여자가 남자한테 식사 시중을 받다니 마음에 안 들어. 열심히 일하는 남자들이야말로 여자에게 시중을 받아야지. 게다가, 아차, 그 머랭 쿠키, 남았으면 좀 더 먹고 싶은데. 이봐, 웨이터! 그쪽에 그 접시, 이쪽으로 가져와주지 않겠나, 빨리!"

스투피는 유리 쟁반을 들고 지나가던 남루한 복장의 젊은 남자를 쿡 찌르며 명령했다.

스투피의 명령은 금세 행동으로 옮겨졌다. 그러나 다음 순간, 조지는 식욕이 싹 달아났다. 돌리가 더럽혀진 웃옷에서 눈을 돌려 위를 보고는 깜짝 놀란 얼굴로 이렇게 외쳤기 때문이다.

"이봐, 너 큰일 났다. 저 녀석은 몬트야. 바어 선생님의 수제자라고. 무엇이든 모르는 게 없고 상이란 상은 싹쓸이 한 녀석이지. 이건 죽을 때까지 놀림거리가 될 거야."

돌리는 어찌나 웃어댔던지 아래쪽에 앉아 있는 숙녀의 머리에 아이스크림을 떨어뜨리는 실수를 저지르고 말았다.

곤경에 처한 두 사람은 그대로 두고, 이번에는 두 여자아이가 소곤거리는 이야기에 귀를 기울여 보자. 두 사람은 남자들이 식사를 끝내기를 기다리며 편안히 앉아 있었다.

"로렌스 씨 부부가 여는 파티는 정말 멋지지 않아?"

좀 더 어린 쪽이 물었다. 이런 멋진 파티에 익숙하지 않은 아가씨답게 열띤 시선으로 주위를 둘러보면서,

"정말 멋져. 그런데 내 옷차림이 마음에 들지 않아서 어찌할 바를 모르겠어. 내 옷 말이야, 집에서는 꽤 우아하게 보였거든? 지나치게 멋을 부린 게 아닐까 싶을 만큼. 그런데 여기 와서 보니 너무 촌스럽고 볼품없는 거야. 바꿔 입으려고 해도 시간도 없고 돈도 없어."

다른 아이가 싸구려 레이스로 장식한 자신의 핑크색 실크드레스를 걱정스럽게 내려다보며 말했다.

"브루크 부인과 상담해봐. 나에게는 정말 친절하게 대해 주셨어. 나한테 녹색 실크드레스가 있는데, 그게 이곳의 다른 사람들이 입은 근사한 옷들과 비교해보면 너무 싸구려 같고 미워 보이는 거야. 난 너무 슬퍼져서 로렌스 부인이 입는 것 같은 옷은 얼마나 하는지 여쭤봤어. 아주 심플하고 우아해 보여서 그렇게 비싸지는 않을 줄 알았지. 그런데 그게 인도산 면과 프랑스산 레이스였던 거야. 물론 나한테는 그런 걸 살 돈이 없잖아. 그러자 브루크 부인이 '녹색 실크 드레스에 모슬린을 덧대 보세요. 그리고 머리에는 핑크색보다는 흰색 꽃을 달면 더 예쁠 거예요' 하고 말씀하시는 거야. 이거 예쁘지?

잘 어울리지 않아?"

버튼 양은 만족스러운 듯 자신의 옷을 살펴보았다. 모슬린 천이 녹색의 요란함을 중화시켜주고, 그녀의 빨간 머리에는 흰색 홉(hop)의 꽃이 장미보다 더 잘 어울렸다.

"너무 예뻐. 아까부터 감탄하고 있었어. 내 옷도 그렇게 해 봐야겠다. 그리고 보라색 옷에 대해서도 의논해볼래. 브루크 부인은 내 두통도 고쳐 주시고, 마리 그레이가 소화불량에 걸렸을 때도 부인 말씀대로 커피와 따뜻한 빵을 끊고 나서부터는 말끔히 나았거든."

"로렌스 부인은 굽은 자세를 바로 하고 가슴을 펴는 데는 걷기와 달리기가 좋다고 권해 주셨어. 게다가 체육실에서 운동을 할 수 있게 해주셨지. 그덕분에 자세가 상당히 좋아졌어."

"로렌스 씨는 아멜리아 메릴의 학비를 모두 내 주셨대. 아멜리아 아버지가 사업에 실패하셨잖아. 그래서 학교를 그만두어야 한다고 속상해했는데, 로렌스 씨가 사정을 아시고 문제를 해결해 주셨어."

"나도 들었어. 그리고 바어 선생님은 밤마다 댁에서 남자애들 몇몇에게 보충수업을 해주셨대. 다른 학생들 공부를 따라갈 수 있도록 말이야. 바어 부인은 찰스 맥케이가 열이 났을 때 손수 간호를 해 주셨고. 그들은 세상에서 가장 훌륭한 분들이야."

두 아가씨는 한동안 옷이나 저녁식사에 대해서는 모두 잊은 채 자신들의 몸과 마음을 돌봐 주는 분들을 감사하는 마음으로 바라보았다.

그러면 이번에는 계단 위 활기찬 저녁식사 자리로 가 보자. 여자아이들은 비누거품처럼 위쪽에 떠 있었고, 남자아이들은 묵직하게 아래쪽을 지키고 있었다. 어딘가 기어 올라가 앉아야만 직성이 풀리는 에밀은 나선 계단의 기둥 위에 올라가 장식물 대신 붙박여 있었고, 톰, 내트, 데미, 그리고 댄은 저마다 계단에 진을 치고 있었다. 그들은 파트너인 아가씨들의 식사 시중을 든 뒤에 잠시 쉬는 동안 주변을 둘러보며 우걱우걱 음식을 해치우고 있는 참이었다.

"남자아이들이 다들 떠난다고 생각하니 서운하네. 저 애들이 사라지면 다시 심심해질 거야. 다들 매너도 좋아지고 남을 놀리거나 하지 않아서 이번 방학은 정말 즐거웠는데."

낸이 말했다. 오늘 밤은 톰이 그녀를 괴롭히지 않아서 특히 고마웠다.

"맞아. 오늘은 베스도 그렇게 말했어. 베스는 평소에 남자아이들을 별로 좋아하지 않거든. 그들이 우아한 모델이 되어주지 않는 한 말이야. 베스는 댄의 두상을 만드는 중인데, 그 애가 그렇게 열심인 건 처음 봤어. 매우 잘 만들었더라고. 댄은 정말로 훤칠하고 멋있어. 난 댄을 보면 언제나 '죽어가는 검투사'라는 조각상이 생각나. 어머나, 베스가 왔어. 아아, 오늘 밤은 정말 아름다운걸!"

데이지는 이렇게 말한 뒤 할아버지의 팔을 잡고 지나가는 공주님을 향해 손을 흔들었다.

"나는 댄이 저렇게 근사해지리라고는 꿈에도 생각 못 했어. 기억나? 우리들이 저 애를 두고 '나쁜 애'라고 하면서 해적이나 뭔가 무서운 사람이 될 게 틀림없다고 했던 거. 그도 그럴 것이 댄은 늘 우리들을 노려보고 불량스럽게 굴었잖아. 그랬는데 지금은 남자애들 중에서도 가장 멋진 청년이 되었어. 게다가 저 애가 들려주는 이야기나 계획들도 모두 근사해. 난 댄이 썩 맘에 들어. 훤칠하고 듬직한 데다 자립심도 강하잖아. 난 계집애 같은 남자애들이나 책벌레들한테 질렸다고."

낸은 여느 때와 같이 단호하게 말했다.

"내트보다 멋지지는 않아!"

성실한 데이지가 외쳤다. 그녀는 아래쪽에 있는 두 사람의 얼굴을 번갈아가며 바라보았다. 한 사람은 늘 그렇듯 즐거운 표정이었고, 다른 한 사람은 케이크를 먹는 행동조차 감성적이고 진지해 보였다.

"나도 댄이 맘에 들어. 저 애가 잘 해나가고 있는 것 같아서 기뻐. 그렇지만 댄과 같이 있으면 조금 피곤해져. 게다가 나는 아직 저 애가 조금 무서워. 나한테는 조용한 사람이 맞는 것 같아."

"인생은 싸움의 연속이야. 나는 훌륭한 전사가 좋아. 보통 남자아이들은 모든 일을 지나치게 가볍게 생각한다고. 모든 것에 진지하게 임해야 한다는 걸 모르니까 진심을 다하지 않는 거야. 저기 바보 같은 톰을 좀 봐. 자기가 바라는 걸 얻을 수 없다고 해서 시간만 낭비하며 떼를 쓰고 있잖아. 어린아이가 별을 따다 달라며 우는 것처럼 말이야. 이런 비상식적인 일은 참아줄 수가 없어."

낸은 잔소리를 쏟아내며 쾌활한 토머스를 내려다보았다.

"여자들은 거의 다 저 정도로 충실한 모습에 감동할 거야. 나는 아름답다고 생각하는데." 데이지는 부채 뒤에서 속삭였다. 아래쪽에 다른 소녀들이 있었기 때문이다.

"너는 감상적이고 마음이 약해. 보는 눈이 없다고. 내트도 외국에서 돌아올 때쯤이면 몇 배나 남자다워져서 오겠지. 톰도 같이 가면 좋을 텐데. 나는 말이지, 여자에게 조금이라도 남자를 감화시킬 힘이 있다면 그걸 효과적으로 써야 한다고 봐. 폭군을 섬기는 노예가 되어서 남자를 거만하게 만들면 안 된다고. 남자가 여자에게 뭐든 요구하기 전에 그들이 뭘 할 수 있으며 어떤 사람이 될지를 스스로 입증할 수 있게 해줘야 해. 우리 스스로에게도 그런 기회를 부여해야 하고. 그러면 우리가 어떤 상황에 처해 있는지를 알게 될 테니 평생 신세 한탄이나 하며 살아가는 우를 범하지는 않겠지."

"이야!"

낸과 같은 기질을 지닌 앨리스 히스가 외쳤다. 그녀는 용감하고 분별 있는 아가씨답게 자신의 인생항로를 스스로 선택했다.

"우리들에게 기회를 주고 우리가 최선을 다할 때까지 참을성을 갖고 기다려준다면 얼마나 좋을까! 우리는 수세대에 걸쳐 여성들로부터 온갖 조력을 받아온 남자들만큼이나 현명할 것이라고 기대되고 있어. 우리는 아무런 조력도 받지 못했는데 말이지. 우리에게도 똑같은 기회가 주어진다면 몇 세대 안에 완전히 달라질 거야. 나는 공정한 게 좋은데, 그런 건 눈곱만큼도 찾아볼 수 없다니까."

"또 자유를 달라고 외치는 거야?"

난간 사이로 엿보고 있던 데미가 물었다.

"그렇다면 깃발을 높이 들도록! 나는 너희들 편이야. 너희들이 원한다면 기꺼이 도움이 되어주지. 하긴 너와 낸이 선봉에 선다면 별로 도움이 필요하지 않겠지만 말이야."

"너는 큰 의지가 돼, 데미. 곤란한 상황이 닥치면 너에게 갈게. 너는 정직한 청년인 데다 어머니와 여동생들, 이모들의 고마움을 잊지 않고 있으니까 말이야." 낸이 말했다. "나는 자신들이 완전하지 않다는 사실을 인정하는 솔직한 남자가 좋아. 그 잘난 남자들 때문에 끔찍한 잘못들이 반복되고 있는

데, 어떻게 자신들이 완전하다 생각할 수 있는 걸까. 병든 남자를 봐봐. 얼마나 딱한 존재인지 알아야 해."

"병든 남자들을 가혹하게 다루지 말아줘. 부디 자비를 베풀어서 우리로 하여금 너희 여자들을 영원히 축복하고 신뢰할 수 있게 해줘."

데미가 난간 뒤에서 탄원했다.

"너희들이 여자들을 공평하게 대한다면 우리도 상냥하게 대해 줄게. 관대하게 대해 달라고는 말하지 않겠어. 단지 공평하게만 대해줘. 작년 겨울에 참정권에 관한 국회 토론회를 들으러 갔는데 모두 말도 안 되는 헛소리만 늘어놓더라고. 정말 최악이었어. 그런 사람들이 우리를 대표하는 국회의원들이라니……. 나는 그 사람들 때문에, 그리고 그 부인과 어머니들 때문에 낯을 들 수가 없었어. 나 자신이 국회로 나갈 수 없다면 나를 대리하는 사람으로서 좀 더 현명한 사람이 나와 줬으면 좋겠어. 그런 멍청한 사람들이 아니라."

"낸이 정치연설을 시작했다. 모두 잘 들어보자꾸나."

톰이 양산을 펼쳐 불운한 머리를 가리며 소리쳤다. 낸의 달아올라 커진 목소리와 분노한 눈길이 마침 톰의 머리 위로 쏟아져 내렸기 때문이다.

"계속해! 내가 연설문을 요약해서 '박수갈채'란에 대대적으로 실어줄 테니."

데미는 신문기자다운 태도를 취하며 수첩과 연필을 꺼냈다. 데이지가 난간 봉 사이로 손을 뻗어 오빠의 코를 잡아당겼다. 그 때 에밀이 "그만, 그만. 바람 부는 쪽에 스콜이 내리는구나!" 소리치는 바람에 집회는 잠시 어수선해졌다.

톰은 미친 듯이 박수를 쳐댔고, 댄은 재미있는 구경거리가 생겼다는 듯이 고개를 들었다. 내트는 데미를 지지했다. 그의 견해가 옳다고 생각했기 때문이다. 이렇게 다들 와자지껄 웃고 떠드는 사이에 2층 홀에서 옷깃을 날리며 베스가 나타났다. 그녀는 평화의 천사처럼 아래에 있는 사람들을 내려다보며 깜짝 놀란 얼굴에 미소를 띤 채 물었다.

"무슨 일이야?"

"분노의 집회입니다. 낸과 앨리스가 흥분해서 피고석에 있는 저희들은 생사가 걸린 판결을 기다리고 있는 참입니다. 공주님, 부디 재판장이 되어 저희들에게 판결을 내려 주시지 않겠습니까?"

공주님의 출현으로 물을 끼얹은 듯 조용해진 분위기 속에서 데미가 대답했다.

"나한테는 그럴 능력이 없어요. 나도 여기에서 듣기로 하죠. 계속해 주세요."

작은 정의의 여신상처럼 베스는 냉철하고 차분하게 모두의 위쪽에 앉았다. 양날의 검과 저울 대신 부채와 꽃다발을 손에 들고.

"자, 그러면 숙녀 분들. 기탄없는 의견 부탁드립니다. 단, 우리를 아침까지는 살려주시도록. 식사가 끝나는 대로 독일 춤을 춰야 하니까요. 파르나소스에서는 남자라면 한 사람도 빠짐없이 그 본분을 다하게 되어 있으니까 말입니다. 기디개디 의장님, 발언하십시오."

데미가 말했다. 연애 감정과 이성 교제는 뿌리째 없애버릴 수 없다는 간단한 이유로, 또한 남녀공학이든 아니든 그것도 교육의 일부라는 생각에 플럼필드에서는 생활에 지장이 없는 정도의 연애 놀음을 관대하게 봐주고 있었으나, 데미는 연애보다 이런 놀이가 더 좋았다.

"제가 말씀드리고 싶은 것은 딱 한 가지입니다."

낸은 눈을 반짝반짝 빛내며 반은 재미삼아 반은 진지하게 말을 꺼냈다.

"저는 남성 여러분들께 이 문제에 대한 진실한 의견을 듣고 싶습니다. 댄과 에밀은 세계를 돌아다니며 여러 가지를 봐왔으니 사상도 확고하겠죠. 톰과 내트는 오랜 세월 훌륭한 본보기를 보고 자라왔습니다. 데미는 우리의 아군이자 자랑입니다. 로브도 마찬가지고요. 테디는 기회주이자이고, 돌리와 조지는 물론 시대에 뒤처져 있습니다. 그러면 제독님, 대답할 준비가 되셨습니까?"

"네, 선장님."

"당신은 여성 참정권을 허용하는 데 찬성합니까?"

"물론입니다. 바라신다면 언제든지 여성 선원을 채용하겠습니다. 우리들을 안전하게 항구로 이끌어줄 항해사로서 여성이 필요하지 않겠습니까? 어째서 여성이 우리와 함께하면 안 되는 겁니까? 그녀들 없이는 난파할 게 분명한데."

"잘했어, 에밀! 그런 훌륭한 연설이라면 낸이 널 일등 항해사로 써 줄 거야."

데미가 말하자 여자들은 갈채를 보냈고 톰은 떫은 표정을 지었다.

"그럼 이번엔 댄에게 묻겠습니다. 댄, 당신은 자유를 사랑하지요. 우리 여성들도 자유를 누려야 한다고 생각지 않습니까?"

"누릴 수 있는 만큼 누려야 한다고 생각합니다. 여성들이 자유를 누릴 가치가 없다고 말하는 비열한 남자가 있다면 그가 누구든 가만두지 않겠습니다."

이 간결하고 힘 있는 대답은 활기 넘치는 의장을 기쁘게 했다. 낸은 이 캘리포니아 출신 의원에게 환한 미소를 보낸 뒤 기분 좋게 회의를 계속했다.

"내트는 반대의견을 가지고 있다 해도 그렇다고 말하지 못할 겁니다. 그러나 우리가 전쟁에 나가면 적어도 우리를 위해 나팔을 불어줄 수는 있길 바랍니다. 싸움에서 이길 때까지 수수방관하다 이긴 걸 확인하자마자 북을 울리며 제 몫의 영광을 챙기는 사람은 되지 않았으면 합니다."

기디개디 아가씨의 염려는 보기 좋게 날아가 버리고, 그녀는 통렬한 비난을 쏟아낸 일을 후회하게 되었다. 왜냐하면 내트가 얼굴을 붉히며 고개를 들고는 지금까지 볼 수 없었던 남자다운 태도로 말했기 때문이다. 그의 강한 어조는 모두의 심금을 울렸다.

"제가 만약 마음 깊은 곳에서 여성분들을 사랑하고 존경하며 그들에게 헌신하지 않는다면 저는 세상에서 가장 배은망덕한 사람일 겁니다. 그들 덕분에 저의 오늘과 내일이 있는 것이니까요."

데이지는 박수를 쳤다. 베스는 내트의 무릎에 꽃다발을 던졌고, 다른 여자들도 모두 크게 만족하며 부채를 흔들었다. 내트의 진정성 있는 발언이 호소력을 발휘했던 것이다.

"토머스 B. 뱅스. 법정으로 나와 진실을, 오직 진실만을 말하시오."

낸은 단상을 두드려서 소란을 가라앉히며 명령했다. 톰은 양산을 접은 뒤 손을 들고 일어서서 엄숙한 목소리로 말했다.

"저는 모든 종류의 참정권에 찬성합니다. 저는 모든 여성을 숭배하고, 그녀들을 위해서 필요하다면 언제든 죽을 각오가 되어 있습니다."

"여성을 위해 살고 일하는 쪽이 훨씬 힘든 일입니다. 좀 더 명예로운 일이기도 하고요. 남자들은 언제나 우리를 위해 죽겠다고 하면서도 우리의 인생을 가치 있는 것으로 만들어 주려 하지는 않습니다. 싸구려 감상과 잘못된 논리에 파묻힌 탓이지요. 뭐, 좋습니다. 톰은 이것으로 됐어요. 단, 쓸데없는 농담은 하지 않았으면 좋겠네요. 자, 그러면 여러분의 의견도 잘 알았고 마침 즐거운 오락시간이 다가왔으므로 이것으로 회의를 마치겠습니다. 플럼필드에서 여섯 명의 진실된 남성을 배출한 것을 기쁘게 생각하며, 그들이 계속해서 플럼필드에 충실하고 이곳에서 배운 원칙들도 소중히 여기길 바랍니다. 여성분들은 오랫동안 바람을 맞으며 앉아 있지 않도록 하고 남성분들은 덥다고 해서 얼음물을 마구 마셔대지 않도록 하세요."

그녀다운 폐회 인사와 함께 낸은 의장석에서 물러났다. 그리고 여자들은 자신들에게 허락된 몇 안 되는 권리 가운데 하나를 즐기기 위해 줄지어 방을 빠져나갔다.

제6장 마지막 말

다음 날은 일요일이었다. 젊은이들과 어른들이 함께 어울려 교회에 갔다. 마차를 타고 가건 걸어서 가건 모두들 화창한 날씨와 복된 고요를 만끽하고 있었다. 1주일 내내 온갖 일거리와 고민들에 시달린 뒤 맞는 이 고요함은 모두에게 신선함을 선사했다. 데이지가 머리가 아프다고 해 조는 그녀를 보살피려고 집에 남았다. 작별의 순간이 다가올수록 더욱더 깊어지는 사랑을 어머니에 대한 효심으로 억눌러야 하는 고통이 두통보다 심할 터였다.

"데이지는 내 마음을 잘 알아. 나는 그 애를 믿어. 네가 내트를 잘 타일러서 '연애 놀음' 같은 건 당치도 않은 짓이라는 걸 이해할 수 있게 해줬으면 좋겠어. 안 그러면 편지를 쓰는 것도 못하게 할 테니까. 야박한 사람이 되기는 싫지만, 데이지는 약혼이나 결혼을 하기에는 너무 일러."

메그가 나들이옷인 회색 실크 드레스 차림으로 데미를 기다리며 말했다. 평소에 데미는 어머니의 뜻을 어긴 것에 대해 속죄하는 마음으로 늘 교회에 함께 가곤 했다.

"가여운 메그 언니! 오늘은 내가 거미처럼 망을 치고 저 세 사람을 기다릴게. 차분하게 한 사람씩 얘기해볼 생각이야. 그 애들은 내가 자기들을 이해해 줄 거라 생각하니까 언젠가는 마음을 털어 놓겠지. 언니 정말 예뻐! 언니에게 다 큰 아들이 있으리라고는 아무도 생각하지 못할 거야."

조가 말했다. 이때 반짝반짝 닦은 구두에 갈색 머리를 단정하게 빗어 넘긴 데미가 교회 갈 때의 깔끔한 옷차림으로 들어왔다.

"네 아들에 대한 내 화를 누그러뜨리려고 입에 발린 소리를 한다는 거 알아, 조! 거기에 넘어갈 내가 아니지. 그러니까 정신차리고 잘해야 해. 존에 대해 말할 것 같으면, 이 아이가 이 늙은 어미에게 만족하는 한 남들이 어떻게 생각하든 난 신경 쓰지 않아."

메그는 이렇게 말하면서 미소 띤 얼굴로 데미가 들고온 스위트피(sweet pea. 콩과/한해살이풀)와 물푸레 다발을 받아들었다.

그러고는 조심스럽게 회청색 장갑의 단추를 채운 다음 아들의 팔을 잡고 에이미와 베스가 기다리고 있는 마차로 발길을 옮겼다. 뒤에서 조가 예전에 어머니가 했던 것처럼 큰 소리로 말했다.

"여러분, 깨끗한 손수건을 갖고 있나요?"

익숙한 질문에 모두 미소를 지으며 새하얀 손수건을 작은 깃발마냥 흔들어 보였다. 마차는 첫 사냥감이 걸리기만을 기다리는 거미를 뒤로 하고 사라져갔다. 거미는 오래 기다릴 필요가 없었다. 데이지는 내트와 함께 자주 불렀던 찬송가 책 위에 젖은 뺨을 대고 엎드려 있었다. 커다란 연노란색 우산을 쓰고 잔디밭 위를 걸어다니는 조는 마치 움직이는 버섯처럼 보였다.

댄은 10마일쯤 되는 거리를 산책하러 나갔다. 내트도 그와 동행할 예정이었지만 이 마지막 날, 단 한 순간도 그의 우상에서 멀리 떨어지는 게 안타까웠기에 몰래 돌아왔다. 조는 곧바로 그의 모습을 발견하고 해묵은 느릅나무 아래의 녹슨 벤치로 불렀다. 여기라면 아무 방해 없이 대화를 나눌 수 있었다. 그리고 담쟁이덩굴로 반쯤 덮여 있고 흰 커튼이 걸려 있는 창문 쪽을 살필 수도 있었다.

"여기는 시원해서 좋네요. 저는 오늘 댄의 행군에 따라가지 않았어요. 날씨도 너무 더운데다 댄은 마치 기관차처럼 걷거든요. 오늘은 그의 애완 뱀이 사는 늪에 간다기에 저는 사양했어요."

내트가 말했다. 그렇게 참기 힘든 더위는 아니었지만 밀짚모자로 연신 얼굴에 부채질을 해댔다.

"잘됐구나. 여기에 앉아 좀 쉴까? 그리고 옛날처럼 이런저런 이야기도 하고, 요즘 우리 둘 다 정말로 바빴지. 나는 네 계획을 절반도 모르는 거 같아. 지금 들려줄 수 있겠니?"

조가 비록 라이프치히에 대한 이야기로 시작한다고 해도 마지막에는 플럼 필드에 대한 이야기로 끝날 거라고 확신하면서 물었다.

"고맙습니다. 제게 이보다 기쁜 일은 없을 거예요. 그렇게 멀리 간다는 게 실감이 나지 않아요. 아마 배에 오르기 전까지는 실감이 안 날 것 같아요. 로렌스 씨가 베풀어주신 은혜에 어떻게 보답해야 할지 모르겠어요. 아줌마 한테도…."

내트는 목이 메는지 목소리가 갈라져 나왔다. 그는 다른 사람에게 받은 친절을 절대 잊지 않는, 마음이 따뜻한 사람이었다.

"우리가 바라고 기대하는 대로 커주는 것으로 충분하단다, 내트. 네가 앞으로 겪게 될 인생에는 많은 시험과 유혹이 기다리고 있을 거야. 그때마다 오직 너 자신의 지혜와 판단력에 의지해야 해. 우리가 네게 길러주려 한 원칙들이 네 안에 얼마나 깊이 뿌리 내렸는지 시험해 볼 때가 왔구나. 물론 너도 잘못을 할 테지. 사람은 누구나 그러니까. 다만 그럴 때 양심을 내팽개치고 잘못된 일에 눈을 감고 살지는 말도록 해라. 눈을 크게 뜨고 주변을 경계하고 늘 기도하렴! 네가 실력 향상에 힘을 쏟는 한편 머리는 지혜롭게, 마음은 지금처럼 순수하고 따뜻하게 가꿔나갈 수 있었으면 좋겠구나."

"실망시키지 않도록 최선을 다할게요, 아줌마. 저는 음악 실력은 좋아질 거라 믿어요. 거기에 가면 좋아지는 게 당연할 테니까. 그런데 과연 제가 현명한 사람이 될 수 있을지는 잘 모르겠어요. 그리고 마음은, 아시겠지만 이곳에 두고 떠나려고요."

내트는 애정과 그리움이 가득한 시선으로 창문을 바라보았다. 남자다우면서도 왠지 슬퍼 보이는 그 표정은 그의 소년다운 애정이 얼마나 강한지를 보여주었다.

"그 이야기를 하고 싶었단다. 내가 무정해 보일 수도 있겠지만, 그래도 너는 나를 용서해줄 거야. 나는 진심으로 널 가여워하고 있으니까."

조는 이야기의 방향이 이쪽으로 흘러간 것을 기뻐하며 말했다.

"네, 어서 데이지 얘기를 해주세요! 저는 데이지와 헤어지게 된 것 외에는 아무 생각도 할 수가 없어요. 이제 아무 희망도 없는걸요. 주제넘다고 하셔도 어쩔 수 없어요. 하지만 저는 데이지를 사랑하지 않을 수 없는걸요. 제가 어디에 있든 말이에요!"

내트가 외쳤다. 반항심과 절망이 뒤섞인 그의 얼굴 표정이 조를 놀라게 했다.

"내 말을 잘 들어 보렴. 네게 위안과 충고가 될 테니. 데이지가 너를 좋아하는 건 모두가 알고 있는 사실이야. 하지만 그 애 어머니가 반대하잖니. 데이지는 착한 딸이라 부모님 말에 따르려는 거야. 젊은 사람들은 자신이 영원히 변하지 않을 거라 생각하지만 이상하게도 변하는 것이 사람 마음이란다. 그리고 실연당했다고 죽는 사람은 별로 없어."

조는 옛날에도 자신이 이런 말로 위로했던 또 한 명의 소년을 떠올리고 무심코 미소를 지었지만 금세 다시 진지한 얼굴로 돌아와 말을 이었다. 내트는 자신의 운명이 조의 입에 달려 있기나 한 것처럼 가만히 귀를 기울였다.

"네겐 다음의 두 가지 일 가운데 하나가 일어날 거야. 누군가 다른 사람을 좋아하게 되거나 아니면 음악 공부를 하며 바쁘게 지내면서 기꺼이 시간이 이 문제를 해결해 주길 기다리거나. 어쩌면 데이지가 널 잊을 수도 있겠지. 어쨌든 지금으로서는 약속 같은 건 하지 않는 게 현명해. 그러면 둘 다 자유로울 테고 1, 2년 뒤에 다시 만났을 때는 어린 시절의 풋사랑을 떠올리며 웃을 수 있을 거야."

"정말로 그렇게 생각하세요?"

내트는 날카롭게 조를 쏘아보며 물었다. 그의 솔직한 푸른 눈에는 진심이 가득해서 조는 진실을 말하지 않을 수 없었다.

"아니, 사실은 그렇게 생각하지 않아!"

"아줌마가 저라면 어떻게 하시겠어요?"

내트가 물었다. 지금까지 내트의 상냥한 목소리에서는 들을 수 없었던 단호함이 느껴졌다.

'어머, 애 정말로 진지하네! 자칫 잘못했다간 가여운 마음에 판단력이 흐려질 수도 있겠는걸.' 조는 생각했다.

내트가 보여준 뜻밖의 남자다움에 조는 놀랍기도 하고 기쁘기도 했다.

"나라면 스스로에게 이렇게 말하겠어. '난 나의 사랑이 얼마나 깊고 진실한지를 증명해보일 거야. 데이지 어머니가 나를 멋진 음악가로서뿐 아니라 훌륭한 사람으로 인정해서 내게 딸을 주는 걸 자랑스럽게 여기도록 만들 거야. 그래서 나를 존경하고 믿을 수 있게 하겠어. 나는 그 목적을 위해 노력할 거야. 비록 실패하게 되더라도 그 노력 덕에 나는 이전보다 나은 사람이 되어 있겠지. 그리고 데이지를 위해 최선을 다했다는 생각만으로도 위로가 될 거야'라고 말이야."

"저도 그렇게 생각하고 있었어요. 그런데 희망을 주는 격려의 한마디가 필요했어요."

마치 연기만 뿜어내던 장작에 불길이 번지듯 내트는 격렬하게 말했다.

"저보다 더 가난하고 어리석은 사람들도 훌륭한 일을 하고 영예를 누리고 있어요. 그러니 저라고 왜 못하겠어요, 비록 지금은 별 볼일 없는 존재이긴 하지만요. 브루크 부인은 제가 어떤 집안에서 태어났는지 아시죠. 그렇지만 제 아버지는 정직한 분이셨어요. 그냥 일이 잘 안 풀렸던 것뿐이죠. 저는 자선 기관에서 자랐지만 전혀 창피하지 않아요. 저는 저희 집안에 대해서든 저 자신에 대해서든 결코 창피해하지 않을 거예요. 그리고 가능하면 남들로부터 존경받는 사람이 될 거예요."

"멋지구나! 그게 옳은 생각이야, 내트. 그걸 잊지 말고 훌륭한 사람이 되어라. 용기 있는 도전과 노력에 대해서는 그 누구보다도 먼저 인정하고 탄복할 사람이 메그야. 메그는 네가 가난한 집안에서 어렵게 자란 것을 경멸하는 게 아니야. 본디 엄마들은 딸 일에 그렇게 신경을 쓰는 거란다. 우리 마치 집안사람들은 비록 가난하지만 우리 가문을 자랑스럽게 여긴단다. 우리는 돈에 집착하기보다는 덕망 높은 선조들을 둔 것을 더 바람직하고 자랑스러운 일로 생각하니까."

"블레이크 집안도 가문은 좋아요. 제가 좀 알아보니 감옥에 들어갔던 사람도 없고 사형당한 사람도 없었어요. 불명예스러운 일을 저지른 사람은 단한 명도 없었답니다. 예전에는 부유하고 남들한테 존경도 받았던 집안이었는데 차츰 가세가 기운 거였어요. 아버지는 남에게 의지하기보다는 거리의 악사가 되는 길을 택하셨어요. 저도 비루한 짓을 할 바에는 차라리 아버지처럼 될 생각이에요."

내트가 너무 열을 올리는 바람에 조는 그만 웃음을 터뜨리고 말았다. 조는 내트를 진정시킨 뒤 조용히 이야기를 이어갔다.

"그 이야기를 전부 언니에게 들려주었어. 그랬더니 무척 기뻐하더구나. 네가 앞으로 몇 년 동안 열심히 공부하면 언니의 마음도 누그러질 테고, 만사가 원만하게 해결될 거야. 좀 전에 말했던 이상한 변화만 일어나지 않는다면 말이지. 그러니까 힘내. 그런 우울한 표정은 그만 짓고, 밝고 씩씩한 모습으로 작별 인사를 해야지. 남자답게 살아가고 유쾌한 추억을 남기렴. 모두가 너의 건강과 행복을 빌어줄 테니. 네가 매주 편지를 보내면 나도 재미있는 답장을 써 보낼게. 데이지한테 편지를 쓸 때는 너무 감정적으로 쓰거나 우는 소리를 하지 않도록 주의하렴. 그 편지는 언니도 읽을 테니까 말이지. 네가 어떻게 지내는지 재미있고 즐겁게 써서 모두에게 보낸다면 그게 너의 목적을 이루는 데 큰 도움이 될 거야."

"꼭 그렇게 할게요. 이제 기분이 좀 나아졌어요. 제 잘못으로 하나 남은 위안까지 잃는 일은 없도록 할 생각이에요. 제 편이 되어 주셔서 정말 감사합니다. 모두들 저를 나쁜 놈으로, 데이지 같은 소중한 딸을 넘보는 괘씸한 녀석으로 여긴다고 생각했을 때는 몹시 속상하고 화가 났어요. 뭐라고 하는 사람은 아무도 없었지만 사람들이 어떻게 느끼는지는 알고 있었으니까요. 로리 씨가 저를 외국으로 보내 주시는 것도 부분적으로는 그런 이유에서잖아요. 참, 인생이란 뜻대로 되지 않는 것 같아요. 안 그래요?"

내트는 희망과 두려움, 열정과 자신의 앞날이 어지러이 뒤섞여 혼란스러운 머리를 두 손으로 감싸 쥐었다. 그것은 소년기가 끝나고 성년기가 시작되었다는 증거이리라.

"그렇지. 우리는 그런 뜻대로 되지 않는 일들과 싸우며 비로소 성숙한 사람이 되어 가는 거야. 너는 그동안 비교적 순탄하게 살아왔지. 그렇지만 하고 싶은 일을 다 하며 살 수 있는 사람은 아무도 없어. 이제 너는 스스로 배를 저어가야 해. 급류를 피해 곧장 목적지까지 노를 저어야 해. 네가 앞으로 겪게 될 시험들이 어떤 것인지 나는 잘 몰라. 너는 이렇다 할 나쁜 습관도 없는 데다 음악을 무척 사랑하니까. 다만 공부를 너무 열심히 하지는 않았으면 좋겠어."

"저는 정말 열심히 공부할 준비가 되었어요. 꼭 성공하고 싶어요. 그렇지만 건강도 잘 살필게요. 공연히 병이라도 걸려 시간을 허비하면 곤란하니까요. 아줌마는 제가 건강하게 지낼 수 있도록 많은 약을 주셨죠."

어떤 경우건 참고할 수 있도록 조가 주의사항을 꼼꼼하게 기록해 준 노트를 떠올리며 내트는 미소를 지었다.

조가 바로 외국에서 걸릴 수 있는 질병에 대한 구두처방을 덧붙여 일러 주었다. 그녀가 자신이 흥미 있어 하는 화제를 꺼내려 하는데, 마침 그때 에밀이 오래된 건물의 지붕 위를 돌아다니고 있는 모습이 보였다. 그곳은 그가 좋아하는 산책 장소였다. 푸른 하늘과 신선한 공기로 둘러싸여 있어서 배의 갑판 위를 걷는 듯한 느낌이 들었기 때문이다.

"잠시 제독과 할 말이 있어. 저기라면 조용한 게 딱 좋겠는걸. 너는 데이지한테 가서 바이올린 연주라도 해주렴, 그 애가 잠들 수 있도록. 그게 너희 둘을 위해서도 좋을 거야. 현관에 앉아 있어야 해. 그래야 내가 언니에게 약속한대로 너를 감시할 수 있으니까."

조는 내트에게 즐거운 숙제를 내준 뒤 엄마처럼 자상하게 어깨를 두드려주고는 옥상으로 올라갔다. 옛날처럼 포도덩굴 지지대를 기어올라가지 않고 계단으로 올라갔다.

올라가 보니 에밀은 선원들이 부르는 노래를 부르며 나무에 자기 이름의 머리글자를 새기고 있었다.

"어서 오세요, 숙모!"

에밀은 장난스럽게 경례를 했다.

"이 낡은 건물에 작별 인사를 남기는 중이에요. 숙모가 이 은신처에 올라왔을 때 저를 기억하시도록 말이에요."

"오, 너를 잊는 일은 없을 거야. 그렇게 나무란 나무마다 네 이름을 새겨넣지 않더라도 말이야."

조는 이제부터 어떤 식으로 설교를 시작해야 할지 궁리하며 에밀 옆에 앉았다.

"숙모는 이별할 때 눈물을 보이거나 큰일이라도 난 듯한 표정을 짓지 않아서 좋아요. 저는 날씨가 아주 좋을 때 밝은 얼굴로 작별인사를 나누며 출항하고 싶어요. 이번에는 특히 더 그러고 싶은데, 그 이유는 1년 혹은 그 이상 돌아오지 못할 것 같기 때문이에요."

에밀은 모자를 뒤로 젖히고 그리움이 담긴 눈빛으로 플럼필드를 바라보았다.

"내가 눈물을 흘리지 않더라도 너에게는 소금물이 충분하니까. 나는 이제 아들들을 전쟁터로 보내는 스파르타의 어머니처럼 되겠지. 울지 않고 이렇게 말하는 거지. '방패를 가지고 돌아오거나 방패를 타고 돌아오너라.'"

조는 쾌활하게 말한 뒤 계속해서 말을 이어갔다.

"가끔은 나도 함께 가고 싶을 때가 있단다. 언젠가 함께 가자. 네가 선장이 되어 너 자신의 배를 갖게 되면 말이야. 머지않아 그렇게 되겠지. 네게는 허만 삼촌이 있으니까."

"그렇게 된다면 저는 그 배 이름을 '유쾌한 조'라고 짓겠어요. 그리고 숙모를 일등항해사로 임명할래요. 숙모와 함께 다니면 정말 즐거울 거예요. 그렇게 되면 저는 뿌듯한 마음으로 숙모에게 세계 일주를 시켜드리겠어요. 숙모가 그토록 오랫동안 꿈꿔왔으면서도 한 번도 시도한 적이 없는 세계 일주를요."

갑자기 이 멋진 공상에 사로잡힌 에밀이 말했다.

"그럼 첫 항해의 기쁨은 꼭 너와 함께 하기로 하자꾸나. 뱃멀미도 폭풍도 아랑곳하지 않고 말이야. 나는 예전부터 난파선을 타보고 싶었어. 큰 위험을 만나 용감하게 싸운 끝에 전원이 구출되는 거지. 돛대 위의 큰 망루와 배수구에 매달려가면서 말이야."

"아직 난파 경험은 없지만 가능한 한 손님들의 취향에 맞추기 위해 노력할게요. 선장님은 제가 '행운을 부르는 녀석'이래요. 제가 배를 타면 날씨가 좋다고요. 원하신다면 나쁜 날씨는 숙모를 위해 아껴둘게요."

에밀이 웃으며 말했다.

"그래 주면 고맙겠구나. 이번 항해는 너에게도 새로운 경험일 거야. 이번에는 고급 선원으로 가는 만큼 새로운 의무와 책임이 따를 테지. 각오는 하고 있니? 너는 뭐든 유쾌하고 즐겁게 하는 편이라 큰 문제는 없을 테지만, 이번에는 명령에 따를 뿐만 아니라 명령을 내리기도 해야 하는 입장이라는 걸 알고 있는지 모르겠구나. 권력이란 꽤 위험한 것이거든. 권력을 악용하거나 마구 휘두르지 않도록 주의해야 해."

"맞는 말씀이에요. 저는 그런 경우를 많이 봐 왔고, 이제까지 잘 참아왔다고 생각해요. 저는 피터스라는 상사 때문에 그다지 힘을 발휘하지 못할지도 모르지만, 그 녀석이 고주망태가 되었을 때 선원들이 고역을 치르는 일이 없도록 신경을 써줄 생각이에요. 이제까지는 발언권이 없었지만 더 이상은 참지 않겠어요."

"왠지 무서운데. 너무 소동에 휘말리지 않도록 해. 아무리 허만 삼촌이 곁에 있다 하더라도 상사에게 반항하면 감싸줄 수 없을 테니까. 너는 지금까지 멋진 선원이었으니까 이번에는 멋진 상사가 되었으면 해. 물론 쉬운 일은 아니겠지만 말이야. 바르고 친절하게 다른 사람들을 통솔하려면 훌륭한 인격이 필요해. 이제 장난스러운 행동은 그만두고 위엄을 지녀야 한다는 걸 명심하렴. 그게 너에게는 최고의 약이 되어줄 거야, 에밀. 앞으로는 행동에 좀 더 주의를 기울여 그 제복에 부끄럽지 않게 해야 한단다."

조는 에밀이 무척 자랑스러워하는 새 제복의 반짝거리는 놋쇠 단추를 두드리며 말했다.

"최선을 다할게요. 저도 어린애처럼 굴 때는 지났다고 생각해요. 앞으로 착실히 생활하려고요. 그러니까 안심하세요. 뭍에 있을 때의 저와 바다에 있을 때의 저는 확연히 다르니까요. 어젯밤에는 작은아버지와 한참 대화를 나누었는데 교훈적인 이야기를 많이 해주셨어요. 그 교훈과 지금까지 신세진 것들을 저는 언제까지나 잊지 않을 거예요. 또 조금 전에 말씀드렸듯이 저의 첫 배에 숙모 이름을 붙여주고 배의 앞머리를 숙모의 흉상으로 장식할 생각이에요. 지켜봐 주세요, 꼭 그렇게 할 테니……."

이렇게 말하고 에밀은 맹세의 표시로 조에게 다정한 입맞춤을 했다. 비둘기집 입구에서 감미로운 음악을 연주하던 내트는 그 모습을 보고 미소를 지었다.

"영광이네요, 선장님. 한 마디만 덧붙일게. 작은아버지가 말씀하셨다면 내가 더 이상 말할 필요도 없겠지만 말이야. 전에 어딘가에서 읽은 적이 있는데, 영국 해군에서 쓰는 밧줄에는 반드시 빨간 실이 함께 들어 있대. 어디에서 발견되는 즉시 알아볼 수 있도록 말이야. 이것이 바로 네게 들려주려는 나의 설교 본문이란다. 명예라든가 정직함, 용기, 그 밖에 인격을 형성하는 모든 미덕은 그 빨간 실과 같아서, 사람이 어디에 있든 그것으로 그의 훌륭한 인격을 알아볼 수 있단다. 어디를 가든 그 빨간 실을 몸에 지니렴. 불행히 난파를 당하더라도 그 빨간 실로 너를 알아볼 수 있게 말이다. 바다 사나이의 삶은 거칠고 네 동료들도 아주 바람직하다고만은 할 수 없지. 그렇지만 너는 참된 의미의 신사가 될 수 있어. 네게 어떤 일이 일어나든 영혼은 늘 맑고 깨끗하게 유지하고, 사랑하는 사람들을 진심으로 대하며, 마지막까지 네 의무를 다하렴."

조가 이렇게 말하는 동안 에밀은 똑바로 서서 모자를 벗고 최고 지휘관의 명령에 따르듯 빛나는 눈빛으로 경청하고 있었다. 이야기가 끝나자 그는 짧지만 열의를 담아 대답했다.

"반드시 그렇게 하겠습니다!"

"이게 다야. 너에 대해선 아무것도 걱정할 필요가 없겠지만, 사람에게는 언제 어떤 일이 닥칠지 모르니 무심코 들은 말들도 언젠가 도움이 될 때가 있을 거야. 내 경우에도 어머니가 하셨던 말씀들 가운데 위안이 되거나 아이들 지도에 도움이 되는 말씀이 더러 떠오르곤 하니까."

조가 일어서면서 말했다. 해야 할 말은 모두 전했다.

"저는 필요할 때마다 생각나도록 전부 잘 보관해 뒀어요. 당직 때마다 플럼필드가 늘 눈앞에 펼쳐지며 작은아버지와 숙모의 말씀이 또렷이 들려올 거예요. 마치 제가 여기에 있는 듯이 말이에요. 숙모, 제 생활은 분명 거칠어요. 하지만 저처럼 그런 생활을 좋아하는 사람, 특히 저처럼 언제나 정박할 수 있는 닻을 갖고 있는 사람에게는 유익한 생활이에요. 제 걱정은 하지 마세요. 내년에는 숙모에게 기운을 북돋아주고, 작품에 도움이 될 아이디어를 무한대로 샘솟게 해줄 차를 한 상자 가지고 돌아오겠어요. 아래로 내려가시려고요? 좋아요, 계단 내려가실 때 조심하세요! 저도 점심때까지는 내려갈게요. 이게 뭍에서 점심 식사를 할 마지막 기회로군요."

조는 웃으며 아래로 내려갔고, 에밀은 힘차게 휘파람을 불었다. 이 옥상에서 나눈 대화가 언젠가 어딘가에서 둘 가운데 어느 한 사람의 기억 속에서 되살아나리라고는 꿈에도 생각지 못한 채.

댄은 종적이 묘연하더니 저녁 무렵, 이 분주한 집에 조용한 시간이 찾아오자 모습을 드러냈다. 모두가 산책을 나간 뒤 조가 서재에 앉아 책을 읽고 있는데 댄이 창문으로 안을 들여다보았다.

"들어와서 좀 쉬렴. 오래 산책해서 피곤할 텐데."

소파 쪽을 향해 고갯짓을 하며 조가 불렀다.

"방해되지 않겠어요?"

댄은 이렇게 말하면서도 어딘가에 들어가 쉬고 싶은 모양이었다.

"천만에. 나는 늘 대화할 준비가 되어 있는걸. 그렇지 않다면 여자가 아니지."

조가 웃었다. 댄은 재빨리 안으로 들어와서 만족스러운 듯한 얼굴로 앉았다.

"이곳에서의 마지막 날도 저물었네요. 저는 왠지 떠나는 게 내키지 않아요. 평소 같으면 잠시 머물다가도 곧 자유롭게 돌아다니고 싶어 못 견딜 텐데, 이상하죠?"

진지한 표정으로 머리카락과 수염에 붙은 풀과 나뭇잎들을 떼어내면서 댄이 물었다. 그는 풀밭에 누워 이런저런 생각을 하며 이 고요한 여름밤을 보냈던 것이다.

"아니, 전혀. 네가 더 세련되게 변해가고 있는 거야. 좋은 징후이니 나는 기쁘게 생각해."

조가 곧바로 대답했다.

"너는 이미 충분히 자유롭게 살아왔어. 이제 변화를 원하는 거지. 농장 일을 하는 것으로 그 기대가 채워진다면 좋겠구나. 비록 인디언을 돕는 것이 더 맘에 들긴 하지만 말이야. 자기 혼자만을 위해서 일하는 것보다는 다른 사람들을 위해 일하는 게 더 나으니까."

"그건 그래요." 댄은 진심으로 동의했다.

"저는 어딘가에 뿌리를 내리고 싶고, 돌볼 가족이 있었으면 좋겠어요. 좋은 친구들을 많이 만나고 나니 혼자 사는 삶이 싫어졌는지도 모르겠어요. 제가 거칠고 무식해요. 아까부터 줄곧 생각했는데 저는 남들이 받는 학교 교육을 받지 않고 자연을 벗삼아 방랑하느라 많은 것을 놓친 게 아닐까요? 네?"

댄은 걱정스런 표정으로 조의 얼굴을 바라봤다. 조는 이 생각지도 못한 고백에 깜짝 놀랐지만 내색하지 않으려 했다. 댄은 지금까지 책을 경멸했고 자신의 자유로운 생활을 자랑으로 여겨왔기 때문이다.

"아니야, 너의 경우는 다르다고 봐. 지금까지는 자유롭게 사는 것이 너에게 최선이었을 거야. 지금은 어른이 되었으니까 스스로의 거친 기질을 제어할 수 있게 되었지만 어렸을 때에는 다양한 활동과 모험 덕에 엇나가지 않을 수 있었던 거라고. 나는 시간이 내 망아지를 길들여 주리라 믿어. 그 망아지가 짐말이 되어 굶주리는 사람들에게 음식을 가져다주든 아니면 페가수스처럼 밭을 갈든 나는 그 망아지가 자랑스러울 거야."

댄은 이 비유가 마음에 들었다. 그는 뭔가 새로운 생각에 잠긴 듯한 눈빛으로 빙긋 웃었다.

"그렇게 말씀해 주시니 안심이 되네요. 문제는 저를 길들이는 데에는 시간이 좀 걸린다는 거예요. 저는 길들여지고 싶고, 이따금씩 길들여지기를 시도해 본 적도 있어요. 그런데 그때마다 마구를 벗어던지고 달아났어요. 아직 사람을 죽인 적은 없지만 언젠가 그런 일이 생기더라도 이상할 게 없어요."

"댄! 이곳을 떠나 있는 동안 뭔가 위험한 일이라도 있었니? 혹시 그러지 않을까 생각했지만 일부러 묻지 않았어. 그런 일이 있었으면 네가 먼저 얘기해줄 거라 생각했거든."

조는 걱정스러운 듯 댄을 바라봤다. 댄은 침울한 표정을 보이지 않으려고 시선을 아래로 떨구었다.

"대단한 일은 아니에요. 그렇지만 샌프란시스코가 지상낙원은 아니니까요. 거기는 이곳보다 성자가 되기 어려운 곳이에요."

댄은 차분히 말하고 이내 결심한 듯 몸을 일으켰다. 그러고는 반은 도전적으로, 반은 창피하다는 듯이 재빨리 말했다.

"실은 제가 도박을 했어요. 비록 저한테는 잘 맞지 않았지만요."

"도박으로 돈을 번 거야?"

"아뇨, 도박으로 번 돈은 한 푼도 없는걸요. 정말이에요, 투기가 도박이 아니라면 말이죠. 저는 크게 이겼지만 그 돈은 전부 잃거나 아니면 다른 사람들에게 줘버렸어요. 그러고는 끊기 힘들어지기 전에 단호히 손을 뗀 거죠."

"정말 다행이다! 두 번 다시 그런 짓을 해서는 안 돼. 그런 일에 현혹될 바에는 차라리 도시를 벗어나서 산이나 들에서 생활하는 게 좋겠어, 댄! 영혼을 잃느니 생명을 잃는 편이 낫지. 그런 어두운 열정은 사람을 더 나쁜 죄악으로 끌어들이니까. 네가 나보다 더 잘 알 테지만……."

댄은 고개를 끄덕였다. 조가 몹시 걱정하자 좀 더 밝은 투로 말했다. 비록 과거 경험의 어두운 그림자가 말끔히 사라진 것은 아니지만.

"그렇게 놀라지 마세요. 이제는 걱정할 필요 없으니까요. 한 번 화상을 입은 사람은 불 가까이에 가지 않는 법이거든요. 저는 술도 마시지 않고, 달리 걱정하실 만한 일도 하지 않아요. 그런 데는 흥미도 없고요. 다만 문제라면 쉽게 욱하는 거지요. 이 불 같은 성미는 저로서도 어쩔 도리가 없어요. 고라니나 버펄로를 상대로 싸울 때는 별 문제가 없지만 사람을 상대로 싸울 때는 그가 아무리 대단한 사람일지라도 봐주는 법이 없거든요. 언젠가는 사람을 죽일 수도 있을 것 같아서 그게 제일 걱정이에요. 저는 비겁한 것은 딱 질색 이거든요!"

댄은 움켜쥔 주먹으로 테이블을 탕하고 쳤다. 그 위에 있던 램프가 흔들리고 책이 위로 튀어오를 만큼 힘을 실어서….

"그게 늘 너를 괴롭히는 거였구나. 가엾기도 해라. 나도 예민한 성격을 고치려고 평생 애써왔지만 그게 생각처럼 잘 되지 않아."

조는 한숨을 내쉬며 말했다.

"부탁이니 내면의 악마를 잘 감시하렴. 한순간의 분노로 평생을 망치는 일이 없도록 말이야. 내트에게도 말했지만 눈을 크게 뜨고 주위를 경계하고 늘 기도하렴, 댄. 나약한 인간을 도와 희망을 갖게 하는 건 하느님의 사랑과 인내밖에 없단다."

조의 눈에 눈물이 글썽였다. 그는 그만큼 깊이 감동했으며, 내면의 죄악을 다스리는 것이 힘들다는 것도 잘 알고 있었다. 댄 또한 감동한 듯했으나 종교에 대한 이야기가 나오면 늘 그렇듯이 조금 불편해했다. 그도 그만의 단순한 신조가 있어서 거기에 따라 살려고 노력하지만 말이다.

"저는 기도 같은 건 별로 하지 않아요. 그렇지만 감시라면 인디언처럼 잘 할 자신이 있어요. 그렇긴 해도 그것도 이 불 같은 성질을 감시하기보다는 산 속에 숨어 있는 곰을 감시하는 편이 더 쉬울 거 같아요. 제가 어디에건 정착하려 해도 걱정스러운 것은 바로 이 점이에요. 저는 들짐승들과는 잘 지낼 수 있지만 사람들은 저를 화나게 해요. 그렇다고 곰이나 이리처럼 함부로 해치워버릴 수도 없잖아요. 로키 산맥에라도 가서 얼마간 지내면 어떨까요? 점잖은 사람들과 어울릴 수 있을 만큼 유순해질 때까지 말이에요."

댄은 두 손으로 머리를 감싸 쥐며 말했다.

"낙심하지 말고 일단 내가 말한 대로 해보렴. 독서도 좀 하고 공부도 하면서 너를 '화나게' 하지 않고 네게 힘이 되고 위안이 되어줄 수 있는 사람들과 사귀는 거야. 이를테면 우리 같은 사람들은 너를 화나게 하지 않잖아. 우리랑 함께 있으면 너는 양처럼 온순해져서 우리를 기쁘게 하니까 말이야."

"고맙습니다. 그러나 저는 늘 '닭장 속의 매'가 된 듯한 기분이었어요. 덤벼들어 할퀴고 싶었던 적도 몇 번인가 있었죠. 물론 예전만큼 자주는 아니었지만요."

조가 깜짝 놀란 표정을 짓자 댄이 웃으며 말을 이었다.

"말씀하신 대로 이번에는 좋은 사람들과 사귀어 볼게요. 정말로 여태까지 해온 대로 방랑만 하다가는 좋은 사람들을 만나기도 힘들겠지요."

"이번에는 좋은 사람들을 만날 수 있을 거야. 너는 평화로운 일을 위해 바깥세상으로 나가는 거고, 그런 마음이라면 유혹은 피할 수 있을 테니까. 책을 좀 가져가서 읽으렴. 많은 도움이 될 거야. 책은 선택만 잘하면 좋은 길동무가 되거든. 네가 볼 만한 책을 찾아줄게."

조는 재빨리 일어나 책이 가지런히 꽂혀 있는 책장으로 갔다. 책은 그녀에게 마음의 기쁨이자 삶의 위안이었다.

"여행기나 소설 위주로 골라 주세요. 종교 서적은 사양합니다. 그런 책들은 읽어도 무슨 말인지 잘 모르겠고, 그렇다고 아는 척하고 싶지도 않으니까요."

댄은 조의 어깨 너머로 손때 묻은 책들을 바라보면서 전혀 흥미 없다는 듯 말했다. 조는 뒤돌아서 댄의 딱 벌어진 양쪽 어깨에 손을 얹고 그 눈을 지그시 바라보며 진지하게 말했다.

"댄, 내 말을 잘 들으렴. 좋은 것들을 비웃거나 네가 실제 이상으로 나쁜 사람인 척해서는 안 돼. 거짓된 부끄러움 때문에 종교를 경시해서는 안 된단다. 종교 없이 살아갈 수 있는 사람은 아무도 없으니까 말이야. 종교에 대해 말하고 싶지 않으면 말하지 않아도 되지만, 그것이 어떤 형태로 다가오든 그곳에 대해 마음을 닫고 있어서는 안 돼. 지금은 자연이 너의 신이지. 자연은 네게 수많은 좋은 것들을 가르쳐주었고 앞으로도 더 많은 것을 가르쳐 줄 거야. 자연으로 인해 너는 보다 현명하고 다정한 교사이자 친구이자 위로자인 하느님을 알고 사랑하게 될 거야. 그것이 너에게 남은 유일한 희망이니 그 희망을 내쫓아서 시간을 허비하지는 말려무나. 조만간 너에게도 하느님이 필요할 테니. 다른 모든 것들로부터 버림받았을 때 하느님이 너를 도와주실 테니."

댄은 아무 말 없이 서 있었다. 그러나 한결 부드러워진 그의 눈빛에서 조는 무언의 소망을 읽어냈고, 모든 사람의 영혼 안에 타오르는 신성한 불꽃을 엿보았다. 댄은 아무 말도 하지 않았다. 그저 대답을 함으로써 자신의 솔직한 감정을 드러내지 않아도 된다는 것이 기쁠 따름이었다. 조는 어머니다운 미소를 띠면서 서둘러 말했다.

"네 방에서 아주 오래 전에 내가 준 작은 성경책을 봤단다. 바깥쪽은 많이 닳아 있었지만 안쪽은 새것 그대로였어. 나를 위해 1주일에 한 번, 조금씩 읽어보겠다고 약속해 주겠니? 어디에서든 일요일은 조용한 날이지. 그리고 성경은 유행에 뒤처지거나 부적절하게 되는 일이 없어. 어렸을 때 네가 좋아하던 이야기부터 시작해보렴. 네가 다윗을 좋아하던 거 기억나니? 그 이야기부터 다시 읽는 거야. 지금은 그때보다 더 흥미롭게 느껴질걸? 아마 다윗이 죄를 짓고 후회하는 대목에서 느끼는 바가 많을 거야. 나를 위해서라도 꼭 읽어줬으면 좋겠구나. 너를 사랑하고 네가 구원받기를 바라는 이 바어 엄마를 위해 그렇게 해줄 거지?"

"네, 그럴게요."

댄은 곧바로 대답했다. 아주 잠깐이기는 했지만 구름을 뚫고 나오는 태양처럼 환한 표정을 지으며.

조는 댄이 이런 이야기를 거북해할 거라 생각하고 서둘러 책장으로 고개를 돌려 다른 책 이야기를 시작했다. 댄은 안심하는 듯했다. 그는 다른 사람에게 자기 마음을 보이는 것을 늘 힘들어 했고, 인디언이 두려움이나 고통을 숨기는 것을 자랑스러워하듯 자기 마음을 숨기는 것을 자랑스럽게 여겼다.

"앗, 《신트람》이 있네! 저 이 책 기억해요. 신트람이 버럭 화내는 부분이 좋아서 자주 테디에게 읽어 줬어요. 이건 '죽음'과 '악마'를 대동한 채 말을 타고 가는 장면이네요."

그것은 말 탄 젊은이가 세상 사람들 대부분의 동행자인 '죽음'과 '악마'라는 친구와 함께 사냥개를 데리고 돌투성이의 좁은 길을 용감하게 달려 올라가는 그림이었다. 그 그림을 들여다보는 댄을 보자 문득 어떤 생각이 떠오른 조가 말했다.

"그게 너야, 댄. 바로 지금의 너란다! 너의 삶에는 늘 위험과 죄가 따라다녀. 변덕스런 감정과 열정이 너를 괴롭히지. 나쁜 아버지에게 버림받은 너는 혼자 싸워나가야 하는데, 너는 야성의 부름을 받고 평화와 자제력을 찾아 전 세계를 떠돌아다니지. 봐, 말과 사냥개까지 있잖아. 기묘한 길동무에게도 전혀 주눅 들지 않는 너의 충실한 친구 옥토와 던 말이야. 너에겐 아직 갑옷이 없지만, 그걸 어디서 구할 수 있는지 알려주지. 신트람이 용감하게 싸워서 사랑하는 어머니를 찾는 것을 기억해? 너도 어머니를 떠올려보렴. 너의 좋은 자질들은 어머니에게서 물려받은 것일 거야. 이 아름다운 옛날이야기를 실생활에 재현해보렴. 그렇게 해서 어머니의 자랑스러운 아들이 되어 드리는 거야."

이 기이한 이야기와 댄의 삶이 매우 닮았음에 마음을 빼앗긴 조는 다른 삽화들도 손가락으로 가리켜 보여주었다. 그리고 무심코 고개를 들었다가 댄이 비상한 관심을 보이는 것을 보고 깜짝 놀랐다. 댄은 감수성이 풍부한 소년 시절을 사냥꾼과 인디언들과 지내며 미신적인 성향을 갖게 되었다. 그는 꿈을 믿고 기괴한 이야기를 좋아했다. 그에게는 눈과 마음에 호소하는 여하한 것들이 지혜로운 말보다 더 깊은 영향을 미쳤다. 그림을 들여다보면서 조의 이야기를 들으니 그 가여운 신트람에 대한 이야기가 생생하게 되살아났다. 그 이야기는 댄이 겪은 시련을 상징하는 듯했다. 그 순간 댄은 평생 잊지 못할 감명을 받았다. 그러나 그냥 이렇게만 말했다.

"글쎄요. 저는 천국에서 다시 만난다는 말을 그다지 믿지 않아요. 저희 엄마 또한 아득한 옛날에 헤어진 아들을 기억하지 못할 거예요. 기억해야 할 이유도 없고요."

"진정한 엄마는 결코 자신의 아이를 잊지 못한단다. 너희 엄마도 그럴 거야. 어린 아들을 위해 잔인한 남편에게서 달아난 것을 보면 알 수 있어. 만약 엄마가 살아 계셨다면 너의 인생은 행복했을 거야. 엄마는 너를 위해 모든 것을 걸었었다는 사실을 잊지 말고, 그에 보답할 수 있도록 하렴."

조는 열띤 투로 말했다. 댄은 어머니에 대한 기억이 댄의 어린 시절에서 유일하게 아름다운 추억이라는 것을 알고 있었고, 그 순간 자신이 그 추억을 생각해낸 게 더없이 기뻤다. '죄'와 '죽음'을 극복한 신트람이 상처를 입은 채 어머니의 발치에 무릎 꿇고 앉아 있는 그림을 보고 댄이 눈물을 흘렸기 때문이다. 조는 댄이 진심으로 감동받았다는 것을 알고 기뻐했지만 댄은 소매로 눈물을 훔치고 책을 덮고는 목소리의 떨림을 억누르며 말했다.

"아무도 안 보는 거라면 이 책을 제게 주시지 않겠어요? 한 번 더 읽어보면 좋을 것 같아서요. 저도 어디에서든 어머니를 뵙고 싶기는 한데 아무래도 그런 일은 없을 것 같아요."

"가져가렴. 내가 어머니에게 받은 책이기는 하지만……. 그 책을 읽을 때는 나나 네 엄마나 결코 너를 잊지 않으리라는 걸 기억하렴."

조는 책을 어루만진 뒤 댄에게 건넸다. 댄은 짧게 "고맙습니다. 그럼 안녕히 주무세요" 인사하고 책을 주머니에 쑤셔 넣고는 곧바로 강 쪽으로 사라졌다. 다정하게 속 깊은 이야기를 나누는 이 익숙지 않은 분위기에서 한시라도 빨리 벗어나고 싶었던 것이다.

다음 날, 여행자 셋은 출발했다. 모두 원기 왕성했다. 한 사람 한 사람에게 모자를 흔들며 인사했고 일일이 손에, 특히 바어 엄마의 손에 입맞춤을 남겼다. 낡은 마차가 덜거덕거리며 사라지자 흰 손수건의 물결이 그 뒤를 메웠다. 바어 엄마는 눈물을 훔치며 예언조로 말했다.

"난 아이들 가운데 누군가에게 무슨 일이 일어날 것 같은 생각이 든단 말야. 다시 돌아오지 않거나 돌아오더라도 많이 변해 있을 것 같은 그런 생각이 자꾸 들어. 오직 하느님이 저 아이들과 늘 함께 하시길 바랄 뿐이야."

하느님은 그들과 늘 함께 했다.

제7장 사자와 양

세 소년이 떠나자 플럼필드에 고요가 찾아왔다. 가족들은 짧은 여행을 하느라 여기저기 흩어져 있었다. 8월이 되니 모두들 기분 전환을 해야 할 필요성을 느꼈기 때문이다. 바어 선생은 조와 함께 산으로 갔다. 로렌스 집안사람들은 바닷가에 있었는데 메그 가족과 바어 선생의 아들들이 번갈아 가며 그곳을 방문했다. 누군가는 남아서 집을 지켜야 했기 때문이다.

이제부터 이야기할 사건이 일어난 것은 메그가 데이지와 함께 집을 지키고 있을 때였다. 로브와 테디는 로키 누크에서 막 돌아온 참이었고, 낸도 친구와 함께 1주일간의 휴가를 즐기는 중이었다. 데미는 톰과 함께 여행을 떠나고 없었다. 따라서 사일러스 할아버지를 총감독으로, 로브가 이 집의 주인격이 되었다. 테디는 바다 바람에 머리가 이상해진 것인지, 평소보다 심한 장난을 쳐서 상냥한 이모와 로브 형을 괴롭혔다. 옥토는 테디가 하도 거칠게 타고 돌아다니는 바람에 녹초가 되었고, 던은 뛰어오르거나 그 밖의 재주를 부려보라는 명령에 대놓고 반항하며 말을 듣지 않았다. 학교에는 밤마다 유령이 출몰했고, 공부 시간에는 이 세상 소리가 아닌 멜로디가 들려와서 여학생들을 즐겁게 하기도 하고 걱정스럽게 하기도 했다. 그러는 사이에 두 소년에게 오래도록 잊을 수 없는 추억이 될 사건이 일어나고, 마침내 테디도 철이 들게 되었다. 갑자기 닥친 위험과 끊임없이 마음을 괴롭히는 공포가 사자를 양으로, 양을 사자로 바꿔놓은 것이다.

9월 10일—형제는 이 날을 평생 잊지 못했다—의 일이었다. 테디와 로브는 즐거운 산책을 하고 행운이 깃든 낚시를 즐긴 뒤 헛간에서 잠시 쉬고 있었다. 데이지를 찾아온 손님이 있어서 두 형제는 자리를 비켜준 것이다.

"로브, 저 개는 병든 거야. 장난도 안 치고, 밥도 안 먹고, 물도 안 마시잖아. 그리고 이상하게 굴고 말야. 저 개가 어떻게 되면 댄이 우리를 죽이려 들지도 몰라." 개집 옆에서 엎드려 쉬고 있는 던을 보면서 테디가 말했다. 던은 이제까지 댄이 지내던 방 출입구와 정원 나무 그늘 한 구석 사이를 흔들거리는 시계추처럼 바쁘게 왔다 갔다 하고 있었다. 그 구석에는 댄이 두고 간 헌 모자가 놓여 있었다.

"더워서 그러는 걸 거야. 아니면 댄이 그리워서 그러는 것 같기도 해. 개들은 다 그렇잖아. 댄이 떠난 뒤부터 던은 풀이 죽었어. 댄에게 무슨 일이 생긴 건 아닐까? 던이 간밤에 계속 짖기만 하고 잠도 안 잔 걸 보면 그런 생각이 들어. 언젠가 그런 얘기를 들은 적 있거든." 로브는 생각에 잠긴 채 대답했다.

"풋! 그런 걸 개가 어떻게 알아. 그냥 기분이 안 좋은 거야. 기운 내라는 뜻으로 한번 끌고 돌아다녀줄까. 그러면 나도 기분이 좋아질 테니까. 야, 던! 일어나서 기운 좀 내!" 테디는 이렇게 말하면서 손가락으로 던을 건드려 보았다. 그러나 던은 흘끗 테디를 쳐다볼 뿐 꼼짝도 하지 않았다.

"그냥 둬. 내일도 상태가 안 좋으면 윗킨스 선생님한테 데려가 보기로 하자." 로브는 여전히 건초더미에 누워 제비 새끼들을 관찰하면서 라틴어로 지은 자작시를 다듬고 있었다.

테디의 마음속에서 심술꾸러기가 고개를 들었다. 던을 놀리지 말라는 말을 들었기 때문에 더더욱 놀려주고 싶었다. 던은 테디가 쓰다듬어 주거나 명령하거나 꾸짖거나 놀리거나 그 어떤 행동을 해도 아무런 반응을 보이지 않았다. 테디의 참을성은 한계에 달해 마침내 폭발하고 말았다. 가까이에 있는 적당한 길이의 나뭇가지를 발견하자 테디는 이 커다란 사냥개를 길들일 수 없다면 힘으로 굴복시키겠다는 유혹을 억누를 수가 없었다. 그러기 위해서는 먼저 던의 목을 묶어두어야 했다. 이 개는 자기 주인 말고 다른 사람이 때리면 엄청 사나워진다는 것을 테디는 여러 번의 실험을 통해 알고 있었던 것이다. 목이 묶이는 모욕을 당하자 던은 몹시 흥분해서 으르렁거리더니 다시 앉았다. 그 소리를 들은 로브가 나뭇가지를 치켜든 테디와 던 사이로 뛰어들었다.

"건드리지 말라니까! 댄이 말했잖아! 던을 그냥 내버려 둬. 안 그러면 가만두지 않을 거야."

로브는 웬만해선 명령조로 말하지 않았다. 그런 로브가 한번 명령을 내리면, 테디도 따르지 않을 수 없었다. 테디는 화가 나 있었던 데다 로브의 지배자 같은 말투를 들으니, 그 말을 따르기 전에 이 얄미운 개에게 한 방이라도 먹이지 않고는 견딜 수가 없었다. 단 한 번의 일격이었다. 그러나 그것은 엄청난 결과를 가져왔다. 왜냐하면 그 일격으로 개는 으르렁거리며 테디에게 덤벼들었고, 말리기 위해 뛰어든 로브의 다리를 물고 늘어졌기 때문이다. 그러나 살살 달래자 던은 얌전해져서 로브의 곁에 웅크리고 앉았다. 던은 로브를 좋아했기 때문에 실수로 친구를 다치게 한 것을 슬퍼하는 것이었다. 로브는 괜찮다며 쓰다듬어 주더니 다리를 절며 헛간으로 돌아왔다. 뒤따라오던 테디는 로브의 양말을 적신 피와 다리에 난 상처를 보자 몹시 미안해졌다. 조금 전의 분노는 부끄러움과 슬픔으로 바뀌었다.

"정말 미안해. 그러게 왜 끼어들고 그래? 어디 봐봐. 깨끗이 잘 씻어. 상처를 싸맬 천을 찾아 볼 테니까." 테디는 재빨리 스펀지를 물에 적시고, 지저분한 손수건을 끄집어냈다.

로브는 평소에 자기가 다쳐도 야단하지 않는 성격으로, 그 원인이 다른 사람에게 있더라도 금방 용서해 주곤 했다. 지금은 보라색 상처에 시선을 고정한 채 꼼짝 않고 앉아 있었다. 그 창백한 얼굴에 떠오른 알 수 없는 표정을 본 테디는 몹시 걱정이 되었지만 일부러 웃으며 말했다.

"설마 그렇게 작은 상처 때문에 겁을 먹은 건 아니겠지, 로브?"

"광견병을 걱정하는 거야. 그렇지만 던이 미친 개가 될 정도라면 내가 광견병에 걸리는 편이 낫다고 생각하고 있어." 로브는 미소를 지으며 몸을 부르르 떨었다.

이 무서운 말을 들은 테디는 형보다 창백해져서 들고 있던 스펀지와 손수 건도 떨어뜨리고는 절망적으로 속삭였다.

"아아, 로브. 그런 말은 하지 말아줘! 어떡하면 좋지, 어떡해, 응?"

"낸을 불러와. 낸이라면 알 수 있을 테니까. 이모를 놀라게 하면 안 돼. 아무한테도 말하지 마. 낸에게만 말하는 거야. 뒷베란다에 있으니까 어서 가서 불러와. 그 때까지 나는 다리를 씻고 있을게. 별일 아닐지도 모르니까 그렇게 겁먹지 않아도 돼. 던 상태가 좀 이상해서 그럴지도 모른다고 생각한 것뿐이니까."

로브는 침착하게 말했다. 그러나 테디의 긴 다리는 서두르려고 하면 할수록 이상하게도 힘이 빠졌다. 그래도 도중에 아무도 만나지 않은 것은 다행이었다. 그의 얼굴을 봤다면 누구라도 금세 어떤 심상치 않은 사태가 벌어졌음을 알아차렸을 테니까. 낸은 해먹에 누워서 급성 폐쇄성 후두염에 관한 흥미 있는 논문을 읽고 있었다. 그런 낸에게 이성을 잃은 듯한 한 소년이 해먹을 뒤집어 놓을 듯이 달려들더니 숨을 몰아쉬며 말했다.

"헛간으로 가자! 로브를 좀 봐줘! 던이 미쳐서 로브를 물었어. 어떻게 해야 할지 모르겠어. 다 내 잘못이야. 아무에게도 말하지 말고. 빨리, 빨리!"

낸은 바로 해먹에서 뛰어내렸다. 낸은 놀라긴 했지만 분별력을 발휘해 더 이상은 묻지 않았다. 두 사람은 안채를 가로질러 달리기 시작했다. 집 안에서는 아무것도 모르는 데이지가 손님과 담소를 나누고 있었고, 2층에서는 메그 이모가 평화롭게 낮잠을 자고 있었다.

사람들 눈에 띄지 않도록 마구 창고에 숨어 있던 로브는 여느 때처럼 침착하고 차분했다. 낸은 자초지종을 듣고 난 뒤 이제는 개집 안에 있는 시무룩해 보이는 던을 보고는 천천히 말했다.

"로브, 안전을 위해선 한 가지 방법밖에 없어. 게다가 빨리 해야 해. 던이 광견병에 걸렸는지 알아보거나 병원에 갈 여유가 없어. 응급처치는 나도 할 수 있어. 아니, 해낼 거야. 그런데 무척 아플 거야. 불쌍한 로브."

낸은 의사답지 않게 떨리는 목소리로 말했다. 자신에게 완전히 의지하고 있는 걱정스러운 두 얼굴을 바라보는 낸의 예리한 눈이 침침해졌다.

"알아, 불로 지지는 거지? 괜찮아, 그렇게 해줘. 난 참을 수 있으니까.

그런데 테디는 저쪽으로 가 있는 게 좋겠다." 로브는 입술을 꽉 깨물며 동생에게 고개를 끄덕여 보였다.

"난 여기 있을 거야. 나는 아무렇지도 않아. 형이 아니라 내가 다쳤어야 했는데!" 테디는 울지 않으려 안간힘을 쓰며 소리쳤다. 슬픔과 공포와 부끄러움으로 그는 안절부절못하는 듯 보였다.

"여기 남아서 도와주는 편이 낫겠어." 낸은 엄격하게 말했지만, 이제부터 이 아이들이 어떤 일을 겪어야 하는지를 알기에 속으로는 기절할 것 같았다. "여기 가만히 있어. 금방 돌아올 테니까." 낸은 안채로 되돌아가면서 말했다. 그리고 재빨리 어떻게 하는 게 최선일지를 생각해 보았다.

그날은 다림질하는 날이었기에 부엌에는 불이 피워져 있었다. 마침 하녀들이 2층에서 쉬는 중이라 부엌에는 아무도 없었다. 낸은 가느다란 부집게가 불 속에 달아오르기를 기다리며, 두 손으로 얼굴을 가리고 이 같은 위기 상황에 필요한 힘과 용기와 분별력을 달라고 빌었다. 주변에 의지할 사람이 아무도 없었기 때문이다. 낸은 나이는 어렸지만 어떻게 해야 할지 알고 있었다. 다만 그 일을 하는 데는 엄청난 용기가 필요했다. 다른 환자라면 흥미를 가지고 차분하게 치료할 수 있겠지만 마음씨 고운 로브가, 그 애 아버지의 자랑이자 어머니의 위안이고 모두의 소중한 친구인 로브가 위험에 처해 있는 것은 견딜 수 없었다. 반들반들 윤이 나는 테이블 위로 뜨거운 눈물이 떨어졌다.

"별일 아닌 것처럼 굴어야 해. 안 그러면 아이들이 낙심한 나머지 패닉 상태에 빠질 수도 있어. 아직 아무것도 확실치 않은 상황에서 모두를 두려움에 떨게 할 필요는 없지. 로브는 모리슨 선생님한테 데려가고, 던은 수의사에게 봐달라고 하자. 일단 우리가 할 수 있는 일을 다 하고 나면 지금 공연히 걱정한 것에 대해 웃어넘길 수 있을 거야. 설사 우려했던 일이 벌어진다고 해도 마음의 준비를 할 수 있을 테고. 이제 가여운 로브에게 가보자."

새빨갛게 달궈진 부집게와 얼음물이 든 병과 빨랫줄에 널려 있던 손수건 몇 장으로 무장한 채 낸은 그녀에게 있어서 가장 중대한 '응급 환자'에게 실력을 발휘하기 위해 헛간으로 돌아갔다. 두 소년은 조각상처럼—한쪽은 '절망', 다른 한쪽은 '포기'의 조각상—앉아 있었다.

이 일을 재빨리 그리고 제대로 해내기 위해서는 낸의 자랑거리인 담력을 모조리 쏟아 부어야 했다.

"잘 들어, 로브. 한순간이야. 한순간만 지나면 괜찮아질 거야. 테디, 옆에 서 있어. 로브가 정신을 잃을 수도 있으니까 말이야."

로브는 두 눈을 감고 주먹을 쥔 채 영웅처럼 앉아 있었지만, 테디는 백짓 장처럼 하얗고 여자아이처럼 연약한 얼굴을 하고 로브 옆에 무릎을 꿇고 앉아 있었다. 후회하는 마음이 그를 괴롭혔고, 자신의 심술이 이런 고통을 불러왔다는 생각이 그의 마음을 우울하게 했다.

'우욱' 하는 외마디 소리가 들려오는가 싶더니 금세 치료가 끝났다. 그런데 낸이 물을 건네주려고 조수를 보았을 때 그 물을 가장 필요로 하는 사람은 가엾은 테디였다. 그가 정신을 잃고 바닥에 축 늘어져 있었으니 말이다.

로브가 웃었다. 생각지도 못한 웃음소리에 낸은 안심하며 상처에 붕대를 감았다. 손을 떨지는 않았지만 이마에는 구슬 같은 땀방울이 맺혔다. 낸은 환자 1호와 함께 물을 한 모금 마시고는 2호를 보았다. 테디는 자신이 중요한 순간에 정신을 잃은 것을 알고는 몹시 부끄러워했다. 그는 기절한 것이 자기로서도 어쩔 수 없었던 일이니까 아무에게도 말하지 말아달라고 신신당부했다. 그러고는 엉엉 울음을 터트려 또 한 번 창피를 당하고 남자의 체면을 구기기는 했지만 기분만큼은 후련해졌다.

"괜찮아, 이제 괜찮아. 전부 다 끝난 일이니까. 모두 잘했어." 낸이 밝은 목소리로 말했다. 테디는 로브의 어깨를 잡고 딸꾹질을 하면서 울다가 웃다가를 되풀이했고, 로브는 그런 동생을 달래주었다. 젊은 의사는 사일러스 할아버지의 낡은 밀짚모자로 두 소년을 부채질해 주었다.

"자, 둘 다 내 얘기를 잘 들어봐. 이 일은 아직 아무에게도 말하지 말기로 하자. 왜냐하면 난 우리가 괜한 걱정을 한 것 같은 느낌이 들거든. 아까 올 때 보니까 던은 밖에서 물을 마시고 있었어. 던이 미쳤다면 나 또한 마찬가지일 거야. 그렇지만 만약을 위해서 시내에 나가 내가 잘 아는 모리슨 선생님한테 가보는 게 좋을 것 같아. 선생님께 치료 부위를 보여 드리고, 진정제도 받아가지고 오자. 우리 셋 다 조금은 제정신이 아니니까. 로브는 여기 가만히 있어. 나는 모자를 가지러 가는 길에 메그 이모 댁에 들러서 데이지에게 먼저 간다고 말하고 올 테니까, 그동안 테디는 마차를 준비해 놓으렴. 어차피 난 데이지의 손님들을 잘 모르는걸, 뭐. 데이지는 차 마실 때 그 방을 쓸 수 있을 테니 분명 기뻐할 거야. 우리는 우리 집에 가서 신나게 간식을 먹고 돌아오자꾸나."

의사처럼 보이려고 억누르고 있던 감정의 배수구가 뚫린 것처럼 낸은 계속해서 떠들어댔고, 형제도 곧바로 낸의 계획에 찬성했다. 가만히 앉아 기다리는 것보다는 열심히 움직이는 게 더 마음이 편할 것 같았기 때문이다. 테디는 마차를 준비시키기 전에 펌프 물로 얼굴을 씻고 뺨을 문질러 혈색이 돌게 했다. 로브는 건초더미에 누워 또다시 제비집을 올려다보며 방금 전에 스쳐간 기억해야 할 순간을 돌아보았다. 그는 아직 어린 나이였음에도 갑작스럽게 죽음의 위협을 느낀 것이었다. 그의 마음이 숙연해지는 것은 당연한 일이었다. 그는 살아오면서 죄를 지은 적도, 잘못을 저지른 적도 거의 없었다. 돌이켜보면 늘 기쁨이 함께 했던 행복한 날들뿐이었다. 따라서 로브에게는 두려울 것도 없었고 후회할 일도 없었다. 무엇보다도 강하고 순수한 신앙심이 그를 떠받치고 있었다.

"아버지." 이것이 그의 머릿속에 가장 먼저 떠오른 말이었다. 로브는 바어씨와 마음이 통하는 아들이었다. 그런 장남을 잃는다는 것은 선생에게 매우 큰 상처가 될 것이다. 부집게를 다리에 댔을 때 꽉 다문 입술에서 새어나온 외마디에서 로브는 또 다른 아버지인 하느님을 생각했다. 그는 두 손을 맞잡고 건초더미에 누운 채로 새끼 제비들의 지저귐 소리에 맞추어 마음으로부터 기도를 드렸다. 로브는 완전히 마음이 가라앉았다. 두려움도 의심도 걱정도 신의 손에 맡긴 그는 이제 어떤 일이 닥쳐도 놀라지 않을 마음의 준비가 되었다. 그는 그 순간 뒤로 자신에게 다가온 단 하나의 의무, 용기를 품고 즐겁게 생활하며 침묵 속에서 하느님과 교제하고 늘 가장 좋은 것을 소망하는 단하나의 의무를 수행하기 위해 최선을 다하리라 마음먹었다.

조용히 모자를 집어든 낸은 데이지의 반짇고리 위에 로브와 테디와 함께 드라이브를 나갔다가 다과회 시간이 끝날 때쯤 돌아올 예정이라는 내용의 메모를 올려놓았다. 그런 다음 헛간으로 돌아와 보니 두 명의 환자 가운데 한 명은 열심히 일을 한 덕에, 또 한 명은 휴식을 취한 덕에 훨씬 나아진 듯했다. 이윽고 그들은 마차에 올라탔다. 로브는 다리를 위로 향한 채 뒷좌석에 앉았다. 마차는 아무 일도 없었다는 듯 즐거운 얼굴을 한 세 사람을 태우고 달리기 시작했다.

모리슨 선생은 상처도 대단치 않고 낸의 응급처치도 썩 잘 되었다고 말했다. 안심한 두 소년이 아래층으로 내려간 뒤 선생은 작은 목소리로 낸에게 말했다. "개는 당분간 멀리 두어라. 저 아이의 상태를 계속해서 지켜보도록 하고, 아이가 눈치채지 못하게 말이야. 상태가 이상한 것 같으면 나에게 알려주렴. 이런 병은 잘 알 수 없으니까 조심하는 게 좋을 거다."

낸은 고개를 끄덕였다. 그녀는 안도감으로 마음이 가벼워졌고 형제를 데리고 윗킨스 선생님에게로 갔다. 선생은 곧 던의 상태를 보러 가겠다고 약속하셨다. 세 사람은 낸의 집에서 즐겁게 차를 마시자 기운을 차렸다. 선선한 저녁 무렵 집에 돌아왔을 때쯤에는 테디의 부은 눈과 로브의 살짝 저는 다리 말고는 소동의 흔적을 찾아 볼 수 없었다.

베란다에서 아직도 손님들의 대화 소리가 들려왔으므로 세 사람은 뒤로 돌아갔다. 테디는 로브를 해먹에 눕히고 흔들어 주는 것으로 후회하는 마음을 달랬다. 그 앞에서 낸이 얘기를 하고 있을 때 수의사가 찾아왔다.

의사는 살짝 더위를 먹은 것뿐이라며 이 개가 광견병에 걸렸다면, 저기 가르랑거리는 회색 고양이도 마찬가지일 거라고 말했다.

"덥고 또 주인이 그리워서 그러는 거란다. 너무 잘 먹인 탓인지도 모르지. 내가 2, 3주간 데리고 있으면서 말끔히 낫게 해주마." 의사가 말했다. 던이 커다란 머리를 윗킨스 씨의 손 위에 올리고는 영리해 보이는 눈으로 그 얼굴을 지그시 바라보는 모습은 마치 '이 사람은 나의 고통을 이해해. 그리고 어떻게 하면 좋을지를 알고 있어'라고 말하는 듯했다.

그리하여 던은 별다른 저항 없이 선생님을 따라갔다. 세 사람은 어떻게 하면 식구들에게 걱정 끼치는 일 없이 다리가 나을 때까지 쉴 수 있을지에 대해 상의했다. 다행히도 로브는 늘 자신의 좁은 서재에서 몇 시간이고 지내곤 했으므로 장시간 소파에 누워 책을 읽어도 별다른 의심을 사지 않을 터였다. 본디 침착한 성품인 로브는, 괜한 걱정으로 자신이나 낸을 힘들게 하기보단 두 사람의 말을 믿기로 했다. 그는 어두운 생각을 떨치고 유쾌한 기분이 되었으며, 충격에서 벗어날 수 있었다.

그러나 쉽게 흥분하는 테디를 진정시키는 것은 꽤 힘든 일이었다. 낸은 그가 비밀을 발설하지 않도록 하기 위해 몹시 애를 썼다. 사람들이 이 일에 대해 이런저런 이야기를 하지 않는 게 로브를 위해 가장 좋을 것이기 때문이었다.

후회가 테디를 덮쳤지만, 속마음을 털어놓을 수 있는 어머니는 곁에 없었다. 그는 너무나 비참했다. 낮 시간에 그는 로브의 곁에 달라붙어서 시중을 들고, 말을 걸고, 걱정스러운 눈빛으로 바라보았다. 그러나 밤이 되어 사방이 고요해지면 활발한 상상력의 포로가 되어 밤새 잠을 못자거나 몽유병 환자처럼 일어나서 걸어다녔다. 낸은 테디를 주의 깊게 지켜보며 그에게 진정제를 만들어 주기도 하고 책을 읽어 주거나 야단을 쳐보기도 했다. 그가 잠들지 못하고 집 안을 돌아다니는 것을 발견했을 때는 어서 가서 자지 않으면 방에 가둬 버리겠다고 으름장을 놓기도 했다.

시간이 지나자 그런 행동들은 고쳐졌지만, 이 별난 아이에게는 모두가 느낄 수 있는 변화가 생겼다. 여행에서 돌아온 그의 어머니가 대체 무슨 일이 있었기에 저 사자 같은 아이가 이렇게 얌전해졌느냐고 물어볼 정도였다. 그는 밝고 명랑한 아이였지만 이제 더 이상 무모하지 않았다. 이따금씩 고집스럽고 제멋대로인 성격이 고개를 들면 그는 단호하게 떨쳐버리고 로브를 보았다. 그리고는 마음을 다잡거나 밖에 나가서 불만스런 감정을 해소하고 돌아왔다. 그는 이제 형을 고지식하다고 비웃거나 책벌레라고 놀리지 않았을 뿐만 아니라, 이제까지 볼 수 없었던 존경심을 가지고 그를 대했다. 겸손한 로브는 감동으로 기뻐했고 다른 이들은 놀라서 눈이 휘둥그레졌다. 어쩌면 테디는 로브의 일생을 망쳐버렸을지도 몰랐을 자신의 어리석은 행동에 대한 보상을 해주어야 한다고 느끼는 듯했다.

"도무지 모르겠어." 조는 집으로 돌아와 1주일째 되는 날, 작은 아들의 착한 행동에 감동해서 말했다. "테디는 마치 성인 같아. 사람이 갑자기 변하면 죽는다는데 말야. 다정한 메그에게 감화된 것일까? 아니면 데이지의 맛있는 요리 탓? 그것도 아니면 낸이 슬쩍 건네준 알약 덕분인가? 우리가 집을 비운 사이 무슨 마법에라도 걸린 것 같아. 아무튼 너무나 상냥하고 조용하고 고분고분해서 그 아이 같지 않을 정도야."

"어른이 되기 시작한 거야, 조. 조숙한 아이라서 남들보다 빠른 거지. 로브도 달라진 것 같아. 훨씬 남자답고 진중해졌어. 그리고 이 아빠에 대한 애정이 자기의 성장과 함께 커가기라도 하듯 좀처럼 내 곁에서 떨어지려 하지 않는다고. 앞으로도 아이들은 가끔 우리를 놀라게 할 거야, 조. 우리는 그 모습을 기뻐해 주면 되는 거야. 나중 일은 신에게 맡기고 말이야."

바어 선생은 그렇게 말하며 계단을 올라오는 형제를 자랑스러운 눈빛으로 바라보았다. 테디는 로브의 어깨에 팔을 두른 채 로브가 손에 든 돌멩이에 대해 지질학적인 이야기를 하는 것을 열심히 듣고 있었다. 평소 같았으면 테디는 이런 취미를 비웃고, 로브가 지나는 길목에 자갈을 굴려놓거나, 베개 밑에 벽돌 조각을 두거나, 신발 속에 자갈을 넣거나, 소포 안에 진흙을 넣어 "R·M·바어 교수" 앞으로 보냈을 것이다. 그런데 요즈음에는 로브의 취미를 존경하게 되었고, 사랑하면서도 은근히 무시했던, 조용한 형의 훌륭한 자질들을 인정하게 되었다. 그리고 로브의 용기에 감탄하게 되었다. 로브의 다리는 차도가 있었지만 아직 불편했다. 테디는 늘 팔을 내밀어 형을 부축해 주었고, 걱정스런 얼굴로 형을 지켜보면서 그가 무엇을 원하는지 알아내려 했다. 테디의 마음속에는 아직도 후회하는 마음이 강하게 남아 있어서, 로브가 관대하게 대해 줄수록 후회는 더 커질 뿐이었다. 로브는 계단에서 미끄러졌는데, 이것이 그가 발을 저는 데 대한 좋은 핑계거리가 되었고, 개에게 물린 상처는 낸과 테디 말고 본 사람은 없었다. 그래서 아직까지는 비밀을 지킬 수 있었다.

"너희들에 대해 얘기하고 있었단다. 이리 와서 우리가 없는 사이에 어떤 근사한 요정이 다녀갔는지 알려 주렴. 아니면 너무 오랜만에 만나서 너희들의 기분 좋은 변화가 눈에 띄는 것일까?" 조는 소파의 양 옆을 두드리며 말했다. 두 아이들은 조의 양 옆에 앉았다. 두 아들 사이에서 기뻐하는 부인의 얼굴을 바어 선생은 편지 다발도 잊은 채 넋 놓고 바라보았다. 형제는 다정하게 웃고 있었지만 왠지 마음이 편치 않았다. 태어나서 지금까지 단 한 번도 부모에게 비밀을 가져본 적이 없었기 때문이다.

"그건 말이죠. 로브와 제가 오랜 시간 둘이서만 있었기 때문이에요. 우리, 쌍둥이 같지 않아요? 저는 로브에게 기운을 불어넣어 주었고, 로브는 저를 차분하게 해 주었어요. 엄마 아빠도 그렇게 하시잖아요? 서로의 단점을 보완하는 건 좋은 생각인 것 같아요." 테디는 곤란한 상황을 잘 넘겼다고 생각했다.

"어머니는 너랑 비교되는 게 맘에 안 드실걸? 나는 아버지를 닮았다는 게 기쁘고 자랑스럽지만 말이야." 로브가 말했다.

"난 감사하게 생각하고 있는걸. 로브, 네 아버지가 내게 해주시는 것의 반만이라도 네가 테디를 위해 해준다면 너의 인생은 실패하지 않은 거야." 조가 진심을 담아 말했다. "너희들이 서로 돕는 것을 보면 이 엄마는 매우 기쁘단다. 사랑하는 사람들의 필요와 장점, 단점 등을 이해하는 것은 빠를수록 좋아. 사랑한다고 해서 상대방의 잘못을 무조건 눈감아 주어서도 안 되지만, 친하다고 해서 함부로 그의 단점을 책망해서도 안 된단다. 열심히 노력해서 지금처럼 우리들을 놀래 주려무나."

"어머니 말씀이 맞아. 너희 형제가 사이좋게 지내는 것을 보면 이 아버지도 기쁘단다. 그건 모두를 위해서도 좋은 일이야. 부디 오래도록 사이좋게 지내기를!" 바어 선생은 두 아들에게 고개를 끄덕여 보이며 말했다. 두 형제는 기쁜 표정이면서도 이런 칭찬에 어떻게 대답해야 할지 몰라 조금 난처해하는 듯했다.

로브는 말을 너무 많이 하게 될까봐 침묵을 지켰지만, 무슨 말이든 하지 않고는 견딜 수가 없었던 테디는 봇물 터지듯 말을 쏟아내기 시작했다.

"사실 저는 로브가 용감하고 선한 사람이라는 것을 깨닫고 제가 그동안 피해 준 것을 보상하려 하는 중이에요. 이제까지 저는 로브를 분별력이 있긴 하지만 연약하다고도 생각해 왔어요. 놀지도 않고 늘 책만 읽고, 툭하면 양심이 어쩌니 하는 말만 했으니까요. 그런데 목소리가 크고 과시적이라고 해서 남자다운 것은 아니라는 걸 깨달았어요. 말이 없는 로브야말로 영웅인걸요. 저는 로브를 자랑스럽게 생각해요. 아버지 어머니도 모든 걸 다 알고 나면 로브를 자랑스럽게 여기실 거예요."

그때 로브가 흘끔 쏘아보자 테디는 깜짝 놀라 얼굴이 새빨갛게 달아오르더니 당황하며 손으로 입을 가렸다.

"알겠다. '모든 걸 알지 않는' 편이 좋다는 거지?" 조가 재빨리 말했다. 조의 날카로운 눈이 어머니의 직감으로 아들들과 자신 사이에 무언가가 가로막고 있다는 것을 알아차렸다. "얘들아." 조는 엄숙한 목소리로 말을 이었다. "방금 전에 얘기한 변화는 너희들이 어른이 되기 위한 변화가 아니었나 보구나. 나는 테디가 어떤 장난을 쳐서 곤경에 빠진 것을 로브가 구해준 게 아닐까 하는 생각이 드는데? 그래서 이제까지 엄마를 속인 적이 없는 개구쟁이 아들과 양심적인 아들 사이에 따뜻한 분위기가 형성된 거지." 그러자 로브도 테디 못지않게 얼굴이 빨개졌다. 그러나 그는 잠시 망설인 끝에 마음이 편해진 듯이 고개를 들고 대답했다.

"맞아요, 어머니. 어머니가 말씀하신 대로예요. 그러나 이미 다 지난 일이고 아무도 다치지 않았으니 그대로 덮어두시는 게 좋을 것 같아요. 잠시 동안만이라도요. 어머니한테 비밀로 한 게 마음에 걸렸는데 이만큼이라도 말씀드릴 수 있게 되어 다행이에요. 걱정하실 필요 없어요. 테디는 후회하고 있고 저는 아무렇지도 않으니까요. 우리 둘 다를 위해 잘된 일이었어요."

조는 테디를 바라보았다. 테디는 눈을 깜박거리면서도 남자답게 시선을 떨어뜨리지 않았다. 조가 다시 로브를 보았다. 로브의 기분 좋게 웃는 얼굴을 보니 마음이 놓였다. 그러나 그의 얼굴에는 무언가 마음에 걸리는 것이 있었다. 그것은 몸뿐만 아니라 마음의 고통에서 나오는 표정, 무언가 피할 수 없는 괴로움을 묵묵히 견디고 있는 인내의 표정이었다. 이 아이에게 무언가 위험이 닥쳐온 것이라는 생각이 조의 마음속에 번개처럼 스치고 지나갔다. 그리고 형제가 낸과 주고받던 시선이 그녀의 두려움을 확실한 것으로 만들어주었다.

"로브, 너 어디 아팠던 거 아니니? 아니면 어디를 다쳤다거나. 그것도 아니면 테디 때문에 곤욕을 치렀니? 어서 사실을 말하렴. 더 이상 비밀은 용서치 않을 거야. 사내아이들은 상처를 대수롭지 않게 여겨 방치했다가 평생 고생하는 경우가 더러 있단다. 여보, 어서 말하도록 좀 해주세요!"

그러자 바어 선생은 들고 있던 서류를 놓고 형제 앞에 섰다. 그리고 아내를 진정시키고 아이들에게 용기를 불어넣어줄 만한 투로 말했다.

"자, 사실을 말해 봐라. 어떤 말을 들어도 놀라지 않을 테니 말이다. 걱정을 끼치지 않으려고 말하지 않는 것은 오히려 좋지 않단다. 우리가 사랑스러운 테디를 용서해 주리라는 것은 알고 있겠지? 그러니 있는 그대로 말해라. 자, 어서."

테디는 갑자기 쿠션 밑으로 숨더니 새빨간 두 귀만 내놓고는 좀처럼 나오려 하지 않았다. 그러자 로브가 간략하게 사실을 말했다. 그는 되도록 차분하게 이야기한 뒤 곧바로 던은 정상이라는 게 입증되었으며, 자신은 상처가 많이 나아서 이제 아무 위험도 없다는 말을 덧붙였다.

그러나 조가 어찌나 새파랗게 질렸던지 로브는 어머니를 안아주지 않을 수 없었다. 바어 선생은 고개를 돌리더니 몇 발짝 내디디면서 고통과 안도와 감사가 뒤섞인 목소리로 "오오, 하느님!" 하고 외쳤다. 테디는 마음이 괴로운 나머지 그 소리를 듣지 않으려고 쿠션 하나를 더 덮어썼다. 그리고 얼마 지나지 않아 모두 평정을 되찾았다. 그러나 위기는 무사히 넘겼다고 해도 이 소식은 큰 충격이 아닐 수 없었다. 조는 아들을 꽉 끌어안았다. 이윽고 아버지가 다가와 아들의 손을 꼭 잡고는 떨리는 목소리로 말했다. "목숨을 잃을 위기에 처했을 때 우리는 용기를 시험당하게 된단다. 너는 잘 견뎌냈어. 나는 아직 소중한 아들을 잃고 싶지 않다. 오오, 정말 고맙구나. 무사해서 참으로 다행이야!"

쿠션 밑에서 신음소리가 들려왔다. 테디의 비틀린 긴 다리가 그의 절망을 명백히 말해주고 있었기에 어머니도 그에 대한 감정을 누그러뜨리고 쿠션을 걷어내 헝클어진 노란 머리를 찾아냈다. 그 머리를 억지로 끌어내어 두 볼을 눈물로 적신 채 손으로 머리카락을 빗어넘기던 어머니는 갑자기 웃음을 터뜨렸다.

"가엾기도 해라. 어서 이리 와서 용서를 구하렴. 넌 이미 충분히 괴로웠을 테니 엄마는 아무 말도 하지 않을게. 그렇지만 만에 하나 로브가 병에 걸렸다면, 넌 네 자신보다도 이 엄마를 비참하게 할 뻔했단다. 오오, 테디. 너무 늦어지기 전에 그 고집스러운 성격 좀 고치렴."

"꼭 고치겠어요! 어머니. 전 평생 이 일을 잊지 못할 거예요. 이미 고쳐진 것 같기도 하지만 혹시 그렇지 않다면 저는 구원받을 자격이 없어요." 깊이 뉘우치는 마음을 표현하기 위한 유일한 방법으로 자신의 머리카락을 쥐어뜯으며 테디가 말했다.

"그렇지 않아, 테디. 나도 열다섯 살 때 그렇게 생각한 적이 있었단다. 에이미가 물에 빠졌을 때였지. 지금 내가 너를 돕는 것처럼 그때는 할머니가 나를 도와주셨어. 또 그런 심술궂은 마음이 너를 덮쳐오면 나에게 오렴. 둘이 함께 떨쳐내도록 하자꾸나. 아아, 정말이지, 몇 번이나 그 '악마'와 격전을 벌였던지. 대부분 지기는 했지만 늘 그랬던 것은 아니란다. 너도 엄마가 도와줄 테니까 이겨낼 때까지 함께 싸우자꾸나."

그러자 테디가 벌떡 일어서더니 아버지에게 가서 씩씩하게, 그리고 겸손하게 말했다.

"저를 벌해 주세요, 아버지. 그렇지만 먼저 용서한다고 말씀해주세요."

"필요하다면 100번이라도 말해 주마. 그러지 않으면 아버지라고 할 수 없을 테니 말이다. 너는 이미 벌을 받았어. 그러니 내가 그 이상 벌하진 않을 거야. 다만 그 경험을 헛되게 하지 마라. 그러려면 어머니와 하느님의 도움이 있어야 할 테지. 자, 너희 둘이 있을 곳은 언제나 여기란다."

말을 마친 선생은 두 팔을 벌려서 독일인답게 두 아이를 끌어안았다. 미국인이라면 가볍게 어깨를 두드리며 한 마디 하는 것으로 끝냈을 테지만 선생은 아버지의 감정을 말과 몸짓으로 표현하는 것을 부끄러워하지 않았다.

조는 그 광경을 문학소녀처럼 행복한 표정으로 바라보았다. 네 사람은 조용히 대화하며 저마다의 생각을 스스럼 없이 주고받았다. 그리고 이 일은 낸 이외에 아무에게도 말하지 않기로 결정했다. 낸에게는 감사의 마음을 전해야 했고, 그녀의 용기와 분별력, 정확한 판단도 칭찬해 주어야 했다.

"난 늘 그 아이가 야무진 데가 있다고 생각했는데 이번 일로 증명되었군요. 당황하거나 놀라지 않고 신중하게 판단해서 잘 치료해 주었잖아요? 정말이지 그 아이에게 어떻게 감사의 표시를 하면 좋을까요?" 조가 열띤 투로 말했다.

"톰을 떨쳐내서 낸을 평화롭게 해주는 건 어때요?" 금세 본래의 모습으로 되돌아온 테디가 끼어들었다.

"그거 좋겠네요! 톰은 꼭 모기같이 끈질기게 낸을 따라다니거든요. 낸은 자기가 여기 있는 동안 톰이 오면 안 된다며 톰을 데미와 함께 내쫓듯이 여행 보냈어요. 전 톰이 좋아요. 그렇지만 낸과 엮이는 건 싫어요." 로브도 거들었다. 그러고는 아버지한테로 쌓여 있는 편지 정리를 도우러 나갔다.

"그래, 결심했어!" 조가 단호한 투로 말했다. "낸이 어리석은 남자아이와의 연애 따위로 앞날을 망쳐서는 안 돼. 언젠가 낸도 힘들고 지칠 때면 두 손 들어버릴 수도 있잖아. 그러면 모두가 끝장이야. 훌륭한 여성들 가운데에도 그렇게 해서 평생 후회하는 사람들도 있는걸. 낸은 먼저 자기 자리를 찾고, 자신이 그 자리에 걸맞는 인물임을 입증해 보여야 해. 결혼은 그 뒤에 하고 싶으면 하면 되는 거고. 그 아이에게 어울리는 남자를 찾는다면 말이야."

그러나 조의 도움은 필요가 없어졌다.

제8장 조시, 인어공주를 연기하다

바어 선생 아들들이 집에서 고통스런 체험을 하는 동안 조시는 로키 누크에서 즐겁고 멋진 시간을 보내고 있었다. 로렌스 씨 부부가 여름방학을 근사하면서도 유익하게 보낼 수 있는 방법을 알고 있었기 때문이다. 베스는 사촌 여동생이 너무 좋았다. 에이미는 조카딸이 여배우가 될 소질이 있든 없든 교양을 갖춘 숙녀가 되어야 한다고 생각했다. 그래서 어디에 내놓아도 부끄럽지 않도록 사교계 매너를 가르쳤다. 한편 로리는 유쾌한 두 소녀를 데리고 배를 젓거나 승마를 하거나 산책을 하면서 그보다 더 좋을 수 없는 한때를 즐겼다. 조시는 여유로운 생활 속에서 들꽃처럼 피어났고, 베스도 차츰 혈색이 좋아지고 성격도 명랑해졌다. 두 사람은 가까운 해안이나 후미진 아름다운 절벽 위의 별장에서 여름을 보내는 이웃들에게 인기가 있었다.

행복을 한창 만끽하고 있는 조시에게 고민이 하나 있었다. 이루어질 것 같지 않은 소원이 그녀를 사로잡고 놓아주지 않는 까닭에 그녀는 사건에 몰두한 탐정처럼 안절부절못하며 주위를 두리번거렸다. 여배우 카메론 양이 휴식을 취하고 다음 작품의 배역을 연구하기 위해 근처 별장을 하나 빌려 칩거하고 있었기 때문이다. 카메론은 자신의 전용 비치를 가지고 있었고 친한 친구 한둘 말고는 아무도 만나지 않았다. 그래서 드라이브할 때나 바다에서 수영할 때 몇몇 호기심 많은 사람들이 쌍안경으로 구경하는 것 말고는 거의 아무도 그녀의 모습을 볼 수 없었다. 로렌스 부부는 카메론 양과 친분이 있었으나 그녀의 사생활을 존중하여 딱 한 번 방문한 뒤로는 찾아가지 않았다. 그러는 동안에 카메론 쪽에서 만남을 청해왔다. 얼마 전 로렌스 부부가 방문한 데 대한 답례였는데, 그 사정은 차츰 알게 될 것이다.

조시는 밀봉된 꿀 항아리 주위를 붕붕 날아다니는 벌 같았다. 자신의 우상이 이렇게나 가까이 있다는 기쁨! 조시는 어떻게든 이 위대한 배우를 만나보고 싶어 안달이 났다. 카메론 양은 자신의 예술적 재능으로 수천 명의 사람들을 감동시킨 데다 덕망 있고 친절하며 아름다워서 벗이 많았다. 카메론이야말로 바로 조시가 닮고 싶은 여배우상이었다. 혹시 자신이 정말로 배우에 소질이 있는 경우 카메론 양 같은 배우가 되고 싶다고 하면 누구도 반대할 수 없을 것이다. 왜냐하면 연극계는 배우라는 직업의 이미지를 깨끗하게 만들고 품격을 높여주는 그런 여성을 필요로 했기 때문이다. 카메론 양은 바위 사이를 뛰어다니거나 바닷가에서 물보라를 일으키거나 셰틀랜드 포니를 타고 그의 별장 앞을 달리는 소녀를 멍하니 바라보기도 했다. 만약 그가 소녀의 가슴이 얼마나 뜨거운 애정과 동경으로 불타고 있는지를 알았더라면 한 마디 말이라도 건네서 이 소녀를 행복하게 해 주었으리라. 그러나 겨울에 출연했던 작품 때문에 지치고 새로운 역할을 연구하느라 바쁜 카메론 양은 이웃의 어린 소녀를 앞바다의 갈매기나 들판의 데이지 꽃과 비슷한 정도로 여기고 있었다. 현관에 놓인 꽃다발이나 울타리 아래에서 들려오는 세레나데, 그녀를 향한 찬탄의 시선 따위에는 너무 익숙해져 있어서 거의 아무런 주의를 기울이지 않았다. 주의를 끌려는 모든 시도가 실패로 끝나자 조시는 몹시 낙심했다.

"저 소나무에 올라가 별장 베란다 지붕으로 떨어져 버릴까. 아니면 저쪽 대문 앞으로 가 말에서 떨어져 기절해볼까. 그러면 나를 좀 봐주실 텐데. 그분이 수영할 때 물에 빠진 척하는 건 소용없어. 난 물속으로 가라앉지도 않을 거고, 그분은 누군가 남자를 불러 나를 끌어올릴 테니까. 아아, 어떻게 해야 할까. 어떻게 해서든 만나고 싶어. 그래서 내 꿈에 대해 말하고, 나도 언젠가 배우가 될 수 있다는 말을 듣고 싶어. 엄마도 그분이 하는 말이라면 믿을 거야. 그리고 혹시…… 혹시 말이야, 그분이 나를 곁에 두고 연기를 가르쳐 주신다면, 아아, 얼마나 멋질까."

어느 날 오후, 조시는 베스와 함께 수영할 준비를 하며 이렇게 말했다. 아침에는 사람들이 낚시를 하기 때문에 수영을 할 수 없었다.

"그렇게 안달복달하지 말고 때가 오길 기다리렴. 여름이 끝나기 전에 아버지께서 기회를 만들어 주시겠다고 말씀하셨잖니. 아버지는 무슨 일이든 해결해 주시니까. 네가 여러 가지 이상한 일을 벌이는 것보다 그 편이 훨씬 나을 거야." 베스는 수영복차림에 맞추기 위해 아름다운 머리를 하얀 망에 넣으려 애쓰면서 말했다. 조시는 바다가재처럼 새빨간 수영복을 입고 있었다.

"난 기다리는 일 따위 질색이야. 그래도 기다려야 하겠지. 그분이 지금 수영하고 계시면 좋겠다. 비록 물이 빠지고 있긴 하지만 말이야. 그분이 이모부에게 바다에 들어가려면 오후밖에 안 된다고 말씀하신 모양이야. 오전 중에는 보는 사람들이 많다고. 자, 가볼까? 저기 커다란 바위에서 다이빙 하자. 저쪽에는 아기들과 보호자들밖에 없으니까 마음껏 장난치고 물을 튀겨도 괜찮아."

두 사람은 즐거운 시간을 보내러 나왔다. 자그마한 만에는 달리 수영하는 사람이 없었고, 둘은 수영의 달인이었기에 그들의 물놀이는 아기들에게 인기가 있었다.

커다란 바위 위에서 두 사람이 물방울을 뚝뚝 떨어뜨리며 쉬고 있을 때 갑자기 조시가 베스를 꽉 붙잡고 큰 소리로 외쳤다. "그분이야! 봐봐! 수영하러 나오셨나 봐. 와, 멋져! 아아, 저분이 물에 빠져서 내가 구해준다면! 아니면 게한테 손을 물린다던가. 뭐든 좋으니까 내가 가서 말을 걸 만한 상황이 생겼으면!"

"그렇게 보고 있으면 안 돼. 저분은 조용히 혼자 있고 싶어서 오신 거니까 못 본 척하렴. 그게 예의라는 거야." 베스는 하얀 돛을 달고 지나가는 요트에 시선을 빼앗긴 척하면서 말했다

"있잖아, 우리 해초를 찾는 척하면서 저쪽으로 헤엄쳐 가지 않을래? 하늘을 보고 누워서 코만 내밀고 떠 있으면 괜찮을 거야. 그리고 저분과 눈이 마주치면 당황하면서 돌아가려고 하는 거야. 그러면 그게 저분 눈에 띄어서, 내 바람을 존중해주는 기특한 아가씨들이구나 하면서 고맙다는 인사를 하려고 불러 세울지도 모르잖아." 언제나 활발한 상상력으로 극적인 장면을 연출하는 조시가 제안했다.

두 사람이 바위에서 미끄러져 내린 바로 그때 운명의 신이 드디어 조시에게 연민을 느꼈는지, 허리까지 물에 잠긴 카메론 양이 아래를 보며 거듭 손짓하는 것이 보였다. 그는 가정부를 부르는 것이었다. 가정부가 뭔가를 찾으러 해변 곳곳을 돌아다니는 듯했다. 그런데 찾고자 하는 물건을 발견할 수 없어서 소녀들에게 수건을 흔들며 도움을 청하고 있었다.

"우릴 부르고 있어! 빨리! 서둘러!" 조시는 이렇게 외치고는 기운찬 바다거북처럼 물속으로 뛰어들어, 오래도록 꿈꿔 왔던 지상 최고의 행복을 향해 가장 자신 있는 자세로 헤엄쳐갔다. 베스가 좀 더 천천히 뒤를 따랐고, 이윽고 두 사람은 숨가빠하면서도 생글생글 웃으며 카메론 양 곁에 도착했다. 카메론 양은 여전히 시선을 아래로 향한 채, 그러나 그 특유의 근사한 목소리로 말했다.

"팔찌를 떨어뜨렸어. 여기 보이는데, 건질 수가 없네. 거기, 남학생이 긴

막대기를 구해다 주면 좋겠구나. 나는 팔찌가 떠내려가지 않도록 보고 있어야 하니까 말이야."

"제가 잠수해서 가져올게요. 그런데 저는 남학생이 아니에요." 조시가 웃으며 곱슬머리를 탈탈 흔들었다. 그 머리 때문에 멀리서 봤을 때 남자아이로 보였던 것이다.

"이거 실례했구나, 미안하다. 그러면 얼른 꺼내주겠니? 조금 있으면 모래에 파묻힐 것 같아. 나한테는 너무나 소중한 팔찌거든. 지금껏 단 한 번도 손에서 뺀 적이 없었는데."

"바로 건져 올게요!" 조시는 물 밑으로 잠수했다가 이윽고 물 밖으로 나왔는데 그녀의 손에는 조약돌만 한 움큼 있을 뿐 팔찌는 없었다.

"떠내려간 모양이네. 이제 됐어. 내 실수야." 카메론 양은 아쉬운 듯 그렇게 말하면서도 실망한 소녀의 얼굴을 보며 재미있어했다. 소녀는 눈에 물이 들어간 듯 눈을 비비고는 숨을 헐떡이며 씩씩하게 말했다.

"아뇨, 밤새 물속을 헤매는 한이 있더라도 꼭 찾아내겠어요!" 조시는 크게 숨을 들이쉬고는 또다시 잠수하여, 파닥거리는 두 다리 말고는 보이지 않게 되었다.

"저런, 괜찮을까?" 카메론 양은 그렇게 말하며 베스를 바라보았는데, 어머니를 꼭 빼닮은 베스의 얼굴만으로도 그가 에이미의 딸이라는 걸 알아차렸다.

"괜찮을 거예요. 조시는 물고기처럼 수영을 잘하는걸요. 잠수가 특기랍니다." 베스는 조시의 소원이 이루어진 것을 기뻐하며 미소를 지었다.

"네가 로렌스 씨 딸이구나? 잘 지냈니? 조만간 찾아뵙겠다고 아버지께 말씀드려 주렴. 요전번에는 너무 피곤해서 실례를 범하고 말았단다. 이제 많이 괜찮아졌어. 저런, 귀여운 해녀가 올라왔네. 어떻게 되었니?" 카메론 양이 물었다.

조시는 숨이 막혀서 콜록거리기만 할 뿐이었다. 조시는 또다시 빈손으로 올라왔으나 용기는 꺾이지 않았다. 젖은 머리를 흔들어 물기를 털어내고는 밝은 얼굴로 키 큰 카메론 양을 보더니 헉헉거리면서 침착하게 말했다.

"'포기하지 마라'가 제 좌우명이에요. 리버풀까지 헤엄쳐 가서라도 반드시 찾아올게요! 자, 그럼!" 이번에는 완전히 시야에서 사라졌다. 조시는 진짜 바닷가재처럼 바다 밑바닥을 더듬었다.

"용감한 아이네! 마음에 들었어. 어느 집 아이지?" 바위에 앉아 있던 카메론 양이 어린 잠수부를 지켜보며 물었다. 팔찌는 이미 보이지 않았기 때문이다.

베스는 조시에 대해서 이야기하고는 아버지를 닮은 넉넉한 미소를 보이며 덧붙였다.

"저 애는 배우가 되고 싶어해요. 당신을 만나고 싶어서 한 달이나 애를 태웠답니다. 오늘은 저 아이에게 최고로 기쁜 날이에요."

"어머, 그래? 그런데 왜 찾아오지 않았니? 왔으면 만나 주었을 텐데. 하긴 평소에는 연극을 동경하는 아가씨들이랑 신문기자들과는 만나지 않기로 하고 있지만." 카메론 양은 웃으며 말했다.

대화는 더 이상 이어지지 못했다. 팔찌를 잡은 연갈색 손이 바다 위로 올라왔나 싶더니 곧 조시의 보랏빛 얼굴이 나타났다. 조시는 비틀거리며 베스에게 매달렸다. 반 익사상태로 괴로워하면서도 승리의 환희에 취한 채.

카메론 양은 바위 위로 조시를 끌어올려 눈을 덮고 있는 머리카락을 빗어 넘겨주고는 "브라보! 브라보!" 외치며 기력을 북돋아 주었다. 조시는 그 소리를 듣고 자신의 첫 연기가 성공했다는 것을 알았다. 조시는 이제껏 이 여배우와 만나는 장면을 자주 상상해 왔다. 기품 있고 우아하게 카메론 양의 별장에 들어가 자신의 포부를 밝히는 모습도 떠올려보았고, 어떤 옷을 입고 어떤 재치 있는 말을 하며 어떤 환상적인 연기로 깊은 인상을 심어줄지에 대해서도 생각해봤다. 그것이 이런 모습이 될 줄은, 얼굴은 시뻘게져서 모래를 뒤집어쓰고 물을 뚝뚝 흘리며 말도 제대로 못하는 채 카메론 양의 어깨에 기대 있는 모습이 될 줄은 꿈에도 생각지 못했다. 조시는 눈을 깜빡이며 숨을 몰아쉬다가 마침내 환한 미소를 지으며 자랑스럽게 외쳤다.

"가져왔어요! 아아, 다행이다!"

"자, 먼저 숨을 들이마시렴. 그러고 나서 함께 기뻐하자꾸나. 이렇게까지 수고해주다니 정말 친절하구나. 어떻게 고마움을 표시하면 되겠니?" 카메론 양은 아름다운 눈으로 조시를 보며 물었다.

"댁에 찾아가서 제 연기를 보여 드리고 싶어요. 꼭 한 번만이라도요. 그리고 제가 배우가 될 수 있을지 의견을 듣고 싶어요. 선생님 말씀대로 할 테니까요. 혹시라도 제가 배우가 될 수 있다면 저기, 지금 당장이 아니라, 음 그러니까, 학교를 졸업한 뒤의 얘기지만요. 저는 세상에서 가장 행복한 사람이될 거예요. 댁으로 찾아뵈어도 될까요?"

"좋아, 내일 11시에 오렴. 둘이서 잘 이야기해보자꾸나. 네가 할 수 있는걸 보여 주면 내 의견을 말해줄게. 아마 네 맘에 들지는 않겠지만 말이야."

"그럴 리 없어요. 혹시 제가 소질이 없다고 말씀하신다 해도 괜찮아요. 저는 어느 쪽이든 확실하게 정하고 싶어요. 어머니도 그걸 원하시고요. 선생님이 안 된다고 하시면 저는 깨끗이 포기할 거예요. 그러나 만약 인정해 주신다면 저는 끝까지 최선을 다할 거예요. 선생님처럼 말이에요."

"애야, 배우의 길은 매우 힘든 길이란다. 장미에는 가시가 많은 법이지. 너는 용기 있는 아이 같구나. 참을성도 있고. 어쩌면 해낼 수 있을지도 모르겠는걸. 내일 한번 와보렴. 와보면 알게 되겠지."

카메론 양은 팔찌를 어루만지며 다정하게 미소를 지었다. 어찌나 다정한미소였던지 성격 급한 조시는 그 자리에서 키스를 하고 싶었으나 현명하게도 꾹 참았다. 그러나 감사의 인사를 전할 때 조시의 눈은 촉촉하게 젖어 있었다.

"해수욕을 즐기시는 걸 방해하면 안 되지. 이제 물도 빠지고 있고. 자, 이쯤에서 실례하기로 하자, 조시." 분별력 있는 베스는 상대의 호의에 지나치게 기대서는 안 된다고 생각하며 이렇게 말했다.

"해변에서 달리기라도 해서 몸을 따뜻하게 하렴. 정말 고마워, 작은 인어아가씨. 아버지께 언제라도 다시 방문해 달라고 전해드리렴. 그럼 잘 가."

비극의 여왕은 손을 흔들어 두 사람을 보내 주었다. 그러나 그대로 해초로뒤덮인 왕좌에 앉아, 반짝반짝 빛나는 다리로 모래사장을 향해 뛰어가는 늘씬한 두 소녀의 모습이 보이지 않을 때까지 바라보았다. 그러고는 천천히 물속에서 발을 구르며 혼잣말을 했다. "저 아이는 얼굴 표정이 생생하고 풍부해서 연극을 하기에 더할 나위 없는걸. 눈도 나무랄 데 없고, 담력과 정신력도 있어. 저 아이라면 해낼 수 있을 거야. 재능이 있는 집안의 아이니 어디한번 지켜봐야겠어."

물론 그날 밤 조시는 한숨도 자지 못했고, 그 다음 날에도 기분이 붕 떠있었다. 로리 이모부는 그 이야기를 듣고 몹시 재미있어했으며, 에이미 이모는 조시에게 가장 잘 어울리는 흰 드레스를 찾아주었다. 베스는 가장 예술적인 모자를 빌려 주었다. 조시는 들판과 늪지를 누비며 한없는 감사의 마음을 전할 선물로 들장미, 향기로운 흰 철쭉, 고사리 풀, 그밖에도 아름다운 풀꽃들을 따서 꽃다발을 만들었다.

10시에 조시는 엄숙하게 몸단장을 끝냈다. 의자에 앉아 말끔한 장갑부터 버클 달린 구두 끝까지를 살펴보는 사이 가야 할 시간이 되었다. 드디어 자신의 운명이 결정된다고 생각하니 얼굴이 파랗게 질리고 마음이 숙연해졌다. 어린 친구들이 다들 그렇듯이 그녀 또한 자신의 삶이 한 사람에 의해 결정될 수 있다고 믿었다. 하느님의 섭리가 어떻게 실망으로 우리를 단련시키고, 뜻밖의 성공으로 우리를 기쁘게 하며, 시련을 축복으로 바꿔놓는지를 까맣게 잊고서.

"나 혼자 가겠어. 그 편이 서로 스스럼없이 말할 수 있을 테니까. 아아, 베스. 그분이 공정한 의견을 들려주실 수 있도록 기도해 줘! 그걸로 모든 게 결정되니까. 웃지 말아 주세요, 이모부! 저한테는 정말 중대한 순간이라고요. 에이미 이모. 엄마 대신 키스해 주세요. 이모가 지금 제 모습이 괜찮다고 말씀해 주시면 매우 안심이 될 거예요. 그럼 다녀오겠습니다." 이렇게 말하고 나서 될 수 있는 한 카메론 양을 흉내내어 손을 흔들면서 조시는 집을 떠났다. 겉모습은 매우 아름다웠지만 마음속은 몹시 비장했다.

틀림없이 들여보내 주리라는 걸 알고 있었기에 조시는 많은 사람들이 문전박대를 당한 대문 앞에 서서 초인종을 힘껏 눌렀다. 그러고는 시원한 응접실로 안내되어 기다리는 사이에 위대한 여배우들의 초상화를 실컷 구경했다. 조시는 이 사람들의 이야기를 거의 다 읽은 적이 있어서 그들의 고난과 성공에 대해 자세히 알고 있었기 때문에 금세 자신을 잊고 그들의 삶에 빠져들어 시든스 부인 (영국의 유명한 비극배우)의 맥베스 부인을 연기하기 시작했다. 시든스 부인의 초상화를 올려다보며 조시는 몽유병 장면에 나오는 양초 대신 자신이 들고 있는 꽃다발을 앞으로 내밀고는 이맛살을 찌푸리며 맥베스 부인의 대사를 읊었다. 정신없이 몰입하여 연기하는 조시를 조금 전부터 가만히 지켜보던 카메론 양은 갑자기 그녀가 연기한 최고의 장면 가운데 하나인 그 몽유병 장면을, 실제로 무대에서 연기했을 때와 똑같은 표정과 어조로 재현해 보이며 방안을 엄습하여 조시를 놀라게 했다.

"저는 도저히 그렇게는 할 수 없어요. 그래도 할 수 있는 데까지 해보겠습니다. 선생님께서 허락하신다면요." 조시는 연기에 몰입하여 인사하는 것도 잊고 말했다.

"자, 그럼 네가 할 수 있는 걸 해 보렴." 현명한 여배우는 단번에 핵심을 찌르며 대답했다. 뻔한 말로는 이 진지한 소녀를 만족시킬 수 없으리라는 것을 잘 알고 있었기 때문이다.

"먼저 이 꽃다발을 받아주세요. 온실에서 키운 꽃보다 들에 핀 꽃들을 더 좋아하실 거라 생각했어요. 선생님께서 베풀어 주신 호의에 어떻게 보답해야 할지 몰라 이걸 가져왔어요." 조시는 소박한 애정이 담긴 꽃다발을 내밀었다.

"참 예쁘구나. 내 방에는 마음씨 고운 요정이 문 앞에 두고 간 이런 꽃다발들이 많이 걸려 있단다. 그런데 그 요정이 누군지 알 것 같구나. 꽃다발이 아주 비슷한걸." 카메론 양은 이렇게 말하면서 손에 든 꽃과 곁에 있는 꽃다발 몇 개를 비교해 보았다.

조시는 얼굴이 빨개져서는 생긋 웃음으로써 자신이 범인이라는 사실을 자백하고 말았다. 그리고 소녀다운 동경과 순수함이 가득한 표정으로 말했다.

"어쩔 수가 없었어요. 저는 선생님을 너무나 존경하니까요. 그 정도는 크게 예의에 벗어나지 않으리라 생각했어요. 저는 댁을 방문할 수 없으니까 제가 꺾어온 들장미라도 마음에 드셨으면 했어요."

이 소녀의 태도와 작은 선물이 카메론 양의 마음을 울렸다. 카메론 양은 조시를 곁으로 오게 한 뒤 여배우 티를 벗은 표정과 목소리로 이렇게 말했다.

"꽃이 아주 마음에 드는구나. 너도 그렇고. 사실 나는 칭찬을 듣는 데 질렸어. 그렇지만 사랑이란 정말 아름다운 거야. 지금처럼 순수한 진심이 어려 있으면 말이야."

조시는 카메론 양에 대한 여러 이야기들 가운데 카메론 양이 몇 년 전에 연인을 잃었고, 그 뒤로는 예술만을 위해 살아왔다는 이야기를 떠올렸다. 이 훌륭한 분의 쓸쓸한 인생이 딱하게 느껴지자, 카메론 양에 대한 고마운 마음이 한결 강하게 얼굴에 나타났다. 이윽고 카메론 양은 과거를 잊으려는 듯 그 자신에게 걸맞은 위엄 있는 투로 말했다.

"자, 네가 할 수 있는 걸 보여주렴. 물론 줄리엣이겠지? 다들 처음엔 그걸 하니까."

실은 조시도 처음에는 줄리엣을 연기한 뒤에 비앙카나 폴린 및 그 밖에 연극에 빠진 여자아이들이 특히 열광하는 역을 차례로 해보이리라 생각했다. 그러나 조시는 영리한 아이였기 때문에 순간적으로 로리 이모부의 현명한 조언을 떠올리고 그에 따르기로 마음먹었다. 그래서 카메론 양이 기대하는 화려한 장면 대신 가련한 오필리아가 미쳐 돌아다니는 장면을 연기했다. 게다가 아주 잘했다. 발성법을 교수에게 훈련을 받고 있었던 데다 연기를 해본 적이 몇 번이나 있었기 때문이다. 물론 그녀는 너무 어렸다. 그러나 하얀 의상과 늘어진 머리카락, 가상의 묘지 위에 그녀가 흩뿌리는 실제 꽃들이 환상적인 장면을 연출했다. 조시는 아름다운 노래를 부르며 다시 없이 애절한 인사를 하고는 뒤돌아보며 칸막이용 커튼 뒤로 사라졌다. 그걸 본 시험관은 경탄하여 자신도 모르게 박수를 보냈다. 박수 소리에 힘을 얻은 조시는 이번에는 지금껏 몇 번이나 연기한 적이 있는 희극의 말괄량이 아가씨가 되어 나타났다. 그것은 유쾌하고 장난스런 이야기로 시작하여 차츰 뉘우침과 한탄의 흐느낌이 되었다가 마지막에는 용서를 비는 기도로 끝났다.

"잘한다! 하나 더 해보렴. 생각보다 잘하네." 신탁자의 영이 내려졌다.

조시는 포셔의 연설을 암송하며, 좋은 문장 하나하나에 힘을 실어 매우 능숙하게 해냈다. 그러는 동안에 조시로서는 가장 고심하고 애써온 연기를 해보이지 않고서는 견딜 수 없게 되었다. 조시는 갑자기 줄리엣의 발코니 장면을 연기하기 시작하여 독약과 무덤 장면으로 끝냈다. 그리고 스스로 생각해도 잘했다고 확신하고 박수를 기다렸다. 그러나 박수 소리 대신 새된 웃음소리가 들렸다. 몹시 실망한 조시는 카메론 양 앞에 서서 정중하게 놀라움을 표시했다.

"저는 늘 줄리엣을 매우 잘한다는 소리를 들어왔는데, 선생님은 그렇게 생각하지 않으시는 것 같군요."

"아주 서툴렀어. 당연하지. 너처럼 어린 아이가 어떻게 사랑이니 두려움이니 죽음이니 하는 것에 대해 알겠니. 아직은 그런 것들을 연기해서는 안 돼. 나중에 네가 할 수 있게 될 때까지 비극에는 손대지 않도록 하렴."

"그런데 선생님, 오필리아를 할 때는 박수를 보내주셨잖아요."

"그래, 그건 매우 아름다웠어. 오필리아는 재주 있는 아가씨라면 누구라도 효과적으로 연기할 수 있지. 그렇지만 너는 셰익스피어를 제대로 이해하기에는 아직 너무 어려. 방금 했던 희극 연기가 가장 좋았어. 그 연기에는 너의 진짜 재능이 나타나 있었어. 우습기도 하면서 애처롭기도 했지. 그게 예술이라는 거야. 그걸 잊지 말도록 하렴. 포셔의 연기도 좋았어. 그런 것을 계속해서 연습하렴. 발성 연습도 되고 섬세한 표현법을 익히는 데도 도움이 될 테니. 너는 목소리가 좋고 타고난 기품을 지니고 있어. 둘 다 많은 도움이 될 거야. 노력으로 얻기 힘든 자질이지."

"조금이라도 제게 소질이 있는 것 같아 다행이에요." 조시는 한숨을 쉬었다. 의자 위에 얌전히 앉아 있는 조시는 매우 의기소침해 있었으나 아직 용기가 꺾인 것은 아니었다. 그리고 해야 할 말은 해야 한다고 생각했다.

"내가 하는 말이 마음에 들지 않을 거라고 했잖아. 그래도 나는 진실을 말하지 않으면 안 돼. 정말로 너를 도우려면 말이야. 너 같은 사람들에게 나는 몇 번이나 같은 말을 해야 했단다. 그 사람들 대부분이 나를 미워했지. 그렇지만 내가 한 말은 틀리지 않아서, 그 사람들은 내가 권한 대로 조용히 가정을 꾸려가는 행복한 아내와 엄마가 되었어. 개중에는 계속 배우의 길을 걸어서 제법 잘 해내는 사람도 있지. 그 가운데 한 사람의 이름을 머지않아 너도 듣게 될 거야. 그 사람에게는 아름다운 외모 말고도 재능과 지칠 줄 모르는 인내심이 있어. 너는 너무 어려서 자신이 어떤 타입인지조차 알기 힘들 거야. 천재적인 자질은 아무에게나 주어지는 게 아니고, 특히 열다섯 살 무렵에는 앞으로 얼마나 훌륭한 배우가 될지 알기 힘든 법이지."

"오, 전 제가 천재라고는 생각하지 않아요!" 조시가 외쳤다. 카메론 양의 아름다운 목소리를 귀담아 듣고 표정이 풍부한 얼굴을 바라보는 동안에 조시는 차츰 평정을 되찾았다. 카메론 양의 진심어린 다정한 얼굴이 조시에게 무한한 신뢰감을 주었다. "저는 단지 앞으로도 계속 연기를 해나갈 재능이 있는지, 있다면 몇 년쯤 공부한 뒤에 사람들이 언제까지나 보고 싶어하는 좋은 연극을 한 편이라도 할 수 있을지 알고 싶었을 뿐이에요. 저는 제가 시든스 부인이나 카메론 양처럼 될 수 있으리라고는 생각지 않아요. 비록 그렇게 되고 싶은 마음은 굴뚝같지만요. 그래도 이게 아닌 다른 걸 할 때는 절대 나오지 않는 '무언가'가 제 안에 있는 것만 같아요. 연기를 하고 있으면 저는 너무 행복해요. 새로운 배역은 새로 생긴 친구처럼 느껴져요. 저는 셰익스피어를 정말 좋아해요. 그의 작품 속에 나오는 훌륭한 인물들에게는 질린 적이 없어요. 물론 그 작품들을 다 이해하는 건 아니지만요. 그건 마치 밤에 혼자서 산과 별을 바라보고 있는 것 같은 기분이에요. 저는 그 장엄하고 웅장한 광경이 날이 밝으면 어떤 모습이 될까 상상해요. 그러면 모든 게 영광스런 광휘로 가득 차지요. 전 그걸 볼 수 없지만 그 아름다움은 느낄 수 있어요. 그리고 그걸 표현하고 싶어서 견딜 수 없게 되요."

정신없이 말하는 동안 조시는 흥분한 나머지 안색은 창백해지고, 눈은 반짝거리며 입술은 떨려왔다. 조시는 넘쳐흐르는 감정을 어떻게 말로 표현해야 할지 고민하는 듯했다. 카메론 양은 그 심정을 잘 알 수 있었다. 카메론 양은 그것이 단순히 어린 소녀의 감정기복이 아닌 그 이상의 것이라 느꼈다. 그렇기에 다음 순간 입을 열었을 때 그의 목소리에는 방금 전과 달리 조시를 배려하는 말투가 서려 있었고, 얼굴에는 새로운 흥미가 떠올라 있었다. 그러나 현명한 카메론 양은 생각한 것을 모두 말하지는 않았다. 어린 아가씨들이 격려의 한 마디에 얼마나 화려한 꿈을 쌓아가는지, 그리고 그 꿈이 무너졌을 때 얼마나 고통스러워하는지 잘 알고 있었기 때문이다.

"네가 그렇게 느낀다면 나는 이렇게 말해줄 수밖에 없겠구나. 셰익스피어라는 거장을 계속해서 사랑하고 연구를 소홀히 하지 말라고 말이야." 카메론 양은 천천히 말했다. 조시는 그 말투의 변화를 눈치챘고, 이 새로운 친구가 자신을 동료로 인정한다는 사실에 가슴이 설렜다. "그것은 그 자체로 공부가 된단다. 인생은 이 거장의 비밀을 모두 가르쳐줄 만큼 길지 않아. 그래도 배우가 되려면 사전에 갖춰야 할 게 많단다. 우선 너는 인내심과 용기, 지구력을 갖고 있니? 그래서 우직하게 고통을 감내하며 기초를 닦아갈 수 있겠니? 명성이란 많은 사람들이 가지고 싶어서 바다에 뛰어들어도 아주 적은 사람밖에 얻을 수 없는 진주와 같은 거란다. 그리고 한 번 손에 넣으면 더 많이 얻으려고 애쓰다가 더욱 중요한 것을 잃게 되지."

마지막 말은 듣는 사람에게보다 자기 자신에게 하는 말처럼 들렸다. 조시는 미소를 짓고는 재빨리 대답했다.

"저는 눈에 바닷물이 잔뜩 들어갔어도 팔찌를 건져왔어요."

"그랬지! 그걸 잊지 말아야 해. 그걸 좋은 조짐으로 받아들이자꾸나."

카메론 양은 보이지 않는 선물을 받는 듯이 하얀 손을 내밀어 조시의 웃는 얼굴에 미소로 답했는데 그것은 이 소녀에게 태양처럼 느껴졌다. 그러고 나서 카메론 양은 말투를 바꾸어, 자신의 말에 조시가 어떻게 반응하는지 지켜보며 말했다.

"너는 분명 실망할 거야. 나는 너한테 여기에 와서 내 곁에서 공부하라고 하거나 지금 당장 이류 연극무대에 서라고 말하는 대신 학교로 돌아가서 공부부터 마치라고 말할 테니까. 그것이 첫걸음이란다. 연기를 하려면 많은 것을 배워야 해. 재능 하나만으로는 매우 빈약한 연기를 하게 될 뿐이야. 몸과 마음을 단련시키고, 총명하고 우아하며 아름다운 건강한 사람이 되렴. 그리고 열여덟이나 스무 살쯤 되면 트레이닝을 시작하여 자신의 능력을 시험해 보는 거야. 전쟁에는 충분히 무기를 정비하고 임하는 게 좋아. 너무 빨리 인기를 얻기 시작하면 고통이 따르는 법이지. 때로는 천재가 나타나서 크게 성공하는 경우도 있지만, 그건 매우 드문 일이야. 보통은 구르고 넘어지고 하면서 천천히, 천천히 올라가야 해. 그렇게 할 수 있겠니?"

"할 수 있어요!"

"뭐, 두고 보자꾸나. 내가 무대에서 내려왔을 때, 나를 대신하고도 남을 만큼 잘 훈련된 재능 있는 동료가 내 뒤를 잇는다는 건 즐거운 일이야. 어쩌면 네가 그 동료가 될지도 모르지. 그러나 이것만은 기억해 두렴. 아름다운 외모와 화려한 의상만으로는 배우가 될 수 없다는 것, 그리고 영리한 여자아이가 위대한 인물을 연기하려 노력하는 것은 진정한 예술이 아니라는 것을. 그건 사람의 눈을 속이는 부끄러운 짓이야. 진실과 아름다움, 시와 애수의 세계를 해석하고 감상해야 할 이 때에 가벼운 오페라나 사교계 연극 따위로 어떻게 대중을 만족시킬 수 있겠니?"

카메론 양은 이미 대화 상대는 잊어버리고 작금의 저속한 연극계에 대해 많은 교양 있는 사람들이 품고 있는 답답한 마음을 토로하며 방안을 왔다 갔다 했다.

"로리 이모부와 같은 말씀을 하시네요. 이모부와 조 이모는 실제로 있는 아름다운 일을 연극으로 만들어야 한다고 생각하세요. 모두의 마음에 와 닿는 소박한 가정의 모습을 연기해서 모두를 웃기고 울리면서 더 나은 기분으로 만들어 주어야 한다고 말이에요. 이모부께서는, 나한테는 그런 게 맞으니까 비극은 생각하지 않는 게 좋다고 말씀하세요. 그래도 저는 왕관을 쓰고 벨벳 자락을 끌면서 무대를 휩쓸고 다니는 게 더 좋아요. 평상복을 입고 평소의 나를 연기하는 건 재미없을 것 같아요. 물론 그 편이 더 쉽긴 하겠지만 말이죠."

"그렇지만 그런 것이 바로 예술이라는 거야. 너의 그 재능을 키우렴. 남을 울리거나 웃길 수 있는 건 특별한 재능이고, 사람의 마음에 감동을 주는 것은 피를 얼어붙게 하거나 상상력에 불을 지피는 것보다 더 멋진 일이란다. 이모부에게 이모부 말씀이 옳다고 말씀드리고 이모에게 너를 위해 연극 대본을 한 편 써달라고 하렴. 네가 연습을 마치면 보러 가마."

"정말이에요, 선생님? 정말로 와주실 거예요? 크리스마스에 연극을 하기로 했는데, 저도 좋은 역을 맡았어요. 중요한 역할은 아니지만 전 할 거예요. 선생님께서 와주신다면 정말 영광일 거예요."

조시는 이렇게 말하며 일어섰다. 시계를 흘끔 보고 방문이 꽤 길어졌다는 사실을 깨달았기 때문이다. 이 기념할 만한 만남을 끝내는 것은 힘들었으나 이제는 일어나야 할 때였다. 조시는 모자를 들고 카메론 양의 곁으로 다가갔다. 카메론 양이 어찌나 뚫어지게 바라보았던지 조시는 자신의 몸이 유리처럼 투명해진 것 같아 얼굴이 빨개졌다. 조시는 감사로 가득 찬, 떨리는 목소리로 말했다.

"여러 가지로 정말 감사합니다. 선생님 말씀대로 해볼게요. 어머니도 제가 마음을 잡고 공부하는 모습을 보면 기뻐하실 거예요. 이번에는 저도 온 마음을 다해 공부할 수 있을 것 같아요. 그 모든 게 제게 도움이 될 거라는 걸 알았으니까요. 이제 거창한 것을 바라기보다는 열심히 공부하며 때를 기다릴게요. 그리고 오늘에 대한 보답으로 선생님이 기뻐하실 수 있도록 노력할게요."

"그러고 보니 나도 보답한다는 걸 잊고 있었네. 자, 이걸 가지렴. 인어공주에게 잘 어울릴 거야. 네가 처음으로 바다에서 잠수한 것에 대한 기념도 될 거고. 다음에는 좀 더 멋진 보석을 찾길 바라. 그리고 입가에 바닷물이 남아 있지 않기를."

이렇게 말하면서 카메론 양은 목 주변의 레이스 장식에서 아름다운 옥색 핀을 빼내어 자랑스러워하는 조시의 가슴에 훈장처럼 달아 주었다. 그런 다음 행복해하는 작은 얼굴을 들어올려 매우 다정하게 키스해주고는 그 자신도 이미 다 알고 있는 고난과 영광이 뒤섞인 미래를 한눈에 내다보는 듯한 눈으로 생글생글 웃으며 사라져 가는 소녀를 배웅했다.

베스는 조시가 미칠 듯이 기뻐서 춤추며 뛰어오거나 아니면 실망과 낙담으로 울며 돌아오리라고 예상했다. 그런데 놀랍게도 조시의 얼굴에는 차분한 만족감과 결의에 찬 빛이 떠올라 있었다. 뿌듯함과 안도감, 그리고 새로운 책임감이 조시의 마음을 가라앉히고 격려해 주었던 것이다. 조시는 영광으로 빛날 미래에 훌륭한 배우가 되어 자신이 소녀다운 열정을 가지고 숭배하고 있는 새 친구의 동료가 될 수만 있다면 지루한 공부도, 오랜 기다림도 얼마든지 견딜 수 있을 것 같았다.

조시는 그날 일을 흥미진진하게 청중들에게 들려주었다. 다들 카메론 양이 좋은 조언을 해주었다고 생각했다. 에이미 이모는 조시가 배우가 되는 게 한참 나중 일이라는 이야기를 듣고 마음을 놓았다. 에이미는 조카딸이 배우가 되기를 원치 않았고, 그 생각이 자연스레 없어지기를 바라고 있었다.

로리 이모부는 여러 가지로 즐거운 계획을 짜거나 예언을 한 뒤 친절한 이웃에게 대단히 유쾌한 감사 카드를 썼다. 한편 모든 종류의 예술을 사랑하는 베스는 사촌의 야심만만한 꿈에 대해 진심으로 동조하면서도 어째서 조시가 자신의 비전을 대리석으로 표현하지 않고 연극으로 표현하고 싶어하는지 궁금해했다.

카메론 양과의 만남은 그것으로 끝난 게 아니었다. 카메론 양은 정말로 조시가 흥미로웠던지, 그 뒤로도 몇 차례 로렌스 가족과 잊지 못할 담소의 시간을 보냈다. 조시와 베스는 곁에 앉아서 예술을 사랑하는 사람들의 아름다운 세계에 기쁨을 느끼며 한 마디도 놓치지 않으려 귀를 기울였다.

조시는 어머니에게 장문의 편지를 썼다. 그리고 여름휴가가 끝났을 때에는 전과는 조금 달라진 모습으로 집에 돌아와 어머니를 기쁘게 했다. 이 작은 아가씨는 그렇게 싫어하던 공부를 끈기 있게 하게 되어 모두를 놀라게 하고 또 기쁘게 했다. 카메론 양의 말이 조시의 심금을 울렸던 것이다. 많은 것을 배워두면 훗날 그것들이 다 도움이 되리라 생각하니 프랑스어와 피아노 연습도 견딜 수 있게 되었고, 몸과 마음을 단련하기 위해서라고 생각하니 드레스나 예의범절, 관습 등이 모두 흥미롭게 느껴졌다. 그리고 총명하고 우아하며 아름답고 건강한 사람이 되려고 노력하는 동안 조시는 자신도 모르

는 사이에 그 어떤 무대에서도 자신의 역을 훌륭하게 연기할 수 있는 사람이
되어 가고 있었다.

제9장 토미의 약혼

9월의 어느 날 오후, 번쩍번쩍하는 자전거 두 대가 까맣게 탄 먼지투성이
남자 둘을 태우고 플럼필드 언덕길을 오르고 있었다. 오늘 드라이브는 매우
성공적인 듯했다. 그들의 다리는 조금 지쳤을지 모르지만, 높은 곳에서 아래
세상을 내려다보는 그들의 얼굴에는 만족스러운 빛이 가득했기 때문이다.
자전거를 능숙하게 타게 된다면 누구라도 그런 얼굴이 되겠지만, 그런 행복
한 지점에 이르기도 전에 남자다운 얼굴에는 몸과 마음의 고통이 그대로 드
러나게 된다.

"얼른 가서 말씀드려, 톰. 나는 여기 있을 테니까. 그럼, 이따 봐." '비둘
기 집' 앞에 이르자 훌쩍 자전거에서 내린 데미가 말했다.

"아직 아무에게도 얘기하지 마. 내가 바어 어머니께 먼저 말씀드릴 거니
까." 톰은 무거운 한숨을 짓고 자전거를 탄 채 정문으로 들어가며 말했다.
데미는 웃었다. 톰은 집 안에 조 말고 다른 사람이 없기를 간절히 기도하며
천천히 가로수 길을 올라갔다. 그는 집안을 발칵 뒤집어놓을 만한 소식을 전
할 예정이었기 때문이다.

다행스럽게도 조는 혼자 원고 교정을 보고 있었는데, 방랑자가 돌아오자
하던 일을 멈추고 기분 좋게 그를 맞았다. 조는 톰의 얼굴을 보고 무슨 일인
가 벌어졌음을 눈치챘다. 요즘 여러 사건들이 겹쳐 일어나는 바람에 조는 유
난히 눈빛이 날카로워지고 의심이 많아졌다.

"이번에는 또 무슨 일이니, 톰?" 불그레한 얼굴에 불안과 부끄러움, 기쁨
과 곤혹이 뒤섞인 기묘한 표정을 떠올리며 안락의자에 털썩 주저앉은 톰에
게 조가 물었다.

"저에게 몹시 곤란한 일이 생겼어요."

"그건 안단다. 네가 여기에 나타날 때는 몹시 곤란한 일이 생겼을 때라는
것쯤은 각오하고 있으니까. 대체 무슨 일이야? 자전거로 어느 댁 할머니를
치어서 고소라도 당했니?" 조가 재미있다는 듯 물었다.

"더 나쁜 상황이에요." 톰은 신음하듯 말했다.

"널 믿고 처방을 부탁한 환자를 독살해 버린 건 아니겠지?"

"더 나빠요."

"데미를 난처한 상황에 홀로 남겨놓고 먼저 돌아왔다거나 뭐, 그런 거야?"

"그것보다 더 심각해요."

"이제 그만하고 얼른 말해보렴. 나쁜 소식을 두고 애태우긴 싫거든."

듣는 사람을 한참 초조하게 만들어 놓고 나서, 톰은 마른하늘에 날벼락 같은 한마디를 내뱉으며 조의 반응을 보기 위해 몸을 뒤로 젖혔다.

"저, 약혼했어요!"

원고가 사방으로 흩날렸다. 조는 두 손을 꼭 잡고 당황해서 소리쳤다.

"낸이 넘어간 거라면 그 애를 용서하지 않겠어!"

"낸은 넘어오지 않아요. 다른 여자아이라고요."

그렇게 말할 때의 톰의 우스꽝스러운 얼굴을 보니 조도 그만 웃음이 터졌다. 톰의 얼굴에는 걱정과 당혹감으로 가득한 표정과 멋쩍어하면서도 기뻐하는 표정이 그대로 드러나 있었다.

"그거 잘 됐구나. 정말 잘 됐어! 상대 아가씨가 누구든 괜찮아. 그러면 곧 결혼하겠네? 자, 다 이야기해보렴." 마음이 놓인 조는 이제 무슨 이야기를 들어도 놀라지 않을 것 같았다.

"낸은 뭐라고 말할까요?" 자신의 난처한 소식이 이렇듯 시원스레 받아들여진 것에 대해 놀란 톰이 물었다.

"오랜 세월 뒤따라다니며 괴롭히던 모기를 쫓아버려서 몹시 기뻐하겠지. 낸에 대해서는 신경 쓸 필요 없어. 그래, 다른 여자애라니 누구 말이니?"

"데미에게서 아무 말 못 들으셨어요?"

"네가 퀴트노에서 웨스트 양인지 하는 아가씨를 화나게 했다는 얘기만 들었어. 그것만으로도 충분히 곤란한 일인 것 같은데?"

"그게 '곤란한 일 시리즈'의 발단이었어요. 저는 늘 운이 나쁘다고요! 그 여자애를 물에 빠뜨렸으니 저는 그 아이를 배려해야 하잖아요, 그렇잖아요? 다들 그렇게 생각하는 것 같았어요. 그래서 저는 차츰 빠져나올 수 없게 되고 말았어요. 정신을 차렸을 때는 이미 늦었더라고요. 사실 이건 데미 잘못이에요. 퀴트노에 계속 머무르면서 사진을 찍고 싶어한 건 데미니까요. 그곳은 경치가 좋은 데다 여자애들은 다들 사진에 찍히고 싶어하거든요. 이것 좀 보시겠어요? 저희, 테니스를 치지 않을 때는 이렇게 지냈어요." 톰은 주머니에서 사진들을 꺼내 그 가운데 자신이 눈에 띄게 잘 나온 사진을 두세 장 골라 늘어놓았다. 몹시 아름다운 아가씨에게 바위 위에서 양산을 받쳐 주고 있는 모습, 풀밭 위 그 아가씨 발치에서 쉬고 있는 모습, 수영복을 입고 인상적인 포즈를 취한 다른 커플 몇 쌍과 함께 베란다에 죽 늘어선 모습 등등이었다.

"이게 그 아가씨지?" 하늘하늘한 옷에 경쾌한 모자를 쓰고 화려한 신발을 신고서 손에 라켓을 쥔 아가씨를 가리키며 조가 물었다.

"도라예요! 귀엽지요?" 톰은 잠시 자신의 고난을 잊어버린 채 연인다운 열정을 담아 외쳤다.

"보기에는 참 괜찮은 아가씨구나. 디킨스의 도라(데이비드 코퍼필드에 나오는 인물. 집안일을 하지 않는 인형 같은 소녀) 같지는 않겠지? 짧은 파마머리가 그렇게 보이지만 말이야."

"전혀 안 그래요. 손재주가 아주 좋아요. 집안일도 재봉도 뭐든 다 할 줄 알아요. 정말이에요. 여자애들은 다들 도라를 좋아한다고요. 마음씨가 곱고 밝은 성격에 새처럼 노래하는 데다 춤도 잘 추고 책도 좋아해요. 어머니 책도 좋아해서 자꾸 어머니에 대해 듣고 싶어하는걸요."

"마지막 말은 나를 네 편으로 만들려고 하는 말 같은데. 우선 어떻게 된 일인지 이야기해보렴." 조는 성실하게 이야기를 들을 자세를 취했다. 조는 남자아이들의 연애 이야기에는 질린 적이 없었다.

톰은 머리를 한 바퀴 문지르고는 결연하게 이야기를 시작했다.

"우리는 전에도 만난 적이 있었는데, 그 때는 도라가 거기 있는지도 몰랐어요. 데미가 어느 친구를 만나고 싶다고 해서 같이 갔어요. 그랬는데 시원하고 좋은 곳이라서 일요일 하루를 묵었지요. 그곳에서 재미있는 친구들을 만나 다 같이 보트를 타러 갔어요. 저는 도라와 함께 탔는데, 그 짜증나는 바위에 부딪친 거예요. 도라는 수영을 할 줄 알았고 다치지도 않았어요. 그저 조금 놀란 데다 드레스가 젖었을 뿐이었죠. 도라는 화내지 않았어요. 그러고 나서 우리는 친해질 수밖에 없었다고요. 다들 웃는 가운데 보트에 올라탔어요. 물론 도라의 상태가 어떤지 보기 위해 하룻밤 더 머물러야 했고요. 데미도 더 있고 싶어했어요. 플럼필드 학교에 다니는 앨리스 히스랑 여자애들 둘쯤 더 있었어요. 그래서 우리도 거기에 더 머물게 되었던 거예요. 데미는 여전히 사진을 찍고, 우리는 춤을 추거나 테니스 토너먼트에 나갔어요. 그건 자전거타기처럼 좋은 운동이라고 생각했죠. 그런데 사실 테니스는 위험한 경기예요. 테니스 코트에서는 여자애들 뒤꽁무니를 쫓아다니는 일이 많이 벌어지거든요. 우리 남자들은 그런 식으로 '서비스'하는 걸 기쁘게 생각한다고요. 뭔지 아시죠?"

"우리 때는 테니스를 많이 치지 않았지만, 그래도 잘 알겠네." 톰 못지않게 흥미로워하며 조가 말했다.

"맹세컨대 저는 요만큼도 진심이 아니었어요." 톰은 여기가 중요한 대목이라는 듯 천천히 말을 이었다. "그런데 다른 애들이 다들 여자에게 사랑을 속삭이는 거예요. 그래서 저도 해보았지요. 도라는 그걸 좋아했고, 또 기대도 하고 있었던 것 같더라고요. 도라가 그렇게 대해 줘서 저도 기뻤어요. 그 아이는 저에게도 어느 정도 매력이 있다는 걸 인정해 주었어요. 낸은 인정하지 않았지만 말이에요. 몇 년이나 매몰찬 말들만 들어왔던 남자가 진가를 인정받았으니 당연히 기쁘기 마련이지요. 그래요, 하루 종일 귀여운 여자애가 미소 지어주고, 제가 기분 좋은 말을 해주면 얼굴을 붉히고, 만나면 좋아해주고 헤어질 때는 슬퍼해주고, 하는 행동마다 감동받고 이런 건 정말 유쾌한 일이거든요. 자신이 어엿한 남자가 된 기분이 들어서 최선의 행동을 해야겠다는 생각까지 하게 되죠. 남자란 그런 대우를 받아야 힘이 나는 법이에요. 여러 해가 지나도록 찌푸린 얼굴에 차가운 시선을 받고 바보 취급당하는 데에는 넌덜머리가 난다고요. 어린 시절부터 한 여자에게 순정을 바쳐온 대가가 이런 거라니, 이건 불공평해요. 참을 수 없어요!"

톰은 지금까지 받아온 부당한 대우를 돌이켜 보고는 차츰 열을 올리더니 급기야 불쑥 일어나 방 안을 왔다 갔다 하기 시작했다. 그러고는 머리를 흔들거리며 언제나처럼 상처받은 자의 기분을 맛보려 했으나 이상하게도 조금도 마음이 아파오지 않았다.

"맞아. 나라도 못 참을 거야. 이제 지난 일은 잊으려무나. 그리고 새로운 일들을 생각하는 거야. 네 마음이 진심이라면 말이야. 그런데 어떻게 프러포즈했니, 톰? 약혼했다고 했잖아?" 조는 더 참지 못하고 이야기의 절정 부분으로 옮겨갔다.

"아, 그건 정말 우연이었어요. 저는 그럴 생각이 아니었다고요. 그건 당나귀가 한 짓이에요. 저는 도라의 마음에 상처를 입히지 않고 그 궁지에서 빠져나올 수가 없었어요." 톰은 드디어 피할 수 없는 순간이 왔다고 생각하며 이야기를 꺼냈다.

"당나귀가 두 마리 있었다는 얘기네. 그렇지?" 어쩐지 재미있을 것 같다고 생각하며 조가 물었다.

"놀리지 마세요. 그야 웃기는 이야기처럼 들리기도 하겠지만 심각한 일이 될 수도 있었단 말이에요." 톰은 어두운 얼굴로 대답했으나, 반짝반짝 빛나는 눈을 보면 그의 사랑의 수난이 그 모험의 우스운 면까지 보이지 않게 만든 것은 아니었다는 걸 알 수 있었다.

"여자아이들은 우리의 새 자전거를 칭찬했어요. 우리도 물론 자랑하고 싶었으니까 다들 불러서 시끌벅적하게 타고 돌아다녔지요. 어느 날 제 뒤에 도라를 태우고 다들 먼 곳까지 멋진 드라이브를 나왔을 때였어요. 길 한 가운데에 얼빠진 당나귀가 있는 거예요. 비킬 줄 알았는데 비키지 않아서 제가 발로 차주었어요. 그랬더니 저도 날 차는 거예요. 그래서 당나귀와 한데 엉켜 넘어지고 말았어요. 완전 엉망진창이었죠. 저는 도라 말고는 다른 것은 생각할 수가 없었어요. 도라는 웃다 지쳐서 눈물을 흘리지, 당나귀 놈은 요란스럽게 울어대지, 저는 제정신이 아니었어요. 누구라도 길 한복판에 쓰러져 울고 있는 여자애를 본다면 눈물을 닦아주었을 거예요. 저는 도라가 뼈가 부러진 건 아닌지 걱정하며 미안하다고 말했어요. 그녀에게 '마이 달링'이라고까지 하고, 그리고 나서는 몹시 당황해서 바보 같은 짓을 여럿 저질렀지요. 그 사이에 그 아이는 차츰 차분해져서는 매우 다정한 눈빛으로 '용서해줄게, 톰. 자, 나를 일으켜주지 않을래? 자전거를 좀 더 태워줘' 하고 말했어요.

두 번이나 화낼 만한 상황에 빠뜨렸는데 그런 말을 하다니, 정말 착하지 않아요? 저는 감격한 나머지 그런 천사와 함께라면 어디까지나, 지구 끝까지라도 태우고 가겠다고 말했어요. 그리고 또 무슨 말을 한 것 같은데 지금은 잘 기억나지 않네요. 도라는 제 목에 팔을 두르고 속삭였어요. '톰, 너와 함께라면 가는 길에 사자가 있다 해도 무섭지 않아.' 사실은 '당나귀'라고 말하고 싶었을지도 모르지만, 어쨌든 그 아이는 진심이었어요. 게다가 저를 위로해줬죠. 어쩌면 그렇게 착한지. 그래서 지금 저는 두 여자 사이에서 고민하고 있는 거예요."

정말 톰다운 에피소드였다. 마침내 조는 참지 못하고 눈물이 나오도록 웃었다. 톰은 원망스러운 듯 조를 쳐다보았으나 더욱더 웃음만 부추길 뿐이어서 그도 방이 떠나가라 웃기 시작했다.

"토미 뱅스! 이런 결말은 너에게만 가능한 결말이다." 조는 한숨 고르고 나서 말했다.

"몽땅 다 엉망진창이에요. 다들 얼마나 놀려댈지! 당분간 플럼필드에서 모습을 감춰야겠어요." 톰은 신변의 위험을 감지한 듯 얼굴의 땀을 닦으며 말했다.

"그럴 필요 없어. 내가 네 편이 되어줄게. 이번 여름 최고로 재미있는 사건이니까 말이야. 그런데 결말은 어떻게 되는 거야? 정말 진지하게 사귈 생각인 거야, 아니면 여름날의 불장난에 불과한 거야? 나는 가벼운 만남엔 찬성하지 않지만, 젊은 사람들은 위험한 장난을 치다 상처받기도 하고 그러는 법이니까."

"글쎄요. 도라는 우리가 약혼했다고 생각해서 바로 가족들에게 알렸어요. 도라가 너무 진지하고 행복해 보여서 저는 아무 말도 할 수 없었어요. 그 아이는 아직 열일곱이고 지금껏 아무도 좋아한 적이 없다고 해요. 그 애 아버지께서 저희 아버지를 알고 계시고, 두 집안 다 풍족하니까 별 문제 없을 거라고 그 아이는 굳게 믿고 있어요. 저는 너무 당황해서 이렇게 말했어요. '저기, 우리는 서로에 대해 잘 모르잖아. 그런데 나를 사랑할 수 있겠어?' 그랬더니 도라가 바로 대답했어요. '아니, 난 잘 알고 있어, 톰. 너는 말이야, 밝고 친절하고 정직한 사람이야. 나는 널 사랑하지 않을 수 없는걸.' 이렇게 되면 저는 그곳에 있는 동안 계속해서 도라를 행복하게 해줄 수밖에 없잖아요? 엉클어진 실타래는 하늘에 맡기기로 하고 말이에요."

"톰다운 낙천주의네. 그래서 너도 아버님께 알려 드렸겠지?"

"네. 곧바로 세 줄 정도 편지를 써서 알려 드렸어요. 이렇게요. '아버지께. 저는 도라 웨스트와 약혼했습니다. 도라가 우리 집안에 잘 어울리기를 바랍니다. 저와는 최고로 잘 어울립니다. 아들 톰 올림' 아버지 걱정은 안 해요. 낸을 좋아하지 않았거든요. 도라라면 아주 마음에 들어 하실 거예요."

자신의 수완과 사람 보는 눈에 아주 만족한 빛을 띠며 톰이 말했다.

　"이 우스우면서도 몹시도 빠르게 진행된 약혼에 대해 데미는 뭐라고 하던? 어이없어하지는 않았니?" 당나귀와 자전거와 남자애와 여자애가 땅바닥에 나뒹구는 로맨틱하지 않은 광경을 떠올리곤 다시 웃음이 터져 나오려는 걸 참으며 조가 물었다.

　"아니요, 전혀 그러지 않았어요. 몹시 흥미로워하면서 친절히 들어 주었는걸요. 아버지처럼 말해주었죠. 약혼은 한 인간을 철들게 하는 데 매우 좋은 일이라고, 다만 제가 그녀와 제 자신에 대해 성실해야 한다고 말이에요. 데미는 솔로몬처럼 지혜로워요. 특히 운명을 함께 하고 있을 때는요." 톰은 자랑스러운 얼굴로 말했다.

　"설마 데미도……?" 또 다른 연애사건이 있나 싶어 움찔한 조는 숨을 삼켰다.

　"맞아요. 좀 들어보세요. 우리는 감쪽같이 속았던 거예요. 제가 아무것도 모른 채 이런 일을 겪게 된 것도 데미 때문이죠. 그는 프레드 월러스를 만나러 퀴트노에 간다고 했지만 실제로 만난 적은 없어요. 월러스는 우리가 그곳에 있는 동안 줄곧 요트를 타고 바다에 나가 있었는데 어떻게 만날 수 있겠어요. 앨리스가 바로 그의 진짜 목적이었던 거예요. 저를 꿔다 놓은 보릿자루로 만들고 두 사람은 카메라를 들고 돌아다녔어요. 그러니까 이 사건에는 당나귀가 세 마리 있었던 셈이에요. 그 가운데 제가 최악이라고 생각하진 않아요. 비록 웃음거리가 되는 건 감수해야 하겠지만 말이에요. 데미는 순진한 얼굴을 하고 있어서 그 애한테는 누구도 뭐라 하지 않을 거예요."

　"한여름의 광기에 사로잡힌 거네. 다음 희생자가 누가 될지는 아무도 모르는 거고. 뭐, 괜찮겠지. 데미 일은 데미 어머니에게 맡겨놓고 우리는 네가 앞으로 어떻게 할지에 대해 생각해 보자꾸나, 톰."

　"저도 잘 모르겠어요. 한꺼번에 두 여자를 사랑한다는 건 조금 난감한 일이에요. 여기에 대해 뭐라고 말씀주시겠어요?"

　"상식적인 의견밖에 없단다. 도라는 너를 사랑하고, 너에게 사랑받고 있다고 생각하고 있어. 낸은 너를 사랑하지 않아. 너도 단지 친구로서 낸을 좋아했던 거고. 톰, 이건 내 생각인데, 너는 도라를 사랑하고 있어. 아니면 사랑으로 가는 과정에 있던지. 왜냐하면 내가 오랜 세월 지켜봤는데, 너는 도

라에 대해 이야기하는 것처럼 낸에 대해 이야기한 적이 없었으니까. 남들이
반대하니까 오기가 나서 낸에게 매달리는 동안에 그 오기가 우연히 더욱 매
력적인 아가씨를 네게 데려다 준 거야. 나는 말이야, 옛 사랑은 친구로 남겨
두고 새로운 사랑을 맞이하는 게 좋으리라 생각해. 그러는 동안에 도라에 대
한 네 마음이 진심이라는 걸 알게 되면 그 아가씨와 결혼하렴."

조는 이 문제에 대해 살짝 의구심을 품고 있었을지도 모르지만 톰의 얼굴
은 조의 의견이 옳음을 증명하는 듯했다. 그의 눈은 빛나고 입가에는 미소가
걸려 있었다. 그는 먼지투성이에 까맣게 탔어도 새로운 행복으로 얼굴이 환
했다. 톰은 한동안 말없이 선 채 젊은이의 마음이 진실한 사랑에 눈떴을 때
일어나는 아름다운 기적을 이해하려 했다.

"실은 말이에요, 저는 낸을 질투하게 하려고 생각했어요. 낸은 도라를 알
고 있고, 머지않아 우리 얘기를 들을 게 틀림없으니까요. 저는 이제 마음을
짓밟히는 일에는 질렸어요. 그래서 이 이상 웃음거리가 되지 않도록 낸에게
서 떨어져주마 생각한 거예요." 톰이 천천히 말했다. 의심과 서글픔, 희망과
기쁨을 여기 이 오랜 친구에게 털어놓자 한시름 놓는 듯했다.

"그게 이렇게 쉽게, 게다가 유쾌하게 이루어져서 놀라고 있는 중이에요.
나쁜 의도가 있었던 건 아니에요. 그냥 자연스러운 흐름에 제 몸을 맡겼죠.
그리고 데미가 데이지에게 편지를 쓸 때, 제 소식도 전해달라고 했어요. 낸
도 알 수 있도록 말이에요. 그러고는 낸을 잊고 오직 도라만 사랑하게 되었
죠. 제겐 도라만 보이고 도라의 목소리만 들렸어요. 그런데 당나귀가 도라를
제 품에 안겨줬고, 그리하여 도라가 저를 사랑한다는 것을 알게 되었어요.
저는 지금도 모르겠어요. 이런 시원찮은 저를 도라가 왜 좋아하는지 말이에
요."

"진실한 남자들은 처음에는 다 그렇게 생각한단다. 너는 그 아가씨에게
어울리는 남자가 되도록 노력해야 해. 그 아가씨도 천사가 아니라 단점이 있
는 한 사람의 여자니까, 서로 양보하고 도와줘야 한단다." 조는 이 진지한
젊은이가 장난꾸러기 토미가 맞나 싶어 그를 찬찬히 뜯어보며 말했다.

"문제는 제가 처음부터 도라를 사랑한 게 아니라는 거예요. 단지 도라를
이용해 낸을 괴롭힐 생각이었죠. 그건 올바른 행동이 아니었어요. 그런데도
행복해질 수 있다니…… 제가 저지른 많은 실수가 모두 이런 결과로 이어

졌다면 전 지금쯤 천국에 있을 거예요." 톰은 행복한 미래를 생각하며 또다시 빙그레 웃었다.

"톰, 그건 잘못된 게 아니야. 너무나 아름다운 경험이 갑자기 찾아온 거지." 조는 톰이 얼마나 진지한지 알았기에 아주 성실하게 말해주었다. "네게 찾아온 경험을 현명하게 즐기고, 그 경험에 값하는 사람이 되렴. 한 여자의 사랑과 신뢰를 얻는 건 쉬운 일이 아니야. 도라가 실망하지 않도록 도라를 위해 남자다워져야 해. 이 사랑이 너희 둘에게 축복이 될 수 있도록."

"노력할게요. 저도 분명 도라를 사랑하고 있어요. 지금은 실감이 나지 않을 뿐이죠. 도라를 보여드리고 싶네요. 정말로 귀여운 아이거든요. 벌써부터 보고 싶어지는데요! 어젯밤 헤어질 때 도라는 울었어요. 저도 돌아오기 싫었고요." 낙천주의자인 토미는 태어나서 처음으로 진실한 감정과 순간적인 감상을 구별하게 된 듯했다. 톰은 낸을 떠올렸으나 낸에게서는 도라에게서 느끼는 설렘을 느껴본 적이 없었다. 그 오래된 우정은 낭만과 놀라움, 사랑과 즐거움이 뒤섞인 지금의 기쁨에 비하면 좀 심심하고 평범했다.

"이제 무거운 짐을 내려놓은 기분이에요. 그렇지만 낸이 이 일을 알면 뭐라고 할까요!" 톰은 이렇게 외치고는 킥킥 웃었다.

"뭘 알면 말이야?" 또랑또랑한 목소리에 놀라 돌아보니, 낸이 입구에 서서 조용히 두 사람을 내려다보고 있었다.

톰이 말을 빙빙 돌리며 애태우게 하지 않도록 조가 바로 대답해 주었다. 조는 낸이 이 소식을 듣고 어떤 표정을 지을지 궁금했던 것이다.

"톰과 도라 웨스트의 약혼 말이다."

"정말요?" 낸은 몹시 놀란 표정을 지었다. 조는 낸이 자신이 생각했던 것보다 더 제 소꿉친구를 좋아했던 게 아닌가 싶어 철렁했다. 그러나 낸의 다음 말을 듣고 조는 안심했고, 금세 모든 일이 좋게 풀렸다.

"내 처방을 끈기 있게 지키면 꼭 잘될 거라고 생각했어. 이야, 톰. 정말 잘됐어. 축하한다! 축하해!" 낸은 그렇게 말하고는 톰의 두 손을 꼭 잡았다.

"정말이지 우연한 일로 비롯된 거였어, 낸. 그럴 생각이 아니었는데. 나란 사람은 늘 상황을 엉망으로 만들잖아. 자세한 이야기는 바어 어머니께 들어. 난 옷을 갈아입고 와야겠다. 데미와 차를 마시러 가기로 했거든. 그럼 또 보자."

톰은 붉게 상기된 얼굴로 말을 더듬으며, 더 얘기하지 않아도 되어 다행이라는 듯이 허둥지둥 달아났다. 자리에 남겨진 여성 둘 가운데 나이가 많은 이가 적은 이에게 사건의 전말을 들려주며 돌발사건이라고 할 만한 이 신기한 연애담에 대해 다시금 웃음을 터뜨렸다. 낸은 깊은 흥미를 보였다. 낸은 도라를 알고 있었고 또 괜찮은 아가씨라 생각하고 있었기 때문이다. 도라는 톰을 칭찬하고 그의 미덕을 인정하고 있었으므로, 낸은 조만간 도라가 톰의 좋은 아내가 되리라 예언하기까지 했었다.

"물론 톰이 그리울 거예요. 그래도 저로서는 마음이 편해질 거고, 톰을 위해서도 훨씬 잘된 일이에요. 여자 뒤를 졸졸 쫓아다니는 남자는 꼴불견이라고요. 이제 톰도 아버지와 함께 사업에 힘쓰게 되겠죠. 그러면 모두가 행복해지는 거예요. 결혼선물로 도라에게 예쁜 가정용 구급상자를 보내겠어요. 그리고 도라에게 사용법을 가르쳐 주는 거죠. 톰은 안 돼요. 의사 같은 직업과는 전혀 맞지 않거든요."

처음 말을 꺼냈을 때 낸은 어쩐지 소중한 걸 잃어버린 듯 주위를 두리번거렸으나, 그 뒤에 이어지는 말을 듣고 조는 안심했다. 낸은 구급상자 이야기로 기운이 난 듯했고, 톰이 안전한 직업에 종사하게 될 거라 생각하니 그것도 크게 안심할 일이었다.

"지렁이도 밟으면 꿈틀하는구나, 낸. 네 노예는 해방되었어. 톰에게는 톰의 길을 걷게 하고 너는 네 일에 전념하면 되는 거야. 넌 의사 일이 적성에 맞으니 머지않아 반드시 그 방면에서 이름을 날리게 될 거야." 조는 만족스럽게 말했다.

"그렇게 되면 좋겠지요. 그건 그렇고 마을에 홍역이 발생했어요. 모두에게 아이가 있는 집에는 가지 않도록 말해 두는 게 좋을 것 같아요. 이제 막 학기가 시작됐는데 홍역 같은 게 유행하면 큰일이잖아요. 저는 데이지네 집에 가야겠어요. 그 아이가 톰에 대해 뭐라 할까요? 톰은 정말 재미있는 아이에요." 낸은 이번 사건을 재미있어하며 집을 나섰다. 진심으로 즐거워하는 것으로 보아 '사랑을 모르는 소녀의 마음'은 감상적인 미련 따위로 어지럽혀지지 않았음이 분명했다.

'이번에는 데미를 지켜보도록 하자. 그러나 아무 말도 하지 않으리라. 메그에게는 아이들을 다루는 그만의 방식이 있고, 또 그 방식이 썩 훌륭하니까. 그렇지만 자기 아들까지 이번 여름에 돌고 있는 유행병에 걸렸다는 걸 알면 그 펠리컨 어머니도 당황하겠지.'

조가 말한 유행병은 홍역이 아니라 좀 더 증상이 심각한 '연애'라 불리는 병이었다. 이 병은 흥겨운 겨울과 께느른한 여름이 지나고 약혼 꽃다발이 만들어질 무렵인 봄과 가을에 만연하여 젊은이들을 작은 새처럼 한 쌍이 되어 날아가게 한다. 프란츠가 가장 먼저 이 병에 걸렸고, 내트는 만성, 톰은 급성, 데미에게도 징후가 나타난 것이다. 당황스럽게도 조의 아들 테디까지 그저게 아무렇지도 않게 이런 말을 했다. "엄마, 제게도 여자친구가 있으면 좋겠어요, 형들처럼." 애지중지하는 아들이 다이너마이트를 가지고 놀고 싶다 했어도 조는 그렇게 놀라지도, 그렇게 단호하게 거부하지도 않았을 것이다.

"있잖아요, 베리 모건이 저도 여자친구를 만들어야 한다면서 우리 친구들 가운데 착한 아이를 골라주겠다고 했어요. 저는 처음에 조시에게 부탁해 보았는데, 무시하면서 웃는 거예요. 그래서 그냥 베리한테 찾아달라고 하려고요. 어머니도 연애를 하면 철이 든다고 말씀하셨잖아요. 저도 철들고 싶어요." 다른 때 같으면 웃지 않고는 못 배겼을 만큼 진지한 목소리로 테디가 설명했다.

"맙소사! 철부지 어린 아이들이 그런 걸 바라고 인생에서 가장 신성한 사랑을 놀이로 삼고 싶어 하다니, 요즘은 세상이 대체 어떻게 돌아가는 거야!" 조는 짤막하게 사물의 이치를 들려준 뒤 건전하게 야구나 하든지 아니면 완벽한 연인인 옥토와 놀든지 하라며 아들을 쫓아냈다.

이제 톰이 떨어뜨린 폭탄이 터지면 파괴력은 엄청날 것이다. 참새 한 마리로 여름은 오지 않는다지만, 한 쌍의 약혼이 두 쌍, 세 쌍의 약혼으로 늘어날 가능성이 있기 때문이다. 게다가 조가 데리고 있는 소년들은 거의 다 불만 붙이면 활활 타오를 위험한 나이 때였다. 활활 타오르기 시작해서 금세 꺼져버리는 이가 있는가 하면, 따뜻한 불꽃이 되어 평생을 밝게 불태우는 이도 있을 것이다. 이에 대해서는 오로지 지혜롭게 배우자를 선택하도록, 그리고 서로 좋은 반려자가 될 수 있도록 도와주는 수밖에 없다. 그러나 조가 소년들에게 가르쳐온 많은 것들 가운데 이 문제만큼 어려운 것도 없었다. 왜냐하면 연애는 성인군자들조차 광기로 이끄는 면이 있기 때문이다. 따라서 나이 어린 사람들이 이 감미로운 병에 걸리면 기쁨도 있는 한편, 방황과 실망,

실수 또한 겪지 않을 수 없다.

'미국에 살고 있는 한 이건 피할 수 없는 문제지. 그러니 괜한 걱정은 그만두자. 새 시대 교육의 성과로서 우리 아이들에게 어울리는 건강하고 총명한 여자아이들이 나와 주기를 기대하기로 하자. 내가 남자애 열둘을 모두 떠맡은 게 아니라서 다행이야. 만약 그랬다면 혼자서는 도저히 어찌할 바를 몰랐을 거야.' 조는 이런 생각을 하며 다시 교정 보는 일로 돌아갔다.

톰은 자신의 약혼이 플럼필드라는 작은 사회에 불러일으킨 엄청난 파장에 매우 만족했다. 데미의 말대로 모두는 마비상태에 빠져, 톰을 놀릴 기력조차 잃었다. 그 충실한 연인 톰이 자신의 우상을 버리고 본 적도 없는 여신에게로 가버리다니. 이는 순정파들에게는 충격이었고, 바람기 있는 이들에게는 경고였다. 톰이 거드름 피우는 모습으로 말할 것 같으면 실로 우스꽝스러울 정도였다. 왜냐하면 이 사건에서 가장 우스운 부분은 그 진상을 알고 있는 몇몇 친절한 사람들에 의해 묻혔고, 톰은 한 소녀를 물밑 묘지에서 구해내어, 그 용감한 행동 덕분에 그녀의 감사와 사랑을 얻어낸 것으로 알려졌기 때문이다. 바어 어머니와 집안 식구들에게 인사하기 위해 찾아온 도라도 재미있어하며 함께 비밀을 지켰다. 도라는 밝고 붙임성 있는 소녀였기에 곧 모두들 마음에 들어 했다. 도라는 생기 있고 솔직하며 너무나도 행복해 보였다. 그리고 새 사람이 된 톰을 자랑스럽게 여기는 도라의 모습은 옆에서 보기에도 아름다웠다. 톰은 이 인생의 작은 변화로 인해 완전히 달라진 듯했다. 익살스럽고 충동적인 면은 변하지 않았으나 지금은 도라가 기대하는 사람이 되려고 노력한 결과 그 안에 숨어 있던 가장 좋은 자질들이 겉으로 드러났다. 그리고 보면 톰에게는 놀랄 만큼 좋은 면이 많이 있었다. 그러나 약혼한 사람이라는 특별한 위치에 걸맞은 남자다운 위엄을 지키려고 노력하는 모습은 매우 우스꽝스러웠다. 전에는 낸에 대해 그토록 자신을 낮추고 헌신하던 그가 태도를 일변하여 지금의 귀여운 약혼자에 대해서는 어느 정도 오만한 태도를 취하게 된 것 또한 우스꽝스러웠다. 도라는 톰을 우상처럼 받들며 단점 같은 건 있다고 생각하지도 않으려 했는데, 이런 상태가 그들에게는 딱 맞아서 한때는 시들어버린 것처럼 보였던 존재가 이해와 사랑과 신뢰의 따뜻한 대기를 만나 활짝 꽃을 피운 듯했다. 톰은 이 사랑스런 소녀를 몹시 좋아했으나, 더 이상 누군가의 노예는 되지 않으리라 결심하고 마음껏 자유를 누렸다. 세상이라는 폭군이 평생 그를 놓아주지 않으리라는 것은 생각지 못한 채.

톰은 의학 공부를 포기하여 아버지를 몹시 기쁘게 했고, 더불어 사업의 길로 나아가기 위한 준비를 시작했다. 부유한 상인인 아버지는 고액의 지참금을 가진 웨스트 씨 딸과의 결혼을 환영했고 모든 편의를 봐주려 했다. 톰의 장밋빛 침실에 유일한 가시는 이번 사건에 대해 낸이 몹시 침착하다는 점, 그리고 자신의 배신에 대해 확실히 안심한 듯 보인다는 점이었다. 낸을 괴롭히고 싶은 건 아니었지만 이렇게 훌륭한 연인을 잃은 것에 대해 그녀가 적절한 유감을 표해 주었더라면 그는 만족했을 것이다. 살짝 외로워하는 기색이나 원망의 한 마디, 부러운 눈길, 이런 것들이야말로 오랜 세월에 걸친 그의 진실한 사랑에 대한 보상이 되어 주었을 텐데. 그러나 낸은 그저 어머니 같은 마음으로 톰을 바라보거나 도라의 곱슬머리를 쓰다듬어서 그를 짜증나게 했을 뿐이다.

톰이 해묵은 감정과 새로운 사랑을 원만하게 조절할 수 있게 되기까지는 시간이 꽤 걸렸다. 그러나 조와 로리의 현명한 조언 덕에 우리의 토미도 차츰 자신의 처지를 분명히 알게 되었고, 마침내 가을이 되자 플럼필드에서 그의 모습을 볼 수 없게 되었다. 톰은 도시에서 새로운 인생의 이정표를 찾았고 사업에 힘썼다. 이제는 확실히 제 옷을 입었다고 말할 수 있었다. 사업은 곧 번창하기 시작하여 톰의 아버지는 싱글벙글이었다. 톰이라는 활달한 존재 덕에 예전에는 조용하기만 했던 사무실 구석구석에 새로운 바람이 스며드는 듯했고, 그의 임기응변은 질병을 연구하거나 해부학과 씨름하는 것보다는 사람을 대하고 사무를 보는 데 더 알맞다는 게 입증되었다.

여기서 톰에 대한 일은 잠시 제쳐두고, 그의 친구들이 안고 있는 좀 더 심각한 문제로 눈길을 돌려 보자. 어쨌거나 이 유쾌하기 짝이 없는 약혼 덕에 익살꾸러기 톰도 행복한 가정을 이루고 남자로서 체면을 세웠다.

제10장 데미의 취직

"어머니, 좀 진지한 이야기를 해도 될까요?" 어느 날 밤, 그해 들어 처음으로 어머니와 둘이 앉아 벽난로 불을 쬐고 있을 때 데미가 물었다. 데이지는 2층에서 편지를 쓰고 있었고 조시는 바로 옆 작은 서재에서 공부중이었다.

"좋아. 나쁜 이야기는 아니겠지?" 메그는 어머니다운 얼굴에 기대와 염려의 표정을 떠올리며 바느질거리에서 눈을 들었다. 메그는 아들과 느긋하게 이야기 나누는 것을 좋아했다. 아들은 언제나 재미있는 이야깃거리를 가지고 있었다.

"어머니께는 반가운 이야기일 거예요." 데미는 들고 있던 신문을 내려놓고 작은 2인용 소파로 다가와 어머니 곁에 앉았다.

"자, 어서 얘기해 보렴."

"저는 어머니께서 신문기자라는 직업을 싫어하신다는 걸 알고 있습니다. 그러니 기자 일을 그만두었다고 하면 기뻐하실 테지요."

"정말 기쁘구나! 애야, 그건 너무나 불안정한 직업이니까 말이다. 게다가 오래 일해도 출세할 전망이 보이지 않잖니. 나는 네가 언제까지나 계속 일할 수 있는 안정된 직업을 갖길 바란단다. 돈도 차곡차곡 모을 수 있도록 말이야. 네가 성직자가 되었으면 했지만, 꼭 성직자가 아니더라도 정직하고 확실한 직업이라면 뭐든 괜찮아."

"철도회사는 어떠세요?"

"좋지 않아. 시끄럽고 정신없이 바쁜 곳이잖니. 거칠고 난폭한 남자들이 드나들고 말이야. 철도회사는 아니지?"

"원하시면 들어갈 수도 있어요. 그럼 가죽 도매상 경리는 마음에 드세요?"

"아니. 높은 책상에 앉아서 장부에 숫자나 기입하고 있으면 등이 빨리 굽을 거야. 게다가 한번 경리가 되면 평생 경리로 끝난다고 다들 그러잖니."

"그러면 세일즈맨은 취향에 맞으세요?"

"전혀. 교통사고의 위험이 있잖니. 게다가 끼니도 제대로 못 챙기고 여기저기 떠돌아다니다가는 죽든지 크게 병이 나든지 할 거야."

"어느 저술가의 비서 자리도 있었어요. 그런데 월급이 적은 데다 언제 그만두게 될지 몰라서……."

"그건 좀 낫네. 내가 바라는 일에 가까워. 나는 말이야, 건실한 직업을 무엇이든 다 반대하는 건 아니란다. 다만 아들이 얼마 안 되는 돈을 벌려고 어두침침한 사무실에서 아까운 청춘을 다 보내거나, 출세하기 위해 이리저리 뛰어다니지 않았으면 하는 거야. 네 취미와 재능을 살릴 수 있는 일을 하길 바란단다. 승진이 가능하고, 열심히 하다 보면 재산도 생기고 공동 경영자까지 될 수 있는 그런 일. 그러면 네가 밑에서 고생하는 시절이 쓸모없게 되지 않을 테고, 훌륭한 사람들 사이에서 인정받게 되겠지. 네가 아직 어렸을 때 나는 자주 그런 이야기를 네 아버지에게 하곤 했단다. 아버지가 살아 계셨더라면 내가 하는 말이 무슨 말인지 알려주셨을 거야. 그리고 너도 아버지 같은 사람이 될 수 있도록 도와주셨을 거야."

메그는 이렇게 말하면서 조용히 눈물을 훔쳤다. 남편에 대한 기억은 메그에게는 소중하면서도 아픈 것이었고, 아이들 교육은 메그의 온 마음과 온 삶을 다 바쳐온 신성한 일로 지금까지는 잘해왔다. 메그의 선량한 아들과 예쁜 딸들이 그것을 증명하려 하고 있었다. 데미는 어머니의 어깨를 감싸 안고, 어머니의 귀에 대고 더 없이 아름다운 음악처럼 들리는 목소리로 말했다. 아버지를 꼭 닮은 목소리로.

"어머니, 실은 저, 어머니 소원대로 그런 일을 찾아냈어요. 혹시 제가 어머니가 바라시는 그런 사람이 되지 않더라도 그건 제 잘못이 아니에요. 아예 다 말씀드릴게요. 어머니가 걱정하실까봐 일이 확실해질 때까지 아무 말씀도 드리지 않았지만 조 이모와 저는 추세를 지켜보고 있었지요. 그런데 그게 실현됐어요. 어머니는 이모 책을 출판한 타이버 씨의 출판사가 업계에서 최고라는 걸 알고 계시죠. 그는 시원시원한 성격에 친절한 데다 염치를 아는 사람이에요. 이모를 대하는 태도를 봐도 알 수 있듯이 말이에요. 그래서 저는 그곳에 취직하면 좋겠다고 생각하고 있었어요. 제가 책을 무척 좋아하잖아요. 그렇지만 책을 쓸 수는 없으니까 책을 출판하는 일을 하고 싶다고 생각했어요. 그 일을 하기 위해서는 어느 정도 문학적 감각과 비판적 사고력이 필요해요. 그리고 그 일을 하다 보면 저명한 문인들과 만날 기회도 많아서 그것 자체로 교육적인 효과가 있어요. 이모 심부름으로 그 널따랗고 멋진 방에 타이버 씨를 만나러 들어갈 때마다 저는 계속해서 그 안에 머물고 싶은 기분이 들어요. 그 방에는 책과 그림이 빼곡히 들어차 있고 유명 인사들이 드나드니까요. 타이버 씨는 신하를 접견하는 왕처럼 책상에 앉아 있답니다. 일류 작가들도 그 사람 앞에서는 고개를 못 들고 원고가 채택될지 여부를 기다린다니까요. 물론 저는 그 모든 일들과 아무 상관도 없지만 그래도 저는 그런 걸 보는 게 좋아요. 그곳 분위기는 상점의 어두운 사무실이나 시끌벅적한 방과는 전혀 달라요. 돈에 대한 애기 말고는 할 애기도 없는 그런 방에 비하면 그곳은 완전히 별세계지요. 저는 그 방에 있으면 기분이 편안해져요. 그래요, 저는 월급 많이 받고 가죽 도매상의 최고 지배인이 될 바에야 차라리 타이버 씨 사무실에서 바닥깔개의 먼지를 털든가 난롯불이라도 피우는 편이 낫다고 생각해요."

여기서 데미는 잠시 말을 멈추고 숨을 내쉬었다. 아까부터 차츰 얼굴이 밝아져가던 메그가 기쁜 듯이 소리쳤다

"내가 바라던 바로 그 일이구나! 벌써 정해진 거니? 아아, 데미! 그런 좋은 회사에 들어가서 훌륭한 분들께 가르침을 받는다면 정말 행운일 거야!"

"거의 됐을 거예요. 그렇지만 뭐든 너무 기대하면 안 되니까요. 제가 그 일에 맞지 않을지도 모르고요. 아직 시험 단계예요. 첫걸음부터 시작해서 차츰 기반을 닦아 나가야 한다고 생각해요. 타이버 씨는 매우 친절하게 대해줬어요. 다른 사람들과 형평성에 어긋나지 않는 선에서 되도록 빨리 승진할 수 있게끔 밀어주실 모양이에요. 제가 잘해나갈 수 있다면 말이에요. 다음 달 첫날 경리로 들어가서 주문서 적는 일부터 시작하기로 했어요. 그러고 나서 밖에 나가 주문을 받든지, 뭐 그 비슷한 일들을 하는 거예요. 저는 그런 일이 좋아요. 책에 관한 일이라면 뭐든 할 각오가 되어 있어요. 책 먼지를 터는 일이라도 좋아요." 미래에 대한 희망으로 기분이 좋아진 데미는 웃으며 말했다. 그는 많은 일을 해본 끝에 겨우 마음에 드는 일을 찾아냈기에 이 일에 몹시 매력을 느꼈다.

"네가 책을 좋아하는 건 할아버지께 물려받은 거야. 할아버지는 책 없이는 살 수 없는 분이었지. 정말 기쁘구나. 그런 취미는 고상한 성격을 드러내주고 평생 위안이 되고 힘이 되어주지. 존, 네가 마침내 마음을 잡고 좋은 곳에 취직했다니 엄마는 정말 기쁘고 감사할 따름이구나. 대부분의 남자아이들은 이른 나이에 사회생활을 시작하지. 나는 아이들을 그렇게 어릴 때부터 세상에 내보내는 것에는 찬성하지 않는다. 몸도 마음도 아직 가정에서 주의를 기울이며 돌봐줘야 할 때니까 말이야. 그런데 넌 이미 어른이야. 독립해서 자신의 생활을 시작해야 할 때란다. 최선을 다하렴. 그리고 아버지처럼 정직하고 사회에 도움이 되는, 행복한 사람이 되렴. 돈이 다가 아니니까."

"열심히 할게요, 어머니. 다시는 이런 좋은 기회가 없을 테니까요. 타이버 출판사는 사원을 신사로 대우해주고 성실하게 일하는 사람에게는 보수를 아끼지 않거든요. 그곳에서는 여러 일들이 합리적으로 진행되는데 그것도 제 맘에 맞아요. 지키지 못할 약속을 하거나 일 처리가 깔끔하지 않거나 권위적인 곳은 싫어요. 타이버 씨는 이렇게 말했어요. '경리 일은 기본적인 일들을 익히게 하려고 시키는 것뿐이야, 브루크 군. 곧 자네를 위해 다른 일을 찾아줌세.' 이모는 타이버 씨에게 제가 지금까지 서평을 써 왔다고 말씀해 주셨어요. 그리고 문학적 재능이 좀 있다는 것도요. 저는 이모가 말씀하시는 '셰익스피어 같은 작품'은 못 쓰더라도, 뭔가 짤막한 이야기라면 쓸 수 있을지도 몰라요. 그럴 수 없다고 해도 좋은 책을 골라 세상에 내놓는 일은 훌륭한 직업이라고 생각해요. 제가 이런 일에 함께한다는 것만으로도 만족해요."

"그렇게 생각한다니 기쁘구나. 자신의 일을 사랑한다는 건 사람을 행복하게 해주니까. 엄마는 가정교사 일이 참 싫었단다. 그런데 가족을 위해 집안일을 하는 건 매우 즐거웠지. 남을 가르치는 일보다 힘든 점도 많았지만 말이야. 이번 일은 조 이모도 기뻐해 주셨지?" 메그는 벌써부터 '타이버·브루크 출판사'라는 근사한 간판이 걸린 유명한 출판사의 모습을 머릿속에 그리며 물었다.

"너무 기뻐하셔서 어머니께 비밀을 털어놓는 건 아닐까 조마조마할 정도였어요. 제가 지금까지 여러 계획들을 세우고, 그 때마다 어머니를 실망시켜 드렸으니까 이번에야말로 확실하게 하고 싶었거든요. 오늘 밤 이모를 댁에 계시게 하려고 로브과 테디를 매수해야 했어요. 이모가 이 이야기를 해주고 싶어서 이리로 달려오려 하셨거든요. 이모는 제 미래에 대한 청사진을 그려주시고, 제 운명이 결정되는 걸 참을성 있게 기다려 주셨어요. 타이버 씨는 일을 서두르지 않는 사람이에요. 그래도 그분이 일단 마음을 정하면 안심해도 돼서, 저는 순풍에 돛을 단 기분이에요."

"아아, 데미. 정말 잘됐구나! 오늘은 나에게 최고로 좋은 날이야. 엄마는 많이 신경 썼다고 생각은 하지만, 널 너무 응석받이로 키운 건 아닌가 싶어 걱정했거든. 우리 아들이 여러 가지 재능을 타고났는데 쓸데없는 일에 시간을 낭비하고 있는 게 아닌가 생각하고 있었어. 이제 너에 대해서는 안심이야. 남은 건 데이지가 행복해지고 조시가 시답잖은 꿈을 포기해 주는 거지.

그렇게 되면 엄마는 더 바랄 게 없을 거야."

데미는 한동안 어머니가 기쁨을 만끽하게 두었다. 그리고 아직 발표할 단계가 아닌 자신의 작은 꿈을 생각하며 미소를 지었다. 잠시 시간이 흐른 뒤 여동생들에 대해 말할 때면 늘 무의식적으로 튀어나오는 아버지 같은 말투로 말했다.

"동생들 일은 제가 신경 쓸게요. 그런데 저는 요즘 할아버지 말씀이 옳다고 생각하게 되었어요. 인간은 하느님과 자연이 만들어준 모습 그대로일 수밖에 없다고요. 우리 힘으로는 그걸 크게 바꿀 수 없을 것 같아요. 기껏해야 좋은 점은 키워 주고 나쁜 점은 눌러주는 정도지요. 저는 지금까지 이곳저곳 기웃거리다 겨우 제가 있을 자리를 찾은 기분이 들어요. 데이지도 그 아이가 바라는 대로 해 주는 게 어떨까요? 여자다운, 괜찮은 소원이잖아요. 내트가 공부를 끝내고 돌아오면 저는 축하한다 말하고 그 애들에게 집을 마련해줄 생각이에요. 조시는 어머니와 제가 그 애가 가야 할 길이 '무대'인지 '가정'인지 지켜보고 정해 주기로 하죠."

"그래야겠지, 존. 그래도 나는 무심코 여러 계획들을 세워서 그게 이뤄지는 걸 보고 싶다는 생각을 하게 돼. 데이지가 내트와 헤어질 수 없는 사이라는 건 알겠어. 그래서 내트만 착실하다면 그 애들이 원하는 대로 하게 해줄 생각이야. 우리 어머니, 아버지가 나에게 그랬던 것처럼. 그런데 조시는 골칫거리가 될 거라는 걸 벌써부터 알 수 있어. 나는 예나 지금이나 연극을 매우 좋아하지만, 그렇다고 내 어린 딸이 배우가 되는 걸 용납할 순 없어. 그 애는 그쪽에 재능이 있는 모양이긴 하지만 말이야."

"누구 탓일까요?" 어머니가 젊은 날에 보여준 멋진 연기와 젊은이들의 연극에 대한 어머니의 예사롭지 않은 관심을 떠올린 데미는 웃으며 물었다.

"물론 내 죄지. 아직 말도 잘 못하는 너와 데이지를 데리고 〈숲 속의 아가들〉을 연기하고, 조시가 아기침대에 누워 있을 때부터 '마더 구스'를 노래하게 가르쳤으니. 아아! 엄마의 취향은 아이들에게 대물림되는 법이구나. 엄마는 사과의 뜻에서라도 아이들이 원하는 대로 하게 해줘야 하는 건지도 모르겠다." 마치가 사람들이 연극을 좋아한다는 엄연한 사실에는 고개를 흔들면서도 메그는 이렇게 말하며 웃었다.

"작가에 목사에 저명한 출판인까지 있는데 어째서 위대한 배우가 있으면 안 되는 거죠? 우리는 자신의 재능을 스스로 선택한 게 아니에요. 그런데 취향에 맞지 않는다고 해서 재능을 썩힐 필요는 없다고 생각해요. 조시가 좋아하는 길을 걷게 하고 그 애가 할 수 있는 데까지 해보게 하는 게 어떨까요. 그 애를 돌보는 일은 제가 할게요. 어머니도 조시가 아름다운 의상을 입고 각광받는 모습을 보는 게 싫지 않으시잖아요. 어머니, 그러지 말고 허락해주세요. 어차피 어머니의 고집 센 아이들은 제 생각대로 할 테니까요."

"잘 모르겠어. 그러나 그래야겠지. 결과는 신에게 맡기고 말이야. 뭔가 결정해야 하는데 앞날을 예측할 수 없을 때 할머니께서는 늘 그렇게 말씀하셨단다. 조시가 그쪽 일을 하며 상처받지 않는다고만 하면 나도 크게 기뻐할 거야. 그만두고 싶다는 생각이 들 땐 이미 늦어서 불만족스러운 채로 살아가게 되는 일만 없다고 한다면 말이야. 무대에 서는 재미를 포기하는 건 정말 힘드니까. 그 점에 대해서는 나도 좀 알지. 근사한 네 아버지를 만나지 않았더라면 나도 배우가 되었을지 몰라. 마치 고모할머니와 조상님들이 어떻게 생각하시든 간에 말이야."

"조시가 우리 집안에 명예를 더할 수 있게 하고, 우리 집안에 흐르는 재능이 적절한 곳에서 꽃을 피울 수 있게 해주자고요. 제가 그 애를 단속하고 어머니가 보호하면 아무리 많은 로미오들이 발코니 밑에서 달콤한 말을 속삭여도 우리 줄리엣은 무사할 거예요. 이번 크리스마스에 조 이모가 쓴 희곡의 여주인공으로서 관객들 마음을 사로잡으려 하는 노부인께서 그리 매몰차게 반대하실 줄이야. 어머니, 이건 정말 슬픈 일이에요. 저는 어머니가 배우가 되지 않은 게 참 아쉬워요. 물론 배우가 되셨다면 우리들은 지금 여기 없었을 테지만요."

데미는 지금 불을 등지고 서 있다. 모든 일이 잘 풀리거나 스스로 내린 결정에 대해 말하려 할 때 남자들이 곧잘 취하는 자세로.

메그는 아들의 진심어린 칭찬을 듣고 얼굴이 붉게 물들었다. 메그는 먼 옛날 〈마녀의 저주〉와 〈무어 소녀들의 맹세〉를 연기했을 때 들었던 박수 소리가 지금도 귓가를 기분 좋게 울리는 것을 부정할 수 없었다.

"주인공을 맡다니 내가 정말 어리석었어. 그래도 조와 로리가 내 배역을 만들어 주면서 너희들도 연극에 나올 거라고 하니 거절할 수 없었단다. 어머니의 낡은 옷을 입은 순간 난 이미 나 자신을 잊었고, 벨 소리가 들리자 지난날 다락방에서 연극을 했을 때와 똑같이 가슴이 뛰기 시작했지. 데이지가 딸 역할을 했으면 완벽했을 텐데. 너나 조시가 상대역을 하면 연극을 하는 기분이 안 들거든. 너무 실감나서 말이야."

"특히 병원 장면이 그렇지요. 어머니가 부상당한 아들을 만나는 부분 말이에요. 얼마 전 마지막 리허설에서 어머니가 저를 부둥켜안고 우셨을 때 제 얼굴이 진짜 눈물로 젖었던 거 아세요? 그 장면은 관객들을 열광시킬 거예요. 그렇지만 눈물을 닦는 것만은 잊지 말아 주세요. 안 그러면 재채기가 나올 것 같거든요." 데미는 어머니의 명연기를 떠올리고는 웃으며 말했다.

"그렇게. 그런데 네가 그런 창백한 얼굴을 하고 있는 걸 보면 가슴이 미어지는걸. 내 생전에 또다시 전쟁이 일어나는 일만은 없었으면 좋겠구나. 전쟁이 터지면 널 전장으로 내보내야 하잖니. 할아버지가 전쟁터에 가 계셨을 때와 같은 경험은 다시는 하고 싶지 않아."

"어머니, 앨리스가 데이지보다 그 역을 더 잘하리라 생각되지는 않으세요? 데이지에게는 배우의 기질이 전혀 없으니까요. 아무리 지루한 대사라도 앨리스가 하면 생기발랄해져요. 우리 연극에서 공작부인은 나무랄 데 없이 그녀에게 어울리는 배역이죠." 데미는 난롯불이 따뜻해서 얼굴이 빨개졌다는 듯이 방 안을 왔다 갔다 하기 시작했다.

"나도 그렇게 생각해. 그 애는 귀여운 아이야. 나는 그 애를 자랑스럽게 생각하고 있어. 마음에도 들고 말야. 오늘 밤엔 뭘 하고 있을까?"

"아마 열심히 그리스어 공부를 하고 있을 거예요. 밤에는 늘 그렇거든요. 가엾게도." 데미는 조그만 목소리로 덧붙이고는 책장을 응시하였으나 제목이 눈에 들어오지 않았다.

"정말로 그 애는 내가 이상적으로 생각하는 아이야. 예쁘고, 좋은 가정에서 잘 자랐고, 공부도 잘하는 데다 가정적이기까지 하잖니. 그 애는 착하고 지적인 남자에게 좋은 반려자가 되어 줄 거야. 그런 남자를 만났으면 좋겠구나."

"그러게 말이에요." 데미가 중얼거렸다.

메그는 다시 일감을 집어 들고 바느질하다 만 단추 구멍을 살피느라 아들의 얼굴을 보지 못했다. 데미는 나란히 늘어선 시인들의 행렬에 빛나는 미소를 보내고 있었다. 그들은 비록 책장 유리 안에 갇혀 있지만, 데미에게 비쳐

오는 위대한 열정의 장밋빛 서광을 익히 잘 알고 있어서, 그를 위해 기뻐하는 듯했다. 그러나 데미는 현명한 젊은이였기에 끝까지 섣부른 행동은 하지 않았다. 그는 아직 자신의 마음조차 잘 알지 못했다. 고이 접혀 있던 감정의 날갯짓을 이제 막 느끼기 시작한 그는, 자신의 감정이 허물을 벗고 햇빛 속으로 날아올라 사랑스런 제 짝을 찾아다닐 시기가 될 때까지 기다리는 것으로 만족하고 있었다. 데미는 아무 말도 하지 않았다. 그러나 그의 갈색 눈에는 감정이 드러나 있었고, 앨리스 히스와 그가 함께 공연하는 작은 연극들에는 그들이 깨닫지 못하는 복선이 깔려 있었다. 앨리스는 공부하느라 바빴다. 앨리스는 최고의 영예를 안고 졸업할 예정이었다. 데미도 사회라는 커다란 학교에서 마찬가지로 노력하고 있었다. 그는 그녀에게 바칠 게 자기 자신 말고는 아무것도 없었다. 겸손한 그는 그것이 너무나 초라한 선물이라 생각했고, 빨리 스스로 생활을 꾸려갈 수 있게 되어, 한 여성을 행복하게 해줄 권리를 얻어야 한다고 생각했다.

데미가 사랑의 열병에 걸린 걸 눈치챈 사람은 통찰력이 뛰어난 조시 말고는 아무도 없었다. 조시는 오빠에 대해 건전한 두려움을 품고 있어서 너무 깊이 파고 들어가면 오빠가 무서운 얼굴을 할지도 모른다고 생각했다. 그녀는 현명하게도 새끼고양이처럼 오빠를 지그시 지켜보기만 했다. 오빠가 조금이라도 빈틈을 보이면 달려들 태세를 갖춘 채. 데미는 요즘 밤이 되면 자기 방에 틀어박혀 몹시 구슬프게 플루트를 불었다. 그 선율은 마음을 털어놓는 아름다운 벗이 되어, 데미의 마음속에 가득한 희망과 두려움을 노래해 주었다. 메그는 집안일에 매달려 있었고, 데이지는 내트의 바이올린 말고는 어떤 음악에도 관심이 없었기에 이런 실내악에는 전혀 주의를 기울이지 않았다. 그러나 조시는 킥킥대며 "딕 스위블러 씨가 소피 워클스 양(찰스 디킨스의 소설 《골동품 상점》에 나오는 인물)을 그리워하네" 하고 중얼거리곤 했다. 그녀는 그녀의 말괄량이 같은 행동을 나무라는 데이지를 편들어 그녀를 괴롭히곤 하는 오빠에게 복수할 기회를 노리고 있었다.

그날 밤, 그녀는 그 기회를 얻어 마음껏 활용했다. 메그는 바느질을 끝냈으나 데미는 여전히 방안을 왔다 갔다 하고 있었다. 그때 옆방에서 '탁' 하고 책 덮는 소리가 들리더니 큰 하품 소리를 내며 조시가 나타났다. 잠을 잘지 아니면 장난을 칠지 고민하는 얼굴로.

"내 이름이 들렸는데, 혹시 내 흉을 보고 있었던 거 아니야?" 조시는 안락의자 팔걸이에 앉으며 추궁했다.

어머니가 데미의 취직 소식을 전하자 조시는 기뻐하며 축하의 말을 건넸다. 데미는 빙긋 웃으며 축하를 받았다. 그 얼굴을 보자 조시는 너무 좋은 일이 겹치는 것도 그를 위해 좋지 않다고 생각하여, 그의 장미 침대에 가시를 하나 놓아 주리라 결심했다.

"있잖아, 지금 막 우리 연극에 대해 좋은 생각이 났어. 내 역할을 돋보이게 하기 위해서 그 속에 노래를 하나 넣어보려 해. 이런 건 어떨까?" 그러고는 피아노 앞에 앉아 〈사랑하는 캐슬린〉의 멜로디에 맞추어 다음 노랫말을 부르기 시작했다.

더 없이 사랑스러운 소녀여
어떻게 전하랴 내 사랑을
그대에게 바칠 이 목숨 생각할 때
가슴에 차오르는 이 그리움을

조시는 그 이상 노래를 할 수 없었다. 화가 난 데미가 얼굴이 시뻘게져서 달려들었기 때문이다. 다음 순간 조시는 탁자와 의자 사이로 잽싸게 몸을 피해가며 미래의 타이버 출판사 공동경영자에게 쫓겨다녔다.

"이 참견쟁이가! 왜 남이 쓴 걸 멋대로 만지는 거야! ?" 약 올리듯 작은 종이쪽지를 팔랑거리며 뛰어다니는 민첩한 소녀를 잡으려다 놓치며 분노한 시인이 외쳤다.

"그런 거 아니야. 커다란 사전 속에 끼어 있었다고. 그런 데에 넣어 둔 게 잘못이지. 아까 그 노래 좋았지? 가사 멋지네."

"쪽지를 돌려주지 않으면 뜨거운 맛을 보여주겠어."

"잡을 수 있으면 잡아 봐." 조시는 이렇게 말하면서 공부방으로 들어가 버렸다. 메그의 목소리가 들렸기 때문이다.

"애들아, 싸우지 마라!"

데미가 따라 들어가 보니 종이쪽지는 이미 난롯불에 던져진 뒤였다. 싸움의 원흉이 사라졌음을 알고, 데미는 곧바로 평정을 되찾았다.

"타버려서 다행이다. 저건 아무래도 상관없어. 어느 여자아이를 위해 노 랫말을 써 준 것뿐이니까. 그렇지만 내가 쓴 것에 손대지 말기를 부탁한다. 안 그러면 오늘 밤 어머니에게 네가 연극을 할 수 있게 해달라고 말씀드린 걸 취소할 수밖에 없으니까."

이 무시무시한 협박을 듣고 조시는 금세 다소곳해져서 온갖 감언이설로 그 가 어머니께 한 말을 알아내려 하였다. 데미는 악을 선으로 갚는 마음으로 이 야기해 주었고 이 교묘한 외교술 덕에 그는 그 자리에서 바로 동지를 얻었다.

"와아, 고마워! 앞으로 밤낮으로 달콤한 속삭임을 되풀이해도 놀리지 않 을게. 오빠가 내 편이 되어주면 나도 오빠 편이 되어서 한 마디도 하지 않을 거야. 봐봐! 이거 앨리스가 준 편지야. 평화의 선물로서 기분 푸는 데 딱 좋지 않아?"

조시가 고깔모자 모양으로 접은 종이쪽지를 내밀자, 데미의 눈이 빛났다. 그러나 쪽지에 적힌 내용은 대충 짐작이 갔기에 그는 선수를 쳐서 무관심한 듯 이렇게 말해 조시를 당황시켰다.

"별것 아니야. 그 애가 내일 밤 우리와 함께 음악회에 갈지 여부를 알리는 쪽지일걸! 원한다면 네가 읽어줘도 괜찮아."

조시는 여자 아이 특유의 청개구리 심보가 발동하여 읽어도 좋다는 애기 를 듣자마자 호기심을 잃고 얌전히 종이쪽지를 데미에게 건넸다. 그러나 데 미는 조용히 쪽지에 적힌 두 줄을 읽고 나서 쪽지를 불 속에 던져 넣었다.

"이거 놀라운걸. '더 없이 사랑스러운 소녀'의 손이 닿은 것이라면 종이쪼 가리라도 소중하게 모셔 둘 줄 알았어. 그 애를 좋아하는 거 아니야?"

"아주 좋아하지. 누구라도 좋아할걸. 그렇지만 네가 말한 '달콤한 속삭임' 은 내 성격에 맞지 않아. 넌 말이야, 연극을 좋아해서 너무 낭만적이 되어버 렸어. 나와 앨리스가 연인 연기를 할 때가 더러 있으니까 현실에서도 연인 사이라고 생각하는 거지. 그건 어리석은 생각이야. 시시한 일에 시간 낭비 하지 말길 바란다. 너는 네 일만 생각하고 나는 그냥 내버려 둬. 오늘은 용 서해 줄 테니 다시는 이런 짓 하지 마. 악취미라고. 비극의 여왕은 지나친 장난을 치지 않는단다."

마지막 말이 조시를 조용히 있게 해 주었다. 그녀는 순순히 사과하고 침대 로 들어갔다. 데미도 방으로 들어가며 이제 더 이상은 호기심 많은 여동생에게 시달리지 않아도 되리라 여겼다. 그러나 그의 흐느끼는 듯한 플루트 소리에 귀 기울이는 동생의 얼굴을 봤다면 그렇게 생각하지 않았으리라. 왜냐하면 그때 그녀는 까치처럼 아니꼬운 얼굴을 하고 코웃음을 치며 이렇게 말했던 것이다. "풋, 날 속아 넘겼다 생각하겠지? 나는 딕이 소피 워클스 양을 위해 세레나데를 연주한다는 걸 알고 있다고."

제11장 에밀의 추수 감사절

브랜더 호는 순풍에 돛을 올리고 질주해갔다. 갑판 위에서는 너도나도 크게 들떠 떠들어댔다. 긴 항해의 끝이 다가오고 있었다.

"앞으로 4주 남았네요, 그러면 하디 부인, 4주 후에는 이제껏 드셔 보지 못한 차를 만들어 드리지요." 이등항해사인 에밀 호프만이 갑판 한편에 앉아 있는 두 여성 곁에서 걸음을 멈추고 말했다.

"그것 참 반가운 말이네요. 그렇지만 더 반가운 일은 곧 단단한 땅에 발을 디딜 수 있다는 거예요." 두 여인 가운데 나이 많은 쪽이 생긋 웃으며 말했다. 두 사람은 우리의 친구 에밀을 몹시 마음에 들어 했다. 그도 그럴 것이 에밀은 이 배의 유일한 승객인 하디 선장의 부인과 따님에게 성심성의껏 봉사해온 것이다.

"저도 그래요. 배에서 내리면 다 해진 신발을 신어야 할지도 모르지만요. 얼마나 갑판을 돌아다녔던지, 얼른 도착하지 않으면 맨발로 다녀야 할 지경이에요." 딸인 메리는 웃으며 말한 뒤, 볼품없어진 작은 구두를 둘에게 보여주었다. 그녀는 갑판 위를 함께 걷는 산책 친구를 올려다보며, 에밀 덕분에 자신들이 얼마나 즐겁게 지냈는지를 떠올렸다.

"중국에는 작은 구두가 없을지도 모르겠습니다." 에밀은 뱃사람답게 시원시원하고 정중하게 대답하며, 뭍에 닿으면 당장 고급 구두부터 찾으리라 남몰래 결심했다.

"호프만 씨가 날마다 산책을 시켜주지 않았더라면 너는 운동부족이 될 뻔했어. 이런 느긋한 생활은 젊은이에겐 독이라니까. 나처럼 나이 많은 사람한테는 날씨만 좋다면 다 괜찮지만 말이야. 앞으로 폭풍이 오진 않겠지?" 태양이 붉게 가라앉는 서쪽 하늘을 걱정스러운 듯 바라보며 하디 부인이 물었다.

"산들바람입니다, 부인. 우리 배가 기분 좋게 나아가는 데 딱 좋을 정도에요." 에밀은 사방을 살피며 대답했다.

"노래를 불러주지 않으시겠어요? 호프만 씨. 이럴 때는 음악이 참 좋은 법이에요. 육지에 오르면 당분간 음악을 즐길 수 없을 테지요." 메리는 상어조차도 거절하지 못할 만큼 간절하게 말했다. 상어가 노래를 할 수 있다면 말이다.

에밀은 이번 항해 동안 자신의 유일한 취미가 고마웠던 적이 가끔 있었다. 노래는 하루를 지낼 기운을 나게 해주었고, 날씨만 좋으면 행복한 저녁 시간을 보낼 수 있게 해주었으니 말이다. 그래서 지금도 그는 기꺼이 목청을 가다듬었다. 그러고는 소녀 옆에 있는 난간에 기대 바람에 날리는 소녀의 갈색 머리칼을 바라보며 그녀가 좋아하는 노래를 부르기 시작했다.

> 바람아, 불어라 세차게 불어라.
> 하얀 돛을 한껏 부풀리고
> 밀려오는 파도를 가르며
> 폭풍우를 헤치고
> 우리는 나아가리,
> 뱃사람의 삶은 얼마나 멋진가!
> 얼마나 자유롭고 얼마나 용감한가!
> 우리 집은 드넓은 바다
> 산호가 자는 곳이 우리의 무덤.

투명하고 남자다운 목소리로 부르는 마지막 한 소절이 잦아드는 순간 하디 부인이 갑자기 소리쳤다.

"저건 뭐죠?"

에밀이 얼른 그쪽을 보니 연기가 날 리 없는 해치에서 한 줄기 연기가 피어오르는 게 보였다. '불!'이라는 단어가 뇌리를 스치면서 한순간 심장이 멎는 듯했다. 그는 곧바로 평정을 찾고 조용히 이렇게 말하며 자리를 떴다.

"저곳에서는 담배를 피우면 안 되는데……. 가서 못 피우게 하겠습니다." 그러나 여인들이 볼 수 없는 곳에 이르자 그는 얼굴색이 바뀌었다. 날 듯이 해치를 뛰어내려가며 그는 묘한 미소를 머금고 생각했다. '만약 정말 불이

난 거라면 산호가 자는 곳이 내 무덤이 되는 건가.'

그의 모습은 몇 분 동안 보이지 않았다. 잠시 뒤 연기 때문에 반 질식 상태가 되어 다시 올라온 그는 구릿빛 얼굴이 창백하게 변했으나 매우 침착하게 선장에게 보고하러 갔다.

"화물창에 불이 났습니다, 선장님."

"여자들이 놀라지 않게 해라." 긴박한 상황을 맞은 하디 선장의 첫 명령이었다. 두 사람은 불길이 얼마나 강한지 알아보고 가능하면 진화해 보려고 행동을 서둘렀다.

브랜더 호의 짐들은 가연성이 매우 강한 물건들이었다. 화물창에 물을 뿌릴 수는 있었지만, 이미 배의 슬픈 운명은 확실해졌다. 연기가 판자 틈 곳곳에서 피어올랐다. 갈수록 세게 불어오는 바람이 연기를 더욱 크게 일으켰다. 이제는 누구의 눈도 피할 수 없게 불길이 여기저기서 치솟아, 심각한 일이 벌어졌다는 사실을 모두에게 알리고 있었다. 명령이 떨어지면 바로 배를 떠날 수 있도록 준비하라는 말을 들은 하디 부인과 메리는 다부지게 충격을 견뎌냈다. 구명보트가 재빠르게 내려졌고, 선원들은 불길이 뚫고 들어올 만한 곳에 나무판자를 덧대느라 정신이 없었다. 가엾은 브랜더 호는 눈 깜짝할 새에 바다에 뜬 용광로가 되었다. "보트에 타라!" 모두에게 명령이 떨어졌다. 물론 여성들이 가장 먼저였다. 화물선인 관계로 승객이 없었다. 덕분에 아비규환의 공황상태가 되지 않은 게 천만다행이었다. 한 척, 두 척 보트는 차례로 바다로 떠밀어졌다. 두 여성을 태운 보트는 브랜더 호 곁을 떠나지 못하고 있었다. 용감한 선장이 가장 마지막에 배를 탈출할 터였기 때문이다.

에밀은 끝까지 선장 곁을 지켰으나 명령이 떨어져 어쩔 수 없이 그에 따랐다. 결과적으로는 잘된 일이었다. 그가 보트로 옮겨 탄 순간, 배 중심부에서 활활 타오르던 불길에 송두리째 뽑힌 돛대가 무너져 내린 것이다. 하디 선장은 쓰러지는 돛대에 맞아 바다로 떨어지고 말았다. 보트가 얼른 가까이로 다가갔다. 에밀은 풍덩 바다로 뛰어들어 부상을 입고 의식을 잃은 선장을 구해냈다. 이 사고에 의해 선장대리로서 지휘권을 얻게 된 에밀은 선원들에게 한시라도 빨리 이곳을 벗어나도록 명령을 내렸다. 배가 언제 폭발할지 몰랐기 때문이다.

다른 보트들은 위험에서 벗어났다. 그리고 모두 그 부근에 머무르며 넓은 바다 한가운데에서 홀로 타오르는 브랜더 호의 장엄하고 아름다운, 그러나 무시무시한 모습을 지켜보았다. 밤하늘은 붉게 물들었고, 수면에는 새빨간 불덩이가 떨어져 내렸다. 보트에 탄 사람들은 운명이 다한 브랜더 호가 서서히 바다 밑 무덤으로 가라앉는 모습을 눈에 담으려, 파랗게 질린 얼굴을 그리로 돌리고 있었다. 그러나 아무도 그 마지막을 볼 수 없었다. 그들은 곧 강풍에 쓸려갔고, 마침내 뿔뿔이 흩어지고 말았다. 그리고 그 가운데에는 영원히 만날 수 없게 된 이도 있었다.

우리가 그 운명을 쫓아야 하는 보트는 새벽이 되자 단 한 척이 되어, 살아남은 이들에게 그들이 얼마나 큰 위험에 놓여 있는지를 알려주었다. 물과 식량 및 그 밖의 물품들을 시간이 허락하는 한 되도록 많이 옮겨놓긴 했으나 중상을 입은 선장과 두 여인, 그리고 선원 일곱을 감당하기엔 보급품이 오래 버텨줄 것 같지 않았기에 구조가 절실했다. 밤새 불어댄 거센 바람 때문에 항로를 벗어났지만, 그들은 모두 다른 배를 만나는 것에 한 가닥 희망을 걸고 있었다. 그 희망에 매달려 모두들 가만히 수평선을 바라보았다. 그리고 이제 곧 구조될 것이라고 서로를 격려하며 긴긴 시간을 보내고 있었다.

이등항해사 에밀 호프만은 생각지도 못한 무거운 책임을 짊어지게 되었으나 실로 용감하고 듬직하게 행동했다. 선장의 상태는 절망적이었고, 그 모습을 지켜보는 가엾은 하디 부인의 비탄은 에밀의 가슴을 미어지게 했다. 그러나 에밀이 자신들을 구할 것이라 맹목적으로 믿고 있는 소녀를 보면, 그는 조금이라도 걱정하는 기색을 보여서 그 믿음을 흔들리게 해서는 안 된다고 생각했다. 지금은 선원들이 제자리를 잘 지키고 있지만 만에 하나, 기아와 절망이 그들을 흉포하게 만드는 일이 생긴다면 그의 책무가 중요해질지도 모른다. 그래서 에밀은 용기를 내어 남자다운 모습을 유지하며 기운찬 목소리로 반드시 구조될 것이라 말했다. 그리하여 다들 본능적으로 그를 지도자로 우러러보며 의지하게 되었다. 첫날에는 낮에도 밤에도 생각보다 평온하게 지냈으나, 사흘째가 되자 어두운 기운이 돌기 시작했고, 희망도 사그라지는 듯이 보였다. 부상당한 선장은 의식이 혼미했고, 하디 부인은 걱정과 불안 때문에 탈진해 있었다. 그들의 딸은 먹을 것이 모자라 눈에 띄게 쇠약해졌다. 어머니를 위해 자신의 비스킷의 절반을 따로 떼어 놓고, 제가 먹을 물도 아버지의 열 오른 입술을 적시는 데 썼기 때문이다. 선원들은 배 젓는 것도 그만두고 뚱하니 앉아 있었다. 자신들의 충고를 따르지 않는다며 노골적으로 지도자를 비난하는 사람이 있는가 하면, 먹을 것을 더 내놓으라며 다그치는 사람도 있었다. 지금까지 감춰져 있던 동물적 본능이 굶주림과 고통 때문에 표면으로 올라옴에 따라 모두 위험할 만큼 신경을 곤두세우게 되었다. 에밀은 최선을 다했으나 그도 인간인지라 이제는 무력했다. 비 한 방울 내려주지 않는 무자비한 하늘과 배 한 척 나타나지 않는 망망한 바다를 초췌한 눈으로 쫓을 뿐이었다. 아침부터 밤까지 에밀은 계속해서 모두를 위로하고 힘을 주었으나 그 자신은 굶주림에 허덕이고, 목은 바싹 말랐으며 두려움이 무겁게 마음을 짓누르고 있었다. 그는 선원들에게 여성분들을 위해서 참아 달라 간청하며, 잃어버린 항로를 되찾을 힘이 있는 동안에 그가 항로를 짐작할 수 있는 곳까지 배를 저어준다면 포상을 내리겠다고 약속했다. 그는 선장을 위해 범포로 해 가리개를 만들고 아들처럼 간호했으며, 하디 부인을 위로했다. 파리해진 소녀에게는 현실을 잊게 하기 위해 아는 노래를 죄다 불러주고 바다와 대륙에서의 모험담을 들려주었다. 그 이야기들은 모두 행복한 결말로 끝났으므로 소녀도 마지막에는 미소를 떠올리며 기운을 되찾았다.

나흘째가 되었다. 식량과 물은 거의 바닥이 났다. 에밀은 그것을 병자와 여인들을 위해 남겨두자 말했으나 선원 가운데 두 사람은 이를 거부하며 자기 몫을 요구했다. 에밀은 자기 몫을 챙기지 않음으로써 본보기를 보였고, 마음씨 착한 두세 사람이 그에 따랐다. 다른 사람들도 부끄러워하며 그들과 함께했다. 그 다음날 내내 고난과 불안에 찬 작은 세계는 불안한 평화에 휩싸여 있었다. 그런데 그날 밤, 지칠 대로 지친 에밀이 가장 믿는 선원에게 보초를 부탁하고 눈을 붙인 한 시간 사이에 그 두 사람이 마지막 남은 빵과 물, 브랜디를 훔쳤다. 그 브랜디는 모두의 기력이 떨어지지 않도록 하고 또 염분을 보충할 수 있도록 하기 위해 소중하게 비축해둔 것이었다. 목이 너무 마른 나머지 반미치광이 상태가 된 두 사람은 벌컥벌컥 브랜디를 마셨다. 아침이 되자 한 사람은 혼수상태가 되어 영원히 깨어나지 못했다. 또 한 사람은 이 강력한 흥분제 때문에 정신착란 상태에 빠져 날뛰기 시작했다. 에밀이 진정시키려 하자 그는 갑자기 바다로 뛰어들어 사라지고 말았다. 이 광경을 보고 바싹 움츠러든 다른 사람들은 그 뒤로 매우 고요해졌고, 보트는 고뇌에 젖은 영혼과 몸을 실은 채 정처 없이 떠다녔다.

그러는 동안에 한결 그들을 절망에 빠지게 하는 시련이 찾아왔다. 저 멀리 배의 돛이 보여 그들은 잠시 미칠 듯 기뻐했으나 그 배가 곧바로 지나쳐 가 버리는 바람에 그들을 절망의 구렁텅이로 빠뜨린 것이다. 그 배는 너무나도 멀리 있어서 흔들리는 깃발이 보이지 않았고, 살려달라는 아우성도 들리지 않았다. 에밀의 마음은 무겁게 가라앉았다. 선장은 다 죽어가고 있었고, 부인과 소녀도 길게 버텨주지 못할 것 같았다. 그는 낮 동안은 그런대로 평정을 지켰다. 그러나 밤이 되어 캄캄한 어둠 속에서 병자의 가냘픈 중얼거림, 가엾은 부인의 나지막한 기도 소리, 끊임없이 부딪치는 거센 파도 소리를 들으면 에밀은 맥없이 주저앉아 얼굴을 감싸쥔 채 말없이 고문의 한 시간을 보냈는데, 이는 그를 몇 년이나 더 늙어 보이게 했다. 그를 두렵게 하는 것은 육체적 고통이 아니었다. 그것은 그들에게 닥친 잔인한 운명을 깨뜨릴 수 없는 무력함이었다. 그는 선원들에 대해서는 그다지 신경 쓰이지 않았다. 이런 위험은 그들이 선택한 삶의 일부에 지나지 않았기 때문이다. 그러나 그가 경애하는 선장과 자신에게 그렇게나 다정하게 대해준 선량한 부인, 그리고 긴 항해 동안 모두에게 힘이 되어준 사랑스러운 소녀에 대해서는 몹시 마음이 쓰였다. 만약 죄 없는 사람들을 잔혹한 죽음으로부터 구해낼 수만 있다면 자신은 기꺼이 그들을 대신하여 목숨을 내던질 수 있으리라고 에밀은 생각했다.

에밀은 인생 최초의 고난에 짓눌려 두 손으로 얼굴을 가린 채 가만히 앉아 있었다. 위에는 별 하나 없는 막막한 하늘, 아래에는 끊임없이 몸부림치는 바다, 그리고 주위에는 고통에 괴로워하는 사람들이 있는데, 구원의 손길은 어디에서도 뻗쳐 오지 않는다. 그때 정적을 깨고 아름다운 소리가 들려왔다. 에밀은 꿈꾸듯 귀를 기울였다. 그것은 메리가 어머니를 위해 노래를 불러주는 소리였다. 오랜 심신의 고통에 기진맥진한 어머니는 딸의 품에서 흐느껴 울고 있었다. 바싹 마른 입술에서 나오는 그 소리는 매우 가냘프게 끊어졌다 이어지곤 했다. 그러나 메리의 선한 마음은 절망의 순간에 본능적으로 위대한 구원자에게로 향했고, 신은 그 가냘픈 외침을 들었다. 그것은 플럼필드에서 자주 부르던 아름다운 찬송가였다. 노래를 듣는 동안 즐거웠던 옛 시절이 생생히 되살아났다. 에밀은 어느덧 괴로운 현실을 잊었다. 그의 마음은 다시 그리운 고향으로 돌아가 있었다. 옥상에서 조와 이야기하던 게 바로 어제 일처럼 느껴졌다. 그는 자책감에 사로잡힌 채 생각했다.

'붉은색 실을 기억하고 끝까지 책임을 다해야 해! 키를 똑바로 잡자. 항구에 닿을 수 없다면 돛을 활짝 펴고 바다 밑으로 가라앉는 거야.'

부드러운 노랫소리가 지친 부인을 재우려 나직하게, 나직하게 흐르는 동안, 에밀은 꿈속의 플럼필드에서 잠시 현실의 무거운 짐을 잊었다. 모두의 얼굴이 보이고 모두의 익숙한 목소리가 들렸다. 그리고 환영의 악수를 건네는 손길이 느껴졌다. 그는 자신에게 들려주려는 듯했다. "좋아, 이대로 모두와 만날 수 없다 해도 나는 그들을 부끄럽게 하지 않겠어."

갑작스런 외침에 에밀은 짧은 꿈에서 깨어났다. 이마에 떨어진 물방울 하나. 기다리던 비가 마침내 모두를 구하러 찾아왔다. 목마름은 굶주림보다, 더위보다, 추위보다 더 견디기 힘들었다. 기쁨의 함성을 지르면서 그들은 메마른 입술을 위로 향하거나, 두 손을 내밀거나, 굵은 빗방울을 받으려 옷을 펼쳤다. 빗방울은 곧 큰 비가 되어 내려 병자의 열을 식히고 갈증을 달랬으며 배 안의 지친 몸들에게 희망을 불어넣어 주었다. 비는 밤새 내렸다. 난파당한 사람들은 밤새 구원의 빗물을 마셔대며 소란을 피웠다. 그리고 말라비틀어진 식물이 이슬에 젖어 다시 살아나듯 그들은 기운을 되찾았다. 구름은 새벽녘에 사라졌다. 구원을 요청하는 외침에 답하여 비를 내려주신 신께 말 없는 감사를 바친 밤이 지나자, 에밀은 이상할 만큼 몸이 가뿐해지고 건강해져서 벌떡 일어났다. 그런데 그뿐이 아니었다. 수평선을 바라보니 흰 돛을 단 배가 장밋빛 하늘을 배경으로 또렷하게 드러나 보이는 게 아닌가. 게다가 그 배는 돛대 꼭대기에 달린 삼각 깃발과 갑판 위를 돌아다니는 사람들의 거무스름한 형체까지 보일 만큼 가까웠다. 모두의 목청에서 터져나온 외침이 바다를 가로질러 울려퍼졌다. 너나없이 모자를 흔들고 손수건을 펄럭였다. 두 여인은 간절한 마음으로 구원의 하얀 천사를 향해 손을 뻗었다. 배는 흔들바람을 타고 서서히 그들 쪽으로 가까워졌다.

이번에는 실망할 필요가 없었다. 응답 신호가 올라와 구조가 확실해진 것이다. 그 순간의 기쁨에, 행복한 두 여인은 에밀의 목에 매달려 넘쳐흐르는 감사의 눈물을 쏟아내었다. 메리를 팔로 지탱하며 그곳에 서 있을 때가 인생에서 가장 자랑스러운 순간이었노라고 나중에 에밀은 자주 말하고는 했다. 긴 시간 무너지지 않고 시련을 견뎌온 씩씩한 소녀는 에밀에게 기댄 채 반쯤 기절했다. 그녀의 어머니는 병자를 돌보느라 바쁘게 움직였고, 병자는 너무 기뻐서 기운이 났는지 마치 브랜더 호 갑판 위에 있을 때처럼 명령을 내렸다.

소란은 금세 가라앉았다. 귀항하던 우라니아 호에 모두 무사히 옮겨 탔고, 선장 가족은 친절하게 보살핌을 받았으며 선원들은 같은 선원들끼리 마음을 트고 이야기를 나눴다. 에밀은 제 몸 챙길 생각도 잊고 난파당한 사정을 이야기하다가 여인들의 선실로 날라져 온 맛있어 보이는 수프 향을 맡은 순간 문득 자신이 며칠째 굶주렸음을 떠올렸다. 그러자 갑자기 머리가 어쩔하면서 몸이 휘청거렸다. 에밀은 곧바로 침대로 옮겨져서 이루 말할 수 없이 친절한 대접을 받으며 먹을 것과 입을 것을 제공받고 휴식을 취하게 되었다. 의사가 선실을 나설 때 에밀이 힘없는 목소리로 물었다. "오늘이 며칠인가요? 머리가 뒤죽박죽되어서 날짜를 전혀 모르겠어요."

"추수감사절이라네! 자네가 먹을 수 있다고 하면 뉴잉글랜드의 정식 만찬을 만들어 주겠네." 의사가 따뜻하게 말했다.

그러나 에밀은 지친 나머지 그저 조용히 누운 채 감사하다고 말할 뿐이었다. 하지만 생명이라는 소중한 선물을 선사받은 데 대한 감사의 마음은 그 어느 때보다 뜨거웠다. 그리고 그 생명은 자신이 임무를 충실히 수행했다는 생각에 한결 아름답게 느껴졌다.

제12장 댄의 크리스마스

댄은 어디에 있었던 것일까? 감옥 안에 있었다. 가엾은 조! 플럼필드가 크리스마스를 맞는 기쁨으로 빛날 때, 그녀가 사랑하는 청년이 독방에 우두커니 앉아 있다는 걸 알면 얼마나 마음이 아플까. 그녀가 준 작은 책을 읽으려 애쓰는 청년의 눈에서, 어떤 육체적 고통에도 결코 흘려본 적 없는 뜨거운 눈물이 흘렀다. 그는 잃어버린 모든 것에 대해 한없는 향수를 느끼고 있었다.

그렇다. 댄은 교도소에 있었다. 그러나 화형 당하는 인디언처럼 말 못할 절망을 느끼며 두려운 상황에 맞서고 있는 댄에게서 도움을 구하는 외침은 흘러나오지 않았다. 왜냐하면 그는 누구에게도 말할 수 없는 비밀스런 죄로 이곳에 와 있기 때문이다. 이것은 그의 무법 정신을 길들이고 그에게 자제심을 가르쳐줄 뼈아픈 교훈이 될 것이다.

그가 감옥에 갇힌 신세로 전락한 사정은 곧 알게 될 것이다. 그것은 흔히 그렇듯이, 그가 이상할 만큼 희망에 차올라 새로운 각오를 다지고 좀 더 나은 삶을 꿈꾸고 있을 때 찾아왔다. 댄은 여행을 하다가 유쾌한 소년 하나를 만났다. 블레어라는 이름의 그 소년은 캔자스의 목장에 있는 형들을 만나러 가는 길이었기에 댄은 자연스레 그에게 흥미를 가졌다. 열차의 흡연실에서는 사람들이 트럼프를 하고 있었다. 소년은 스무 살이 채 안 되어 보였다. 긴 여행에 무료함을 느끼던 차라 트럼프를 하는 사람들과 어울렸다. 그는 활기찼고 서부의 자유에 살짝 취해 있었다. 댄은 약속을 지키느라 그 패에 끼지는 않았으나 깊은 흥미를 가지고 눈앞의 게임을 가만히 지켜보았다. 그러는 동안 그 가운데 두 사람이 소년의 돈을 빼앗으려는 사기꾼임에 틀림없다는 걸 알아차렸다. 소년은 순진하게도 두둑한 지갑을 내보였던 것이다. 댄은 저보다 어린 사람이나 약한 사람에게 무른 면이 있었다. 더욱이 블레어는 어딘지 모르게 테디를 연상시켰다. 그래서 그는 블레어에게서 눈을 떼지 않고 소년에게 새 친구들을 조심하라고 경고했다.

물론 그런 말들은 아무런 소용이 없었다. 큰 마을에서 하룻밤 묵게 되었을 때, 소년을 보호하기 위해 데리고 간 호텔에서 그가 사라지고 말았던 것이다. 누가 데려갔는지 알게 되자 댄은 그를 찾아 나섰다. 이렇게까지 하는 건 바보짓이라는 걸 알면서도 자신을 의지하는 소년을 위험 속에 그냥 둘 수는 없었다.

소년은 어느 허름한 곳에서 예의 남자들과 도박을 하고 있었다. 자신을 보고 한숨 놓은 듯한 블레어의 얼굴을 보자 댄은 그가 이미 손해를 봤고 손쓰기엔 늦었다는 것을 알아차렸다.

"아직은 돌아갈 수 없어. 져버렸거든. 내 돈이 아니란 말이야. 돌려받아야 돼. 이대로는 형들을 볼 면목이 없어." 돈을 더 많이 잃기 전에 돌아가는 게 좋다고 댄이 부탁하듯 말했을 때, 소년은 작은 목소리로 그렇게 말했다. 부끄러움과 두려움이 소년을 필사적으로 만들었다. 그는 자신에게 맡겨진 돈을 되찾고야 말리라는 신념으로 도박을 계속했다. 댄의 결연한 얼굴과 날카로운 눈빛, 세상 경험이 많은 듯한 사기꾼들은 속임수를 쓰지 않고 소년이 조금 따게 두었다. 그러나 빤히 보이는 좋은 먹잇감을 놓아줄 생각 따위는 처음부터 없었다. 댄이 소년 뒤에 서서 지켜보고 있으니까, 그들 사이에서

불길한 눈짓이 오갔다. '이 녀석 해치워버려.'

댄은 그것을 알아차리고 경계 태세를 갖추었다. 그와 블레어는 그저 스쳐가는 사이이다. 이런 곳에서는 흉악한 범죄도 쉽게 일어나고, 여기에 대해 뭐라 하는 사람도 아무도 없다. 그러나 댄은 소년을 내버려 둘 수 없었다. 지금도 카드를 한 장 한 장 지켜보고 있다가 끝내 속임수를 발견하고는 대담하게도 그것을 지적했다. 고성이 오가고, 화가 난 댄은 분별력을 잃고 말았다. 사기꾼이 빼앗은 돈을 돌려주기를 거부하고 더러운 욕설을 퍼부으며 권총을 꺼내들자 피 끓는 청년 댄은 발끈하여 그 남자를 한 방에 때려눕혔다. 남자는 머리부터 거꾸로 떨어졌고, 난로에 부딪쳐 비틀비틀 피를 흘리며 바닥으로 쓰러졌다. 이어서 한바탕 소란이 벌어졌고, 그 와중에 댄이 소년에게 속삭였다. "얼른 도망쳐! 이 일에 대해서는 아무 소리 말고. 나는 걱정하지 마!"

두려움과 혼란에 휩싸인 블레어는 곧바로 마을을 떠났다. 뒤에 남은 댄은 유치장에서 밤을 새우고, 2, 3일 뒤에는 살인죄로 법정에 섰다. 그 남자가 죽은 것이다. 댄에게는 자기편이 한 사람도 없었다. 그는 간략하게 사건 경위를 이야기한 뒤 침묵을 지키며 절대로 집에 있는 사람들에게 이 슬픈 사건을 알리지 않으려 했다. 그는 자신의 이름마저 숨겼으며 전에도 두세 번 긴급한 사태가 생겼을 때 그랬던 것처럼 데이비드 켄트라는 이름을 댔다. 재판은 금세 끝났다. 정상을 참작할 만하다고 하여 그는 노역형 1년을 선고받았다.

잠깐 사이에 삶이 어찌나 끔찍하게 변해버렸던지 등 뒤에서 철문이 쾅 하고 닫힐 때까지 댄은 자신이 처한 상황을 실감하지 못했다. 지금 그는 무덤처럼 좁고 차가운, 적막한 독방에 우두커니 앉아 있다. 한 마디 알리기만 하면 로리 씨가 도우러 오리라는 것을 알고 있었지만, 이런 부끄러운 일은 도저히 알릴 마음이 나지 않았다. 그토록 자신을 위해준 사람들에게 이런 일을 알려 슬프고 부끄럽게 만드는 것은 견딜 수 없었다.

"아니." 그는 주먹을 불끈 쥐고 말했다. "그럴 바엔 차라리 내가 죽었다고 생각하는 게 나아. 이런 곳에 오래 있으면 어차피 그렇게 될 테니까." 댄은 그렇게 말하고는 벌떡 일어나 우리 안의 사자처럼 돌바닥 위를 왔다 갔다 했다. 가슴 속에 끓어오르는 분노와 슬픔, 반항심과 후회로 미칠 것만 같았던 그는 자신의 목숨과도 같은 '자유'를 단단히 가로막은 벽을 힘껏 쳤다. 그는 며칠간 몹시 괴로워하다가 지칠 대로 지쳐 침울해지고 말았다. 이런 그의 모습을 보기란 흥분상태에 있는 그를 보는 것보다 더 서글픈 일이었다.

이 교도소의 교도관은 필요 이상으로 가혹한 짓을 하여 모두에게 원성을 사는 난폭한 사내였지만, 목사님은 마음이 강퍅한 죄수들에게조차 정성을 다하는 배려심 많은 사람이었다. 그는 댄을 위해서도 애를 썼으나 어떤 감명도 주지 못한 듯했고, 그래서 댄의 욱하는 성질이 노동에 의해 진정되고, 자존심 강한 정신이 갇힌 생활을 통해 누그러지기를 기다리는 수밖에 없었다.

댄은 칫솔 공장에서 일하게 되었다. 그곳에서 일하는 게 유일한 구원처럼 느껴진 댄은 열병에 걸린 듯이 온 힘을 기울였기에 곧 공장장으로부터는 인정을, 동료들로부터는 시샘을 받게 되었다. 날마다 그는 무기를 든 감시관이 지켜보는 가운데 정해진 장소에 앉아 있었다. 꼭 필요한 말 이외에는 아무 말도 할 수 없었고, 옆사람과 대화를 나눌 수도 없었다. 독방과 일터를 오고 가는 것 말고는 어떤 변화도 없었으며, 옆 사람 어깨에 손을 얹고 명령에 따라 앞으로 뒤로 나른하게 행진하는 것이 유일한 운동이었다. 기분 좋게 울리는 군인들의 발걸음에 비해 그 얼마나 무거운 발걸음이었던가.

댄은 날마다 수척하고 엄격한 얼굴로 일을 하고 쓴 빵을 먹었으며, 반항적인 눈빛으로 명령에 따랐다. 그런 댄의 모습을 본 교도관이 말했다.

"저놈은 위험인물이야. 감시를 게을리 하지 말아야겠는걸. 언젠가 탈옥할지도 모르니까."

댄 말고도 더 위험한 인물들이 있었다. 범죄력이 오래되고, 오랜 감옥살이의 단조로움을 깨기 위해서 언제 무모한 폭동을 일으킬지 모르는 패거리였다. 이런 자들은 금세 댄의 기분을 알아차렸다. 그리고 죄수 특유의 은밀한 수법으로 한 달도 지나지 않아 기회가 오는 대로 반란을 일으킬 계획이 진행되고 있음을 댄에게 전달했던 것이다. 추수감사절은 그들이 같이 대화할 수 있는 얼마 안 되는 날 가운데 하나였다. 그날은 죄수들이 교도소 마당에서 한 시간의 자유를 즐길 수 있다. 아마 그 때쯤에는 모든 준비가 갖추어져, 잘하면 그 무모한 시도가 벌어질 터였다. 유혈 소동 끝에 대부분은 패배하고 아주 소수의 사람들만 자유를 얻는 것이 일반적이었다. 그런데 댄은 이미 자신의 도망 계획을 세우고 때가 오기를 기다리고 있었다. 자유의 상실로 몸도 마음도 약해져감에 따라 그는 더욱더 말수가 적어지면서 사납고 반항적인 얼굴이 되어갔다. 자유롭고 건강했던 생활이 갑자기 비좁고 어두운, 비참한 생활로 변했기 때문이다. 그러한 변화는 댄과 같은 연령대의, 댄과 같은 기질을 지닌 사람에게 무서운 영향을 끼치지 않을 리가 없었다.

그는 자신이 파멸했다 생각하여 모든 희망과 계획을 포기해 버렸다. 그리운 플럼필드에 다시는 얼굴을 내밀 수 없으리라 생각했다. 피로 더럽혀진 손으로 그곳의 사랑하는 사람들 손을 잡을 수는 없는 노릇 아닌가. 자신이 죽인 악당은 조금도 마음에 걸리지 않았다. 그런 목숨은 빨리 끝나는 편이 낫다고 생각한다. 그러나 감옥에 들어왔다는 불명예는 도무지 기억에서 씻어낼 수 없다. 박박 깎은 머리는 자라날지라도, 회색 죄수복은 쉽게 갈아입을 수 있을지라도, 그리고 철창과 빗장은 뒤로 할 수 있을지라도.

"난 이제 끝났어. 나는 내 인생을 망쳐버렸어. 이제 어떻게 되든 상관없어. 애써 노력하지 말고, 어디에 있든 어떻게든 삶을 즐기면 되는 거야. 다들 내가 죽었다고 생각하고 더욱더 나를 불쌍히 여기겠지. 가엾은 바어 어머니! 그분은 날 구원하려 했어. 그렇지만 다 틀렸어. 무법자는 구원받아서는 안 돼."

댄은 두 손에 고개를 파묻고 낮은 침대 위에 앉았다. 그는 눈물도 나오지 않는 비참한 기분으로 잃어버린 모든 것을 한탄하며 슬퍼했다. 어느새 자비로운 잠이 몰려왔다. 다 함께 놀던 어린 시절, 모든 것이 자신에게 미소를 보내주던 소년 시절의 행복한 날들이 꿈에 나타나 그를 위로해 주었다. 그러자 플럼필드는 그에게 새롭고 신기한 매력으로 다가왔다.

댄이 일하는 작업장에, 그보다 더 가혹한 운명을 가진 애처로운 사나이가 있었다. 그 사내는 봄이 오면 형기가 끝나게 되어 있었으나, 그때까지 버티지 못할 것만 같았다. 좁고 답답한 감옥에서 생명을 갉아먹는 기침을 토하며 아내와 어린 자식을 만날 날만을 손꼽아 기다리는 불쌍한 메이슨을 보면 감옥에서 가장 비정한 사내조차 연민을 느끼지 않을 수 없었다. 특사로 내보내줄지도 모른다는 기대가 없지는 않았으나, 그런 일을 도와줄 친구는 한 사람도 없었다. 그에 앞서 최고 심판자이신 신의 은혜로 긴 고통에서 영원히 해방될 게 분명했다.

댄은 겉으로 드러내지는 않았지만 이 남자를 몹시 가엾게 여겼다. 이 아름다운 감정은 교도소 마당의 돌 틈에 피어나는 작은 꽃처럼 죄수의 마음을 위로했다. 메이슨이 자신에게 할당된 일도 못할 만큼 약해졌을 때 댄은 그를 도와주었다. 독방에 홀로 있을 때 댄은 메이슨이 보낸 감사의 눈빛을 떠올리면 한줄기 햇살을 받은 것처럼 힘이 났다. 메이슨은 이웃의 건강한 체력을 부러워하며 그것이 이런 곳에서 허무하게 낭비되고 있는 걸 보고 한탄했다. 그는 평화를 사랑하는 사람이었으므로, 속삭임이나 눈짓이 다다르는 거리에서 댄에게 '나쁜 놈들' 패거리로 들어가지 말도록 경고했다. 그러나 한번 빛을 외면한 댄에게는 내려가는 길이 더 편하게 느껴졌다. 그는 모두가 폭동을 일으킬 것 같은 분위기에 으스스한 만족을 느꼈다. 폭동이 일어나는 동안 그는 횡포를 부리는 간수에게 한 방 먹여 복수하고 자유의 몸이 될 수 있을지도 모른다. 폭동이 일어날 그 한 시간이야말로 갇힌 열정의 고마운 배출구가 되어줄 것이다. 그는 야생동물을 몇이나 길들인 적이 있지만, 스스로를 억제하는 고삐를 찾아내기 전까지는 자신의 무법 정신을 길들일 수 없었던 것이다.

추수감사절 전날인 일요일, 예배당에 있던 댄은 미리 마련된 자리에 앉아 있는 외부 손님 몇을 보며 그 가운데 아는 얼굴이 있지는 않은지 걱정스레 둘러보았다. 플럼필드에서 온 누군가가 맞닥뜨릴까봐 죽을 것처럼 두려웠기 때문이다. 다행히 모두 모르는 얼굴이었다. 댄은 곧 그들에 대한 생각을 잊고 목사님의 희망적인 설교와 많은 죄수들의 슬픈 노랫소리에 귀를 기울였다. 외부인이 강연을 하는 일은 자주 있었기에, 한 여인이 일어나서 모두에게 짧은 이야기를 하나 하려고 한다 했을 때 놀라는 사람은 아무도 없었다. 그 여인이 연단에 서자 젊은 청중들은 더욱 귀를 기울이고 나이 든 사람들도 흥미를 보였다. 단조로운 생활 속에서 조금이라도 색다른 일이 일어나는 건 대환영이었다.

연사는 중년 여성으로 검은 옷을 입고 있었다. 이해심 많은 얼굴에 연민이 가득한 눈을 하고 있었으며, 목소리에는 어쩐지 어머니 같은 다정함이 느껴졌다. 댄은 조를 떠올렸다. 그리고 한 마디도 놓치지 않으려 열심히 들었다. 그 한마디 한마디가 자신을 위한 이야기라고 생각된 것이다. 참으로 우연한 일이었지만 그 이야기는 그가 따뜻한 추억을 필요로 하는 순간에 들려왔기 때문이다.

그 이야기는 지극히 단순하고 짧았으나 듣는 이의 마음을 금세 사로잡았다. 그것은 얼마 전 전쟁 때 병원에 들어와 있던 두 군인의 이야기였다. 두 사람 모두 오른팔에 심한 부상을 입었는데, 둘 다 생활하는 데 꼭 필요한 오른팔을 고쳐서 장애인이 되지 않은 채로 집에 돌아가고 싶어했다. 한 사람은 인내심이 강하고 온순한 성격으로 의사의 말을 잘 들었다. 오른팔을 절단해야 한다는 얘기를 들었을 때도 그는 명령에 따라 고통을 견딘 뒤 건강을 되찾았다. 또 한 사람은 성격이 반항적이라 어떤 충고도 들으려 하지 않았다. 그렇게 차일피일 시간만 보내다 몸 상태가 서서히 나빠져서 죽고 말았다. 자신의 어리석음을 후회했을 때는 너무 늦었던 것이다. "자, 어떤 이야기에든 작은 교훈은 있는 법이니까, 제 이야기의 교훈도 하나 들려드리고 싶어요." 부인은 미소를 지으며 덧붙였다. 눈앞에 늘어서 있는 젊은이들에 대해 이들은 어떤 죄를 지어 이곳에 있는 걸까 슬픈 의아함을 느끼며.

"이곳은 인생의 전투에서 부상당한 군인들이 있는 병원입니다. 좀 먹힌 영혼, 약한 의지, 정상이 아닌 열정, 눈 가린 양심, 법을 파괴한 모든 악이 당연한 고통과 벌을 받으며 이곳에 있는 것입니다. 저마다 희망도 있을 것이고 구원도 있겠지만 상처가 깨끗이 아물기까지는 인내와 순종하는 마음이 필요해요. 남자답게 죗값을 치르십시오. 그게 공정한 것이니까요. 그리고 고통과 수치 속에서 다가올 멋진 인생을 준비하는 새로운 힘을 짜내세요. 흉터는 남겠지만, 그래도 두 팔을 잃는 게 영혼을 잃는 것보다는 낫습니다. 여러분이 지금 보내고 있는 힘든 세월은 헛되이 잃어버리는 게 아니라, 인생에서 가장 귀중한 시간이 될 수도 있습니다. 자제심을 배울 수 있다면 말이죠. 아, 여러분. 부디 아픈 과거에서 벗어나 죄를 깨끗이 씻어내고 새로운 인생을 시작하도록 노력해주세요. 여러분 자신을 위해서가 아니라도, 희망을 버리지 않고 참을성 있게 여러분을 기다리는 그리운 어머니, 아내, 아이들을 위해서 그렇게 해주세요. 그분들을 생각하고, 그분들이 긴 세월 보내준 사랑이 헛되지 않도록 해주세요. 여러분 가운데 걱정해주는 사람이 아무도 없는 외톨이가 있다고 해도, 하늘에 계신 아버지를 잊어서는 안 됩니다. 하느님은 언제나 두 팔을 벌려 방황하는 아들이 돌아오기를 기다리시며 그 죄를 용서하고 위로해 주시니까요."

짧은 설교가 끝났다. 설교자는 자신의 진심을 담은 말이 공허한 울림이 되지 않았음을 알았다. 소년 하나는 고개를 숙였고, 몇몇 얼굴에는 아름다운 기억이 되살아난 듯 온화한 표정이 떠올라 있었다. 댄은 희망을 버리지 않고 기다리는 사람들 이야기를 들을 때 눈물을 감추려 눈을 내리깔고 입술을 굳게 다물어야 했다. 독방에 돌아와 혼자가 된 것이 댄은 기뻤다. 그는 잠 속에서 현실의 자신을 잊어버리려 하는 대신 앉아서 깊은 생각에 빠졌다. 그 설교는 지금 자신이 어떤 입장에 처해 있는지, 앞으로 다가올 며칠이 자신에게 얼마나 운명적인 날들이 될 것인지 보여주는 데 정말로 필요한 것처럼 여겨졌다. '나쁜 놈들'의 동료가 되어 이미 저지른 죄 위에 죄를 하나 더 쌓아 올리고, 그리하여 지금도 충분히 견디기 힘든 형기를 더욱 길게 늘이며, 선한 사람들에게서 일부러 등을 돌리고, 아직 만회할 여지가 있는 미래를 망쳐 버릴 것인가, 아니면 설교에 등장하는 현명한 군인처럼 죄를 인정하고 정당한 벌을 받음으로써 좀 더 나은 사람이 되려고 노력할 것인가. 흉터가 남을지도 모르지만, 그것은 이 싸움을 잊지 않게 해주리라. 게다가 이 싸움은 완전히 진 싸움은 아니었다. 비록 순수성은 잃었을지 몰라도 영혼은 구원받았기에.

천사와 악마가 진트람(계르만 신화에 등장하는 난쟁이)을 위해 싸운 것처럼 그날 밤 선과 악이 댄을 위해 싸웠다. 무법자적 천성이 이길까, 착한 마음이 이길까. 어느 쪽이라고도 말할 수 없다. 회한과 분노, 부끄러움과 슬픔, 자존심과 격정, 이런 것들이 좁은 독방을 싸움터 삼아 다투었다. 가엾은 댄은 지금까지 떠돌다 만난 어떤 상대보다도 사나운 적과 싸우고 있는 듯이 느꼈다. 그러다가 사람의 오묘한 마음속에서 가끔 일어나듯이 뜻밖의 일이 전세를 완전히 바꾸어 놓았다. 아주 작은 배려의 말이 축복과 저주의 갈림길에서 댄의 인생을 인도하여 준 것이다.

새벽이 밝아오기 전 아직 어두운 때에 댄이 눈을 뜨고 침대에 누워 있으려니까, 철창 사이로 빛이 비치더니 빗장이 조용히 벗겨지고 사람 하나가 들어왔다. 선한 목사님이었다. 목사님은 어머니가 아픈 아이의 머리맡으로 살며시 다가오는 것과 같은 마음으로 이곳을 찾아왔다. 영혼을 치유해온 오랜 경험이, 그를 대하는 댄의 고집스런 얼굴에 떠오른 희망의 조짐을 읽어내게 하였다. 그는 전에도 댄을 찾아온 적이 있었다. 그러나 댄은 언제나 뚱한 얼굴로 모른 척하거나 반항적인 태도를 취했기에 그는 그대로 돌아가 인내심 있게 때가 오기를 기다리고 있었다. 그때가 지금 찾아온 것이다. 빛에 비친 댄의 얼굴에 안도하는 표정이 떠올랐다. 격정과 의구심, 공포의 속삭임만 듣다가 사람의 목소리를 들으니 신기할 만큼 마음이 편안해졌다. 댄은 그러한 속삭임에 밤새 괴롭힘을 당하며 무기를 갖지 못한 자신이 선한 싸움을 싸우려면 얼마나 많은 도움이 필요한지 뼈저리게 느끼던 차였다.

"켄트, 안타깝게도 메이슨이 세상을 떠났다네. 자네에게 전할 말을 남겼더군. 나는 어떻게든 지금 당장 자네에게 그 말을 전해야 할 것 같아서 이곳에 찾아왔다네. 자네는 오늘 들은 설교에 감동한 것 같았고, 메이슨이 자네에게 주려 한 도움을 필요로 하는 것 같아서 말이야." 그렇게 말한 목사님은 앉으면서 침대 속의 음침한 얼굴을 자상한 눈으로 들여다보았다.

"감사합니다, 목사님. 어서 들려주세요." 댄의 대답은 그게 다였다. 그는 아내와 아이에게 마지막 인사도 하지 못한 채 감옥 안에서 죽어간 가련한 남자에 대해 생각하느라 자신의 고통을 잊어버렸다.

"메이슨은 갑자기 세상을 떠났네. 그래도 자넬 잊지 않고 나에게 이렇게 말해주었지. '그에게 그 일에 가담하지 말라고 말씀해 주세요. 정신 차리고 최선을 다하라고요. 그리고 형기를 마치면 바로 메리를 찾아가라고 해주세요. 그녀가 저 대신 그를 환영해줄 거예요. 그는 이 부근에 친구가 없으니까 틀림없이 쓸쓸할 거예요. 남자가 불운을 당했을 때 여자는 늘 안심하고 의지할 수 있는 의지처가 되어주지요. 그럼 부디 그에게 제 진심을 담은 감사와 작별의 인사를 전해 주세요. 그는 제게 친절하게 대해 주었어요. 분명히 하느님의 은총이 있을 거예요.' 메이슨은 그 말을 남기고 조용히 눈을 감았다네. 내일, 하느님의 특사를 얻어 본향으로 돌아갈 테지. 인간의 특사는 너무 늦으니까 말이야."

댄은 아무 말 없이 얼굴에 팔을 얹고 누워 있을 뿐이었다. 슬픈 전언이 그가 바라던 것보다 더 큰 효력을 발휘했음을 알고 목사님은 말을 이었다. 그의 아버지 같은 목소리가 집으로 돌아가기를 간절히 바라면서도 돌아갈 권리를 상실했다고 느끼는 이 가엾은 죄수의 마음에 얼마나 큰 위로가 되어주었는지 의식하지 못한 채.

"죽음에 이르러 자네를 생각해 준 이 겸손한 친구를 실망시키지 말게나. 뭔가 좋지 않은 일이 벌어질 모양인데, 자네를 나쁜 쪽에 가담하게끔 꾀어내고 있는 건 아닌지 걱정이 든다네. 그런 짓을 해선 안 돼. 음모는 성공할 수 없어. 성공한 전례가 없다네. 게다가 자네는 지금껏 모범적으로 생활해왔는데 그걸 헛수고로 만드는 건 너무 아까운 일이야. 용기를 내게, 켄트. 친구가 한 사람도 없다면 자네를 기분 좋게 맞이하고 감사의 뜻을 전하려는 한 여인이 있음을 떠올리도록 하게. 만약 친구들이 있다면 그 사람들을 위해 최선을 다 하게. 하느님이 자네를 도와주시도록 함께 기도하지 않겠나."

대답을 기다리지 않고 목사님은 마음으로부터 우러나는 기도를 시작했다. 댄은 지금껏 볼 수 없었던 성실한 태도로 열심히 귀를 기울였다. 고독한 때에, 임종을 맞은 이가 남긴 말을 듣고 갑자기 좀 더 나은 자아에 눈 뜬 댄은 아름다운 천사가 내려와 자신을 구원하고 위로해준 듯한 기분이 들었다.

그날 밤부터 댄은 변했다. 그러나 그 변화는 목사님 말고는 아무도 눈치채지 못했다. 댄은 다른 사람들에게는 여전히 침묵을 지키며 마음을 터놓지 않았다. 선에게도 악에게도 똑같이 등을 돌린 채 그는 목사님이 가지고 오는 책을 읽는 데 열중했다. 목사님의 인내와 친절은 낙숫물이 바위를 뚫듯 서서히 댄의 신뢰를 얻었다. 댄은 목사님이 내민 손에 이끌려 '굴욕의 골짜기'에서 기어 올라왔다가 다시 미끄러져 내려가기도 했고, '실망의 거인'이나 '무저갱의 사자'와 격투를 벌이기도 했다. 때로는 살아 있음에 대한 가치가 의심되어 메이슨의 죽음만을 부러워하는 암울한 순간도 있었다. 단단히 붙잡아 주는 따뜻한 손, 친구의 격려, 그리고 과거의 잘못을 뉘우치고 좀 더 나은 미래를 살아서 다시 집으로 돌아갈 권리를 얻고 싶다는 강렬한 소망, 그런 것들 덕분에 댄은 모든 일에 매달릴 수 있었다. 그러는 동안에 그 해도 끝이 다가왔다.

크리스마스에 댄은 플럼필드가 몹시도 그리운 나머지 그곳 사람들에게 소식을 전할 방법을 생각해냈다. 이렇게 해서라도 소식을 전하면 자신이 무사한지 걱정하는 사람들의 마음을 밝게 해주고 자신의 마음도 달랠 수 있을 터였기에. 그는 다른 주에 사는 메리 메이슨 부인 앞으로 편지를 써서 동봉한 편지를 우체통에 넣어 달라고 부탁했다. 편지에서 그는 자신은 건강하고 몹시 바쁘게 지내고 있으며, 농장은 그만두고 다른 일(여기에 대해서는 나중에 다시 이야기할 테지만)을 계획하는 중이라고 썼다. 그리고 이듬해 가을까지는 돌아가지 않을 예정이고 편지도 자주 못 보낼 테지만 걱정할 필요는 없다고, 모두들 잘 지내고 크리스마스를 즐겁게 보내라고 적었다.

그런 다음 남자답게 죗값을 치르기 위해 댄은 다시 혼자만의 외로운 생활로 돌아갔다.

제13장 내트의 새해

"에밀에게서는 아직 소식이 올 때가 안 됐고, 내트는 정기적으로 소식을 전해 오지만, 댄은 대체 어디에 있는 걸까요? 집을 떠난 뒤로 엽서 두세 장 보내온 게 다예요. 그렇게 활동적인 아이니, 지금쯤 캔자스에 있는 농장을 죄다 사들이고 있다 해도 믿을 것 같아요." 어느 날 아침, 조는 집으로 온 우편물 가운데 댄의 기운찬 필체로 쓴 봉투나 엽서가 보이지 않자 이렇게 말했다.

"댄이 편지를 자주 쓰는 편은 아니지. 일을 마치고 나면 갑자기 돌아오곤 했잖소? 그 아이에게는 문제가 되지 않는 게지. 아마도 시간 가는 것을 잊은 채 뭔가 장래성 있는 일을 하고 있을 거요." 바어 선생이 라이프치히에 있는 내트에게서 온 장문의 편지를 읽는 데 열중한 채로 대답했다.

"그래도 소식을 전하겠다고 약속하고 갔어요. 댄은 약속을 지키는 아이라고요. 아, 무슨 나쁜 일이라도 생긴 건 아닌가 모르겠어요." 조는 스스로를 위로하듯이 던의 머리를 가볍게 만져주었다. 그 개는 주인의 이름을 듣자 옆으로 다가오더니 마치 사람처럼 주인을 그리워하는 듯한 눈빛으로 부인의 얼굴을 올려다보았다.

"너무 걱정하지 마세요, 어머니. 댄은 잘 있을 테니까요. 조만간 나타날 거예요. 어느 날, 한쪽 주머니에는 금광을, 다른 쪽 주머니에는 대초원을 가득 담고 성큼성큼 걸어 들어올 거예요. 아주 건강한 얼굴을 하고서 말이에요." 테디가 말했다. 그로서는 서둘러 옥토를 본디의 주인에게 돌려줄 이유가 없었기 때문이다.

"댄은 몬태나에 갔을 거예요. 농장을 운영할 계획은 단념하지 않았을까요? 그는 누구보다 인디언을 좋아했거든요." 로브는 이렇게 말한 뒤 언제나처럼 쌓여 있는 우편물 정리에 매달렸다.

"그렇다면 다행이지만. 그 애한테는 그게 가장 잘 어울리니까. 그런데 만약 그렇다면 계획이 바뀌었음을 알리고 일을 시작할 수 있도록 자금을 보내 달라고 했을 게 틀림없어. 아니야, 역시 난 뭔가 좋지 않은 일이 일어났을 것만 같은 예감이 들어." 조가 말했다.

"무슨 일이 일어났다면 우리도 알게 될 거요. 왜, 나쁜 소식은 금세 퍼진다고 하지 않소? 괜한 걱정은 그만하고 이제 내트의 안부나 좀 들어보구려. 내트는 아주 잘 지내는 모양이야. 그 아이가 음악 이외의 것을 좋아할 줄은 몰랐는걸. 내 좋은 친구인 바움가르텐의 도움으로 그곳 사회에 성공적으로 발을 내디딘 모양이니 정신만 바짝 차리면 잘 해나갈 거야. 내트는 좋은 청년이지만 넓은 세상은 처음인데다 라이프치히는 유혹이 많은 곳이니 말이야. 하느님, 그 아이를 지켜주소서!"

선생은 내트의 편지를 읽어내려 갔다. 거기에는 그가 참석한 문학적이고 음악적인 분위기의 몇몇 파티에 대한 느낌과 오페라가 얼마나 웅장한지에 대해 쓰여 있었고, 베르그만이라는 대가 밑에서 공부하는 즐거움과 하루빨리 목적을 이루고 싶은 바람, 이처럼 매혹적인 세상으로의 길을 열어준 사람들에 대한 감사 등이 적혀 있었다.

"정말 마음이 놓이네요. 저는 내트가 유학 가기 전부터 그 아이에게는 예상치 못한 의외의 능력이 있다고 생각해 왔어요. 그 아이는 정말로 남자답고 훌륭한 계획을 많이 가지고 있었거든요." 조는 만족한 듯이 말했다.

"두고 보면 알겠지. 그 아이도 그 아이 나름대로 인생의 교훈을 배워서 한층 더 발전할 거야. 젊을 때는 누구나 그러기 마련이니까. 그 교훈이 우리 선량한 젊은이에게 너무 혹독한 대가를 요구하지 않으면 좋으련만." 선생은 독일에서의 학생 시절을 떠올리며 따뜻한 미소를 머금고 말했다.

선생 말이 맞았다. 내트는 고향 사람들이 들으면 깜짝 놀랄 만큼 빠르게 인생의 교훈을 배워 갔다. 조가 기뻐하던 내트의 '남자다움'은 예상치 못한 방식으로 전개되어, 내트는 태어나서 처음으로 맛보는 기쁨을 만끽하는 무감각한 젊은이의 열정으로, 무해하지만 건전치 못한 쾌락에 빠져든 것이다. 누구의 간섭도 받지 않는 온전한 자유를 누리는 기쁨은 참으로 컸다. 과분하게 받은 은혜가 그에게 무거운 짐이 되어가고 있었지만 그는 자신의 두 발로 서서, 자기가 하고 싶은 대로 하고픈 마음이 생겼다. 여기서는 아무도 그의 과거를 알지 못하는 데다 옷장에는 멋진 옷이 가득했고, 통장에는 많은 돈이 들어 있었다. 게다가 내트는 라이프치히 최고의 선생님 밑에서 청년 음악가로 데뷔한 것이다. 그를 소개한 사람은 덕망 높은 바어 교수와 부호인 로렌스 씨로, 로렌스 씨에게는 내트를 기꺼이 자신들의 집으로 초대해줄 친구들이 많았다. 이런 후원자들에 더해 그의 유창한 독일어와 겸손한 태도, 그리고 누구도 부인할 수 없는 재능 덕에 내트는 새로운 사회에서 환대를 받았고, 수많은 야심찬 젊은이들이 아무리 애를 써도 좀처럼 발을 들여놓기 힘든 모임에 초대받게 되었다.

이 모든 것으로 인해 내트는 머리가 살짝 이상해진 느낌이었다. 웅장하고 화려한 오페라 극장에 앉아 있을 때나 상류층의 다과회에서 사람들에 둘러싸여 이야기를 하고 있을 때, 또는 저명한 교수의 사랑스러운 딸을 데이지라고 상상하며 자리로 인도할 때 내트는 이 근사한 남자가 오래 전 비를 맞으며 플럼필드의 문 앞을 서성이던 거리의 악사가 맞느냐고 스스로에게 묻곤 했다. 그는 성실하고, 선량했으며, 큰 꿈을 가지고 있었지만, 이곳에 와서는 그의 성격 가운데에서 약한 면이 가장 먼저 나타났다. 허영심이 그가 가야 할 길을 헷갈리게 했고, 쾌락이 그를 취하게 했다. 내트는 한동안 이 새롭고 매력 넘치는 생활의 즐거움에 취해 모든 것을 잊어버리고 말았다.

속일 생각은 없었지만, 내트는 사람들이 자신을 미래가 보장된 양갓집 자제라고 생각하게 내버려 두었다. 그는 로렌스 씨의 부와 영향력, 바어 선생님의 훌륭함, 그리고 자신이 교육받은 학교에 대해 은근히 자랑을 하기도 했다. 조가 쓴 책을 읽은 감상적인 아가씨들에게 조에 대한 이야기를 들려주기도 했고, 이해심 많은 아주머니들에게 데이지의 매력과 미덕에 대해 이야기를 해주기도 했다. 이 모든 소녀다운 과시욕과 악의 없는 허세는 다른 소문들과 섞여 예외 없이 퍼져 나갔고, 그 때문에 그는 부끄러웠지만 한편으론 놀랍고 감사하게도 더더욱 주목받는 인물이 되었다.

그러나 그 세계에도 나름의 대가가 있어서, 마지막에는 쓰라린 경험을 할 수밖에 없었다. 사람들이 자신을 상류사회 출신이라고 생각한다는 것을 알게 된 뒤부터 내트는 더 이상 이제까지 살던 싸구려 여인숙에 있을 수가 없어졌고, 학생다운 조용한 생활을 할 수도 없었다.

내트는 다른 학생들과 젊은 군인들, 그리고 이런저런 화려한 사람들과 사귀게 되었고, 그들이 추켜세워 주자 우쭐해졌다. 그러나 그러한 즐거움을 누리는 데에는 많은 돈이 들었으며, 그래서 나중에 후회하는 경우도 가끔 있었다. 드디어 내트는 상류층이 많이 사는 지역에 방을 빌리기로 결심했다. 그가 머물던 여인숙 주인 티셸 부인은 내트가 떠나는 것을 슬퍼했다. 옆방에 사는 노처녀 화가 포겔슈타인이 은빛 곱슬머리를 흔들며, 내트가 인생의 쓴 맛을 본 뒤 좀 더 현명해져서 이곳으로 돌아오리라 예언했다.

마음대로 쓸 수 있는 생활비와 약간의 유흥비는 내트에게는 거금으로 느껴졌지만, 통 큰 로리 씨가 처음 제시했던 금액보다는 적은 액수였다. 바어 선생은 돈을 아껴 쓰도록 현명한 조언을 해주었다.

내트는 돈을 쓰는 데에 익숙지 않을뿐더러, 지금처럼 놀기 좋아하는 나이에 불룩해진 지갑을 갖고 있으면 여러 유혹을 이겨낼 수 없으리라는 것을 선생은 알고 있었던 것이다. 내트는 작지만 훌륭한 아파트에서 마음껏 즐겼고, 자신도 모르는 사이에 익숙지 않은 온갖 사치스러운 생활 속으로 빠져들었다. 음악을 사랑하는 그는 레슨을 거른 적은 없었다. 그러나 인내심을 가지고 연습에 투자해야 할 시간이 너무나 자주 극장이나 무도회, 비어 가든, 클럽과 같은 곳에 허비되고 있었다. 물론 그것은 귀중한 시간과 남의 돈을 낭비하는 것 이외의 좀 더 큰 재앙을 낳지는 않았다. 그는 나쁜 취미를 가지고 있지도 않았고, 그저 신사답게 기분전환을 했을 뿐이기 때문이다. 그러나 상황은 조금씩 악화되었고, 내트도 그것을 느끼기 시작했다. 그가 발을 들여놓은 화려한 길의 처음 몇 발짝은 그를 오르막길이 아닌 내리막길로 인도했다. 모두에게 나쁜 짓을 하고 있다는 생각이 점점 내트를 괴롭혔다. 이따금씩 홀로 있는 시간이 찾아오면, 그는 행복의 소용돌이 안에 있으면서도 뭔가 잘못되었다고 느끼곤 했다.

"앞으로 딱 한 달만 더 이렇게 살자. 그러고는 정신 차리는 거야." 그는 몇 번이고 이렇게 말했다. 그에게는 모든 것이 신기할 따름이었다. 고향 사람들이 그의 행복을 바란다는 것과 사람들과의 교제를 통해 그에게 필요한 자질을 키울 수 있으리라는 것이 좋은 핑계가 되어주었다. 그러나 한 달, 또 한 달, 시간이 지날수록 그런 생활에서 헤어 나오는 것은 더더욱 힘들어졌다. 그렇게 미적거리는 사이, 내트는 익숙한 삶의 흐름에 몸을 맡기는 게 편해졌고, 그래서 결단의 날을 가능한 한 뒤로 미뤘다. 비교적 건전한 여름의 오락거리에 이어 겨울에 즐길 수 있는 다양한 활동과 행사가 시작되었고 돈은 더욱 많이 들었다. 손님 접대를 즐기는 귀부인들은 타국에서 온 청년에게도 무언가 답례품을 기대했기 때문이다. 내트는 마차와 꽃다발, 연극 티켓 및 그 밖에 젊은 남자로서 이 시기에 지출하지 않을 수 없는 온갖 잡다한 비용으로 인해 재정적인 부담을 느끼게 되었다. 로렌스 씨를 본보기 삼아 내트는 예의 바른 신사 행세를 했고, 누구나 그를 좋아했다. 새롭게 몸에 익힌 우아한 태도 속에 가식 없는 진실성과 순수함이 느껴졌기에 그를 알게 된 사람들은 모두가 그를 믿고 좋아했다.

그런 사람들 가운데에서도 음악을 좋아하는 딸을 둔, 상냥한 노부인이 있었다. 이 부인은 집안은 좋았으나 가난했으므로 자신의 딸을 부유한 남자와 결혼시키고 싶어 했다. 내트가 자신의 장래와 그의 친구들에 대해 소소하게 꾸며낸 이야기들은 이 부인을 매료시켰다. 동시에 다정다감한 그녀의 딸, 민나는 그의 음악과 헌신적인 태도에 반하고 말았다. 이 모녀의 조용한 객실은, 화려한 곳에 질린 내트에게는 가정적이고 편안하게 느껴졌다. 게다가 아름다운 소녀의 다정하고 푸른 눈은 그가 집에 오면 기쁨으로 넘쳤고, 그가 돌아갈 때면 몹시 서운해하는 듯했으며, 그가 바이올린을 켤 때면 감탄의 빛을 띠었다. 내트는 이렇게 매력적인 곳을 멀리할 수가 없었다. 그는 부인에게 자기가 약혼했다고 말한 만큼 두 사람에게 상처를 줄 생각도 없었을 뿐 아니라, 위험을 느끼지도 않았다. 그래서 부인의 가슴속에 어떤 야심이 감추어져 있으며, 로맨틱한 독일 소녀의 사랑을 받는다는 게 어떤 위험을 품고 있는지는 꿈에도 상상하지 못한 채 계속해서 그 집을 방문했다. 그는 뒤늦게 그 위험을 깨달았지만 소녀의 상처와 자신의 안타까운 마음을 씻어 내기에는 이미 너무 늦어 있었다.

물론 이와 같은 새롭고 즐거운 몇몇 경험은 내트의 두꺼운 편지 속에도 가끔 등장했다. 아무리 즐거워도, 아무리 바쁘거나 피곤해도 그는 매주 편지 쓰는 것을 빼먹은 적이 없었다. 데이지는 그가 행복하게 생활하는 것을 기뻐했고, 남자 아이들은 그가 사교계의 신사가 되어 나타나는 모습을 상상하고는 웃었다. 그리고 어른들은 심각한 얼굴로 말했다. "너무 놀기만 하는 것 같아. 따끔하게 충고하지 않으면 머지않아 난처한 일이 생길 게야."

그러나 로리 씨는 이렇게 말했다. "아뇨, 맘껏 즐길 수 있도록 해줍시다. 이제까지 꽤 오랫동안 억압되어 있었으니까요. 그 정도 돈으로 해봤자 무얼 하겠습니까? 그리고 그 아이는 빚을 질 염려가 없는 아이입니다. 무모한 짓을 하기에는 너무 소심하고 정직하니까요. 그 아이는 태어나 처음으로 자유를 맛보고 있습니다. 그러니 맘껏 즐길 수 있도록 해 줍시다. 그러면 머지않아 오히려 더 열심히 공부하게 될 테니까요. 저는 압니다. 분명히 그렇게 될 거예요."

그리하여 내트에게는 지극히 부드러운 충고가 전달되었다. 모두들 '멋진 시간'에 대한 소식은 줄고 열심히 공부하고 있다는 소식이 늘어나기를 걱정스러운 마음으로 기다리고 있었다. 데이지는 가끔씩 편지에 나오는 민나나 힐데가르데, 로트헨 같은 사람들이 그녀의 내트를 빼앗아 가는 것은 아닌가 생각하고 마음 아파하기도 했다. 그래도 그런 질문은 결코 하지 않았고, 언제나 차분하고 명랑한 편지를 써 보냈다. 또 읽고 또 읽어서 너덜너덜해진 편지를 다시 보며 심경의 변화를 나타내는 부분은 없는지 찾아보기도 했다. 시간은 차츰 흘러 마침내 크리스마스 휴일이 왔고, 선물이나 카드, 축하 행사 안내장 등이 잇따라 날아왔다. 내트는 마음껏 즐기리라 다짐했고, 처음에는 그렇게 했다. 독일의 화려한 크리스마스 풍경은 한 번쯤 볼 만한 가치가 있었다. 그러나 그 기억할 만한 1주일간의 오락에 몸을 던지기 위해서 내트는 비싼 대가를 치러야 했다. 설날이 되자 깨달음이 왔다. 마치 어느 날 갑자기 짓궂은 요정이 반갑지 않은 선물, 그의 행복한 세계를 마법처럼 비탄과 실망의 장으로 바꿔놓을 반갑지 않은 선물을 가져다 준 것 같았다.

그 첫 번째 선물은 아침에 왔다. 고가의 꽃다발과 봉봉 과자를 손에 든 내트는 답례를 하기 위해 민나 모녀의 집으로 향했다. 그날 테이블 위에서 물망초 모양의 자수를 놓은 멜빵과 부인이 손수 짠 비단 양말 선물을 발견했기 때문이다. 부인은 상냥하게 내트를 맞이했다. 민나는 어디 갔느냐고 물으니 부인은 내트의 솔직한 의사를 알고 싶다고 했다. 그러고는 두 사람에 대한 소문이 자신의 귀에도 들어온 이상, 내트에게 확실한 답을 듣기를 원한다고, 그렇지 않으면 민나의 마음을 혼란스럽게 하지 말고 더 이상 오지 말아달라고 덧붙였다.

이처럼 생각지도 못한 요구를 받고 내트만큼 당황한 젊은이도 흔치 않을 것이다. 그의 미국식 호의가 순진한 소녀를 속이고, 세상 물정에 밝은 부인에게 이용당할 수 있다는 것을 그는 이제야 깨달았다. 이제 그를 구할 수 있는 방법은 진실밖에 없었다. 내트는 부끄러움을 아는 사람이었으므로 솔직하게 고백했다. 그러자 서글픈 장면이 이어졌다. 내트는 거짓의 화려함을 벗어 던지고 자신은 그저 가난한 학생일 뿐임을 고백하지 않을 수 없었기 때문이다. 그는 그들 모녀의 환대에 힘입어 생각 없이 행동해 온 것을 깊이 사과했다. 부인의 노골적인 실망과 격렬한 비난, 그리고 그녀가 자신의 공중누각이 무너졌음을 깨닫고 내트를 향해 드러난 경멸하는 듯한 태도 등을 보면, 그녀의 동기나 희망에 다른 속셈이 있었다는 것은 의심할 여지가 없었다.

그가 진심으로 뉘우치자 부인은 마음을 조금 가라앉히고, 민나에게 작별인사를 할 수 있도록 허락했다. 열쇠구멍으로 자초지종을 듣고 있던 민나가 눈물 젖은 얼굴로 나오더니 울면서 내트의 가슴에 쓰러졌다. "오오, 내트, 전 절대 당신을 잊을 수 없을 거예요. 제 마음은 산산조각이 났지만 말이에요."

이는 차분하게 꾸지람을 듣는 것보다 더욱 참기 힘든 일이었다. 억세 보이는 부인마저 덩달아 울기 시작했기 때문이다. 내트는 독일인 특유의 격한 감정으로 토로하는 장황한 이야기를 듣고 난 뒤에야 마치 자신이 베르테르 ^(괴테의 소설 《젊은 베르테르의 슬픔》의 주인공. 롯데는 그의 애인)가 된 것 같은 기분이 되어 그곳을 빠져나왔다. 그가 나온 뒤에 버려진 롯데는 봉봉으로, 그녀의 어머니는 더욱 값비싼 선물로 저마다의 마음을 달랬다.

두 번째 선물은 내트가 바움가르텐 교수와의 만찬 자리에 참석했을 때 찾아왔다. 아침에 있었던 사건으로 그는 전혀 식욕을 느끼지 못하고 있었다. 그때 같은 자리에 있던 동기 가운데 한 명이 명랑한 목소리로 자기는 미국에 가기로 되었다며 '친애하는 바어 선생님'을 방문해서, 선생님의 제자가 라이프치히에서 얼마나 신나게 놀고 있는지를 알리는 것을 자신의 유쾌한 의무로 삼으려 한다고 말하자 그는 또다시 기운을 잃어버렸다. 그런 이야기가 플럼필드에 미칠 영향을 생각하자 맥이 탁 풀린 것이다. 그는 일부러 모두를 속이려고 했던 게 아니었다. 그저 편지에 쓰지 않은 부분이 많았을 뿐이다. 칼슨이 눈을 찡긋하며 아름다운 민나와 자기의 '친한 친구'가 약혼을 앞두고 있다는 정도로만 말할 생각이라고 이야기했을 때, 내트는 이 골칫덩이 친구가 플럼필드에 도착하기 전에 물고기밥이 되기를 바라고 있었다. 그는 온갖 지혜를 짜내 칼슨에게 경고한 뒤 플럼필드로 향하는 형편없는 지도를 그려주었다. 입맛을 잃어버린 내트는 급히 자리를 빠져나와서는 불쾌한 기분으로 거리를 서성였다. 예정돼 있던 연극공연에도, 나중에 친구와 함께 하기로 한 저녁식사에도 가고 싶은 마음이 싹 사라졌다. 그는 몇몇 거지들에게 돈을 주거나 두 아이에게 금빛이 도는 생강빵을 주어 기뻐하는 모습을 보며 겨우 자신을 위로했다. 그리고 혼자서 맥주를 마시며 데이지를 위해 건배하고 새해는 더 좋은 한 해가 되기를 빌었다.

그렇게 겨우 집으로 돌아와보니 세 번째 선물이 기다리고 있었다. 바로 청구서들의 홍수였다. 그것은 눈보라처럼 덮쳐와 그를 후회와 절망과 자기혐오의 눈사태 속에 묻어버렸다. 엄청난 양의 청구서와 금액에 내트는 얼굴이 새파랗게 질렸다. 바어 선생이 예언한 대로 그는 돈의 가치를 전혀 모르고 있었다. 그 금액을 한 번에 모조리 지불하려면 은행에 예금되어 있는 돈 전부가 필요했다. 집에 편지를 써서 돈을 좀 더 보내달라고 하지 않으면 앞으로 반년은 빈털터리로 지내야 했다. 이런 일을 부탁하느니 굶어 죽는 편이 나았다. 그때 가장 먼저 떠오른 생각은 새로운 친구들이 자주 권했던 도박장엘 가보자는 것이었다. 그러나 전에는 생각도 할 수 없었던 이 유혹만큼은 멀리할 것을 바어 선생님과 약속하고 온 그였다. 그렇지 않아도 수많은 잘못을 저질렀는데 거기에 또 하나를 추가할 수는 없는 노릇이었다. 빚을 내는 것도, 남에게 기대는 것도 싫었다. 그렇다면 달리 할 수 있는 게 없을까? 이 소름끼치는 청구서를 해결해야 하고 레슨도 계속해야만 한다. 그렇지 않으면 그의 유학 생활은 불명예스러운 실패로 끝나버리기 때문이다. 그러나 그러는 동안에도 생활은 계속해야 했다. 대체 어떻게?

지난날의 잘못에 대한 깊은 후회와 반성으로 기력을 잃은 내트. 이제야 자신이 어디로 떠내려가는지가 보이기 시작했다. 그렇게 '절망의 골짜기' 속에서 괴로워하며 아름다운 방 안을 몇 시간이고 왔다 갔다 했다. 그에게 구원의 손길을 뻗어 이 골짜기에서 건져 올려줄 사람은 아무도 없었다. 적어도 그에게는 그렇게 생각되었다. 이 때 우편물이 도착했다. 청구서들 사이로 미국 우표가 붙어 있는 편지가 하나 보였다.

아아, 이건 얼마나 고마운 편지인가! 고향 사람들의 애정이 가득한 그 장문의 편지를 내트는 얼마나 열심히 읽었는지 모른다! 모두들 한마디씩 적어 보내준 것이다. 그리운 이름들이 하나씩 나올 때마다 그의 눈은 눈물로 흐려지더니 마지막의 "하느님, 우리 아들을 지켜주소서! 바어 엄마가"라는 문구를 보았을 때는 더 이상 참을 수가 없었다. 그는 두 팔에 얼굴을 묻고 눈물을 비 오듯 쏟아내어 편지를 흠뻑 적셨고 그 눈물이 내트의 마음을 한결 가볍게 해주었다. 이제까지 그를 무겁게 짓누르고 있던 소년다운 죄책감을 깨끗이 씻어내 주었다.

"그리운 사람들, 모두들 이렇게 나를 사랑하고 믿어주는데! 내가 얼마나 어리석었는지 알면 몹시 실망하겠지. 그래, 그들에게 도움을 청하기 전에 다시 한 번 거리에서 바이올린을 켜자!" 내트는 이렇게 외치며 눈물을 닦았다.

이제는 그도 무엇을 해야 하는지 알 것 같았다. 바다 저편에서 도움의 손길이 뻗어온 것이다. 편지를 되풀이해서 읽고 또 읽고, 편지 한 편에 그려져 있는 데이지꽃에 열렬히 입맞춤을 하고 나니 내트는 이제 어떤 최악의 상황이 와도 싸워 이길 수 있을 것 같은 마음이었다. 청구서는 남김없이 지불하자. 팔 수 있는 것은 모조리 팔아버리는 거야. 이런 고급스러운 방에서도 나가자. 그리고 검소한 티셀 부인의 여인숙으로 돌아가면 어떻게든 자립할 수 있는 길을 찾을 수 있을 거야. 그런 학생들은 많으니까. 새로 사귄 친구들과의 교류도 끊어야 해. 화려한 생활과 허세부리는 짓도 그만하고, 착실히 공부하는 친구들과 어울리는 거다. 그것이 유일하게 올바른 방법이었다. 그러나 젊은이에게 있어서 허영심을 버리고 매력적인 즐거움도 포기한 채 자신의 어리석음을 인정하고, 사람들에게 동정과 비웃음을 사다가 나중에는 잊히고 마는 것은 얼마나 고통스러운 일일까.

이를 끝까지 해내기 위해서는 그가 가진 자존심과 용기를 전부 끌어모아야 했다. 그날 밤, 홀로 방에 앉아 있는데 바어 선생의 말이 이상하리만치 또렷하게 머릿속에 되살아났다. 그는 어린 아이가 되어 플럼필드에 있었다. 겁이 나서 거짓말을 한 그는 다시는 그런 짓을 하지 않기 위해 선생님을 매로 때려야만 했다.

"나를 위해서도 또다시 선생님을 괴롭게 해서는 안 돼. 난 어리석은 놈이기는 해도 비열한이 되고 싶지는 않아. 지금부터 바움가르텐 선생님을 찾아가서 모조리 털어놓고 선생님의 충고를 듣자. 눈물이 쏙 빠지도록 꾸지람을 듣는다 해도 그래야만 해. 그 다음에는 갖고 있는 물건을 전부 다 팔아 빚을 갚는 거야. 그리고 내 분수에 맞는 곳으로 돌아가자. 공작새 흉내를 내는 갈까마귀보다는 정직한 가난뱅이가 되는 편이 나아." 내트는 이렇게 말하며 싱긋 웃었다. 그러고는 방 안에 있는 자질구레한 사치품들을 바라보며 자신이 살아온 지난날들을 떠올렸다.

내트는 남자답게 자신의 말을 실행에 옮겼다. 선생님을 찾아가 사정 이야기를 한 그는 선생님도 예전에 비슷한 경험을 한 적이 있다는 얘기를 듣고 크게 안도했다. 선생님은 내트의 계획에 찬성하며 친절하게 조언해 주었고, 또한 그의 어리석은 행동에 대해서는 그가 건실한 생활로 돌아갈 때까지 바어 선생에게 비밀로 해줄 것을 약속했다.

돌아온 탕아는 새해의 첫 1주일을 신속하게 자신의 계획을 실행하는 데 썼다. 생일날, 그는 티셸 부인 여인숙의 작은 다락방에 홀로 앉아 있었다. 이전의 화려함은 어디에도 없었고, 남은 것이라고는 여자친구들이 준, 팔 수도 없는 기념품들뿐이었다. 그녀들은 그를 볼 수 없게 되었음을 슬퍼해 주었다. 남자친구들은 돈을 빌려주겠다고 나서거나 변함없는 우정을 약속한 한두 명을 빼고는 그를 비웃거나 동정했고, 얼마 지나지 않아 연락도 끊어졌다. 내트는 외롭고 우울했다. 그는 난롯불 옆에 앉아 작년에 플럼필드에서 맞은 새해를 떠올리며 이런저런 생각에 잠겼다. 작년 이맘때쯤 그는 데이지와 춤을 추고 있었다.

문 두드리는 소리에 내트는 퍼뜩 정신을 차리고 "들어오세요" 하고 말했다. '이런 때에 누가 나를 만나려고 여기까지 올라왔을까?' 생각하며 문이 열리기를 기다렸다. 그것은 다름 아닌 마음씨 고운 주인 아주머니였다. 아주머니가 자랑스럽게 받쳐 들고 있는 쟁반 위에는 포도주 한 병과, 다양한 색깔의 슈가 플럼(설탕을 끓여 굳힌 뒤 동그랗게 만든 과자)으로 장식한 생일 케이크가 놓여 있었다. 그 뒤에는 이제 막 피기 시작한 장미 화분을 안고 있는 포겔슈타인 양도 보였다. 은빛 곱슬머리의 포겔슈타인 양은 장미꽃 위로 다정한 미소를 지으며 외쳤다.

"블레이크 씨, 이 기념할 만한 날, 저희 둘이서 조촐한 선물을 가져왔어요. 생일 축하해요! 새해에는 모든 게 잘 되기를 진심으로 기원할게요!"

"암, 그렇고말고요. 정말 그렇게 되었으면 좋겠네요." 티셸 부인도 말했다. "기쁜 마음으로 만든 이 케이크를 좀 들어봐요. 이 와인을 마시며 고향에 있는 두 사람의 그리운 이들의 건강을 기원하고요."

두 사람의 친절에 감동한 내트는 감사하다고 말하고, 이 훌륭한 음식을 안에서 함께 나누자고 했다. 두 사람은 기꺼이 그렇게 하기로 했다. 어머니 같은 그녀들은 내트가 지금 어떤 어려움에 처해 있는지 알고 있었기에 이 사랑스러운 청년을 동정하고 있었던 것이다. 그래서 친절한 말과 맛있는 음식 외에도 실질적으로 도움이 되는 제안을 해 주었다.

티셀 부인이 잠시 망설이더니 이류 극장 오케스트라에 있는 부인의 친구 이야기를 했다. 그 친구가 몸이 아파 일을 그만두게 되었는데, 혹시 내트가 그런 초라한 곳에서라도 일할 마음이 있다면 기꺼이 그 자리를 양보하고 싶어 한다는 것이었다. 그리고 노처녀인 포겔슈타인 양은 소녀처럼 발그레한 얼굴로 장미 화분을 만지작거리며, 혹시 시간이 나면 자기가 미술을 가르치는 여학교에서 영어를 가르쳐보지 않겠느냐고 말했다. 많지는 않지만 일정한 보수도 주어진다는 말과 함께.

내트는 감사한 마음으로 두 가지 제안을 모두 받아들였다. 동성 친구보다 이성에게 도움받는 편이 자존심도 덜 상할 것 같았다. 그 일들은 생활에 보탬이 될 것이다. 그리고 선생님이 알아봐 주실 음악에 관련된 아르바이트로 다달이 들어가는 수업료를 마련할 수 있을 것이다. 친절한 이웃 두 사람은 자신들의 계획이 성공적으로 마무리되었음을 기뻐하며, 기운을 북돋아 주는 말과 따뜻한 악수를 남기고 떠났다. 내트가 그녀들의 생기 없는 볼에 마음을 담아 키스를 해주자 그들의 얼굴은 여성으로서의 만족으로 빛났다. 그것은 이 고마운 친절에 대해 내트가 할 수 있는 유일한 감사의 표시였다.

그 뒤부터는 이상하리만치 세상이 밝아 보였다. 희망은 포도주보다 뛰어난 강심주(強心酒)였던 것이다. 그의 몇몇 훌륭한 결심들은 방 안 가득 그윽한 향기를 퍼뜨리는 장미꽃처럼 새롭게 피어났다. 내트는 좋아하는 곡을 연주하며 최고의 위로는 음악에서 얻을 수 있다는 것을 새삼 느꼈고, 이제부터는 더욱더 음악에 충실할 것을 맹세했다.

제14장 플럼필드의 연극

우리의 친애하는 미스 욘지($^{1823\sim1901.}_{영국\ 여류작가}$)가 열두서너 명의 아이들을 등장시키지 않고는 이야기를 마무리 짓지 않듯이 마치 가(家)의 보잘것없는 역사가도 연극 부분을 빠뜨리고는 이야기를 이어 갈 수 없었다. 그러니 이번에는 플럼필드의 크리스마스 연극으로 독자의 관심을 돌려보고자 한다. 이 연극은 몇몇 친구들의 운명에 영향을 끼친 만큼 아무런 언급도 하지 않고 그냥 건너뛸 수가 없다.

이곳에 대학이 세워졌을 때 로리는 작고 아름다운 극장을 하나 더 만들어서 연극뿐만 아니라 연설이나 강연, 음악회 등에도 쓸모 있게 쓸 수 있도록 했다. 무대의 막에는 뮤즈들에게 둘러싸인 아폴론이 그려져 있었는데, 이 그림을 그린 화가는 극장 기증자에 대한 존경의 뜻으로 아폴론을 우리의 친구 로리와 매우 닮게 그렸고, 모두들 말할 수 없이 유쾌하고 재치 있는 그림이라고 생각했다. 주인공, 전속 극단, 그리고 오케스트라와 배경 화가까지 모두가 한가족 내에 있는 인재들로 충분했다.

그 무렵 유행하던 연극은 프랑스 극을 살짝 손질한 것—요란한 의상과 거짓 감상, 수준 떨어지는 재치 등이 기묘하게 뒤섞였을 뿐 자연스러운 맛은 조금도 없는—으로, 전부터 조는 이것을 보다 나은 연극으로 만들고 싶다고 생각해 왔다. 고상한 연설과 스릴 넘치는 상황들로 가득한 극은 생각하기는 쉽지만 글로 쓰기는 어렵다. 그래서 조는 희극적인 요소와 비극적인 요소가 섞여 있는 일상생활의 몇몇 장면을 만드는 것으로 만족하기로 했다. 그녀는 각각의 등장인물들에게 적절한 배역을 정하면서, 진실과 소박함이 완전히 매력을 잃지는 않았다는 것을 입증해 보이려고 했다. 그런 조에게 로리가 큰 도움을 주었고, 두 사람은 서로를 보몬트와 플레처(둘 다 영국 극작가. 대부분의 극을 함께 썼다)라 부르며 공동 작업을 즐겼다. 극작에 관한 보몬트의 지식은 야심에 활활 불타오르는 플레처의 펜을 진정시키는 데 매우 큰 도움을 주었다. 그리고 두 사람은 하나의 실험적인 시도로서 꽤 솜씨 좋고 효과적인 작품을 만들어 냈다며 득의양양해했다.

준비는 모두 갖추어져 있었다. 크리스마스 당일은 최종 연습을 하고, 내성적인 배우들의 두려움을 달래주고, 소도구를 챙기고, 극장을 꾸미느라 부산했다. 숲에서 구해 온 겨우살이와 호랑가시나무, 파르나소스의 온실에 가득한 꽃들과 만국기 등, 그날 밤의 손님들을 위한 화려한 장식들도 완성되어 갔다. 중요한 손님으로는 약속을 잊어버리지 않는 카메론 양도 있었다. 오케스트라는 특별히 신경 써서 악기 상태를 점검했고, 무대 장치 담당자들은 매우 우아한 무대를 설치했다. 프롬프터는 질식할 것 같은 조그만 공간에 몸을 숨기고, 배우들은 떨리는 손으로 의상을 갈아입었다. 이마에는 송골송골 땀방울이 맺혀 분도 잘 안 발라질 지경이었다. 보몬트와 플레처는 여기에 그들의 평판이 걸려 있음을 알고 있었기에, 의자에 앉아 있을 여유도 없이 이리저리 뛰어다녔다. 친한 평론가들은 모두 다 초대되었다. 그리고 이 세상의 온갖 장면에 출몰하는, 모기같이 끈질기게 따라붙는 신문기자들도 쫓아 버릴 수 없었다.

"그분은?" 무대 뒤의 어둠 속에서 모두들 이렇게 물었다. 노인 역의 톰이 그 큰 발을 무대에 슬쩍 드러내 보이는 위험을 무릅쓴 채 귀빈석을 엿보고는 카메론 양의 아름다운 얼굴이 보인다고 알리자 모두들 웅성거리기 시작했다. 조시는 흥분해 숨을 헐떡이며 생전 처음으로 무대 공포증에 걸릴 것 같다고 말했다.

"그러기만 해봐, 가만 안 둘 거야." 조는 아까부터의 맹활약으로 머리카락이 헝클어져서 넝마를 입지 않고도 매지 와일드라이프를 연기할 수 있을 것 같은 모습으로 말했다.

"우리가 대사를 주고받는 사이에 마음을 가라앉힐 여유가 생길 거야. 우리는 노련한 배우들로 침착하기가 시계와 같지." 데미는 앨리스에게 고개를 끄덕여 보이며 말했다. 앨리스는 아름다운 의상을 차려 입고 필요한 소도구들도 가까운 곳에 준비해 두었다.

그러나 홍조 띤 얼굴과 반짝이는 두 눈, 그리고 레이스와 벨벳 속에서 떨고 있는 앨리스와 조시의 모습을 보니, 어쩐지 이 두 시계는 평소보다 긴장하고 있는 것 같았다. 두 사람은 개막작으로, 지난번에 매우 멋지게 연기한 적 있는 짧고 명랑한 극을 공연하기로 되어 있었다. 앨리스는 큰 키에 검은 머리카락과 검은 눈동자를 가진 소녀이다. 지적이며 건강하고 행복한 그녀의 얼굴에서 아름다움이 절로 배어 나왔다. 앨리스는 그 어느 때보다 아름다웠다. 금색과 은색 명주실로 두껍게 짠 비단에 깃털 장식을 더한 후작 부인의 위엄 있는 모습은 앨리스의 당당한 모습과 너무나 잘 어울렸다. 한편 궁중복을 입고 허리에 칼을 차고 손에 삼각 모자를 들고 하얀 가발을 쓴 데미도 누구나 반하지 않을 수 없는 멋진 남작의 모습이었다. 하녀 역할의 조시는 진짜 프랑스 시녀처럼 사랑스러우면서도 살짝 시건방지고 호기심이 많아 보였다. 등장인물은 이렇게 셋이었다. 이 연극의 성패는, 툭하면 싸우는 연인들의 변덕스러운 기분을 표현하는 적극성과 기교, 두 사람이 재치 있게 주고받는 대화와 행동, 그리고 그 배경을 이루는 궁중시대에 어울리는 몸짓에 달려 있었다.

변덕스러운 대사를 주고받는 두 사람의 모습에 관객들은 웃음이 끊이지 않았다. 늠름한 신사와 아리따운 귀부인이 그 착실한 존과 공부벌레인 앨리스라는 것을 알아보는 이는 거의 없었을 것이다. 관객들은 호화스러운 의상에 넋을 잃었고, 젊은 배우의 자유롭고 기품 있는 몸놀림에 감탄했다. 조시는 이 연극에서 가장 눈에 띄는 인물이었다. 열쇠 구멍으로 이야기를 엿듣기도 하고 편지를 몰래 들여다보기도 했으며, 가장 안 어울리는 순간에 고개를 천장으로 향하고 두 손을 에이프런 주머니에 쑤셔넣은 채 불쑥 무대로 나왔다가 들어갔다가 했다. 모자 끝에서부터 빨간 슬리퍼 끝에 이르기까지 온몸으로 호기심 덩어리 캐릭터의 느낌을 잘 살려낸 것이다. 모든 것이 일사천리로 진행되었다. 변덕스러운 후작 부인이 헌신적인 남작을 마음껏 가지고 놀며 괴롭힌 끝에 마침내 기지와 지혜의 싸움에서 패했음을 인정하자 승리를 쟁취한 남작이 손을 내밀었다. 그때였다. 우지끈하는 소리가 들리더니 화려하게 꾸민 묵직한 무대 장식이 앞쪽으로 흔들리는 게, 앨리스의 머리 위로 떨어질 것 같았다. 이를 본 데미가 곧바로 앨리스 앞으로 뛰어가 현대의 삼손처럼 무대 장식을 떠받치고 섰다. 위험은 금세 사라졌다. 데미가 마지막 대사를 읊으려 할 때, 고장 난 무대장치를 고치기 위해 서둘러 사다리를 타고 올라가 있던 젊은 스태프가 몸을 굽혀 속삭였다. "이제 괜찮아요." 그러나 데미가 날개를 펼친 독수리같은 포즈에서 벗어났을 때, 스태프의 주머니에서 빠져나온 쇠망치가 위쪽을 올려다보고 있던 데미의 얼굴 위로 떨어졌다. 쇠망치가 가한 충격으로 인해 남작의 대사가 데미의 머릿속에서 말 그대로 튕겨져 나왔다.

서둘러 막을 내리는 바람에 관객들은 프로그램에는 없던 아름다운 장면을 보지 못했다. 후작 부인이 비명을 지르며 데미에게로 달려와 피를 닦아준 것이다. "아아, 존, 아프지? 나한테 기대." 존은 잠시나마 기쁜 마음으로 앨리스에게 기대었다. 살짝 현기증이 나기도 했지만, 이것저것 챙겨주는 다정한 손길과 자신의 얼굴 바로 옆으로 바싹 다가와 있는 걱정스러운 얼굴을 느낄 수 있어서 좋았다. 머리 위로 쇠망치의 비가 내리고 학교 전체가 무너져 내리는 대가를 치른다 해도 오히려 싸게 얻었다는 생각이 들 만큼 귀한 무언가를 얻은 듯한 느낌이었다.

낸은 잠시도 몸에서 떼어 놓은 적 없는 외과 도구를 주머니에 넣은 채 곧장 달려왔다. 상처에 깨끗한 반창고를 붙였을 때 조가 다가오더니 슬픈 얼굴로 말했다. "많이 다쳤니? 무대에 못 나갈 것 같아? 그럼 연극을 망치고 말 텐데!"

"차츰 더 역할에 맞아 들어가고 있어요, 이모. 이제는 가짜 상처가 아니라 진짜 상처가 생겼으니까요. 저는 괜찮으니 걱정 마세요." 데미는 이렇게 말한 뒤 가발을 집어 들고 후작 부인에게 감사의 눈빛을 보내면서 무대로 나갔다. 후작 부인은 장갑이 못쓰게 되었는데도 전혀 개의치 않았다. 팔꿈치까지 올라오는 꽤 비싼 장갑이었는데도 말이다.

"걱정되시나요, 플레처?" 마지막 벨이 울리기 전의 긴장되는 잠깐 사이, 로리가 조에게 물었다.

"침착도 하시네요, 보몬트." 조는 메그에게 모자를 바로 쓰라는 몸짓을 해 보이며 대답했다.

"힘내요! 무슨 일이 일어난다 해도 내가 옆에 있을 테니!"

"아, 이 일만은 꼭 해내고 싶어요. 별것 아닐지 모르지만 여기에는 정직한 땀방울과 진실이 가득 담겨 있으니까요. 어머, 메그 좀 봐, 진짜 시골 아줌마 같잖아!"

정말 그랬다. 메그는 어느 농가 부엌의 난로 옆에 앉아 요람을 흔들며 양말을 꿰매고 있었다. 마치 살아 있는 동안 그 일 말고는 해본 적이 없는 것처럼 보였다. 반백의 머리카락과 섬세하게 그려진 이마의 주름, 허름한 의상과 모자, 작은 숄, 바둑판 무늬의 앞치마. 의상과 소품들이 메그를 평온한 어머니의 모습으로 바꿔놓았다. 막이 올랐다. 요람 곁에서 바느질을 하면서 낮은 목소리로 옛노래를 부르는 메그의 모습은 곧 관객의 주목을 끌었다. 군대에 지원한 아들 샘, 도시의 쾌락을 동경하는 불만투성이 딸 돌리, 원치 않은 결혼을 한 뒤 집으로 돌아와 아기를 어머니에게 맡기고—질 나쁜 애 아빠가 데리러 올 때까지 아이를 부탁한다며—스스로 목숨을 끊은 가여운 엘리지 등 각 인물들의 사연에 관한 독백이 이어지는 사이, 이야기는 소박하게 전개되어 갔다. 난로 위에서 실제로 끓고 있는 주전자와 커다란 시계의 똑딱거리는 소리, 그리고 아기의 옹알거리는 소리에 맞춰 흔들리는, 파란 털실로 짠 신발 등이 극의 효과를 높였다. 모양이 제대로 잡히지 않은 아기 신발이 가장 먼저 박수갈채를 받았다. 로렌스는 너무나 만족한 나머지 평소 지켜오던 품위도 잊은 채 조에게 속삭였다.

"저 갓난아기가 인기를 독차지할 줄 알았다니까요!"

"울면 안 되는 때에 가만 있어 주기만 해도 다행인데 말이죠. 그래도 위험해요. 아무리 메그가 달래도 안 되겠다 싶으면 언제라도 데리고 나가야 해요." 조가 대답했다. 그때 창문 쪽에서 왠지 기분 나쁠 정도로 초췌한 얼굴이 나타났다. 조는 로리의 팔을 붙잡고 덧붙였다.

"데미예요! 나중에 아들로 나올 때 관객들이 같은 인물이라는 것을 눈치채지 말아야 할 텐데. 저 악역을 당신이 직접 연기하지 않은 것을 영원히 원망할 거예요."

"감독을 하면서 동시에 연기를 하는 건 불가능해요. 저 아이는 진짜 악당처럼 보이는 걸요. 게다가 멜로드라마적인 요소를 좋아하기도 하고."

"이 장면은 좀 더 나중으로 미뤘어야 해요. 그런데 나는 되도록 빨리 저 엄마가 주인공임을 알려주고 싶었어요. 상사병에 걸린 딸이나 사랑의 도피 행각을 벌이는 부인 이야기는 이제 질색이에요. 나이 든 부인에게도 로맨스가 있다는 것을 이걸로 증명해 보이겠어요. 자, 이제 데미가 등장할 차례예요!"

몸을 앞으로 구부리고 무대 위로 등장한 남자는 추레한 옷차림에 무서운 눈빛을 하고 수염도 깎지 않은, 질 나빠 보이는 남자였다. 그는 거만한 태도로 아이를 내놓으라며 덤벼들어 노파를 겁에 질리게 했다. 조마조마한 장면들이 이어졌다. 메그는 두려워하던 남자를 만나면서도 위엄 있는 태도를 보여, 그녀를 잘 알고 있는 사람들을 놀라게 했다. 남자가 무서운 목소리로 아이를 내놓으라며 다가오자 메그는 떨리는 목소리와 손으로, 죽어가는 아이 엄마에게 약속한 대로 아기를 곁에 두고 싶다고 애원했다. 남자가 완력으로 아기를 빼앗으려 하자 메그는 재빨리 요람 속의 아기를 끌어안고 일어나서 남자에게 저항했다. 매우 뛰어난 연기였다. 격분한 노파와 메그의 목에 매달려 눈을 깜빡이는 발그레한 얼굴의 아기. 죄 없는 어린 것을 이렇게까지 지키려 하는 노파를 보고 이제는 사악한 목적을 이루려는 마음마저 꺾여버린 아버지. 이 멋진 장면에 박수갈채가 이어졌다. 박수 소리를 듣고 감격한 두 작가는 제1막이 성공했음을 깨달았다.

2막은 한결 차분했다. 첫 장면은 건강해 보이는 시골 아가씨로 분한 조시가 나와서, 심기 불편한 얼굴로 저녁식사 준비를 하는 장면이었다. 소녀다운 고충이나 야심을 이야기하면서 그릇과 컵을 거칠게 내려놓고 커다란 갈색 빵을 아무렇게나 자르는 심술궂은 모습은 일품이었다. 조는 카메론 양에게서 시선을 떼지 않았다. 조시의 대사와 몸짓이 자연스러웠던 부분, 연기가 훌륭했던 부분, 변덕스러운 봄날처럼 순식간에 변하는 젊은 아가씨의 얼굴 표정 등을 본 카메론 양은 몇 번이고 고개를 끄덕였다. 빵 굽는 포크와 씨름하는 부분이나, 흑설탕을 경멸하면서도 그것을 핥아먹음으로써 고단한 하루 일과에 단맛을 더하는 장면 등은 웃음을 자아냈다. 조시가 신데렐라처럼 화롯가에 앉아 눈물을 글썽이며 허름한 방에서 춤추는 불꽃을 바라보고 있는 장면에서는, 객석에서 "불쌍해! 저 아이에게도 조금은 즐거운 일이 생겼으면 좋겠어!"라는 소녀의 외침이 들리기도 했다.

이때 노파가 무대에 등장한다. 어머니와 딸은 말다툼을 시작한다. 딸은 어머니를 위협하기도 하고, 달래기도 하고, 키스하기도 하고, 울기도 하더니 결국 반강제로 시내에 있는 돈 많은 친척 집에 가는 것에 대한 승낙을 받아 낸다. 방금까지 울던 돌리는 소망이 이뤄지자 금세 싱글벙글이다. 노모가 슬픔에서 벗어날 새도 없이 이번에는 푸른 군복 차림의 아들이 들어온다. 그는 군인이 되었다는 사실을 알리며 입대하겠다고 말한다. 그것은 엄청난 충격이었다. 그렇지만 애국적인 어머니는 말없이 견딘다. 배려심 없는 아들이 군인이 된 기쁨을 알리기 위해 또다시 서둘러 어딘가로 나가버린 뒤에야 어머니는 무너지듯 주저앉는다. 연로한 어머니는 시골집 부엌에 홀로 앉아서 자식들을 생각하며 슬퍼한다. 어머니가 반백의 머리를 두 손으로 감싸쥔 채 요람 옆에서 무릎을 꿇고 울면서 기도할 때 이 마음씨 착하고 성실한 노모의 마음을 위로해 주는 것은 갓난아기뿐이었다.

이 장면의 후반부에서는 내내 흐느껴 우는 소리가 들렸다. 막이 내리자 관객들은 눈물을 닦느라 바빠 박수치는 것도 잊고 있었다. 그 잠깐 동안의 침묵은 소음보다도 기쁜 것이었다. 조는 언니의 얼굴에서 감동의 눈물을 닦아 주며, 자기의 코끝에 연지가 묻어 있는지도 모른 채 매우 진지한 얼굴로 말했다.

"메그 언니 덕에 내 작품이 살았어! 아아, 언니가 진짜 배우가 아니고 내가 진짜 극작가가 아니라니, 이상한 일이야!"

"그렇게 흥분하지 말고 조시의 의상 좀 손 봐줘. 그 애는 흥분해 떨고 있는데, 나는 별 도움이 안 돼. 다음은 그 애의 주요 장면이잖아."

그 말이 맞았다. 조는 그 대목을 특별히 조시를 위해 썼던 것이다. 조시는 화려한 의상을 입고, 그녀의 야망을 만족시키기에 충분히 긴 옷자락을 질질 끌며 매우 기뻐했다. 부유한 친척의 응접실에서는 모두가 아름다운 축제 때 입는 옷차림으로 치장하고 있었다. 시골에서 온 사촌은 바닥에 끌리는 주름 장식을 뒤돌아보며 당당하게 걸어 들어온다. 빌린 옷을 입은 시골 아가씨가 어찌나 기뻐하는지, 그 천진한 모습에 누구도 웃을 수가 없다. 아가씨는 거울 속에 비친 제 모습을 보자 자신감이 생긴다. 그리고 빛나는 것이 모두 금은 아니라는 사실을 깨닫는다. 소녀다운 감성으로 동경하던 쾌락이나 사치, 듣기 좋은 말보다도 더 큰 유혹이 있다는 것을 알게 된 것이다. 그녀는 돈 많은 애인으로부터 구애를 받지만 그녀의 순수한 마음은 그가 속삭이는 달콤한 말에 넘어가지 않는다. 순진한 아가씨는 어찌할 바를 몰라 하며 어머니만 여기 계셨어도 위로 받거나 조언을 구할 수 있었을 거라고 생각한다.

도라와 낸과 베스, 그리고 몇몇 남자들이 신나게 춤추는 장면은 미망인 모자를 쓰고 시대에 뒤처진 숄을 걸치고 커다란 우산과 바구니를 든 어머니의 모습과 좋은 대비를 이루었다. 젊은이들이 춤을 추는 광경을 놀란 눈으로 지켜보면서 커튼을 만지작거리거나 낡은 장갑에 생긴 주름을 펴는 늙은 어머니의 연기는 참으로 훌륭했다. 그러나 조시가 어머니를 발견하고 "아아, 어머니!" 외치며 뛰어가는 모습은 너무나 자연스러워서 긴 옷자락에 발이 걸려 넘어지는 연기도 필요 없을 정도였다. 조시는 가장 가까운 피난처를 발견하고는 달려가 그 두 팔 속으로 뛰어든다.

그리고 애인이 등장한다. 어머니의 속을 떠보는 듯한 물음과 통명스러운 대답에 관객들은 재미있다는 듯 큰 소리로 웃었다. 딸은 남자의 애정이 얄팍함을 깨닫고, 자신도 하마터면 불쌍한 엘리지와 같은 일을 당해 신세를 망칠 뻔했음을 깨닫는다. 남자에게 작별을 고한 조시는 어머니와 둘만 있게 되었을 때 자기의 화려한 옷에서 어머니의 초라한 옷으로 시선을 옮긴다. 그리고 어머니의 거친 손과 다정한 얼굴을 가만히 바라보고는 흐느껴 울면서 외친다. "나를 집으로 데려가 줘요. 이런 곳은 이제 질색이야!"

"마리아, 너를 위한 이야기구나. 잊지 말도록 해라." 막이 내린 뒤 관객석에서 어느 부인이 딸에게 하는 말이 들렸다. 딸은 축축한 레이스 손수건을 펼치며 말했다.

"저 연극이 왜 이렇게 감동적인지 모르겠지만, 그래도 감동적인 것은 사실이야."

다음 장면에는 톰과 낸이 기운차고 씩씩하게 등장했다. 그곳은 육군 병원의 한 병동이었다. 외과의사와 간호사는 맥박을 재거나 약을 처방하고, 환자의 하소연을 들어주기도 하면서 침대와 침대 사이를 옮겨 다닌다. 활기차면서도 심각하고 진지한 두 사람의 모습에 객석이 술렁였다. 그들은 한 환자의 팔에 붕대를 감아주면서 아들을 찾아 전장을 누빈 한 아주머니에 대한 이야기를 주고받는다.

"곧 여기로 오겠군. 이거 걱정인걸. 아까 숨을 거둔 불쌍한 남자가 그 아들일지도 모르니 말이야. 그런 용감한 어머니를 만나야 한다면 차라리 대포에 맞서는 편이 낫겠어. 처음에는 희망과 용기를 품고 오지만 나중에는 크나큰 슬픔에 맞닥뜨리게 되니까 말야." 의사가 말한다.

"그런 가여운 어머니들의 이야기를 들으면 가슴이 미어지는 것 같아요." 간호사가 커다란 앞치마로 눈물을 훔치며 덧붙인다. 이 때 메그가 등장한다.

아까와 똑같은 의상에 똑같은 바구니와 우산을 들고 있는 노부인은 시골 말투도, 꾸밈없는 몸짓도 그대로이다. 그러나 참담한 일을 겪고 난 뒤의 그 모습은 처연해 보인다. 평온하던 노부인은 이제는 몹시 야윈 데다 눈은 정신이 나간 듯 멍하고 발은 먼지투성이에, 손은 덜덜 떨고 있다. 고통과 결의와 절망이 뒤섞인 얼굴 표정은 이 시골 할머니에게 비장한 아름다움과 위엄을 불어넣어, 관객의 마음을 감동시켰다. 노부인은 더듬거리며 지금까지 아들을 찾아 헤매온 이야기를 몇 마디 하고 나서 다시 아들을 찾아 나선다. 간호사가 이끄는 대로 이 침대에서 저 침대로 옮겨다니며 아들을 찾는 노부인의 얼굴에 희망과 두려움 그리고 절망의 빛이 번갈아 나타나는 것을 보며 관객들은 숨을 죽였다. 길게 누운 무언가가 흰 천에 덮여 있는 침대가 보인다. 노부인은 그 앞에서 발길을 멈추고, 이름 없는 시신을 볼 용기를 불러일으키려는 듯 한 손을 가슴에, 다른 한 손을 눈에 가져다 댄다. 그리고 흰 천을 걷는다. 노부인은 떨면서 긴 안도의 한숨을 내쉬고는 조용히 말했다.

"제 아들이 아니에요. 오오, 하지만 다른 어머니의 아들이죠!" 그리고 허리를 구부려 그의 차가운 이마에 부드럽게 키스한다.

객석에서 누군가가 흐느껴 울었다. 카메론 양은 두 눈에 맺힌 눈물을 닦으며, 심신의 피로로 곧 쓰러질 것 같으면서도 여전히 긴 침대 행렬 사이를 비틀거리며 걸어가는 가련한 부인의 표정과 몸짓을 한순간도 놓치지 않으려 했다. 그러나 그 가련한 부인의 노고는 마침내 보상받았다. 어머니의 목소리에 잠에서 깨어난 듯, 수척한 얼굴의 남자가 침대에서 일어나 노부인에게로 손을 뻗으며 외친다.

"어머니! 어머니! 꼭 오실 거라 믿었어요!"

어머니는 사랑과 기쁨의 비명을 지르며 아들에게 달려간다. 감격에 겨운 그 소리는 모든 관객의 마음속으로 파고든다. 어머니는 울면서 아들을 껴안고 오직 신실한 노모만이 할 수 있는 기도와 축복을 전한다.

마지막 장면은 좀 더 밝았다. 시골집의 부엌은 크리스마스의 기쁨으로 반짝였다. 검은 고약을 붙이고 목발을 곁에 둔 영웅은 난롯가의 오래된 의자에 앉아 있었다. 의자에서 나는 삐걱거리는 소리도 그의 귀에는 기분 좋게 울렸다. 돌리는 신이 나서 화장대와 긴 의자, 벽난로 선반과 구식 요람에 크리스마스 장식을 했다. 어머니는 아기를 무릎에 앉히고 아들 곁에서 휴식을 취하고 있다. 낮잠을 자고 일어나서 배부르게 젖을 먹은 아기 배우는 신나서 몸을 움직이며 객석 쪽으로 알아들을 수 없는 말을 하더니 무대 앞에 놓인 조명을 잡으려고 버둥거리다가 그 눈부신 장난감에 놀라 눈을 끔뻑거린다. 메그가 아기의 등을 어루만지며 포동포동하게 살찐 다리를 가리듯이 끌어안고, 각설탕으로 아기를 달래는 모습은 보기 좋았다. 마지막에 아기는 너무도 기쁜 마음으로 메그를 힘껏 껴안아 관객들의 박수갈채를 받았다.

집 밖에서 들리는 노랫소리가 이 행복한 가정의 고요를 깨뜨린다. 눈 오는 밤, 달빛 아래서 캐럴을 부르는 이웃들이 크리스마스 선물을 가지고 집으로 들어와 인사를 한다. 여러 배우들의 등장으로 이 장면은 꽤나 북적거린다. 먼저 샘의 애인은 후작부인이 남작에게 보여주지 않던 부드러운 모습을 보이며 그를 따라다닌다. 돌리는 크리스마스 장식 밑에서 시골 출신의 숭배자와 즐거운 시간을 보내는 중이다. 소가죽으로 만든 부츠에 투박한 재킷을 입고 검은 수염과 가발을 써서 마치 햄 페고티(디킨스의 《데이비드 코퍼필드》에 나오는 인물)처럼 보이는 이 숭배자는, 그 긴 다리만 아니었다면 테디라는 것을 알아보는 사람이 아무도 없었을 것이다. 연극은 손님들이 가지고 온 음식들로 소박한 만찬을 즐기는 장면으로 끝이 난다. 도넛과 치즈, 호박파이 및 그 밖의 시골 음식들이 차려진 테이블에 사람들이 빙 둘러앉았을 때, 샘이 목발을 짚고 서서 건배를 제안한다. 그가 사이다를 따른 컵을 들어올리고 경례를 하며 목멘 소리로 "어머니를 위하여!" 외치자 모두 일어서서 잔을 입에 댄다. 돌리가 노파의 목에 팔을 두르자 노파는 딸의 가슴에 행복한 눈물을 감춘다. 아기가 신이 나서 테이블을 스푼으로 탁탁 두드리면서 소리 지르는 장면에서 막이 내린다.

관객들이 중심인물을 에워싼 무리들을 한 번 더 볼 수 있도록 곧바로 다시 막이 올라간다. 비처럼 내리는 꽃다발에 아기는 매우 기뻐했다. 그중 큰 장미 꽃봉오리가 아기의 코끝을 건드리는 바람에 결국 '와앙' 울음을 터트렸지만 걱정할 만큼은 아니었고 오히려 흥을 돋우어 주었다.

"뭐, 시작치고는 괜찮은걸." 마지막으로 막이 내리자 보몬트가 안도의 한숨을 쉬면서 말했다.

"실험적인 시도였지만 성공적이었어요. 이걸로 우리는 본격적으로 위대한 미국 연극을 시작할 수 있게 된 거예요." 조 부인은 만족스러운 얼굴로 말했다. 조 부인에겐 훌륭한 희곡에 대한 멋진 생각들이 가득했던 것이다. 그렇지만 그 해에는 가정 내의 여러 극적인 사건들 때문에 희곡을 쓸 수 없었다는 것을 덧붙여 두어야 하겠다. 관객들은 저녁식사를 하기 위해 응접실로 나갔다. 남녀 배우들도 의상을 입은 채 관객들과 함께 자리에 앉아 마음에서 우러나온 칭찬을 들으며 커피를 마셨고, 발그레하게 달아오른 볼을 조심스럽게 아이스크림으로 식혔다. 메그는 조시 옆 자리에 앉았다. 데미가 두 사람에게 이것저것 가져다 주며 시중을 들고 있는데 카메론 양이 다가왔다. 그때 메그의 만족감과 행복감은 헤아리고도 남을 것이다. 카메론 양은 진심에서 우러난 찬사를 던졌다.

"브루크 부인, 부인의 아이들이 어디에서 저런 재능을 물려받았는지 확실히 알았습니다. 그 '남작'은 정말 훌륭했어요. 그리고 '돌리' 양은 내년 여름에 해변에서 함께 지낼 때 제자로 삼았으면 좋겠네요."

이 제안이 얼마나 기쁘게 받아들여졌는지는 추측하기 어렵지 않을 것이다. 그리고 보몬트와 플레처의 작품도 같은 평론가들로부터 칭찬을 듣게 되었다. 작가들은 이 작품은 거창한 대사나 멋진 무대장치의 도움 없이 자연과 예술을 병립시키고자 한 시도였다고 서둘러 설명했다. 모두 행복했지만 그

중에서도 가장 행복한 사람은 작은 '돌리'였다.

이로써 이 연극 공연은 성공리에 막을 내렸다. 이 즐거운 크리스마스 밤은 마치 집안사람들에게는 기념할 만한 밤이 되었다고 할 수 있다. 왜냐하면 데미는 암묵적인 질문에 대한 답을 얻었고, 조시는 가장 큰 소망을 이뤘기 때문이다. 그로부터 며칠 뒤, 조는 댄으로부터 편지를 받고 크나큰 안도감과 행복감을 느꼈다. 댄이 편지에 주소를 적어주지 않아서 그 기쁨을 전할 수는 없었지만 말이다.

제15장 기다리는 동안

"좋지 않은 소식이 있소." 1월 초 어느 날 바어 선생이 방으로 들어오며 말했다.

"어서 말씀하세요. 기다리는 건 참을 수 없어요, 프리츠." 조는 아무리 끔찍한 소식이라도 용감하게 받아들이겠다는 듯이 일감을 내려놓고 자리에서 일어났다.

"그렇지만 희망을 갖고 기다려야 해요, 조. 자, 우리 함께 견뎌내도록 합시다. 에밀이 탄 배가 실종되었소. 그 아이에게서는 아무 소식도 없고 말이오."

바어 선생이 두 팔로 비틀거리는 아내를 받쳐 주었다. 조는 당장이라도 쓰러질 것 같았지만 곧 정신을 추스르고 침착하게 남편 곁에 앉았다. 실종 소식은 난파선에서 살아남은 선원으로부터 함부르크에 있는 선주에게로 전해졌고, 이것을 프란츠가 즉시 바어 삼촌에게 전보로 알려준 것이었다. 보트 하나는 구조되었으니 다른 보트들도 구조되었을지도 모른다는 희망은 있었다. 비록 두 척의 보트는 이미 침몰했다고는 해도 말이다. 어느 쾌속선이 이 빈약한 정보를 전해왔지만, 다행히 목숨을 건진 사람들이 어느 날 불쑥 모습을 나타낼 수도 있었다. 돛대가 부러졌으니 선장의 보트가 난파한 게 틀림없다는 선원들의 말을 마음 착한 프란츠는 전보에 쓰지 않았다. 그러나 이 슬픈 소문은 곧 플럼필드로 전해졌고, 그 밝고 명랑한 제독이 노래 부르며 돌아오는 날은 이제 다시 오지 않으리라 여겨 모두들 몹시 슬퍼했다.

조는 믿으려 하지 않았다. 에밀은 어떤 폭풍도 이겨내고 멀쩡하고 활기찬 모습으로 돌아올 것이라고 고집스레 우겼다. 조가 끝까지 희망을 버리지 않앗던 것은 결과적으로 매우 좋은 일이었다. 왜냐하면 바어 선생은 이미 오래 전부터 누나의 자식들을 친자식들과 똑같이 사랑해 왔기에 에밀이 실종되었다는 소식은 선생의 마음을 너무도 고통스럽게 했다. 남편의 기운을 북돋아 주기 위한 때나 소망이 끊어져 버릴 것만 같아 마음이 무거운 때 조는 오히려 에밀에 대해 밝게 이야기하려 했다. 한 아이를 잃은 바어 부부에게 위로가 되는 것이 있다면, 그건 모든 이들이 보여준 애정과 슬픔이었다. 프란츠는 새로 들어오는 소식들을 바로바로 전보로 알려왔고, 내트는 라이프치히에서 마음이 따뜻해지는 편지를 보내왔다. 톰은 새로운 소식은 없느냐며 몇 번이나 선박 대리점을 재촉해서 그들을 난처하게 했다. 늘 바쁜 잭까지 평소 같지 않게 마음을 담은 편지를 써 보냈다. 돌리와 조시는 가끔씩 아름다운 꽃과 맛있는 과자를 들고 찾아와서는 조의 기운을 북돋아주고 조시의 슬픔을 달래주었다. 또한 배려심이 많은 네드는 시카고에서부터 먼 길을 달려와 그들의 손을 꼭 붙잡고 눈물을 글썽이며 말했다. "에밀 소식을 듣고 너무 걱정이 돼서 달려오지 않을 수가 없었어요."

"이런 게 진심 어린 위로라는 거겠지? 우리가 아이들에게 가르쳐 준 것이 아무것도 없다고 해도, 적어도 형제애만큼은 가르친 거야. 저 아이들은 이제 평생 서로의 힘이 되어 줄 수 있을 거야." 네드가 돌아가자 조가 말했다.

로브는 속속들이 도착하는 동정 어린 편지에 부지런히 답장했다. 이 많은 편지들은 그들에게 얼마나 많은 친구들이 있는지를 말해 주고 있었다. 이제는 만날 수 없는 이에 대한 칭찬의 말들은, 그것이 모두 사실이라면 에밀이 영웅이고 성인임을 나타내 주었다. 이 세상의 단맛 쓴맛 다 겪어온 어른들은 조용히 슬픔을 견디고 있었지만, 젊은이들은 그렇지 못했다. 그들 중에는 부질없는 기대를 하며 끝까지 희망을 버리지 않는 이도 있었고, 곧바로 절망에 빠진 이도 있었다. 에밀이 가장 좋아하는 사촌이자 놀이친구인 조시는 어떤 말로도 위로가 되지 않을 만큼 깊은 슬픔에 잠겨 있었다. 낸의 약도 효험이 없었고, 데이지의 긍정적인 말이나 베스가 일부러 생각해낸 재미있는 일들도 모두 소용이 없었다. 어머니의 팔에 안겨 우는 것과, 꿈에서까지 나오는 난파선 이야기를 하는 것이 그녀가 하는 전부였다. 메그도 서서히 그런 딸이 걱정되기 시작할 무렵, 카메론 양에게서 친절한 편지가 왔다. 편지에서 카메론 양은 조시에게 실제적인 비극의 첫 번째 관문을 통과하여 용감하게 공부에 정진하라고, 그리고 그녀가 연기하고 싶어 하는 헌신적인 주인공처럼 되라고 했다. 그녀의 편지는 이 소녀에게 좋은 영향을 미쳤다. 조시는 기운을 내어 분발하기 시작했다. 테디와 옥토의 역할도 컸다. 이 반딧불이 같은 소녀에게서 갑자기 그 밝은 빛이 사라지자 테디는 매일같이 옥토가 끄는 마차에 조시를 태우고 드라이브를 나갔던 것이다. 옥토가 은빛 방울을 울리며 눈 쌓인 길을 질주할 때면 조시는 혈관 속의 피가 춤추는 것 같은 느낌을 받으며 자기도 모르는 사이에 방울 소리가 만들어내는 명랑한 음악에 귀를 기울였다. 그리고 햇볕과 신선한 공기와 즐거운 대화로 기운을 되찾고 위로를 받고서 집으로 돌아왔다.

에밀은 기선 위에서 아무 탈 없이 건강한 모습으로 하디 선장의 병간호를 돕고 있었으므로, 고향 사람들의 이런 슬픔은 쓸모없는 것이라고 생각할지도 모르겠다. 그러나 그렇지 않았다. 모두가 함께한 슬픔 덕에 저마다의 마음들이 한 곳으로 모이게 되었으니 말이다. 그리하여 어떤 이는 인내를 배우고, 어떤 이는 배려를 배웠다. 자신은 이제 이 세상에 없는 사람에게 나쁜 짓을 했다며 양심의 가책을 느끼는 이도 있었다. 그리고 모두가 마지막 부르심이 있을 때를 대비해 마음의 준비를 해두어야 한다는 엄숙한 교훈을 얻게 되었다. 플럼필드는 몇 주 동안 매우 조용했다. 언덕 위 학생들의 얼굴에도 아래 동네 사람들의 슬픔이 그대로 나타나 있었다. 파르나소스에는 듣는 이의 마음을 달래줄 숭고한 음악이 울려퍼졌다. 조시의 작은 집에는 그녀의 슬픔을 위로하는 선물들이 밀려들었고, 에밀이 마지막으로 조와 함께 있었던 옥상에는 에밀의 깃발이 반기(半旗)로 걸렸다.

이렇게 답답하고 힘겨운 몇 주가 지났을 때, 갑자기 놀라운 소식이 들려왔다. "무사함. 곧 소식 전하겠음." 에밀의 깃발은 다시 제대로 걸렸고, 학교에서는 종소리가 울려퍼졌다. "다행이야!" 하는 행복한 목소리들의 합창이 울렸고, 사람들은 기쁨에 들떠 웃고 울고 서로 끌어안으며 주변을 돌아다녔다. 그러는 사이 기다리던 편지가 도착했다. 그 안에는 난파에 대한 소식이 상세히 쓰여 있었다. 에밀은 간단하게, 하디 부인은 감동적으로, 선장은 감사한 마음으로 그 무렵 상황을 적어 내려갔으며, 메리는 모두의 마음에 와닿는 상냥한 몇 마디를 덧붙였다. 이 편지만큼 몇 번이고 되풀이해서 다시 읽히고 손에서 손으로 옮겨지면서 감동과 눈물을 자아낸 편지도 없을 것이다. 이 편지는 바어 선생의 주머니에 들어 있거나, 아니면 조의 주머니에 있었고, 저녁 기도를 할 때는 두 사람 다 그 편지를 꺼내 보았다. 바어 선생이 학교에 나갈 때는 큰 벌이 내는 소리 같은 콧노래를 다시 들을 수 있게 되었고, 마더 바어가 자신의 작품을 뒷전으로 하고 걱정해준 친구들에게 이 이야기를 써 보낼 때는 그녀 이마의 주름살도 펴져 있곤 했다. 축하 편지가 쇄도했고, 가는 곳마다 싱글벙글 웃는 얼굴들이 보였다. 로브는 나이치곤 꽤 훌륭한 시를 지어 부모를 놀라게 했고, 데미는 에밀이 돌아왔을 때 부르기 위해 곡을 만들었다. 테디는 말 그대로 기뻐 어쩔 줄 모르다가 옥토를 타고 달려 제2의 폴 리비어(미국의 은세공업자이자 애국자. 1775년 4월 18일 밤, 보스턴에서 렉스턴까지 말을 타고 달려 영국군의 침공소식을 전했다)처럼 이 기쁜 소식을 퍼뜨렸다. 그러나 무엇보다도 가장 잘된 일은 조시가 노루귀처럼 고개를 들고 다시 한 번 꽃을 피우기 시작했다는 것이었다. 이 꽃은 키도 더 자랐고 지나간 슬픔의 그림자를 품고 좀 더 성숙해졌다. 그리고 인생이야말로 저마다 자신의 역할이 정해져 있는 최고의 드라마이자 진짜 무대이며 자신도 이 진짜 무대에서 그녀가 맡은 배역에 충실해야겠다는 교훈을 얻었다.

이제 또 다른 종류의 기다림이 시작되었다. 에밀 일행이 여기로 돌아오기 전에 잠시 함부르크에 머무르기로 했기 때문이다. 브랜다 호의 선주가 허만 삼촌이었으므로 선장은 그에게 보고를 해야 했다. 에밀은 프란츠의 결혼식까지는 남아 있어야 했다. 프란츠는 에밀의 실종으로 인해 결혼식을 늦추었는데, 이제 에밀이 무사하다는 게 밝혀져서 기쁜 마음으로 결혼식을 올릴 수 있게 되었다. 이와 같은 계획들은 앞서 맛 본 괴로움 뒤에 실행에 옮겨지는 것이라 두 배로 더 기쁘고 즐거웠다. 이번 봄처럼 아름다운 봄은 없었던 것 같았다. 테디는 이렇게 노래했다.

불만의 겨울을
빛나는 봄으로 바꿔놓은
바어의 아들들!

부인네들은 집안 구석구석 먼지를 털고 바닥을 닦았다. 이는 졸업 파티뿐만 아니라 신혼여행을 오기로 한 신랑 신부를 위한 것이기도 했다. 사람들은 프란츠를 다시 만난다는 기쁨에 많은 것을 계획했고 많은 선물을 준비했다.

물론 프란츠와 함께 오기로 되어 있는 에밀이 주인공이라는 것은 변함 없었지만 말이다. 프란츠와 에밀은 자신들을 위한 깜짝파티가 기다리고 있을 것이라고는 꿈에도 생각지 못한 채 이런저런 계획을 세우면서 자신들이 이곳에 도착할 때는 아이들이 모두 모여서 그들의 맏형과 카사비앙카(프랑스 해군사관.
1762~98)를 맞아주기를 바랐다.

프란츠와 에밀이 그날을 기다리며 행복하게 일하고 있는 사이에 다음의 두 사람은 어떻게 고향으로 돌아가는 날을 기다리고 있었는지 살펴보자. 내트는 그가 현명하게 선택한 길을 열심히 걸어갔다. 그 길은 꽃길이 아닌 가시밭길이었으며, 금단의 열매를 베어 먹어 달콤함을 맛 본 뒤로는 확실히 걷는 것조차 힘든 길이기도 했다. 그러나 방탕했던 지난날에 대한 응보치곤 가벼운 것이었다. 내트는 그가 뿌린 것을 수확했는데, 독보리들 틈에 좋은 보리도 섞여 있었다. 그는 낮에는 아이들을 가르치고 밤에는 지저분하고 허름한 작은 극장에서 바이올린을 연주했다. 그리고 공부도 꾸준하게 열심히 했기에, 선생님은 매우 기뻐하며 언젠가 기회가 오면 발탁하리라 마음먹었다. 함께 놀던 친구들은 그를 잊었지만, 옛 친구들의 우정은 단단해서 그가 향수와 권태로 우울해할 때면 힘을 북돋아 주었다. 봄이 오자 상황은 더 나아졌다. 지출도 줄었고, 일은 더 즐거워졌다. 옷을 걸친 등짝으로 겨울 폭풍이 세차게 불어오고 헌 부츠를 신고 터덜거리며 걷는 발끝이 서리로 굳어지던 겨울에 비하면 한결 견디기 쉬워졌다. 더 이상 빚에 허덕이지 않아도 되었다. 타지에서의 생활도 이제 곧 끝날 참이었다. 그렇지만 더 있고 싶다면 베르그만 선생님이 그가 잠시 동안이라도 자립할 수 있는 방법을 알아봐주실 것이다. 내트는 린덴나무 가로수길을 걸었다. 그리고 5월에는 매일 밤마다 여행 중인 학생밴드에 합류해서, 전에는 손님으로 참석하여 앉아 있던 집들 앞에서 연주를 하며 여기저기를 돌아다녔다. 옛날 친구들이 그 밴드의 음악을 들을 때도 더러 있었지만, 어둠 속에서는 그가 누구인지 알아보지 못했다. 한번은 민나가 돈을 던져주었는데, 그는 속죄하는 의미에서 이것을 겸허히 받아들였다.

노력의 대가는 예상보다 일찍 주어졌다. 그것은 그에게 그럴 만한 자격이 있을까 싶은 생각이 들 만큼 좋은 일이었다. 어느 날, 선생님으로부터 자신이 다른 우수한 제자들과 함께 돌아오는 7월 런던에서 열리는 축제에 출연

키로 한 음악단의 일원으로 발탁되었다는 이야기를 들었을 때 내트는 뛸 듯이 기뻤다. 여기에는 바이올리니스트로서의 명성뿐만 아니라 한 인간으로서의 행복도 걸려 있었다. 고향에 더 가까이 갈 수 있을 뿐만 아니라 자신이 선택한 직업에서 승진과 더 많은 보수를 기대할 수 있게 되었기 때문이다.

"런던에 가면 자네의 영어 실력으로 바흐 마이스테르 씨의 일을 도와주면 좋겠군. 모든 게 순조롭게 진행되면 그는 기꺼이 자네를 미국으로 데려갈 걸세. 겨울 음악회를 위해서 초가을에는 미국에 가기로 되어 있으니 말이야. 자네는 최근 몇 달 간 아주 잘해 주었어. 난 자네에게 희망을 걸고 있다고."

베르그만 선생이 제자를 칭찬하는 일은 거의 없었으므로 그의 이런 말들은 내트의 마음을 자긍심과 기쁨으로 가득 채워주었다. 그는 선생님의 예언을 실현시키기 위해서 전보다 더 열심히 공부했다. 내트는 영국으로 여행 온 것만으로도 충분히 행복하다고 생각했었는데 더욱 행복한 일이 겹쳤다. 6월 초에 프란츠와 에밀이 그를 찾아와 선물과 함께 여러 가지 기쁜 소식과 친지들의 안부를 전해준 것이다. 옛 친구들을 다시 만난 내트는 그들의 목에 매달려 소녀처럼 울고 싶을 만큼 기뻤다.

내트는 남에게 빌린 돈으로 나태한 신사들처럼 생활하지 않고 학생답게 열심히 공부하며 바쁘게 지내는 모습을 친구들에게 보여줄 수 있게 되어 얼마나 기뻤는지 모른다. 그는 친구들에게 자신의 계획을 이야기하면서 그가 빚을 지고 있지 않다는 것도 확인시켜 주었다. 그들이 그의 음악적 발전에 대한 칭찬을 해주고, 경제적으로도 안정된 생활을 하는 것에 대해 존경을 나타냈을 때 얼마나 자랑스럽던지! 그리고 지난 잘못에 대한 그의 솔직한 고백에 대해 두 친구가 자기들도 비슷한 경험이 있었다며 그 덕분에 지금은 지혜로워졌다는 말을 해주었을 때는 얼마나 마음이 편해졌는지! 그는 6월 말에 있을 프란츠의 결혼식에 참석한 뒤, 런던에 있는 친구들과 합류하기로 했다. 신랑 측 들러리인 내트에게 프란츠가 새로 양복 한 벌을 맞춰 주겠다며 고집을 부렸다. 그리고 그즈음 고향에서 온 수표를 받아들자 내트는 마치 백만장자, 그것도 행복한 백만장자가 된 기분이었다. 왜냐하면 수표와 함께 그의 성공을 기뻐하는 수많은 편지들이 함께 들어 있었는데, 모두 그가 수표를 받을 자격이 있다고 느끼게 해주는 친절한 내용들이었기 때문이다. 내트는 어린아이처럼 설레는 마음으로 런던으로 떠날 날을 기다렸다.

한편 댄도 자유의 몸이 되는 8월이 오기를 손꼽아 기다리고 있었다. 그러나 그를 기다리는 것은 결혼식 종소리도 축제의 음악도 아니었다. 출소할 때에도 기뻐해 줄 친구도 한 명 없었다. 그에게 희망찬 미래라는 것은 전혀 없었고, 행복한 마음으로 고향에 돌아가는 것 또한 상상할 수 없었다. 그러나 그의 성공은 내트의 성공보다도 훨씬 값진 것이었다. 비록 하느님과 단 한 명의 선량한 사람 말고는 아무도 몰랐지만 말이다. 그것은 필사적으로 싸워 쟁취한 것이었다. 그러나 그는 이제 그와 같은 격렬한 싸움을 하는 일은 없을 것이다. 앞으로도 적이 안팎에서 덮쳐 오겠지만, 그는 크리스천(천로역정의 주인공)이 가슴에 안고 걸었던 작은 안내서를 알게 되었기 때문이다. 게다가 '사랑'과 '회개' 그리고 '기도'라는 다정한 세 자매가 그를 안전하게 지켜줄 갑옷과 투구를 주었다. 그는 아직 갑옷을 입는 방법도 몰랐고, 갑옷을 안 입겠다고 반항하며 화를 낸 적도 있었다. 그러나 괴로웠던 지난 1년 동안 변함없이 그의 힘이 되어 준 어떤 한 사람 덕분에 그 갑옷의 가치를 느끼고는 있었다.

　그는 이제 곧 자유의 몸이 될 것이다. 비록 지치고 상처 입은 몸이지만, 축복받은 태양과 공기 속에 살고 있는 사람들이 있는 곳으로 나아가는 것이다. 그런 생각을 하면 댄은 가만히 있을 수가 없었다. 개울가 근처에서 자주 보던 닻벌레가 차가운 관에서 빠져나와 풀고사리를 기어 올라가 하늘 높이 날아가듯 이 좁고 갑갑한 독방을 부수고 하늘로 날아오르고 싶었다. 매일 밤, 그는 자기의 계획을 자장가 삼아 잠을 청했다. 약속대로 메리 메이슨을 방문한 뒤, 그 길로 오랜 친구인 인디언들이 있는 곳으로 가자. 그리고 거친 들판에 자신의 불명예를 묻어버리고 상처를 치료하는 것이다. 많은 사람들을 구하기 위해 노력한다면 한 사람을 살해한 죄에 대한 속죄를 할 수 있을 것이다. 그리고 전과 같은 자유로운 생활로 돌아가면 도시에서 그를 괴롭히던 유혹으로부터 벗어날 수 있을 것이다.

　"언젠가 완전히 다시 태어나서 부끄러운 일을 떠올리지 않고 여행 이야기를 할 수 있는 때가 되면, 그때 돌아가자" 하고 그는 말했다. 하지만 지금 당장이라도 돌아가고 싶은 조급한 마음을 가라앉히는 것은, 초원을 질주하는 야생마를 길들이는 것만큼이나 어려운 일이었다. "지금은 아니야. 우선 이곳에서 나가야만 해. 지금 돌아가면 모두들 내게서 교도소 분위기를 느낄 거야. 나 또한 그들의 얼굴을 보면 사실을 말하지 않고는 못 배길 테고. 난 테디의 애정을 잃고 싶지 않아. 마더 바어의 신뢰와 여자아이들의 존경도 잃고 싶지 않아. 그 아이들은 나의 강한 힘을 존경해 주었지만 지금은 나를 만지는 것도 싫어할 테지." 가여운 댄은 무심코 꼭 쥔 갈색 주먹에 시선을 떨구며 몸을 떨었다. 어떤 작고 하얀 손이 무한한 신뢰를 담아 그의 손을 잡은 뒤로 그가 그 손으로 무엇을 했는지가 생각났기 때문이다. "이제부터라도 그들이 나를 자랑스럽게 생각할 수 있도록 노력하자. 끔찍했던 지난 1년은 아무에게도 말하지 말자. 난 반드시 그 오점을 지워 없애 보이겠어. 하느님, 저를 도와주세요." 결의와 회한이 기적을 일으킬 수 있다면 지난 1년을 보다 좋은 해로 바꾸어 놓고야 말겠다고 엄숙히 맹세하듯이, 댄은 꽉 쥔 주먹을 높이 들어 올렸다.

제16장 테니스 코트에서

플럼필드에서는 스포츠가 인기였다. 예전에 어린 소년들을 가득 태운 낡은 평저선이 흔들거리던, 그리고 백합꽃을 따려고 법석을 피우던 어린 소녀들의 새된 비명소리가 메아리치던 강은 이제 길쭉한 나룻배에서부터 쿠션과 햇빛 가리개, 바람에 펄럭이는 삼각 깃발 등으로 화려하게 꾸민 유람선에 이르기까지 온갖 종류의 배들로 활기가 넘쳤다. 모두가 노를 젓고 있었으며, 남자아이들뿐만 아니라 여자아이들도 레이스를 펼치면서 가장 과학적인 방법으로 근육을 발달시키고 있었다. 해묵은 버드나무 근처의 평탄한 초지는 이제 학교 운동장이 되어 있었다. 이곳에서 열광적인 야구 시합이 열렸고, 축구와 높이뛰기 및 그 밖의 스포츠 경기가 열렸다. 열정적인 참가자들은 이런 과격한 스포츠를 하다가 손가락을 삐거나 갈비뼈를 부러뜨리거나 허리를 다치곤 했다. 보다 안전한 운동을 즐길 수 있는 곳은 여기서 조금 떨어진 곳에 있었다. 그곳에서는 크로케의 나무망치가 경기장 주변의 느릅나무 밑에서 소리를 냈고, 두서너 곳의 테니스 코트에서는 라켓이 힘차게 위 아래로 움직이고 있었다. 그리고 다양한 높이의 문이 있어서 높이뛰기 연습을 하기에 적당했는데, 여학생들은 이 연습을 통해 언제 덮쳐올지 모르는 성난 황소—늘 주변을 어슬렁거리면서도 그곳까지 오는 법이 없는—로부터 목숨을 건질 수 있다고 생각했다.

테니스 코트들 가운데 하나는 '조시의 코트'라 불렸고, 여기서 조시는 여왕처럼 군림했다. 그녀는 테니스를 매우 좋아해서 완벽한 기량에 도달할 때까지 연습에 전념했으며, 틈만 나면 불쌍한 누군가를 시합에 끌어들였다. 어느 기분 좋은 토요일 오후, 조시는 베스를 상대로 계속해서 이기고 있었다. '공주님'은 동작은 조시보다 우아했지만 몸놀림이 활발하지 못했기 때문이다.

"에이, 벌써 지친 거야? 남자애들은 전부 야구를 하고 있으니 난 뭘 해야 좋지?" 조시는 한숨을 쉬었다. 그리고 커다란 빨강 모자를 뒤쪽으로 밀어내며 또 다른 희생자를 찾아 슬픈 듯이 주위를 둘러보았다. "땀 좀 식히고 나면 다시 상대해 줄게. 그렇지만 난 늘 지기만 하니까 재미가 없다고." 베스는 커다란 나뭇잎으로 부채질을 하며 말했다.

조시는 허술하게 만들어진 벤치에 베스와 나란히 앉아 기다리기로 했다. 이윽고 조시는 거리가 멀어서 얼굴을 알아볼 수는 없지만 흰색 플란넬 옷을 입은 두 남자를 발견했다. 그들의 감색 바지는 야구장 쪽으로 걸어가는 것 같았다. 그러나 그들은 야구장에 도착하지 못했다. 하늘이 내려주신 지원군을 붙잡기 위해 조시가 환호성을 지르며 달려왔기 때문이다. 조시가 달려오는 것을 본 두 사람은 걸음을 멈추고 모자를 들어 올렸다. 그러나 두 사람의 태도는 확연히 달랐다. 살찐 젊은이는 귀찮다는 듯이 모자를 살짝 들어올렸다가 해야 할 의무가 끝나서 기쁘다는 듯이 곧바로 내려놓았다. 반면에 진홍색 넥타이를 맨 마른 청년은 아주 우아하게 몸을 굽히면서 모자를 벗어서 높이 들어올리고는, 홍조 띤 얼굴에 숨을 헐떡이는 소녀에게로 다가갔다. 모자를 벗은 까닭에 단정하게 가르마를 타서 넘긴 검은 머리와 이마 위로 내려온 곱슬머리 한 가닥이 보였다. 돌리는 자신의 이런 인사법에 자부심을 느꼈으며, 때로 거울 앞에서 연습을 하기도 했다. 그렇다고 모든 사람에게 다 이렇게 인사하는 것은 아니었다. 그는 이것을 하나의 예술작품으로 여겨 가장 아름답고 가장 마음에 드는 여성 앞에서만 이렇게 인사했다. 그도 그럴 것이 그는 미남인데다 자신을 아도니스(그리스 신화에서 아프로디테에게 사랑받는 미모의 사냥꾼)쯤으로 여겼기 때문이다.

입이 근질근질하던 조시는 돌리가 보여준 경의 따위에는 신경도 쓰지 않고 가볍게 고개를 끄덕이더니 두 사람에게 말했다. "이리 와서 테니스를 치자. 남자아이들 틈에서 더위와 먼지로 고생할 필요가 뭐 있어?" '더위'와 '먼지'라는 두 개의 단어는 효과가 있었다. 스투피는 이미 충분히 더웠고, 돌리는 새로 맞춰 입은 양복이 자신에게 잘 어울리는 만큼 되도록 깨끗하게 유지하고 싶었기 때문이다.

"기꺼이 상대해 드리지요."

예의 바른 젊은이는 다시 한 번 고개를 숙이며 대답했다. 이어서 뚱뚱한 청년이 "너는 가서 테니스 쳐, 나는 좀 쉴게" 하고 말했다. 그는 시원한 나무 그늘에서 공주님과 담소를 나누며 휴식을 취하고 싶은 마음이 간절했던 것이다.

"좋아, 오빠는 베스 언니를 좀 달래줘. 나한테 호되게 당했으니 위로가 필요할 거야. 조지 오빠 주머니에는 좋은 것들이 들어 있잖아? 베스 언니에게도 좀 나눠 줘. 돌리 오빠는 베스의 라켓을 빌리면 돼. 그럼, 시작하자." 조시는 의기양양하게 코트로 돌아갔다.

스투피—이제 그를 이렇게 옛날 이름으로 부르는 사람은 없지만, 그래도 우리는 그렇게 부르기로 하자—가 벤치에 묵직한 몸을 내려놓자, 그 무게로 벤치가 삐걱거렸다. 그는 늘 가지고 다니던 과자 상자를 꺼냈다. 그리고 설탕에 졸인 제비꽃과 맛있는 캔디를 베스에게 대접했다. 한편 돌리는 최고의 적수를 맞이해 열심히 싸웠다. 그러나 불운하게도 넘어져서 새 바지에 얼룩을 묻히고 말았고, 그것에 신경이 쓰여 집중력이 흐트러지고 말았다. 넘어지지만 않았어도 그가 이겼을지도 모른다. 자신의 승리에 대만족한 조시는 돌리에게 휴식을 허락했다. 그리고 그의 마음을 무겁게 하는 불운에 대해 아이러니한 위로의 말을 건넸다.

"그런 사내답지 못한 얼굴 좀 하지 마. 빨면 깨끗해질 텐데 뭘. 그렇게 깔끔을 떠는 걸 보면 돌리 오빠는 아마 전생에 고양이였을 거야. 아니면 평생 양복을 지어온 양복쟁이였든가."

"이봐, 풀 죽어 있는 사람을 그렇게 놀리는 거 아니야." 돌리는 풀밭 위에 누워 대답했다. 그는 소녀들에게 벤치를 양보하고 스투피와 둘이서 잔디 위를 뒹굴고 있었다. 손수건 한 장을 몸 아래에 깔고 또 다른 손수건에는 팔꿈치를 대고서 슬픈 눈빛으로 초록색과 갈색이 섞인 얼룩을 바라보고 있었다. "난 깔끔한 게 좋아. 헌 신발에 회색 플란넬 셔츠를 입고 숙녀들 앞을 뛰어 돌아다니는 것은 예의가 아니라고 생각하지. 우리 학교 학생들은 모두들 신사야. 그러니까 신사답게 입고 다니는 거라고." 돌리는 '양복쟁이'라는 말에 기분이 언짢은 듯 이렇게 덧붙였다.

"우리가 다니는 학교도 마찬가지야. 그러나 단정한 옷차림만으로는 신사가 될 수 없어. 신사가 되기 위해서는 더 많은 게 필요하지." 조시는 곧바로 자기가 다니는 학교를 옹호할 태세를 갖췄다. "오빠나 오빠의 신사 친구들이 넥타이를 만지작거리거나 머리에 향수를 뿌릴 때 '헌 신발에 회색 플란넬 셔츠'를 입은 사람들에 대한 이야기를 듣게 될 거야. 나는 헌 신발을 좋아해, 나도 신는걸. 멋쟁이는 싫어. 베스 언니, 언니는 어때?"

"나에게 친절하게 대해 줄 때는 싫지 않아. 게다가 옛 친구라면 더더욱." 베스는 그녀의 조그만 빨간 구두에서 애벌레를 끄집어내고 있는 돌리에게 감사의 뜻으로 고개를 끄덕이며 대답했다.

"나는 언제나 예의 바른 아가씨를 좋아해. 자기 뜻대로 되지 않는다고 시끄럽게 조잘대지 않는 아가씨 말이야. 넌 안 그래, 조시?" 돌리는 베스에게는 환한 미소를, 조시에게는 하버드 식 비난의 눈빛을 보내며 물었다. 평화롭게 코고는 소리가 스투피의 유일한 대답이었다. 그 모습을 보자 모두들 웃었고, 일시적인 평화가 찾아왔다. 그렇지만 조시는 자기 주장이 강한 남자들을 괴롭혀 주고 싶어 했다. 그래서 테니스를 조금 더 치고 나서 다시 한 번 공격하기로 했다. 아가씨들에게 늘 기사도 정신을 발휘하는 돌리는 스투피를 스케치하게 두고 조시의 제안에 응했다. 스투피는 동그랗고 빨간 얼굴을 모자로 반쯤 가린 채 통통한 다리를 꼬고 하늘을 향해 누워 있었다. 이번에는 조시가 졌다. 심기가 불편해진 조시는 평온하게 자고 있는 젊은이의 코를 짚으로 간지럽혀 깨우려 했다. 그러자 스투피는 재채기를 하며 일어나더니 "이 귀찮은 파리"가 어디 있냐며 화난 얼굴로 주위를 둘러보았다.

"자, 이제 일어나 앉아서 고상한 이야기나 좀 해 봐. 오빠들 같은 '말쑥한 신사들'은 우리의 매너를 향상시켜 줘야 한다고. 우리는 '초라한 옷과 모자를 착용한 시골 아가씨'일 뿐이니까." 조시는 옷보다 책을 좋아하는 어떤 공부벌레 아가씨들에 대해 돌리가 무심코 한 말을 인용하며 전투를 개시했다.

"너희들이 그렇다는 게 아니야! 너희들이 입고 있는 옷은 훌륭해. 모자도 최신 유행하는 스타일이고." 돌리는 엉겁결에 이렇게 말함으로써 스스로를 죄인으로 만들어 버렸다.

"그것 봐. 그럴 줄 알았어. 오빠는 자기도 모르게 진심을 말해 버린 거야. 나는 오빠 같은 남자들은 전부 신사일 거라고 생각해왔어. 좋은 사람들이고 예의를 차릴 줄 알 거라고 말이야. 그런데 오빠는 언제나 옷을 못 입는 여자아이들을 무시하잖아? 그런 건 정말이지 남자답지 못한 거라고. 우리 엄마가 그러셨어." 조시는 잘 차려입은 여자아이들만 위해주는 이 우아한 젊은이에게 한 방 먹인 것 같아 속이 다 시원했다.

"조시 말이 맞아. 난 옷 같은 것들에 대해서는 이야기하지 않는다고." 스투피는 이렇게 말하며 하품이 나오는 것을 억지로 참았다. 그는 기분전환을 위해 봉봉이 하나를 더 먹고 싶어졌다.

"오빠는 늘 먹는 이야기만 하는구나. 그건 더 남자답지 못해. 혹시 나중에 요리사랑 결혼해서 레스토랑이라도 차리는 거 아냐?" 조시는 바로 그에게 공격의 화살을 돌리며 웃었다.

이 무서운 예언은 잠시 동안 스투피를 조용하게 했다. 돌리는 그를 놀려대다가 약삭빠르게 화제를 바꿔서 적진으로 뛰어들었다.

"조금 전에 매너를 가르쳐 달라고 해서 하는 말이지만 상류사회의 아가씨들은 개인적인 의견이나 설교를 늘어놓지 않아. 아직 사교계에 나가지 않은 어린 소녀들은 그런 이야기들을 하는 게 재치 있는 거라고 생각하는 것 같은데, 분명히 말해두지만 그건 진정한 매너가 아니야."

조시는 '어린 소녀'라는 말을 들은 충격에서 벗어나는 데 시간이 좀 걸렸다. 모두가 열네 살 생일을 축하해 주었던 일이 기억에 생생한데 이런 말을 듣다니! 그러자 베스가 의젓하게 말했다. 베스의 말은 조시의 비아냥거리는 말보다 훨씬 더 효과가 있었다.

"그건 맞는 말이야. 그런데 우리는 태어나서부터 줄곧 우리보다 나이 많은 분들하고만 살아왔기에, 오빠들이 알고 지내는 아가씨들처럼 사교적인 이야기는 하지 않아. 우리는 양식 있는 대화에 익숙하고 서로의 단점을 지적해줌으로써 서로 도와가며 살고 있지. 그러니 사람들에게 들려줄 가십거리 같은 것은 없다고."

공주님에게 꾸중을 들어도 그들은 그다지 기분 나빠하지 않았다. 돌리도 입을 다물었다. 조시는 잘 됐다고 생각하면서 목소리를 높였다.

"우리 학교 남자애들은 우리 여자들이랑 얘기하는 걸 좋아해. 우리가 조언하는 건 어떤 말이라도 열심히 들어주지. 그리고 자기들은 뭐든지 다 알고 있다거나 열여덟이면 다 컸다는 식의 생각은 하지 않아. 하버드에는, 특히 아주 젊은 사람들 가운데 그런 사람들이 꽤 있는 것 같지만 말이야.”

보복의 탄알을 퍼부어 주고 난 조시는 크게 만족했다. 탄알은 명중한 것 같았다. 왜냐하면 돌리가 야구장에서 먼지를 뒤집어 쓴 떠들썩한 무리를 거만한 눈빛으로 바라보면서 언짢은 투로 대답했기 때문이다. —저기 있는 녀석들과 같은 부류에게는 너희들이 제공할 수 있는 품위와 교양이 필요해. 저 아이들에게 너희들이 있어서 다행이야. 그런데 우리 학교 학생들은 대부분이 명문가 자제들이라서 여자아이한테 배울 필요는 전혀 없다고.”

“오빠들한테 저기 있는 ‘녀석들’ 같은 친구들이 많지 않다는 게 안타깝다. 저 사람들은 대학에서의 배움을 중요하게 생각해. 공부는 게을리하고 실컷 놀기만 하면서도 무사히 빠져나가는 걸로는 만족하지 않는다고. 오빠들 또래 남학생들이 하는 말을 들었는데, 그들의 아버지들은 자기 아들이 대학을 나왔다는 말을 듣기 위해서 돈과 시간을 낭비하지 않았더라면 얼마나 좋았을까 하고 생각한대.”

“그렇게 우리를 무시하면서 어째서 우리 학교 상징 색의 모자를 쓰고 있는 거지?” 돌리는 자기가 모교의 장점을 부각시키지 못한 것을 분하게 생각하면서 물었다.

“내가 언제? 내 모자는 주홍색이지 다홍색이 아니라고. 오빠는 색깔에 대해 잘 알지 못하는구나.” 조시가 비웃었다.

“그렇게 새빨간 모자를 쓰고 다니면 성질 사나운 소가 뒤쫓아 올걸.” 돌리가 되받아쳤다.

“그런 거 하나도 겁 안나. 오빠의 그 참한 아가씨들은 이런 거 할 수 있어? 오빠도 못하지?” 최근에 익힌 기술을 자랑해 보이고 싶어 참을 수 없어진 조시는 가까이에 있는 작은 문으로 달려가더니 꼭대기에 한 손을 짚고는 새처럼 가볍게 뛰어넘었다.

베스는 고개를 저었고 스투피는 성의 없이 박수를 쳤다. 그러나 여자아이에게 지고 싶지 않았던 돌리는 손을 쓰지 않고 가볍게 문을 뛰어넘어 조시 옆에 서더니 여유만만한 얼굴로 말했다.

“이런 거 할 수 있어?”

“아직은. 그렇지만 머지않아 해 보이겠어.”

적이 조금이나마 기가 죽은 모습을 보자 돌리의 마음도 누그러졌다. 그는 엄청난 함정에 걸려들었다는 것은 전혀 눈치채지 못한 채 싱글벙글하며 방금 보여준 기술과 비슷한, 아슬아슬한 재주를 잇따라 보여주었다. 돌리가 뒤돌아선 자세로 문을 뛰어넘자 여태까지 이렇게 거칠게 다뤄진 적이 없던 작은 문의 빨강색 페인트가 돌리의 어깻죽지에 줄무늬를 남겼다. 게다가 그가 웃음 띤 얼굴로 일어났을 때였다. 분하게도 이런 말이 기다리고 있었다.

"다홍색이 어떤 색인지 알고 싶으면 오빠의 등을 보면 될 거야. 등에 다홍색 도장이 선명하게 찍혔으니까. 아마 빨아도 지워지지 않을걸."

"이런!" 돌리는 소리를 지르며 등을 보려 했지만 보이지 않자 포기했다.

"이제 돌아가는 게 좋겠다, 돌리." 평화를 사랑하는 스투피가 자기편의 형세가 좋지 않음을 느끼고 이렇게 말했다. 다음 분쟁이 시작되기 전에 물러나는 것이 현명하다고 생각한 것이다.

"서두르지 말고 천천히 쉬었다 가. 이번 주에는 머리를 많이 써서 휴식이 필요할 테니까. 우리는 이제 그리스어 수업을 들으러 가야 해. 자 가자, 베스 언니." 조시는 옷자락을 끌어 인사하고는 앞장서서 걸어갔다. 모자를 삐딱하게 쓰고 테니스 라켓을 승리의 깃발처럼 어깨에 걸친 위풍당당한 모습이었다. 마지막까지 한바탕 퍼부어준 만큼 명예롭게 퇴장해도 좋겠다고 생각한 것이다.

돌리는 냉담한 얼굴로 베스에게 우아한 동작의 인사를 해 보였다. 스투피는 다리를 위로 올리고 태평스럽게 누워 졸린 목소리로 중얼거렸다.

"오늘 조시가 매우 언짢아 보이네. 난 한숨 더 잘게. 너무 더워서 아무것도 하고 싶지 않아."

"미치겠네, 진짜. 이 얼룩, 정말 저 불뚱이가 말한 대로 안 지워지는 거 아냐?"

돌리는 잔디에 앉아 손수건으로 얼룩을 문질러 닦아내려 했다. "자는 거야?" 잠시 지루하고 재미없는 작업을 하던 돌리가 물었다. 자신은 약이 잔뜩 올라 있는데 친구는 태평하게 자고 있는 것 같아 못마땅했던 것이다.

"아니. 난 말야, 꾀부리는 것에 대해 조시가 한 말이 거의 맞을지도 모른다고 생각했어. 우리가 열심히 공부하지 않는 것은 부끄러운 일이야. 머튼이나 토리처럼 전력을 다해야 하는데 말야. 난 처음부터 대학 같은 데 가고 싶지 않았어. 그냥 아버지 때문에 억지로 간 거지. 그러니 무슨 도움이 되겠어? 아버지나 나 두 사람 모두에게 말야!" 스투피는 신음을 했다. 그는 공부가 너무 싫었고, 앞으로 남은 2년이 길게만 느껴졌다.

"명문대 출신에게 주어지는 이점이 생기는 거지. 공부를 열심히 할 필요는 없어. 난 신나게 놀 거야. 멋도 잔뜩 낼 거구. 우리끼리니까 하는 얘긴데, 여자애들이랑 어울리면 얼마나 즐거울까. 공부 같은 거 될 대로 되라고 해! 그렇지만 만약 뭔가를 열심히 하지 않으면 안 되는 상황이 되었을 때 귀여운 여자아이들의 도움을 받을 수 있으면 정말 좋을 거야, 안 그래?"

"난 지금 당장 세 명의 여자아이들이 있으면 좋겠어. 한 명은 부채질을 해주고, 한 명은 키스를 해주고, 마지막 한 명은 시원한 레모네이드를 가져다주는 거야!" 스투피는 한숨을 쉬면서 집이 있는 곳을 바라보았지만, 지원군은 나타나지 않았다.

"루트 비어(사사프라스 뿌리에서 추출한 즙에 이스트를 섞어 만든 음료수. 알코올 성분이 거의 없음) 마실래?" 갑자기 그들 뒤에서 목소리가 들렸다. 당황한 돌리는 황급히 일어섰고, 스투피는 깜짝 놀란 돌고래처럼 데굴데굴 굴렀다.

바로 옆 울타리의 건너편 계단에 조가 앉아 있었다. 물병 두 개를 가죽 끈에 달아 어깨에 메고 양철 컵을 서너 개쯤 손에 들고 유행 지난 보닛을 쓰고 있었다.

"모두 목이 마를 거라 생각했거든. 그래서 아껴두었던 맥주를 갖고 나왔지. 다들 물고기처럼 벌컥벌컥 마셨단다. 사일러스가 옆에 있어준 덕에 아직 남아 있는데, 마실래?"

"아 네, 정말 고맙습니다. 잘 마시겠습니다." 돌리가 컵을 들자 스투피가 기뻐하며 맥주를 따랐다. 두 사람은 무척 고마운 마음이면서도 방금 전의 대화를 조가 들었을까봐 조마조마했다.

아닌 게 아니라 조는 그들의 대화를 듣고 말았다. 물병과 컵을 들고 있어서 마치 술을 파는 상인처럼 보이는 조는 일어서서 자신의 건강을 위해 건배하는 두 사람에게 이렇게 말했다.

"너희들이 너희가 다니는 대학에도 여학생이 있으면 좋겠다고 하는 말을 듣고 기뻤단다. 그런데 여학생들이 들어오기 전에 먼저 그들에 대해 좀 더 정중하게 말하는 법을 배우는 게 좋을 것 같구나. 그게 여학생들이 너희에게 가르쳐줄 첫 번째 것이니까 말이야."

"전 농담으로 한 말이에요." 스투피가 서둘러 맥주를 삼키며 둘러댔다.

"저도요, 저, 저는…… 아가씨들에게는 언제나 헌신적으로 대하려고 하는데요." 어떤 식으로든 설교를 피해갈 수는 없다는 것을 깨달은 돌리는 당황해 말을 더듬었다.

"문제는 올바른 방법을 모른다는 거지. 경박한 아가씨들이라면 '귀여운 여자아이들'이라고 불리는 것을 좋아할지 몰라도 공부하기 좋아하는 아가씨들은 이성을 지닌 한 인간으로서 대우 받기를 원한단다. 그래, 난 지금부터 설교를 할 작정이야. 그게 내가 해야 할 일이거든. 그러니까 남자답게 받아들이렴."

조는 웃으며 말했지만 매우 진지했다. 이 겨울 동안 보고 들은 바에 따르면, 이 두 청년은 조가 좋아하지 않는 방식으로 인생을 보기 시작한 것 같았다. 두 사람 다 집에서 멀리 떨어져 있었고, 낭비할 수 있는 돈도 잔뜩 있었다. 그리고 비슷한 연령대의 많은 젊은이들과 마찬가지로 경험이 없고 호기심이 강한 데다 다른 사람의 말을 쉽게 믿었다. 독서를 좋아하지 않았으므로 공부를 좋아하는 많은 청년들을 유해한 것들로부터 지킬 수 있는 보호물을 활용할 수도 없었다. 한 명은 제멋대로인 데다 게으르고 쉽게 욕구를 채울 수 있을 만큼 사치에 익숙해져 있었다. 다른 한 명은 허영심이 강해—잘생긴 남자들은 모두 그렇지만—맘껏 잘난 척하거나 인기를 얻는 데 급급했고, 그것들을 얻기 위해서는 어떤 일이라도 하려 했다. 이런 특징 혹은 약점 때문에 이 둘은 쾌락을 좋아하는 동시에 의지가 약한 청년들을 노리는 유혹에 끌려다니기가 특히 더 쉬웠다. 조는 그들의 이러한 점을 잘 알고 있었으므로, 이들이 대학에 들어가고부터는 가끔 충고와 같은 말을 해주곤 했다. 그러나 아직까지도 두 청년은 조가 넌지시 했던 말의 의미를 잘 이해하지 못하는 것 같았다. 그러나 이번에는 확실히 이해할 것 같았으므로 조는 그들에게 충고를 해주기로 했다. 남자아이들과 오랜 시간 함께 살아온 경험을 통해 그녀는 평소에 아무 말 안 하고 넘어감으로써 뒤늦게 후회하게 될 그런 문제들을 대담하면서도 능숙하게 다룰 수 있었다.

"난 지금부터 너희 어머니를 대신해서 너희들과 이야기를 나누고 싶구나. 너희들은 집에서 멀리 떨어져 있으니 말이야. 세상에는 어머니들이 가장 잘 할 수 있는 일이 있지. 그들이 부모로서의 의무를 다하려고 한다면 말이야."

조는 보닛 밑에서 엄숙한 목소리로 말하기 시작했다.

'이런! 꼼짝없이 설교를 듣게 되었는걸!' 돌리는 남몰래 당황했다. 한편 스투피는 맥주를 한 잔 더 마시고 기운을 차리려다가 한 방 먹고 말았다.

"이건 몸에 해롭지 않아. 그렇지만 나는 다른 음료에 관한 걸로 너에게 충고를 해야겠다, 조시. 네가 너무 많이 먹는다는 건 새삼스럽게 말할 것도 없겠지. 앞으로 몇 번만 더 탈이 나면 너도 정신을 차릴 거야. 그렇지만 술을 마시는 건 그렇게 간단한 문제가 아니야. 나는 너희들이 술에 대해 마치 아주 잘 알고 있다는 듯이, 그리고 지나치게 좋아한다는 듯이 말하는 것을 들었어. 그리고 좋지 않은 농담을 하는 것도 몇 번인가 들었고. 부탁이니 너희들 말마따나 '재미 삼아' 혹은 유행이라거나 다른 사람들도 다 한다는 이유로 이런 위험한 취미를 배우는 일은 없도록 해다오. 당장 그만두도록 해. 무슨 일에든 절제만이 안전한 규칙임을 잊지 말도록 하려무나."

"저는 술과 철분을 섭취하고 있어요. 정말이에요. 저한테는 강장제가 필요하다고 어머니가 말씀하셨거든요. 공부할 때 머리를 너무 쓰기 때문에 뇌 조직을 회복시키기 위한 거예요." 스투피는 당황해 컵을 내려놓으며 항변했다.

"머리를 쓰는 데에는 그런 강장제보다 질 좋은 고기와 오트밀이 훨씬 더 잘 들을 거야. 네겐 공부와 일반적인 식사가 필요해. 할 수만 있다면 너를 유해한 환경에서 멀리 떼어놓기 위해 두세 달쯤 이곳에 머물게 하고 싶구나. 너에게 밴팅 요법(지방, 탄수화물, 당분 따위를 피해 체중을 줄이는 법)을 권해주고 싶어. 달릴 때 헉헉대지 않고, 하루에 네다섯 번씩이나 식사를 하지 않아도 견딜 수 있도록 말이야. 남자답지 못하게 손이 이게 뭐니! 부끄럽다는 생각 안 드니?" 조는 뼈마디가 죄다 살 속에 깊이 파묻혀 있는 스투피의 통통한 손을 들어 올렸다. 스투피는 같은 또래에 비해 너무 살찐 허리에 겨우 걸려 있는 벨트 버클을 만지작거리고 있었다.

"어쩔 수 없어요. 우리 집 사람들은 모두 뚱뚱하거든요. 유전이에요." 스투피는 자신을 방어했다.

"그렇다면 더더욱 몸 관리를 잘 해야지. 빨리 죽거나 평생 비만 환자로 살고 싶니?"

"그럴 리가요!"

스투피가 너무나 놀랐으므로 조는 이제 막 싹트기 시작한 나쁜 습관을 너무 심하게 나무라지 않기로 했다. 그가 이렇게 된 데에는 그를 응석받이로 키운 어머니의 책임이 컸으므로 조는 부드럽게 말했다. 그러고는 스투피의 통통한 손이 조그마했을 때 단지에서 설탕 덩어리를 훔치려 하면 늘 그랬듯이 손등을 가볍게 찰싹 때리고는 이렇게 말했다.

"그럼 앞으로 주의하는 거다? 사람은 저마다 얼굴에 그 성격이 쓰여 있다고 하지 않니? 네 얼굴에 과음을 하고 과식을 하는 뚱보라고 쓰이는 것은 원치 않겠지?"

"그럼요! 저에게 건강 식단을 만들어 주세요. 열심히 실천할 테니까요. 저는 차츰 더 살이 찌고 있는데, 저도 이젠 싫어요. 간장은 제 역할을 못하고, 심장은 막 두근거리고, 두통도 있고요. 어머니는 공부를 많이 해서 그렇다고 하지만, 어쩌면 너무 많이 먹어서 그런지도 몰라요." 스투피는 조가 잡았던 손을 놓자마자 벨트를 느슨하게 하고는 안도감과 그가 포기한 것들에 대한 안타까움이 뒤섞인 한숨을 내쉬었다.

"식단을 만들어 주마. 대신 착실히 지켜야 한다. 1년만 지나면 너도 '음식 주머니'가 아닌 인간이 될 수 있을 거야. 자, 이번엔 돌리." 조는 이렇게 말하며 또 다른 피고인에게로 방향을 돌렸다. 돌리는 전전긍긍하며 차라리 이곳에 오지 않았으면 좋았을 걸 그랬다고 생각했다.

"너는 작년 겨울처럼 변함없이 프랑스어 공부를 열심히 하고 있니?"

"아니요, 저는 프랑스어를 좋아하지 않거든요. ……그러니까, 그게…… 저, 저는 요즘 그리스어 공부하느라 바빠요." 돌리는 이 모호한 질문의 의도를 잘 파악하지 못한 채 처음에는 당당하게 대답했지만, 순간적으로 무언가에 생각이 미치자 말을 더듬더니 고개를 숙이고는 물끄러미 신발을 내려다보았다.

"돌리는 그런 공부 안 해요. 그저 프랑스 소설을 읽고는 오페라 극단이 이곳에 있는 동안 극장에 가는 게 다예요." 순진하게 말해주는 스투피 덕에 조의 의심은 굳어졌다.

"그럴 거라고 생각했다. 그래서 이야기를 좀 하고 싶었단다. 테디가 네 이야기를 듣고 갑자기 프랑스어를 배우고 싶어하더구나. 그래서 내가 직접 가 보았지. 가서 보니 점잖은 사람이 갈 곳이 아니더구나. 너희 학교 학생들도 여럿 있었어. 어린 학생들은 나처럼 부끄러워하는 얼굴이어서 다행이라고 생각했단다. 다 큰 학생들은 재미있어 했지. 밖에 나와 보니 화장한 여자들을 저녁 식사에 초대하기 위해 기다리고 있더구나. 너도 가 본 적 있니?"

"한 번이요."

"재미있었니?"

"아뇨, 저, 저는 금방 돌아왔어요." 돌리는 목에 메고 있는 멋진 넥타이처럼 얼굴이 새빨갛게 달아오르면서 말을 더듬었다.

"얼굴이 빨개지는 것만으로도 아직은 괜찮은 거란다. 그러나 금세 아무렇지도 않게 될 거야. 그런 공부만 해서 부끄러워하는 마음을 잊어버리게 되면 말이야. 그런 여자들과 어울리면 좋은 여자들과 어울리지 못하게 된단다. 그리고 온갖 재난과 죄, 부끄러움의 세계로 끌려들어가게 되지. 도시에 있는 아버지들은 왜 이런 나쁜 짓을 못하게 하지 않을까? 좋지 않다는 것을 잘 알면서 말이야. 집으로 돌아가 자야 할 시간에 밤새 노는 남자아이들을 보면 나는 가슴이 아파 온단다. 그 아이들 가운데 남은 인생을 망치는 아이가 있을 거라는 생각이 들거든."

두 젊은이는 한창 유행하는 오락에 대한 조의 진지한 항의에 놀라서 고개를 숙인 채 아무 말도 하지 못했다. 스투피는 자신이 그런 놀이친구들과의 식사에 한 번도 간 적 없음을 기뻐했고, 돌리는 "빨리 그 자리를 떠났음"을 스스로에게 감사했다. 두 사람의 어깨에 손을 올린 조는 걱정스런 얼굴을 거두고 어머니다운 투로 말을 이었다. 조는 이 두 사람에게 다른 부인들은 해줄 것 같지 않은 일을 해주고 싶었다. 그것도 친절하게.

"잘 들으렴. 내가 너희들을 사랑하지 않는다면 이런 말을 하지 않았을 거야. 전혀 즐겁지 않은 이야기니까 말이야. 그렇지만 아무 말 않고 가만히 있다가 너희 둘을 두 가지의 큰 죄에서 지켜주지 못하게 된다면 나는 양심의 가책을 받을 테지. 이 두 가지는 수많은 젊은이들을 파괴해버리는 엄청난 죄악으로, 너희들은 이제 막 그 매력을 느끼기 시작했지. 머지않아 그 유혹을 뿌리칠 수 없게 될 거야. 그러니 두 사람에게 부탁하마. 지금 당장 그만두렴. 그래서 너희 스스로를 구할 뿐만 아니라 용감한 본보기를 보임으로써 다른 사람들도 도와주렴. 힘든 일이 생기거든 나한테 오려무나. 무서워하거나 창피해할 것 없단다. 나는 너희들이 미래에 하게 될 것 같은 고백보다 훨씬 심각한 고백도 많이 들어 보았고, 제때 적절한 충고를 듣지 못해서 잘못된 길로 들어선 안타까운 젊은이들을 위로해준 적도 있단다.

내가 하는 말을 잘 들으렴. 그러면 너희들은 죄 없는 입술로 너희 어머니에게 키스할 수 있을 거야. 순결한 아가씨에게 구애할 수 있는 자격도 얻을 수 있을 테고."

"네, 감사합니다. 맞는 말씀이에요. 그렇지만 여자 분들이 술을 권해오거나 신사분들이 딸들을 데리고 프랑스 연극을 보러왔을 때 규칙을 지키기란 매우 힘든 일이에요." 스스로도 고삐를 단단히 죄어야 할 때라는 것을 알면서도 앞으로의 고난을 예측한 돌리가 말했다.

"그래 힘들 거야. 그런데 대중의 의견을 거부하고 생각 없이 사는 사람들의 안이한 도덕에 맞설 수 있을 만큼 용기 있고 현명하다면 그만큼 더 남들의 존경을 얻을 수 있지 않을까? 너희들이 가장 존경하는 사람들을 한 번 생각해 보렴. 그 사람들을 본보기로 한다면 너희 자신도 사람들로부터 존경받을 수 있을 거야. 난 내 아이들이 순결함과 자존감을 잃을 바에엔—한 번 잃고 나면 무슨 수를 써도 다시 되찾을 수 없단다—차라리 무수히 많은 어리석은 사람들의 웃음거리가 되는 편이 더 낫다고 생각해. 온갖 책이나 그림, 무도회장, 극장과 거리 등이 너희들에게 유혹의 손길을 뻗쳐올 때 규칙을 지키기가 어렵다고 생각되는 것도 무리는 아니겠지. 그래도 의지만 있다면 분명 맞설 수 있을 거야. 작년 겨울, 메그 언니는 존이 취재를 하느라 밤 늦게까지 바깥을 돌아다니는 것 때문에 몹시 걱정했지. 그런데 한밤중에 아들이 신문사를 오가는 길에 보고 들었을 법한 일들에 대해 언니가 말을 꺼내보니, 존은 특유의 진지한 얼굴로 이렇게 말했단다. '어머니가 걱정하시는 게 뭔지 알겠어요. 나쁜 일들을 보고 듣는다고 꼭 나쁜 사람이 되는 건 아니잖아요? 그렇게 되고 싶어 한다면 또 모르지만 말이죠."

"데미답네요!" 스투피는 통통한 얼굴에 미소를 떠올리며 소리쳤다.

"좋은 말씀 잘 들었습니다. 데미의 말대로예요. 우리가 그를 존경하는 건, 그 스스로가 나빠지기를 바라지 않는다는 점 때문이에요." 돌리도 말했다. 그의 얼굴에 번진 공감의 표정을 보니 조의 말이 제대로 먹혀들었다는 것을 알 수 있었다. 그러한 공감의 감정은 조의 어떤 말보다도 그에게 도움이 될 것이다. 이를 깨닫고는 조도 만족했다. 조는 유죄판결을 받은 두 청년을 자비로운 마음으로 용서해 주면서 이렇게 말했다.

"그럼 너희들도 존처럼 다른 사람들에게 본보기가 되어주렴. 너희들의 즐거움을 가로막아서 미안하구나. 그리고 내 짧은 설교를 잊지 말기 바란. 언제가 될지는 모르지만 분명히 너희들을 위한 일이라는 것을 깨달을 날이 올테니까. 어느 날 누군가가 무심코 해준 따뜻한 말이 놀랄 만큼 도움이 될 때가 있기 마련이란다. 이 곳에 나이 든 분들이 계시는 건 그 때문이지. 그렇지 않으면 그분들의 경험은 아무 쓸모도 없어질 테니까. 자 그럼, 젊은이들이 있는 곳으로 가렴. 나는 너희들에게만은 플럼필드의 문이 닫히는 일이 없었으면 한단다. 너희들의 '신사' 친구들 몇몇에게는 문이 닫힌 적도 있었지만 말야. 그러니까 내 말은, 플럼필드의 아이들은 사내아이건 여자아이건 내가 할 수 있다면 안전하게 지켜주고 싶다는 뜻이란다. 그리고 이곳은 예부터 전해 내려오는 미덕을 가르치고 배우는 유익한 장소로 만들고 말이야."

이 말을 들은 돌리는 몹시 감동했다. 그는 계단에서 내려오려는 조를 깊은 존경심을 가지고 부축해주었다. 스투피는 텅 빈 물병을 들어주며, 루트 비어 말고는 알코올이 들어간 음료는 일절 가까이 하지 않겠다고 엄숙하게 맹세했다. 물론 둘만 남게 되자 그들은 '마더 바어의 설교 말씀'을 비웃었다. 그러나 마음속 깊은 곳에서는 그들의 양심을 일깨워준 조에게 감사했다. 훗날 그들은 이 테니스 코트에서의 30분을 감사하는 마음으로 몇 번이고 떠올리게 된다.

제17장 소녀들에 둘러싸여

이 책은 조의 소년들에 대한 책이기는 하지만, 소녀들의 이야기 또한 소홀히 할 수 없다. 왜냐하면 이 작은 공화국에서 그 소녀들은 위상이 높았고 훗날 좀 더 큰 공화국에서 제 몫을 다할 수 있도록 특별한 배려가 있었기 때문이다. 많은 아가씨들에게 사회적 영향은 훌륭한 교육이 되었다. 교육은 책에만 국한된 것이 아니고, 훌륭한 인물들 가운데에는 대학을 나오지 않고도 경험을 스승삼고 삶을 책삼아 살아온 사람들이 많기 때문이다. 다른 이들은 지적 교양만을 중시해 건강과 실제적인 지혜가 더 낫다는 것을 잊은 채 무슨 일이 있어도 교육만큼은 꼭 받아야 한다는 뉴잉글랜드식 환상에 빠져 지나치게 공부에 열중했다. 세 번째 부류인 야심에 찬 아가씨들은 자신들이 무엇을 원하는지 잘 모르면서도 세상을 살아갈 수 있게 해주는 일이라면 무슨 일이든 하고 싶어 했다. 필요에 의해서든 아니면 협소한 세계에서 벗어나고 싶은 갈망으로 인해서든 말이다.

플럼필드에서는 모두가, 자신에게 도움이 되는 무언가를 찾아냈다. 차츰 규모가 커져가는 이 학교에는 아직 정해진 제도나 규칙이 없었고, 성과 인종, 종교, 집안 환경에서 차별을 두지 않았기에 누구나 문을 두드릴 수 있었다. 그리하여 시골에서 올라온 초라한 청년도 입학할 수 있었고, 서부에서 온 열정적인 소녀도, 남부에서 해방되어 자유인이 된, 눈치 없고 서투른 사람들도 평등하게 환영받았다. 그리고 집안은 좋지만 가난하다는 이유로 대학에서 거부당한 학생들도 이곳에서는 공부를 할 수 있었다. 상류계급에서는 아직도 이런 사람들을 비웃거나 무시하고 편견을 가지고 대하는 경향이 있었으며, 이들이 실패하리라 여겼지만 말이다. 그러나 이 학교는 밝고 희망에 가득 찬 남녀 학생들로 구성되어 있었다. 그들은 작은 뿌리에서 커다란 개혁의 싹이 트고 숱한 비바람을 겪으면서도 아름다운 꽃이 피어나 이 나라에 번영과 영광을 더하는 것을 보아왔다. 따라서 그들은 열심히 공부하면서 그런 날이 오기를 기다렸다. 그리고 해를 거듭할수록 학생 수가 늘어나고 이루고자 했던 것들을 이뤄감에 따라 자신들의 도전에 대해서도 서서히 신뢰감을 갖게 되었다.

자연스럽게 생긴 여러 습관들 가운데 소녀들이 특히 재미있어하면서도 유익하다고 느끼는 게 하나 있었다. 그것은 어느 오래되고 작은 반짇고리가 대가족의 수선해야 할 옷가지들로 가득 찬 커다란 바구니로 바뀐 지금도 세 자매가 꾸준히 이어가고 있는 바느질 시간에서 비롯된 것이다. 다들 바쁜 주부들이었지만, 매주 토요일이 되면 세 자매는 세 집 가운데 어느 한 집의 바느질 방에 모이려고 노력했다. 고풍스러운 파르나소스에도 구석진 곳에 바느질 방이 하나 있었다. 에이미는 그곳에서 하녀들 틈에 끼어앉아 그들에게 바느질과 수선하는 방법을 가르치면서 경제 관념을 길러 주었다. 에이미는 부유했지만 결코 양말수선이나 단추달기 등을 하찮게 여기지 않았던 것이다. 이 가정적인 은신처에 세 자매는 책과 일감을 가지고 와서 가정적인 부인들이 좋아하는 친밀하고 아늑한 분위기 속에서 딸들과 함께 책을 읽거나 바느질을 하고 대화를 나눴다. 요리에 관한 대화를 나눌 때에는 화학을, 식탁보에 관한 대화를 나눌 때에는 신학을, 일상적인 일에 관한 대화를 나눌 때에는 훌륭한 시를 이야기하며 참으로 유익한 시간을 보냈다.

이 작은 모임을 확대하자고 가장 먼저 제안한 사람은 메그였다. 아가씨들의 방 안을 어머니의 자애로운 마음으로 둘러보았을 때 정리정돈하는 습관이 안 되어 있고 근면성이 떨어지며 바느질 솜씨가 부족한 게 눈에 띄었기 때문이다. 라틴어와 그리스어, 고등수학, 과학 등 다른 과목들에서는 훌륭한 성과를 거두면서도 그들의 바느질 바구니에는 먼지가 쌓여 있었다. 닳아 떨어진 팔꿈치는 방치된 채였으며, 꿰매주기를 기다리는 파란 양말도 몇 켤레 있었다. 교육받은 여자들에게 흔히 쏟아지는 비웃음이 "우리 아이들"에게도 적용되어서는 큰 일이라 생각한 메그는 가장 야무지지 못한 아가씨 두세 명을 자기 집으로 불러들였다. 그리고 아주 즐거운 분위기 속에서 더없이 상냥하게 여러 가지를 가르쳐 주었다. 아가씨들은 부인의 참뜻을 알고 깊이 감사하며 또 불러 달라고 부탁했다. 그러는 동안에 다른 아가씨들도 하기 싫어하던 집안일을 즐겁게 하기 위해 이 모임에 끼워 달라고 부탁해왔다. 그리고 머지않아 너도 나도 앞을 다투어 이 특혜를 받을 수 있기를 바라게 되었기에 예전의 박물관을 재봉틀과 테이블, 흔들의자와 아늑한 난로 따위로 새로이 단장해, 비가 오는 날이건 맑은 날이건 아무 걱정 없이 바느질과 재봉질을 계속할 수 있게 되었다.

이곳은 메그의 세상이었다. 메그는 커다란 가위를 휘두르며 여왕처럼 옷감을 재단하고 치수를 재고 조수인 데이지의 도움을 받아 모자를 손질했다. 그리고 평범한 드레스에 레이스나 리본 장식을 달아 아름답게 변화시킴으로써 돈도 시간도 없는 아가씨들에게 큰 도움이 되었다. 에이미는 심미적 방면의 조언자로 얼굴에 어울리는 옷 색깔을 고르는 데 도움을 주었다. 아무리 많이 배운 사람이라도 여자로서 아름답게 보이고 싶은 마음이 없는 이는 거의 없을 것이다. 이렇게 색감의 조화에 대한 안목이 있으면 평범한 얼굴도 사랑스럽게 보이게 할 수 있는 것이다. 에이미는 독서를 위해 책을 공급하는 역할도 자청하고 나섰는데, 그림은 그 자신의 전문분야였으므로 러스킨, 해머튼, 제임슨 부인 등의 책을 골라 주었다. 베스는 이 책들을 모두에게 읽어주는 역할을, 조시는 어른들이 추천하는 소설이나 시, 혹은 연극 낭독을 맡았다. 조는 건강, 종교, 정치 등에 대해 간단한 강의를 했고, 나아가 미스 코브의 《여성의 의무》, 미스 브래킷의 《미국의 딸 교육》, 미시즈 더피의 《교육에 남녀차별은 없다》, 미스 울슨의 《의복 혁신》 및 그 밖에도 이제 깨우쳐 가기 시작하는 여성들의 '우리는 무엇을 해야 하는가?'라는 질문에 답해 현명한 여인들이 쓴 훌륭한 저서들에서 내용이 풍부한 발췌문을 만들어 모두에게 흥미가 있을 법한 문제에 대해 이야기해 주었다.

무지를 깨닫고, 무관심이 관심으로 바뀌고, 지적인 마음이 사고를 하게 됨에 따라 편견이 사라지는 것은 흥미로운 일이었다. 그리고 필연적으로 이어지는 논쟁에 재치 있는 말과 활발한 토론이 더욱 흥을 돋우었다. 그리하여 말끔하게 수선한 양말을 신은 발은 전보다 지혜로워진 머리를 이고 다니게 되었고, 예쁜 옷은 더욱 고상한 목적으로 뜨거워진 심장을 감싸게 되었다. 펜과 사전, 친구의 등에 매달리느라 골무를 등한히 했던 손은 이제 삶 속의 일—요람을 흔드는 일이든, 환자를 간호하는 일이든, 혹은 세상의 위대한 학문에 이바지하는 일이든—에 훨씬 적합한 손이 되었다.

어느 날의 일이다. 여성의 직업에 대해 활발한 논의가 이루어지고 있었다. 조는 그 문제에 관한 글을 잠시 읽어주고 나서 그곳에 앉아 있는 열두세 명의 여학생들에게 학교를 졸업하고 나면 무엇을 할 계획인지 물어보았다. 늘 그렇듯 선생님이 되겠다거나 엄마를 도와드리겠다거나 의학 연구를 하겠다거나 그림을 그리겠다는 식의 대답이 이어졌지만, 거의 대부분이 "결혼할 때까지"라는 말로 끝났다.

"그런데 혹시 결혼하지 않는다면 어떻게 하지?" 조는 모두의 대답을 듣고서 자기도 소녀 시절로 돌아간 듯한 기분을 느끼며 물었다. 조는 사려 깊고 명랑하고 열성적인 얼굴들을 보았다.

"아마 노처녀가 되겠죠. 싫지만 어쩔 수 없는 일이에요. 여자들이 남아도니까요." 스스로 원한다면 모르지만 독신이 될 걱정을 하기에는 너무 아름다운 쾌활한 소녀가 말했다.

"이런 문제에 대해 생각해 보는 건 좋은 거란다. 그리고 남아도는 여자가 아니라 쓸모 있는 사람이 될 수 있도록 노력해야겠지? 남아도는 여자라는 말은 거의가 미망인을 두고 하는 말이라더구나. 그러니까 젊은 아가씨들을 가리키는 말은 아닌 거지."

"다행이네요! 요즘은 노처녀라고 해도 옛날처럼 깔보는 일은 없잖아요. 노처녀 가운데서도 훌륭한 사람이 나와, 여자는 반쪽이 아니라 당당한 하나의 인간이고, 혼자 힘으로 설 수 있다는 것을 증명하고 있으니까요."

"그렇지만 결국 마찬가지예요. 모두가 미스 코브나 미스 나이팅게일, 미스 펠프스 같이 될 수는 없으니까요. 그러니 우리가 팔짱 끼고 구석에 앉아 구경하는 것 말고 뭘 더 할 수 있겠어요?" 볼품없는 외모의 소녀가 불만스러운 얼굴로 말했다.

"아무것도 할 수 없을지라도 명랑한 기분으로 살도록 만족감을 배워야 한단다. 그렇지만 해야 할 자잘한 일들은 얼마든지 있으니 누구라도 '멍하니 팔짱을 끼고 앉아' 있을 필요는 없지 않을까? 본인이 원하지 않는다면 말이야." 메그는 밝게 웃으며 말하고는 방금 손질을 끝낸 새 모자를 그 소녀의 머리에 씌워 주었다.

"감사합니다. 정말 그래요, 이제 알겠어요, 브루크 부인. 이건 작은 일이지만 저를 예쁘게 해주고 행복하게 해줘요. 그리고 고마운 마음이 들게 하죠." 그녀는 조금 전보다 밝아진 얼굴을 들고는 모자를 씌워준 사람의 마음처럼 상냥한 마음으로 그 사랑의 수고와 교훈을 마음에 새겼다.

"내가 아는 사람 가운데 많은 사람들에게 사랑받는 한 훌륭한 부인이 있는데, 그 사람은 긴 세월, 하느님을 위해 작은 일들을 해 왔단다. 아마 손이 관 속에 들어가는 날까지 멈추지 않을 거야. 그 부인은 버려진 아이들을 거두어서 따뜻한 가정으로 들여보내고, 가출한 소녀를 구하고, 병들고 가난한 여인을 돌보고, 밤낮없이 그들을 위해 바느질과 뜨개질을 하고, 종종걸음으로 돌아다니며 다른 사람들에게 도움을 요청하는 등 온갖 일을 해왔지. 가난한 이들에게는 감사의 말을, 부자들로부터는 사랑과 존경을 받는 것 말고는 아무런 보상도 받지 못한 채 말이야. 이것도 보람 있는 인생 아니겠니? 나는 그 조용하고 작은 부인이 천국에 가면 이 세상의 유명한 사람들보다 높은 자리에 앉게 될 거라고 생각한단다."

"그게 아름다운 삶이라는 건 알아요, 바어 부인. 그런데 젊은 사람들이 생각하기에는 즐거움이 부족해요. 우리는 마음을 쏟아 일에 열중하기 전에 조금은 즐거운 경험을 해보고 싶다고요." 약삭빨라 보이는 얼굴을 한 서부에서 온 소녀가 말했다.

"그럼 그렇게 하려무나. 그렇지만 말이다, 혹시 네가 보수를 받고 일을 하게 된다면 즐거운 마음으로 그 일을 하는 게 좋을 거야. 하루하루를 지루하게 생각하면서 마지못해 일하지 말고 말이야. 나는 걸핏하면 화를 내는 노부인의 시중드는 일을 한 적이 있었는데 늘 힘들고 괴로웠단다. 그런데 그 집의 조용한 서재에서 읽었던 수많은 책들이 지금까지도 큰 도움이 되고 있지. 그 노부인은 '즐거운 마음으로 봉사하고 깊은 애정으로 보살펴 준 데 대한' 감사의 뜻이라며 플럼필드를 나에게 남겨 주셨단다. 나는 그런 큰 선물을 받을 만한 자격이 있는 건 아니었지만 노부인에게 밝은 얼굴로 친절하게 대해 드리려 했던 건 사실이야. 그리고 힘든 일을 하면서도 그 안에서 가능한 한 즐거움을 찾으려고 애썼단다. 물론 어머니의 도움과 조언 덕분이었지만."

"어머나! 만약 나에게 그런 좋은 일자리가 생긴다면 난 하루 종일 노래를 부르며 천사처럼 살겠어요. 그때까지는 모험을 해야겠죠? 그러나 모험을 하고도 고생한 보람이 없을지도 몰라요. 틀림없이 그럴 거예요." 집안은 가난하지만 큰 포부를 가진 서부 출신의 소녀가 말했다.

"보상을 바라고 일하는 것은 좋지 않아. 보상은 반드시 주어질 거야. 비록 네가 기대하던 보상은 아닐지라도 말이야. 어느 해 겨울, 나는 명성과 부를 목적으로 글을 썼단다. 그렇지만 어느 것도 얻지 못해 무척이나 실망했지. 그래도 1년 뒤, 난 두 가지 보상을 받은 것을 깨달았어. 한 가지는 글을 더 잘 쓰게 되었다는 것이고 다른 하나는 바어 교수란다."

조가 웃자 소녀들도 재미있다는 듯이 따라 웃었다. 소녀들은 실제로 있었던 일을 이야기함으로써 토론이 활기를 띠는 것을 좋아했다.

"운이 좋으셨네요." 불만 가득한 소녀가 말했다. 그 소녀의 영혼은 새 모자보다 훨씬 높은 곳을 날고 있었다. 물론 새로 손질한 모자도 좋았지만 그보다 자신의 진로를 어느 쪽으로 결정해야 할지 몰랐던 것이다.

"그런데 조는 언제나 '불운한 조'라 불렸단다. 무언가를 간절히 원할 때는 얻지 못하다가 정작 그것을 포기하는 순간 얻을 수 있었기 때문이지." 메그가 말했다.

"그럼 저도 지금 당장 제 소망을 포기하겠어요. 과연 그 바람이 이뤄지는지 보게 말이에요. 저는 단지 가족들을 돕고 싶을 뿐이에요. 가족들을 위해 좋은 학교에 근무하고 싶은 게 다라고요."

"이 격언을 너의 인생 지침으로 삼으면 좋겠구나. '실감개를 준비하라. 그러면 실은 하늘에서 내려주실 것이다.'" 조가 말했다.

"우리들 모두가 이 말을 지침으로 삼으면 되겠다. 만약 다들 독신으로 있을 거라면 말이야." 예쁘장한 얼굴의 소녀가 말하더니 쾌활하게 덧붙였다. "잘 생각해 보면 나는 독신으로 사는 것도 좋을 것 같아. 그러면 자유롭게 살 수 있을 테니까. 우리 제니 고모를 보면 하고 싶은 일은 뭐든 할 수 있거든. 누구의 허락도 필요 없이 말이야. 그런데 우리 엄마는 무슨 일이든 아빠와 의논해야 되거든. 좋아, 샐리, 너에게 기회를 양보할게. 나는 '남아도는 여자'로 남고 말이야."

"흥, 제일 먼저 임자 있는 몸이 될 거면서. 어쨌든 고마워."

"좋아, 나도 내 실감개를 준비해야겠어. 그리고 하늘에서 내려주시는 실을 받아야지. 한 겹으로 된 것이든 두 겹으로 된 것이든 하늘의 뜻대로 말이야."

"마음가짐이 아주 좋은데, 낼리. 늘 그 마음을 잊지 않도록 하려무나. 그리고 용감한 마음과 부지런한 손과 많은 일거리가 있다면 이 세상이 얼마나 즐거운 곳이 될지 보렴."

"우리가 집안일을 하거나 사교적인 즐거움을 누리는 정도라면 아무도 반대하지 않을 거예요. 그런데 공부를 시작하는 순간 사람들은 우리가 견디지 못할 거라며 조심하라고 말하지요. 나는 이런저런 일들을 시도해보았지만 죄다 싫증이 나서 학교에 왔어요. 우리 가족들은 내가 신경이 쇠약해져서 일찍 죽을 거라고들 하지만요. 공부하는 데에는 정말로 위험이 따를까요?" 당당한 체구의 소녀가 그렇게 묻더니, 맞은 편 거울에 비친 혈색 좋은 자신의 모습을 걱정스러운 듯이 바라보았다.

"2년 전에 이곳에 왔을 때보다 건강해졌니 아니면 약해졌니, 윈슬로프 양?"

"몸은 더 건강해졌고 마음도 분명 건강해졌어요. 전에는 권태로워 죽을 것 같았거든요. 의사 선생님이 유전적으로 허약 체질이라고 말씀하셔서 엄마가 많이 걱정하세요. 그래서 저는 공부를 너무 많이 하고 싶지 않아요."

"걱정하지 않아도 된단다. 너의 활발한 두뇌에는 좋은 음식이 필요했던 건데 너는 이미 충분히 영양분을 섭취했으니까. 너에게는 호화로운 생활보다 검소한 생활이 훨씬 나을 거야. 여자는 남자만큼 공부를 잘하지 못한다는 것은 말이 안 돼. 암기 위주의 교육은 남자에게나 여자에게나 괴로운 일일지 모르지만 적절한 주의를 기울이면 모두에게 좋은 일이란다. 그러니까 네가 하고 싶은 대로 인생을 즐기려무나. 그러면 허약 체질에는 강장제나 소파 위에 놓인 소설책보다 현명한 두뇌 활동이 훨씬 좋은 약이라는 것을 알게 될 테니. 요즘 젊은이들은 너무 늦게까지 잠을 안 자고 돌아다녀서 몸을 그르치는 거야. 그런 식으로 정력을 소진하고는 건강이 나빠지면 무도회가 아니라 책을 탓하지."

"낸 선생님의 환자 가운데 자기가 심장병에 걸렸다고 믿고 있던 사람이 있었단다. 낸이 코르셋을 벗게 하고, 커피와 한밤중의 댄스를 금하고, 규칙적으로 먹고 자고 걷게 했더니 지금은 완전히 좋아졌다고 하더구나. 낸은 그것을 상식과 습관의 싸움이라고 말했지."

"난 이곳에 온 뒤 두통이 한 번도 없었어. 집에 있을 때보다 공부도 두 배나 많이 할 수 있었고 말이야. 그건 공기 좋은 곳에 살면서 남자아이들보다 앞서나가는 즐거움 덕분이라고 생각해." 또 다른 소녀가 골무로 넓은 이마를 가볍게 치며 말했다. 그 이마 속에는 생기 넘치는 뇌가 질서 있게 활동하면서 매일의 두뇌 체조를 즐기는 듯했다.

"양보다 질이라고 하지 않니? 나는 우리의 뇌는 작을지 모르지만 그 내용물은 작지 않다고 생각해. 내 생각이 틀리지 않다면, 우리 반에서 가장 머리 큰 남자애가 제일 둔할 거야." 넬리가 엄숙하게 말하자 모두 와—하고 웃었다. 넬리가 말한 골리앗은 이미 여러 차례 이 두뇌 회전이 빠른 다윗에게 패배를 당했던 것이다.

"브루크 부인, 이게 앞뒤가 맞나요?" 반에서 그리스어를 가장 잘하는 학생이 어찌 해야 할지 모르는 눈빛으로 검정색 실크 앞치마를 들여다보며 물었다.

"지금 그대로 하면 된단다, 피어슨 양. 주름 사이는 조금 남겨 두렴. 그래야 예뻐 보이니까."

"이제 다시는 이런 거 안 만들 거야. 이걸 다 완성하면 옷을 잉크로 더럽히는 일은 없을 거라 생각하니 기뻐." 박학다식한 피어슨 양은 지금까지 착실히 공부해온 그리스어의 어떤 어원보다도 어렵다고 생각하며 앞치마 만들기를 계속했다.

"우리처럼 잉크를 자주 사용하는 사람은 옷에 잉크 얼룩이 지지 않게 하는 방법을 연구하지 않으면 안 된다니까. 내가 젊은 시절에 입던 앞치마의 본을 너에게 주마.” 조는 자신이 옛날에 메모 도구를 넣어두곤 하던 양철 상자가 어디 갔을까 생각하며 말했다.

“저는 조시 엘리엇(영국 여류 소설
가. 1819~80)처럼 돼서 세상을 깜짝 놀라게 하는 게 꿈이었어요! 제게 그런 힘이 있다는 것을 알게 되고 또 세상 사람들에게 ‘남성적인 지성’을 갖고 있다는 말을 듣게 된다면 얼마나 멋질까요! 전 여류작가들의 글은 그다지 좋아하지 않아요. 그런데 조시 엘리엇의 글은 대단해요. 그렇게 생각하지 않으세요, 바어 부인?” 스커트의 가장자리 장식의 올이 뜯어져 있는 이마가 넓은 소녀가 말했다.

“그래. 그래도 샬롯 브론테의 작품만큼 감동적이지는 않아. 머리는 있는데 마음은 없는 격이랄까. 조시 엘리엇의 작품은 감탄스럽기는 하지만 썩 마음에 들지는 않아. 그리고 그녀의 일생은 브론테보다 훨씬 슬프다는 생각이 들어. 왜냐면 엘리엇은 천부적인 재능을 지닌 데다 사랑과 명성까지 얻었는데도 만약 그것이 없다면 진정으로 위대하거나 선하거나 행복하다고 할 수 없는 그런 빛을 가지고 있지 못하기 때문이야.”

“그렇긴 하지만 그래도 엘리엇의 생애에는 너무나 로맨틱하고 어딘지 새롭고 신비스러운 데가 있어요. 게다가 엘리엇은 어떤 의미에서는 위대한 인물이었죠. 신경과민과 소화불량을 앓았다는 것이 환상을 조금 깨기는 하지만 말이에요. 저는 유명인을 좋아해요. 언젠가 런던에 가서 되도록 많은 유명인들을 만나 볼 생각이에요.”

“그런 사람들 가운데에는 내가 너에게 권해준 작품들을 읽는 데 열심인 사람들도 있을 거야. 네가 훌륭한 귀부인을 만나고 싶다면 알려주어야겠구나. 오늘 로렌스 부인이 훌륭한 귀부인 한 분과 이곳으로 오실 거란다. 지금 레이디 아베크롬비가 로렌스 부인과 식사를 하고 계시거든. 학교를 구경하고 나서 이곳으로 오실 예정이야. 레이디 아베크롬비는 특히 우리의 재봉교실을 보고 싶어하신단다. 이런 일에 관심이 있으셔서 집에서도 손수 하신다는구나.”

“어머나! 나는 귀족은 여섯 마리 말이 끄는 마차를 타고 돌아다니며 무도회에 가거나 삼각 모자나 긴 드레스에 깃털을 달고 여왕을 만나 뵙는 것 말고는 하는 일이 없는 줄 알았는데.” 메인 주(州)의 미개척지에서 온 순진한 소녀가 소리쳤다.

"말도 안 돼. 아베크롬비 경은 미국 교도소 제도를 조사하러 오셨고 부인은 여러 학교를 방문하느라 몹시 바쁘시단다. 두 분 다 명문가 출신이지만 소박하고 인품이 좋으시지. 연세가 지긋하고 용모가 뛰어나지 않은 데다 수수한 옷차림을 하고 다니셔서 겉모습은 기대에 좀 어긋날지도 몰라. 로렌스 씨 친구 분은 현관에서 초라한 외투를 입고 불그레한 얼굴을 한 아베크롬비 경을 보고 마부인 줄 알았다지 뭐야. 그래서 '자네, 무슨 볼일이 있는가?' 하고 물었는데, 아베크롬비 경은 온화한 얼굴로 자신이 누구인지 밝히고 만찬회에 참석하기 위해 왔다고 말씀하셨대. 나중에야 그 일을 알게 된 집 주인은 어찌할 바를 몰라 당황하면서 이렇게 말했대. '어째서 가터 훈장^(영국 최고훈장)을 달고 오지 않았을까. 그랬더라면 귀족이라는 것을 바로 알았을 텐데.'"

소녀들은 또 한 번 웃었다. 그리고 귀족을 손님으로 맞는다는 사실에 모두들 좀 긴장한 듯 교실 안이 술렁거렸다. 조는 옷깃을 바로 했고, 메그는 모자를 매만졌다. 베스는 곱슬머리를 더욱 부풀렸고, 조시는 거울을 빤히 들여다보았다. 인생철학과 박애정신을 논하던 그들 또한 여자였던 것이다.

"모두 일어서야 하나요?" 잠시 뒤에 있을 영예로운 일에 감동한 한 소녀가 물었다.

"그렇게 하는 것이 예의겠지?"

"악수는요?"

"아니, 내가 한꺼번에 소개하마. 여러분의 밝은 얼굴만으로도 충분히 자기소개가 될 거야."

"제일 좋은 외출복을 입고 올걸 그랬어. 미리 말씀해 주셨으면 좋았을 텐데." 샐리가 작은 목소리로 말했다.

"진짜로 귀족 부인이 우리를 방문했다고 하면 가족들이 깜짝 놀라겠지?" 또 다른 소녀가 말했다.

"귀부인을 처음 보는 것 같은 얼굴은 하지 마, 밀리. 우리 모두가 미개척지에서 온 건 아니니까 말이야." 당당한 느낌의 소녀가 말했다. 그 소녀는 자신의 조상이 메이플라워 호를 타고 온 미국 건국의 아버지들이기 때문에 유럽 국왕이나 여왕과 같은 계급이라고 생각했다.

"쉿, 오셨어! 어머머, 어쩌지? 저 보닛 좀 봐!" 명랑한 소녀가 속삭이듯 말했다. 문이 열리고 로렌스 부인과 손님이 들어오자 소녀들의 새초롬한 시선은 바쁘게 움직이는 자신들의 손 위로 떨어졌다.

대강의 소개가 끝나고, 몇 대나 이어온 이 백작가문의 따님이 소박한 드레스에 조금 낡은 보닛을 쓰고 한 손에는 서류 봉투를, 다른 손에는 노트를 든, 건강미 넘치는 부인임을 알았을 때 모두 적잖은 충격을 받았다. 부인의 얼굴은 인정이 넘쳤고 낭랑한 목소리는 친절했으며 온화한 동작은 보는 이의 마음을 매혹시켰다. 그 부인에게는 고귀한 성장 배경을 짐작케 하는, 말로 표현할 수 없는 분위기가 풍겼는데, 이 분위기 앞에서 아름다움이나 추함은 아무 의미가 없었고 옷차림에 대해서도 곧 잊어버리게 되었다. 작은 것 하나 놓치지 않는 소녀들에게 이 순간은 잊을 수 없는 추억이 될 것이다. 이 특별한 클래스가 생긴 배경과 클래스의 성장 과정 및 성공에 대한 짤막한 대화가 오간 뒤, 조는 이 영국 귀부인이 그동안 이뤄낸 일로 화제를 옮겼다.

소녀들은 그들이 알고 또 존경하는 여인들이 가르치고 후원하는 야학에 대한 이야기를 들었다. 그리고 설득력 있는 연설을 함으로써 학대받는 부인들이 법적인 보호를 받을 수 있게 해준 코브 양과 죄인을 구제한 버틀러 부인, 유서 깊은 저택의 방 하나를 하인들의 도서관으로 만든 테일러 부인, 런던 빈민가에 공동주택을 지어준 새프츠베리 경에 대한 이야기를 들었다. 그밖에도 교도소를 개선한 일과 부유한 사람들이 가난한 사람들을 위해 하느님의 이름으로 용감하게 행하고 있는 수많은 일들에 대해 들었는데, 이것은 소녀들에게 매우 보람 있는 일이었다. 이 이야기들은 집에서 조용히 듣는 강의보다도 훨씬 깊은 감동을 주었고, 자기들에게도 언젠가 그런 날이 온다면 어려운 사람들을 도우리라는 꿈을 갖게 했다. 영광스러운 미국이 진정으로 공정하고 자유로우며 위대한 나라가 되기까지는 아직도 해야 할 일이 많다는 것을 그들은 알고 있었기 때문이다. 그들은 또한 레이디 아베크롬비가 위엄 있는 로렌스 부인에서부터 어린 조시에 이르기까지 그곳에 있는 모두를 자신과 같은 인간으로서 대해 주었다는 점도 놓치지 않았다. 소녀들은 이 모든 것을 가슴에 새기며, 자신들도 되도록 빨리 밑창이 두터운 영국 부츠를 손에 넣으리라 결심했다. 레이디 아베크롬비가 파르나소스를 찬미하고 플럼필드를 '정겨운 옛집'이라 일컬으면서 학교에 대해 흠 잡을 데 없이 훌륭하다고 말했을 때, 그 부인이 런던에 커다란 저택을, 웨일스에는 성을, 그리고 스코틀랜드에는 웅장한 별장을 가지고 있다는 것은 누구도 생각지 못했다. 그 부인의 칭찬을 들으니 모두 조금은 자신감이 생겼다. 그리고 부인이 돌아가려 할 때는 이 고귀한 영국 부인의 따뜻한 악수에 다들 진심으로 손을 건넸고, 그때 부인이 한 말을 소녀들은 오랫동안 잊을 수가 없었다. 부인은 이렇게 말했다.

"그동안 소홀히 여겨지던 여성 교육이 이곳에서 아주 훌륭하게 이루어지고 있는 것을 보고 몹시 기뻤답니다. 내가 미국에서 본 훌륭한 그림 가운데에서도 가장 매혹적인 그림인 '소녀들에 둘러싸인 페넬로페'(그리스 신화에 나오는 오디세우스의 아내. 남편이 트로이 전쟁에 출정하여 돌아올 때까지 20년 동안 많은 귀족에게 구혼을 받았으나 모두 물리치고 끝까지 정절을 지켰다고 한다)를 보여주신 것에 대해 저의 친구이신 로렌스 부인에게 감사드려야겠군요."

단단한 부츠를 신고 묵직한 발걸음을 옮기는 레이디 아베크롬비를 소녀들은 환하게 웃는 얼굴로 배웅했다. 낡은 보닛이 보이지 않을 때까지 존경의 시선을 떼지 않은 채, 소녀들은 이 고귀한 손님이 온몸을 다이아몬드 장신구로 장식하고 여섯 마리의 말이 끄는 마차를 타고 나타났다고 해도 이보다 더 진심 어린 존경심을 느끼지는 못했을 것이다.

"나 이제는 '하찮은 일'이 싫지 않게 되었어. 레이디 아베크롬비만큼 잘할 수 있게 되었으면 좋겠어." 한 소녀가 말했다.

"난 단춧구멍 만드는 것을 잘할 수 있게 된 행운에 감사드렸어. 부인이 보시고는 정말 잘 만들었다고 하셨거든." 또 다른 소녀는 자신의 소박한 체크무늬 옷을 자랑스럽게 여기며 말했다.

"그분의 매너는 아름답고 친절해서 마치 브루크 부인 같았어. 상상한 것처럼 도도하지도 않고 일부러 겸손한 척하지도 않았잖아. 바어 부인, 언젠가 하신 말씀의 의미를 이제 알겠어요. 올바른 가정교육을 받은 사람은 어느 나라 사람이든 마찬가지라는 것을요."

칭찬받은 메그가 고개 숙여 인사했고 조가 말했다. "그런 사람들은 보면 알 수 있지. 그러나 나는 결코 매너의 본보기가 될 수 없을 거야. 모두 손님의 방문을 기뻐해 주어서 고맙게 생각해. 자, 우리가 여러 면에서 영국에 뒤지고 싶지 않다면 힘껏 분발해서 뒤떨어지지 않도록 해야겠지? 영국 아가씨들은 진지한 데다 무슨 일을 할지 걱정하느라 시간을 낭비하기보다는 자신을 필요로 하는 곳이라면 어디든 찾아가니까 말이야."

"우리도 우리가 할 수 있는 한 최선을 다 하고 싶어요." 소녀들은 열정적으로 대답했다. 그리고 비록 해리엇 마티노(1802~76. 영국 작가 겸 사회학자)나 엘리자베스 브라우닝,(1806~61. 영국 여류시인) 혹은 조시 엘리엇처럼 될 수는 없더라도 고결하고 현명하며 자주적인 여인이 되어, 여왕에게 수여받는 칭호보다는 가난한 이들의 감사하는 입술에서 전해지는 아름다운 칭호를 얻고 싶다고 생각하며 천천히 교실을 나갔다.

제18장 졸업 기념 행사일

날씨를 다스리는 이가 젊은이들에게 호의를 베풀기라도 하듯 졸업 기념 행사일(상급생이 졸업 시즌의 하루를 문학적, 사교적인 행사를 하며 지내는 날)에는 햇빛이 자주 모습을 드러냈다. 이 흥미로운 기념일이 돌아왔을 때 플럼필드에는 아름다운 태양이 빛나고 있었다. 그곳에는 장미와 딸기가 있었고, 흰 드레스를 입은 소녀들과 환한 얼굴의 젊은이들이 있었으며, 자랑스러워하는 친구들과 한 해의 성과에 만족스러워하는 교육계 인사들이 참석해 있었다. 로렌스 대학은 남녀공학이라서 젊은 여성들이 학생으로 참석해 이 축제에 우아함과 활기를 더한다. 이것은 여성들이 단순한 관람자로 자리하는 경우에는 절대로 볼 수 없는 광경이었다. 어려운 책을 넘기던 손은 행사장을 꽃으로 꾸미는 솜씨도 갖고 있었고, 공부에 지친 눈은 따스한 빛으로 그곳에 모인 손님들을 맞았으며, 흰 모슬린 드레스 아래에서는 학생들 못지않게 야망과 희망과 용기로 한껏 부푼 심장들이 고동치고 있었다.

칼리지 힐도, 파르나소스도, 플럼필드도 밝은 얼굴들로 넘쳐났고 손님들과 학생들과 선생님들은 즐거운 흥분 속에서 바쁘게 이리저리 뛰어다니고 있었다.

멋진 마차를 타고 온 사람이나, 아들딸의 졸업식을 보려고 터벅터벅 걸어서 온 사람이나 하나같이 진심으로 환영을 받았다. 로렌스 부부는 접대하는 역할을 맡아서 그들의 아름다운 집에는 손님들로 넘쳐났다. 메그는 데이지와 조시를 조수로 삼아 아직 복장을 갖추지 못한 여학생들을 돕거나 차려놓은 음식을 살펴주었으며 실내를 꾸미는 일을 지도하기도 했다. 조는 학장 부인으로서, 그리고 테디의 어머니로서 바삐 뛰어다녔다. 특히 아들에게 기념일에 걸맞은 복장을 갖춰주려니 만만치 않은 힘과 솜씨가 필요했다.

테디가 멋지게 차려입는 것을 반대했다는 의미가 아니다. 오히려 그는 아름다운 복장을 동경했다. 그래서 키가 크다는 장점을 살려 아직 어린 나이임에도 불구하고 멋쟁이 친구가 보내준 연회복을 입고 즐거워하고 있었다. 그 모습은 실로 우스꽝스러웠다. 그러나 그는 친구들의 놀림에도 이 옷을 입고 싶어 했고 실크해트가 없다는 점을 아쉬워했다. 엄격한 부모님이 그것까지는 용납해주지 않았기 때문이다. 테디는 영국에서는 10세 소년도 그 모자를 쓴다며 사정을 해봤지만 그의 어머니는 노란 갈기를 쓰다듬으며 이렇게 말했을 뿐이다.

"애야, 너는 그 옷만으로도 충분히 우스꽝스럽단다. 그 차림에 실크해트까지 쓰면 우리 둘은 플럼필드에 들어갈 수 없게 돼. 모든 사람들로부터 놀림을 받을 테니까. 그러니 가능한 한 웨이터 복장으로 만족하고 전 세계에서 가장 이상한 모자가 쓰고 싶다는 말은 하지 말아주렴."

이 고상한 남자의 상징을 거부당한 테디는 상처 입은 영혼을 치유할 수 있을 만큼 높고 빳빳한 옷깃에, 모든 여성들의 이목을 끄는 넥타이를 매고 나타났다. 이 엉뚱한 행동은 무정한 어머니에 대한 복수와도 같은 것이었다. 그 옷깃은 다림질하는 여자를 절망에 빠뜨리고 넥타이는 여자 셋이 달라붙어도 한참이 걸려서야 겨우 그럴싸하게 맬 수 있는 그런 것이었기 때문이다. 이런 곤란한 상황이 벌어질 때마다 로브—신속하게 깔끔하고 단정한 옷으로 갈아입은—가 헌신적으로 도와주었다. 테디가 옷을 갈아입을 때에는 사자 굴에서 울부짖는 소리와 휘파람 소리, 명령하는 소리, 신음소리가 들려오는 가운데 작은 양은 참을성 있게 그를 돌봐주곤 했다. 조는 가만히 지켜보고 있다가 구두가 내동댕이쳐지고 머리빗들이 비처럼 쏟아지면 장남의 안부가 걱정되어 그를 구하러 들어간다. 그러고는 재미있으면서도 권위가 느껴지는 말로 테디를 설득하여 그가 '영원한 기쁨'은 아닐지라도 '아름다운 것'(" 아름다운 것은 영원한 기쁨이다." —존 키츠의 시 '엔디미온' 1행)임을 받아들이게 하는 것이다. 마침내 테디는 높이 솟은 옷깃에 넥타이를 맨 차림으로 위풍당당하게 방에서 나왔다. 연회복은 어깨 부위가 조금 헐렁했지만 광택 나는 넓은 가슴은 고귀한 분위기를 자아냈고, 적당한 각도에서 무심한 듯 늘어뜨린 섬세한 손수건도 효과 만점이었다. 조시의 '길고 검은 빨래집게'—조시는 테디를 이렇게 불렀다—의 아래쪽 끝에는 반짝거리는 구두가 자리하고 있었고 위쪽 끝에는 아이다우면서도 엄숙한 얼굴이, 오래 그리고 있으면 척추가 휠 것 같은 각도를 유지하고 있었다. 단춧구멍에 꽂은 작은 꽃과 허리춤에 늘어뜨린 회중시계의 줄은 물론, 얇은 장갑과 지팡이 그리고—오, 기쁨의 술잔에 담긴 씁쓸한 술 한 방울이여! —꼴사나운 밀짚모자가 인상적인 소년의 옷매무새를 마무리해주었다.

"어때요?" 테디가 어머니와 사촌누이들 앞에 나타나 물었다. 그는 이들을 연회장으로 에스코트해 가기로 되어 있었다.

'와' 하고 이어지는 웃음소리와 함께 두려움이 깃든 비명 소리가 일었다. 그는 연극을 할 때 자주 쓰던 금발의 콧수염을 붙이고 있었던 것이다. 수염은 사실 무척 잘 어울렸다. 그것은 가장 아끼는 모자를 쓰지 못해서 생긴 깊은 상처를 치유하는, 유일한 진통제처럼 보였다.

"지금 당장 떼어내. 이 넉살 좋은 애 좀 봐! 우리는 모두 가장 단정한 차림을 해야 한다고. 오늘 같은 날에 그런 장난스런 복장을 하면 너희 아버지가 뭐라고 하실 것 같니?" 조는 이렇게 말하고 얼굴을 찡그리려고 했지만, 마음속으로는 자신의 주위에 있는 많은 젊은이들 가운데에서 이 키다리 아들만큼 멋지고 독창적인 옷차림을 한 아이는 없다고 생각하고 있었다.

"붙이게 해 주세요, 이모. 아주 잘 어울리잖아요. 테디가 열여섯 살이 안 됐을 거라고 생각하는 사람은 아무도 없을 거예요." 조시가 외쳤다. 그녀에게는 변장을 한다는 것 자체가 매력적으로 보였기 때문이다.

"아버지는 귀빈들과 여학생들에게 신경을 쓰느라 눈치채지 못하실 거예요. 설령 알게 된다 해도 상관없잖아요? 오히려 재미있어하시며 저를 맏아들이라고 소개할걸요. 제가 앞으로 더 크면 로브는 보이지도 않을 거예요."

테디는 말을 마친 뒤 연미복을 입은 햄릿 마냥 비장한 걸음으로 걷기 시작했다.

"테디, 어서 말 들어!" 조가 엄숙하게 말할 때는 그것이 곧 규칙이었다. 그러나 얼마 지나지 않아 수염은 다시 나타났고, 그 수염 때문에 많은 방문객들은 바어 집안에 아들이 셋이라 믿어 의심치 않았다. 이것이 테디의 우울한 기분을 달래주었다.

바어 선생은 시간에 맞춰 연회장 관람석에 줄지어 앉은 젊은 얼굴들을 내려다보자 몹시 행복했다. 몇 해 전에 좋은 씨앗을 뿌리고 희망으로 성실히 가꾼 몇 개의 '조그만 화단'에서 이 아름다운 수확을 얻었다고 생각하니 가슴이 벅찼다. 마치 씨의 멋지게 나이든 얼굴은 더없이 평온한 만족으로 빛나고 있었다. 오랜 기다림 끝에 평생의 꿈을 이뤘기 때문이다. 마치 씨를 열렬히 우러르는 젊은 남녀의 사랑과 존경으로 가득한 얼굴들은 절망적인 시절에 대한 충분한 보상이 되어주었다. 로리는 이럴 때면 늘 예의에 어긋나지 않는 범위에서 남들 눈에 띄지 않도록 숨어 있었다. 모두 시나 연설을 통해 학교 창립자이자 자선가인 그를 칭송했기 때문이다. 세 자매는 부인 손님들 사이에서 자랑스러운 마음으로 눈을 반짝이며, 자신들이 사랑하는 남자들에게 주어지는 영광을 즐기고 있었다. 그것은 여성만이 맛볼 수 있는 기쁨이었다. 한편 '본토박이 학생'들—젊은이들은 자신들을 이렇게 불렀다—은 오늘의 영광이 모두 자신들의 공로인 듯 잘난 체하는 게 좀 우스꽝스럽긴 했지만, 엄숙함과 만족이 뒤섞인 표정을 짓고 있었다. 그런 그들을 외부 손님들은 호기심과 감탄, 부러움이 담긴 눈길로 바라보았다.

음악은 매우 훌륭했다. 그도 그럴 것이 아폴론이 지휘봉을 잡았던 것이다. 또한 오래된 진리를 새로운 언어로 표현한 시가 낭송되었는데, 이 시들은 낭송자의 진지한 얼굴과 낭랑한 목소리로 인해 더욱 힘 있게 들렸다. 여학생들이 재기 넘치는 남학생 연설에 열심히 귀를 기울이고 꽃밭을 스치는 바람처럼 웅성거리면서 박수를 보내는 모습은 아름다웠다. 그러나 더 의미 깊고 보기 좋았던 것은 흰 드레스를 차려 입은 여학생이 검은 정장을 입은 귀빈들 앞에서 연설할 때 이를 지켜보는 남학생들의 표정이었다. 여학생은 처음에 얼굴을 붉히거나 파랗게 질려 입술을 떨기도 했지만, 진지한 마음으로 소녀다운 두려움을 극복하고 희망과 두려움, 포부 등에 대해 여성으로서 생각하는 바를 토로했다. 이 분명하고도 아름다운 목소리는 젊은이들의 영혼에 닿아 그 안에 잠자는 숭고한 이상들을 일깨우고, 함께 우정을 쌓아온 시간들을 봉인하여 영원히 잊지 못할 추억으로 만드는 듯했다.

앨리스 히스의 연설은 만장일치로 최고의 성과로 평가되었다. 젊은 사람들이 첫 시도에서 흔히 쓰는 어설픈 미사여구도 없고 감상적인 데도 없으면서도 진지하고 논리정연하고 사람들을 크게 감동시키는 데가 있어서, 그녀가 무대를 내려올 때는 우레와 같은 박수가 쏟아졌다. 젊은이들은 그녀의 '어깨를 나란히 하고 앞으로 나아갑시다!'라는 감동적인 호소에 그녀가 무대에서 국가라도 부른 듯 흥분했다. 한 젊은이는 흥분한 나머지 자리에서 일어나, 서둘러 급우들에게 돌아가려는 그녀에게 달려와 축하 인사를 하려 했다. 그러나 분별력 있는 여동생에게 붙들려 곧 안정을 찾고 학장님의 훈화에 귀를 기울일 수 있었다.

학장님의 훈화는 경청할 만한 가치가 있었다. 바어 선생은 아이들을 삶이라는 전쟁터에 내놓은 아버지와 같은 마음으로 이야기했다. 선생의 친절하고 현명한, 유용한 조언들은 찬사를 받았으며, 그 찬사가 잊힌 뒤에도 오래도록 젊은이들의 마음에 남았다. 그러고 나서 플럼필드의 독특한 의식이 몇 가지 더 있었고, 그것을 끝으로 행사가 모두 마무리되었다. 흥분한 남학생들의 튼튼한 폐에서 폐회 찬송가가 울려퍼졌을 때 왜 지붕이 날아가지 않았는지는 영원히 풀리지 않는 수수께끼이다. 노래의 물결이 높아졌다가 잔잔해지면서 진동하는 화환만이 달콤한 메아리를 남기며 다음 해를 기약했다.

오후에는 점심식사와 연회가 이어졌고, 저물녘에는 조용한 한때가 찾아왔다. 밤 행사가 시작되기 전에 모두 잠깐 쉬고 싶었기 때문이다. 학장이 베푸는 축하연회는 따로 남겨 뒀던 즐거움의 하나였고, 파르나소스에서의 댄스 또한 그러했다. 학교를 나온 젊은 남녀들은 그 몇 시간을 최대한 활용하여 산책이나 노래를 하며 웃고 떠들고 싶어 했다.

마차들이 줄지어 들어왔다. 잘 차려입은 사람들의 무리가 베란다나 잔디밭 또는 창가에 앉아 방금 도착한 손님이 누구인지 알아맞히려 하고 있었다. 바어 선생 댁의 활짝 열린 문 앞에 여행 가방을 실은 먼지투성이 마차가 나타나자 사람들은 대단한 호기심을 보였다. 마차에서 다소 이국적으로 보이는 두 신사가 뛰어내렸고 이어서 두 명의 젊은 부인이 내렸기에 더욱더 그러했다. 네 사람은 기쁨의 함성을 지르며 달려나온 바어 부부와 포옹했다. 그러고 나서 모두 안으로 들어갔고, 짐도 안으로 옮겨졌다. '이 신기한 손님들은 도대체 누구일까' 하고 구경하던 사람들이 의아해하는데 한 여학생이 '두 사람은 바어 선생의 조카가 분명하고, 그중 한 사람은 신혼여행 도중 여기에 들렀다'고 가르쳐주었다.

여학생의 말 그대로였다. 프란츠는 자랑스럽게 금발의 쾌활한 신부를 소개했다. 그녀가 축하의 입맞춤을 받기도 전에 에밀이 아름다운 영국 소녀 메리를 끌고 와 기뻐 어쩔 줄 모르겠다는 듯 신나서 소개했다.

"삼촌, 조 숙모, 딸이 한 명 더 생겼어요! 제 아내도 끼워주실 거죠?"

물론이었다. 메리는 새로운 친척들의 포옹으로부터 겨우 빠져나왔다. 모두는 이 젊은 두 사람이 함께 고생한 이야기를 떠올리면서 이것이 위험으로 시작된 긴 항해의 자연스럽고 행복한 결말이라 생각했다.

"왜 미리 알려주지 않았니? 그랬으면 한 명이 아니라 두 명의 신부를 환영해줄 준비를 했을 텐데⋯⋯." 조는 덧옷을 입고 컬 핀으로 머리를 만 모습이었다. 자기 방에서 밤에 있을 행사를 준비하다가 막 뛰어나온 탓이었다.

"로리 아저씨가 결혼하고 돌아왔을 때 모두가 재미있어 했던 일이 떠올라서요. 저도 사람들을 놀라게 해주고 싶었거든요." 에밀이 웃으며 말했다. "저는 지금 휴가 중이에요. 그래서 바람과 파도를 이용해 이 형님을 호송해 왔죠. 사실은 어젯밤에 도착하려 했지만 시간이 맞지 않았어요. 그래도 어쨌든 즐거운 파티가 끝나기 전에 도착했네요."

"아—, 나의 아들들! 너희 둘이 이렇게 행복해져 다시 옛 집에 돌아온 걸 보니 가슴이 벅차구나. 이 감사의 마음을 어떻게 표현해야 할지⋯⋯. 오직 하늘에 계신 하느님께 너희 모두를 지켜달라고 기도할 뿐이다." 바어 교수는 이렇게 외치며 네 사람을 한꺼번에 안으려 했다. 눈물이 뺨을 타고 흘러내리고 말이 잘 나오지 않았다.

한 차례의 소나기로 공기가 맑아지고, 행복한 가족의 감개무량했던 마음은 한층 가벼워졌다. 이윽고 모두들 이야기를 시작했다. 프란츠와 루드밀라는 바어 선생과 독일어로 대화했고 에밀과 메리는 조와 이야기를 나눴다. 젊은이들은 이 그룹을 에워싸고서 난파와 구조와 집으로 돌아오는 항해에 대한 이야기를 듣고 싶어 했다. 그 이야기는 편지로 보내온 내용과 사뭇 달랐다. 에밀은 눈에 보이듯 생생하게 설명했고, 그 사이사이에 메리가 부드러운 목소리로 에밀의 용기와 인내와 자기희생에 대한 이야기를 덧붙였다. 이 행복한 두 사람이 큰 위기와 구출 상황을 이야기하는 모습을 보고 듣고 있으니 실로 비장한 기분마저 들었다.

"저는 빗방울이 떨어지는 소리만 나도 기도를 하게 돼요. 그리고 여자들에 대해 말하자면, 모든 여성들에게 경의를 표하고 싶어요. 제가 아는 한 그들은 남자보다 훨씬 용감하기 때문이죠." 에밀은 지금까지는 전혀 볼 수 없었던 엄숙한 표정을 지으며 이렇게 말했는데 그것은 모두를 대하는 그의 부드러운 태도와 함께 그에게 무척 잘 어울렸다.

"여자가 용감하다면, 남자들 가운데에는 여자처럼 다정하고 희생적인 사람도 있어요. 저는 자신도 굶주리면서도 자기 몫의 식량을 밤에 몰래 여자애의 주머니에 넣어준 사람을 알고 있어요. 그 사람은 아픈 사람을 재우려고 몇 시간이나 안고 흔든 적도 있답니다. 아니, 나는 말하고 싶어, 에밀. 끝까지 말하게 해줘!" 메리는 그녀의 입을 막으려 하는 에밀의 손을 두 손으로 붙잡으면서 외쳤다.

"의무를 다했을 뿐이야. 그 고통이 조금 더 이어졌더라면 저도 불쌍한 배리나 갑판장과 같은 운명이 되었을지도 몰라요. 정말 무서운 밤이었어요!" 에밀은 지난 일을 상기하고 몸을 떨었다.

"그 일은 생각하지 마, 에밀! 아빠도 점점 건강을 회복하고 우리도 안전하게 '우라니아 호'를 타고 돌아오던 때의 즐거웠던 얘기를 해." 메리는 신뢰가 가득한 눈빛으로 말했다.

에밀은 이내 밝은 얼굴로 돌아와 진정 선원다운 모습으로 '귀여운 아가씨' 어깨에 팔을 두르고 이 이야기의 행복한 결말을 이어갔다.

"함부르크에서는 정말로 즐거운 나날을 보냈어요. 허만 삼촌은 선장님에게 매우 잘해 주었지요. 어머님이 선장님을 보살펴주는 동안 메리는 저를 돌봐 주었어요. 저는 배의 수리를 위해 선착장으로 갈 수밖에 없었어요. 하지만 화재로 눈을 다친 데다 구조선이 나타나는지 지켜보느라 잠이 모자랐기 때문에 눈이 런던의 안개가 낀 듯 희미하게 보였어요. 그래서 메리가 키잡이가 되어 안내해 주었지요. 저는 동료들과 차마 헤어질 수가 없었어요. 이런 이유로 그녀는 저의 일등항해사로 배를 탔고, 저는 그 뒤에 다가올 영광을 향해 출항했지요."

"그런 말은 뭐하러……" 영국인 아가씨답게 수줍어하며 이번에는 메리가 에밀을 조용히 시키려 했다. 그런데 에밀은 메리의 부드러운 손을 잡고 손가락에 끼워진 반지를 자랑스럽게 바라보면서 기함 위 해군대장 같은 자세로 말을 이었다.

"선장님은 조금 더 기다려 달라고 하셨어요. 그렇지만 저는 선장님께 우리가 함께 헤쳐온 그 거친 날씨 이상으로 심한 일을 당할 우려는 없으며, 그런 경험을 한 뒤에도 서로를 알지 못한다면 앞으로도 영원히 알 수 없을 거라고 말씀드렸어요. 조타륜 위에 이 손이 없으면 저는 월급을 받을 자격이 없다고 생각했어요. 그래서 저는 제 뜻을 이루기로 했고, 용감한 제 아내는 오랜 항해에 나선 거죠. 주여! 그녀를 축복하소서!"

"메리, 정말로 에밀과 함께 항해할 거예요?" 데이지는 그 용기에 감동하면서도 고양이처럼 물을 두려워하며 물어보았다.

"저는 두렵지 않아요." 메리는 믿음직스럽게 미소를 띠며 말했다. "나의 선장님인 에밀은 좋은 날씨와 나쁜 날씨로 시험당한 거라고 봐요. 만일 에밀이 또 난파를 당한다면 저는 뭍에서 기다리기보다는 오히려 함께 겪는 편이 낫다고 생각해요."

"천생 뱃사람의 아내로구나! 너는 행복한 사람이야, 에밀. 이번 항해는 반드시 성공할 거야." 조가 바다 내음이 풍기는 이들 부부의 사랑에 기쁜 듯 소리쳤다. "아! 에밀, 나는 늘 네가 꼭 돌아오리라 생각했어. 모두가 절망하고 있을 때도 난 절대 포기하지 않았어. 폭풍이 몰아쳐도 바다 어딘가에서 큰 돛대 위 삼각 전망대에라도 매달려 있으리라고 주장했지." 조는 에밀을 꼭 붙들고 말했다.

"매달려 있었고말고요!" 에밀은 진심으로 답했다. "이 경우, 저의 '큰 돛대 위 삼각 전망대'는 삼촌과 숙모가 해주신 말이었어요. 그 얘기가 저를 지탱할 수 있게 해주었지요. 기나긴 밤 동안 여러 생각들이 스쳐갔지만 그 붉은 실을 같이 엮은 밧줄 얘기만큼 또렷하게 머릿속에 떠올랐던 건 없었어요. 그래서 만약 제 밧줄이 바다 위를 떠다니게 된다면 그 밧줄에는 반드시 붉은 실이 섞여 있어야 한다고 생각했지요."

"그 말대로였어, 에밀! 하디 선장님이 증명해주실 거야. 여기 네게 주어진 상이 있잖니." 조는 이렇게 말하고 어머니처럼 자상하게 메리에게 입맞춤을 했다.

에밀은 그 모습을 흐뭇하게 바라보다가 두 번 다시 볼 일이 없을 것이라 생각했던 방을 둘러보며 이렇게 말했다. "위험이 닥쳤을 때 사소한 일들이 생생하게 떠오르는 건 정말 신기한 일이에요. 굶주림으로 반쯤 죽어가는 절망적인 상태에서 바다 위를 떠다닐 때 이곳의 종소리가 들리는 것 같았어요. 테디가 쿵쿵거리며 2층에서 내려오는 소리와 숙모가 '얘들아, 일어날 시간이야!' 하고 외치는 소리도요. 그리고 실제로 이곳에서 마시던 커피향이 풍겨왔어요. 어느 밤엔가 아시아의 생강쿠키 꿈을 꾸고서 눈을 떴을 때는 울 뻔했다니까요. 그 맛있는 냄새를 코끝으로 맡으면서 허기와 싸우는 건 제 평생 가장 큰 고통이었어요. 혹시 생강쿠키 남은 게 있으면 하나만 주세요!"

아주머니들과 사촌들은 "아유, 가엾기도 해라"라면서 곧장 그가 그렇게 먹고 싶어하던 쿠키를 들고 그를 먹이려 데리고 나갔다. 그 쿠키는 언제 어느 때라도 먹을 수 있게 준비되어 있는 과자였던 것이다. 조와 메그는 이제 프란츠에게서 내트 이야기를 듣기로 했다.

"그 아이의 마르고 초췌한 모습을 본 순간 저는 뭔가 잘못되었다고 생각했어요. 그렇지만 내트는 그 얘기는 별로 하지 않고 저희들이 찾아온 것만 몹시 기뻐했어요. 그래서 저는 굳이 자세한 이야기를 들으려고 하지 않고 바움가르텐 교수와 베르그만 선생을 찾아갔지요. 그들은 내트가 형편에 맞지 않게 많은 돈을 쓴 대가로 필요 이상으로 일하며 자신을 희생하고 있다고 말했었어요. 바움가르텐 씨는 그것이 내트를 위한 일이라 생각하고 제가 찾아갈 때까지 비밀을 지켰던 겁니다. 그 애는 직접 땀 흘려 돈을 벌어 빚을 갚고 생계를 해결하고 있어요."

"나는 내트의 그런 점이 맘에 들어. 그 애는 인생의 교훈을 배웠고, 스스로가 어엿한 성인임을 증명했어. 베르그만 씨가 일자리를 알선해줄 만도 하지." 독자는 이미 알고 있는 몇 가지 일들을 프란츠가 덧붙여 말하자 바어 선생은 흐뭇한 듯 이렇게 말했다.

"내가 말했었지, 메그. 내트에게는 좋은 자질이 있다고. 그리고 데이지에 대한 애정이 그 애를 나쁜 길로 빠지지 않게 해줄 거라고 말이야. 내트는 정말 좋은 아이야. 지금 이곳에 있으면 좋을 텐데!" 조는 기쁜 나머지 지난 몇 개월 동안 의심과 걱정으로 고생했던 것도 까맣게 잊고 외쳤다.

"나도 무척 기뻐. 늘 그랬듯 내가 또 양보해야 되겠네. 특히 사랑이라는 유행병이 온 집안에 퍼져 있으니 말이야. 너랑 에밀 덕분에 모두들 머리가 어떻게 된 것 같아. 내가 몸을 돌이키기도 전에 조시도 애인을 찾아 나설 거야." 메그는 낙심한 투로 말했다.

하지만 조는 언니가 내트의 고생담에 감동받은 것을 알아챘다. 그래서 승리를 완전히 굳히기 위해 그녀는 서둘러 몇 마디를 덧붙였다.

"그런데 베르그만 선생님 제안이 정말 멋지지 않아?" 그녀가 물었다. 내트가 보내온 편지에서 그 소식을 접했을 때 이미 로리에게서 만족스러운 대답을 들었으면서도.

"여러 면에서 잘된 일이에요. 내트는 바흐마이스터 관현악단에서 기량을 연마할 수 있고, 런던 구경도 즐길 수 있을 거예요. 게다가 바이올린 연주자로 두각을 나타내면 악단과 함께 이곳에 올 수도 있으니까요. 대단히 명예로운 일은 아니지만 착실한 한 걸음을 내디딜 수 있는 일이지요. 제가 축하 인사를 하자 내트는 무척 기뻐하며 진짜 연인처럼 '데이지에게도 전해줘. 이 모든 일에 대해 꼭 얘기해줘야 해' 하고 말했어요. 그건 아줌마에게 맡길게요, 메그 아줌마. 내트가 금발 턱수염을 기른다는 것도 알려주세요. 실은 턱수염이 썩 잘 어울린답니다. 빈약한 입매를 감춰주고 그의 커다란 눈과 '멘델스존을 닮은 이마'에 고상한 분위기를 불어넣어주니까요. 루드밀라가 사진을 보여드릴 거예요."

모두 그 말을 듣고 재미있어 했다. 그리고 계속해서 친절한 프란츠가 전해주는 흥미로운 소식에 귀를 기울였다. 프란츠는 자신이 더할 나위 없이 행복함에도 불구하고 친구들을 위해 그 뉴스를 전하는 일을 잊지 않았다. 프란츠가 내트의 끈기 있게 노력하는 모습을 마치 눈에 보이듯 생생하게 묘사하자 메그도 반쯤 마음이 돌아섰다. 민나와의 사이에 있었던 일과 비어가든과 거리에서 바이올린을 연주하던 일에 대해 들었다면 그렇게 쉽게 마음이 움직이지는 않았겠지만 말이다. 그러나 메그는 들은 이야기를 모두 마음속에 간직한 채 나중에 데이지와 차분히 이야기해보기로 했다. 아마 이야기를 하는 동안 차츰 마음이 누그러져 '두고 보면 알겠지'라는 모호한 말 대신 '내트는 썩 잘하고 있어. 너도 마음을 편히 가지렴'이라는 좀 더 다정한 말을 하게 되리라.

한창 즐겁게 수다를 떨고 있을 때 시계가 울려 조는 로맨스에서 현실로 돌아왔다. 조는 컬 핀을 손에 쥐고 외쳤다. "모두들 어서 식사를 하고 쉬어야 해. 나는 빨리 옷을 갈아입지 않으면 이런 꼴로 손님들을 맞게 된다고. 메그, 루드밀라와 메리를 2층으로 데려가 돌봐 주지 않을래? 프란츠는 식당으로 가는 길을 알고 있겠지. 당신, 이리로 와서 새옷으로 갈아입어요. 날도 더운데 흥분하는 바람에 우리 둘 다 꼴이 말이 아니라고요."

제19장 흰 장미

여행자들이 휴식을 취하고 학장 부인이 가장 좋은 옷으로 갈아입는 동안 조시는 신부들에게 줄 꽃을 꺾으려고 정원으로 뛰어나갔다. 이 낭만적인 소녀는 갑작스럽게 도착한 흥미로운 존재들에게 매혹되었다. 조시의 머릿속에는 영웅적인 구출과 여기에 대한 감탄, 극적인 상황들, 그리고 이 예쁜 신부들이 베일을 쓸 것인지 여부에 대한 여자다운 호기심 등으로 가득했다. 조시는 흰 장미 덤불 앞에 서서 가장 아름다운 꽃들만 골라 모았다. 그것으로 꽃다발을 만들어 하얀색 리본으로 묶어 새로운 사촌들의 화장대 위에 놓아둘 생각이었다. 누군가의 발소리에 놀라 고개를 들어보니 조시의 오빠가 팔짱을 끼고 고개를 숙인 채 깊은 생각에 잠겨 오솔길을 걸어 내려오는 게 보였다.

"소피 워클스 양 때문이로군요."

눈치 빠른 소녀는 가시에 찔린 엄지손가락을 빨면서 이렇게 말하고 혼자 싱글거렸다.

"이런 곳에서 뭘 하는 거야? 개구쟁이." 데미가 깜짝 놀라며 물었다.

"'우리 집 신부들'에게 줄 꽃을 따고 있어. 오빠한테도 있었으면 좋겠지?" '개구쟁이'라고 불렸기 때문에 평소의 장난기가 발동한 조시가 답했다.

"신부 말이야, 꽃 말이야?" 데미는 침착하게 대답했지만, 그러면서도 눈앞의 장미 덤불에 갑작스럽고 색다른 흥미를 느끼는 듯했다.

"둘 다. 오빠가 신부를 찾으면 내가 꽃을 줄게."

"그랬으면 좋겠다!" 데미는 조그만 꽃봉오리 하나를 따며 한숨을 내쉬었다.

"그런데 왜 그렇게 하지 않아? 모두가 행복해하는 모습을 보면 정말 기분이 좋아. 오빠도 결혼할 마음이 있다면 지금이 적기가 아닐까? 그 사람도 곧 이곳을 떠날 텐데."

"누구?" 데미는 얼굴을 붉히며 반쯤 핀 꽃봉오리를 잡아당겼다. 그 당황스런 모습은 조시를 즐겁게 했다.

"시치미 떼지 말고. 앨리스잖아. 맞지? 나는 오빠가 좋아. 그래서 도와주고 싶어. 이 모든 게 정말 흥미롭지 않아? 연인들이니 결혼식이니 하는 것들 말이야. 우리도 이 즐거운 소동에 한몫 끼어야지. 그러니까 내 조언을 받아들여서 남자답게 고백하도록 해. 당당하게 말하라고. 앨리스가 떠나 버리기 전에 확답을 받아야지."

데미는 이 소녀의 진지한 충고에 웃음이 나왔다. 그러나 그는 조시의 조언이 마음에 들었다. 그래서 평소처럼 무조건 흘려듣지 않고 솔직하게 말했다.

"넌 정말 친절하구나. 그럼 현명한 네게 물어보겠는데 어떻게 '당당하게' 말하면 좋을지 가르쳐 줄래?"

"여러 방법이 있어. 연극에서는 애인이 무릎을 꿇지. 그렇지만 다리가 길면 어색할 거야. 테디는 몇 시간을 연습시켜도 잘 못하더라고. 그러니 이렇게 말하는 것도 방법이야. '나의 아내가 되어 줘!'라고. 아니면 시를 써서 청혼하는 방법도 있고. 그건 이미 시도해 보았겠지만 말이야."

"나는 정말 앨리스를 사랑해. 그리고 내 생각에 앨리스도 그것을 아는 것 같아. 앨리스에게 내 사랑을 전하고 싶지만 막상 그녀 앞에 서면 당황해서 횡설수설하게 돼. 너라면 뭔가 재치 있는 방법을 알려줄 수 있을 거야. 너는 시도 많이 읽은 데다 대단히 낭만적이니까 말이야."

데미는 자신의 생각을 분명하게 표현하고 싶었지만 사랑이 가져다주는 달콤한 혼란 때문에 평소의 의연함과 자제력을 잃고 말았다. 그래서 어린 여동생에게 청혼하는 법을 배우려 했다. 새 신부를 맞은 행복한 사촌들이 도착하는 바람에 좀 더 기다리려던 그의 기특한 결심과 현명한 계획들이 무산된 것이다. 크리스마스 연극은 그에게 희망을 불어넣어 주었고, 오늘 있었던 앨리스의 연설은 그를 자랑스럽게 했다. 그런데 꽃 같은 신부들과 환한 얼굴의 신랑들을 보고 있으려니 한시라도 빨리 앨리스에게 대답을 듣고 싶었다. 데이지에게는 뭐든 털어놓곤 했지만 이것만큼은 말할 수 없었다. 데이지에게는 연애가 금지된 상황이기 때문에 데미는 오빠로서의 안타까운 마음에 차마 자신의 소망을 털어놓을 수 없었던 것이다. 그의 어머니는 그가 칭찬하는 모든 여자들을 질투했지만 앨리스만은 좋아했다. 데미는 이것을 알기에 계속해서 앨리스를 사랑했고, 조만간 어머니에게 말씀드릴 생각으로 혼자만의 비밀을 즐겼다.

그런 그가 갑자기 조시와 장미꽃 봉오리로 인해 혼란스러운 자신의 사랑을 빨리 매듭짓고 싶어진 것이다. 그래서 그물에 걸린 사자가 생쥐의 도움을 빌렸듯이 그도 여동생의 도움을 받기로 했다.

"편지를 한 번 써볼까?" 잠시 뭔가 좋은 방법이 없을까 궁리를 한 끝에 데미가 천천히 말을 꺼냈다.

"좋아! 아주 좋은 생각이야! 그 사람에게나 오빠에게나 썩 잘 어울리는! 오빠는 시인이니까 말이야." 조시가 뛸 듯이 기뻐하며 소리쳤다.

"뭐야? 장난치지 말고 어서 말해줘." 내성적인 데미는 조시의 독설을 두려워하며 간절하게 부탁했다.

"에지워스(1767~1849. 영국의 여류 소설가) 소설에서 한 남자가 사랑하는 여인에게 장미 세 송이—장미꽃 봉오리와 반쯤 핀 장미, 그리고 활짝 핀 장미를 선사하는 내용을 읽은 적이 있어. 여자가 어느 것을 골랐는지는 잊었지만 말이야. 그렇지만 아름다운 방법이잖아? 앨리스도 알고 있을 거야, 함께 읽었으니까. 여기를 봐, 갖가지 형태의 장미가 다 모여 있어. 오빠는 봉오리를 두 개 꺾었으니 나머지 하나, 가장 예쁘게 핀 장미를 골라. 내가 그걸 리본으로 묶어 그녀 방에 놓아둘 테니. 앨리스는 데이지와 함께 옷을 갈아입으러 갈 테니까 그 전에 내가 잘 놓아둘게."

데미는 장미 덤불에 시선을 빼앗긴 채로 잠시 생각에 잠겼다. 그리고 이내 지금까지 지어본 적이 없는 미소를 지어보였다. 조시는 그 순수한 미소에 감동되어 고개를 돌렸다. 젊은 남자를 신처럼 행복하게 해줄 그런 위대한 열정이 피어오르는 것을 볼 권리가 없다는 듯이.

"부탁해." 조시는 그 말만 하고 활짝 핀 장미 한 송이를 꺾어들었다. 조시는 이 로맨틱한 일에 함께하게 된 것을 만족스럽게 생각하며 장미꽃 줄기를 리본으로 묶어 마지막 꽃다발을 완성했다. 그동안에 데미는 이런 문구를 카드에 써 두었다.

사랑하는 앨리스, 이 꽃들이 무엇을 의미하는지 알고 있겠지? 오늘 밤 이 중 하나나 전부를 달고 나와 나를 더 가슴 벅차고 행복한 사람으로 만들어주지 않겠어?
오직 너만을 사랑하는 존

데미는 이 카드를 여동생에게 건네며 그녀가 자신의 사명이 얼마나 중대한지 느낄 수 있도록 진지하게 말했다.

"조시, 너를 믿어. 이건 내게 모든 것을 의미하니까, 나를 사랑한다면 절대 장난으로 생각하지 마."

조시는 모든 것을 약속하는 입맞춤으로 대답을 대신했다. 그리고 퍼디낸드(〈템페스트〉중의 연인 역할)처럼 장미 덤불 속에서 꿈꾸는 데미를 뒤로 하고 에이리얼(〈템페스트〉속 공기의 요정)처럼 친절한 일을 하러 달려갔다.

메리와 루드밀라는 조시에게서 받은 꽃다발을 무척 마음에 들어 했다. 조시는 두 사람의 진갈색 머리카락과 담갈색 머리카락에 각각 장미를 꽂아주며 그녀들이 베일을 쓰지 않은 데 대한 실망감을 덜어냈다.

앨리스는 누구의 도움도 받지 않고 혼자 옷을 갈아입었고, 데이지는 어머니와 함께 옆방에 있었다. 그래서 앨리스가 조그만 꽃다발을 받았을 때의 기쁨도, 그 카드를 읽었을 때의 눈물과 미소도 두 사람 눈에는 띄지 않았다. 앨리스는 어떻게 답해야 할지 망설이고 있었다. 하고 싶은 대답은 이미 정해져 있었다. 그렇지만 그녀에게는 주어진 임무가 있었다. 집에는 병으로 고생하는 어머니와 연로하신 아버지가 있었기 때문이다. 두 분에게는 그녀가 필요했다. 4년 동안 성실히 공부해온 그녀로서는 지금이야말로 부모님을 도와드려야 할 때였다. 사랑은 참으로 감미롭게 느껴졌고, 존과 단 둘이서 꾸미는 가정은 이 세상에서 맛보는 작은 천국과도 같았다. 그래도 지금 당장은 대답할 수 없다. 거울 앞에 앉아 인생의 중대한 문제를 이리저리 생각해보면서 앨리스는 활짝 핀 장미를 살짝 밀어냈다.

그에게 기다려달라고 해도 될까? 약속을 해서라도 그를 붙잡아두는 게 좋을까? 그에게 느끼는 사랑과 존경을 말로 표현해도 될까? 그렇게 하는 게 과연 현명하고 성의 있는 방법일까? 아니다. 유예된 희망으로 그를 고통스럽게 하느니 그녀 혼자 희생을 감수하는 편이 오히려 그를 배려하는 길일 것이다. 그는 아직 젊다. 시간이 지나면 잊을 것이다. 그녀로서도 초조하게 기다리는 연인이 없는 편이 더 마음 편하게 부모님을 돌봐드릴 수 있다. 앨리스는 눈물로 시야가 흐릿해졌다. 그녀는 데미에게서 받은 가시 없는 장미를 어루만지다가 반쯤 핀 장미를 활짝 핀 장미 옆에 내려놓고는 장미꽃 봉오리만이라도 달아볼까 생각해보았다. 그것은 다른 두 송이에 비해 너무 빈약하고 옅은 색을 띠고 있었다. 그러나 진실한 사랑에서 비롯된 자기희생적인 마음 상태에 도달한 그녀로서는 그에게 더 큰 희망을 줄 수 없는 한 아주 작은 희망조차도 주어서는 안 될 것 같은 생각이 들었다.

점점 깊어지는 사랑의 상징을 슬픈 듯이 내려다보며 앉아 있는데 옆방에서 이야기하는 나지막한 소리가 들려왔다. 열어놓은 창문, 얇은 칸막이, 여름 저녁의 고요함. 이야기 소리가 들리는 것도 무리는 아니었다. 잠시 후 그녀는 옆방의 이야기 소리에 귀를 기울이지 않을 수 없었다. 그도 그럴 것이 옆방에서는 존에 대한 이야기를 하고 있었기 때문이다.

"루드밀라가 우리 모두에게 정품 독일 오드콜로뉴를 가져다주다니, 정말로 맘에 들어! 이렇게 지친 날에 적합한 선물이지. 존도 받았는지 물어보렴. 그 애는 그 향수를 매우 좋아하니까!"

"그럴게요, 엄마. 오늘 앨리스의 연설이 끝난 뒤 오빠가 벌떡 일어나는 것을 보셨어요? 내가 붙잡지 않았더라면 단상을 향해 뛰어나갈 뻔했어요. 존이 만족스러워하고 자랑스러워한 것도 무리는 아니라고 생각해요. 저도 장갑이 해질 정도로 박수를 쳤거든요. 내가 여자들이 연설하는 모습을 보기 싫어 한다는 사실조차 잊을 정도였으니까요. 앨리스는 처음 몇 분이 지나고 난 뒤부터는 매우 진지했어요. 자기 자신을 잊고 연설에 몰두하는 모습이 사랑스럽기까지 했는걸요."

"존이 네게 무슨 말 했니?"

"아뇨, 아무 말도요. 저는 그 이유를 알 것 같아요. 그런 이야기를 하면 제가 슬퍼할 거라 생각하기 때문이지요. 그럴 일은 없는데도 말이에요. 그렇지만 저는 존의 방식을 알아요. 그래서 잠자코 기다리는 중이에요. 그가 하는 모든 일이 잘 되기만을 바라면서요."

"잘 될 거야. 그렇게까지 생각이 깊은 아가씨라면 우리 존을 거절할 이유는 없을 테니까. 존이 부자가 아니고 앞으로도 부자가 될 일은 없겠지만……. 그런데 데이지, 그 애가 자기 돈으로 뭘 했는지 아니? 나도 어젯밤에 알았어. 그때 이후로 줄곧 너한테 말해주고 싶었지만 그럴 새가 없었지. 글쎄 그 아이가 가엾은 바튼을 병원에 입원시키고 눈이 다 나을 때까지 돌봐줬다지 뭐니—돈이 꽤 많이 드는 일이었을 텐데도. 그 덕분에 바튼은 일을 할 수 있게 되었고 나이든 부모님도 돌볼 수 있게 됐지. 병을 앓던 그는 돈이 없어서 고생하면서도 자존심이 강해 남들에게 부탁을 하지 못했던 거야. 그 딱한 사정을 데미가 알고 자기 주머니를 탈탈 털어 도와줬던 거지. 내가 물어보기 전까지는 나한테 한 마디 말도 없이 말이다."

앨리스는 데이지가 뭐라고 대답했는지 듣지 못했다. 가슴이 벅차올랐기 때문이다. 그녀의 눈동자에 어린 미소가 그녀의 행복감을 말해주고 있었다. 그녀는 '그런 좋은 일을 했다면 상을 받아 마땅해. 나라도 상을 주어야겠어' 라고 말하듯 결연하게 장미꽃 봉오리를 가슴에 달았다.

앨리스의 귀에 다시 옆방의 이야기 소리가 들려올 때에도 메그는 여전히 존에 대한 이야기를 하고 있었다.

"돈도 없으면서 그런 일을 하다니, 어리석거나 경솔한 사람이라고 비웃는 이들도 있겠지. 그러나 나는 그 애의 첫 투자가 안전하고 유망한 일이라 믿고 싶어. '없는 사람에게 적선하는 것은 야훼께 꾸어 주는 셈'(⟨잠언⟩ 19장 17절)이니까 말야. 나는 참으로 기쁘고 아들이 자랑스러워. 그러니 괜히 존에게 돈을 줘서 상황을 엉망으로 만들고 싶지는 않아."

"존이 청혼하지 않는 이유가 돈이 없어서가 아닐까요? 그는 매우 정직하니까, 준비가 충분히 되기 전에는 청혼하지 않을 생각인 거죠. 그렇지만 그는 사랑이 전부라는 걸 모르고 있어요. 존은 사랑이 많은 사람이에요. 저는 그걸 알아요. 어떤 여자라도 그런 사랑은 기꺼이 받아들일 거예요."

"맞아. 나도 그렇게 생각해. 나는 존을 위해 기꺼이 함께 일하며 기다릴 생각이야."

"앨리스도 그럴 거예요. 두 사람이 그 점을 알면 얼마나 좋겠어요. 앨리스는 효녀라서 자신만 행복해지는 일은 하지 않으려 할 텐데……. 그래도 상관없잖아요, 엄마?"

"그렇고말고. 그렇게 훌륭하고 마음씨 착한 아가씨는 또 없을 테니까. 앨리스는 내 맘에 꼭 드는 며느릿감이야. 가능하다면 그런 사랑스럽고 용감한 아가씨를 잃고 싶지 않아. 앨리스는 애인과 부모 모두에게 최선을 다할 수 있는 넓은 마음을 갖고 있어. 그러니 두 사람이 같은 생각이라면 기다리는 일도 행복한 마음으로 할 수 있겠지. 물론 지금은 기다려야 할 때니까."

"오빠의 선택이 엄마 마음에 든다니 무척 기뻐요. 오빠는 가장 힘든 종류의 실망을 겪지 않아도 되겠네요."

데이지의 목소리는 거기에서 끊겼다. 그러고는 옷자락 스치는 소리와 함께 낮게 속삭이는 소리가 들리는 것으로 미루어 데이지가 어머니 팔에 안겨 위로를 받고 있는 듯했다.

앨리스는 더 이상 듣지 않고 창문을 닫았다. 양심이 조금 찔리기는 했지만 얼굴은 환하게 빛났다. 앨리스는 알고 싶었던 그 이상의 일들을 알게 되었다. 상황은 갑자기 달라졌다. 자신이 데미의 어머니와 여동생에게 환영받고 있음을 알게 된 것이다. 데이지와 내트의 딱한 처지가 생각나면서 신중함은 잔인함과 다를 바 없고 자기희생은 감상적인 바보짓에 지나지 않으며 총체적인 진실 이외의 모든 것은 연인에 대해 불성실한 것처럼 느껴졌다. 이런 생각이 든 순간, 앨리스는 반쯤 핀 장미를 꽉 다문 봉오리 옆에 내려놓고, 활짝 핀 장미꽃에 입맞춤을 하면서 맹세하듯 이렇게 말했다.

"나는 존을 사랑하고 그를 위해 일하며 그와 함께 기다리겠습니다."

끊임없이 밀려드는 손님들의 물결에 합류하려고 그녀가 아래로 내려왔을 때, 데미가 마침 그 자리에 없었던 것은 다행이었다. 사려 깊은 그녀의 얼굴이 평소와 달리 생기가 넘치는 이유는 성공적인 연설 때문이라 여겨졌고, 그녀 얼굴에 드러난 설렘은 활기찬 젊은 신사들이 다가오자 이내 사라졌다. 어느 누구도 그 행복한 가슴에 단 장미꽃에 신경을 쓰는 사람은 없었다.

그 사이에 데미는 교육계 인사들을 캠퍼스 안 이곳저곳으로 안내했고, 또 그들을 상대로 소크라테스 식 교육법과 피타고라스, 페스탈로치, 프뢰벨 등에 대해 논하는 할아버지의 시중을 들었다. 데미의 머리와 가슴은 온통 사랑과 장미, 희망과 두려움으로 가득했기에 그는 이 손님들이 홍해 바다 속 깊이 가라앉아 버렸으면 했다. 그렇지만 마침내 그 "영향력 있고 근엄하고 존경할 만한" 귀빈들을 무사히 플럼필드까지 모셔다 드렸다. 플럼필드에서는 바어 이모부와 이모가 귀빈들을 맞았는데, 이모부는 모든 사람과 사물에 대한 진정한 기쁨을 느끼는 듯 그들을 반겼고, 이모는 거구의 플록 교수가 그녀의 벨벳 드레스를 밟고 서 있는 것을 전혀 의식하지 못한다는 듯한 태도로 순교자 같은 미소를 머금고 손님들과 악수를 했다.

데미는 안도의 긴 한숨을 내쉬면서 사랑하는 소녀의 모습을 찾아 주위를 두리번거렸다. 응접실과 홀, 그리고 서재 안의 흰 드레스들 사이에서 천사 같은 한 여인을 찾으려면 대부분의 사람들에겐 얼마간의 시간이 걸렸겠지만 데미의 시선은 북극성을 가리키는 나침반 바늘처럼 홀의 한 구석으로 향했다. 거기에는 부드러운 검은 머리를 왕관 모양으로 땋아 올린 소녀가 있었다. 데미는 그녀가 여왕 같다고 생각했다. 아, 그녀의 옷깃 언저리에 꽃이 달려 있었다. 하나, 둘, 아아, 얼마나 복된 광경인가! 홀의 반대편에서 그 모습을 바라본 데미가 기쁨의 한숨을 내쉬는 바람에 미스 페리의 곱슬머리가 흔들렸다. 그러나 활짝 핀 장미는 보이지 않았다. 레이스에 가려 있었기 때문이다. 그렇지만 시간차를 두고 기쁨을 맛보는 그를 위해서는 오히려 잘된 일인지도 모르겠다. 안 그랬으면 코트 자락을 당겨 말려줄 데이지도 없는 마당에 그는 당연히 홀 안에 운집한 사람들을 뚫고 그의 우상을 향해 달려갔을 테니까. 그 순간 어느 뚱뚱한 부인이 그를 붙잡고 사람들의 이름을 물어왔다. 데미는 성자와 같은 인내심을 가지고 저명인사들의 이름을 가르쳐주었지만, 그 대가로 좋지 않은 소리를 들어야 했다. 그는 생각이 다른 데 가 있는 바람에 이따금 엉뚱한 소리를 했는데, 감사할 줄 모르는 그 부인은 그가 자리를 뜨자마자 처음 만난 친구에게 이렇게 속삭였던 것이다.

"어느 식탁에도 술은 보이지 않았지만 확실히 그 브루크라는 젊은이는 술을 많이 마셨더라고요. 참 신사적이긴 했지만 좀 취했던 건 분명해요."

과연 그랬다! 오늘 점심때 마셨던 어느 술보다 신성한 술에 취했다고 할 수 있었다. 당연히 대부분의 대학생들은 그 맛을 알고 있지만 말이다. 데미는 나이든 부인에게서 벗어나자 부랴부랴 젊은 아가씨를 찾아나섰다. 오직 한 마디를 들으려는 일념으로, 앨리스는 피아노 옆에 서서 무심코 악보를 넘기면서 신사 두세 명과 이야기를 나누고 있었다. 데미는 침착한 표정 속에 조급한 마음을 숨기고 그녀가 혼자 있게 될 때를 기다렸다. 왜 나이든 사람들은 한쪽 구석에서 비슷한 연배의 사람들과 담소를 나누는 대신 늘 젊은 사람들과 이야기하고 싶어 하는지 모르겠다고 생각하며 마침내 어르신들이 자리를 떠났는가 싶었는데 어느새 성급한 젊은이 둘이 찾아와서는 미스 히스에게 파르나소스에 가서 함께 춤을 추자고 청했다. 데미는 그 두 사람이 죽이고 싶을 만큼 미웠다. 그러나 조시와 돌리가 청을 거절당한 뒤 이렇게 말하는 것을 듣고 마음이 한결 누그러졌다.

"정말이지 나는 완전 남녀공학 지지자가 됐어. 이대로 여기에 남았으면 좋겠다는 생각이 들 정도야. 여기서는 공부할 마음이 나. 그리스어조차 재미있게 느껴진다고. 매력적인 여자들이 그리스어를 공부하는 것을 보면 말야." 스투피가 말했다. 그는 학문이라는 진수성찬이 무미건조하게 느껴져 어떤 소스도 상관없으니 뿌리고 싶던 참이었는데 마침내 새로운 소스를 발견한 듯했다.

"맞아! 우리 남자들은 방심하면 안 돼. 방심하면 모든 명예를 너희들 여자들에게 빼앗겨버리고 말 테니까. 오늘 넌 멋졌어. 우리는 더위 속에서도 마치 마법에 걸리기라도 한 것처럼 네 연설에 귀를 기울였지. 네가 아닌 다른 사람이었다면 나는 도저히 못 참고 자리에서 일어났을 거야." 신사답게 굴려고 애쓰면서 돌리가 말했다. 그의 옷깃은 땀으로 후줄근해지고 머리의 컬은 사라지고, 장갑은 다 해져 있었다.

"누구에게나 잘하는 분야가 따로 있지 않을까? 공부 쪽을 우리에게 맡겨준다면 야구와 보트, 댄스와 연애놀이 같은 것은 기꺼이 너희에게 양보할게. 그쪽은 너희들 전문 분야 같으니까." 앨리스는 다정한 목소리로 이야기했다.

"그렇게 심한 말을! 우리도 계속 노력만 하고 있을 순 없잖아. 게다가 너희 여자들도 네가 말한 네 가지 '분야' 중 마지막 두 분야에는 흥미가 있는 듯한데 말이지." 돌리는 이렇게 말하고는 조시에게 '어때, 내가 한 방 먹였지?' 하고 말하는 듯한 눈짓을 했다.

"1학년 때는 그런 사람도 있긴 해. 그래도 점점 유치한 짓은 안 하게 되지. 그럼 이제 그만 파르나소스에 가보지 그래?" 자의식에 상처를 입은 앨리스는 살짝 미소를 지으며 두 사람을 밖으로 쫓아냈다.

"돌리, 네가 졌어. 똑똑한 여학생들과 싸워봐야 아무 소용없지. 전쟁에서 진 쪽이 도망가는 게 당연하니까." 스투피는 이렇게 말한 뒤 시무룩한 표정으로 느릿느릿 자리를 떴다.

"지독한 냉소주의자! 꽤나 어른인 것처럼 구네. 원래 여자들은 남자들보다 조숙한 법이야. 그러니까 벌써부터 폼 잡고 할머니처럼 말할 필요는 없는 거지." 돌리가 투덜거렸다. 은혜를 모르는 여신의 제단에 아들을 제물로 바친 기분이었다.

"저쪽으로 가서 먹을 것을 찾아보자. 말을 너무 많이 했더니 배가 고파. 플록 선생님이 나를 한쪽 구석으로 끌고 가서 칸트가 어떻고 헤겔이 어떻고 하는 말로 머릿속을 복잡하게 했거든."

"나는 도라 웨스트를 찾아봐야겠어. 그녀와 함께 춤추기로 했거든. 그 애는 참 재미있어. 스텝만 잘 맞추면 아무 잔소리도 하지 않는다고."

둘은 손을 잡고 유유히 사라졌다. 남아 있던 앨리스는 사교에 전혀 매력을 못 느끼는 듯 악보만 뚫어져라 들여다보았다. 그녀가 책장을 넘기려고 고개를 숙였을 때, 피아노 뒤편의 젊은이는 그토록 원하던 활짝 핀 장미꽃을 발견하고 기쁨으로 할 말을 잃었다. 그는 잠시 장미꽃을 응시하다가 또 다른 훼방꾼이 오기 전에 서둘러 그녀 곁으로 다가갔다.

"앨리스, 믿어지지가 않아—내 맘 알겠어? —뭐라 감사의 말을 하면 좋을지……?" 데미는 말을 더듬으면서 자신도 악보를 보려는 듯 고개를 숙였다. 음표 하나, 글자 하나 눈에 들어오지 않았지만.

"쉿! 그만해. 네 맘 알아. 내가 네게 사랑받을 자격이 있는지는 모르겠지만……. 우리는 아직 너무 어려. 좀 더 기다려야 해. 그래도 정말 기쁘고 행복해, 존!"

이 다정한 속삭임 뒤에 톰 뱅스가 시끄럽게 떠들며 들어오지 않았더라면 어떤 일이 벌어졌을까? 톰은 쾌활한 어조로 말했다.

"음악? 바로 그거야. 이제 사람들도 많이 줄었으니 모두 기분전환 좀 해야지. 오늘 밤엔 무슨무슨 학파니 무슨무슨 주의니 하는 어려운 얘기만 들었더니 머리가 다 어질어질해. 그래, 이게 좋겠어. 이건 매우 아름다운 노래지. 스코틀랜드 노래는 언제 들어도 좋아."

데미는 떨떠름한 표정을 지었다. 그러나 둔감한 청년은 전혀 눈치채지 못했다. 앨리스는 그 편이 주체할 수 없는 감정을 배출하는 데에는 더 안전할 거라 생각하고 곧바로 자리에 앉아 노래하기 시작했다. 그 노래는 어떤 말보다도 그녀의 마음을 잘 전할 수 있는 그녀의 답변이었다.

잠시 기다려줘요

고향집의 늙으신 부모님은
가난하고 병약하세요.
내가 영영 집을 떠난다면
몹시 슬퍼하실 거예요.
창고에 곡식은 동나고
소는 세 마리뿐.
지금은 부모님을 떠날 수 없어요.
잠시 기다려주어요.

부모님이 걱정돼요.

내가 옆에 앉아 있을 때

천국에 대한 이야기를

너무나도 진지하게 하셨거든요.

정말 마음이 아팠어요.

그러니 나를 재촉하지 말아줘요.

아직은 부모님을 떠날 수 없어요.

잠시 기다려줘요.

노래 1절을 마칠 때까지 방 안은 쥐죽은 듯 조용했다. 앨리스는 끝까지 부를 수 없을 것 같아 2절은 생략했다. 그녀를 향한 존의 눈빛은 그녀가 자신을 위해 노래했으며, 이 구슬픈 민요로 자신의 물음에 대한 답을 대신했음을 안다고 말하고 있었다. 존은 앨리스의 마음을 알고 행복한 미소를 지었다. 앨리스는 가슴이 벅차 더 이상 노래를 부를 수 없게 되자 덥다는 핑계를 대며 서둘러 자리에서 일어났다.

"피곤하지? 밖으로 나가서 좀 쉬자." 데미는 자상하게 말하고 앨리스를 별이 총총한 하늘 아래로 이끌었다. 톰은 멍하니 두 사람을 바라보면서 눈앞에서 폭죽이 터지기라도 한 것처럼 눈을 끔뻑거렸다.

"그랬었구나! 저 녀석 작년 여름부터 진심이었으면서 나한테 말 한 마디 안 했단 말이지?" 톰은 이 놀라운 발견에 크게 기뻐하며 이 소식을 다른 사람들에게도 알리려고 서둘러 밖으로 나갔다.

정원에서 어떤 이야기가 오갔는지는 아무도 모른다. 그러나 그날 밤, 브루크 집안에서는 모두 늦게까지 깨어 있었다. 호기심 많은 눈이 그 집 창문을 엿보았다면, 데미가 자신의 로맨스를 이야기하며 어머니와 여동생들로부터 축하를 받는 모습을 볼 수 있었으리라. 조시는 이런 좋은 결과가 나온 데는 자신의 공이 컸다며 의기양양해했고, 데이지는 기쁜 마음으로 데미의 말에 귀를 기울였다. 조시가 꿈나라에서 결혼식 광경을 보러 방에 들어가고 데미가 황홀한 마음으로 '잠시 기다려줘요'를 연주할 때 메그는 기쁜 나머지 내트 이야기를 하며 효녀 딸을 끌어안고 이렇게 말했다.

"내트가 돌아올 때까지 기다리렴. 그때는 너도 흰 장미를 달 수 있을 거야."

제20장 목숨 걸고 생명을 구하다

그 뒤 찾아온 여름날은 나이든 사람들과 젊은 사람들 모두에게 충분한 휴식과 즐거움을 가져다주었다. 플럼필드 사람들 모두가 행복한 마음으로 손님들에게 정성껏 음식을 대접했다. 프란츠와 에밀이 허만 삼촌과 하디 선장님 일로 매우 바쁜 나날을 보내는 동안, 메리와 루드밀라는 많은 사람들과 친구가 되었다. 두 사람은 서로 크게 달랐지만 둘 다 자질이 뛰어나고 매력적인 아가씨였기 때문이다. 메그와 데이지는 독일 신부가 그들의 마음에 꼭 맞는 주부임을 알고는 새로운 요리법을 배우고, 6개월마다 하는 대청소와 함부르크에 있는 멋진 리넨 방에 대한 이야기를 듣고, 여러 집안일을 의논하며 즐거운 시간을 보냈다. 루드밀라는 가르치기만 한 게 아니라 자신도 여러 가지를 배워 새롭고 유익한 아이디어들을 금발 머리에 한가득 담아서 돌아갔다.

메리는 세계 곳곳을 돌아다니며 보고 들은 것이 많았기에 영국 소녀치고는 드물게 활발한 데다 아는 게 많아서 누구와도 쉽게 어울렸다. 그녀는 식견이 풍부한 만큼 침착한 데다 최근의 조난 사고와 결혼으로 인해 이따금씩 진중해질 때가 있었는데, 이는 그녀의 타고난 쾌활함과 대비되었다. 조는 에밀의 선택이 정말 마음에 들었고, 이 진실하고 상냥한 키잡이가 맑은 날에든 궂은 날에든 에밀을 안전하게 항구로 인도해주리라고 믿었다. 조는 프란츠가 안락한 생활과 돈벌이를 중시하는 소시민이 되어 그 삶에 안주해 버리지나 않을까 걱정하고 있었다. 그렇지만 그의 음악에 대한 열정과 차분한 루드밀라와의 결혼이 자칫 산문적으로 흐르기 쉬운 그의 분주한 일상에 시적인 정취를 더해주리라는 것을 알았다. 그래서 조는 이 두 청년의 일에 대해서는 마음을 놓았고, 어머니처럼 흐뭇한 마음으로 그들의 방문을 즐길 수 있었다.

9월이 되어 두 사람과 헤어질 때가 되자 이별에 대한 아쉬움도 있었지만, 앞으로의 새로운 생활을 위해 출항하는 그들이 믿음직스럽기도 했다. 데미의 약혼은 가까운 친척에게만 알렸다. 두 사람은 서로 사랑하며 기다리는 것 말고는 달리 할 수 있는 게 없을 만큼 어렸기 때문이다. 그들은 너무나 행복해서 마치 시간이 멈춰 버린 것처럼 느껴졌다. 그렇게 복된 1주일을 보낸 뒤 그들은 용감하게 헤어졌다. 앨리스는 어려운 일들을 견뎌낼 수 있도록 그녀를 붙잡아 줄 부모님이 계시는 고향으로 돌아갔고, 무슨 일이든 해낼 수 있을 것만 같은 새로운 열정으로 가득차서 일에 매달렸다.

데이지는 두 사람의 일을 무척 반겼고 오빠의 장래 계획을 싫증내지 않고 몇 번이고 들어주었다. 그녀는 새롭게 마음속에 품게 된 소망 덕에 평소의 그녀—쾌활하고 늘 바쁘게 움직이며, 밝은 미소와 친절한 말로 사람들을 대하는—로 돌아갔다. 그녀가 다시 콧노래를 부르며 집 안을 돌아다니게 되었기에 메그는 늘 우울해하던 딸아이를 위해 적절한 치료법을 찾았다고 느꼈다. 메그는 여전히 불안하고 걱정스러웠지만 현명하게도 그런 마음을 혼자만 간직하기로 했다. 그리고 내트가 돌아오면 물어볼 질문들을 준비하는 한편 런던에서 오는 편지들에도 감시의 눈길을 늦추지 않았다.

내트는 베르테르 시기를 지나 잠시 파우스트 시기를 경험하고—이 때의 경험과 관련하여 그는 자신의 마르가리테에게 메피스토펠레스(파우스트가 자신의 영혼을 판 악마)와도 알게 되었고, 블록스베르크 산(마녀가 살았다는 전설의 산)이나 아우어바흐 술집(괴테가 《파우스트》를 집필하던 식당 겸 술집으로, 《파우스트》의 배경이 되었음)도 알게 되었음을 알렸다—이번에는 빌헬름 마이스터(괴테의 소설 《빌헬름 마이스터의 수업 시대》의 주인공)가 되어, 삶의 대가들의 제자가 된 기분이었다. 그의 사소한 죄와 진심으로 뉘우치는 마음을 안 데이지는 사랑과 철학이 뒤섞인 그의 편지를 앞에 두고 미소를 지었다. 젊은 사람이 독일에 살면서 독일 정신에 물들지 않기란 무척 어려운 일이라 생각했기 때문이다.

"그 아이의 마음은 건강해. 담배 연기와 맥주와 형이상학에서 빠져나오면 머릿속도 맑아질 테고. 영국에서 생활하다보면 건전한 상식을 되찾게 되겠지. 젊은 혈기에 저지른 잘못은 바닷바람이 싹 날려줄 거야." 조는 그녀가 좋아하는 바이올린 연주가의 장래성에 흡족해하며 이렇게 말했다. 그 바이올리니스트의 귀국이 이듬해 봄으로 연기된 것은 그에게는 유감스러울지 몰라도 음악적인 면에서는 기량이 많이 향상되었음을 의미했다.

조시는 한 달 가량을 바닷가에서 미스 카메론과 함께 지냈다. 그녀는 개인 교습에 매우 열정적으로 임했으며, 그녀의 열정과 장래성과 인내력은 미스 카메론과의 우정—장차 다가올 빛나는 미래에 귀한 자산이 되어줄—에 기초를 마련해주었다. 조시의 육감은 틀리지 않아서, 마치 집안에 전해내려오는 연극적 재능은 마침내 많은 사람들의 사랑을 받는 고결한 한 여배우에게서 꽃을 피웠다.

톰과 도라는 순탄하게 결혼 제단을 향해 나아가고 있었다. 아들이 또다시 마음이 변해 다른 직업을 알아보겠다고 하면 큰일이라고 생각한 뱅스 씨는 변덕스러운 토머스를 꼭 붙잡아둘 요량으로 그가 이른 나이에 결혼하는 것을 찬성했다. 앞서 말한 토머스는 지금까지 세상에서 받아온 푸대접을 한탄할 필요가 전혀 없었다. 이유는 도라가 매우 헌신적인 데다 그를 몹시 숭배하고 있었기 때문이다. 덕분에 톰은 세상살이는 즐거웠으나 곤경에 빠지는 재능은 사라진 듯했다. 대신 그가 선택한 직업에는 분명 재능이 있는 듯, 장차 사업이 번창할 가능성이 엿보였다.

"우리는 가을에 결혼해서 한동안은 아버지와 함께 살 거예요. 아버지가 점점 기력이 떨어지셔서 저와 아내가 돌봐드려야 해요. 언젠가는 우리도 독립해서 가게를 갖게 되겠죠." 이것이 요즘 그가 자주 하는 말이었는데, 이 말은 모두를 미소짓게 했다. '토미 뱅스 상회'라는 말은 그를 아는 사람들에게는 아무리 생각해도 어색하기만 했기 때문이다.

여러 일들이 이런 식으로 순조롭게 진행되자 조는 올해에는 더 이상 근심거리가 없으리라 생각했다. 그때 새로운 걱정거리가 찾아왔다. 그동안 댄으로부터 아주 가끔 몇 통의 엽서가 왔는데 그 주소가 'M. 메이슨 댁'으로 되어 있었다. 그는 이 방법으로 그리운 고향 소식을 들을 수 있었고, 또 자신도 짧은 소식을 보내 모두를 안심시켰던 것이다. 마지막 편지는 9월에 왔는데, 몬태나 주 소인이 찍혀 있었다. 내용은 다음과 같았다.

드디어 이곳에 왔습니다. 또다시 광산에서 일해볼까 하고요. 그러나 오래 있을 생각은 없습니다. 그동안 많은 일이 있었어요. 농장에 대한 계획은 포기하기로 했습니다. 조만간 앞으로의 계획을 알려드릴게요. 저는 건강하게 바쁜 나날을 보내고 있으며 무척 <u>행복</u>하답니다. D.K

'행복'이란 글자 아래에 쳐진 검은 밑줄이 무엇을 의미하는지 알았더라면, 이 엽서가 실로 많은 내용을 담고 있다는 것도 알았을 터이다. 댄은 감옥에서 풀려나 그토록 갈망하던 자유의 품에 안겼다. 그리고 우연히 옛 친구를 만나서 한동안 광산 감독관으로 일하게 되었다. 오랫동안 칫솔 공장에 갇혀 지내던 터라 거친 광부들과 함께 일하는 것조차 재미있게 느껴졌고, 근육을 쓰는 일도 놀랄 만큼 즐거웠다. 그는 곡괭이를 들고 피로에 지칠 때까지 암석과 흙과 씨름을 했다. 피로는 금세 찾아왔다.

오랜 교도소 생활에 몸이 축났기 때문이다. 댄은 집으로 돌아가고 싶은 마음이 간절했으나 교도소 냄새가 완전히 사라지고 수척한 얼굴에 살이 붙을 때까지 기다렸다가 돌아가리라 결심하고 1주일, 또 1주일을 늦췄다. 그러면서 감독관들과 광부들과도 어울려 친하게 지내게 되었다. 그의 과거를 아는 사람은 아무도 없었기에 그는 지금 하는 일을 감사와 기쁨으로 받아들였다. 자긍심은 별로 없었다. 어딘가에서 선한 일을 해서 과거의 잘못을 속죄하고픈 마음뿐이었다.

10월 어느 날 조는 책상을 정리하고 있었다. 밖에는 비가 억수같이 퍼부었으나 집 안은 평화로웠다. 정리하다 댄의 엽서가 나오자 조는 잠시 생각한 뒤, '댄의 편지'라는 라벨이 붙어 있는 서랍에 고이 넣어두었다. 그러고는 그녀의 서명을 요청하는 편지 열한 통을 휴지통에 던져 넣으며 혼자 중얼거렸다.

"이제 또 엽서가 올 때가 됐는데. 아니면 직접 와서 계획을 말해 주려나. 1년 동안 어떻게 지냈는지, 지금은 뭘하고 있는지 궁금하네."

마지막 의문에 대한 답은 한 시간도 안 되어 풀렸다. 테디가 한 손에는 신문을, 다른 한 손에는 우산을 들고 뛰어들어와 흥분한 표정으로 이런 말을 쏟아냈기 때문이다.

"광산에서 사고가 나서—20명이 매몰되었대요—탈출구가 없어서—광부 아내들이 울고 있대요. —물이 차오르고—댄이 오래된 수직 통로를 알고 있어서—목숨을 걸고 구출했대요—신문이 온통 이 기사로 가득해요—댄이 언젠가 영웅적인 일을 할 줄 알았어요—댄 만세!"

"뭐라고? 어디서? 언제? 누가? 고함치지 말고 어서 신문 좀 이리 줘봐!" 조는 당황해서 외쳤다.

테디는 어머니가 볼 수 있게 신문을 내려놓고는 또다시 떠들어댔다. 곧이어 로브가 따라 들어왔다. 광산 사고 자체는 그다지 새로울 게 없었지만, 극한 상황에서 보여주는 용기와 헌신은 늘 사람들의 마음을 감동시키고 찬탄을 불러일으킨다. 목숨을 걸고 다른 사람들을 구한 용감한 사나이 대니얼 킨의 이름은 그날 하루 종일 많은 사람들의 입에 오르내렸다. 기사를 읽은 그의 친구들 또한 자랑스러운 표정이었다. 이 사고가 일어난 순간, 갱도로 통하는 오래된 수직 통로를 생각해낸 사람은 오직 댄뿐이었다. 그곳은 막혀 있었지만 그래도 물이 불어나서 익사하기 전에 모두 도망치려면 그곳밖에 길이 없었다. 댄은 다른 사람들을 안전한 곳으로 물러나게 한 뒤 혼자 수직 통로로 내려갔다. 조금 떨어진 곳에서 광부들이 필사적으로 곡괭이질을 하는 소리가 들려왔다. 댄은 소리를 지르면서 벽을 두드려 수직 통로의 위치를 알려주었다. 그리고는 구조대 선두에 서서 영웅적인 활약으로 구출에 성공했다. 그는 가장 마지막에 나오다가 낡은 밧줄이 끊겨 그만 추락하고 말았다. 중상을 입기는 했지만 다행히 생명에는 지장이 없었다. 여자들은 그의 새까매진 얼굴과 피투성이가 된 손에 앞다투어 입을 맞추었다. 남자들은 안도하며 그를 병원으로 옮겼다. 광산주는 그가 깨어나기만 한다면 큰 상을 내리겠다고 약속했다.

"깨어날 거야. 암, 깨어나고말고. 몸을 움직일 수 있게 되면 집에 돌아와 안정을 취하게 해야 돼. 내가 가서 데려올까! 그 아이는 언젠가 꼭 멋지고 용감한 일을 해낼 줄 알았어. 위험한 일에 손을 댔다가 총을 맞지만 않는다면 말야." 조는 흥분해서 소리쳤다.

"그래요, 어머니. 저랑 같이 가요. 누군가 같이 따라가야 한다면 제가 갈게요. 댄이 저를 그토록 좋아했었고 저 또한 댄을 좋아했었잖아요." 테디는 꼭 가고 싶다고 생각하며 말했다.

어머니가 답변을 할 틈도 없이 로리 씨가 들어왔다. 그는 석간신문을 휘두르면서 테디 못지않게 흥분해서 외쳤다.

"읽어봤어요, 조? 어떻게 생각해요? 용감한 청년을 돌봐주러 지금 당장 출발할까요?"

"그게 좋을 것 같긴 하지만 그에 앞서 기사 내용이 사실인지 여부를 먼저 확인해야 할 것 같아요. 몇 시간이 지난 뒤 상황이 완전히 달라질 수도 있으니까요."

"내가 데미에게 전화해서 알아볼 수 있는 건 죄다 알아보라고 했어요. 기사에 난 게 사실이라면 저는 즉시 가겠어요. 가보고 싶거든요. 댄이 몸을 움직일 수 있으면 곧바로 집으로 데려오고, 움직일 수 없으면 곁에서 돌봐 주겠어요. 댄은 잘 버틸 거예요. 머리를 부딪혔다고 죽을 사람이 아니죠. 그 아이는 저 세상으로 가려면 아직 멀었다고요."

"이모부가 가실 거면 저도 따라가도 돼요? 가보고 싶어서 좀이 쑤시거든요. 이모부랑 함께 가면 재미있을 텐데. 광산도 구경하고, 댄을 만나 그때 상황을 자세히 물어보기도 하고, 간호도 해주고요. 저 간병할 수 있어요. 로브, 내 말 맞지?" 테디는 그럴싸한 말로 승낙을 받아내려 했다.

"그렇지. 그렇지만 어머니가 너를 못 가게 하시면 너 대신 내가 갈게. 이모부가 누군가를 데려간다고 하신다면 말이야." 로브는 평소처럼 침착하게 대답했다. 쉽게 흥분하는 테디에 비하면 그가 훨씬 더 적임자로 여겨졌다.

"둘 다 보내고 싶지 않구나. 우리 집 애들은 집 가까이에 붙들어 두어야지, 안 그랬다간 말썽을 일으키니까 말야. 내가 다른 사람을 못 가게 할 권리는 없지만 너희만은 내 시야에서 벗어나게 할 수 없어. 안 그랬다간 무슨 일이 일어날지 모르니까. 정말 올해 같은 해는 처음이야. 조난에, 결혼에, 홍수에, 약혼에…… 온갖 일이 일어났으니!" 조는 큰 소리로 외쳤다.

"자식들을 여럿 키우다보면 그 정도 일은 각오해야겠어요. 이 두 아이가 집을 떠날 때쯤엔 최악의 사태는 끝나 있길 바라요. 두 아이가 집을 떠나면 제가 곁에서 힘이 되어 드리죠. 당신에게는 지지와 위로가 필요할 테니까요. 특히 테디가 아주 빨리 집을 나가게 되면 말이죠." 로리는 조의 탄식이 재미있는 듯 이렇게 말하며 웃었다.

"앞으로 이보다 놀랄 일은 없을 거예요. 댄이 걱정이에요. 누군가 가보는 게 좋을 듯싶어요. 거기는 거친 곳이라 그 애를 잘 간호해줘야 하니까. 가엾게도 아주 심하게 부딪혔나봐요."

"조만간 데미가 무슨 소식을 보내올 거예요. 그러면 바로 출발할게요." 로리는 기운찬 목소리로 이렇게 약속하고 돌아갔다. 어머니의 완강한 반대에 부딪힌 테디는 이모부를 설득하기 위해 곧장 뒤를 쫓았다.

잠시 뒤에 조금 전의 뉴스가 사실임이 밝혀져서 더욱 사람들의 관심을 끌었다. 로리가 곧바로 출발했고, 테디는 자기도 데려가 달라며 시내까지 로리를 따라갔다. 그리고 해질녘까지 돌아오지 않았다. 그의 어머니는 침착하게 말했다.

"못 가게 해서 삐졌을 거야. 괜찮아, 톰이나 데미하고 함께 있을 테니. 밤이 되면 배고파서 돌아오겠지. 나는 알고 있지."

어머니는 아직 놀랄 일이 남아 있다는 사실을 알게 되었다. 밤이 되어도 테디는 돌아오지 않았고 그를 본 사람 또한 없었다. 바어 선생이 아들을 찾으러 밖으로 나가려는 찰나 전보가 왔다. 로리가 댄에게 가는 도중 역에서 친 것이었다.

차 안에서 테디를 발견하고 데려감. 또 소식 전할게요. T. 로렌스.

"테디는 어머니가 생각하신 것보다 빨리 달아났군요. 그렇지만 걱정 마세요. 이모부가 같이 있잖아요. 게다가 댄도 틀림없이 기뻐할 거예요." 로브가 말했다. 조는 그 자리에 앉은 채, 막내아들이 정말 거친 서부로 가고 있다는 사실을 되새겨보려고 애썼다.

"불효막심한 놈 같으니! 돌아오면 혼구멍을 내줘야겠어. 로리가 눈 감아준 게 틀림없어. 내가 알아. 두 녀석은 지금쯤 신나게 여행을 하고 있겠지. 내가 함께 갔어야 하는 건데! 그 불효자식, 웃옷도 외투도 안 가져갔어. 돌아오면 환자 두 명을 간병하게 될 게 뻔하다고. 만약 돌아오기나 한다면 말이지. 그 형편없는 급행열차는 툭하면 절벽에서 추락하거나 불이 나거나 열차끼리 충돌하거나 하니까. 아아! 나의 테디, 소중한 내 아들. 그렇게 먼 곳에 가다니!"

조는 혼구멍을 내겠다던 마음도 잊고 금세 어머니다운 다정함으로 아들의 처지를 슬퍼했다. 무사태평한 장난꾸러기 아들은 지금 자신의 첫 반항이 성공했다는 기쁨에 들떠서 대륙을 횡단하고 있을 것이다. 로리는 '테디가 집을 나가게 되면'이라는 그의 말에서 힌트를 얻어 집을 나왔다는 테디의 말에 재미있어하면서도 책임감을 느꼈다. 그는 기차 안에 잠들어 있던 테디를 발견한 순간부터 그를 데리고 가기로 마음먹었다. 테디는 짐도 별로 없었다. 댄을 위한 포도주 한 병과 자신의 구둣솔 하나가 전부였다. 이렇게 해서 '두 악당'은 조의 짐작대로 신나게 여행을 이어갔던 것이다. 그로부터 얼마 후에 두 사람으로부터 사과의 편지가 도착했다. 한동안 화가 나 있던 부모는 그것을 읽자 댄의 일이 염려되어 잔소리하는 것도 잊고 말았다. 댄이 위독해 2, 3일 동안은 두 사람의 얼굴도 알아보지 못했다는 내용이었다. 그 후로 댄은 점차 차도를 보였다. 눈을 뜨니 그리운 얼굴들이 자신을 내려다보고 있어서 빙긋 웃었다. 그가 처음으로 한 말이 '안녕, 테디!'였다고 자랑스럽게 소식을 전해온 테디를 사람들은 기꺼이 용서해 주었다.

"그 아이가 가길 잘했네요. 이제 야단치는 건 그만두기로 했어요. 댄에게 뭘 보내면 좋을까요?" 조는 병원을 가득 채울 만큼의 위문품을 보내서 빨리 댄을 만나고 싶은 초조한 마음을 달랬다.

그러는 동안 점점 반가운 소식이 전해지기 시작했다. 마침내 댄은 여행을 할 수 있을 만큼 건강이 회복되었다. 그러나 빨리 돌아가고 싶은 내색은 하지 못하고 두 간병인이 이야기를 꺼내주길 간절히 기다고 있을 뿐이었다.

'댄은 많이 달라졌습니다.' 로리가 조 앞으로 소식을 보내왔다. "이번에 다친 탓도 있겠지만, 분명 전에 일어난 어떤 사건 때문인 듯합니다. 그 일이 뭔지는 저도 잘 모릅니다. 알아보는 일은 당신에게 맡기겠습니다. 그렇지만 의식이 혼미할 때 횡설수설하던 말로는 올 한 해 뭔가 매우 힘든 일이 있지 않았나 싶습니다. 그로 인해 10년은 더 나이 들어 보입니다. 그러나 성품이 훨씬 차분해지고 우리에게 무척 고마워하고 있습니다. 테디를 바라보는 그의 애정에 굶주린 눈빛은 애처롭기 짝이 없습니다. 캔자스에서의 일은 실패했다며 더 이상 말하려 하지 않았습니다. 그래서 기회를 봐서 다시 이야기해 보기로 했습니다. 이곳 사람들 모두 그를 굉장히 좋아하고, 그 또한 그런 게 싫지는 않은 듯합니다. 예전에는 감정을 드러내는 자체를 그렇게 싫어하던 아이였는데……. 지금 그는 사람들이 자신을 좋게 보아주길 바랍니다. 모든 일에서 애정과 존경을 받으려고 노력합니다. 제 생각이 틀린 것인지도 모르겠지만, 이제 곧 자신감 있는 모습을 보여주겠지요. 테디는 편안히 잘 지내고 있습니다. 그는 이번 여행에서 좋은 경험을 많이 했습니다. 다음에 유럽에 갈 때, 또다시 이 아이를 데려가도 될까요? 엄마 품속에만 가둬놓는 것은 그 아이에게 어울리지 않습니다. 그 옛날, 당신에게 집을 떠나 함께 워싱턴에 가자고 했을 때의 저처럼요. 그때 함께 갔었더라면 좋았으리라고 생각하지 않나요?"

편지를 읽고 나자 조는 상상력이 한껏 부풀어 올랐다. 조는 댄이 겪었을 만한 온갖 좋지 않은 일, 사고, 분쟁 따위를 상상해 보았다. 댄은 지금 여러 일들을 추궁해 괴롭히기에는 너무 허약한 상태이다. 그러나 조는 댄이 무사히 집으로 돌아온다면 궁금한 일들을 꼭 알아보리라 마음먹었다. 그 '무법자'는 조의 마음을 끄는 소년이었기 때문이다. 조는 서둘러 돌아오도록 편지를 썼다. 자신의 작품 중에 가장 스릴 넘치는 이야기를 쓸 때 이상으로 시간과 공을 들여서.

그 편지를 받아본 댄은 집에 돌아가기로 했다. 11월 어느 날 로리는 플럼
필드 현관에서 허약한 젊은이가 마차에서 내리는 것을 도와주었다. 바어 어
머니는 그 방랑자를 돌아온 아들인 듯 반가이 맞아 주었다. 이 모습을 지켜
보는 많은 사람들 사이를, 테디는 커다란 모자를 쓰고 놀랄 만큼 큰 장화를
신은 채 승리의 춤을 추듯 이리저리 뛰어다녔다.

"위층으로 올라가서 좀 쉬렴. 이제부터는 내가 간호사야. 이 환자는 말하
기 전에 먼저 뭔가를 먹어야 해." 조가 지시했다. 떠날 때는 그토록 늠름하
던 젊은이가 이렇게 여위어 창백한 그림자 같은 모습으로 바뀐 데 대해 조는
적지 않은 충격을 받았으나 내색하지 않으려고 애썼다.

댄은 흡족한 듯 지시에 따랐다. 댄은 그를 위해 마련된 소파에 누워 마치
병들어 어머니의 품에 안긴 아들처럼 평온한 표정으로 주위를 둘러보았다.
새로운 간호사는 목구멍까지 올라오는 많은 질문들을 꾹꾹 누르면서 그에게
맛있는 음식을 먹여 기운을 북돋아 주었다. 댄은 몸이 약해진 데다 피로에
지쳐 있었기에 곧바로 곯아떨어졌다. 부인은 살짝 방을 나와 '두 악당' 곁으
로 가서 마음껏 야단도 치고 격려도 해주고 칭찬도 해주었다.

"조, 내 생각에는 댄이 뭔가 죄를 짓고 괴로워하지 않나 싶어요." 테디가
큰 장화를 자랑하면서 광부들의 삶에 깃든 위험과 기쁨을 이야기해 주려고
밖으로 나간 뒤에 로리가 말했다. "어떤 끔찍한 경험이 그 아이의 마음을 갈
기갈기 찢어놓은 것 같아요. 우리가 도착했을 때 그 아이는 제정신이 아니었
어요. 나는 밤새 지켜봤기 때문에 그 아이가 겪은 고통스런 일들을 누구보다
많이 알게 되었죠. 그 아이는 '교도관'이니 재판이니 죽은 남자니 블레어니
메이슨이니 하면서 내게 손을 내밀고 자신을 용서해 줄 수 있느냐고 물었어
요. 한 번은 심한 발작을 일으키기에 내가 두 팔을 꽉 눌렀더니 곧바로 얌전
해져서 제발 수갑을 채우지 말아 달라고 애원하기도 했지요. 한밤중에 그 아
이가 플럼필드와 당신 이야기를 하면서 어서 집으로 돌아가 죽게 해달라고
사정을 했을 때는 사실 너무 무서웠어요."

"그 아이는 죽지 않을 거예요. 무슨 잘못을 했는지는 모르겠지만 살아서
그 잘못을 속죄할 거예요. 그러니 이제 그런 암울한 이야기로 나를 괴롭게
하지 말아요, 테디. 만약 그 아이가 십계명을 어겼다 해도 나는 그 아이 편

이 되어 줄 거예요. 당신도 그럴 거죠? 둘이서 저 아이가 안정된 생활을 하면서 앞으로 훌륭한 사람이 되도록 도와줍시다. 저 아이가 잘못되지 않았다는 건 그 까칠해진 얼굴로 알 수 있어요. 누구에게도 아무 말 말아주세요. 조만간 내가 사실을 알아볼 테니까." 조가 말했다. 그녀는 지금까지 들은 이야기로 크게 가슴 아파하면서도 댄에 대한 기대를 버리지 않았다.

댄은 며칠간 휴식을 취하며 좀처럼 사람을 만나지 않았다. 그러다 세심한 간호와 밝은 환경과 집에 돌아왔다는 안도감이 효과를 보이기 시작했다. 그는 차츰 본디의 모습을 찾아갔다. 말을 너무 안 해도 안 된다는 의사의 지시가 있었지만 최근의 경험에 대해서는 아직 입을 굳게 다물고 있었다. 모두가 그를 만나고 싶어 했지만 그는 예전 친구들 이외에는 아무도 만나지 않으려 했다. 테디는 용감한 댄을 자랑할 수 없게 된 것에 몹시 실망하고 말았다.

"그 상황이 되면 누구나 똑같이 행동했을 텐데 왜 이렇게 야단법석인지 모르겠군요." 영웅은 말했다. 부러져서 부목을 한 팔을 그는 자랑스럽다기보다는 창피하게 여기는 듯했다.

"그러나 스무 명의 목숨을 구했다고, 그래서 남편들과, 아들들, 아버지들을 사랑하는 이들 곁으로 돌아가게 해주었다고 생각하면 기분 좋지 않아?" 몇 사람의 문병객이 돌아가고 단 둘이 있게 된 어느 날 저녁에 조가 물었다.

"기분 좋지 않냐고요! 그 덕에 제가 이렇게 살아 있는걸요. 저는 사람의 목숨을 구하기 위해서라면 대통령 자리도 마다했을 거예요. 스무 명의 목숨을 구했다고 생각하면 얼마나 가슴이 벅찬지 아무도 모를 겁니다. 저는……."

댄은 말문이 막혔다. 분명 무언가 끓어오르는 감정을 토로하려고 했으나 그것이 뭔지 조는 알 수 없었다.

"그럴 거야. 너처럼 목숨 걸고 남의 목숨을 구한다는 건 정말 훌륭한 일이야. 너는 거의 목숨을 잃을 뻔했지."

댄이 예전처럼 머릿속에 떠오른 생각들을 여과 없이 말해주기를 바라는 마음으로 조가 말했다.

"나를 위하여 자기 목숨을 잃는 사람은 얻을 것이다."^(마태복음 10장 39절) 댄은 방 안을 밝게 비추는 불을 물끄러미 바라보며 낮게 중얼거렸다. 그 불은 그의 야윈 얼굴을 붉게 물들였다.

그런 말을 댄의 입에서 듣다니! 조가 기뻐서 소리를 질렀다.

"그러니까 내가 준 그 책을 읽은 거로구나. 약속을 지켰네!"

"시간이 좀 지난 뒤 꽤 여러 번 읽었습니다. 아직은 잘 모르겠지만 계속 읽다보면 알아지겠지요. 지금은 성경을 읽기로 결심한 것만으로도 대단하다고 생각해요."

"그걸로 충분해. 아, 댄, 어찌 된 일인지 말해보렴. 네 마음을 무겁게 짓누르는 게 있다는 걸 나는 알고 있어. 내가 그 무거운 짐을 덜 수 있게 해주렴."

"그렇게 하면 마음이 한결 가벼워지리라는 건 알고 있어요. 저도 말씀드리고 싶어요. 그러나 어떤 일들은 어머니도 용서하지 못하실 거예요. 만약 어머니마저 제 손을 뿌리치면 저는 슬퍼서 견딜 수 없을 거예요."

"어머니는 어떤 일도 용서할 수 있단다! 다 말해 주렴. 나는 절대로 네 손을 뿌리치지 않을 테니. 온 세상 사람들이 네게 등을 돌린다 할지라도 말야."

조는 두 손으로 그의 거친 손을 꼭 잡았다. 그러고는 손의 온기가 댄의 마음에 전해져 이야기할 용기가 날 때까지 가만히 기다렸다. 마침내 댄은 예전에도 자주 그랬던 것처럼 두 손으로 머리를 감싸고 앉으면서 천천히 모든 이야기를 들려주었다. 마지막 말이 입 밖으로 나올 때까지 한 번도 얼굴을 들지 않았다.

"이제 전부 말씀드렸습니다. 어머니는 살인자를 용서할 수 있습니까? 죄인을 집에 둘 수 있습니까?"

그녀의 유일한 대답은 그의 몸을 팔로 감싸고 빡빡 깎인 그의 머리를 끌어안는 것이었다. 눈물 때문에 시야가 흐려져 그의 비통한 얼굴에 떠오른 희망과 두려움이 잘 보이지 않을 정도였다.

그것은 어떤 말보다도 웅변적인 답변이었다. 가엾은 댄은 상대방을 위로하고 정화시키며 기운나게 하는 어머니의 사랑을 느끼며 말 없이 그녀에게 매달렸다. 댄이 얼굴을 묻고 있던 조의 모직 솔에 쓰라린 눈물 방울 두세 개가 스며들었다. 오랫동안 딱딱한 베개에 익숙해 있던 댄에게 그것이 얼마나 부드럽고 기분 좋게 느껴졌는지 아무도 모를 것이다. 심신의 고통으로 의지도, 자긍심도 모두 상처입고 있었는데 마침내 무거운 짐을 내려놓자 마음이 놓였다. 댄은 잠시 그렇게 아무 말 없이 기쁨을 누리고 있었다.

"가엾은 댄, 그동안 얼마나 마음이 괴로웠을까. 모두 네가 공기처럼 자유로운 아이라고만 생각했는데. 왜 알리지 않았니, 댄? 도움을 받고 싶지 않았던 거니? 친구들을 믿지 못했던 거니?" 조는 연민의 마음뿐이었다. 그녀는 댄의 얼굴을 들어올리고는 책망하듯이 댄의 퀭한 눈을 들여다봤다. 댄은 솔직한 눈빛으로 그녀의 눈을 마주보았다.

"창피했습니다. 어머니에게 충격을 안겨 드리느니 혼자서 견디는 편이 낫다고 생각했죠. 어머니는 내색하지 않으려고 애쓰시지만 저는 알아요. 어머니가 크게 실망하셨다는 것을. 그러니까 너무 신경쓰지 마세요. 저도 이런 상황에 익숙해져야 하니까요." 댄은 가장 좋은 친구의 얼굴에 떠오른 고통과 당혹감을 차마 볼 수 없다는 듯 고개를 숙였다.

"죄에 대한 이야기는 확실히 실망스럽고 충격적이었어. 그렇지만 네가 죄를 뉘우치고 속죄하며 쓰라린 경험을 통해 교훈을 얻는 모습을 보니 기쁘고 대견하고 감사해. 이 일은 프리츠와 로리 말고 다른 사람에게는 알릴 필요가 없어. 그 두 사람에게는 신세를 많이 지기도 했고, 두 사람 다 나처럼 생각할 테니까 사실을 말해도 좋지만 말이야." 조는 과도한 동정만 받느니 솔직히 털어놓는 편이 오히려 좋은 약이 될 거라 생각했던 것이다.

"아뇨, 알리고 싶지 않습니다. 남자들은 여자들처럼 쉽게 용서하지 않으니까요. 그래도 역시 그 편이 옳겠지요. 부디 저를 대신해서 말해 주세요. 가능한 빨리 부탁드립니다. 로리 씨는 알고 계실지도 모르겠어요. 제가 잠깐 머리가 이상해졌을 때 무심결에 떠들었거든요. 그러나 그분은 지금처럼 정말 친절하게 대해주셨어요. 바어 선생님과 로리 씨가 아는 것은 참을 수 있어요. 그래도 아아! 테디와 여자애들에게는 절대 말하지 말아 주세요!" 댄은 부인의 팔을 꽉 붙들고 진심으로 애원했다. 그 얼굴을 본 조는 두 사람 이외의 누구에게도 말하지 않으리라고 서둘러 답해 주었다. 댄은 갑작스레 공황 상태에 빠진 게 창피했는지 이내 평온을 되찾았다.

"그건 살인이 아니었습니다. 잘 들어보세요. 정당 방위였어요. 상대방이 먼저 폭력을 써서 저도 가만히 있을 수 없었어요. 죽일 마음은 없었어요. 아무리 생각해봐도 제가 그렇게 나쁜 짓을 한 것 같지는 않아요. 저는 충분히 속죄를 했습니다. 어린 소년들을 그릇된 길로 꾀는 그런 나쁜 놈들은 세상에 없는 편이 나아요. 저를 끔찍하다고 여기시겠지만, 저로서도 어쩔 수가 없어요. 불량배와 사기꾼을 보면 못 참겠으니까요. 그런 녀석들을 보면 죽이고 싶어요. 녀석이 저를 죽였더라면 더 좋았을지도 모르지요. 제 인생은 엉망진창이 되었어요."

이야기하는 동안, 교도소의 음울한 어둠이 먹구름처럼 댄의 얼굴을 뒤덮는 듯 보였다. 조는 그가 헤치고 나온 화염을 얼핏 본 듯해 오싹했다. 그는 목숨은 건졌지만 내내 상처를 안고 온 것이다. 그의 마음을 즐거운 쪽으로 몰아가려고 조는 밝은 목소리로 말했다.

"그렇지 않아. 너는 그때의 시련 덕분에 자신의 목숨이 소중하다는 걸 깨달았고 그것을 잘 써야 한다는 것을 알게 된 거야. 그 1년은 잃어버린 게 아니라 지금까지 너의 인생에서 가장 유익한 1년이었던 거란다. 그렇게 생각하고 다시 시작하렴. 우리도 힘이 되어줄 테니. 그때의 잘못은 너를 더 믿을 수 있는 사람으로 변화시켜 줄 거야. 우리는 누구나 잘못을 범하기 마련이란다."

"저는 이제 예전의 저로 돌아갈 수 없어요. 마치 예순 살은 먹은 듯한 느낌이에요. 여기에 있는 물건도 어느 것 하나 탐나지 않아요. 걸을 수 있게 될 때까지만 여기에서 지내게 해주세요. 몸이 회복되면 이곳을 떠나 두 번 다시 폐를 끼치지 않을게요." 댄은 기운 없는 목소리로 말했다.

"너는 마음이 너무 약해져 있어. 이제 곧 나아질 거야. 다시 건강해지면 인디언들이 있는 곳으로 가서 전도를 하는 게 어떨까? 예전의 패기와, 이번 경험에서 얻은 인내심과 자제력, 지식을 총동원해 떠나는 거야. 그 친절한 목사님과 메리 메이슨 이야기를 좀 더 들려주렴. 가엾은 우리 아들이 그동안 어떤 고생을 하며 지냈는지 전부 알고 싶구나."

조의 세심한 관심에 댄은 얼굴빛이 밝아지면서 지난 1년간의 괴로웠던 일들을 남김없이 털어놓았다. 무거운 짐을 내려놓으니 한결 마음이 가벼워진 듯했다.

그 짐이 듣는 이의 마음을 얼마나 짓눌렀는지 알았다면 댄은 이야기를 멈추었을 것이다. 조는 슬픔을 드러내지 않고 댄을 위로하고 안정시켜 잠자리에 눕혔다. 그러고는 가슴이 미어질 듯한 슬픔에 눈물을 흘렸다. 이 모습을 본 프리츠와 로리는 너무 놀랐지만 사연을 듣고 그들도 함께 마음 아파했다.

그런 뒤에 세 사람은 다시 마음을 가다듬고 올해에 일어난 '재앙' 가운데 가장 심각한 재앙인 이 사건을 어떻게 해결할지 의논하기 시작했다.

제21장 아슬라우가의 기사

그 이야기를 하고 난 뒤 댄에게 이상한 변화가 나타났다. 그의 마음에서는 무거운 짐이 사라진 듯했다. 가끔 예전의 거친 성격이 드러날 때도 있었지만, 친구들에게 진심 어린 감사와 사랑과 존경의 마음을 표현하려 애쓰는 듯 보였다. 이렇게 겸손한 태도는 예전에는 상상조차 할 수 없던 모습이었다. 조로부터 이야기를 전해들은 바어 선생과 로리는 그 일에 대해서는 한 마디도 입 밖에 내지 않았다. 오로지 댄의 손을 꼭 잡거나 연민의 시선으로 바라보거나 짧은 격려의 말을 건넬 뿐이었다. 용서받았는지에 대해서는 의심할 여지가 없었다. 로리는 서둘러 유력가들이 댄의 일에 관심을 갖도록 힘을 쏟았다. 참된 교사인 바어 선생은 좀이 쑤셔서 가만히 있지 못하는 댄에게 할 일을 정해주고 그가 스스로를 이해할 수 있게 도와주었다. 선생의 아버지 같은 자상함에 댄은 친아버지를 찾은 듯한 느낌을 받았다. 남자들은 댄을 차에 태워 돌아다니며 갖가지 재미있는 일들로 그를 위로했다. 여자들은 그를 정성껏 간호하고 아주 사소한 부탁도 들어 주었기에 댄은 마치 헌신적인 노예들에게 둘러싸인 왕이라도 된 듯했다.

댄은 사람들이 어린애 어르듯 추어주면 남자로서의 수치심을 느끼는 성격이었으므로 댄으로서는 이런 일은 아주 조금으로도 충분했다. 그는 아파서 누워 있어본 적이 거의 없었기 때문에 안정을 취하라는 의사의 지시를 어기기 일쑤였다. 타박상을 입은 등과 머리의 상처가 다 나을 때까지 댄을 소파에 붙들어놓기 위해 조는 모든 방법을 동원해야 했고, 여자들은 온갖 궁리를 짜내야 했다. 데이지는 그를 위해 음식을 만들고 낸은 치료를 맡았다. 조시는 오랜 시간 꼼짝 못하고 누워 지내는 댄의 지루함을 달래주려고 책을 읽어 주었다. 또 베스는 자신의 그림과 조각상을 잔뜩 가져와서 그를 위로해주는 한편 그의 특청을 받아들여 그의 방에서 버펄로의 두상을 조각하기 시작했다. 댄에게는 이렇게 보내는 오후가 하루 중에 가장 즐거운 시간인 듯했다.

근처 서재에서 일하던 조는 그 세 사람이 만들어내는 아름다운 모습을 흐뭇하게 바라보았다. 여자들은 자신들의 노력이 마침내 결실을 맺었다는 점에 무척 뿌듯해했으며, 여성 특유의 섬세함으로 댄의 기분을 헤아리며 그를 즐겁게 하는 데 온 정성을 쏟았다. 그가 유쾌한 기분일 때는 방안 가득 웃음소리가 끊이지 않았다. 반대로 그의 기분이 우울하면 그녀들은 책을 읽거나 조용히 자기 일을 하며 보냈다. 댄이 상처 부위에 통증을 느끼기라도 하면 그녀들은 마치 천사처럼 그 주위를 맴돌았다. 댄은 조시를 '작은 엄마'라 불렀으나 베스는 늘 '공주님'이라고 불렀다. 두 사촌에 대한 댄의 태도는 전혀 달랐다. 조시는 잔소리를 하거나 자신이 좋아하는 긴 희곡을 읽어주거나 댄이 규칙을 어길 때 어머니처럼 꾸짖거나 해서 댄을 초조하게 만들곤 했다. 그러나 댄은 베스에게 다정한 보살핌을 받는 동안에는 결코 조바심 난 모습이나 피곤한 기색을 보이지 않았다. 그녀가 하는 말은 아무리 사소한 말이어도 잘 들었고, 그녀 앞에서는 늘 기운차 보이려고 노력했으며, 그녀가 만드는 조각상에 대단한 흥미를 보였다. 그는 베스가 작업하는 모습을 물끄러미 바라보느라 조시가 읽어주는 내용이 귀에 들어오지 않을 때가 많았다.

이 모습을 지켜본 조는 베스와 댄을 '유나와 사자'라 불렀다. 사자 갈기는 짧게 잘렸고, 유나(영국 시인 E. 스펜서의 〈선녀여왕〉에 등장하는 소녀 이름)는 결코 그를 구속하는 일이 없었지만 이것은 그들에게 꽤 잘 어울리는 이름이었다. 부인들은 맛있는 음식과 댄이 필요로 하는 모든 것을 제공하며 자신들이 맡은 역할에 최선을 다했다. 그런데 메그는 집안일로 바빴고, 에이미는 봄에 떠날 유럽여행 준비로 바빴다. 그리고 조는 최근 일로 이번에 나올 책이 늦어지는 바람에 눈코 뜰 새 없는 상황이었다. 그녀는 책상 앞에 앉아 노트를 펼치고 펜을 잡은 채 영감이 떠오르기를 기다릴 때면 이따금씩 소설 속 주인공들을 잊어버리고 눈앞의 살아 있는 모델들을 생각하곤 했다. 그리하여 우연히 그의 눈에 들어온 표정이나 말, 몸짓 등을 통해 아무도 눈치채지 못한 작은 로맨스를 발견했다.

방들 사이의 칸막이 커튼을 늘 활짝 열어놓았기에 조에게는 넓은 내닫이창 안쪽의 아이들 모습이 잘 보였다. 한쪽에서는 베스가 회색 작업복 차림으로 손을 바삐 움직이고 있었고, 그 반대쪽에서는 책을 읽고 있었다. 둘 사이에 놓인 소파에는 여러 겹의 쿠션 위로 댄이, 로리가 보낸 동양풍의 가운을 입고 누워 있었다. 환자 자신은 거추장스러운 옷자락이 붙어 있지 않은 낡은 옷이 더 편했지만 여자들을 기쁘게 해주기 위해 이 호화로운 가운을 입은 것이다. 그의 얼굴은 조의 서재를 마주보고 있었으나 그의 눈에는 조가 전혀 들어오지 않는 듯했다. 댄의 눈길은 바로 앞에 있는 늘씬한 여성에게 쏠려 있었던 것이다. 그녀의 금발 머리에는 겨울 햇빛이 어슴푸레 비치고, 그녀의 가냘픈 손은 공들여 점토를 빚고 있었다. 조시는 보일락 말락 했는데, 소파의 머리맡에 놓인 작은 흔들의자를 힘차게 흔들고 있었다. 책이나 버팔로의 두상에 대한 토론이라도 벌어지지 않은 한 쉬지 않고 책을 읽는 그녀의 소녀다운 음성은 그 방의 정적을 깨는 유일한 소리였다.

하나의 대상을 물끄러미 응시하는 커다란 눈. 야위고 창백한 얼굴 때문에 더욱더 크고 검게 보이는 그 눈빛 속의 무언가가 조의 마음을 사로잡았다. 그녀는 호기심을 가지고 그 시선의 변화를 지켜보았다. 댄은 가끔 우스꽝스럽거나 흥미진진한 대목에서 웃거나 소리지르는 것을 잊어버리는 것으로 보아 조시가 읽어주는 이야기에 귀를 기울이고 있지 않은 게 분명했기 때문이다. 때로 그의 눈은 깊은 생각에 잠겨 있는 듯했다. 조는 두 소녀가 그 위험한 눈빛을 눈치채지 못한 것을 다행스럽게 생각했다. 그들이 말을 시작하면 그 눈빛은 금세 사라져 버렸다. 때때로 그 눈빛은 불꽃처럼 타올랐고, 반항적인 빛을 띠기도 했으며, 조급한 손동작으로 감추려고 노력했음에도 마치 감옥 속에서 어떤 금지된 빛을 보기라도 한 것처럼 어둡고 슬프고 매서웠다. 이 눈빛이 너무 자주 나타나는 것을 보고 조는 걱정이 되기 시작했다. 어떤 괴로운 기억이 이 조용한 시간을 그토록 어둡게 만드는지 그녀는 댄에게 물어보고 싶어 견딜 수 없었다. 죄와 벌이 그의 마음에 무겁게 가로놓여 있음이 분명했다. 그러나 젊음과 시간과 새로운 희망이 감옥에 수감되었던 아픈 기억을 없애줄 것이다. 가끔 댄은 그 기억에서 벗어난 것처럼 보이기도 했다. 특히 남자들과 농담하거나, 옛 친구들과 이야기를 하거나, 날씨 좋은 날 자동차를 몰고 밖으로 나가서 쌓여 있는 눈을 즐기거나 할 때에는 완전히 잊은 것처럼 보였다. 왜 이 순진하고 상냥한 소녀들과 함께 있을 때에만 그의 표정에 어두운 그림자가 드리우는 걸까? 두 사람은 댄의 그런 어두운 표정을 보지 못했다. 둘 가운데 어느 한 사람이 그의 얼굴을 바라보거나 말을 걸면 댄은 구름 속에서 태양이 나타나듯 재빨리 미소를 지어 보였던 것이다. 조는 계속 관찰하면서 원인을 찾고 있었는데, 마침 우연한 계기로 그녀가 두려워하고 있던 일이 밝혀졌다.

어느 날 조시가 누군가의 부름을 받고 방을 나가자 조각 작업에 지친 베스가 책을 더 읽고 싶으면 자신이 읽어주겠노라고 제안했다.

"그래주면 고맙지. 나는 조시가 읽어주는 것보다 네가 읽어주는 게 더 좋아. 조시는 너무 빨리 읽는 바람에 머리 나쁜 나는 뭐가 뭔지 도통 모르겠어. 금세 머리가 아파온다니까. 조시한테는 비밀이야. 그 아이는 정말로 좋은 아이니까. 무법자인 내 곁에 늘 함께 있어주거든."

베스는 빙긋 웃으면서 새 책을 가지러 테이블 옆으로 갔다. 읽던 책이 다 끝났기 때문이다.

"오빠는 무법자가 아니야. 모두들 오빠가 매우 착하고 인내심 강한 사람이라고 생각해. 남자가 갇혀 있는 일은 무척 괴로운 거라고 엄마가 말씀하셨어. 오빠는 늘 자유분방하게 살았으니까 더욱더 그렇겠지."

베스가 책 제목에 눈길을 주지 않았더라면, 댄이 이 마지막 대사에 깜짝 놀라 몸을 움츠리는 모습을 보았을 것이다. 댄은 아무 대답도 하지 않았다. 그러나 조는 댄의 얼굴에서 자유가 그리울 때면 늘 그랬듯 벌떡 일어나 언덕 위로 달려 올라가고 싶어 하는 표정을 보았고 그의 마음을 이해했다. 조는 갑작스런 충동에 이끌려 바느질 바구니를 들고 그들에게 다가갔다. 댄이 감정을 주체하지 못할 것 같아 완충재가 필요하다고 생각했기 때문이다.

"무슨 책을 읽을까요, 이모? 댄은 아무 책이건 가리지 않는 것 같아요. 이모는 댄의 취향을 아실 테죠? 차분하면서도 유쾌하고 짤막한 이야기를 추천해 주세요. 조시는 곧 돌아올 거예요." 베스는 이렇게 말하면서 가운데 테이블에 쌓여 있는 책들을 이리저리 살펴보았다.

조가 대답을 하기도 전에 댄은 베개 밑에서 낡고 작은 책을 빼내어 베스에게 건네면서 말했다. "세 번째 이야기를 읽어줘. 내용이 짧으면서도 아름답거든. 내가 무척 좋아하는 이야기야."

책을 펴자 곧바로 세 번째 이야기가 나오는 것을 보니 세 번째 이야기를 자주 읽는 이야기인 듯했다. 베스는 그 제목을 보고 미소를 지었다.

"어머, 오빠가 이런 로맨틱한 독일 설화를 좋아할 줄은 미처 몰랐네. 이 안에 전투 장면이 있기는 하지만 감상적인 이야기였어. 내 기억이 맞다면 말이야."

"맞아. 나는 읽은 책이 별로 없고, 단순한 내용을 가장 좋아해. 이 책 말고 다른 읽을거리가 하나도 없을 때도 있지. 이 책은 거의 외울 정도야. 전쟁을 벌이는 사내들이나 천사와 악마, 아름다운 여인들의 이야기는 언제 읽어도 질리지 않아. 〈아슬라우가의 기사〉를 읽어 줘. 너도 좋아할지 모르겠지만…… 에드월드는 맘에 안 들지만 프로다는 최고야. 그리고 금발 요정은 너를 떠올리게 해."

댄이 이야기하는 동안, 조는 거울에 그의 모습이 비치는 자리에 앉았다. 베스는 그의 맞은편에 있는 커다란 의자에 앉았다. 그러고는 풍성하고 부드러운 곱슬머리를 묶은 리본을 고쳐 묶으려고 두 손을 들어 올리면서 말했다.

"아슬라우가의 머리카락이 나처럼 푸석푸석하지는 않겠지? 머리카락이 자꾸 흘러내리거든. 고쳐 묶을 때까지 잠시만 기다려줘."

"묶지 말고 그냥 둬. 윤기나는 머리카락이 보기 좋은데 뭐. 너도 그게 더 편하지 않아? 이 이야기와도 잘 어울리고 말이야, 금발머리 아가씨." 댄은 어릴 적 그녀의 별명을 부르며 오랜만에 소년 같은 표정이 되었다.

베스는 웃으면서 아름다운 머리카락을 내려뜨리고 책을 읽기 시작했다. 그녀는 머리카락으로 얼굴을 가릴 수 있게 되어 다행이라 생각했다. 상대방이 누가 됐든 칭찬을 들으면 쑥스러웠기 때문이다. 종종 바늘에서 거울로 시선을 옮기던 조는 고개를 돌리지 않고도 댄을 볼 수 있었다. 댄은 이 이야기가 다른 사람보다 자신에게 더 많은 의미가 있다는 듯 한 마디 한 마디를 즐겁게 듣고 있었다. 그는 얼굴이 놀랄 만큼 밝아지더니 금세 어떤 용감하거나 아름다운 것으로부터 영감을 받은 표정이 되었다. 〈아슬라우가의 기사〉는 푸케의 작품으로, 기사 프로다와 지구드라는 아름다운 딸의 이야기였다. 딸은 요정으로, 연인이 위기에 처했을 때나 승리의 환희를 맛볼 때 나타나서 그의 길안내자가 되고 수호자가 된다. 그래서 그에게 용기, 고결함, 진실함을 불어넣어 전장에서 혁혁한 공을 세우고 사랑하는 이들을 위해 스스로를 희생하도록 이끈다. 기사는 밤낮없이 전쟁터에서든 꿈에서든, 위기가 있을 때마다 나타나는 금발의 요정 덕분에 자기 자신을 극복한다. 그리고 사후에 그를 기다리고 있던 요정으로부터 상을 받는다.

책 속의 많은 이야기 가운데에서 이 이야기를 댄이 가장 마음에 들어 하리라고는 아무도 상상치 못했을 것이다. 조조차도 댄이 이 미묘한 비유와 낭만적인 분위기로 가득한 이야기의 교훈에 감동했다는 사실에 놀랐다. 그런데 댄을 보고 있으려니 바위 속의 금맥처럼 댄 안에 감추어진 감수성과 고결함이 떠올랐다. 꽃의 고운 빛깔과 동물의 우아한 동작, 여인의 아름다움과 사내의 용감함, 그리고 마음과 마음을 이어주는 끈끈한 유대를 알아차리고 이것들에 감탄하는 그런 감수성과 고결한 마음이. 다만 댄은 그 마음을 표현하는 일에 서툴렀다. 과묵한 그로서는 어머니에게서 물려받은 취향과 소질을 말로 표현하기가 힘들었던 것이다. 그는 자신의 고통으로 인해 강한 열정이 한결 부드러워졌고, 지금 그를 에워싸고 있는 사랑과 연민의 분위기 때문에 마음이 정화되고 따뜻해졌다. 그리고 마침내 그토록 오랫동안 거부되어온 마음의 양식을 갈망하기에 이른 것이다. 이는 그의 풍부한 표정에 생생하게 나타나 있었다. 그는 아무도 눈치채지 못하리라 여기고 눈앞의 순진하고 아름다운 소녀 안에 구현된 아름다움과 평화와 행복에 대한 동경을 드러냈다.

이 슬프지만 자연스러운 사실을 확인하고 나자 조는 가슴이 아팠다. 그런 동경이 얼마나 절망적인 것인지 알기 때문이다. 눈처럼 순결한 베스와 죄로 더럽혀진 댄은 그야말로 빛과 어둠보다 사이가 먼 존재였다. 지금 이 소녀가 그런 일로 마음에 혼란을 겪지 않는다는 것은 댄의 마음에 대해 아무것도 의식하지 못하는 그녀의 모습으로 분명히 알 수 있다. 그러나 무언가를 말하고 있는 댄의 눈동자가 언제까지 진실을 숨길 수 있을까. 혹시 폭로하면 댄에게는 어떤 절망스런 일이 생기고, 베스에게는 어떤 곤혹스러운 일이 생길까. 자신이 깎아서 조각하는 대리석처럼 냉정하고 고귀하고 순결한 베스는 소녀다운 조심성으로 사랑에 대한 모든 생각을 차단하고 있었다.

"이 가엾은 아이에게는 매사가 왜 이리 힘든 걸까! 나는 이 아이의 꿈을 망칠 수 없어. 이 아이가 사랑하고 그리워하기 시작한 아름다운 요정을 내가 어떻게 빼앗을 수 있겠어? 우리 아들들이 모두 결혼해서 안정을 찾으면 더이상은 사내아이들을 맡아 돌보는 일은 하지 않을 거야. 이렇게 가슴이 찢어지는 일은 더 이상 감당할 수 없을 테니까."

조는 이런 생각을 하면서 테디의 외투 소매에 안감을 거꾸로 붙이고 말았다. 그만큼 이 일은 그녀의 마음을 괴롭게 했던 것이다.

책을 낭독하는 일은 곧 끝이 났다. 베스가 앞을 가리는 머리카락을 뒤로 넘기자 댄이 아이처럼 열중해서 물었다.

"이 얘기 좋지 않아?"

"응, 아름다운 얘기야. 의미도 금방 알겠고. 그렇지만 나는 〈운디네〉가

더 좋아."

"물론 그럴 거야. 그 작품은 너를 닮았어. 백합이니 진주니 영혼이니 맑은 물이니 하는 것들이 나오는 게 말이야. 나는 〈신트람〉이 맘에 들어. 언젠가 힘든 일이 있을 때 이 이야기를 읽었는데, 정말 좋았어. 이 이야기는 재미도 있고 뭐랄까, 정신적인 의미가 있기 때문이지."

댄이 '정신적'이라고 말하는 걸 듣고 베스는 파란 눈을 크게 떴다. 그러나 고개를 끄덕이며 이렇게 말했을 뿐이다. "이 안에 나오는 몇몇 시들은 곡을 붙여 노래로 만들어도 될 만큼 아름다워."

댄은 웃으며 말했다. "나는 저녁이 되면 마지막 시에 제멋대로 곡을 붙여 노래를 부르곤 했어.

천상의 노래에 귀 기울이라.
그대의 맑은 눈동자로
순수한 생명의 빛을 보라.
행복한 그대, 아슬라우가의 기사여!

"나는 행복했어." 댄은 벽에 아른거리는 햇빛에 눈길을 주며 속삭이듯 말했다.

"지금의 오빠에게는 이 시가 더 잘 어울리겠는걸." 댄을 기쁘게 하려고 관심을 보이면서 베스는 부드러운 목소리로 읽기 시작했다.

어서 아물어라, 어서 아물어라, 용사의 상처여.
어서 강해져라, 오오 기사여!
명성과 생명을 위한
명예로운 싸움을
너무 오래 미루지 말라!

"나는 용사가 아닌 걸. 앞으로도 절대 될 수 없을 거야. '명성과 생명'도 나와는 별로 상관이 없고. 그냥 신문이나 읽어 줄래? 머리를 다쳐서 완전히 바보가 된 기분이야."

댄의 목소리는 상냥했다. 그러나 이제 그의 얼굴에는 빛이 사라지고 없었다. 그는 비단 쿠션에 가시가 꽉 차 있기라도 한 것처럼 불안하게 몸을 뒤척였다. 그의 기분이 달라진 것을 눈치챈 베스는 조용히 책을 내려놓고 신문을 집어 들었다. 그리고 무엇을 읽어주면 좋을지 생각하며 이리저리 기사들을 훑어 내렸다.

"오빠는 금융 쪽에는 관심이 없겠지. 음악도 그럴 거고…… 아, 살인사건이 있네. 이런 기사에는 흥미로워했잖아. 읽어줄까? 어떤 남자가……."

"안 돼!"

그 한 마디에 조는 가슴이 덜컥 내려앉았다. 거울에 비친 댄을 볼 용기조차 나지 않았다. 잠깐 뒤 거울을 보니 댄은 한 손으로 눈을 가린 채 꼼짝 않고 누워 있었다. 베스는 행복한 얼굴로 미술계 소식을 읽어주고 있었으나 댄의 귀에는 아무 소리도 들리지 않았다. 무언가 소중한 걸 훔친 기분이 들어 조는 슬며시 제 방으로 돌아왔다. 얼마 지나지 않아 베스가 와서 댄이 잠들었다고 말했다.

베스를 집으로 돌려보내 되도록 댄 곁에 오지 못하게 해야겠다는 생각이 들었다. 조는 붉게 타오르는 저녁놀을 바라보며 한 시간이나 서서 이 문제에 대해 골똘히 생각해 보았다. 옆방에서 소리가 들려 가보았더니 잠든 척하는 줄만 알았던 댄이 어느새 무거운 숨소리를 내며 주먹 쥔 손을 가슴에 올린 채 깊은 잠에 빠져 있었다. 여느 때보다 더 가엾게 느껴졌다. 조는 옆에 놓인 조그만 의자에 앉아 이 어려운 문제를 어떻게 풀어나가야 할지 고민했다. 그때 댄의 손이 미끄러지며 아래로 축 처지는 바람에 가슴에 걸려 있던 끈이 끊어지면서 가죽으로 만든 작은 지갑이 그만 바닥에 떨어지고 말았다.

조가 지갑을 주워들어도 댄은 깨어나지 않았다. 조는 가만히 지갑을 보면서 그 안에 어떤 아름다운 물건이 들어 있을까 떠올려 보았다. 그 지갑은 인디언이 만든 것으로, 지갑에 달려 있던 끈은 은은한 향기가 나는 연노랑색 풀을 촘촘히 엮은 것이었다.

"이제 더 이상은 가엾은 댄의 비밀을 들춰내지 말자. 끈을 다시 이어 놓고 내가 지갑을 봤다는 말은 하지 말아야겠어."

조가 조그만 지갑을 열고 해진 부분을 살피는데 종이 한 장이 무릎 위로 떨어졌다. 그것은 지갑에 들어갈 수 있도록 조그맣게 자른 사진으로, 아래쪽에 '나의 아슬라우가'라고 적혀 있었다. 순간 조는 자신의 사진일지도 모른다는 생각이 들었다. 남자아이들은 모두 그녀의 사진을 가지고 있었기 때문이다. 그런데 떨어진 얇은 종이는 즐거웠던 여름날 데미가 찍은 베스의 사진이었다. 더 이상 의심할 여지가 없었다. 한숨을 내쉬며 그녀는 사진을 지갑에 넣어 살짝 댄의 가슴에 올려놓으려 했다. 괜히 해진 지갑을 꿰매주거나 해서 자신이 사진을 보았다는 사실을 댄에게 들켜서는 안 된다고 생각했기 때문이다. 그러나 댄에게로 몸을 굽혔을 때, 그녀는 댄이 물끄러미 자신을 바라보고 있음을 알았다. 늘 변화무쌍하던 그의 얼굴이 지금까지 본 적 없는 야릇한 표정으로 변해 그녀는 놀라지 않을 수 없었다.

"네 손이 아래로 축 늘어졌어. 그때 이 지갑도 함께 떨어졌지. 그래서 다시 올려놓으려던 참이었어." 조는 장난치다 들킨 아이처럼 변명했다.

"사진, 보셨어요?"

"봤단다."

"아셨겠군요."

"그래, 댄. 그래서 너무 슬퍼……."

"제 걱정은 하지 마세요. 괜찮으니까. 어머니가 알게 돼서 다행이에요. 비록 알려드릴 생각은 없었지만요. 그냥 저 혼자만의 터무니없는 환상이에요. 제가 어떻게 할 수 있는 일은 아니지요. 어떻게 되리라 생각해본 적도 없어요. 그렇고말고요. 그 작은 천사는 그냥 모든 순박한 이들의 꿈일 뿐이에요."

그의 얼굴과 말투에서 담담한 체념의 빛이 보이자 조는 댄이 열렬한 사랑을 보여준 것보다 더 마음이 아팠다. 그녀는 연민 가득한 표정으로 이렇게 말할 수밖에 없었다.

"정말 괴로운 일이구나, 댄. 그렇지만 그렇게 생각할 수밖에 없겠지. 그걸 깨닫고 다른 사람들에게는 비밀로 하려는 거로구나. 너는 현명하고 용감한 사람이야."

"비밀을 지킬 것을 맹세해요! 말에도 표정에도 드러나지 않게 조심할게요. 이걸 아는 사람은 아무도 없어요. 누구에게도 폐가 되지 않는다면 제가 이런 마음을 품는다 하더라도 상관없지 않을까요? 그 무시무시한 곳에서 제가 온전히 정신을 유지할 수 있었던 건 바로 이 아름다운 환상 덕분이었으니까요."

댄의 얼굴이 화끈 달아올랐다. 그는 누구에게도 빼앗기지 않겠다는 듯, 그 낡고 조그만 지갑을 낚아채서 숨겼다. 조는 그에게 조언이나 위로를 하기에 앞서 모든 것을 알아야 한다고 생각하면서 조용히 말했다.

"잘 간수해 두렴. 그리고 너의 그 '환상'에 대해 전부 얘기해다오. 내가 이렇게 우연히 너의 비밀을 알게 된 이상 처음부터 전부 들어 보고 싶구나. 그래서 너의 마음을 조금이라도 가볍게 해주고 싶어."

"아마 웃으실 테지만, 그래도 상관없어요. 어머니는 늘 우리의 비밀을 알고 도와주셨으니까요. 아시다시피 저는 책 같은 건 그다지 좋아하지 않아요. 그런데 교도소에서 힘든 시간을 보내고 있을 때 저는 무언가 하지 않으면 미쳐버릴 것만 같았어요. 그래서 어머니가 주신 두 권의 책을 읽었지요. 하나는 저로서는 도저히 이해할 수 없는 책이었어요. 그 좋으신 목사님이 읽는 방법을 가르쳐 주기 전까지는요. 그리고 나머지 한 권, 바로 이 책은 저를 위로해줬어요. 이 책은 재미있었고 시처럼 아름답게 느껴졌어요. 이 안에 나오는 모든 이야기가 다 좋았지만 그 중에서도 〈신트람〉을 가장 즐겨 읽었어요. 그런 다음 〈아슬라우가의 기사〉를 읽게 되었는데, 이 이야기는 작년 여름처럼 행복했던 날들을 생각나게 해주었어요."

댄은 잠시 망설인 뒤 길게 한숨을 내쉬고 다시 이야기를 이어갔다. 한 소녀와 한 장의 사진과 한 편의 동화로 이어지는 어리석은 로맨스를 속속들이 드러내는 일은 너무나 괴로운 듯했다. 어둠에 싸인 교도소는 그에게 단테의 지옥과 비슷한 무서운 곳이었다. 그 안에서 댄은 그만의 베아트리체를 발견한 것이다.

"저는 잠을 이룰 수 없었어요. 그래서 생각할 뭔가가 필요했던 거죠. 저는 스스로를 폴코라 여기고, 벽에 비치는 석양이나 감시 램프, 새벽 여명 등에 아슬라우가의 빛나는 머릿결을 봤다고 상상하곤 했어요. 독방은 천장이 높았어요. 저는 하늘 한 조각을 볼 수 있었죠. 그 안에 별 하나가 보였는데 그것은 사람의 얼굴처럼 상냥해 보였어요. 저는 그 푸른 하늘 한 조각을 매우 소중하게 여겼고, 거기를 흰 구름이 흘러가는 모습을 볼 때면 이보다 더 아름다운 것은 없을 거라고 생각하곤 했어요. 정말 바보 같았던 거죠. 그런 것들과 그런 생각들이 저를 지탱할 수 있게 도와줬어요. 따라서 제게는 그 모든 게 매우 소중한 추억이에요. 결코 잊을 수 없는……. 금빛으로 반짝이는 머리와 하얀 드레스, 별 같은 눈동자, 사랑스럽고 우아한 몸짓, 그녀는 제게 하늘의 달처럼 높은 곳에 있는 존재예요. 그러니 제게서 빼앗아 가지 말아주세요. 오직 저의 환상일 뿐이니까요. 사람은 무언가를 사랑하지 않고는 살아갈 수 없어요. 저를 좋아하는 평범한 여자아이를 사랑하느니 저는 그녀 같은 요정을 사랑하는 편이 훨씬 나아요."

체념한 듯한 댄의 목소리가 조의 마음을 아프게 했다. 그러나 그 어디에도 희망은 없었고, 그녀도 희망적인 말을 해주지 않았다. 조는 댄의 말이 옳다고 생각했다. 이 불행한 사랑은 그가 앞으로 알게 될 다른 어떤 사랑보다 더 그를 고귀하고 순결하게 해줄 터였다. 늘 힘들기만 한 그의 삶에 도움이 아니라 방해가 될 여자들 말고는 지금 댄과 결혼하려는 여자가 별로 없을 것이다. 아버지—잘생기고 자유분방하고 위험하고 여러 여자들을 울렸으리라 생각되는—처럼 되느니 그는 차라리 혼자 묘지로 걸어 들어가는 편이 낫지 않을까.

"네 말이 옳아, 댄. 현실적으로 너를 행복하게 해줄 수 있는 사람을 만날 때까지 그 순결한 환상은 소중히 간직하는 게 좋겠어. 그것이 네게 힘이 되고 위로가 된다면 말이야. 나도 네게 희망을 주고 싶은 마음은 태산 같지만, 너도 알다시피 베스는 그 애 아버지의 보물이고 그 애 어머니의 자랑이니까. 아무리 완벽한 연인이 나타나도 그 부모 눈에는 딸의 상대로 부족하게 보일 거야. 그러니 그 아이는 높은 곳에 빛나는 별이라 여기고 그 애처럼 너도 천국이 있다는 걸 믿게 되었으면 좋겠어."

조는 그 이상 말을 잇지 않았다. 댄의 눈에 언뜻 비친 희미한 희망을 깨뜨리는 일이 너무나 가혹하게 느껴졌다. 그의 괴로웠던 과거와 쓸쓸할 미래를 생각하니 훈계를 할 수 없었다. 아마 이것이 그녀가 할 수 있는 최선이었을 것이다. 그녀의 따뜻한 배려에 댄은 위안을 얻고 금세 불가피한 상황을 받아들이는 것에 대해 이야기할 수 있었기 때문이다.

땅거미 속에서 두 사람은 오래도록 진지하게 이야기했다. 두 번째 비밀은 첫 번째 비밀보다 더욱 가깝게 이 둘을 이어준 듯했다. 여기에는 죄도 수치도 없었고, 오로지 그 어떤 악인도 성인으로 만들어줄 고통과 인내만 있었다. 종소리가 울리자 두 사람은 마침내 자리에서 일어났다. 어느새 석양도 사라지고, 겨울하늘에는 커다란 별 하나가 은빛 세계 위로 부드럽고 선명하게 빛나고 있었다. 커튼을 내리기 전에 조는 창가에 서서 밝은 목소리로 말했다.

"이리 와서 금성이 얼마나 아름다운지 보렴. 너는 금성을 좋아하잖아." 댄은 그녀 뒤에 섰다. 키가 크고 창백한 게 마치 유령 같았다. 조는 다정하게 말을 이었다. "댄, 그 예쁜 아가씨가 너를 받아주지 않더라도 이곳에는 늘 너의 오랜 친구가 있다는 걸 잊지 마라. 너를 사랑하고 믿으며 너를 위해 기도하는 오랜 친구가……."

이번에 조는 실망의 쓴맛을 보지 않았다. 이제껏 그녀를 괴롭혀온 수많은 근심걱정에 대해 무언가 보상을 바랐다면, 그녀는 지금 그걸 얻은 것이다. 댄은 두 팔로 그녀를 꼭 끌어안고, 이제까지의 그녀의 노력이 헛되지 않았음을 보여주는 듯 힘찬 목소리로 말했다.

"그걸 어떻게 잊겠어요? 절대 잊을 수 없을 거예요. 그분은 제 영혼을 구해주었고, 또 제가 하늘을 우러러보며 '하느님, 그녀를 축복하소서' 하고 말할 수 있게 해주셨는데요."

제22장 마지막 등장

"정말이지 화약고 안에 사는 것만 같네. 다음에는 뭐가 터질지 알 수가 없어." 다음날 조는 파르나소스로 무거운 발걸음을 옮기며 혼잣말을 했다. 젊은 간호사들 가운데 가장 매력적인 아가씨를 대리석 신상들이 있는 곳으로 돌려보내는 게 좋겠다고 여동생에게 말하러 가는 길이었다. 그러지 않으면 이미 상처 입은 우리의 영웅이 또다시 상처 입을지도 모르기 때문이었다. 그녀는 댄의 비밀에 대해서는 아무 말도 하지 않았다. 그저 한 마디 암시를 던지는 것으로 충분했다. 에이미는 자신의 딸을 값비싼 진주처럼 보호하고 있었기에 곧바로 그녀를 위험에서 벗어나게 할 간단한 방법을 생각해냈다. 댄에 관한 일로 워싱턴에 가기로 되어 있던 로리에게 가족 여행을 제안한 것이다. 로리가 이 제안을 기꺼이 받아들임으로써 음모는 마침내 성공했다. 조는 배신자가 된 듯한 기분으로 집에 돌아왔다. 그녀는 댄이 폭발할지도 모른다고 생각했다. 그러나 그는 그 소식을 차분하게 받아들였다. 누가 봐도 그가 희망 같은 걸 품고 있는 것처럼 느껴지지는 않았다. 에이미는 상상력이 풍부한 언니가 잘못 생각하고 있음이 틀림없다고 생각했다. 그러나 베스가 작별 인사를 하러 갔을 때 댄의 얼굴이 어땠는지 보았다면 에이미는 어머니로서, 아무것도 눈치채지 못한 딸보다 훨씬 많은 것을 발견했으리라. 조는 댄이 베스에게 마음을 들킬까봐 조마조마했다. 그러나 혹독한 곳에서 자제심을 기르는 훈련을 한 댄은 의연하게 그 슬픈 순간을 견뎌내려 애썼다. 그는 그녀의 두 손을 잡고 이렇게 말했을 뿐이다. "잘 가, 공주님. 앞으로 다시 만나지 못하더라도 가끔은 옛 친구인 댄을 기억해줘." 베스는 댄이 최근에 겪은 고난과 그의 애틋한 눈빛에 마음이 흔들려서 유난히 다정하게 대답했다. "당연하지. 우리 모두가 오빠를 얼마나 자랑스러워하고 있는데. 하느님이 오빠가 하는 일을 축복해주시고 또 오빠를 안전하게 집에 돌려보내 주시기를 빌 거야."

베스는 솔직한 애정과 석별의 정을 듬뿍 담아 댄을 올려다보았다. 잃어버린 모든 것이 너무나도 선명하게 눈앞에 되살아났기에 댄은 '사랑스런 금발 머리'를 두 손으로 잡고 키스하지 않을 수 없었다. 그는 "잘 가"라는 말을 채 끝맺지 못한 채 서둘러 방으로 들어가 버렸다. 그러자 마치 감옥으로 돌아간 듯한 느낌이 들었는데, 그곳에는 마음을 위로해줄 하늘 한 조각 보이지 않았다.

댄의 이러한 행동은 베스를 놀라게 했다. 소녀의 예민한 본능이 발동한 그녀는 지금의 키스는 이제까지와는 다른 무언가가 있다고 직감했다. 그녀는 얼굴을 붉히며 곤혹스런 눈빛으로 그의 뒷모습을 바라보았다. 조는 베스가 뭐라 질문을 하기에 앞서 먼저 대답했다.

"댄을 용서하렴, 베스. 댄은 큰 고통을 겪었단다. 그래서 옛 친구들과의 이별을 앞두고 마음이 약해진 거야. 저 애는 이제 미개척지로 떠날 테고 다시는 이곳으로 돌아오지 못할지도 모르잖니."

"낙반 사고로 목숨이 위험했던 일 말이에요?" 베스가 천진하게 물었다.

"아니, 그게 아니야. 더욱더 괴로운 일이란다. 자세히 말해줄 수는 없지만 댄이 그 일을 잘 이겨냈다는 것만은 말해두고 싶구나. 그러니 너도 이모처럼 댄을 믿고 존경해야 한단다."

"누군가 사랑하던 사람을 잃게 된 거로군요, 가여운 댄! 우리 모두 댄에게 다정하게 대해줘야겠어요."

베스는 자신이 찾은 답에 만족해서 더 이상 질문하지 않았다. 베스의 말이 너무도 정확해서 조는 고개를 끄덕여 보이고는 베스를 보냈다. 베스는 댄이 달라진 것은 사랑하는 사람을 잃은 슬픔 때문이며, 그렇기에 과거에 대해 이야기하고 싶어하지 않는다고 믿는 듯했다.

그런데 테디는 그리 쉽게 만족하지 않았다. 댄의 이상스레 과묵한 모습은 그를 실망시켰다. 어머니는 댄이 완전히 회복할 때까지 이것저것 캐물어서 시끄럽게 굴면 안 된다고 주의를 주었지만, 헤어질 날이 다가온다고 생각하니 댄의 모험담을 하나도 빼놓지 않고 듣고 싶어했다. 댄이 열에 들떠 한 말들로 미루어 볼 때 그 모험은 스릴 넘치는 것임에 틀림없었다. 그래서 어느 날, 주위에 사람이 없음을 확인한 테디는 환자를 위로해주는 역을 자처하고 나섰다. 그리고 이런 식으로 포문을 열었다

"내가 책을 읽어 주는 게 싫다면 형이 이야기를 해야 할 거야. 캔자스와 농장과 그 밖의 것들에 대해 자세히 이야기해 봐. 몬태나에서의 사업에 대한 이야기는 들었지만, 그 전에 무슨 일이 있었던 거지? 형도 잊어버린 거야? 기운을 차리고 얘기 좀 해 봐." 테디는 느닷없이 이렇게 말해서 깊은 생각에 잠겨 있던 댄을 놀라게 했다.

"아니, 잊어버린 게 아냐. 그 얘긴 나 말고 다른 사람에게는 재미없는 얘기야. 농장에는 가지 않았어. 농장 일은 포기했으니까."

"왜?"

"다른 할 일이 있었거든."

"무슨 일?"

"글쎄, 이를테면 칫솔 만드는 일 같은 것."

"놀리지 말고 사실을 말해줘."

"정말로 칫솔을 만들었어."

"뭘 위해서?"

"나쁜 짓을 하지 않기 위해서."

"흐음. 형이 한 기묘한 일들 중에서도 가장 기묘한 일인걸." 기대에 어긋나는 대답이 나오자 놀란 테디가 외쳤다. 그러나 이 정도로 물러설 마음은 없었다. 그래서 다시 묻기 시작했다.

"어떤 나쁜 짓 말이야, 댄?"

"애들은 몰라도 돼."

"하지만 알고 싶어. 너무너무 알고 싶다고. 나는 형의 단짝이고, 형이 너무 좋은걸. 옛날부터 그랬잖아. 그러니까 얘기해줘. 나는 모험담이 좋아. 아무에게도 알리고 싶지 않다면 절대 말하지 않을게."

"정말이니?" 댄은 테디가 진실을 알게 된다면 이 어린애 같은 얼굴이 어떻게 변할까 생각하며 그의 얼굴을 들여다보았다.

"맹세해도 좋아. 틀림없이 유쾌한 이야기일 거야. 너무 듣고 싶어서 몸이 근질근질하다고."

"너는 여자아이처럼 호기심이 많구나. 조시나 베스처럼 한 마디도 묻지 않은 여자아이들도 있는데 말야."

"그 애들은 싸움 이야기 같은 건 좋아하지 않아. 광산 사고나 영웅적인 행동에 대한 이야기는 좋아하지만. 물론 나도 좋아해. 그 이야기는 나도 몹시 좋아하는 이야기지만 그래도 형 눈을 보고 있으면 그보다 전에 무슨 일이 있었음을 알 수 있어. 나는 있잖아, 블레어와 메이슨이 누군지, 그리고 누가 맞았고 누가 도망쳤는지 그런 걸 자세하게 알고 싶어서 견딜 수 없다고."

"뭐라고!" 댄이 소리치자 테디는 깜짝 놀랐다.

"형은 자면서 그 사람들에 대한 이야기를 하곤 했어. 로리 이모부도 나도 이상하게 생각했지. 그렇지만 말하지 않아도 괜찮아. 생각나지 않거나 생각하고 싶지 않다면."

"그밖에 또 무슨 말을 했지? 사람이 정신을 잃으면 쓸데없는 말을 하게 되는군."

"내가 들은 건 그게 다야. 재미있을 것 같았어. 그래서 형 기억이 돌아올지도 모른다는 생각에 한번 말해본 거라고." 테디가 붙임성 있게 말했다. 댄이 얼굴을 찌푸렸기 때문이다.

테디의 말에 댄의 찌푸린 얼굴이 펴졌다. 테디가 조급증이 나서 안절부절 못하는 것을 본 댄은 동문서답식 말장난에 반쯤 진실을 섞어 이 소년을 즐겁게 해주기로 마음먹었다. 그러면 테디의 호기심도 가라앉을 테니까.

"음 그러니까, 블레어는 기차 안에서 만난 남자아이였고, 그리고 메이슨은…… 내가 입원했던 병원 같은 데 있던 불쌍한 남자였어. 블레어는 형제들에게로 도망갔어. 그리고 맞은 쪽은 메이슨일 거야. 거기에서 죽었으니까.

이제 됐어?"

"아니, 블레어는 왜 도망갔어? 그리고 메이슨을 때린 건 누구야? 틀림없이 어딘가에서 격투가 벌어졌을 거야. 그렇지?"

"응."

"나는 왜 싸웠는지 알 것 같아."

"이 녀석! 좋아, 네 생각을 들어보자. 재미있을 것 같으니." 댄은 느긋함을 가장하며 말했다.

생각한 대로 말해도 좋다는 허가를 받고 신이 난 테디는 이 미지의 사건에 대해 소년다운 해답을 전개해 보였다. 그는 어딘가에 있을 법한 얘기들을 이것저것 생각하고 있었던 것이다.

"혹시 내 말이 맞다고 해도 형이 말하지 않기로 맹세한 거라면 아무 말 하지 않아도 돼. 나는 형 얼굴 표정을 보면 알 수 있으니까. 그리고 아무한테도 절대로 말하지 않을 거니까. 자, 들어봐, 내 말이 맞는지 아닌지. 나는 그 지역에 물리적인 충돌이 자주 일어나서 형이 거기에 휘말린 적이 있었을 거라고 생각해. 우편수송차 강도나 케이케이케이단(KKK. 남북전쟁 뒤 흑인과 흑인 동조 세력을 적대시하는 극우 백인들이 미국 남부 여러 주에서 조직한 비밀결사) 같은 게 아니라, 개척지 주민들을 보호한다거나 불량배들을 잡아서 내쫓거나 뭣하면 두셋을 쏘아 죽인다거나 하는……. 남자한테는 정당방위로 그 정도의 행동을 해야 하는 경우도 생기니까 말이야. 아, 맞았다. 역시 그런 거였어. 형 눈빛을 보면 알 수 있어." 테디는 만족한 듯 껑충 뛰었다.

"머리가 좋네. 계속해 봐." 댄이 말했다. 댄은 테디가 쏟아내는 어림짐작들을 듣고 묘하게 홀가분함을 느꼈다. 그리고 개중에 몇 가지 옳은 추측에 대해서는 고개를 끄덕여 주고 싶은 것을 참았다. 그는 자신이 저지른 죄에 대해서는 고백해도 괜찮을 듯싶었다. 그러나 그에 이어지는 벌에 대해서는 말하고 싶지 않았다. 감옥 안에서의 그 불명예스러운 느낌이 지금도 그의 마음속에 강하게 남아 있었다.

"언제까지나 나를 속일 순 없을 거야, 형." 테디가 의기양양하게 굴기 시작하자 댄은 웃음이 나왔다.

"마음의 짐을 내려놓으면 편할 거야. 그렇지 않아? 그러니 안심하고 나한테 다 털어놓아 봐. 아무에게도 말하지 않겠다고 맹세한 거라면 또 다른 얘기지만."

"맹세했어."

"아, 그래? 그럼 말하지 마." 테디는 고개를 숙였다. 그러나 바로 고개를 들고 어른스런 표정으로 말했다. "그걸로 됐어. 이해해. 명예가 걸려 있다거나 죽을 때까지 침묵을 지켜야 한다거나 뭐 그런 거겠지. 형이 병원에 입원한 친구 곁을 지켜주었다니 기쁘네. 그런데 몇 사람이나 죽였어?"

"한 사람."

"나쁜 놈이겠지, 물론?"

"악당 중에서도 제일 질 나쁜 악당이지."

"그래? 그런 무서운 얼굴 안 해도 돼. 비난하는 게 아니니까. 나도 그런 잔인한 악당이라면 총을 쐈을 거야. 그래서 형은 어딘가에서 조용히 숨어 있어야 했다는 얘기네."

"꽤 오랫동안 조용히 숨어 있었어."

"결국 무사히 그곳을 나와 광산으로 가서 그 용감하기 짝이 없는 행동을 했다는 거구나. 정말 재미있고 멋진 이야기야. 다 알게 되어서 기뻐. 절대로 소문내지 않을게."

"부탁한다. 테디, 만약 네가 사람을 죽이게 된다면, 너는 그 일로 괴로워할까…… 물론 나쁜 녀석을 죽인다면 말이야."

소년은 입을 열고 "아니, 전혀"라고 말하려 했다. 그러나 댄의 얼굴에 어쩐지 그렇게 말할 수 없게 만드는 무언가가 있음을 보고 그는 하려던 대답을 하지 않았다. "글쎄, 그게 전쟁이나 정당방위 같은 거라면 괴로워하지 않겠지. 하지만 만약에 홧김에 때려서 그렇게 된 거라면 몹시 후회할 거야. 그 사람 영혼이 나타나서 괴로워하거나, 양심에 가책을 느낄지도 몰라. 형은 그런 거 아니지? 그건 정정당당한 싸움이었으니까. 그렇지?"

"응, 난 정당했어. 그래도 그런 일에 말려들지 않았더라면 좋았을 거야. 여자들은 우리처럼 생각하지 않을 테니까. 이런 이야기를 하면 겁먹은 표정을 지으니까. 그게 견디기 힘들어. 그러나 어떻든 상관없어."

"말하지 않으면 돼. 그러면 여자들은 아무 고민도 안 할 거야." 테디는 여자를 다루는 법을 매우 잘 알고 있는 사람처럼 고개를 끄덕이며 말했다.

"그럴 생각이야. 너도 너만 알고 있길 바란다. 여자들 중에는 엉뚱한 상상을 하는 사람도 있으니까. 자, 뭔가 읽고 싶으면 읽어줘도 돼." 두 사람의 대화는 그것으로 끝이 났다. 테디는 매우 기분이 좋아져서 그 뒤로는 계속 진지한 얼굴을 하고 있었다.

그 뒤를 이어 조용한 2, 3주가 흐르는 동안 댄은 출발이 늦어지는 것을 초조해하며 시간을 보냈다. 마침내 신임장이 준비되었다는 통지가 오자 댄은 한시라도 빨리 떠나고 싶어졌다. 힘든 일을 해서 덧없는 사랑을 잊으려 했던 것이다. 그리고 자신을 위해 살아갈 수 없다면 남을 위해 살아가려 했다.

어느 쌀쌀한 3월의 아침. 우리의 신트람은 말과 개를 이끌고 또다시 적에게 맞서기 위해 길을 떠났다. 하늘의 도우심과 사람의 온정이 없었더라면 그를 완전히 패배시켰을지도 모르는 적에게 또다시 맞서기 위해.

"아아! 인생이란 이별로 이루어진 것 같아. 그리고 나이를 먹을수록 이별이 힘들어지는 듯해." 1주일 뒤 어느 날 저녁, 조는 파르나소스의 기다란 응접실에 앉아 그렇게 말하고는 한숨을 쉬었다. 그곳에는 얼마 전 돌아온 여행자들을 맞이하기 위해 가족들이 모여 있었다.

"다시 만나는 일도 있어, 이렇게 우리들이 여기에 앉아 있는 것처럼. 내트도 드디어 돌아오는 중이고 말이야. 어머니가 늘 말씀하신 것처럼 밝은 면을 보고 즐겁게 지내는 게 좋아." 에이미가 말했다. 그녀는 양우리 주위를 어슬렁거리는 늑대가 없어진 것을 기뻐하고 있었다.

"요즘에는 정말 울적해서 나도 모르게 푸념을 하게 돼. 댄이 너희들을 한 번 더 만나지 못한 것에 대해 어떻게 생각할까. 물론 현명한 선택이었어. 그래도 그런 오지로 떠나기 전에 모두의 얼굴을 보고 갔더라면 좋았을 텐데." 조는 서운한 듯 말했다.

"그걸로 됐어. 우리는 편지와 그 애에게 필요한 물건들을 놔두고 그 애가 오기 전에 살며시 집을 나왔어. 베스는 마음이 놓인 듯했어. 나도 그렇고." 에이미는 그렇게 말하고는 걱정으로 주름진 하얀 이마를 쓰다듬었다. 그리고 사촌들 사이에서 행복한 듯 웃고 있는 딸을 바라보며 빙긋 웃었다.

조는 밝은 면을 찾아내기가 힘들다는 듯 고개를 흔들었다. 그러나 그녀는 푸념할 새가 없었다. 마침 그 때, 로리가 무언가 좋은 일이 생긴 듯 기분 좋은 얼굴을 하고 들어왔기 때문이다.

"새 그림이 도착했어요. 여러분, 잠시 음악실 쪽을 봐주세요. 그리고 여러분의 감상을 들려주세요. 저는 안데르센 동화에서 따온 '어느 바이올린 연주자'라는 제목을 붙여보았습니다. 여러분은 어떤 제목을 붙이시겠어요?"

그는 넓은 문을 활짝 열었다. 거기에는 생글생글 웃는 얼굴의 청년 하나가 바이올린을 손에 들고 서 있었다. 이 그림의 제목은 이미 정해져 있었다. "내트! 내트!"라는 외침과 함께 모두 벌떡 일어났다. 그러나 가장 먼저 그의 곁으로 달려간 사람은 데이지였다. 그녀는 평소의 차분함을 잃어버린 듯 내트에게 매달려 흐느껴 울었다. 너무나 뜻밖의 기쁨에 침착하게 행동할 수가 없었던 것이다. 눈물 젖은 따뜻한 포옹은 모든 것을 해결해 주었다. 메그가 얼른 데이지를 밀쳐내고 내트를 얼싸안았다. 데미는 형답게 내트의 손을 잡고 따뜻한 악수를 나누었고, 조시는 특기인 비극적 아리아를 부르며 맥베스에 나오는 세 마녀를 하나로 합친 듯한 모습으로 주위를 돌며 춤을 추었다.

"예전의 작은 새가 제2 바이올린이 되었습니다. 앞으로 제1 바이올린이 될 것입니다. 만세, 만세!"

모두 크게 웃었다. 곧 떠들썩하고 즐거운 분위기가 되었다. 언제나처럼 쏟아지는 질문과 대답이 이어지는 가운데 남자들은 내트의 금빛 턱수염과 외제 옷을 칭찬했고, 여자들은 그의 근사해진 외모에 감탄했다. 영국의 맛있는 고기와 맥주 덕에 내트의 얼굴에는 혈색이 돌았고, 그를 고국으로 보내준 바닷바람이 그의 얼굴에 생기를 더해주었던 것이다. 어른들은 내트의 촉망받는 장래를 기뻐해주었다. 모두가 그의 바이올린 연주를 듣고 싶어한 것은 말할 필요도 없으리라. 이야기에 지쳤을 즈음, 내트는 기꺼이 모두를 위해 비장의 솜씨를 발휘했다. 힘 있는 표현, 태연자약한 태도가 내성적인 내트를 다른 사람처럼 보이게 했으나 그보다도 대단한 것은 그의 음악적 진보가 가장 신랄한 평론가조차 혀를 내두르게 했다는 점이었다. 온갖 악기 가운데 가장 인간적인 악기인 바이올린이 아름다운 소리를 내는 동안 내트는 행복과 만족으로 가슴이 벅차오른 얼굴을 하고 그리운 사람들을 둘러보며 말했다.

"이번에는 아마 여러분도 알고 계실 곡을 연주해 드리려고 합니다. 여러분이 저만큼 이 노래를 좋아하지 않을지도 모르겠지만 말이에요." 내트는 그가 처음 플럼필드에 온 날 밤, 모두의 앞에서 연주했던 거리의 멜로디를 켜기 시작했다. 모두들 기억하고 있었다. 애조 띤 후렴 부분에 이르자 청중들은 바이올린 선율에 맞추어 노래하기 시작했다. 그것은 내트의 마음을 적절하게 표현해 주었다.

어느 곳 끝자락을 떠돌더라도
내 마음 서글프고 외로워
정다운 내 고향
가족들을 그리네.

"기분이 좀 나아졌어요." 노래가 끝나고 다 함께 언덕길을 내려오며 조가
말했다. "우리 아이들 가운데 성공하지 못한 아이도 있지만 내트는 성공할
것 같아요. 인내심 강한 데이지는 마침내 행복한 아가씨가 되었네요. 내트는
당신 작품이에요, 프리츠. 진심으로 축하해요."

"우리가 할 수 있는 일이라곤 그저 씨를 뿌리고서 그게 좋은 땅에 떨어졌
다고 믿는 것뿐이오. 씨는 내가 뿌렸는지 모르겠지만 새가 날아와 씨를 쪼아
먹지 못하도록 지켜 준 것은 당신이었소. 그리고 로리가 물을 듬뿍 주었지
요. 그러니 다 함께 그 결실을 거둬들이고 그것이 비록 적을지라도 기뻐하도
록 합시다."

"댄에 대해서는 씨가 돌밭에 떨어진 게 아닐까 생각했어요. 그렇지만 진
정한 인생의 의미를 생각할 때 앞으로 그 아이가 다른 아이들보다 성공적인
삶을 산다고 해도 나는 놀라지 않을 거예요. 한 사람의 죄인이 회개하는 것
이 많은 성인(聖人)이 나타나는 것보다 훨씬 기쁜 일이니까요." 조가 말했
다. 행복한 발걸음을 내딛는 흰 양의 무리를 눈앞에 두고서도 그녀의 마음은
한 마리의 검은 양에게 가 있었던 것이다.

이제까지 마치 집안의 역사를 기록하느라 지친 역사가로서는 이쯤에서 지
진이 일어나 플럼필드와 그 주변이 땅 속 깊이, 어떤 대단한 고고학자도 발
굴할 수 없을 만큼 아주 깊이 파묻혀 버렸다고 말하는 것으로 이 이야기를
끝내고 싶은 강렬한 유혹을 느낀다. 그러나 그런 상투적인 결말은 우리의 고
상한 독자들에게 충격을 줄지 모르니 그만두기로 하자. 그리고 마지막에 꼭
빠지지 않는 "그래서 다들 어떻게 되었나요?"라는 질문이 나오기 전에 모두
행복하게 잘 살았다고 알려두는 바이다. 남자아이들은 저마다 자신의 분야
에서 성공을 거두었으며 여자아이들도 마찬가지였다. 베스와 조시는 저마다
예술가로서의 삶을 살며 명예를 얻었고 시간이 흐르면서 자신에게 어울리는

반려자를 찾게 되었다. 낸은 바쁘게 지내며 활기차고 독립적인 여성이 되어 고통받는 여성들과 그 자녀들을 위해 평생을 바쳤다. 참다운 여성의 일에서 그녀는 언제까지나 계속될 행복을 찾아낸 것이다. 댄은 끝내 결혼하지 않았다. 그는 자신이 좋아하는 사람들 속에서 용감하고 가치 있는 삶을 살았는데 그들을 지키려다 총에 맞고 말았다. 그렇게 그는 금빛 머리카락 한 줌을 가슴에 안고 얼굴에 미소를 띤 채 그가 너무도 사랑했던 푸른 들판에 누워 영원히 잠들었다. 댄의 미소는 아슬라우가의 기사가 마지막 전투를 끝내고 마침내 안식을 얻었다고 말해주는 듯했다. 스투피는 시의원이 되었으나 어느 연회가 끝난 뒤 뇌졸중을 일으켜 갑작스럽게 세상을 떠났다. 돌리는 유명한 사교계 신사가 되었으나 결국에는 모든 재산을 탕진하고 고급 양복을 만드는 일을 하게 되었는데 그 일은 그의 적성에 딱 맞았다. 데미는 출판사의 공동 경영자가 되었고 로브는 로렌스 대학 교수가 되었다. 그러나 이들의 성공을 무색하게 한 사람은 테디였다. 그는 영향력 있고 유명한 목사가 되어 어머니를 깜짝 놀라게 했다. 많은 사람들이 결혼을 했고 몇몇은 죽기도 하고 또 성공을 거두기도 한 지금, 이즈음에서 음악을 끄고, 조명을 끄고, 마치 집안의 막을 영원히 내리기로 하자.

루이자 메이 올컷의 생애와 문학

열정적인 아버지 어머니

루이자 메이 올컷(Louisa May Alcott)은 1832년 11월 29일, 펜실베이니아주의 저먼타운에서 태어났다. 아버지 애모스 브론슨 올컷(Amos Bronson Alcott)은, 에머슨(R.W. Emerson)과 소로(Henry David Thoreau)와 함께 초월주의 철학자로 알려져 '미국의 페스탈로치'라 불렸으며 혁신적인 교육자이기도 했다. 학식이 풍부하고 다정하며 온화한 성품의 그에게는 뛰어난 친구들이 많았고, 가족들로부터는 존경을 받았다. 하지만 일정한 직업을 가진 적이 거의 없었고 끊임없이 이상만을 쫓았기에 늘 가난했으며, 그로 인해 가족들은 스무 번 넘게 이사를 다녀야 했다. 그에게는 가장으로서의 책임감, 현실감각과 생활능력이 치명적일 만큼 결여되어 있었다.

어머니 아비가일 메이(Abigail May)는 보스턴 명문가 출신으로 그 무렵 여성으로서는 보기 드물게 고등교육을 받았다. 그녀는 여성의 권리 확대, 노예제 반대, 사회혁신에 열정을 불태웠다. 그러면서도 가정에선 좋은 아내로서 남편이 꿈을 이루는 데 힘을 보탰고, 또 좋은 어머니로서 딸들을 이끌었다. 올컷에게 아버지가 지적 지도자였다면, 어머니는 무슨 이야기든 털어놓을 수 있는 든든한 심리적 지원자였다.

1830년 5월에 결혼한 브론슨과 아비가일은 첫째 안나(Anna), 둘째 루이자, 셋째 엘리자베스(Elizabeth), 넷째 메이(Abigail May)를 차례로 낳았으며 이들이 바로 《작은 아씨들》의 모델이 된다.

올컷의 유토피아

1840년 3월 끝무렵, 올컷의 가족들은 평소 알고 지내던 에머슨의 권유로 보스턴 교외의 아름다운 작은 마을, 콩코드에 정착했다. 거기에는 미국 르네상스 시기의 대표 문학자인 에머슨(R.W. Emerson)과 소로(Henry David

Thoreau)가 살고 있었고, 뒤에 작가 호손(Nathaniel Hawthorne) 또한 생활의 장으로 삼았다. 한창 성장기이던 올컷에게 에머슨의 서재는 좋은 독서실이었으며, 월든 호수가 있는 풍요로운 자연은 소로의 지도를 받는 교실이었다.

이상적인 공동생활을 꿈꾸던 브론슨은 1843년 6월, 영국인 사회혁명가 찰스 레인(Charles Lane)과 함께 매사추세츠 주 하버드에 '과일의 고장(Fruitlands)'이라는 이름의 유토피아를 실현하려 했다. 그러나 금주 금욕을 비롯해 자연과 공생하는 생활 형태는 오래 지속되기에는 무리였다. 결실을 보기도 전에 동료들은 잇따라 떠나갔고, 이듬해 1월에 브론슨도 아내의 간절한 바람으로 그 낙원을 떠났다. 올컷은 그때의 체험을 기초로 《초월적인 귀리 Transcendental Wild Oats》(1873)라는 단편소설을 썼는데, 새로운 에덴동산이 여성과 아이들의 희생으로 이루어진 남성의 낙원임을 야유하는 시선이었다.

창작에 대한 열정

콩코드로 돌아온 올컷의 가족들은 1845년 1월에 외할아버지의 유산과 에머슨의 도움으로 집 한 채를 구입하여 '힐사이드(Hillside)'라 이름짓고 살게 된다. 이 집에서 지내는 몇 년 동안 처음으로 평온한 생활이 이어졌다. 이웃 사람들은 올컷에 대해 말괄량이이고 '기묘한' 아이라며 수군댔다. 그녀는 학교에 다니면서 책읽기와 글쓰기에 힘썼고, 언니 안나와 연극 흉내를 내며 놀곤 했다. 이 집이 《작은 아씨들》의 무대가 되고 네 자매가 애독한 영국작가 존 버니언의 《천로역정》 순찰 놀이를 했던 곳이다.

아버지 대신 일하는 어머니를 보고 자란 올컷은 집안일을 도우면서 바느질을 했으며 가정교사로 여러 아이들을 가르쳤다. 이때 모습은 《작은 아씨들》에 자세하게 그려져 있다. 앞으로 자신이 집안의 가장으로서 부모와 자매를 보살피기로 결심한 것도 이 무렵이었다.

교양 있는 가정환경에서 자란 올컷이 문학창작에 대한 정열을 불태운 것은 매우 자연스런 일이다. 이미 여덟 살 때 〈봄의 첫 울새(To the First Robin)〉라는 2연 8행의 첫 시 작품을 쓴 그녀는 어머니에게서 칭찬과 격려를 받았다. "머지않아 너는 셰익스피어처럼 되겠구나."

처음 손에 넣은 원고료

10대 후반이 지나면서 올컷은 시와 동화, 대중적인 소설과 희극을 썼으며 직접 연기도 해보았다. 그녀의 꿈은 배우나 작가가 되는 것이었다. 열여섯 살 때, 에머슨의 딸 엘렌을 위해 우화집 《꽃의 우화 *Flower Fables*》를 썼다.

1848년 11월에는 집안이 너무 궁핍한 나머지 일을 구해 보스턴으로 이사했다. 거기서 그녀는 가정교사와 재봉사 등의 일을 하면서 틈이 나는 대로 신문과 잡지에 시와 대중소설을 투고했다. 조숙했던 그녀는 열일곱 살 이른 나이부터 감상소설과 고딕소설의

루이자 메이 올컷(1832~1888)

요소를 섞은 장편소설 《유산상속 *The Inheritance*》을 썼다. 이 원고가 발견되어 책으로 간행된 것은 1997년의 일이다. 잡지에 처음으로 게재된 시는 〈일광(Sunlight)〉(1851)이었고 플로라 페어필드(Flora Fairfield)라는 필명을 사용했다. 그 뒤로 그녀가 어린이들을 대상으로 글을 쓸 때에는 이 필명을 애용했다. 잡지에 실린 최초의 단편은 《연적의 화가들 *The Rival Painters* : *A tale of Rome*》(1852)이었다. 이때 올컷은 생애 처음으로 원고료 5달러를 손에 넣었다.

가족의 생계를 위해 바쁘게 일을 하는 한편으로 창작에 몰두하는 이중생활이 올컷의 일상이었다. 이것은 《작은 아씨들》의 주인공 조가 혼자 다락방에 틀어박혀 창작에 열중하는 모습에 반영되어 있다. 현실을 잊고 오로지 창작에 몰두할 때, 조는 이야기 세계의 '소용돌이로 빨려 들어가는' 것이다. 그 다락방은 창작의 혼이 깃든 공간인 동시에 일로 지친 몸의 피로를 풀어주는 자신만의 방이기도 했다. 올컷은 1855년 4월 일기에 이렇게 썼다. '나는 원고가 널브러져 있고 사과가 산더미처럼 쌓여 있는 다락방에서 일기를 쓰

고, 집필 계획을 세우고, 지붕으로 떨어지는 빗소리에 마음이 들떴다.'

1854년 12월에 처음으로 단행본 《꽃의 우화》가 출판되었다. 이듬해 말에 올컷은 보스턴에서 혼자 지내면서 재봉사 등의 일을 계속했으며, 단편작품과 시를 발표했다. 작가가 되겠다는 자신감이 생긴 것은 자기애가 진짜 사랑으로 바뀌는 과정을 그린 단편 《사랑과 자기애 Love and Self—Love》가 1860년에 일류 문예잡지 〈애틀랜틱 먼슬리(Atlantic Montly)〉에 게재되어 50달러의 원고료를 손에 넣었을 때이다. 그러고 나서 몇 달 뒤에 자매를 위해 자신을 희생하는 젊은 여성을 그린 단편 《현대의 신데렐라 A Modern Cinderella》가 같은 잡지에 실렸다. 이 이야기는 《작은 아씨들》을 예고하듯 자매의 모습을 그린 내용이었다.

가족을 뒤덮은 그림자

1857년부터 올컷은 언니 안나와 함께 연극 그룹에서 활동했으며, 콩코드에서 구입하여 '오처드 하우스(Orchard house)'라 이름 붙인 집에서 다시 가족이 모여 생활하게 되었다. 언니의 결혼 등 행복한 일들도 있었지만, 동생엘리자베스가 성홍열을 앓게 되고 2년 가까이 투병생활을 한 끝에 스물세번째 생일을 얼마 앞두고 세상을 떠났다. 그리고 어머니 아비가일마저 건강이 나빠지게 된다. 올컷의 창작 활동은 비교적 순조로웠으나 가정에서의 걱정은 날로 깊어갔다.

그즈음 미국 사회는 경제 마찰과 노예제도 폐지를 둘러싼 남북의 대립이 깊어져 나라가 둘로 나뉘어 남북전쟁(1861~65)에 돌입했다. 1862년 12월 올컷은 북군의 간호병으로 지원하고 조지타운에 있는 육군병원에서 근무했다. 그렇지만 불과 몇 주일 뒤에 그녀는 장티푸스로 쓰러졌고, 콩코드로 돌아와 한동안 생사를 헤맸다. 다행히 병은 나았지만 수은이 함유된 치료약 때문에 수은 중독에 걸려 그 뒤로 평생 병을 가지고 살게 된다.

그녀는 간호사로 체험한 일을 적은 수필을 주간지에 연재한 뒤, 《병원 스케치 Hospital Sketches》(1863)라는 제목으로 출간해 주목을 받았다. 같은 해 12월에 결점을 가진 요정 자매가 시련을 겪으면서 성장하는 이야기를 그린 《로즈 일가 The Rose Family: A Fairy Tale》가 출판되었다. 그 이야기 전개와 가족관계는 뒤에 쓰인 《작은 아씨들》의 원형이라고 할 수 있다.

오처드 하우스 콩코드에 위치한 올컷 가족의 집. 과일나무가 많아 '과수원집'이라는 뜻으로 이름을 붙였다. 올컷 가족은 이곳에서 20년쯤 안정된 생활을 했다.

감춰진 세월에서

1860년대 초기부터 1870년 즈음 올컷은 주로 A.M. 버나드라는, 성별이 쉽게 짐작되지 않는 필명 또는 익명으로 통속소설 전문 신문에 유혈과 폭력, 질투와 복수, 사랑과 책략 등을 주제로 하는 선정적인 소설 30여 편을 실었다. 1863년 1월에 발표한 《폴린의 격정과 벌 *Pauline's passion and punishment*》은 이런 종류의 작품이며, 자신을 배신한 남성을 죽음으로 몰아 여성이 악마가 되어가는 이야기이다. 또 연기, 거짓말, 변장을 교묘하게 활용해 귀족 부인의 자리를 차지하는 고독한 마성의 여인, 진 무어의 계층 상승 욕구를 그린 《가면 뒤에서, 또는 여자의 능력 *Behind a Mask, or A Woman's Power*》 등 많은 이야기는 엑조티시즘 넘치는 외국을 무대로 성차별과 사회적 제약 때문에 억압된 감정을 터뜨리고 싶어 하는 여성을 주인공으로 한 소설이다.

올컷이 이런 이야기를 쓰게 된 배경은 물론 높은 원고료였으리라 짐작되지만, 한편으로는 어릴 때부터 엄격하고 가족에게 헌신적이었던 그녀에게 있어 다락방에 숨겨두고 쌓아둔 격한 감정들을 소설 속에 담아 해방하고자 하는 의도도 있었을 것이다. 그녀는 19세기 전반 유행한 고독소설, 화려하고 고독한 여인이 신데렐라처럼 변하는 모습을 그린 가정소설 등 그 시절 유행한 문학작품들을 잘 활용했다. 그리고 남성을 파멸로 이끄는 마성의 여인을 창조해 냈으며, 억압된 여성의 자립을 주제로 치밀한 전개를 펼쳐서 작가로서의 능력을 최대한으로 발휘했다.

《작은 아씨들》 탄생

아이들을 대상으로 한 작품과 선정소설을 써오던 올컷은 1867년, 아동문학에 발을 들여놓기 시작했다. 1867년 10월에 그녀는 아동잡지 〈메리스 뮤지엄(Merry's Museum)〉의 편집자가 된다. 같은 해 9월에 출판사 편집자인 토마스 나일즈에게 소녀소설 의뢰를 받은 것이 커다란 계기가 되었다. 처음 그녀는 '써보겠다'고만 해놓고 전혀 글을 쓸 마음이 들지 않았다. 하지만 다음 해 5월 또 한 번 의뢰를 받고부터 자신의 자매들을 모델로 글을 쓰겠다는 결심을 했고 작품 제목도 바로 정했다. 아버지가 딸들을 부르는 말, '작은 아씨들(Little women)'이었다.

작품은 순조롭게 진행되어 7월 중순 탈고할 수 있었다. 한 달 뒤, 교정본을 받아 읽어본 그녀는 일기에 이런 말을 남겼다. '의외로 좋은 작품이다. 대부분의 이야기는 우리 자매들의 실제 생활에서 따왔기 때문에 돌풍을 일으킬 만한 요소는 전혀 없지만, 가식 없는 진실미가 있다.'

《작은 아씨들》 1부는 1868년 10월 1일에 간행되었다. 보스턴에 있는 로버츠 브라더스사(社)에서 초판 2000부가 정가 1달러 50센트로 출판되었고 여동생 메이가 그린 삽화 네 장이 들어 있었다. 이야기는 올컷 가족과 자매를 모델로 하고 있으며, 작가의 분신이라 할 수 있는 '조'를 주인공으로 '마치 집안' 네 자매의 성장을 그리고 있다. 또한 남북전쟁이 남긴 마음의 상처를 치유해 주는 이상적인 가족의 모습을 그려냈다는 점에서 크게 평가받아 작품은 대성공을 거두었다.

예상을 뛰어넘은 판매량과 호평에 용기를 얻은 올컷은 '하루에 한 장(章)을 써서 한 달 안에 완성하겠다'는 목표를 세우고는, 3년 뒤 자매들의 모습

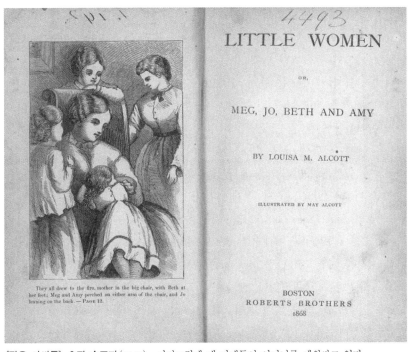

《작은 아씨들》초판 속표지(1868) 머리그림에 네 자매들이 어머니를 에워싸고 있다.

을 그린 속편을 쓰기 시작했다. 속편 제목으로 생각했던 것은 '젊은 아씨들'
이었다. '결혼만이 여자 인생의 최종목표는 아니다', '조는 작가가 되기를 꿈
꾸는 독신 여성으로 남아야 한다'고 생각했던 올컷은 2부를 조의 결혼으로
마무리할 생각은 없었다. 하지만 조와 로리의 결혼을 바라는 많은 독자들의
목소리는 그녀를 타협으로 몰고 갔다. 다만 조의 결혼 상대가 아버지뻘인 베
어 선생이었다는 설정이 그녀가 보여준 최대의 저항이 아니었을까 싶다.

1869년 4월 14일, 젊은 나이에 죽은 베스를 제외한 '작은 아씨들'이 어른으
로 성장하고 새로운 가정을 만들어 나가는 기쁨을 그린 '속 작은 아씨들' 영국
판은 《좋은 부인들 *Good Wive*》이라는 제목으로 간행되었다. 2부가 출판된 뒤
그녀의 인기는 더욱 치솟았고, 확고부동한 아동문학작가로 자리잡았다.

베스트셀러 작가 올컷

1870년대 올컷은 전성기를 맞는다. 1870년 3월, 도시의 떠들썩함에 몸을

맡긴 순진한 소녀 폴리의 성장과 자립을 그린 《올드 패션 걸 *An Old Fashioned Girl*》이 출판되었다. 이 작품이 출판되고 그녀는 화가를 꿈꾸는 여동생 메이와 함께 1년 남짓 유럽 여행을 떠났다. 하지만 여행을 하던 중 언니 안나의 남편 부고를 듣게 되었고, 그녀는 그 뒤 '작은 아씨들, 세 번째 이야기' 집필을 시작했다. 결혼 뒤 조가 플럼필드에 세운 기숙학교를 무대로 자기 아이들은 물론 많은 소년들의 성장을 뒷받침해 주는 이야기인데, 처음 제목은 《작은 신사들 *Little Men*》(1871)이었다.

귀국한 올컷은 류머티즘 등의 건강 악화로 괴로워하면서도 유명한 아동잡지 〈성 니콜라스〉에 신작을 연재했다. 고아 소녀 로즈의 변화와 성장을 그린 《8명의 사촌 *Eight Cousins*》, 서커스 소년과 아버지와의 새로운 관계를 이야기하는 《라일락꽃 아래서 *Under the Lilacs*》(1878), 콩코드에서의 어린 시절 정경을 그린 《잭과 질 *Jack and Jill*》(1880) 등, 잡지에 연재했던 작품들이 단행본으로 출판되었다. 이 밖에도 적령기를 맞이한 로즈와 사촌들이 사랑하는 사람을 만나 맺어지는 《꽃다운 때의 로즈 *Rose in Bloom*》(1876), 단편집 《조 아주머니의 잡동사니 가방 *Aunt Jo's Scrap-Bag*》(1872~82) 등이 있다.

올컷의 소설들은 잡지에 연재되었던 작품들이기에 일화 형식으로 쓰여 있으며, 독자를 끌어당기는 드라마틱한 전개방식을 갖고 있다. 또 주인공들에게서는 어딘지 위화감을 안고 세상을 살아갔던 올컷 자신의 모습이 엿보인다. 상당히 자전적 색채가 짙은 작품이라 말할 수 있다.

새로운 여성상의 창조

올컷은 아동문학이라는 제약에 묶여 있으면서도 부권제사회가 만들어 낸 '여자다움'의 범주에서 벗어날 위험성을 띠고 있던 소녀 조, 의사로 자립하고자 했던 '작은 아씨들 네 번째 이야기'—처음 제목은 《조의 소년들 *Jo's Boys*》(1886)에 나오는 말괄량이 소녀 낸 같은 '독특하고 유별난' 소녀를 그려냈다. 그런 올컷이 같은 주제로 어른 여성을 주인공으로 하기 위해서는 A. M. 버나드라는 가면이 필요했다. 하지만 유명 작가의 반열에 올라선 뒤로는 당당하게 본명으로 독자들을 향해 여성의 삶의 방식과 자립을 묻는 소설을 발표할 수 있게 되었다. 삼각관계에 휘말린 젊은 여성을 주인공으로 하는

《변덕 *Moods*》(1864)과 한 여성의 성장과정을 그린 자전적 소설《일 *Work*: *A Story of Experience*》(1873)이 바로 그것이다. 새로운 삶을 모색하는 고독한 여성을 주인공으로 하는 이 두 작품은 시대를 앞서 1860년대 초기에 쓰였다는 점에서 의미가 깊다.

《변덕》의 주인공 실버, 특히 《일》의 주인공 크리스티는 외롭지만 사회적 제약에서 자유로운 환경에 있다는 사실을 위안으로 삼는다. 경제적으로나 지적으로나 자립하고 싶다는 정열로 성적인 차별의 벽을 뛰어넘고자 계속해서 '일'을 바꿔보지만, 여성으로서의 '새로운 독립선언'을 이루지 못하고 이야기는 끝이 난다. 나이와 피부색, 빈부차를 뛰어넘어 크리스티 같은 여성들은 하루빨리 여성을 가두는 낡은 관습을 끝낼 것을 맹세하며 손을 잡는다. '사랑해야 할 자매연대'를 그린 《일》의 이 마지막 장면은 '새로운 여성'들의 탄생을 시사하고 있다.

아버지 죽음 이틀 뒤 눈감다

1877년 11월 어머니 아비가일이 죽은 뒤부터 올컷은 계속 쇠약해졌고, 1879년에 죽은 동생 메이의 딸 루루 양육에 전념하며 지내게 되었다. 작품 활동에서도 예전만큼의 기세는 찾아보기 어려웠다. 하지만 1880년 《잭과 질》을 출판했고, 1882년에는 《변덕》 개정판을 출간했으며, 1886년에는 《조의 소년들》을 7년 만에 완성하여 간행할 수 있었다. 이 마지막 역작은 플럼필드 학교를 졸업한 아이들의 뒷이야기를 그리고 있다.

1888년 3월 1일, 몸 상태가 좋지 않았던 올컷은 죽음이 임박한 아버지를 뵙고 집으로 돌아온 뒤 곧바로 의식을 잃었다. 그녀는 아버지가 4일에 돌아가셨다는 사실도 모르는 채, 이틀 뒤인 3월 6일에 숨을 거둔다. 쉰다섯 살이었던 그녀는 그때까지도 독신인 채였다. 같은 날 두 사람의 합동장례식이 이루어져, 콩코드 슬리피 할로우 묘지에 묻혔다.

그녀의 아버지는 마지막 순간 하늘을 가리키며 이렇게 말했다고 한다. "저곳으로 함께 가자꾸나." 그녀는 대답했다. "저도 그렇게 하고 싶어요." 이것이 사랑하는 아버지와 나눈 마지막 대화였다.

올컷이 죽은 뒤, 한 잡지에 개재된 회상록 《어린 시절의 추억》(1888)에서 자기 생일이 콜럼버스와 같다고 착각한 그녀는 '나는 이 수호성인의 모험심을 이어받았고, 가출하는 것이 어린 시절의 즐거움이었다'고 했다. 글을 쓰는 것이 삶의 전부였던 올컷의 인생을 되돌아볼 때 '모험심'과 '가출'은 정열적이었던 올컷의 생애를 요약해 주는 말이 아닐까 싶다.

《작은 아씨들》 가족 이야기에서 여성 이야기로

이상적인 가족의 모습, '조'라는 개성적인 소녀를 그린 걸작 《작은 아씨들》은 미국 아동문학에 처음으로 교훈을 담아내 현실적인 아이들을 등장시킨 작품으로 높은 평가를 받아왔다. 그런데 1943년 4월, 자칭 '문학탐정' 마들렌 B. 스턴이라는 연구자와 친구 레오나 로젠버그가 정리되지 않은 일기와 편지 등에서 《가면 뒤에서》의 작가 올컷을 발견했던 그날을 경계로 '난로와 가정의 따뜻함'을 전하는 '아이들의 친구' 올컷의 모습은 크게 바뀌기 시작했다. 《가면 뒤에서》와 관련된 여러 작품들이 알려진 1870년대부터 그녀는 사회적 가치관을 파괴·전복하는 요소와 여성의 새로운 삶의 방식으로 다시 주목받았다. 그녀의 작품들을 페미니스트 소설로서 다시 읽으려는 움직임이 일어났고, 이와 더불어 《작은 아씨들》은 아동문학의 틀에서 벗어나 미국문학 고전으로 재평가되기 시작했다. 이러한 평가와 독자들의 반응이 어떻게 변화해 왔는지 간략하게 살펴보자.

《작은 아씨들》 1부가 출판되었을 때, 독자들의 반응이나 서평은 호의적이었다. 유명 잡지들은 '나이 많은 사람들도 즐겁게 읽을 수 있을 것이다', '네 자매의 생활을 그림처럼 담아냈다'며 절찬했고, '평범한 일상생활을 다루면서도 결코 지루하게 이끌어 가지 않았다'며 감탄했다. 2부에도 많은 찬사가 이어졌다. 한 잡지는 '작품 내용은 자연스러우면서도 아동문학에 만연해 있는 가식적인 감상에서 벗어나 있다'고 했으며, '많은 독자들이 이 건강하고 행복한 가족 이야기를 읽고 가정과 행복에 대해 더 많이 생각해 볼 수 있기를 기대한다'는 서평도 있었다.

올컷문학 비평 열기

1970년대 들어서면서부터 신문 잡지 등에서 발굴된 올컷의 선정소설 등이 복간되었다. 이는 올컷 재평가에 불을 붙이는 계기가 되었다. 1975년 《가면 뒤 어둠에서―루이자저(著) 메이 올컷의 알려지지 않은 스릴러 소설》, 다음

해 《계략과 역산—
루이자 메이 올컷
의 더욱 알려지지
않은 스릴러 소설》
이 간행되었다. 이
렇게 지금까지 발
견된 34편에서 29
편을 집대성한 책
이 《가면을 벗은
루이자 메이 올
컷—스릴러 소설
전집》(1995년) 이
다. 같은 해에는
1866년 잡지 연재
를 생각하고 썼지
만 사회적으로 너
무 큰 파장을 일으
킬 수도 있다고 하
여 연재되지 못한
채 묻혀버린 장편

《작은 아씨들》의 삽화
마치가의 네 자매(매그·조·베스·에이미). JW. 윌콕스 스미스 그림.

《사랑의 끝 이야기 *A Long Fatal Love Chase*》가 간행되어 화제를 모으기도
했다.

올컷을 재발견하자는 운동에 영향을 받아 페미니스트적 관점에서 《작은
아씨들》을 자세하게 읽고 새로운 관점에서 보자는 활동이 활발하게 펼쳐진
결과, 올컷은 미국 여성 문학을 대표하는 작가로서 남성 중심이던 미국 문학
사, 미국 역사에 있어서 중요한 위치를 차지하게 되었다. 아우어바흐(Erich
Auerbach)는 《여성들의 공동체》에서 《작은 아씨들》을 자립한 공동체 여성 소
설이라 평했으며, 《여성 소설》을 쓴 니나 베임(Nina Baym)은 올컷이 소녀소
설을 써서 위대한 여성문학으로 가는 문이 닫혔다고 아쉬워했다. 이런 비평
들은 모두 올컷 재평가에 박차를 가해 《작은 아씨들》을 아이들이 읽는 소설

에서 탈출시켰다. 올컷에 대한 전기나 연구서도 계속 출간되었다.

《작은 아씨들》을 애독한 세계적 작가들

하이킹이나 곰 사냥을 즐겼던 제26대 미국 대통령 시어도어 루스벨트 (Theodore Roosevelt)에게는 뜻밖의 모습이 감추어져 있었다. "커피란 녀석 은 마지막 한 방울이 제 맛이지"라던 미식가로서의 모습을 말하는 것은 아 니다. 놀랍게도 그는 올컷의 작품과 같은 청춘소설을 즐겨 읽었던 모양이다. 루스벨트는 "남자답지 못하다는 것은 잘 알지만, 나는 《작은 신사들》《작은 아씨들》《사랑스런 폴리》를 정말 좋아하며, 가정소설을 매우 좋아한다" 고백 했다.

《작은 아씨들》을 읽었다고 말하거나 좋아한다고 말하기는 남자들로서는 멋쩍을 수도 있다. 그에 비해 여성 작가들은 《작은 아씨들》에 대해 공감이 담긴 감동적인 말들을 남겼다. 거트루드 스타인(Gertrude Stein)이나 에이드 리언 리치(Adrienne Rich)와 같은 저명한 미국 여성 작가들은 올컷에게 열렬 한 찬사를 바쳤고, 현대 미국 여성 작가인 신시어 오지크(Cynthia Ozick) 또 한 "《작은 아씨들》을 천 번은 읽었다. 어쩌면 만 번을 읽었을지도 모른다"고 했다. 영어덜트(young adult) 소설을 쓴 이사벨라 홀랜드(Isabelle Holland) 는 "이 책 어디에 어떤 문장이 나왔는지 외우고 있을 만큼 되풀이해서 읽었 다" 했고, 《게드 전기》의 작가 어슐러 K. 르 귄(Ursula K. Le Guin)도 "조 마치는 어린 나에게 큰 영향을 끼쳤다. 다른 많은 소녀들에게도 영향을 미쳤 다. ……조는 나에게 자매와 같은 존재다" 이야기하고 있다.

《제 2의 성》으로 많은 여성들을 감동케 했던, 프랑스 소설가 시몬 드 보부 아르(Simone de Beauvoir)는 자서전인 《처녀시절》에 "나는 지적인 사람인 조와 하나가 되었다. ……조는 나보다 더 왈가닥에 대담한 여성이지만, 재 봉이나 집안일을 싫어하며 책을 매우 좋아한다는 점은 나와 같다"고 썼다.

한국의 《토지》 작가 박경리 또한 여고시절 올컷 《작은 아씨들》 애독자였다 고 한다.

그리고 《해리포터》 시리즈로 폭발적인 인기를 얻은 J. K. 롤링(J. K. Rowling)을 소개하겠다. 그녀는 여덟 살에 처음 《작은 아씨들》을 읽고 조라 는 인물에 홀딱 반해버렸다. 《해리포터》 시리즈는 고금의 문학작품을 밑바탕

영화 〈작은 아씨들〉 선전 포스터 (1949)

에 깔고 있는데, 어쩌면《작은 아씨들》도 밑거름이 되었을지 모른다. 해리가 다니는 호그와트 마법학교라는 '가정', 힘을 모아 시련을 극복하는 형제자매 같은 동료들. 키워드는 동료와 연대와 도전, 그리고 가족이다. 이 모든 말들에는 가슴 따뜻한 추억이 느껴진다. 여기서는 저명한 정치가와 작가들의 이야기를 들어 이야기했지만, 많은 소녀들과 한때 소녀였던 여인들은《작은 아씨들》에서 무엇을 배우고 느꼈을까. 그리고 이제부터 처음 이 책은 손에 잡는 어린 독자, 미래의 작가들과는 어떤 만남이 기다리고 있을까.

삶을 사랑하는 문학의 매력

이 작품은 남북전쟁 끝나고 바로 쓰였고, 이때는 소비문화가 시작되어 물질적 욕망이 커져가고 있었다. 이민이 늘어나고 빈부 격차라는 문제가 심각해졌다. 변화의 시대, 자아의 확립과 권리를 주장하는 시대였다.《작은 아씨들》을 읽으면 작가 올컷이 얼마나 예민하게 그 시절을 느끼고 자연스러운 방법으로 작품에 나타내고 있는가를 알 수 있다. 이 작품이 단순히 어린아이를 대상으로 한 무해하고 낭만적인 결혼 이야기가 아니라는 것이다. 또 시대를 단순히 반영한 거울도 아니다. 변화하는 시대를 바라보며 문제를 정확히 파악하고 경종을 울리고 있다.

남북전쟁에 목사로 참전한 아버지가 집을 비운 1년 동안 어머니와 네 자매가 서로 도우며 살아가는 이야기, 같은 민족끼리 서로 상처 입히는 전쟁을 비판하는 이야기, 여성의 힘을 담은 이야기 등이 다양한 매력을 더해 준다. 《작은 아씨들》은 참으로 여러 관점에서 읽을 수 있는, 또 그렇게 읽히는 소설이다. 미국 농부의 딸이 훌륭한 여성으로 커가는 이야기로 읽을 수도 있고, 유대인이 이민으로 미국이란 세계와 동화되어 가는 이야기로 읽을 수도 있다.

하나의 시대와 문화 속에서 살아온 작가가 만들어 낸 작품이기 때문에 다른 시대와 문화 속에 사는 독자가 저마다의 상황에 맞추어 읽을 수 있으리라. 이것이 바로 《작은 아씨들》이 시간과 공간을 초월해 사랑을 받고 있는 이유이며, 여기에는 여러 문화적 자극을 흡수하며 인생을 살아간 한 여성이 다음 세대에게 전하고자 했던 삶의 진실이 살아 숨쉬고 있다.

루이자 메이 올컷 연보

1831년	3월 16일 올컷 큰언니 안나 태어나다.
1832년	11월 29일 차녀 루이자 태어나다.
1834년 (2세)	아버지가 보스턴에서 템플스쿨 개교.
1835년 (3세)	6월 24일 셋째 엘리자베스 태어나다.
1836년 (4세)	아버지가 '초월주의클럽' 결성.
1839년 (7세)	템플스쿨 폐교.
1840년 (8세)	콩코드로 이사를 가고, 7월 26일 넷째 메이 태어나다.
1842년 (10세)	아버지가 영국으로 여행을 떠남.
1843년 (11세)	아버지가 '과일의 고장' 설립.
1844년 (12세)	실험적 생활 실패.
1845년 (13세)	콩코드에 집을 사고 '힐사이드'라 이름붙임.
1848년 (16세)	에머슨의 딸 엘렌을 위해 《꽃의 우화》 작성. 보스턴으로 이사 가서 10년 간 거주.
1849년 (17세)	자매 신문 〈올리브 잎〉 발행.
1850년 (18세)	어머니가 가난한 이민자들을 돌보다. 가족들이 천연두에 감염.
1851년 (19세)	시 〈일광(日光)〉이 처음으로 잡지 게재.
1852년 (20세)	단편 《연적의 화가들》로 처음으로 원고료를 받음.
1854년 (22세)	12월 19일 첫 단행본 《꽃의 우화》 출판.
1857년 (25세)	콩코드로 돌아와 '오처드 하우스' 구입.
1860년 (28세)	〈애틀랜틱 먼슬리〉에 《사랑과 자기애》 게재. 《변덕》 집필.
1861년 (29세)	소설 《성공》(뒤에 《일》로 바꿈) 집필.
1862년 (30세)	간호사로 조지타운 육군병원 근무
1863년 (31세)	첫 선정소설 《폴린의 격정과 벌》 익명으로 발표. 8월 《병원 스케치》 출판.

1864년(32세)　12월 25일 《변덕》 출판.

1865년(33세)　병에 걸린 여성과 함께 약 1년 간 유럽여행.

1866년(34세)　《가면 뒤에서, 또는 여자의 능력》을 주간신문에 연재

1867년(35세)　아동잡지 〈메리스 뮤지엄〉 편집장으로 취임

1868년(36세)　10월 1일 《작은 아씨들》 1부 출판

1869년(37세)　4월 14일 《작은 아씨들》 2부 출판

1870년(38세)　3월 《올드 패션 걸》 출판. 4월부터 다음해 5월까지 동생 메이와 유럽여행을 떠남.

1871년(39세)　5월 15일 《작은 신사들》을 영국에서 출판. 6월 같은 책을 미국에서 출판.

1872년(40세)　《조 아주머니의 잡동사니 가방》 1장 출판.

1873년(41세)　6월 10일 《일》 출판.

1874년(42세)　여성 권리 확대 추진 잡지 〈우먼 저널〉에 여성 권리 확대를 위한 많은 수필을 게재.

1875년(43세)　9월 25일 《8명의 사촌》 출판.

1876년(44세)　11월 《꽃다운 때의 로즈》 출판

1877년(45세)　4월 28일 《현대 메피스토펠레스》 익명으로 출판. 11월 25일 어머니 아비가일 세상을 떠남.

1878년(46세)　11월 15일 《라일락꽃 아래서》 출판

1879년(47세)　넷째 메이가 세상을 떠남.

1880년(48세)　10월 9일 《잭과 질》 출판. 아버지의 철학교실 '힐사이드 채플' 건설. 메이의 딸 루루를 양육.

1882년(50세)　1월 《변덕》 개정판 출판.

1884년(52세)　11월 8일 《고친 자동차 이야기》 출판. '오처드 하우스' 매각.

1885년(53세)　11월 20일 《루루의 도서관》 1부 출판. 정신안정 치료 시작.

1886년(54세)　10월 9일 《조의 소년들》 출판. 보스턴 교외 요양원 입원.

1887년(55세)　10월 25일 《루루의 도서관》 2부 출판.

1888년(56세)　3월 4일 아버지 브론슨이 세상을 떠남. 3월 6일 올컷이 세상을 떠남. 콩코드 묘지에 묻힘.

1893년　　　　7월 17일 올컷의 언니 안나 세상을 떠남.

옮긴이 우진주(禹軫柱)
강화도에서 태어나다
강화고등학교·경희대학교 영문학과 졸업
계몽사 편집주간
동서문화사 「한국세계대백과사전」 편찬위원을 지내다.
지은책 「강화 큰애기」 옮긴책 「포스터·하워즈 앤드」

Louisa May Alcott
LITTLE WOMEN
작은 아씨들
루이자 메이 올컷/우진주 옮김
1판 1쇄 발행/2014. 8. 15
1판 3쇄 발행/2020. 6. 1
발행인 고정일
발행처 동서문화사
창업 1956. 12. 12. 등록 16-3799
서울 중구 마른내로 144(쌍림동)
☎ 546-0331~6 Fax. 545-0331
www.dongsuhbook.com
*
*
사업자등록번호 211-87-75330
ISBN 978-89-497-1779-1 03840